云胡不喜

尼卡 作品

上

中国出版集团有限公司
China Publishing Group Co., Ltd.
现代出版社

云胡不喜

目录

壹

最近最远的人

清早，浓雾弥漫，位于法租界嘉德理大道上的慈济医院门前已经聚集了候诊的人群。一位身着黑衣、面纱半遮面容的女士在医院门口下了车。本有些嘈杂的人群因她的出现静了下来。她站在车前，望了望医院大楼，迈着稳妥而优雅的脚步，从人群穿过，走进了大门。

此时在她的办公室门口，秘书梅艳春已经在那里等候。

“院长早。”梅艳春微笑问候。

“早。”她微笑点头。

办公室内有一股阴冷潮湿的味道，混合着来苏水的气息。

她慢慢摘了手套，凝白纤细的手抽下别住帽子的两根细细的发卡，将帽子取下，连同手套一起放在了桌上。

她看了眼窗外，浓雾丝毫没有散去的意思。高大的法国梧桐那浓密的枝叶几乎触到窗子，长得很是肆意……她想该让园丁好好修理一下这棵老树了。她走到衣架前，将大衣脱下，换上了那件雪白的医生袍。这本有些刻板的白袍，因剪裁精致且尺寸恰到好处，非但没有将她姣好的身段遮掩了分毫，反而在规矩之内，衬得她更多了几分干练和沉静的书卷气。

梅艳春敲门进来，提醒道：“院长，到时间开会了。理事们今天总算到齐。”

她略一点头。

钟声在此时响起，已经是早上八点整。

她虽然听不到医院大门开启的声音，心内还是泛起些微波澜。她极希望此刻自己是坐在诊室中的。然而她眼下最要先应付的却是这个医院的理事会成员。用前任院长的话来说，那是一群让人头疼的家伙。

她从镜中看着自己。金丝边眼镜后那双眼，微笑时，眼角就会有细密的纹路。她不再少不更事了……她抬手轻轻扶了扶发髻，确保没有一丝乱发垂下来。

“小梅，我来了有两周了吧？”走出办公室，她问跟在身边的秘书。

“是。您也有两个周末都没有休息了。”梅艳春微笑道。她走快一步，去开了会议室的门。此时会议室里座无虚席，都在等候新任院长凯瑟琳程。

看见凯瑟琳走进来，几位有风度的男士站起身。凯瑟琳走到自己的位子上，向大家点头致意，轻声道：“诸位请坐。初次见面，我是凯瑟琳程。”

梅艳春站在门口，听着凯瑟琳简洁的开场白，松了一口气。她正待坐下记录，会议室门被轻轻敲响。她退了出来，将门合拢。

门外的同事请她速去签收从国外发来的紧急邮件，她只得匆匆离开，心却仍被正在进行的这场会议牵动着。她知道这不是一个简单的会议。会议的结果将决定这家医院日后的命运，而那位美丽的女士，在重重困难中能否将前任院长未竟的事务推进，一切都是未知数。

梅艳春预备乘电梯下楼。

突然，一阵阵车响惊动了她。

她站到窗前，探身往外看：雾薄了些，隐约能看见后院里的车道上有两辆黑色轿车停下来。从押后的军用吉普车上跳下来的身穿灰色制服的卫兵，落地便立即分散警戒。她看这阵势，不禁略有些紧张。慈济前不久因征用床位与军方起过摩擦，因此医院上下对穿制服的人总是格外警觉……又过了一会儿，第二辆轿车上才下来一位身材中等、健壮敦实的军官，踏着利落的脚步，往住院大楼去了。

“什么人呢？”梅艳春自言自语。看不清车牌，但看服色应该是中央军的人……之前不就是中央军的人来征用床位吗？

“那是第三十五军的军长逄敦煌。”有人道。

“是吗？”梅艳春没想到身后有人，吃了一惊。回头一看，是位脸生的年轻医生。

“密斯梅早。”他轻声道。

“李医生早。”梅艳春认出他来。她心想原来那就是赫赫有名的逄敦煌逄军长。她又忍不住问道：“他来干什么？”

“听说他的女儿在儿科病房住院。”李医生回答。梅艳春望着窗外，他望着梅艳春秀丽的侧影。

“他结婚了？”梅艳春问。最近逄敦煌经常占据报纸头版，与他的直属上司陶骧及另外几名主战派将官一样，眼下在中央军里是炙手可热的人物，但印象里，这人似乎没有妻室。

“这倒不清楚。据护士说那是他的女儿。但也许是他抚养的遗孤。他很多部下的遗孤，都由他办的遗族学校助养。”李医生说。

“是这样啊。”梅艳春低头看看表，礼貌地跟李医生告别。

她又看了一眼后院——那几辆车子已经悄然移开了，连刚刚在担任警戒任务的士兵也不见了踪影。

传奇将军逄敦煌，原来是这个样子的……小梅想起等着她签收的邮件，赶忙进了电梯。

此时逄敦煌已经上了楼，还没到病房，守在门口的卫兵就齐刷刷提枪立正，“军长！”

他回了个军礼，责怪道：“轻声。”

他看了眼里面，压低声音问：“怎么样了？”

卫兵大嗓门儿一开，道：“报告军长，医生说……”

逄敦煌脸一沉。

“报告军长，医生说……”卫兵马上压低了声音。

病房门突然开了，一个洋娃娃般的小女孩赤脚站在那里，说：“医生说，我随时可以出院了。”

逄敦煌一看到小女孩，“哟”了一声，上前抱起她来：“小祖宗，你这就下地了？还光着脚，着凉怎么办？”

“逄叔叔是不是来接我出院？”小女孩笑嘻嘻地问。一头柔软的发，浓密地覆着，大大的眼睛亮闪闪的。

“这个嘛，等我仔细问过医生的。我们要听医生的话。”逄敦煌说。他看着这孩子的样貌，虽然还是一团稚气，却像极了另一张面孔。他胸口立时有些发紧，忍不住抬手揉了揉眉心，以掩饰自己的情绪。

“秋薇姨姨问过很多次了，您再去，医生该嫌烦了。”小女孩学着他的样子，也揉了揉眉心。她的小手胖乎乎的，粉白红润。

“谁敢嫌我烦！”逄敦煌一瞪眼，“没有老子在战场打鬼子，哪儿有他们在这儿太太平平开医院的份儿！”

小女孩嘟嘟嘴。逄敦煌又笑了，问："秋薇呢？怎么不在这里看着你？"

"我说想吃小笼包，小薄开车载着她去买了。用不着她在这儿老看着我。您要不来，我这会儿一准儿睡得香着呢……"小女孩口齿伶俐。逄敦煌看她，暗笑，这孩子的父母，可都不是爱说话的人。小女孩见他只管笑，又问："逄叔叔，秋薇姨姨太忙了，要不这次出院了，我住您那儿去？"

"住我那儿怎么行！"逄敦煌皱眉，这古灵精怪的小家伙，一会儿一个主意，让他应接不暇。他盼着秋薇快点回来，对付这个孩子他一向没什么好办法："我那儿就是个养蜘蛛的地方，你去我那儿，谁照顾你呀？"

"福妈妈呀。"小女孩嘟了嘴，"逄叔叔，您不让我去您那儿，该不会是因为……您又换女朋友了？"

"这都谁跟你说的？"他挥了下手，一眼看见身后的副官。副官正在偷笑，被他一瞅，急忙立正站好。逄敦煌手指点着副官，骂道："都是你们背着我编派的。囡囡，你说说，都谁和你说的？"

走廊上传来一阵噔噔噔的高跟鞋声。副官探身往外一瞅，回来微笑着报告："图太太回来了。"

"回来得正好，我正要找她呢，是不是跟囡囡说我坏话了？"逄敦煌转身朝外，话音未落，一个穿紫色洋装、容貌秀美的少妇出现在门前。

"逄将军，这话打哪儿说起呀？"她笑微微地拎着食盒走进来，望着床上早笑歪了的小女孩。"我可没说您什么。"

逄敦煌说："那囡囡怎么知道我又换……"

"您看，还用旁人编派？您自个儿就先说漏了。"秋薇笑道。她把食盒打开，给小女孩盛了粥。"你就逗你的逄叔叔吧。反正你逄叔叔就是千军万马都指挥得了，唯独对你没办法。"

小女孩捧着碗，只是笑。逄敦煌摘了军帽，坐到病床边。

秋薇见他满面满眼的慈爱，也笑了。

逄敦煌问："虎翼那边最近有什么信？"

"说是这两日就回来的。"秋薇说着，对逄敦煌暗暗使了个眼色。

逄敦煌看着似是对他们的话题毫无兴趣的小女孩，说："最近大部队在休整。陶司令的指挥部已经进驻徐州。囡囡，你爸爸……"

小女孩推开碗，一掀被子钻进被窝里。

“囡囡……”逄敦煌无奈地隔着被子拍拍小女孩的肩膀，那小身子又猛地在被下扭了两扭，干脆蒙上了头。“囡囡，这回不能耍脾气。他不是不想回来看你，是实在脱不开身。等爸爸回来，你回家陪他安安生生住两天去，知道吗？”

“逄将军。”秋薇摆手。

“军长！电报！”病房门外传来副官的报告声。

“知道了。”逄敦煌说着站起来。他戴上军帽，对秋薇说，“我这就得走，这段时间你多费心——要是医生确定囡囡没事，就带她回家。我忙完了就来看她。有什么事，及时告诉我。”

他说着往外走。

秋薇答应着送他出门。到了走廊上，她将病房门掩了，轻声问逄敦煌：“陶司令确定这几日能回来？”

“部队奉命休整，按说他应该有空回来。我听说陶夫人从南洋回来了，也是这两日就到。他嘴上不说，总是想囡囡的。再往下，局势变幻莫测，这次见不到，谁知道以后呢？”逄敦煌说着，戴上军帽。

“那，陶司令跟苏小姐……”秋薇轻声问。

“他需要一位太太。囡囡也需要一个母亲。”逄敦煌并没有正面回答。

秋薇叹气道：“是的。只是，这孩子……说句不该说的，苏小姐毕竟年轻了些。”

“放心，哪儿能让她受了委屈？退一万步讲，就囡囡这小脾气，她不给人气受就不错了。”逄敦煌明白秋薇的心情，他的心也有些沉，脸上却是笑着，“现在她愿意跟着你，你就多操心一些。”

“我答应了小姐的，一定会做到。”秋薇说。

逄敦煌听了这话，看看她，说句保重，带人离开了。

秋薇回了病房。她推门一看床是空的就一惊，见卫生间的门大开着，忙闯进去。卫生间里也空无一人。窗开着，铁棱上系了白色床单拧成的绳索。她心里咯噔一下，扑到窗口，那个穿着粉色小花朵睡袍的小女孩攀着绳索将要落地……她一阵眩晕，喊也不敢喊，只得牢牢扣住绳索，待她轻巧落地，她才“呀”地出了一声：“囡囡，你去哪儿！”

小女孩仰脸朝她挥了挥手。

“囡囡，你站住！”秋薇急了，大喊，“卫兵、卫兵！”

卫兵呼啦啦冲进来。

“快去，囡囡在后院，快把她带回来！囡囡不要乱跑！囡囡……遂心！陶遂心！”秋薇急得语无伦次，眼见遂心提着小裙子光着小脚越跑越远，恨不得插翅飞下去逮住她。再看这缠得松松垮垮的床单，若不是她发现及时，指不定……她一阵后怕，额上瞬间冒了一层汗，急忙朝外头跑去。

医院这四面高楼将花园围成了一个装满浓雾的盒子，遂心在雾中的草地上奔跑着，不时被雪松树梢刺到面庞。她开心地笑着，只觉得这地方，像极了她最喜欢的故事《绿野仙踪》里那个神奇的仙境。露水沾在脚上有点凉，她也不在乎。待她从灌木丛中钻出去，刚刚站定便发现自己站在了连接几座医院大楼的十字路上。她辨认着方位，决定朝南边大楼去——穿过南楼，应该就是医院前门了。她记得的。

可没跑两步就看到卫兵从西边大楼门口冲出来，她忙转身找地方躲避。就在她一转身的工夫，撞在一个人身上。

“哎呀！对不起。”她说完这句便要跑。那人却握住她的手臂将她扶稳，轻声问道：“有没有撞痛哪里？”

遂心被这一把清亮的嗓音摄住了似的，抬头看着自己撞到的这个人——是个穿着白袍子的女人。她身上有股医生的味道。可不同于其他穿白袍子的女医生或者女护士，她的味道暖暖的，又有些淡淡的说不出的香气……遂心吸了吸鼻子，目不转睛地望着这个女医生：她并不令人害怕。大大的眼睛藏在薄薄的镜片后，也看着她。在这样的注视下，遂心不由得有些发窘。

“这个时间怎么不等着医生查房，跑到外面来了？”她问。

遂心没有出声。女医生身后就有人说程院长，这是儿科的病人，叫陶遂心，是急性肠胃炎入院的。

“你姓陶，名遂心？”被叫作“程院长”的女医生问。

遂心眼看着自己的名字，从那双线条柔美的嘴唇间被叫出来，没点头，也没摇头，眨了眨眼，反问：“那你叫什么？”

镜片后的大眼睛里闪过一丝笑意。

“我？我姓程，叫凯瑟琳。”她温和地说。然而握着孩子手臂的手微微有点发颤。

“你是洋人吗？”遂心问。

“不，我是中国人。”

“是中国人，就要叫中国名字。”遂心的小脸有些严肃。

“哦？”凯瑟琳程摸了摸遂心的耳垂，柔软而娇嫩的耳垂。她轻声地，几乎不像是在问：“这句话……是谁教给你的？”

“我爸爸。”遂心立即说。

凯瑟琳程怔怔地望着遂心。这个漂亮的孩子……忽地就见遂心一跺脚，嚷嚷着“糟糕糟糕”就使劲儿挣脱她的掌握要跑，呼啦啦一群卫兵就到了跟前将她们包围了。凯瑟琳一惊，不由得将遂心手臂握紧，回头就见一个穿军装的汉子气急败坏冲过来喊道：“陶遂心你这个小浑蛋！你给我过来！”

遂心吐了吐舌尖，小灵猫似的迅速躲到了凯瑟琳背后去。逄敦煌径直冲上来，一把拉过她来，拎起来转身就走。

“我叫你不听话！你还逃跑，医院是监狱吗？”他抬头看到追过来的秋薇，“看好她。出了事，怎么跟她父亲交代？”

“我自己跑出来的，不准你凶我薇姨！为什么要跟他交代？他还要我吗？他就只管把我丢给你们，好久好久都不来看我一次……他早就不打算要我了！”遂心尖着喉咙大叫。

“陶遂心！”逄敦煌大喝一声，脸涨红了，“你再胡说！信不信我揍你？”

“你揍我！你揍我呀！他就是不要我了，就是不要了！他都要有新太太了，新太太会给他生新贝贝的……你还凶……你也凶我……我讨厌他，也讨厌你！讨厌你！”

眼看着遂心的大眼睛里充了泪，逄敦煌的脸色又和缓下来。

这孩子尖声哭叫，扎人心窝子。

“你呀！”他将遂心抱起来。堂堂的汉子，只觉得当众抱了这孩子，太温柔也太令人难为情了，可还是抱起来，轻声哄着。他看了一眼站在一边发愣的秋薇：“秋薇……”

秋薇急忙抹了下眼睛，迅速将遂心接过去，抱了她转身就走。逄敦煌稍觉异样，回头看了一眼。身后的走廊，已经空无一人。他似乎意识到什么，往前走了几步，就见一队穿着白色袍子的医生护士走进了后面的住院大楼。

“刚刚那些是什么人？”他盯着那一群人，问。

“报告逄军长，不知道！”卫兵回答。

逢敦煌看着这几个呆头呆脑的卫兵，气不打一处来。

“一群废物！连个小孩子都看不住！”逢敦煌转了身，气得骂道，“给我看紧了些。出了什么意外，不用等陶司令回来，就有你们吃不了兜着走的时候！”

“是！”

逢敦煌抓起军帽，狠狠地挠了挠头……

住院部的大楼里，凯瑟琳程继续带着医生们巡房。

“陶遂心，就是四战区陶长官的女儿吧？这名字起得真好。”

“可也够贪心的。”

“是呀，遂心遂心，事事遂心？”

“陶家是一方诸侯，富可敌国，竟还要事事遂心。”

“眼下为了抗战，陶家也是举家为国出力，难得的……就让他们事事遂心也好。”

凯瑟琳差点被脚下的台阶绊倒，幸亏梅艳春扶了她一把。

“您还好吧？”梅艳春轻声问。她看出凯瑟琳有点恍惚。

凯瑟琳点点头。

“还有两科——产科和儿科。”梅艳春看了眼手里的表格。凯瑟琳本是妇产科的专科医生。她作为院长，今天巡视的却是所有的病房和科室。

凯瑟琳又点点头，表示记得，但在巡视儿科病房之前，她却说自己不太舒服，提早离开了。并没有让梅艳春跟着。

穿过病区花径时，她的脚步慢了下来。

此时雾消散了些，花木扶疏的园子，各处景色渐渐清晰。而不远处的观景亭里，有一个深灰色的身影。

她走近些站住，轻轻地叹了一口气。

随着她的一声叹息，那人转过身来，看着她。

好久，好久。

“省身。”她叫出他的字来。

逢敦煌是定定地瞅着她的，直到听见她这一声呼唤，才缓过神来似的，立即大声叫起来：“程静漪，给老子过来！王八羔子……你这个王八羔子！老子真以为这辈子再也见不到你了！”

程静漪微笑着。

逄敦煌捶了下胸口，转开脸，胸口剧烈的起伏终于被他强行压制得平稳和缓下来，才走过来，说："你终于回来了。"

"是。"静漪说。

她伸出手来，他也伸出手来，紧紧地，他握住她的手。

"我就说嘛，我绝不会看错的！只要一眼，只要一眼！"逄敦煌大笑，见静漪微笑地望着他，又道，"因为你，我耽误了军务。要被军法处置，你可得负责。"

"堂堂的陆军少将、第三十五军军长，这一带的防务全归你管，说你是土皇帝都不过分，谁处置你？"程静漪并不理会他的"威胁"。

逄敦煌再次大笑，看着静漪恬淡从容的面庞，意味深长地说："看来我们的状况你很清楚。"

他打量着眼前的程静漪。雪白的医生袍浆洗得平整挺括，穿在她瘦瘦的身上，无端地给她又增加了些分量。再看这白皙的面孔，严肃的神情，则仍是当年那倔强的女子……好像只多了一副金边眼镜。

逄敦煌慢慢地将眼中的这个影子，和记忆中的那个影子推到一处……他单边眉毛一抬，说："死丫头，还是这么着。"他没有说，在她脸上，他连堪称多余的皱纹都看不到一条。不知是他的眼神不好了，还是他一直觉得她会永远停留在他认得她的那一年，就算是有皱纹，在他眼里也不会存在。

"不这么着，还能怎么着？"程静漪微笑，"你还好吗？"

"你不都看到了？"逄敦煌往前走了一步，抬头挺胸地立着。

静漪看着他肩上的梅花，微笑。

逄敦煌也微笑道："你回来就好，尤其在这个时候。"

静漪沉默。

"怎么，还没打算见他？"逄敦煌问，眼睛瞅着静漪。

"不见。"她立即回答，"起码现在不。"

逄敦煌沉吟片刻，道："可你既然回来了……"

"眼下我只想先看看囡囡。"静漪说。

"你刚刚已经看见了，不是吗？"逄敦煌问。

"她……长得很好。"静漪的声音有些发颤。

"是的，很好。"

“我……想让囡囡回到我身边。”

“囡囡是牧之的宝贝，你竟然觊觎他的宝贝。”逄敦煌看着她。

她脸色有些凄然：“那也是我的宝贝啊。”

逄敦煌有点不忍再说下去，只轻轻点了点头。

“你几乎一点都没有变。”静漪轻声说。

“我却希望你变了。”逄敦煌整了整军装，他看了看静漪，“我有军务在身，不能久留。改天见。”

“你不问我住在哪里？”静漪问。

“就像你说的，这是我的防区，只要我想，你们家厨房里的蜘蛛几只公几只母我都能知道。”逄敦煌豪爽一笑。

静漪也微笑。

她看着逄敦煌上了车，车队缓缓驶出医院后门。

雾又渐渐浓了。

“报告！”一声清脆的报告声。

“进来。”沙盘旁边，正在与参谋们观察地形的将官头也不抬地说。他宽宽的肩膀在挺括的灰色衬衫下，若两截敦实的原木，一动，肩上的两颗银色梅花星光闪耀：“什么事？”

“报告司令，中央军来电！”通讯官报告。

“念！”他直起身，顺手从一旁取了烟盒，目光仍没离开沙盘。

“陶骧部：命令你部即日起原地休整，听候调遣。程之忱。”通讯官合上电报本。

陶骧将一枚红色的小三角旗插在一个制高点上，点着那里，对参谋们说：“原地休整期间，照常组织训练。训练强度可降低两个等级。参谋一部、参谋二部和司令部，分别拿出一套训练方案来。轮训。”

“是，司令！”

“解散。”陶骧说，头一偏，将香烟点上。

参谋们敬礼，鱼贯而出。

陶骧默默看着沙盘西北角，那一处制高点上有一枚太阳旗。他拿起来，又插上去，抬头看着正在等待着的通讯官，说：“记。”

“是。”通讯官打开笔记本。

“来电已接收。我部将原地休整、待命。另，我部将组织大规模演练，请求中央调拨军备物资。陶骧。”陶骧踱着步子，从沙盘的这边走到那边说，“发吧。”

“是！”通讯官记录完毕，抽出一张电报纸来，走近些双手递上，“司令，这里还有一份加急电报。是逄敦煌将军打来的。请您过目。”

陶骧抽过那张电报纸，只有短短的一句话，他反复看了两遍，说：“回电告诉他，我知道了。”

“是！”通讯官敬礼，转身离开。

陶骧扶着沙盘，沙盘上推演的是眼下的战局，这是无论怎么看，都不能令他轻松的。

“报告！”

“进来。”他听到熟悉的嗓音，抬头，来的是位年轻的军官。

“报告长官，第三十六军独立团上校团长图虎翼……”年轻军官朗声报名。

陶骧摆手制止他，说：“过来坐。”他指着自己身边的一把行军椅。

“是！”图虎翼笑了。

“你怎么有空过来了？”陶骧示意图虎翼坐近些。机要秘书进来送茶点。陶骧看了眼，说：“随便用一点。连续行军打仗，我这里也不剩什么了。”

“这就极好了。谢谢七少。”图虎翼看着陶骧那因为熬夜而红了的双眼，还有手指间燃了半截的香烟，忍不住说，“七少，休息一下吧。部队休整，您更得休整。”

陶骧笑了笑，说：“你小子。”

陶骧的面容清俊，这位肩扛三星两花的二级上将、第四战区司令长官，还不到四十岁的年纪，已经两鬓染霜。这些年他经历了无数次的出生入死，越来越沉稳，也越来越沉默，少有能让他完全放松的时候，也少有能让他完全放松的人。

图虎翼摘了军帽拿在手里。他是跟了陶骧多年的人，他们多少能说几句家常话。他将军帽放在一边，看着陶骧欲言又止。

“有话直说。”陶骧啜了口咖啡。

“囡囡住院了。秋薇加急电报打过来，说是急性肠胃炎。情况虽已稳定，医生还是要求住院观察。七少，这几年，您忙于国事军务，花在囡囡身上的时间太少了……听说囡囡这回病得瘦了好些。平常也罢了，这个时候您还是该回去看一看。不然……”图虎翼观察着陶骧脸色，一句一句往下说，说到这里便停顿下来。

陶骧沉吟。图虎翼这个“不然”，他再清楚不过是什么意思。

“七少……”图虎翼还想劝，见陶骧摆了下手。

“我明天就回上海去。”陶骧说。

图虎翼松了口气，憨笑。

陶骧问：“你家那几个呢？”

“调皮捣蛋的，把秋薇累得够呛。”图虎翼笑着说。

“这阵子因为囡囡，辛苦秋薇了。太太这次南下本来是想带着遂心的，可路途遥远，囡囡又黏着秋薇，只好随她。太太回来一定是尽早接过去照顾的。”陶骧说。说到女儿，他的语气也丝毫不见柔和。

“七少，您这是哪儿的话。对囡囡，秋薇的身份自然是不敢说视同己出，却是尽心尽力的。”图虎翼说。

陶骧点头。

“我就是来看看您。部队马上转移到城南待命了。”图虎翼站起来，给陶骧敬礼。

陶骧抬头看着这个跟随自己出生入死多年的部下，点了下头，喊道：“小四！”

“在！”一个虎头虎脑的小伙子从门外进来。

“给图团长带点好东西。”陶骧也站起来。

“谢谢七少。”图虎翼笑道。

“滚。”陶骧骂道。他脸上终于是露出了点笑容。

图虎翼跟小四路四海一起出了司令部。

“小四。”图虎翼走远些，确定他们说话不会被听到，才开口。

“哎，图团长。”路四海是个很精神的小伙子。

“七少最近还好吗？”图虎翼整了整军帽。

路四海不出声。

图虎翼从后面踹了他一脚：“小子，跟我还藏着掖着。我是谁，嗯？我是谁？我给七少牵马坠镫的时候，你他妈还不知道在哪儿撒尿玩泥巴呢。说！”

“哎哎哎，我新洗的军装呢……我说不结了吗？”路四海搔着脖子后头，“不太好，睡得不太踏实。有时候苏小姐打电话来，说不上几句话他就挂；苏小姐前些日子还专程从上海过来看他，他也说不见。惹苏小姐发老大的脾气，他也不大在乎……”

“吃饭及时？饭量呢？”

“及时是及时的，有我看着呢，就是吃不多。咖啡喝得凶，烟抽得更凶……酒倒是不喝了，就去年跟逄军长他们一起喝酒喝到胃出血那次之后，酒就不太碰了。”路四海说着。

图虎翼摇着头，手臂搭在路四海肩膀上，说：“你给我听着，你是七少的近卫，要是他吃不好睡不好，身体坏了，我能敲掉你脑袋，自个儿回来干！你信吗？”

路四海翻了个白眼给他，说：“图团长，您别昧着良心说话，十年前的七少，跟现在的七少，能一样吗？”

“你小子敢犟嘴！我抽你！”

“好好好……您放心，放心，我一定尽心尽力。”

“下次我见七少，比现在少一两肉，我真抽你！”

两个人说着，已经到了仓库门口。路四海开了仓库门，守在门口，笑嘻嘻地说：“看上什么尽管拿。”

“乖乖……”图虎翼看着仓库里琳琅满目的物品，不由得惊叹。他细看着，忽然问：“小四，七少不喝酒了，是一点都不喝了吗？”

“一点都不喝了。那天，逄将军给他送来缴获的日军物资，里面有两箱绝好的葡萄酒。逄将军说，他是粗人，不懂这个，七少洋派，葡萄酒行家，给他最合适。七少看着是很高兴，开了一瓶，摆在那儿，就只是看，一滴未沾。”

图虎翼摇了下头。

“不过，我也听逄将军说过，七少先前可是酒漏。他们都喝不过他。”路四海说。他成为陶司令的侍从不过半年，很多事情并不了解。

图虎翼又摇了下头，说：“总有一天，他会喝个痛快——既然七少不喝酒，我就拿点酒。”

“您尽管拿。七少禁酒太严，我们不敢动，白扔着也可惜。”

图虎翼指挥着他的随从搬了几箱。路四海又揣摩着他的心思，给他把吉普车都塞满了。

图虎翼上车之前，抬头看了一眼司令部二楼那间西南位置的办公室。他带着人朝那个方向立正站好，敬了个军礼。

陶骧吸了口烟，目送图虎翼的车子开出了司令部的大门，才转身拿起电话机，沉声道："我是陶骧，给我要作战一部……"

部署完毕，他放下电话，站了好一会儿，拉开抽屉。里面文件上方扣放着一个小小的银相框。他拿出相框，看着里面的相片，一个胖嘟嘟的卷毛女婴，正睁着一对亮闪闪的大眼睛看着他。

他的手指滑过那大大的宝光四溢的眼睛。

遂心。

他的遂心。

程静漪这天又工作到很晚。

办公室里电话铃不断地响起。这些电话多是医院的理事会成员打来的，都是不太好的消息。有的要退出理事会，有的表示不能再金援慈济医院……她通通沉着应对。她深知他们的心理，什么局势紧张生意难以为继，多半都是借口。简单讲，他们信不过她。尽管作为医生来说，她的履历是那么的辉煌，但管理医院还是新手，况且在这些财主们眼里，性别和年纪比履历和经验更重要。这个事实她认得很清，但她仍坚持游说。她不愿也不会轻易认输。

"程院长，休息休息吧。"梅艳春说。

程静漪舒了口气，在面前的名单上，又画了一个叉号。名单上的这些都是名商大贾，他们中有金援慈济医院多年的，也有日后可能成为慈济新捐赠人的。她盯着名单的最后几位……不禁笑了。像这样的青帮老大，换个位置，她是无论如何也想不到要去结交的。如今嘛……她轻轻在纸上画了几个问号。

如今，不到万不得已，她也不会动这个心思。

"这几天您实在是太辛苦了。"梅艳春见程静漪仍然不动，又说。

"我是不想就这么无所作为地看着他们退出。"

"慈济的基金……真的难以维持了？没有一点法子可想了？"梅艳春小心翼翼地问。

静漪摇了摇头。回国工作至今，她已将慈济的底子摸得一清二楚，比她当初接受任命时被告知的还要严重得多，但她不能也不忍心在这个时候告诉梅艳春，慈济根本已经没有了可以用的基金，而连年战乱，慈济赖以生存的另一经济来源——田地租金——也几乎被切断了。

看到梅艳春的脸色顿时暗了，她笑道："放心，至少有我在一日，慈济不会轻易倒掉的。再不成，我们还可以申请政府支援。只是那样的话……"她看到办公桌对面那幅创办人的巨幅画像。

这位不远万里从欧洲大陆来到上海的传教士，兢兢业业几十年，为慈济打下了厚实的基础。今天她为慈济负责，应当竭尽全力使创办人的心血不致付诸东流。

她合上文件夹，也许是今天工作时间过久，她觉得格外累。

"已经九点了，院长。"梅艳春提醒道。

"这么晚了，你还在这里陪着我。"程静漪看看怀表，"我让司机送你。"

"不用麻烦的，家里会有人来接我。"梅艳春笑着说，她看了一眼程静漪手中那枚小巧玲珑的怀表。

程静漪见她留意，微笑道："是我母亲送我的礼物。"

"您一直带在身边？"梅艳春问。

"是啊。"程静漪将怀表放回去，"从第一次离家念书这怀表就陪着我了。"

她换过衣服，与小梅一同往外走。果然在她的座驾后方停了一辆黑色的雪铁龙轿车。

见她们出来，车上的人下来，叫了声："艳春。"

"叔叔！"小梅向那人招了招手，转头看看程静漪，"程院长，给您介绍，这是我叔父梅季康。叔叔，这位就是我们院长，凯瑟琳程女士。"

"程院长，幸会。"梅季康微笑道。

"梅先生，幸会。"程静漪也微笑。梅季康目光锐利，在夜色中仍让人难以忽略。幸而此时司机及时开了车门请她上车，她便与梅氏叔侄道别，先行离开。

车子开动，她却想起刚刚梅季康那探究的眼神。这令她感到有些不快。可转念一想，她毕竟在上海生活过一段时间，许是在某个场合见过此人，也未可知……她默默地想着，手不由自主地摸到怀表。过了一会儿，她将怀表打开。车内光影轻轻移动，怀表中两枚小小的相片中的面孔在手中一忽儿看得清，一忽儿又模糊起来。她摘下手套，指尖轻轻触到那指甲盖大小的相片。

她将怀表合上，摘下眼镜，擦了擦眼角……

此时梅氏叔侄俩在车上正在谈论她。

“程院长果然跟你说的一样。”梅季康道。

“我会信口开河吗？”小梅笑着问这位比自己大不了几岁的叔叔。

梅季康笑道：“我可听说，慈济最近的运营大大有问题。”

“连你也听说了。”小梅叹气，“都是那帮老榆木疙瘩脑袋，说什么女人主持慈济是牝鸡司晨，真岂有此理——对了，小叔，我们劝劝爸爸好不好？”

“你父亲最近在谋划着转移资产去香港，这个时候没那么容易拿钱出来做慈善。”梅季康说。

“是，这我当然知道，但爸爸不是一向赞成做善事的嘛，小叔……”小梅露出孩子气来。

“拿你没办法，我去试试。”梅季康笑道。忽地，有个影像在他脑中若电光石火一般闪过，让他不禁低低地“啊”了一声。

“您怎么了？”

“我知道她是谁了！我见过她的！”梅季康说。

小梅笑起来，说：“别开玩笑了，沪上美人您可能都见过。她可是留学德美的医学博士。才刚刚从波士顿回来，您打哪儿见过她呀！梦里？”

被侄女打趣，梅季康也不生气，只是笑。

凯瑟琳程吗？他第一次见到她的时候，她当然不是现在的样子。只是当时，她那种美丽会在一众漂亮摩登小姐中被湮没，因为她永远都不是刻意表现自己的那一个，比如她的表姐们，就比她要有名得多。但多年之后，反而程静漪的模样，若是想一想，只需要一瞬间，便清晰地出挑了起来。

“变多了啊。”他叹道。

静漪刚进家门，就接到一个电话。来电话的是儿科的主任施密特医生，也是陶遂心的主治医师。静漪曾经特别交代过他，如果遂心的病情有什么变化千万通知她。

施密特医生讲完遂心的情况，她立即说：“麻烦您在图公馆大门口等等我，我马上到。”

挂了电话，她便上楼去换衣服了。几分钟后她乘车出门时，已经换上了护士袍，外面依旧是那件黑色的开司米长大衣。

在图公馆门口车内等着她的施密特医生见她这副打扮，不禁用德语称赞道：“凯瑟琳，你真是我见过的最美丽果断的女士。”

“谢谢！事情紧急，来不及跟你详细解释。请记住，从现在开始，我只是随同你出诊的护士。”程静漪也用德语说。

“我明白。”施密特医生说。

车子驶入图公馆，下车时程静漪将药箱拎在手里，走在高大的施密特医生身后，随着这家的用人进了门。

图公馆内灯火通明。程静漪打量了一下室内。这是一间小型的别墅。不大，可极干净。家中陈设有不少孩子的东西，显得既有童趣，又温馨。

施密特医生显然不是第一次来，领路的用人对他很尊敬，顺带对她也很客气。引着他们上了楼，静漪就听她说：“我们太太在陶小姐房里等着，我进去先通报。”她话音未落，房门已经开了，走出来的年轻妇人裹了裹身上的披肩，请他们进去。她只对着施密特医生说话，仿佛没有看到医生身后的这位护士。

施密特医生称呼她“图太太”。

静漪握着药箱的手有点出汗，她紧跟着施密特医生走进了这间宽敞舒适的房间。跟印象里普通的小女孩卧室那粉红色不太一样，这间卧室用的都是绿色，显得生机盎然。

施密特医生走到床边，守候在床边的中年女佣急忙让开。图太太则站在一边，小声先安慰了病人一会儿——躺在小床上的陶遂心因为发烧，脸上红彤彤的。

施密特医生回头看了一眼程静漪，说：“凯瑟琳你替我翻译一下，我的中文不够用了。”

静漪点头。施密特医生仔细询问，她一一翻译，不过大部分的问题都由图太太代答了。

施密特医生吩咐测体温，静漪就从药箱里拿了体温计出来。她先搓了搓手，免得手太凉冰到遂心。遂心虚弱而安静，一点也不像那天在医院里，皮得像只顽劣的小猴子。静漪看看她，放好温度计，给她整理好衣襟，摸摸她的额头和面庞，低声问：“难受吗？”

遂心的面孔摸上去烫人。

遂心点点头，转过脸说：“薇姨，我想喝水。”

图太太忙倒了杯水。坐到床沿上，将遂心搂在怀里，给她喂水。

“突然就发起烧来了，真吓死我了。”她说。低头，下巴触在孩子额角，“这孩子总是三灾八难的……”

静漪将体温计拿在手里，对着光线看看，跟施密特医生说：“103.9度*。”

施密特医生又让静漪给遂心做了几项测试，对图太太说：“只是普通的感冒发烧。我会让凯瑟琳给病人注射退烧，再按时吃药就好。”他转过脸去，和蔼地用中文跟遂心说，“遂心小姐，你很快会好，不要怕。”

“谢谢施医生。我不怕。”遂心用德语回答。

程静漪看向遂心，那两片因发烧而有些干裂的唇间，吐出的确实是德语单词，发音准确，听起来是受到过很好的教导。

“我说得对吗？”遂心问。

施密特医生浓眉一扬，笑道：“你说得很好。下回来，精神好些了，我再跟你聊天。”

遂心笑了。

施医生对静漪说：“给她打针吧。”

静漪戴上手套，拿砂轮磨了下药瓶后掰开，很快将药液抽进针管里，捏了药棉过来。图太太哄着遂心，让她趴到自己腿上。静漪伸手按在遂心臀部，看到最近打针的针孔还在，不由得手有些发颤。

过了一会儿，她才在遂心的皮肤上涂过碘酒，将针扎进了遂心细嫩的皮肉中，推进药水的速度极慢，拔出针倒迅速。

“好了。”她替遂心揉着。

图太太亲了亲遂心，说：“这回囡囡真乖。”

“因为不疼。”遂心的嗓音有些沙哑无力，搂着图太太的身子，转了下脸，看着静漪，“谢谢您。”

“不客气。”静漪额上却出了汗。

---

* 此处指华氏度，103.9 华氏度约等于 39.9 摄氏度。

她站起来收拾药箱。施密特医生站在她旁边，从药箱里取了药，用小纸片包好，标上数字。

“施医生。”图太太让遂心躺好，“能不能请这位护士小姐留下来看护遂心一晚？我恐怕……我是有点太担心了。”

“你放心，她没有危险。”施密特医生看向静漪，“不过小心看护是必要的。凯瑟琳你……”

静漪点点头：“我可以留下来。”

施密特医生见静漪如此说，就说：“图太太，凯瑟琳很有经验，你可以不怕。”他中文虽说得别扭些，意思却也表达清楚了。

图太太便请静漪留下，亲自下去送施密特医生。

遂心的看妈给静漪搬了一张椅子，请她坐下。

静漪坐下来，犹豫了片刻，才伸手去替遂心整理一下枕巾——遂心有一头乌发，柔亮软和，齐齐的刘海儿，盖着饱满的额头，十分好看……她的手指拨着遂心的刘海儿。

这孩子生得真好，长得也真好。

遂心乌溜溜的眼，随着静漪的手在动。静漪的手停下来，遂心便定定地瞅着她。

“还不困吗？”静漪看看时间，药效该发作了。

“我认得你！”遂心忽然一把抓住了静漪的袖子，“你今天怎么成了护士？”

静漪愣了愣，笑着问：“你是怎么认出我来的？”她的心怦怦跳，由着遂心抓着自己的袖子。孩子还在病中，其实没多少力气。她却觉得加诸在衣袖上的力量，有千斤重，让她一时动不得。

“你的眼镜，还有，你的眼睛。”遂心清晰地说，“你能摘下口罩来吗？”

静漪一低头，将口罩取了下来。

“眼镜也能摘了就好了。”遂心说。

“可眼镜摘了就看不到你了呀！”静漪微笑。

“戴着眼镜让你没那么美丽……”遂心小声说。

静漪笑了。

“囡囡，不可以这么说呀。”图太太进来了，她站在程静漪的身后，本应是教训的话，此时听起来却很是温柔，又无奈。

遂心嘟着嘴，小手攥着静漪的衣袖，并不松开。

“没关系的。”静漪温柔地笑着，慢慢转回了头，与图太太四目相对，她点了点头，“今晚我在这里看着她。”

图太太轻声说：“那……好的。不过，夜很长，先下去吃点夜宵吧。”

静漪转过头来看看遂心，遂心眼睛已经闭上了，她替遂心盖了一下被子。图太太交代看妈一番，走出了房间，在门口等着她出来，才一起下楼。

走廊很长，图太太走在前面，一边走，一边关着灯，每三盏壁灯里只留下一盏，光线就暗了下来。

“最近物资很紧缺，还是应该节省一些。”图太太说着，吩咐用人，“都下去歇着吧。”

走进楼下餐厅，静漪脱了大衣和护士袍，图太太忙替她接了挂起来。她里头穿的是薄薄的黑色羊毛衫和羊毛裙，越发显得身形纤细、气质沉静，图太太看得呆了一呆，见她望着自己，忙去把桌上那些碗碗碟碟的盖子掀开。

“都是沪式糕点，不知道合不合您口味……吃点青团。这时候，青团不当令，可能味道差些……”她说话时眼睛是不看静漪的，可从睫毛到手指，都在簌簌发抖。

静漪拿起筷子来，青团软糯，入口有清香。豆沙馅儿甜而不腻。她晚饭只在办公室吃了一块三明治和一杯咖啡，这会儿真有些饿了，故此吃得津津有味。

“你还记得我喜欢吃青团……秋薇，你们什么时候搬到这里来的？”她问。

秋薇愣在那里。

静漪转脸看她：“这么半天，亏你这个话多的丫头忍得住。”

她看着秋薇的嘴唇颤动着、眼睛里满满的都是泪水，心头的酸楚排山倒海而来，她尽量克制着。

突然，只听着椅子哗啦啦地响，穿着得体的贵妇人秋薇已经两步来到她面前，扑通一下就跪在地上。她还没有来得及反应，秋薇就已经给她磕了三个头。她一把搀住秋薇，粉白的脸上顿时红晕满布。

“秋薇，你这是干什么！快起来。”她用力拉着秋薇。

“小姐！”秋薇反手抱住了静漪，忍了好久的眼泪终于滚落下来，“小姐，小姐……我以为这辈子都见不到你了！”

她紧紧地抱着静漪，激动得浑身发颤。这颤抖传到静漪身上，她闭了下眼。

“我这不是好好的回来了吗？你起来说话。”

“不起来。”

“让下人看见，你给一个护士跪着，算什么？”

秋薇抿着唇，摇头。

静漪看着她——这个已经快三十岁的女子，竟还是在她身边时候那油盐不进的倔脾气。

“你想让我马上走，再也不登这个门了？”

秋薇摇头。

“那还不起来？”

秋薇低下头，静漪伸手摸摸她的头发，轻声说：“起来，跟我好好说几句话。”

秋薇终于扶着桌子站了起来。

静漪看着她身上这件漂亮的旗袍，打趣道：“幸亏家里地板洁净，不然图太太你倒要污了一件好袍子了。”

“小姐！”秋薇红了脸。

静漪用眼神示意她坐下，秋薇犹豫着不肯坐。

“坐下，我有话问你。”静漪说。

秋薇只得坐了椅子的一个角。静漪见她执意如此，也不再勉强她，问：“阿图待你好吗？”

秋薇点头。

静漪也点头。从这家的布置、用人对秋薇的态度，到秋薇的穿着和气度，她也能看出来秋薇这个女主人做得还不赖，生活应该是美满的。

“我总算没有看错阿图。”她说。

“小姐……”

“这几年，有劳你了，秋薇。”

“小姐，您要这么说，我怎么担待得起……从小姐走后，我没有一天不在惦记小姐。”秋薇抬手擦了下泪，“小姐您呢？这些年过得好吗？”

“我很好。”静漪将手帕递了过去，“想要的，都已经得到；想做的，很多也都做到。”

秋薇细看着静漪。比起多年前那姿容秀美和绝代风华，现在的程静漪，多了几分坚毅和沉稳，眼神中更有摄人心魄的力量，即便是她在微笑的时候，也让人有距离感。可不管怎么变，这就是她心心念念的程家十小姐静漪，仍然是她的主人。

她的目光落在程静漪那双手上，纤巧细白，而左手无名指上，有一枚戒指。她心中一沉，抬眼看着程静漪。

静漪也看了看自己的手，并不解释。

“陪我吃点。”她重新拿起筷子来，夹了块糯米莲藕，一抬眼看到对面的一间小偏厅里放着一架三角钢琴。那钢琴像刚出窑的瓷器似的带着烟火气的新。

“那是给囡囡准备的。”秋薇见她留意到钢琴，忙解释，“囡囡很喜欢弹琴，她住的地方都要有琴。为了方便她练习，是……新买了送到这里来的。”

静漪轻声问：“在跟谁学琴呢？”

秋薇轻声答道：“您从前的老师，安娜小姐。”

“安娜小姐还在上海？”静漪问。安娜出身俄国贵族，技艺高超但性情高傲，从不轻易收学生。“她还好吗？”

“还好。只是如今就带囡囡一个学生。她常说囡囡天分不高，不是个钢琴家的料。但因为囡囡是她最喜欢也最不听话的学生的女儿，只好收下了。囡囡还在安娜侄女那里学芭蕾，俄语也学一点点，家里有老师专门教……她最喜欢安娜。钢琴课从不缺席。”秋薇笑起来，说起这些让她愉快。从前她跟着小姐去学琴，安娜家里的点心总是尽着她吃的。

静漪晓得秋薇在笑什么，不禁也微笑道：“囡囡还有学德语？”

“嗯，一周上两次课。囡囡很聪明的。太太是不太乐意让囡囡学这么多，怕她累着。囡囡自己倒是肯学的。太太去了南洋，囡囡最近又生病，这才都放下。”秋薇说。

钢琴、安娜、德语，还有芭蕾……静漪不断地找到自己和遂心的联系。她的手微微发颤，连忙放下筷子：“囡囡的脾气很不像话，这不像我。”

“像陶家的姑奶奶们。”秋薇笑道。

静漪想了想，果然，不由得摇了摇头。

“囡囡那么可爱，哪个不疼她？祖母、外祖母都当眼珠子似的待，三少爷和三少奶奶更是视如己出，还有九少爷……”秋薇说着，看了静漪，停下来。

“我不急着走，以后慢慢讲给我听。”静漪见她像是怕说错话，轻声道。

“我恨不得把这些年的事一股脑儿全说给您听。”秋薇道。

静漪点了点头：“我们上去看着囡囡。”

秋薇跟着她起身，替她将大衣拿在手里。

两人回到遂心的卧室，静漪说：“今晚有我在，你休息吧。”

“我在这儿陪您。”秋薇说。

“你的孩子们呢？”静漪微笑着看了面庞丰润的秋薇，“几个孩子了？”

“四个。”秋薇说。

“四个？”静漪作势往两边看了看，似乎是在找那四个顽童。

秋薇有些不好意思。她指指身上，说：“这里还有一个。”

静漪打量着秋薇的腰身，笑道：“那，这个就交给我吧。”

秋薇咬了下嘴唇，点点头。

“不会累？”静漪问。许是身为专科医师的直觉，秋薇跟着虎翼南征北战还几乎是一年一胎的生养，她觉得不妥。

“他说想生一个女儿啦。”秋薇噘了噘嘴，是在抱怨，听起来却有着小儿女的无限温柔旖旎似的。

静漪微笑，今晚之前，她心里的秋薇，还是那个脸上有着团团稚气的小姑娘。

“小姐，你现在真的是医生了？”秋薇这才想起这件极为重要的事情。

“喏。”静漪晃了晃自己的手，点头。

秋薇带着崇拜的神色，睁大了眼睛，说：“真了不起呀……那日，我在医院看到你穿着白袍子，简直吓呆了。这些天日思夜想的，都是你……小姐，你该是吃了多少苦才做到的呀！”她摸着静漪重新穿上的护士袍，又要流泪了。

“念书的苦，算什么苦。”静漪淡淡地说。

“小姐，那，那个……”

静漪似是料到她会问起，转开了脸。

秋薇看着她那簌簌发抖的睫毛，一股尖锐的疼痛随即顶到她心肺：“小姐……”

“秋薇，你去吧。”静漪说着，对秋薇微笑。

秋薇摇头，说：“不。我保证，什么都不问了。”

“你现在不是一个人，要休息好。”

“小姐，我气壮如牛，生个小孩像拉一泡屎一样容易，哪儿有那么娇贵？”秋薇说。

静漪忍不住笑起来：“你这个粗鲁的丫头。”

“真的嘛。”秋薇说。

“该当心的时候还是要当心，虽然你生养过，但是每次怀孕，你的身体状况都不同，大意不得。”她没有明说，秋薇刚刚也在说起物资短缺……若时局继续动荡下去，物资短缺还是小事，这颠沛流离之间，要经历孕育生产之痛的秋薇，恐怕还要受更多的罪。

秋薇似乎明白了静漪的意思，说：“这一个好像是不太一样。那四个都没有什么感觉就过来了，这一回我时常觉得累……可是，囡囡醒过来找不到我可不行。”

“你待囡囡太好了，秋薇。”静漪说。

秋薇斜靠在椅子上，看着熟睡的遂心，说：“囡囡是天底下最好的孩子，小姐。哦对了，白天司令部来过电话，姑爷……不是，陶司令……说他大约明后天会回来。他最近军务繁忙，这是听说囡囡病了，特意赶回来的……”

静漪不出声，只望着沉睡的遂心。

“迟早要见的，小姐。”秋薇见静漪手指上那枚戒指被壁炉炭火映出微光，知道她此时的心情必然复杂极了。

静漪点头：“等我眼下的差事告一段落，会跟他见面好好谈一谈的。”

秋薇终于没有再说什么。

女佣轻手轻脚地走进来，往壁炉里添了两块木头。

有静漪在，秋薇终于不用独力支撑，很快蜷在长沙发上睡着了。静漪走过去，将她的双腿放平，让她睡得舒服些。

静漪坐到壁炉边，木头燃烧着，她听着那毕毕剥剥的细微声响、秋薇的呼噜声和遂心匀净的呼吸声，感受到的完全是温暖和温柔。

这是最寻常不过的温暖和温柔，她却有太久没有接触过了。她甚至不想闭上眼睛，也不想动一动，仿佛一旦那样做了，就又会错过这一切……

“薇姨，薇姨……”遂心轻声叫着。

秋薇睁开眼睛，忙翻身坐起，摸摸遂心的额头，说：“太好了，不发烧了……还难受不难受？嗯？这会儿怎么样？还有哪儿不舒坦？”

遂心被她不停地提问逗得直笑，咕咕的，像只舒服得打着呼噜的小猪仔。

“快说话呀！”秋薇催促。

“她没事了。这几天按时吃药就行。”静漪从卫生间出来，看遂心跟秋薇撒娇，微笑道。比起昨晚，遂心的精神好多了。

秋薇见她已经收拾利索，问：“检查过了？”

“嗯。”静漪整宿没合眼，面孔白得发青。她过来打开药箱，取出针头安在针筒上。吸了药水灌进药粉瓶里混合好再抽出来，手法极为娴熟，看得秋薇两眼发直。她笑笑，晃了下针筒，说要给遂心注射。

“护士阿姨。”遂心喉咙还有些沙哑。

静漪让她张开嘴巴，竹片压在舌根，她仔细观察了一会儿。

“咽喉有点水肿……要加一两样药了。”她的手背一抬，让遂心合上嘴巴，“怎么？”

“你这样可真好看。以后都不要戴口罩好吗？”遂心说。

秋薇笑着，跟静漪交换了个眼神。

“谢谢。”静漪让遂心趴下，“就算你说我好看，针也还是要打的。”

遂心扁扁嘴：“哪个怕打针呢……阿姨是真的好看。”

静漪注射完，揉着遂心的小屁股。揉着揉着，她忽然有一个冲动，想要在这小屁股上咬一口……就像很多很多年前，她每天都要做的一样。

她捏着注射器，心像被突然之间倒了过来。

“凯瑟琳，”秋薇轻声提醒她，“时间快到了。吃了早饭，我让司机送你回医院。”

静漪点头。她收拾好东西，将药箱拎在手里，看看仍趴在床上的遂心，嘱咐道：“要乖乖听话，恢复得才快。”

“好。”遂心乖巧地说。

秋薇松开遂心，想送静漪出去。静漪不让，说：“图太太，让用人送我就好了。”

秋薇这才意识到，顿时红了脸。

两人正说话间，就听到楼下车响。秋薇眉头一皱，道：“听起来就是苏小姐那辆新换的斯蒂庞克。嘟嘟嘟的，行动动静就那么大，顶闹人。”

她话音刚落，就听用人进来报告苏小姐到了，说是来探望遂心小姐的。

秋薇用低得只有她和静漪能听到的声音说了句“哪个要她来这里献殷勤”，随后对用人说：“请苏小姐喝杯咖啡稍等片刻，我马上下来。”

静漪拿出口罩来戴上，跟遂心告别。看得出来遂心也并不喜欢听到“苏小姐”这三个字，仗着病中秋薇对她纵容，在呢喃着说不要见苏小姐，“我头疼”。秋薇却在跟遂心说“美珍阿姨来看你是好意，囡囡要有礼貌”……静漪望了遂心一会儿，拎起包来准备离开。

秋薇转过身来，跟静漪一同下楼，她有些黯然地道：“遇到难题的时候，我总在想，如果小姐在，小姐会怎么教囡囡。”

静漪眼神温和，只点了点头。秋薇有点哽咽。

静漪已经看到了那位穿着黑色旗袍笼着飞机头的苏小姐，下楼的脚步加快了些。

苏美珍听见脚步声，从客厅里踱出来，同楼梯上的两个人打了个照面。静漪走在秋薇身前，先打量了苏美珍——她一身黑丝绒旗袍滚着金色的牙子，领下剜了个心形的镂空，露出了细腻白皙的肌肤……她得承认这位苏小姐还真是个美人。在上海这个亚洲时尚之都，仍然称得上时髦。

“苏小姐，早。”秋薇打招呼。

苏美珍站下，仰脸看着从楼梯上一前一后走下来的这两个女子。后者她自然是熟识的，前者拎着药箱并且打扮素净，应该是位看护。这看护戴着口罩，只是淡淡扫了她一眼，脚下甚至都未作片刻停留，略回身对图太太颌首示意自己先走一步。

秋薇不便丢下苏美珍送静漪出门，只好说：“凯瑟琳小姐，我这儿有客人来，不能送你了。请慢走。囡囡有什么事，我会打电话过去的。”

程静漪点头，转身翩然而去。苏美珍的目光不由得不跟着她去，竟暂时忘了身边的秋薇。

秋薇又忙吩咐用人：“王妈，送凯瑟琳小姐出门。让司机路上开慢些，今天又有雾……苏小姐，请上楼吧。”

“图太太，你的用人今天真无礼，竟然拦我像拦生人。”苏美珍对秋薇抱怨道。

秋薇料到苏美珍会不满，从容地说：“真抱歉。是我特地嘱咐下人们，任何人不能打扰遂心休息。遂心在病中，医生交代了要静养。您也知道，要是遂心有什么事，我不好和司令交代。”

苏美珍见秋薇搬出陶骧来，便问：“遂心有没有好些？”

“昨晚发烧很凶。请施密特医生来打了针才好些。刚刚才醒过来。我陪您上去探望。不过，遂心现在还很虚弱……”秋薇解释道。

苏小姐点头，略停了下，还是忍不住问秋薇：“对了，刚刚那位是看护？”

“是。”秋薇说。

“那位护士身上那件大衣好贵重的。”苏美珍笑道。

“那我倒看不出来。”秋薇知道苏美珍这大小姐，惯会在这些东西上留心的。

“你从不留心这些。倒不是我夸口，我不必出门，这上海滩上三两天内，谁家添了什么新行头，谁买了什么贵重东西送给相好，统统都说得出一二三来的。”苏美珍笑道。她倒也坦白，秋薇被她说得也笑了，苏美珍又问：“遂心这回只是感冒吗？怎么这一个礼拜，倒折腾了两回医院。我倒要说，你素日对遂心用心也是十分的用……”

遂心这样隔几日便是一病已经令秋薇很自责，被苏美珍这么一说，脸上顿时红了。

苏美珍见她红了脸，顿觉得自己失言，忙笑道：“小孩子嘛，都是这样的——司令很快回来吧？”

秋薇含糊地应了一声，说司令的行程她也不清楚的。她们已经站在遂心卧室门口，她贴身的小女佣开了门。苏美珍见到遂心便所有的心思都放在她身上，跟着她来的女佣也拎来了好些礼物，吃的玩的都有。遂心道了谢，说自己很喜欢。苏美珍知道遂心这样说多半是出于礼貌。因在病中，遂心瘦多了，也不大有精神，比平时显得随和一点，也更惹人怜爱……苏美珍难得能和遂心说会儿话，索性坐在遂心床边，问这问那，更不时摸摸遂心的脸。遂心虽不太情愿，可也没有拒绝。

秋薇站在一边看着苏美珍讨好遂心，不禁想起刚刚离开的静漪。她悄悄走到窗边往外看去。恰在此时，街上远远传来了汽车摩托车的轰鸣声。秋薇怔了怔，索性推开了窗。

苏美珍问：“怎么开窗了？今天没太阳，好冷的。”

秋薇说："好像是陶司令车队。"

"回来了？"苏美珍吃惊。她立即站起来，随手整理着身上的衣服，转眼看到遂心正看着自己，停了手，笑道："果然是父女连心。遂心病着，爸爸多着急……"

遂心看着她，转脸对秋薇说："薇姨，我饿了。"

"碧玺，快下去传……"秋薇说着，探出身去看了一眼——陶司令的车子已经进了院子，可是家里的车怎么还没有出去……

此时静漪仍等在门厅里。

"小姐，车子备好了。"图公馆的听差进来对她说。

她听见外面嘀嘀嘀的车响，走出来看了眼大门口的方向——来了好多辆车。先导的吉普车、小型军用卡车，后面是辆白色轿车，紧随其后又有几辆吉普车，声势不小。她站定了看一眼，图家的门房早就招呼了几个听差去开门。几个人急急忙忙开了大门。那辆白色轿车缓缓驶进来。

静漪瞥见车头上挂着的军旗，马上低头上车。

图公馆的车道呈环形，她所乘坐的这辆车向另外一个方向驶去，恰好为后面驶来的车腾出了空当。

静漪想图虎翼应该不够这么大的派头，也许是逄敦煌。但也许，也不是逄敦煌……这个念头冒出来，她像是被什么刺了一下心。此时车子开出图公馆大门，能看到刚刚抵达的卫兵已经从大门口处开始警戒。

静漪靠在车座椅上，额头上顿时沁出一层密密的薄汗……

陶骧站在客厅里，将手套摘下来，随手丢给路四海。看到秋薇和苏美珍一起下楼来，他微笑点头。

苏美珍巧笑倩兮。秋薇则惊出一身冷汗。

秋薇笑着问候陶骧，看看他身后的路四海，笑道："小四你也是啊，不早点打电话回来，家里一点准备都没有。"

"我怎么敢随意暴露司令的行踪？"路四海微笑。

"囡囡一病，省身连续几个电报打给我。"陶骧说着，将斗篷也解了下来，露出里面笔挺的深灰色军装。他没有告诉秋薇，逄敦煌不但打电报到徐州，趁着部队开拔的机会，还特意绕了个弯子跑到他的司令部去了。那个有着豹子眼睛，也有着豹子脾气的家伙可不管他是不是忙到没时间回上海，简直要拿枪逼着他回来看女儿了。

他问："囡囡呢？"

"在她房间里，已经好多了。"苏美珍抢先说。

陶骧对苏美珍点了点头，往楼上遂心的房间去。苏美珍识趣地在楼下等着，秋薇随着陶骧上楼。陶骧见到遂心后并没有再询问病情，秋薇也就不发一语。她是熟悉陶骧脾气的，不喜欢人多话。

遂心见到父亲倒显得很平静，陶骧问什么，她答什么；不问，她也不出声。

秋薇见父女俩都沉默下来，忙笑道："囡囡不是早就想爸爸了？怎么这会儿倒不跟爸爸多说说话了？"

遂心嘬起嘴，陶骧脸上虽然还是绷着，却因为秋薇这句话，心里暖暖一转。

他看着女儿，问："这回爸爸回来能住几天，跟爸爸回家去好不好？"

遂心迅速看了父亲一眼，没说好，也没说不好。

秋薇听了却说："姑爷，囡囡才好些，还是让她在这儿好好休养几天吧……太太说话就到了，回头让太太看着囡囡病着，又该心疼了，那多不合适。"

她还是一着急，就会叫陶骧姑爷。

陶骧点头道："也好。只是辛苦你了。虎翼过些天才可以换休回来。原本前几日他就该回，部队临时做了调整，耽搁了。"

"他有电报来。"秋薇说。

"还是请看护过来照顾囡囡吧。"陶骧的目光扫过遂心床头的药品。

"已经请了。"秋薇立即回答。她的声音突然变得尖细起来，自己都觉得异样。

"还是个很漂亮的阿姨。"遂心忍不住说。

陶骧看看她，说："是吗？"又看向秋薇。

"是，慈济医院的施密特医生介绍来的。虽然不是私人看护，但说好了会再来。"秋薇解释道。

"是吗？不如再请个私人看护帮帮忙，你也不会太辛苦。"陶骧站起来。

"不要别人来，我还要昨天的凯瑟琳阿姨。"遂心忽然来了精神似的，说。

"好，还要凯瑟琳。"秋薇笑着说，见陶骧是要离开的意思，忙道，"姑爷，早餐已经准备好了，用一点吧。"

"不了，等会儿市政厅有个早餐会，我这就得赶过去。"陶骧说着站起来，看向女儿。

遂心乌溜溜的大眼睛也瞅着他。

陶骧站立良久，才伸手过去。触到遂心柔软的额发，他竟有些不忍移开手。

“姑爷，晚上能回来吃饭吗？”秋薇在一旁低声问。

遂心不声不响地仍瞅着父亲。

陶骧于是说：“好。”

“太好了，我让厨房准备准备，晚上多做几个您爱吃的菜。”秋薇说着，对遂心笑。

遂心歪了头，并不笑。

陶骧倒笑了，然后他伸手到遂心腋下，将她举了起来——这孩子轻巧得像羽毛一样，在他手里，甚至没有他随身带的手枪沉……他把遂心抱在怀里，掂了掂，说：“这一病，竟轻了好些。”

遂心头一歪，靠着陶骧的颈子，一副撒娇的模样。

陶骧微笑，抬手摸摸女儿的童花头，仍将她放回床上，“爸爸要去开会，晚上会回来陪你吃饭。”

遂心使劲儿点头，陶骧捏了捏她的小鼻子。

“老太太回程定了吗？”秋薇问。

“在香港多留了一两日，算起来还得三四天才能到上海。”陶骧走出房间来，路四海才小声提醒他：“司令，今晚上孔先生府上宴请。”

陶骧穿上斗篷，瞅他一眼。

路四海低了头，忙递上军帽和手套。

陶骧对等候在一旁的秋薇摆了摆手，踏着楼梯下去。

苏美珍正架着腿坐在客厅里喝咖啡，看到陶骧下来，默默起身，陪着他走出去。

他站定，她也站定。

她得仰着头看他，见他军帽下露出压的密密的一圈发线，银丝缠在墨玉上似的。

其实这些天她在心里还是生着他的气的。不久前她去徐州探望他，他竟然不见，从来没人敢那样对待她……看到他的人，她是什么气都消了的。前一刻还觉得自己没出息，此刻却又觉得没出息的好。

“这就走吗？回来能住几日？”她问。他总是来去匆匆的。

陶骧侧了身，看她一会儿才说：“大概能多住几日。”

“真的？”苏美珍惊喜，“那我跟我父亲说去……对了，你今天晚上有时间吗？”

陶骧还没有回答，她忽然意识到了，急忙说：“我竟忘了遂心还病着。你还有事吧？快去吧。有空了……给我电话。我总是在家的。”

陶骧说：“好。”

他说好，她倒愣了一下，脸上迅速飞起一片红晕来。

陶骧替她开车门，等她走了才上车。

苏美珍的新车开在前面，转弯的时候才鸣笛，让在一边，让他的车队先过去了。

陶骧还是掀开窗帘，挥了挥手，不知道她是否看得清楚。

她总是在家的……为了等他的电话吗？那么爱玩爱闹爱跳舞的人！

路四海回过身来，跟陶骧说：“早上孔先生亲自打电话来问。我说您在开会他就不让转过去给您接听，只说晚宴没有外人……另外孔夫人刚从美国旅行回来，和她一起回来的还有金夫人一家，他们也会出席晚宴。”

陶骧倒没想到会听到这个消息。

他跟孔远遒是多年的朋友。孔远遒的夫人赵家的三小姐赵无垢、她的二姐金碧全的夫人赵无瑕都是如今的沪上名媛、当年北平的名门闺秀，也是……她的表姐们。无垢常年定居上海，无瑕早些年便同碧全移居美国。金碧全因公务时常往返中美之间，无瑕却是多年来第一次回国。

偏在这个时候回来了……

“替我送花去孔公馆给两位夫人，就说晚宴我会准时到。”他说。

“可是您刚刚……”

“不妨。”陶骧上了车。

路四海打开他随身的小纸片搜了一遍，回身问道：“司令，给孔夫人送什么花合适呢？”

“牡丹。”陶骧说。无垢最爱牡丹，无瑕嘛，当然是玉簪。“牡丹和玉簪。”

这两样，严冬中的上海也都不难找。

“玉簪……牡丹……还有备选吗？”路四海咬着笔帽，含含糊糊地问。

陶骧看着他那不拘小节的样子，微微皱眉：“没有。”

“玫瑰花？栀子花？白玫瑰和栀子花都很好看……孔夫人最喜欢花的。我知道一家店，暖房里烘出来的花，什么都有。”路四海自言自语。

栀子花……陶骧似闻到了栀子花馥郁的芬芳。夏天炎热，栀子花浓郁的香有时颇让人喘不过气来，而在冬天，那也许恰到好处。上海冬天的阴郁，有时真让人受不了。

他仿佛从来都没有喜欢过上海。过于精致，过于精细，他总觉得这与他是格格不入的。而所有与这里有关的繁华，对他来说都像是过眼云烟，是经过便会遗忘似的单薄。不过，有些东西他还是记得的。

“小四。”他说。

“是。”路四海收了他的小本子。

“记得提醒我买凯司令的点心。”他交代。

他的遂心最贪甜，外面的点心遂心多数吃不来，但遂心喜欢凯司令的马蹄酥。

“是。”路四海答应。

车队穿街而过，车辆行人纷纷避让。

陶骧合上眼。

静漪的住所离图公馆并不远，都位于法租界的西部。

她进门便坐在了门厅的沙发上，腿才止不住地抖起来。

用人李婶小心翼翼上前询问：“程先生，您是哪儿不舒服吗？”

静漪摇摇头。

电话铃声响了起来，李婶忙去接听。

“这里是程公馆……您请稍等。”李婶放下听筒，过来请静漪，“程先生，医院里来电话。是梅小姐。”

静漪起身走了过去。

梅艳春在电话里的声音有些急促，她说：“程院长，军方今日又派代表来医院接洽，要求我们医院拨出专区收治前方作战伤员。”

程静漪问：“哪一支部队？”

“隶属第四战区。”

“陶系。”静漪说。

“是的。”小梅说，“他们态度非常强硬。现在您办公室外等着。他们说今天必须给他们答复……”

“气焰嚣张。”静漪说。好似转瞬之间，她已经恢复了精气神，太多事情等着她去做。

“陶骧战功赫赫，不管中央还是地方，个个都得卖他几分面子，与他们闹翻没有好结果的。院长，陶系得罪不起。”小梅着急地说。

“我这就来。”静漪说。

“他们……”

“告诉他们，就说是我程静漪说的——愿意等，就等；不愿意等，马上离开我的办公室。”静漪不等小梅答复，放下了电话。

此时用人已经准备好了早点，过来请她去用。她没有什么胃口，但长期的习惯让她仍然坐下来，喝杯咖啡、翻翻当日的报纸。几份报纸头版头条都跟战事有关，其中绝大多数内容又是陶系辖区内的最新战况，她有些烦躁地将报纸放在一边。今天的咖啡味道有些怪，大概是隔夜的烘焙豆，受了些潮气。她没有出声，默默喝着这味道奇怪的咖啡。

李婶在一边报着昨天的账目。

静漪心不在焉地等这老用人报告完毕，问：“李婶，我想在家宴客，你能凑一桌席面吗？”

李婶想了想，问：“先生您都请些什么人呢？”

“医院的同事，大概十来个人。”静漪说。她自动将那些人降了一个格，李婶的淮扬菜做得极好，应付宴席完全没有问题，她没有必要让李婶紧张。

“那先生您打算哪天请客？”李婶又问。

“这个周末可以吗？你准备得来，我今日就下帖子。”静漪打定了主意。

李婶点头：“行的，先生。”

静漪换了衣服出门去。

到办公室一看，两位戎装男子正端坐在沙发上正等她，小梅则绷着脸坐在她自己的位子上。看到她，小梅忙站起来，那两位戎装男子愣了一下之后，齐齐起立，又齐齐向她敬了个礼。

静漪打量了一下这两位身着青灰色军服的男子，都是少校军衔，军容严整，相貌堂堂。

“二位里面请。小梅，三杯咖啡。”她并没有询问这二位想喝什么，说罢先走了进去。

两位军官见这慈济医院的女院长如此年轻，大感意外。她风度优雅地请他们坐，令他们准备好了的说辞，竟自觉不能不拿捏着几分。

静漪并不急着问他们的来意，同他们寒暄几句，知道这二位一位姓李，一位姓王。等咖啡上来，她才开口询问。他们立即将公函奉上，趁她查看公函的工夫，解释了来意。

原来他们是因为野战医院人手不够，容纳伤病员的能力有限，需要将重伤员从前线转移到后方医院疗养。另外为了未来战局发展着想，他们也需要更多的病床，因此需要在合适的医院当中寻找合作。

“希望慈济能够提供一点支援。”王姓少校更沉稳些，他最后说。

静漪将公函放在茶几上。她没有马上表态，其实不用看也不用听，她早已明白个中曲直。

“程院长？”王少校问她。

“我不能答应这个要求。”程静漪直截了当地回答。

“什么？”李少校脸色顿时变了。

“两位长官，恕我直言，军方应该先与公立医院接洽。慈济作为私立医院，又是教会创办经营的，还是在法租界内，接受军方伤病员必然有诸多掣肘。我们有我们的难处。”

“什么难处？现在还分什么私立公立？我们第一步向慈济寻求支援，看重的是慈济在上海首屈一指的外科和最好的医生护士。”李少校不只脸上，连脖子都红了。

“要分的，长官。慈济既然没拿政府一分钱，替政府分忧的事，就不便抢先一步。”静漪温和地说，她将公函摊开，指给面前这二位看，“这里列明的医院不止慈济一所。长官，若战局吃紧，实在需要慈济，慈济当然义不容辞。但我刚刚也对长官说了，眼下我们有我们的难处，的确难以从命。想必前任院长也已经同长官解释过个中缘由，那么我便不再赘述……”

“你还是不是中国人？”李少校抢白道。

这句话不算不伤人了，静漪看着他肩上的银豆闪烁晶亮光芒，但他眼中的愤怒之火比那更刺目。她冷静地说：“长官，我是中国人，但我不认为眼下的困局，只凭一腔中国人的热血就能解决得了。战争爆发，平民百姓同样需要医疗救助，这不是作为医生、医院能权衡取舍的。慈济但凡有能力，出于人道主义精神，必定全力以赴，不分……”

“强词夺理。”李少校猛地朝茶几拍了一巴掌，桌上的咖啡杯被一掌震动，咖啡溅了出来。

门外的梅艳春听到声响马上进来：“院长？”

静漪示意她出去。

“长官，就如您所说，选中慈济，是因为在某些方面可能慈济首屈一指。但不瞒您讲，眼下慈济能不能维持下去都是未知数。这种情况下怎么可能有余力支援军方？如果您二位不信，大可出去打听一下。”

“这是托词！”

“是否为托词，不日即见分晓。总之，短期之内，慈济不可能接收军方伤病员，也不可能提供那么多的床位给军方。”

“你这是公然不支持抗战……”

“长官，不支持抗战的帽子太大了，我不能接受。作为我个人，随时愿意被征召。但是作为慈济的负责人，我必须首先考虑慈济的存亡。还有许多病人仰仗慈济，长官。”

“你找借口，你给我等着……”

“我可以等着。”程静漪做了个请的手势，“小梅，送客。”

门开了，小梅进来。

两位面红耳赤的军官走出程静漪的办公室，仍然怒气冲冲。

梅艳春送他们出去，皱着眉回来，对正在写着什么的程静漪说：“程院长，他们……会不会找你麻烦？”

“不支持抗战是个很重的罪名，是吗？”静漪捏着她的派克金笔，仔细端详着自己的字。写惯了英文，忽然换了中文，她总觉得自己写得不够端正。

“眼下还不是。您别担心，轮不到我们先承担这种罪名。”梅艳春安慰她的上司。可她也知道程院长在医院的处境已经不太妙，如果再与军方闹僵，事情只会更糟糕。慈济是否能经营下去先不要说，恐怕理事会那些人先就有了理由赶她下台。

“慈济一定不是第一个也绝不会是最后一个拒绝与军方合作的私立医院。我们不是不支持抗战……”静漪将笔放下，“打仗？这仗打不打、怎么打，都还是未知数。真的打起来的那一日，慈济许多人，志愿去做随军医生的，恐怕我拦都拦不住。”

梅艳春一时没有弄明白静漪的意思。静漪将她写好的一沓米色印花纸笺交给梅艳春，梅艳春接过来一看，是请柬。

“务必替我送到。这个周日晚上，我在舍下设宴待客。”静漪转着钢笔帽。

梅艳春答应着出去。她仔细看着这些名字，除了医院的几位理事，就是长期资助慈济医院的大财主，剩下的不是政要便是大商贾，只有一位很让人意外——逄敦煌。梅艳春看到这三个字，发了半晌呆。

程院长怎么会邀请逄敦煌？刚刚来的那两位，就是逄敦煌的直属部下。

她沉吟片刻，敲门进去。

程静漪正在打电话，看到她，握住话筒。

“程院长，您不打算请杜文达先生是吗？”梅艳春问。

叱咤上海滩的三大巨头之一的杜文达，前两日曾在公开场合称赞过慈济医院的功绩。以杜文达的地位，不可能无缘无故说起这样的话，但是静漪还是慎重而矜持地同样通过闻风赶来采访的记者表达了谢意。她没有贸然表示什么。

静漪说：“暂时没有这个打算。”

“这样的话，您的宴请名单里，能不能再加进一个人？我想替我父亲谋您一张邀请函。只是不知道……”梅艳春微笑着说，她有点拘谨。

“梅孟贤先生？”静漪问。

梅艳春沉吟片刻，点头。

“我这就写。”静漪郑重地道。

“那我先出去了。”梅艳春看起来很高兴，退出去将门关好。

静漪停了一会儿，才对着话筒说：“是我的秘书……对，就是那个教训你的两名来使的小秘书。”她说着，将话筒换了一边，“邀请函我让人晚点送到。省身，你确定要来？”

逄敦煌在电话里爽朗地笑着，说自己一定到。他开玩笑说程静漪你还用得着四处打劫，你这就打电话给程老九，你要多少钱，他会弄不来给你？你做这么多又是何苦来的，讨人嫌不说，多跌份儿啊。

静漪沉默片刻，才说："你再多嘴一句，我告诉小梅你的请柬不用送过去了。"

逄敦煌急忙告饶，又问那杜老板呢？

"你刚刚应该听到了，我会邀请梅先生。杜先生那里，希望这不至于冒犯了他。"静漪放下电话，补写了一张请柬拿出来，问，"小梅，你有没有熟识的裁缝？"

"您需要哪种裁缝？"小梅细心，先问道。

"能修改礼服的。"虽说是家宴，仍需盛装，静漪说，"来不及做新的了……身边的几件都不太合身。"

"这事好办，包在我身上。"小梅笑着说。

可第二天，小梅看到静漪拿来的那件礼服，立刻改了主意，说："您这件衣服要修改得寄回法国去，我要去找的那位可干不了这事。"

静漪看她。

"我的意思是，我要介绍的这位操洋泾浜英语的裁缝，给这件衣服动手术的话，那可是二把刀的大夫上手术——能保证开膛，不能保证缝合……"小梅掂着这件缀满珍珠的蕾丝礼服。做工如此精细，真让人爱不释手。她只在大姐从巴黎带回来的杂志上见过，没想到今天不但眼见为实，还能亲手摸一摸。"这样好不好，我带您去见个人。他要是能改，就试试，如果他也说不行，那不如另外再选一件。横竖他店里的礼服也是欧洲最新式样。虽然不及这个名贵，也很说得过去了。"

"也只好这样。"静漪想到自己那几件压箱底的礼服，合身的程度还不如眼前这件呢，要撑场面，实在是担不住架势。若在平时，她也就将就了，偏偏遇到了将就不得的时候……"我已经很久不逛时装店了。"

"您太忙了。"小梅笑道。

静漪笑笑，忙是忙的，也是没有那个心思。

小梅再看看这礼服，小声问："穿这个出场，好看是好看，您不怕那些财主老爷说您生活奢侈，还要求募捐？"

静漪想了想，说："要是需要的话，我把珍珠都剪下来给慈济，攒一攒，也有一包。"

“好像整件出售更值钱。”小梅说。

两个人同时笑起来……

下班后静漪跟小梅一起往她提到的时装店去。

时装店位处繁华地段，店铺洁净而又清亮，店员看到小梅马上热情招呼，说有时候没见着她了。小梅笑着说：“提前给钱老板打电话了，他这会儿有空吗？”

店员说：“请您二位稍等，钱先生正有一位客人在，马上下来。”

小梅一回身指着外面的车子，说：“进来的时候看到苏家的车子，这是哪位苏小姐在？”

店员忙说是苏二小姐和朋友。

梅艳春听了，就跟店员说要两杯热茶，搓着手回头对静漪道：“咱们那边坐一坐——先紧着苏家这位二小姐。我那二家姐都说，不管去霓裳还是国光，最不要遇到的人一个是苏二小姐，一个是梅大小姐。有她们在，旁人得没完没了地等……谁知道提前预约了的还能遇到她。”

静漪笑笑。小梅形容的样子，让她立刻想到在秋薇那里遇到的苏美珍——巧的是，对方也是一位“苏小姐”。大概此苏小姐，非彼苏小姐——摩登女子苏美珍是很俊俏的。那弯弯的细眉，言谈间眉飞而色舞，性子很活泼开朗……她略皱眉。都过了两日了，苏美珍的模样总不期然会出现在她脑海里。

她转过脸去看看店内陈列的时装。果然如小梅说的，店内摆出来的都是欧洲各大女装的最新款式礼服。玻璃罩能罩住灰尘，却罩不住这些似有灵魂的美丽衣服的光芒。连她这个从来不爱在衣饰上用心的人，也觉得新鲜又美丽，心情不自觉就愉快起来，忘了刚刚自己在想什么。

“难怪女人都爱逛服装店。”她闲闲环顾，就近坐下，“看着就有趣。”

“这家的老板更有趣，等下您见了就知道。这位钱老板每次到了新货，都让熟悉的客人先来挑选的。他很有生意头脑，学得也精细。欧洲的货样到了，他仿制也能仿制得九分像。所以他的生意总是顶好……哎呀，可惜今天有些不巧。您是不知道，这位苏二小姐，仗着她从法国留学回来的，每次总喜欢对人品头论足，试衣服遇到她，真的跟遇到小鬼差不多。”小梅小声说。

静漪又笑笑。小梅有时候很有些孩子气，难得的直爽可爱。

小梅吐了吐舌，小巧的耳朵一动，回脸道："钱老板，你可来了，到底也顾着我们些呀。"

楼梯咚咚咚直响，那人一行走，一行就嚷上了，拍着手直叫："密斯梅、密斯梅……哎哟哟密斯梅，让你久等了，抱歉、抱歉、真是抱歉……"一迭声地道着歉，人几乎没有从楼梯上滚着下来——那声音就透着圆滑，珠滚玉盘似的。

静漪看小梅，小梅低声说："就是他了。"

静漪点头。

"正要让伙计上去催你呢，这就赶着下来了。可见也是知道让我们在这儿坐冷板凳不妥了。"小梅笑着打趣。

"密斯梅说的是，我该打、该打……偏密斯苏试衣服是最仔细的。我听伙计说了，就先下来招呼你们……这位是？"钱老板站定了。

程静漪转身看着这个油头粉面的中年男子，白衬衫格子裤温莎结，握着手站在她们面前，只管盯住了自己。

小梅给他们介绍，然后说："就是电话里和你说的事。来帮我们看看这件礼服。"她说着便将搁在长条案上的盒子掀开，除去上面那一层薄纱，礼服稳妥地放置盒中。

钱先生趋前，从口袋里掏出白手套来，得到静漪的许可，捏了礼服提起来，展开一看，他先看静漪，正色道："密斯程，这礼服珍贵了，恐怕这世上仅此一件。"

缀着珍珠的礼服很有些重量，钱先生小心翼翼地移动礼服，仔仔细细地看了又看，摇头道："这么贵重的礼服还是不要改动的好。"

"若是能改得合身了，我也省了再添置。"静漪说。礼服是二表姐无瑕送给她的礼物，祝贺她取得博士学位的。这么华丽的礼服，毕业式之后，她就没有机会再穿。读书时靠奖学金度日，钱虽是不缺但也不富裕，且早习惯了一件衣服穿到旧。穿到无瑕看不下去了，会给她买一些，或者知道她的脾气，将自己只穿了一两次的衣服送给她。她也就这么过来了。

"钱先生，可别只惦记着卖新衣服给我们。真的不好改吗？"小梅笑着问。

"我担心的是万一改不到好处，得不偿失。您既然来找我，总是信我的眼光的吧？"钱先生看看静漪，"您先穿上，我来看看再决定。"

静漪也只好去更衣间换衣服。钱先生等她进去，转身低声问："密斯梅，这位密斯程是什么来头，怎么没有听说过？”

“你不要啰唆，总之是很重要的人，如果她的事情你给办砸了，我可要我妈妈姐姐嫂子表姐表嫂同学朋友们通通不要来你这里光顾了。”梅艳春故意板起脸。

“哎哟，那怎么会！”钱先生笑嘻嘻地说，“我只是从来没有听说过这样一位女士。”

“刚刚从美国回来，没有在社交界露过面呢，你怎会听说。”梅艳春知道钱先生喜欢在太太小姐们中间传递消息，就不欲多讲，“苏二小姐来选新衣服？最近又有什么重要舞会吗？”

“那倒不是。想必好事近了，心情大好，今天是试一件买一件的样子。”钱先生眉飞色舞。

“哦？好事近了？同谁？”梅艳春好奇心起，追问。

“还能同谁？”钱先生看看楼上，有些避忌似的，轻声说。

“从来都是雷声大雨点小。她肯做小伏低，人家也未必把她放在心上。”梅艳春笑着说。

“听说这回那家老太太亲自过问，我看密斯苏是很有把握的样子。”

“那也过问了有两年了吧？那人有孝顺的名声不假，婚姻这桩事嘛……”梅艳春一耸肩。

“密斯梅！”钱先生笑。

“我就是看不上她那轻狂样儿。从前抢我三表姐的未婚夫，到手就甩，害人家自杀。”梅艳春说着忽地又笑了，“不过我还得谢谢她帮三表姐撵走那个不成器的呢！话又说回来，这也许就叫一报还一报……”

钱先生赔着笑，正不知说什么合适，就看到更衣室门一转，眼前就亮了：“哎哟，哎哟哟……我刚刚怎么说的呢？”

静漪转身看着镜子，灰粉色礼服，十分雅致，只是脚上这双皮靴鞋跟矮了些，裙摆就垂到地面上，并不能将这礼服形状展现到最好。

钱先生立即要店员另拿来一对鞋子给静漪放在脚边，说：“密斯程请换跟高一点的鞋子。”

静漪看看这双同样是灰粉色的缎面高跟鞋，大约有三寸高。

鞋子换上脚，店员循例想请她踩地垫，钱先生悄悄拦了一下自己的店员，站在静漪身侧后方，笑眯眯地说：“密斯程，怎么样？只要换双合适的鞋子，这件礼服就合身多了。”

静漪看着穿衣镜内，抬手将肩带拉了一下，礼服提高了半寸，说：“请帮我修改一下这里，另外收一下腰。”她轻轻旋转身子，礼服的下摆随着她的动作慢慢散开，满身迷人的珠光淡淡流转……她深吸一口气，问：“小梅，你觉得呢？”

梅艳春从静漪换过礼服出来便没有讲话，此时才如被惊醒一般。可她看了静漪好一会儿，还是没说话。

“不好吗？”静漪见她只是沉默，问。

小梅说：“不是的，我觉得，其实完全不必改，只要加一件披肩就很完美。”她晓得程静漪的那几样修改意见，想必是担心礼服有些暴露。可是……“您也太保守了。”她批评道。

“披肩是一定要加的。”静漪说。保守吗？不，她不保守，她只是觉得，自己不再适合。“是吗，钱先生？”

钱先生点点头。

“这双鞋子替我包上。”静漪说。

“不必改了？”钱先生眉开眼笑地问。

“听小梅的，这一处不改了。腰还是要收一收的，太肥了些。”静漪捏着腰间那一处。她的腰又细了些，还好细得并不过分，否则这礼服穿上身，意韵便少几分。

“但若是我出了丑，可要找小梅和你算账的。”她开起了玩笑。

“怎么会！”钱先生立刻说。

“尽管来找我好了。”小梅打包票似的，也笑着说。

楼梯响，数名女子清脆的言谈笑语传下来，戛然而止，静漪从镜中看到楼梯的中央出现几个女子的鞋尖——当中那枣红色的旗袍下摆，衬着白色透着一点青的丝袜和皮鞋，格外醒目——她提了下裙子，回了试衣间。

下楼来的是一袭枣红色丝绒旗袍的苏美珍和她的朋友。她们同梅艳春彼此寒暄一番，才跟钱先生道别，让店员把选好的衣服快些送到外面车上去。

苏美珍看看试衣间的方向，笑着问钱先生：“可是有好衣服没给我看？”

钱先生笑道：“那是客人自己的礼服。”

苏美珍有些失望地说："哦，那可惜了，真是件好衣服。"

"是呢，那只牌子是专门替英皇做衣服的，这两年才接民间的订单，有钱都不一定能买到的。密斯苏今日选的也都是好衣服啦。"钱先生笑着，又试探着问，"订婚礼服和结婚礼服打算去欧洲采买吗？"

"哪里就说到这个了。"苏美珍笑起来，"到时候少不了麻烦钱先生的。"

她说完，跟小梅说再见，由钱先生送她出去。上车前她还问："刚刚那位背影有点眼熟，是哪家的太太小姐吗？别是我认识的，不招呼一下太失礼。"

"不会，密斯梅介绍来的，听说新近才从美国回来。"钱先生说。

苏美珍仍有些疑惑，梅三小姐眼高于顶，这般肯迁就，必然不是普通人。她只从楼梯上看到那女子的背影，被那夺目光彩耀了下眼睛，容貌便只是匆匆一瞥，看不真切，已然觉得眼熟，仿佛在哪里见过，就是一时记不起。

"密斯苏快上车，有记者呢。"钱先生眼观六路，笑着说，"这几家小报的记者专门会盯着这里，知道一旦有重大事件，你们就会来我这儿选衣服。"

苏美珍也就坐上了车，女友们叽叽喳喳地在谈论着什么，大概也就是这家的舞会那家的下午茶会，不会有其他。

"美珍，又在想你的'他'？"身旁的朋友攀着她的颈子，笑问。

"哪有。"苏美珍淡淡一笑。

"陶老夫人这次来，是给你们订婚的吗？"

"别胡说，我同他又没有什么。"苏美珍脸红了。

一车的女子都笑起来，不一会儿就说起了别的，仿佛她的事果然就只是个"胡说"，谁也没有当真……她轻轻叹了口气。

她看一眼堆在脚边衣裳盒子，脚尖碰了碰，忽地便懒懒的了。

钱先生问订婚礼服和结婚礼服，她倒是期待能亲自去欧洲采买。只是，这一天到底什么时候能到来呢？那个人的心思……如果能够琢磨得定了，她也不会如此不安。这一次他回来，不知能在上海停几天。那日匆匆一见，总觉得他比上回见面和自己的距离更远了些……

待钱先生回到店里，程静漪已经换好了衣服。她客气地拜托钱先生说："请务必在周六之前将礼服送到舍下。"

"我来取。"梅艳春忙说。

"不用麻烦，密斯梅。我做事你放心好了。衣服我会让最稳妥的伙计送。请问密斯程府上哪里？”钱先生问。

梅艳忙从手提包里拿出一个小盒子，抽了张名片子，写了地址上去，交给钱先生。

钱先生一看，极素净的名片子，只有简单的中文写明姓氏和地址，没有头衔。他恭敬地收好，也亲自将程梅二人送出店门去。

本来走两步也就上了车，这时候早早避在店门口的几个人跑过来挡在前面，对着她们就拍照。

静漪被镁光灯闪到眼，下意识遮了一下脸。

“你们什么人啊？怎么能随便拍照？”梅艳春生气地指着那几个人问。

来人先后递上名片，纷纷提问：“本周六晚蔡市长在市政厅设宴款待美国总统特使夫妇，请问梅先生有没有被邀请？梅小姐会参加随后的招待舞会吗？有传闻梅先生出售资产是对抗战信心不足，梅小姐对此有何评价？”

梅艳春一听这话，立即不耐烦地推开他们。静漪趁机钻进了车子。她叫小梅上车，只见小梅回身道：“我父亲的事情你们去问他。警告你们，刚刚拍的照片，要是敢登出来，你们的报馆就等着被封吧！”她说着坐上车，狠狠带牢车门。

“这些小报记者真是越来越不像话。他们要真的敢登出来您的相片，我就要他们好看。”小梅说。

程静漪说：“这些小报也要讨生活的。”

小梅笑了，说：“您是不知道他们会怎么乱写。您连大报都不肯上，何况这些八卦小报……不过他们说的宴会倒是隆重，北平南京上海的众多名流都会参加。美国总统特使倒是不见得太有吸引力，最要紧的是程夫人是特地从南京过来的。程夫人与总统特使夫人在美国的时候就是朋友……”

静漪知道小梅说的这位程夫人必定就是程之忱的夫人索雁临了。她静静听着，默默点了点头。

梅艳春得不到她的回应，也便停下来。此时程静漪戴着金丝边的眼镜，她想到她平时穿着总是深色的衣装或者是医生袍……她忽然开始期待周日程家的宴会。

“我们先吃午饭吧。”静漪从前方看到街上，“从前这街上有一家很好的法国餐厅，还在吗？”

“弗朗索瓦？”梅艳春问。

静漪点头。

“在的。就这家？”梅艳春见静漪表示同意，便吩咐司机前面停车。

待二人来到店里，梅艳春就跟经理说，用梅先生的座位。领座员将她们带到了临街的位子上坐了。她们都很快决定了吃什么。等菜上的时候，静漪看了会儿街面上，转回脸来就发现艳春在看她。

“怎么？”她问。

“抱歉。”梅艳春说。程静漪看了多久外面，她就看了程静漪多久。作为医生和院长的程静漪，她已经同她相处了半个多月，说不上顶熟悉，可也从未觉得陌生。程静漪会给人一种淡然的亲切感，不近，但也绝不远……她问：“您从前在上海生活过？”

“我毕业于中西女塾。”程静漪指了指前面那个巷口，“那里有一家冰激凌店。那时候放学，会让司机特意绕道去买。吃过之后再做功课。”

“我知道，家姐也常常会吩咐人去买。”小梅说着就笑了。她连着讲了几个关于吃冰的笑话，才问：“出国之前都在这里读书吗？”

程静漪沉吟片刻，才道：“并不是，我是一年级转学到协和的，不然会从圣约翰医科毕业再去德国留学。”

“圣约翰的医科，同协和是泰山北斗。”梅艳春有心问为什么她的学业中途生变，但没有问出口，“那个时候，女子学医的更少。”

“是啊，更少。”静漪微笑。

她看着窗外。那时候，能来念医科，是多么不容易才争取来的机会呢……

她仿佛听得到冰激凌店门叮当的铜铃在响。家里的汽车是接了她们姐妹一同回家的。姐姐们念的是专门调教淑女的贵族女校。和她中学便在中西女塾不一样，从北平圣心女中毕业后才来这里的她们，理所当然地要升入那样的大学。她们的话题永远是最新的电影和时装，她总插不上话。她要啃的书既多且厚，于是冰激凌就像是奖赏。母亲来信总是嘱咐她，读书要用心但不要过于辛苦，终究程家的女孩子永远不以挂牌行医为目标……挂牌行医就算是她的目标，那目标也太远。她最切合实际的目标，是跟上课程的进度。医学院的预科淘汰率很高，升学的压力很大。最要紧的是，家里除了她的母亲和对众多子女尽量一碗水端平的嫡母，都不太支持她读医科，她不能不争口气……车子在蜿蜒的街道上行驶，跑得平稳而欢快。静安寺的别墅，一住就是很多年。现在，不知是谁住在那里……她拿起刀叉，切着牛排。

梅艳春看着程静漪切牛排，不禁有种她正在做外科手术的感觉……左手无名指上的戒指，大概是她身上唯一的首饰了。她来了这么久，从未听她提及私事，今天应是说得最多的了……隐隐约约的，她能感觉到面前的这位女子一定是有着非凡的经历的，就凭她毕业于中西，就凭她能顺利考入圣约翰而且转学又顺利被协和接受，就凭她年纪轻轻已经获得了医学博士学位，还是在著名的霍普金斯大学医学院……这已经是很难得的了。

“小梅也是学医出身？”静漪见小梅沉默，主动找话题。

梅艳春说：“我是圣约翰护理科。只是不够努力，护理科也没读好，勉强拿到文凭，还好能来医院做行政工作。”

静漪说：“你有你的特长。”

“我的特长是会吵架。”梅艳春一笑，明媚动人。

静漪笑了，抬眼看到一个漂亮的青年向她们走来。他对她微笑，然而她知道他不是来找她的，她示意梅艳春。

“密斯梅？”那漂亮青年站下。

梅艳春看清楚来人，略微皱了皱眉。

静漪低头切牛排，听小梅三言两语便打发了那青年，不觉莞尔。

从前她的表姐妹们，也会这样对付那些追求者，毫不留情，甚至有些残忍。

哦，从前，又是从前，她禁不住摇头，回到上海，她就一个跟头翻回了从前……

“程院长？”梅艳春小声叫静漪。

“这又不是在医院，叫我凯瑟琳好了……”静漪抬头，发现不知何时小梅身旁站着的人已经变成了梅季康。她略一点头：“梅先生。”

这梅三先生，这几日出现得有些频繁。

梅季康摘了礼帽，点头示意，说：“密斯程。”

梅艳春道：“我们好不容易来一次，用用你的位子而已，又被你碰到。”

“没关系，我和朋友来的，去坐那边。”梅季康忙说。

“我们好了的。”静漪也说，她招手叫侍应。

“密斯程不要客气，在这里我是月结的。”梅季康说。

静漪微笑着，看向梅艳春，道："梅先生才不要客气，我今日是请小梅一餐。"

"哎呀，原来你们这么客气，全都是为了我。"梅艳春故意夸张地说。

梅季康微笑，也不便再坚持。

静漪顺利结了账、付过小费，同梅艳春一起走。梅季康殷勤备至地送她们出来。

上了车，静漪让司机先将梅艳春送回家。

到了梅家，静漪没有下车。小梅进门之后，她看了一眼梅家的门牌号，吉斯菲尔路7号。是栋白色的西班牙式建筑，很新。和这建筑一样，在沪上，梅家也要算是新贵。梅艳春的祖父是跑码头出身，到她父亲梅孟贤才做了船运。梅孟贤经营有道，不出三十年，已经是上海滩数得着的富豪。梅孟贤还是上海滩青帮老大之一，但他乐善好施也是出了名的。

这些，静漪很清楚。

"开车吧。"静漪说。她有些心事重重——重回上海，她不只是踏回从前，也似乎踏进了一个怪圈，睁眼闭眼，她想的都是钱。钱……

车子转了两道弯，仍在附近打转。她的司机似乎是迷了路。好在此处风景尤其好，她也不介意多看几眼。车子又转了一道弯，经过一处宅邸。这应该就是与梅家比邻而居的6号了。

她想着刚刚来的时候，小梅给她介绍过，6号的大宅子是这一区最漂亮的，只可惜主人家不是一般人，想参观都不行……6号吗？她轻轻叹了口气，拨开纱帘，瞅了一眼——厚重的黑漆大门，嵌在极高的院墙中，墙头搭着的树枝垂垂缀缀，隆冬中特有的深青色笼罩着墙面，立时便有种庭院深深的感觉……这还不过是侧门而已，这住宅的豪奢可见一斑。此时门前路边停了辆黑色轿车，不知在等什么人。

她准备合拢窗帘。那门中小门就在此时被人拉开，从门内出来一个穿着黑色长袍蒙着头巾只露出面孔和挽着菜篮子的手的老女佣。

只是惊鸿一瞥，静漪怔了怔。

待她回头再想细看究竟时，那用人已然上了轿车，车往相反的方向去了。

这深而幽静的巷子，仿佛是个深不见底的布袋，什么都盛得下……自然也盛得下静漪那片刻的犹疑。

也许只是打扮相似罢了。上海滩鱼龙混杂，洋汉杂居，各色人等俱全，有个把回族女子并不奇怪。

只是静漪合上眼，那样的黑色长袍、黑色头巾包裹头面，还有深凹的微蓝的眼睛，久久不曾出现在脑海中的模样，轻轻浅浅地浮现出来。

这么多年过去了，这栋宅子早不知几易其主了吧……

程公馆上上下下为了周日晚的宴会整整忙了这一周。静漪许久不曾操持过任何宴会，难免有点紧张，好在李婶是个得力助手，处处帮得上忙，让她轻松好些。

“程先生，图公馆来电话，说让您在方便的时候回电话，图太太好像有什么事情。”李婶将账单给静漪放在案头。

静漪刚从医院下班回家，正在卸妆，她应了一声，一边听着李婶继续汇报其他的事务，一边就拿起这账单来一看，问：“这是你写的？”

字算不上好看，但端正。

“是，先生。”李婶小声回答。

静漪不禁再次打量李婶。看上去其貌不扬但干净利落的李婶，是她来时这栋宅子里留着的老用人，原先只管厨房的，可人手不够用，女佣又少，李婶做了很多分外的事。静漪并不承想李婶能写能算……如果李婶这么能干，她要考虑将李婶升职做管家了。前任管家在她住进来的第二天就辞工离去，这些日子来见工的，她都不满意。这宅子虽小，还是得五脏俱全，缺个面面俱到的管家，她自己免不了要多操心。

“程先生，还有吩咐吗？没有的话，我下去给您准备晚饭。”李婶说。女主人的打量似有深意，让她莫名紧张。

“去吧。”静漪等李婶出去，继续换衣服。她今天回来得略早些，医院的事情渐渐摸了门路，眼下所要思虑的事情无非是那最大的一桩，却又是急不来的。她索性早些回来歇息。周末她需要有充足的精神应对那些“财神爷”。

她随后下楼来，立即闻到香味。李婶的厨艺真是没的说。

她虽已饥肠辘辘，还没忘先往图公馆打一个电话。接电话的是秋薇，和她说遂心这两日还好。其实她已经从施密特医生那里了解了遂心的病情，秋薇亲自同她讲，又多讲了些遂心的日常状况，让她更放心了些。

“你身体怎么样？我得替你好好检查一下。下周来趟医院吧。我交代人给你预留时间再通知你。”她并没有用商议的口吻。

秋薇犹犹豫豫的，却也没有说不去。

“是不是感觉不太好？”静漪觉察秋薇声音不对劲，她每说几句话都要喘两口气，像在运动中，“胸口憋闷？晚上睡得好吗？”

“就是睡得不太好，总乏得很。我总以为是年纪大了的缘故，这一胎才怀得辛苦。”秋薇终于说。

静漪沉默片刻，又问了秋薇几个问题之后，说：“不要拖了，明天就来医院。”

“好。”秋薇答应了，“虎翼明日到家，到时候，我让他陪我去医院。”

“遂心好些了你就不要亲自照顾她了，好好将养身子。但凡有什么不舒坦、不妥当，立刻打电话给我……听话，秋薇。”她嘱咐道。

电话挂断，她坐在沙发上有好久没有动。李婶来请她去吃饭，她进了餐厅依旧在出神。

“程先生，汤凉了……我拿去再热热吧。”李婶轻声说。

“不用。”静漪回神。

门铃响起。

过一会儿，门房老李不急不缓的脚步声传来，他站在餐厅外叫“程先生”。

“什么事？”静漪将碗推开。

“程先生，外面有个听差，说是给程先生送东西来的。这是帖子。”老李把帖子递上来，站在那儿等回话。

静漪接过来一看封皮，一个字都没有。

打开来，她仔细瞅了半晌，才抬眼问老李：“人呢？还是上回来的那几个？”

“在外面候着呢。领头的人换了。”老李见她似乎有些不悦，忙答道。女主人对访客的限制甚多。

静漪捏了帖子，走出餐厅。

有辆黑色的轿车停在院门口，一个短小精悍的男人正指挥人从车子里往下搬东西。看到静漪出来，他愣了一下，急忙小跑过来，老远就开口：“十小姐……程僖给十小姐请安。”

说着话人已经来到近前，打了个千儿给静漪请过安，仍保持着那个姿势，并没有贸然起身。

“起来。”静漪站下，扫了一眼地上那堆积如山的东西。

“十小姐，是九少爷吩咐小的来的。”程僖说。

静漪走过去，随手拿起一个盒子来。

“蛤喇油。您从前在上海念书的时候，就说过蛤蜊油冬天里用最好，比迪奥香奈儿不差尚在其次，首先是国货。”程僖嘴皮子从来麻利，一串子话讲得像竹筒倒豆子。

静漪将盒子丢下，踱着步子，围这堆礼品绕圈。她踱得极慢，裙摆随着她的脚步轻晃。

程僖躬身跟在静漪身后，轻声道：“前头来送东西的人不懂事，惹十小姐不高兴了吧？这回九少爷就让小的来……都是从前小姐在家时候用惯的……十小姐您想要什么，尽管说，没有不给您办的……”

“阿僖。”静漪开口。从前，从前，程僖一口一个的“从前”，轻飘飘，又沉甸甸的。

“是，小姐。”程僖及时闭嘴。

静漪瞅着程僖，她九哥之慎的长随、跟屁虫儿……在程僖口里那个“从前”里，也一声声地叫着十小姐、十小姐的。她脸色缓和了些，说：“把这些照样搬回去。回去跟九哥说，我谢谢他的好意。眼下我这儿什么都不缺，让他甭惦记。”

“十小姐……”

“时候不早了，你回吧。”静漪说完，转身回屋。

程僖还要说什么，老李已经将他拦住。

“老哥，辛苦你照顾我家小姐。我们少爷说了，伺候得好，重重有赏。”程僖从口袋里拿出两个封套，塞给老李，“这是我们少爷赏的，这一个给你，那一个给家里下人们……”

老李推拒，说：“我们拿程先生薪水呢，伺候程先生应当的。”

程僖硬是将封套塞到老李手里，回身出来关了大门。老李追出来，程僖已经带人上了车，堆积如山的礼物照旧摆在那里。老李跺了跺脚，少不得叫个听差的出来和他先把东西搬进去。他照着礼单核对完毕，进来将礼单和封套一起放在了客厅里看报纸的女主人面前。

静漪单抽了礼单过来，扫着上面的东西，说："还是那么个脾气，给亲妹子送东西，也丁是丁卯是卯……难为他如今也得管那么一大摊子人和事。"

老李低着头等在那里。

静漪将封套往前推了推，说："既是给你的，你就收着吧。"

"程先生，这太多了些。"老李老实地说。

静漪笑了，说："那就交给李婶。让她裁度着，给大伙儿改善下伙食。如今物价飞涨，菜和肉一日三个价，她的菜金也捉襟见肘。不早了，下去歇着吧。"

"是，谢谢先生。"老李收了钱，看看女主人脸色，又请示道，"那日后他们还来呢？"

"下不为例。"静漪重新打开了报纸。

老李退下去了。

静漪翻看着今天的报纸，头版上，金融巨子程之慎的半身照片赫然在目。油墨有些重，之慎的眉眼面目浓处太浓、黑乎乎一团，并不清楚，其实之慎的模样极俊俏……她禁不住露出一丝笑来——以前在上海念书，打开报纸时常见到的倒是父亲的消息，那时节也要冠上什么财经名人、金融巨子的名号。父亲最不喜人这样捧他，总说这些报纸搞的噱头最是要不得也信不得……看来时代真是变了。

自鸣钟敲了十一下，她合上报纸，揉着眉心。

近来她总忙到深夜才上床，仍然很难入睡，时常半夜里醒来，便睁眼到天亮……有时是被枪声惊醒的。枪声明明很远，却总觉得近在咫尺。租界里相对于外面还是安宁些，但毕竟上海已经不是早年的上海，动荡的气息越来越浓郁，租界又能安稳到几时呢……她由此想着自己回来的目的，就更睡不着了。

她上了楼。

修改好的礼服下午已经送过来，就挂在衣架上。她不能不承认这是件美好的衣服。尤其当它被穿起来的时候。即便只是短短的几分钟，也好像被赋予了生命一般，容光焕发。

无瑕表姐毕竟是了解她的。无瑕总说她记得当年穿着跳舞衣的那个小表妹有多么的美丽……她说小十，真想再看你跳舞。你还记得吗，孔家的舞会？那铺满大马士革玫瑰的跳舞大厅？那晚的你，多美。我还以为我的小妹妹，是只会读书的小书呆，社交舞不过是当作功课和运动，谁承想呢……小十，再跳舞吧。

跳舞，跳舞，跳舞……

她脱了鞋子，在地毯上绕着衣架走了两圈，伸脚踩进那双晚装鞋子里。

一、二、三、四……她默念着节拍，轻轻地，旋转着。

她有点眩晕，于是坐到窗前的长凳上，拍拍胸口。若此时有镜子，她定然看得到自己满面红晕的样子，若深夜里悄然绽放的大马士革红玫瑰似的，娇艳欲滴……不，无瑕记错了。那晚孔家舞会，舞厅里铺满的不是大马士革玫瑰。没有一朵玫瑰花，没有。所有的大马士革玫瑰都被孔远遒送给了无垢表姐……是栀子花。

满眼都是象牙白色的栀子花。整个大厅里氤氲着栀子花的香气，让人迷醉……

静漪伏在床上，仿佛被温柔的栀子花香包裹了……四周裙袂飘飘，让栀子花海微波荡漾……她叹息着，只觉得整个人有些昏沉沉的，有谁牵着她的手、带着她走下舞池……身后有银铃般的笑声，丁零零作响……却渐渐响得刺耳。

“程先生！程先生！”

静漪睁开眼，猛地坐起来，卧室门还在响。她下去开了门，李婶等在门外。

“程先生，图公馆电话。”李婶说。

静漪立时清醒了大半，她急忙推开了与卧室相连的书房门，进去抓起桌上的电话听筒，将插销拨开，说：“我是程静漪。”她转身背对着门口，一头乱糟糟的长发垂下去，额上净是汗。

没人应声，听筒里很嘈杂，显然那边已经乱作一团。

“喂？喂？”她对着话筒喊话，仍然没有人回答。

她回身叫李婶：“备车。”

李婶去了，她返回房内，迅速换了衣服，拎上她的备用药箱便下楼上车：“图公馆，要快。”

车子飞驰起来，很快到了图公馆。

见大门紧闭，门口没有站岗的士兵，静漪心里一阵轻松。至少这说明，此时图公馆没有别的大人物在……她随即甩开了这个念头，车一停她赶忙下来。

图家的用人一看到她，立刻通知管家。

她等不及人下来接她，径直往楼上闯，走到一半，正遇上图家的管家。

管家见到她就说：“太太刚刚在卧室晕倒了，是遂心小姐要我们打您的电话通知您来……”

“我去看看。”静漪听出管家的犹豫。

楼上秋薇卧室门外聚满了人，静漪一眼先看到了遂心——面色苍白的遂心正裹着长毛衣立于其中，牵着一个个头儿比她要足足高出一个头、看上去却比她稚气很多的小男孩……那男孩子像足了图虎翼，眨着忽闪忽闪的大眼睛，却一脸的迷糊样，非常可爱。

静漪经过他们身边，给了他们一个安慰的微笑，随后走进卧室。热气和浓浓的血腥味扑面而来，她立即随手关紧了门，走到床边去。

“秋薇？”她轻声叫着秋薇的名字。微凉的手覆在秋薇滚烫的额头上。秋薇于昏迷中似是精神为之一振，但没有睁开眼，只是手胡乱地摆动着，竟也奇迹般准确地抓住了静漪的手，随之而来的是艰难的喘息……

“我在这里，秋薇。”静漪不得不松开她的手，小心翼翼地掀开被子。秋薇身上没有来得及更换的睡衣上、身下的床单上，一摊摊的血……静漪顿时心里一惊。

用人端着毛巾和铜盆伺候在一旁，静漪立即回身洗手。

“怎么发生的？”静漪问。这个用人她记得，是秋薇的贴身女佣碧玺。

“昨晚太太说头昏得厉害，早早睡下了……夜里起来过一回，说是肚子有些沉。我要叫医生，太太说不用，说可能是太累了……可是刚刚……就刚刚我听见她喊我……我进去，就看到她倒在地上。当时并没有见红，太太说扶她上床去。哪知道……”碧玺哽咽。一盆水简直端不住。

“该马上送医院啊！”静漪继续洗着手，恼火地说。

“太太说不用……”

静漪有心骂人，见碧玺泪水涟涟的，且先忍了。她从随身的药箱里取出药皂反复清洗双手来消毒，说：“别慌。照我的吩咐做。”

她戴上手套，回身手指按在秋薇颈间，掏出怀表掐时间。

有人敲门，进来说田中大夫来了。

静漪看管家。

管家说：“田中大夫是公馆的家庭医生。”

“请他回去吧。”静漪说。

“可是……”碧玺吞吞吐吐。

“去。”静漪的语气里没有商量的余地。

管家轻声道：“请田中大夫稍等。太太一向信任田中大夫的。程医生，请您尽全力。”

静漪说：“我会的。孩子们还在外面吗？看妈呢？让她们来把孩子们带回房，其他人各就各位。”

管家出门去，外面安静了。

卧室里只有秋薇几乎细不可闻的呼吸声和偶尔痛苦的呻吟。静漪替她仔细检查。

“秋薇？”静漪低头在她耳边叫道。

秋薇的眼睛里流出泪来，点着头。

静漪转脸，平静了一下，才开始动手。

“给我棉纱……剪刀……”静漪轻声说，碧玺很难跟上她的指令，她不得不自己指给她看，眼下也只能这样了，“灯拿近一些，我看不到下面……再近一些……”

两边各有一个老妇人拿着电灯权当无影灯。

秋薇还在流血。

“坚持下，秋薇。放心，有我在，你不会有危险。”静漪说。

“小姐……”秋薇很困难地开口，她有话要问。

“闭嘴。”静漪说，她满身的汗。

秋薇闭上眼睛。

“男孩还是女孩？”她还是问。

“男孩。”静漪站起来，脱了手套。良久，她看到秋薇的眼角滑下泪来。她听到秋薇说“小姐你又冤我呢”。

静漪在床边的椅子上坐下来，拿着手巾给秋薇擦眼泪：“别哭，孩子还会有的。”

秋薇默默地点了点头，眼泪还是不住地滑下来。

静漪没有再劝，她知道秋薇还得难过一阵子……见碧玺在清理着刚刚手术留下来的垃圾，她过来亲手替秋薇擦洗身子，换过贴身的衣服和床单被子……好容易等秋薇睡着，她才松了口气，看着自己这双手。

她忽然喉咙发紧，急忙冲进卫生间里，发狠地洗着手……好半天她才平静下来，从卫生间出来。

她发现遂心不知何时溜进了房间里，一起进来的还有福妈。

福妈见了她，叫了声程先生。她点点头。

遂心担忧地守着昏睡中的秋薇，轻声问："薇姨会好吧？"

"会的。"静漪走过去，坐回原来的位置。这样，既离秋薇近，也离遂心近。

穿过窗帘的晨光一半投在遂心脸上，一半投在秋薇脸上……静漪看了一会儿，起身将窗帘掩好。

"让她好好睡一觉。"静漪拉起遂心的手。遂心的手柔软极了，像即将融化的奶糖，几乎让她想立即含在口中……"别担心。"

"我想在这里陪她。"遂心说。

"我的好囡囡乖囡囡，你可不能老在这儿待着……该去梳洗梳洗了，等会儿车子来接你。你忘了？昨儿晚上说好了的？今天要回家去……老太太今儿到家。老太太回来不就是为了看你吗……"福妈轻声细语地说。

遂心不吭声。

静漪默默望着遂心的侧脸，沉默而倔强的小姑娘，有着让人心疼的眼神。

"她会睡很久，"静漪耐心跟遂心解释，"等她醒过来，你再来陪她，想陪多久就陪多久。"

"我就想这会儿在这儿。"遂心坚持。

"八点钟车子来接你的。"福妈无奈地说。

"爸爸会让我留下的。"遂心不在意地说，"我去给爸爸打电话，告诉他薇姨生病了，我要在家陪她。"

"不行！不能告诉司令这个。"福妈压低了声音拦着她。

"为什么不可以？"遂心不耐烦地甩手，盯着她的看妈，小小的眉头皱起来。她的眉淡淡的，和她的发丝一样柔。

福妈为难地看着遂心，吞吞吐吐地说："就是……就是不可以，这个病怎么能……"她求助似的看向静漪。

静漪明白这位福妈在担心什么。

"薇姨把小孩子丢了吗？这个不能告诉别人？"遂心突然问。

"不能！"福妈惊叫，"可不能随便说这话……你都听谁说的！图太太不过是肚子痛……”

“你嚷什么，薇姨该被你吵醒了。”遂心不高兴地说，“我听碧玺讲的。不过，到底是肚子痛才丢了小孩子？还是丢了小孩子所以肚子痛？”

福妈目瞪口呆。

“遂心，”静漪温和地叫她，“记住出了这间屋子，不要跟任何人说起这件事。要知道病人的有些病情是他的隐私。如果他不愿意说，不要替他透露给旁人。懂吗？这是不符合礼仪的。”

遂心抿着唇看着静漪的眼睛，显然她并不能完全领会静漪的意思。但是静漪说话的语气和表情，还有看着她的眼睛里流露出来的神情，跟她的看妈完全不是一个层级的。她不由自主地点了点头，但是仍然问道：“所以跟爸爸奶奶也不能说？”

“不能。而且如果可以的话，最好不要在薇姨面前和她讨论这个话题，除非她主动提。”静漪注视着遂心。孩子黑黑的瞳仁宝石般亮，真是不能不小心应对。

“会让她难过是吗？”遂心问，大眼睛里流露出来的是担忧。

“是的，会让她难过。你不想让她难过是吧？”静漪点头。遂心心地柔软，让她感到欣慰又酸楚。

“不想。”遂心点头，“那我什么都不说。”

“好。”静漪站直了，“现在就去做你该做的事。这里交给我，我会照顾好你的薇姨。”

“真的吗？你说到做到？”遂心问。

昏暗的环境里遂心的脸在静漪眼中仍然是闪闪发光的，稚气，天真，珍珠似的可爱。

“我说到做到。”她说。

“哦，那我可以放心去见爸爸了。”遂心有点无奈，“还有奶奶……你有奶奶吗？”

“有。”静漪想笑。

“对哦，这问题多傻，谁都有奶奶嘛。她对你好吗？”遂心又问。她不知不觉地靠近了静漪，手肘撑在椅子扶手上，小身子几乎贴上静漪的手臂……静漪一动不敢动。

“好。”静漪想了想，若是她的祖母还在世，得九十岁了。

“我奶奶也待我极好……可是……”遂心叹了口气，“不知道为什么我总是要怕她的。还有爸爸……”

静漪说不上心里此时是种什么滋味，她握住了遂心那肉乎乎的小手，问：“他……你爸爸是很爱你的吧？”

“也许……可我总也见不着他呢，所以他们都说他很爱我，我总是有点怀疑。”遂心晃着毛茸茸的小脑袋，一本正经地说，“他太忙了。奶奶说他忙，薇姨说他忙……舅舅和舅妈也说他忙。舅妈说舅舅是最忙的人，可舅舅忙都会让人接我过去，陪我玩一阵子……爸爸从来不这么做。我不明白爸爸为什么那么忙，我想也许他并不是很喜欢见到我，不然他也一定会接我去他那里的……”

静漪摸着遂心的手。

“我和你说这些干什么，你又不知道他。”遂心仰头看静漪。

“时候不早了，囡囡。”福妈似乎觉得遂心跟静漪说得太多了，小声提醒。

“知道了，福妈妈你真啰唆。”遂心说道，“其实我也想爸爸的。我走了，凯瑟琳阿姨……我回来的时候你还会在这儿，是吗？”

“我会的。”静漪松了手。

“那好，再见。”遂心走到秋薇床头，看了她一会儿，带着她的看妈出去了。关门前，她又回过身来，笑着和静漪说：“我觉得你穿护士袍很好看……但你不像护士。”

“那我像什么？”静漪问。

“像医生。”遂心笑着关好了门。

静漪怔了片刻，转头吩咐：“将窗子开一刻钟。”

“会闪风的！”碧玺低呼。

静漪没有重复第二遍，碧玺只好去将窗子打开。

“以后，主人家的事情，不管是对谁，不该说的，不要吐露一个字。”静漪坐下来，看着秋薇。

碧玺没吭声。

静漪让她出去备热水。等她一出门，静漪便按铃将管家叫了进来，她交代了这几日的食谱，说：“以太太的名义去给图团长打电报，这是电报稿。”

她说着将一张字条递过去，管家接了离开，她照旧坐在秋薇的床边。

开了会儿窗，室内的空气好了很多，外面的鸟鸣声听得很是清楚……有引擎声由远及近，到窗下消失了。她起身走到窗帘后，透过窗帘的缝隙，她能看到楼前的空地上那辆乳白色的轿车。

轻巧凌乱的脚步声从门前经过，是遂心。

福妈跟在她身后喊着让她慢些走，那脚步声却更快了些。

静漪轻轻挑开窗帘间那窄窄的一道缝隙——穿着粉色的小裙子的遂心跑了出去，像粉色的柔软的云团似的……车门开了。

静漪迅速掩好窗帘，于是她没有看到下车来的那个男人，也没有看到那个男人，是怎么把他的女儿抱起来，并且高高地举过头顶的……把那个洋娃娃似的娇美的可爱的女儿……然而她还是听到了他的笑声，在遂心那清脆而稚嫩的声音掩盖下，是低沉而浑厚的……她攥住了窗帘，法兰绒涩涩的，像什么东西困在手心里，停滞不前。她就那么站了好久，才重新在秋薇的床边坐下来。她握住秋薇的手，紧握着，头低下去，额尖触着秋薇的手背，默默地，祈祷……

此后静漪都没有离开这间卧室，直到下午四点钟，图家的管家来说府上有电话来。她才猛然间想起她还有顶重要的事情要做。

她接起电话来，果不其然是李婶打来的。晚上的宴席已经准备好了，她这个女主人却至今未归。

她镇定地道："我会按时回去。"

好在秋薇已经脱离危险，请来的日本女看护也到了。静漪让人把她叫进来，仔细叮嘱她一些事情。这个中年看护看上去十分有经验，她说一句、便答应一声，清楚而利落，人也是很洁净的。

秋薇醒过来，催她快走，说："我没关系的，您别耽误了正事。"

静漪也知道自己不能不走了，才说："要是晚上结束得晚，我明天一早再来看你。"

秋薇也许是身上疼痛难忍，点着头，眼睛里有泪花在打转。

静漪走出房门时，竟也觉得身上隐隐作痛起来。她知道是秋薇的事让自己掩藏很深的痛苦又被勾了起来，可是她没有时间去伤心……她低了头疾步下楼。

此时，一阵匆促的脚步声从楼下传来，她还没看清来人，那人就大声道："少奶奶？！"

少奶奶……静漪站下，望着面前的人——他是如此震惊，以至于原本的焦急和痛楚都被暂时放到了一边，只管瞪大了眼睛望着她，不可思议地说着什么……

静漪点了点头，说：“快上去看看秋薇，阿图，她需要你。”

程公馆里到处摆着栀子花。连程公馆忙进忙出筹备晚宴的人，身上都沾了栀子花的香味。自从住在这里的那位美籍院长回国之后，公馆内已经好久没有这么热闹。

宴会定在晚上七点整，第一批客人却早早就来了。

静漪还在换衣服，听用人来和她报告梅孟贤先生和夫人、小姐到，忙将珍珠耳环挂在耳垂上，顺手抓紧时间将唇膏涂在唇上——她抿了下唇，香膏滋润着唇，雪白的面孔顿时生动起来。她眨眨眼，轻轻拍了一点胭脂在颊上，揉了揉，又捏了下……晃晃头，两颗珍珠耳坠甩起来，敲着腮。

这妆容，应该很看得过去了。

她换了晚装鞋出了房间，走了两步，才意识到自己没戴眼镜，想了想，并没有回去取。她从楼上下来，一路上检视着公馆内的陈设。栀子花香忽浓忽淡，沁人心脾……为了省钱，她原本要订普通的玫瑰花，可是花铺的老板正为他那一批派不出去的栀子花发愁，愿意以极低的价钱出货，她便临时决定将玫瑰花改成栀子花。如今世道，铜板能省一个是一个。

她在楼上先往下看了一眼，公馆内小巧的客厅在楼梯正下方，此时沙发上已经坐了四个人——身穿长袍马褂的年长者是梅孟贤；旁边坐着的那位穿着旗袍围着皮草的中年贵妇应该是他的夫人，也就是梅艳春的母亲；除去梅艳春，剩下的一位就是有过数面之缘的梅季康了。

这梅季康，深灰色的燕尾礼服，温莎结打得端正，人也落落大方。他似是无意当中抬起头来，便看到了站在楼梯上的她，于是他微笑着站起来，顺便向兄嫂示意。

程静漪也忙微笑点头，款款移步下楼。

梅夫人一抬头望见静漪，便低声对丈夫说：“春儿整日说凯瑟琳是大美人，我只道是普通的美。”

梅夫人说着，看了眼目不转睛地盯着程静漪的小叔子梅季康。梅孟贤笑而不语，小梅则早就赞出了声。

静漪下来，连连轻声说抱歉。

她的声音极柔婉，听在人耳中十分熨帖。于是这四位，从梅孟贤往下，都笑着也连连说没关系，是我们早到了。

梅夫人坐下后说："在家时，季康也提醒我们说密斯程这里是西洋规矩，不兴宴会提前来。可我们禁不住春儿催促，也想早些过来看看密斯程。平日承蒙你担待我们家这个不懂事的孩子，总也没有机会当面道谢。"

"您不必客气。"静漪笑着说，"小梅工作很得力的。"

"密斯程也别跟我们客气才好。"梅夫人微笑。

静漪微笑着和梅夫人攀谈起来。

梅夫人和她的丈夫不太一样。梅孟贤是船运大亨，上海滩的这种大亨不少，也大都脱不了江湖气，尽管梅孟贤已经是第二代，不算是码头上打天下的人了，举手投足仍不免青帮味道；梅夫人却一身知书识礼的大家闺秀气质。

这时小梅看了叔叔一眼，笑问："叔叔，你不是有问题问凯瑟琳吗？"

梅季康见侄女促狭地笑着，便说："我哪里有什么问题要问？"

"是呀，你是见了凯瑟琳，就什么问题都没有了。"小梅笑道。

"你这个憨丫头。"梅夫人皱着眉，嗔怪地看着女儿。

门铃响了。

还没有人来通报，来客已经走进来了，爽朗地笑道："怎么样，程院长，我可没迟到吧？"

是逄敦煌。

静漪站起来，笑着打量他——他今日换了长袍，极是正式，手里还拿着一小束花，也是栀子——她走过去，将花接过来说谢谢。

逄敦煌眉眼间满满的都是笑意，栀子花的香气氤氲缭绕，让他从笑容到整个人都开始温和起来。

静漪要给他介绍梅孟贤一行人，梅孟贤却笑着说他们早就见过面。

"逄将军去年带兵在崇明附近驻扎，跟我的部属多有接洽，就那么认识了。"梅孟贤当下亲自给逄敦煌介绍家人。

静漪站在旁边，见敦煌稳重温和地同梅家诸位寒暄……当然她也没有错过敦煌与小梅四目相对的一刻，小梅那绯红的面颊和眼中闪耀的星光……她不禁莞尔。

刚刚过七点，程公馆门外开始车来车往，客人们很快便到齐了。

静漪周旋于客人之间，忙碌而快活。等人来通报说可以入席了，她便将客人引入餐厅就座。

公馆这不大的餐厅布置得典雅整洁，壁炉里毕毕剥剥地燃烧着松木，空气里有温暖的松香味，很让人觉得舒适，于是入席后，大家都不自觉地松弛了些。

静漪的目光一一经过桌上这些人：纺织业巨头傅家俊、船运大亨梅孟贤、三井银行董事长李逸、报业大亨平永安、米尔纳神父……还有她的朋友逄敦煌。他们或单独出席或携眷前来，彼此多是熟悉的，在席上谈笑风生。

静漪也想让自己由衷地愉快起来，可看着他们的面孔，她在心里画着的却是支票，想着支票上能填多大的数额；而他们，谈论的是生意，是时局，是如何赚钱，甚至是如何安全转移自己辛辛苦苦累积的产业……

穿着整齐的老李过来在她耳边低语，她点头说知道了。

餐厅的门被推开，主菜陆续上桌。

静漪将手边的酒杯拿起来，桌上安静了下来，所有的目光都朝她身上聚过来。

她微笑道："欢迎诸位莅临寒舍，祝大家有个愉快的夜晚。"

桌上酒杯璀璨耀目，客人们的笑容和煦灿烂。

从开胃小品开始，这桌席面不住地受到称赞。静漪有些意外，她平时只觉得李婶的手艺很好，却不知道今晚会发挥得如此出色，道道菜都色香味俱佳。

"程先生，今晚的厨子是从哪家聘的？"傅家俊拿着餐巾揩着嘴角，他示意距离自己最近的一盘菜，说，"非常好，非常好！这个季节的冬笋本来就好，这做法又新鲜又巧妙，非高明的厨子不能为之。"

静漪笑着说："傅先生，这些都是自家厨房做出来的。今日晚宴名副其实是家常菜。"

"程先生没开玩笑？"傅家俊有点夸张的神气，其他客人也附和着。

静漪知道在座的这些客人，即便不能说是吃遍天下美食，至少也是见多识广的，虽然今晚李婶做的菜令人惊艳，但他们如此这般交口称赞，还是客气的成分居多。她微笑着请客人多吃些，说："时间仓促，准备不周。若是有机会，今后可以再请各位光临寒舍，请舍下的厨师奉上更新鲜别致的菜品。"

正吃得高兴的客人们听到这里都会心一笑。

梅孟贤先开口道："府上的菜这么好吃，我跟内人倒要多叨扰几次了。"

梅夫人在旁边接着说："要是密斯程嫌我们麻烦，可以让我们家厨子来府上讨教讨教，或者什么时候我们想在家宴客，借府上厨师一借。密斯程，行吗？"

静漪笑了。正巧这时候上来新菜，她请各位品尝的工夫，听差进来禀报："先生，程之慎先生到。"

静漪听到"程之慎"三个字，不禁愣了一下。

平永安就问："怎么，今晚也请了程九先生吗？"他这一声不高不低，在座的却又有大半都进耳中，不约而同看向静漪。

静漪搁下筷子，但没待她起身，一个身材高大的西装男子已经走了进来。

"各位，抱歉！我来晚了。"程之慎在距离静漪两步远的位置站住，"静漪。"

"程先生，"静漪微笑着向程之慎伸出了手，"晚上好！"

"晚上好！"程之慎握住静漪的手，看了看她，"我的座位呢？"

静漪没出声，只一挥手示意听差。

大家当然都看得出来，明明是没有位子的了，不禁看着这两人，心内诸多猜测。

程之慎大咧咧地等听差给他搬来椅子，这会儿工夫，他已经跟熟识的各位一一打过招呼。

傅家俊是与程之慎较为熟悉的，不待之慎坐稳，就问："程兄日前不是去南京了吗？"

程之慎笑道："南京的事情一完，我就往回赶。赶得这么急，还是晚了，我倒像是不速之客了。"

他的座位被安排在逄敦煌和梅季康之间。

他话音一落，逄敦煌笑着接道："本来就是不速之客。"

梅季康瞅了逄敦煌一眼，听见程之慎泰然自若地说："话虽是那么说，到亲妹子家来，就是串门子嘛，也不在乎晚不晚。"

"偏挑人家请客的时候不请自来串门子，你们程家缺这一顿晚饭啊？"逄敦煌似笑非笑的神气，越发浓了。

程之慎眉一挑，说："省身兄啊……"

逄敦煌笑呵呵地说："来到这儿，咱都是客人。亲妹子……少拿这话堵我的嘴。诸位，程九先生来晚了，照规矩，是不是得自罚三杯？"

他这么一说，在座的人都笑起来，但并不过分。逄敦煌身份特殊，程之慎就更是。若是再加上今天的女主人程静漪……眼下这饭桌上的迷局当然是一个接着一个。大家都是聪明人，怎么笑才合适，分寸都拿捏得极好。

程之慎知道逄敦煌的脾气，越是推搪，越不好。当下接过逄敦煌递上的酒杯，连干了三杯。他酒量不算好，三杯下肚，脸就红了。

“逄将军。”静漪开口。

逄敦煌对她一笑。

之慎看向静漪，也笑一笑。

静漪见之慎的到来让餐桌上的事态大有风云变幻的意思，立时觉得心里有些犯堵，可她仍不得不做出一副笑脸来，掩饰着内心的不安和不快……

宴席结束，客人们谈兴仍浓，静漪便请他们离席到客厅里坐。她像任何一个沙龙女主人似的，巧妙地将每一位客人都照顾好，这对她来说并不是太难的任务。

只是她趁着接电话的工夫，出去多逗留了一会儿。

在阳台上，她呼吸着清冷却新鲜的空气，竟有些贪恋，不想那么快回去。

“你在外面待太久不好吧？”

静漪一回头，逄敦煌叼着雪茄站在那儿，推了下阳台的拉门。

“我得出来透口气。”静漪并不瞒着逄敦煌，“没想到他会来。”

“程家不来人才叫没想到。你以为如今的程之慎，还是你离开时候的程之慎？”逄敦煌笑微微的，指尖的烟点了下客厅的方向，说，“那时候他不过是个成功的商人，如今他可是财神爷。况且上海滩有什么事能瞒得过他？不过，他来，对你的事只有好处——回头你瞧里头那些财主老爷舍不舍得掏支票。”

静漪望着逄敦煌。

逄敦煌见静漪望着自己若有所思，笑道：“其实，我早说过，跟之慎一讲，这点事简直不值一提。”

静漪摇了摇头。

“之慎还是很关心你的。”逄敦煌吸了口烟，说。见静漪不欲跟他讨论这个话题，他无奈道：“还有让慈济支援战区医院的事情，我会看着办的。牧之极忙，这等事还轮不到下面去烦他，你放心。”

就像有什么东西刺中了静漪的后背，刺痛之后，反而让她挺直了背。

“我并不是不愿意进行人道主义援助，但慈济必须先渡过眼下的难关。”她解释道，避开了那个名字。

“这我懂。”逄敦煌道。

“日本人的行径我也有所耳闻，医院接收军人伤员，恐怕成为一个借口。租界也越来越不安全……这些都是我担心的。当然我并不怕，只是我要负责很多人的安全，必须做周详的考虑。”静漪道。

“你的顾虑我很明白，所以我希望我们有另外的方式合作，而不是明火执仗。”敦煌道。

静漪轻轻点了点头：“这也是我的想法。”

“另外，今天我来之前，杜老板特意跟我通了电话。他愿意为慈济捐一笔钱的。如果你觉得有负担，他可以匿名捐献。接受不接受，你考虑下。”逄敦煌说。

静漪问：“你跟杜老板联系还很密切？”

逄敦煌吸了口烟，似乎想起了什么，看看她，道：“上海华洋杂处，很多事他出面会比较方便。”

静漪心一动。

敦煌看她神色，明白即便她不曾提那个名字，那人也是她无论如何也绕不开的，他微微一笑。静漪转开脸，道：“我竟要忘了，你们和杜先生原是一直有来往的。”

“想当年从东洋回来，若不是回了西北，可能今天的我在上海滩也算是一号的人物了。”

“你到底是走了一条不同的路。”静漪轻声说。逄敦煌的经历极为复杂，无怪乎人称传奇将军。

“有什么不同？一样是枪林弹雨。我到死那天，也还是土匪出身的人。”逄敦煌淡淡地说。许是因为他今晚喝了不少酒，说话倒是比平时收敛些。他一向是喝了酒，反而更沉默的人。“杜老板是这么说。他同梅先生的关系你也知道，让他们俩一同做点什么，不易。”

静漪点头，梅杜二人是王不见王。

“这次就算不接受他的捐助，以后杜老板那里，你有事仍然可以开口——我要特别提醒你，这个月杜家的舞会，会邀请你。你有空的话，不妨去玩一玩，哪怕只是跳跳舞也好。另外，我少不得再提醒你一下，杜老板很敬服牧之，他们之间用一句‘肝胆相照’形容也不过分，所以捐助这事于你虽是公事，若是牧之知道，难免以为你这又是故意的。”逄敦煌说。

“这个关口，我哪会为一己私心同谁过不去？”静漪道。

“我相信你也不会。不过我明白今时今日虽说你已不以程家人自居，那些往事却未必完全不在心上……可这么些年过去了，当年斗得你死我活的人，如今场面上都在合作了。”逄敦煌说着，看向静漪。

静漪默然良久，点了点头。

“我想不用我说，你看得很明白的。”逄敦煌比画着手里的雪茄，让静漪离开，“主人家出来久了不好。我抽完烟再进去。”

“你也快些。”静漪看了他，微笑，“对了，小梅这个姑娘很不错，你……”

“啰唆。”逄敦煌说。

静漪笑了。他也笑，说：“这么急着安排我的事？难道你忘了，逄敦煌永远是程静漪的观音兵？”

他说着，已经张开手臂。

“No！”静漪笑。

“No？”逄敦煌跟着问。一身淡淡珠光围绕的静漪，看起来就像色泽柔和的满月似的，温暖而又距离遥远……他陡然间便有些伤感，轻声叫她：“静漪啊……”

静漪不笑了，她站在那里没有动，逄敦煌还是走过来，很轻很轻地将她拥进怀里。

“去吧，外面冷。”他说。

静漪看他半晌，却想不出要说什么。

在这天之前她对逄敦煌最深刻的印象，是她登上飞机离开兰州的那一天。那一天他也说了这句话，他说“去吧静漪，外面冷”……她的飞机起飞了他还站在跑道上，风沙起，他渐渐变成一个黑点，连同那黄沙漫漫的背景，一同消失在过去……

她转身离开。

静漪走远了，逄敦煌还在看她——长长的裙摆，细跟的鞋子，让她走起来身姿优雅，缓慢中自有一种自信，让她分外的美丽……他笑了笑。

此时那小小的客厅里笑语不断，她还是那样的人，不管在哪里，都很容易成为焦点，也很容易给人带来快乐。不管她自己究竟是快乐，还是不快乐。

他回身倚靠在石栏上，这石头真凉……

时候已经不早，客人们陆续告辞。和来的时候不一样，走的时候，客人们态度有了微妙的变化，有几位，甚至悄悄对静漪做出了捐款的承诺。她心里明白这是怎么回事，不动声色中送走了客人。

梅孟贤夫妇走得晚些，临走还再三地邀请她过几日过府一叙。梅夫人更拉着她的手说明日就下帖子。

她答应了。

梅季康站在兄嫂身后，走前特别同她说了句“改日见”。人人都在说这句话，只有他说的是如此轻柔。

她微笑点头，戴着丝质手套的手与他的轻轻一握……

她站在公馆前，看看剩下的两辆车，晓得这二位不亲自请出去，恐怕是不会尽早离开的，于是她转身回到客厅，并不见逄敦煌，只剩下程之慎一人。

程之慎早就脱了外套，正坐在沙发上自在地吃着甜品。见静漪进来，他微笑着称赞：“今天晚上宾主尽欢，你这个宴会女主人做得不赖。不过你要当心梅季康，梅老三的风评并不好。”

“你什么时候走？”静漪屏退用人，问。

程之慎将碗放下：“我可是你九哥，说撵就撵？”

静漪站在他面前，看着他的样子。就那么一瞬，她似乎看到的不是之慎，而是三哥之忱。哥哥们有了年纪，竟是越来越相像了……

“九哥。”她轻声开口。

之慎看着静漪。静漪温柔委婉的语调，总出其不意地令人心软，可他知道，他这个妹妹，倔得像个刺猬。刺猬身上就算有柔软的地方，那也是藏着不让人看到的……

“需要多少钱？”程之慎抓了茶杯喝一大口。

“不用。”

“不用？我程之慎的妹妹，求爷爷告奶奶地四处募捐，这不是寒碜我吗？说，要多少钱，才能把你这个了不起的医院维持下去。”

“我是为了公务，他们是做慈善，完全谈不上寒碜谁。就眼下这个局势，为了打仗募捐的事情都有，我为医院筹钱，有什么不对？”

“没什么不对，但是我知道了就不会不管——看不得你低声下气那样子。”程之慎道。

静漪微笑道：“九哥，别说我没有低声下气，就算是有，也没有什么可耻的。慢走，九哥。我很累，不送你了。另外，以后我的事，九哥别随意插手，在这里我就先多谢了。”静漪说着往后退了两步，直接上楼去。

“你站住。”程之慎喝道。

静漪在楼梯上站住，没有转身，背对着之慎。

“你这是什么态度？”

“我的态度，在我离开程家的那一天已经说明白了。”

“你以为你真就跟程家一刀两断了？你知道今天晚上究竟有多少人，冲的是三哥的面子来的？”

静漪猛地转身过来，一对眼睛盯牢了之慎。

之慎明知道静漪怒火已经给自己挑了起来，继续说：“我也不瞒着你。你的行动，三哥不可能不知道。三哥……”

“别跟我提他。”静漪拂了下耳边的发丝，身上垂垂缀缀的珍珠碰在一起，既沉重又惹人心烦，“我不接受你们授意的帮助，办完了我的事情，我会带着我女儿离开上海、离开中国。”

“我见过无瑕了，你的想法我了解。你做的事业不易成功，而你要带遂心走那简直是不可能的，尤其靠你一个人的力量……这事你得慢慢筹划。”之慎虽是这么说着，心里不得不感叹他的十妹这些年毕竟是历练得成熟多了，他这么激她，她仍耐得住性子。他觉得欣慰，同时也有些难过，他们是兄妹，本不该如此。

“我自会跟他谈，这不劳你们费心。”静漪说。

“你冷静点听我说，小十，父亲年事已高，三哥……”

“别跟我提三哥，我跟他、跟程家都不再有任何关系。九哥，对程家，我已仁至义尽。今日也不想沾程家什么光。”她说到这儿，已经说不下去。

付出了怎么样的代价，才换来了这份“仁至义尽”，她已经不愿意再回想，也不愿意再提及。

"小十，"之慎看着静漪的背影，半晌方说，"你别说跟程家毫无关系的话，我听着难受。"

"那就别逼着我说。"静漪说。

程之慎将外套穿上，从口袋里摸出一个四四方方的纸包来，搁手心里看了片刻，说："今天我先走，你休息吧……对了，眼下三嫂也在上海，她说会来看你。也许你九嫂会一起来，要是你不反对的话。你九嫂早就想来，只是怕你不高兴见她，从前你们是很亲近的……静漪，她们对你总没有恶意，还有……"

静漪回过身来，看着之慎。

程之慎忍了又忍，才说："我改天再和你谈。"

他转身出门，一眼看到逄敦煌正站在他的车边，一根细长的竹签叼在嘴角，笑嘻嘻的。

他见逄敦煌这一身吊儿郎当的痞相，本想不搭理他的，但终究没能忍住，没好气地说："逄敦煌我告诉你，我们的家事，你少掺和。"

逄敦煌点点头："我当然不好掺和你程家的家事，可静漪如今还认你们是一家子吗？"

"什么认不认的，我们就是一家子。"程之慎立刻说。

"得了吧！她连见都不愿意见你，还一家子呢？她早就不是程家的人了。她该姓陶，她是陶家的人。"逄敦煌说。

"陶家，那是狼窝。"程之慎说。

"陶家就算是狼窝，当初也是你们把她送进去的。你们什么时候管过她想要什么样的日子？她愿意在狼窝待着还是回你们程家这虎穴？"逄敦煌说道。

"逄敦煌！"程之慎喝道，"她为什么会这样，还不是因为陶骧？陶骧当初是怎么待她的？"

"我还没说完，你急什么？"逄敦煌冷冷地道，"陶骧怎么待她的，难道我会不知道？那你们是怎么待陶骧的？她又怎么待陶骧的？她最后咬狼那一口有多狠，我可是亲眼看见的。"

"逄敦煌你到底站哪边？"程之慎愣了下神，就这会儿工夫，逄敦煌已经上车了。

"我哪边也不站！程之慎你甭以为你今天晚上来了就算帮了静漪大忙了。你帮她你应该的。没她，你程老九先不说，他程老三，稳坐江山至少晚十年，你信吗？你们还他妈的少在我跟前充大头蒜，我不爱听！”逄敦煌甩上车门，“开车！”

他的车子和他的人脾气一样，带着嗡嗡的响声，扬长而去。

之慎被逄敦煌骂了这一通，站在原地半晌没动。他的确是多喝了几杯酒，原本头有点晕，这会儿竟然有通体舒泰的感觉，莫名其妙地，他笑了出来……

此时静漪仍站在楼梯上，之慎和敦煌之间那场并不友好的对话断断续续地传进来，她强忍着没有冲出去把他们统统赶走，而是等待着外面安静下来……他们终于都离开了，她缓缓走下楼梯。

之慎走之前放下来的那个小纸包，用土色细纹纸包得四四方方的，麻绳捆绑，在纸包中央打了一个结。她盯着那个结儿，她的聪明绝顶的三哥，手笨得只能学会打这一种结，还是她反复教给他的。三哥学会了打这个结，每每提及，都笑着说他们俩是程家手最拙的两个人，她是学不会针线活的小十，却还教会了笨哥哥打结……她看着，看着，突然间拿起那个纸包来，狠狠朝地上掷去。

纸包破了，花花绿绿的糖滚出来几颗。

她怔住了。只是片刻，她照着那些糖果踢了过去，深褐色的铮亮的地板上，彩色的糖果被她踢得四处乱飞。

她鞋跟极细，这么激烈的动作，让她险些跌倒。

“先生！”李婶这才过来扶住她。

静漪推开李婶的手，深吸一口气，说：“收拾干净。”

突然间电铃响，李婶去开了门。老李进来说外面有位军官到访，说是陶小姐又发烧了，要请先生过去。

静漪吃了一惊，赶紧走出去。

等在门厅内的年轻军官见了她，立正敬礼说他奉命前来请程先生走一趟。

静漪没多问也没顾上换下礼服，接过李婶递过来的大衣穿上就上了车。

车子迅速驶出公馆大门。

夜晚的街道上，只听到呼呼的风声。

静漪心急如焚。遂心是活泼泼地被陶骧带出去的，不该欢欢喜喜地送回来？他是怎么照顾女儿的……还是只顾着他自己的事了？

她忍不住问道：“遂心到底怎么样了？今早出门还好好儿的，这会儿怎么又病了？是在外面着凉了，还是吃了什么不合适？”

坐在前面的司机和军官都沉默。

静漪等了片刻仍没有得到答复，心里陡然生出疑惑来。

她借着路灯投进来的光，观察着右前方的年轻军官——军服和军容都极整洁服帖……看不到他的手，也许正按在腰间的枪套上。

静漪拨开车帘，从黑暗中辨认着路径，这绝不是去图家的方向。

“你究竟是奉谁的命令来的？”静漪问。她对来人的身份可以做出诸多的猜测和判断，都不如提问来得简单。

“鄙人是陶司令麾下上尉副官路四海，奉命来请程先生。”路四海不卑不亢地回答。

陶司令，陶骧……静漪紧了紧大衣的襟口。

“程先生请不必担心，我们不会伤害您的。”路四海和颜悦色地说。

“不，我并不担心这个。”静漪说。

她试图从容地将大衣腰带绾成一个好看的蝴蝶结，就像她动完手术轻巧地绾结那样，但她低着头绾了好几下，那长而柔软的如丝绸似的腰带，仍没能系到一处去，她只好一只手攥了一端，停在那里。

车子行驶在深邃的道路上，两旁的树茂密而枝杈低矮，几乎垂下可摩擦到车顶——但其实应该没有那么矮，只是程静漪两眼望着车灯照亮的有限的空间里，觉得越来越压抑。

车子在一扇大门前停了有几分钟，这几分钟显得无比的漫长。

静漪目视前方。黑漆的大门反射着车前灯光，和地面汇成一派白色，亮是亮的，亮得人心里都跟着空洞起来——是那种不知前途如何的空洞……大门开启，她闭上了眼睛。

车子又往前开了大约一刻钟，才停下来。

路四海回头看看仍旧闭目养神的程静漪，先下车，替她开车门。

“程先生，请下车。”他说。

静漪坐了一会儿才迈步下车。

她终于将腰带系好，手抄在大衣口袋里，远远地望了一眼这幢房子。她呆了呆，从来到大门前就产生的熟悉感在这一刻终于被验证，她只是没想到，吉斯菲尔路6号，现在是他的府邸……她心跳在加速。

“程先生请。”路四海站在她的左后方，轻声提醒。

寒风吹进静漪的大衣领口，彻骨的冷意袭来。

这冷意随着她一步一步走近这幢大宅子，而更加深切。

待她站在灯火辉煌的大厅里，手几乎已经僵硬。

路四海不知何时已经不见踪影，也许刚刚跟随在她身后走进这里的时候，他说过什么，但她根本没听到，也没有听到任何声响。这大宅子仿佛会吸声，一进入这里，她的耳朵里便什么声音都听不到了，包括她自己的脚步声、心跳声……她有感觉，自己的心跳得很急。在这么安静的地方，她应该能听到自己的心跳声，但是没有。

大理石地面铮亮，映着她的倒影也反射着头顶巨大的水晶灯的光芒，让她眼睛被强光照耀，眼前一阵发白，过了好一会儿，才渐渐适应这亮得令室内几乎没有一处阴霾的金碧辉煌。仿佛置身百泉宫，花园里的喷泉都似亮晶晶的银河……叮叮咚咚的，很轻的音符在跳跃，是优美的、优雅的，让人想让人翩然起舞的乐声。

有人在弹琴，还是谁放了唱片？她甩了下头，温润的珍珠都生了寒意，冰似的碰着她的肌肤……她摸着自己的额头，额头倒是滚烫的。

轻快的音乐，细碎的舞步，欢愉的笑声……一点一点朝她围拢过来似的，于是她慢慢旋转着，靠着脚步的移动，让自己在这大厅里看清楚尽量多的地方，来确认，这些都是幻觉……

她站住了。

不，这都不是幻觉。就是在这里，那一年，那一天，她十八岁……那一天的舞，那一天和她跳舞的人，是她人生中最重要的……她的脚步随着节拍轻轻挪动。

她忽然心跳、耳热，冰凉的手慌忙握住燥热的面颊，想让自己冷静下来——她怎么可能在这个时候、这个地方，想要跳舞？！

身后响起了脚步声，稳稳的、重重的，每一下，都似乎恰好与她的心跳节拍相合，于是她也听到了自己的心跳声。

那脚步声究竟从哪里来，她辨不出，但只见这大厅里的灯光逐渐暗下来，似乎他每踏出一个脚印，就踩碎了一团光。

她缓缓地回过身来——深邃而昏暗的长廊里，一个颀长挺拔的身影朝她移动过来。

“陶骧。”她不由自主地念出了这两个字。

已经多年没有念，这两个字却没有生锈。

就像他的人，也已经多年没有见，却愈见英气勃发。

她的目光停在他的身上，雪白的衬衫是停在了她面前三尺远的地方……雪白的衬衫，衬衫上的纽扣，被什么人缝得拙劣，歪歪扭扭的……她想抬手捂住自己的眼睛，却没有动一下。

目光慢慢上移……他松开的领口、白皙的肌肤、硬实的喉结、方正的下巴……青魆魆的……嘴唇紧紧地抿着，唇上有细细的纹路……鼻子，挺直的鼻子……他的在灯下显得极富光泽的短发，硬硬的、密密的钢针一般。

白发更多了……他是少白头。从她第一次仔细地看他的发，就有零星的星光在暗夜闪烁似的。

“看着我的眼睛，和我说话。”陶骧开口。

她果然看着他的眼睛了。

两道剑眉之下，是一双极漂亮的眼睛，不大，也不小，瞳仁是深褐色的，但是在沉思或者暴怒的时候，却会呈现出可怕的墨黑来。而此刻他微微眯了眼，她看不出他的情绪，但她知道他也在专注地看着她，用他那双褐色的眼睛。

“你……竟派人绑架我？”她问。

她的身子仿佛被冻住了，还好声音并没有。她还能说话，在面对他的时刻。

陶骧转了身。

她清楚地看到他嘴角微微下沉，不知是笑还是什么，总之在这一刻他那张平静的脸上出现了表情，而且他不想让她看到。他掏出了烟，火柴一划便点上，一缕青烟慢慢腾起，罩在他的头顶……

她克制不住咳了两下，又两下。她深吸着气，阻止自己咳嗽。

他回头，看着她：“不然呢，你预备什么时候见我？”

她这一身晚装打扮，本该高贵优雅……其实还算是高贵优雅的，即使在如此被动的情况下。是的，这个女人总有那么一股子倔劲儿……到目前为止，他也只是见过那么一两次，她乱了方寸的样子。

“嗯？”他见她不语，坐下来。

屋子里很热，她很怕冷，很怕冷的她，此时额上都冒了汗。

“那你也不该拿囡囡来……”她说着，身子都颤了，耳边的珍珠坠子乱晃，

“……来骗我。”

陶骧看着她，在明亮的灯光下，珠光映着她的面孔，美到刺目。

“那又怎样？”他问。

“你卑鄙！”静漪骂道。

陶骧笑了出来，指着自己身边的位子，说：“坐吧。”

“陶骧！”静漪断喝。

她不是第一次骂他卑鄙，就像她不是第一次知道其实她拿他毫无办法。

她最重要的牵绊在他手上，他知道得很清楚……她咬紧牙关，盯着静默下来抽着烟的陶骧。

“我同你讲，我要囡囡。”她说。

陶骧长吐了一口烟：“所以你偷偷接近我女儿？”

“囡囡也是我女儿！”她大声说。

陶骧看着她。

“我要囡囡跟我走……”她又说。遂心那可爱的小脸儿在她面前晃，似乎是半透明的，她从那小脸后看到陶骧……她的五脏六腑都在疼：“我要她回到我身边。”

烟蒂被摁在烟灰缸里，最后一缕青烟直线腾起。

“你说什么？”陶骧眯着眼问。

静漪咬牙，抬手掩了掩唇。

一点金光划过……她攥了手指。

“这些年打仗打得多，炮震得耳朵不太好了——你大声地、清清楚楚地再说一遍，你要怎么着？”陶骧直视静漪的眼睛。

静漪向他走近些，说：“我要带走囡囡。”

几乎是顷刻之间，她手腕子被铁钳似的火热的手抓住，一把摁在了沙发上，他灼热的呼吸就在她脸侧，她一声惊叫被硬生生地吞了下去，因为她看到了他冷森森的眸子。

“带走？”他问。

“对，我回来就是要带囡囡走的。”她仍然坚持着说下去，手腕子被陶骧攥得生疼，她动也动不得，也根本不想再动，“你答应过我的，而且你待她……你待她……”她几乎说不下去。

“我待她怎样？”陶骧问。

“你都不想看到她，为什么还要留下她？”她终于说出来。

面前陶骧的面容蒙上了一层水雾似的，她知道自己再说下去，恐怕忍不住要流泪了。

“我不记得答应过你这样的要求。程静漪，囡囡姓陶，是我陶骧的女儿，你在走出陶家大门的那一天，就不再是她母亲。我不会把她交给你。”陶骧一字一句地说完，松开了手。

“你怎么没有答应过？怎么没有？”静漪强忍着内心翻江倒海的苦痛，紧咬牙关让自己能把话继续说完，“我是囡囡的母亲，就算我离开陶家离开你，也不会改变这个事实。”

陶骧冷漠地望着她。

“再说，你要再婚了不是吗？”静漪问。

陶骧坐端正了，点燃了另一支烟，但他没有吸烟，任香烟燃烧着。

“这跟你没关系。”他慢吞吞地说。

“对，跟我没关系，但是跟囡囡有关系。”静漪抱着手肘，在这阔朗空洞的大厅里，她只觉得冷风肆虐，“囡囡是个敏感的孩子……况且时局不稳，我不希望囡囡还留在这里……你答应过我不让她处于危险之中的，现在还不够危险？”

“这更不需要你操心，我女儿，我自会护她周全。”陶骧朝后一仰，靠在沙发背上。

他随手关掉了落地灯，于是他的四周暗下来。

静漪望着陶骧所在的位置，暗影里一点荧光，火红。

“你既然打了这样的主意，也别怪我……就算是与你对簿公堂，也要争回囡囡的监护权。”她对着黑暗，清晰地说着她要说的话。胸口就像是被掏空了的洞穴，她纹丝不动地站着，似乎此刻一动，那洞穴里的回音会出卖她心底隐藏的那些秘密，于是她只盯着那点火红，久久地。

那点火红似逐渐向她靠过来，灼得她眼睛疼了，她后退一步。

陶骧的沉默，开始让她焦躁。

他惯用沉默对待她。在他怒火中烧的时候，更是如此。

她太了解陶骧，也就太了解自己的处境。

“你说话啊……”她能感觉到自己身体里那些忍耐不住的情绪，“你说话，陶骧！”

“我有话问你。”陶骧说。

静漪等着他的下文，陶骧却有那么一忽儿不出声，只是抽着烟。

她默默地望着他，除了手在小幅度地摆动，他人几乎是定住了的。

“那个孩子……后来怎么样了？”他问。

静漪像被雷轰了一下，全身的汗毛都奓了开来，她不由自主地往后退了两步。

孩子……孩子……她跟他要遂心，他呢……他要的不止是遂心。

她的眼里涌出来泪水，泪水是滚烫的，洪水一般，只是浇不灭滚滚的热浪。热浪中的陶骧是如此的清寒，在无数次的午夜梦回中，陶骧的面容都如此清寒……他会用冰冷的语调重复说“程静漪你别对我笑，你一对我笑，我就知道你又算计我了”……他到最后，都不再相信她。

她拿着那一纸离婚协议书，那上面有他的签章。她从未见他将字写成那样的工楷，也从未见过他用那样的印章，鲜红的一枚，血肉刻成似的……又像是锥子，直刺进心底，让她疼到麻木。她用同样的工楷，签下自己的姓名，就像她当初，曾那样端庄地站在他的身边，起初并未想过天长地久，总归后来也期盼过细水长流……

她听到他问：“到现在了，你还想骗我？”

“不，不会了。”静漪说着，对陶骧笑了一下。她就想笑一下。

她笑得有些艰难，而且连呼吸都有些艰难起来。

四周是如此的热，热得她已经忘记此时正值隆冬。她又仿佛回到了那个热得离奇的夏天，那个所有的事情肇始的夏天……

那时候她还年少，对未来有无限憧憬，还有绮色的梦，也并不知道自己，会将别人的人生，也翻个个儿。

贰

亦云亦雨的夏

天气热得像蒸笼，秋薇坐在赵府东花园的一张石凳上，仰头望葡萄架上累累的青葡萄，手里的团扇有一下没一下地摇着。她昏昏然的，几乎要睡过去……忽然听到吱吱扭扭的一阵声响，越来越近，她急忙站起来，一看，两个婆子抬着一顶小竹轿已经进了园子。轿上一把阳伞，伞底坐着一位富态的中年贵妇——正是这家的女主人，赵太太程方云。

“姑太太。”秋薇跑过去行礼，大声叫道。

“是秋薇啊，你这么大声干吗，这吓我这一跳的……天这么热，你怎么不在屋子里？好歹屋子里有冰桶有风扇。”赵太太问。

“回姑太太，这阴凉地儿通风，畅快。”秋薇回答。

“她们姐妹和静漪在一处儿呢？怎么这么静。”赵太太看了眼上房，问。

她虽是闲闲一问，跟着的老婆子却悄悄往上房去了。

“是，表小姐和我们小姐在一处儿呢。”秋薇低着头，“过晌就午睡，刚起。三小姐让我们小姐给描个花样子，说是要绣什么……我也闹不明白。”她说着，那有着团团稚气的面孔上就露出憨态来。

赵太太笑道：“无垢要动针线？这真是稀罕了。先让她们姐妹玩儿，我后面去陪陪老太太。”那老婆子回来，轻声说“小姐们正头碰头地在说什么梅花好芙蓉娇的”……赵太太听了，微笑点头，手里的帕子一甩，抬轿的婆子便吱吱扭扭往花园深处走去了。

秋薇等赵太太的轿子走远，跑到房门外叫了声“小姐”，等里面说“进来”，才掀帘子走进去。

“姑姑走了？”正在拿着画笔的女子低着头，问。

“是，往后院去看老太太了。”秋薇笑着回答。

“哎哟，可吓坏我了。”那女子投了画笔，坐回椅子上，抚着胸口说，“三表姐真英明，怎么就猜到姑姑一定会问起？”

坐在一旁看她画画的粉色洋装小姐一笑，道：“老三早就摸透了妈的脾气，不然她敢出去？只可怜了咱们，费劲替她遮掩。”她说着看看绿衣女子，伸手去摸她的手臂，“真格儿的，静漪，你是冰肌雪骨吗？这么热的天，也不见你出汗。”

“痒。”静漪躲避着。她穿着湖水绿薄纱裙褂，肌肤胜雪。

“三小姐什么时候回来？万一姑太太回来再问呢？”秋薇问。

“她一出去，可就没谱儿了。不过妈是不会再问了。”粉衣女子笑道，“托你家小姐的福，但凡是跟她搭了界，妈是再没有不信的。”

静漪笑问：“怎见得我就是个靠谱儿的呢？”

“妈还不知道你那些事呗。”粉衣女子促狭地笑着，“不过，也不知妈是真不知道呢，还是假不知道，你自打住进来，这些丫头婆子看着老三也顺道看着你，你也甭想轻易离了这客居小院去会你那心上人……”

“二表姐！”静漪飞红了脸。

被她称为为二表姐的，是赵府的二小姐赵无瑕。

“好啦，说笑归说笑，你总躲着不回家也不是办法。难道舅舅不会让人接你回去？那门亲事你既不情愿，是一定要退的。可你跟戴孟元，到底是要想个出路才行。”无瑕轻声说。

静漪拿了条帕子蒙住脸，微微的呼吸让帕子轻轻起伏。

“唉，你和无垢，都需极力争取。我家父亲大人倒罢了，只没想到舅舅这留过洋的人，一回到家庭，思想还是守旧得很。”无瑕轻声批评自己的舅父，也就是静漪的父亲程世运。

程世运早年留学德国，娶了亲带着舅母杜氏在海外居住多年，又娶了静漪的母亲冯氏做妾。待继承了家业用心经营，几十年事业蒸蒸日上终至若日中天，却也三妻四妾地过上了老一辈人的日子。

“那亲事是他定的不假，可也得瞧瞧现如今是什么年月了呀。”

静漪拿下帕子来，说：“父亲的意思，是无论如何都要守约的。”

“你先不要太担心，这事也难说。陶家那位不是还没有回国吗？现如今哪个留洋的不是在外面结交了大把的女朋友？纵然回来也多半不肯听家里话的。你看无垢那些个男朋友，连结发妻子休掉的都不在少数。说不定，你肯守约，他都未必肯。”无瑕又宽慰静漪。

静漪沉默了，她一会儿觉得无瑕说的俱是实情，仿佛真的有希望在前面，一会儿又想着轮到她身上，那又定然是另外一个困局，心中未免更添些烦乱。

“不说这个了。二表姐，明天和我去北海逛逛？假期过了一半，都没出去逛过。”她提议。

无瑕笑问：“是去见戴君吧？你们的事，他有什么打算？”

静漪想了想，摇头。

“你这边如此境况，那戴君须得拿出些诚意来。”无瑕轻声说。

静漪看看无瑕。无瑕总是很有主意的，她不好跟无瑕说，此时阻力何止在自己家里这边呢？戴家那书香门楣，纵是没落了，还正经瞧不上她的出身呢……这么一想，她脸上未免露出些忧郁之色。

“我想你一味坚持，但凡是个前途大好的青年，舅舅也不至于太过于反对。”无瑕说着，趁静漪不备，从她面前那沓画稿下抽出一张纸笺来，“这是什么？”

“哎呀二表姐……还给我……”静漪忙过来抢。

无瑕却不肯就还她。她身材比静漪要高出许多，又穿着高跟鞋子，扬手举起信来，静漪一时是够不到的，姐妹俩你追我跑……忽然门外进来一个人，静漪一下子撞到她身上，被她骂道：“漪儿你这个冒失鬼，撞痛我了！”

静漪和无瑕站住，看着进来的这位穿水红色洋装的漂亮女子。

无瑕道：“无垢你进门就骂人，在外面吃了枪药了。”

静漪趁机一把将无瑕捏在手里的信抢回来。

“秋薇快给我一碗冰，渴死我了！”赵无垢一脸的汗水，热得脸都紫涨了，她很快脱得只穿了衬裙，弯身解袜带，“二姐你还别说，我今儿还真险些吃了枪子儿！”

“哟，我可是瞎说的。”无瑕愣了一下。

“见天儿的说时局乱、时局乱，这下好，当真乱到京城来了！我跟老孔不过是吃杯茶去，竟是要回不来——街上全都是警察，还有扛枪的大兵，说是抓乱党。什么抓乱党，乱党还远着呢，就是抓学生！”

静漪脸色一变，问：“抓什么学生？”

“抓请愿的学生。自打这任内阁上台，政府在外面跟洋人打交道，总是示弱的。上个月兵乱死了几个洋人，驻京使节已经炸了锅，这事还没解决，又因为海岛主权的事又处置不当，两桩事叠起来，上下都大为不满……听说南边几所大学的学生领袖都来了，要联合本地的学生向政府请愿呢。南边兵乱一路北上，政府已经难以应对，又怕学生此番进京若不及时压制，跟工人联合起来，局面一发不可收拾，竟大为紧张，能动用的警察军队全都动用了……我们虽是不管这些事的，看着也气愤。孔远遒气得要死，直骂政府无能，只管拿学生平民出气，正经事一样办不成。”

静漪听着听着，悄悄起身走过去看了眼外面——廊下只有个打盹儿的胖妈妈。

赵无瑕扑哧一乐，说：“财政总长的公子，都批评政府无能吗？”

“二姐！”赵无垢瞪了姐姐一眼。

“好好好，我不批评你的老孔。他父亲不是最反对子女乱议时政吗？”无瑕笑着说。

“我们也只是私下里说说，当着人是不讲的。好歹孔伯父在内阁占一席之地，老孔也不好公开讲。”无垢拿起扇子来使劲儿地扇，“不过看样子，孔伯父辞职也就是这几天的事了。”

“怎么？”无瑕问。

“大厦将倾，此时不溜，更待何时？”无垢说着，猛扇几下扇子。

“这回看样子是真的了。”无瑕点头。

“不然你以为父亲怎么就一病不起？”无垢笑道，见无瑕做了个噤声的手势，又说，“自个儿家里，没的做这些架势做什么？对了，妈没让人来问？”

无瑕说：“怎么没问？你可时时刻刻在妈的心上呢，生怕一个不留神你跟老孔跑掉，让她坐蜡。我和小十好歹替你在妈那里遮掩过去了。说，你要怎么谢我们？”

“晚上请你们看电影好不好？”无垢喝了一碗冰镇酸梅汤，仍觉得热，要秋薇再给她盛一碗。

“大热的天，谁耐烦去看电影？再说看电影还不又是拿我们做幌子？不去……小十，小十？”无瑕叫静漪。

静漪正在出神，被无瑕一叫，茫然地看着她们。

无瑕和无垢同时笑出来，无垢说："真是……不知道什么时候开始，静漪竟也懂得谈恋爱了。"

"三表姐！"

"既然知道，那你明儿还小十一个人情呗。"无瑕笑道，对静漪眨眨眼。

"当真是要还的。静漪你说吧，怎么还？"无垢问。

"静漪明儿要去北海会她的戴君，我们替她打掩护如何？"无瑕看看脸颊红透的静漪，笑着问无垢。

"成啊！明儿我开车。我跟三哥说去，横竖他的汽车也是白撂着。"

"你的车不能开吗，做什么又开三哥的？三嫂最啰唆，她出门都舍不得用，只用公中的。"

"也行，就开我的车。"无垢说着说着，笑嘻嘻地望着静漪，"保管让你和密斯特戴会面，无后顾之忧。"

静漪听她们说得越来越不像样，索性伏在了案上，任两位表姐怎么逗，只是不抬头。秋薇见状拽了拽无瑕的袖子，示意。无瑕向无垢摆摆手，小声说："得了得了，有人害臊了！"

"谁害臊了！都是二表姐引得三表姐来胡说。"静漪到底沉不住气了，抬起头来。

无瑕和无垢看着她，两人都是一呆。

静漪那绯红的面颊、若海棠初放的容颜，极是鲜艳美丽，明媚照人。赵家两位小姐也是出了名的大美人，可是在这位表妹面前，她们却也不敢太有自信。

无垢摇着扇子，看了静漪，说："明日等你会过面，咱们一起去北海的冰室吃冰。家里的总做不到好处，况且也没有那个味道。哎哟今儿可是累得不得了，容我先睡一会儿，晚饭别叫我……"

她说着往贵妃榻上一倒，无瑕往外一看，拍了拍她，轻声道："柳妈来了。刚才妈经过，柳妈还特意过来查看，幸亏小十机警。"

"顶讨厌她贼眉鼠眼的样子。"无垢没好气地说。

"嘘……"无瑕拉着无垢，让她的丫头丹桂出去看看有什么事。不一会儿，丹桂回来，说："太太让柳妈过来说，叫小姐们都去老太太房里。金总长的夫人来了，听说小姐们都在家，说是想要见见呢。"

丹桂说着，只看着无瑕笑。

见无瑕皱眉，无垢在榻上扑哧一笑，坐起来道：“什么要见小姐们，要见你这位二小姐才是真的。我听说金家大少爷从法国回来，几次来拜访，都吃了闭门羹。看样子，人家这是迫不得已只好请母亲来当说客了。亏你还跟没事人一样！瞧瞧，母亲既然让咱们都去，我看也是应允的意思，这回看你怎么推搪。”

无瑕脸上绯红，跺着脚说：“反正我不去……丹桂你跟柳妈说，就说我有些头疼……说我中暑了，去不得。”

柳妈在外面听着，忙说：“二小姐，太太才刚还说晚上留金夫人吃晚饭呢。您这会儿不去见，晚上也必定要见。难不成……”

“什么难不成、易不成的，你就照着我的话去回。我不肯去，还硬拉我去？”无瑕脚上一对皮拖鞋踢得响，脸就更红了。

“你这是闹的哪门子脾气？金碧全出国之前，你们不是谈得很好吗？”无垢看到姐姐脸上去，却被无瑕戳着腮被迫转开脸，依旧是笑着说，“他近来遇到我两次，都十分客气。我想总是为了你的缘故。最近一次见面，他也隐约问起你的近况，总归是不得要领，很是着急。这事要叫我看，你究竟怎么想的，也要叫他知道方好。我看他待你，并没有什么不是。从前他和你约会，也总是在和一些朋友一起的，文明得很……”

“他文明不文明，你又怎么知道？他有没有不是，你又怎么知道？还有，他……他到底怎么样，你也知道？”无瑕连续发问。

“咦？”无垢被她抢白，摊摊手，“我不知道，孔远遒总是知道些吧？他也说金碧全这人十分好。”跟她要好的孔远遒，是财政总长孔智孝的公子。孔金两家是世交，远遒碧全常在一处，因此金碧全她也是熟识的。

无瑕咬了唇。

“我听老孔说，这回金碧全在法国就受了聘书，不久要去上海任一家法国银行的总经理的。在他这个年纪，并不靠家里什么，争取到这样的职位，就算是年轻有为了。你们又没有什么障碍……”无垢语气低下来，看看姐姐和静漪，“我的二姐，金碧全可是块蜜糖，绕着他转的狂蜂浪蝶多了去了。你要再端着，当心被人抢了先。”

“稀罕呢。”无瑕小声说。

无垢摊手，对着静漪道：“我倒也不知道，咱们二姐这是唱的哪出哇？”

静漪只是笑。

“你就算同碧全生气，金夫人是长辈又是客人，总不该不见吧？称病不是不可以，万一金夫人一客气，亲自来探望呢？岂不是不好了……你不去，真叫母亲为难了。”无垢说。

无瑕不吭声。她人虽然温柔，可脾气一向执拗，打定主意，谁也别想轻易地让她改了。

无垢等了她一会儿，见她还是没有要去的意思，无奈看着静漪，努了努嘴，让她帮腔。

静漪托着腮坐在那儿听她们说话。表姐们的事情她也知道些，心知无瑕表姐未必不愿意去见金夫人，但是为什么总是拖着不见金碧全，她也闹不清。

她笑笑，看那柳妈仍垂手站在门外，汗流浃背；表姐们的几个丫头也大气不出……她伸手拉了拉衣袖，问：“金总长在这一任内阁可是最受总理倚重的？”

她这话初听起来有点没头没脑的，无垢却笑了，点头道：“从前是孔总长，如今是他。总理无子，最近常说碧全如他的亲生子。真不知道木讷的金碧全是怎么入了总理的法眼。”

无瑕瞪无垢。

“我听说金总长很有些威望的。”静漪眨眼。

“新派旧派，议会内阁，连关外关内的那些拥兵自重的主儿都算上，金总长都能说得上话。他自个儿是口口声声唯总理马首是瞻，其实是哪一派掌权都少不了笼络他才对。”无垢笑着说。

“他的夫人可就是当年他在南洋作公使的时候，带回来的那位？”静漪又问。

“正是。南洋糖业大王的独生女，为了他跟家里闹翻了。那时候金总长家里原配夫人还没有过世呢。后来愣是跟着金总长回了国，进门第二年生了金碧全，原配金夫人病逝，她才扶了正……”无垢说。

“偏你都知道。”无瑕皱眉。

“是呀，偏就知道。这位金夫人的开明真是当今女性的典范，若我国女子能参政议政，金夫人当是第一人。”无垢笑道。

静漪点头。其实她对二表姐未来的夫家也不陌生，金家论起来也跟程家不远，只是走动少些。她自小被母亲养在深宅大院内，了不得让她来姑姑家住几日，也不像表姐们可以出去交际，更加见多识广。

“金夫人可通情达理得很！那年金碧全从法国回来，要再去念个博士学位，金夫人就有意让他们订了婚或者结了婚一同赴法，二姐也可以去念大学。谁知道爹爹觉得二姐年纪还小，碰巧二姐又生病，金碧全只得自己去了，这事情就搁下来了。如今人家学成归来，年纪都这般大了，一心求婚来的，有人偏又不理睬人家，可不活活把人急死吗……对了，总理家的大女儿，今年刚满十八岁，我听说……”

“无垢！”无瑕瞪了无垢。这个伶牙俐齿的妹妹有时真让她恨到牙痒，偏她此时又说不出什么话来堵上无垢的嘴。

“行了，行了，不要瞪眼睛了。”无垢笑出来，“我们这位二姐夫真正貌比潘安、才高八斗，人家是人才配不上？还是门第配不上？不晓得你到底在恼他什么……”

看无瑕杏眼圆睁，无垢做出害怕的神气来。

静漪看看无瑕，说：“二表姐，三表姐说得对，金家伯母你该去见的。”

无垢赞许地道：“正是。就算没有这层关系，也该同她见见，长些见识。这位夫人跟我们母亲大人可大不一样。我们母亲大人动不动还会说——从前我也做过诰命夫人……金夫人，那才是正经的英式淑女。如今那些赶时髦的太太小姐，等闲给她提鞋都不配呢。这些都罢了，你见了就知道——这世上还有这样的奇女子。也真够难为她的，金家满姓爱新觉罗，亲戚朋友上三旗居多，都不知道她怎么应付得来那些遗老遗少。”

无垢说着，竟学旗人女子的样子向无瑕请了个双安，让人忍不住就发笑。

静漪笑着看向无瑕：“二表姐，快去吧？”

无瑕也被无垢逗得笑出来，指着她说：“你跟孔远遒在一处儿，就要学成他那油嘴滑舌的模样了。”

“我还不是替你着急，说了这一车话，白喝了两碗酸梅汤。小十你陪二姐先去，我换件衣服就来。”她等无瑕出了门，一把拉住静漪说：“路上再劝劝二姐。我先替二姐夫谢谢你，我今儿才见过他，他此时连跳昆明湖的心都有了……”

“无垢你又说什么？”无瑕在外面问道。

无垢摆手让静漪快些走，小声说：“明明很想去，偏又拿乔。”

静漪微笑着出来，丹桂和秋薇都打了遮阳伞在那儿候着了。

无瑕等静漪跟上来，仍然慢悠悠地走。静漪催促，也不见她加快脚步。静漪无奈随在她身边，亦步亦趋。

“二表姐，为什么给人吃闭门羹？”静漪轻声问。

“小孩子，不要问那么多。”无瑕说。

“我才不是小孩子。”静漪立即说。

无瑕不过是比她大了才不到两岁，那无垢也比她大不到一岁，却都把她当小孩子看，可她都已经满十八岁了……听到脚步声，她回头看是无垢追了上来。但见她在这么短的时间内就换好了衣装，还不是她一贯爱穿的洋装，而是萱草色的裙褂，娉娉婷婷地走来，十分好看。

“三表姐不管穿什么都好美。”静漪低声夸赞。

无瑕轻轻哼了一声，也低声说：“她也不怕回头妈见了她，又该说她只会花心思打扮了。咱们先进去，不等她。”

静漪笑着，跟无瑕先走进院子里去。

在廊子下的婆子看见她们进来院门，就往里报，说：“二小姐、表小姐来了。”

静漪跟在无瑕身后，低着头先请过安。上座的是赵家老太太，赵太太和一位贵妇人分坐两边。

静漪就听见姑姑先问：“无垢呢？”

外面台阶上一阵脚步声，无垢在外面笑着答道：“来了来了。”

静漪看无垢，这么会儿工夫，也重新整理过了头发——倒像是为了见客特意弄得隆重些似的。她微微一笑。

“金伯母好。”无垢先去见礼。

金夫人看到无垢，微笑道：“前儿在孔总长家里，倒遇到过三小姐。”

无垢偷眼看她母亲。赵太太不动声色地微笑着。

赵老太太说：“无垢跟孔家远遥是中学同学。”

金夫人点头。

静漪打量着这位金夫人。跟想象中一样，金夫人肤色略黑，身材娇小，面貌却甚为秀丽，眼睛更是炯炯有神。

无瑕大约是因为觉得不便，坐下便很少说话。金夫人也知道她害羞，偏要跟无垢这个活泼的女孩子多说话。

“孔家的两位小姐也是极好的性子，人美丽，又极聪明。我常想若是我家慧全也能跟你们这样活泼些就好了。”金夫人笑着说。

赵太太正有些不自在，听到这里，笑道：“性子安静有安静的好。”

“我就说无瑕和慧全一定合得来。无瑕，有空多来走动。慧全只是身子弱，行动就懒了，不爱出来交际，朋友未免少些。我整日为这个担心。”

赵太太笑道：“我也赞成女孩子们多多交往些知书识礼、好性情的朋友。”

无瑕便点了头。金夫人像是很满意，显得比先前就更高兴些。

静漪也笑了。她这一笑，引起了金夫人注意。

“这孩子。”赵太太有些嗔怪地看着静漪，对金夫人说，“您别见怪，漪儿在她们中年纪最小，被宠惯了。”

金夫人颇有一会儿是凝神细看静漪的，问她：“多大了？在哪里读书？”

赵太太笑，知道金夫人这一问必有缘故，便说：“满十八岁了。这要说起来念什么书嘛，话就有点长了。像我们家里，也只许女儿们去读读中国文学或者外国语言罢了，我那兄弟却愿意这孩子去上海念医科……”

“那程小姐书读得很好呀。”金夫人看着静漪说，“女孩子去念医学的能有几个。许人家了没有？”

赵太太笑着说：“人家嘛，是早许下的。当初她父亲与朋友相契，定了儿女亲家。我听说那家的孩子近期是要回国的了，既是回来，婚事也就近了。”

金夫人一直望着静漪，道：“这样又聪明又美丽又温柔可亲的女孩家，世上也难找！赵太太，是哪家的孩子这么有福气？”

静漪求饶似的看着姑母。赵太太虽然懂她的意思，却还是如实告之金夫人，道：“是陶家。”

金夫人一怔，问：“是那个陶家？”

赵太太点头。

金夫人停了一会儿，拉起静漪的手，说：“好，好好……陶夫人我有幸见过两面，是个十分好的人。”静漪只觉得金夫人的手十分的温暖，但她似乎是想说什么而没有说。金夫人低头看了眼手指上那枚小巧的戒指表，说：“咦，都这个时辰了，我也该回去了。”

赵夫人极力挽留，金夫人极力推辞，只说改日再来。

赵太太便让无瑕送金夫人出去，自己只送到院门外便止步了。

无瑕明白母亲的意思，只好送金夫人出去。

静漪陪在姑妈身边，看表姐和金夫人走远了，小声问："金夫人很喜欢姐姐？"

赵太太点了点头，忽然转身，说："无垢，你跟我来。"她说着便往回走。

静漪被吓了一跳，就见三表姐抿了下唇，昂头跟了上去。她有些不知所措，站在院子里等了一会儿，回头无瑕送客回来，忙说："二表姐，三表姐被姑姑叫到跟前去了……"

无瑕道："妈刚听到无垢去孔家就不自在。"

"可是……"静漪还没有说出来，就见无垢从上房出来，迅速往后院跑去。老远也看出来无垢是掩了面的。她心里着急，就要追上去，无瑕拉住她。

"别去。让她自己好好想想。"

"二表姐！"

"孔远遒是有未婚妻的。"

静漪呆住。

"对方是驻英国公使黄誉的女儿。听说人很是浪漫的，在国外也交了男朋友。孔远遒早就想解除婚约，就是未获得家里同意。黄家也没有要解除婚约的想法。他们一日婚约未解除，无垢的身份就很尴尬。妈怎么可能允许？况且有些传言不好听。"无瑕说着，看静漪白了脸，拉住她的手，"小十，你也慎重些。我虽赞成女子为了爱情而结婚，行动总归还是要谨慎检点些的，所以我打定主意明儿陪你去。你自个儿去我也不放心。"

静漪迟疑片刻，点头。

她和无瑕分手，回到房里，秋薇过来问她换不换衣服，说马上就晚饭了。她摇头说等下再换，回身收拾着书桌上有些凌乱的纸笔。

秋薇趁着落窗子，看看外面没人，从衣襟下面抽出一个布包来，低声说，"小姐，这个给你。四宝哥说，送信的人嘱咐，这个千万要拿好……我去点艾香。"

静漪把布包拿过来，放在桌上。等秋薇走开，她打开抽屉，从里面取出一个描金小漆匣来，又从贴身的口袋里把先前从无瑕手中夺回的那封信拿出来。待要放进匣子里，又忍不住展开。信上的字迹清秀，若戴孟元那俊美的脸……她脸上一热，仔细叠好放进漆匣里。随后，她把匣子和那个布包一起放回抽屉里，加了把锁。

做这些的时候，她的手都在颤。

第二天早上，静漪去给赵老太太请安，趁姑姑也在赵老太太房里，请她们允许自己出趟门。

赵太太程方云还没表态，赵老太太就说："漪儿来了这些日子，也没见出门去，闷在家里要闷坏喽。"赵老太太原籍苏州，在京里一住四五十年，京白是流畅的，不留神仍是带出苏白来。

"奶奶给零花钱，爱玩什么、爱买什么，就去。"赵老太太说着就让人拿钱。

静漪急忙推辞。

"奶奶给就拿着，不准不要。"赵老太太笑眯眯的，歪在榻上看着静漪，又看看她的两个孙女。都是如花似玉正当妙龄的女孩，她看在眼里，心中十分畅快，于是又说："无瑕和无垢也一起去吧，就只是不准回来太晚。晚上等你们一起吃夜宵，来和我说说外面的新鲜事，让我也高兴高兴。"

程方云原本是不同意她们都出去的，尤其是无垢，但见婆婆这么说了，她也不好当面驳了，于是说："那就去玩吧。听奶奶的，别回来晚了。无瑕，看着她们姐妹些。"

"是。"无瑕答应。

"最近外面世道乱，你们不能去人多的地方。"赵太太嘱咐道，"多带两个人跟着。"

"妈，瞧您，我们去去就回的。"无瑕急忙阻拦。

赵太太也觉得自己管得多了些，只不过特别又盯了无垢一眼。无垢低了头。

"早些回来。"赵太太说。

赵老太太到底让人给了她们一人一个荷包。

出得上房来，无垢先就舒了口气，说："幸亏奶奶开恩。"

无瑕也笑道："是，奶奶是你的护身符！回头孔远遒那小子进门来拜见，先得给奶奶磕一百个头。"

无垢一对媚眼斜睨了姐姐一眼，跟静漪说："不然小十去换件漂亮衣服吧，好见你那戴君去……喂！"她话没说完，就被无瑕捂住了嘴。

“你作死啊！在这儿嚷嚷？”无瑕狠狠拍了她一巴掌。

无垢吐舌，回头看了看，说：“听不到的！”

“听到还了得！”无瑕推推她，“还不快些去开车？”

“就去！”无垢说着拉过静漪，姐妹三个一同取了车就出门去了。

赵家距离西总布胡同很近，无垢轻巧地将车子开出胡同，往长安街去。

静漪已经有很久没出门了，街上的一切原本会让她觉得新鲜的，此时她却没有心思看风景。

太阳不过刚刚升起，还不算热，她们都穿了薄绸子洋装。静漪和无瑕是长发，只是无瑕烫了最新式的螺丝头，静漪则是一头长发编成粗粗的辫子甩在身后。无垢早就剪了短发，且今日戴了一顶轻巧俏皮的苎麻鸭舌帽，更加爽利俊美。

路上无垢不时按响车喇叭，跟会车的人打招呼。静漪看过去，多是西装革履的惨绿少年，她几乎一个都不认识。独有一个，特地探身出来对她们吹了声口哨的，静漪倒认得那是外交次长的二公子何思源。

无垢像碰了什么脏东西似的，说：“真晦气。”

“他还敢纠缠你？”无瑕问。

“上回被老孔揍了一顿，老实了些。新近买了这辆车，又开始惹事。为什么我最近不爱开我的车？那何思源硬是到车行去打听来我买了这款车。等了几个月，才刚运到。有事没事在我眼前晃，话也讲得难听。可恨。”无垢说完，看看静漪，“是约了在今雨轩见吗？”

“嗯。”静漪点头。

“那我和二姐在车里等你。”无垢说。到这时候，她倒是先谨慎起来。

无瑕说：“横竖茶室又不止一个座位，我和你楼上雅间待着就是了——小十，你们也在雅间谈吧。”

静漪知道无瑕是担心来往人多，难免有人认出他们来，就点了点头。其实戴孟元心思极细密，约在这里见面，多半也是考虑到这一层，一般的茶馆饭馆她并不方便出入。

想到这儿，她脸上也就自然地露出来笑容，被无瑕和无垢看到，不约而同地笑出来。

“今儿军警比昨儿下午还多。”无垢车开得慢下来，说。

静漪推开窗帘，街上拿着警棍的巡警和荷枪实弹的士兵，的确比平日里要多上几倍，且巡警不时呼喝、驱赶行人，让人紧张。静漪皱了眉。

“我们得避开大路。我们昨儿走东交民巷那儿，就差点交待了……哎哟。”无垢嚷了一声，“这胡同儿这个窄，别刮了车……”

“你仔细些，再没有比你更多话的了。”无瑕说。

无垢被姐姐说，也不生气，只管小心翼翼地将她这辆崭新的轿车开进巷子里。巷子的确很窄，几乎仅够车子开进去，略微一偏，就会碰到两边灰色的砖墙。两头的行人见这轿车开进来，都纷纷改道。

无瑕怕刮了车，不住提醒无垢慢些、再慢些……突然，无垢在巷子中央停了车。

“快开啊，没事的。”无瑕催促她。

“你看。”无垢微微皱眉，抬抬下巴对着前方。

窄窄的巷口外，行进的游行队伍蚂蚁过街一样绵延不绝。围观的人堵住了巷口，各色的标语云一样飘过。

“游行。”静漪说。

无垢回了下头，问：“把车倒回去？”

无瑕倒是镇定，说：“最近哪回出来不碰上个把游行，偏今天怕了？再说你车子开到这里，进退两难的，当然是开到前面去。刚才不是说怕刮了车？退后更容易刮呢。”

无垢说：“你不知道最近的游行……刮了车是不值钱的，怕是要伤人。”她耸了耸肩，不打算将昨日见到的场面描述一番。世道是不稳，学生工人军人革命党纷纷起事，现任政府风雨飘摇，能坚持多久，尚未可知。她同孔远遒在一处倒时常听他和人谈论纷纷扰扰的时事，在她听来还是蛮有意思的，但跟无瑕和静漪说这些，估计她俩会认为很无趣，没的影响了她们的心情。

“最厌烦这些。”无瑕说着，前后看看，“好好儿地过太平日子不好吗？”

无垢仍是笑笑，她跟无瑕在大事小事上的意见向来难以统一，一开口难免会争论。

这时后面又开进来一辆车，比起她们的车来，那车要更宽大些，无垢看了，笑道：“这下真是只能两眼一抹黑地往前了。”

那车子嘀嘀两声。

无垢手伸出窗外挥一挥，表示知道了，发动车子缓缓前进。短短的一段路，却用了比平时多得多的时间。别说开车的无垢，坐车的两位也急出一身汗来。好在出了巷口就是开阔地，她们就可以摆脱这种窘境——哪知道今日游行的队伍特别长，当她们的车子颤颤巍巍地从小巷里拐出来，游行队伍还未完全经过，围观的人又多，无垢没法将车子起速。她看看前方，缓慢左转，停下来等游行队伍通过。

“总算是出来了。”无垢从后视镜里看了眼紧随其后的那辆轿车，“这车和号牌瞅着都眼生。”

她话音未落，就听到喧哗声若暴雨般席卷而来，原本自西向东方向行进的游行队伍竟朝着相反方向拥过来，并且不是以刚刚那缓慢而有秩序的节奏，而是凌乱慌张、不择路径的，像是被狼惊散的羊群。

“坏了。”无垢说。她下意识地想要踩油门快些冲出这条街，可是人群聚集的速度远比她能够反应的速度快得多。瞬间她们的车和后面那辆车一道变成了汪洋中的扁舟。

静漪看着外面那些游行的人，他们的面孔上全是焦虑、暴躁和仇恨似的表情，她心里咯噔一下，忽见有手拿标语的人朝她们的车子围拢过来，不住用木杆杵着车窗，更有人伸手拍打着车前盖，呼喝着让她们出来：“出来！”“吸血鬼、卖国贼！”……

“怎么回事？”无瑕脸色煞白，急忙把这一侧的车窗摇上。

无垢不声不响地拿起手边的一条马鞭，对着伸手进来想拖住她的那几只手狠狠打下去，迅速将车窗摇上，说：“关紧车窗，不要让他们把车门打开……车随他们砸。”

突然有人举起巨大的石头朝车窗砸来，砰的一下，车窗砸出了裂缝……无瑕忍不住惊叫，静漪搂住了她。

“看样子得杀出一条血路了。这哪是学生，分明是流氓！”无垢咬着牙，踩下油门预备硬闯过去。可是已经来不及了。车子被人围在中间，车窗被砸碎，有人将手伸进来，硬是将车门从里面打开，就要将坐在边上的静漪拖出去。无瑕拿着阳伞朝着那人猛打，阳伞立刻被夺走。她扑在静漪身上死命拉住她，可静漪大半个身子已经被拖出了车门。

“小十！”无瑕惊叫。

静漪的头发被人拽住，忍着疼痛抓住拖她的人的手，可身上早就挨了拳脚。她知道此时已经群情失控，他们只是想找一个目标发泄愤怒，可心里越是清楚，就越是着急。

“她们不是何次长的家眷！”有人叫道。

“是不是有什么关系？她们这些有钱人，知道什么是国仇家难，知道什么是民间疾苦？都是吃人肉、喝人血的！”抓着静漪的男人在喊。静漪的辫子被他揪住像抓小鸡一样将她朝前方一推，静漪的额头就磕在了车门上。推搡间她的衣服被撕开，裂帛声混在杂乱的声响里根本听不见，可这高贵淑女的尊严被如此践踏似是让围观的人突然间兴奋起来，竟引起一阵欢呼。

静漪咬紧牙关，顾不得头皮生疼，想将撕裂的裙褂抓住。她手腕上的玉镯在阳光下发出幽幽的光，那人松开抓住她辫子的手，转而去掳那镯子。静漪夺手，只听得一声脆响，镯子磕在车门上，应声而断。

静漪也看清了那暴徒的模样——他眉间有一条很深的疤痕，扭曲着——她瞪着那人，狠狠一脚向他要害踹去。她穿的是漆皮鞋，鞋尖很是坚硬，这一下将那男人踢得不轻。他也是狠毒，身上的剧痛生生忍耐住，硬是过来掐住了她的颈子。静漪顿时觉得一阵窒息，就在此时她听到了无瑕和无垢的喊声，不知她们怎么样了。她心慌至极，只是胡乱挥着手……

忽然间响起了一阵枪声，人群的骚乱更甚，有人喊“警察开枪了、警察开枪了”……静漪是头一回这么近地听到枪声，往日让人觉得恐惧的枪声此刻在她听来却像是某种希望，但她因为喉咙被扼住而缺氧，眼前蓦地一黑……

突然间她又听到近在咫尺传来一声凄厉的惨叫，几乎是同时，她的喉咙被松开了。她大口地呼吸着，倒退几步险些跌倒在地，眼前出现了几个矫健的人影，跟那伙暴徒交上了手。其中一个距离她最近的，正将刚刚制住她的暴徒衣领扯住向后一带。那暴徒在他手下打了个旋儿，顺势身子一矮便开始还击。静漪眼看到暴徒的衫子飘起，露出腰间黑色的手枪，喊道：“他身上有枪！”

她话音未落，那男人已经将暴徒的手拧在了背后，空出一只手来瞬间别下了暴徒的枪，接着抬起脚来对着暴徒的屁股便踹过去。他后退着来到静漪身前，一站，将静漪和那些人隔开，喝道：“阿图！”

“明白！”一个虎头虎脑、个子高高的精壮小伙子嗖的一下出现，挡在了静漪身前。静漪看到他也拔出腰间的手枪，心里一惊。小伙子回头对她一笑，没等她说话，便说了句“得罪”，推了她一把，打开车门将她塞进车里去。静漪一抬头，无垢和无瑕安然无恙地坐在车子里，只是驾驶位上换了个男人。虽然这人衣着普通，可从头到脚都有股训练有素的军人气质……静漪转眼看着车外，那几个正与暴徒交手的人也有同样的气质。

“别担心，警察和城防部队的人已经来了，一有空当，我们就冲出去。”男人看出静漪的惊诧，解释道。

无垢连声道谢，无瑕抱着静漪，几乎流下泪来。静漪却盯着外面刚刚救了她的那几个人——其中竟然还有两个金发碧眼的青年。也正是有他们俩加入了打斗，拳来脚去的场面就更加混乱了，夹杂了更多的辱骂……远处又响起了枪声，炒豆子似的密集，一部分人慌不择路地逃跑，另一部分人的情绪却更加激愤。

那将身边一众人击倒在地的男人，在他的同伴都收住势警惕地散在他周围观察对手的时候，仍缓缓地在当场迈着步子……静漪认出来，这是严谨的和式武术步法。她这才留神观察他，发现他连衣服的式样，都有些和风。她心头一紧：这人怎么这个时候，一点都不避忌？

果不其然马上有人骂他汉奸卖国贼，也有骂他是倭狗的，试图煽动众人继续围攻他。

那人并不怒，亦不慌不忙——他往前走一步，人群后退一步；他后退一步，人群向前一步……他像戏弄人似的，在自己的周围形成了潮水般的人群走势。

他指着自己的胸口，问道：“有枪是吗？有胆朝这儿开！欺负妇孺，算什么？”话音未落，就有石头块朝他砸来。然而几乎未见他挪动脚步，就轻易地躲了过去。石块砸在车身上，发出巨响。

他仍站在那里，面对着被他激怒的人，仿佛面对刚刚经过风暴、短暂平静后又将掀起惊涛骇浪的海面。

挡在车边的阿图却暴跳起来，拔出枪来大喊：“龟孙子再敢往前一步，老子崩了你们！对女人动手，亏你们干得出来！胶州湾停着日本人的军船，怎么不见你们杀上去？旅顺港架着德国人的大炮，怎么不见你们去砸？”

无垢回头看向车内的男子，问：“快告诉我，你们是哪儿来的，天上掉下来的吗？”

那男子微笑，并不回答无垢的问题，目光警惕地扫着外面，说：“来了。”

穿黑衣的警察挥舞着警棍成群结队地过来，后面便是荷枪实弹的士兵。士兵列队前进，对空中鸣枪示警，枪声密集极了。

警察扭住了仍然抵抗的示威者，其余的骚乱群众，见势不妙，纷纷作鸟兽散……

这时候坐在驾驶位上的男子也不待人吩咐，踩了油门，车子若离弦之箭，冲出了这是非之地。

“那他们怎么办呢？”静漪问。

背对着他们的那个个子高高的男人，还有阿图和金发青年，仍然留在那里。纷乱的环境里，他们伫立的身影竟让人瞬间热血沸腾的……

“他们不会有危险的……现在送你们去哪儿？”那人问。

静漪说：“麻烦您送我们回家。我们住……”

无垢看看无瑕，打断静漪，问：“还想去茶室吗？”

静漪说：“不，你们先回去，我自己去就行。我在前面路口下车。”

无瑕拉紧静漪的手，道：“一起出来的当然一起回去，把你自己丢在外面，这种事我们能做得出来吗？马上跟我们回家。”

“可是我必须得去。”静漪有些着急，“你们就不要陪我了。”

无垢说：“这样吧，那我们照旧去北海。放心，二姐。你没看过了两条街，这边就是另一个世界了？我们到了就想办法给大哥电话，让他派人来接，好吧？今雨轩有部电话机的。”

无瑕见她如此说，也就没表示异议。

“真对不住你们。”静漪说。

“对不住什么呀，我们自个儿出来就准保不会遇到游行？这些日子还不是天天游行、示威，示威、游行……倒是闹一闹的好。”无垢笑着说。

“亏你还笑得出来。”无瑕气恼道。

无垢笑得更响，歪着头看着开车的人，说：“这位先生，多谢你们今日拔刀相助。”她说着从坤包里抽出一张名片子递过去给他，“日后定当重谢。”

那人看了一眼名片子，没有接：“这是我家少爷吩咐的，赵小姐您就不必谢了。”

“那你家少爷尊姓大名总该让我们知道吧？”无垢问。

那人笑笑，继续将车开到公园附近才停了，说：“这里安全了，赵小姐您来开车吧，我该走了。”

他说完便开车门下了车，一伸手拦住一辆黄包车，任无垢和静漪怎么喊，他都没有回头。

“嘿！还有这样的人，也算是今日奇遇之一了。”无垢坐到驾驶位上，伸头看看自己被砸得面目全非、四面透风的车，叹了口气。

“只是没问到人家的姓名，总觉得不合适……当时是太慌了，现在怎么也想不起来他们的样子。都不知再见面能不能把他们认出来。”静漪说。

“不肯告诉，想必就是不愿让咱们谢。无垢，你快些开车，别耽误时间了。”无瑕说。

静漪掏出小怀表来看了看，已经十点过一刻钟。她和戴孟元约好的时间是十点，他是很守时的人，这会儿该等急了吧？

“先让我下车吧。”她说。

无垢无奈道：“瞧你这急性子！别说今日迟到事出有因，就算没有，难不成就这么一会儿，戴君都不肯等？你也别太宠着他了。难怪这兵荒马乱的，仍是你去见他，不是他来见你。得了，你先去……等等！”她喝住就要下车的静漪，“你看看你的样子。”

静漪胡乱理了理头发，对无垢一笑，笑容娇美中又有些羞涩，真是明艳极了！就连一身凌乱，在这明艳照人中也只是平添几分惹人怜爱。

无垢和无瑕本想替她收拾一番的，可看她这模样，又觉得再也没有比眼下更合适的了，何况也该让戴孟元看看她们的小表妹是怎么出生入死地来见他的。她们出神的工夫，静漪拿起无瑕放在身边的丝巾展开围在肩上一系，遮住被撕裂的衣领和袖子，下车便跑。

“慢些！”无瑕对着静漪的背影喊道，就见静漪踩着小碎步过了街，顺着蜿蜒的小径去了。小径的尽头正是今雨轩茶室，隐约看到柳影之中有个长衫青年正立在那里——静漪脚步慢了一慢，随即又跑了起来……无瑕呆呆地看了一会儿，忍不住道：“真想不到呢。”

“不过是一阵子的热情，谁没有过？”无垢掏出化妆镜来看看自己的脸，“戴孟元是在部里挂了号的……那样的人，能和静漪有什么结果，不是明摆着的？”

无瑕怔了怔，问：“你怎么知道的？”

无垢瞅了她一眼，说：“你别管我怎么知道的。我都知道，舅舅不可能不知道。静漪闹着要退婚，虽是以升学为借口，恐怕舅舅不会不调查一番。肯让她在咱们家一住一个暑假，也未必不是舅舅的缓兵之策。”

“革命也不过是想过上好日子。静漪说戴君去考了新一期的教育部公派留美生，他的成绩很好，若能考取，他们便可以双双出国……静漪很早就想留学去，他若一道不是很好吗？”无瑕说。

“那是不可能的。”无垢不假思索地说。

“怎么不可能，你太小看爱情了。”

“我从不小看爱情，更不小看革命者的热情……不信？不信咱们走着瞧。”无垢戴上墨镜，道，“下车，咱们且喝茶去。”

无瑕跟着下车。无垢走得有些快，她追上去，看看无垢，笑了。

“笑什么？”无垢问。

“你有时候，还是蛮有脑筋的。”无瑕低了头。

无垢反应了一会儿，才意识到姐姐在骂她：“赵无瑕！”

姐妹俩笑着一同走进今雨轩，经理见是赵家的两位小姐，急忙让人开了楼上的一间预留的雅座。

无垢进去，便推开了后窗。窗户正对着一片荷塘，岸上假山柳树错落有致，景致甚好。

她问：“程十小姐来了吧？”

“是，程小姐在楼下雅座。”经理将单子放到桌子上，“二位今日怎么有此雅兴，通常都是下午来的。”

这些小姐先生们，总是过午才起床，来茶室吃吃下午茶，会会朋友，约了晚餐之后，再去看戏跳舞，厮混至下半夜方散的，这么早便来喝茶，实属罕见。

“啰唆。”无垢笑道，她指着后面荷塘边的两把大伞，问，“那是谁，可是要在荷塘边赏花喝茶吗？倒是挺会享用。”

“正要跟赵小姐说呢，是孔先生和金先生一早订了位子在这里会朋友，说是不让杂人进去。这时候恐怕就要到了。”经理微笑着说。

“哦？”无垢看了无瑕，故意问，“是哪位金先生？”

“金总长的大公子。”经理又说了一会儿话才离开。

无垢扶着窗台，笑吟吟地说：“真是相请不如偶遇，没想到金碧全也在这儿呢。”

无瑕却只管专心勾着点心单子，交代给跑堂，无垢见状也不去撩拨她说话了，只有一下没一下地拨弄着颈间的丝巾，不时看一眼后院。

不久跑堂送进来茶点。

“知道程小姐在楼下哪个雅间吗？替我们送点心过去。”无瑕一样样挑着静漪爱吃的放回堂倌的木盘子里，嘱咐他送下去，“告诉程小姐，我们等她一起回家。”

堂倌答应着退下去了，无垢才说：“二姐，你来看，那是谁？”

无瑕以为无垢引着她去看金碧全，正觉得不好意思，不想无垢没半点调笑的意思，起身走过去一看，说：“哟！这是不是刚刚那位先生？咱们还担心找不到人家呢。”

“看样子老孔认得他，那就好了。奇怪，老孔昨儿可没告诉我他今日见什么朋友。”

“难道他有什么事，都先要告诉你不成？”无瑕说着，按了按无垢的肩膀。

无垢沉默片刻，道：“说得是啊，我是谁，不过是他众多谈得来的女朋友里面的一个罢了。”

“我不是这个意思。”无瑕倒没想到无垢会多心。

无垢反而笑了，说：“就是这个意思也没什么。我也不怪谁，只怪我自己的心就是这样的，我也没有办法。”

无瑕握着妹妹的手，说：“你看你……”

无垢反拍拍她的手，看看外面，说：“那几个洋人也一起来了。”

那伞下的几位金发青年似是发觉有人在看他们，转过头来。她从容地关了窗子：“那几个人都人高马大的，和洋人站在一处不落下风，难怪那么能打架。”

“身手不好如何敢管咱们的闲事？”

姐妹俩回到位子上坐下，无瑕说：“我这会儿心还突突跳呢，也不知道小十怎么样了。”

且说那堂倌从楼上下去，直奔楼下的一间雅座。他敲敲门，听到里面让进才推门，进门就先说：“赵小姐吩咐小的来送茶点。”

静漪说：“放下吧。”

“赵小姐说，她们等您一起回家。”堂倌说完退了出去。

雅间里又恢复了安静，静漪从手袋里取出一包东西来交给戴孟元，说："东西我给你带来了，你看看对不对。"

戴孟元打开粗粗地看了一看，说："对的。多谢你。"

"不谢。"静漪将手袋叠好，放在膝上。

"没人发现吧？"戴孟元问。

静漪摇头，道："只要顾鹤安排的人没问题，那就没有问题。"

"那就好。不过以后是不能让你冒这个险了。"戴孟元将纸包收好了，端起茶杯来喝了一口，一抬眼就见静漪正瞅着自己，满腹心事的样子，他一怔，伸手过去握住她的手，"怎么了？"

"我……有点担心你。"她说，"很担心。"

她说着低头望了眼两人握在一起的手。天气这么热，戴孟元的手依旧是微凉的，而她的手白皙中透着一点红润，沁色极好的古玉似的……左手腕上有几缕红痕，那是玉镯断裂时划伤了油皮。

"我凡事都会小心的。"戴孟元用微凉柔软的手指轻轻抚摸着那红痕，"这次多亏你……顾鹤被人盯得太紧，只好出此下策。"

静漪轻声说："我不怕。若不是这样，我们通信哪有这么多。"

戴孟元说："我不想让你牵涉进来。"

"我不怕。"静漪又说了一遍，"倒是你，说是凡事小心，可千万要做到。"

戴孟元两手合拢，将静漪的手合在手心里。

静漪只觉得先前藏在心里那千言万语，此时都悄悄溜走了，她眼中只剩下戴孟元，心里也只剩下"戴孟元"三个字……戴孟元眉目清秀得很，若只看他文质彬彬的模样，任谁也很难把他和呼风唤雨的学运领袖联系起来的。

雅间的窗子啪嗒响了一声，戴孟元警觉地回头看。

"是柳枝吧。"静漪轻声说。

"哦，也许是。"戴孟元看了下手表。

"你……能答应我吗？"她犹犹豫豫的，问得也含糊。他一定是赶着要走的，她不想阻碍他，可是有些事她得和他说。她已经有很久没有见到他了，再等下去，不知道又是什么时候才能见到他。

"等过了这一阵子，我会再跟母亲提的。"戴孟元说。他知道她在担心什么。

静漪红了脸，她抿着唇，点点头，说："那我等你。"

"我先走，他们等着我呢。"戴孟元说着就要起身。

静漪握着他的手，他没有立时挣开，只看着她，微笑。

"傻子，我会给你写信的。等事情完了，我就回家。等开学咱们就又见面了。"他说。

她仍没松手。

戴孟元有些着急了，白净的面皮上一阵红晕泛起来，浓而黑的眉蹙了蹙，说："好了，静漪，我该走了。"

啪啪，窗子被敲了两下，有人压低声音在叫："孟元，孟元，快些，要迟了。"

静漪听清楚了，这不是柳枝，是外面真的有人在等着他。

"我不能不走了。"他说。

"孟元……"静漪看着他的眼，"保重。"

戴孟元已经走到了门边，又转身回来，将静漪牢牢地抱在怀里："让你吃苦了。对不住你，静漪。"

静漪摇头。

窗子又被敲响，戴孟元低声说："回去的路上多加小心，还有，不要跟任何人提到跟我见面的事。再会。"

静漪想再拥抱他一会儿，他硬着心肠将她推开，待她回过神来，他已经走了……她推开门，门外只有堂倌穿梭似的来来去去。

她有些想哭，胸口闷得要命。她应该哭一场的，千辛万苦才能见上一面，他走得那么匆忙……过了好一会儿，她才晓得看看时间，已经十一点，想起表姐们还在等她。

她上了楼，堂倌见了她，说："程小姐，两位赵小姐到后院去乘凉了，留话请您在这儿稍等。"

静漪拿起桌上一条冰手巾来擦了把脸，只道表姐们是嫌热。无瑕在朋友里被戏称为杨妃，最是畏热，三伏天儿无论如何不肯轻易出门的。她心内念着表姐们大热的天陪她走这一趟，觉得抱歉，便下了楼顺着廊子走出去，穿过后面这小小的庭院，她就听到隐约的笑声，正是无垢。

忽又听到男子的声音，她略迟疑，脚步慢下来细听，原来也是熟悉的人，孔远遒。她觉得放心了些，到底还是站在假山石后，隐了一半身形先远远看了看，确定那里坐着的是两位表姐，而陪在她们身侧的两位英俊男士，有一位的确是孔远遒，另一位——虽然看不太真切，但是那模样也是眼熟的——

啊，是金碧全。

她顿时心里清亮了些。

昨日无垢开玩笑说的那位“二姐夫”，其实她早已在无瑕那里看过相片了。金碧全本人看上去比相片里要更俊美些。此时他与无瑕坐在一处，看在人眼里是那么的悦目。再看看活泼的孔远遒和赵无垢——也是好看的。孔远遒正在解释什么，说着就站起来，手中摇摆了一下，做出打高尔夫球的样子来。随着他的动作，他自然地朝后看，就看到了她。孔远遒顺势做了个被阳光刺到眼的姿势，随即抬手碰了碰他帽檐，很绅士地行礼。

静漪见已被发现，大大方方地从假山后走出来，边走边叫了声“孔大哥”。

孔远遒双手抄在裤袋里，笑道：“十丫头可来了，好久不见。”

等静漪过来，孔远遒开了一瓶冰汽水给她。

“瞧走得这一脸的汗，我们静漪雪人似的人儿，一整个夏天都没见着出几滴汗，今儿算是遭了罪了。”无垢说着，递给静漪毛巾，“快点坐下。”

静漪一手拿了汽水，一手拿了毛巾，却没坐，微笑看向金碧全。

孔远遒忙给静漪介绍了金碧全，道：“等下还有位朋友也给你介绍下，他原本是在这儿，刚刚被人请去谈事情了……”无垢清了一下喉咙，瞅他一眼。孔远遒多机灵的人，顿了顿，又问：“中午一起吃饭怎么样？我在福华楼定了席面。”

“好，今儿我做东。”金碧全笑道。

无瑕却在这时候说：“我们今儿出来也太久了些，又被惊吓一场，可要回家好好安安神。”

无垢也附和，孔远遒只管拿眼看她，她也不理，一味地说要走。

静漪倒觉得纳闷儿，无垢平时最爱热闹，再没有嫌热闹太过的道理，今儿许是真的被吓到……可刚刚又没见她怕。但她也想早点回家去，便默不作声，让表姐拿主意。

“也罢了。对了，十丫头，过些日子我生日舞会，你可要来。”孔远遒笑着说。

静漪想着孔远遒最爱操办事情，大事小事到他手上没有不往煊赫漂亮了办的。今年她生日，他硬是给办了个盛大的舞会。她明白孔远遒那时正热烈追求无垢，想方设法讨好无垢，到底待她也是真好。她点头道：“我一定来。”

“你听他呢，也没见过这样的，提前一两个月就张罗着给自己做生日，唯恐人不知道的。”无垢笑孔远遒。

孔远遒看无垢，笑道：“哎，我的生日还远着呢，那家母的五十整寿，可就在这几天，总归也要来的吧？”

这时候堂倌来说赵宗卿先生的车子已在外面等着了，姐妹三人便告辞了。孔远遒原是要送她们出去的，被无垢看了一眼，讪讪地站住，又笑了起来，扯住无垢的手，也不说话。当着人，无垢再大方的人也未免觉得害臊，夺了手，板起脸来说了句“好不啰唆”。孔远遒只好松手，无垢走得快极了，他在她背后喊：“难道大白天的后面会有鬼追你吗？”

“鬼倒没有，汪汪叫的小狗就有一只。”金碧全拉住孔远遒，笑着说，“得了，你可真是肉麻，才半日不见罢了。”

孔远遒低声说：“我可是半日都舍不得不见她。”

“你也是，她去天津你追到天津，她去上海你追到上海，正经事没见你办成一桩。”金碧全一说，孔远遒立刻叹了句：“那野马似的性子，岂是个容易驯服的，况且我又不能马上给她吃颗定心丸。”

金碧全听他如此说，轻轻拍拍他肩膀，道：“从长计议。”

此时从西侧门进来几个人，金碧全看见，喊道：“牧之，快来！”

孔远遒“嘘”了一声，指了指并未走远的人。

金碧全“哦”了一声，表示明白。

静漪听见金碧全喊那一声，待要回头看，无瑕却催促她快走，她疾走几步，也就迈步出了院子……

陶骧无意间瞅了眼那个一晃而过的身影，朝这边走来。他穿花拂柳的，身姿极潇洒，显然心情相当不错。随侍身侧的图虎翼等人待他落座，选了另一张桌子坐下，分别朝向不同的方向，十分警惕。

“汉森他们呢？”金碧全问。

“我让人带他们去天桥了。”陶骧说。

“你现如今是不论走到哪儿，架势都摆得足足的。”孔远遒笑着指了指图虎翼他们。陶骧这些侍从的警惕性，有些超乎他的预想。

金碧全给陶骧倒了茶，也说：“是呢，不晓得的还以为你是什么军政要员。不是才回来吗？不好好休息一阵子？”

“他哪有时间休息？连飞行员教员都请回来了，要正经八百地大干一场呢！”孔远遒拿起茶杯来，亲手送到陶骧面前，“七少，请。今儿又露脸又挂彩又去商谈大事，辛苦。”

陶骧毫不客气地将茶杯端起来，饮了半杯。

他手肘处有一道很深的血痕，沾在袖子上的血渍已经干了。

“这该不是你那日本女友的杰作吧？”金碧全是知道点他的事的，便指着衬衫开他的玩笑。陶骧的衬衫式样很独特，是改良过的，既不同于传统的长衫，又不同于和服，看上去虽有些不伦不类，却是将这两种衣服的长处都结合了起来，穿脱都很方便。

陶骧弹了下袖口，没接话。

孔远遒问：“刚才看见了吗？”

“看见什么？”陶骧反问。

“嘶！你这人。当然是看美人啊！”孔远遒笑道。

陶骧眉一挑，远遒在他面前总有些无状，想到什么就说什么，只是孔远遒嘴里的“美人”也多了去了……他看了眼金碧全，金碧全就笑了。

孔远遒撑着他的球杆，说：“好，我说的你不信，老金说的你总该信吧？”

“刚刚赵家二位小姐只管谢你，你倒端得住，还没说上两句话，抬脚就走了。二小姐说改日做东请你吃饭呢。”金碧全跟着说。

陶骧说：“那也值得谢吗？”他听她们一再道谢有些受不住，便借口要谈事情，离开了一会儿。

“那你之前救人的时候，看清楚了没？”碧全问陶骧。

“你今日怎么总话里有话？”陶骧看着他。

孔远遒同金碧全对视一眼，道：“刚刚走在最后面的那个，是程家的十小姐。”

陶骧眉头一皱，笑了下，说：“哦，她呀。”

当时情况紧急，只觉得骚乱中那位小姐虽然受制于人，竟是毫不畏惧的，应是个刚强烈性女子……没想到是她。

不过，这也并不让人意外，程十小姐的确是很不一般的……

“救人的时候就没看看吗？”碧全笑问。

“还真没看。”陶骧将剩下的半杯茶喝了，似乎对此事完全不在意，“是不是她，该出手都得出手。”

孔远遒拄着手里的球杆，直瞅着陶骧，但见陶骧气定神闲的，笑道：“你一武将，果然还是这样出场更适合。”

陶骧看了他一眼，淡淡地说：“我只听说最近闹着要退婚。”

“正中下怀了？”金碧全问道。

“咱们好久没见了，近来都好？”陶骧并不欲多谈此事，抬眼看着孔远遒，“我和碧全也还是年初在巴黎见过那一面。”

“你呀，这两年说是出去念书，倒不如说是游历。远遥那日还说，拜托你每到一处给她寄信一封，她好攒邮票，这几年才等到你两封信，竟还有一封是从上海寄的，她提起来就生气。”

“我记得呢，邮票都给她存着了。”陶骧说。

“你记得就好，等下吃酒的时候再仔细拷问你——我可知道你抵沪的船票是从京都起航的。”孔远遒笑道。

“我不能多喝，今儿晚上还有事。”陶骧道，并没否认自己取道东瀛回的国。

“能有什么事？除了你那天王老子爹爹来京城，其他的事，就算总统升你做大元帅，都不算事。”孔远遒笑道。他晓得陶家父子的关系，陶骧的父亲陶盛川那是说一不二的人物，这一点，倒是同刚刚离开的那位程小姐的家长很是相似……他想到这儿不禁一笑。见陶骧一副不想提起这门婚事的模样，他也就暂时不提那位程小姐的家事。

“正是我父亲来了，不过没惊动人。上上下下的若是知道他到了，免不了迎来送往。若在往常也就罢了，此时难免生事。”陶骧笑道。

“哦？难不成，是来……”孔远遒笑着说。陶家自清以降就拥兵西北自重，到陶盛川这一代，几十年的稳扎稳打，势力越发强盛，近些年更陆续兼任了西北几个省的主席，愈发权势熏天，是名副其实的“西北王”。眼下局势如此复杂敏感，他的一举一动自然备受瞩目，这种情况下竟悄悄来了京城，真是让人捉摸不透。

陶骧没有说话。父亲进京，无论公私，事情的确不止一桩。

二哥陶驷老早就告诉他，这几日无论如何都要老老实实待在家里等着父亲来，然而他还是照着自己的意思行事，已经惹得二哥很不痛快。他那二哥当然是拿他没办法，父亲则不同了，尤其是，这回母亲与父亲同行。虽然不是亲生，一手将他带大的嫡母却一向是视他如眼珠子一样疼爱着的……而且他们为何会一同来，他心里有数。

陶骧拿起茶碗，吹了吹浮叶，慢慢饮尽。

今年夏天的北平，对于刚从欧洲大陆回来，尤其又经过了京都和奈良那凉爽潮润夏日的他来说，委实过于炎热了些。

而刚刚经历的那场骚乱，则像这茶碗里无论如何不肯轻易沉下去的浮叶，让他心生烦躁。

赵宗卿等在赵家大门口，看到自己的车子回来，往前走了两步。

他在警察署正忙得焦头烂额，不想竟接了个电话说自己家里的人险些出事。他连忙派车去接她们回家，虽说下属汇报她们已经安然无恙，到底要亲眼看到她们平安回来才能放心。

车停在阶下，无垢先下车，笑眯眯地叫了声大哥。

赵宗卿不理会三妹，等无瑕和静漪跟着下来，都站在了他面前，才挨个儿地点着她们，说："你们知道我这些日子忙得连回家都没时间为了什么？还不是因为街面上太乱吗？"

"是因为街面上乱，不是因为去见赛凤仙？"无垢低声问。

赵宗卿一巴掌将无垢的鸭舌帽压下来盖住了她的眼睛，低声道："不准胡说八道。这些话该从你嘴里说出来吗？"

"是是是，不该不该，不说不说。"无垢托起帽檐，瞅着这个在她们面前本来也没多少威严的大哥，照旧低声道，"那你帮我们瞒过去今儿这场，我也不在大嫂跟前说你打茶围的事，如何？"

"那都是应酬！长官去我能不去吗？"赵宗卿眉都拧在了一处。

"话是这么说，大哥你可别只顾着听外头长官的话，家里的长官呢？"无垢问到大哥面前去。

无瑕和静漪都忍着笑。

赵宗卿咳了咳，说："还不快给我进去！见了奶奶和妈，说话都留神些。"

"你不一起？"无垢问，晓得大哥这就是答应了的意思。

"我不还得回衙门去嘛，你们以为今儿街上的事就那一桩，还完了就完了？"赵宗卿说着整理了一下自己的帽子，招了招手，他的公务车开了过来。

"对了，大哥，我那车……"无垢过来挽了赵宗卿的手臂。

赵宗卿哼了一声，说："毁成那样，哪个看到能不问？还瞒得住？我让人开去修理了。过几天照旧送过来。可有一样，不准在你大嫂跟前多一句话。"

"晓得了！就知道大哥疼我们……"无垢踮起脚在哥哥脸上亲了一下。

赵宗卿被她气笑了，敲了她额头一下，又板起脸来。

"这些天没事别上街。等太平了，哪怕你们上天桥搭台唱戏去呢。"他说着，着意看了静漪一眼，静漪忙低下头。

"回去吧。"赵宗卿上车离去。

静漪这才抬起头来，吐吐舌。

"大哥是不是知道什么？"无瑕看了静漪，问。

静漪一怔，忙摇头。

"不会吧，大哥做这份差事久了，事事都警惕。这年头就是大哥的差事不好干。偏他还干得忒起劲，你们说怪不怪？原想照他那性情该去教育部做三哥的那份差事。可偏偏去了警察署，偏偏比三哥做得还风生水起。"无垢笑着说。

三姐妹聊起赵宗卿的笑话来，不知不觉就走了很远。静漪突然想起来，拉住无瑕无垢，问："我们是不是得想法子找找救我们的那人？"

"人家都说了不用放在心上，你就不要放在心上好了。"无瑕笑着说。

"那怎么可以呢？"静漪皱眉，忽地有了主意，"要不跟大表哥说说？你们记得他的车牌号吗？"

"嗯，你没听见大哥刚刚那声气？那不是找人，是找抽呢！"无垢笑道。

"那怎么办？"静漪皱眉，"总该当面致谢……"

"再说吧。"无瑕见无垢像要说什么，赶紧抢先道。无垢也就没说下去。

"怎么了？"静漪有些纳闷儿。

"今儿咱们先歇着去，这事从长计议。"无瑕回答她。

"是啊，说是不好找，指不定哪天遇上，再吓你一跳。"无垢笑。

“哪儿有那么巧的事，京城这么大……”静漪扯了扯肩上的丝巾。大热的天这么捂着，真能捂出痱子来……她一转眼看到无瑕瞪无垢一眼，无垢笑嘻嘻地推了无瑕一把——她心里一动，忽地意识到表姐们似乎有什么事瞒着她，待要问，已经进了无瑕无垢的院子，见无垢已忙不迭地吩咐人快些放水洗澡……她就没出声。

进了屋，三人立时觉得仿佛累得散了架似的。无瑕更是倒在榻上，侍女催她洁面，她都不肯起来。

静漪待要坐下来，就见秋薇急急忙忙从外面进来，喘着粗气道：“小姐，九少爷陪着大太太和太太来了，在姑太太房里说话呢。”

“什么时候来的？”静漪忙问。

“刚进门一会儿。”秋薇回答。

“可说什么了？”静漪又问。父亲在一个多月前忽然兴起了修缮宅邸的念头，家里人不是随他去了天津，就是随嫡母杜氏去了西山避暑。只有她为了和戴孟元通信方便不肯去西山，母亲原是不同意的，嫡母竟准了，她才能留在姑姑这里。如今她母亲和嫡母过来，不知是单单来看望姑姑的，还是顺道也来接她回去的？

“姑太太跟太太说，你和表小姐出门了。太太听了就有点不自在。姑太太就说今儿是你第一次出门，太太才没说什么……还有什么，我也不知道了。我哪儿敢去乱转啊，本来太太没想起来我，我一去倒提醒她了。我只悄悄儿地在外面打听点消息。”秋薇吐吐舌。

无垢正在洗脸，听到这儿将湿手巾对着秋薇便甩了过来，笑道：“你这个鬼精灵的饶舌丫头。你家小姐有了你，真是不知多了几副耳朵。”

秋薇叠好手巾放回无垢的侍女手里，笑嘻嘻的。

静漪想到马上要见嫡母和母亲，有点忐忑。

无垢匀着面霜，对静漪说：“你快洗洗脸，一会儿准是要咱们过去吃饭的。舅母和帔姨见了你这样，还不要问出了什么事？秋薇，看看你家小姐的脸，是不是有点肿？”

秋薇惊慌地叫起来。

静漪对着镜子看了看，不在意地说：“没事，等下要是问起来，就说是我撞到门上了。”

“能编个更好的瞎话儿吗？”无瑕过来掰过她的下巴，细看了看，“可伤得不轻，瞧这儿都青了……那伙贼人，十有八九不是学生。回头要跟大哥说，查出来是谁做的，绝饶不了他。”

静漪拿了冰毛巾敷脸，她隔着毛巾含含糊糊地说：“这事就别提了，让大表哥帮忙找找那人才是正经。平白无故受人这么大的恩惠，过意不去。”

没听到回音，她拿下毛巾看看无垢和无瑕，一个忙着化妆，一个忙着换衣裳，好像谁都没把她的话听在耳中似的……

秋薇又拧了一把冰毛巾给她敷脸，问她：“疼不疼？”

“疼倒也罢了。”她说。

“都是些什么样贼胆包天的人啊，青天白日的这么欺负人？不好好儿在家待着，上街闹事作乱，一准儿不是好人……”秋薇嘟囔着。

静漪拿下脸上的冰毛巾，狠狠瞪了秋薇一眼，说：“还不闭嘴。”

秋薇吓了一跳，果真闭了嘴。

无瑕却看了静漪一眼，说：“你跟秋薇发什么脾气，她又不知道分辨那些……”

“二表姐，无垢，小十！”外面有人在叫她们，声音清朗。

无瑕先出去：“之慎来了？”

“二表姐好。”来的人是程家的九少爷程之慎。

瘦高挑儿的程之慎穿着米白色的短袖衫，浅灰色的格子背带短裤，站在花架子下面，是个漂亮时髦的年轻人。

屋外廊下有沙发和吊床，无瑕就请之慎坐，让丫头上茶，说：“她们还在洗脸换衣服，马上就来。你是同舅母和帔姨一起过来的吧？她们都好吗？”无瑕口中的帔姨就是静漪的生母，程家二太太冯宛帔。

“她们都好得很。西山凉快又舒服，正住得好好儿的，父亲连着几封信催母亲回城。他已经先一天从天津回来了。”之慎说着，一跷腿上了吊床。

“花园修好了？”无瑕问。

“修是修好了，可是父亲并不打算再回去住。他让母亲提早回来为的就是搬家。据说已经让人挑了日子。”之慎说。

“搬家？搬哪儿去？”无瑕有些吃惊。程家现住的宅子并不是程家老宅，是当年外祖父还在时，舅父程世运自立门户时购入的，虽说规模不大，但也是名园。宅子打他住进去，年复一年地修缮，尤其将那园子整治得相当精致。舅父与一班同好谓之“养园”。将园子养得如此精到，怎么会说搬就搬？

“为什么要搬？”静漪出来先听到这个消息，她自然比无瑕更吃惊。

“父亲信里没说为什么，母亲看样子并不觉得太意外。我疑心母亲在离家之前就知道了的。虽说突然了些，不过新搬的这地儿，我看着还不错，也就罢了。”之慎歪着脑袋，笑了，“新家跟姑姑家就隔了两条街。从前门出来走姑姑家后门，车都不用套，乘着轿子一会儿就来了。搬过来，母亲过来打牌更方便了。”

之慎本就是乐天的人，在他看来这大概也没什么大不了的，静漪却半晌不曾言语。

“这儿哪儿还有空闲的宅邸……难道是庆园？”无垢跟在静漪后面出来，这会儿才开口。庆园是从前的庆亲王府，已经闲了有一阵子了。

“倒是听说庆亲王把庆园买了个好价钱呢。”

“就是庆园。我还真不知道父亲早就把庆园给盘下来了。早几个月听说庆王爷缺钱卖了园子，我还在家里议论，庆亲王府这一支没落也真没落到底了，竟然把祖上传下来的老根底都出手了，日后怎么有脸去太庙拜祖宗啊！父亲当时听了都没言语……谁晓得竟是父亲出手的？”之慎“啧啧”两声。

无垢摇头道：“庆王爷有庆王爷的难处，他那一大家子全指着他变卖祖产养活，卖完了地可不是要卖宅子了嘛。听说他拿卖宅子的钱在上海买了些房子，他那十几房妻妾各自别院而居，月月从庆福晋那里领月银，倒也相安无事。”

“我可是顶喜欢庆园。他们家十七格格最淘气，以前念书的时候，常请我们过去玩，还总要捉弄我们一番。庆园可是数得着的好园子了，又大，又美……舅舅可真行。”无瑕赞叹道。

“可也真能沉得住气，一家子都瞒着呢。这要换了咱爹爹，那还不半夜都得笑醒了呀！根本藏不住话！”无垢笑了。

他们几个都笑起来，只有静漪不出声，坐在沙发上发呆。

什么庆园什么美景的，她想的可不是这些。程家那老园子，自有老园子的好，就算不好，毕竟也是她长大的地方。母亲怀着她随父亲从柏林回来，就住进了那所宅邸。她是出生在那里的，她的童年、她的记忆都在那儿……可是怎么，这就要不见了吗？父亲怎么可以这样！

“我不愿意。”静漪忍耐半天，说出这四个字。

“你先别难过，老园子不卖，是要留着给你做陪嫁的。”之慎说。

无垢和无瑕同时问：“什么？”

静漪更是呼的一下站了起来，一对大眼睛瞪着之慎。

“你看你，我一说你就这样了。你可知道，红姨把醋缸都翻过来了？她说之鸾之凤出嫁，也要这样的陪嫁呢！”之慎说着笑起来。

他是想逗逗静漪乐一下的。这个小妹妹，这些事情上倒是都不在乎。她的性子随了二太太，不争。可三太太那映红就掐尖好胜，她的双胞胎女儿也如出一辙。他们几个年纪差不多，之鸾之凤只比他大了两个月。他还好些，静漪老实，从小到大不知道吃了那两个姐姐多少暗亏。

“红姨向来觉得你这门亲事结得好，不把之鸾之凤嫁得门第相当不能罢休。”之慎笑道。

静漪牙咬得咯咯作响，半晌，才说：“谁稀罕……谁就嫁！”

“真孩子气。跟陶家定亲的时候，父亲连岁数相当的五姐六姐都没考虑，自然有他的道理。”之慎从吊床上下来，拿过来茶碗来喝口茶，“母亲和帔姨今天是过来看望姑姑的，顺道接你回去。你也吃了姑姑家一个夏天的米了，再不走，姑姑都要撵人了。”

无瑕和无垢都笑了，静漪却扭开脸。

她的命运……难道，和那所老宅子捆绑在一起被父亲送出去，就这么轻易地决定了吗？之慎说得没错，父亲的安排自有父亲的道理，可她又不是个物件。

“九哥……”她刚开口，却见院门口进来一个女仆，她认出来是姑姑的贴身女仆白芷，只得将话咽了下去。

白芷走近了，挨个儿请过安才说：“太太叫小姐们和程少爷去她那边用午饭。”

“知道了，我们马上就去。”无瑕看看静漪那难看的脸色，忙打发了白芷。

静漪转身便跑了进去，她坐到桌边，攥着一把宣纸，手心里的汗湿了宣纸。她慢慢将宣纸铺平……也不知过了多久，听见纱窗响动，她一看，之慎和无垢趴在窗沿上，撑着手臂静静望着她。

他们关心的眼神让她瞬间就想流泪，于是她吸了吸鼻子，说：“我就来的。”

“再洗把脸，用那个我新得的香膏擦脸。”无垢说。

秋薇悄悄过来，伺候静漪用凉水重新净过脸，轻声说：“小姐，用点脂粉吧，不然太太瞧见了该问了……”

还是无垢过来，给静漪脸上敷了点香粉胭脂。

“好歹遮掩下，乍一看兴许看不出什么。”无垢说着拿起一只水晶香水瓶，按了两下橡皮球，一把拉过静漪，让她从香水雾中走过来，“好闻不好闻？偶尔不痛快的时候，我就喜欢这样，就什么烦恼都暂时抛开了。”她说着又拿了只小些的水晶瓶，打开顶端的盖子，往耳后搽了一点。

静漪猛地打了个喷嚏。

无垢笑着抱了抱她，在她耳边说：“傻小十，你这就难受上了？你想想我，嗯？船到桥头自然直。走吧！”

静漪被无垢拉着出门去，外面的热气围拢过来，她的面孔顿时又发烧了，身上新沾的香水被热气烘托着，散发得格外浓似的，让她有些许眩晕……

往赵太太院子里去的路上要经过很长的一段游廊。天气热，他们走走停停，不久也就到了赵太太设宴的偏厅里。

静漪先看到了自己的母亲——程家二太太冯宛帔坐在赵太太的右手边，穿了一身天青色的绸衫子，看上去气色极好，见到自己的女儿，美目流转间，不声不响地关注片刻，仍坐在那里，轻轻摇着团扇——静漪过去给嫡母和姑姑请了安。

程太太杜厚德和赵太太并排坐在一处，两人都富态，像极了一对笑佛。无瑕姐妹往日里见了这二位，总要打趣一番，今日却只安静地请过安，立在一边。

杜氏笑眯眯地看着静漪和赵家姐妹，说：“苦夏苦夏，你们果然都瘦了些。”

无垢到底没能忍住，扑哧一笑，说：“舅母，您可又胖了。”

程太太摸着自己的新衫子，和赵太太道：“可不是怎么的！宛帔整日和我一处，不知是瞅不出来还是诚心哄我高兴，我一问她，她只说我没胖、没胖。昨儿要回城里了，我让丫头找出门的衣裳——坏了！都穿不下去了！我看，在西山一个多月，何止胖了有十斤！”

宛帔笑而不语。

“你还只管笑……就是无垢丫头说实话，舅母是胖了吧？瞅瞅这衫子，我都不敢放肆地坐着，生怕一动，就出了丑。”杜氏一说笑，满屋子里的女子连静漪都笑了起来。

杜氏看看静漪，招手让她过来，摸着她的手问了几句话，就说："你娘可想你了。去，守着她坐。"

"我不，我守着母亲坐。"静漪见表姐们都已经落了座，她也在嫡母身边的位子上坐下来。

宛帔见状，笑了。

杜氏摩挲着静漪的颈子，说："还是小十乖，等会儿多吃点，你姑妈家的菜有名的好吃——大姐，上回来不是说要辞了原先的厨子？辞了没？我可爱吃他做的菜。早起还和宛帔说，怕是已经辞了，那打今儿起是吃不到那一口了。"

"没有。老爷吃惯了他做的菜，要辞他，老爷头一个不乐意。老太太也说算了，脾气大点就大点，这年头动荡不安的，他这个脾气，辞了他怕是别处也难得容下他。我思前想后的，觉得也是，他还有一大家子要养活呢。老太爷在世的时候就用他的，老人儿了，不好说辞就辞。"赵太太有些无奈地说。

"从前伺候过老佛爷的，脾气能不大吗？还是不辞的好，辞了我们可是少些口福了。"杜氏倒是挺高兴。

静漪给她打着扇子，她知道嫡母的，最是贪嘴。嫡母待她母亲格外好，有一点也是因为母亲偶尔能做一两样别人做不出的美味给她吃。

她看了眼母亲，母亲正在同无瑕低声说话。许是太久未见，她看上去倒是清减些，淡淡的美，甚是动人。她的母亲极美极柔，上下颇得人心，唯独父亲……这她总是知道的，但今天看到、想到，竟尤其难过。

赵太太随后传了饭，静漪仍跟着杜氏坐在她身边。

杜氏和赵太太说起搬家的事，抱怨时间仓促，老爷竟说风就是雨，半点不肯宽限。还说老园子新园子一同修缮的，竟事先一点口风都不露……

"若是小事也就罢了，大姐您是知道的，咱们家里老规矩是勤俭持家，别说老家留下来的东西多，就打我进程家门儿以来，几十年的东西攒了也不少，说腾地儿就腾地儿，老爷也真是想一出是一出。"

"他有他的打算嘛。"赵太太笑着说，无论如何她都是维护她兄弟的。

静漪盯着自己面前的白玉筷子架。

"漪儿怎么不吃？"杜氏一转头发现静漪坐着不动，问。

"吃的。"静漪捧起碗来，手一抖，汤险些洒出来，还好她及时稳住了。似乎别人也都没有留意到她的些微失态，她小口啜着汤，听着嫡母在赞汤味鲜美，她只是不知道到底鲜美在哪儿……心里一乱，便呛到了。

她咳着，忙告了退先出去。待来到后面，穿堂凉风一吹，咳得更凶，眼泪都滚出来，一落，落了满面……她扶着廊柱坐下来。

突然，一只手温柔地拍抚着她的背。

她忙拿了手帕擦眼睛。

“娘。”她一回身就靠到母亲怀里去。

宛帔的手停了停，托了女儿的面庞，看着她，说：“漪儿，过几日新家安顿好了，你就回家去，不能总由着你的性子来。”宛帔的声音很低沉，她的话语总像轻飘飘的，毫无重量，但每每说出来，就是已成定局的沉。

这像石块压在了静漪的肩上，她望着母亲，说：“娘，我……”

“你不能总在姑母家里住着。太太再好性子，你也不能失了分寸。”宛帔说着，叹了口气，亲手给女儿擦了擦脸。看着女儿，她也似有千言万语，只是不能一口气说出来。

静漪点头，家是不能不回的。

“你的脸怎么回事？”宛帔仔细看着女儿的脸。从女儿进门她就留意到她不妥，忍到现在才来问个仔细。见静漪不回答，她又问：“看看你的眼睛……这是哭肿了的吗？”

静漪搂着母亲，把脸藏在她身前。

“你这孩子，这些日子竟常常哭的吗？真该带你去西山。在娘身边，无论怎样都好些……漪儿，别以为娘不懂你的心思，娘都懂。”

“娘。”静漪抬头。

是的，她的母亲什么都懂，只是，她的母亲从来不会违拗了丈夫的意志……可如果是为了她最心爱的女儿呢？

“娘，我不嫁。”静漪说。

宛帔似是终于等到了女儿的这句话，沉默片刻，说：“这些话，等你回家，慢慢说。”

静漪握了母亲的手，摇头：“反正我不嫁他……”

宛帔轻叹，忽然她将静漪的手拉高些，声音骤然间惊慌起来，问道：“漪儿，镯子呢？镯子怎么少了一只？”

静漪直愣愣地望着自己的手腕，被母亲握住在手心里，粉白的左手腕子上几处红印子……那一声脆响在耳边炸开。

“说话呀！”宛帔催促道。

“碎了。”静漪说。这镯子是不久前嫡母拿出来给她的，样式老，玉更老，却是她喜欢的。嫡母只嘱咐她好生戴着，她倒也细细盘弄过一阵子。

“碎了？”宛帔愣了一下，顿时暗暗叫苦。碎了……若一只寻常的镯子倒也罢了，这镯子竟碎了。“怎么弄碎的？东西呢？”

“不见了……”静漪见母亲面色有异，说，“娘，我不是成心的。”

宛帔半晌才说：“这可不是普通的镯子，漪儿。”

静漪呆了下，问：“娘，这镯子……”

宛帔说：“也怪我，怕你不肯戴，总没说清楚。”

静漪收了右手，就想撸下来这只镯子。

宛帔按住她的手。

“娘！”静漪低声叫道。

“不准摘下来。事已至此，这一只你千万上心些……回头我跟太太去说。”宛帔看着静漪右手腕上那只古朴典雅的玉镯，当日杜氏从盒子里拿出来之后，是很珍重地交给她带回去给静漪戴上的，哪知道……她觉得不安，是那种知道也许会发生什么事，却不知何时何地以及何样发生的不安。

玉碎，毕竟是不太吉利的兆头。

宛帔捞起静漪的手腕，带着她就往回走，说：“你这就收拾东西和我回去。从今天开始，没有我的话，不准你出门半步。”

叁

忽明忽暗的夜

“小姐……小姐！”秋薇悄悄过来，摇了摇在榻上闭目养神的静漪。

静漪一下子坐直了：“来信了？”

秋薇连忙从衣襟里掏出信来，塞给静漪，她走到窗下，看着外面，小声说：“这回是程僖让我带进来的，四宝哥突然被宝爷安排去看守坎院了……”

静漪将信接在手里，把那叠得四四方方的信打开。

她从赵府回来的第二天，悄悄托人给戴孟元捎了信，这两天她一直在焦急地等他的回信。不日便要开学，父亲始终不肯松口让她回上海去，还不准她出门，这分明就是将她软禁了……撇下她同戴孟元的事不说，能念医科都是她苦撑着争取来的，她绝不甘心就此终止学业。那日在上房，嫡母说起她的事，只说父亲的意思是如果她想继续升学就回北平来念。她母亲还没有表态，在场的三太太就说十小姐的婚事要议起来，怕是今年就要出嫁，若还一味放心思在读书上反而不妥了。她的老七老八若是和十小姐一样早早定下亲事，她就让她们及早休学，再说了，十小姐这些年总是在外念书的，女红上实在有限，即将嫁作人妇，是不是也该分点心思在这上头……三太太表面上句句都是在说她，实际上句句也都在说她母亲，她听在耳里很难受。好在这么些年她也不是第一次听这些闲话，哪怕脸上的伤被三太太故意再三问起来，她也只是沉默。母亲面上还是维护她的，倒笑着对三太太说静漪还是孩子性情，贪玩得很，磕着碰着常有，没什么大不了的……私下里母亲却将她看管得越来越严。看这情形，用不了多久，她学也上不得了，亲事也就成了……她必须见戴孟元一面，跟他商议对策。

静漪拢了镯子，将手中的信又看了一遍，叠好了压在枕下，小声说：“秋薇，我得出去见他。”

秋薇着急地跑过来，就跪在地上小声道：“好小姐，千万别。老爷太太才都特地嘱咐了不让你出门……你瞧咱们这儿，乔妈就不说了，翠喜也留了一只眼盯着咱们屋子呢。我看不等小姐前脚出门，后脚太太准保就知道了。好小姐，就忍这几日不好吗？”

静漪此时恨不得把戴孟元拉到父亲面前去说个清楚明白，哪顾得这些？戴孟元约她见面，地点已经定了。他在那里等着她，她怎么能不去？

“我悄悄去，快去快回，你放心。”静漪打算着。

秋薇看着她的小姐：“可是……万一被太太发现了怎么办？老爷知道了更是不得了。”

静漪说：“发现就发现，反正我不能听父亲的。”

嫁进陶家，就是进入另一个深宅大院，她还有自由吗？况且以她此时的心意，让她离了戴孟元，人也就变成了无根的草……她坚定地摇头：“我不嫁那人，非要我嫁，我宁可死。”

“小姐！”秋薇心惊肉跳，抱住了静漪的腿，“别说这死的活的！你说你说，要怎么着？怎么着秋薇都帮你。”

“那我得先出去。”静漪说。出去见孟元，他总是有主意的，有他在，她什么也不用怕了。

“可我看，要出这杏庐的门都难。”秋薇发愁地说。

“让我好好想想。”静漪琢磨起来。

杏庐是宛帔在新宅子的住处。杜氏居正屋是没得选的，几位侧室的住处随意些。杏庐靠近后花园的，比别处更为幽静一点，宛帔就选了杏庐。

静漪也满意母亲这个选择，比如眼下，杏庐的偏僻就成了个长处。从杏庐出去就是后花园，若是她想办法能顺利地从花园角门出去，走出后巷就是大街……

“我去找九哥。”静漪说着便下床来换了身衣裳，从架子上抽了两本《良友》杂志出来。

她的房间临水，出来就是个阔大的台子。杏庐里占面积最大的就是水，还有临水而植的杏树。如今不是杏花开放的季节，杏树亭亭如盖。这院子里绿荫环绕碧水，怪石围着假山，可谓移步换景，层层深入……只可惜她搬进来之后都没有闲情逸致四处走走。此时看着，她倒觉得有些辜负了杏庐的美景，未免走一走，停一停。

要出杏庐的大门必得经过母亲的房，她的脚步放得重些。

宛帔正在屋子里临帖，早已听到脚步声，抬头看到静漪过来，问：“起来了？”

“早起来了，娘午睡可安好？”静漪问候。

“好。你这是要出去吗？”宛帔问。

静漪扬了扬手里的杂志，说：“我想去九哥那里还书。”

“去吧。”宛帔听静漪这么说，回头吩咐了下翠喜，“新摘的果子装上些，带点过去。”

“九哥那儿什么水果没有啊。”静漪不想拿。

“他那儿有是他那儿的，今儿的果子格外新鲜。”宛帔笑着说。

“那……好吧。秋薇，你拿着。”静漪说。

秋薇麻利地从翠喜那里接过来一个大盒子抱在怀里。

“早点回来，没事别老打扰老九。现如今他每日得跟着老爷去实习，不像从前只念书的时候那么闲了。”宛帔嘱咐。

“知道。”静漪说着，依旧慢慢走着，好一会儿才出了院门。

宛帔提着笔在手里，端详着自己的字，又饱蘸了一笔浓墨，下笔的时候手却有点守不住势子，一点一横下去就走了样，索性停下来。

翠喜深知她的心事，说：“太太，您别太费神。”

宛帔搁了笔，轻声说：“我看她心还算静，过了这几日兴许也就好了……”

静漪出了杏庐脚步就加快了，秋薇小跑着紧随在她身后。

之慎住得远，静漪心急，抄了条近路去他那里。这一来就必须经过三太太的住处梅园。里面传来笑声，她辨出是七姐之鸾八姐之凤。院子里不时还传出砰砰的响声，大概是在练习打网球。之鸾在天津迷上了打网球，这几日正在兴头上……静漪走到院门口，跟两位姐姐打声招呼。静漪见三太太也换了运动装坐在一边看两个女儿打球，进去给三太太请了个安。

三太太打量了她一下，笑着问她这是去哪儿。

静漪说要去九哥那里还书的。

三太太就笑了，转脸和之鸾之凤说：“你们俩就只顾着玩，看看人家十小姐。”

之鸾杵着网球拍撇了下嘴，没说什么。

之凤笑道："妈就只管拿十妹挤对我们，我们哪儿能和十妹比呢？十妹念书一个顶我们俩，这可是父亲说的。"

三太太笑道："那除了念书，你们倒有点别的什么也能比过十小姐呀？十小姐快去吧，等有空了也来和姐姐们打打球。女孩子也要运动，如今就时兴健康美。你看我都要赶时髦呢。"许是三太太在天津住了这一个多月受了些影响，口音都有点天津腔。

静漪听着三太太说话，不由得想起前次三太太在上海住了几个月，回来言谈间不留神还是伊呀侬的，嫡母听着不受用就说了她一句，她还在父亲面前告状，被父亲斥责……她禁不住微笑。

三太太见静漪笑，倒也不知道她笑什么，她心绪正佳，也不做他想。

静漪告了退，带着秋薇从院子里出来，笑得拿着杂志掩了面。秋薇觉得奇怪，问了静漪也不说，主仆二人一路笑着到了之慎那里。

到了一看，之慎午睡未起，静漪进去就将他拉起来，一股脑儿把烦恼都和他说了。

之慎正觉得口干舌燥，正好吃静漪带来的水果。屋顶的电扇摇出来的风呼呼地吹着，静漪和他说话，他不知不觉间把半盒沁凉的水果下了肚。

"哥！"静漪见他只顾吃，叫道。

"早知道哇，当初我怎么也不该拜托孟元照应你。我只想着他在圣约翰，你去了有人能略微照应下，总归是好的。"之慎说。

静漪迅速看他一眼。

"父亲已经帮你在协和递了申请表，马上转学籍过来。"之慎说。

"都不问问我愿不愿意。"静漪对父亲的独断专行毫不意外。

"问是会问的，不过你愿意不愿意，结果也是那样。"之慎说。

"就跟不管你愿意不愿意，都得去公司一样，是吗？"静漪问。

之慎笑笑，说："在旁人看来这还是巴不得的福分呢！竟然轮到要培养我来经营这份家业。"他抹了下鼻子。程家他们这一支只有老三之忱和他两个男丁。之忱作为长子本是责无旁贷，可是偏偏从了军……他再不愿意，也挡不住父亲的威逼，母亲的哀求——尤其是母亲，她养育了五女二子，女儿们嫁的嫁、死的死，之忱又远在南京，唯有他在身边。何况他闲时盘算下，也不知道将来有谁能帮帮父亲。

“我在公司，虽然帮不上什么忙，也看出来父亲有父亲的难处。”之慎说。

静漪只道她的九哥依旧是吊儿郎当地在公司出入打发时间，不想他竟这么说，一时无话。

之慎见她发呆，伸手过来点了点她的鼻尖，笑了。他和小十从小最亲近，有什么事小十都是找他商议的。

“在父亲和母亲面前，能帮你，我是尽量帮你的。”

“九哥，我……”静漪低声道，“如果实在不行，我是要离开这个家的。”

程之慎靠在身后的夹纱靠枕上，看着静漪，半晌不言语。他心想，静漪是做得出来的，她冷不丁就会冒出来一股子狠劲儿，吓人一跳。

“你可唬不着我，逃婚离家的我也算见过几个，十个有九个没个好结果。到了那日，可不是亲事尽着你挑了。”之慎说。

“九哥，莫说那时，就这门亲事，什么时候让我选了？”静漪问。

之慎笑了下。

“再说，我一个庶出的女儿，嫁给陶家庶出的儿子已经是上上之选，不是吗？”静漪有点激动。

“胡说什么呢。”之慎突然不高兴了，“什么庶的正的，这家里谁把你当庶出的？父亲母亲向来最疼你，你不知道吗？”

静漪不语。

“你的事，我会写信给三哥，看他能不能帮上忙，只是孟元同你要有一样的打算才好……他如此热衷于革命和主义，我怕他眼下根本无心成婚。这些都罢了，他一心闹革命，靠什么来养家糊口？”之慎看着静漪，问。

静漪被之慎问到这里，一时没出声。她还未同戴孟元讲到这一步：“待我见到他，会和他商议的……我想他和我想的是一样的。”

“小十，如果他看重你，他知道怎么办。你当然不一定要靠他养，但他是男人。”之慎说。

“我当然不要他养活，我可以去做事。”静漪说。

之慎扑哧一笑，说：“你连针线都做不好，知道什么叫开门七件事？”

静漪气结：“九哥，你到底帮不帮我？“

之慎皱了眉，见静漪满是期待地看着他，心念一转，道：“明天过晌，让程僖开车在后巷等你。后花园角门的钥匙，我还是让四宝想办法弄出来。你务必快去快回。”

“九哥！”静漪惊喜道。

“哎！”之慎阻止静漪过分高兴的举动，“但有一样，我可不赞成你私奔。如果你那么做，休想我再认你做妹妹。”

静漪挽着之慎的手臂，脸贴上去，晃了晃。

“还不快松开，大姑娘家的，这像什么样子。”之慎掰开她的手臂，板起脸来。

静漪一笑，说：“九哥，你这会儿真像三哥。”

“胡说，我哪儿有他那么老。”之慎瞪眼。

“你要不说他老，我还不觉得，三哥到年虚岁三十二了……他还不打算再成亲吗？三嫂都过世满三年了。”静漪叹气。

三哥之忱婚后不满一年，妻子便病逝了。三嫂走了多久，他就独身了多久。其实她也就只见过三嫂一面，印象里是个极清秀的女子。三哥是同她成亲之后才带回家里来的，嫡母背地里同她母亲讲，说那孩子生得单薄，品格倒像林黛玉……嫡母识字不多，不像她母亲满腹诗书的，形容人的词也就不多。除了林黛玉，大概也就只有柳梦梅了。不过她对过世的三嫂倒是形容得贴切……可不是和林黛玉似的年纪轻轻就亡故了吗？

“早几年随索氏四处征战，他确实是顾不上。如今索氏拿下中原，常驻南京，他也稳定下来了，是该考虑了。”之慎对长兄近况知道的略多些，他看看静漪，说，“你自己个儿的事都操心不过来，倒替三哥操心上了。”

静漪嘟嘴，有些不服气之慎说她。

之慎看她，忍不住又杵了杵她的鼻尖，说：“说这半天我也饿了，这就叫阿僖去厨房说一声——晚上吃炸酱面吧？阿僖！”

他的长随程僖精灵儿似的从外面进屋来：“少爷！”

“去跟小厨房说，要两人份的炸酱面，然后去杏庐，和二太太说十小姐今儿晚上的饭在这儿吃……还有，说我谢谢她的水果。”之慎交代着。

程僖小跑着去了。

“我拿来的，你也不谢我。”静漪心情好了些，拿起小炕桌上的一本闲书，翻一翻，是《巴黎茶花女遗事》。她发了会儿怔，想起从前之慎的心愿是读文学，如今却不得不钻营经济去了……她将书丢下，说：“真可惜。”

“我的爱好是不会变的。”之慎懂得她的意思，笑了笑，“我跟你讲，在父亲身边实习，去哪里我都不觉得什么，唯独跟父亲进银行的大班室，真带劲儿呀！我在银行里待得久了，就渐渐觉得那一套有趣。前儿开会，父亲让我旁听去，一帮人吵得脸红脖子粗，为的是怎么把投在蒙古、东三省铁路上的钱收回来……说到这儿，当年父亲和陶家……”

之慎正说得起劲，静漪说：“有人来了。”

“九少爷，十小姐！”院子里有人在叫他们。

“之忓来了？”之慎叫道，“进来吧。”

静漪和之慎先站了起来。林之忓是父亲的近侍，他们看到他就不由自主联想到父亲的威势。

“老爷让九少爷和十小姐去太太那里一起用晚饭。”之忓传完了老爷的话，才给之慎静漪行礼。

“老爷回来了？”之慎问。其实不用问也该知道，父亲在哪儿，当然之忓就在哪儿。

“刚回。”之忓说，他从来没有一句多余的话。

“那好，我们这就过去。”之慎对静漪歪歪头，“走吧？”

静漪心里是不乐意去的，但之忓是奉命来的，她不能不去。

之慎看看静漪，悄声道：“父亲这会儿要见咱们，想必今儿心绪正佳，不如你趁这个机会跟父亲说了，那赶明儿把孟元带回家来见父亲不正好？”

静漪发狠在之慎肩膀上打了两下：“有你这么开玩笑的吗？”

“好了好了！还急眼了！”之慎笑着，进去换长衫。

“瞧你说的都是什么。”静漪甩手出了门。

这会儿工夫，静漪就和之忓在屋外廊下站着等。之忓离静漪有五六步远，就像个黑影似的。静漪心想之忓也是有些怪，她完全没有恶意的形容，之忓就像是父亲身边忠实的狼狗……

之忓八岁那年，家乡发大水，一家人只剩下他和他的老奶奶。他和奶奶一路乞讨北上，遇到父亲的车队，他冒死拦马只求一点吃的给他奶奶。父亲看在他孝心的分儿上带上了他和奶奶。最后之忓的奶奶还是死在了路上，他成了孤儿，父亲收留了他。之忓就只能记得自己姓林，父亲给他起了名字，林之忓。

之忓从小好武，功夫是跟着家里的老家丁头领宝爷练就的。据之慎说，之忏藏在身上一条软鞭，指哪儿打哪儿，出神入化的。后来随着父亲的事业越来越大，家里的家丁也配上了枪。之忏在十几岁的时候学会了用枪，据说枪法比功夫不差。连嫡母都说，有之忏在父亲身边就万无一失。

除了信任，她对之忏没有一点余外的好感，不过她和之慎都没拿之忏当下人，还有宝爷的儿子四宝，同他们是玩在一处的。只是四宝憨直，有时候不看眉高眼低，不像之忏。之忏总和他们保持着适当距离，尤其和她。

“走吧。”之慎出来了。

他一边走就一边勾着之忏的肩膀，要从之忏身上摸出手枪来，被之忏一把捏住了手腕子。

“少爷，刀枪没眼。”之忏低声说。

之慎没摸到手枪，过一会儿又去偷袭之忏，想要抽出他藏在身上的长鞭，竟也没成功。这回连他自己都忍不住笑起来……

等到了上房，静漪原想着各人都已经到齐了，不料进了门，只有父亲和杜氏在说话，见他俩进来，也就住了声。静漪随着之慎行了礼站在一边，一时间没有人开口说话，屋子里也就静悄悄的。

杜氏看了看时辰，轻声问：“老爷，开饭吧？”

程世运点了点头。

杜氏让人传晚饭，程世运打量了一下依旧站着的小儿子和小女儿，才说：“马上就开学了，我听说老七老八都在温功课了，就你们两个，还只是淘气。从明天开始你们都去书房读书，我回来要问你们功课的。”

“都要吃饭了，又吓他们做什么？怎么淘气了？老九不还跟你去公司学做事？”杜氏维护儿女。

“他那也叫学做事？添乱还差不多。”程世运说。

“不去吧，你就说他没孝心，不懂得为你分忧；去吧，你又说他添乱。老爷，你这倒叫人如何是好？”杜氏微笑着问。

“慈母多败儿，你就宠着他们吧。”程世运说着，看到立在之慎身边的静漪悄悄向她九哥送去了同情的一眼，他本想发作，就见静漪发觉又忙低下头——淡淡的灯影下，一身素净的豆青色抽纱裙褂的静漪，飘飘然若蜻蜓仙子一般，比往日更见精灵可爱……他皱了眉。

杜氏见他只管瞪着静漪，把静漪瞪得站在那里手足都被捆住了似的，忙说：

“老爷，晚饭备齐了。”

程世运站起来，他经过静漪身边，特地又看了看她，道：“这一两个月不见，漪儿倒瘦了些。”

“都是天太热的缘故。这回好了，回家来长住了，夏天掉的秤都给她长回来。”杜氏说着话，牵了静漪的手。

程世运款步入席。

静漪被杜氏拉着坐下。看她有点木木的，杜氏使个眼色给她，悄声道：“难得和爹爹一起吃饭，笑一笑，乖。”

静漪沉默着，照嫡母说的，她将在家长住……那么父亲到底还是按照他的意思安排好了她的未来。

她抬起头来，看着父亲坐在那里准备用饭，她正想开口，之慎这时夹了一筷子什么放在她碗里，看了她一眼。

她看看之慎，又看看嫡母，想说的话再一次压了下去。

也并不急在这一时了。

正午，静漪坐在房中。天气异常闷热，没有风，一切都像是凝固了。花园角门钥匙已经拿到了手，她也一早换好了衣服，只等到了约定时间就行动。时间显得漫长起来，她过一会儿就看一下表，时针不过才往前挪了一丁点……

秋薇见她如此，轻声问：“小姐，你真要去？”

静漪点头，又看看表，坐下来换鞋。

“漪儿？”母亲不知何时来到了门外，她来不及脱鞋就上了床，拉过一条薄被来盖到下巴处，对吓呆了的秋薇低声道：“还不去看看？”

秋薇急忙跑出去打起竹帘：“太太。”

宛帔摇着扇子，见秋薇一头撞了出来，笑道：“你这丫头慌慌张张的，怎么，刚打瞌睡呢？”

秋薇揉揉眼，不好意思地说：“小姐睡着了，我……就打瞌睡了。”

“你们两个，漪儿是个瞌睡虫，你就是个小瞌睡虫。”宛帔笑了，向屋里看一眼，“不是才刚收了碗筷，这就睡了？”

“昨儿夜里太热，小姐没睡好。太太要喊小姐吗？我这就去叫……”秋薇说着就要进去。

“得了，让她睡吧。”宛帔说着，一只手搭在翠喜手臂上，慢慢转了身。

秋薇等她走远才回屋，进来就见静漪在她身后，吓得她险些跳起来。

“嘘……你镇定点。”静漪蹑手蹑脚地走到门口，往外看了看，早就不见母亲和翠喜的身影。她拍了拍胸口说，“好丫头，真机灵。”

秋薇苦着脸。

静漪安慰了她两句，悄悄走出房门去，确认园子里没有其他人，移步观景似的往杏庐后院走去。杏庐的后门通着花园，日常却都是落锁的。静漪早有准备，从乔妈那里偷来了钥匙。她回身一看，摸出钥匙来开了锁，闪身出门，将钥匙丢进门内，晚些时候秋薇会来拿走放回原处。

正是一天中最热的时候，尽管没有日头，她没走出几步脸上便燥了起来。幸而程府的主子们都有午睡的习惯，这段时间下人是不许出来乱走动的，她一路上并没有碰到人。好容易摸到了后花园角门处，她四下里看了看。门上巨大的铜锁是新换的，看上去并没有异常。之慎已经同她仔细说过这里面的窍门，于是她伸手在锁下一摸，摸到了机关，从兜里掏出钥匙来，左右拧着，好一会儿，铜锁里弹簧响了，才拉开锁。黄铜锁铸得沉实，她费劲搬下来，将钥匙和锁都放在地上。这时候她听见后门板上啪啪响了两声，打开门，之慎从外面进来。

兄妹俩一击掌，静漪出门。

之慎到底跟出来嘱咐了句“早点回来”，才关上角门。

静漪走了没两步就开始跑，到巷子尽头一转，再转一个弯，才看到后街，看到等着她的轿车就开车门上去，吩咐道：“阿僖，快，去颐和园。”

“是！”程僖被十小姐这么大声地命令，一踩油门，车子飞驰起来。

他很快将车开到了颐和园南门的一家茶楼前，停下来，问：“十小姐，我陪您进去吧？”

静漪摆手，让他在车里等，自己下车往茶楼走去。

这茶楼位置偏僻些，客人很少，她一进门便被堂倌引着进了预订好的雅间，坐下来等。不一会儿堂倌进来送上茶水，说这是客人自备的茶。

她正觉得又热又渴，便亲手泡茶。

那茶罐小巧，打开一看是上好的碧螺春。她有些奇怪，戴孟元固然是心细的人，却不会在这样的小事上过于讲究……碧螺春落在茶碗里，丁零零地响，泡出来的茶闻着极香。她连着喝了两碗，心就没有方才那么慌了。

云胡不喜

风雨如晦，鸡鸣不已。
既见君子，云胡不喜？

只是戴孟元还没有来。她看看时间，离约好的时间已经过去了半个钟头，她有点着急。

这时候门响，她以为是戴孟元来了，正要起身，就见堂倌进来低头哈腰地说“对不住程小姐”，又指着桌上的茶叶罐说：“这是另一位客人寄放的茶，小的弄错了。您要什么茶，小的另给您泡去。”说着他将一个漆盘托着过来。

“这么说，我倒是蹭了人家的好茶了。”静漪一时好奇便拿起先前那个青瓷茶叶罐来看了看，果然有一个红色标签，上书一个“陶”字。她当下便将茶叶罐放到堂倌的托盘里，问：“可有人来问起我？”

“并没有。”堂倌急着走，施礼退下。

静漪喝着盖碗里的茶，已经是第三泡，味道清减多了，但仍是香的……她将茶碗搁了，忽地想起那个“陶”来。天下姓陶的人多了，可由此及彼，心里就有点别扭——只是，孟元怎么还不来？

静漪又看表——三点钟了，若是四点钟她还回不去，那随时会被发现的……

她心里正乱着，突然有人闯了进来。她一惊，细看来人——此人一身竹布长衫，进门回手把门掩好，朝外看了看确定没有人尾随而至……她看身形便知这不是戴孟元，于是警觉起来，等他回过身来把帽子和眼镜一摘，向她点头致意，她也点了点头。

她只觉得这人面善，一时却没能想起来这是谁。这人圆圆的脸上一对细小的眼睛，许是跑得太急了，汗水顺着脖子往下淌，一边喘粗气，一边拿袖子擦汗。

“是密斯程吧？我是顾鹤。”顾鹤擦着汗，道，“咱们在学校里见过一面的，还记得吗？《罗密欧与朱丽叶》公演那日？”

静漪点头，这个夏天她和顾鹤的接触其实不少，只是都隔着两三道手，并没有见面。

她问：“怎么是你来了，孟元呢？”

“孟元昨天晚上被警察署的人带走了。”顾鹤说。

“什么？”静漪呆住。

顾鹤说：“昨天晚上，我们正在开会，警察突然上门来。孟元为掩护我们逃走，不幸落入警察手中。”

“怎么会这样？你怎么现在才来告诉我？”静漪连忙问。

顾鹤静了一静，说：“我也在被通缉的名单上，行动自然要隐秘。但孟元和我说起过你们见面的事，我想试试看你还会不会赴约……没想到你真的来了。程小姐，你有责任救孟元。”

“我当然……你什么意思？”静漪反应过来。

“程小姐，我们的行动都很秘密。孟元只有昨天出去给你寄过信，或许还见过令兄。恕我直言，若不是令兄暴露了我们的住处，那也是因为令兄才暴露了的。”顾鹤说。

静漪只觉得一口气堵在喉间，说不出话来。

“孟元和我，我们是与南边一些大学校的代表联合起来进京请愿的，这你是知道的。”顾鹤说。

“你在暗示我，其实我也难逃干系是吗？或者你想说，是我出卖了你们？”静漪看着顾鹤，忽然觉得这人的小眼睛像极了鼠目，顿时心生厌恶。

“程小姐，我们的事没有瞒着你，这也是事实。我是坚决不同意这样的，但孟元信任你，如今孟元出……”

“我会想办法救他的，告诉我详细情况。”静漪已经没有耐性听他兜圈子。

于是顾鹤把打探出来的消息告诉了她。

一切仍是源于这次的示威游行。游行中发生的暴力事件和随后的流血冲突让京城这两三日都戒备森严，当局下决心揪出带头闹事的学生，戴孟元和顾鹤都是榜上有名的。原本他们计划这两日就离开北平的，不想在这个时候出了事。眼下戴孟元被关在半步桥监狱里，生死不明。

静漪听到这里，仿佛身上哪儿被扎了一刀，剜了肉去一般，一下比一下疼得急切。她心里还有一个可怕的念头，如果孟元不是因为她，是不用冒险露面的……都是因为她的任性。

顾鹤又说：“警察署还连日骚扰孟元的母亲。戴太太本就又急又气，已经病了几日，孟元被捕之后，他们又登门搜查，戴太太受到惊吓，不知道会怎么样呢！”

静漪咬了下嘴唇。

戴孟元是极孝顺的，他做的这些事情，一向是瞒着家里的。戴太太年轻守寡，一心想让孟元有出息能再度光耀门楣，如今出了这样的事，戴太太怎么受得了！

“顾先生，”静漪定了定心神，“我可以告诉你，孟元被警察抓走这件事情，断然不会是家兄所为。家兄，包括我在内，对你们的行动事实上一无所知。况且家兄与孟元是多年的同学，虽志向不同，但他对孟元向来尊重，是不会出卖他的。”

顾鹤点了点头，说：“我当然愿意相信这件事跟令兄无关。程小姐，有孟元的消息我会……”

“不用了。”静漪拿起手袋来，“你找我并不方便，何况你也不信任我。孟元的事我们各尽心力罢了，再会。”

静漪说完，拉开房门就走。方才她在顾鹤面前还能保持常态，而此时眼中早已饱含热泪，她抽了手帕掩住口，急匆匆地下楼。

正要上楼的一行人见一个女子慌不择路地下来，忙不迭地躲避，走在最前面的那位还是与她撞了个满怀。

“这位姑娘，请慢些走。”是位长者，和颜悦色地对她说。

“对不住。”静漪低头，鞠了个躬便噔噔噔跑下楼去。

“这是怎么了？”那长者微笑着说，“你们如今的年轻人，是不是都是这样顾头不顾尾的？提倡些个男女平等、讲究卫生、强健体魄，我倒是极赞成的，但国人该有的传统，譬如尊老爱幼、温良恭俭让，若是能保留，还是保留些的好。”

“陶公说得是。”紧跟在他身后的中年人也笑着说，“如今颇有些年轻人不像话，这阵子北平城就被闹得乌烟瘴气的，听说警察署和城防司令部联合行动，这几日正在肃清。只是世风日下，必不是仅仅抓几名乱党就能解决的……陶公，请。”

被称为“陶公”的长者没有对中年人说的话做什么评价，倒和跟在后面的青年人笑道：“看来，我是真来得不巧了。”

中年人哈哈一笑，伸手扶他，请他继续上楼去，口中道：“陶公还在跟七公子怄气呢？”

这位长者正是陶盛川，他今日与故交午宴罢了，来颐和园逛逛。跟在他身旁的是他的次子陶驷和第七子陶骧。

“我不跟他怄气，他倒跟我没完呢。”陶盛川今日心绪极佳，且午间略饮了些酒，正有些散漫的意思，这话听起来不像是在跟儿子置气，倒有些宠爱的味道在里面。众人也都听得出来，凑趣地笑着——谁不知道这七少爷陶骧，是西北王陶盛川心坎上的人呢？

只是陶骧不苟言笑惯了，被父亲这样当众打趣，也不怎么着意配合。当然还有另外一层缘故在里头：父亲当然是不会认得刚刚那个女子的，可是他如果没有认错，那个哭着离开的女子，正是那位程家十小姐。

陶骧见父亲他们先进了雅间，脚步便慢了慢，目光在周围一扫——跟着来的便衣卫士已经都卡住了位置。他在走廊上走了几步，东西隔壁雅间也已经被他们包了下来，他看看里面，对身边的人说："留意下附近有没有可疑的人。"

自父亲来了京城，一应警卫事务都是他亲自过问的。陶驷笑话他紧张过度，他却觉得这个风声鹤唳的时候，再紧张些也不为过。

他说着走进临街一面的雅间，听到后面有声音，一回头，对门的雅间恰在此时关上了门。

"阿图。"陶骧对着那扇门抬了抬下巴，图虎翼便出去了。

他转头看看街上。

"老七？"陶驷过来招呼陶骧，"父亲找你问话呢，你看什么呢？"

"没什么。"陶骧要跟他过去，脚步停了停，就见程静漪神色仓皇地上了车子……

静漪上了车，一脸的泪和汗着实吓了程僖一大跳："十小姐……"

"去警察署。"静漪命令他。

"咱们不得回家嘛……这会儿都这么晚了……"程僖胆战心惊地说。

"去警察署，我要去救人！"静漪擦着泪。

程僖被她的话又吓了一跳，脱口而出："救……救人？小姐你赶着去救人，到时候谁救你啊？要让老爷太太知道了，咱们可都不用活了！"他这时候一慌神，都忘了主仆有别，跟十小姐"咱们"起来了。

"你去不去？"静漪问他，"好，你不去是吧？我自己去。"

静漪说着就要下车。

"十小姐！唉……您说去哪儿就去哪儿……可有一样，十小姐，有什么事，您吩咐阿僖去——您这身份贵重，外面什么样的人都有，万一您给磕着碰着，十个八个阿僖赔上都不成……"程僖把车开得飞快。

警察署在西城繁华地带。时局动荡的时候，警察署就成了重地，程僖今天开出来的虽然是之慎的车，但车牌照在程家挂在前几位的，都在警察署报备过，因此一路上虽然遇上不少盘查，倒没受到什么为难。饶是这样，接近警察署的时候，她也已经急得心都要跳出胸膛了。

“十小姐，就到了。”程僖说。

静漪也看到了前面重兵把守的警察署大门，门前用拒马围截出很大的空地，有不少人在那里围观，似乎听到有人在号啕大哭，哭声让人揪心。静漪心知硬闯上去见赵宗卿恐怕是不得门路的，她左右看看，一眼瞧见了路对面那家白俄人开设的饭馆子，便说：“阿僖停车。”

程僖停了车。

“我去餐馆，你在这里等我。”静漪说。

程僖听她说去餐馆，安心了些，就在车上等着。

静漪进了白俄餐厅，直奔柜台，向柜台经理说自己要借一下电话。那俄国人见她衣着体面，还当即就拿出了钞票，便笑着把电话机从柜台里拿出来放到她面前。

静漪先往赵家打了个电话，找无瑕要了赵宗卿在警署的号码，才拨过去。七转八转的，愣是往里面打了十几通电话，才转到赵宗卿的办公室，秘书却又说他不在。

静漪一口凉气吸进口，不死心地说：“请告诉他，我是小十，有十万火急的事找他……”

“找赵处长办事的都说有十万火急的事。”那秘书冷淡地说。

“您先别挂电话……就告诉他我是小十，我在白玉兰餐厅，等……他回来能给我个信……喂？喂喂？”听筒里安静了下来，静漪“喂”了数声，才确认对方已经挂了电话。

那俄国人看着她，她木然地放下听筒付了钱。

她站在餐馆门口，透过玻璃看着警察署那高大而森冷的建筑。围在警察署门前不远处的人群松散了些，她能看到里面——地上跪着几个女子，当中还有个妇人，正在呼天抢地……她的心一下子揪了起来，推开餐馆的门，朝那个方向走去。

在车里等着静漪的程僖猛地发现静漪朝警察署走去，立即跳下车来。

“十小姐！”程僖赶在她走到人群边上的时候拦住她，“十小姐，别往前了。这儿可不是您这样的人该来的地儿。”

静漪被他拦着，突然听到人群里有人哭喊着“孟元哪，我的孟元……”她猛地将程僖推开，分开人群闯进去，呆呆地看着那哭喊孟元的妇人。程僖紧跟着她，又不好真的拉她，急得直跺脚，拼命想将她与人群隔开，怕她被人挤着……静漪蹲下来，看着那妇人和与她抱头痛哭的年轻女子——都是穿着旧式裙褂的女子，眉眼间和戴孟元有几分相似——她抓住了她们的手。

程僖一看事情不对，急忙拉住静漪的手臂，想把她拉走。

静漪不顾程僖阻拦，急切地问这两个妇人：“戴孟元是你们的什么人？”

“我是他姐姐……这是……这是我娘……”那女子说。

静漪点头，是了，是孟元的姐姐孟允……孟元说过，他有个寡姐孟允。

“这位小姐，你是？”戴孟允抹着脸上的泪，沙哑着喉咙问。

“我是……孟元的朋友，我姓程……”静漪完全没有想到会在这样的情形下见到孟元的家人，然而“程静漪”三个字还没说完整，便被一阵骚乱打断了。

静漪抬头一看，就见一些黑衣人不知从何处闯出来驱赶他们，对这些手无寸铁的人拳脚棍棒相加。原本只是维持秩序的警察迅速形成人墙，拒马也被抬过来挡在前面。人群一阵混乱，四散而逃。

她目睹这些，一股怒气在胸口乱窜，也不知道是从哪儿来的勇气，她张开手臂就挡在了戴家母女身前。程僖一看不好，也挡在她身前。可那些人来到近前，却没有对他们动手，而是将他们俩架起来，头套一蒙就往警察署内拖。

“你们这群黑狗敢碰我们小姐一下试试！小子哎，你们知道爷是谁吗？说出来怕吓破你们的狗胆，爷是……”程僖胡乱喊着骂着，突然就没了动静。

“阿僖？”静漪刚一开口，头套被勒紧，嘴巴立即被捂住了，只听着有人在喊：“再敢闹事，就是这个下场。抓起来！”

她简直要气昏过去了！她想挣，挣不脱，想骂人，可嘴巴被捂住，一股怪味顿时让她想吐，就是这么一会儿工夫她觉得自己双脚离地，被架着飞快地往什么地方去了。

她平静了些，也许，这样被关进牢里也好，反而是距离孟元近了……她暂时停止挣扎，立即清楚地听到了脚步声、简短的口令声和吱扭扭的门响，炎热和嘈杂都被关在了外面，她只觉得皮肤一阵凉意，不由得一哆嗦……接着，她听到电梯门响，然后吱吱扭扭地，一直向上。

电梯停下来，过了一会儿，才有人推着她往前走。

这里很安静，且脚下踏的是木地板……也就是说，她要去的地方应该不是牢房。

带她进来的人在前方跟人交涉了几句，随即她就被推入了一扇门。他们让她坐下来，手是被铐在了椅子上的……她踩了踩，脚下是地毯。屋子里还有电扇，电扇旋起的风微微流转着，因为太安静了，甚至桌子上的纸张被风吹动的沙沙声也能听到。此时，有人向她走来……她屏住了呼吸。

头套被拿掉，眼前忽然就亮了，她闭上眼，大声道："你们还有没有王法，光天化日之下就敢抓人！"

眼前这人就说："哟，真瞧不出来，你胆子还真大。"

"大表哥！"静漪惊呼。

赵宗卿撇了下嘴，板着脸走到静漪身后，给她解开手铐，顺手扔到那张巨大的乌木桌子上。

"我听说小十找我，估计不是假的。你还在这儿闹上了。"赵宗卿拿起他的茶杯来，喝了口茶，点着静漪的额头，"还闹上了！"

"我没闹。"静漪说。

赵宗卿继续点着她的额头。

"大表哥，我……"

"你是为了戴孟元来的对吧？"赵宗卿问。

静漪愣了一下，没想到大表哥一句话就点破她的目的，她点头，道："我知道戴孟元昨天晚上被抓了……大表哥，能不能告诉我他为什么被抓？还有……能不能……想想办法救他？"

"你不知道他为什么被抓，怎么会这么着急找来？"赵宗卿反问。

静漪哑然。

赵宗卿笑了，他踱了两步，说："眼下我可以告诉你的，就是近期内释放他是绝无可能的。"

"他只是个学生！"

"他绝不是个单纯的学生。"赵宗卿脸色阴沉下来。

"他就是……你们冤枉人……你们有证据吗？"静漪看着赵宗卿，她听顾鹤说了，孟元被逮捕之前，他们已经将重要文件销毁藏匿，她必须赌一赌。

“他的身份，你知道得很清楚，静漪。这个事情不要再往深处谈，不然你和我的对话没法收场。总而言之戴孟元这人非常不简单，当局想要抓他也不是一日两日。前些日子的游行示威演变成街头骚乱，死了多少无辜百姓？起码这些要调查清楚吧？你也险些成为那日暴行的受害者，若不是你运气好，有人救你，今天还有没有小命坐在这儿和我磨牙？”赵宗卿盯着静漪，脸色严峻。

“那些跟他没有关系！”静漪想到当日那暴徒，声音发颤。

“还不能证明跟他没关系。”赵宗卿说。

“可是也不能……可是也不能把账都算他头上。”

“我让人送你回去。”赵宗卿根本不想和她多说，拿起听筒来。

静漪跑过去将听筒按下，说：“你答应我救他出去，不然我不走。”

赵宗卿皱着眉，瞪了静漪半晌，恨恨地说：“你这个昏了头的丫头，都不知道自己在干什么蠢事。你不走？还由得你了，你也不看看这是什么地方？”

“大表哥……”静漪带着哭腔，望着赵宗卿，“那些是坏人，孟元不是。你救救他吧。”

赵宗卿怔了怔，这个小表妹从小就聪颖可爱，又长得极美，他母亲就很喜爱，常带回来在家里和他的两个小妹妹养在一处。他比她大上许多，等于是看着她长大的。他总觉得她也还小，离京赴沪读书也不过是几年的工夫……可就是这样一个被他们宝贝着的女孩子，开始闹危险的恋爱了。

赵宗卿上下打量着小表妹，一身素净的衣服，经过这一番折腾，布满了尘土，小脸也脏兮兮的……他不禁有点心软。

“大表哥？”静漪见赵宗卿皱着眉板着脸一声不吭，催促他，“大表哥，你倒是说，行不行啊？”

“那姓戴的暂时不会有性命之忧。”赵宗卿指着旁边的盥洗室，“你进去洗洗脸，我要打个电话。”

“我不去。”静漪仍按着电话机。

“你去不去？”赵宗卿粗着喉咙问。

静漪摇头。

“你！”赵宗卿气极了，“你这样下去，会把舅舅惹火的。”

静漪抿着唇。

她现在想不到那么远，现在她只要表哥一句话，能保戴孟元平安就好。

赵宗卿见静漪犯了倔，压低声音道："要保他，也要从容些。现正在风头上，上面压着呢，立时三刻就捞他出去，你这不是为难我吗？"

"那……"静漪看着他。

赵宗卿走了两步，到窗前往外看了一眼，说："外面的人也散了，我让人送你下去，阿僖会在后门等你。你怎么出来的，就怎么回家去。"

静漪犹豫片刻，点了点头。

"阿僖没事吧？"她问。

"阿僖有事也是你害的。"她一松手，赵宗卿便拿起听筒，"去，洗洗脸，我马上让人送你下去。"

静漪到底还是站在一旁听着赵宗卿打电话下了指令。那简简单单的密语一样的几句话她却听懂了，是让人这两天不要提讯那几个人……里面一定有戴孟元。她松了口气，人几乎软下去。

赵宗卿说："我看你是中了邪。"

静漪不说话。是中了邪，谁让她，就是喜欢了这个人呢？

出去的时候，静漪还记挂着戴氏母女。赵宗卿哪容她再作他想，亲自乘车押后，悄悄地抄静僻的小路往程家后门而去。

到巷口，两辆车都停下来，赵宗卿摇下车窗嘱咐静漪："回去留神些，让舅舅知道了，我也得吃不了兜着走。"

"好。"静漪看着赵宗卿，"谢谢大表哥。"

赵宗卿有点儿狼狈地挥手道："快走，我会看着办。"

他等着程家的车子拐进那条后巷，才吩咐司机绕道回家。

照常他回到家是先到上房去请安，哪知道家仆看到他就喊开来："大少爷，大少爷，电话。"

赵宗卿正心绪烦乱，听到这样匆忙的喊声未免没好声气，停下来便问："这还让人得闲儿不得闲儿了！哪儿来的？"

"程府电话，是舅老爷找您。刚还以为您在衙门呢，不想您这就回来了，舅老爷说让您到家立刻回电话……"

赵宗卿心里就咯噔一下，娘舅娘舅……提起他这老娘舅，他就犯怵。

也不知道静漪安全到家到了没有？他一边担心着，一边就赶紧折回来往自己房里去……

静漪倒是安然无恙地来到了后门处。下车时她刚要跟程僖说什么，程僖就说："十小姐您且快些回去吧，我一点委屈都没受，在警署还抽了两根烟，您别吃心……"他说着就开始催促她。比预计时间晚了两个钟头，夏日天长还不觉得什么，可日头也在往下落了。

"九少爷在里头等您，快些去吧。您千万小心些。"

静漪小跑着到后门处，轻轻推了下门。

大门牢牢地关着。

她静了静心，连敲了两下，顿一顿，又敲两下。

里面没有动静。

她正着急，想要再敲，门板从里面被敲了一下，又一下。

她顿时安心了些，又连敲两下，说："九哥，是我。"

里面门闩响，她回头看了看，程僖已经开车出了巷口……她更放心了，待门一开，她闪身进门，拍着胸口就说："哎哟，可担心死我了……翠喜？！"

翠喜一把拉住静漪，低声道："小姐快跟我来。"

静漪心几乎跳出口来。

翠喜拉着静漪，低着头快步走着，一言不发。她带静漪走的都是更隐秘的小径，庆王府的花园是明朝后期便建起的园子，历经战乱存下来的，极幽深。静漪在阴凉处渐渐觉得身上冷，也不知是因为阴凉，还是因为不安。

她们终于出了花园门，眼见着就是杏庐后门了，就见前面几顶轿子摇摇摆摆往这边来。翠喜见状，急忙推着静漪闪进门去。

关上门，翠喜才出了口气，箍着她的胳膊说："我的小姐，您可回来了。太太气得心口疼都犯了！"

静漪脸色一变，甩下翠喜就跑。

"娘！"她跑到宛帔的房门外，喊了一声。

里面的人打了帘子，她一看，竟是之慎，就知道这下真的坏了事。果然她还没站稳，就听母亲说："给我过来！"

"娘！""帔姨！"之慎和静漪见她瞬间面色如同金纸，急忙过去。

宛帔看见静漪，还未出声，已气到手抖。

她本是极温婉的人，性子偏又刚烈，见女儿一身脏回来，她一想到女儿在外面的境况，不禁气甚，一口气堵在胸口，竟说不出道不出……

“娘！”静漪从没见过母亲被气成这样，吓得发慌。她上前去要握住母亲的手，宛帔却指着地面：“跪下。”

静漪跪了下来。

之慎见状在一旁手足无措，忙说：“帔姨，我都说了今儿是我的不是，都怨我，懒了一懒，让小十替我出去一趟……”

“老九，这里面没你的事，都是静漪这个丫头！我算看出来了，静漪，你平时的孝顺都是假的，其实你根本没把你娘我放在眼里……你在我眼皮子底下撒谎调皮！”

“娘！”静漪要辩解，宛帔再次摆手制止。

宛帔转头看着之慎，深喘了好几口气，才说：“老九，你先回去，我有话和静漪单独说。”

“帔姨，您先别生气，慢慢说，您也听小十说一说她的想法……”之慎满头大汗，他还没见过二太太动这么大的气。

“好，我会听。老九，我知道你疼静漪，可是你别纵容了她。有时候纵容她，就是害她。”宛帔对之慎还是客气些。

她一向疼爱之慎，之慎见她气急变色的样子，心里也不好受，但是看到跪在地上的静漪，还是要说：“帔姨，您听我说……”

“老九，你也不听我的话了？”宛帔攥着帕子的手扣在椅子扶手上，望着之慎。

之慎见宛帔沉着脸，明白这位庶母真生气起来绝不是闹着玩的，当下只得说：“您消消气，帔姨。我先走，明儿再来给您请安。”

“你去吧。”宛帔说。

静漪只听到帘子响，之慎的脚步声好像出门就消失了。她低着头，还不敢抬头看宛帔。

“你抬起头来。”宛帔脸色很冷，望着女儿，“说，你今儿都去哪儿了？去干什么了？”

静漪刚要说，宛帔又道：“要撒谎干脆别开口。”

“去见孟元了。”静漪说。她明知道母亲听到必然更要动怒，还是说了出来。对母亲，她不能也不想继续撒谎。

宛帔果真半晌没有说出一个字来，她凝神望着女儿——她好像是忽然之间发现，她的女儿长大了。女儿在慢慢脱离少女时期的样子，一日日变得更加温柔沉静，美貌惊人。这并不会是一夜之间发生的……女儿离家读书也有好几年了，每隔几个月她从上海回到家中，她都会发现她身上的细微变化，但她始终没有把她当作成年人来看，因为毕竟是她的女儿……如今静漪面对面、声口合一地同她说出一个男人的名字，这种既在预料之中又在之外的震惊，让她不得不重新审视女儿。她没有料到静漪心意一定，态度是如此干脆和坚决。她几乎看到了将会发生的事情：静漪会飞蛾扑火一样的，同他们这些家人站到对立面去……宛帔只觉得从内心深处生出一种虚软无力来。

“跟我说说，他是什么样的人。”宛帔说。就在几日之前，她还觉得自己不会问女儿那到底是个什么样的人，因为不管是什么样的人，终究都会是云雾一般散开的影子。她太清楚这个结果了，在丈夫的坚持之下，与陶家的婚约是不可废除的。

静漪膝行两步，说：“娘，他是个极好极好的人……”

“你先起来。”宛帔眼看到静漪那沾了尘土的衣裙和脏兮兮的面孔，道，“去梳洗一下，换过衣服再来。”

静漪只好站起来，她懂得母亲颇有些洁癖，总见不得人不整洁，就连书写作画纸面上沾了多余的墨迹，也要扔了重新来过的。

静漪此刻别无所求，只要母亲愿意听她说。

宛帔发现静漪因跪得久了起来时姿势有些奇怪、走起来也别别扭扭的，硬是转开脸不看她，对翠喜说：“给我把药丸拿来。”她声音很低，静漪还没有走出门，她知道静漪一定听到，也不理会。

静漪回到自己房里，叫了声秋薇，没人应答。她这才想起来，自己从进了门就没见过秋薇。她的乳母乔妈进来，小声告诉她：“太太让把秋薇关到后院了。我来伺候小姐洗脸更衣吧。”

静漪一听急了，顿足道：“娘也真是，这关秋薇什么事呢？在哪儿？我去看看她……”

乔妈忙拦着，说：“小姐，您就别去火上添油了。刚太太问你去哪儿了，秋薇一个字不肯透露，可把太太气坏了。”

静漪呆了脸，一阵懊悔。秋薇那丫头性子憨，只认她一个主子。年纪又小，自从跟着她，就算犯了错，她都舍不得拿重话说她一句……这下竟然被关起来了，还不知道怎么哭呢！

“小姐也别着急，等会儿太太消了气，也就放她出来了。后院又不是牢房，不碍事的。”乔妈说。

哪知乔妈说者无心，静漪听者却是有意，牢房两个字竟觉得格外刺心，人也不由得发了怔。

乔妈催促静漪：“太太等着呢。”

静漪赶忙洗漱过重新换了衣服，让乔妈给她梳头。

“小姐，别跟太太拧着。”乔妈看着她，说，“太太有心气痛的毛病，就算旁人不心疼她，你也得头一个心疼她，是不是？这些年要是没了你，太太还有什么趣儿呢？你得替她想想。你出嫁了，她在这个家里，还要过下去的。”

“乔妈，别说了。”静漪扭开脸，站起来。

“是我多嘴，小姐。可你是我奶大的，我看着着急。太太就你一个闺女，我就凌丫头一个闺女。小姐，我的指望是凌丫头，太太的指望就是你。将来你嫁个好姑爷，太太日后好跟你过更好的日子。小姐你识文断字，那些我不懂的大道理你也懂，我也说不出什么来劝你，就想说一句话，总归老爷太太看人是不会看错的……”

静漪听了，转回身来搂着她的乳母，不声不响地摇了摇头，松开她，出了房门。

宛帔吃过药，半卧在榻上，正在等着静漪来。

静漪进门就闻到药味，不禁难受起来。从小到大，只要是闻到这个药味，她就知道母亲又要好几日卧床不起了……

“娘？”她小声叫着，走过去，坐在母亲身边。

宛帔看看她。

“您好些没有？”她被母亲这样瞅着，有些坐立不安，见母亲不语，她硬着头皮又开口，“娘，能不能把秋薇先放出来……”

宛帔说：“我得让你知道，跟着你的人，是伺候你的，不是为虎作伥的。要是跟你一起瞒骗我，绝不能饶。”

静漪咬了下嘴唇，说："秋薇还小，不懂事。"

宛帔瞪了静漪一眼，对翠喜说："让秋薇回她房去，没我的话不准她出来。"

翠喜出了门，屋子里就剩下母女俩。

此时天色渐渐暗了，榻靠着南窗，还算亮堂。静漪看看母亲。

宛帔怕冷，大热的天也总是穿着长衣长裙，此时膝上盖着一条薄薄的夹被，凤穿牡丹的织锦缎，鹅黄色，原本是极娇艳的，可也不知道是用久了，还是怎么，此时看上去竟是如此暗淡无光，连花色都没有从前鲜亮了似的……她轻缓地开口，说："娘，我想退婚。"

"为了那个人？"宛帔问。

"就算不为了他，为我自己，我也要退婚的。"静漪低了头，"孟元是个很好的人。"

"让我的女儿变得会撒谎，会骗我，人好也有限。"宛帔说。

静漪急忙说："娘，我这样跟他没关系，要不是怕家里反对，我怎么会……我怎么会撒谎呢？您不知道我多想堂堂正正地和您、和父亲说。"

静漪原本想要告诉母亲，她之所以私自出门又晚归，是因为孟元被抓进了牢房，可如今她改了主意，说："娘，孟元和九哥是育英的同学。"

宛帔心想，哦，原来是这样……是这样，她藏得这样好的女儿，就这样被发现了……

"我考进预科的那年暑假，九哥带我出门买纸去，在南纸铺里遇到他。九哥问他在哪里念书了，他们有两年没见了，他同九哥说，他在圣约翰读医科，九哥就说，我们小十刚刚考进圣约翰医学院的预科呢……"

见母亲没有表示什么，静漪就继续说下去。

就那么样的，他看了她第一眼，笑一笑，说了句："哦，你就是之慎的宝贝妹子小十。"

她是有些埋怨九哥，听那戴孟元的口气，九哥是时常会把她挂在嘴上的，不知道会说她什么？她从不曾担心九哥会胡乱编派她，那时刻也不知道为了什么，只觉得看着她微笑的那个少年，眉目那么清朗……

她拉着九哥的手说走吧。

九哥跟戴孟元说："我们回头一起喝茶吧。"

那之后她便没有再见到他了，直到开学之后……

开学后很长一段时间，她忙于应付功课，恨不得把自己化进书本去，好朋友朱东宁看不下去，拉着她去剧社看剧。说是文明戏，公演前最后一次彩排。东宁是剧社社员，总有些方便。她晓得东宁是好意，便跟着去了。去的那一天，看戏的人很多，其中多数都是圣约翰的学生。她和东宁在一处，总是惹眼些，有人关注，也就有人时不时过来同她们闲聊几句。她以为是东宁识得的人多，也不在意。原本她只坐在东宁身边，不想却被来跟东宁讲话的人不断搭讪，渐渐不胜其烦。东宁看出来，遂把那些人都赶开，才笑着说平时没这么多学长跟我套近乎的，今天全因为你。她不好意思地说东宁胡说。东宁说你是不是不知道，你是第一个预科生打败本科生荣膺新校花的？什么校花不校花的，又没有人给颁奖，她从未听说过，也不在乎。东宁笑得打跌，说那以前我转给你的那些信呢？她说都放着呢，从来都不开。东宁就说她简直是怪胎。那时候她还没有配眼镜，但也有点近视了，看东西稍远，就模模糊糊的。她眯眯眼，说这有什么，反正不管什么人，就算是潘安再世，若不是站到我面前三尺处，对我来说长得都一个样子……她跟东宁聊着天，看到台上有人迈着四方步出来站到台中央，便说这人的样子怎么瞅着这么眼熟呢？

她眯着眼使劲瞧。东宁笑着说，不是看不清楚吗？怎么，看到美男子就不一样了吗？她说好奇怪，就是觉得这人眼熟得很。东宁告诉她，那是临床医学二年级的学长戴孟元，教授们的宠儿。就像是每个学校都有校花一样，男生里也必然有几个看上去高不可攀的人物……她“哦”了一声。心想这么高不可攀的人物，是我九哥的中同学。

戴孟元那天扮演的是什么角色她完全不记得了，只记得他的角色，不，是他那个人，朗诵的那首诗《西风颂》。字正腔圆的英文，显示出育英英文教育的强悍，而更强悍的是他的人……或许也不是人，而是那天和他融为一体的角色，强悍而有魅力，给她留下了深刻的印象。而她总觉得他在台上朗诵这首诗的时候，眼睛看着的是在台下最佳观众位置的她——后来他说是的，那天她走进剧场，他就已经在大幕后看到了她。

东宁后来有剧社的活动就会叫上她。性子安静的她其实去了帮不上什么忙，最大的作用也许是给东宁提供对台词的帮助。而那段时间她的住处，就是起初与之鸾之凤合住的静安寺的别墅——她到上海要比她们早三年。随着父亲事业重心的南移，父亲在上海逗留的时间越来越多，那一处别墅是父亲在沪上最早的置业。在父亲娶了四太太之后不久，三太太以陪伴两个女儿读书为名也来了上海——至少是在学期时，她是要住在上海与四太太分庭抗礼的，于是之鸾之凤就搬去跟三太太同住了，那里就剩下静漪一个。她本想父亲可能会另作安排，私底下也有些担心会让她去跟三太太或四太太住。但是没有，父亲让她一个人继续住在那里。嫡母过来的时候和父亲说过，她一个小女孩住这么大的地方也太过清静了些，父亲说就这样吧，让她自个儿在这儿好好念书，又不是养不起几个闲人伺候她。那之后，别墅里就又多了几个下人。

父亲会不时来她的住处逗留，有时候是和人打牌，有时候是和人吃饭，更多的时候来了就只是独处。他做这些的时候甚至都不怎么理会她，就好像她并不存在一样。她其实不是很明白为什么父亲在众多的儿女当中独独对她的教育采取了很特别的方式，甚至和看管她甚严的母亲反着来。母亲不想让她迈出家门一步，他就偏偏要同意她离家千里来念书。而他虽然并不显出很重视她的样子来，偶尔却也愿意把她带在身边。

别墅有个很大的花园，她有时会提供给东宁他们排练。她找了个机会事先禀明父亲，他没有反对。起先戴孟元只来过几次，东宁说戴学长活动太多了。她隐约知道戴孟元在忙些什么，在很多人眼里，尤其是圣约翰的学生眼里，戴孟元是不安分的，更是有一定危险性的，可她只觉得他很有热情、有理想，这样的人总是值得尊敬的。

他偶尔来参加活动时，会跟她聊几句，多是学业上的关心，就像个会照顾她的兄长。

跟他在一起，她会觉得安心。

直到有一次，剧社正在花园排练《罗密欧与朱丽叶》，不知道为什么忽然来了警察，说是附近一户人家新近遭了贼，他们正在挨家挨户调查搜捕。警察来到花园里想要逐人盘问，她镇定应付。不知道是她应对得当，还是她看似轻描淡写地搬出别墅主人她父亲的名号来起了点作用，他们又问了几个问题就走了。

她不是没看出戴孟元的紧张，就是那一刻她想要保护他。

那天孟元走的时候，轻轻拉了一下她的手，悄声跟她说谢谢。她关上大门心跳如雷……

父亲的汽车都停在大门口了，听差都在禀报说老爷来了，她都没有反应过来，还是秋薇赶紧拉着她回房去。等父亲进门来，她做出刚刚从楼上下来的样子出来问候父亲。

父亲那天晚上还是听管家说了警察来过家里的事，吃晚饭的时候就同她讲，以后要小心和什么人来往。

她心里慌张得很，还好父亲没有再说什么，反而是心情很好似的，问了她一些功课上的事，说让人给她带了些玩意儿，已经送到房间里去了。

她回房看到那些东西，花花绿绿从吃的到穿的什么都有，她想大概和以前一样，父亲对每个女儿都是宠爱的，她得到的不过是和之鸾她们相同的礼物而已。她心里并不在意这些，其实她盼望的反而是父亲会问问她的功课……可就算是父亲果然问了她功课，给了她特别的礼物，在那天也不会让她更开心，因为她总觉得自己是在亲情之外体会到了另一种感情。

那天之后有一阵子和戴孟元相见，他都有点不自然。仿佛一层窗户纸隔了，谁都知道迟早是要捅破的，可是就都忍耐着，也期待着那个时刻。

《罗密欧与朱丽叶》公演她顶替上场，是他们俩正式交往的开始。

那是学校剧团的传统保留剧目，每一学年的新生都要演一次。出演朱丽叶的东宁演出前一日害了感冒，完全发不了声，因为平时都是她陪着东宁练习台词，她竟也能把词背了个七七八八，剧团的导演老师便让她临时顶上。

上台去她倒是不怯场的，只是到了中途，扮罗密欧的男同学错了一句台词，她便接不下去了，两人呆站在台上有好几分钟，惹得下面的人不明所以险些要喝倒彩——圣约翰素有喝倒彩的传统——罗密欧跺脚，显然被她突然的忘词也弄蒙了。她就听到下面有人大声地念了一句："Good pilgrim, you do wrong your hand too much, which mannerly devotion shows in this..."

她如梦方醒，立刻接上来下句："For saints have hands that pilgrims' hands do touch, and palm to palm is holy palmers' kiss."

对戏的罗密欧已经满头大汗，面上的妆都花了。

好不容易混下来的……在后台老师夸她在场上应对得当，她没听完那夸奖就急急忙忙跑出去——要是她没听错的话，提词的人正是戴孟元。

她跑到剧场门前，就看到戴孟元站在树下，身边虽有旁人，夜色也暗，却仍然是那么的出众而又惹眼，她一眼就能看到他。

他看到她，微笑着向她走来。他说，你演得好极了……

“……他对我很好，总鼓励我好好读书，我信他，他也信我……”静漪低着头。她没有全部跟母亲交代，孟元偶尔会用她的住处跟一些人开秘密会议的事她没说。不但对母亲，对别人她也不会说。

宛帔望着静漪。

“静漪。”她的眼神有些空洞，这半天的经历简直伤筋动骨。

“娘。”静漪伸手去握母亲的手，感觉到那只手的冰凉，她抬眼看了母亲，不禁有些怕，问，“您是不是……觉得我很坏？”

宛帔抽了手，说：“你先出去吧，让我静一静。”

“娘……”

“我现在很累。”宛帔推倒了身后叠放的靠枕，侧身向里。

静漪呆坐在母亲身边，半晌不知道该说什么，待起身离开，又实在不放心。

翠喜悄悄端来了一盏琉璃灯，放在塌桌上，无声地指了指外面，静漪便说：“娘，您先歇一会儿……”

宛帔叹了口气，说：“等下太太那边来传晚饭，就说我不舒服先睡下了，让你守着我。这几天，你哪儿也不准去。”

静漪心里一惊。翠喜看看她，生怕她再说出什么来让宛帔动怒，急忙把她推出卧室。

出了房门再走远些，翠喜几乎没哭出来，说：“小姐你这是怎么了？太太今天伤心成这样，就先依着她吧。太太这一个多月在西山，就常犯心气痛的毛病。她不乐意我们跟你说这个，怕你日后离了家免不了担心。太太身子都这样了，小姐，千万忍耐几日。”

静漪转头看母亲房里映在窗上的灯影，心里一阵难过，说：“如今我成了那个最不懂事的了。”

翠喜一听，忙说：“小姐，翠喜不会说话，并不是埋怨小姐。”

“我懂的。”静漪说着就走，“等会儿我再过来，先去看看秋薇。”

刚要走，就听见屋子里电话铃在响。

翠喜忙跑回屋里去接电话，宛帔听到，问是谁打来的，翠喜说是三表小姐打来找小姐的，宛帔便说让静漪来接电话吧。

静漪进来接听时，却不是无垢，而是赵宗卿。

“三表姐。”她对自己的镇定有些吃惊。

赵宗卿在那边说："静漪，这几天不要出来走动。你托我的事情我会尽量办到，如果有什么变动我会让无垢来告诉你。千万记住不要莽撞。"

静漪只觉得眼眶里有泪在打转，她微笑着说："嗯……好哇，好哇……我知道……那本书不在我这里……好的，我知道……闲了你和二表姐过来玩吧，我们园子里乘凉最好……好……好，再见。"

赵宗卿早就换了电话给无垢，无垢在问她还好吗有没有被帧姨发现，她反复说好。

电话挂上，她站在那里好久不动。听到翠喜问她晚上想吃什么，她说："娘吃什么，我就吃什么。她不吃，我也不吃。"

"胡说！"宛帧在房内轻斥。

静漪走进去，无声地靠在宛帧背上，抱着她。

"漪儿，你要知道娘为什么反对你……"宛帧涩涩地说。

"为什么？"静漪问。在她心里，母亲只是不会反对父亲的权威。

"娘太知道这苦楚了。"宛帧像下了什么决心，终于说。

静漪不由得坐直了。

赵无垢第二天一早就拎着一个漂亮的小花篮进了程家的大门。她一来，程家各房的太太小姐都得了她的礼物。

"东西嘛倒是常见的，难得的是三小姐这么周到。"三太太笑着跟杜氏说。此时无垢已经离开上房，去看望静漪了。

杜氏笑笑，看看宛帧："无垢特地来找小十去书局，偏小十身上不爽快。"

宛帧说："早起好多了。"

"既是好多了就去吧，漪儿也该准备开学的东西了。我看她回家来就没出过门。"杜氏说。

"十小姐这些天没出过门？不能吧？"三太太将无垢送她的法兰西香粉打开来看着，瞟一眼宛帧，"我昨儿傍晚和四妹去逛园子，看着十小姐刚回来，急匆匆地专门走背阴处，像是避着我们似的。我还说这十小姐真是的，平素见了人是有礼有法的，难不成一个夏天不见，倒生分了？不会的，一定是没看到我们。我还让四妹看呢……是吧四妹？"

四太太李翠翘正在欣赏她那只香水瓶上的银丝带，见问笑道："仿佛是十小姐……可太远了，看不真。”

三太太笑笑，知道四太太素来油滑，轻易不肯得罪人的，又说：“哦，还有翠喜。翠喜人高马大的，认不错。二太太，十小姐昨儿那是去哪儿了？”

宛帔微笑道：“天气太热，我让翠喜陪静漪到花园乘凉去了，就是暑气一攻，才受了点病。”

三太太还要说什么，四太太却抢先笑道：“花园子晒了一晌，过午暑气是重。十小姐花儿一样的人，还是留神些吧。”她说着把自己那水晶般的指甲弹了弹。

三太太倒不好再说别的，只是冷笑了一下。

杜氏见她们几个都有些颜色不对，喝了口茶，道：“散了吧。天儿热，该保养都保养些。”

宛帔一起身的工夫就有些眩晕，她强撑着不想在人前示弱，可是脸上毕竟变了色。三太太和四太太没在意，站起来告了退肩并肩地走了。

宛帔要转身，杜氏伸手托住她的手臂，小声说：“快坐着吧。”

宛帔眩晕得厉害，只得坐下来。

杜氏亲手扶了她到自己的榻上靠着，吩咐人端水来，又问跟着的人呢，早上吃过药没有。宛帔喝了水才缓过来，杜氏就说：“我看你这一两日都不成气色了，怪吓人的。大夫来瞧也说不出个所以然，照旧是那几样药，可怎么老不见好？还是去医院让西医看看吧。”

宛帔摇头，说：“太太别费心了，一年到头药也不知吃了有多少，总是费些银钱……”

“你这是什么话，要我说，你就是这样不好，无论如何总该宽心些——你看我，若成天和你一样心重，还活不活了？”

宛帔只是摇头。

“我知道你是为了什么。漪儿这孩子也是，从来是听话的，这一回认真是要犯倔。”杜氏说。

“太太……我想什么，你都知道……怕的就是静漪……她走我的老路……”

“不会的。”杜氏安慰宛帔，她轻轻叹了口气，“你总是忘不了从前。难道你这一生就要被那样一件事给捆绑住吗？捆绑住自己倒还罢了，还要用它去捆绑漪儿吗？”

“我大概就只做过那一件错事。”宛帔忍不住流泪。

“你呀……过去的事，不要总放在心上。这家里除了老爷和我，谁知道那些陈芝麻烂谷子的事？我们可曾因为这看轻你半分？”杜氏静默片刻，道，“宛帔，你对老爷有什么不满吗？”

宛帔慌忙擦着泪，摇头。

“老爷这些年是冷落你，可你也要知道这是为什么。你凡事顺着他，是没错的，但老爷岂是你顺着他就行了的人？你得让他宠，你得让他觉得他是你的男人。”杜氏声音低得不能再低，她颇为无奈地看着宛帔，一副恨铁不成钢的神气。

宛帔被她看得发了怔。

杜氏叹口气，说：“娶你呢，是我做的主没错，但也是他愿意的，没人勉强他。到后来老三嘛，这我就不好说了……娶老四，那就是他上年纪发癫了！可你看，老三怀着孩子进门的时候，你哪怕闹一闹呢？我都气得好几天吃不好饭，你还那样冷淡他。他带着你去欧洲，还不就是想和你好一好？要不然老三大着肚子在家折腾得鸡飞狗跳的，我受得了，你可是受不了。回来的时候告诉我，你怀孕了，他多高兴！静漪出生之前那段时间多好……你呀！”

宛帔轻声说：“这是我的错。”

“知道错就改呀，你对我好有什么用，你又不是我的太太。”杜氏说着又恨道，“落得一身病，谁心疼你呢？老爷都多久不去你那里了？”

宛帔不语。

“我也不太好说这些……他待你到底跟别个儿也不同，就是看静漪，也是另眼看的。”杜氏有点出神，“当年老爷在绥远遇劫，陶家老太爷救过他一命。他亲眼看过那家人，也见过那孩子小时候的样子。订下这门亲事的时候，也问过你的意思。你赞成了，他才定的。这回婚事要议，老爷的话要听，可你是亲娘，也不能不听你的。如今要你觉得不妥，也尽可和老爷说。不过，我想静漪是小孩子心性，做不得准，忍得一时，嫁过去，时日久了，也就淡了。”

“漪儿的脾气太像老爷，恐怕没那么容易。”宛帔说。

“只有这样不好办，打那时候她坚持要去学医，我就看出来了。十丫头遇到事情绝不是个任你捏扁搓圆的。这爷儿俩，怕是有得耗呢！”杜氏想到这一出，又记挂起另一出，说，“你说我这是什么命啊，漪儿呢这样，老九也是个不省心的，还有那老三，更是！”

宛帔点头，三少爷之忱，那简直是他父亲的翻版，她看着杜氏，犹豫着道：“太太，漪儿的意中人……我想劝老爷见一见那孩子。”

“你是说……”杜氏手里的团扇停了摆。

“听说是之慎的中学同学，又跟漪儿在一间大学，算得上品学兼优。家境固然不如我们家，可我们家嫁女儿，难不成还图人家什么？只要孩子好，也就是了。”宛帔说得很慢，斟词酌句地，看着杜氏的面色并没有不快，才继续往下说，“总归是漪儿心上的人……性子那么倔，我怕她……闹出些什么，不好看。”

杜氏重新摇着扇子，问：“你真是这么想的？”

“我这也是想想，并不敢在漪儿面前透露半分。若老爷不同意，这还是死路一条。漪儿再对老爷生了怨气，伤了他们父女感情。”宛帔说。

“既是这样，还是我去和老爷提一提吧。”杜氏说，看着宛帔，摇头道，“你跟老爷是凡事张不开口的，我知道，那就让我这个做母亲的去说吧。我虽说是赞成陶家这门婚事的，却也想着十丫头能称心如意。说到底，她称心了，咱们才能称心。”

宛帔握起杜氏的手，只是点头。

“我还是那么说，从前的事，都忘了吧。你能来程家，就是缘分，就是你的命。”杜氏叹着。宛帔可以说是她给老爷捡回来的。当年她随丈夫住在柏林，只不过是偶尔上街去，就遇到了晕倒在街头的宛帔。她一时心软带回家来，请了医生上门诊治。见是那么文弱的女子，她打心眼儿里怜爱。这些年相处下来，宛帔与她的感情一直很好，从没红过脸。她总觉得也许不是给老爷捡了个人儿，是给她自己捡了个伴儿……她看看钟，让人上茶：“喝点热的……也不知静漪怎么样了？这个小冤家。”

此时无垢和静漪正在房里说话。

静漪的气色不是很好，脸上更是一点笑意都没有。无垢给她带来的消息让她更担心戴孟元的处境了。

“这几日就会判的。不管承不承认行凶，聚众闹事总是逃脱不了的罪名，判得重和轻，怕是也说不准。”无垢轻声说。

静漪低了头，说：“还好有大表哥在，不然我不知道要怎么办。”

“若你能劝劝戴孟元认下聚众闹事的罪名，具结悔过，大哥会设法保他的。戴孟元若连这个都不肯认下来，大哥也很难保证他安全。你知道眼下局势并不好，上头一味镇压，并不管是不是真有其事，一道命令下来，谁也不敢说下一个名单上有没有戴孟元。”无垢看了眼窗外，停了一会儿，对静漪耳语一番。

“真的吗？”静漪心惊。

无垢点点头，说：“反正以舅舅的地位，不管是旧政府，还是新政府，总有他的好处。孔家、金家当然也是和我们同进同退的。我父亲是早就称病在家的，这几天孔家伯父和金家伯父就会向总理递交辞呈。他们都如此了，事情还不就近在眼前？”

静漪心跳得快极了，她明白这对戴孟元是个机会，也许是乱局中唯一的机会。她不能让戴孟元不明不白地沉在里面，他和她应该有光明的前程……她摸着手上的镯子，说：“我去见他。”

“我今日就是想办法带你出去的。”无垢低声道，“见了他，好好劝劝。忍一时一事，他七尺男儿并不会短一寸，全须全尾才能图谋后事……不过你不能跟他交代那些，明白吗？”

“我明白。谢谢你，三表姐。”静漪眼里有水汽。

无垢笑着说：“谢什么呢？大哥说，我们本不该沾上此事，可看到你就没了法子。”

静漪抽了抽鼻子。

无垢起身去打电话，静漪也起身去洗脸，不久无垢回来，说：“我与舅母说跟你去书局，她同意了。”

静漪还有些不信。

无垢轻叹道：“傻呀你？当然是舅母网开一面。”

静漪愣在了那里，只觉一股暖意悄悄地绕上心头，她忙抽了毛巾擦脸。

“舅母对你算很不错的了。”无垢笑着说，“我妈就常说，舅母看着什么都无可无不可，其实是最有数的。我看她对之鸾之凤就寻常，你简直像是她生的。不过若你是她生的，倒又未必能获准她睁一只眼闭一只眼了，她是心疼帔姨。”

静漪点头。她尚有一丝担心，并不知道她母亲的意思。

“帔姨在舅母那里，她不点头，舅母会松口？”无垢说着，指了指外面，

“走吧。今日最难的就是走出程家大门。出去了，天高任鸟飞。”

静漪晓得无垢是故意与她说笑，可她笑不出来。

无垢看了静漪，这个温柔的总是笑眉笑眼的小表妹近来总是一副苦恼的样子，她看了既不惯，又不喜欢。她挑高了细而弯的眉，道：“小十，恋爱该让你笑，绝不是让你难过。也许由于我是你表姐的缘故，在我看来，配得上你的人极少，而戴孟元其人……我但愿他如你所说，是个值得的人。”

两人已到了杏庐门边，静漪一脚踏出门，回头看看无垢。

无垢象牙白色的裙子在满园翠色的杏庐衬托下，显得她柔媚而又娴雅，与平素的艳丽打扮很不同……无垢的话她都听在耳中，不过并不打算同表姐论证什么。

“等下我在锦安里下车的。”无垢见静漪看着自己不说话，便说，“我是不陪你去那阴气森森的地方的，横竖有大哥在，也不怕你有什么危险。只是你回来，千万记得在那里带上我。我答应了舅母回来吃午饭的，你可别让我坐蜡……今儿天气不太好，要快去快回。”

静漪点头表示明白。锦安里，不知孔远遒是否约了无垢在那里会面？她想起无瑕说的，孔远遒是有未婚妻的人，就想着无垢跟她说过“比起我来，你好到不知什么田地去了”的话来……只觉得无垢此时的快乐，其实也是个幻影，心里也不是不苦的。

她跟着无垢上了赵家的车，很快来到锦安里，果然街对面停着一辆敞篷车。无垢叮嘱司机两句才下了车。

车子发动起来，静漪回头看了一眼——无垢过了街，孔远遒早已下了车，两人手拉了手，他在她的额上一吻……又是个幻影似的，可是真美好。

她轻轻叹息，收敛心神。此时所有的美好她都无心欣赏，得快些赶去城南，戴孟元还在半步桥监狱里的某一处等着她呢。

一个钟头后，半步桥监狱里，赵宗卿目送静漪跟着荷枪实弹的看守走进了深邃的通道，并没有立即离开。

通道里凉风阵阵，有股奇怪的霉味，赵宗卿拿手帕掩了下鼻子，说：“让那边提人吧。”

“是。”随员打了个手势让人传令，“赵处长，您到休息室等吧。”

赵宗卿面色阴郁沉冷，并不理会随员的话，而是在那里踱着步子，霉味越来越重似的。他听到铁闸门哐啷啷地连续响着，静漪和看守的脚步停下来，会见室的门开了。静漪那纤瘦的淡蓝色身影一晃，进了会见室，看守提着钥匙站在门口。

赵宗卿等在那里，好久，通道的另一端传来铁器摩擦地面的声音，他这才转身走进休息室里。

“处长。”已经在里面的两个身穿黑色警察制服的女子站起来，脚上的靴子跟磕在一处，在安静的屋子里特别的响亮。

“继续。”赵宗卿说。

这里和外面一样的阴冷，他坐在沙发上，等随员说了声“戴孟元已经带到”，他看了眼那两名准备开始监听的女子。

监听仪器上的绿灯亮了，赵宗卿站起来走到桌边，拿起耳机来，擎在肩头好一会儿，才贴在耳朵上。

“孟元……”带着哭音的女子的声音，听得人心发颤。

赵宗卿头都没有回，准确地将机器上的按钮拧了一下，绿灯变成了红灯。

耳机里全是刺耳的声音，却没有人出声。

赵宗卿将耳机扔在桌上，点了烟，吸一口，才说：“一刻钟。”

而会见室里，静漪泪眼模糊地看着身穿肮脏的灰色囚服的戴孟元。

“让……让我看……看看……都伤在哪儿了？”静漪手比声音颤得更凶。

戴孟元将她的手握住，不让她的手碰到自己的囚服。

她低头看——他的手布满青紫瘀痕和伤口，最大的一处伤口在手腕上，像是被什么咬去了一块皮肉，留下婴儿嘴巴大小的痂，让人触目惊心。

“天……”她简直没有勇气抬起头来看他。

“你怎么来了呢？”戴孟元终于开口，“……我还以为，大概是再也见不到你了。”

“我见过戴伯母了。”静漪轻声说，她抬头看着戴孟元，因为遭到毒打而肿了的脸和因此被挤得简直只剩下一条缝隙的左眼，还有勉强维持原貌的右眼。他是那么清秀的人，此时变得极丑……让人心疼得无法用言语表达。她轻声细气地说话，就是怕呼吸重了些，都会让他疼痛。她看着他的眼睛，说：“在警察署外面。警察去过家里搜查了，她已经知道你的事情。这些天她四处托人活动，希望能让你早日被释放。”

孟元脸上的肌肉线条有微微的扭曲。

“她现在怎么样了？”戴孟元问，有些急切，但并不慌张。

“伯母病倒了。我暗中让人递消息给她，让她不要着急。”静漪轻声说。

戴孟元放开静漪，他背转身子，猛地拿起椅子朝墙角摔过去。

“干什么？”看守一直盯着里面，看到戴孟元这样，喝道，“老实点！不然马上让你回号子！”

戴孟元的怒气似乎是因为这狠狠的一摔消散了些，但仍背对着静漪，也不出声。

“孟元，为了伯母，也请求你……”静漪说着，走得离孟元近一些，好让他听到她这么低的声音，“能够考虑一下自己，考虑一下你的家人，也……”

“不。”戴孟元说。

静漪愣在那里。

“你看看我的样子。”戴孟元转回身来，指着自己，“我没有错，静漪，我没有做错任何事。这些人对我下黑手，无非是因为我说的做的，都是正确的……所以他们害怕了，他们要把正确毁灭掉，把他们的错误张扬给世人。”

“孟元……”静漪看到孟元脸上浮现出一种激昂的神色。她不是第一次看到他脸上有这样的神色，在他同他的朋友们聚会的时候，在他站在演说台上的时候，她都看到过……可是没有一次，让她觉得如此担忧。

“我知道你要说什么，你要说的，他们都和我说过了。看到我身上的伤了吗？”戴孟元撩起袖子，血淋淋的新伤叠着旧伤，“刚进来的时候，他们对我用上了各种刑具，后来又开始采取怀柔政策，他们告诉我，有人在捞我，他们可以放过我，但是我要答应他们的条件。”

戴孟元目光炯炯地看着静漪，他盯着她的眼睛，几乎是逼视。

静漪不由自主地后退了一步。

“但我不能接受，以出卖我自己和我的信仰为交换条件走出这道门。你能明白我吗？”戴孟元问。也许是意识到以这样激昂的语调和静漪说话有些不合适，他的声音变得柔和些，“如果你不明白……静漪，我想你并不明白，所以你才这样子来了。”

“我明白。”静漪说。

“你不明白。”戴孟元微笑着说。

“是，我是不明白。”静漪承认，“可有什么妨碍呢？对我们有什么妨碍呢？我们的妨碍是这个！”静漪指着铁门。

戴孟元看着她。

“我要你从这里走出去。”静漪说。

“然后呢？”戴孟元问她。

“然后，再去实现你的信仰。只有你活着，那一切才有意义，你才能看到你的坚持和你的信仰，变成现实。”静漪大声说。

“他们是不会这么容易放我走的。”戴孟元说，“你太天真了，静漪。你以为这么简单吗？我出去，一切就都一笔勾销了？不会的。接受了他们开出的条件，我就永远背叛了我的信仰和战友，这会成为我永远的污点。你以为这就结束了？不。他们会继续利用我的软弱来控制我，再用我来打击更多的人，让更多的人付出高昂的代价，甚至生命……”

“那我们就走，我们离开这里。”静漪立即说。

“离开这里，去哪里呢？”孟元问道。

“去欧洲，去美国，去……去哪儿都行。孟元，我和你说过的，你也答应会考虑的，不是吗？”静漪拉起戴孟元的手，她迫切想要让他体会自己的心情，也能够考虑她的建议，但是戴孟元的反应并不符合她的预期。她心里一阵发凉，但仍然坚定地说：“不管用什么方式，我都会救你出去。”

“你会与你的家庭决裂的。你用你家庭的力量把我从这里救出去，再和家里决裂？”

“那我也在所不惜。”

“静漪，不需要你这样做。”

“为什么，为什么不要？你不想和我在一起吗？”

“这是两回事。静漪，你要明白，我的理想，我的信仰，已经不是从圣约翰毕业，成为一个医生——我知道，医术救不了国，医术救不了民众的命运——我要从事的事业，不是你能承受得住的。”

“我可以。”

“连看到我受这么点折磨，你都难以承受，假如有一天，我……”

“不准你说！”静漪捂住他的嘴，大眼睛里充了泪，“你不会的，我不让你死。孟元，听我一次劝，不过是让你具结悔过而已，换得一个自由之身，卷土重来，指日可待。”

“是吗，那么容易？”戴孟元拉着她的手，重新攥在手心里，微笑着问她。他一微笑，嘴角的伤口便裂开，流出血珠子。静漪慌忙用手帕给他擦拭，被他阻止了：“静漪，你细细看我——现在的我，是不是还值得你冒着那么多的责难和危险来挽救？”

“值得。”静漪肯定地回答。

“那我明明白白告诉你，我是不会写悔过书的。我宁可受刑，宁可死去，不会屈服。”戴孟元说。他看着静漪那苍白的脸，有些不忍心，但仍然道：“这该是你预料当中的答案，静漪。”

“就算为了我，暂时退让都不行吗？”静漪问。

“静漪，这不是能够比较的。你重要，信仰一样重要。”

静漪看着戴孟元，问：“你有没有想过，你愿意为信仰而死……万一你的信仰错了呢？”

戴孟元仰起头来，大笑。然后，他将静漪拥在怀里，停了笑，说：“那我也甘愿为我的错误付出生命代价。”

“你不用付出生命代价的，永远不会。”静漪轻声说。

“可怜的静漪。”戴孟元伤感地说，“我可怜的静漪，可怜的……你是真的不明白。”

静漪的眼睛里涌出了潮水般的泪，可是她使劲忍着，忍得身子都发颤。她是满怀着希望而来的，现在，希望在一点一点消失……可是她不能够责怪他。他，也没有错。

她抬起头来，看着他，好半晌，才问：“真的不行吗？孟元，我只是个普通的女子，从来没有崇高的理想，也没有庞大的野心，我不知道家国天下究竟是什么，更不知道到底能为这个国家做些什么，要怎么去改变国家和民族的命运……我只知道，对我来说，你就是一切。假如能和你在一起，天涯海角，我都愿意去。”

“静漪。”戴孟元专注地望着她。

“我们，一起离开这里……孟元，我们一起走。有朝一日我们会成为一流的医生，到那时候，用你的手，用我的手，去救更多的人，给他们强健的体魄，传播给他们你认为正确的信仰……让他们去实现你的理想，不行吗？用另一种方式为你的理想服务，不是也很好？”

戴孟元将她拥紧。

“我，现在只要求你考虑，是不是愿意，就算不是为了我，为了你的母亲，退让一步。只有一小步而已……”她深深呼吸着，泪水回流了，流进心里去。她已经预料到，这是个极其渺茫的希望了，可是更渺茫的是，未来，恐怕她就要隔着这堵高墙，等待他了。

她等着戴孟元的回答，但他没有回答。

她苦笑了一下，说：“我懂了。”

“静漪，对不住。”戴孟元说。

“那你告诉我，”静漪的面颊贴在戴孟元的胸口，“有一天你出去，还会认我吗？”

“你会等我这个危险的人吗？”戴孟元问。

她踮起脚尖，在他的腮上亲了一下。

“我等你。”她说。

他大概永远也不会知道，这个承诺做出来，她将会面对什么。就算是她自己，也并不是十分清楚。但是他，他是个为了他所坚信的东西，宁可付出生命的人……她擦了下脸，泪水早就干了。

她决定在走出这里的时候不再哭，下一次见面，不知道是什么时候，她得留给他一个笑脸。

“静漪……你，犯了一个很大的错误。”戴孟元哽住了。

“什么也别说了，再错，我也认了。”静漪摇头。

“时间到了。”看守哗啦一下开锁，推门进来，“丙5043号犯人出来！”

“喊我了。”戴孟元也微笑着说，看着静漪的眼睛里泪水在打转，可脸上还有笑容。他伸手过来，刮了一下她的鼻尖：“回去吧，多保重。”他说完，毫不犹豫地转身。

静漪扑过去，抱住他。

戴孟元将她的手拨开，说：“静漪，若是你变了心，我是不会怪你的。”

“我不会。”静漪轻声说。

戴孟元推开她，将门带好，对她笑了一笑，没有再说话，跟着看守朝幽暗的通道里走去，渐渐地远了，不见了。

静漪紧握着铁门上的棱子，哽咽出声……

她在会见室里哭了好一会儿，没有人催她。待听到有人叫她，她急忙把眼泪擦去，回眸见叫她的人是赵宗卿，眼泪又涌了出来。

赵宗卿示意静漪过来，一言不发地带她出去。

静漪走出了通道，回到了地面，终于呼吸到带着尘土气息的热乎乎的空气……她好像从地狱回到了人间，反而不适应人间这脚踏实地的感觉，整个人像傻了一样，站在那里一动不动。

“上车，到家让无垢给我来个电话。”赵宗卿说。

静漪木然地上了车。和表哥告别的时候，她还觉得自己表现得很正常，但当车子驶离那道灰色的高墙，往城里去的路上，她心里就开始翻江倒海的难受。

天闷热而阴沉，阴沉得仿佛空气里能拧出水来。车顶噼里啪啦地响了起来，她回神，原来是下起了雨。

雨瞬间便大了，四周仿佛蒙上了黄色的纱帐。车前风挡玻璃上的雨刷咯吱咯吱响，忙不迭地刷着瓢泼的雨水，前面的路很快便看不太清楚了，司机老赵见状就说：“十小姐，雨太大了，要不在路边停一下吧？”

他正同静漪商议，前面斜刺里突然跑出来一驾马车。那马夫惊恐地拽着马，老赵也急忙扭转方向盘躲避，险些撞在路边的大树上。车身剧烈的抖动之下，只听着咔哧一声响，车子顿时歪斜向一边。

静漪被甩到一边，忙撑起身来。

“十小姐，您没事吧？”老赵问。

“不要紧。”静漪在歪斜的座椅上勉强支撑着，“你呢？”

“我好着呢，不过车子糟了。”老赵说着，摇下车窗往外看，倾盆大雨在路面上造了不少黄泥塘，轿车的前轮陷了进去，“这打哪儿来的马车呀！”

静漪从后车窗看出去，那马车在雨瀑中飞驰而去，车马行人纷纷避让，那马车却还是猛地连车带马掀翻在地……她听到马儿痛苦的嘶鸣，想看清楚些，可雨下得太大，前方模糊一片。

“我得下车去找人把车抬出来，十小姐您在这儿等等。”老赵说着想推开车门，可车门只开了一条缝隙，再也推不动。

静漪见状就说：“还是我下去找人吧。”

“十小姐！”老赵想阻止她，静漪已经下了车。

她雪白的皮鞋踩到汇成小溪似的雨水里，顿时没过了脚面。她急忙撑开伞，顺着路边蹚着水往前跑。

前面不远处围了些人，她想那大概就是马车掀翻的地方，她急忙跑过去，拨开围观的人，挤进去一看，果然是车马俱翻。急速奔跑中的马摔倒在地，前腿已经折断，露出惨白的腿骨来，马夫此时正跪在伤马的身边痛哭。

她只顾了往前冲，没留神有人要拦着她，说：“小姐，不要再往前走了。”那人撑着伞，手臂一伸，墙一样挡在她面前。

静漪望着他身后，说：“有没有人受伤？我学过急救术，可以应急……”

“没有人受伤，只是马受伤了。”那人看着伞下的静漪，说。

“那就好。”静漪见痛哭的马夫身边，有一人在查看马匹的伤势。那人着一身浅色的西装，没有戴帽子，头发极短，身边跟着的人拿了伞替他遮雨，被他粗暴地挥手挡开。雨水顺着他的颈子往下滚，他也不在乎。

她虽然不是兽医，也知道这匹马伤得很重，看样子要再站起来已经不可能……她看着那匹在雨水泥浆中痛苦挣扎的马和不停用袖子擦着脸的马夫，顿时心里生出一种难过来。伤马猛地一声长嘶……她不由自主转了下脸，不忍心看鲜血随着暴雨的击打在地面上渐渐扩散开来，可又忍不住要关心伤马的情况。

挡在她面前的那个人看出她的意图来，稍稍侧了身。

静漪见那人对马夫摇了摇头，这表示马是没得救了。果然马夫立即放声哭诉起来：这匹马是要养家糊口的……雨太大了啊，没看到对面开来的那辆轿车啊就那么被惊了……他的哭声在暴雨中有些瘆人。

静漪有点局促地转头看了眼陷在泥坑里的那辆车，再转过脸来看时，那西装男子起身挥了挥手，跟着他的几个人开始驱散围观的人。

始终挡在静漪面前的男子这时候低声说：“十小姐，请后退几步。”

静漪惊讶地抬头，对方叫她十小姐，她以为必然是认识的人，定睛一看，只觉得有点面熟，一时倒愣了：这人衣着整齐，通身米色的亚麻三件套西装、三接头的白色皮鞋加卷檐亚麻礼帽，是个很文雅的先生，个子又高，也瘦——在他身后站着的另外几个人，和他的打扮相似，想必是同行的……静漪点点头，不着痕迹地往旁边一撤身，保持了一点距离。

那人见她矜持戒备，不以为意地微笑着，再一转身，又挡在了她身前。

静漪正不知他为何要如此，就听砰的一声枪响，随着围观的人发出惊呼，伤马哀鸣一声，倒在了地上抽搐片刻，便一动不动了。

静漪直愣愣地瞅着被雨水冲刷着的马的尸体和那顺着水流扩散开来越流越远的血，抬手擦了下嘴边的雨水……

站在她身前的那位先生回身看她，说："十小姐，你还是到前面避雨去吧。雨下这么大，当心着凉。"

静漪摇着头，低声道："就这么杀了它……太残忍了……"

"十小姐，对一匹马来说，不能再奔跑才是最残忍的。况且这马夫也没有那闲钱养一匹瘸马。"

静漪怔了怔，看到马夫还在抱着他的马痛哭，而亲手将马击毙的那个人，从口袋里掏出一沓钞票，放到马夫手里，然后，他转了身。

就在这时候，他朝静漪这边看了一眼。雨下得仍然很急，溅起的水花若黄褐色的烟尘一般。隔着一层纱似的，两人静静对望。

静漪看不太清楚他的脸，但跟对身边这个人的观感相似，好像也在哪里见过……而这个人的目光在她身上一转，似乎也并没有对她过于在意——身边的人过去轻声说了句什么，他转脸冲着等在旁边的一位绅士一望，正要走，却被人猛地拉住了手，是那马夫。他眉一扬，身边的人反应更迅捷，立即将马夫拉开。

"……这……这我不能要……"那马夫先是被吓了一跳，又慌忙将钞票归还。

静漪分明看到那人脸上的不耐烦，对身边的人做了个手势，让他拦住马夫还钱的举动。

静漪想起来自己手袋里也应该还有些钱的，便打开手袋往外拿，打开一看，只有几块钱了——那些钱都在看守所里掏给了看守。

她已经走到了马夫身边，掂着这几块银圆，便有些窘。正踌躇间，她一抬头，那人竟没走开，还在看她，她立时觉得更加难为情起来。

她真后悔自己平时没有戴首饰的习惯，此时她身上除了颈上一挂寻常的珠链，也就还有腕上的镯子。她一盘算，便将颈上的一条链子解下来给了那马夫，随后仍觉得这赠予太单薄，便将腕上的镯子脱了下来一起递过去，说："刚刚对不住，雨太大了，我们也不是成心的。这些，换些钱……你再买一匹马。"

马夫极力推辞。

“拿着吧。”静漪窘得不得了，再不惯在众人面前和人推搡。

她急于摆脱这窘境离开，就听有人问她：“十小姐，那边是您家的车子吗？”

“车子……”静漪这才想起来她原本要做什么。车子！老赵还在那里等她，她得找到人去帮忙：“糟了糟了！”

“没关系，我们过去看看吧。”那人被她的表情逗乐了，将手里的伞举高些，和同行的人打了个招呼，跟着她一同往车子陷落的地方走过去。过来一看，便让她安心在一边等，说他有办法的。那人跟老赵商量了一会儿之后便离开了。很快，开过来三辆轿车，其中有一辆开到前面去，另外的两辆停在了街对面。车上下来的人将绳索扣在赵家的车前，系牢了之后，指挥着前面那辆车启动。老赵发动车子，借力使力地从泥坑里开了出来。

老赵再三同那人道谢。

那人笑着摇手，对走过来道谢的静漪微微鞠躬，说：“十小姐不用谢，应该的。”

“请问先生您贵姓，府上哪里？”静漪问。她旁观这人行事已经有一会儿，他始终称呼她十小姐，必然是有些渊源的。

“十小姐真的不必放在心上。”那人微笑着，看静漪的伞已经被雨淋坏了，忙开了车门请她上车，说着，从自己的车上又取了两把伞来，放到静漪的车后座下方。

街对面的轿车嘀嘀作响，意在催促其离开。

见那人要走，静漪拦住他的去路，也看了那车一眼，说：“要是你不想我跑过去问他们，就告诉我。”

那人为难地看看那边的车子，又看看一脸认真执拗的静漪，说：“十小姐，鄙姓马，名行健。马行健。”他说着微微一笑。

这一笑令静漪觉得他更加眼熟，她脱口问道：“我们是不是在哪儿见过？”

马行健笑着摇头，他让静漪上了车，躬身行礼，转身走进雨瀑中……

“咱们也走吧，十小姐。”老赵笑着说。

静漪见那几辆车子接连离开，才点头。她的裙子湿了大半截儿，皮鞋也完全湿了，冷得打哆嗦。她坐在后座上擦着身上的水，看着脚边的油纸伞。金黄色的底子上，是素雅的菊花图案——这是眼下很流行的东洋伞……脑海里若电光石火闪过一个念头，她猛地撩开窗帘，哪里还有那几辆车子的影子！

她不禁悔得跌足，道："我得有多糊涂哇！"

老赵忙问她怎么了，听了便说："还想和您说呢，我也留了个心眼儿，把他们的车牌号都记下来了。有车牌号有名字，还怕找不到人吗？再说，就算是一辆车一辆车地查，也好查得很。满京城才有多少辆梅赛德斯车呢？他们一开就是三辆，还都是新的。"

静漪听了，这才安心些。总不能连着两次都错过感谢救命恩人……她想了想，这就是了，她总不会无缘无故觉得哪个人眼熟，那个身材高高的西装男子，应该就是那日救她的人了。能再遇到他，也许是冥冥中注定的，注定让她有机会谢谢人家，只是那人……

"阿嚏……"静漪连续打了三四个喷嚏，忙翻开手袋找帕子，才想起来刚刚探视戴孟元的时候，见他腕上的伤口渗血，拿给他包扎了，她心里顿时一阵抽痛……

"七少，十小姐别是根本没认出我们来吧？真够可以的，咱这几个大活人轮番儿在她面前走了好几遭呢……"图虎翼回头看着那距离越来越远、远到再也看不见的车子，抓抓头顶，又说，"邪门儿啦，还有见过七少您认不出来的，想是当日吓慌了吧？"

陶骧头都没有抬，说："闭嘴。"

坐在他旁边的陶驷听七弟闷声闷气地吐出这两个字来，似笑非笑地道："还别说，程家的这位十小姐，有点意思。"

陶骧斜了二哥一眼。

"一般的女子，今儿不吓晕过去就不错了，她还敢冲上去想救人。"陶驷忍不住要笑。

"就是呢就是呢。二爷，您还不知道呢，那日街上那么乱，又是贼又是兵的，十小姐被……"图虎翼转过身来拍着车座，说起来脸上放光。

陶骧抬脚踹了下车前座。

图虎翼立马儿缩了回去，坐在那里不出声了。

陶驷看了眼七弟，微笑道："像你这样的人，总是要求一个新女性的。人你也见过了，程十小姐倒真称得上是新女性的典范。京城名门闺秀里，品貌能与她比肩的甚少；论家世，程家和咱们家不相上下，是不新也不旧的人家。这样的人儿，你若是再不满意，我倒不知道你究竟不满意些什么了？”

陶骧换了个姿势坐。

陶驷拍了下他的膝，说：“若你是因了那些传闻，那大可不必。”

“那果真是传闻？”陶骧问。

陶驷笑了笑，又拍拍他的膝，这回，重了些，他说：“如果不是，那就更不用担心了。”他说着，将一个手帕包递到陶骧面前。

陶骧不接，陶驷就塞到他手里。

隔着手帕他也知道这正是程静漪给马夫的那只镯子，另一只已碎在了暴乱那日的街头。

“我拿五百块换回来的，身上就这么多了，好在你给的也不少。马夫虽不识货，也不能欺他太过。”陶驷笑了。

陶骧看他一眼，将镯子依旧还给他。

陶驷也学他的样子，不接，道：“我给你说说这东西的来历，你再琢磨下到底是收还是不收。这镯子本是一对，如今只有这一个。就是这孤品，也能换庆王府半个花园子。价值嘛，不提也罢。就是一个大子儿不值，也是陶家给程家的定亲信物。总归不能让咱陶家的东西，流落到杂人手里去。”

陶骧脸色有点阴沉。

陶驷瞅着他的表情，颇有些玩味的意思。

七弟定亲时他印象深刻，那应该是他离家的前一年，陶骧不过七八岁。他还和大哥说笑，七弟最年幼，却不想竟先定了亲。他们给母亲请安去的时候，正遇上母亲在挑东西，左挑右挑都不合心意，最后是祖母差人送来了这对镯子。母亲看着发了会儿愣，说这东西你们大姑姑出嫁的时候还惦记着呢，奶奶真舍得，可见对这门亲事满意得很。这么多年他也一直记得这对镯子，年代久远，样式古朴典雅……

“十小姐想必是嫌这镯子丑的了。”陶驷笑了。

陶骧哼了一声，摇下车窗便将那镯子扔了出去。

“停车！”陶驷大喝一声。

…………

静漪让老赵快些开车赶到锦安里去。待车子开上锦安里的柏油马路，和刚刚那泥泞简直天壤之别。

此时孔远遒陪着无垢在锦安俱乐部旁边的一家咖啡馆门前等静漪。

看到车内的静漪安然无恙，无垢松了口气。而孔远遒斯斯文文地笑了笑，给无垢开了车门。

静漪看了一眼锦安俱乐部的大门——说是俱乐部，看上去并没有俱乐部的浮华气，是很普通的灰色砖瓦门，甚至有些不起眼，但不管是进出其中的人，还是里面发生的事情，都将影响门外的这个世界。

不知道是不是由于在这里见面的缘故，静漪觉得孔远遒看上去跟平时有点不太一样，没有那股子嬉皮笑脸的神气。他让人把几捆书放上车，嘱咐了老赵几句，便催着她们离开了。

“你们怎么会选在这里约会？”上车后，静漪问无垢。

锦安俱乐部是政客们聚会的场所。在这里聚会的政客们，被称为锦安系，是现任政府里的第一大实力派别。静漪知道锦安系里举足轻重的几位除了国务总理，就是外交总长金昌吉，金碧全的父亲；财务总长孔智孝，孔远遒的父亲等一大批位高权重的人物。还有很多知识界和商界的头面人物。其中就有她的父亲和姑父赵广耐。他们都是锦安系里举足轻重的人物。这些年有很多事务，是从这个俱乐部里决定下来，才通过国会、形成政令，散播下去的。

“这儿可是一不小心就会碰到姑父的。”静漪说。

“有没有听说过最危险的地方，是最安全的？”无垢笑道，“老孔被他父亲安插在这里，一是方便看着他些，省得他回国之后吊儿郎当的不干正经事；二是让他学点东西；再就是让他在这里积累一点人脉。他呢，别的没学会，察言观色，搜集和分析情报算是成了精。从上到下，简直没有他不认识的人、不知道的事。”

静漪见无垢看着她，似有话未说完，问：“又有什么大新闻吗？”

无垢笑了笑，拉开车窗上的纱帘，指着街上，此时正好街边巡逻的军警走过，她低声说：“新闻也是旧闻了。”

静漪听了，皱眉。

无垢笑道：“不是我说你，你这样对外面的事完全不敏感的人，如何能跟戴孟元走到一处？”

“这同他又有什么关系？”静漪心知无垢绝不会无缘无故和她说这个，而且戴孟元……她看着无垢。

“戴孟元难道是平白无故就从上海来了，就为了请愿？眼下京城这一团乱象，跟他一点关系都没有？”无垢并不要静漪回答，反而用更加轻的声音说，“所以让你劝戴孟元具结悔过……变了天，谁管他做过什么？你们再一同出国一转，回来又是一条好汉。”

“他未必肯的。”静漪没办法跟无垢解释戴孟元的想法。

无垢只好耸了耸肩。

车已经到了程家的大门口，雨已经停了，天色清亮起来。

穿过天井时静漪仰头看了看，明净的天空一碧如洗。“真漂亮啊！”她叹道。

“瞅着就让人心里痛快。”无垢也仰头看。

静漪看看她，说：“三表姐，谢谢你。”

无垢笑笑，并不表示什么，看见守在杜氏房门外的丫头婆子有人进去通报了，笑道：“折腾这一头晌，我倒真饿了。俱乐部里什么都好，茶点还是不如家里的，难为他们都吃得下……什么时候妇女也有了选举权，可以参政议政了，俱乐部里的茶点大约也就好吃了。”

静漪听了，说：“不会太久的。”

“你也这么想，是吧？如今英国、美国的女性已经有了选举权，我们的女性却还在为婚姻自主努力，更有甚者，许多女性还在裹小脚！裹着小脚还要种地、劳作……我们同外国的差距，何止百年！”

静漪抿了唇。

“好在希望总是有的——西谚云：摇动摇篮的手，摇动世界。我们一双手，可以做的有很多。”无垢说着，将双手合起来又打开，“也许这双手中，会诞生一个女总统、女总理？”

静漪将她的手拉住，轻叹：“孔大哥一定不知道，你的野心竟然不止于他。”

无垢笑道：“他怎会不知？他爱我，不只爱我的肉身，还爱我的灵魂、我的思想。”

她声音极低，只说给静漪听。

静漪听在耳中，顿觉忽然之间有种耳热而心跳的感觉，不禁看着无垢。无垢是个热情似火的女子，火里来、火里去的，这让她既欣赏，又羡慕。

她呆了片刻，忽然想起来，对无垢说："你知道今天帮我们把车拉出来的人是谁？就是那日在街上救我们的人。只可惜当时我没能认出来，多亏老赵，他记下来车号了。有车号就好说，一定能找得到他……"

无垢听了，笑笑，说："先前也不知是谁，说京城这么大，偏偏能再遇上？这回怎么样？"

"就别笑我了。"静漪看无垢并没有很惊奇，问道，"你就不想知道这人是谁？"

"不着急，你先去换换衣服吧。"无垢指着静漪身上。

"不怕的。"静漪说着把手上的书交给等在那里的秋薇。她见无垢若有所思，心一动。她早就觉察无垢和无瑕在找救命恩人的事上总有些闪烁其词，此时她越发印证了自己的看法。

"三表姐，早点找到他不好吗？"

无垢看着她，笑笑，道："真不必着急。"

"为什么？"静漪追问。

"三小姐、十小姐回来了。"上房门前的丫头叫道。

"这事晚点再说。"无垢说着，按了按静漪的手。

静漪只好跟在无垢身后进了杜氏的屋子。

无垢一进门就和杜氏、宛帔以及一同到上房来用午餐的三太太、四太太打招呼去了。一时之间，杜氏又叫人传菜，又要和无垢说这半晌大雨、外面的情形，上房里热闹极了。

静漪安静地走进去，一一跟上房里的各位行过礼，坐在下手，听着无垢宛若巧嘴八哥似的周旋在几位太太中间，让她们笑语连连。这当中当然还有之鸾和之凤，她们一向也是拿无垢当偶像的。

"十小姐你这是怎么了？瞧你裙子上，沾了二尺的泥，不是说去选书吗，难道摔跤了？"三太太忽然问。

静漪正拿了一杯茶在手里，顺着三太太的目光也低头看了下自己的衣裙和鞋袜，从容地说："刚才外面雨太大了。"

"三小姐就好好的呢，你倒像走了很远的路似的。"三太太笑着说，"难道你们去的不是一处？”

静漪看了看无垢身上，象牙白色的衣裳，出去什么样，回来还是什么样，只笑了笑，没再解释。

三太太觉得没趣，也就不说什么了。

杜氏也打量了静漪一番，倒是笑着说：“漪儿难过不难过？衣服都潮了，快去换了干松的来。你也是，进门不先换了衣服去，这些人难道是常年不见的？闹这些虚文做什么，都是你娘管得你太紧。”她说着作势拿扇子扑了宛帔一下。

宛帔一笑，道：“上人跟前，没点规矩怎么行。”

杜氏问：“到底你们是怎么弄了一身湿回来了？”

“这一宗儿我还没说呢，漪儿怕你们担心，不让我讲。”无垢笑着把话接过去，“回来的时候车子经过前门大街，险些和一驾马车撞上。老赵为了躲避马车，车前轮子陷到泥塘里——哎哟，更吓人的是，那匹马受了惊，竟连车带人同马一起摔翻了！幸好那阵子雨下得大，行人少些，若在平日，不知道要闹出多大的乱子呢。就是那马前腿摔折了，算是废了。小十让我们留在车上，她还打算去救人，人倒是没有受伤的。还真巧，她去救人，就有人去救马，不过看那马救不成了，就……”

“就怎么样？”四太太追问，好像听戏听入了迷似的，睁大眼睛只看着无垢。

“砰的一枪——歇菜了。”无垢一摊手，“多吓人哪，这么大，就这么大一摊血呢……”

满屋子女人叹气的叹气，惊叹的惊叹。

杜氏挥着手里的扇子说：“哎哟，哎哟，话说着这就吃饭了，偏又说这个，真糟心。”

“可不是嘛，就是不想让你们也糟心，小十说不准我回来提。可是不提呢又不行，省得你们担心我把小十带出去，不晓得去了哪儿。是吧，红姨？”无垢笑嘻嘻地瞅着三太太。

三太太倒也坦然，道：“可不是嘛，我寻思着有些奇怪，你们到底女孩子家，出入还是要多加小心。倒不是我说，这些日子，之鸾之凤我是不放心让她们出去的。”她说着，微微一笑，特为看了宛帔一眼。

无垢听了这话，刚要接上，被静漪拉了一下手，一杯茶递到了她手上，她转眼看到静漪那双含笑的眼睛。

“三表姐，喝口茶，润润喉。”

静漪又斟了一杯茶，递给宛帔。

“那车子呢，后来是怎么着了？”杜氏问。

“还好，今儿运气不错，遇到好心人，替我们把车子拉出了水沟。”无垢笑着说。

静漪想到那位“好心人”，跟着点了点头。无垢见她此时露出稚气来，想大笑又忍住了。

“那得好好谢谢人家。”宛帔说。

“可人家连姓名都不肯告诉……不过我们记下车牌了。”静漪回答，她说着看无垢，无垢对她笑笑。

“那就好，出门在外难免会遇到事情，你们没事就好。还好，无垢你和漪儿都是遇事有主意的孩子，你们俩一同出门，我是再放心不过的。”杜氏笑着说，“来，菜上齐了，都过去吧。”

杜氏先站了起来，领着入席。

静漪见丫头婆子们上来伺候净手，就同杜氏说想换一下衣服。杜氏一抬眼看到等在那儿的秋薇，笑道：“快去吧，换好了快来吃饭，早该饿了吧。”

静漪离席。

秋薇给她拿来的干净衣裙穿起来颇烦琐，往日她最不耐烦的就是穿这么累赘的衣饰，今日她倒是极为耐心。

秋薇见她沉默，悄声问：“小姐，不痛快了？”她进来的时候，就听到了三太太的话。

静漪摇摇头，她不痛快倒其次，看着母亲强撑着不肯露出一点异样，她心里五味杂陈。

她透过隔扇看那屋子里笑语盈盈，一团和气，母亲单薄的背影格外的触目——母亲的皮肤极白，常年不晒太阳，隐隐透着青色；瘦嶙嶙的一副身子骨，又穿着素色衣裙，与火红裙褂的三太太在一处时，对比太过强烈……这种日子，即便热火烹油、锦上添花一般，她也不想过。哪怕粗茶淡饭，她也宁可和她心爱的人在一起，过清清净净的小日子……

许是感受到了她的目光，宛帔回了下头。静漪展颜微笑，宛帔便招了招手，示意她归席。

“小姐，这是刚刚进来的时候，门上让人送进来的，说赵家的司机让把这个面呈十小姐。”秋薇说。

“拿来我瞧瞧。”静漪站下，接过来打开一看，是一个车牌号。她将信叠好，道：“我用下太太的电话。”

她当下拨电话给之慎。之慎恰好在家里，她便请他帮忙，查一下这个车牌号的主人。那头的之慎满口答应，她才挂了电话进去坐下。

无垢小声问：“你怎么去了这么久？”

“我让九哥帮忙查一查这个车牌号。”静漪说着，指了指自己的袖子，那张写着车牌号的纸就塞在袖间。

无垢正夹了一颗大虾仁含在嘴里，听静漪这么一说，虾仁就从嘴里掉了下来：“什么？”

侍女忙捡了出去。

静漪看一眼无垢，低声问：“怎么了？”

无垢清了清喉，说：“我不是说，晚点儿再说吗？你怎么这么着急呢！”

静漪没出声，看无垢的样子，也不像是想当着这些人的面继续说的。

待到午饭用毕，人陆陆续续都散了，静漪送无垢出门，姐妹俩才有机会单独说话。

“三表姐你该不是早就知道那人是谁了吧？二表姐也知道？”静漪问。

无垢点头，道：“我们当日就知道了，但一开始不方便和你说，后来竟有些不知该怎么和你说，就耽搁了。”

“什么人，你们这么避忌？”静漪问。

“是陶骧。”无垢说。

静漪望着无垢，不知为何，她竟不觉得太意外。

立秋已过，连日有雨。

静漪站在围栏处，看雨打莲叶。莲叶田田，被连日的雨水冲刷得颜色碧绿，叶子上的裂纹仿佛是被雨水冲刷出来的……她站得腿酸了，才在石凳上坐下来。有点凉，秋薇进去给她拿了垫子来，她坐下来，依旧出神。

宛帔从窗里看到静漪坐了好久都一动不动的，让翠喜把窗子关上。

“一出了伏，下雨天就见了凉。”她今天特意加了一件长背心。

翠喜把窗关好，问她要不要烧个炭盆。杏庐临水，一下雨便有些寒气侵来，比别处更凉一些。

“不用，七八月里就用炭盆，没的让人说咱们娇气。”宛帔低了头，继续绣那幅婴戏图。已经绣了大半，她拿远些端详，因绣得用心，她自己也觉得这作品颇看得过去，再想着这婴戏图的用途，她微微一笑。

翠喜看到，笑道：“太太真是用了十二分的心思，小姐看着该多喜欢。说不定小姐喜欢了，自个儿也上心，绣上一点呢。”

宛帔笑道：“你还不知道她吗？你让她做什么都行，就这一样，针线上是真拿不起来。”

翠喜扑哧一笑。

“她呀，说笨也不算笨，怎么教都教不会呢？你说，若是将来姑爷衣裳少个扣子、开个线，难不成次次都让丫头婆子去缝？就算人家当面不笑话，背地里说起来也是当新鲜事的。”宛帔微微皱了眉，“据说他们学习西洋医术，也要缝针线的。漪儿待怎么样？难道也让人去帮忙不成？”

“缝皮肉和缝这些怎么能混为一谈呢？我多受些训练会好起来的呀！”静漪在外面听到，忍不住发笑，她进来，一看到母亲绣的婴戏图，就要伸手。

宛帔眼疾手快，忙护住，说：“洗手去。”

静漪依言去洗了手，翠喜要给她拿润手香膏，宛帔又不让，说：“不准弄那些，再沾在绸子上。”

“娘，您也太……”静漪搓着手，道。

“太什么？”宛帔将大幅的绣品在床上铺开，瞪了静漪一眼，“别让那杂气味熏了我的东西。”

“这不是我的吗？”静漪故意蹭过来，探身看着这绣在大红色绸子上的婴戏图。母亲的绣工本来就好，这围屏又是十分的用心；且母亲比旁人又有一样好处，那就是能写能画。她的图样子都是自己画出来的，自然比别人更新颖别致些——就比如这婴戏图，她能画出一百个不同模样的胖娃娃。那些胖娃娃不仅神态各异，还有相得益彰的服饰、玩意儿、动作，或者拿书本，或者擎风筝，或者抱鲤鱼……静漪看着，忍不住称赞道：“娘，您这是怎么想来的！给我的吧，是给我的吧？”

“谁说这是给你的了？”宛帔故意板着脸，“大姑娘家的，不害臊。”

“不是给我的，难不成娘您还另有个女儿？还是……娘您图个好意头，想着再给我生个弟弟呀？”静漪攀着宛帔的颈子，笑着说。

宛帔一根手指伸过来杵着静漪的额角，说：“越发没正形了，我就说，真不该听你父亲的，让你去念那洋学堂去念那西洋医学，你这满口的话哪里还像个大宅门里出来的小姐？”

静漪护着额头，看母亲面上粉光潋滟，只觉得简直是艳光照人，不由得就呆住了似的。

她想着母亲今年才多大岁数呢，虽说她刚刚那是一句玩笑话，但母亲要真的生个弟弟给她，也未必不能够……只可惜这么多年，她再不懂得，也知道母亲闺房落寞冷寂，这苦楚想必不足为外人道，想到这里，她有点鼻尖发酸。

宛帔只顾专心查看她的作品，见静漪半晌没说话，正觉得奇怪，一转头看到她的模样，愣了一下，问：“这又是怎么了？”

静漪并不是个多愁善感的孩子，她这样子时常眼圈儿动不动就红，还是最近的事。宛帔心里明白，只是不说破。大太太跟老爷提了静漪的事，却被老爷当面回绝，还怪她们纵容静漪。杜氏私下和她说起，恐怕等陶家过阵子上门来拜访，两家婚事也就要正式定一定了。从心里，她并非不愿将静漪嫁给陶家的儿子，可静漪……

“都怪娘您绣得太好看了，要不给我的话，我真要哭鼻子了。”静漪索性跟母亲撒娇。她闻到母亲身上淡淡的药味，顿时眼泪要往上涌……她太知道这些日子，她的忤逆如何令母亲为难和伤心，她只是不愿意就这样跟母亲服软。

宛帔笑道：“娘就你一个闺女，这个不是给你的，难道是给旁人的？就算是娘不怕辛苦，几年时间绣上这么一幅，谁又会跟你似的，真放在心上呢？”

“四姐。”静漪说。

听静漪提起她的四姐，宛帔叹了口气，说：“四丫头从小是个好的，只可惜……你来看看，这里是绣上朵牡丹花好呢，还是绣上荷花好？”

静漪看了看，说：“牡丹花吧，那犄角上有荷花了。”她心知母亲是不愿意跟她谈起四姐来，她也不愿意，只是刚刚不知道为什么突然就想起了过世的四姐。也许是因为四姐和母亲一样，女红上出类拔萃。

“是哦，有荷花了……这会儿我眼也花了，不能再动针。”

“歇着吧，千万别累着。”静漪给母亲揉着肩。

“得快些了，我原是绣几天，搁一阵子，这一拖也拖了三两年……难怪人家现在都不愿意亲手做这些，或者请绣娘来家里绣，或者干脆就外面绣房里买来的，要什么花俏样子没有呢？省时又省力。”宛帔说。

“那些哪儿能跟您绣的比？可是我不要您太辛苦，这些就够了。”静漪说着倒发了会儿呆，“娘，您画得可真好。”

大红的底子上，描得细细的黑色痕迹都在，小娃娃栩栩如生……母亲的书画底子就是好。

从前她还没获准进书房读书，便是母亲给她启蒙，日常就是写字、画画。母亲管她的功课是极严的，她也确实不辜负母亲培养，跟哥哥们一起进书房念书，书写画画，是不输给哥哥们的。那时候家里也给他们兄妹专门请了一位师父教画。那位师父是前朝帝师，极严格又极用心地管教他们。她总觉得师父的样子看起来很是亲切。师父待她也好，教她也用心，不像对待之忱和之慎，骂起来毫不留情。

她记得有一日师父拿出一本册页来，让他们观摩。师父说写字画画，初时无非是模仿，烂熟于心才能下笔有神，非十年工夫不能见成效……之后，才摸索着创新，或能自成一家。当时，她看了一会儿册页，就说：“我娘有一册一样的。”

师父半晌没言语，过后才问她，那是什么样的，真的一样？

她就不吭声了。

师父见她不肯说，也就不问了，只是摸了摸她的头。

师父待她好，但从来没有像那天那样，让她觉得师父跟她那么亲近。

她回来在母亲书房里翻出那本册页来，和母亲说，在师父家里怎样怎样——她至今记得母亲那忽然间变得死灰一样的脸，吓得她呆若木鸡，以为自己做错了什么事——之后不久，师父就辞馆了。

她隐约觉得这其中大概是有些缘故的。后来听九哥说，教画画的师父并不以授业维持生计，往上数三代都是做大官的。清帝逊位时，老爷子虽是正当年，却不再出仕，连个挂名的政府顾问也不肯做。老爷子家底又厚，后人几世不做事也是花不完的，况且又没有子女，在天津和北平都有住所，安心做了寓公——原是轻易不同人来往的，不晓得父亲动用了什么门路说动他的。父亲隔几日便让人送他们过去请他指教——她现在想想，就记得师父是个极严肃的老人，面目清癯，须发皆白。师父是年轻时便英俊、到老也漂亮的那种老头儿……辞馆前最后一次去师父府上，师父没有讲几句功课，让她和三哥九哥一起坐在那里吃果子。她记得那天屏风后好像是有人在偷看他们上课，因为她隐隐约约地看到梳两把头的影子，应该是女子，且至少有两人呢。她倒不觉得怕，反而故意地凑近屏风，于是几乎能听到隔着屏风，那两人紧张得大气不敢出。她就偷笑，也不揭穿她们——她也喜欢躲在父亲书房的屏风后面，听他处理公事，骂人什么的，觉得很有趣，能听到一些平日里绝听不到的好玩的事呢……师父家里兴许有一样顽劣的女童也未可知。

母亲也问过她师父家里的情况。但是因为她问起过册页的事，母亲就偷偷哭过，她不愿意多跟母亲说那些，于是屏风和屏风背后的故事，她都没有提。后来，也就慢慢淡了……

“您还记得那时候教画的师父吗？”静漪轻声问，“我后来想起来，师父竟也姓冯。姓冯，名孝章，字柏志，号慈斋，前清探花。据说当年皇太后都极赞赏他的书画……”

宛帔正拿着剪刀在修剪围屏上的碎线头，听到这里，剪刀咔嚓一下剪下去，围屏的中间就被剪了一道大口子。

“娘！”静漪急忙将剪刀收了，伸手铺开围屏，那一道口子将原本完美华丽的一幅图破坏，她顿时心都凉了似的，“都怪我……这怎么办？”

宛帔的眼神发直地看着那道口子，静漪是紧张懊悔，她是忽然觉得不吉利。

“娘？”静漪被宛帔的表情弄得更加不安，“娘？您没事吧？您别吓我……”

宛帔摇头：“不要紧，有办法补救。”

静漪从不精于女红，一时不知道母亲说有办法补救，究竟是什么办法。

“批线，界线，织补……你看，这里呢，恰好可以加一片叶子……并不突兀，是不是？”宛帔轻声说，“可以补救的，不怕……这些都不怕……”

她说着说着就住了声，在床边坐下来。

“那就好，吓死我了。”静漪拍抚着胸口，看着宛帔，“真的不怕吧？一定能修补好的是吗？”她虽然是第一次看到这幅绣品，可是不知为何就是很喜欢。

“能。”宛帔把绸子握在手中，很肯定地说，这似乎能让她把心头的阴影赶走。

静漪笑了。

她在床边蹲下来，说："娘，您可真是了不起……这都行呢，我以为……"

"这算什么了不起？就算是毁了重新来又怎么样，终究是能重来的。"宛帔站起来，想将这百子图重新叠好，但绣品太大，她力气不够，费了好大的劲儿才展开。

静漪这才看到绣品的全貌，不禁更加吃惊。

母女俩半晌都不说话，只看着这百子图。

宛帔忽然说："记住，漪儿，永远别犯那没法儿补救的错误。"

她的语气有些过于凄厉，静漪听了，心头打鼓，她知道母亲是在暗示她。她待要说什么，被一阵电话铃声打断了。

"小姐！"翠喜叫道。

静漪回头就见翠喜站在门口，问："怎么？"

"小姐，是您的电话。门上听差转进来的，说是您的一个女同学，从上海来找你。"翠喜说。

静漪看看宛帔，宛帔说："去接吧。"

静漪这才走出去，心里有些奇怪，东宁家远在杭州，并没有说暑假要到北平来啊……

听筒一拿起来，她便听到了对方那字正腔圆的京白。

静漪将听筒按在耳上，心怦怦跳着，说："你在门上等我一下，我马上来。"她迅速将听筒放下，转身进了宛帔的卧室，说，"娘，是东宁来了，在门上等着，我能出去见见她吗？"

宛帔说："既然是东宁来了，让她进来多好？在门上说话，多失礼。"她已经在翠喜的帮助下将围屏叠好，恰好将那一处裂缝放在最上头，方便她缝补。

静漪看着那裂缝，说："说是一会儿还要去别处，改天再进来呢！"

宛帔听她这么说，道："那你去吧。同东宁说，家里随时欢迎她来做客。"

"是。"静漪答应。

宛帔说："翠喜，你跟着去。"

静漪一惊，正要拒绝，见母亲淡淡地看了她一眼，只得答应。待出了门，她恨不得插翅飞出去，可翠喜跟在身侧，她不得不耐着性子。

“小十，你这是去哪里？”之慎迎面来了，见静漪身边陪着的是翠喜，立时明白过来。兄妹俩会心地对视一眼。

静漪说：“我的同学来了，在门上会客室等我。”

“你快些去吧，我去看看帔姨。”之慎说着看了静漪，“等下你到我书房来，我有事和你说。”

静漪点了点头。

之慎看着静漪心事重重地低着头往前走，不禁轻轻叹了口气。他的小妹妹从前是多么无忧无虑、天真烂漫……

肆

或浓或淡的影

静漪走进女宾会客室，看到那个穿着白衫蓝裙的女学生，马上走过去亲热地握住她的手道："东宁，真的是你！快些坐下……"

女学生看着她身后跟着的年轻女仆，会意地点点头道："我今儿是路过先来看看你的……这一向可好？"

"好得很。今夏酷热，很是受了些苦。"静漪拉住她坐了，看看桌上只奉了茶，转头看了翠喜，故意微微皱眉道，"翠喜姐姐，去给我们拿些点心来吧……他们粗手粗脚的，不要他们拿。"

翠喜本不想去，但看了那文文静静的女学生，想自己也去不了一会儿工夫，就答应了，出来时悄悄嘱咐跟着来的婆子，道："留神听着十小姐要什么。"

她走了，静漪才轻声道："你也看见了，我行动有人看着，十分不便，委屈你在这里坐坐，有什么话，拣要紧的说。"

那女学生点点头，见室内只有她们两人了，干脆从布包里拿出一个小本子来，抽下插在衣襟上的钢笔拧开，写道："我是戴孟充。兄孟元已被转监，多方查找无果。"

静漪脸色唰的一下就白了，看孟充也是强忍泪水，缓了缓神，道："我想想办法。"

孟充点头，过了一会儿，她握着静漪的手，说："程小姐，您受累。"

"这样的话……我不能陪你久坐了。"静漪说。

这时翠喜端着点心进来，见两人站了起来，静漪是要送客的模样，说："小姐，点心来了。"

静漪笑道："东宁想起来有点急事要赶快去办，不能坐了。翠喜姐姐，把点心包起来吧。"她说着，吩咐门外的听差去雇辆汽车。

孟充忙拒绝，静漪拦住她说：“现在就是时间最宝贵。”孟充就点了点头。

听差不一会儿来禀告汽车已经在门外候着了，静漪从翠喜手里接过点心包，亲自送孟充出来，道：“看你也顾不得吃饭，略微垫一垫。家里还得你多照料，身子要顾好。”

“多谢你。”孟充接了，紧紧握了握她的手，才上车去。

静漪看那车子驶离，回身进了大门，和翠喜说：“翠喜姐姐，我去九少爷书房坐坐，你先回去吧，告诉母亲客人已经走了。”

翠喜见她面色如常，也不疑有他，送她到之慎院门外，看着她进去，也就回杏庐复命去了……

静漪往之慎书房去，隔着窗子看到他正在里面看信，叫了声“九哥”。

之慎等她进了屋，一看她神色，先就屏退左右，问：“出去见了谁？必定不是同学吧？”

“孟元的妹妹。九哥，孟元被转移了。孟充说他现在下落不明，她们也是没办法才来找我。”静漪说。

之慎点头，道：“听说是被转到炮局了。”

“这是……”静漪喃喃道。

炮局是陆军监狱，与功德林那样的收容所、半步桥那样的看守所性质完全不同。

“进了炮局，有去无回……看来要下密令杀人了。”之慎的眼中泛出冷意来。

静漪猛然间想到无垢说过的话，心里一着急，低声道：“这是迫不及待在倒台前诛杀……”

兄妹俩注视着对方的眼睛，良久，之慎慢慢点头。

“局势一不好，就将军权全收了上去。如今京畿一带的部队全都集结待命，重兵压阵。关外的枪口朝哪儿暂时还不明朗，想必还在观望中，但是拿一笔银子就倒戈的事，不是第一回了；关内的，还听他指挥，他还有底气支撑一时。就怕杀红眼了，才不管是哪一派的革命党。所以孟元被转去陆军监狱倒在意料之中。可进了炮局，大表哥隔了几道手，很难施展。他眼下的日子也不好过，局势复杂得很，一不小心办错了差，丢官事小，弄不好命都没了。”之慎握起拳头来，一拳打在茶几上。

静漪总算知道为什么这段日子家里始终戒备森严，宝爷让家丁三班轮替，可不是为了区区一个她啊。

“孟元这人，谁上台都不会留着他。”之慎说，此时他冷静得出奇。

静漪看着之慎，之慎毕竟比她成熟和清醒得多。

之慎说：“大表哥这里是不能指望了，救孟元只能另寻门路。”

“九哥有主意吗？”静漪问。

之慎说：“既然是关在陆军监狱，得找段二哥。”

静漪脑子乱哄哄的，之慎提到的段奉孝，城防司令段贵祥的二公子，三哥之忱的义兄……陆军里通天的人物。她急忙道：“那我们去找段二哥？”

“我试探过了，段二哥借口军情紧急不见我。”之慎说。

静漪刚刚燃起的一点希望又被扑灭了：“那……”

之慎沉吟片刻，看看静漪。

静漪发觉他有话要说，道：“九哥，你有什么主意，尽管说来听听。”

之慎再踌躇片刻，说：“我想到了这个地步，你和父亲说清楚，让他出面斡旋，此事或有转机。大表哥、段二哥都不便管的原因大约也尽在于此……你想想，他们不是真不能管。”

他说完，只管望着静漪。

静漪却没有立即表态。之慎的判断不无道理，营救戴孟元这么大的事情，将来一旦东窗事发，不说其他，这些人谁也顶不住来自她父亲的压力。

之慎见静漪不语，道：“你可能还不知道，孟元已经被圣约翰开除。原本他在教育部今秋公费赴美留学的名单里，如今也被撤下了。世人眼里的好前途，他是没有了。我原想先瞒着你，作为孟元的同学，请父亲去求求情，没想到戴家人先找上了你……这真是病急乱投医，她们也不想想你是什么处境。”

静漪听了这些，面色更暗。

之慎说：“就这样，父亲今天没出门，我这就去见他。”

静漪低头思索片刻，说：“不，九哥，还是由我去见父亲。”

“不如这样，我先去，看看父亲的意思。若是不成，你再去。”之慎说。

“九哥，我去。父亲最不喜欢人同他绕圈子。”静漪说。

“那我陪你去，你先想想见了父亲该怎么说。”之慎也知道只剩下这个办法，临时再寻别的出路，也许有，但恐怕来不及。

静漪犹豫了下，还是答应了。

有之慎在她身边，她觉得心里略安定些。她看着之慎："九哥，那天你取信的时候，可有遇到什么可疑的人？"

之慎一皱眉，问："怎么，怀疑是我走漏消息了？"

"咱们毕竟在明处。"静漪说。

之慎愣了愣，道："我不过是在指定的地方等着拿信，孟元和他们的人从未和我正面接触过。若有人暗中盯梢，那就不是我能发现得了的了。"

静漪说："这正是我担心的。总之这次是我任性了些，如果不是我心急，或者……我能再忍忍，也许便没有这场祸事。"

"你胡思乱想些什么……所以你才这么拼了命救他？"之慎皱眉问道。

静漪摇了摇头，说："我总是要救他的。"

之慎有些气闷，道："他们还当自己做事多隐秘！其实一路北上早就有人盯着了，你我与他们接触怕不都在人的监视之下，哪里还用咱们泄密？"

静漪心里乱糟糟的，之慎说的是实情，可到此时讲这些也无济于事。她看着之慎，道："对不起，九哥，连累你了。"

"孟元是我的同学，若能救他，我也要试一试的。你不要放在心上，这点小事我还担得起。"之慎说着，拉着静漪一同往程世运的书房去。

程世运的书房偏于东南一隅，他们得穿过一进又一进的院子。这院子里只种了梧桐，树极高大，叶子遮天蔽日，院门一进，竟凉得似地窖。静漪心里似燃着一团火，怎么凉也不在意，之慎却有些胆战。

程仪正端着茶盘要进书房去，看到他们，忙行了个礼，道："老爷这会儿在跟表少爷谈事情。"程仪斯斯文文的，跟了程世运多年，与之忏恰是程世运身边的一文一武。

之慎问："哪位表少爷？大少爷吗？"

程仪点头。

"那你替我们通报一声，说我们等着。"之慎说。

程仪先进去了。

之慎转头看静漪，静漪摇了摇头，之慎问："你想到了什么？"

"和你想的一样。"静漪说。恐怕这下，是在劫难逃。

之慎叹口气，和静漪站在门外等着。

说是里面在谈事情，他们什么也听不到……静漪还是第一次来父亲的这间新书房。她仰头打量着这看起来单调乏味的院子——从屋檐下看上去，梧桐树早已高过屋顶很多。这不知是哪一任王府的主人植下的了……她呆看着树林间的落叶，积年的陈叶，腐烂作泥，偶有新鲜的绿叶覆在上面，倒觉绿得突兀了。

“听说最近父亲最喜欢的就是在这院子里散散步，父亲喜欢梧桐树的好意头。”之慎说。

静漪不知之慎指的好意头是什么，倒是记得很小的时候，父亲有一天带着她认树：楸树、槐树、梧桐……认梧桐的时候父亲说，梧桐树最像人，小时候呢，腹内空空，念书多了，慢慢把空空的肚子塞满……她小时候很胖的，父亲拍拍她圆滚滚的小肚皮，叫她胖漪儿……静漪转脸看书房门，仍紧闭着。

也只过了一会儿，那门就开了。

静漪和之慎忙转身，见出来的是赵宗卿，两人齐声叫表哥，也都看出来，赵宗卿面色不佳。

赵宗卿对静漪说：“进去吧，舅舅在等你。”

之慎想要一起进去，赵宗卿拦了他一下。之慎见他脸色阴沉，心头一凛，待要问什么，赵宗卿摇头。

这时林之忓退了出来，将书房门掩好，送赵宗卿出门去了。

之慎没能和表哥说上话，心里不安，看他们走远了，默默叹口气，站在那里，往书房门靠了靠……

书房内，程世运坐在桌案前正在写信。

阳光都被院子里的梧桐树遮住了，屋内很暗，书桌上亮了台灯。静漪立在桌前等着——灯光下父亲握着细细的毛笔的手，显得比平时要温暖些……忽地那支笔停住了，静漪见父亲将笔搁下，对着光从头到尾看了一遍，显然是觉得很满意，随后叠了信纸，塞到信封里去。信封上的收信人已经写好。

程世运装着信瓤，看看默不作声的女儿，将信封放下，拿起他的烟斗来：“说吧。”

“父亲，我来请求您救救孟元。”静漪说。

程世运装烟的手势动作没有丝毫停顿，似随口问道：“孟元？孟元是谁？”

静漪咬了咬嘴唇，就在此时，父亲的目光扫了一下她的脸，她顿时觉得这轻飘飘的目光里仿佛含了什么东西，让她的脸瞬间烧得火热，心不由自主就被从脚底向上涌的热血充满了，这股力量简直让人不堪重负。

她说：“孟元……戴孟元是我的朋友。他被抓了，起先关在半步桥，听说现在转监到了炮局。可是他只是个学生，从来不做坏事。父亲，您能不能想办法救救他？”

程世运将烟斗掂在手里，看着女儿，稳如泰山。

“父亲！”静漪的脸通红。

程世运静默地望着小女儿，他有二子八女，女儿们不能说个个倾国倾城，至少都是如花似玉的，而面前这一个，既是年岁最幼的，又是她们姐妹里最美丽的，大约也是性子最倔强的。此时她窘迫着急、泫然欲泣的模样，实在是少见。她长得很像她母亲……

“你说的这个人，我有所耳闻。我以为他并不很安分。”程世运缓缓地说。

“父亲，为了国家和民众的前途做一些力所能及的事，我以为并不能称为不安分……不能因此毁掉他的前途，更不能因此就要了一个人的命。”静漪说。

程世运微微一笑，道：“他为了什么，又做了什么，我并不关心。漪儿，你说实话。”

静漪望着父亲：“父亲要我说什么实话？”

“说你凭什么为了这个人，来要求为父做那等会招来大麻烦的事？”程世运问。

“父亲，孟元……我会与他在一起。”静漪盯着父亲手上的玫瑰烟斗。

“‘在一起’是什么意思？你们年轻人总有些新词。”程世运又问。

“父亲，我要跟孟元结婚。”静漪回答。

程世运慢条斯理地按着玫瑰烟斗里的烟丝，说：“你已有婚约在身，漪儿。”

“那不是我的婚约，是您同陶家的婚约。父亲，我要求婚姻自由。”

程世运将烟点燃，轻轻用烟嘴指了下桌案上的信封，问：“知道这是什么吗？”

静漪低头，只看到信封抬头那一个“陶”字，她心就是一沉。

“陶公到京已有数日之久。此行虽低调，还是有不少故交得到消息，纷纷与之相聚。以我同陶公的交情，本应是最早给他接风洗尘的，怎奈至今我都没有同他见上一面——我的女儿正闹着要退婚呢。我见了陶公，该当如何啊？”程世运不紧不慢地说着，也不看静漪，“然不见终究不是个办法。此次换了新宅邸，请陶公来游园消夏，也是个好理由，故下帖请陶公携眷登门，彼此一叙，顺便接风。我们两家是通家之好，你也该见见陶家伯父伯母了。”

静漪顿了顿，道：“父亲请陶伯父游园也好叙旧也好，都是很应该的。既是通家之好，我作为晚辈拜见长辈也是应该。可我早就想同父亲讲，我决不嫁进陶家。父亲既送我去接受新式教育，总不会期望我还是守旧的思想。在学堂里学到的知识，也应该学以致用，日后靠我的双手，自力更生。”

“你的这个态度，我倒是很欣赏。”程世运微笑点头，“是将来也不靠家里的意思吗？”

“我相信我能做到。”静漪停了停，见父亲并没有生气，胆子又大了些，“父亲，不管当年您同陶伯父是怎样的一段缘分——陶家救过您也好，给了您在西北五省甚至往蒙古和俄国通商、建铁路的什么便利也好，还是您给了他的军队什么样的支持也好——那是您和他之间的事情。事情总归是一码归一码……您在西北五省的大笔投资，获益良多，难不成还不满足，必要联姻进行维系，继续加深合作，进一步掌控其经济？”

程世运微笑道：“你说得对，一码归一码。你既是如此看待这桩婚事，必已将我们看得不堪。那么你同我这个生意人父亲来谈事情，不如也这样清清楚楚地列明条件。”

静漪没有想到父亲会如此直接地说出来，一时无话。

“我倒不是不可以利用些关系，打听一下这位戴君的情形，或挽救他的性命也未尝不可。但你要明白，退婚，在当今并不是新鲜事，我听闻孔黄两家最近就在商议此事。陶公向来开明，善于理解接受新事物，解除婚约想必不难……这个咱们且放在一边。”程世运说着站了起来，“当然，你也须明白，我不一样，我的思想还是守旧得很。婚姻大事，讲究的就是父母之命、媒妁之言；再者，承诺便是承诺，婚姻缔结与生意往来上的承诺并无二致，都要讲信誉。在我，只许人先毁约，不能我先食言。况且毁约也得有毁约的说道，食言也自有食言的理由。我总不会让人说，开着银行、做着大买卖的程世运，在这么重大的事情上，说话不算话！”

“父亲，这根本不能混为一谈！”静漪说。

“不！在我看来，就是一回事。”

“父亲！”

“你开口让为父去救戴君，可以。从此你就与他一刀两断，安心嫁进陶家，戴君自会得到妥当安置。若你坚持退婚，可以。那从今天开始你不准踏出程家一步。为父不许你招惹是非，为程家带来不利影响。那戴君的事总有一日尘埃落定。到那时你愿意做什么，为父绝不阻拦。但你休想从这个家里再得到半点资助，日后要靠你自己去实现你的理想和抱负——如果你确有什么真正的理想和抱负的话——你果然做得到，才是我程世运的好女儿。”程世运说。

静漪已经说不出话来。

程世运喊了一声：“之忓。”

“在。”之忓进来。

程世运吩咐他将信交给门上：“让人亲自送到陶府。务必等到陶老爷的准话儿，再回来报告给我。”他说着，看都不看静漪，穿起他的外衣来。

静漪背对着父亲，纹丝不动。

父亲话都说到了这份儿上，是一定要逼着她做个了断的了……她一回身，跪在地上，膝盖磕在金石地面上，瞬间疼得钻心。

她伏下身去：“父亲，漪儿恳求父亲能够出手相救。孟元绝不该死。”

一阵衣袍风扑到她面前，拂起金石砖地上那一层清寒。

她知道父亲走了过来，不禁仰头看向父亲，遇到的是父亲那平静的目光。她呆了一呆，听到父亲说：“条件已经摆在这里，你来取舍。此事没有商量的余地。”

程世运说完，将礼帽戴上，拿了他的文明棍，转身迈着四方步走出了这间屋子。

静漪眼中积蓄了半晌的泪，几乎夺眶而出。她眼睁睁望着父亲穿过一道门，又穿过一道门，距离她越来越远……

之忓走在前面，替程世运开了门，他开门关门的动作放得很轻。

“父亲。”正抻长了腿坐在外面围栏上的之慎见程世运出来，急忙下来。

程世运看着这个吊儿郎当的儿子，脸一沉。

之慎往父亲身后一看，没见静漪，正要问，就见静漪跑了出来。他看到静漪那满眼的泪，呆了一下，一时没有能够出声。

静漪手扣着门边，喊道：“父亲！”

程世运站住了。

“您能保证孟元无事，并且保证让他在恢复自由之后，能重新获得奖学金留学去吗？”静漪问。

“这个不成问题。”程世运回答。

“我嫁。”静漪说。

之慎张开嘴，看着静漪说出这两个字之后那迅速失了血色的脸，猛地回头看父亲——程世运过了好一会儿才将文明棍杵在地砖上，旋了两旋，似乎在较着什么劲……之慎心里一阵发慌。就连之忓都好像被静漪的话吓了一跳，只管望着静漪。

程世运转回身去，问：“想明白了？”

“小十！”之慎喊了一声。

静漪不看他，说：“想明白了。”

“那好，你想明白了，为父就去把事情办明白了。”程世运说着就要走。

“等等，父亲。”静漪说。

程世运又转回身来。

“请您马上打电话落实此事。”静漪几乎是咬着字眼儿说的，她那清澈的眸子亮极了。

程世运将文明棍丢给之忓，快步走回书房，静漪咬着牙转身跟了进去。

之慎呆了一会儿，长叹一声，转眼看到木桩子似的立在一边的之忓，看他手中拿着拜匣，问：“要出门？”

“是，老爷要我去送信。”之忓说。

“给谁送信？”之慎问。

“陶家。”

“看来，父亲是胸有成竹的……”之慎又呆了呆，黯然道，他打起精神来，问，“知道陶家什么时候来人吗？”

“应是这几日。”

之慎想，那么，戴孟元至少这几日还要待在牢里。

戴孟元暂时还在牢里，静漪的日子也并不比他好过。

自从她与父亲达成了一致意见，就在煎熬中等待着消息。在此期间，她非但没有被禁足，父亲那日还对她说，只要她跟母亲和嫡母交代过，随时可以出门。她简直要对父亲这胜券在握的态度恨起来了……父亲是算准她在孟元出狱前断不敢轻举妄动的。

父亲虽这么说了，母亲却更加谨慎，不但行动有人跟着她，连电话和信件都要经过母亲的手。

她觉得自己身上就像覆了一张网，越是挣扎，就被网得越紧……

这日傍晚，静漪在母亲房里，无精打采地看着乔妈捻麻绳。脚下柳条筐里乱麻一团团的，让人看了更心生烦乱。

“孔家太太整寿，你不是跟表小姐约好了一道去的？怎么大太太让人来问，你又说不去？如今他们都去呢，就你不去，多不好看。”乔妈轻声说，“太太不去是身子不爽，费不得那个神。”

静漪不出声。今日是孔家太太的五十整寿，孔家早一个月就下帖子请了。早上她随着母亲去上房请安，嫡母问起，她推说不舒服，这次就不去了。

“听说今晚孔家又有堂会戏，又有舞会……七小姐说孔家这是什么……这是什么……中西……和氏璧。”秋薇小声说。

翠喜抿唇一笑，说：“连和氏璧都出来，你知道和氏璧是什么？”

秋薇噘了下嘴，说：“我不知道，你知道？我还不是在上房听了一耳朵嘛。太太们还商议到底是穿洋装还是裙褂。大太太说，她的脚半大不小的，穿洋装就得穿别扭人的皮鞋，大热的天不乐意捯饬成那样，让三太太她们自便。”

“三太太穿洋装真不如穿裙褂好看些。”翠喜小声说。

她们互相交换了个眼神，看看坐在南窗下翻书的宛帔。

大太太说孔家太太邀请的时候特意提及了请二太太一定去，宛帔照例婉拒了。她是从来对这些应酬玩乐没有兴趣的，况且身子这些日子的确也弱，就说自己留下来看家。她不去，静漪自然也不去。

“咱们太太穿洋装也会好看，就是没见她穿过呢……”秋薇说。

“太太穿什么都好看。”翠喜声音更低。

两个丫头相视一笑，又看看静漪。静漪也不理她们俩嘀嘀咕咕的。

“小姐，七小姐说的是什么意思？”秋薇问静漪。

“中西合璧，就是说今儿孔家早上既按中国人传统吃面，晚上又点生日蜡烛吃生日蛋糕。”静漪解释道。对秋薇这个憨丫头，她用吃的解释个什么事情，就会比较容易解释得通。

今天是七月初九……她依稀记得今天是个什么日子，一时还想不起来。

“哟，就是吹灯拔蜡咯？不好，不好不好。小姐你过生日要紧别来这套洋规矩，那生日蛋糕有什么好吃？油腻腻的，总归不如一碗长寿面吃得又舒坦又美味，意头又好。吹灯拔蜡……多不吉利。”

乔妈扽了下麻绳，笑着说：“太太擀的面多好？擀的面皮薄如纸，切的面条细如发。老爷和大太太都爱这一口儿！从前老太爷和老太太在的时候，年年生日也爱吃。轻易也不肯让太太下厨房，只等着做寿，这一早上有限的几个人能吃上。”

静漪坐在那里听乔妈说。祖父和祖母去世的时候她还小，印象已经有些模糊了。倒是能记得小时候，祖母喜欢抱她在膝上，挑了面喂给她吃。

乔妈虽然说的是只有有限的人能吃上母亲做的面，其实母亲也得一大早起来，费力地擀面到天亮。母亲身子弱得很，做这些事情却毫无怨言……静漪这么想着，就心疼起她母亲来。

她总是心疼母亲的，愿意事事遂她的心愿——若是寻常事，她真愿意都满足母亲的愿望。

她看看灯下看书的母亲，被灯影笼罩着，穿着素色衣衫，像一尊玉观音。

宛帔发觉了，看向女儿。

静漪低了头，宛帔倒看着她出了会儿神。听到外面凌乱的脚步和高亢清脆的笑声，她示意翠喜出去看看，说：“想是三太太和四太太来了。”

静漪起身坐到母亲对面来，乔妈和秋薇急忙收了东西，退到一边。

翠喜打了帘子出去一看，提着灯笼走在前面的丫头正是三太太房里的。她拧亮了电灯，廊下顿时亮如白昼，三太太她们笑语声停了停，就听三太太说：“翠喜，二太太在呢？我们来邀二太太一同去看戏。”

翠喜忙回了话，请她们进去。

三太太打头，四太太随后。之鸾之凤发现廊下的白鹦鹉，喜欢得叫了起来，听到里面三太太催促她们，才急急忙忙进去给宛帔问好。

见宛帔和静漪仍是家常的装扮，之鸾碰了碰之凤。

“要出门了，静漪怎么还不换衣服？”之凤问。

宛帔笑笑，三太太就和之凤说：“你们帔姨说回了太太，今晚上就不去了。

可是二太太，今天晚上孔家的堂会是难得的好角儿，四大名旦来仨，压轴大戏《游龙戏凤》，冬皇演正德皇帝，程老板演李凤姐，多难得！刚刚老爷也发了话，说让都去呢。就当换个地方纳凉去，不好吗？”

宛帔微笑，说：“我本就不太爱这个。”

“瞧热闹嘛，二太太，去吧。”四太太也笑着劝，“难得咱们姐妹一同出去的，你看我和三太太都一块来邀你了呢。”

宛帔看了看静默不语的女儿，思忖片刻，才道：“我还是不去了。既然老爷有话，那漪儿去吧——漪儿，换了衣裳去。”

“是。”静漪知道三太太和四太太一起来，她和母亲总要去一个的。她虽打心眼儿里不愿意凑这个热闹，总归不能勉强母亲去。

好在衣服什么都是现成的，之鸾之凤拥着她去了她的房间，帮她挑了件洋装换上。静漪好性子地由她们打扮——之鸾之凤一会儿挑剔她少这个，一会儿挑剔她少那个，给她戴了满头珠翠，还嫌她不够隆重。静漪待她们转身，将头上的首饰取下来几样，跟着一道出来，三太太看了她还说：“十小姐你就是素净了些，年轻女孩子不怕打扮得花枝招展。”

静漪不吭声。

四太太笑道：“三太太正好说反了，年轻，所以当得素净，半老徐娘才要花枝招展——脸上的褶子若是不用脂粉遮掩，怕是没法看了。”

三太太笑着拿手帕甩了她一下。

宛帔看看静漪，说：“孔太太做寿，该穿得喜兴些。去了之后，孔太太那里替我问安、告罪。记得听太太的话，不准淘气。”

“是。”静漪跟母亲告别，带着秋薇随三太太她们走出杏庐。

外出的车子都停在二门内，杜氏已经在车上等着了，看见她们，让人把静漪叫到跟前去，说：“静漪跟着我。”

静漪坐进车子里，看到之慎也在，叫了声“九哥”。

之慎笑了笑，当着杜氏，什么也没说。

杜氏看看她，道：“今儿你不想出门我也要拉着你陪我。这么些丫头，数你性子像老四。带你出门儿，就像老四在我身边一个样儿。今儿也是之敬生辰……这么些人，也就只有你娘记得。她懂我的心思呢，要不，她才不肯放你出来跟着我。”

静漪这才想起来，难怪总觉得今天这个日子有什么事，往年她都是记得四姐生辰的，偏今年忘了……这一急，脸就发热。

杜氏看出来，微笑着说：“我知道你总想着你四姐的。今儿这衣裳谁替你挑的？”

之慎坐在她们对面，这会儿才笑道：“甭问，准是七姐和八姐。小十也老实，就穿成个孔雀出来了。”

静漪低头看着自己身上，确实花哨——翠色的洋装长裙，已经忘了是什么时候得来的，只记得当初试衣服的时候有些窄，索性一次都没上身，她近来瘦了些，这裙子反而合身了；白色的缎面跳舞鞋子，横着一段水钻搭扣，在车子里仍熠熠闪光……难怪她出门时，母亲说了那样一句话。

“很难看吗？”她扯了扯裙摆。就算是难看，这会儿也来不及换了。

“不会！你平日里穿的就素净了些。我看今儿这么穿，就知道一定不是你自己挑。好看，我爱看你们穿得艳丽。”杜氏说着替静漪将头上的发饰拢了拢，更满意了。

之慎忍着笑，没再说什么。

下车时之慎悄声跟静漪说：“等下进戏楼呢你可千万当心，别让人一不小心认作要登台的。你看看你，这朵钻石花亮得都赶上程老板那行头了。”

静漪气得伸手便要打之慎，一转眼看到杜氏那嗔怪的眼神，便只拿了手袋作了个势，挽起杜氏的胳膊，说：“母亲我们走，不理九哥。”

“老九老十自小好得跟双生子似的。”三太太笑道。

杜氏笑笑：“一样的淘气。”

孔家附近的几条街都已经提前布置过，巡警和便衣在街上巡逻。电灯从府内拉到街上，门前灯火通明，亮如白昼。轿车马车纷至沓来，自有孔府听差专门指挥着停到合适的地方去。

此时孔家的接待员早就看到程家的车子来了，忙过来接待。静漪看到门口有一卖花的老汉，略停了停脚步，跟杜氏耳语几句。

“去吧，快些来。”杜氏微笑。

静漪拉了之慎一起跑到卖花老汉的车前。车上柳编的筐子摆得整齐，多的是夏日当令的花。她看那栀子花朵朵都娇艳，凑近些瞧了一会儿，到底挑了一个五彩斑斓的漂亮花球，付了钱。待要走，老汉又从架子上拿下一小串白兰花来给她，说是送的。静漪见那白兰花馥郁芳香十分可爱，就拿过来，掏了几个零碎钱给老汉。老汉却不收，道：“小姐也是喜欢花儿朵儿的，送您。”

静漪方笑着点头，说：“那多谢了。”

之慎笑着催促她，两人转身上阶就见门前站了一个西装少年，笑眯眯地说：“九哥哥、十姐姐来了。”

是孔远遒的幼弟远达。

“有日子没见你，可是长高了不少。”静漪笑着看他，“远遥呢？”

“在里头。替母亲招待了几位女客，就说头疼，这会儿不知在哪儿歇着呢，过会儿我替你找她去。”远达说着请程家兄妹进门。

静漪看看这门内，比外面自然又是不同的光景。远达在跟之慎说，东园有大哥他们在，舞会还没有开始；堂会戏在西园——客人多得很，府里闹市一般，来回穿梭的仆役得一溜儿小跑着应付差事——

“难怪远遥说头疼，我看着人这么多也发慌。”静漪道。

“家姐就等十姐姐来呢，念了好几回。”远达笑着说。

他们说着话往西园走去。程太太她们正在上房和孔太太闲谈，静漪和之慎进去规规矩矩给孔太太拜了寿。孔太太看着穿的喜庆的静漪格外高兴，给了她和之慎一人一个大红包。因看到静漪手上拿的花，她笑问：“这可不是给我的吧？”

静漪笑着过去，把花球放到桌子上道：“在门前看到，一时喜爱，想起远遥妹妹也爱这个。”

孔太太笑着点头，拿起花球来，说：“我也爱，给我吧。”

静漪笑着点头。

“你娘怎么不来？”孔太太笑着问静漪，把花球还给她。

静漪接了，道：“我娘连日来身上不是很爽快，实在来不得。她说过几日好些来给您请安的。”

“过几日闲了，我去瞧瞧她。”孔太太笑着转脸对杜氏说，“你们新搬了住处，我得去好好儿逛逛。上回去你那里打牌，还是两个月之前的事了。”

“才安顿好，回头下帖子请你们去逛。”杜氏笑着说。

“不等你下帖子，我歇息几天就去。”

“和我们姑太太一个脾气，急性子。”杜氏笑着说。

“说到你们姑太太，到这会儿还没来呢。”孔太太笑了笑。

杜氏看看她，一笑。孔太太也是明白人，道："不着急，好戏还在后头，赶得上就好。"

"我们姑太太尤其爱程老板的戏，今儿晚上听说程老板和冬皇唱压轴，您瞧着，用不了一刻钟，她准来。"杜氏笑着说。

静漪心想今晚上姑姑恐怕是不来了。她刚进门时听到身后的招待员说黄家的车子到了，不知道是不是驻英公使黄誉？若是，那今晚上，她也许能见到誉满京华的黄珍妮了……她对这位远遒尚未解除婚约的对象有一点好奇。

这时有人进来禀报，说黄太太和小姐到。

孔太太一边说请进来，一边跟杜氏说："说着话儿这就到了。"

静漪正要等着看黄珍妮，就被人扯了一下，她一回头，见是远遥的丫头。这丫头悄悄一指身后，她看过去，屏风后人影一闪，正是远遥。她点了点头，低声告诉杜氏自己去后头找远遥，才往后走。

绕过屏风并不见远遥的影子，但听见外面有笑声。她拎着那只花球，穿过内厅出了门，果不其然在外面的亭子里，孔远遥站在那里，之慎远达也在。她笑道："好呀，什么时候都跑到这里来了？"

远遥笑嘻嘻地过来拉了她，说："就只有你规规矩矩地在那里，没见你们七小姐八小姐，都没来得及站稳了就奔东园跳舞去了吗？咦，这个花球好漂亮！"她说笑着便要拿，静漪把花球藏到身后去。

"不给你。"静漪笑着。

"还是给我吧，你今儿这行头再拿个花球，人再当你是要串戏去——唱一出《抛绣球》？"远遥打趣静漪。

之慎和远达都笑不可遏。

静漪笑道："好哇，你们就只管取笑我好了。"

远遥把花球抢过去，攀着她的肩膀，笑道："难得看你穿这么隆重嘛。我猜你要陪着看戏准嫌闷，一会儿咱们也去东园——大哥在那边招呼客人，年轻些的都奔了那儿。不过今儿堂会戏也好看，程老板能来格外难得……他最近遇到点难处。"

"怎么？"静漪问。

"程老板是一辈子遛鹰，让鹰叼了眼——他的班子被人撬了。"之慎说。

"我家的堂会是老早便定了的，依程老板的性子，应该是来的。"远遥给静漪拿了一碗冰酸奶，“程老板不是不收女徒吗？那女戏子从前跟程老板拜师不成，愣是偷师两年，一招一式学了个七七八八，竟是程老板嫡传弟子的模样，似模似样登台唱起来，新近又有人捧，特意跟程老板唱对台。这不是欺人太甚吗？前几日更是让人连诱带拐地将程老板整套班底挖走。程老板为这事大怒，戏班子都暂时歇业了。”

“梨园行最是讲规矩的，偷师第一个要不得，如今的子弟竟也能做下这种下三烂的事。”之慎摇头，“我听说背后是有人的，否则未必能挖走琴师。连背信弃义这贼名声都不怕担上，不是被许下重金，便是受了胁迫、有性命之忧不得不为之。”

静漪不太知道这些，只听他们说。

“鸡鸣狗盗之辈不过图一时之利而已，成什么大气候？纵然成名，底子不干净，就是不干净。且等程老板的班子旧貌换新颜，不怕没有更好的戏出来。”远达说着，一碗冰酸奶已经吃光，“咱们上东园去瞧瞧？躲在这儿倒是清静，回头大哥该说咱们不管事了。”

“有他和那几位在，都是一个顶十个的，还用咱们操心？”远遥虽是这么说，还是和远达一起，同程家兄妹自后院出去。

不一会儿到了东园。园子里从进门就铺着厚厚的地毯，路边都是成盆的鲜花，沿途电线拉着彩灯，院中就着地步安置了些藤椅沙发，方便客人们休息；那临时改成舞池的大厅里，热闹喧哗，舞曲响着，远远听起来就像是百乐门舞厅——百乐门被安置在这深宅大院之中，那句中西合璧的说法，倒是恰如其分。

静漪心里倒是愿意在清静的院落里多待一会儿的，怎奈今日过府是客，只好客随主便。远遥看出来了，说：“来点个卯，等下咱俩找地儿玩去……我找你另有点事。黄家那位来了。”

静漪点头。

远遥低声道：“赵家姐姐今儿一定是来的。若这二位狭路相逢，不定闹出点什么事来。”

“都不至于那么不得体的。”静漪说。

“但愿……只是我忙起来或许照顾不到，你替我照顾下赵家姐姐。”远遥说。

静漪答应。

远遥舒了口气，又问："你呢？我听说，你的婚事在议……"

"你也听说了。"静漪说。

"我那日无意中听我父亲和母亲谈起来。陶家和我家也算通家之好，七哥那人，我也知道点。"远遥看着静漪脸色，判断该不该往下说。见静漪沉默，她就笑了："瞧你愁眉苦脸的样儿，搁别人还不知怎么欢喜呢，我说……哎！我在这儿呢！"

静漪见有人招呼远遥，知道她是主人的身份，须得照顾一下客人，说："我自个儿先逛着，闲了你再来找我。"

"我话还没说完呢……给你钥匙，从这往后走，大哥的书房这会儿空着呢，你去歇歇，我刚就在那儿偷懒了一下。等会儿我去找你，咱们好好聊一会儿，这阵子老见不着你，有些话，三言两语也说不清楚。"远遥从腕上的小荷包里扒拉出一把钥匙来，连着手里的花球都给静漪，"拿去给我放好了，不准弄丢。"

静漪站在原地，看着远遥向一位身着明黄色晚礼服的年轻女子走去——在东园门口的灯下，她那身明黄极是耀目，礼服款式袒胸露背，大片雪色的肌肤看在人眼里，未免觉得她太过大方些……静漪转身顺着抄手游廊慢慢踱着步子，经过大厅，往里看了一眼——舞厅的中央一对对时髦男女欢快地舞着……那其中最抢眼的一对，正是孔远遒和赵无垢。

静漪趁着没人留意她，悄悄走开了。

东跨院比起隔壁院落里的喧嚣热闹，就像一片静谧的小天地。静漪穿过跨院，走到东厢房的门口，她隐约记得这应该就是孔远遒的书房。门上挂着锁，她拈着钥匙开门走进去。

借着穿窗而过的月光，静漪走到窗下的长沙发处，坐下来，仰头望着弯弯的、皎洁的月亮……她看着看着，忽地难过起来，月影就有些模糊，刚抽出帕子来，便听到有男人的说话声。她等待片刻，确定有脚步声走近了，便四下里看看，拿起她的手袋起身往里间走，随手将门掩了。

很快有人走了进来，听脚步声不止一个人。起先并没有人出声，于是有那么一会儿，书房里安静得出奇。接着有人过来特地往里间看了看，隔着玻璃窗，她只见浓重的黑影晃了过来，心里一慌张，不由自主就往衣架后面一缩。那黑影停了停，回身跟同伴道："没人。"

他背对着里间，在他对面有个人则背对着他，说："说吧。"

“七……”

“嘘。”那人嘘声之后，走了两步过来，推开里间的门，朝里走了两步。

静漪极后悔自己没有磊落地留在外面，此时竟成了个偷听的人。脸上的泪痕当然未干，她刚刚怕的是会模样狼狈地出现在陌生人面前，不想却让自己更为狼狈起来……她心一横，正准备走出去，那人却也走开了，只是接下去，他说话的声音变得极低。

他声音越低，静漪反而有了种一窥究竟的心理，不由得就想要听清楚。只是过了一会儿她才明白过来，不是人家声音太低，而是人家根本在用她听不懂的语言——她一错神，手袋没拿稳便落了地，她险些叫出来，就在这时，她听到那男人说：“那就不用客气了。”

轻飘飘的一句话，却十足的杀气。

静漪汗毛竖起来，禁不住打了个冷战，她不敢弯身去捡手袋，且连手掌都贴到了墙上。

“是，那我先走。”

“去吧。”这两个字倒说得懒洋洋的了，是大事了却的放松。

听脚步声离开的至少是两个人。

静漪知道屋子里还有一个人，她不能忽略掉那人强烈的存在感……她不知不觉身子在朝一边倾斜，下意识地，她想要看看那个人……

外间比里间要亮一些，可依旧是暗，她还没有能够看到什么，就听见了高跟鞋敲地的声音，而随着一声娇滴滴的“Darling”，灯亮了起来。

忽然而至的光让静漪赶紧缩回衣架后头。她看到自己的手袋，伸脚一踢，将手袋踢到里面。

“你怎么过来了？”那人语气并不友善。

“我刚刚看到你们进来，猜必然是有事，特地在外面等了一会儿。可是Darling，你打进了大门就奔了这儿，知道的说你有事要处置，不知道的还以为你是不想见到我呢……”语气半是撒娇，半是认真，也有着根本不想藏匿的暧昧。

淡淡的烟气飘了进来，静漪抚摸着手臂，竟起了鸡皮疙瘩……

既因为外面女子那媚进骨子里的声音，也因为能将那杀气收放自如的男人。

“怎么不说话？人家今天可是特地为你来的。”媚声丝丝入骨。

“这是你未来夫家。”男人冷冷淡淡的。

女子笑出了声，道："哟，听这话，难不成是吃上醋啦？我倒真希望你是吃醋的。我可以立即同意解除婚约。你知道，我根本不在乎这个婚约……"

烟气浓了些。

"你又要说，这是我的事，是吗？对，的确是我自己的事。可我解除婚约是为了谁呢？就因为孔远遒是你的好朋友？可我不爱他，我爱的是你！"那女子激动起来。

"珍妮，我不爱你，也不会爱上你。"那人声音低沉而冷酷。

静了片刻，那女子说："你这个浑蛋……"

"我这个浑蛋希望你懂，如果婚约让你不快活，大可以解除。可要为了你自己，不是为了旁人。"

"你……怎么能这么说呢？孔远遒是你好兄弟，是不是我坚持嫁给他，你才高兴？你说！"

"要怎么样，随你意愿。今天是孔伯母寿辰，你注意分寸。"

"分寸是什么？你倒和我分解分解。你既不爱我，当初何苦来招惹我？知道我是黄珍妮，就一脚把我蹬开？这是分寸使然吗？虚伪！伪君子！"那女子恶狠狠地说，"还有那孔远遒，更是个伪君子。瞧他今儿兴头的，明知道我今儿晚上来，还和赵家那丫头那么热络，他们又知道什么是分寸？我若咽得下这口气，就不是黄珍妮！"

"珍妮！"

"我们婚约一日不解除，我就一日是他孔远遒的未婚妻！我不退婚，她赵家三小姐想嫁孔远遒，就要做小！"她说完，转身就走。

和来时一样，去时的高跟鞋依旧踩得脆响。

静漪缩在衣架背后，一动也不敢动。

那个人还没走……

"听也听够了，还不打算出来吗？"他忽然出声，声音里带着一二分的戏谑。

静漪心头突突直跳，她抿了下唇，弯身捡起她的手袋来，从里间走出去，却发现正间里空荡荡的，并没有人。她呆了一下，急忙走到窗边，望出去，院子里也没有人……转了下脸，瞥见茶几上的烟灰缸里，半截香烟放在那里，还没有熄灭。

屋子里飘着烟气，混杂着浓浓的香水味。香水味浓烈，想必属于性子火暴的黄珍妮……静漪吸了吸鼻子。

她忽然间想到什么，急忙出来锁了书房门。出院门便听见跳舞大厅里悠扬的音乐，是支快曲子……她脚步不由得也快起来。

“静漪，快来。”无垢看到静漪，忙招呼她。

静漪走过去，心想该不该现在就提醒无垢，黄珍妮来了，而且黄珍妮要找她的麻烦……她看着无垢——她这么快活，是不是心里现在完全没有“分寸”二字？

无垢拉着静漪打量了一番，笑道：“难怪老九说我今儿一眼准能找到你，我还说他嘴巴坏，让我照着圣诞树的样子找……二姐来了，必然要笑你。”

“二表姐呢？”静漪问。她不是没听出无垢开她的玩笑，这会儿有点心不在焉。

“哦，临出门被大姐遣人来叫走了……像是有什么事。大姐有什么话也只肯对二姐说。她下个月也该生养了，这时候叫二姐去，必有缘故。”无垢皱眉，“我要一起去，二姐不让，说有什么事回来再与我商议。我想想也对，不好劳师动众的说去大伙儿就都去了，到时候大姐夫家觉得脸上又不好看，受气的还是大姐。”

“姑姑知道吗？姑姑来了？”静漪问。大表姐无忧夫家这几年每况愈下，她回娘家的次数少之又少，但凡是回娘家，就准是又出了什么过不去的事情。

“她不来，会让我来吗？原本是不肯来的，奶奶偏要听冬皇的戏，她就陪着来了。这事还没让妈知道呢。二姐说还不清楚究竟什么事，先别让她知道。”无垢说着从侍应那里拿了汽水，问静漪要不要。

“不要，冰冰的，喝了怪难受的。”静漪摆手。

无垢喝着汽水。

静漪看着橘色的汽水顺着无垢红润的嘴角滴下来，正要伸手替她擦，就见一条手帕凭空出现，她一转头，正是笑吟吟的孔远遒。远遒目不转睛地看着无垢，那眼中的蜜意毫无保留，无垢对他一笑，也是无限柔情……静漪不是没见过他们形迹亲密，可此时看在眼中心情却与平常有些不同。

远遒看看静漪，笑道：“静漪先同我跳支舞如何？或者我替你引荐几位青年才俊？连你们七小姐和八小姐在内，程家的小姐们高傲名声在外，等闲的也不好意思来碰这个钉子。打你进来，无数的人央求我做介绍人呢。”

静漪笑着摇头，说：“对不住，我今晚不跳舞的。”

“正是最好的年纪，不跳舞、不交际、不玩乐……你打定主意要把好时光都贡献给书本吗？多么可惜，我真要替一班年轻人一哭！”孔远遒笑道。

“你少来。我们小十未来可是要做医学专家的。”无垢碰了碰远遒，正色道。

“嗯，将来我的墓志铭上要说——此女一生都贡献给了书本和病人。”静漪微笑着说。

“多惨，一个女人，至少该贡献一部分自己给丈夫和孩子。”远遒笑道。

“沙文主义，越说越不像话。”无垢敲了下远遒。

“好，我收回这话——但是，赵无垢该把好时光和不好的时光，都贡献给孔远遒……”

“别这么说，这么说，让人听见什么意思呢？”无垢板起面孔来，不笑了。

“就是那个意思……”孔远遒低声道。

静漪转开了脸。

三个人站在大厅的一角，看成双作对的男男女女翩然起舞，衣香鬓影充斥着阔大的空间，让人浑然忘却这宅门外的现实……静漪看得出神——这也许就叫作及时行乐，她有些明白无垢的心思了。

“你们还是去跳舞吧，我自己玩一会儿就去听戏的。”静漪说。

孔远遒和无垢见她如此，只管随着舞曲跳起了狐步……静漪往后退了几步坐下，斜靠着沙发扶手，看着他们跳舞。任何人来邀舞，她都微笑婉拒。

今天孔家的舞会请的是最好的乐队，还有城里最负盛名的舞会设计师——是个俄国人。舞会里也有不少洋人，于是玛祖卡舞跳得规整而尽兴，连俄国人都看得面露微笑。

静漪是喜欢西洋乐曲的，她虽不想跳舞，听听曲子也好。玛祖卡舞、方阵舞、卡德里尔舞……还有华尔兹。

哦，优美的华尔兹……

舞池里忽然闪开了一小片空间，静漪看到之前见过的那个黄衣女子出现在大厅里，手里拿着香槟酒，一路笑着跟朋友打招呼，直奔了舞池中央正在跳舞的那对——孔远遒和赵无垢几乎是同时看到了她。远遒似在意料之中，还是在微笑着，无垢却显然有些乱了方寸。

远遥过去拉了那黄衣女子一把，被她笑着拨开了手……远遥站定，看向静漪。

静漪忽然明白过来。

黄珍妮。她就是黄珍妮。那个声音媚到骨子里去的女子，名动京城的黄珍妮。

静漪毫不犹豫拿起旁边茶几上的两杯香槟酒，朝孔远遒和无垢走去。

“远遒，华尔兹，不该是和我一起跳的吗？”黄珍妮微笑着看孔远遒。孔远遒刚要开口，她一根手指伸过去，虚点在他唇上，瞟了赵无垢一眼，道：“三小姐，好久不见。”

无垢微笑，说：“好久不见，密斯黄。你什么时候回来的？”

“我什么时候回来的，你不会不知道吧？你不知道，远遒也该知道嘛……”黄珍妮笑眯眯的，眼睛只管看着无垢。

两人俱目光湛湛，没有避忌。

“大概他觉得没什么好说的，就不跟我提了。”无垢也看着黄珍妮。

黄珍妮大笑。

“珍妮！你终于来了……刚刚我还在想你这个舞会皇后，今天怎么晚了呢？”金碧全笑着过来。

黄珍妮见是他，娇笑着。碧全晓得她一身怒意正被优雅的外表覆着，但仗着他父亲是黄誉的上司，两家关系又紧密，黄珍妮总会给他一点面子的，故此笑问：“怎么样？赏脸跳一曲，华尔兹，你最喜欢的舞。”

“Anthony，”黄珍妮侧了脸，故意低声说，“你，给我滚开，不然我连你一起骂。”

金碧全也低声，说：“看在我的面子上。”

“我给你面子，谁给我面子？”黄珍妮笑着看他。她像一只看上去高贵的暹罗猫，初初露出了尖细的小虎牙来。

“珍妮，你跟我来。”孔远遒脸色已经有些难看，“我有话和你说。”

“有什么话，不能当着人说？”黄珍妮笑得花枝乱颤，她摇着手里的水晶杯，举到孔远遒面前去，“嗯？”

“真要当着人说？”孔远遒看看她，倒笑出来。

“只要你觉得问心无愧，当然可以。”黄珍妮手腕晃动，杯中酒、腕上镯，流光溢彩。她整个人都有种咄咄逼人的气势，无端就让孔远遒的气势矮了一截。

无垢见状，脸色微微一变。

“三姐，来，休息一下。”静漪过来，将香槟酒塞到无垢手中，“孔大哥，等下我和三姐去看戏……”

“这儿的戏不就很好看吗，何必这么着急走？”黄珍妮微笑着打量静漪。

孔远遒见势不妙，拉住黄珍妮，说：“借一步说话。”他手上是邀舞的姿势，很利落地将黄珍妮手里的酒杯拿开，交给了站在他身边的金碧全。

“失陪。”静漪搁在无垢手臂上的手也用上三分力气。舞曲不知何时已经停了下来，满场的人目光都聚在这里，连静漪都感觉到一股巨大的压力，她低声道：“三表姐，交给孔大哥吧，你要相信他。”

她分明觉得无垢身子在颤。

乐队的指挥把乐谱架子敲得叮叮响，舞曲重新响了起来。静漪趁机拉着无垢就走，余光看到一个高大的身影向她俩移动过来，她们没走几步，便被人拦下了。

来人不待无垢开口，便将她的手托住。静漪就看到那人一双大手，将无垢那双戴着蕾丝长手套的手托在掌上，姿势好看得让她发愣，也就不由自主地松开了自己的手。

“请将赵小姐借给我一支舞的时间。”他说。

静漪听到这个声音，分明是刚刚在书房里的人！

她抬头看着他——近在咫尺，四目相对，虽然只有瞬间，他也并没有将目光在她脸上多停留半分，她还是觉得自己仿佛被什么定住了。

街头混战中的他，暴雨如瀑中的他……还有，暗影中杀伐决断的他，竟然是他。

陶骧。

静漪慢慢地后退着，站下，看着他将无垢带下舞池。

“像黑骑士吧？”远遥出现在她身旁，轻声问。

静漪定定地瞅着陶骧和无垢——男的高挺俊秀，女的美丽优雅，偏偏两人舞技都娴熟，且姿态优美。随着华尔兹华丽的舞步，无垢那旋转起来若一朵绽放的喇叭花的舞裙……并不输给孔远遒和黄珍妮那一对。

黄珍妮也许是故意较着劲，偏偏要和孔远遒舞得更开放更活泼些，但见她满头的钻饰，亮闪闪地散着七彩的光芒，璀璨夺目。她不时看向无垢和陶骧，眼神若烈火一般燃着，看得静漪都觉得脸上发热……

“静漪，密斯特何向你邀舞。”远遥碰了碰静漪的胳膊。

静漪转脸，就看到一个油头粉面的少年站在自己面前。

见她转向自己，少年张口便说：“敝姓何，何思源。可否请密斯程跳一支舞？”

静漪轻声说：“抱歉，我今天有点累。况且我不太会跳舞。”

远遥点了点头，拉着她要走。那何思源却抢了一步拦在前面，笑嘻嘻地说：“密斯程且慢！听说密斯程是中西女塾的高才生。中西以培养名门淑媛为目标，跳舞是基本功课，密斯程绝没有不会跳舞的道理。况且两位令姐舞就都跳得好极了，难道密斯程会连基本的舞步都不通吗？”

“密斯特何不要这么没风度好吗？密斯程累了，让她去休息，我来和你跳一支舞，今天晚上还没有和你跳过舞呢。”远遥替静漪解围，笑着对何思源说。

“密斯孔你是主人家，去照顾别的客人吧，我现在特别想同密斯程跳一支舞——密斯程，不赏脸吗？”何思源说着伸手就要拉静漪。

静漪向后退了半步。

远遥见他来意不好，正要拉开静漪，静漪就将手里的两杯香槟酒交给远遥，说：“那么密斯特何不要见怪，我的跳舞课是不及格的。”

何思源眉开眼笑，忙说：“没关系，我大可以教密斯程。华尔兹我最拿手，下一曲方阵舞，也只要跟着我的舞步就好。”

静漪点头，手一抬，说：“密斯特何？”

“请叫我史蒂夫，密斯程英文名字是什么？”何思源迫不及待地握住静漪的手，几乎没把静漪整个手掌都握住。

远遥跺了一下脚，就见静漪镇定自若地随何思源走下舞池，身子一转，裙摆旋出一个大大的幅度，宛若雨后荷叶，翠色盈目……远遥以为自己看错了，程静漪分明没有半点慌乱和尴尬，对着何思源那色眯眯的眼，她眼中竟有一丝狡黠。

远遥拊掌，环顾四周，自言自语道：“之慎和远达这两个，到了要他们出马的时候竟然一个都不在场。”她兀自抱怨，有相熟的朋友来请她跳舞，她不好推脱，入了场，眼睛还是在看着静漪如何与何思源周旋。

何思源的手臂圈得很紧。静漪想保持一点距离，何思源根本不肯放松一些。静漪没两步，便狠狠地踩在了何思源的脚上，她立刻慌乱起来，连说："对不住，对不住……这怎么好……"她的脸红极了，说话间又踩了两脚。

第一脚踩上去，何思源还能忍，接连三四脚踏上来，他的眉头就皱了起来，可见静漪红了脸的样子，实在美艳，于是他无论如何不肯放手，只好忍着痛说："没关系，没关系的密斯程。你步法再慢些……对，这样……"

何思源还没有示范到位，静漪转身时又踏错一步。跳舞鞋子的跟又细又高，踩在脚面上还旋了一下，何思源疼得几乎没叫出来，步法大乱，可手依旧拉着静漪的手，勉强笑道："密斯程，跳舞课不及格，原来是真的。"

"我早就说了嘛。"静漪柔声细气的，一脸惶恐，"真对不住。"

"没关系，来，我教你。这样……"何思源原本使劲捏着静漪的手不松开，因为教旋转的舞步，他抬高左手，右手画了一个圈，示意静漪旋转一下，"对……就这样，很好……"

静漪半个圈都还没有转完，就觉得自己抬高的手被人一拉，她不由自主地连踏两步出去，抬头一看就发现对面站着的人换成了陶骧。她愕然，刚想顺势转开，已被陶骧握住了手——让何思源拉住手不得挣脱的时候她都没有慌张，陶骧大手轻轻一握她的指尖，她立刻背后寒毛直竖——此时她听到无垢笑着说："密斯特何自己的舞都跳得不够好，怎么还能教人呢？来，我们交换舞伴。"

何思源刚刚全副心思都在初识的程静漪身上，只觉得这娇嫩的少女美丽至极，须得一亲芳泽才好，而此时他追求多时不得的赵无垢忽然对他态度大为转变，不禁又飘飘然——那程静漪美则美矣，毕竟没有赵无垢这般会跳会笑，交际场上皇后一般的人物……他当下笑着挽起无垢来，说："难得三小姐赏脸，在下自当奉陪。"他说着抖了抖脚——方才确实被踩得脚痛，但见到媚眼如丝的赵无垢，这点脚痛实在是算不得什么。

静漪见这油头粉面的男子将她的表姐立即挟持了去，顿时气不打一处来，她狠瞪了陶骧一眼。这一瞪，发现陶骧正看着她，而她的手还被陶骧握着，她顿时更有气，想甩开他的手离开，可还没等她把手抽出来，陶骧另一只手已经将她的腰扶住了。

她的纤腰不盈一握，被他轻轻带入怀中。

"喂！"静漪脱口而出，"你要干吗？"那手分明只是轻轻地一扶，她却像被烙铁烙到似的，待要后退，又发现他的手臂格外有力，根本就逃不开。

陶骧略低头，在她耳畔上方低声道：“一曲未尽，当然是跳舞。”

“谁要跟你跳舞！”静漪想要夺手，又没夺动。

陶骧声色不动间，将她拉得更靠近自己些，静漪窘得满面通红。

众目睽睽之下，她又不能拂袖而去，她抿了唇，心想收拾你还不容易，只需依样画葫芦而已。哪知陶骧身高臂长，控制范围比何思源大太多，且根本不给她“跳错”的机会。她每踩出一步，他总是预先后撤；再踩出一步，明明是就要踩到他那柔软光洁的皮鞋了，他又是恰好躲开——两个人竟不是在跳舞，而是在玩躲猫猫的游戏……而静漪是又要对付陶骧，又要分出一点心思看着何思源和无垢，又要琢磨下一步踩在何处，又要算计陶骧别与何思源似的，总想把她往人少处带，未免就落了下风。

陶骧倒是不紧不慢的，由着她。不知不觉间静漪对陶骧的防备逐渐放松，也就跟上了陶骧的步子。

静漪忽然瞥见孔远遒正拿冷眼盯着何思源和无垢，心里顿时有点打鼓，就想朝那个方向去。

陶骧一只手揽着她的腰，一只手托着她纤巧的手腕，也看了眼孔远遒——远遒就在带着黄珍妮与何赵二人擦肩而过时，迅雷不及掩耳一般，与何思源交换了舞伴，并且更迅速地将无垢带离了那里，留下黄珍妮与何思源对视一眼，两人倒也客气，不过片刻尴尬，便舞在一处——陶骧低头，静漪仍然凝神在望，看这情形，她已经忘了她自个儿的处境了……

这么近地看，她发间的饰物累累缀缀，让人看着都替她累。也不知这是否就是程家女儿的做派：今晚到场的程氏姐妹无一例外的盛装，多少都有些气势凌人。

静漪见无垢与远遒离开，倒松了口气，马上意识到自己正完美配合着陶骧的舞步……她抬头看他——他板着的脸上有种让人说不清究竟是什么的神气……

恰在此时，一曲终了，陶骧松开她的手。两人站在舞池的中央，礼貌地互相致意。

陶骧微微鞠躬，一直将她送到场边：“那么，再会，程小姐。”

静漪看他穿过舞池中未散的人群，走到对面去，那里一群摩登男女正在等他。待他过去，纷纷将他围在中间——他个子还真高，在那些人里，仍是出众的——他在说什么，虽没有笑，但看得出来他心情不错……那群人里有人回头看她，似是在问他什么。他没有往这边看，只是拿起酒杯来喝了酒。于是那里就安静了片刻，忽然间爆发出一阵大笑来……静漪攥紧了手，转身就走。

直到走到院中，她才松开手。她站住了，略定了定神，慢慢往西园戏楼而去。

此时压轴戏《游龙戏凤》正演至酣处。她悄悄走到杜氏身后的位子上坐下来，看戏正看得如痴如醉的太太小姐们竟没有一人分神招呼她。静漪想想刚才的惊心动魄，再看看这边，简直像换了人间一般。

然而她向来对京戏兴趣不大，一时心里的烦乱又无处排解，她拿了一个小瓷碟，剥起了瓜子壳，将剥好的瓜子仁再放到杜氏手边——剥到后来，竟打起了哈欠。恰好台上正德帝正唱着“好人家来歹人家，不该斜插这海棠花。扭捏捏捏扭扭十分俊雅，风流就在这朵海棠花。”她忽听进去这几句，觉着好笑，竟“扑哧”一声笑出声来，惹得前排坐着的一位少妇回过头来看她。

静漪发觉，忙点头致歉。那少妇微微一笑，回过头去，跟她身边的一位夫人说了句什么，那位夫人点了点头。虽然她并没有回过头来朝这边看，静漪仍觉得她好似脑后长眼一般将自己从上到下打量了个遍，顿时感觉如芒在背。这一来一去虽都像哑剧一般，还是惊动了杜氏，她转头瞪了静漪一眼。静漪只好笑着捧了小瓷碟递过去，当赔罪。

杜氏杵了一下她的额角，才撮了把瓜子仁，低声说：“前面坐的是陶夫人和她的二儿媳。”

瓜子皮一下子扎进了指甲印子里，静漪忙甩开。原来是陶家的女眷，难怪……后面的戏再旖旎动人，她也一个字都听不进去了。她只担心等下戏结束了，要怎么面对……

她的担心随后变成了多余的。

不一会儿，孔家的女招待员进来，蹲下来在陶家二少奶奶身边低语几句。片刻之后，二少奶奶便扶着陶夫人起了身。

静漪这才看清这二位：陶夫人身材很高，相貌端庄，一袭黑丝绒金线绣旗袍，衬得她格外有威仪；二少奶奶年轻貌美，一对美目神采飞扬……她不敢一味盯着看，忙低下头。那边孔太太也陪着陶夫人起身，送她出去——陶夫人转身离开时，和杜氏略微点头致意，随后昂首阔步离开了戏楼。

静漪长出了一口气。

“陶夫人好大的派头。”坐在前面一桌的四太太这时候回过头来说了一句，笑吟吟的。

杜氏微微一笑，过了一会儿，低声和静漪说：“过两日，陶家合家上下来家里做客，你可不能像今儿这样无精打采……既是答应了你父亲，就该欢欢喜喜的，知道吗？”

“知道，母亲。”静漪回答。

静漪说完这句话，按了下手指。被瓜子壳扎伤的指甲印子，渗出一丝暗红来。

陶盛川携眷来程府做客的日子定在七月十九。

前一天刚刚下过了雨，从早上起，天气晴朗而略有些潮润，已没有前些日子的酷热难耐。

“有些秋意了。”宛帔坐在静漪的房里，望望窗外，又望望正在翠喜和秋薇的帮助下试穿新衣服的静漪。

一身藕荷色的裙褂，穿在静漪身上，衬得她愈加的肤白如雪。

宛帔这样看着，竟有些发呆。她仿佛看到了二十年前的自己，一样是一头如墨般的发，点漆似的眸，珊瑚似的唇，编贝样的齿……就连眉宇间的那一丝忧郁，都像极了。她强抑住喉间就要逸出的叹息，看翠喜拿来一挂珠链要给静漪戴上，她走过去接了。深紫色的珠子颗颗浑圆，有指肚大小。

“还是太太想得周到，这新褂子正得这样的珠子配才好看。”

宛帔替静漪弄整齐些，从镜子里看看。正在最好年纪的女儿，不施粉黛，已然好看至极。她微笑，轻声嘱咐：“等下见了客人，你记住不要多话，听老爷和太太的话行事……听见没有？”

静漪点了点头。

宛帔对静漪的温顺倒觉得有些诧异，伸手将她的下巴颏儿掰过来，让她看着自己：“娘知道你觉得委屈，可今儿这场面你一定要撑下来，懂吗？”

静漪微笑着点头。

宛帔晓得她是答应了，可还是不安。

静漪握了母亲的手，道：“您放心。”

电话铃响起，秋薇赶忙跑去接了电话，一会儿过来说："太太，大太太那边来电话，说时候差不多了，要咱们过去呢。"

静漪转身凑近了镜子，拿手帕擦了眼角，笑着说："娘，咱们走吧。"

宛帔见静漪是这样的态度，心下略安，交代翠喜跟着去。她一转身的工夫，忽觉得哪儿不对劲，捞过静漪的手腕子，问："剩下的那只镯子呢？不是让你戴上吗？"

静漪见母亲脸上倏然变色，知道没法子再瞒天过海，就说了实话："前些天在街上送给那马夫了。"

乔妈翠喜都吸了口凉气，不敢出声。

宛帔一口气险些没上来，说："你……你这孩子，你要气死为娘是不是？"她一时深悔自己这些日子神短，竟没顾及到此处，突然又想到眼下最紧要的不是骂静漪，急忙对翠喜说："快，快回屋去拿……开箱子找那对羊脂玉镯……我记得……"

"在那描金漆皮箱子最下面一格。"翠喜说。

"去找！找到快些拿来，快！"宛帔这边打发翠喜出去，一手拉了静漪，拖着她就出了房门，"先戴上，说不定还能蒙混一时……不管送给了谁，去要回来……"

"送人了怎么还好要回来呢？"静漪说。

"怎么不好要回来？不管用什么办法，不惜代价都得要回来！"宛帔说。

静漪听着，母亲讲话不惯厉声厉色，这么狠的话，仍是柔和的语调。

"娘，您说话，越来越像父亲的口气了。"静漪说。

宛帔气结。

"娘，这些身外之物，有和没有，又有什么关系？横竖我人都在这里的。"静漪说。

"你住口。"宛帔瞪了一眼静漪。

等翠喜捧着一个锦囊来到近前，宛帔劈手把那锦囊取过来，颤着手把锦囊的抽口打开，取出一对样式古朴的羊脂玉镯子，二话不说给静漪每个手腕套上一只。

静漪看那镯子，乍一看还真足以以假乱真，她拢了拢镯子。

宛帔将锦囊塞回翠喜手上，拽着静漪边走边说："记住了，袖子拢好了……

若是被太太看到，或者老爷看到，我看你怎么办！那是陶家当初定亲的时候给的信物，信物怎么能丢了！”

“瞒着母亲？”静漪问。

“今天当然先瞒着，你想讨打吗？”宛帔没好气地说。

“母亲才不会为这样的事打我……”静漪低声嘟哝。

“你还有理了，这是寻常的事情吗？”宛帔说。

她拉着静漪就走。婆子抬着两抬小竹轿跟上，被她一挥手屏退。静漪跟着母亲走，总是要适应她的脚步。宛帔生了气，脚下却比平时走得更快些。

静漪低头，从母亲长长的裙下，根本看不到鞋子——父亲妻妾四人，唯有她的母亲是小脚的——她想象不出，这对小脚竟也曾远渡重洋，也曾跟着父亲去过欧洲大陆几乎所有的国家……她也不能想象，母亲这样的小脚女人，走在莱茵河畔的时候，是什么样的情形。哦，从她记事起，母亲就不穿洋装的。母亲穿上洋装该是什么样子的？她想象不出。母亲就是工笔画里走出来的仕女……她心里念着这些，竟无暇去想眼前的烦恼事，心境渐渐平和。

从杏庐到杜氏的住处要走好长的路。宛帔走着走着，气息似乎平了很多，也就松了静漪的手。静漪倒来挽起她的手臂，被她拂开，瞪了一眼，静漪只好跟在她的身后。

她们从侧门走进了杜氏居所的院子里，刚进门，就听到一阵密集的脚步声，静漪追上去拉了母亲的手，说：“娘，等等，有人来了。”

此时她们在游廊的这边，墙上镂空花窗蒙着亮纱，她们能看到院子里，院子里的人看不到她们——走在最前面的是程府的大管家程大福。他在右前方引路，不时要稍停一下脚步适应后面的各位。

静漪看到一位身材高大的长者，虽穿着长衫，从走路的姿势判断此人定然是军人无疑。也就是说，他应该就是陶盛川了……与陶盛川走在一处的是她父亲。两人携着手，谈笑风生。父亲偶尔指点一下宅内某处，陶盛川稍作停留，说句什么，就是一阵会心大笑……静漪见惯了父亲不苟言笑，这么发自内心的高兴样子，实属少见。

跟在陶盛川和程世运身后的是三男两女。除了细瘦高挑的之慎，那两位男子同陶盛川的身材气质都很相似，比起之慎来，几乎要宽厚出一半去。那两位女子一年长一年少，都身着旗袍。

静漪的目光锁定走在最后面的那个男子——比起其他人来，陶骧的脚步显然更稳。新近来程家做客的人不少都是慕名来参观庆王府风采的，进得园来，无不左顾右盼，他却目不斜视……静漪正想着，陶骧就转了下头，目光几乎是精准地朝着她站立的方向抛来的。

静漪心跳猛地加速，幸而陶骧目光凝了片刻，就转开了脸——走在他身前的陶夫人回过头来对他说了句什么，他点了点头。

宛帔低声说："啃，刚才吓得我……我竟忘了那边是看不到咱们的……那位不知是不是陶七公子？眼神端的锐利。"

静漪不语。

刚刚陶骧一转头的瞬间，她手脚都发凉了……他的目光真吓人。

"大太太出来了。"翠喜说。

宛帔看着杜氏迎出来，吩咐翠喜悄悄进去，说："让人告诉太太，说咱们已经到了，不好这时候冲撞了去，稍晚些等她吩咐。"

静漪扶着宛帔在廊下坐了，背转身，仍能听到一墙之隔的那院中的笑语。

嫡母言谈爽利，听起来，那位陶夫人，也不遑相让……渐渐笑语声远了，想来是进了上房。

静漪想要蹲下来，宛帔拦着她。

"裙子上别弄上褶子，不好看。"宛帔忙说。

静漪弯着身子，一对美目正好对着母亲的。她专注地看了母亲一会儿，轻声说："我知道。别让人说，程家的女儿，站没站相，坐没坐相，是不是？"

"什么时候了，你还只管怄我。"宛帔生气地说。

"您放心，今天，我一定是标准的大家闺秀。"静漪伸平了手臂，"父亲牵这条线，我就动动手臂；您牵那条线，我就动动腿；母亲牵牵后面的线，我就动动头；你们不让我动，我一定不动；你们让我动，我也不乱动。"

"你知道就好。"宛帔忍了气，多盯了静漪会儿，想着静漪未必会这么老实，这孩子总有些出人意料的举动，让人猝不及防，"你敢乱来，我决不饶你。"

"娘，要是我这辈子在程家这样，去陶家还是这样……"静漪说着，转头看着回来的翠喜，"您觉得我会好过吗？"

宛帔被静漪这么一问，竟说不出话来。

“太太，大太太说让咱们这就过去。”翠喜倒是真的一脸喜气，“我刚刚看到陶家二位少爷了……长得真好看。太太您别骂我没规矩，我也是怕陶家少爷太丑，配不上小姐。哎呀，那个子，有……有这么高呢！”她说完比量了一下，吐了吐舌尖。

宛帔正被静漪说得心头乱糟糟的，见平日里很是懂规矩不多话的翠喜也忽然这样起来，没的更添几分乱，想教训她们，一时又没有那个空闲，只得先带着静漪上去。

她郑重地看了女儿一眼，静漪脸色一凛，点了点头，跟在步伐稳稳的母亲身后向上房走去。不一会儿，待仆妇进去通报她们到了，屋子里的笑语渐渐歇了。随后静漪与母亲步入厅内，嫡母用她那特有的醇厚响亮的嗓音道：“来了呢……这是我们二太太，这是我们小十。”

这是日日来晨昏定省的地方，静漪就觉得今天分外的深且阔，仿佛走了比平时要远上几倍的路，才走到这屋子中央来，让这屋子里的每一个人打量。

宛帔在见过礼之后坐到了杜氏的下首。

杜氏微笑着让静漪给陶盛川夫妇问安，静漪温顺地照做了。陶盛川的夫人为静漪介绍了自己身边的儿子和媳妇。陶驷夫妇一起站了起来，静漪对陶驷的太太微微一笑。到了陶骧跟前，静漪只略微一肃，没有抬头。

陶夫人笑着让静漪坐到自己身边来，说：“前儿在孔家本想见见十小姐，可家里忽然有事，匆匆忙忙走了，今儿才算是头回见面。”

她亲切地同静漪谈起来，静漪从容对答。

宛帔见静漪坐在身材高壮的陶夫人身边，显得像个小孩子，原本忐忑的心情又添了些担心。杜氏发觉，借着端茶，笑着低声说：“甭担心……漪儿有分寸着呢。”

宛帔听杜氏一说，轻轻点了点头。

“程伯父，我久闻庆园花园大有乾坤，乃是京城私宅中一等一的，一直无缘一睹风采。今日既然来了，能否请之慎兄带我们参观参观？”陶驷问道。

他的太太许雅媚在一旁微笑着补充道：“程伯父雅趣，家父常说程伯父养园另辟蹊径，在京里是独一份儿的。庆园经过程伯父调理，较之从前，自然更胜一筹了。”

程世运一笑，道：“雅媚淘气，你父亲向来不服我的。”

许雅媚笑着说："您二老是不同门派，我倒更喜欢程伯父您这门派。"

"哦，我是什么门派？"

"若家父是少林，您就是武当。"雅媚笑道。

"还好还好，都是名门正派。"程世运笑着看陶盛川夫妇，"这雅媚，难怪老许常说，生平最得意的就是这个女儿了。"

"可不是嘛，许亲家最宝贝雅媚。还记得雅媚出嫁时，许亲家送了女儿，愣是在家中又哭又唱的。只等着雅媚回门了，眼瞧着姑娘全须全尾的，这才放了心。"陶夫人说笑着，看了眼儿子媳妇，"坐在这儿久了，不耐烦陪我们老人家了？"

杜氏笑着看看程世运，道："就让他们年轻人一起出去园子里走走吧？"

程世运一点头，杜氏就让之慎和静漪带路。两人站起来答应了。

陶驷和雅媚跟着也起了身。雅媚挽了静漪的手，陶驷拉了陶骧一把。

陶骧纹丝不动，看了眼陶驷。陶驷看了看走在前面的雅媚和静漪，示意他。陶骧只得站了起来。

之慎等在那里，这时微笑道："请。"

"程兄请。"陶驷也微笑着，与之慎先走出上房。出来趁之慎不注意，侧身对陶骧说："托你的福，今儿能好好游一下庆园。可别我们是游园，你是惊梦啊！"

陶骧眉微微一皱。

陶驷作势舒了口气，道："还是外面舒坦。"

雅媚听到，回头笑他："才能多会儿，你就这样。父亲真是说得没错，你常年不在父亲母亲跟前，都受不了拘束了。"她说着对陶骧示意。

陶骧沉默着，不疾不徐地走在最后，一点要上前的意思都没有。

雅媚笑笑。

静漪倒是尽心得很，好像很愿意当个称职的向导。只是她对这个新家也谈不上了解，又不如之慎在园林上造诣甚深，走着走着，也就把介绍的任务交给了之慎。

之慎起初也有些意兴阑珊，可上门是客，陶驷又极客气，慢慢地他谈兴就来了。

陶骧看着二哥与之慎聊得甚是投机，二嫂也一味同程静漪说话，自己落单走在后头，只是不言语。他看得出那程静漪并不是很善言辞的人，雅媚问她什么，她答一答，声音并不大，断断续续的，都传进他耳朵里来。他们说的也没有什么特别出奇的地方，陶骧并不很在意，比较起来，这从前的庆王府一步一景的韵致，倒是更令他感兴趣。

他们逛进东花园，这里花木扶疏间，更是幽静，陶驷大呼美丽，被雅媚取笑。

之慎笑道："其实这一处略显寻常，西花园和后花园另有出奇之处。"

"只可惜在内宅，我们暂时无缘相见了。不过这样留着点念想，更觉得好。"陶驷笑道。

之慎听他这么说，只微微笑了笑。

陶骧始终若即若离地走在后面，他知道程之慎虽是和二哥说话，抽空就打量他一两眼的，他并不觉得不妥。原本今日就是被相看的，自打下了车，程家上上下下都留了一只眼给他。

人家相他，他也相人嘛……他抬眼往前望了望。程静漪还在温和地同二嫂交谈……她今天仍梳了个独辫，垂在身后，过了腰。那独辫有婴儿的手臂粗细，黑油油的，富有光泽，每一节发间顺进一颗指肚大小的淡紫色的珍珠，一走，一晃……他看看她的手腕，转开了脸。

她手腕上一对羊脂玉的镯子，肌肤倒是比那羊脂玉更白净些，透着肉色，温润得很……不知是不是察觉了，她轻轻拢了下衣袖，他也就移开了目光。

"七弟，快过来看，锦鲤。"雅媚招呼陶骧。

陶骧站住了。

二嫂不住暗示他，他总装糊涂，这下可不能了，索性大方地走过去。

静漪在他走过来时，不着痕迹地退了两步。

陶骧探身一望，就见碧色的池塘里一大群色彩斑斓的锦鲤聚过来，看起来煊赫而热闹。

"想必这园子建了多久，锦鲤就养了多久。那日我们开玩笑，想从里面捞出条最大的来。可是捞了半天，每一条都以为是最大的，却不想总有更大的……跟金水河里捞出来的带金牌的锦鲤个头儿相仿。只是我们捞出来的，挂着银牌。"之慎说。

早有仆人端过盛鱼食的瓷罐来候在一旁，陶驷和雅媚各人拿了一罐，一把一把扔下去，转瞬之间，连远处的锦鲤都纷纷往这边赶来争食，池塘这一角顿时响起了巨大的声音，仿佛下了一阵暴雨般。

“我们家里，奶奶也养了一塘极好的锦鲤。”雅媚转眼找到静漪，大声笑道，“等以后你来家里看看。奶奶最喜欢在天气好的时候，坐在那儿看鱼儿游来游去的。”

静漪微笑不语。

“都说鱼儿养久了和主人是一个脾气呢。”陶驷笑着说，“家里的鱼和奶奶一个脾气，都是急性子，鱼食还没落下去就跃出水面。”

雅媚笑道：“回头跟奶奶告状去，就说你背地里编派她……哎呀，快看那条鱼，雪锦吗？雪锦可难得见到了。”雅媚说着，拉着陶驷追着那条雪锦鲤鱼走。

陶骧也看见了那条堪称鲤鱼中的庞然大物的雪锦鲤鱼。其实这池塘里的鱼都很大，只是雪锦罕见，这么大的就更罕见。他看那雪锦游远了，二哥二嫂和程之慎也走远了，这里就剩了他和程静漪。

两人在树荫下站了一会儿。鱼饵吃尽，池塘里的鲤鱼又恢复了那副慵懒散漫的游姿，仿佛刚才的喧闹根本没有发生过似的。

陶骧做了个请的手势，和静漪并排沿着池塘边慢慢走着。

“陶先生。”静漪故意等陶驷夫妇先跟着之慎走进假山洞穴去，才站定。

那假山石洞中有御题的碑文，之慎一定会请陶驷夫妇参观，因此他们没有那么快转回来。她也就只有这点时间，跟陶骧单独说几句她已经准备了很久的话。

“程小姐。”陶骧也站下。

静漪抿了下唇，抬头看着陶骧，说：“陶先生，今日有机会见面，先要当面谢谢您当日相救之恩……”

静漪说着，双手在身侧一扶，郑重地行了个礼。

陶骧侧身避了，说：“此事不值一谢，程小姐不必放在心上。”

“陶先生过谦。”静漪说着往陶骧脸上望去。陶骧没有露出特别的表情来，只是看着她，她不知不觉脸就红了：“只是静漪深感无以为报。日后若有什么静漪能为陶先生做的，请陶先生尽管开口，静漪万死不辞。”

陶骧说：“程小姐言重了。有什么话，不妨直说。”

静漪顿了顿，当真直说了：“我不愿意履行这个婚约。”

陶骧不动声色，连眼都没有眨一下。

见他没有预想中的反应激烈，静漪的脸却红得更透了，她语速极快地说：“陶先生救过我，我从心里感激您。只是我另有意中人，决不能违背自己的意愿，嫁给您。我坦然相告，希望陶先生谅解，也希望能得到陶先生的支持。”

陶驤那黑玉般的眸子，冷而清，且明亮，但是看不到底。

“我说的想得到陶先生的支持……意思是，陶先生，我知道您也是留过洋的……据我所知，留过洋的人，总归是要更开明更向往西方那种自由的生活。即便不是，在这个时代，大家都在争取独立自主，我们也不能落后于时代，您说是不是？再说，难道陶先生您甘心情愿地被父母之命束缚，娶一个不喜欢您，而您也不喜欢、不了解的人？”

陶驤看着她，似乎在仔细品味她话里的意思，过了一会儿，他说：“我并不打算同你一起反对。”

静漪抿着唇，看着陶驤：一张白皙的面孔称得上是英俊，宽阔的额头，挺直的鼻梁，丰润的嘴唇，还有颔下剃得干干净净而青魆魆的方正的下巴，显得阳刚而又有毅力，但是……

她再问：“你就甘心？”

陶驤低声反问：“我有什么不甘心的？”

他声音里含着清冷的笑意，让静漪起了鸡皮疙瘩，她不由得后退一步，盯着他。

他的目光，又令她觉得自己陷进了一张密密的网中。

“你要知道，我……”

“你有意中人，我有所耳闻。”陶驤慢条斯理地说着背转身去。假山洞深邃而又黑暗，他走着，一脚踏进去，清凉的湿气扑面而来：“你为了他四处奔走，进过警察署，进过监狱，想必今日两家长辈的会面，也是你做出牺牲换来的。”

静漪站在原地，看着陶驤。她做的那些事，她总以为是秘密，虽然并不怕被人尤其是陶驤知道，但他知道了，还是让她觉得有些不自在。

“既然这样，那……那你……”静漪说道，“那黄小姐呢，黄小姐又算什么？”

陶驤立住了。

静漪攥着手指，指尖都是汗。

“你也有你喜欢的人，陶先生，我不是你喜欢的那种……”静漪有点语无伦次。她盯着陶骧的背影，不知为何，她看着他的背影，就觉得他简直是在笑，于是她住了嘴。

陶骧转身，看着仍留在假山外的树荫下的程静漪。浓浓淡淡的绿意下，她那浅紫色的身影清丽脱俗，大大的眼睛望着他，黑得像夜。

“我喜欢什么样的人？你说给我听听。”陶骧慢慢地说，像戏台上的皇帝那缓慢的念白。

他人处在假山洞穴的阴影中，静漪看着他，却没说话。

陶骧盯了她多久，她就沉默了多久。最终，还是陶骧开了口。

“如果你能同他愿望达成那自然很好，我祝福你。对我来说，这没有什么损失。”陶骧听到那边陶驷在叫他，他应了一声，又对静漪说，“这就是我的意见。”

静漪僵直着背，待要说什么，后面追过来的仆人传话，说老爷请客人回上房用饭。

静漪还没缓过神来，陶驷夫妇与之慎已经原路返回。

陶驷夫妇显然是游玩得相当尽兴，尤其雅媚，还在与之慎谈下回去看看后花园的戏楼……只有陶骧和静漪一言不发。

回到上房，进屋之前陶驷悄悄拉了陶骧问：“刚刚都谈了些什么？”

陶骧脸一沉，说：“退婚。”

陶驷吓一跳，瞪大了眼睛问：“真的？！谁提的？你？还是她？老七你，你你你……”

陶骧推开陶驷的手，也不管陶驷在身后着急地低声喊他，进屋见他母亲正招呼程静漪仍坐到她身边去——她稍显踌躇，也就过去了。在他母亲旁边，她显得娇小而柔弱……陶家的女人大都是他母亲那样的，因此这样猛地一看，她真不像适合当陶家媳妇的。可是，他远远这么一望，却又觉得，这种看上去并不协调的搭配，或许也有点意思……

静漪见陶骧若无其事地自顾自坐下，只偶尔动一下筷子，不管跟谁，间或说句话，都和和气气的……她心想自己算是见识过陶骧真面目的人，总觉得他这平和谦逊的样子，绝不是真的。

陶骧任静漪观察，也知道在另一张桌子上，那个和她的女儿有着几乎一模一样面孔的程家二太太，从始至终都在悄悄品度着他的言行举止。不过跟程静漪不同的是，她的目光是温和极了的……知道这些，他也不拘谨。

此时程太太特意让人给他盛了一碗莲藕，说是见他爱吃这个，让他多尝尝，这是自家园子里出的，尝个鲜。他同程太太说着话，一碗莲藕都吃了，很快又上来第二碗，连给他盛藕的侍女都忍不住笑了。全家都是一副逗小女婿的神气，乐呵得不得了。他乖乖地继续吃这第二碗藕，不用看也知道静漪恼得脸都要黑了，他忍不住暗笑。

陶盛川离开的时候，同程世运一般，都已经醺醺然。

这一晚程世运罕见地去了杏庐。

于是没多久，阖府上下都知道，老爷太太对陶家的七少爷甚是满意，十小姐的婚事接下来就等着文定之日了。

而且在府里的传说当中，陶家七少爷简直是个漂亮极了的人物，与十小姐堪称一对璧人。

静漪眼见自己势成骑虎，未免更加寝食难安。此时她心中唯一的安慰倒是父亲言而有信：陶家前脚结束拜访，戴孟元后脚就被释放，已被家人接回养伤。她挂心戴孟元的伤势，心中烦恼，只有与表姐们相聚时才能倾诉一二。

“陶骧那人……真让人信不过。”无瑕说。

无垢正歪了身子倚在沙发上，懒懒地看一眼无瑕：“因为他那些桃色新闻？他们这些人，哪个不是这样？不对不对，我说错了，除了密斯特金。密斯特金是被二姐严格考察过了的。不是我说，能过二姐你那一关的，也只有一个密斯特金罢了。”

“你少胡说。”无瑕道。

无垢笑笑，深知无瑕的担心不无道理。陶骧别的事情她只是听说，但黄珍妮疯狂追求陶骧，她既是耳闻又是亲眼所见。她拉拉静漪的辫子，说：“小十，你且等等。说不定事情真的如你所愿。”

“真的？”静漪问。她心一动，虽然极不愿意回想起来当晚在孔家书房中偷听到的那些，那一幕还是压在她的心底，让她不舒服。

“你琢磨琢磨呀，他做什么要受你这份轻慢？他女朋友一抓一大把，个个儿系出名门。只不过解除婚约这事或许如你所愿，你与戴孟元想要获得舅舅首肯恐怕还山高水远。”无垢说。

静漪呆了片刻，说：“哪怕只是解除婚约呢，也算我赢下一程。”

无瑕担忧地看着她，说：“不管怎样，你都别做傻事。从长计议，懂吗？”

静漪点头，接着问：“大表姐怎么样了？”

“别提了，更是憋气。”无垢道。

无瑕喝口茶，出了一会儿神才说道：“大姐眼见就要临盆，母亲早就给她预备下了一应物事，没想到……”

“难道姐夫又去赌了？”静漪问。

“竟是越发不像样，染上了阿芙蓉癖。前些日子一场大赌又输个精光，偷偷把大姐陪嫁的一件翡翠白菜拿出去抵债了，还是不够。讨债的堵在门上，大姐又不敢和妈说，只好让人偷偷把我叫过去，要我千万想个对策。我能有什么对策？那翡翠白菜落谁手里谁肯再放出来？我瞒着妈，跟父亲说我要买几样东西，加上我和老三的一点积蓄，给了她一张两千块的支票，也能抵挡一阵子了……只是这样下去，真不是办法。”

“父亲当年也是识人不清，怎么就能看上汪家那败家子？”无垢秀眉倒竖，脸色发青。

“这也不能全怪父亲。汪家是世家，汪南荪又是他的门生，况且那时还是好的，只是后来太不成器。他们家老爷子老太太一过世，越发没有个惧怕了。这几年父亲给他安排了多少差事，没有一次不被他办砸了，如今只好在教育部挂个闲职，一年去不了两次衙门，领着几百块钱，精打细算过活也是够的，可他还赌钱，捧戏子！这一阵子又嚷嚷着大姐若再生了闺女，就纳小。我现在只心疼大姐。她又不是个泼辣的性子，现在一家子都还指着她过日子呢，姐夫都挤对她，往后可怎么办？”无瑕长长地一叹，“也不敢十分的同奶奶和妈去说。”

“改日我去看看大表姐。”静漪说。

“正是这话。她倒是很惦记着你的，只是汪家现在这样子，她是真不乐意让咱们去；回娘家来，她又觉得没脸。我看她气色不太好，我的意思是不管西洋的还是东洋的，要请助产士帮忙，可是汪家的老规矩还是那样，她又软弱，不敢自作主张……你去劝劝她。”无瑕说。

静漪点头：“等我禀明母亲，去探望大表姐总不会不让我去。”

“唉，如今我们去汪家还得偷偷摸摸的。妈得顾及大姐的面子，大姐得顾及姐夫的面子，也不知道这些面子都值几文钱？”无垢说得来气，“迟早要教训教训那汪南荪。”

“你越发有本领了。教训他，轮得到你？我还没说你呢。怎么我听着那晚孔家舞会上，闹得实在不像样？今儿早起我就听着三嫂在问妈。”无瑕皱眉。

无垢脸红了，转开脸平复了一下情绪，才道：“问就问嘛，我才不怕人问。”

“你是不怕什么，赵家的面子、父亲的面子，你也不顾？”无瑕皱着眉。

“就是顾着，我才一忍再忍。无论如何，这一次，我决不退让。就是小十，我也鼓励她……”无垢说着，望着静漪。

静漪握住她的手。

无瑕叹口气，说：“你这脾气再不改改，不是我说你，迟早闯祸。现如今满城上下都知道赵家三小姐和孔家大少爷在蜜运中，回头孔远遒挡不住孔黄两家的压力，再……”

“那我先要了他的命，再去死。”无垢说。

静漪和无瑕都怔住了。尤其是静漪，这一阵子心忽上忽下的，无垢说出这“死”字来，她的心忽地就落了地似的。她直愣愣地瞅着无垢，话也说不出来。

无瑕还在说什么，她也没听到。

从陶家登门拜访那日起，过了将近一个礼拜，陶家非但没有像静漪暗自祈祷的那样提出退婚，反得到了陶盛川夫妇在启程返回西北之前，又在会馆回请程世运夫妇的消息。

这一回会面，双方家长正式敲定了文定之日，就在中秋节之后的八月十九。翌日陶盛川夫妇返回西北，陶骧暂留北平，仍住在陶驷家中。

然而三天之后，京城发生了一件惊天动地的大事，搅动了表面上风平浪静的日子。

这一日夜里的兵变，令固若金汤的城门大开，北进的部队没费一枪一炮便穿城而过，将国会大楼上的旗帜扯了下来，换上南京政府的，嗣后依旧驻扎城外，只将这古老的城池围成了个铁桶。

又过一日，换了旗帜的新政府门前响起了礼炮声，声声震耳，四九城内处处可闻，似春雷，振聋发聩。

静漪清早坐在家中，直到礼炮声消弭，一动不动，亦一言不发。

宛帔见她发呆，以为她又觉得不痛快，也不逗引她说话，不想静漪却主动开口道："这回三哥应该很快回来了吧。"

"老早就说要回来，总没有准信儿。"宛帔说。

"快回来了。"静漪很肯定地说。

宛帔本没有把静漪的话放在心上，哪知就在静漪说完这话的当日，家里就收到了之忱的电报。

静漪在杜氏房里看她欢天喜地地反复念着电报上的那短短的一行字，很替她高兴，也盼着能早点见到三哥。像九哥说的，也许三哥回来能够帮到她，哪怕给她一点点的支持，也比她现在孤立无援的好……

杜氏高兴了一阵子，又跟宛帔商量给静漪准备嫁妆。

"时间虽还宽裕，能早则早。好在她们姐妹的嫁妆是一早都预备好了的，如今无非是添置些衣裳。"杜氏说。

"凭太太做主。"宛帔道。

杜氏笑了，道："我的打算可多了，你也得拿些主意，想到什么就说。你甭顾虑，三太太要是有什么话说，你就当没听到。回头老七老八出嫁，我自然也有好的给。"

宛帔笑道："我是想着该给她预备的，也都预备得差不多了。再说衣裳什么的，她自个儿也不爱，有一些够穿也就罢了。"

"有你这样做娘的！她就是再不爱那些，总不成咱们程家嫁过去的闺女，箱底没几件像样的衣裳？哎哟，对了，险些忘了这个——小十，有样好东西，我给你留着呢。青黛，豆蔻，去后面抬我那个箱子出来。"杜氏吩咐侍女。

静漪听了半晌，始终没有插话。杜氏正在兴头上，见她老是无精打采的模样，忍不住嗔怪，静漪这才打起精神来。

等箱子抬来，杜氏吩咐青黛开了箱子，说："你的姐姐们出嫁，我都给了几样东西压箱底。虽然不值什么钱，总是娘家给的，做点念想——这是给你的。"

青黛小心翼翼地从箱子里捧出一样东西来，走到主子们面前来——是一顶凤冠。

豆蔻则取了霞帔出来抖开。

宛帔看到就说："这是从前上人的东西，怎么能给漪儿呢！"

"怎么不能给漪儿？"杜氏戴上花镜，仔细看了看面前的凤冠，"我收拾得还算仔细。这些年在我手上也并没糟践了一珠一线。那时老四出门子，我想给她来着。她说她不要这个，让我留着，说知道我爱这个。我也是想留着自己个儿多看几年。老五老六出门儿，想过给她们谁。可是尽着她们挑，谁也没挑这个。也就留到了这会儿，该当是漪儿的。”

杜氏笑着拿下花镜来，心满意足地看着这套精美的凤冠霞帔。

宛帔看看静漪。

静漪正端详着这漂亮的凤冠——她从前是见过的。那时候她还小，就是四姐出嫁之前的事。她还趴在嫡母的膝上，看四姐将这凤冠戴在头上。四姐真美……四姐出嫁时，只有十七八岁的年纪吧？比她现在还要小一些。她还不懂什么，家里热闹了那么久，什么绫罗绸缎、金银器皿……通通满满上尖，她一个小孩子家看了只是喜欢。可热闹不过一阵子，四姐出了门，她就知道什么是空落落的感觉了……家庙里供着泛黄的祖宗画像，每逢大节都要去拜祭。那画中的凤冠霞帔在浓郁的香气和尘气中，从小便让她觉得沉重。但是这样近地看着，精美得让人移不开眼。她用手拨了一下帽翅，颤巍巍的，叶儿上的露珠似的，真让人不忍再碰触一下。她觉得自己不能拥有这个，可嘴里说出来的却是“谢谢母亲”。

杜氏一听，非常高兴。

“好好收着，以后，传给你的闺女啊媳妇的，也是个意思。旁的东西都有限，就是这个我得交代你一下，你留心收着。”她让人把凤冠霞帔收了，吩咐回头送到杏庐去，“今儿下午云裳的师傅来家里量衣裳。听说最近有嫁娶的几家子，都是在云裳做，说是料子又好，样子又时新。”

“漪儿的裙褂我已经准备好了，只是陶家不晓得要什么样的婚礼？若是西式婚礼，恐怕还是得准备西式礼服，那个我就做不来了。”宛帔说。

“你自己替她准备的自然是最好的，西式礼服也预备下，我同黄公使的夫人提过，她说有相熟的朋友在法国，若是需要，选好了图样，把尺寸寄过去，最多两个月也就得了。或者去国际饭店，那里有个法国女人，叫什么来着，开的服装店，专门替各国的公使打理衣装的，请哪位公使夫人说一说，也是可以很快就得的。只是那样未必有法国专门店里定做来得精致——漪儿，你看呢？”杜氏说着自己的打算，问静漪。

静漪说：“我想最好还是不要麻烦黄夫人了。”她一听到黄公使，自然就想到黄珍妮。别说她对这婚礼根本没有什么期待，即便有，她也不想同黄珍妮有丝毫牵涉。

“那也好，等着去法国女人那里做。”杜氏高兴地张罗着，静漪的平静顺和让她觉得心里加倍舒坦了。

然而静漪越平静，宛帔反倒越觉得不踏实。

同静漪离开杜氏住处回杏庐，走在路上时她问：“你是不是还坚持去读书？”

“娘，既然父亲做主将我的学籍转回来了，我自然还是要再念几日的。”静漪扶着母亲，走上了一弯小桥。

桥下恰好一叶小舟驶过，在舟上捞着池塘里腐叶的花匠夫妇看到她们，忙行了个礼。

宛帔待那小舟行远，才说：“不如就在家中静心养养吧。”

“反倒是去上课，还能静下些心来。”静漪说着，扶着母亲下桥。“不为了什么文凭，为了多念一日，总有一日的收获。”

宛帔停下脚步，看着静漪白皙的面孔，说道：“但愿你真的把心放在书本上。”

静漪没有再说什么。她望着远去的小舟，风已见凉，这草木葱茏的园子，不久之后就会变得萧瑟起来……她觉得自己如果不能走出去，在不久的将来一定会和这塘中的荷叶一般枯萎，凋零的。

开学的日子渐渐近了，文定之日也就近了，程家上下都在为了陶程两家的这桩婚事忙碌着。

对需要配合的准备，静漪无不顺从。杜氏见静漪发闷，担心她闷出病来，发话许她出门走动走动，像裁量、选购衣物等本可让铺子送上门来的，偶尔也带静漪上街去采买，借此让她散散心。除此之外，静漪也只能去姑母家，还去探望了大表姐无忧。

探望过无忧之后，她回家整晚都不说话。宛帔以为她是累了，不想静漪却在睡前说了一句：“所托非人，真替大表姐难过。”

这句话拨动了宛帔的心弦。静漪回房了，她却彻夜未眠。她既替无忧难过，也担心静漪被无忧的境遇触动，心绪更差些。

然而静漪却没有再提起无忧，她似乎很快就忘记了这件事。等到学校开了学，每日里有司机接送她和之慎，按时上下课，几乎从不在外耽搁。杜氏和宛帔看在眼里，慢慢放下心来。

这一日，静漪早上出门之前，就同宛帔说今天课少，她下了课要去书局买书。宛帔嘱咐她早些回来，因今日会有一批新衣服和新首饰送到，需她早些回来试穿。

静漪答应着走了。

她出门上了车。车子到燕京大学门口，先将之慎放下来。之慎还问静漪，放学她要去哪间书局，正好他也要买几本书。

静漪说："松风书局。"

松风书局在燕大后门，之慎听了点头说道："那放学的时候松风书局见。"

静漪点头。

下车前，她同司机说："到时候你也到松风书局接我们。"

"十小姐，不是每日都先来接了您吗？"司机问道。

"我忘记了，今天下了课要和同学一起去陆军礼堂参加一个典礼，就在燕大附近，我自己去就好。"静漪吩咐完就下了车。

她进校门时还只顾着低头走路，待到进了教学楼，从三楼的走廊里看到自家的车子已经离开，就转身下楼，从学校后门出去，在车行叫了辆出租汽车，直奔城外的戴镇。

忍受着一路颠簸到达戴镇，静漪没有贸然到戴府去，而是在镇中心的一个小茶馆里托堂倌找人去给戴孟元送了便条。

茶馆里冷冷清清的，她要了一壶茉莉香片，忐忑地等待着戴孟元。

堂倌给她斟茶，这茉莉香片的味道浓郁到有些呛人。

她只用它温暖自己的手，今天起了风，有点冷。

而且这样等着戴孟元……她好像总是在等他似的，然而她微笑了，此时单单知道自己距离他很近，就已经很幸福了……

戴孟元拄着拐杖朝茶馆走去。距离还远，他就看到了坐在茶馆靠窗那张桌边的静漪——她完全是普通的女学生的衣着，不知道是不是偷偷从学校跑来见他的……他想，在上海念书时，静漪上学时就总是穿得很普通，可她的气质是极出众的，所以不管在哪里，她身上都有着让人无法忽视的夺目光芒。

戴孟元站在那里看了静漪很久。她低着头，看着光秃秃的桌面，在微笑，笑的样子很傻……她并不是个精明的女子，多数时候，身上都有点傻乎乎的劲儿。因为眼睛近视了，常常看不清楚这个，看不清楚那个，就更显得迷迷糊糊的。就像现在，她捧着一个粗瓷茶碗低头微笑，连茶馆掌柜和堂倌都觉得诧异，她还没有察觉。

戴孟元正寻思着要叫静漪一声，她恰在这时抬了下头，看到了他。

她呆了一呆，立即扔下手里的茶碗，从茶馆里跑出来。

“别跑！”戴孟元怕她跌跤，急忙喊道。

他撑着拐杖还没走两步，静漪已经来到了他面前。他笑着说：“让你别跑了，你忘了你连走平地都会跌跤？摔着了怎么办？”

“孟元，”静漪含着泪看他，“我扶着你走。”

“我能走。你忘了我是也是医科生？我很会照顾自己的。”戴孟元微笑着。

静漪还是扶着戴孟元进了茶馆。

茶馆掌柜和堂倌跟戴孟元是熟识的，称呼他戴少爷。因为对戴少爷尊敬，也顺带对静漪比先前更为恭敬些。

戴孟元另外要了几样点心，说：“这里的东西粗糙，多少吃一点。”

他语气极温和，静漪听了却想哭。

她潮润发红的眼望着戴孟元，半晌才说：“我不知道你后来会伤得这么重……”早知道，她该更早些去求父亲。

戴孟元不在乎地说：“没什么，比起送了命的，我这样已经算好的了。”

静漪握着他的手，轻声问他的伤，问得极为仔细，像坐诊医生那样。

戴孟元看着她只是微笑，另找了话题问她：“你呢？学校里都还好吗？功课能跟上吗？”

静漪点头，被他这么一问，她又想起他已被学校开除的事来，不由得又一阵难过。不过再一想父亲答应帮他恢复留美的名额，又安慰了些。

“真的？”戴孟元脸上的笑意加深，“协和医科可不好混日子，你要加倍用功才行。要不，我帮你做功课？”

“谁要你帮忙。”静漪见戴孟元逗她，想笑。笑是笑出来了，眼睛里泪花却在闪。

“瞧瞧，又这样了。”戴孟元羞她。

堂倌送上来点心，戴孟元抽了手，将碟子推到静漪面前。

“要看我，也看了，等下早些回去。被家里知道你逃课，恐怕不好交代。”戴孟元看看街对面等待的汽车，说。

“孟元，”静漪重又拉了戴孟元的手，“现在，你怎么想？”

戴孟元转过脸来，望着静漪的眼，半晌无话。

静漪觉得手心里戴孟元的手更凉了些似的，没来由地，她有种不太好的预感，但她固执地等着孟元回答她。

戴孟元轻声说：“静漪，我和你怕是没有未来的。”

静漪呆了似的看着他，这话像是另一个陌生人口里说出来。她涩声问：“你怎么会说出这个话来？”

“其实这个话我早就想和你说了。我和你，尤其是你，我们从来没有想过，真正要在一起生活会是什么样子。”戴孟元说。

“不，我想过无数次。”静漪说。戴孟元要开口，她阻止他：“我也明白你担心些什么。如果我要的是富贵荣华，想必不难办到，可我要的不是。我只要和你在一起，什么样的苦我都能吃。”

“你将事情想得太简单，静漪。”

“会不会是你想得太过于复杂？我可以退学，靠双手养活自己，决不成为你的负担。孟元，你可以继续从事你所热爱的事业，我不会阻拦你。”

戴孟元默默地看着静漪，脸色越来越严峻。

“孟元？”

“我出狱的条件，是你履行婚约，不是吗？”戴孟元问。

静漪一怔，她的脸涨红了，说：“那是……那是……”

“那是你为了让你父亲救我，不得已答应的条件，而我将会被安排去留学。静漪，支票和船票都已经送到我手上了。”

“你接受了吗？”静漪问。

“我接受了。”戴孟元说，“就算我不接受，母亲也会代我接受。”

“你不要伤她的心……”静漪心里明白，他这么说，一定是由于他母亲的缘故。是他母亲接受了条件，逼着他就范的。

“静漪，你的牺牲换来我的自由，我母亲的退让换来我的安定，这样的自由和安定让我觉得羞耻。我的理想是改变这个世界，让不公平的变得公平，让贫穷的变得富有，让富有的变得慈悲……可我现在只能靠女人的庇佑，这是我的耻辱。”戴孟元语气渐渐激愤，激愤中又带有几分哀伤。

静漪闭口不言。

此时的戴孟元虽没有在演讲台上的气势，但语气节奏已经让她紧张。

“现在，你要脱离你的家庭，和我一起奔向前程。静漪，我的前程是你父亲花钱买来的。我接受，已经足够我羞耻，是不是？”

“如果没有你，我也不会顺从父亲的意愿嫁进陶家。我始终是要靠自己生活的。”静漪喝了一口凉透了的茶，好浇灭心头被戴孟元的话搅扰起来的不安和焦躁，“这是我自己的选择，你不必负上责任。我只问你，你要不要同我在一起？”

她抬起眼来望着戴孟元。戴孟元没有回答。

“孟元，你要不要同我在一起？”静漪再问，声音已经很大。

她听不到其他的声音，此时对她来说，唯有戴孟元唇间发出的，才是声音。

戴孟元还是没有说话。

“你不回答，我就当你已经认可。”静漪站了起来，“到时候我会跟你一起上船。”

“静漪！”戴孟元扯住她的衣袖。

静漪甩开戴孟元的手，说：“我为的是我的自由。”

“我不是那个意思。”

“那你什么意思？”静漪问。

戴孟元转开了脸。静漪看到他站了起来，又忍不住担心他的伤。

两个人僵在那里。

“静漪，你要理解我……我是为了你好，及早离开我，你会有更好的前途。”戴孟元说。

“说到底，我还是不如你的理想重要。在你心里，我也根本不配和你一起，去实现你的理想，是不是？”静漪轻声问。

“我问过你，你有没有想过，有可能，你和我，是你犯了个错误。我……”戴孟元还没说完，静漪已经转身，“静漪！”

静漪低了头，她不想让他看见她在转身之后就泪流满面……

“静漪！”戴孟元追出来，“我会乘‘中国号’去纽约。你放心，我不会有任何危险。”

他终于追上了她，她坚持着不肯回头，只是说：“那我们在纽约见。”

“静漪！”戴孟元拉着她的手臂，“别去。听我一句，我们就此分别。我不能对不起你。”

就此分别……静漪望着脚下黄土路上原本颗颗分明的小石子，在她的眼前水珠似的滚动起来。

她狠狠甩开了戴孟元的手。

“你有什么对不起我的，跟我说个清楚明白。”静漪直视戴孟元的眼，眼睛里的泪在悄悄地消退。

戴孟元重又拉了她的手，看着她，静漪觉得那消退的眼泪又来了。

有人喊“程小姐”，静漪胡乱擦了擦眼泪，回头看到在距离茶馆不远的地方站着两个女子。她立即认出来，那是是戴母与戴孟允。

静漪看了戴孟元一眼，抽出手帕来擦干了脸上的泪，扶着他来到戴母和孟允面前，向戴母行了礼。

戴母身量瘦小，面相寡淡，有愁苦之色，也显得十分严厉。她打量静漪一眼：“程小姐既然来了，怎么不到家里坐坐？”

“娘……”戴孟元要开口替静漪说话，戴母一个眼神制止了他。

“你腿还没好，不该到处乱跑——程小姐不嫌弃的话，请到舍下来喝口茶吧，正好我也想和你说说话。”戴母道。

静漪点了点头。

戴母吩咐下人抬了一顶小轿来，孟元坚持不坐，于是一行四人穿过镇中心走到了位于镇西的戴府。

静漪看到戴府的大门时，心想原来孟元就是从这个大门走出去的——虽因未及时修缮，大门看上去有点破败，但仍不难看出当年高门大户的气势……此时戴母已经先一步走上台阶，特为回头看了静漪一眼，见静漪正仰望大门上的牌匾“大夫第”，转身迈步先进了门。

孟元看着母亲的背影，低声对静漪说：“等一下不管我母亲说什么，请你看在我的分儿上不要冲撞她。”

静漪心内已有所准备，轻声道：“你真当我是不懂事的吗？”

“程小姐，孟元，快些进来。”戴孟允在门内招呼两人。待静漪扶着戴孟元走进大门，她吩咐人带静漪去见孟母，戴孟元想要一同去，被她拦下了：“母亲想单独见程小姐。”

“有什么话不能当着我的面说？”戴孟元问。

“这是母亲的意思。”戴孟允拉住他。

“没关系的，我这就进去。”静漪说。

戴孟元有些担心，却也不敢忤逆母亲，只好说：“我在这里等你。”

“你还不回房去休息！”戴孟允说。

戴孟元看着他姐姐，戴孟允只好住了口。

静漪向戴孟元点点头，跟着侍女一同往里走。此时戴母正在戴府正厅里等着见她。静漪走进去，从从容容地正式给戴母行了礼。戴母示意她坐，她才在下手坐了。

等着上茶的工夫，戴母没有开口，坐在上座捻着她手中的一串菩提子佛珠，盯着脚下的青砖地面。

静漪也只好垂下目光。正厅不知多久没有来过客人了，青砖地面上长了一层薄薄的青苔……空气里有淡淡的线香味，混在这正厅散发出来的陈旧房屋经过整个潮湿的夏季还未散尽的霉味中，让她觉得森冷异常。

好容易茶来了，戴母道：“程小姐，请喝茶。”

她的目光定在静漪身上，从她们见面，静漪的每一个动作都没有逃过她的眼睛。她不得不承认，在这个年轻的女子身上，她很难挑剔出什么来。她看着静漪端起盖碗茶，浅浅抿了半口，等静漪将茶碗放回去，她清了清喉，道：“家道中落，自然比不得程小姐家中煊赫。一碗粗茶待客，程小姐不要见怪。”

静漪怔了一下，以为自己哪个举动被戴母误会了，忙道：“伯母……”

戴母眼波一泛，静漪立即意识到她并不愿意听到自己这么称呼她，就住了声。

果不其然，戴母长叹了口气，道：“程小姐今日忽然来了戴镇，叫我觉得十分意外。恕我直言，程小姐此举实在不像是大家闺秀所为。”

静漪怔住。

“可能我的话有些难听了。但是程小姐既然来到舍下，我不妨打开天窗说亮话。程小姐此番前来，我大约也能猜出是为了什么。如果猜错了，还望程小姐大人大量，不与我这老婆子计较；如果猜对了，请程小姐听我几句肺腑之言。”戴母缓慢地捻着佛珠，低声道。

静漪道："您请讲。"

"孟元此次能被释放，全赖程小姐在令尊大人面前说了好话，对此戴家上下感激不尽。但有些事情，我还是要同程小姐说个明白。孟元被放回来之前，令尊大人已遣人来过舍下，我们是达成了一致的意见的。我听闻程小姐有婚约在身，令尊大人固然是不同意程小姐你和孟元再有什么瓜葛，就是我，也不愿意程小姐再和孟元来往。这些日子，给孟元上门提亲的也不少，我已经相中了一个门当户对的小姐，婚事很快会定下来。这家的小姐年岁还小，自然是等孟元学成归来再成亲的。日后，孟元和程小姐，他另娶、你别嫁，各不相干。程小姐对孟元和戴家的相助之恩，老婆子我铭记于心，今生今世若不能偿还，来世定当相报。程小姐，请受我一礼。"

戴母说着起身，两步走到静漪的面前，深深福了下去。

对静漪而言戴母这番话不啻于耳边惊雷，正心头震颤，见她这番举动更是震惊，急忙站起来去搀扶她，哪知道戴母看起来孱弱，这一福却是深，她竟扶不起，又不敢十分用力去拉扯长者，于是只管避开正面，说："夫人……"

戴母低着头，说："程小姐，戴家若有什么对不住程小姐的，我都领了，谁让我膝下只有这一子，当然事事先为他的安危考虑。令尊答应将孟元送出国门，我相信他定能做到，也请程小姐不要责怪我。孟元那里，我自然会劝他以前途为重，我想他应该也会答允我的……他总不能看着我死吧？"

静漪又呆了呆，没想到戴母会以死相逼……她顿时心如刀割，然而还是摇了摇头，说："我不能答允您这个要求。"

戴母一动都不动。

静漪松开手，对戴母说："今日是我来得不对了……静漪就此拜别夫人。"

戴母反一把抓住她的手，盯着她。

静漪紧紧抿着唇，看着她的眼睛——孟元真像极了他母亲，就连这样狠绝的态度和语气，都如出一辙，可是她，真的不能违背自己的心……

"程小姐还是死了这个心吧。孟元孝顺，是无论如何不会违背我与你成亲的。请你回去好好想想我今天说的话：和孟元在一起，你的日子会是什么样的？嫁给陶家的公子，你的日子又是什么样的？这不是天壤之别，也相距千里。为什么要成这样的亲呢？"戴母厉声问道。

静漪转开脸，正厅门前的空地上，树影摇动。天壤之别吗？是的，她比任何人都清楚，那将是天壤之别……她吸着鼻子，平整一下自己身上的衣服，给戴母深施一礼，没有再说什么，转身离开。

“程小姐，记住我今天的话！不要害了自己，更害了孟元！”戴母苍老沙哑的嗓音追出来，静漪扶住了廊柱。

她抬头，看到隔了一个庭院，站在那里等着她的戴孟元。她强忍住眼泪，当她穿过庭院走到戴孟元面前时，已经面带微笑。在戴孟元和戴孟允，尤其是戴孟允审视的目光下，她轻声说：“我该走了，孟元。很快就要出发了，你好好养着伤，要尽快恢复，不然路上辛苦，要走一个多月呢……”

“静漪？”戴孟元看出她的异样来，“是不是我母亲说了什么？”

静漪摇头笑道：“不管伯母说什么，我都能听进去。我明白她的心……孟元，那我就走了。此去路途遥远，你多保重。我们有缘，自会再见。”

她的话，听在戴孟元耳中，只觉得心里空落落的。

戴孟允推着戴孟元让他快些回去，戴孟元却坚持送静漪。戴孟允无法，只得由他。

出了大门，车子在门外等着。静漪上了车，打开车窗看着戴孟元，说：“快些回去吧。”

“我看你离开。”戴孟元说。

静漪看着他，点点头。

“静漪，我对不住你的地方太多了。你……从此都忘了。”他拉住静漪的手，说，“记住我的话，不要冒险，我们总是后会有期的。”

静漪低头，再抬头，又微笑了，道：“好。”

戴孟允催促着司机开车，司机看了眼静漪，静漪说：“开车吧。”

戴孟元松了手，车子缓缓驶离。静漪探身出来，向他挥着手，黑色的车子带着那个笑着的女子远去了……他明明看到她在笑，却知道她在他看不到的时候，一定是落了泪的。

他回身，看到了静立在门前的母亲，黑色的影子印在黑灰底子上似的，沉重，深刻，让人窒息。

车内的静漪回过身来半跪在汽车座椅上，从后窗看着戴孟元的身影，渐渐远了，模糊了……直到膝盖都跪得疼了，她才转回身去坐好。

她闭上眼睛，就好像从空中俯瞰戴家的全貌一般，眼前如云似雾般掠过那灰蒙蒙的宅邸。良久，戴孟元的样子出现在那迷雾当中，一切才渐渐明亮起来……她慢慢睁开眼，从手袋里拿出一个笔记本来，将钢笔拧开，在早已经列好的日期上，勾了几个字母。

她从很早以前开始，就习惯了用英文书写，如今看来这倒真是个好习惯……她交代司机到燕京大学的后门处停车。

眼看要到了，司机却说："这位小姐，前面封路了。"

静漪合上笔记本，问："是出什么事了吗？"

司机往外看了看，说："不知道。不过这附近是城防司令部的地界儿，这几日时常封路的。城防司令部换了新主子，自然是戒备森严。小姐，您要不要换条路走？既然封了路，想必是有什么事，万一进去了出不来，您可耽误事。"

"我倒也没什么事可耽误的。可知道城防司令换成了谁？"静漪问着，打开手袋拿钞票给司机。

"陶驷陶将军。"司机正要接静漪递过来的钞票，不想静漪听了他的话，拿钞票的手竟停在了半空中。

"谁？"静漪以为自己听错了，"陶驷将军？他不是……"

她想说陶驷不是陶系的驻京代表吗，怎么忽然神兵天降一般成了城防司令？她皱了皱眉，发现司机等着呢，忙把钞票给了他。

司机接了钞票见多给了两张，一高兴，索性议论开了。

"是呢，听着新鲜吧？原来他不过是陶系驻京的一个军代表，不知怎的就做了这个司令。前城防司令的二公子段奉孝才将将任了参谋长。本来嘛，该是小段司令接替老段司令，还是段司令。就是不知道为什么，忽然冒出来一个他。不过陶将军手段了得，上任不过几日，城内的局势就稳定了下来。只是这夜间还要戒严的，也不知戒严要戒到哪日。"

"那您常在城中跑车，还是多留神些。谢谢您送我。"静漪检查了一下随身带的东西，便下了车。

这里离城防司令部很近，而燕大和城防司令部仅一街之隔，相去并不远。

她看看城防司令部高高的灰色砖墙，陶驷竟然会成为这里的最高统帅，岂不是，眼下京城都在他的掌握之中？段系和陶系就算是交好，段贵祥怎么会让陶驷接了本应自己儿子接的位置？这里面一定大有文章……会不会和前阵子的兵变有关？段贵祥和陶盛川还不一样，他更八面玲珑，从前就和南派、关外以及陶系这几支力量的关系都过得去。这次南派几乎不费一枪一炮便拿下了北平城，就是因为段贵祥发动的兵变，不然，炮火攻城，这仗还不知道要打到何年何月、京城内外还不知道要被毁成什么样呢。但就现在看来，此次兵变，段贵祥应该也是付出了相当的代价，只是秘而不宣罢了。说不定，段贵祥已经……她心一沉。

段贵祥和她父亲交好，每逢年节这位段伯父她也是常见的，希望他不至于有什么意外……她想着等下该问问九哥。

“站住！”前面有人喝道。

静漪被这一声大喝打断了思绪，一站，看到哨卡已经近在眼前。

“证件拿出来。”持枪的哨兵说。

静漪发现哨兵的服色虽然还是绿色，但是肩章帽徽已然换成了梅花图案，显见更换服色还需要些时日。她这样观察着哨兵，并没有拿出证件来。哨兵便已经不耐烦：“喂，证件！”

静漪见通过哨卡的多是学生，都拿出证件来给哨兵验看，她说：“我没有证件。入学才不久，学生证还没有拿到手。”

“没证件不准过。”哨兵枪托向外一指，蛮横地说。

静漪微微皱了眉，问：“那么请问长官，这条路封到什么时候？”

“你怎么这么啰唆，让你走你就走，再啰唆小心把你抓起来。”哨兵凶起来。

“你胆子倒不小，抓我？”静漪轻声说。

哨兵刚要开口骂她，就见静漪板起脸来，顿时就有了一种凛然不可侵犯的神色，他一怔。这时候哨卡里有人吹响了哨子，哨兵马上立正站好，还不忘大声呵斥静漪：“快闪开，长官车子要通过，你找死吗？”

静漪一肚子火，只好往路边避了避，往松风书局的方向张望了一下。有两辆挂着军旗的吉普车开过来了，她看了眼车前挂的小旗子，也是南派的军旗了，心想果然是变天了啊……她待要走开，后面那辆吉普车停了下来，有个温和的声音问道：“程小姐吗？”

静漪站住了，立即认出从车上下来的这位身着深灰色军装、胸前挂着金色绶带的高级军官，正是陶驷。

陶驷没理会旁边那些唰唰唰咔咔咔的提枪敬礼，微笑着说：“这么巧，在这里遇到程小姐。”

“同家兄约好在松风书局见面，没想到这里封路，没有证件不能通过，正不知如何是好呢！没想到遇到了陶司令。”静漪轻声说。

“代司令。”陶驷听出她将“陶司令”三个字咬得那个味道都不太对了，他看看周围，明白了静漪的意思，于是微笑着招了招手，“左志成！”

“有！”副官左志成急忙过来。

他一回头，说：“撤了。”

左志成低声道：“可是这几天……”

“我早就说了，别这么蝎蝎螫螫地给我丢人。别说我不在这里办公，就是在这里办公，也别弄得十里八里地就开始警戒，让这城里城外的老百姓，把我当成什么呢，怕死吗？”陶驷说。

“那不是声东击西，掩人耳目嘛。”左志成道。

“少放屁，滚！”陶驷骂道。

“是！”左志成转身跑步执行命令去了。

陶驷回头看到静漪，才意识到自己刚才骂粗话不妥，清了清喉咙，说：“程小姐请上车吧，我捎你一段。”

“不用了，陶先生。书局就在前面，我走两步就到的。”静漪忙说。

陶驷知道她觉得不便，就挥了挥手，让车子跟着，陪静漪往书店的方向走去。

其实很近的一段路，静漪走在陶驷身边，浑身不自在，走了没两步，就说：“多谢陶先生，刚刚其实……”

陶驷笑着说：“这哨卡我都觉得啰唆，不必放心上。”

静漪听他这么说，点点头。

到了松风书局门口，陶驷说：“我让车子在这里等着你，逛完书局，让他们送你。”

“家里的车子会来接家兄和我回去。”静漪说。

陶驷却说：“哎，反正他们跟着我也是闲着，不如就在这里等着吧。让你安全回家，也是我的责任。我还有公务在身，就先失陪了。”他说着，停下脚步，点头致意之后，上了车。

静漪见他乘车迅速离去，留下的那辆吉普车里的士兵下了车，给她敬过礼，守在了书局门前。书局的伙计都探头探脑地往外看，她只好低着头进了书局的门，举目一望，立即看到了之慎的身影，急忙跑过去，叫道："九哥。"

之慎一回头，笑着说："我刚刚还在想，不知道你怎么有法子能进来呢，正打算挑本书快些出去，省得你进不来书局着急。"

静漪朝着门外一侧脸，说："你看。"

之慎嗬的一声，说："难道……"

静漪就把过程说了一遍。之慎边听边笑，静漪生气道："你还笑！"

之慎忍了笑，道："陶家二哥是个直爽的性子……他人不赖。"

静漪不语。

之慎晓得静漪心里不得劲儿，指着面前的书架子，道："既是来买书的，还不好好选，等下回家又晚了。咦，你身上怎么一股线香的味道？"

静漪来买书本就是托词，正想要随便那几本书就走的，被之慎这样一问，未免心虚："什么线香味？"

"难道你今天有解剖课吗？听说你们医学院的学生去上解剖课之前，是要烧香拜一拜的。"之慎本是玩笑的，见静漪神色有些慌张，不禁起疑，皱眉问，"嗯？你怎么了？"

静漪转过头去不理他，幸好之慎没有再接着问她什么。她顺着书柜慢慢往里走，去选了一本英文小辞典拿在手里。

付钱的时候，之慎不经意似的问她："前阵子不是在猛攻德文？怎么，最近又想加强英文了？"

静漪把辞典放下，让之慎替她付钱，镇定地说："你忘了，我们是英文授课了。"

"对哦，你英文底子本来就好嘛，不怕的。"之慎付了钱，从静漪手中拿过辞典来替她拿好。

兄妹俩走出书局，程家的车子已经在等了。

之慎再三同陶驷的部下说明不需他们护送，未果，只好由着他们跟随在车后。

程家的司机从后视镜里看到那军用吉普车跟随在后，倒是觉得很威风，笑着说："还是第一次有军车护送。"

之慎也忍不住回头看了看，说："怎么就觉得哪儿不对劲儿似的。"

"这是陶家把咱们当自己人的意思，不然人家犯得上吗？"司机倒是说得直白，“十小姐，我刚刚出门的时候，陶家又派人送了些东西来。”

静漪扯着书包上的扣环，转脸看街上。

“又送什么？陶家这些日子天天来送东西呢！”之慎看静漪脸绷着，跟着逗她。

司机笑笑，摇头。

之慎又回头看吉普车，跟静漪说：“虽说是代司令，陶二哥能在短短数日之内将城防军全盘控制，也是很有点本领的，看来陶伯父这趟没有白来。那日在孔家，听他们议论，还说陶伯父在这个时候来，简直如入虎穴。想来没有擒虎艺，绝不上南山……段家在这次兵变中虽说立下奇功，但也付出巨大代价。段贵祥在兵变之后遭到伏击，目前生命垂危，剩一口气等着他在日本的大公子段奉先回来。听说段奉先上个月已经回国，现在正在往回赶。他把陶驷请出来稳住局面，却不知道陶驷这次是帮谁在稳住局面，段家这场明争暗斗才刚刚开始……说不定什么时候，段奉先回来，是爹也没了，权也没了。你说，这父子弟兄的，到这份儿上，还有意思吗？”

静漪无心和之慎聊这些。

到家之后，她也没有亲自向护送他们回来的士兵道谢，而是由着之慎打发他们去了。

回到杏庐，她一头扎进自己的房间，扑到床上就将头脸埋进了被子里。宛帔让翠喜传话让她去试衣裳，秋薇不敢打扰，让翠喜说小姐不太舒坦。宛帔听了，过来看静漪，见她闷了一脸的汗，拿着手帕替她擦着。

静漪坐了起来，宛帔看着她，摸摸她的脸。

“娘，以后我离您远了……您……会怎么样啊？”静漪握住母亲的手。

宛帔想了一会儿，说：“从前我也这么问过我娘。”

静漪伏在母亲膝上，她从未听母亲提起过“娘”这个字。

“她老人家说，女儿嘛，总要嫁出去的。知道你好，也就好了。”宛帔轻声说，“漪儿。”

“嗯？”静漪答应。

“你离娘多远，娘都不怕，知道吗？只要你好好的。”宛帔说。她抚摸着静漪的头发，手微微有些颤抖，因此腕上的碧玉镯子，轻碰着静漪的耳朵。

玉镯带着母亲的体温，仿佛是她小时候睡着了，母亲轻轻吻她……她一动都不想动。良久，她稍稍抬起头来，看到母亲裙摆上，灰色的绸缎上，印了两点深灰。

她刚想看清楚那是什么，就见两滴亮晶晶的东西，又落了下去……

“太太，青黛来了。”翠喜在外面禀报。

宛帔坐端正了，等青黛进来，问道：“是太太那边有什么事？”

青黛回话道：“段司令殁了，太太明天要去段家吊唁。太太请二太太过去，说有几件事要同您商议。”

宛帔和静漪都愣了一下。

青黛接着说：“外面传说段家都乱套了。段司令还没咽气呢，几个儿子和老部下就在他眼前儿动了枪，段司令硬是给气死的……老爷正在太太那里。还有，听说姑太太家里，三表小姐这两日生了病，家里也有些不安宁。太太说，她怕是忙不过来，二太太这几日得空还得去照应赵家那边。”

“我换件衣服，这就去。”宛帔打发青黛先走。见静漪已经恢复常态，她吩咐翠喜：“替我拿那件茧绸衫来。”

静漪出来陪着母亲换好了衣服，送她出门。

“刚才都听见了？”宛帔问静漪。

静漪知道母亲指的是无垢的事情，犹豫了下，点头。

那日去探望无忧，回来的路上听无瑕说过一点。孔黄两家因为解除婚约的事闹得很不愉快。黄珍妮有意刁难孔远遒，拒不退婚。孔家父母一再施压要孔远遒履行婚约，远遒则坚决不从命，声称若不让他娶无垢就终身不娶……这阵子局势不稳，又要闹出这样的事件，姑父更要责怪无垢。

“有无垢的事在眼前，你也好好想想。”宛帔望着静漪，默默将手帕塞到肋下，扶着翠喜走了。

等她的身影消失，静漪仍旧站在廊下。她想这几日，想必母亲要忙一忙的，家里进出的人多，门禁也会松一些。

她回到房里去，见秋薇还在专心描花样子，就不去扰乱她。她坐到书桌前，打开了那个小匣子，清点着里面的东西。

有一张相片，是戴孟元的半身照：他穿着黑色的长衫，围着白色的围巾，端直清正，目光湛湛，似是在望着她。

静漪将相片用一方锦帕包了，放回小匣子里去。

这日早上静漪和之慎要去上学，出门一看，等在那里的是那辆又旧又小跑起来除了喇叭各处也都叮叮当当响的奥斯丁，之慎就皱了眉。送他们去上课的司机赶忙说："请九少爷和十小姐将就一下用这辆小车，今儿您二位的车子被派去送太太和四太太出门了。"

之慎问："怎么连我们的车子都用上了？"

"走吧。"静漪背着一个大书包，拉之慎上车，"快点，再啰嗦就要迟到了。难不成套上马车你就不上学了？那句话说得再不带错的——由俭入奢易，由奢入俭难——九哥，我服了你。"

之慎撇了下嘴，说："车马出行之事，岂可小看。"

静漪微笑了，之慎有时候是一板一眼的，所以程家的爷们儿里虽数他岁数小，可谁伺候他也不敢不经心。

"你背这么大一书包干吗？"之慎问。他肋下只夹了一本书另加一本笔记本，说着话，便扯了一下静漪的书包背带。他使的劲儿小了，一把没扯动。

"哦，今天课多……我还多带了件衣裳，昨儿下课的时候觉得天凉。"静漪拢了下大书包，说。

"你就随了帔姨，身子还是偏弱些。你看七姐八姐就气壮如牛。"之慎伸手摸摸静漪的额头，又摸摸自己的，"不发热就好。我记得你年年入秋仿佛都要小病一场，这几年每逢入秋你都已经南下了，我险些忘了呢。"

他微笑着看静漪，静漪没笑。

"昨儿母亲还说你，也不知道怎么就长这么大了。她说，四姐出嫁那日，你还是抱着四姐的腿不让四姐出门的小丫头呢，转眼……"

"哥，"静漪叫之慎，"别说了。"

之慎笑笑，她不愿意听他说这个，他也就不说了。可再看看她，仍不能相信她已经长大了……她十八岁生辰好像就在昨天。那场作为成人礼的盛大舞会都登了报，煊赫一时。报纸是七姐随信寄回来的，父亲看了报纸皱皱眉，却没说什么；帔姨却去信告诉静漪此后不可随意抛头露面，措辞极严厉。他读了报道就只觉得有趣，读完就扔在了一边……虽是个成人礼没错，也没觉得小丫头就真的成人了，暑假回来不管做什么都喊着"九哥""九哥"，仍旧是他的跟屁虫一般的小妹子，犯起倔劲儿来，仍糊涂到不得了，就这样，竟然就要出嫁了……想到陶骧那个人，他不由得要叹口气。不能嫁给倾心所爱的人，静漪该是多不甘心，他倒是也能体会……之慎又看看静漪。

静漪将大书包紧紧抱在身畔，小脸儿也绷得紧紧的。

之慎忍不住弯起手指在静漪饱满的额头上敲了一下，说："话说着就嫁人了，还这么动不动就使性子，哪儿得了哦。"

静漪听了，也不说话，狠狠捶了他一拳……

车子先到了燕大门前，之慎下车就走。静漪看着他的背影，想要叫住他，又不敢开口，就在这时之慎忽然回了一下身，问："小十，你要和我说什么吗？"

静漪心一动，摇头，说："没有。"

"那我走了。"之慎挥挥手，转身离开。

车开了，静漪额头抵在车窗上，深深呼吸着……

司机将车停在学校大门口，下车来打开车门。

"十小姐慢走。"司机站在车边，看着静漪走向校门。

静漪点头。

不一会儿，听到车子发动的声响，她脚步慢下来，转头看了车子离开的方向。待车子转弯，她招手拦下一辆黄包车，跳上车道："只管往前。"

黄包车飞奔起来。

伍

缘深缘浅的渊

程静漪抱着她的书包，坐在候车厅一个背光的角落里。

她换了件半旧的芥末黄色粗布长旗袍，戴了一顶软帽。已经洗过很多次的灰色亚麻软帽，帽檐软塌塌地垂下来，齐着她的腮。若是摘下帽子来，就会看到一张玉一样白净的面孔上，有一副很大的眼镜……她将软檐帽拉得更低些，偷眼看看车站墙壁上那个挂满了灰尘的大挂钟——离那趟去天津的火车开车，还有半个钟点。

她的脚碰了碰搁置在长凳下的柳条箱，确定它还在那里。这是个小巧的柳条箱，看上去很不起眼，里面装了个更小一点的皮箱，有衣服有书，还有一点西药。这是她早早预备下的，来火车站前，她拿着一张当票去赎回了这个箱子。这就是她的全部家当了。

“让开、让开！”

听到呼喝声，她迅速朝声音传来的方向瞅了一眼——拿着黑白相间警棍的警察在推搡几个背着大包行李的人，让他们往他指定的方向去接受检查——她心一提。

“老哥，城里戒严了，你知道吗？”有人压低了声音在说。

“什么时候的事？我刚从通县过来，没有进城。”

“……今天段司令出殡，听说，段家大公子……”声音低得已经细不可闻。

静漪占着长凳的一角，竖着耳朵听。

“……先前秘不发丧，等的就是大公子……到底是父子一场，无论如何都要回来送的……”叹息。

“……动了权，碰了利，父子兄弟都不在话下啊……”也是叹息。

静漪垂下头，攥着母亲给她的那只小怀表。还有一刻钟，她就可以离开北平了，这城中所有的富贵浮华、恩怨情仇，都将同她暂时分离，不必再加以理会，但她仍忍不住轻轻叹了口气。段家大公子段奉先，和大表哥年纪相仿，他们总在一处玩的……她揉了揉眼。

候车厅里忽然安静了下来，静得能听到外面整齐划一的脚步声。

骚动和不安很快就在人群里蔓延，外面有人进来，说着“不好了不好了，大兵来了”……警察甩着警棍呼喝着维持秩序，反而让噪声更大。外面不停有人拥进来，扛着行李，神色仓皇。

静漪站起来，透过车站灰蒙蒙的窗口，看到了列队的士兵。

她果断拎起柳条箱走到候车队伍的尾端。站在前头的人回头看了她一眼，问她：“这位姑娘你也是去天津吗？”

她点了点头，没吭声。她看到一队士兵进了站，领头的军官命令他们分成两个人一组，开始盘查旅客……所幸他们重点盘查的是青壮年男子。她明白过来他们的目标不是自己，镇定些跟着队伍缓慢向前移动——再过一会儿，她就可以上车了。

一个穿着灰色制服的军官带着士兵来到队伍前头，立在火车站检票员的身后，检票的速度突然慢了下来。那军官不时看看车站内，见他的下属都在认真搜索目标，他满意地点了点头。车站的站长过来，低头哈腰，递上一根烟。

静漪心提到了嗓子眼儿。她认得他，就是那日跟在陶驷身边的副官，叫什么，左志成的是吧，他会不会认出她来？

静漪将车票递到检票员手中。

车票被她捏得有两枚指印在上头，油印的字迹都模糊了。检票员特地拿过来再仔细查看了一番，看看她。静漪将帽檐向上挑了挑，露出前额。检票员把车票还给她，挥手让她通过。

站在检票员身后的两名士兵扫了她一眼，示意她快走。静漪直着身子，步速如常地离开。

“你，等等。”静漪听到左志成开了口。

她身子僵了一下，正要回身，就听他问：“到哪儿去？”

“去石家庄。”一个年轻的女子回答。

“你拿的什么，到这边来，打开箱子。”左志成说。

静漪抬头看一眼火车头的方向，迅速朝那边走去，不时与荷枪实弹的士兵和警察擦肩而过。她连呼吸都不敢重了，生怕自己露出一点异样来被人发觉。好不容易进了车厢，真仿佛跋涉过千山万水一般。

她买的是普通座席。还不到开车的时间，车厢内的旅客很多，嘈杂而混乱。待她找到自己的座位，却发现座位上已经坐了一个怀抱婴儿的女子。见她来了，这女子仰起脸，目光有些呆滞地看着她。她站了片刻，左右看看，没有发现其他空座，索性拎着柳条箱走到车厢的尽头，寻了个位置站定。

一门之隔，那一边是高等座席车厢。

静漪看了看那边，安静的走道上，空无一人，只有穿窗而过的风，吹起白色的纱窗。

她要在这里熬过几个钟头，晚上才能到天津，到了天津就有船去上海……她深吸了口气，看向窗外。一队荷枪实弹的士兵正跨过铁轨，往旁边的火车上去。

突然，火车咯噔一下响，她身子跟着一震，忙扶住把手。待站稳，看到跨过铁轨的那队士兵已经上了去往石家庄的火车……她全身都紧绷着，突然有种不祥的预感。

车厢里忽地静了下来，她身子偏了偏，往里一看，就见普通坐席车厢里也多了一队士兵，他们跟在列车员身后上的车，开始逐一查火车票。静漪偷眼看去，那为首的士兵手中拿着相片，在车厢里扫来扫去，专门盘查年轻女子……她仔细一看，夹在那队士兵中有一个黑衣的青年，赫然是林之忏……她咬了下嘴唇，拎起柳条箱，拉开了高等坐席车厢门走了进去。

她在通道里快步走着，余光看到站台上一列列士兵将等待上车的人隔离开。站台上一反常态的安静而有秩序……她心跳越来越快，正在盘算下面该怎么办，有一间包厢门恰好在这时被拉开了，一个身量中等的青年站在门内，与她打了个照面。静漪见这人衬衫西裤，整齐干净，很有些绅士派头，来不及多想，硬是闯进了车厢。

“请让我在这儿躲一下。”静漪背靠着门，极力镇定着说。

那青年转过身去，从窗帘缝隙里往外看了看，回过头来问：“这些人难道是找你的？”

静漪犹豫片刻，点点头。

“啧，逃婚吗？”那青年竟笑出来，这一笑，白灿灿的牙齿亮得很。

静漪迟疑。

“坐吧。”那青年指着自己对面的软座。

“谢谢！”静漪正要坐，就见那青年身上突然落下一样东西来——带血的药棉，她身子僵了僵，照样坐了下去。

那青年从容地将那带血的药棉重新装回口袋里，坐下来，笑笑，看着静漪，道：“你藏在这里未必是个好主意。”

他这句话说得意味深长，静漪一时没有领会到，她只觉得这人看自己的眼光实在是很大胆也很无礼，可眼下她没有工夫计较这些……

突然听到一阵人声，随即隔壁门被敲响，静漪反射似的正要起来，那青年却更快，一把按住了她，说：“镇定。你藏一下，我来应付。”

静漪点头，收了下脚，脚后跟却似乎碰到了什么，她心一惊。

他迅速移开手，说：“失礼。”

静漪深吸了口气，低头看着地面上那一点点的红渍……他也看到了，伸脚过来轻轻捻了捻，收了脚，那红渍便不见了。

两人默默地对视着，都不动声色。

突然，静漪弯身下去一把撩起座位上的红丝绒，伸手便触到了一个人的身子。那人没有动，她身子再探低些，马上看到了那个人的脸。

“段大哥？！”她一怔之后，低声惊呼。

一管乌黑的枪抵在了她的后脑勺上，说：“再出声，我先一枪崩了你。”

静漪不动，只是盯着车座下段奉先的脸。他的样子没怎么变，虽然多时不见，她还是一眼就能认出来，他就是段贵祥的长子，现如今城防军参谋长段奉孝的的长兄。今天出殡的，是他的生父。

静漪万万没想到自己竟误打误撞闯进了段奉先的藏身之所。

“是程家的十妹？”段奉先脸色惨白。

静漪点头，抬手把帽子抓下来，额头的发际线处，还有一颗醒目的胭脂痣，她是很好认的。“段大哥，你……你这是……”

段奉先苦笑一下。

“这是我的朋友逄敦煌。省身，这是我们段家世交程府的十小姐，我妹子。”段奉先说。

静漪尽量低下身子，迅速查看着段奉先身上的伤——被血浸湿的衬衫下，枪伤在肩膀处。她的手在发抖，段奉先让她躲起来，她仿佛没听到，轻声说：“段大哥，你伤得太重，需要马上手术，不然恐怕……”

门板突然被拍得砰砰响。

“开门来，查票。”外面的人在喊。

静漪一回头，枪口就对着她的眉心。

“照奉先说的做。”逄敦煌说。

静漪没理会，说：“我箱子里有药，段大哥伤口已经开始发炎了，你先给他简单处理。出了北平，抓紧去医院，若是晚了，可能这条手臂就废了，还会危及生命……会打针吧？”

“会。”逄敦煌看着她，“但他们是来抓我们的。你先躲起来，我来应付。”

“他们也是来抓我的……不过他们不会对我怎么样的，你们就不一定了。”静漪说着转身便走，她再次确认了下，没有明显的破绽，才开了车厢门。

门外的人一看到她，不约而同愣了一下。

“查……查票。”列车员口吃了，手里的小木板紧攥着，瞟了眼木板，又看了眼静漪。

“程小姐。”站在列车员身旁的左志成则给静漪敬了个礼，微笑着说，“让我们好找。我是左志成，我们见过面的。”

静漪拎着她的书包，轻轻点了点头，然后她转眼看着之忓。

“十小姐。”之忓如常地冷着面孔，看她的眼神也仍是淡淡的。

左志成在打量车厢里的逄敦煌，静漪稍侧了下身，似是不经意的，挡着左志成的视线，轻声道：“竟这么兴师动众的，我如何当得起呢！”

左志成走进包厢，原本狭小的空间里，更显得拥挤。他看向静漪身后的逄敦煌，问：“你的证件呢？”

逄敦煌慢吞吞地从上衣口袋里掏出一张崭新的证件来。

左志成看看他，又看看证件上的相片，皱了眉，问：“这是临时通行证，你从哪里来？”

就在这时，静漪见门前有了空隙，猛地将挡在她面前的左志成推了一把，出了门便往车厢的另一头跑去。

所有的人都一愣，随即追上去，大队人马在车厢里跑起来，追着静漪。

静漪跑起来慌不择路，她知道自己是逃不掉的了，可还是要拼命跑……

逢敦煌眼睁睁看着跑在最前面的黑衣青年将静漪拉住，忍着要上去救人的冲动，回手把包厢门锁了，咬了咬牙关。背靠包厢门站了好一会儿，直到通道上安静下来，他才蹲下去，问："怎么样？"

没有回应，他伏地探身进去一看，段奉先已经昏厥过去了。他大惊，忽地想起刚刚那女子说的，她箱子里有药的话来，于是急忙将她的柳条箱打开。一层又一层的，除了日常用的东西，就是几件衣服……他终于在箱子的最下层，发现一个长方形的白色铁盒，盒盖上有红色的十字架。他把盒子拎出来，打开来看，果然里面全都是最常见的药物。他仔细辨认着各种药物上的中文标签。盒子里还有一个圆形的铝盒，打开，是针筒针头。

火车鸣笛，缓缓启动。逢敦煌说了声"你先忍一忍"，攥着药棉和绷带，站起来从窗帘后面往外看——站台上，那黑衣男子扭着静漪的手臂把她塞进车里，她仍是一副倔强不服从的模样……火车开起来，站台渐渐远了。

逢敦煌定了定神，马上给段奉先处理伤口，然后靠他那点有限的手法，给段奉先打了一针。

段奉先紧闭双目，额头上的汗滚滚而落。逢敦煌扶他躺好，自己坐下来，整理了下那女子留下来的皮箱。他没有碰那些衣物，似乎碰了会亵渎那个有着又大又黑的眼睛的善良勇敢的姑娘……

他拿起一本书来，扉页上有她的名字，静漪。

静漪，是静静的涟漪吧……

"不知道她被带回家的命运，会怎么样？"逢敦煌喃喃自语。

"既是逃婚，被抓回去还会怎么样？当然是嫁进陶家。"段奉先紧闭着眼睛，说。

"陶家？哪个陶家？谁？"逢敦煌一惊。

"陶骧。陶家活着的几个爷儿们，不也就剩他没娶了吗？两家早就有婚约的。"段奉先睁开眼，眼神空洞，说了这几句话，他又喘了好半晌才缓过来。

"陶驷的七弟？"逢敦煌又问。

段奉先点了点头。

"我知道他。陶驷这一回，算放了你一马吗？"逢敦煌又问。

段奉先抖了抖肩，可能失血过多，身上冷。逢敦煌发觉了，给他披了件外衣，听他继续说："不然呢，给他七弟抓逃婚的未婚妻，还要他的副官亲自出马吗？再说，程家是什么人家……程家自个儿处理不了这种家丑呢，还是程家逮不回自家的女儿？”

逄敦煌半晌不语，说：“睡一会儿吧，下一站咱们就下车，到时候雇马车走小道。”

他继续翻看着程静漪落下的书。这个勇敢的女学生……她面对他的枪口的时候，真有种孤勇。那眼睛黑的，在那一刻，险些让他心软到放下枪。还有额头上的那颗胭脂痣，仿佛会表达她的情绪……

他看看手上这本英文诗集——褐色羊皮封面，书上烫金的字体，漂亮得不得了。一枚精巧的书签，夹在诗集中。他看了看，夹放的位置是《西风颂》……

火车鸣笛，呜呜作响，像山呼海啸一般。

清泉声。

隔着石板地，泉水潺潺而流。

静漪睁开眼，眼前细细的一线光芒，在距离她只有几寸的地方，像一片金叶子。她拿手指去触摸那片金叶子，浑身的疼痛愈发剧烈。这疼痛好像不太正常，她受伤了，是的，但不是全身都伤，她怎么感觉到处都疼，嘴巴也干？

她忍不住咳嗽起来。潮湿阴冷的气体钻进她的喉咙，刺激得她咳嗽得更凶。脸颊摩擦着湿滑的石板，还有稻草，疼。

听到泉水在石板下流动的声音，她有种渴望，想要钻到下面去，泡在清泉里……泉水，泉水，她这是被关在坎院了。

她紧咬牙关。这一回，她不能妥协……恍惚中，听见有人叫“小十”，她心里还清楚，这许是烧糊涂了，被关在坎院，哪还有能喊她“小十”的人进来……

门外，之慎又叫了几声，见里面没动静，问：“四宝，到底是不是这儿？怎么没有动静？”

四宝说：“九少爷，都动用这样的锁了，这关的还有旁人吗？”

门上是把不大的锁。要紧的不是锁大小，而是要开这把锁需要三把钥匙。

之慎叹了口气，钥匙他已经得了两把，可是……他看了眼四宝，想骂他没用，让他想办法把宝爷手里那把偷来，他都偷不来，害他只能另想办法。

“少爷，要不还是算了吧……我爹没那么好说话。要被他识破，我又得挨打了……”四宝担忧道。

“慌什么！见了宝爷我自有计较。”之慎又扒着门朝里看了看，可惜里头更暗，什么都看不到……他听说这两天静漪什么都不吃，急得不得了才偷偷跑来探望的。静漪一来就被关进了地牢里，这是多少年没有过的事。程家虽家规森严，主子们却不至于动私刑如此惩罚犯错的下人，而小姐少爷们犯了错，最多也就关到后院暗房里几个时辰罢了……庆园的地牢比起程家老宅的更幽深，他走进来都觉得胆寒，被关在这里好几天，静漪怎么受得了啊。

之慎靠近门缝，说：“小十，好汉还不吃眼前亏，你不为自己想，也为帔姨想想……”

“九少爷，有人来了！”四宝慌起来，“糟了，是我爹……”

之慎也听见了脚步声，他转头看了眼，果然宝大昌带人从台阶上走了下来。宝大昌提着马灯，一路走来，在幽深昏暗的通道里像夜半跳动的鬼火……之慎打了个寒战，面上还显得松快些，等宝大昌走近了，他客客气气称呼一声“宝爷”。

宝大昌躬身：“九少爷。”

“父亲吩咐我来看看十妹如何了。”程之慎温和地说。对宝爷，他应有几分敬重。

宝大昌说了声“是”，身子又微微一躬，腰间的钥匙哗啦哗啦响，人却没挪动一分。

程之慎从袖筒里掏出两把钥匙来，微笑道：“那就请宝爷开开锁？”

“九少爷，这不合规矩吧？”宝大昌面色严整，一对虎目微微上翻，对上程之慎含笑的眼，不为所动。

“加上您这儿的，这不三把钥匙都全了吗？怎么不合规矩？”程之慎问。

“全，是全了。”宝大昌沉着地说，“还缺一个人不是？”

“缺一个人？”程之慎转了下身，扬手将钥匙给身后的四宝一把，“这不就成了？”

“九少爷，您别难为我。”宝大昌道。

“宝爷，我怎么会难为你呢？”程之慎笑微微的，“宝爷这是不信我了。幸好我有父亲的手书在此。”

宝大昌双手接过来，提起马灯一照。

“这总可以了？”程之慎道，语气里有一丝不耐烦了。

宝大昌将字条叠起来，放在袖中。

程之慎见他再微微一躬身，摸了摸腰间那串钥匙，心中一喜，以为这下总可以打开牢门了，却不料宝大昌后退两步，说："送九少爷。"

之慎脸上仍是笑眯眯的："宝爷，这是为什么呀？"

"九少爷，府上百十年的规矩，坎院里只认钥匙，不认人……九少爷该明白我的意思。"宝大昌淡淡地说。

"宝大昌！"程之慎到底是年轻，被宝大昌这样一说，脸上的笑容终于是消了去。

"九少爷，请。"宝爷压低声音道。他的几名手下挡在了牢房门口。

"你！"程之慎瞪着宝大昌，眼睛里像是能蹿出火苗来似的，"你好样儿的！"

他看了牢门一眼，转身撩起袍子便往外走。他脚上是两截子的牛皮鞋，踏在潮润的石板地上，响声奇大。他气呼呼地走上高高的台阶，脚下湿滑，险些跌倒，身后有人伸手将他稳稳托住。程之慎抬头一看，是四宝。他甩开四宝的手，再走两步，出了地牢，上面是间空荡荡、冷冰冰的厢房。

程之慎出了厢房门，但见外面雨势甚急，园中的石板路上、青草丛中，雨落下去，水花飞溅，更添了几分秋夜的冷涩，他不由得哆嗦了一下，搓搓手。地牢凄冷，真不是久留之处，唯其如此，想到小妹妹还在里头关着不知怎样了，他又气又急，甩手直接就走进雨里去了。

程僖急忙撑开油纸伞，雨点子噼里啪啦地落在伞上，落得急切，催得人脚步更急。程僖边走边喊"九少爷"，之慎却不等他。

"九少爷慢走。"四宝将之慎一行人送出坎院大门，说道。

之慎脸色十分难看，回头狠狠瞪了一眼院内，又瞪着四宝。

四宝十分尴尬。

之慎见他那为难的样子，一时倒也不忍苛责他，只道："你们就看着小十给老爷整治！怕不是要她死在这里吗？"

他说完走进雨中，四宝看他走远才回身，把那铁皮大门上了闩，廊下一溜儿羊角大灯，在风中纹丝不动，很是明亮。

四宝看到了站在上房门口的父亲，父亲不知何时从地牢上来的。

"进来说话。"宝大昌说。

四宝走过去时，宝大昌已经进了上房，坐在侧座上，拿了青布烟袋，往烟锅子里装烟丝。

“关门。”宝大昌说。

四宝回身关了门，屋子里更暗了些。

这是坎院上房，平日里是不住人的，偶尔主子们要提审关起来的那些人，才会在这儿待一会儿。

“从带你进程家，让你进坎院，第一天，爹就跟你说过，做坎院的人，你先要守住什么？”

“戒贪、戒色、戒赌博；不友、不群、不……”

“说！”

“爹，孩儿错了。”

宝大昌点着了的烟锅子，猛地往儿子额上摁过去。

四宝吃痛，不敢出声。

“不心软。”宝大昌一字一句地说。

空气里一股烧焦了的皮肉的味道。

“跪着！好长点记性。”宝大昌重又拿了烟，吸了一口。

四宝额头上钻心地疼：“爹……九少爷说……”

宝大昌抽着烟，瞟了儿子一眼，不说话。

“爹，十小姐那么倔，真出点什么事……”

“照老爷的脾气，十小姐就是死，也得去了陶家才能死。”宝大昌说。

四宝呆呆地看着他爹。

“你当我不知道，夏日里，你就帮着十小姐送信儿？”

四宝梗着脖子，不吭声了。

“再敢掺和主子的事，就不是头顶上添个疤这么容易过去的了。四儿，你看看之忓是怎么办事的。”

“他还不是……”四宝有些不服气，想了想，大约觉得不妥，没说下去。

宝大昌从口袋里拿出刚才程之慎给他的条子，看了一眼，捻成一条儿，放在烟锅子上，吸一口，纸条儿被点燃，一会儿，便化为灰烬。

“摹得倒有九分相似，可惜啊，就少了那点几十年的老辣。”

…………

程之慎出了坎院，气得一路也不打伞。他本想硬闯坎院，先把静漪带出来再说，难不成父亲还真的就再给扔地牢去？谁知道栽在了宝爷手里。这一计不成，还是得另想办法……他捻着手里这两把钥匙，突然一阵焦躁，恨不得扔进湖里……他看了眼雨夜里静悄悄的湖面，加快了脚步。

两个长随程僖和程倚小跑着跟在他身后，一路疾走。来到东花园大门，程僖上前叩门。里面有人敲了敲木门，程僖也敲了敲。门开了，是个老妈子，开门也不说话，只往旁边一闪。程僖进了园门，便把手里的灯给灭了。

出了东花园，之慎的脚步越来越快，眼见着前方已经是父母亲居住的正院了，他正琢磨着怎么去把手里的钥匙神不知鬼不觉地分别送回父亲和母亲的钥匙匣子里头去，就听到一阵急促的脚步声。

“九少爷……少爷！”来人提着灯，抬手挥着，大老远就开始喊。

之慎一看是二管家程大贵，眉头一皱，问：“怎么了？”

“可找着您了。老爷遣人来传少爷，说有要事。老爷眼下在书房，让少爷快些去。”程大贵说。

之慎一听“要事”二字，忍不住一哆嗦。想来不是“钥匙”，而是“要事”——可这“要事”，千万别事关“钥匙”。

之慎心里有点儿发瘆，此时他再往前走几步就进母亲那院了，姑母她们都在那里打牌呢……要去见父亲，要不要给母亲通个气儿，也好……

“少爷！这边。”程僖见之慎发愣，提醒他该拐弯了。

之慎却从怀里掏出一把钥匙来，背着程大贵，塞给程僖，对着上房努了努嘴。

程僖会意：“少爷……那您……”

之慎一瞪眼，程僖只好站在那里，看着程之慎跟程大贵拐进了那个狭小的胡同。

之慎走着走着，招了一下手，叫紧跟着他的程倚过来。

“要半个时辰之后我还没出来，你就回去好了。”他吩咐道。

程倚不作声。

之慎笑了下，说：“老爷要是发作，立时三刻就得有人抬着我出来了；半个时辰那么久，当然是没事了，你还傻站在这里挨雨淋？”

程倚抽了抽鼻子，憨笑。

“阿倚在这儿等少爷出来。”

“笨！”之慎看着他，无奈地说，“那你寻个遮雨的地方。去！”

之慎一进园子，只听得雨打枝叶的声音，极是密集，他走在小径上，心有点发冷。雨下了两日，树林子被雨浸得湿气甚重，有一股腐败的叶子的味道。

穿过树林子，他抬头看了看，书房灯光明亮，匾额上嵌着隶书“桐荫书屋”四个字，墨绿的字迹，古朴稚拙。书房的玻璃窗子都垂着白纱帘，他看不到里面。他正想定定神，就见门呼啦一下开了，林之忏出来了。

之慎此时特别想抽之忏几下子，那天就是之忏把静漪给押回来的。他虽不赞成静漪私自离家，可也不愿看她回来受这份儿罪。

他瞪着之忏，之忏看他的眼神却淡淡的，回身向内禀报：“老爷，九少爷到了。”

“进来。”里面传来低沉威严的一声。

之慎心一横，迈步进了书房。之忏跟着进来，关好门。

“父亲。”之慎站下来，叫道。他低着头，看见自己鞋上的水渍，灰绸长袍也洇湿半尺多长……父亲没应他，他也没敢抬头张望。

“之忏。”程世运开口。

“老爷。”林之忏往前几步，走到之慎身前。

之慎这才抬头，见父亲坐在书桌后，正低头写着什么。

“搜。”程世运说。

“九少爷，冒犯了。”林之忏说。

之慎一愣神的工夫林之忏已经过来，还没等他抬起手来阻挡，便从他肩膀往下一抹一溜，探手入内，将他私藏的那把钥匙从衣襟的口袋内抽出来，回身将钥匙放在了砚台旁边。

之慎额头的汗噌噌冒出来：“父亲……”

“你好大的胆子！”程世运将手中的毛笔放下，看都不看之慎。

他语气依然淡淡的，好似没什么重量，之慎却知道父亲的性子，他就是想杀人，那也是不动声色的。

之慎一急，赶紧撩袍子跪了下去：“父亲，您可能听儿子几句话？”

程世运看着之慎跪了下去，慢慢打开雪茄盒子，瞅了他一眼，抽出雪茄条，撕下细细的一条来。之忏上前，划火柴替他点了雪茄条。

“说。”程世运捻着雪茄条，凑近了雪茄，慢慢吸着。

一股淡淡的烟雾升腾起来，之忏就在这淡淡的烟雾中退到一旁，又成了一个影子。

“姑父和姑母都能赞成三表姐的主张，父亲为什么不能成全十妹呢？”之慎问。

程世运看着小儿子，说：“说下去。”

“父亲，戴孟元曾是我的同窗好友。论人品，我能打包票，那是一等一的；论学问，孟元比我强了不知多少倍；论家世……父亲，戴家是正经的读书人家，戴家祖上……”之慎还要说下去，但看着父亲望向他的眼神，舌尖儿就仿佛舔到了冰，一阵麻木。可是接下来的话，他自觉不能不说，于是转而道：“父亲，您平日里也说，最敬重读书人，孟元就是这样的读书人，年年在圣约翰医科拿一等奖学金的。不论是教育部公派留美生，还是圣约翰的留美奖学金，他参加考试都名列前茅……父亲，这样有志气、有才华的人，正堪与十妹相配，况且又是十妹真心所爱，父亲怎么就不能成全？”

“之慎。”程世运看着儿子。

“是，父亲。”程之慎仰头看着父亲。

“戴孟元已经启程去美国了，这个，你不会不知道。”程世运说。

之慎听到父亲这么说，干脆承认：“知道。正是因为如此，日后他若学成归国，最不缺的就是好前途，我才敢斗胆向父亲进言。”

戴孟元当然启程了，不然，静漪怎么会铤而走险离开北平，要奔上海去呢？他是个男儿身，都未必有静漪这样的决心——对抗父亲的权威，抛下家中的一切，他都需斟酌万千，毕竟太多牵绊和利益。

程世运望着之慎，一时没出声。

之慎看着父亲那平静的表情，眼前全是那天父亲毒打静漪时，静漪那倔强的模样——她被带回来的时候，穿的不知道从哪儿弄来的旧衣服，头发都散了，直接被之忏带着去见父亲。他听到信儿第一个奔过去，见静漪正跪在地上。父亲问了她一句“你当初是怎么答应为父的”，回身从之忏身上抽出他随身携带的鞭子来，照着静漪身上就抽了过去。静漪一声不吭，不辩解，也不服软。越是那样，父亲越生气，下手就越狠。鞭子抽在静漪身上，很快抽裂了衣衫、抽开了皮肉。

静漪依旧不喊不叫，也不哭，只是死死咬着牙。

他见打得实在是太狠了，就要冲进去，之忓拦住了他。母亲赶来了，之忓却不太敢拦她，于是母亲进去硬是夺了父亲手里的鞭子，父亲竟夺回鞭子继续又抽了几下，仿佛真的是对静漪恨到了极处，恨不得把她一鞭子抽死。

岐姨是最后一个赶到的，那时静漪已经趴在地上动不得了。

母亲气极，怪父亲下手狠，说虎毒不食子，竟然下这样的毒手，这是要打死这孩子吗？

父亲不顾众人阻拦，愣是让之忓带人就那么把静漪关到了坎院去。从那天算起，已经过了四天。

这四天里，静漪粒米不进。倔，也真是倔到了极点。这么倔，不如就成全她……

之慎看着父亲，说："虽然戴孟元并不十全十美，但是父亲，他有志气，一定能行的。"

此时他也不知是在说服父亲，还是在说服自己。

"慎儿，"程世运端坐在他那把圈椅上，"一个有志气的年轻人，肯轻易放弃志向吗？"

之慎细细品味着父亲话中的意思，他的目光落在了书桌上那把细长的钥匙上，心里顿时起了一丝寒凉。

"您是说，他……"之慎抬眼，看着父亲。

程世运冷冷地说："你口口声声说戴孟元有志气、有才华，说到他的志气和才华也罢了，倒是你，一点长进都没有，做事，还这么倒三不着两。就凭你这点伎俩，还想骗过宝爷？"

之慎咬了牙。

程世运看着小儿子："妇人之仁，能指望你成什么事？"

"要是净干这种阴谋盘算的事情，我宁可不成事！"之慎忽然顶撞父亲。

"放肆。"程世运沉声喝道。

"父亲！"之慎叫道，"那，您把戴孟元怎样了？孟元可不是……"

"是走是留，可都是他自己选的。"程世运说。

"那十妹呢，就不能也让她自己选一次？您还把她打成那样，怎么忍心啊！"之慎说。

程世运半晌没有说话。

之慎看到身边的一个黑色的影子晃了一下，他回头看了一眼，林之忓就站在他身后，也不知是什么时候挪过来的，他丝毫没有发觉，但他知道这是父亲要赶他走了。

“父亲，十妹文弱，真经不起这么折腾。”之慎说着，望回父亲。

“之忓。”程世运挥了挥手，之忓上前将之慎架了起来。

之慎跪得腿都麻了，一时有点站不稳，之忓晓得，于是伸手略扶了一下他。他推开之忓的手臂，说：“父亲，人说的一点不假，陶家那就是个狼窝子！您看看这回，陶驷在段家的事情上，使出的手段是多么狠辣就知道了。您就为了那点子私心，把十妹往火坑里推……您就让人说你，庶出的就……”

“九少爷！”之忓急忙阻拦他，“过分了，九少爷。”

“什么过分！十妹这次有什么事，你，我，这家里所有的人，都是帮凶！父亲，您迟早会后悔的！”之慎拖着他酸麻的腿，就要往外走。

“站住。”程世运声线下沉，声音不大，都不算呼喝，之慎还是站住了。

沉默良久，程世运才开口道：“从下个月开始，你每个礼拜抽出两天，正式去银行上班。既是学校功课也没有几节，闲得你整日招猫逗狗的，成什么样子！”

“父亲，您要是答应这就放十妹出来，别说让我每个礼拜去银行上两天班，就是让我退学上工，我也即刻便去办。”之慎说。

程世运倒给气笑了。

“父亲！”

“你退学上工，会做什么？要你去炒股票，你会吗？要你去操盘期货，你会吗？还是要你去谈大宗商品交易，你会吗？怕是让你去当铺里看账本，你都看不懂！”程世运的语气逐渐严厉，“你也要和我提条件。你可知道，和我提条件，须有提条件的资本——你有吗？静漪的事，从此不准你多嘴一句。”

“父亲！”之慎被父亲骂的脸都臊紫了，心里还是有气，又不知道该怎么说。

程世运停了一停，说：“就这么决定了。你三哥不在家，该你做的事，一样不准推脱。况且你也不小了，过两年，等慧安毕了业，你也该成家立业了。”

之慎听父亲提到他的婚事，紫涨的脸色更加难看。

“出去。”程世运始终没有动怒。他一向如此，说出来，就一定算话。

之慎再清楚不过，和父亲争论是不会有结果的，他愤愤地后退几步，转身出门。

之慎走后，程世运默默坐在那里，听着窗外雨疾风骤。

之忏看看程世运的脸色，问道：“老爷，您是歇在这儿，还是……”

程世运挥了挥手：“你先下去吧。”

之忏静静退到门边，听到外面有响动，开门一瞧，只一眼，不由得呆住——二太太冯宛帔正撑着伞，刚刚穿过梧桐树林，已走到廊下。

凄风冷雨之中，宛帔着一袭银灰色裙褂，随着她缓慢的步子，衣裙飘然。

之忏愣了好一会儿才回过神来，正不知该先给二太太施礼，还是该先去通报给老爷的时候，却见二太太停住脚步，望向他的身后——他也一回头，看到老爷已经走了出来，他忙闪到一边去。

“老爷。”宛帔看着程世运。

她脸色已经白得不能再白，目光却清透而坚定。

…………

此时程家上房里，杜氏正与这些日子客居程家的娘家妹子田夫人、程方云，以及三太太一处摸着骨牌闲话。她的大女儿、程家出嫁多年的大小姐程之畋新近从天津归宁，也坐在她身旁，帮她看牌。

杜氏时不时看一眼门口，仿佛在等什么人来。在座的人也都和杜氏一般，都有些心不在焉。

沉默了许久之后，随着三太太一句“和了”，大家才出了声，接着哗啦啦地洗着牌，算筹码，热闹了一会儿。

“三太太今晚手气好。”田夫人笑道。

“是呀，数红姨手气最好了，妈的手气最差。”之畋也说。因为十妹要出嫁，她特地从天津家里赶过来的。本来想帮帮母亲和帔姨的忙，没想到她前脚进家门，后脚就遇上十妹逃婚。这几日父亲仍在气头上，谁也不敢深劝，只好等着他先消气。

三太太瞅着面前的牌，笑道：“哪儿啊，姑太太手气才好。”

程方云抿嘴一笑，说：“我哪里是手气好？我是得强打精神，不然被你们这起子鬼灵精赢得我，怕是连裙子都得当了才能走得了。”

众人都笑。

之畋看看姑母，原本姑母说句话，父亲还是肯听的，这回姑母都住过来两日了，父亲竟连内宅都不进，这真是没办法……

三太太看了眼沉默不语的杜氏：“太太？”

程方云也看看杜氏，说：“九筒也能当白板打出来……你这分明六神未归位。”

杜氏笑了笑，说：“我这不是惦记着十丫头嘛，也不知道怎么样了。”

众人沉默片刻，三太太说：“再让人去问问？”

杜氏就叫青黛来，吩咐道：“去二太太那里看看，问问二太太有什么想吃的没有，就说我说的，不管怎样，她得当心身子。”

青黛应着去了，程方云皱眉道：“再这么下去，要熬出大病来了。”

“这回老爷可是真发了狠。”三太太说。

“不明白大弟怎么想的，硬是把静漪逼成这样。”程方云一向心直口快，“那日我说了一句，他便虎着脸，说程家的事情由不得我插嘴。嘿，合着我真是嫁出去的姑娘泼出去的水啊？漪儿是我侄女，我说不着？陶家怎么好了，漪儿不愿意，非得把她嫁过去？”

她说着，倒也顿了顿。前些日子她的三女儿无垢因为与孔家老大远遒的婚事，也同家里闹得不可开交。到后来，竟绝食抗争。孔远遒素日看着圆滑世故，竟也是个愣的。孔家和黄家正式登报声明解除婚约之后，远遒为了争得家里的同意，和无垢一同绝食。到了这个地步，两家大人也是属意成全了，只是表面上不能不顾着黄家的面子，暂时还不能公开表示赞成。可事情到底渐渐平复下来。等无垢开始进食了，她才得空来。这些日子她只到兄弟家里来，别处一概不去。无垢远遒的事情闹得满城风雨，静漪的事情除了自家人，倒是没几个外人知道……陶家更是至今半点颜色不露。

程方云默默叹口气，摸着手上的牌，说：“你们说是不是？要我看，大弟实在是有点过火。”

“老爷正在气头上，姑太太您别计较。”三太太笑着说，“陶家虽说远些，十小姐能嫁到这样的人家，的确不赖。”

“不赖？”程方云笑道，“真不赖，你把之鸾之凤嫁一个过去不就结了？陶家看重的应该是咱程家的门楣，也不一定非要十丫头不可。从前不是有一出戏，叫作《姊妹易嫁》吗？这不也是好事一桩？”

三太太一听这话，笑道：“姑奶奶您就爱开玩笑，陶家必定是要十小姐的了。再说，她们姐妹都批过了八字，说尤其之凤不能早嫁，怎么也得过了二十一。”

“哟，我倒真给忘了这茬儿了！”程方云笑着。

三太太佯装生气，道：“姑太太您就是偏心，不把之鸾之凤放在心上……也是，这俩孩子光长年纪不长精神头儿，难怪不招人爱。”

田夫人笑着说：“有三太太您这么个娘，您的闺女再不长精神头儿，也顶旁人家的两三个呢！”

程方云也笑，打了一张牌出去，说：“四筒！我说，弟妹，你也别忧心了。我也知道，大弟定了的事，你也难插嘴！那个性子……啧！”

杜氏无奈地点头，程家就是程世运的一言堂，家事虽说是她管，但这儿女婚事牵涉甚广，她从来也是听程世运的。

“也就是现在的年轻人，或者说个什么新词儿，叫什么自由恋爱！可咱们这样的人家，哪儿那么容易哦……”田夫人只顾低着头看牌，不经心说出这句话来。牌桌上瞬时沉默了一会儿，田夫人这才觉得不太对劲儿，想到程方云那里，顿觉这句话说错了。

还是程之畋来得快些，笑道：“姨妈您可真是守旧的思想。老实说，我就是生得早了，若是生得晚些，一定得自个儿挑女婿。”

“你那女婿还不是自个儿挑的？当初还不是你点了头，你父亲才定下这门亲事的？”程方云倒是挺坦然的，为了不让田夫人觉得尴尬，笑着说。

“姑太太说得是呀，大小姐这是正话反说呢。曾家是什么样的人家呀，大小姐又是长孙媳，将来那家业还不都是大小姐的？”三太太笑着说，见之畋只是一笑，并不接茬儿，又说，“太太、姑太太，我也不怕说实话，若是之鸾之凤有这个福气嫁到陶家那样的人家去，我倒要跟着去了。”

“且说的是什么呢！好是真好……可十丫头这么一来二去的，弄得我这几日，想想把她嫁那么远、她又不乐意，心里就难受。”杜氏叹了口气，“刚才打了个什么……哦，三筒……不要，四万。老爷也是生气，把十丫头打成那样，他心里也不好过。”

“老爷生气的另有其事。”三太太轻描淡写地说，“十小姐……唉，二太太呀，就是太宠着十小姐了。”

“红姨，您在说什么呀？”程之畋皱了下眉，看了三太太一眼。

“大小姐你是不知道吧？十小姐在上海读那个医学院里，正和什么人闹恋爱呢，所以这回才闹得要死要活……”

程方云“哎呀”一声，看了三太太一眼，说：“有这么回事？不该呀！我们老三老四暑假里老跟十丫头一处呢，都说十丫头整日价只顾了在家念英文、德文还有那劳什子拉丁文什么什么的——是这么个东西，我也闹不清——且我听说，十丫头在上海念书的时候，礼拜天门儿都不出的，念书念到咯血也有两回，我听着吓死了，一个丫头家，用不用这么死命地念书哇！”

三太太笑道：“她们姐妹，倒数得到十小姐念书好。”淡淡的，明知道赵太太这是在装糊涂呢。

“这话是了，我们老三老四就算不错了，比十丫头也不行。弟妹，若我说这孩子还真是人大心大了。咱们家那么多丫头婆子跟着，闹个恋爱倒不打紧，就是出国念书也不打紧。要紧的是，这年头，十年河东十年河西的，平靖是一阵子，说闹兵乱也是一阵子。自家的孩子，闹得野了心倒不好了。”程方云想到这儿，有些忧心忡忡的。

杜氏点头。程方云说的正在点子上，旁人不知道内情，她和这位大姑子是知道的。两人交换了个眼神，心照不宣。

三太太忽然抿嘴一笑，道：“哟，怕是老爷到了。”

“偏你能听出来。”程方云有些不信。话音未落，就听外面报了。

“太太，老爷来了！”

原本稀里哗啦的牌声，因为这一声通传，静了下来。外面丫头替程世运开门、打帘子。他一走进来，除了程方云，其他人在程世运进门之后，都站了起来。

程方云瞥了眼座钟，笑道：“哟，时候也不早了，我们回吧。”

程世运与杜氏客气地挽留了下，才道：“大姐慢走。四妹妹慢走。外面还在下雨，跟着的人留神些。”

程方云摆摆手，看了眼弟弟，才与田夫人、三太太各自带着人走了出去。

出了正院，程方云的住处“香雪海”与田夫人和三太太方向相反，三人分道扬镳。她想了想，便轻声吩咐了句：“去杏庐。”

竹轿吱吱呀呀地响着，往杏庐去了……

此时上房里，杜氏着人收拾了麻将桌，亲手端了碗热茶给程世运。程世运没接茶，站起来往内房去。

杜氏看他这个意思，今晚是要宿在这里了，便吩咐人打水。之畋送了姑母她们回来，趁这会儿工夫进了内室，陪父亲说了几句话才告退。杜氏忙完了外面的事，进去一看，却见程世运坐在外间的沙发上出神。

杜氏坐下来，轻声问道：“累了？”

程世运听到太太问，“嗯”了一声。

杜氏停了了片刻，问道：“十丫头的事，你到底是怎么打算的？”

程世运清癯的面孔上，表情冷清而素淡。

“老爷？”杜氏一贯好脾气，到这会儿也急了，“你把十丫头给打成那样，可不能……”

“她就是死，也得给我死在陶家。”程世运说。

杜氏怔了片刻，突然大声道：“我不准！”

这一声，把端热水进来的豆蔻吓了一大跳，回过神来急忙退出去。

程世运皱着眉。

“十丫头是宛帔生的，可也是我手里抱大的。她是有不对的地方，可老爷打也打了，骂也骂了，也就算惩戒过了。她要出个好歹，你不怕宛帔也跟着去？到时候，我看你怎么办！”杜氏气得脸红脖子粗的，顿觉自己坐也不是，站也不是，竟一屁股坐进沙发里。偏沙发又极软，害她差点翻一个跟头，于是就更加气恼，胖手胖脚一阵乱扑腾。

程世运见状一言不发，蹬上鞋，站起来就出了房门。

杜氏不依不饶地追出来，大声喊：“十丫头有个好歹，我拉上宛帔，不跟你过了！我这就让人去把她接出来……来人！”

“母亲！”之畋听见动静，赶快从外面进来，见父亲进了书房，过来悄声说，“青黛回来了，说父亲已经让帔姨把静漪接回杏庐了。就是静漪不大好，我正要先去看看……”

杜氏一听，忙吩咐人：“备轿！”

此时杏庐里，冯宛帔正守着从地牢里抬出来的静漪，给她擦拭着身上的血迹。伤口结了痂，她不得不给剪掉那贴身的衣衫，才不至于再撕扯了皮肉下来。她一边轻手轻脚地剪，一边掉眼泪。

程方云、乔妈等人在旁无不流泪，秋薇更是泣不成声。

“老爷真下得去手哇！”乔妈哭道。

宛帔的眼泪嗒嗒落下去，落在静漪的伤口上。昏迷中的静漪抽搐了一下，干裂的嘴唇间，逸出一阵低呼，沙哑极了。宛帔心好像被刀子剜了一下似的，急忙去擦那滴泪痕，这一低头，又一连串的眼泪落下来。程方云轻轻拉了拉宛帔的衣袖，说：“我来吧。”

宛帔摇头，就看静漪慢慢睁开了眼。

“娘……”

“漪儿，漪儿，我的孩子……”宛帔扑在静漪身上，可怀里的静漪像是一团炭火，她心里一阵发急，“大夫还没到？”

“应该快了，老九开车去接了。”程方云道。她来时，正好赶上静漪被抬回来，二话没说就让打电话给之慎去接大夫。

“若漪儿有什么好歹，我……”宛帔哭起来，“我也不活了！”

冷雨纷纷的秋夜里，她哭声传出去，格外的凄清。

程方云待要劝她，看到人事不省的静漪，也只叹了口气，听到外面有人来报说太太来了，她扶了下宛帔的肩。

宛帔点了点头，杜氏急匆匆进来，见状也落泪。宛帔听她和程方云说着什么，已经没精神理会。

“漪儿，漪儿你醒醒，只要你醒来，娘什么都依你……”宛帔握着静漪的手，低声道。

…………

静漪醒过来，已经是三天之后了。

一睁眼，便是她熟悉的淡青罗帐，帐上绣的一簇簇的墨菊栩栩如生……她舔了一下嘴唇，确信是在自己床上，而且，天转凉了，罗帐都换了……有人走来，掀开了罗帐。她闭了闭眼，转开脸。

宛帔怔了下，将罗帐挂起："漪儿，你醒了？"

静漪转回脸来，看着母亲。

"小姐醒了！终于醒了！乔妈、翠喜，小姐醒了！"翡宝跑出去了。

静漪看看围在母亲身边的人，乔妈、秋薇、翠喜、翡宝……她轻轻点了点头，艰难地说："让你们担心了。"

"小姐快别说话了。"秋薇又哭了。

静漪闭上眼睛。这一回她睡了长长的一觉，再醒过来，精神好了些。

宛帔守在她身边，亲手喂她吃药。

"漪儿，你可得好好的……你三哥前日电报里，还特地问起你来呢。他数年不归，归来看到你这副样子，可让他心里怎么好受？"宛帔轻声说。

静漪扶着母亲的手，将药一气儿喝下去。药很苦，她却没吃秋薇拿给她的话梅。

"三哥要回来了？"她问。

"就这一两日。"宛帔看着静漪。

家里得了三少爷之忱回来的准信儿，就好像有了件喜事。马上又是中秋节，杜氏借着这个由头，让上上下下好好准备过节，也省得人把心思都放在杏庐，放在十小姐静漪这里。

宛帔没有跟静漪说其他的，尤其陶家听说静漪"病了"，陶驷的太太雅媚亲自登门问候的事，她更不能说。杜氏说这位精明强干的陶家二少奶奶，此番前来对静漪逃婚的事只字不提，但对文定之事，也只字未提，只是说陶骧因有要事前阵子去了南京，将于近日返回，宛帔心中自是五味杂陈。陶骧，她只见过那一回。看上去，倒是个端正持重的年轻人。

她拿着帕子给静漪擦着额上的汗。眼下静漪身子虚弱得很，不知道要多久才能将养得完全恢复元气。这种情况下，她是无论如何都不能同意把她送出门去的……宛帔想着，背过脸去，拿手帕擦了擦眼角。

静漪发觉母亲落泪，轻轻闭上了眼睛。

喝这碗药耗了她很多气力，此时躺下来，她觉得自己在左摇右摆，床都在摇晃，她仿佛是在船上。

还是，其实她已经在船上了，这一切的痛苦，不过是一个噩梦？

多么希望是这样的啊……

程之忱望着舷窗外白里泛灰的云层，有点凉，他将皮衣领子竖起来。

副机长从驾驶舱出来，将风镜往上推了推，在飞机的轰鸣声中，大声问：“还好吗？”

程之忱点头，也大声说：“很好。”

“老家北平？这是回家了？”

“是。”程之忱回答。

“我是重庆人。”副机长在他对面坐下来，“多久没回家了？”

程之忱想了想，说：“三年。”

“我五年没回了。不过，我家眷都在南京。”副机长微笑道，“成家了没？”他打量着程之忱。这人身着便装，看不出来路，更不知军衔高低。不过如今很多少壮派的军官，升得却极快。他扫一眼程之忱那考究的皮衣，褐色马裤，深褐色的马靴……眉清目朗，白净斯文，又不失英武之气，可以说是十二分的漂亮人物。

程之忱只是微微一笑。

“哪里高就？”副机长见他不想答，又问。

“侍从一室。”程之忱简单地说。

副机长几乎是脱口而出：“大内效力啊。”

程之忱笑出来。

“既然是大内效力，向你打听点小道儿消息。”副机长笑道。

之忱笑一笑，点头。

“我听说，长官的二小姐正在和侍从室的一个校官闹恋爱？”副机长好奇地问。

程之忱沉默片刻，拂了一下膝上的尘埃，微笑道：“不清楚。”

“二小姐才貌双全，能看上的必定是人中龙凤。”副机长又转过头去，没得到他想要的回答，他也不怎么在意，“长官膝下只有这一个女儿，选婿必定慎重。听说长官和西南白家、西北陶家都有联姻的意思。那两家的公子最近都在南京。白三公子更是在南京盘桓已有数月。照这么看，恐怕没那么容易让一个侍从武官得了趣。”

程之忱淡淡地说：“也是。”

副机长又坐了一会儿，起身回了驾驶舱。

程之忱望着舷窗外厚厚的云层。不知何时，天云相接处，一轮红日跳将出来。刚刚阴霾的天气，被这红彤彤的光一扫而光。忽然间机身颠簸起来，在这剧烈的颠簸中，他慢慢闭上眼睛。

离家是越来越近了。父亲信中说，待他回家，有要事交代。他想，若是没有料错，这其中应该有一件是十妹静漪和陶家老七陶骧的婚事。几年前父亲眼见着当时他走的路，险峻又艰难，曾命他回来继承家业。这本是他自幼便给定下的路，偏偏他出门读书便换了心肠。父亲终究是允了他——他自军校一级荣誉毕业，受勋的时候没有家人到场观礼。可以理解，父亲多年来刻意淡出公众视线。军政商界，父亲的影子虽无处不在，但他绝不轻易出头露面——不出现也好，没人知道他程之忱是程世运的儿子，也便没人特别计较他在这一行的沉浮得失。

不晓得父亲知不知道，是什么鼓励了他从军——父亲的书桌上有一架小插屏，曾一度插屏里镶了一张相片。那是父亲在英国时候受邀登舰时照的。他那时年幼，看到相片很好奇。父亲不管他听不听得懂，说，坚船利剑，实业救国。这几个字他懂事后才明白是什么意思。父亲从不把这些挂在嘴上，但是看这些年，他是身体力行。最起码，他虽不赞成，最终也没有阻止自己的长子从军从政。父亲总有一天会懂得，他想在自己国家的海域里有远东最强大海军的梦想。那是后话了，现在，他首先得回家，得面对数年不见的亲人……

他从空中俯瞰他熟悉的家乡，四四方方的京城灰蒙蒙的，只隐约辨得出鼓楼、老城墙……

飞机开始降落。

这是一个军用机场，跑道边停了一列车——一辆黑色的别克轿车没有列入外围车队中，在一色军用卡车和青色的小轿车中显得很扎眼。

飞机一架接一架降落，像收了翅膀的雄鹰一般。

之忱看着在跑道上滑行的飞机，赞叹道：“真是漂亮。”

“有十几架飞机呢，从轰炸机到运输机，都是最先进的。听说都是预备给飞行学校用作教练机的，真舍得下血本。”机长见之忱有兴趣，笑道。

“哦？”之忱看到从第一架飞机里下来一个身材高大的青年，还戴着头盔，跟在他身后下飞机的那位外国飞行员叫住他，兴奋地与他击掌。

“和我们一同在南京起飞的，具体的情况并不清楚。但是从刚才他们的表现看，飞行技术是顶级的。”机长看着那从飞机上下来，在击掌相庆的飞行员们，目光中有赞赏。

程之忱点了点头，与机组成员握手道别。

黑别克的司机站在那里等得不耐烦，伸手进车里猛按喇叭。之忱挥了挥手，拎起皮箱踏着舷梯下了飞机。见那司机走过来，他放下皮箱，两人拥抱。

“可见着你了。”段奉孝说。

程之忱看看他。段奉孝见到他应是由衷的高兴，只是眉宇间尚有挥之不去的阴影，应是新近经历过巨大变故的缘故。

段奉孝把之忱的行李拎上了车，说：“稍等，有个人你得见一下。”

他说着向那一队飞行员喊了一声“老七”，之忱就见刚刚在飞机上看到的那个高大的年轻人跟身边的飞行员们说了几句话，让他们先上车，自己朝这边走来，边走，边摘了风镜。

之忱便认出来了——这位正是“西北王”陶盛川的七公子陶骧。

陶骧脚步从容不迫，还有点优哉游哉，显然心情不错，过来站下，叫了声“二哥”。

程之忱想，若是换作他，刚刚飞也飞得痛快、落更是落得漂亮，此时的心情当然也会这么好。

“只听说你这一两天回来，哪知刚一来就看到接你的车，还好运气地赶上看你们的飞行表演，可太棒了。”段奉孝笑着说。他说着看看之忱，给陶骧介绍：“程家三哥。在南京见过面没有？”

陶骧看向之忱，摘了手套，伸手过来，说：“陶骧。”

“程之忱。”之忱道。

“我在南京逗留时间太短，没有来得及拜会三哥。”陶骧说。这声“三哥”，他自然是跟着段奉孝叫的。

段奉孝听了微笑，陶骧装作没有看到他那促狭的表情。之忱也看了奉孝一眼，微微一笑。

奉孝道：“以后有的是机会见面嘛……这儿风大，咱们还是先回去。改日我做东，好好聚一聚。”

陶骧便请他们俩先上车，等他们离开，自己才走。

程之忱从左侧后视镜里看到陶骧的身影不见了，转头看着段奉孝——他一身颜色灰扑扑的戎装，帽子稍稍有点歪，还有那副吊儿郎当的公子哥儿的印记："这么久不见，你还是这样嘛！"

段奉孝笑道："我又不是孙悟空！难道还会变来变去？倒是你这只白眼儿狼，一去几年，总算是知道回家啦！"

"有你这么说话的吗？"程之忱看着段奉孝，他知道这阵子奉孝的日子不好过，"怎么样了？"

段奉孝说："若不是陶家二哥受父亲所托帮我一把，恐怕你这次回来，得去给我上香了。"

程之忱点了下头。

陶驷在段贵祥出事之后暂接兵权，迅速调兵遣将稳定军心，把局面控制得滴水不漏，帮着段奉孝利落地除掉了想要借着大公子奉先的名义夺权的老臣子，就连回来奔丧的奉先也被逼得不知所踪……这些，他均有所耳闻。

这么一想，陶家真是出人才。陶盛川雄踞西北多年，与马家几十年缠斗不止，互有胜负但始终不倒，近年来更有不断壮大之势。三个儿子个个都是将才。这段时间陶骧在南京，虽刻意低调行事，也赢得上下一片赞誉。若不是陶骧另有要务，他又申请了休假，他们至少应该会在长官官邸碰上面……飞机上，副机长说得没错，陶家的七公子陶骧，白家的三公子白文谟，都是七星桥座上客。尤其是白文谟，北平易帜的消息，都没有他追求长官独生女、恨不得以千金换一笑之举来得轰动。

段奉孝见他沉默，说："御之在京城闲散了几年，连我都当他就是吃喝玩乐的主儿，谁料一有事，手起刀落，干净利索，本领实在惊人。有他在，关外的那些老人一时才不敢轻举妄动，我才有喘息之机。"

程之忱当然知道这里面的玄机，问："他这个代司令，打算代多久？"

"已经嚷嚷着累了，说最多代到年底。"段奉孝说。陶驷当然懂得功成身退的道理，他是不得已卷入段家的家事，不想陷得太深。

程之忱点头。

北平政府一散，这里的一切繁华虽未瞬时烟消云散，无论是政治还是经济重心的南移都已成定局，陶家自然也不会把这里再视为重点，陶驷的离开是迟早的事。

"这次陶骧的行动很隐秘。"程之忱道。以他情报网的广阔缜密，陶骧筹谋这么大的事，他应该早收到消息。不知道是陶骧做事太隐蔽，还是他这里出了大的疏漏……他沉默着。也许他不该提前休假。

“怎么，这事你觉得不妥吗？”段奉孝看他一眼，“他这次去南京最主要的目的就是把这几架飞机带回来。飞行学校的教员水平参差不齐，教练机也太陈旧，不能满足他的要求。他回国前就在谋划这件事，教员是他直接从美国聘回来的。当然，这恐怕也是他为了日后为陶系培养空中力量在做准备。我以为你们可能在南京就碰面，谁知道……”

程之忱摇了下头。奉孝给他透露这些，倒教他对陶骧更有兴趣。空中力量……看来陶骧的野心不小啊，他不禁皱皱眉。

“他这人是不事张扬，通常闷声不响地就把事情办了。他操办改进这边飞行学校教学的事也寻常。南边空军里都是他的朋友，早大半年他就先把那边的飞行学校都考察过了。不过这回明晃晃的战机从南京起飞，他也没想瞒着谁吧。”段奉孝说，见之忱沉思，便说，“这些以后再说。我说，你再不回来，你们家大门朝哪儿开怕是都要忘了。”

之忱笑了下说：“这不是回来了嘛！”

“没有大事不回转啊！”段奉孝笑嘻嘻的。

程之忱心一动，笑问：“有什么大事呢？”

“你反倒来套我的话！你干的那些好事，你以为我不在南京就不知道了？”段奉孝笑道。

程之忱也笑了。地方派系钩心斗角，都四处安插眼线。南京是南边的中心，各方势力汇总之处，可那是什么情报局啊？整个便是一个公共消息中心。要真信情报局的那些东西，得花大力气去伪存真。

“都传成了什么样子？”程之忱点着烟，问。

“你要我说？不是那二小姐为了你，硬是不肯再回美国去吗？那次我们老三回来说，二小姐天仙一样的人物，追求她的人能从上海排到华府去。”

“当谁不知道我华夏人口众多？”

“去你的！她回国没多久，我总没机会见着，只从报上见过一次，有些模糊，站在长官身后，倒有个影子，看着很是清秀。不过报上的模样嘛，不敢说……真有那么美丽？”段奉孝笑着问。

程之忱眼前浮了一个身影，没出声。

段奉孝倒也不深究，意味深长地说：“索家这朵欧风美雨里浸润过的玫瑰花，可没那么容易到手。即便是披荆斩棘地成了……兄弟多嘴劝你一句，凭你，何苦受那个拘束？长官膝下无子，选女婿当然要着眼长远。只是别看现在场面上一统江山，可西北、西南不定，东南只是暂安，面和心不和，他身后，恐怕又是一团乱局。”

程之忱指尖划着下巴，没吭声。

段奉孝笑了笑：“我知道你有理想有抱负，只是如今内忧外患，国人一盘散沙，想要有所作为，谈何容易！”

程之忱转转头，看着车窗外，枯黄的地里，空荡荡的。

“不过我就是这么说说，你是没有十拿九稳，绝不让风声跑出去半分，我听见消息也就信了。你也该考虑安家了……”段奉孝说着心一动，想来此事也未必能按照之忱的意愿来，于是换了话头，道，“难不成你这当哥哥的还要被最小的十妹妹占先？”

程之忱眉尖一蹙。

“前阵子陶伯父低调进京，就办了几件事，其中就有这件。你知道吗？”段奉孝问。

程之忱看着前方远远地出现了城郭的轮廓，沉沉地说了句：“具体的，待我到家细细问。”

“伯父很欣赏牧之，这门婚事其实很不错。”段奉孝说。

程之忱没有表态。陶驤，陶驤……这是个近两年来，频繁出现在侍从室机要电报里的名字。如今他才落地不到一个钟头，耳边竟也全是这名字。婚事是早定了的，可现在十妹另有意中人，并不愿意履行婚约，为此闹出了不小的风波……他是打算回来之后，再详细了解的。虽然他也清楚，按说父亲定了的事，转圜余地是很小的。

程之忱沉默着。父亲执意履行婚约，不知除了遵守约定之外，是否还有其他的考虑……

段奉孝已经把车子开进了城里。

“思华知道我今儿来接你，还特地嘱咐我要我好好把你送回家，过两日请你来家里吃饭。思华说她亲自下厨……”奉孝说。

之忱点头道：“好。先替我谢谢思华。”

奉孝的妻子何思华，是很端庄贤惠的妻子。

之忱想，思华亲自下厨，不知道还会不会特地做她最拿手的葱烧海参……他想到这里，不禁有点出神。

奉孝看他一眼，说："放心，不会勾你伤心事的……只是如今也过去几年了，人再好，毕竟去了，你要为自己、为将来考虑。"

之忱没出声。

段奉孝的车子沿着大道一直往前开，之忱的心渐渐沉了，只顾望着熟悉的街景——已经进入程家的地界。再往前，就是孝廉街，会有一道又一道的孝廉牌坊、贞节牌坊……展示着这个家族强大而又稳固的根基和历史。街巷两边也尽是槐树，都高大粗壮，有的歪倒了还继续生长，生命力顽强。和三年前离家的时候，这里的一切都没有什么不同。

车子经过程家老宅，往庆园去。

不久后，车子停在了程府大门前。大门内当值的家仆认清车牌，忙出来，再一看下车来的是自家的三少爷，急忙上前请安。烦琐而又恭敬的，一拨儿又一拨儿。程之忱早已是习惯了令行禁止的简洁，初归，一时尚不能习惯。

段奉孝见状，便说有事先走，改日再来给伯母请安。

之忱知道他如今事忙，也不留他。

等他走了，之忱抬头看着黑漆大门、宏伟的门楼、蓝底金边的牌匾……显然父亲接手后重新修缮过，特意朴素些，可这府邸曾经的王家气派，仍可见一斑。

他的行李已经被家仆忙不迭地拎进去了，耳边只听得一迭声儿的通报声："三少爷回来了！三少爷回来了……"

他慢慢拾阶而上。

大管家程大福迎出来，之忱得知父亲此刻不在家，便要程大福带他先去母亲那里。

程大福问："三少爷，坐轿吧？"

他微笑道："福叔，我在自个儿家里，这两步都不走吗？"

程大福笑着说："怕少爷您一路辛苦了。"

之忱摆手。

"三少爷请。"程大福请之忱先走。

从正门往后走进母亲院中去，当然是一段不短的路程，之忱与程大福边走边聊，倒也不觉得什么。

之忱进了母亲院中，就见从上房先跑出来的是小丫头青黛，见了他欢天喜地的，好大的声儿清清亮亮地喊着“三少爷回来啦”，惹得他忍不住微笑。他离家的时候，母亲原先的贴身丫头金盏刚嫁人，换了这个青黛，常因为笨手笨脚什么都做不好挨管事妈妈的骂而偷偷哭呢！这会儿瞧着，竟也被调教得千精细、百伶俐，可见时日有功。

他再看这院子里的银杏树，叶子已经开始泛黄，到底是秋天了。

这是个全新的家，他虽无物是人非之感，总归事事处处都有点陌生。

“忱儿！”杜氏出了房门，看到在院中的儿子，忍不住高声喊道。

之忱抬头，只见母亲站在正房门口，身边簇拥着一干人，来不及细看都有谁，急忙快步上前去。

“母亲。”他走上台阶，先给杜氏鞠躬。

杜氏抓住之忱的手臂。她的手极暖，让之忱顿时心底柔软下来。

他微笑，道：“母亲请上坐，儿子给您磕头。”

“磕头做什么，又不是过年，没红包给你。”杜氏眼里泛着泪光，却不忘说笑。

“母亲，您就上坐。三弟一离家便是三年五载的，不该给您磕头吗？”之畋在一边笑着说。

“大姐这一向可好？”之忱问候之畋。数年不见，大姐的相貌体态越来越像母亲了，令他观之可亲。

之畋笑着说好。

之忱果然搀扶杜氏进去坐下，不等下人将蒲团取来就跪下来给杜氏磕了头。杜氏眼中落泪，执了之忱的手，只是感慨：“回来就好，回来就好……”

“听福叔说，父亲还没回家？”之忱落了座，问。

杜氏点头道：“正是呢。清早起来便带着老九去银行了，说是什么……唉，等见了你父亲，有什么，你去问他。”

之忱听着母亲这话，问：“父亲又要亲自过问生意上的事了吗？”

“谁知道他打的什么主意？这回据老九来讲，你父亲是要安排几个有经验的长辈带一带他。老九那个娇生惯养出来的脾气，真要他正正经经每日去上工，恐怕有一阵子难过呢。”杜氏说着，又是叹气，又忍不住笑。

“九弟聪慧，用不了几年，也就能独当一面了。”之忱道。

杜氏道：“也不知道你这回探家，到底能在家住多少日子？我早就和你父亲商议了，这次，不管你同意还是不同意，定要把你的婚事定下来的。”

之畋见之忱要开口说话，忙拦在前面道：“你呀，也替父亲和母亲想想。他们早该含饴弄孙，如今还要为你的婚事操心。”

之忱一时也没有什么好说的，停了一会儿，倒是问：“十妹的事情，我听说了一点，怎么样了？”

“正是三岁没娘，说起来话长——你刚到家，先歇歇，容我慢慢儿再和你说。”杜氏说。

他们母子正说着话，就听外面有人来报，说老爷回府了。

之忱听到，忙站了起来，出门迎接父亲。

程之忱坐在湘妃竹榻上，看着静漪苍白而瘦削的脸。静漪下巴颏儿上有淡红色的伤痕，她脸色白，那一点点伤痕更触目惊心。

此时她正看着窗外，又下雨了。中秋节便下了雨，月亮都没见着，那之后一场接一场的秋雨，除了寒凉，只觉凄清。

之忱拿起手边的茶壶，给静漪倒了一杯茶。

清凌凌的水声敲打着杯底，茶香溢出来，静漪转回脸来。

因为总吃着药，大夫不让她多饮茶。母亲心细，看她看得紧，大夫只不过说不让多饮茶，母亲干脆就不让她喝了，想起来，真是令人惆怅。

之忱说：“吃着药，大夫想必不让你喝茶。来，暖暖手。”

“谢谢三哥。”静漪接过了茶杯，“我好多了，不那么怕冷了。”

“嗯，看火盆熏笼都闲着，想来好了些，可是今儿比中秋那天更冷呢。”之忱一本正经道。

静漪脸上露出久违的笑来：“三哥还要打趣我多少次……”

她恢复得算快，早就能由秋薇搀着行走了。只是因又着了一层凉，中秋节她没有能去家宴。偏母亲连乔妈都给放了假，杏庐只剩下她和秋薇。秋薇见她冷，愣是把熏笼拿出来点上了……她和秋薇围笼烤火，不想三哥和九哥竟来杏庐看她，见状大笑不止。

杏庐自她病倒，许久都没有过笑声了。

九哥手中提溜个食盒，装了些吃的，还有酒。兄妹三人就在她房中南炕上坐了。小炕桌上摆好了碗碗碟碟，三哥和九哥喝酒，她也少少地吃了点东西。九哥看她屋子里点着熏笼，身上围着夹被，说她是个风吹吹就倒了的主儿，说好听点是病西施，还开她的玩笑，提起大姐新送给她的那本编织图样的书，说小十你哪怕从书里学会一个手法，我都要到处去吹嘘，我家十妹是真正的才貌双全呢。三哥听了也笑。

她被两个哥哥这样取笑，倒真的不服气起来。说绣花呢是很麻烦的，这个西洋编织法却是简单得很，再没有学不会的。她把书拍得啪啪响，说，就要学会了，织条长围巾把九哥你的手脚都给捆起来。

九哥说笑着，喝酒便多了些，说，还用你把我的手脚捆起来吗？这家里，有谁比我的手脚被捆得更紧的呢？就是你，也有从这家里出去的一天……说是从头开始，让人带着我学，我会做什么？股票、期货、债券、大宗商品交易，都上来就扔给我，可我连当铺账本子都看不懂！又说是不怕把祸往大了闯……闯出祸来，那就真是个大的。

当时她和三哥听了这话，都沉默。她想三哥应该更有感触些。

后来九哥醉了，歪在炕上睡着，还咕咕哝哝地说着什么。她看着九哥，知道他再也做不成无忧无虑的少年了……

之忱见静漪只是出神，抬手抚摩了一下她的发顶，道：“小十，我看你的精神总不是很好。不拘什么，只要是有益的、不过于费神的，学着打打毛线衣也好，翻翻英文字典也好。”

静漪点点头，看了他，眨眨眼，问：“三哥穿了新衣服，是要出门吗？”

三哥和九哥身架子都好，穿什么都好看。三哥到家当晚就来看她，马靴马裤皮夹克，英武得很。隔天就换了长衫，由摩登青年退回了旧时的影子里去了……这件月白色的软绸长衫，起着细小的卍字纹，簇新。她也喜欢看三哥穿成这样，不过忍不住会想他身着戎装的模样。

家里没有三哥的戎装照，因父亲素来不喜他从军，但看这回三哥回家来的情形，也许以后家里会摆上他的戎装照的。静漪看着三哥，三哥似乎从来不是无忧无虑的少年。

之忱道：“原本是姑姑叫我去一趟，说姑父有事情和我商议，可姑父临时又有旁的事，要我晚些时候再过去。”

“嗯。”静漪想了想，“不知道是什么事？”

“是啊，不知道呢。”之忱皱了眉。

静漪听母亲说过，嫡母新近很着急替三哥寻觅良配。可是三哥不松口，嫡母干着急也不能把他怎样。她母亲倒是心细，说三少爷会不会已经有心上人了？她想想，三哥那心思，就是有，也轻易不会露出来的。

她这么想着，不觉笑了，有心问却也不敢开口。三哥比她大很多，如父如兄，在他面前她不敢像在九哥面前那么随意。

这时外间电话铃响了，隔了一会儿，秋薇过来说：“三少爷，找您的。是段少爷。”

之忱起身走到外间，秋薇站在沙发边，双手捧着电话，递给他。

果然是段奉孝，约他出去喝茶，说是去今雨轩。

听段奉孝说完，他只应了一个字：“好。”

他搁下听筒，又拿起来拨了号码，说：“预备车子，半个钟头后我要出门。”他走回来，看着静漪，“奉孝约我喝茶。你和我一同去吧，也出去散散心。”

静漪看了眼窗外，点头说好，进去换衣服。

之忱踱到外面去，亲自交代乔妈去禀告太太和二太太，就说他要出门，带着静漪一同去，请她们不必担心。

乔妈答应着去了。

之忱站在廊下。杏庐应是程家水最多的一处院落，四面环水的宅子，形状像是飘在泉上的两朵杏花。湖水透明清澈，中央几处泉眼汩汩冒着清泉，水中假山错落有致，绿苔斑驳；墙边岸上，杏树柳树环绕，到了春天，想必是绿柳如丝，红杏似锦……此时细雨霏霏，雨丝轻落在水面上，化成一圈又一圈小小的涟漪。

之忱看得有些发呆了。

家里水多，跟父亲的喜好有关。从前家里的园子，也把活水、静水处处都养得妙。他们小的时候活泼好动，大人们总是看得紧，就怕一不留神有危险。有一次他看到静漪爬到假山上，那时候静漪还只有五六岁，顽皮得很。青苔湿滑，他不敢出声，怕她受了惊吓反而掉下去，屏住呼吸看着她一步一步往上……原来是追一只花脸的猫咪。哪知帔姨突然出现，喊静漪小心。其实她不喊还好，那一喊让静漪受惊，脚下一滑，翻身从假山上滚了下来，落入了水中。他立即脱了鞋子，纵身入水，将静漪救了上来。帔姨把静漪抱在怀里，泪如雨下。在他印象里那是帔姨在程家这些年唯一一次哭……事后帔姨有好久都不准静漪乱跑，还让人寸步不离地跟着。那只花脸的小猫，一养就是十来年，直到老死……

“三哥。”静漪换好了出门的衣服，也就是月白色的短衫，黑色的裙子，白色的丝袜，黑色的系带漆皮鞋，手臂上搭着一件黑色的开司米薄毛衣，拎了一个小巧的手袋。这么清爽地打扮起来，就是漂漂亮亮的一个女学生，只是有些瘦弱，显得难禁风雨。

之忱说了声：“走吧。”

车子已经按照之忱的吩咐停在二门外。

“去今雨轩。”之忱上了车，说。

车子晃晃悠悠地开出了程府。

出大门的时候，门口当值的家仆特地过来问候他们。见到静漪在车上，特别又给十小姐请安，问十小姐这是去哪里？

司机代答了，车子这才能够顺利开出去。

“出门已不易，要往外跑就更难了。”静漪轻声说。

之忱皱了皱眉。

静漪看他的表情，说：“三哥，我这个人其实微不足道。我知道，不管是程家，还是陶家，看我，都不是一个‘人’，三哥看得该比我清楚。”

之忱轻轻点了点头。

静漪笑了笑，她并不能从三哥那里得到更多的话了，她也不能指望任何人能挑战父亲的权威而且还能完胜……况且三哥也不是那样的人。

她说：“三哥，你要娶个自己喜欢的女子。像从前的三嫂，多么好。”她说完，转脸望着车窗外，没有看之忱。

之忱也没出声。

司机把车停在今雨轩门前。还没下车，之忱就看到今雨轩门前戒备森严。静漪也发现东西两侧各有荷枪的卫兵，“咦”了一声，低声道：“段二哥现在出门都是这样的排场了？段伯父当年也不至于如此。”

之忱让静漪一起下了车。门口的卫兵见他们走近，“咔嚓”“咔嚓”两声，站直了，没有敬军礼。茶楼掌柜也赶忙过来招呼。

之忱见空荡荡的茶楼大厅里，除了他们兄妹，就是掌柜和伙计，问：“今儿客人不多？”

“段参谋长吩咐，小店特地闭门谢客半日，专门接待贵宾。”掌柜忙回答。

“三少爷。”段奉孝的副官刘长卿下楼来，“快请楼上坐。”

程之忱点点头，伸手扶了静漪手臂。

待上了楼，刘长卿走到一间雅室门口，开了房门，道：“等您多时了。”

“辛苦你们了。”程之忱道。

“应该的。”刘长卿立正站好，微一颔首。

之忱一点头，回头看静漪。这个时候，刘长卿也看向站在程之忱身后的静漪。

静漪立即觉察，说：“三哥，我还是到别处坐坐等你吧。”

之忱点头，看了刘长卿一眼。

刘长卿忙道：“我来安排。”待程之忱迈步进了房，他关上房门，回身对静漪道，“十小姐请这边来。陈掌柜，给十小姐上好茶。”

“不必特别预备什么，照我平时用的上就行。刘副官您请便。”静漪只管寻了间雅室走进去。

刘长卿见她如此，悄悄对陈掌柜说：“好好伺候。”

“刘副官，那茶……”陈掌柜低声。

“哪儿是正经来喝茶的呢，别啰唆，让人仔细些，出一点毛病，我和你都吃不了兜着走！”刘长卿挥了下手，回头看了看程之忱刚进去的那间雅间，房门紧闭……

这雅间内外三间，正中的这一处，珠帘垂垂，圆桌上茶具齐全。

之忱走近了些，坐下来，拿起茶壶，往茶杯中浅浅倒了一点，轻嗅，倒掉茶汤，搁住，又注了两杯。

听得到珠帘响，他纹丝不动。

“程之忱！”是咬牙切齿的娇嗔，也是恼恨不已的气愤。

之忱将手里的茶吃了两口，轻声说：“二小姐请坐吧。官邸里多的是栖霞山泉水泡的龙井茶，也来尝一尝玉泉山的水闷的茉莉花。”

珠帘被甩开，一个身材高挑的洋装女子出现在程之忱面前，戴着薄薄的丝手套的手拍在桌上，之忱面前的茶碗跳将起来。

“二小姐？！”索雁临瞪着纹丝不动、稳如泰山的程之忱，“好，好哇，程之忱……二小姐？！”

她坐下来，直瞅着之忱。

“程之忱，你真狠。”索雁临红润饱满的唇间，一字一顿。

“二小姐……”程之忱抬眼，看到索雁临那双美丽的眼睛里雾气氤氲，下面的话，不禁刹住。

索雁临转开脸。

程之忱叹了口气，说：“别耍小孩子脾气。”

“我没耍小孩子脾气。你哪只眼睛看到我在耍小孩子脾气？”索雁临立即反驳。

“那你这是在做什么？”之忱看着雁临，不难知道她来北平，这一下子会惊动多少人，“回南京去。再不回去，长官和夫人该着急了。”

索雁临瞪着程之忱。

“夫人已经来了三通急电。二小姐，你要难为段参谋长吗？”他皱眉。

“我不难为他，恐怕没这么容易见到你人呢！”索雁临咬着牙说，她此刻恨不得将眼前这个男人咬碎了。

“雁临。”程之忱换了称呼。

索雁临听到这两个字从他嘴里念出来，顿时百感交集。她看着他，眼里起了一层雾：“你到底要我怎么样？”

“马上回南京去。”之忱说。

“然后呢？”索雁临追问。

“雁临，你我不止是身份差异这么简单。”

“那，不管我嫁给陶骧，还是白文谟，你都不在乎，是不是？”索雁临再问。

程之忱眉头微皱。

“程之忱，全天下都知道我索雁临追你追到了北平，你叫我怎么回去？”

“二小姐你点个头，北平城内所有的飞机都会为你起飞。”程之忱平静地说。

“程之忱，你浑蛋！”索雁临脸色大变，呼的一下站了起来。

门外传来急促的脚步声，随即门响，敲门的声音如雨点急落。

索雁临冷笑一声，说："来得好快。"

之忱稳坐不动，说："坐下。"

索雁临看着程之忱，慢慢坐了下来，她随手一整洋装，腕子虚虚搭在膝上，一瞬间，便是再端庄不过的大家闺秀的模样了。

"进来。"她说。

门哗的一声被推开："二小姐，之忱。"来者是索长官侍从室主任、少将军衔的闾丘绍谦。

程之忱见是顶头上司，马上站了起来。

"闾丘主任。"他不卑不亢地打招呼。

闾丘绍谦略点头，既端了上司的架子，又不失和蔼，转而对着索雁临，颜色就更加和缓些，说："总算见到了二小姐。二小姐，夫人请二小姐速回南京。"

"这边的事一完，我自然回去。"索雁临轻描淡写地说，她装模作样地拿起了茶碗来，抿了一口冷茶。

闾丘绍谦点头称是："那么，绍谦只好请二小姐回去了。"

"你这是要绑架我吗？"索雁临将茶杯掼在桌上，面沉似冰。

"二小姐非要曲解绍谦的意思，绍谦也无话可说。夫人有命，绍谦还是遵从夫人之命为先，请二小姐海涵。"闾丘绍谦不软不硬地说。

索雁临转瞬却又换了一副表情："谦叔。"

"二小姐。"闾丘绍谦素知长官的掌上明珠骄纵蛮横、软硬不吃，且诡计多端，他须得小心应对。

"你带上他，我立马儿就回去。"索雁临指着程之忱。

闾丘绍谦微笑道："二小姐，程少校在休假。"

"那我等到他销假。"索雁临说。

"二小姐这是在说笑话了。"

"我没说笑话。"索雁临板起脸。

"那，绍谦就奉陪。二小姐还没逛过北平城，不如趁这次来逛一逛。"闾丘绍谦道。

索雁临笑出来。她举起手来，做出"投降"的手势，蕾丝边的丝质手套，闪着光。她站起来，走到程之忱身边，站定了，整理着手套，好一会儿，她才抬眼看之忱。

她望着之忱的眼睛，又是好一会儿，才问道："刚那个女子是谁？"

之忱平静地看着她，说："舍妹。"

"妹妹？"索雁往前走了一步，压低了声音，使接下来的话，只有他们两人才能听到，"我不想让你在谦叔面前难办，但是并不说明今天这事就这么混过去了。我既然来了，一定要你一个答复。"

她说完转身离开。

闾丘绍谦让卫兵护送索雁临下楼，合上门，沉吟片刻，才说："程少校，有几句话，不知当讲不当讲。"

程之忱说："闾丘主任，请讲。"

闾丘绍谦背着手，踱了两步，看着程之忱。这是他亲自选入侍从室的人。他还能记得那次随索长官巡视军校，在一众学生兵里，一眼便看到了这个稍稍带一点文气的高大英俊的年轻人。比武的时候，他毫不犹豫地爬进泥地里，扑腾了一身的泥浆；打靶的成绩册子拿过来，他种种枪械都超出甲等，是神枪手；面试问到课业，则对答如流，从容不迫，且英文流利，日文精到……那一刻，他清楚地看到索长官脸上的一丝赞许之色。

回去的路上，索长官问了一句，侍从室是不是人手不太够？他下车便摇电话给军官学校的校长钱博呈，要本届毕业生的花名册。

钱校长听说他要选侍从官，即刻就说："除了程之忱，要谁都可以。之忱非池中之物，作战部队比侍从室更适合他。你素来爱才，不要阻挡他的前程。陶系与白系都已经打过招呼想要将他招至麾下，我都没有放人。"

他知道侍从室地位之重要、之敏感，也正因为如此，他坚持要程之忱。

钱博呈让步，说，让程之忱自己选择。

最终，程之忱还是到了作战部队。仗打得多了，之忱屡立战功。请功的名单中、颁布的嘉奖令上常有他的名字。后来，程之忱娶了钱校长的独生女，只是婚后不久，妻子病逝……

索长官再次注意到程之忱，是因程之忱在索系与白系部队的一次摩擦中处置得当，没有引发大规模冲突。索长官收到报告后，只问了他一句：又是那个程之忱吗？

之后他将程之忱上调至索长官身边，名义上是侍从武官，实际上他的身份更接近于参谋，颇受索长官赏识，渐渐有倚重之势。

闾丘绍谦看向程之忱。之忱作为他下属已经有两年，这两年里发生过很多事，每次都让他觉得，把之忱笼络至麾下，是正确的。也许，是他后半生做得最正确的一个判断和决定。他想，大约索长官也是这么认为的。当然，二小姐索雁临对程之忱产生爱情，应该是长官意料之外的。

意料之外，却也是情理之中。

程之忱见闾丘绍谦沉默，也不主动开口。

闾丘绍谦看着之忱，微笑道："之忱，看这样子，我在北平还要盘桓几日。我想在方便的时候，拜访令尊。"

之忱点头道："之忱定转告家父。"

"那今日我先回去。受夫人所托，来看护二小姐，不能大意。"闾丘绍谦走到门边，又回头看了他，"之忱，做大事不拘小节。你一直以来的理想和抱负呢？长官很信任你，你不要意气用事，坏了前程。"

程之忱沉默片刻，道："之忱定不辜负长官信任。"

"这就好。"闾丘绍谦说完，拍了拍程之忱的肩膀，出门去。

程之忱将闾丘主任送上车，他站直了，脚后跟一磕，目送着闾丘的车子跟上索雁临的车。车队缓缓驶离。

刘长卿这时候才过来，低声对程之忱道："三少，参谋长马上就到。"

"你跟段奉孝说，今儿这一笔我给他记上，回头慢慢跟他算。"程之忱说着，抬脚便下了台阶。

刘长卿愣了一下，想要叫住他，又不敢唐突，只好转头骂人："伞呢？还不给我拿把伞来！不长死活眼！"

立即有人给他取来一把油纸伞。他拿在手里，看着程之忱慢慢地往湖边走去——烟雨霏霏，湖上雾气袅袅，没有风，背景渐渐幻化成了一幅水墨，穿着长衫的程之忱漫步走入画中似的——刘长卿倒愣住了，总觉得不该在这个时候去打扰三少爷。

"刘副官，把伞给我吧。"一个柔婉的声音响起。

刘长卿回身，看到程家十小姐站在他身后。他也不敢直视十小姐那黑沉沉的眸子和清丽的面孔，只将油纸伞双手递过去。

"谢谢。"静漪撑起伞，往之忱所在的方向走去。

之忱在水边溜达着。柳丝随着微风拂动，湖上烟波浩渺，因为下着雨，有雾，看不太远。

静漪追上来，将伞举高些，微微一笑，并不说话。

之忱接过伞来，说："怎么不在里面等着我？看着凉。"

静漪说："我看三哥兴致好，想陪三哥走走。三哥好多年没有在这里散步了吧？"

"是啊。"之忱微笑道。

"虽是这样，也不能从北海走到什刹海去吧？"静漪走在之忱身边，看他是笑着的，胆子大了些，问，"那个姐姐是谁？"

之忱皱眉。

静漪笑了，和之忱说起刚刚发生的事——她在雅室中等三哥，正百无聊赖，门被拍了两下，一个高挑的洋装美人进来了，看年纪在二十五六岁，艳若桃李的容貌倒在其次，眼里露出来的神气，大胆而又直率。一瞬间，她就觉得那女子的样子有些像无垢表姐。那女子定定地瞅了她好一会儿，也不说话。她刚想开口问，那女子却说了句"打扰"，转身就走。

此时见三哥那有点错愕的表情，静漪想笑，挽着他的手臂拉他往回走，说："既是这样，为什么不早些和母亲说呢？"

她见三哥不语，回去的路上就和三哥只说些让人高兴的话题，比如大表姐家的新生儿……听无瑕说是个极可爱的女婴。

"我也想去看看大表姐呢。"静漪轻声说。

之忱说："那就去看看，我去跟母亲说。"

"不用。"静漪懂事地说，"让我去，我再去。我已经打过电话问候了。前几天母亲去，我还让母亲替我带了礼物。"

之忱要说什么，开车的程倍叫了声"少爷"，他一抬头，见程倍示意他，他便看了眼后视镜。

静漪莫名其妙，也要跟着回头看，但见之忱皱眉，便没动。

到了家门口，之忱下车就进了门。静漪走了两步，到底抑制不住好奇心回头看看，就见有两辆车子随着他们的车开进了巷口。那车虽然远，也能辨认出来是刚刚在今雨轩见过的。她见车停了，想喊三哥回来，可一看他已经进了二门，这会儿大呼小叫的，太不像样了，就没出声。

她想了想，有了主意，转身下了台阶。

“十小姐！”门上家仆见她大门不进反而往外走，急忙叫她。

静漪摆手示意，道：“在这等着，我去去就回。”

家仆见她如此说，正要再问，门内的宝大昌低声喝了一句，他们只好站在那里。

静漪走到那辆车边，见车上窗帘遮得密密的，看不到里面。正想要敲车窗，车上人先摇下玻璃来，说：“这是索小姐的车子。请问小姐您有什么事？”

静漪微笑道：“麻烦您通报索小姐，我是程静漪。程之忱是我三哥。”

车子里有人说了句什么，随从打开车门，索雁临下了车。

“索小姐。”静漪微笑着说，“刚刚在茶楼太仓促，没能和您正式打招呼。我是程静漪。”

“之忱的……”索雁临看着她。

“十妹。”静漪见索雁临表情缓和，目光也跟着柔和起来，轻声道，“不知索小姐肯不肯来舍下喝杯茶？三哥先进内宅见母亲了。”

“那么，我就打扰了。”索雁临说。

“索小姐请。”静漪说着，请索雁临往家里走。她边走边盘算着接下来要怎么做，悄悄看了一眼索雁临。

索雁临发觉，对她微笑。

“你和之忱不太像。”她说。

“三哥像父亲。”静漪说。

索雁临点了点头。

静漪看得出来索雁临虽大方，此时也未免忐忑，轻声道：“我母亲非常和蔼，索小姐见了就知道的。”

索雁临看着这个秀美的少女，心情忽然平静了许多。

静漪客气地带着索雁临往花园走，趁索雁临不留神，悄悄吩咐人进去找三少爷，让他来东花厅见客人。待她陪索雁临逛到了东花厅外，就发现里面已经有仆妇准备好了茶点，她还没有来得及细想，就见之忱和之慎的身影出现在了花厅门口。

静漪轻声叫了声“三哥”，索雁临便立住了。

隔了好远，程之忱和索雁临对望着。

之慎在之忱身后，朝静漪挥手示意。静漪悄悄退出来，和之慎会合。

“你们来得好快，三哥刚才有没有说什么？”静漪拉着之慎，跷脚隔着墙上的镂空窗子往里看。花厅里花木繁多，那两人又走开了些，她看不到究竟。

之慎敲了下她的额头：“三哥说回头把你小脑袋瓜敲开看看里面都装了多少鬼主意。”

“哎哟。”静漪摸摸头，“真这么说的？”

“你呀，有时候胆子真是倭瓜那么大！这就把人请进来了？你想看三哥坐蜡吗？”之慎咬牙。

“才不会呢！母亲一准儿高兴。九哥，我们去见母亲，同她讲三哥有女朋友了，马上来见她。”静漪揉着额头。

“母亲这会儿正忙着呢。不过出去半日，好多事情上门，幸亏帔姨在，不然母亲怕是没空见索小姐。我们在这儿等着，还能听听他们都说了什么。”

“这叫听墙根儿，不妥。”静漪道。

“这才不叫听墙根儿呢，在这儿能听见的话，都不是瞒人的。”之慎笑着，又敲了静漪额头一记。

那边，索雁临跟着程之忱沿着花径走向花厅。他们走着走着，从开始她走在前，变成了他走在前，她要跟着他的脚步走。

程之忱始终未开口。

进了花厅，索雁临背对着之忱，看着花厅内架子上摆放的兰花，说：“小妹妹很活泼。”

“她平时倒并不怎么活泼，今日不知怎么了。”之忱说。见索雁临不坐，他也站着，正好能看见外面，那两个影子在花木后一晃，隐在围墙后。

“很对不住，在茶楼让你那样尴尬。”索雁临的怒气似乎都消散了，余下的只是无奈和疲惫。她伸手托着兰花细弱的叶子，“我只是想到我自己的心，并不能太多顾及你的处境，也不能谅解你不和我站在一处。之忱，出身不是我能选的。我父亲怎样，母亲怎样，我的家庭怎样，这些都已经注定了，也都不是我能左右的。难道你要我为了你，和他们断绝关系吗？我的确做不到。”

程之忱怔了一下。

索雁临眼里有泪：“就算我做到了，之忱，你也明白，这辈子我们谁也逃脱不了索氏这个姓的影响。唯其如此，我才不想逃避。”

“雁临。”

“我明天就回南京。走前，我要你一句话。”

“你说。”

“你到底肯不肯？”她直视着程之忱，“回去，我就得给父亲准话。我来，也是要你知道，这辈子我不嫁你，便谁也不嫁。你肯，我去跟他说。你不肯，我恪守独身主义，谁要逼我，大不了我就去当修女，或是……总之我是不会嫁去白家，更不会嫁陶骧的。”

程之忱看着她。

索雁临转过脸去：“我也不知道自己这是怎么了，怎么就认定了你……”她听到他走近了，像每一次他走近她的时候，她的心跳都会加速，加速跳到她疼痛难忍，只有抓住他才会活命似的。她闭上了眼睛。

“雁临，我必须禀报父母，才能去跟长官求婚。”程之忱说。

索雁临急速转了身，脸色刷白地看着程之忱：“你……说什么？”

“我是程家长子，虽然走了一条不同的路，对这个家庭仍然负有不可推卸的责任。这次来，你也看到我家的状况。”之忱说着，轻声叹了口气，“有意从军时便刻意隐瞒了些，知我状况者甚少，并不是成心瞒你，也并不只是瞒你一个……但是我想，长官与闾丘主任该是知道些的。”

“我也从未问过你这些。”索雁临脸红了。

“你怎么这么性急。”程之忱沉稳地说。

索雁临咬了下唇，泪眼蒙眬地看着程之忱。

“我不能贸然给你允诺，是因为无论如何我都要禀告父母，日后也好在长官和夫人面前有所交代。你知道他们因为什么反对我，我得有所准备，才好跟他们去解释。无论如何，你待我的心，我总是懂的。也正因为如此，我更不能轻举妄动。”之忱解释道。

索雁临满面通红，紧咬着嘴唇，她突然抬手捶了之忱一下，说：“你真是……太狠心了，你怎么能忍心看我……慌不择路的。万一我要寻短见呢？”

“你不是那样的人。”之忱倒笑了，捉了她的手，“现在呢？”

“我想亲你。”索雁临低声道，细若蚊蝇的声音，钻进他们俩的耳朵里去。

“你敢。”程之忱也低声道。他松了手。

“三少爷。”一个青衫少女来敲了敲花厅的门。

索雁临转了下身，装作欣赏兰花去，便和之忱隔了两三步。

“什么事？”程之忱见是豆蔻，问道。

“太太让三少爷请客人过去。”豆蔻口齿清晰地说。

“知道了，你先去吧。”程之忱看着雁临脸红得什么似的，待豆蔻走远了，问，“听见了吗？我母亲这就要见你呢！”

“怎么办？我要不这就走吧？”雁临脸红透了。太莽撞了，这样子就闯了来，程夫人会怎么看她？刚刚进门来时候那股子劲儿这会儿早就不见踪影了。

“这会儿知道怕了？”程之忱问。

“你还说！还不都怪你！你要是和我直说，至于这样吗？”雁临跺脚，“你看我，脸也没洗，衣服也没换，这样见……”

程之忱笑了出来。

索雁临呆了一下，这还是程之忱此次见她之后，第一次由衷地笑出来。这一笑，面容生动，真令人心折。她实实地叹了口气，所谓命中的天魔星，便是如此了。她愿意为了这笑容，粉身碎骨……她忽然打了个冷战。

程之忱说：“走吧。放心，我母亲会喜欢你的。”

雁临看着程之忱，轻声问：“她会不会觉得我……”

“不会。”程之忱说罢转身，索雁临跟上。

两人并排走在窄窄的路上。

“之忱？”索雁临叫他。

“嗯？”程之忱看索雁临，微笑了一下，说，“嘘！你们两个，还不给我过来？”

索雁临怔了怔，她全副心神都在之忱身上，丝毫没察觉附近还有旁人，见花墙外闪出两个人影，正是程之忱那对眉目如画的弟弟妹妹。这里距花厅并不远，联想到刚刚的言谈举动，她顿时窘了起来。

“三哥，快去吧，母亲和帔姨都该等急了。”之慎笑着催促他们。

程之忱看看在之慎身边的静漪，说：“你们俩一起来吧。”

他们走在前，静漪和之慎落在后面。

之慎发觉静漪半晌无话，转头看看静漪——她苍白的脸上那双黑沉沉的大眼睛显得有些无神。他明白小妹的心思。三哥和索小姐说的话，他们听了个七七八八。索小姐提到陶骧的时候，静漪脸色就不太好。

“有些事，虚虚实实的，别往心里去。”之慎说。

静漪不说话，望了望走在前面的之忱和索雁临。

“母亲会喜欢索小姐吧？”静漪问。索雁临举止大方，气度雍容，言谈爽利，很有大家风范，是母亲会喜欢的女子。

之慎“嗯”了一声，说：“母亲嘛，只要是三哥喜欢的，她大约都不会反对。今儿我陪母亲和帔姨又去了趟大表姐家，回来路上母亲还说，真担心三哥要变和尚。帔姨就劝母亲，说让母亲私下里问问三哥呢，是不是早有意中人。帔姨说她总觉得三哥不着急是胸有成竹，母亲还不信，这会儿我倒想起帔姨的话来，还是帔姨细心。不过这位索小姐，和咱们过世的三嫂太不一样了。”

静漪想想，可不是嘛，几乎没有一点相似之处……也不是，有的，她们看三哥的眼神是一样的。

“大表姐和孩子都好吗？怎么前儿才去过，今儿又去？”静漪问。

之慎说：“正是前儿去了一趟，看了那情形，母亲心里一直搁不下。今儿早起又和帔姨唠叨，两人到底又去一趟。要我说……罢了，总归不是我们能管得了的。”

静漪看他的神情也知道今日这番探望必定是有些不痛快的事，她越发打定主意要亲自上门去看望无忧。她看了看前面那对璧人，思索片刻，道：“九哥，我还是不去母亲那里了吧。索小姐毕竟第一次来，人多了，恐怕她尴尬。”

之慎便点了点头，说：“也好，我替你说一说。”

静漪略站了站，看他们走远，转身独自回杏庐。她毕竟存了点心事，本是走熟了的路，竟几次险些走错。

经过三太太的院子时，花房的人正在搬运一盆盆的菊花和花架子。静漪站定，往院子里一看，并没有见到三太太。她正要走，看这花架恰巧横在面前，左右一走都过不去，只好又站住，就听见有人在院墙内低声说话。

“……我们太太说，十小姐怕是嫁不成陶家那位的……”

那话音虽低，只隔了一道墙，她听得清清楚楚。她咳了一下，意在提醒，那边的人竟没听到。

“不是都定了的事儿吗？”

“你没听说吗，十小姐这回病着，才不是什么感染风寒，明明就是逃婚，被老爷打的……听说，要不是二太太……啧啧，二太太真有点子狐媚……要不是她想法儿求情，老爷怕打不死十小姐……叫你说，陶家还会要这样的媳妇儿？”

“啧啧啧，十小姐怎么会凭着好日子不过哟……”

“……听说和学堂里的一个男学生一来二去的……洋学堂可真是……”声音是越来越低。

静漪听得手发抖。

“……我们太太说，那男学生已经……”

忽然间一声低呼，似是受了多大的惊。

静漪心里咣当一下，也像是被什么击中了似的，她立刻转过身去，一脚踏上了台阶。

才走了两步，就听见三太太在院子里喊人。

“吴妈！吴妈你又去哪儿了！成日价要你做活了就不见人影，这里一堆杂七杂八的都没有着落。我的衣裳拿出来没？”三太太的声音，尖细而又高亢。

“是，是呢太太！这就拿！”吴妈答应着，一溜儿小跑去了。

静漪看清楚，确实是三太太身边的吴妈……她刚刚说的是什么呢？

“十小姐好。”花匠从院子里出来，见到静漪，忙问候。

静漪点点头。

转身时花架子已经被挪开，但她就是迈不开步子。再回头一望，三太太也不见了人影……她转身离开，边走，边想着事情，不知不觉就走到杏庐门口了。

乔妈也正在指挥花匠把送来的菊花摆好，看到静漪回来了，她欢喜地让她快点去赏菊。静漪虽觉得累，但见乔妈忙得高兴，也就过去站了一会儿。

“乔妈。”静漪望着拿了手帕子在逗弄花上的蜜蜂的乔妈，问，“你这两天有没有出去过？”

“没有呢，这两天太太进进出出的只是忙，让我留神看家。小姐，你看看这美人面，多好看哪。”乔妈没看出静漪脸色不对，指着近处那盆美人面让她欣赏。

静漪看那垂丝白菊花，花蕊嫩绿，花心深红，自花心处向外，颜色渐渐淡了，像白里透红的美人面，因此得名。

“这花极难培育，去年开得就不甚好，老爷也说了，今年让上上心。小姐你瞅瞅，花房今年是下了功夫的。”乔妈依旧没留意静漪的反应，花匠来问她花架子不够、剩下的这些要摆在哪里，她就忙着指挥他们往别处去了。

静漪坐在廊下台子上，望着那些菊花，只觉得清冷……

“静漪……静漪……”含着笑的声音，是孟元——

静漪猛然间睁眼，却看到母亲站在她面前。

她竟不知不觉在廊下睡着了，这一醒，觉得身上冷得厉害。不知哪儿来的寒气，都聚集到了她身上似的……刚刚那声音，温暖浑厚，她梦中还以为是孟元。

“怎么在这儿睡着了？看着凉。”宛帔从乔妈手里接过一个斗篷来给静漪披上，责怪地看了眼乔妈。

“一转身儿的工夫……小姐出门大半天，这是累了，快进去歇着。”乔妈忙喊秋薇快来，“小姐，身子刚刚好些，千万别劳累。”

“今儿跟三哥出门才多耽搁了一会儿。”静漪说着，把斗篷拢紧了。秋薇从房里跑出来搀她。

宛帔正因在杜氏房里见过之忱带回来的女友高兴，本想再问问静漪，见她无精打采的，就让她回房歇着了。

回了房，静漪坐在床边发呆，秋薇过来给她脱鞋。

“秋薇。”静漪弯下身，自己解了鞋扣。

“哎。”秋薇拿了一对绣花缎面软底鞋给静漪摆在面前，“是不是发生什么事了啊，小姐？”

“你有没有听见，最近有什么……”静漪低声说。

“秋薇！”乔妈在外面叫道，“秋薇快点来，太太叫你呢。”

“来了！”秋薇对着外面喊，回头看着静漪，“小姐，我马上回来。”

“去吧。”静漪低头，一只脚踏在绣花鞋上。

今日出门路走多了，脚都有些浮肿。

静漪早想去探望大表姐，杜氏见过索雁临之后，这两日心情大悦，正巧无瑕姐妹来程家用晚饭，也说几日没去看大姐，杜氏就让静漪与她们一同去。宛帔虽然有些担心静漪的身体，但见杜氏发了话，只嘱咐了静漪几句，要她探望过无忧之后按时回来吃药。

用过晚饭，静漪和无瑕姐妹就准备出门，出来正好遇到父亲的车等在那里，一问才知父亲要去段家的晚宴，还未出门。姐妹三人就等着程世运出来，送他上车。

程世运问了问她们要去哪里，无垢忙说是去看望大姐。听说是去汪家，程世运顿了顿，说了句："早去早回。"

上车前他着意看了小女儿一眼——静漪低着头，单薄的身影都要完全隐到无瑕身后去了……

"舅舅也去，锦安系的大佬今晚要到一大半了。"上了车，无垢说。

"这一大半，恐怕将来都是要南下的了。父亲早就厌倦了官场，是绝不会再入阁的，现如今他最大的愿望就是把学办好。"无瑕笑笑。

她看看左右坐着的两个妹妹，虽都是大病初愈，无垢比静漪看起来气色要好多了，毕竟一个是得偿所愿，一个是折戟沉沙。

"听说舅舅要请前总理出面向索家提亲？"无瑕问。

"当然要请德高望重、身份地位都相当的。况且前总理也是南面重视的人物，面子不可谓不大了。只是他老人家最近也忒忙了些。"无垢笑着说，"是吧，二姐？"

金家日前也是央前总理向赵家来提亲的。

无瑕见她促狭，道："说不准，回头他老人家还得帮孔家这个忙呢。"

"那好得很。"无垢笑道。在自家姐妹面前，她丝毫不觉得害羞。

无瑕指着她，转脸向静漪道："你有没有见过这样的姑娘家，完全不知道什么叫害臊的？"

静漪笑而不语。表姐们终身大事已定，看她们心情愉悦，她很替她们高兴。

无垢笑道："我是想着，回头你们全都是他做大媒，就我是另一样的，显得不齐整。"

无瑕忽然明白过来，踢了无垢一下。

无垢刚要嚷，"哎哟"了一声，说："干吗，小十又不是不知道。陶程两家文定仪式，原也是定了由他来主持，想来大媒是做定了的。父亲那天还当笑话讲，说前总理自个儿说的，做媒是乐事也是善事，据说这辈子保媒保成三桩，下辈子投胎就可免做哑巴。单是咱们家，就够了三桩……你们算算，可不是嘛，还不止三桩，是四桩呢！"

无瑕本想阻止无垢把这些话说出来，不想无垢这个直性子竟都说了，气得她直瞪眼。

静漪反而被逗笑了，说："三表姐不说，我还真不知道呢。"

无垢看了她，确有些后悔自己孟浪，道："我真不该说这个……眼下我们是如了意，可你怎么办呢？”

静漪微笑道：“我自然也是该怎么办，就怎么办哪……这顿打难道白挨了吗？”

车厢内的反光将她的面孔映得苍白。

无瑕和无垢忽觉得心惊，恰在此时车停了。

汪宅在胡同中段，这胡同颇窄，汽车开不进去，她们得走一段。下了车，司机在前，她们在后，每人都拎着一个大包袱。

此时天色早已黑透，汪家门口的灯笼却没亮起来。无垢抬眼一看就皱眉道：“真是越来越不像样，黑灯瞎火的还像正经过日子的人家吗？大姐坐月子，下人就没了约束。”

无瑕让她少安毋躁，走上前去打算拍门。不想她还没摸着门上的铜环，就发现大门竟是虚掩着的。她一惊，当下迈步进门，静漪和无垢忙跟进去。

进了宅子司机就小声说：“小姐，我先进去看看吧。”

无瑕摇头道：“不妨。”

虽这么说，心内却惊疑不定——汪宅是三进四合院，此时竟空荡荡的，像没人住似的，花草树木都有些疏于管理，枝叶横斜，杂乱无章。

静漪走进内院，才看到上房有微微的灯光，低声问：“家里下人怎么一个不见？”

“难道是遭劫了？”无垢说。

“别胡说。”无瑕皱眉。

“可是你看看这样子，像不像？”无垢反问姐姐。

静漪倒赞同无垢，汪宅门户大开、下人影子都不见一个，更兼满地狼藉，的确像是遭了劫。她想到这里，立即低声催促道：“快些进去看看，别真的出什么事。”

“怕不是汪南荪自家打劫自家。”无瑕冷笑道。

她们人都到了廊下，里面才有人听见动静，推门出来探看。

静漪一望，认出是无忧的陪嫁丫头半夏。

“半夏？”静漪叫她。

“十小姐？”看到来的是她们，半夏带着哭音，“二小姐，三小姐，你们可来了。快进去看看大小姐吧……”

“怎么回事，半夏，你们家里怎么成了这样子？”无垢在昏暗的灯影中看不清半夏的样子，急着问道，“电灯呢？怎么电灯都不开了？快开灯，黑乎乎的怪吓人的。”

半夏抹着眼睛，摇头。

“怎么回事，慢慢说。”无瑕见半夏要哭，忙安抚她。

“半夏，是谁来了？”无忧在里面问道。

“大姐，是我，无瑕。”无瑕回头低声嘱咐无垢和静漪进去说话留神些，才往里走，“我和三妹今儿去舅舅家了，顺道就带静漪来看看你和小外甥女儿。你不是总念叨小十吗？小十可来看你了。”

“大表姐。”静漪一进门，就闻到淡淡的奶香味，本想一来就去跟大表姐撒娇的，但看到在床上抱着襁褓中的婴儿的无忧，她便呆站在那里——就算屋内灯光昏暗、无忧人还半遮半掩隐在床帐下，她也看到了无忧脸上的血痕——无忧显然是没有预料到这个时候妹妹们会来，这时候才往床里挪了挪想遮掩，但也已经来不及了。

静漪顿时心惊肉跳，待要问是怎么回事，无垢过去厉声问道：“这是谁干的？汪南荪吗？”

“无垢！”无瑕拦了无垢，“你小声些，别吓着孩子。”

无忧拿着帕子的手遮住了口鼻，眼泪滚滚下落。无瑕见她哭，心疼得急忙给她拭泪。

“这时候了还只管什么吓着孩子不吓着孩子的？”无垢眉都竖起来了，“是汪南荪打的吧？他出息了，都开始动手打人了？为什么？凭什么！”

无忧怀里的婴儿果然被吓到，大哭起来。无忧抱着婴儿哄，一边泪如雨下。

小婴儿一哭，隔壁那两个大的也跟着哭起来。

无忧忍住泪，让半夏过去看看，说：“你们别嚷嚷，我只是……”

“半夏，你留下，看妈会哄她们的。我有话问你，大小姐总不跟我们说实话。你告诉我们，大姑爷为什么动手打人？”无垢叫住半夏。

“半夏，不准你多嘴！”无忧急道。

半夏看看无忧，也不管她主子让不让，就说：“姑爷两天没回家了，今儿过晌才回来。一回来又找小姐的晦气。说是自从小姐进了门，汪家就没停了倒霉，宅子都换了两处，越换越小。现如今他差事没了，进项也没了，家里东西都要卖净了。还说，还说……小姐只会生丫头……骂小小姐更晦气。自打她出生，他手气就没有一天是顺的，今儿又输了一大笔，小姐说了句再这么输下去，这小宅子恐怕都要押给人家了。小姐让姑爷替她们母女想想，好歹留点退步，不至于总和娘家打秋风，让人瞧不起。姑爷听了跳起来往狠里打小姐。我拦着不让他打，可是你们看……”

半夏将自己的袖子捋上去，静漪对着烛光看看，半夏的手臂上横的竖的全是血痕，足有二指宽。

“就是拿那个棍子打的。”半夏指着地上一条长木棍说，“我说要回去禀告老爷太太大少爷，让老爷和大少爷治他一治，小姐不让，说丢人。这又不是第一回了，小姐从来都瞒着，不敢和你们说。”

“大姐，你还替他瞒着……丢人？再这么下去，简直要丢命了。”无瑕眼圈儿已经红了。

“二小姐，三小姐，还有更气人的。姑爷打完了人就逼小姐拿钱。小姐哪有钱……他……他把小小姐脖子掐住，说小姐要是不给他钱，他就掐死小小姐。姑爷把舅太太刚送来的钱都抢走了，还把小姐的一盒子首饰也拿走了。本来，舅太太来给送东西送钱，就是那日来看着不像样，让小姐给下人们工钱的，又送些东西来说吃的用的不值钱，总不至于拿去变卖，可是……家院厨娘昨儿夜里就卷铺盖跑了，今儿姑爷抢了钱一走，家里空荡荡的就剩下我和奶妈还有马夫王四爷……我都吓死了，小姐还不让告诉家里呢！”半夏一气儿说，一气儿哭。

无忧听着半夏替她哭诉经过，终于也忍不住大哭起来。

一时之间，这屋子里此起彼伏的，全是哭声。

无垢这会儿倒冷静了，说：“我只当他不成器，竟然敢打你！他当咱们赵家是没人了吗？！二姐，不能这么看着，就是妈来了，也就一步路。走，我们带大姐和孩子回家。”

“不行，这样……”无忧刚开口，无垢就拦着她。

“你是怕闹得没法收拾吗？他还能如何？他到今天这个地步，不是你纵容的吗？”无垢对大姐也没有好颜色，“后事如何先不管，眼下最要紧的，是你和孩子。你不管自己，也不管这几个小的？二姐，你说呢？”

无瑕定了定神，当机立断道：“半夏，去收拾下，我们回家。”

“是，二小姐，早该这样了。”半夏是巴不得这一句话。

“我打电话让家里再来一辆车子。”无瑕说着站起来要去摇电话。

“二小姐，家里的电话电灯，昨天都已经给掐断了。”半夏小声说。

无瑕怔了一下，只得道：“那也罢了，人先接回去，其他的，日后再说。”

无忧是身心俱疲，到这时也想不出更好的主意来，只好由着她们决定。

静漪见无忧脸上有伤，趁着无瑕她们收拾东西，来给她检视伤口。她这一看不要紧，竟发现无忧除了脸上颈上的新伤，身上竟然还有旧伤。

静漪握着无忧的手，心疼极了。无忧低声在她耳边说：“悄悄儿的，别让她们知道……他今日是真急了，往日从不打脸，也怕人看到……是明知道我不愿意家丑外扬的缘故。”

“大表姐，你这是……受了多少委屈啊……”静漪哽咽。

无忧握了她的手，说：“遇人不淑，能怨谁呢？只怨我命不好。小十，你只别回去和舅母、帔姨说这些，让她们伤心倒不好了。”

静漪抬手背掩了下鼻子，让无忧起来换衣服，把婴儿抱在手臂间——这婴儿极瘦小，此时也许是有些不安，小脸皱皱的，张着没牙的小嘴，一副要哭不哭的模样——静漪见她这样，贴了贴她额头。

婴儿额头烫人，她伸手探进襁褓中，摸摸婴儿身上，更烫。

“孩子发烧了……姐，这样多久了？”

“她一直在哭，我以为安静下来就好的。”无忧把孩子接过去，看着小女儿憋得通红的脸，一摸，果然烫得厉害，心里不禁慌起来，“这怎么办？”

“到家马上用温水擦身降温，请大夫上门诊治。别耽搁。”静漪说着，看看孩子，“应该没有大碍。”

“那就快些走吧。”无瑕过来听到她们说的，立即紧张起来。

虽然无忧要带的东西不多，两个看妈一个半夏，带上三个女儿，也已经塞满了那辆汽车。

无垢见状便让无瑕带无忧她们先走，她和静漪等着马夫套车。无垢跟四爷说不用他送，她自己赶马车，给了他几张钞票，让他看好门，说若是老爷回来了，就告诉老爷，太太回娘家了。然后无垢把大门落了锁，带静漪上车。

马车刚跑出巷子，无垢问：“小十，和我去个地方，敢不敢？”

静漪看她，问：“北京饭店吗？”

她刚才还听见无垢问半夏知不知道汪南荪这些日子都在哪儿赌钱，半夏告诉她，汪南荪通常都是北京饭店里的赌场，夜晚到一处戏园子捧场，散场后带着角儿吃夜宵、跳舞……无垢当时一边听，一边就把地上那根汪南荪用来打人的棍子捡起来拿在了手里，此时就放在她脚边。

“嗯，我得去教训教训那个不是人的东西。”无垢冷冷地说。

“走吧。”静漪看着手里紧握着缰绳的无垢，说。拦，凭她是拦不住无垢的，不如跟着去，也好有个照应。

北京饭店这富丽堂皇的地方，是个地地道道的销金窟。

静漪跟无垢刚到，饭店的西崽就跑过来鞠躬，称呼一声“密斯赵”，将踏脚的凳子摆在马车前，躬身抬手，伺候无垢下了马车。

无垢站在地上，手中拎着的那条木棍有节奏地敲打着地面，回头对静漪说：“我们进去。”

“密斯特孔今天没有来。”西崽替她们推着旋转门，精明地通报消息。

赵无垢微笑点头。

静漪跟无垢一同被旋转门送入大饭店内，举目一望，店内比外面看上去更加煊赫。她看看，不知道该往哪儿走。一层是西餐厅，二层往上便是跳舞厅了，正在演奏的舞曲节奏欢快，加上隐约传下来的欢声笑语，不难想见跳舞厅里的衣香鬓影、纸醉金迷。

无垢眼波流转，说：“汪南荪一定是在赌场，走吧。”

她说着拉了静漪的手，穿过大厅，直走到电梯处。

几位盛装的西洋男女和她们俩一同进了电梯。见他们打量静漪，无垢将她挡在身边，低声说：“都是使馆里的，你不用理会，只管跟紧了我就是。”

两道铁闸关好后，电梯下行。透过铁闸，静漪忽地看到一个身材高大的男子同一个身穿明黄色衣裙的女子，从电梯前经过，她还没有看清楚，轿厢便沉入了黑暗中。

轿厢顶部的电灯明亮，她直瞅着黑色的大理石墙壁。

铁闸的影子掠过墙壁，飞快的，黑夜里的惊弓之鸟一般。

也许是她看错了，那个人只是有些像陶骧，但穿明黄色衣裙的女子是黄珍妮，这却不会错。

陆

载沉载浮的海

电梯下行很久，静漪只觉得眼前明暗交替了五六次，轿厢才停下。无垢牵着她的手走出来。可能因为地下室较暗，这里显得比饭店大堂空间要小上一些，却极安静。

“这儿就是赌场？”她问。

“嗯，等会儿带你进去见识一下。”无垢说着，和静漪往前走去。

“办正事要紧，什么时候不能见识？”静漪说。

无垢斜她一眼，笑道：“你这个正经人，不是来‘办正事’，会来这里玩一把吗？”

静漪想想也是。她们面前的这道金色红绒布镶嵌的大门两边，站着两个穿着西服的漂亮西崽——刚刚同她们一起下来的几个洋人，进了走廊尽头的那扇门。门一开一合，听不见一点人声，这和她印象中嘈杂的赌场完全不一样。

无垢站下，招手叫过来一个西崽。

“密斯赵，晚上好。”这个西崽也认识她。

无垢问：“汪南荪先生在哪间房玩牌？”

“对不起，密斯赵，密斯特汪今天没来。”西崽微笑道。

无垢笑了笑，打开手袋抽出一张钞票，当着西崽的面叠了一下，说：“烦你替我挨间房找一找，我在这里等。”

无垢指了指面前这扇门。

“好的，密斯赵。”那西崽点头，将房门一推，请无垢和静漪里面去。

“走，咱们趁这会儿也进去玩一把。”无垢拉起静漪就走。

静漪只好跟她进去。

屋内一张宽大的铺着薄薄红毯的桌子，桌边零星坐着几位客人。见她们进来也不在意，继续专注在台面上。有位西装少年过来替她们拉开椅子，无垢让静漪坐在她身边。静漪看了一会儿牌，转头打量屋内的陈设，发现这里摆的西式家具考究得很，尤其小厅里的那对“悌怕哀”（茶桌），用酸枝做出的西洋款式，小巧而又具异域风情，十分好看……无垢见静漪反而对屋子里的陈设更有兴趣，笑了笑。

她掂着面前的银色筹码，道：“汪南荪的身家怕是有一大半送到这儿来了。这小筹码看起来不起眼，架不住一个个往上叠呀。”

静漪点头，她不久才听九哥当笑话跟她说给她解闷儿：说关外的一名将领前阵子来北平洽谈事务，此人素来好赌，父亲便让人陪他玩了几把。没想到此人竟是豪赌的性子，一晚上输掉了三四十万。父亲要给他把赌账抹掉，他却也不愿意就这么欠人情，将自己在城西的一栋宅子作价十万给了父亲……静漪听着只觉得荒唐。几十万的银钱，色子一起一落之间就易了主。不知道剩下的那部分，那人要怎么偿还？左不过是铁路修筑权、采矿权这些吧！她起初想九哥日常见多了或者生厌，但看九哥的样子，似乎已经开始乐在其中。

她看着桌上的牌局，顿时更觉索然无味。幸好先前那西崽进来，在无垢耳边低语几句。无垢点了点头，西崽退下了。

无垢轻声说：“刚刚才带着他的相好来，在上面舞厅。”

静漪就要起来，无垢指了指她的牌。静漪就将她面前所有的筹码都推了出去，说：“跟。”

“咦？”无垢笑了。

荷官发了牌，无垢看向静漪。

静漪低声道：“开牌。这把你赢定了。”

“你又知道？”无垢拿起牌来。

“这两把下来，就只有那个俄国人还在跟进，可是他这一把需要是个艾斯才能赢你，而你只要是个Jack就稳赢。”静漪说。

无垢将牌扣过来放在台上。

荷官请俄国人先开牌，俄国人是个梅花K。

无垢也开了牌，是红桃A，俄国人笑着耸肩。

无垢也笑了，说：“你竟悄没声地把赌局摸透了。”

“这有什么难的，麻将牌才难。”静漪拉着无垢就走，“快点，做正事要紧。”

无垢交代刚刚那个西崽先替她收了筹码，她和静漪乘电梯直接到楼上去——从电梯出来，简直像进入了另一个世界，从寂静闯入喧闹——音乐却是轻缓的，但不时有极纵情的笑声传入耳中，烟气和酒气更是层层叠叠的，雾一样轻柔地舞动着……静漪站在大厅外，隔着金色的玻璃，望着里面人头攒动、翩翩起舞的场景，吸了口气。

无垢转过身来看看静漪，道：“这副打扮也还说得过去，不只是来跳舞的样子。”

静漪一身湖蓝色旗袍，外面罩了件薄线衫，脚上那双白色的鞋子，鞋面上攒着朵珠花，清雅而又别致。

无垢则是考究的洋装。就是到舅舅家吃顿便饭，她也是要盛装的。此时她有点得意地说：“你要养成习惯，把每一个需要你出现的场合，都当成要去觐见女王一般隆重，这样，你才会永不出错。”

静漪一笑。

金色的舞厅大门被推开了，无垢携着静漪的手一同走了进去。

这跳舞大厅比起静漪想象中要更加宏大些，但时间还早，来跳舞的人不算多。

静漪在人群中寻找着汪南荪，她以为没有人注意到她们两个。可赵无垢却是无论何时出现都令人瞩目的，更不要说她今晚身边还有个程静漪……静漪见无垢得不时停下来和人寒暄，便悄悄退远一些。忽然她目光停了停，看到靠近乐队的位置有一张弹簧沙发，一个穿着黑色长衫的瘦高青年，正搂着个摩登女郎，旁若无人地喁喁细语……她走过去拉了无垢一下，示意她看。

无垢一看是汪南荪，低声道：“走。”

就在这个时候，舞厅里潮水般拥进来一群人，少说也有三四十个。走在最前面的是七八个洋人，和他们在一起的都是年轻貌美的女子，有洋人，也有中国人。紧随其后的是一些年轻人，多是高大英俊的。这样的漂亮人物成群结队一起出现，格外具有轰动效果，无垢和静漪也不由得看了一眼。静漪立即发现其中有几个洋人是那天在街头骚乱中见过的，心一动。他们当中果然有人认识无垢，叫着“密斯赵”或者“三小姐”，过来同她打招呼，说：“是朋友的生日，刚刚在楼下西餐厅庆生，这会儿上来跳舞呢！”又额外强调一句，“今儿晚上是陶七爷做东。”

无垢正急着找汪南荪算账，本想敷衍几句就走，听到“陶七爷”三个字，笑问：“怎么偏偏陶七爷不见人？”

她话音未落，一位穿着明黄色舞衣的女子飘然而至，轻笑着叫她：“三小姐！”

静漪眉头微微一皱。黄珍妮已经走过来，一手扬起搭在身边一位女朋友肩膀上，和无垢说着话，目光顺势便转到静漪身上，打量了几眼，笑问：“没认错的话，这位是……程十小姐吧？”

静漪见她醺然的醉态，没出声。

黄珍妮仍笑着，又问：“听说十小姐最近在家中养病？身体好些了？”

她身边那位女士闻言便拍了拍她，有点尴尬地对静漪一笑，说：“珍妮今天晚上太高兴，多喝了几杯。珍妮……”那女士一转脸，对黄珍妮用了法语，脸上是在微笑的，语气却完全听不出笑意。

黄珍妮脆生生一笑，道：“我只是关心十小姐而已。比上回见面，十小姐清减好些。”

“要关心，也轮不到你。”无垢心知黄珍妮绝非善意，开口也没客气。

“谢谢黄小姐。我好多了。”静漪见无垢恼火，知道她性子是绝吃不得眼前亏的，她却不欲在这儿与无关的人纠缠。她当即对黄珍妮及她身边的几位朋友一点头：“各位，失陪。”

“七少，看看谁在这儿？”黄珍妮忽然高声笑道，又吸引来不少目光。

静漪眉头顿时一皱，果然见陶骧从舞厅外走进来，不禁眉头皱得更紧。她看看黄珍妮，不欲理睬，就听无垢哼了一声，道：“我说呢！”

黄珍妮依旧笑着，低声道：“令表姐妹感情还真是好到让人羡慕。十小姐，想必从令表姐的成功上获得鼓励了？十小姐这样优秀，的确也该努力成就城中另一段佳话。”

“珍妮！”黄珍妮的女朋友扯住她，哪知借酒装疯的黄珍妮岿然不动，“怎么可以这样同程小姐讲话。牧之知道了不得了的……”

无垢脸色铁青，瞟一眼被人中途拦住说话的陶骧，冷笑一下，说：“我奉劝你一句，适可而止。陶骧就是不娶我妹妹，也没你什么事。况且陶骧娶我妹妹，是娶定了。你还是省些口舌和力气，免得在他们是成就城中一段佳话，在你是成就城中一段笑话。”

“赵无垢，你们表姐妹已经是笑话了，难道我还怕和你们一道吗？”黄珍妮笑着，望了静漪，“七少到现在都不肯履行文定之约，还不够明白吗？”

无垢眼见侍应生端着一盘香槟经过，伸手就要拿，却被静漪一把按住手。她盛怒之下，看见静漪黑沉沉的眸子，瞬时一怔。

静漪抬了抬手里那根木棍，说：“咱们来这儿可是有正经事，不是跟不相干的人拌嘴的。”

她说完，将手里的木棍塞回无垢手上，在众人惊诧地等着看好戏的神态中将无垢带到一旁。

无垢被黄珍妮挑起来的火此时噌噌直冒，再一看汪南荪和那陌生女人旁若无人的狎昵，可觉得这股子火有了去处。

无垢说：“等会儿你别拦着我。”

“把人叫出去，要打要骂随你。这儿人这么多，明儿四处传遍了，大姐夫想回头都回不了。”静漪说。

“都这个时候了，你还想着给他留退路？”无垢将静漪推到一边。

“你不给他留退路，也得给大表姐留退路。”静漪追上去，低声道。

无垢斜着眼睛瞪她，说：“拿出你逃婚的劲儿来，想想这事还有什么退路？大姐再回去，不是退路是死路。”

静漪被她一说，气得正咬牙，见她丢下自己冲汪南荪就去了，又急忙跟上去。

那汪南荪正半躺在弹簧沙发上，惬意地同女伴推杯换盏，温存耳语，猛然间一个什么东西呼啸而至，突然他手里一空，手中的酒杯飞了出去，砰的一声落地，碎渣四溅。身旁的女伴反应过来，惊声尖叫，一根木棍已抵在他胸口，吓得他呆若木鸡。

无垢将木棍使劲向前一推，说：“汪南荪，你跟我出来，不然我打烂你的狗头。”

汪南荪原以为是有人在这里找他麻烦，不想定睛一瞧竟然是妻妹赵无垢，他微微一怔，这一放下心来，顿觉在众人面前没面子，喝道：“三妹妹，你这是干什么？你喝醉了吗？”

无垢冷笑一声，指着大门处道：“这儿人多，我给你留个脸面。若是这脸你不要了，那咱们就索性在这儿说道说道。你敢跟我大姐动手，就该想到有挨揍的一天。”

汪南荪闻言料得是东窗事发，赵无垢可不是无忧，是极可恶的性子，在这里当众闹起来，绝不是颜面扫地这么简单，于是他高声道：“有事情我们出去说，不要耽误人家。”他说着，也不管身边那个女子，起身甩手便走。

无垢挥了下手中的木棍，轻松得像摔高尔夫球杆，指着那女子，待要说两句，静漪拉了她一把，说：“三表姐，走哇。别让姐夫跑了。”

无垢一醒神，在众目睽睽之下，和静漪一道出了舞厅大门，果然看那汪南荪越走越快，她们下了楼梯就三步并作两步追上去。

汪南荪出了饭店大门，招手让车子开来。他自以为能够逃脱，一脚踩在车门踏板上，转过身来和追上来的无垢说：“三妹妹，我说句不中听的，岳父自诩朱门高第、诗书传家，不想三妹妹素日做派，竟与家门风气背道而驰，豪放不知廉耻。你给岳父他老人家扫面子事小，让我等亲朋好友都深以为耻则兹事体大……如今三妹妹竟是越发得了意，公然在这里毫不知礼地对姐夫呼喝起姓名来，真乃怪事！你这是来寻我的晦气吗？你姐姐都管不得我，你又算什么？”

“你住口。”无垢喝道，“谁不知廉耻？你吃喝嫖赌抽，五毒俱全，才是斯文败类。汪南荪，你从今往后，休想我认你做姐夫——你倒是给我说一说，我大姐哪里配不上你，又哪点对不住你？你竟然敢动手打她？我今天不给你点教训，就不姓赵！”

无垢不等话说完，举起木棍就对汪南荪劈头盖脸打起来。她日常运动很拿手，那汪南荪虽是个青壮年的男子，却早就是个被恶习掏空了身子的，一时被打蒙了头，还愣着呢，就已挨了好几记。可汪南荪到底是个男人，力气还是有一些的，又身高臂长，他反应过来，捉住无垢手里的木棍，一把就抽在了手中。

“三表姐小心！”静漪见势头不对，马上上前帮无垢。

就在这时，有人快步走了过去，一伸手便抓住了汪南荪挥起来的手臂。汪南荪被扭着手臂一推，根本站不稳，滚倒在地上，半晌转不过身来，杀猪似的在地上号叫起来。他从地上抬头一看，吼道：“陶……陶骧，你他妈的管哪门子的闲事？”

静漪一看，制住汪南荪的是陶骧的近侍“阿图”。听汪南荪对陶骧不敬，他弯腰将汪南荪提起来，往车门上一挤。汪家的司机吓得呆若木鸡，任汪南荪怎么喊救命，就是不出来。

陶骧过来，挥了下手，图虎翼立即松了手。汪南荪险些跌在地上，急忙把住车门。他还没缓过这口气来，陶骧便抬手一把卡住了他的喉咙。

“你刚才说什么？”他问。

“我说，你他妈的管哪门子的闲事？”汪南荪气儿都喘不匀了。跟陶骧相较不止是力气、气势上也处于下风的他，恼羞成怒：“你放开我！我叫巡警了！”

陶骧淡淡地扫了一眼在街边观望的巡警，说：“叫。”

汪南荪转头大喊，让巡警来抓人。

无垢则摆手，笑着说：“我姐夫，喝醉了，闹着不肯回家。不妨事、不妨事。”

“赵无垢，你……”汪南荪气得翻白眼，“你这个伤风败俗的丫头……你你……你们赵家出了你这么个有辱门楣的女儿，真是家门不幸……”

无垢狠狠踹了汪南荪几脚。

陶骧等她踢够了，将汪南荪松开，手一抬，示意马行健和图虎翼上来，说：“绑了。”

马图二人行动极麻利，将汪南荪的手背在身后，图虎翼抽下领带来当绳子捆了，问：“七少，扔哪儿，护城河里吗？”

汪南荪又号叫起来，马行健把手帕团了团，塞进他嘴里。

陶骧点了烟，转头问无垢道：“三小姐，您说扔哪儿合适？”

无垢笑眯眯地说：“扔护城河里还污了河水。前儿我们三哥买回些稀罕物，食人鱼。听说这鱼从美洲来的，尖牙利齿，最爱吃肉，扔个大活人下去，拖上来就是一副骨架——这样的白眼狼，不知道放下去，肉被吃光了，还剩下什么，我倒想看看。”

“就照三小姐的意思。”陶骧示意马图二人，将汪南荪塞到车上去，“你们送三小姐回家。”他说完，对无垢一点头，就要走。

“七少请留步。”无垢叫住他，看了静漪一眼，“谢谢七少相助。这本是家丑，不宜外宣……”

“陶某只是遇到一个欺负女人的流氓而已，其他的一概不知。”陶骧说着，请无垢离开，“时候不早，三小姐请回吧。”

“多谢。”无垢说。

马行健站在车边，开了车门等她们，说：“十小姐，三小姐，请上车。”

无垢向静漪招手。静漪经过陶骧身边时，低声说了句“多谢你”，不等陶骧回应，快步走开了。

陶骧没有看她，他的余光里见她湖蓝的身影像是飘进了车子，那句“多谢”也轻细，几乎细不可闻……他手上半截烟灭了，身后的人替他点烟的工夫，他听到有人走过来，说：“是七少，还是达令？”他一抬头，正看到无垢往他身后瞟了一眼，脚步一顿似要说什么。

不过无垢只轻轻摇了摇头，道：“那我们先走一步，再会。”

“再会。”陶骧说。

无垢上了车，对坐在前头的马行健道：“请开车吧。”

她说了地址，转头看一眼车外，轻声道：“再没有别的颜色衬得起珍妮黄。听说她前儿去四喜绸缎庄选衣料，一口气裁了二十件旗袍料。她顶不喜欢旗袍的。可见穿什么，也还得看穿给谁瞧呢。”

静漪不由得也转过脸去。

陶骧还站在原地，黄珍妮款款迈步向他走来。她那明黄的裙袂几乎拖着地，在饭店的灯光下闪闪发光……

车子发动起来，静漪回过头来，问：“表姐夫不会有事吧？”

无垢说：“后面再塞下一个汪南荪也绰绰有余，担心他呢。”

静漪想想也是，汪南荪这人，是要有人给他一点教训。

“哎呀！”静漪忽地想起来，“马车！”

无垢也一拍手，但马上笑道：“没关系，明儿让人去赶回来也是一样的。”

静漪也笑了。她看了看前面——马行健开着车，图虎翼坐在一旁，两个人都不说话。

“没想到这次又是麻烦你们。”无垢笑道。

马行健只是笑笑，图虎翼却转过身来，说：“可是没想到呢。今天是七少做东，替一位美国朋友庆祝生辰。晚上到的都是寿星佬的客人。”

无垢问道：“珍妮黄也是？”

“是啊，她同这些美国飞行员都熟识。他们最近时常在北京饭店跳舞的。”图虎翼说。

马行健看了他一眼，只管把车开稳了。

无垢望了在身边沉默的静漪，一笑，说："原来如此。"

静漪在这个时候尤其像一汪静水，他们的话题，她似乎一点也不感兴趣……无垢轻轻拍了拍她的手。

车到了赵府门前停稳，无垢让家仆出来把汪南荪拎了扔在大门内，又谢过马图二人。见二人只管看向静漪，无垢明白他们的意思，就说："十小姐到了这儿，就算是到了家。"

"是。"马行健道，"那么，三小姐，十小姐，我们回去跟七少复命了。"

静漪点头，看着他们上了车，走近了些，说："夜深了，路上当心些。"

她声音依旧很轻，却让车里这两人有些不知所措，慌忙间马行健车子都打不着火了，手忙脚乱了一番，才离开。

无垢看了又要笑，见静漪正色，少不得忍着。她早让人叫来了家里的车子，跟静漪说："我今儿也累了，不跟车送你回去了。到了家，给我来个电话。"

静漪点头。

无垢揽着静漪的肩膀，道："今日这场大闹，回头我定是要被责骂的，又累了你。偏偏遇到谁不好，又遇到陶骧。"

"这并没有什么要紧。"静漪看时候已经不早，预备回去，"千万要劝劝大表姐。今晚的事，先别告诉她，省得她再添些烦恼，更不好了。"

无垢点头，叹了口气。她看看静漪，道："今天晚上黄珍妮说的，还有我说的那些，别放心上……我只是不想看她气焰嚣张。"

静漪点头。

无垢从台阶上下来，推着静漪上车。

静漪转过身来，问："三表姐，最近有没有听说什么消息？或许……是和孟元有关的？"

无垢立即摇头，反问："你可是听说了什么？"

静漪想了想，才说："我总觉得孟元是出了什么事，你们都瞒着我。"

无垢看了静漪一会儿，说："你这一颗心里就只有一个戴孟元。吃了这么多苦，总也不改初衷。这趟船到纽约的，至今日行程刚刚过半，哪会这么快就有消息呢？你就踏踏实实的吧。"

静漪听了这话，眉头舒展些。

忽地听得一阵凌乱的脚步声，有人叫着"三小姐"奔出大门来。

无垢一皱眉，回头便问什么事。

家仆上气不接下气地说是传老爷的话，要三小姐即刻去上房见他。

静漪忙同无垢告了别。

宛帔见静漪还在拿着毛线团在照着之畋给她的那本编织图样笨拙地练习，不禁摇了摇头。一团毛线被静漪拆了织、织了拆，早就变得毛糙。偏静漪锲而不舍，倒像找到一个新的消磨时间的方式。她知道静漪烦闷，也不说她，慢慢翻着杜氏吩咐翠喜拿进来给她的两本账簿。

“太太，小姐是不是有点魔怔了？”乔妈低声问道。

“让她去，本来就是认准了什么一定要弄明白的性子。”宛帔说。静漪只要不哭哭啼啼、愁眉苦脸的，她也就不求什么了：“药有按时擦吗？”

姑太太特地请了有名的大夫调制了药膏送来，再三说是宫廷秘方，若长期使用，定能去除疤痕。静漪自己并不在乎，她却一想起来就心疼，她心爱的女儿一身细皮嫩肉的，雪样肌肤吹弹可破，那疤痕是在女儿身上，却也在她心上，总会时时提醒她。

乔妈努了努嘴，说：“小姐嫌麻烦，昨儿还说这是根本没用的，何苦来炮制这些。”

“她学西洋医术的，总觉得中国医术有些毛病。”宛帔说。

静漪听了笑起来。

宛帔笑道：“还不快点上药？”

乔妈拿过一个兔毫瓷罐来，打开盖子，异香扑鼻。这是以各种名贵草药配制而成的东西，仔细闻起来，才有苦味和腥味。静漪闻了就皱眉，乔妈却像托着个宝贝似的，说：“姑太太都说了，这是赵家的厨子从宫里的老人儿那里得来的方子。当年的太后老佛爷，就是这么用的！”

“姑姑给的药，都得用上。”宛帔说。

静漪无奈，过来脱了外衣。宛帔见她穿了紧身的胸衣，背后一排密密的扣子，动手给她解开，问：“不会觉得憋气吗？”

这胸衣就像其他女儿身上诸多她不能理解的谜团一样，让她想不通的同时，也让她好奇。

“不会，就是穿好了，人得端着。”静漪笑着，将胸衣脱下来。听见乔妈在抽凉气，她问：“伤痕很难看吗？”

伤大多数都在背上，她自己看不到，也不觉得很害怕，但母亲每次看过就沉默很久，她想大概是有点怕人的。

宛帔亲手从罐子里取了药膏，慢慢涂到静漪背上，一寸一寸按摩着。

“娘，这回九哥跟父亲一同去南京吗？”静漪闭上眼睛。

“去的。江家太夫人也好些年没见着他了，惦记得很。”宛帔站起来，翠喜早已在铜盆里兑好了水，她过去洗手。

静漪点头。这回父亲南下为的是三哥的婚事，恐怕顺便也要为九哥议婚的。

“这一两年，办了三少爷的婚事，就该九少爷喽。”乔妈收拾着药罐和线团，笑着说。

“老九怕是没有这么快。”宛帔坐下来，继续翻账簿。

静漪听她们说着，沉默不语，隔着帐子忽见秋薇抱着一只雪白的小猫走了进来，说：“哪儿来的猫？快抱来给我瞧瞧。”

宛帔拦下了，问：“这是四太太的猫吧？”

“别处的猫再不能养得这么漂亮了。秋薇，你在哪里捉到的？”乔妈问。

“它自己跑来的。”秋薇举高了小白猫给乔妈看，猫脖子上系着一条红色的丝线，拴着只金铃铛。

宛帔一看，道：“让人给四太太送回去。她的猫少了是不得了的。”

静漪穿好了衣裳，说：“我去送。”

“你别出去乱跑。”宛帔说，语气有点严厉。

静漪抱着小猫站在那里，一怔。

宛帔也觉察自己刚刚有些过火，道：“刚涂了药，歇一歇吧！你忘了，小时候追猫追到水里去，险些出了大事？”

“娘还是见我喜欢猫就紧张，那都多久以前的事了。”静漪说。

她抚摸着怀里这只乖巧的小猫，看了眼窗外，天气真是好。菊花盛开了，再过些日子就该漫山遍野的红叶了。嫡母早就说要去西山看红叶，在别墅住些日子，可最近家里多了几桩事，再加上三哥的婚事，忙起来就都不提这茬儿了。她又不能独自上山。尤其姑母昨日带无忧表姐和孩子们去了西山，今早无瑕和无垢也去了，她更觉心里空落落的。

怀里的小猫喵呜了一声，静漪摸摸它的头。

柔弱到可怜的小猫，让她想到无忧表姐的小女儿。姑父将汪南荪痛责一番赶出家门，不许他再登赵家的门。汪南荪登报诉赵家强迫他们夫妇离异、父女相隔，家事一时成了人茶余饭后的谈资。姑母带无忧表姐母女外出，也是不想让无忧因汪南荪的无耻行径而难过。

她想着，忍不住轻轻叹了口气。宛帔见她这样，微微皱眉。

静漪转回脸来，倒微笑着说："我如今再不会被只小猫带进水里去的——就是落了水也不怕的。"

秋薇过来把猫接过去："太太，我这就把猫送回去。"

"去吧。"宛帔说着，看了静漪一眼。

静漪见母亲没有再特意说不让她出去，赶紧跟着秋薇出来。

"给我抱抱。"一出房门，静漪便抱过小猫来。

"小姐，太太没说让你去呢。"秋薇憨憨地说。

静漪瞪了她一眼，她吐吐舌，跟着往翠苑来。

花园里有不少果树，走在小径上，都能闻到果香气。观赏树的叶子变了色，深深浅浅的红色和黄色让花园生色不少……秋薇走几步，就要摘了漂亮叶子来给静漪看，说给小姐回去做书签。

静漪见她摘得太多了，大把叶子捏在小胖手里显得很累赘，笑了笑，让她把叶子装在衣兜里，说："这些就够了。"

秋薇本来是要哄静漪高兴的，不知为何静漪看了这些漂亮的叶子却露出忧郁的神气来，只好老老实实跟在她身后。

看到翠苑的院墙，就听见若有若无的曲子从院内传出来，秋薇小声说这一定是四太太在放唱片了。

"是十小姐吗？"隔着花墙，有人问。

静漪怀里的小猫听见这一声，喵呜一声转过头去。

"翠姨？"静漪站住了。她站在这里只看到花墙那边有人影在晃动，得到肯定的答复，她说："翠姨，刚刚有只小猫跑到杏庐去了，我送它回来。"

"是十六吗？我找了它半天了。"四太太问。

静漪哪里知道什么十五十六的，不过还没等她开口，小猫便挣脱她跳到地上穿过花墙去了，就听那边四太太十分惊喜地道："是十六呢！十六可回来了，再不回来就没有饭吃了。"

静漪不想平时总爱端着架子、轻易不露出什么过分态度的四太太私下里对着爱宠竟是这样的，一时想笑又马上忍住了。

四太太在里面高声道："十小姐，请进来坐坐吧。"

静漪带着秋薇绕过花墙，就看到李翠翘抱着那只小猫在院门口候着。她身后跟着两个老妈子，手里都提着提篮，是猫食。一进院门，静漪便惊讶地睁大眼。她只知道四太太爱猫如痴，没想到竟养了这么多只——翠苑的院子小而精致，屋子是西式的双层小楼，楼下有个很大的阳台，大大小小的猫随处可见。有占据墙头的，趴在树杈上的，窝在围栏处的，还有卧在阳台藤编沙发上呼呼大睡的，形态各异，惬意无比。

"十小姐坐呀。"李翠翘说着从腋下抽出手帕来，对着沙发上的那只黑猫拂了下。懒猫在酣睡中被搔着鼻尖，不耐地动了下，伸了前爪出来，仍旧在原处不挪窝。

"十小姐别见怪，这些小东西都被我惯坏了。"

静漪微笑道："翠姨，我不用坐的。"藤椅上是墨绿金丝绒，看得出来下人收拾得很干净，看不到猫毛。

"那怎么行，十小姐难得来我这里。"李翠翘笑着坐下来，将那只黑猫抱在膝上。她穿着秋香色的洋装，浑身上下除了一对珊瑚耳坠子没有其他的装饰。她抚摸着黑猫，说："十小姐在上海念书的时候也不太肯去我那里的。"

她一说，静漪想想也是。四太太住顾家宅公园，她住静安寺，距离不远但也不近。她只在每个学期返校时照例去一趟四太太那里，平常是不去的。虽然嫡母和母亲并没有表露出让她同这位交际花出身的四太太保持适当距离的意思，但她潜意识里并不愿与她接近。

四太太的女佣来上了茶点，她招呼静漪吃点东西。

"起晏了，懒得出去用下午茶。十小姐吃一点，都是家里吃惯了的东西，没什么新鲜。"李翠翘说着，倒想起来，回头让人拿来巧克力给静漪，"有个朋友刚刚从比利时带回来的，我怕发胖不敢吃呢。"

静漪推辞。

"怎么，我的东西就那么不受待见吗？"李翠翘佯装生气，她一张下巴尖尖的瓜子脸，嘴唇薄而小，说话总是嘴角下沉，显得很有力。

"并不是，我也怕胖。"静漪微笑道。

李翠翘笑起来，待女佣把两大盒比利时巧克力放在茶几上，她说："十小姐哪怕再胖一点，也还是美丽的。像二太太，美了一辈子。"

静漪听她提到母亲，便不言语了。她端起一杯咖啡来，抿了一口，也并不是很好的咖啡。她倒有些奇怪，总听说四太太用东西就是要最好的。

李翠翘见静漪抿一口咖啡便停在那里，微笑，道："本想早些回上海去，起码有好咖啡喝，不想前阵子时局动荡，原本用惯了的东西，一时都找不到，只好将就了。"

她说着，拿了一把鬃刷，给怀里的黑猫刷着身上的毛，像侍弄一个婴儿似的，温柔无比。静漪望着，不由得就想起母亲刚刚给她涂药的时候，那温柔而娴雅的样子。她看着四太太的模样——四太太跟了父亲也颇有几年了，算起来，也该是三十岁的年纪了。

李翠翘捧着黑猫的头，拿了一条毛巾给它擦眼屎，闲闲地和静漪说着话，过了一会儿，像是无意识地道："过阵子十小姐还是回学校念书吧，身体养好了，总归要找点事做。想当初我也是个爱念书的，只是家道中落，很多事由不得我做主。这几年看着这家里的少爷小姐们读书，真羡慕。尤其十小姐你是念医科的，中途放弃学业，多可惜。"

静漪不料四太太会和她说这些。刚涂的药已经沁入肌肤，热乎乎的，让她出了汗。

"难得和十小姐坐下来说会子话，有几句话早就想说的。自古就讲女人无非有个好归宿，可时代毕竟不同了。"李翠翘把黑猫放在地上，轻轻说了句"去吧"，那语气更像是对一个黏在身边的幼童。擦过手，她将曲奇饼掰碎了浸在咖啡里，落了饼屑在裙子上，拿手拂了去，笑笑："你看我就是这么邋遢。"

静漪不语，四太太说自己邋遢，一举一动还是文雅的……她好像从未注意到四太太是这样的。

"从前我也读中西女塾的。"李翠翘笑着说，"最可怕的课不是英文，也不是国文，而是要学会怎么做个女主人。帮丈夫维持好里子面子，是一生的事业，这样的生活，有人趋之若鹜，有人避之唯恐不及。"

静漪眉尖微微颤动，四太太端着咖啡杯、笑眯眯说话的样子，看起来是和平时一样的，她却觉得不寻常……

"原来翠姨同我们是校友，怎么从未听翠姨提起过？"

“就是老爷面前，我也不提的。难道中西出了舞林高手，是什么光彩的事吗？倒是有人乐得拿这个做噱头给自己抬身价，可是我不愿意。”李翠翘脸上的笑意淡了，“前尘往事，不堪回首，不如忘了，也好过些。老实讲，十小姐，我很佩服你的勇气。只是如今就算老爷有心成全也是不能的了，太可惜。”

“太可惜？”静漪怔了怔，“翠姨此话怎讲？”

李翠翘迅速看了她一眼，似乎也怔了怔：“怎么，十小姐还不知道吗？”

静漪摇头。

“啊，那是我多嘴了。我看十小姐这两日的气色，还以为……”李翠翘脸上微微变色。

静漪望着她的眼。

李翠翘轻声道：“听说……戴家少爷坐的那艘船出海没几日便出了事。遗体从上海运回来，三天前才到。那日戴家来过人，我恰好出门遇上……”

静漪盯着卧在四太太脚下的两只猫，都是黑色的，眯着眼。她动了一下脚尖，黑猫睁大了眼，金色的瞳仁射出光来，亮到刺目……静漪重又拿起咖啡杯来，小口小口喝着，把咖啡都喝光了，才掏出怀表来一看，说：“翠姨，我得回去了。”

李翠翘看着静漪：“你……”

“巧克力我拿着了，谢谢翠姨。”静漪说着起身了。

李翠翘忙让人把巧克力交给秋薇，将她们送出翠苑。她站在门口望着离去的静漪，半晌，摸了摸耳上的珊瑚坠子。

秋薇跟着静漪，一声都不敢出，直到她见静漪走出后花园往东转，才急忙拉住她说：“小姐，走错了……”她惊慌地发现静漪的手是冰冷的。

静漪望着秋薇，大眼睛里有一种茫然的神气。

秋薇被她的这种神气弄得心里顿时更加慌张：“小姐……”

“什么？”静漪问。

秋薇嗫嚅道：“小姐，你刚刚，走错了。”她指着前面的路。

“你说得对……”静漪只听到了秋薇说的“错了”两个字，点了点头，“对，错了，一定是错了。”

她虽是这么说着，脸上仅存的那点血色却眼看着退了下去。

秋薇手不住地抖，怀里的铁盒子互相碰撞，发出令人心烦的响声……

静漪看着四太太送的巧克力，深吸了口气，说：“秋薇，你先回去。”

“小姐！”秋薇见势不妙，将手里的巧克力哗啦一下扔在一边，拦在静漪身前，“小姐，你这是要去哪儿？小姐你可不能再闯祸了……”

“让开。”静漪对秋薇说，“我必须亲眼看见。”

“小姐你要亲眼看到什么？人要是死了，你去看着不是更伤心？小姐，求你了。”秋薇抱着静漪的手臂，“你想着太太……你有一点事，太太都过一回鬼门关……”

“让我去看一眼。若是真的……不，我是不信的。”静漪推开秋薇。

秋薇急忙追上去：“那我跟小姐去！”

静漪已经上了桥头，回身制止秋薇，道：“别跟我来。”

“小姐！”秋薇急得流泪，见静漪站在桥头栏杆处，神情悲痛。她心中一凛，急忙擦去眼里的泪：“小姐我不去……你别……”

“回去和母亲说，我有事找三哥商量，其他的不要告诉她。我很快回来的。”静漪慢慢地说。

“那小姐答应我，不然秋薇就是死也不会让小姐走出程家的大门。”秋薇说着也上了桥头，指着下面黑黢黢一片的深水，“秋薇从小跟着小姐，就知道小姐好，我才好……小姐千万别做傻事。秋薇在家等着小姐回来，要是小姐做傻事，秋薇站的这个地方，就是葬身之所。”

静漪胸口闷痛，比先前更甚几分，她抽下手帕来，给秋薇擦了擦泪，说：“好，我答应你。”

秋薇要拉她的手，她把手帕塞在秋薇手里，转身迅速下了桥。秋薇看着她白色的衣裙在九曲桥上飞舞，很快便消失不见，不禁哭得更凶。

静漪边跑，边抬手捂着耳朵，在她耳中，秋薇的哽咽、四太太那低沉婉转的嗓音……都在咬啮着她的鼓膜，咬啮着她的心。她咬着牙忍住，直奔大门而去。这个时候，也只有大门还没落锁了。

她在远处就看到在门内一张木椅上坐着的宝大昌——毫无疑问，宝爷是这个家的另一道门锁，牢不可破。她要想出得此门，必得过宝爷这一关。

宝大昌早已看到静漪，不等她走近，他起身叫了声“十小姐”：“您这是要往哪儿去？要叫人给您备车吗？”

静漪看到大门口正停了一辆车，车前候着的是三哥之忱的长随程倍。程倍隔了大老远给她行礼。

“不用，我等三哥一起出门。”静漪说着，抬手理了下耳边的散发。

宝大昌不动声色地打量了下静漪。雪白的夹纱裙褂，脚上穿的是家常的白色夹纱绣花鞋。

“三哥还没来？他可晚了。”静漪知道自己的这副家常打扮出门，在心细如发的宝爷看来，必然有些蹊跷。她装作在等之忱的样子，不跟宝爷对视。幸而不一会儿之忱从门内走了出来。静漪叫道：“三哥。”

之忱一身考究的晚礼服，是出席晚宴的样子。

看到静漪在这里，之忱点点头。

静漪不等之忱先开口，就说：“三哥，我这样去可以吗？”她说着，指了自己身上的裙褂，紧盯着之忱的眼睛。

之忱手里拿着礼帽，把静漪从头打量到脚，眯了下眼。

“可不可以啊？”静漪过来，抓着之忱的手，紧紧一握。

之忱看着她，她眼中流露出乞求的神情。

“倒也没什么，横竖你又不是不知道，段家规矩没那么多。”之忱说着看向宝大昌，“宝爷，上人们问起来，就说我带小十出门了。”

“是。”宝大昌见三少爷发了话，也不再多言，送他们出了门。

之忱吩咐程倍开车，看看静漪，问：“想去哪儿？”

静漪沉默片刻，摇头。

“让我带你出门，总要告诉我打算去哪儿。”之忱说完，等了片刻，见静漪还不开口，就吩咐程倍停车，“不说吗？我让阿倍返回了？”

“戴镇。”静漪说。

之忱将手套放在膝上，平静地问：“一定要去？”

静漪点了点头。

之忱看了看静漪——长发梳成两条辫子，垂在身前，额上满满的刘海儿，乌云似的，那一双泪光闪闪的大眼睛，像隐在云后的星星……她嘴唇轻轻颤着，问：“是不是真的？”

“是真的。”之忱说。

仿佛有什么，在耳边爆开，静漪有好半天喘不过气来。面前暗影重重，之忱的面容她也已经看不清楚，只听到自己说：“我不信。”

“‘中国号’起航后的第一个周末，船上有舞会，引了大量乘客聚集。舞会上有客人吸烟引发火灾。事故共有三人罹难，戴孟元是其中之一。”之忱和缓而清晰地说道。

“不可能！”静漪说，她的声音平静得出奇，“送我去戴镇。”

之忱沉默了一会儿，吩咐程倍：“返回。”

“不！我不回家！我要去戴镇！”静漪大声道。

程倍急速掉转车头，静漪眩晕起来，抓住把手：“你们骗我……都骗我……你们不就是想断了我的念头，让我死心塌地嫁给陶骧吗？我嫁就是了，为什么编这样的谎话骗我？他怎么可能死？这么多年……这么多年‘中国号’从未出过大事故，怎么偏偏孟元上船就会出事？我绝不相信！你们骗我！”

之忱眉头紧锁：“瞒着你是怕你伤心，并不是为了旁的……”

“要是你不同意，我就跳下去。”静漪说着话，呼的一下打开了车门。

车子疾驰在街上，风吹进来，静漪雪白的裙子扬起来，像被风卷起的一朵洁白的莲花。程倍大惊，急忙刹车，程之忱一把将静漪扯了回来。

他那么镇静的人，脸上瞬间青筋暴起。

静漪看着之忱的眼睛，一字一句地说：“我一定要去。”

之忱阴沉着脸，问：“活要见人，死要见尸，是吗？”

静漪点头。

车子停在路中央，前方就是程家的大门。静漪盯着之忱，仿佛他嘴里说出来的话是会生杀予夺的……之忱放开手，将车门关好，吩咐程倍：“开车，送十小姐去戴镇。”

“是。”程倍忙答应。

静漪虚脱一般，险些晕过去。她身体尚未完全恢复，情绪如此大起大落，一时间很难承受。

之忱道：“我和你一道过去。”

静漪看着之忱这一尘不染的礼服，摇头道：“三哥的事重要，我不耽误三哥。程倍送我去就好了。三哥放心，我有分寸。”

“我能相信你吗？”之忱问。

静漪转开脸，点了点头：“绝不让三哥为难。”

之忱沉默片刻，道：“阿倍，先去段家。”

“是。”程倍从后视镜里看了看后座上的兄妹俩，只管稳稳当当先将车开到段家。

段家门前卫兵守卫森严，等在门口的是刘长卿。看到程家的车到了，刘长卿急忙上来开了车门。

“三少，里面请。段参谋长、陈市长和客人们都已经到齐了，正等着您呢。”刘副官说着，看到车里的静漪，“十小姐也来了？十小姐晚上好。”

之忱点了点头，回头看着静漪，道：“记住你答应过我什么。”

静漪点头。

“阿倍。”之忱下了车，程倍忙跟着下来，他低声交代程倍几句，道：“一旦有事马上打电话回来——段家的号码你该记得。”

“是。”程倍躬身。

“保证她的安全。”程之忱说罢，抬脚就走。

刘长卿急忙跟上，之忱走进大门，见段奉孝迎了出来，说：“我今日恐怕得早走一会儿，家里还有重要的事等着办。”

段奉孝看他今晚的气派本想开口夸赞一番，闻言就看看他脸上，道：“你可早走不了。你知道今儿晚上都有谁来吗？来来来，我带你进去，你看看就知道了。”

他说着携了之忱的手往里走去，之忱心里却还惦记着不知静漪此行去戴镇会是怎样的情形，有点心不在焉。可今晚的会面太重要，容不得他分神。

车子缓缓驶出巷子，静漪坐在车上一动不动。

天色暗了，像一幅颜色沉沉的画卷。出了城，路越来越偏僻，风起来，携着雨点。雨起初还稀稀落落的，渐渐也下大了。

程倍是第一次来戴镇。静漪也只来过一遭。阴雨天里，路格外难以辨认。好容易到了镇口，程倍看到一个赶马车的汉子，赶快停下来向他问路。

车夫听说他们要去戴府，神色有些犹豫。程倍以为他是想要钱才带路，便允诺他带路去戴府，就给他一块钱。程倍掏了一块银洋出来，看看他神色，又加了一块。

车夫说：“我倒不是……不知道你们要去哪个戴府，这镇上略微有点身份的人家，都是戴府。”

程倍回头看静漪："十小姐？"

静漪将帘子拨开，看那车夫。车夫忙哈下腰。静漪刚想开口说话，就听有人喊："赶车的……赶车的，戴老八……是老八不是？"

车夫"哎"了一声："是老八，在呢！"

静漪见那人提着马灯、打着伞往这边跑，上气不接下气地说："快……快快救命……"

戴老八抬手遮眼，问道："是四老爷吗？"

那个一身湿漉漉的老伯喘着粗气说："老八，快……媳妇难产……烦你送媳妇进城，晚了怕是来不及了……"

静漪看到那老伯身后不远处，正有人抬着担架往这边跑。

车夫大骇，急忙摆手："不成不成，这样的天气路上不好走，又远，万一出点事……镇上的接生婆呢？大夫呢？"

静漪看着那担架，淋淋的被子凸起一个包，被子下的产妇一动不动，一旁的男人们还在高声争执。车夫断然不愿意出这趟差，老伯揪住车夫的衣领骂他"见死不救"……突然有个老妇人颤巍巍地说："没气儿了……没气儿了！"

静漪根本来不及多想，赶紧下了车，程倍一看忙下车跟上。

"先把人抬到避雨的地方。阿倍，遮雨。"静漪对抬担架的二位说。她指挥着他们，让他们先避到路边的大树下，那里有两条横着的石凳。

担架被放了下来。静漪探了探产妇的鼻息，十分微弱。她伸手掀开被子要查看。

妇人急忙抓住她的手腕，她身后的年轻人更是立即护住产妇，喝道："你别动她。"

"孟岩，别冲动。这位姑娘，你是？"老伯问静漪。

"老伯，我是协和医大的学生。但我在上海的圣恩医院妇产科实习过，会接生的。"静漪说。她做助产士的经验虽不多，可还是有的。

暗暗的光线下，他们应该都看不清楚她的模样吧。其实她脸上烧得跟什么似的，心跳早就超过了正常的速度。

静漪见他们犹疑，果断撸起袖子，抓过老伯手里的马灯，掀起被子来就钻进去……就算她是女的，这一来也够惊世骇俗的，在场的人都吓呆了，一时竟没人阻止她。好一会儿，那个斯斯文文的年轻人猛地醒过来，正要扑过来推开她，被老伯一把拉住。

“爹！”他叫道。

老伯摇了摇头。

静漪从被底出来，擦了下额头上的汗，说：“现在骨缝已经全开了，只是胎位不正，胎儿又大，产妇已经体力不支，非常危险……你们别慌，有得救的。”

“你个黄毛丫头！爹，咱还是得去城里。”年轻人喊道。

“恐怕来不及。”静漪说。

老伯看着静漪：“姑娘，你真的能救媳妇？”

“镇上没有接生婆和大夫吗？”静漪反问。她盘算着，这个时候不出手相助，又怕一大一小两条性命都没了。

“镇上两位大夫，一位出诊了不知何时回来，一位烂醉。接生婆……”老伯叹口气。

静漪知道这其中必有隐情，她想了想，果断对程倍道：“阿倍，把后座腾出来。大家快把产妇抬上车……老伯，有没有干净的地方？我来接生。”

“回我们家里去，家里什么都有。”老伯还算镇定清醒，“就过两条街。”

“快些。”静漪跟老妇人先了上车。男人们帮忙将产妇抬到车后座上去。

老伯上车带路，程倍开车往老伯家里赶。

静漪蹲着，握着产妇的手腕子，数着她的脉搏。产妇清醒了些，小声说：“救救……救救孩子……”

“你放心，先歇歇，等会儿有让你用力气的时候。”静漪原本心急如焚，此刻这么危急，她反倒是安定下来。

静漪问守在一边握着产妇的手的老妇人：“多久了？”

“这样子已经有一天一夜了。”老妇人回答。

“这么久了怎么还不送去城里的医院，非要拖到这个时候？”静漪连着问。

老妇人抬起手来，用袖子擦了下泪。

静漪看到她外衣上挂着的银色十字架。

“怎么称呼您？”静漪语气和缓了些。

“外子姓戴，行四，族里都称呼一声四叔。”老妇人说。

“那您是四婶了。”静漪说。

“不敢。我娘家姓郭，这是我媳妇小珍。姑娘您……贵姓？打哪儿来？”四婶问。

“敝姓程。”静漪小声地回答。她想，他们家里也是姓戴的，不知和孟元的亲族关系，是远是近……产妇呻吟，她紧握着她的手。

幸而这时车停下来，马车也赶到了，男人们马上把产妇抬进去。静漪跟着下车，抬头瞥见门边也挂着木刻的十字架。她心念一动，多少知道为什么这家在紧急情况下，请不来接生婆了……她跟着进了院子，盘算好需要的东西，跟四婶交代：热水、干布……还有简单的器械。好在除了热水要现烧，其他都是现成的。

静漪将头发盘上去，拿了一条干净的白布围住，反复洗手，做好清洁，转身来到小珍身旁。她看到先出来的竟然是胎儿的肩膀，心里一惊，伸手护住了，对四婶说：“扶住她。”语气冷静到极点，心里多少还是有些怕。她脑子里经过的全都是以往看到过的生产情景，皆是生死一线间的，可是哪一幕都没有眼下的惊险，这毕竟是她头一回单独面对。

她闭上眼睛，回忆着自己看过的教程，然后深吸一口气，大胆地将手伸了出去，扶住胎儿的肩膀向里推动，试着将胎儿的位置纠正过来……这个过程是如此漫长，而时间又是如此紧迫。

她不住地鼓励着小珍：“好了，顺过来了……用力……头已经出来了……深呼吸……”

她早就浑身湿漉漉的，还得死咬着牙关顶住这口气，生怕自己这里一点差池，救不了这命悬一线的母子俩。

“程姑娘，小珍昏过去了！”四婶忽然惊叫。

静漪只能先放下这头，紧着去急救产妇。

四婶大声说：“小珍你别在这个时候死，你死了孩子也完了。”

静漪眼眶发热，她看着昏厥的小珍，心底的一根弦被痛楚挑着，生疼。

“……四姐……四姐你帮帮我们……你让我救救她……四姐……”她仰了仰脸，让眼泪别流下来，简直是在喊，使劲儿地按压着小珍的胸口，“四姐！”

“程姑娘，小珍醒了。”四婶惊叫。

“最后一下，小珍，最后一下！”静漪大喜过望，她过去用手护住胎儿的头，“最后一下！”

她鼓励小珍用力，再用力……小珍喊出了有生以来最费力的一声，她趁机托住胎儿的头和肩，顺势将胎儿拽出了产道。

“好样的小珍！”静漪托着婴儿，拿了剪刀给婴儿剪断脐带，小心处理着。

“小珍、小珍！”四婶顾不得出生的孩子，叫着昏厥过去的儿媳妇。

静漪见婴儿不出声，便将孩子倒吊，拍了一下屁股。婴儿还是没有动静，且憋得脸上发紫。她急忙将婴儿放平，压住婴儿的下巴，查看着，从他嘴里面抠出污物，紧接着嘴巴覆过去做人工呼吸。婴儿终于“哇”的一声哭了出来，脸由紫色恢复到红色。静漪忙把他粗粗一包，顺到一边且让他哭去。

“小珍！”静漪又转到床上的小珍处，再替她做心肺复苏。

好久，小珍都没有反应。人工呼吸，心脏复苏……静漪机械地重复着这个程序。

四婶抱着初生的婴儿，在一旁不住地哭。

不知过去了多久，四婶和婴儿的哭泣声静漪都要听不到了，小珍才终于有了反应。

静漪虚脱了一般，跌坐在床沿上，看着张着嘴艰难地呼吸的小珍以及四婶怀里瘦弱的婴儿，她两眼湿乎乎的，手还在不住地颤着。

“程姑娘！”四婶抱着婴儿，两膝微屈。

静漪急忙一把扶住，说：“四婶，赶紧给孩子洗洗吧。我来照顾小珍。”

她动手给小珍擦洗，不一会儿，四婶把洗干净了的婴儿抱给她看。

静漪看了他一会儿，又看看四婶，四婶眼神里也满是担忧。这个连哭都没有力气的婴儿，实在是虚弱得让人心疼。

静漪又摸摸小珍的额头，在发烫。她心一沉，悄声对四婶说：“这样不行。”

她走出房门去，戴四叔在外面等着，见到她，忙拱手作揖。

静漪忙回了礼，轻声说：“四叔，产妇和孩子的情况都不太好。我的意见，是马上将他们送到城里的医院去，不知道您意下如何？”

老伯点头，说：“媳妇和孩子为先，只是……”

“乘我的车去。”静漪说着，让程倍过来，把事情交代给他，“到了医院，如果今晚值班的医生不是密斯莫毕克，你就到这个地址去，报上我的名字，请她来亲自看护这位产妇。密斯莫毕克是我的导师，有名的产科专家。若能获她照拂，是再好不过的。”静漪说着，向老伯借了纸笔，把地址写给程倍，又嘱咐他道，“有什么事，你要照应。天气不好，又是夜里，不要只顾着赶路，路上多加小心。”

“可是三少爷让我跟着您。”程倍犹豫着说。

静漪皱眉，苍白的脸上全是疲乏，说：“我在这里，自然不会有什么意外。等你办完了事就回来接我，我不会乱走动的。救人要紧，阿倍。”

程倍只好答应。

小珍母子被送上车，四叔让儿子带着一个女仆跟他们去医院。

戴四叔同妻子说了几句话，又对静漪拱手道：“程姑娘，进去歇歇吧。我让内子准备些点心，请程姑娘用些。”

静漪这才有机会细看戴四叔和四婶，戴四叔年纪并不算大，顶多五十岁，是非常儒雅的一位先生；四婶则慈眉善目，是个很和蔼可亲的妇人。

她说：“多谢您！还是不了，我赶着去别处。”

戴四叔苦留不得，问她要去哪里，说要送她过去。静漪不肯说，戴四叔也坚持要送，她只好答应他送到门口。出来就发现车夫老八竟等在院门外的大树下，看到他们，忙过来搭讪：“四叔，姑娘，你们要去哪儿，我送。”

戴四叔看静漪，道：“程姑娘，让老八送您吧。”

车夫立刻说：“姑娘先上车吧。”

静漪踩着凳子上了车。

戴四叔见她着急走，到底有些不放心，道：“程姑娘，记住我这里，要是有什么事，让老八来我这里告诉一声。多谢程姑娘救命之恩！”

“四叔，千万别说什么救命之恩。学医的人，遇到危机状况不伸手援助，说不过去的。四叔别放心上，我急着去戴府，后会有期。”静漪与戴四叔道别。

戴祖光又和车夫老八交代了几句，才站在路边，目送静漪乘车离开。

马一跑起来，老八回头问静漪道：“姑娘您先前说要去什么戴府的，还去那儿？”

静漪道：“是。”

车夫说：“一定将您送到。不过姑娘，我先前跟您话没说完，这镇上戴府可太多了，您到底要去哪个戴府？”

静漪猛地想起来上次来的时候，看到戴府的匾额：“大夫第！我同戴孟充小姐是同学，今天来是有重要的事要找她。”

静漪不便直说自己前来戴府的目的，虽然此时她心急如焚，该顾及的还是要顾及。

“知道了！姑娘您瞧您来得这个不巧……这么个日子，又是这么个天儿，还赶上四爷家里这么大的事……”老八说着话，断断续续的，被雨声马蹄声和车轮碾压着石板路发出的咔咔的声响切得零零碎碎的。

静漪满腹心思都在快些到戴府去，既听不清车夫都说了些什么，也就没有出声。

一路上老八也不再讲话，静漪只能听到他偶尔发出的口令声，心突突跳得越来越急了……从手臂到腿脚，都有些酸软无力。

她想她是累坏了——孟元，如果孟元知道了今晚她的举动，应该不会怪她冒险多管闲事吧？那可爱的幼婴、小珍的泪眼……她简直愿意付出一切去换救人成功那一刻的喜悦。

她靠在车棚边，抱着手臂，喃喃自语：“四姐，四姐……四姐我今天救到人了……”眼里有热乎乎的液体，几乎涌出来，她仰面，抬手按住眼睛，不让那液体流出来。

突然车厢猛地晃了一下，她差点被甩出去，急忙抓住轿帘。

马车停住了，车夫跳下去一看，咒骂了一句。静漪爬出车厢一看，原来是车轮卡在了石板缝隙里。

她跟着跳下车，车夫愁眉苦脸的，一看她的神色，忙说：“姑娘，还好也就到了。从这儿走进去就是大夫第。”

静漪顺着他指的方向一看，果然从巷口望进去，已经见着灯火。她也认出来，这就是上回来过的地方。她不等车夫说完，就说：“那我自己过去就好，多谢您送我。”

猛然间雨点儿又扑啦啦地打下来，车夫见她没有遮雨的东西，从车上抽了一把油纸伞给她，说：“这把伞先用着，还有这个，还你。”

静漪一手攥着伞，一手里有两块银洋，莫名觉得在这凄风冷雨中有一丝丝温暖。她将银洋还给车夫，转身往巷子深处走去。

她满腹心事，只顾一路向前，全没注意牌坊的柱子贴了黄表纸……终于，门前明灯高悬的戴府近在眼前，她才站下来。

看到“大夫第”的匾额，她刚要松口气，突然看到了匾额上蒙着的白布。她不由自主地往后退了两步，扶住了门前的槐树干，手中的伞掉在了地上。槐树的树叶子密密匝匝的，雨滴滴下来，打落黄叶，打在她身上，顿时冰得她浑身一颤。

她定了定神，往大门走去。

戴府门前有知客早看到她，迎下来询问。

静漪看着门上挂着白色大灯笼，却依旧显得黑洞洞的戴府大院，恨不得就这么闯进去，看个究竟。

“请问姑娘贵姓？”知客上下打量她一番。

“敝姓程，程静漪，曾来府上拜访过夫人，劳烦各位通报一声。”静漪说。

只见那知客脸上勃然变色，正要说什么，旁边另一位知客拦住他，说：“请程小姐稍等。”说着做了个“请”的手势，“程小姐，天寒雨大，请移步。”

静漪跟着进了大门。门厅阔朗，知客请她稍坐，脚步匆忙地往府里去了。

静漪坐在那里，凉风穿过厅堂，似乎有个声音在叫她，静漪、静漪……随着诵经声响起，这声音消失了。她浑身发冷，站起来往里走去。

“程小姐！”那知客恰好回来，一见她走出门厅，急忙拦阻，“戴夫人有话，这不是程小姐该来的地方，请程小姐这就回吧，戴家不欢迎程小姐。”

静漪把他的话字字都听在了耳中，心就一个劲儿地往下沉，她恨不得双手托住自己的心，也好别这么难受。

“我是为孟元来的……”她说。

“孟元既然不在了，您从此也不必再来了。”知客说。

“他当然不在！我知道。他在去纽约的船上，眼见着就该到了的，可是竟然有人造谣，说他……”静漪声音越来越紧。

知客冷漠地看着她，缓慢而清楚地说：“程小姐，孟元去不了纽约了，他走了。”

“他上了去纽约的船，怎么会去不了纽约？去不了纽约去哪儿？他去哪儿了？我去找他。你告诉我，他去哪儿了？”空洞的屋里，只有静漪更空洞的声音。

一阵风起，诵经声随风而至。那冷风似乎是要把她的身体穿透，让她浑身打战。

“他究竟去哪儿了？”她问，昏暗的灯光下一张惨白的脸，像门楼上的白幡。

“程小姐，你想知道孟元去哪儿了？可以。”忽然，穿着白麻布袍子的戴孟允出现在知客身后，冷冷地看着程静漪，“跟我来。”

静漪的身子有些僵硬，但毫不迟疑地跟上了戴孟允的脚步。她似乎是听到了谁的一声叹息，蛇一样冰冷地滑进了耳蜗里去，冷，且带来沉重的疼痛……她下台阶的时候险些绊倒，戴孟允回身，一把抓住了她的衣袖，将她拽了起来。

戴孟允就像是在冰天雪地里，一层一层浇上冷水去冻好的透明冰人，静漪觉得自己被这一抓，也已经冻了个五成。

戴孟允不待静漪站稳，就拖着她走到了灵堂前。

静漪抬头，硕大冰冷的雨滴打在她额头上。

戴孟允并不言语，只看着静漪茫然地站在灵堂前，好似怎么看都看不清楚眼前的一切。她猛地推了静漪一把。静漪被推了个趔趄，呼的一下，整个人扑在了供桌上。桌上的贡品噼里啪啦地倒了一片……

静漪的目光越过供桌和牌位看到了那个大大的“奠”字，顿时头晕目眩起来。她扶着供桌，艰难地喘着气。灵堂里的烟气呛得她咳嗽，诵经的和尚位子列在一边，土黄色的袈裟暗暗的仿佛散发着腐朽的味道。

“不是要带我见孟元吗？他在哪儿？我是要见孟元，不见到他我决不会走。”静漪说，手指扣在供桌上。她的身子已经僵硬得快不会动了，这几句话说得却极清楚。心里有些什么在慢慢地扩大，她也不知道那是什么——待见了孟元，她要好好地说一说，怎么见他一面竟是这么的难……

“你瞎了？你瞎了？！”戴孟允突然发怒，她两步过来扳了静漪的身子，令她的面孔距离那牌位只有寸远，“你瞎了？这是谁，你看看这是谁？！”

静漪僵直的身子一动也不动。黑漆的牌位上有金色的字，她死死盯着，可是完全看不清那上面是什么。

“我要见孟元。”她说。

戴孟允抓着静漪的衣衫狠狠摇晃着，凄厉地叫喊起来：“程静漪，你眼瞎了，心也瞎了是不是？这就是孟元！这就是我弟弟戴孟元！孟元死了，被你害死了！你看清楚这上面的字，一个字一个字地看清楚，这是谁？！你，你竟然还有脸来找孟元，不是你，孟元怎么会遭此横祸？”

“我要见孟元……”静漪重复着。

戴孟允浑身发颤，泪流满面，指着牌位上的字，一个一个地，念给静漪听。

有风。灵堂里手臂粗的蜡烛燃着，随着风，火焰飘动，影子落在牌位上，似乎牌位也跟着晃动。

静漪盯着黑底金字的牌位，金字明晃晃的，上书着“故，爱子，戴氏孟元，之灵位”。

“……你们骗我……你们骗我！”静漪猛地转身，往灵堂后面走去，走得坚定而且决绝。

戴孟允和众家丁女仆大惊。戴孟允扑上去拖住静漪，道：“你要干什么？”

“这里面绝不是孟元！你们骗我！”静漪推开戴孟允，她手臂细得像芦苇秆，这一刻却有着超乎寻常的力气似的，“我要见孟元！”

戴孟允死命拖住静漪，她的哭骂声和诵经声夹杂在一起，灵堂里顿时一派混乱。

“让她见！”随着一声大喝，戴母出现在灵堂外。

“娘！”“老太太！”众人慌乱极了。

戴孟充跟在母亲身后，急忙劝阻：“娘，不能啊！”

“既是她要见，就让她见！”戴母推开了搀扶她的小女儿戴孟充，“让她见！”

就在这众人停顿的一瞬间，静漪挣脱戴家仆妇的阻拦，越过众人，扑到棺材上，费力地推那棺材盖。棺材盖很沉，她咬紧牙关，用尽全身的力气去推，一点点、一点点地……终于推开了一点缝隙。

静漪的喉头“咯咯”作响……

“孟元！”她大喊一声，直挺挺地往后倒去。

没人扶她，她就那么跌倒在冰冷的青砖地上。

戴夫人冷冷地看着倒在灵堂上的静漪，说：“抬出去。”

“娘……”戴孟允有些犹豫。孟充不忍，待要说什么，戴母狠狠瞪了她一眼。

“孟允，孟充，你们给我记住，没有她，孟元不会死。从今往后，我们戴家和程家，势不两立。”

孟允孟充都不再说话。

仆人将昏死过去的静漪抬了手脚，迅速往府外走去，隐在夜色之中。

戴母走到灵堂中央，等仆妇们把供桌重新摆好，伸手拈了香，在烛上点燃。

戴孟允立在一侧，眼看着老母亲忽然间老泪纵横，不由得也哭了起来。

戴母扶着桌子，身子软软地塌了下去，苍老的声音沙哑：“孟元，我的儿呀，你死得惨哪……”

这哭声凄惨极了，带着旋涡往空中飘去。

灵堂里诵经的声音再次响起，雨下得更大了……

戴孟允拿着纸钱往火盆里丢。纸钱潮了，在火盆里燃着，散出呛人的烟雾。戴孟允眼泪哗哗地往外流着，她抽了帕子擦着泪，见母亲已经哭得气断声噎，忙让丫头仆妇搀扶母亲回去休息。一通忙乱之后，管家过来，候在一边，戴孟允心知其意，一阵头疼。

戴家多年没有办过这样的大事了，用度处处捉襟见肘。戴母悲痛过度，很多事需要戴孟允替母亲来操办，才知道家里这些年坐吃山空到了什么地步。她看着账单，回身往里面去，从随身的包袱里拿出两张银票，出来给管家。

“大小姐……”管家为难地看着她。

“拿着，别跟太太说。虽然我是出嫁的女儿，娘家有事，我怎么能不管？”戴孟允说。

“不是，大小姐，这些……不够。”管家低声说。

戴孟允脸上顿时热了，她咬了咬牙，将头上的簪子和手上的镯子都退了下来，放到银票上：“把这些当了……不够我明日再想办法。”

管家叹了口气。

戴孟允站在屋檐下，看着管家佝偻着身子匆匆出门去了……望望天，她心里发颤。这个家里有孟元，总是有一份希望。如今他惨遭横祸，连她在内，忽然间都觉得没有了指望……

“大小姐。”不知何时，管家又进来了。

戴孟允回头：“什么事？”

“那位程小姐……她不肯走。”

“她想怎么样，大闹灵堂还不够？还要闹什么？她真是想让孟元走了都不安宁吗？”戴孟允拧着眉。

“倒没有闹。她跟个疯子似的，又哭又笑的，我们也听不懂她说了些什么……”管家说着，看向戴孟允，希望大小姐拿个主意，“我们总不好对她怎么样，毕竟……”

“冤家！去，让人把她撵走！撵得远远的，这个扫把星！”戴孟允道。

“大小姐。”管家沉默片刻之后，才说，“她也是大家的小姐……要不跟太太说说？这样下去，恐怕会出事。”

戴孟允静默片刻，道：“别惊动太太，我去看看。”她披上一件斗篷，扶了丫头往外走。管家撑了油纸伞跟在后头。

灵前举哀和诵经都暂时停歇了，宅院里此时格外的安静，除了风雨声，就只有一个女子那朗朗的吟诵声……戴孟允在大门内站住了。

那女子的声音在风雨中若飘落的树叶般颤然回响：

“Each like a corpse within its grave, until

Thine azure sister of the Spring shall blow

Her clarion o'er the dreaming earth, and fill

With living hues and odours plain and hill...”

孟允又往前走了走，看到了程静漪——难怪管家说她疯疯癫癫地说了些什么，他们都听不懂。她也不懂，但她过世的丈夫和兄弟都懂。他们俩用这种她听不懂的语言在高谈阔论的时候，面上的表情时而愉悦、时而严肃……都不似眼前的程静漪，悲怆而癫狂。

这个穿着雪白的夹纱绸衫的女子，在雨中瑟瑟发抖，却用一种奇特的语言、奇特的声音在吟诵……戴孟允的泪水忽然充满了双眼。

静漪的声音已经嘶哑，她一遍又一遍地背诵着这首诗，已经不知过去了多久。

她醒过来，她站在泥泞中，被雨淋，被风吹，她不能动一步。

脑海中潮汐起复，全是他的身影、他的声音——他站在明亮的舞台中央，她坐在芸芸众人之中。那一天的他光芒万丈，而那首诗，她将永不遗忘。那是他们第一次相见的时候，他朗诵的诗篇。

静漪的身子已经木了，唯一会动的就是她的嘴唇。

戴孟允一把推开了扶着她的丫头，走下台阶，走向静漪。她站在静漪的面前，看着这个已经疯魔了一般的女子，泪流满面。

她再厌恶这个女子，也不得不承认，程静漪，这么狼狈的程静漪，仍然是倾城佳人。她清楚地记得亡夫跟兄弟的悄悄话。那一天阳光明媚，微醺的孟元低声说：“她是这世上最好的女子，我心里再明白不过……姐夫，我是想要娶她的……”

戴孟允眼里、面上全是泪水，泪水里全是恨意。她抬手便要给静漪一记耳光，可不知道怎的，她的手抬起来，竟停在了半空中。她好像听到了戴孟元在叫她，最终，她的手无力地垂在静漪的肩上，一下一下地，她捶着静漪。

“冤家呀冤家！孟元怎么就遇上了你、怎么就鬼迷心窍看中了你呀……是你害了孟元，都是你……你走，别来打扰孟元了……你让孟元好好地走吧，你让我们家安生吧！”

雨夜暗沉，戴孟允的哭声凄厉且凄惨。

静漪傻了一样，一动不动。雨一直没有停，她的眼泪也一直没有停。

她望着远处的戴府，还指望着戴孟元能从那里出来，对着她，笑一笑……突然，她眼前一黑，又昏了过去。

…………

耳边有细细碎碎的声音，静漪动了动酸痛无力的手臂，觉得有人握住了她的手，轻声叫她。她没法言语，嘴里被喂进了什么热乎乎的东西。

是汤水……可是她不想喝。

她努力睁开眼，恍惚间看到戴孟元正向她走来，拿着汤碗和汤勺，舀了热汤给她喂到嘴边，轻声哄着她：“静漪，你将来是要做医生的，怎么可以不好好照顾自己的身子？不会照顾自己的医生，不能称作合格的医生……”

她想抓住孟元的手，跟他说不是的，是你骗我，你不见了，我才害怕的。我害怕得都顾不上自己了……她想说你回来了我就好了呢，孟元。

孟元的身影突然消失了。

“孟元！”静漪身子猛地抽搐了下，睁开了眼。

“程姑娘。”如豆的灯光下，四婶惊喜地看着静漪。见静漪直愣愣地瞅着她，她拿了毛巾替静漪揩着额边的汗珠子，说：“程姑娘，是我。你受凉了，先喝点热汤。”

静漪心头如刀绞一般，那白布幡子呼呼的带着风……而孟元，孟元再也不会出现了吗？她干涩的喉咙发不出一点声音，全身像是被放在炭火上烤着，四婶的呼唤变得越来越远……

四婶见她满头满脸都是汗，不住地给她擦拭。卧房门被敲响，戴祖光在外间道："怎么样了？"四婶扔下毛巾开了门出去，说："不大好呢，倒是发汗，可还是烧得厉害。"

"程姑娘对咱们家有大恩，一定要好好照料……"戴祖光皱眉。程姑娘走后，他总不放心，妻子跟他想到一处去，催他去探听下，他就出去了。他去找了戴老八，一问，听说程姑娘是去大夫第，隐约觉得哪里不妥当，硬是要老八和他一道走一趟。因知道大夫第对他是有些看不起的，有老八在反倒方便些。果然他们到了，不等走近大门，就看到程姑娘昏倒在戴府门前的大树下。雨下得那么大，戴府上下竟弃之不理。他气愤地质问同宗的知客，知客虽闪烁其词，还是透露出来一点消息。他才知道这位程姑娘，就是和孟元少爷有过一段交情那个女学生。

"无论如何，也不该对一个弱女子这般。"戴祖光越想越气愤。

"就别说这个了，难道戴府素日对旁人就是厚道的吗？远的不说，这回媳妇遇险去求救，府上且告诉我们，让我们祈祷去。虽说是在丧中，咱们不也是被逼得没办法了吗？说这样的风凉话……又是什么好人家！程姑娘怎么会……"四婶愤愤不平。

"戴府的少爷还是好的，懂得尊敬人。"戴祖光说。他是此地为数不多的天主教徒，此地教堂，除了美国来的传教士，就是他在当地传教。如果不是美国传教士托马斯进城去拜访朋友未归，媳妇又是早产，此次也许不会这么危急。

四婶听丈夫这么说，叹了口气，问道："现在怎么办？"

"不能一味等。你照顾好程姑娘，我还得去找老八，让他去邻镇请大夫来，我再去趟大夫第，打听点事情。"戴祖光又嘱咐妻子一番，往前头去了。

四婶有些不放心，站在门口看着丈夫走远，又惦记静漪的病情，赶忙进屋去照料。汤饭和清水都喂不进去，四婶急得边给静漪擦汗边祈祷，盼着丈夫早点回来。

过了大半个时辰戴祖光才回转。四婶见身上淋得半湿，兀自气得胡子发抖，忙问怎么回事。戴祖光叹着气，不肯细讲，只道他再三催促戴老八去请了大夫，回头要有个万一还得让他进城去陕甘宁会馆送信，要紧联络到程姑娘家里来接……四婶听得糊涂，也只好先打发丈夫去换件长衫，再慢慢向他问清楚来龙去脉。

四婶在屋内照顾静漪，戴祖光在屋外守着，见静漪一会儿清醒一会儿糊涂，心急如焚。

“老头子，我想，让老八去会馆不妥当吧？”四婶忐忑道，“这戴府也是……倒是告诉咱们程姑娘家住哪里呀，告诉夫家的地址，这安的是什么心？”

“你顾虑得很是，不到不得以是不能走这一步，还是先等程姑娘家的司机回来。按说也该回了，可不急人嘛！”戴祖光道。

夫妻俩对视一眼，又担心起媳妇和初生的孙子来……突然听到街上车声阵阵，戴祖光惊喜道：“有车来了！是不是程家的司机回来了？”他忙往院子里走了两步，可车声从门前过去了。待他开了门，车子已经走远了。

他叹口气，自言自语道：“原来不是……老八也不回来，总不能邻镇的大夫都请不到吧！”

他不死心，提着马灯在门外等了半晌，除了越下越大的雨，不见丝毫动静，只好回身进门。他将马灯挂在门洞里，自己在屋檐下焦灼地踱着步子……不知过了多久，外面又有一阵车声传来，他站住，突然，门环啪啪啪地响了起来。

他急忙去开大门。开了门，霎时眼前亮如白昼，他忙抬手遮眼，片刻之后，才看到门前停了几辆轿车。此时大雨滂沱，轿车像被泼了一层油，铮亮闪光……他看了看面前站着的人。

这几位身着雨衣的青年男子站在一处，气势颇为骇人。他们背对着强光，脸是看不清的。

戴祖光将手中的灯举高些。距离他最近的这位青年，器宇轩昂。

“请问您是？”戴祖光问。

“您是戴老伯吗？”他很客气。

“鄙人戴祖光。先生是……”戴祖光打量来人。

“敝姓陶，陶骧。请问戴老伯，程静漪小姐是否在府上？”陶骧问。

“程姑娘是您……”戴祖光心一动，问。其实“陶骧”二字一进耳中，他已经猜到面前这人来历了。戴家说，联络到陕甘宁会馆就联络到陶家，那是程姑娘夫家。只是他绝没料到还没让人去送信，陶家已经得了消息。

“未婚妻。”陶骧坦然地道。

“请问您……”

“受程小姐家人所托，来接她回去。”陶骧道。

戴祖光沉吟片刻，这才往里请陶骧。

陶骧让随行的马行健和图虎翼上车等，两人应了，仍是站在了门楼下。

陶骧在门口脱了雨衣，叠起置于一旁，进门见戴祖光忙着沏茶，就说："戴老伯，别客气。她在哪儿，我能看看她吗？"

"陶先生您先请坐。您路上辛苦了，先喝点茶。"戴祖光微笑着说，他先坐了，并不着急让陶骧见人，"程姑娘暂无大碍，陶先生不必过于担心。"

陶骧见状只好坐了。

戴祖光说："程姑娘救了老朽的媳妇和孙子性命，对老朽一家有大恩，眼下程姑娘还在病中，还请陶先生谅解老朽这份儿心思……"戴祖光省去了其中的许多周折。

"老伯，将她交给我，您尽管放心。或者您若方便，可以和我们一同回城。"陶骧说着，拿出自己的名片子来，递上来。

戴祖光借着灯光仔细看了又看，这才说："既是如此，陶先生请跟我来。"他将名片子放在桌上，用镇纸压好，起身请陶骧入内宅。

陶骧随着戴祖光往后面走去。

到了房门口，戴祖光敲门让妻子出来，交代一番之后，才陪着陶骧进屋去。

阴暗的屋子里，一豆灯光照不了多远，陶骧走近些，才看到了躺在床上的静漪。一把湿毛巾叠成方块，覆在她额头上；露在被子外面的手臂，半截裸露着，嘴唇因为发烧而裂开……就在他看着她的时候，她的唇动了动，血丝从裂口处渗出来，四婶看到，忙拿了湿布给她润着嘴唇，说："……真作孽呀！这么好的姑娘，雨那么大，天气又凉，程姑娘真是命都不要了……"

"喀喀。"戴祖光清了下喉咙，四婶便刹住了话。她看了看丈夫，戴祖光轻轻摇头。

陶骧沉默片刻，走近床边。他的手指触到她额上的湿布，湿布都已经热了。他拿掉湿布，伸出手臂将她抱了起来。静漪身上滚烫滚烫的，毫无知觉。

四婶见他这就要带静漪走，忙拿了条被单来给静漪盖在身上，嘱咐陶骧道："您可慢着些，程姑娘细皮嫩肉的，娇弱得很。"

戴祖光又咳嗽了一声，四婶便不说话了。

陶骧将静漪抱紧一些，走出了房门。

图虎翼和马行健看到了急忙过来，将陶骧的雨衣展开盖在静漪身上，陶骧疾步走进院中。

戴家这小小的庭院里，地上很湿滑，路也看不太清，陶骧却走得那么快。出了门，他将静漪安置在车上，回身看着跟出来的戴祖光夫妇，说："多谢戴老伯、戴伯母！今日匆忙，改天再登门致谢。"

他鞠躬行礼，戴祖光夫妇急忙还礼，请他上车，目送车子缓缓驶出小巷。他们待要进门，听见马蹄声，往巷子那头一望，见是老八驾马车回来了，松口气的同时也叹了口气："幸亏陶先生来了呀，汽车到底比马车快些。"

陶骧坐在倒座上，看着躺在对面座位上的静漪。前后的车灯晃晃悠悠地照进车厢里，光影落在她身上……出了戴镇，路越发不平整，车子颠簸剧烈，静漪的身子和光影交错晃动，一会儿往这边，一会儿往那边。他想如果她此时意识清楚，怕是非常难受的。裹在她身上的被单滑落下来，他拉起被单的一角给她盖在身上——她穿的雪白的夹纱绸衫，看起来非常单薄……她似乎是并未预备远行，裙子上沾了黄泥，尤其是膝盖处，有一层厚厚的泥浆，圆圆的两团，像雪白的脸上一对无神的大眼睛，正瞪着他……脚上没穿鞋子。

他默默坐过去，将她扶起来，靠在自己怀里，又把被单拉了拉。

车子突然弹了两弹，静漪差点被从他身边甩下去，他忙揽住她的身子。

"车开稳些。"他说。

"是。"马行健答应着。

车子在泥泞的黄土路上疾驰，猛地又一晃，陶骧想骂人，还没张口就看前面那辆车子慢了下来，他问："怎么回事？"

马行健摇下车窗往外看了看，说："像是程家的车，趴窝了。"

他回头看了看陶骧，等指示。

陶骧点了点头，马行健停了车，图虎翼下车去看，过一会儿，带了个人回来，弯身向车内道："七少，确实是程家的车。人是三少的长随，正要去戴镇接十小姐，车没油了。"

陶骧看了眼他身后的程倍，程倍忙过来，跟他行了个礼，讲明了情况，知道静漪在车上，有点不明所以，正要问，听见陶骧问："程少校没来吧？"

"是。三少爷还在段参谋长府上。"程倍道。

陶骧道："十小姐病了，现在得送她去医院，你上车跟着来。阿图，让魏庆匀一点油，你把车开来协和。"

“是，七少。”图虎翼应声。

程倍一身精湿，上了车，回头看一眼，但没出声。马行健抽了条毛巾给他擦脸，他忙道谢。

车子开起来，又开始剧烈晃动，陶骧将静漪扶稳。

…………

协和医院里，医生在急诊部接诊之后，对陶骧吼了起来：“怎么现在才把病人送来？都烧成肺炎了！再晚点就可以直接拉出去埋了！还用我们医生干什么？”

陶骧没有反驳。

医生骂归骂，迅速招呼护士将静漪推进去了。陶骧他们就被晾在一边。

程倍见陶骧身上穿的是礼服，突然明白过来为什么是他去接了十小姐回来……送产妇来医院之后他往段家打过一个电话，三少爷没接，是段参谋长接的，说是会转告三少爷。想来陶骧会去戴镇，不是三少爷就是段参谋长拜托的了。

他看陶骧被医生骂过之后一声不响，面上也波澜不惊，不禁叹了句好修养，这份儿沉着，他只在老爷和三少爷身上见过。

这时有护士过来请家属办理住院手续，陶骧接了过来，把表格一样一样填妥。与病人关系那一处，他留到了最后。

护士见他填得如此慢，催促道：“快些。”她说着打量陶骧。陶骧被她看得皱眉，她问道：“送来的时候不说是丈夫吗？这儿，填‘丈夫’——难道是冒充的？”护士指着那个空格，重重地点了点。

陶骧的派克金笔闪闪发光，耀着那个空格的上方，笔尖一顿，就写了“丈夫”两个字，然后在最下方签了自己的名字。

“还以为你不会写这两个字呢。”护士故意道，她又看了陶骧一眼，“果然不是冒充的吧？”

陶骧盖上笔帽：“不是。”

护士拿到资料便走了，他还站在走廊上，并不进病房去，回过身来看到程倍，便交代他去给程之忱报信。

“先不要惊动家里，若程少校事情没完，也不要惊动他。十小姐有医生照顾，可以放心。”陶骧道。

“是。”程倍心里有数，对陶骧的安排还是很赞成，也很感激他及时将十小姐接了回来，“谢谢七少。”

陶骧点了点头，让他去了。

走廊上安静得很，小马和阿图守在病房门口，他慢慢地踱着步子——病房里只有她一个病人，倒有两个看护在照顾她。

她还没有清醒，也不知道什么时候会清醒过来。

他走到窗前站定，雨停了，雨后的凉风让室内的药水味淡了些。他抬手摸了一下下巴，手上有淡淡的香味。他愣了一下。明明刚刚在盥洗室里，他已经用药皂洗过好几遍手了。

是一股形容不出的香气，有点甜，但不腻。

他把手背到身后，目光定在窗外的某一点上，纹丝不动站了很久……

程之忱上楼来，第一眼就看到了陶骧。

陶骧听到脚步声回了头，见是他，也就走了过去。

图虎翼和马行健没挪动地方。没有陶骧的命令，他俩是不管谁来了，都不会让开的。

陶骧一边跟程之忱打招呼，一边对他们俩挥手示意。

程之忱并不着急进去看妹妹，他和陶骧面对面站在一处，彼此打量了半晌，才说：“奉孝和我说了。多谢你。”

“不谢。”陶骧没有说别的。

程之忱将陶骧一行人直送到了楼下，陶骧请他速回。

程之忱伸手过来，道：“我听说空军训练学校在你的指导下运行得非常好，希望能够参观一下，不知可否？”

“随时欢迎。”陶骧看着目光沉沉有暮色的程之忱，那暮色中掩着火焰，他也伸出手去同他一握，低声道，“再会。”

“再会。”程之忱目送陶骧离开，才上楼进静漪的病房去。

护士请了主治医生来，给他解释静漪的病情。程之忱等他们都离开，才站在床尾，看着昏睡中的静漪。

昏暗的灯光下静漪的脸透着青色，眉头皱得紧紧的……

“三少爷。”程倍在门口敲了敲门。

程之忱转身走出来，道："你先回去吧。"

"那太太和二太太问起来……"程倍看着程之忱。

"我等下会打电话回去交代的。"程之忱道。

程倍走了，程之忱在门外站了一会儿，请了护士来守着静漪，去借用医院的电话……

放下听筒，他默默地抽出手帕擦着手，良久才回身上楼。

夜深了，这里安静得他每走一步弄出的声响都带着回声。他真佩服帔姨的镇静，电话里的声音听不出一丝一毫的恐慌。他忽然想到了陶骧，刚刚，陶骧也是这么镇静，从他脸上也看不出一丝一毫的情绪波动，可是，他还是觉得好险。

今晚所有的商谈结束后，他才有空顾及静漪。段奉孝和他一讲，得知陶骧去戴镇接静漪了，他半晌没出声。

段奉孝说还是这边事情要紧，就没惊动他。考虑到程伯父与之慎不在家，不便让程伯母担惊受怕，恰巧程倍来电话的时候，御之也在一旁。御之说他们都走不开，让牧之去一趟也不为过，当即就给弟弟打了电话。

段奉孝见他不快，说牧之极稳妥，是很值得托付之人，接了电话二话没说就出发了。这么一看，他还是把小十当自己的人的……段奉孝这么说的时候很有点得意。

他当然没有想到竟然要陶骧去接静漪回来，到底还是他这个做兄长的谋划不周全。他有些恼怒，但事已至此，发火也于事无补。何况他这个把妹妹的安危放在后面的兄长，又有什么资格去批评段奉孝自作聪明的安排呢？可竟然是陶骧……

今晚段府的聚会请了陶家兄弟，陶驷到了，陶骧却说另有安排。然而方才看陶骧的穿着，不知他是从哪里"二话没说"去的戴镇……程之忱轻轻摇了摇头。

庭院里不知谁在拉小提琴，旋律优美，病床上的静漪微睁了双眼。

她突然有点恍惚，以为这是静安的别墅，而她在自己的卧房里。邻家的孩童每日傍晚必要练习……那是她读书的背景乐。爱跳舞的表姐们来了，就会把埋头读书的她拉起来，说小十你快成书蛀虫了，快跟我们去跳跳舞，跳跳舞，你的脸上会是桃子色……她们太爱跳舞，那不成调的曲子也能让她们翩然起舞。她总笑着推辞。

有日秋薇给她收拾衣柜，说："小姐，小姐您的这些跳舞鞋子，几时能再派上用场呢？那晚您跳得多好哇，小姐常去跳跳舞吧……"秋薇就忘不了那一场作为成年礼的盛况空前的化装舞会。

啊，那确是令人难忘的一晚。可是对她来说难忘的不全是舞会上的风光，那抢在白马王子前将她带下舞池的黑骑士，他带着她跳出的那华丽的让人窒息、似乎是将自己燃烧殆尽死去也罢的凤凰涅槃一般的舞步，那满庭的栀子花香，还有那阳台上的半支舞……

她强迫自己停止了回想。在小提琴优美的旋律遮掩下，有低低的说话声，不知是护士，还是谁……也不见秋薇，通常这个时候，她总是守在床边的。

她轻轻地动了动脖颈。床头柜上有一只花瓶，瓶中却没有一枝花。一个竹编外壳的暖瓶放在花瓶旁边，衬着白色的墙壁，单调到凄冷……昨日瓶中还有白玫瑰，虽然病房里药气重，也掩不住那玫瑰的清香。

她也不知道自己已在这里度过了多少个白天和黑夜，只知道瓶中的花换了一茬儿又一茬儿，天气一天天冷下来了，而她每日躺在这里昏睡，睡到浑身酸痛，时间一久，骨头都酥软了似的。

打了无数的针，吃了无数的药，肺炎已经好了，可是她仍然浑身无力。她知道外面都在传说她得了肺结核，可能不久于人世。有那么一阵子，她倒是想，真要一病不起也罢了。

家里人是轮换着来看她的，许是她在这里住得太久了，最近，每日必来的就只有母亲和九哥了。她并不太在意这些，即便是有人来探望，她也很少开口说话，仿佛对什么都失去了兴趣。

有一天九哥跟她说："你快点好起来吧，没几日家里就有大事了呢，缺了你怎么行呢？"

九哥有好多"大事"会跟她说，她听了以为无非像平常一样，是城中哪家、哪处出的新奇事，或是父亲又参与了什么大事件，不想九哥那回说的不但是大事，还是喜事——金家、孔家、赵家和程家，预备同日举行婚礼——原是三哥和索小姐的倡议，说是现在年轻人也都向往文明的生活方式，想办简洁的西式婚礼，若再举办成流行的集体婚礼，更是再好也不过的。他们的倡议竟也合了那两对新人的心意。

"三桩婚事哪一桩单拎出来都够瞧好几天的，若连着举办婚礼，恐怕众亲朋好友也都受不住。父亲和母亲商议，觉得俭省些也好。索家是不欲在婚事上太过高调，省得落人口实，说大肆铺张浪费，遭参议院弹劾倒是小事，日后很多事情怕不好办。况且金家和孔家不久都要南下的，听说已经让人在南京置办了宅邸。”九哥边说，边给她削梨。她接过来并不吃，梨汁便沾了一手。九哥又拿了湿毛巾给她擦手：“你瞧瞧你这份儿邋遢，怎么病见了好，人倒像是越来越糊涂了呢？”

她点点头。

九哥看看她，说：“你倒是怎样才能振作呢？你要一直躺在这里吗？从三哥成年，你见过母亲对三哥发过火吗？原也是三哥没看好你，母亲应该责备，可你也是任性。要不是……你那天能活着回来吗？”

她没出声，九哥的话断了一截子，似是把什么咽下去了，她没在意，因为想到了嫡母怒斥三哥的情形。嫡母那日守到她醒过来，却险些没掐死她……她的胖手劲儿可真大。没人拦着她，连姑姑都帮着骂她。

她没看当时母亲的脸色是怎样的，她就想，如果可能，她母亲也会想要痛打她一顿的……她吸了吸鼻子。

九哥又削了一个梨给她放在床头柜上的水晶盘里，说：“你是这样的经不得一点事，能怪我们瞒着你吗？人没了，你怎么样也都没法挽回的。现如今这好时候，人人都在往前看，生怕错过了机会，你再不肯往前走，至少也得站直了。总躺在这儿，身子都锈了，你还能做成什么事呢？”

她就听着，一言不发。

九哥似乎知道她在想什么，最后低声道：“是天灾，不是你的错，何必自苦。故去的人若有灵，也必不愿见你如此消沉。”

九哥沉痛的语气启开了好久以来她一直封着的记忆，就好像她在阴暗的灵堂里，用尽全身的力气推开的那一点缝隙……她的眼泪不知不觉往下落。

泪眼中她看着九哥，听到他说哭吧，哭一哭能让你好受点，你就哭。她哭得越来越凶，那是她清醒之后第一次哭。

她并不记得自己是怎么进医院的，甚至很长一段时间，她也想不起来为什么会生病，渐渐能想明白些，却又害怕去碰触……再难过，也没有能够哭出来过。

她哭到神志不清，惊动了母亲，惊动了护士，也惊动了医生。医生给她打了镇静剂，让她昏睡了好久……

之后，就没有人再提起那天的事。

过了两天，她听到嫡母同母亲发脾气，说母亲不该纵容她，让她在医院里住得太久了。

“我知道你是心疼孩子，我也心疼，可是总这样依着她，会害了她呀！不行，逼也得逼她早些出院，再住下去成了废人了……”

她们在屏风的那边说话，嗓音压得极低，想是以为她睡着了不会听到。她看看这间病房，起初空荡荡的，为了让她舒适，母亲让人搬来了好多她的东西，母亲这次确实是纵容她的。

她听母亲说：“已经这样了，再由她几日，好歹把这关口熬过去。”

嫡母似是气得不知道该说什么了，叹道：“这么多女儿里，漪儿是从小最让我省心的一个，哪承想如今她竟是最让我操心的……”

听到嫡母绕过屏风来，她忙闭上眼睛。窸窸窣窣的，嫡母想是又换上了织锦缎的裙褂，是的，天冷了呢……嫡母伸手摸她的额头，袖口有一股幽香，是她每日焚香的味道。

她轻缓地说道：“陶家二少奶奶想来探病，说了几次，我都说不方便，等漪儿再好一些。这婚事到如今，我看八九成是要黄的。难得人家顾着彼此的脸面，不出恶声。这是他们的好意。依我看，不如让她来看看漪儿吧，就算有什么话说，我们听着就好了。再说外面传得不像话，越不让人来探望，越说不清楚。漪儿终究日后还要见人的，你说呢？”

话是问母亲的，她却觉得是在问她。她闭着眼睛，等着母亲发话。

母亲说：“既是这样，太太您做主吧。”

嫡母随后和母亲商议了些事情，无非是三哥的婚礼，还有这里那里的一些琐碎小事，又坐了一会儿才走。

听着嫡母走了，她才睁开眼。

母亲回来，见她醒了，温和地问她要什么不要。

她摇头，母亲就坐在她床边陪着她。

夜了，母亲也没走，在灯下绣花。她凑近了看，绣的是个小荷包，很小巧的“老少欢”图案。她问是给谁的，母亲说是给赵家老太太的。她看了好久，想不起上一次看母亲绣花，绣的是什么来了，大约是红彤彤一片的东西，红得刺目……她感觉眼睛生疼，母亲给她点眼药水，轻手轻脚的，拿她当个小孩子。

眼药水流进眼中，刺激得泪腺分泌了好多液体。母亲给她擦眼泪，泪越擦越多。泪落下来，她心里倒好像舒服了些，握着母亲的手，握了好久。

两日后，雅媚就来看她了。

雅媚不仅带着五岁的女儿瑟瑟，还给她带来了一大捧的玫瑰花，火红的大马士革玫瑰。雅媚说，总觉得来看望她，带什么礼物也不如带花来得好。

雅媚转达了陶夫人的问候，她站起来听了。不过短短几句话，是长辈对病中晚辈的殷殷垂问，她却觉得仿佛陶夫人就在她面前，面容严肃中带着一二分的慈祥，更仿佛那细而长的眼正望着她，她无端地觉得胸闷异常。

雅媚却似不觉她异样，从容地把要说的话都说完了。

她一来就说坐坐就走的，果然只坐了半个钟头。其间还怕她病中应对辛苦，不让她多说话。她们说不上熟识，本来没有很多话讲，可因为有个活泼的瑟瑟在，不知不觉也说了不少。瑟瑟很像无忧表姐家的大女儿阿蛮。她在病中，大人们都不让孩子们来看她的。瑟瑟的稚嫩和可爱，让她也觉得舒服。

瑟瑟看着她问雅媚："她是不是就是奶奶说的，七叔的新娘子？"

她沉默，雅媚却笑着揉着瑟瑟的脸蛋儿，问瑟瑟："如果这就是七叔的新娘子，你高不高兴啊？"

瑟瑟想了想，问她母亲："那七叔高不高兴啊？七叔高兴，瑟瑟就高兴。"

雅媚却转过脸来对她说："我们老七最宠孩子。瑟瑟和大哥家的麒麟儿，见了老七简直要比见了亲爹娘还欢喜呢……"

雅媚又说了一会儿话，才带瑟瑟走。走之前再三说让她只管好好养着，来年春暖花开，有多少事等着做呢。

雅媚最后说的这句话，她想了好久。

那捧玫瑰花在病房里足足放了一个礼拜，她日日对着，后来花瓣边缘开始干枯，她没说拿去丢了，也没人去碰，还是三表姐带来了捧新的白玫瑰，才换了去。

往后三表姐和二表姐几次来看她，也没主动提她们很快就要举行婚礼的事。她们给她带最新的书报杂志，讲一些新闻给她听，也有新出的唱片。翻着杂志上的服装样子让她看，决定不了的款式也让她拿主意。

看着表姐们这样忙碌，她会觉得九哥说得对，她们都在勇敢地往前走，除了她。

九哥之所以会这么说，是因为他比她们迈的步子要更大，所以才更看不上她这样要把自己埋葬在过去的样子吧？不过他再忙也会每天来看她一眼，虽然时常是坐一坐就走了，赶下一个场子似的。有时候坐在那里话都不说，想事情想得入神，叫他半天才会应。

母亲说，之慎这么认真做事父亲会满意的。她也觉得虽然只有短短两三个月的工夫，九哥成熟稳重了好多，而她，则像是老了好几岁，偶尔从玻璃窗中看到一个憔悴的影子，要认一认，才意识到那是谁。

她就看着大家伙儿忙碌，且他们不管是谁，当着她的面小心翼翼地连婚礼的话题都避开。有一天，她忽然就开了口，问："二表姐和三表姐都没有说，想让我做她们的女傧相吗？"

当时屋子里有好几个人，除了嫡母谁都没有反应过来。

嫡母故意轻描淡写地说："怎么会没说过，可无垢无瑕的那些女同学们都很漂亮健康，你瘦成这样子，风吹吹就倒了，能去吗？还是不要去的好，到时候都还要分神照顾你。"

"母亲，我从现在开始吃胖些就好了。"她知道自己的样子确实不能去给三表姐当女傧相，可是当初无瑕表姐就说，小十年纪最小，小十可以给我们每一个人做女傧相，一定要哦。

比亲姐妹还要亲的姐妹，一生中最大的事情，她总不能错过。

静漪听到屏风后有脚步响，说话声也渐渐大了些："秋薇？"

秋薇先探进头来，看她醒了，小声说："小姐，表小姐来看你了。我说你午睡呢，她们就在外面等着。"

静漪忙说快请她们进来呀。

先进来的却是护士，紧随其后的才是无忧三姐妹。

静漪看着一排三个站在她病床尾的三位表姐，极为相似的容貌和气质，让她们在一起时有种别样的美。

"看看还有谁来了？"无瑕笑着朝身后招手，无忧的大女儿阿蛮跑过来叫小姨。

静漪就笑了。

无忧牵了阿蛮的手，等护士给静漪派了药，才让阿蛮过来亲近静漪。

静漪看看阿蛮，说她比上次见面好像长高了。无垢笑道："你还没见那个小的呢，更跟吹了气儿似的一天一个样子。大哥大嫂每天都要把那个小的抱过去玩一阵子。”

“上帝保佑，大哥这么喜欢孩子，就给他和大嫂一个吧。”无垢笑起来。

无忧也笑了。

“他说以后要当女儿一样负责阿蛮姐妹的生活。”无瑕道。

“大表哥真好。”静漪说。大表哥许诺今后会照顾无忧母女，给了无忧很大的支持。她能下决心与汪南荪离婚，与这或许有很大关系。

“知道我们来看你，他还要我问你什么时候出院，是不是打算在这里过年？”无垢笑着问。

静漪说：“才不，我这就回家。”算一算，很快立冬了。

听说她要出院，护士和医生都纷纷表示祝贺。主治医生汤庆伯还是她在医学院的老师，格外同她熟悉一些，当面开玩笑说还以为她要在病房里出嫁的，静漪赧然。

出院那天这一科的医生护士齐齐来给她送行。

汤医生笑着问她是否下学期复学，在学堂里见面，他是不会同她客气的。就算是有过医患关系的交情也不行。

莫毕克医生也来了，笑着问她能不能以后专门做她的学生。因为她给小珍做的紧急处理还是很不错的，可以考虑把产科当作职业方向。

汤医生说密斯莫是来和他争学生的。

静漪见两位先生当着她的面半真半假地争起来，明白他们是鼓励她继续求学的意思，她谢过医生和护士才离开。上车时回过头又看了看她从秋天住到冬天的医院，迎面而来的没有来苏水味的轻风告诉她从这里走出去，会回到她真实的生活……

到家之后，静漪先去上房拜见嫡母。杜氏很高兴，听她说要去各房问安，怕她劳神，说“自家人也不必多礼，用过饭回去时去略站一站也就是了”，让她们母女留在上房用餐。

用过饭，杜氏留下宛帔商议事情，让静漪先回去。静漪便先去了三太太房里。

三太太正忙着让下人收拾之鸾之凤的屋子，见了她一番问候不能说不热情。

“她们俩后日就回来了。马上就是三少爷的婚礼，老爷的意思她们俩也该定亲了，让她们早些回来。我只愿她们也有十小姐你这样好的运气。”三太太送静漪出来的时候说，眉飞色舞的。

走出好远去了，秋薇才鼓着腮帮子道：“什么意思嘛！”

“好啦！”静漪让秋薇拿好了三太太给她的东西，两匣苏合香。

到了翠苑，四太太正在侍弄猫儿，见了她很和气，还仔细端详了下，说瘦多了，嘱咐她好好养身子。

静漪答应着，看那树下的猫窝里都铺了崭新的棉絮，想是天气冷了的缘故。看四太太对猫温情脉脉的样子，她有种她褪去台上装扮的感觉……四太太温和地说：“十小姐，早些回去歇着吧。”

她点头说好。

四太太又说：“十小姐，听我一句，人生在世，谁能任性不认命？十小姐命好，因为生在程家；十小姐命不好，也是因为生在程家。是你的命，就逃不过去。那天是我一时不慎和十小姐说了不该说的话，这些日子总觉得不安，幸而十小姐好好地回来了……”

四太太边说话边细心地给猫咪拂去落在头顶的叶子，末了送静漪出门，也只是微笑着看她走远，并没有再说什么

静漪有点累，出了翠苑，越走越慢。秋薇扶着她，手攥得紧紧的。

她皱着眉说：“秋薇，你抓得我手疼。”

秋薇红着脸道：“小姐，我总有点怕你跟四太太说话。”

“小姐！”翠喜和翡宝刚从杏庐出来，看到她们很是惊喜，“小姐快回来吧。有客人来了，专门来见小姐的，现在太太屋里等小姐呢！”

静漪怔了怔，想不到会有什么客人专程来见她。

翡宝过来给她披上件水貂皮的长坎肩，说：“瞧瞧这坎肩都富裕成了什么样。”

“是谁来了？”她问。

“进去就知道了呀。”翠喜笑嘻嘻地推着她往前走，到了门外翡宝打起门帘。

静漪走进去，屋子里轻语初歇，原本坐着的两人见她进屋就起了身，赫然是戴祖光夫妇。

她确没想到是他们来了，忙过去见礼。

四婶执了她的手，还没说话眼就湿了："程姑娘，可见着您了！这一向可还好？"

"好的，很好，四婶快坐。"静漪忙请她坐，又让戴祖光。

戴祖光夫妇望着她，好一会儿都不说话。宛帔见状同静漪说："戴先生和太太因听说你今日出院，特地来的，还给你带了好些东西。戴先生，戴太太，她一个孩子，真当不得您二位这么着。"

四婶说："太太快别这么说，我们在家总惦记着程姑娘。亲眼看姑娘好了，我们也安心了。我们还带了小珍和孙儿的相片，给太太和姑娘看看。"

"小珍和孩子好吗？"静漪问。

"都好，都好，劳程姑娘惦记了。"四婶拿出用帕子包好的小包，打开取出相片，先呈给宛帔看。

宛帔看了，含笑夸赞，又让乔妈把相片给静漪。

静漪看着相片里的娃娃——穿着厚厚的绸子棉袄，戴着虎头帽，眉清目秀，再看看相片里抱着婴儿的小珍一副心满意足的模样，着实令人心安。

大家又谈了一些旁的，戴祖光夫妇才告辞。

静漪要送他们出去，他们再三推辞。宛帔到底是让乔妈翠喜给他们带上好些东西，和静漪亲自送他们出门。

本想让家里的汽车送他们回去，他们却是自己雇了车进城来的。赶车的静漪也认得，是戴老八。

见了静漪，戴老八请了个安。等戴祖光夫妇上了车，老八才跟静漪说："程姑娘你心好，姑爷也好，会有好报的。"

静漪愣了一下，却不便细问。老八说完跳上马车，扬鞭打马，驾车离去。静漪站在大门前看着马车摇摇晃晃在街上跑远，四婶还探出身来，挥手道别……

等马车在前面街口拐弯，静漪才转身看了看母亲，提了裙子走上来，挽了母亲的手臂，问："戴四叔和四婶来……没说别的？"

宛帔和静漪迈步进门，见静漪望着自己，晓得也瞒不了，道："你能脱险，多亏七少爷。"

"不是阿倍接我回来的吗？"静漪的心突突乱跳。

宛帔这才将前因后果跟静漪都说清楚。那日她同杜氏自宝爷那儿得知静漪随之忱外出，觉得很突然，可到底是跟着之忱出去的，想来并不会有什么意外。至晚间之忱迟迟不归，她们越来越忐忑，一边让人预备去接静漪回来，一边摇电话去段府，却被告知程家三少爷已经走了，问十小姐，答十小姐根本没去宴会……杜氏心知此中必有蹊跷，叫了秋薇来，还没等问话，之忱从医院打来了电话。

赶去医院，杜氏气得发狠骂之忱。

“那晚之忱有重要的事要商谈，无法脱身。阿倍被你支回来送小珍母子去医院，回去接你之前，在医院就往段府摇了个电话，是段二爷接的。他告诉阿倍自己会转告之忱，让阿倍赶快回戴镇去。阿倍返回去接你，不想忙中出错跑偏了方向，等发觉已经远下去了，又忙着折返，半路上就没了油。车抛了锚，阿倍正急得不行，遇到了七少爷的车。那时他们已经去过戴镇，把你接回来了。据说接了阿倍电话之后，段二爷一琢磨，之忱既走不开，不去接你又怕出事，就要他的副官带人去戴镇，恰好陶家二爷在那里，说他们荷枪实弹地去太招摇，不如让七少爷悄悄去一趟……于是七少爷去了戴镇，把你送进医院的。七少爷隔天又专程去了趟戴镇向戴先生道谢。戴先生是传教士，同美国来的传教士办的教堂就在戴镇外的破屋子里。七少爷去考察了一番，给教堂捐了一笔钱，用于修缮。他又说戴镇该有个医务所，也专门捐了笔钱。他还说要是戴先生他们有意办学，只管同他讲，再没有不支持的。”

静漪听着，没有插嘴问。

宛帔看静漪将坎肩拢紧些，似是冷，说：“七少爷如今不在北平，他去过戴镇之后就被召回兰州了。”

静漪低了头。她从报纸上读到了新闻，西北军情有变。陶家虽雄踞西北多年，但与欲取而代之的马家多年来始终冲突不断。陶系只要稍稍松懈半点，马家就会乘虚而入。前番陶盛川出甘宁，进北平，活跃在甘新交界的马家军伺机出动，双方打了几场规模不小的仗。陶盛川回兰州的途中还遭到伏击，险些丧命。西北战事频仍，陶驷让段系的事情绊住脚，陶骧被陶盛川召回也在情理之中。

报上还引用当地官报的说辞，即西北“匪患”在近期有抬头之势。但据说匪患在陶系将马家军击溃逼其退守之后，也已获平定。官报夸赞陶系指挥官用游击战术对付游击战术，是轻车快马、灵活多变的作战风格，与以往陶系惯用的重兵压上、高打猛冲相较，可谓气象一新。只不过官报连篇报道，陶骧的名字却始终没有出现，不知是否刻意为之。陶家此次也只是暂时无虞而已。宿敌未除，匪患又生，只要陶家一日想着独霸西北，就一日不得安宁。

她在医院里读报只当消磨时间，放下报纸便不再去想都看到了什么，不料此时那些读过的字句段落却串联起来，清晰地呈现在脑海中。

“老爷前阵子去了趟绥远，之后往兰州去，同陶大帅见了一面。”宛帔见静漪半晌不语，道。

静漪望着母亲裙摆下沿上绣的那朵洁白的莲花，随着母亲步子的缓慢移动，那莲花仿佛在水面上轻轻漂浮。

“这么危险的时候，父亲怎么还要去那里？”她盯着那朵莲花。战火中，父亲仍是要往那里去。她想到有几日九哥去医院探望她，面色晦暗，心事重重，话语也少，此刻想起来，这时候赶得再巧不过了。也便是父亲去过兰州了，陶家二少奶奶才去医院看她的吧……她的心往下沉了沉。

宛帔握着静漪的手，说：“这些事，以后再说吧。”

“好。”静漪答应着。

母女俩回到房中，静漪见四婶留下来的小珍母子的相片还在桌上，拿起来看了一会儿，方说：“那天，我以为自己是在救四姐。”

宛帔轻声道：“我明白你的心，漪儿。收着吧，你也累了，回房去歇歇。”

静漪收好相片，打算回房去歇着。

刚出门不远，就听见翠喜同人讲话，回头一看是许久不见的林之忓。见了她，林之忓忙问候。她看看林之忓那被西北的风吹得又黑又糙的脸，想问他点什么，最终却只点点头走开了。

之忓来杏庐，定是奉了父亲之命。她想了想，自己病了多久，就有多久没见到父亲了。

回了房她把相片放在桌上，环视了下自己的屋子。许是太久没有回来住了，竟有些陌生起来。她坐了好久，拉开桌案上的抽屉，摸了摸那个暗格。

木头的纹路细腻温暖，暗格里早已是空了的。

立冬这天，程府各处开始张灯结彩，准备庆贺三少爷程之忱的婚礼。

婚礼已经定于十日之后在市政厅举行，同日举行婚礼的还有包括赵家两位小姐同各自未婚夫在内的十几对新人。

静漪在家中帮助杜氏做一些力所能及的事。杜氏恐怕她刚刚出院，不堪劳累，只将些小事交给她去做。

这日一早，静漪把前一日交她誊写的细账拿来给杜氏过目。她一来，杜氏就吩咐她出趟门。

“去北京饭店接个人来家里，让之忏跟着你去。”杜氏微笑着说。

静漪已经多日未出门，正要问杜氏这是让她去接谁，宛帔和三太太在一旁异口同声地说：“不如让九少爷去吧。”

杜氏笑道：“断不能让老九去。且不说老九是绝不肯去的，就是江小姐，若是他去接，恐怕也是不肯来的。”

静漪一听是“江小姐”，自然就是之慎的未婚妻，江家的慧安了，点头道：“慧安姐姐来了吗？那是得我去。”

“江老爷来北平，一是为到京津两地公干，二是为婚礼。这两日他往天津去了，慧安自个儿在饭店里。若不知道也就罢了，知道了，就不能不接她来家里。你们两个年龄相当，一定聊得来。”杜氏说着，让豆蔻把林之忏叫进来。

静漪却说：“母亲，就让四宝跟着我出去不好吗？”

她如今行动还必是得有人跟着的，近身就是秋薇，外面还有四宝和程倍轮替。三哥回家，程倍自然要听三哥的差遣，平日里看着她的任务，就剩下四宝一个人担着。许是因为四宝太憨厚，才又派了林之忏来。

林之忏正巧到了门外，在等杜氏的示下。静漪的话想必是听见了，他立在外头没有进来。宛帔嗔怪地看了静漪一眼，静漪固执地不吭声。

杜氏就吩咐林之忏送静漪去接一位女客，林之忏应下了。

宛帔看看静漪，莺茶绿色织锦缎长袖外面还加了件银鼠的长坎肩，却不是出门的衣裳，就让她快去换：“免得在江小姐面前失礼。”

杜氏笑着对宛帔道：“这就很过得去了。外头冷，倒是让秋薇给带上件斗篷是正经。”

静漪从秋薇那里接了斗篷，却不让她跟着去，说：“就出趟门，别这个跟着那个也跟着。慧安姐姐嫌我摆谱儿怎么办？在家等着，给你买糖葫芦。”

杜氏笑道：“谁家小姐出门不得有几个人跟着，偏你就不？你不是常说，学堂里不少女同学念书都得三四个人跟去伺候吗？”

“我又不是羡慕她们才那么说的。母亲，慧安姐姐若不肯来，我要怎么着呢？”静漪问杜氏。

三太太笑着说：“怎么会不来呢？江老爷带她来北平，不就是来观礼，顺道带她来见见咱们的嘛！”

杜氏却说：“就当成是你的朋友，要怎么着你跟慧安去商议。像孔家的远遥，你们一般大小的女儿家都玩些什么，随你安排。”

静漪点头离开，还听到三太太在说：“原本要是顺利的话，三少爷婚事一过，就该着十小姐了，今年家里一娶一嫁，多么好。现在看来，十小姐恐怕得等着九少爷成婚之后了……听说陶帅调七少爷回兰州是常驻呢，连这边的飞行学校都不让他插手了。陶家说七少爷忙于军务，别是借口吧？忙着忙着婚事不了了之……二太太您可得在老爷那里时时提点着些。”

秋薇跟出来给静漪将斗篷系好，忍不住低声道：“偏她有那么多话。”

静漪看了秋薇一眼，秋薇闭嘴止步，林之忏跟了上去。

到了北京饭店门外，静漪下车，林之忏亦紧随其后。

饭店大厅里的法籍经理听到她要拜访的是江隆道先生的女公子，告诉她江先生的房间是在顶层的六号贵宾房。

静漪同经理借用了电话，打到房间去。

接电话的是江家的下女，请示了江慧安之后，请她上去。

静漪和林之忏进了电梯，刚要关门，便有“笃笃笃”急促而清脆的脚步声赶过来，穿着木屐的脚还没踏进电梯，淡淡的脂粉香就先到了，随即两个东洋女子走进来先向静漪和林之忏鞠躬致歉，说的却是流利的中国话：“抱歉。”

“没关系。”静漪说。见她们长颈一低，白里透红的肌肤，宛若初春绽放的樱花，让人怦然心动。

那年轻些的东洋女子也抬头看静漪，先是微微一怔，又微笑了。

静漪看她是素淡的一张蛋形脸，细眉细眼，相貌本不出奇，可这一笑却让整张面孔有了说不出的风情，且身上又有彼国女子那特有的精致和优雅态度、泼墨山水图的和服，倒真成了可令人观之又观、细细品味的画。

林之忏却在不知不觉中将静漪和东洋女子隔开了，他身材并不算高大，肩膀却是宽的，半堵墙似的。静漪知他警惕，也不以为意。

这东洋女子也到顶层，同他们先后出了电梯。

西崽候在轿厢外，把他们带到去六号贵宾房门口，替他们敲门。

“十小姐，我在这儿等您。”林之忏说。

静漪点了下头。

这时候门开了，出来一位穿着绸布棉袄、眉清目秀的十五六岁的小姑娘，看到静漪，笑眉笑眼地问道："请问您就是十小姐吗？"京白里掺着沪音，静漪便知道这是江家的下女无疑了。

她把自己的名片子递上去，说："我是程静漪，特地来拜访江小姐的。"

小姑娘立即敞开了门，接过名片子来，并不看，就说："十小姐，我知道您，您快请进。我叫宝菊，是我家小姐的丫头。十小姐请进来坐，我这就去请小姐出来。"

静漪进了门，宝菊进房去请江慧安了，她坐在沙发上等着。

等了颇有一会儿，江慧安才从房间里出来。

"是慧安姐姐吗？我是静漪。"静漪微笑着站起来。她一看慧安就是起晏了，额上腮上，都有浅浅的印子，想来刚刚自己在楼下打电话时，慧安正睡得香甜。

江慧安被静漪看着，不由得脸上绯红。她依旧请静漪坐了，轻声道："我记得你的，你和小时候很像的。"

"我小时候很胖，那时候都叫我胖丫丫。"静漪说。

"嗯。"江慧安点头。

"慧安姐姐你也没怎么变。"静漪说。慧安面如满月，且自有那么一种亲切的态度和福气满满的模样，观之可亲。

慧安这才想起来让宝菊去泡茶，说："看我……"

静漪忙说："姐姐别忙，咱们到家里去喝茶。母亲特地让我来请你，伯父不在城里，怕你一个人在饭店里得不到照应。"

慧安轻声说："父亲去天津前也不放心，说程伯母要我住到府上去。我想着府上最近为三哥的婚事必定忙碌，不便打扰。"

静漪说："姐姐来我家，称得上什么打扰呢。就比如我，闲人一个，你若是来了，咱们正好做伴，我是最高兴的。"

慧安脸又红了。

稍坐了片刻，静漪就请慧安同她一起回家去。慧安也没有再推辞，带上宝菊便跟她出来了。

等电梯的时候却又遇到刚才那位东洋女子。她这回没有穿和服，而是换了旗袍。她同慧安互相打招呼。静漪因见过她一次了，见她也特别注意自己，就随着慧安点了点头。

那东洋女子似乎有点着急，出电梯时抢先一步走了。

静漪看了慧安，慧安轻声问："挺特别的美人吧？"

静漪点头："她的中国话听不出外国腔。"

"她是地地道道的中国人。"慧安说。

静漪同她携着手往饭店外走，好奇心起了，问："怎么会呢？"

"这就有些传奇了……你该知道庆亲王？"慧安问。

静漪点头，庆亲王她自然知道。

"她是庆亲王第十一个兄弟的独生女，三岁时乃父去世，被乃父的一位日本贵族的朋友收作养女。她同我们住在一层楼，常在餐厅碰面，彼此就认识了。不过被我父亲知道，是要训斥的。她行动不改皇家气派，此处的洋人都称她中国公主。"慧安道。

静漪看那女子突然加快脚步走出旋转门，身上的披肩立时被风吹起，一面旗似的向后飘去，穗子缠在了旋转门内。她看披肩被绞在旋转门扇的缝隙里，索性松了手继续赶她的路。

披肩被卷出来，静漪弯腰捡了起来。柔软的织物已经沾了灰尘，也许就是知道会这样，她才不要了……静漪将披肩拿在手里，和慧安一起走出旋转门。

前面那袭雪白的旗袍，在北平灰色的街面上像个明亮的雪人一般出挑——她正朝一辆黑色的梅赛德斯快步走去，从她轻盈的脚步就看得出来她心情有多好……车边站了个男子，静漪看清楚，怔了怔。

她问慧安："你刚说，她是谁？"

慧安道："她的下女称她雪子小姐，中国名字叫金润祺。"

静漪点点头。金润祺，庆亲王的亲侄女，论辈分，表姐夫金碧全是她的堂叔。

金润祺快走到车边，那男子替她开了车门。她弯身向内看了看，摆了摆手。

车里是有人的。静漪自然是看不到车里是谁，但她也没有要一探究竟的想法。偏偏车边的男子在这时发现了她，随即鞠躬行礼。

"你认得？"慧安看看静漪。

静漪看了马行健一眼，点头。这个距离范围内，她还不会认错人。

慧安见静漪面上淡淡的，料想只是普通相识，轻声说："那是她的友人吧。

她说是旅行，旅行嘛，又不见她出去，终日在饭店里盘桓。”

“不是的，小姐。她的下女说，雪子小姐来找她的爱人的。雪子小姐的养母极疼爱她，已经给她选好了丈夫，她都不喜欢。只是不知道为什么，一直没能见到爱人的面。她的养母就催她快回日本去呢。”宝菊说。

“咦？”慧安看看宝菊，对静漪说，“这丫头经常这么饶舌，你别见怪。”

静漪也看看宝菊，笑道：“不妨事，等会儿到了家，给她找个伴儿，让她们一处玩去。”

慧安笑着说：“难道你也有这么个话多的丫头？”

静漪笑道：“有过之而无不及啊。”她说着，将手里的披肩叠了一叠，交给林之忓，自己挽着慧安的手臂朝自家车子停放的方向走去。

她拉开车门，让慧安和宝菊先上车。待之忓将披肩交还回来，她便吩咐宽叔开车。

宽叔平日开车就稳妥，今日开得尤其稳。后面的车开得也不快，不疾不徐地跟他们保持着车距，大概有一刻钟的工夫，才转了弯。

静漪看了看方向，这个地方她倒是知道，往里走就是赛马会，陕甘宁会馆也在附近。

林之忓从后视镜里看她，被她发现了。他似乎被她眸子里的淡漠弄得很尴尬，转开了眼。

慧安对这一切浑然不觉，看街上的什么都觉得新鲜，不时问问这、问问那。静漪同慧安一起望着车窗外，北平像个沉睡的老者，虽每日都在老去，却没有颓败的症候，委实难得。

“离开北平时年岁尚小，见祖母和母亲垂泪，甚是不解。及至沪上，初时并不觉什么，新奇劲儿一过，便想家。尤其冬日，湿冷异常。那时还未有热水汀，再多炭火炉也无济于事。总念着北平的暖炕，北平的艾窝窝、驴打滚儿，北平屋檐儿下挂着的冰溜儿……北平的什么都想，撒赖跟父亲说，上海再好，我也不喜欢，您在这儿吧，我要回北平。”慧安轻声笑道。

“伯父没有发火吗？”静漪笑问。

“哦，有的。可是他哪里赢得了我，过不几日就来投降了。投降归投降，北平是回不来的。倒是答应我，许我回北平念大学堂……哪天有空，带我去燕京大学看看好不好？”慧安问。

“好。”静漪回答，“今儿晚上咱们俩睡一处，我房里总有一铺炕烧得暖和和的。”

慧安点头。

车子开到巷口，林之忏对静漪说，他想在这里先下车。静漪同意了。

宽叔停了下车让他下去，才拐进巷子里。

静漪看家门口近了，慧安面上微红，低声在她耳边说：“我九哥白天不在家的，父亲不准他缺席公司里的差事。学堂的课不敢落下，回家还要跑前跑后，他竟最不得闲。”

慧安脸上更红，也不吭声，比先前在车上聊天时拘谨多了。想到等下要带她见嫡母，静漪忽然心情大好。车子一路开进大门，宝菊跟着下了车，回头看着宏伟的大门，低声赞叹，问：“小姐，十小姐，以前皇帝住的地方，比这儿还要大吗？”

“比这儿可大多了。”静漪回答她。

“乖乖，比这儿还大，那得是多大呀？我们小姐老哄我，说带我去见皇上住的地方，老也不带我去……”宝菊说着，比画了下好大的样子，逗得静漪和慧安都笑了。

静漪正要带着她们主仆往内宅去，这时从二门里出来几个人。打头的是之慎，同行的是大管家程大福，二管家程大寿，还有总账房沈佪，走在最后的是宝大昌。

之慎也看到了她们，待静漪过来同几位大管家问过好，请他们先走，自己才跟静漪和慧安说话。

静漪问：“九哥，你怎么这会儿在家呢？”

“父亲有事让福叔他们过来商议，要我听一听。”之慎并不看慧安，静漪瞪他一眼，他才点点头说，“慧安妹妹。”

“我要和慧安姐姐一起去上房见母亲，你来吗？”静漪问。

之慎看静漪眼里满是捉弄人的神气，说：“福叔他们等我呢，等下我还得出门。”

“那我带慧安姐姐去。”静漪说着便拉慧安走。

之慎站在那里看她们离去，慧安始终文静腼腆地站在静漪身边，同他话都没有说上一句，只顾脸红了。他回身要走，见林之忏迎面走来，手里捧着一个大纸包。

“九少爷。”林之忏将纸包捧在身前。

之慎一看便知是冰糖葫芦，笑问：“怎么买了这么多？”

林之忏道：“十小姐出门前说要的。”

之慎笑笑，让之忏走。

林之忏刚走了两步，之慎又叫住他，说：“之忏，你和老爷去西北的事……”

“九少爷别问我这个，主子的事，还轮不到我多嘴。”林之忏说完，转身便走。

之慎见林之忏健步如飞地走了，站在原地没动。

此时静漪同慧安还没进二门，回了下头，也看到林之忏，倒又站住了。

拿到冰糖葫芦的静漪，有些意外，然而微笑着，仿佛是很高兴的。那种笑容，他已经很久没有见过……但愿以后，还是时时会出现在她脸上。

静漪发现他还没走，孩子气地朝他晃了晃手里的冰糖葫芦。他看着看着，忽地有点心酸，忙挥挥手，转身出门了。

农历十月十九在市政厅大礼堂举行的集体婚礼，因为有了名流公子的参与，受到北平各界特别的关注。早三日前报纸上就开始刊登有关婚礼的文章，各路消息纷至沓来，到这一天除了受邀观礼的宾客，还有许多市民也赶来，在花车必经的道路两边和市政厅前广场上等着看这盛况空前又别具一格的婚礼。

仪式定在上午十一时整。

程静漪坐在母亲冯宛帔身边，她今日特地带来了新配的眼镜，戴上之后果然看得清楚。

他们坐在东半部座席中，前排首座是她的父亲程世运，在他身旁的是盛装的嫡母杜厚德。她只在落座时看了父亲的背影片刻——无论是站姿还是坐姿，都是端直而挺拔的，坐下来手中拄着文明棍，纹丝不动。隔了宽宽的铺了红毯的走道，西半部坐席前方的来宾她也都能一一辨认出来。只是一瞥，她发现陶驷夫妇坐在第三排，身旁就是陶骧。陶驷夫妇都是银灰色礼服，陶骧却是一身黑。

她正要转头，紧邻陶骧而坐的段奉孝见她看过去，一抬手碰了下帽檐，惊动了陶驷夫妇。他们一齐望过来，对她微笑，让她不得不欠身回礼，又引得那边几位世交长辈注目，只好起身一一致意，这一来，她难免被更多的人关注……原本安静的礼堂里忽然飞来一群蜜蜂似的有了一阵嗡嗡的声响，皆是窃窃私语，静漪不禁脸红耳热。

坐在她身旁的之鸾轻笑一声，手指点了点前方圣坛上主持人的位置，说："十妹，你不如站到那里去，给他们看看，反正今儿除了新人，大伙儿就只看你。"

静漪窘极了，幸而这时外面传来礼炮声，新人们到了，所有人的目光都转向了礼堂入口，她松口气。

主持人宣布仪式正式开始，请新人入场。

今日举行婚礼的新人共有十七对。程之忱和索雁临、赵无瑕和金碧全、赵无垢和孔远遒这三对走在最前面，大厅内掌声雷动。静漪使劲儿鼓掌，无垢在经过她身边的时候，特地转过脸来朝她微笑——薄如蝉翼的头纱下，无垢的眼睛里满是幸福的星光，那是遮不住的——她赶紧跟无垢挥手。

主持人待新人们各就各位，请主婚人上台引领他们宣誓。新人们在众人的见证下，庄严宣誓，彼此敬爱一生。

因今日婚礼的媒人是前政府总理，主婚人是现任市长，仪式上免不了进行演说。演说的主题自然首先祝福新人们举案齐眉、白头偕老，其次赞扬他们为倡导新文明做的表率作用，简短捷说，处处充溢着喜气。

仪式结束，一对对新人沿着红毯走出礼堂。外面聚集了众多看热闹的人，抢在人群最前方的是各大报社的记者们。摄影记者手中的镁光灯不停闪着，白烟阵阵冒起。他们的镜头随着走在最前面的程之忱和索雁临走，步步紧跟。

程之忱搀着长裙曳地的索雁临，走到礼堂外高高的台阶下沿站好，大方地让记者们拍照。待随后其他的新人各自站好位置，排成了壮观的几排，镁光灯不停闪起来，阵阵白烟像云雾似的，嘭嘭嘭的响声夹杂在欢呼声和掌声中，显得热闹非凡。忽然间又有花瓣从半空落下，像火焰般点燃围观群众的热情，欢呼声一浪高过一浪……

静漪随着宛帔走出礼堂，恰好看到这天女散花般的一幕。只是她仰头一望，忽觉得头晕目眩，她脚步一滞，急切间胡乱抓住了什么，心里倒明白这是谁的手，可也顾不得了。她只听到身边脚步声杂乱，一道尖厉的呼啸声穿透耳膜，随后有那么一会儿，她什么都听不见了……

待她恢复意识，发现自己躺在礼堂的木凳上。睁眼看到礼堂的穹顶，简直像看到天堂那样远……母亲见她清醒过来，长出了一口气，满脸焦急地问她怎样了。她有点茫然地转头看看四周，有林之忏，还有陶骧……两人脸上倒还都是平常的样子，看不出什么来。只是林之忏见她看过来，往后退了一步，身形几乎被陶骧遮住了。

静漪强撑着坐起来，摸摸额上的冷汗，勉强笑道："刚刚忽然心慌，喘不过气来。"

昨晚陪着无瑕和无垢，几乎一宿没睡，早上着急忙慌的，只喝了口燕窝粥。难怪天女散花会散到眼里来，迷了她的意识。

"你可吓坏我了，多亏了七少爷。七少爷，刚刚有劳你。"宛帔转头对站在一旁的陶骧说。

"您不必客气。"陶骧说着，看了看静漪。应是身体未恢复好，为了让脸色显得好些敷了胭脂，此时嘴唇都青了，比得那层胭脂像供桌上的白馍落上的香灰……难看也是难看到了极处。

静漪被他打量着，也不出声。宛帔倒和陶骧交谈了几句，又问静漪能不能走，说："我们该回去了。今天家里很多事情呢——七少爷等下能来吃我们三少爷和三少奶奶的喜酒吧？"

陶骧点头说是。他是定了要出席程府晚间的宴席的。虽说是一切从简的婚礼，该尽的礼数、该摆的酒席仍是要摆。孔家和金家是大宴宾客三日，程家则是中午晚上各有一场酒席，晚间另有舞会和堂会，论起来也仍是烦琐。因程之忱和索雁临后日便启程回南京，今晚到程府晚宴的人一定格外多。

"请一定来多喝几杯喜酒。"宛帔温和地笑着，望着这个清贵稳重的年轻人。

"是。"陶骧点头，"您先请。"

"是得快些回去了，他们这会子都该到家了呢。"宛帔说。

静漪跟着起身，宛帔担心地看着她，说："等会儿回家，就回房歇着吧。我和太太说，晚上也不让你出来了。你身子还弱，经不起那么闹腾。"

静漪听出母亲语气里的犹豫，她也知道母亲今天要管着不少事。晚间家中的舞会是三家共同为了新人举办的，客人尤其多，正是用人的时候，她怎可一味躲了去？

“娘，刚刚我那是饿的啦。您放心吧，我回去就吃东西，我还要攒足力气等着晚上跳舞呢。”静漪安慰宛帔。

“你要真肯去跳跳舞，我倒也喜欢。”宛帔微笑。

他们走出礼堂，恰好看到载着新人的花车排成队有秩序地离开。看着这花团锦簇的喜庆场面，宛帔心里竟有些空落落的，转头看看身边的女儿，又不禁回头看了眼陶骧。

陶骧走上前去，替她们开了车门。宛帔邀请陶骧同她们一起走，静漪坐在母亲身边，握了母亲的手。

陶骧说他的车子在等着，宛帔点头微笑，这才让司机开车。

静漪见母亲好久都不说话，转脸看她。宛帔说：“不知道七少爷这回在北平能停留几日？没想到特意来这一趟。”

静漪沉默片刻，才道：“也不一定是特意为了三哥的婚礼。”

宛帔望着静漪，静漪转开了脸。

“不是为了这个，还能为什么？”宛帔轻声问。

静漪看着坐在前面的林之忓，歪头靠在宛帔的肩膀上，说：“娘，我累了。”

宛帔见她这样，摸了摸她的颈子……

回到家里，宛帔交代林之忓送静漪回杏庐，自己去上房了。

静漪听从母亲的安排，悄悄从侧门走，绕道僻静处，回房休息。

杏庐里只留了两个老妈子看门，连秋薇都被派到去前面做事了，比平时更显得冷清。静漪回到房里不一会儿，就有下人来给她送吃食。打开来一看，知道是今日午宴的菜品，特地给她送过来的。她看了看，两个食盒里加点心超过二十个碟子。她走到外面去，发现林之忓在门口的石凳上打坐——西装上衣被他脱下来挂在旁边的树上，衬衫领带还整齐地穿在身上——想到他平时的一板一眼，这样子竟有些说不出的滑稽。

静漪叫了声“之忓大哥”，林之忓急忙起身。他忘了自己是坐在石凳上的，这一站，就站在了石凳上。

静漪看到，一愣，笑了出来。

之忓见她笑了，窘迫地从石凳上下来，拿了外衣穿上，问：“十小姐，有什么吩咐？”

“替我把这个拿到水阁里去吧。”静漪指着屋内桌上的两个食盒，她说着自己先拎起来走出来。

水阁在杏庐后院，依水而建。静漪走得不快，林之忓拎着食盒很快便赶了上来。两人顺着廊子走着，通过九曲桥，走进水阁。水阁里的石桌石凳上都换了冬日的软垫，四周也落了玻璃窗，既挡风又不妨碍观景。

“就在这儿用？”林之忓问。

静漪点头。林之忓默默地将食盒打开，等他摆桌的工夫，静漪看着旁边石桌上的一盘残局——这是某日她和三哥在这里下的，三哥中途有事离开了，就这么撂在了这儿。

林之忓见她望着棋盘出神，等了片刻才说：“十小姐，用饭吧。”

静漪坐下来，香喷喷的一桌饭菜，让人垂涎欲滴。

“请坐。”静漪伸手掀开食盒，里面果然还有一副碗筷，拿出来放在桌子上，“一个人吃饭怪闷的。”

“十小姐，这不合规矩。”林之忓说。

“这会儿就咱们，我说话就是规矩——你是老爷身边的人，按说降格来这里当差，都是不合规矩的。坐，”静漪给他摆好碗筷，“你要不吃，我也不吃了。”

林之忓沉默了，静漪也就真放下筷子，等他。

“谢谢十小姐。”林之忓这才坐下来。

“坐正了吃。”静漪见他偏坐了，说。

林之忓无奈，只好坐正了。

两个人慢慢吃着饭，除了偶尔飞鸟穿过岸上的竹林声，只有一点风声。

“你还记得你是几岁来的吗？”静漪等之忓放下碗筷，才放了筷子，问道。她递给之忓一条手巾。

林之忓接了，侧身擦了脸，才说：“不太记得了。”

“我也不记得了。只记得你来了就跟别人不一样，别人都不敢惹我九哥，你就敢。跟我九哥打架，两人在地上扭得一身泥。你头碰在尖角上，血流一脸，还张口咬我九哥，差点咬下他一块肉来，结果父亲让你们两个一起罚跪。”静漪说着微微一笑，示意外面的老妈子进来收桌子，“父亲待你，其实跟九哥是一样的。”

林之忓抬眼看了静漪，又低了低头，说："老爷待我恩重如山，从未拿我当外人。"

"一样的，你对父亲也忠心耿耿，父亲信任你超过任何人。"静漪笑笑，道，"父亲现在还经常让你陪他下棋吗？"

"老爷忙，现在极少有空下棋了。"林之忓说。

"我记得父亲说过，学棋最好是在开蒙之前，一旦为条框所囿，难成国手。我们兄妹天分还是不高，倒是你能同父亲过过招。"静漪说。

"小姐过谦了，少爷小姐都不是在这上面肯下功夫的人。"林之忓听她说棋，略安心些。

"这会儿刚好有点空，和我下完这盘棋如何？"静漪指了指旁边的棋盘。

林之忓原想拒绝，但见静漪已经先选了黑子一方坐了下来，只好坐下。

静漪示意林之忓道："该你了。"

林之忓拈了棋子，却半晌没有下。

静漪拿了颗棋子在手，又丢下，棋子碰撞，发出轻微的声响。她看着之忓，问："怎么？"

林之忓说："十小姐，黑子除非出奇招，败局已定，不如另……"

"怎见得败局已定？"静漪看着林之忓。

林之忓沉默片刻，指着东北角的位置，说："从这里开始，白子已现屠龙之势……"他说着，将白子落下，再抬头，对上静漪黑沉沉的眸子，他一省，"十小姐绝不是看不出来，之忓卖弄了。"

"你也说了，除非出奇招。怎见得我没有奇招？"静漪收回目光，落在棋盘上。

林之忓静默了。

静漪全神贯注在指尖这一颗棋子上，过了好久，才在西北角安下它。

"这样，后面才有得下。"她见林之忓眼睑微微颤动，轻声道，"只是一盘棋，你我各凭本领就是。"

"是，十小姐。"林之忓始终不抬头，只盯着棋盘。

静漪招手，让老妈子进来，吩咐另沏壶茶。

茶上来了，林之忓这步棋还没走。

静漪握了茶杯在手中。目光从棋盘上移开，抿了口香茶。

林之忓不再犹豫，手中白子落下。

“妙招。”静漪放下茶杯，忍不住说。

林之忓不吭声，白子优势不小，这不能算他的功劳。

静漪扫一眼，跟着便一子下去，依旧定在西北角。

林之忓紧跟上又落一子……几个回合下来，他继续巩固中盘优势，静漪试图扭转西北颓势。

静漪知道林之忓不是个好对付的对手，自己必须全力以赴。到此时，她竟然忘了身体上的不适。天色渐渐暗下来，已经到了掌灯时分，双方才分出胜负。

静漪稍稍晃了下有些酸痛的脖子，伸手一摸茶杯，茶早凉透了。

老妈子见她要茶，忙换了热的来，说：“小姐，刚刚九少爷来电话，问小姐好些没？我回九少爷话，说小姐在这里下棋，九少爷说他前面忙，就不过来了，让小姐下完棋歇一歇。”

静漪点头表示知道了，问：“太太没问？”

“太太让翠喜姑娘回来一趟，见小姐在这里下棋只嘱咐我们小心伺候。翠喜姑娘传太太话，说小姐若是好些了，就出去陪陪江家的慧安小姐。太太让七小姐陪江小姐，七小姐却是不耐烦听戏的，怕闷了江小姐。”老妈子回话。

静漪点头，慧安是不跳舞的，这她早知道。

林之忓数子完毕，道：“小姐赢了。”

“两目半，惨胜。”静漪站起来，看看林之忓，说，“承让了。”

林之忓说：“十小姐确有奇招，之忓甘拜下风。”

静漪点着棋盘的中央，说：“你当我看不出来吗？那一昏招，哪儿是你的路数？”

“只算错一着，便满盘皆输。落棋无悔，向来如此。这是棋道，更是人生。”林之忓回答。

老妈子提灯走在前面，静漪正要走出水阁，听到这里，回头看看微微低头的林之忓。

“这盘棋，有机会要和三哥下完的。虽然三哥未必不会用我的‘奇招’，但是我也不会出你那样的‘昏招’。”静漪说。

林之忓叫她：“小姐……”

静漪笑了笑，说：“说说罢了，再和他下盘棋，不知何年何月何时？就算有机会，谁还记得这一盘棋？”

林之忏不知该说什么，静漪虽然脸上有笑容，语气却是说不出的苍凉，就如同这初冬的夜风，吹起来，初时并不觉得怎样，久了却觉得透骨地冷。

静漪见林之忓望着她怔住了，道：“能和你下完这盘棋更好，只是太费精神。”

“小姐，多保重。”林之忓终于说。

静漪看了他一会儿，说：“当然。还有很多事等着我呢。”

她说完，径自回了房。

之忓在门前站了片刻，走远些，回到廊下他寻常守着的位置上，远远看着十小姐的窗口亮了起来。他转开脸，想着这半局棋，固然下得惊心动魄，最让他心惊的却都在棋外。十小姐什么都没问，却好像什么都问了；他什么都没回答，却好像什么都回答了。

程之慎从宴会大厅后门出来，扶着廊柱站了。家仆看他似醉了，忙过来要搀扶，他摆手。

晚宴已近尾声，客人们爱听戏的听戏去了，爱跳舞的赴了舞会，还有一些客人在豪饮或高谈阔论。他本想替三哥解围的，只是酒量实在不行，还得三哥自己同那些人周旋。他听着宴会大厅里那豪放的笑声，酒气阵阵上涌，预备找个地方醒醒酒。

只是走了好久，他看那假山始终在面前，就是到不了，忽然明白过来这么半天自己都在绕着这假山池塘转，不由得有些恼火，可实在头晕得厉害，索性就在石凳上坐了。

院子里到处挂着彩灯，闪闪烁烁的，在这个月朗星稀的晚上，倒像是彩色的星星一般……他坐了一会儿，觉得清醒些，听见欢快的乐曲声，才想起来隔了这道墙，过去是惜阴厅——今晚举行舞会的地方。他想了想，还是得去。

他起身，绕池塘走了一段，穿过一道月洞门，来到惜阴厅后院，往后堂走去。院中小路九曲十八弯的，他正走得不耐烦，忽然前面一片开阔之地，就看到了惜阴厅的后堂。

后堂廊下有几个人正站在一处谈天，有人看见他就问：“是之慎吗？”

程之慎听出是孔远遒，忙应了一声，快步走过去。上了台阶，才看清廊下站着的都是谁——除了孔远遒和金碧全两个新郎官，还有陶家兄弟和段奉孝。

段奉孝看了他脚步不稳，开他玩笑道："怎么这就醉了？没见过父子弟兄都是海量，就你这么差劲，喝一点酒就上脸上头。"

"段二哥，您可别站着说话不腰疼，您去跟关外的军爷们一海一海地喝喝试试？"程之慎也笑了。

他用手一比画，那一海有多大，几个男人一齐笑出声来，笑得极快活。

"他们关外人是这么喝的，到哪儿都得照他们规矩来，要不就跟你翻脸。上回我就站着进去，给抬回家的。"陶驷哈哈笑着，拍拍程之慎的肩膀。

他的大掌厚实沉重，之慎本来就有点晕，被他这一拍，险些歪倒。陶骧离他最近，伸手扶了他一下。

程之慎忙说："多谢！没事，我没事。"

孔远遒笑着看看金碧全，道："怕了他们，我和姐夫过去略一站就溜了。午宴我们也都喝了不少，搁不住再来，只好对不起三哥了。"

"他们都照着老三使劲儿呢，我看老三今儿晚上洞房花烛夜可要醉卧沙场了。"段奉孝说。

在场的都是男人，段奉孝说话也没什么顾忌，沉默片刻之后，又爆发出一阵大笑。

陶驷就说："可不能这样，今晚是小登科，醉得太不像话了，说不过去，再说这边还等他跳开场舞呢。奉孝，咱俩过去看看。"

"咦，这样的好事，你就不找你的七弟，偏叫上我。"段奉孝正吞烟吐雾，斜着眼睛看陶驷。

"你去不去？"陶驷伸手就扯段奉孝的耳朵。

段奉孝"哎哟"一声叫起来，一边扇打陶驷的手，一边一迭声儿说着："松开松开快松开，我去不就得了吗？"

程之慎看他们俩忽然间变成一对活宝似的，一时以为是自己喝醉了，眼花。

"老九，十小姐呢？好些没？"陶驷扯着段奉孝要走，想起来，问程之慎。说着话，他似不经意地踢了陶骧脚后跟一下。

陶骧正转头同金碧全说着什么，没理会他们。

"没什么大碍，已经好多了。"程之慎对陶驷说。

段奉孝笑着瞅了陶骧一眼，却向之慎说："老九，小十没什么大碍就请她出来吧。今儿晚上的喜庆，难得的，下回不晓得什么时候呢！”

陶驷笑着，又扯了下段奉孝的耳朵，问：“你到底走不走？”

程之慎招呼家仆过来给陶驷他们带路，说：“这边路不好走，让人带你们去，省得迷路。”

陶驷和段奉孝一同走了。

“我们也进去吧，都等着开场呢。三哥不来，我们先跳几支暖场舞等他。”孔远遒看看表，笑道。

程之慎左右一看，孔远遒和金碧全是一色的白燕尾服，考究的样式，精细的做工，挺括的面料，再加上两人的翩翩风度、英俊面容，真是漂亮至极！

他咂咂舌，道：“这么看看，也颇看得过去，勉强配得上我家二位姐姐了……”

孔远遒听了这话，看了金碧全一眼。金碧全会意。两人过来，一左一右夹了程之慎的胳膊。

金碧全笑问：“你小子借酒装疯，远遒，你看怎么办合适？”

孔远遒道：“敢欺负新姐夫，得扔湖里喂鱼。”

程之慎一看不好，“哟”了一声，说：“瞧姐夫您这话说的……我哪儿敢哪！”

“你不敢？”孔远遒笑着斜了一眼在旁边瞧热闹的陶骧，指着他对之慎道，“睁眼瞧清楚了，我们可不由着你欺负，由着你欺负的在那儿呢——回头你怎么欺负他都成，今儿晚上却不能让你小子放肆。”

“少跟他废话，来！一，二，三！”

陶骧起初以为他们是开玩笑，不想金碧全“三”刚数到，就和孔远遒一齐将程之慎抬了起来，朝地上重重一摔，还没等之慎叫疼，那两人拍拍手，大笑着走了。

这一屁股蹲儿摔得着实狠，疼得之慎出了一身汗，等这口气缓过来，顿觉酒都醒了大半，他索性坐在地上歇歇。过了好一会儿，他才想起来陶骧还在这儿。

陶骧靠着廊柱，正自在地抽烟，见程之慎抬头，才伸手过来。

程之慎握了他的手，起身拍着长衫。他没说话，陶骧也沉默。

还是陶骧将烟掐灭，做了个请的手势，两人一同往惜阴厅走去。隔了老远就见孔远达和远遥跑出来，看到陶骧就笑道：“七哥你快点来，都等你呢。”

“等我？”陶骧问。

“香槟都上过两轮了，三哥还没来，三嫂也只得枯坐——七哥你去请三嫂跳舞好不好？看来看去也只有你合适。三嫂下场跳舞，我们才好玩嘛。七哥，拜托你啦。”孔远遥笑嘻嘻地过来拉陶骧。

陶骧皱皱眉，跟着走进去。

这惜阴厅是庆园最大的一个厅，比今晚用作宴客的正厅还要大出半卷，有三卷半。惜阴厅的皇家气派和精美绝伦的装饰非常美，稍加装点就很符合舞会的气氛，此时端着香槟酒的仆人穿梭其间，厅里溢满香槟酒的气味，还有沉沉的木香，那是几百年的惜阴厅大殿里全木结构的味道，两种香味混起来，人在其中不由得渐渐沉下心去……陶骧站在门内一看，果然乐队正演奏着欢快的音乐，众多的宾客却都在喝酒聊天，索雁临和无瑕姐妹还在东大殿的休息区坐着呢。

索雁临正同几位女士在轻声交谈，见陶骧他们过来，微笑。

“刚看你露了一面就不见人了，是去那边喝酒了吗？”索雁临微笑着伸手过来，同陶骧轻轻一握。她依旧穿的是白色晚礼服，坐在沙发上，裙裾长长的，只露出一点银色的鞋尖，布满细碎钻石的鞋子，哪怕她的脚微微一动，也散出璀璨光芒。无瑕和无垢也是一色的象牙白蕾丝晚礼服，孪生姐妹似的，站在各自的丈夫身边。几个人一齐打量着陶骧。

陶骧今晚换了银灰色的燕尾礼服，极贴合的剪裁让他显得身姿挺拔。

“被那帮军爷的豪饮也吓得落荒而逃了吧？”无垢笑问，她碰了碰孔远遒的手臂，“这位先生和二姐夫都脚底抹油了，只有三哥可怜，躲不掉。”

“段二哥去救驾了，若是再不成，得三嫂亲自出马了。”陶骧说。

“他们可以的，用不着我。”索雁临笑道，她转头看看无瑕和无垢，“我们跳舞去吧，再耽搁对客人们太失礼了。”

无瑕笑问：“不等等三哥了？”

“总不能只等他，让这么多爱跳舞的宾客辜负了好时光啊！”索雁临说着看陶骧。见陶骧颔首，她一笑，转头吩咐她的侍女去通知乐队：“之忱本就不是个爱跳舞的人，我看他宁可当着众人自罚三大海。”

陶骧伸手，索雁临轻轻将手搭在他的手臂上，一同走下舞池。她神态步态都极庄重，陶骧也十分稳妥，都是风度绝佳的人物，看上去竟也美得不像话……及至音乐响起，雁临抬手示意无瑕和无垢，一起踏出了舞步。

“七哥舞跳得可真好。”远遥看着陶骧，轻声道，“瞧他一下场，比得我大哥都矮了一肩。”

远达扑哧一笑，之慎道：“没我三哥跳得好。”

“是，三哥什么都好，谁能比得上三哥呢？”远遥促狭地做了个鬼脸儿，她穿了桃色的裙子，脸上也红扑扑的，水蜜桃似的好看，“不是，谁能比得上你家的人儿呢？”

远达笑道：“姐姐就别挤对他了，他心里顶不自在呢！”

远遥瞟了之慎一眼，说：“谁挤对他呀……你的未婚妻慧安小姐到了吗？快请她跳舞哇。”

之慎笑道：“我还是请她去听戏的好。”

“难得她耐烦听旧戏。”远遥望着舞池里。

“慧安性子好嘛。”之慎微笑道。

远达见之慎虽是笑着，言语间却有些不对了，远遥更是变了脸色，忙说：“姐姐不是嚷着要跳舞吗？去跳舞吧——你的跳舞单子上都列了多少名字了？”

远遥“哼”了一声，僵着脸就要走，之慎却伸手拉住她，问：“第一支舞，不赏脸同我一起跳？”

远遥想夺手，他已经拉着她走下舞池。乐曲已至中段，一对对舞者的加入，让他们如随波逐流的浪花一般融入其中。

“远遥不久也要出洋去了吧？”索雁临看到经过他们身旁的之慎和远遥，两人都绷着脸，跳舞的姿势也僵硬。

“同远达一起，过了年就走的。”陶骧也看到了他们。洋装的远遥和长衫的之慎，明明就是一对斗着气的小冤家，未必有什么私情，却是从两小无猜、耳鬓厮磨过来的。

索雁临见他瞬间有些失神，笑了笑，道：“都有过那样年少的时光。”

陶骧轻轻点了点头。

“但愿我永远保有那样时光里的心。”索雁临说。

陶骧没有接话，只是看了她——索雁临不时向经过身边的舞者微笑致意，那笑容是标准且优雅的，她大概也是由衷的快活和幸福的。在一个华丽的转身之后，他看到了一身金黄色旗袍的黄珍妮。

索雁临也看到了黄珍妮，见黄珍妮举杯致意，她也微笑点头，轻声道：“听说金润祺来了几天了。”

陶骧眉一抬，淡淡地道：“有话不妨直说。”

“金润祺的身份早已不同往日，更不要说她的养父日渐位高权重。牧之，作为朋友，我必须提醒你。”索雁临压低声音。

“谢谢。我是同时遇到你们两位的，在威尔斯利，你应记得。”陶骧说。

索雁临歪了下头，看他，他始终一板一眼地在说，倒也听不出他有什么特别的情绪来。

“可最终，你和她只能是朋友，我和你还会成为亲戚。”索雁临看着陶骧的眼睛。

她有点期待陶骧接下来会说什么，可陶骧却看到了程之忱，于是只微微一笑。

程之忱刚刚才进来，很多人在同他打招呼。这一支舞已经接近尾声，他微笑着看着舞得极美的新婚妻子，抬手轻轻拍了两下，以示赞美——换来索雁临回眸一笑。

陶骧带着雁临，舞步极快地旋转着向程之忱那边去。在将索雁临交到程之忱手上的时候，他低声说了句“那倒未必”。

索雁临微笑问道：“果真？”

陶骧也微笑，道：“其实不做亲戚，倒是更好。”随后他脚后跟轻轻一磕，对程之忱点头致意。

索雁临握住之忱的手，滑着舞步转身却不忘盯陶骧一眼。

程之忱随着索雁临的目光望过去——陶骧站在舞池边，身姿挺拔得若沙漠中的胡杨。

见他们看向他，他举起酒杯，从容一笑。

柒

若即若离的鬟

陶骧踱着步子，走到花园中。头顶的彩灯明亮地映着水面，反射着暖暖的光，水面波光粼粼。池塘边的围栏有半身高，他将酒杯放在石栏上。

“我从来没有想过，陶牧之有一天会听从家里的安排成婚。”柔媚到骨子里的语调，轻飘飘荡了过来。

陶骧晃了下颈子，懒洋洋的。黄珍妮款款朝他走来，他微微一笑。

“珍妮。”他声音极低，听在黄珍妮耳中，说不出有多么让人心旌荡漾。她不由自主地“嗯”了一声，伸手便拉住了他的衣襟。

陶骧说：“别忘了这是在哪里。”

黄珍妮笑道：“这里是哪里？上次你也这么说。只不过上次是在我未婚夫的家，这次是在你未婚妻的家。”

“看来你明白得很。”陶骧看着自己的礼服前襟，被黄珍妮涂着鲜红蔻丹的手攥着。

“我当然明白，在我和你之间，永远有个障碍。”黄珍妮松了手。

“你知道我们之间的障碍是什么。”

“是你不爱我。”黄珍妮轻声说，她看着陶骧，嘴角轻轻抽搐，“从前，我以为你不过是介意我的过去，所谓朋友妻只是个冠冕堂皇的理由，现在才知道……可跟自己不爱的人结婚，我无论如何做不到。从订了婚开始，我就知道，若有一天嫁了他，我是不甘心的，他不悔婚，我也会。我不爱他，过同床异梦的日子，我会疯的……你们男人不能理解。就算是里面那个孔远遒，他曾经为赵无垢绝食过，也不能说他就是多么懂得爱的男人，顶多算是个肯负责任的。责任，远比爱情对男人来说重要。可女人不一样，这里，和这里，心和眼睛，要印着同一个人的影子的时候，才会快活。不然，活着还有什么趣？”

陶骧啜了口酒。有树枝被风吹断，落在水面上，那金色的柔柔的波光被打断了。

“你把我当麻烦了吧？”黄珍妮笑着问。

“女人对我来说，永远不会是麻烦。”陶骧说。

黄珍妮细而弯的两道眉高高扬起，大笑起来，笑得全身发颤。

陶骧由着她笑，花园里还有其他人，隔着花木、隔着水、隔着山，还有其他人，但是他不在乎。

“太自负了，达令。”黄珍妮笑着，用手指去擦着眼角的泪，烟气却熏了眼睛，眼泪更大滴地滴下来，面上的脂粉胭脂混在一处，本应是很难看的，在她脸上，却有些率性的可爱。

陶骧笑了下，是有点纵容的笑。

黄珍妮看到，摇着头，手指尖蹭到眼中流出来的最后一点泪，弹了出去。

“达令，你只是没有遇到对手。我等着看，看你怎么把这句话吞下去。”黄珍妮擦着脸上的泪，拿了小镜子补妆。

远处有个高而瘦的影子，远远地站定了。他的身影很暗淡，可陶骧是神枪手的视力，不会错过可视范围内任何一点动静。

“杜公子是个很不错的人。”陶骧收回目光，点了烟，“名门之后，儒雅斯文。和我们不同，既不是禄蠹，也不是草寇，而是才子。他会懂你。”

黄珍妮怅然地叹了口气，望着陶骧，说：“但是从今往后，无论谁问我，这辈子最爱的男人是谁，达令，我都会说，是你。”

“你只是不甘心，珍妮。对你来说，我不过是一个猎物。”陶骧看着她。

黄珍妮拢着身上的披肩，走近了陶骧。她吸了吸鼻子，微笑，没有像往常一样，拥抱陶骧。她说：“猎物？我诅咒你这辈子再也遇不到一个像我这样的猎人。”

“谢谢。”陶骧说。

“不必客气，我走了。”黄珍妮说着，迈着步子，走得摇摇晃晃的。

“慢些走。”陶骧说。珍妮喝了不少酒，此时她已经醉了七八分，但他没有去扶她，在前方会有个人等着她的。

黄珍妮走了两步，却又回身看他：“达令，如果有一天……”

陶骧挥了下手，指间的烟雾在风中迅速飘散。

黄珍妮笑了笑，也挥了挥手："我回去跳舞了，等下请我跳支舞吧？"

她没等到他的回答，高跟鞋笃笃笃急促地敲打着地面，去了。

陶骧抬头，对面那个瘦高的影子，朝着相同的方向移了过去。他拿起酒杯来，将杯中的香槟喝光。外面冷，酒就冷得扎牙。

戏楼里的丝竹漫漫，惜阴厅里的乐曲飘飘，若两股绳似的缠在一处，荡过来、荡过去，几乎没有一刻停歇。他此刻既不想去听戏，也不想去跳舞，只想在这里静静地站一会儿。凉水似的香槟酒，喝多了也会上头。

隐隐约约的，有女子的轻语和笑声，听着是远了，不一会儿又近了……他往声音飘来的方向看去，并没有人影，然而声音是越来越响了，似乎是隔着墙，就在墙根下。

他踱着步子，要顺着水边往那墙下走，忽听得有人叫他。

"七哥！"是孔远遥。

他停下了脚步。

…………

静漪回房休息了些时候，换了件深红色的晚礼服，去女宾宴会厅找到了正在用晚宴的之鸾和慧安——之鸾一身秋香色的洋装，绾好的发髻还插着同色的鸵鸟毛；慧安则是一身蜜合色的裙褂，齐整端庄——两人在一桌年轻的名门淑媛中显得很出挑。

"真美。"静漪称赞道。

"晓得你不是夸我，准是夸慧安。"之鸾笑着回头看了看门口，闲闲地道，"之忓也来了吧？你这一来倒好，行动都有人使唤着。"

"我哪儿敢使唤之忓大哥，他可是父亲身边的人。"静漪轻声道，她也回头看了一眼，但没发现之忓，"我同他讲今晚父亲那边也好多事，让他过去了。"

之鸾笑道："你的差事，之忓向来尽心。"

她看之鸾一眼，没出声。慧安轻声问她想吃点什么，她看了看桌上，摇头。

"还是吃一点吧，瞧你瘦的。"之鸾说着伸手量了下静漪的腰，皱眉，"这礼服带子又多抽出几寸来，当心等会儿跳舞的时候裙子掉下来。"

静漪笑笑，看着慧安，道："今晚我可没打算跳舞，慧安姐姐等下要去舞会吗？"

慧安温柔地笑道："刚还在跟七小姐商量，让她只管去跳舞好了，跳舞我不懂的。"

之鸾看看她，笑道："我怎能把你丢下？可陪你听戏，我闷，拉你去跳舞，你闷。小十懂戏，倒能陪你谈一谈。小十，你陪慧安去听戏吧，你们两个大概可以说到一处去。"

慧安安稳地坐在那里，微笑着看静漪。

静漪微笑道："七姐放心，慧安姐姐交给我。"

"我正是这么打算的。你不来，我也要让人去请你的。"之鸾道。

又坐了一会儿，之鸾同要去跳舞的太太小姐们一起退席，往惜阴厅的舞会去了。静漪看了慧安，轻声笑道："走，咱们瞧戏去。"

慧安道："其实我也不是非要去瞧戏，咱们坐着清清静静说说话也好的。"

静漪知道她体贴自己，就说："今儿晚上家里好热闹的，不到各处去凑凑热闹怎么行？我歇息了大半天，这会儿很有精神呢。"

慧安笑了，静漪挽着她起身，还没走，却低头看着脚上和裙子相配的同色跳舞鞋，低低叹了一声。慧安也低头，看到这细细的高跟鞋就笑了，道："这鞋子生来便是要跳舞去的。"

"走起路来太辛苦，可是我贪图它漂亮。"静漪吐吐舌。

慧安看她可爱的模样，不由得看呆了。

"我且忍它一忍。"静漪拉着慧安走出来。

两人往戏楼去，一路说说笑笑。

"这园子也太大了。我那日回去同父亲说，庆园像大观园。父亲还和我开玩笑，说我们慧安像刘姥姥。我想可不是嘛，这几日也进来两三趟了，可每次都像头一回来，自己走会迷路的。"慧安笑道。

"现在记不住没关系，日后住进来，再记住也不迟。"静漪也笑。

慧安听她打趣，只是脸红，可大约心里喜悦的缘故，脸上就仍笑微微，静漪越发觉得她可亲，并不似别的女子，同她开一星半点玩笑就忸怩作态。她停下脚步，低头看了看。

"怎么？"慧安问。

静漪抬脚看了看——鞋子是簇新的，头回下地，皮子有些硬，磨脚。她小声说："这叫我怎么撑一晚上呢？"

慧安说："不如让秋薇给你另拿一双鞋来吧。"

秋薇说："是，小姐，我这就回去拿。"

"不用，不妨事。"静漪还在说着，秋薇已经跑了，"这慌手慌脚的丫头，也不问问拿哪双？"

"在这里等等吧，让你的脚少吃些苦头。"慧安笑道，她看看周围，"这是走到哪儿了？"

静漪说："西花园。我想着去戏楼，走这边近些……我们走吧，秋薇知道去哪儿找咱们。"

西花园里挂了彩灯，也有零星的客人借着灯光游园。今晚庆园夜不闭户，从西侧门出去，走不远便是赵家，也是门户大开，方便客人们往来。

静漪看着，道："这庆王府打从落成，怕是也没来过今晚这么多的客人。你瞅瞅，除了内宅，前面东、中、西三个院子全都派上用场了。上回孔伯母生辰，我随母亲去拜寿，还觉得他们家里铺排，轮到自家，真也就知道珍珠如土金如铁是个什么意思了。"

慧安想到进来的时候，这几条街上布满军警，戒备森严，及至到了程家大门口，走进来，内里家丁的戒备，比外面还要严些，此间人力物力，就远非一句"珍珠如土金如铁"说得过了。她轻声道："为了这两日，府上真是也周全到了极处。"

"三哥是长子，娶的又是那样一位妻子，这已经是俭省的办法了。"静漪说着看慧安，"到九哥，就凭咱们两家的交情，是不会亏待你的，定要大办起来的。我想，你若实在不喜铺张，同上人们直说就是了。母亲是通情达理的人。"

慧安一笑，低声对静漪说："你是知道我的。"

"知道你什么？"静漪拉着她的手，慧安的手温软如绵，像她的性子，"知道你定会待我九哥好。"

"你好坏。再这么说，不依你……"慧安脸上烧得跟什么似的。

静漪笑起来。

两人已经走到了西园戏楼前，秋薇还没到，她们就先进了戏楼。女宾都在楼上包厢，她们也上了楼。在这儿听戏的多是当家太太和老太太们，也有些旧派的少奶奶和姨太太。杜氏和宛帔此时都在这里陪客，看静漪和慧安来了，十分高兴。静漪久未露面，客人们都是许久未见的，少不得耐着性子一一问候，好久都没能落座。

慧安看着她直笑，静漪无可奈何地说："简直比年三十儿磕头还要累。瞧，要不是怕耽误她们瞧戏，我怕是半出戏唱完了，也捞不着座。"

慧安笑得直不起腰来了。

"真真琐碎。"静漪长出一口气。

慧安看着她，笑道："要不我们也去跳舞？那边总不要鞠躬的。"

"你不早些说？我鞠这半天躬……你不是不爱跳舞？"静漪问。

慧安点点头，"看人家跳我是很喜欢的。"

"哦，我晓得了，你是想看……"静漪做恍然大悟状。

"你又晓得！"慧安拿帕子捂她的嘴。

静漪笑着摆手。

她们俩头对头笑起来，坐在前面的杜氏发觉，回头看看她们，笑着悄声道："你们两个小家伙，出去玩吧，没的在这儿笑得我们分心。"

静漪吐吐舌，看了慧安一眼，拉起她悄悄走出来，"走，我们去惜阴厅。"

"密斯特陶今晚也来了吧？"慧安问。

静漪听了，微微一怔，忽然想到可能遇到他，不由得就踌躇起来。

"你怕遇到他？"慧安看出来了，说，"要不咱们……"

静漪摇头，怕，是不怕的，可是……

她舒了口气，道："来都来了，咱们也去喝香槟，跳华尔兹。"

"跳舞我真的不太行哎！"慧安小声说。

"我教你，我很会跳舞的。"静漪眨眨眼。

她们两人来到惜阴厅的门外，仆人替她们推开门，热闹喧哗的声音顿时有鼎沸之势。迈步走进大厅，静漪几乎是第一眼就看到了陶骧。他正在同远遥跳舞，舞曲轻快，每一对舞者，都像是从空中旋转着急速落下来、落到水面上还在旋转的樱花，让人目眩，也让人忽然间就被这美感挑逗得激动起来。

静漪攥紧了慧安的手。

"就是他？"慧安也看到了陶骧，见静漪点头，她"哦"了一声，"原来是这样的啊！"

静漪不知道这意味着赞叹还是什么，但陶骧那个人，如果不认得他、不了解他，应该是会被他的样子迷惑吧。她看了看休息区，拉着慧安朝那边走去，到了却没见索雁临和表姐们，一问才知是到后面换礼服去了。

她问金碧全道：“三哥和九哥呢？”

“三哥哪得闲？跳了半支舞就被拉走了。老九刚才还在这里跳舞，他今天晚上喝了不少酒，这会儿恐怕是找地方休息去了。”金碧全笑着说。

静漪回头看了看慧安，慧安转开脸。

“十小姐！”静漪听到有人叫她，她转过身来一看，认出是黄珍妮。

“密斯黄，好久不见。”静漪说。

黄珍妮拿了两杯香槟来，微笑着递给静漪一杯。她面色绯红，一脸薄汗，亮晶晶的眼睛只管看着静漪。

静漪接了。

站在静漪身后的孔远遒皱了下眉，金碧全看见，对他摇摇头，低声说了句什么。

黄珍妮发现他们交头接耳，故意将自己手中的酒杯举高些让他们看清楚，转而对静漪笑道：“这一杯酒，是我特地来跟十小姐赔罪的。上次多有冒犯，惹十小姐生气了，还望十小姐大人大量，原谅我酒后无德。”她说着就将手中这杯酒喝了下去，对静漪一亮杯底。

“密斯黄这是哪儿的话，生气是没有的事，更谈不上赔罪不赔罪……”静漪话未讲完，黄珍妮就说着“当然是要赔罪的，十小姐难道是嫌我不够郑重吗”，又拿了一杯酒来。

静漪见她如此，就敛了声，且听她要说什么。今晚是在自己家中，她须得对黄珍妮额外容忍。

“十小姐，若你真没有生我的气，就和我喝了这杯酒。”黄珍妮面上此时已经毫无嬉笑的颜色，她碰了静漪的酒杯一下，先将酒饮了，“十小姐？”

静漪知道这酒是不能不喝了，她看了看手中的香槟酒，举杯饮尽。

“谢谢十小姐。”黄珍妮微笑着看了看静漪，“今晚跟十小姐说句肺腑之言——我是从心里佩服十小姐的智慧和果断的。”

静漪并不惯饮酒，这杯香槟喝下去，片刻就有点头晕。黄珍妮的话，竟让她心里有一丝不安。她以为这是酒精的影响，但黄珍妮说着“再会”转身离去前的一笑，却让她越发觉得哪里不太对劲。

她晃了晃头，将手里的水晶杯举到眼前来，杯底只剩下一点酒。

“静漪？”慧安叫她。静漪的反应有点奇怪，慧安转头寻找刚刚那位小姐，可眼前一对对舞者若繁花绽放，令人眼花缭乱，哪儿还看得到踪影……她拉着静漪的手：“要紧吗？”

静漪摇头，却觉得更晕：“好像要醉。”

“一杯香槟，不至于吧？”金碧全道。

孔远遒则伸手从静漪手中拿过那空杯，将剩下的那一点香槟倒出来，手指蘸着在唇上一点，立即说：“掺了伏特加。这个珍妮，怎么可以这么干？不行，我要找她算账！”

“少安毋躁。”金碧全忙安抚远遒，又赶紧让人给静漪拿清水来。

“我竟忘了珍妮随身带烈酒。”孔远遒懊悔道。珍妮的习惯他了解，只是他也以为一小杯香槟罢了，静漪又不是敌不过，却没想到珍妮这么大胆。

静漪头脑却还清醒，听孔远遒这么说，笑问：“伏特加有什么厉害的？”

金碧全笑出来，道：“得，还有什么厉害的？等会儿就让你知道有什么厉害的。快点扶她去后面休息下。”

“我来吧。”慧安搀着静漪。

静漪偏不让她扶，还挥着手对金碧全他们说：“你们都去跳舞，不用管我的。”

金碧全不放心，要人跟着，孔远遒却说：“慧安稳妥，交给她吧。”

慧安跟在静漪身后，见她走得还算稳，略放心些。经过摆放食物和酒水的桌子，静漪停下来，伸手就拿了一杯酒，慧安见是红葡萄酒，忙阻拦。

静漪攥着酒杯，说：“我不喝，就拿着做做样子。”

“你可千万别再喝了。”慧安心知不妥，挽起她的手来，“去后面透透气好不好？”

“好。我正好觉得闷得慌。”静漪说，还没走出去，一杯葡萄酒就喝下去了，顺手又拿了一杯。

“哎呀！”慧安将酒杯夺下，看她面颊绯红，“再喝你真的要醉了。”

静漪笑起来，看慧安将酒交给仆人，也不言语，由她牵着手从惜阴厅后堂出来。慧安本想让她在廊下沙发上坐坐，静漪却走了下去。

“外面太凉。”慧安道。

“可是我觉得热。”静漪握了握慧安的手。

她的手果然很热。慧安被她拉着一味往前走，直走到假山前来了，才慢了些。

“没有路了。”静漪看着眼前的假山，轻声道。

“翻过山去也就有了路。”慧安觉得好笑，看到有石凳，随手将搭在手臂上的披肩叠了叠放在上头，让静漪坐下。

“也是哦……小时候我常爬假山，追猫，捉虫……”静漪抬手指着假山，“待会儿我带你进去看看，父亲说这是仿狮子林的，石头都是从太湖运来的……”

“罢了罢了，改天吧，刚才还说脚疼……我竟不知道，你还是个小酒鬼呢。酒有什么好喝的？”

静漪呵呵笑着，凑近慧安耳边，小声说：“悄悄告诉你……别告诉别人……我没喝过酒……”

“从来没喝过酒？”慧安惊讶。

“我娘不让啊……说……酒嘛，乱性的东西。”静漪手指比在嘴唇上，“不好喝。”

“晓得不好喝，下回就别试了。”慧安见她闭上眼，仰起脸来，彩色的灯光映在她脸上，有种异样的美丽……慧安轻声说：“我送你回去吧。”

“嗯……”静漪坐直了，抬手抚了抚胸口，“难受……慧安姐姐，我们去喝西瓜汁。”

她想站起来，还没起身，又坐了回去，抬起小腿来看看，又看看慧安。

慧安说：“那你等在这里别动，我去去马上就回。”

说完她小跑着回了惜阴厅，上台阶时险些和人撞到一处，她低头说声抱歉，那人也欠了欠身。慧安走过去两步，才意识到刚刚撞到她的人是陶骧。她也顾不得多想，进去见已经没有西瓜汁了，就拿了杯橘子水出来，不想举目一望，石凳上已经没了静漪的影子。慧安大惊，快步走到假山前，叫起来：“静漪？”

没有回音。

她再往前走，仍是没有动静。回头看有仆人经过，慧安忙问她们看到十小姐没有，都说没有。慧安拿着橘子水呆站了片刻，回身往惜阴厅走，边走边叫“静漪”。

假山后，静漪侧身从缝隙里往外望着——看慧安走了，她刚要出去喊她，可忽然收回手来，笑着掩住口。

陶骧皱着眉。这醉意蒙眬还不忘恶作剧的样子，实在是像个小顽童。

刚刚看她一脚深、一脚浅地往假山里走，他本不想理。可又怕她一个不小心跌进水中，就跟了过来。不知她是不是酒后胆子越发壮了，竟然一个人走到这僻静之处来……

"傻乎乎的慧安姐姐……"她低语，像是叹了口气。

她离他很近，淡淡的脂粉香在寒气中被压制到最清浅，却又因为身体里的酒在燃烧，引发了另一丛香气出来……她摇晃着站稳了，看他。

陶骧往后退了退，后背都贴在假山石上了。

惜阴厅里的舞曲节奏激昂，他想只要一会儿，江小姐应该就会带很多人来找她了。他一念未了，她忽然问："和我跳支舞……好吗？"

陶骧没有动。这是个狭长的通道，怪石环绕，且他手臂一展开就会触到两边石壁……在这儿跳舞？这不是胡言乱语吗？

"走吧。"他沉声道。从追过来他就说了"走吧"，要带她回平地，她像是完全听不见。

她没走，他也站着没动。

"就跳一支舞嘛！要不……半支？"她仰起脸来看他。

她没有戴眼镜，也不知道她现在究竟能不能看清楚他的脸。但这里恰有一线灯光投进来，他可以看清楚她的脸——因为瘦下去，原来有一点点婴儿肥的她，颈上青色的血管都清晰了起来。这青色的脉络仿佛会随着她的呼吸微微颤动，被拨动的琴弦似的，让人一点点地觉得心痒起来。

陶骧转了下脸。恐怕是今晚那一杯接一杯的酒，此时在发挥效力了。她还在胡言乱语，而他也竟然能耐住性子听下去。

"不肯哪？那就算了吧……一支也好，半支也好，从此不跳舞也罢了。"她嘴角有苦涩的笑，嘴唇干了，她的小舌尖舔了下唇角，"还记得吗？那天我要去舞会……在我的窗外……才跳了一小半而已，二表姐来敲门催我走。我从窗子翻回屋内，心哪，怦怦乱跳……那晚和我跳舞的人真多，舞鞋都踩上了尘，可我看到的每一张脸都是一样的……"

陶骧忽然听见响动，转头看了看，从假山缝隙中看到程府巡逻的家丁，他们身上都带着武器。他的手落在静漪的背上，眼睛却始终盯着外面。看着那一队家丁走远，他才轻轻舒了口气。

虽然什么事都没有，可这样被发现的话，还是有些不便。

“你怕什么……这里又没人……”静漪头一低，额头便抵在了靠在了陶骧的胸口处。口袋里插着的手帕，被她这样一碰，那像是什么硬物，硌了一下他的身子。

她的额头很热，像在找比较凉的地方靠着好舒服一点。

“真想跳舞？”他问。

她好像被惊到，有些错愕地抬头，迷离的目光在四周睃巡了一下，凝在他脸上，但是也没有焦点，似乎她并没有看到他。但是她这样子真美，尤其是这双眼睛。

“想。”她毫不含糊地说。

也只有这个字毫不含糊，她的人简直要站不稳了。

她的裙裾被夜风吹拂着，扫着他的鞋面。他将她的手握住，轻轻将她带入怀中。惜阴厅里舞曲正到高潮处，他带动的舞步便华丽而激烈，一步紧似一步，每一步都不让人放松，她几乎完全是靠着本能跟随着他的脚步，在月光下、在庭院中、在寒凉的风中……身上却越来越热似的，她紧咬着唇，被他握在手心中的手，渐渐地渗出了汗。不只是手，她全身都在出汗。她能听到他沉稳而有节奏的呼吸声，就在她耳边，相比之下，她的呼吸却是短促而急切的，心跳也越来越快、越来越快……她也看不清什么，眼前除了迅速旋转的庭院，就是他像一堵青砖砌成的墙一般的胸膛。她觉得头晕，于是只好闭上眼睛。

乐曲声还未停止，舞步却戛然而止。

静漪靠在陶骧身前，喘息着。

陶骧低了头，他的呼吸靠近了她，停住了。

静漪睁开眼，看到陶骧的眼睛，不由自主倒退了一步。陶骧手臂一收，将她拉回怀里，嘴唇几乎碰在了她的唇上。像羽毛扫过似的，很轻、很轻的一触，却让静漪完全僵住了。

一声声尖啸在耳边经过，她眼前一暗，黑暗中又像是绽放了无数的烟花——不是的，是真的有烟花。

已经是深夜了，在客人们要离去之前，会有盛大的焰火燃放，这是给一整天庆典画上的华美句号。

她微微仰着头，暗黑的天幕中，一簇又一簇的烟花绽放开来，而在烟花和天幕构成的绝美背景下，在她和这绝美的图案之间，是陶骧的脸。

她这才觉得头晕到马上就要昏厥了。

陶骧将她扶住，低声道："这酒劲儿才刚出来，回去好好歇着。"

"你先放开……我……"她头晕得厉害，面前陶骧的脸忽远忽近的。

她看到陶骧在微笑，即便是转瞬即逝的微笑，也让她又僵了一下。

"我想你已经知道，除了嫁给我，别无选择。"陶骧声音越来越低，却能更深更沉地落到她的耳蜗里去。

她僵硬的身子忽然软了一下，轻轻踮着脚。

鞋子始终在折磨着她的脚，此时更加苦不堪言，疼痛倒成了她眩晕中仅剩的感觉。

"放开。"她推他的手臂。

陶骧低头。

她空着的那只手提了一下裙裾，小腿一抬，将鞋子拔了下来。忽明忽暗的彩光中，能看到磨伤的位置正透过丝袜渗出血来。

陶骧还没松手，静漪把着他的手臂，扶杆而立的芭蕾舞女郎似的，足尖一点，干脆将另一只脚上的鞋也拔了下来，扔在一边。

她看了陶骧一眼，推开他。把高跟鞋一褪，她连他肩膀都够不到，要借着酒劲儿骂人，气势还是不够……可鞋子脱掉，双脚立即得到了解放，虽还疼痛可不至于行动受限制了。她微微瞪了他一眼，回身就走，根本不在意自己是光着脚的。只是她身子歪歪斜斜很难保持平衡，头又有些晕，不得不伸手去扶石壁，没走几步，又被陶骧拉回身边。

静漪回头看着陶骧，忽觉得礼服都要被汗水湿透了，腿脚不由自主发软。陶骧揽住她的腰，他有力的手臂撑住了她的身子。

静漪呆了呆，突然听到一阵脚步声，她待要将陶骧推开，已经听到一声惊呼，她闭了闭眼，就听之鸾叫道："小十，我们到处找你。可你……你们躲在这没人的地方做什么？"

静漪盯着陶骧，两人在烟花绽放落下的彩色光影间，目光瞬间碰撞在一起。

"怕什么？你是我未婚妻子。"陶骧的话在烟花绽放中，依旧字字沉实。

静漪晕乎乎如腾云驾雾似的，听不出他是在说真的，还是调侃她。

陶骧收了下手臂，微微一笑问道："你的脚能走吗？"

"放开十小姐！"

"之忓，别冲动！"之鸾要拦住林之忓，可他几步就跨了过去。之鸾呆了呆，没想到在看到陶骧静漪亲昵的一幕之后，还要看到林之忓动手打人。

陶骧反应极快，他一边躲闪林之忓的拳头，一边就将静漪放下，成功地躲过了林之忓接二连三的拳头。静漪在他左右臂之间旋转，两人就如同再次跳起了华丽的舞步，反而让林之忓愣了一下。

陶骧趁机抓住了他的手腕，一把将他推开。

"你敢轻薄十小姐！"林之忓怒极，毫不犹豫地用身体挡住静漪，站在陶骧面前。

陶骧看着林之忓的眼睛。

静漪扶住石壁，错愕之间，伸手要拦林之忓。

"来人！"林之忓高声。

四周静默下来，片刻，听到外面齐刷刷的脚步声。

"之忓！"静漪拉住林之忓。

林之忓看了她一眼，但没有退后。

静漪和陶骧隔着林之忓对望着。

"我们只是在跳舞，谈心，看焰火。"陶骧说。他是看着静漪的，其他人好似都不在他视野范围内："十小姐是我未婚妻子。"

静漪呆了似的盯住陶骧——他脸上的表情，她极想看清楚。

慧安上来，握住静漪的手臂。静漪身子在微微颤抖。

"一派胡言！"林之忓听了这话，一步上前就将陶骧的衣襟抓住，"你们陶家不是说……"

"我与十小姐的婚约从来都是算数的。"陶骧将林之忓的手拉下来。

"之忓，你不能这样对他。他到底是静漪的未婚夫。"之鸾过来拉着林之忓的手臂，转头对陶骧道，"刚才是我鲁莽了，七少请见谅。静漪醉了，容我们先带她回去休息。"

之鸾说着来推林之忓，林之忓纹丝不动。之鸾回头看静漪。

"走吧。"静漪说。

陶骧留在原地。

静漪同慧安走在前面，走出没几步，她回头看了陶骧一眼，林之忏挡住了她的视线，她就没有再回头。

陶骧站在原地，看她光着脚踩在石板地上，有个小丫头追上去，将一双鞋子放在地上。她扶着小丫头的肩膀，小心地穿上鞋子……走路还是不稳，那个强悍的保护者，毫不犹豫地蹲了下去，想要背她，她却摇了摇头，走不稳，还是坚持着自己走了。

随着一声尖啸，一束焰火冲向高空，在空中爆炸开，一朵朵绿色、黄色、红色的牡丹花，将整个夜空都照亮了……陶骧仰头欣赏这夜空中最绚丽的一幕揭过。

焰火燃放是今晚最后的狂欢，客人们陆陆续续离开，听得到他们欢声笑语，一切都将散去似的。随风飘来的火药味，似乎还有点什么味道，静静的，脉脉含情的。

陶骧看着地上那双被她恣意甩脱的红色高跟鞋，这边一只，那边一只。他站了片刻，还是走过去，将两只鞋子拿在手里，经过石凳边，稳稳地放在了上面。

走回惜阴厅，已是人去楼空，他随手拿了杯香槟酒喝，清凉的酒带着气泡，在口腔喉咙里爆开。

“老七？”陶驷从厅外探身进来，“你去哪儿了，让我好找。我们走吧？奉孝还要去闹洞房，不等他了。你二嫂已经回去了，瑟瑟自个儿在家不行。”

陶骧转身出来，下台阶的时候步速如风。陶驷一时跟不上他的步子，喊他慢一些，他干脆站住了。

陶驷已看出他脸色不对，问：“你在花园里撞到狐仙了？”

陶骧说：“事情一完，我就走。在这儿待着，除了喝酒就是跳舞，闷死了。”

陶驷咂着嘴，跟在陶骧身后走了几步，低声道：“你还嫌闷，我对着你二嫂一个女人，那不是要长毛了？”

陶骧走到大门口，程世运正在送客，看到他们兄弟俩，微笑。

“伯父，我们这就回去了。”陶驷道。

“去吧。”程世运拄着他的文明棍，下了台阶，亲自送了陶骧兄弟两步。

陶驷回身请程世运留步，程世运抬抬手示意他们，人站住了。陶骧在陶驷转身后没有立刻跟上，而是在程世运面前多站了片刻。

两人都有一会儿没有出声，也没有对视。

陶骧知道程世运在打量他，目光中或许有探究。不久前程世运去过兰州，只是当时他在前线，未能见到。

“改日来家里坐坐。”程世运道。

“是。”陶骧点头。

程世运也点头。

宾客已经走得差不多了，陶骧兄弟等着程世运走进大门内，才上了车。

陶驷已经好一会儿没开口说话，倒是陶骧看了他一眼，说：“我的事，我会看着办。”

“本该如此，可父亲和母亲那里……”陶驷看他。

“我自有交代。若是问你，你知道该怎么说。”陶骧说完，就不再说话。

陶驷被他的样子气得倒笑出声来，说：“真是够浑蛋的。”

陶骧捶了下额头。

“你拿定主意就好，我不反对。可有一样，你不能坏了咱陶家的规矩。”陶驷说。

静漪在宿醉的余威中醒来，头疼欲裂，口干舌燥。天还没亮透，屋子里点着灯，有人影晃动。

“既然醒了就起来吧。”宛帔挂起床帐，伸手摸了摸静漪的额头。她声音压得极低，听得出来有些不快。

静漪扭了下身子，撒着娇不肯起来：“娘，让我再睡会儿嘛！”

“新媳妇都起来了。今天都要去上房用早点的。”宛帔说。

“三嫂为什么起这么早？”静漪动了下腿脚，脚后跟碰到床褥，她疼得额头冒汗。她坐起来，立即看到脚后跟和脚趾处都有大颗的水泡。

“新媳妇过门头一天，自然是要早起侍奉公婆的。”宛帔说着，见静漪只顾盯着她脚上的水泡发呆，知道她酒还没有醒透。她本不想在这个时候教训女儿，但仍忍不住问：“漪儿，你知道你昨晚喝醉了？”

静漪点头，看看母亲的脸色：“我以后不会了。”

当然不只是知道自己醉过，还记得自己是跳过舞的——和黄珍妮喝了杯很怪的酒，似乎还喝了一大杯葡萄酒……后来她和慧安在一起，好像还爬到山顶去看烟花了？那么昨晚的烟花一定很美，她还记得自己看得心跳如雷……她忽然抬手按住嘴唇。

“想起来闯什么祸了？”宛帔沉着脸问。

静漪看了她一会儿，才说：“娘，我在家里，那么多眼睛盯着，能闯什么祸呀！”

宛帔生气地杵着静漪的脑门，说：“你醉成那样，还要怎么闯祸？”

她在前面忙碌到半夜才回到杏庐，就见静漪在房中拉着秋薇和乔妈跳舞，起初是笑，见到她，说了没几句话，又开始哭。

她好容易把静漪哄着去睡了，问秋薇这是怎么了。秋薇委屈地说她一整晚都在找小姐，给小姐送鞋子。她找到小姐的时候，小姐在花园里跳舞。她又疑惑，又心惊，却也不便再往深里问。她一向教导静漪算严厉，酒是断然不允许她喝的，偶尔年节下杜氏许她们姐妹喝一口，也只是点到为止。可现在，她也拿不定，离了她的眼，静漪是不是也那么守规矩。

“一个女儿家，当众饮酒，已是不妥；又过量失态，更不成体统。”宛帔说。

静漪被宛帔一教训，脸泛了红。

“这两日你给我好好清醒清醒、反省反省。现在快些梳洗更衣，跟我去上房。”宛帔说。

静漪等她出去，趁着洗漱的时候，问秋薇：“昨晚太太问你话了？”

秋薇点头。

静漪沉默了片刻，又问：“跟太太说了？”

秋薇知道静漪问的是陶骧，急忙摇头，说：“我哪儿敢跟太太说。之忓应该也没说，不然太太……”

静漪咬了咬嘴唇，待秋薇给她梳好头，换了衣服，走出房门一看，守在外面的却是四宝。

“十小姐早。”四宝见静漪出来，急忙问安。

“早。”静漪点头，走到母亲房门口。屋子里静悄悄的，恰好乔妈出来，静漪也悄声问她太太准备得怎样了。乔妈嗔怪地看她一眼，小声道：“就来了。太太心气痛又犯了。小姐，太太这阵子因为三少爷的婚事操了多少心哪！身子也不好，你可要乖。”

静漪点了点头，在门外等着。

天色渐渐亮了，近前的水面上波光从金红色至浅银色，枯荷都染上了金边，水边架子上的菊花还没有收，稀稀落落的尚有几枝菊花不肯在风霜严逼下落败——她想起很久以前母亲画过一幅《秋菊图》，母亲握着她的小手题了诗在上头的。

“宁可枝头抱香死，何曾吹落北风中……”她低声念道。

宛帔正巧走出来，听到不禁怔了怔。她看着静漪瘦嶙嶙的背影，顿时将责备她的心消减了几分。待静漪回过头来，晨光中她雪白的脸上，眼睛大得简直要占了一半去……宛帔心内一叹。

两顶小轿备在杏庐门前，静漪待宛帔上轿，挥手打发了另一顶。

静漪走在宛帔的软轿边，问道：“娘，那幅《秋菊图》还在吗？”

“早不知道丢到哪里去了。”宛帔淡淡地说。

静漪便也不再追问。她特地换了柔软的棉鞋走路，脚上的伤还隐隐作痛……

今天是索雁临过门的第二日，照规矩是要开箱的。

程家一大家子人都聚在上房，索雁临开箱笼，把送给各人的礼物一样样拿出来——给程世运的是一顶水貂皮帽，给杜氏的是一条手织的围巾，三位姨太太的都是羊毛手套……其他人，给之慎的是一管自来水笔，姐姐们和夫婿是一份，妹妹们也各自有礼物。虽然都是象征性的，各人拿到手里也都喜气洋洋。

静漪也是一支自来水笔，精巧的犀牛角质地，她原有一支相似的，不过上次在火车上遗失了……她看着水笔，听见三哥问：“怎么，没有我的吗？”

哄堂大笑。

大小姐程之畋笑着说：“这就叫得了便宜卖乖。”

又是一阵大笑。

静漪将笔收好，听着父亲在同嫡母商议，明日三哥他们就要回南京了。

杜氏有些舍不得，二小姐程之攸就笑道：“母亲，姻伯伯、姻伯母也盼着雁临回门呢！”

“母亲，我和之忱会常回来的。”索雁临看看程之忱。

“你们哄我罢了，这一走定又是好几年不回家。好在如今娶了媳妇，我也不挂着他了。”杜氏笑着说。

“他要没空回来，我自个儿回来陪母亲，好不好？”索雁临笑着问。

“哟，母亲，您听听，这媳妇可要比儿子强了。”之畋笑道。

静漪也莞尔。

一时程世运要出门，众人都起了身。他一走，余下的人，有事去做的散了，无事的仍留在这里谈天。杜氏看着绕在自己身边的这些人，无非是儿子媳妇，女儿女婿……都是可心的人，越发心满意足起来，一转眼看到默默坐在一边的静漪，笑着招手让她过来，悄声问：“听说你昨儿喝醉啦？”

静漪脸倏地便红了，嗫嚅道：“是……”

她正忐忑，不想坐她身边的之鸾似有意又似无意地看过来，那眼神竟是冷的。她怔了一下，想看清楚些，之鸾却又转脸去仍同五姐之效说话了。

“你这不算什么，老九醉得在花房也不知睡了多久，阿倚绕世界找不着他主子，急得什么似的。还是他们收花架子，才看到他，简直没醉死过去呢。你看看他，这会儿还只管犯迷糊呢！”杜氏笑着说。她看了看宛帔，对静漪道：“你娘一定是要责备你的，要是她说你，你就来告诉我。”

宛帔端了一碗茶过来放在杜氏手边，轻声说：“太太别惯着她。”

“这难道还是什么大事？昨儿晚上你走了，他们来同我说，老三被段家老二他们闹洞房闹得太凶，没法子竟然唱起了校歌。一个个都没形没状的……又不是日日如此，也就罢了。”杜氏笑着，又嘱咐宛帔别责怪静漪了，“哎哟，光顾得咱们家这忙得脚不沾地儿了，姑太太那边也还不知怎样忙呢。听说老太太贪凉，昨晚吃了个柿子，半宿开始闹肚子，折腾到早上。你记得提醒我再遣人去问安。”

宛帔说：“这就让人去吧。”

“我去吩咐。”静漪趁机站了起来，她极想出去透口气。

杜氏笑着说：“也好，你去。晌午不过是自家人吃饭，你若乏了就只管睡去。”

静漪红着脸退下。

杜氏看着静漪出门，之鸾也跟了出去，她拿起茶碗来，掂在手中，转脸对宛帔说：“还是孩子嘛！别太拘了她。咱们还能再留她几天呢？”

宛帔听杜氏这么说，倒真的怔住了。

杜氏喝口热茶，看看满屋子的人都自顾自说笑，并没有人留意她们，低声道："漪儿喝酒，恐怕也是心里有事的缘故，随她吧！有些事想开了，总比想不开好，是不是？"

"我是怕她……"宛帔心怦怦跳。

"你就是左怕右怕，怕什么？漪儿明白得很。该怎么做，她已经知道了。"杜氏望着她，隔了一会儿才说，"老爷也说，咱们这回恐怕真的是得准备嫁女儿了。昨儿陶家二少爷和七少爷都来了，七少爷留到最后才走，不是很明白了吗？"

宛帔转脸看看门口，静漪早已经出去了……

静漪出门来，见程倚在外面候着，把他叫过来，吩咐他出去同大管家说，差人去赵家问老太太、姑太太安，就说太太说的，让来问问老太太是不是好些了，另告诉姑太太，太太今日不得闲，改日去探望老太太和姑太太。程倚答应着走了。静漪在廊下站了一会儿，就往西跨院去。秋薇要跟着她，她没让。

她漫无目的地走了好久，停下来脚步时，发现自己来到了花园里。一池锦鲤此时仅有几条懒洋洋地浮在水面上，游得极缓慢……许是天气冷了，它们也懒得动，与夏日里来时的喧闹截然不同。

"小姐。"

静漪转头，四宝将手中的鱼食递给她。她展颜，接过鱼食来，又有些怅然，望着水中那几尾懒鱼，道："手中无饵，鱼儿也不肯睬的。"

她抓了一把鱼饵撒下去，片刻之后，锦鲤便争先恐后游过来，她一把接一把地撒着鱼饵，锦鲤就成群成群地游过来抢食。这条挤着那条，这个压着那个，闹成一锅粥……她将最后一把鱼饵撒下去，转头看了看站在自己身边已经有一会儿了的之鸾。

之鸾盯着抢饵的鱼群，道："为了这口吃的，互相倾轧，丑态百出，人物一理。"

静漪不语。

之鸾问："昨儿晚上你真醉了？"

静漪反问："不然呢？"

"若是装醉，你心机真深不可测。"之鸾说。见静漪不回嘴，她冷笑道："看来我猜得没错。真不愧是你娘的女儿……这么狐媚霸道的，是生怕人家不知道你是姨太太养的吗？你不是誓死不嫁陶骧吗，还投怀送抱去做什么？难不成是你的心上人被你妨死了，眼看着名声坏了，陶家要悔婚了，知道嫁不到更好的人家了，就使这下三烂的招数？我们昨儿可是去得快了些，要是慢两步，还不知你要做出什么来呢！那陶骧岂是个傻子？他难道不知道，你现如今值几斤几两？父亲拿你保那矿山的开采权，你也得值那个价儿，谁知道你……”

“七姐。”静漪叫之鸾，声音不轻不重的，恰好能让之鸾听清楚。

之鸾住了声——啪的一声，一记耳光抽在她脸上，又脆又响又狠。

之鸾捂着脸，见鬼似的盯着静漪。

“你敢打我？你敢打我？！”之鸾说着抬手便挥过来，被静漪一把抓住手腕子。

“你出口就伤人，没想到会挨巴掌？这一巴掌，打你对我娘不敬。你骂我可以，敢再说她一个不字，我不但敢打你，还敢和你同归于尽。”静漪说。

“你放开我！”之鸾也不是个惯会和人动手的，何况她和之凤从小欺负静漪，静漪从未像这样胆敢反抗，她一时恼怒又不知所措。

“七姐说的话，我字字都听了个清楚，也字字记在心中。有句话，我要跟你说，你听清楚，也记住了。”静漪制住之鸾，盯着她的眸子，一字一句地说，“程家，是不卖女儿的。”

这话比打耳光还要狠，之鸾红透了脸。

静漪松了手，说：“我与陶骧有婚约在前，履行婚约是天经地义的事。只要他愿意娶，我愿意嫁，与旁人何干？况且父亲经营有道，根本不需要拿任何一个女儿去换什么。你这是在侮辱父亲。父亲会把区区开采权放在眼里？你未免太小瞧父亲，太看轻程家。”

“你胡说，我哪有侮辱父亲？”之鸾被静漪抢白，顿时更慌乱。

静漪看着之鸾，道：“我知道你厌烦我不是因为我给程家丢了脸，你厌烦我不是因为外面的男人，而是家里的男人。明白告诉你，七姐，我从没把他当成男人看。”

“你闭嘴！”之鸾被静漪一言戳中痛处，脸都白了，“浑蛋！狐媚子！从今往后不准你对他……”

静漪也不看她，转身就走，身后的之鸾突然住了口，她抬眼就看到了迎面而来的林之忓。

她见林之忓是有事的样子，便站住了。

“正要找十小姐，门上给您送进来一封信。”林之忓双手将信递上。

静漪将信接过来看了看，就收了起来，对林之忓点点头，先走了。她没有听到林之忓的脚步声，也没有回头。和之鸾的一番唇枪舌剑，枪尖剑刃都在心上留痕，她也不是不难受的……

她回房去，先擦了把脸，才将信拿出来。

信封上写的是“程静漪小姐敬启”，落款是“金润祺拜上”。

这天，程静漪照约定时间来到赛马会。

车一停，四宝便下来给她开了车门。她看了眼咖啡馆的方向，说：“四宝，你和宽叔在车上等我，我去去就回。”

“是，十小姐。”四宝答应。

静漪快步走进咖啡馆去，看到临窗桌边坐着的那位穿白色旗袍的年轻女子已经站了起来，点了点头。西崽给她开了门，替她引座。

金润祺站在位子旁边，等她走到跟前，伸出手来，道：“密斯程，你好，我是金润祺。”

静漪也伸手同她一握，道：“你好。”

“密斯程请坐。”金润祺等静漪坐下，才坐了。

西崽问静漪要喝什么，静漪要了咖啡。

“一样的。”金润祺说。

等咖啡上来的工夫，两人互相打量了一番。

静漪见金润祺今天又是一袭雪白的旗袍，不由得想起那日偶遇的一幕。她的目光落在金润祺手边的孔雀蓝披肩上。如此夺目的色泽，金润祺穿戴起来，毫不见怯。比起她身着和服的风姿，又是另一种气度了。只是她看着，总觉得金润祺身上不知有种什么东西，会让她不舒服。

金润祺等咖啡上来，亲手给静漪的杯子里加了鲜奶，微笑道：“密斯程穿紫色真美。”

“谢谢！”静漪婉拒她加方糖的举动，将咖啡杯挪到面前来。

她并没有特意打扮，穿了件极普通的深紫色袍子。天气很冷，她出门前还毫不犹豫地在外面套了貂褂。因为瘦多了，即便这样也并不显臃肿。

金润祺往自己杯子里丢了一颗方糖，说：“他喝清咖啡的。我总想学点他的习惯，唯独这一样无论如何学不来，受不了那份清苦，就放一颗方糖，苦中还是有点甜最好，不然挨不住。”

静漪将咖啡杯端起来，抿了一口。

金润祺并不明说这个“他”是谁，她也不问。既然金润祺非要在她面前显示他们之间的这种特别关系，她就不动声色地等着下文。

“冒昧约密斯程见面，是有话要讲，也是有些东西要给密斯程看。”金润祺顿了顿，从身边的挎包里拿出一个四四方方的精致锦盒来，摆在桌子上。

静漪看了看，锦盒的制作和传统的中国做法并不相同。锦缎也有独特的纹路，盒盖上的图案是一对鲤鱼，栩栩如生的。金润祺见她留意，道：“这是京都一带著名的西阵织。”

她说着将锦盒打开，先拿出几张相片放在静漪面前。静漪数了数，总共四张。她从第一张开始仔细地看。看完了，又返回去看了第二遍，然后将照片放下，看向金润祺。

金润祺又从锦盒中拿出一沓信件放到静漪面前，说：“请再看看这个。”

静漪却将信件推了回去，问：“你怎么会有这些相片？或者我该请教的是你从什么时候开始，对我有这么大的兴趣？”

“在我确定他会履行婚约之后。”金润祺回答。

静漪点头，道：“相片里的这个人，过世了。”她手指尖点了下相片中学生装的男青年。

“我知道。”金润祺点头，“如果他活着，或许没有你我这场会面。”

静漪抬眼看看金润祺。

“他是个极端危险的人，而你居然甘心被他一再利用。像你这样身份的人会这么做，我想只有爱情一个理由了。”金润祺说。

“请你不要对逝者不敬。”静漪啜了口咖啡，又看看相片。相片拍得很好，这不是一般的摄影技术、也不是一般的摄影机器能达到的。

“这些相片，还有……这是调查报告——你给‘他’看过吗？”她甚至有些恶作剧的，抬眼看着金润祺。

金润祺微笑了，说：“如密斯程所料，我不可能拿给他看。”

“如果是我，也不会拿给他看。亮出赃物，就是承认自己做贼。”静漪将咖啡杯放下，招手叫西崽来续杯。

这一回，她自己加了奶，清咖太苦，她也喝不来的。

“密斯程，话不能这么说。我得到的这些，不过是事实，而且是你们想隐瞒的事实。你不爱牧之，更不想嫁给他，你爱的是这个人。”金润祺指着相片中的人。

静漪点了点头，道：“是的，我爱过他……但他已经走了，眼下我才是活着的那一个。”

金润祺听着静漪的话，半晌不语。

静漪默默喝着咖啡。

“密斯程，请你不要误会，我见你，给你看这些，不是想要阻止你嫁给牧之的。”金润祺说。

静漪眉头略皱。

“如果履行婚约是他必须做的，也是他乐意做的，我愿意成全他，我并不介意做妾。”金润祺说。

金润祺细细的眼睛里流露出很温柔的光，以至于静漪不得不相信她的真诚。然而她预备好的，是与一个阻止她和陶骧成婚的女子来对峙，哪里料到这个女子竟提出了这样的请求。静漪更加认真地打量金润祺。

拿出暗中拍摄的相片和调查报告的时候，她觉得金润祺阴险得若一条毒蛇；然而这样谦卑地对她说出自己的心愿，她又觉得金润祺有资格做白素贞。她轻声问金润祺：“你还有什么想对我说的？”

“当然如果能动摇密斯程履行婚约的心思就更好，只是看起来，密斯程比我想象中要坚定得多。”金润祺将自己按在手下的锦盒推到静漪面前，“这里还有点东西，我希望密斯程你看看。看过了，我想你大概能明白，我为什么想要委曲求全……从我第一次见到密斯程的相片，就预感到自己可能要接受一场失败。可我对牧之的心意不会轻易动摇，我相信密斯程一定能够理解。”

静漪没有打开锦盒：“很多人说我美，但是我不觉得。”

“密斯程之美，是罕见的，但不是仅有的。美貌对一个男人来说，永远是暂时的吸引力。”金润祺说着，抬了抬下巴。

细微的小动作，彰显着她的骄傲。

静漪反而是略低了低头，将面前的相片和调查报告收了，说：“相片拍得很好，我很喜欢。密斯金手上想必不止一份，我就拿走吧——这些东西证明不了什么。即便能证明，也已经是过去的事了。而且，起码陶程两家该知道的，都已经知道，所以您既不可能拿它来威胁到我，也不太可能拿它威胁到别人，更不可能动摇陶程两家的契约。这些东西没有这个力量，你也没有这个力量。”

“密斯程，话别说得这么满。这些东西有没有这个力量，我有没有这个力量，还是要试试才知道的。”金润祺微笑。

静漪也微笑，做了个请便的手势。

“陶家并不是个新式的家族。密斯程所作所为远超出陶家对媳妇的预期，反对你的人不在少数，其中最反对者就是陶夫人。密斯程，这些东西到陶夫人手上，你觉得，自己能在陶家立足吗？”金润祺轻声问。

“多谢密斯金告诉我这些。至于密斯金说的事……恕我直言，你我二人在此讨论，均言之过早。密斯金，他愿意娶多少房姨太太、愿意娶谁做姨太太，那都是将来的事。如果我是你，更应该担心的不是我，而是你自己的身份。我未必是你的障碍，你自己才是。”静漪说。

金润祺面色一暗，点头道：“虽然是我意料之中的回答，但密斯程，你比我想象中难对付。”

“我姑且把你的话当成是恭维。”静漪一点都不动怒，“你不要忘了，决定权在他那里。即便我同意了，他同意吗？”

金润祺轻声说：“他会同意的。娶谁做太太，可能身不由己；娶谁做姨太太，就不同了。”

“密斯金有这个自信就好。不过我的看法与密斯金恰恰相反，如果密斯金真有十足把握成功，何必先来见我？”静漪手轻轻按了按桌面，“就凭这些，密斯金，你足以失去他的信任。”

金润祺静默地望着对面这个女子，她点了点头。

“当然我不会告诉他。如果可以，我希望你也不要告诉他，甚至我们见过面的事也不必提。”静漪将相片和报告放进自己的包中，“我不是你通往目的地的拦路虎，我希望你也不是。”

金润祺看着她，说：“你的确已经下定决心。”

“我想我别无选择。”静漪说。

金润祺沉吟片刻，将面前的锦盒也递了过去，说：“请将这个也带走，或许你会好奇，里面究竟是什么。”

静漪于是将锦盒也收了起来，起身道："再会。"

"密斯程，再听我几句话。"金润祺也站了起来。

静漪已经转了身，却也站住了。

"成为他太太，就要爱护他、辅佐他。如果你做不到，就不要拦着肯为他付出的人——这才是我今天见你的真正目的。谢谢你肯花时间来见我。请你好好照顾他，拜托了。"金润祺给静漪深鞠一躬。

静漪头也没回地朝门口走去，西崽给她开了门。

她站在门前，深吸了口气，不自觉地抱紧了手中的锦盒……

"她让你喘不过气来吗？"懒洋洋的声音，在她背后响起。

静漪转过身来，看着面前这个人——穿着骑马装的他，样子与平常有些不一样，因为站姿有点随意，他显得也没有平时那么高……但这就是陶骧，她无论如何都不会认错的人。

静漪用余光扫着咖啡馆的窗子——金润祺还在那里坐着，一动不动，不像是看到了他们……她仰脸看他："不是她，是你。"

陶骧看了她，慢条斯理地说："这倒是句实话。"

静漪瞪陶骧。

陶骧让她瞪了一会儿，才说："跟我来。"他说着，转身便走。

静漪看他往赛马会去，站在原地没有动。陶骧那习惯性的带有命令口吻的话在她听来很不入耳。

陶骧发觉她没跟上，停下来站在那里等她。

"十小姐？"四宝跟上来。

静漪摆了摆手，还是随着陶骧走进去了。

这是通往赛马场内里去的一条小路。赛马场是专门为在北平的外国人和权贵们骑马、赛马而建的场所。粗粗看来，围墙内的赛马场，像一个欧洲的小村落，街巷、建筑都充满了异域风情。绝大多数驯马师和骑手都是外国人，也就更让这儿显得洋味十足了。

陶骧走到马场边站住了，静漪慢慢走了过去，站在他身边。陶骧的目光落在马场里，她也看过去，就见一匹雪白的马正在场地内自由奔跑——那长长的修剪得十分整齐的尾巴甩着，看得出来它很快活。陶骧看了一会儿那匹白马，才说："以后不要随便见什么人。"

静漪抿了唇，一时没吭声。

“不管是谁、以什么样的理由约你见面，你只需要告诉我。”陶骧又说。

“你是说，她们约‘陶太太’的时候？”静漪抬头看着陶骧。

“哪怕是未婚妻。”陶骧回答。

静漪觉得自己的心跳有点缓，她知道陶骧这句话说出来，一个枷锁，就已经套在了她颈上……到此时她才真正有些喘不过气来了。

“如果你同意，今晚我就去见你父亲，请他允许我们下个月成婚，只是婚后你必须跟我回兰州。”陶骧注视着静漪。

她纤弱得如同一株兰花草，被放置在不该放置的地方，劲风吹拂下，东倒西歪。

他没有也不打算说第二遍，静漪也没有让他说，她点了点头。

陶骧仍注视着静漪，静漪也注视着他。陶骧的眸子太黑也太深，她看着看着，只觉得心跳一下比一下更缓慢。好一会儿，她才说：“如果你想……”

陶骧低头，靠近她些，问：“想什么？”

静漪脑中轰的一下，记忆像是被点燃了似的，那模糊的影像突然之间便清晰了起来：漫天散落的仿佛携着天上星的烟花、高大的身影、紧握着她腰肢的温暖的手，还有……那个亲吻是蜻蜓点水一般的轻轻碰触。她下意识地想要抽手打他，却在手举起的一刻停住了，激灵灵打了个寒战。

她看着他，他也看着她，好整以暇，看好戏似的。

陶骧说：“一起吃晚饭吧。”

“我有约会。”静漪看看怀表，已经四点多了。

陶骧也不啰唆。他打了个呼哨，白马跑过来，他牵了马缰绳。

静漪走在他身边，看他不时拍拍马脖子，她忽然想起那天他是如何将那匹断了腿的马一枪打死的，她打了个寒战。

陶骧看了她一眼，轻声说：“马场空旷，比外头是冷一些。”

他将马交给了驯马师，陪她走进了通道。

“碧全夫妻俩今晚在这里宴请他们的外国朋友。过两日，他们也就南下了。或许我们可以找个时间一起吃顿饭。”陶骧走出来的时候说。

他将静漪送上了车，站在车边，看着她。

静漪以为他还有什么话要说，他却没说，只是拍了拍车顶，让宽叔开车走了。

静漪坐在后座上，控制着自己想要回头看的冲动。

就在刚刚，她和那个人进行了一场看上去平等实际上完全由他掌握着主动权的对话——就那么定了……她，是真的要嫁他了。

“宽叔，直接送我回家吧。”静漪说。

“不去江小姐那里了？”宽叔问。

“不去了。”她说。

“也好，起风了呢。”宽叔道。

外面果然起了风，车窗外灰蒙蒙的。静漪忽然发现，刚才走出来的时候，陶骧是走在了风吹过来的方向，尽管那一点点遮挡其实并没有什么用处……她的手还是止不住地抖了起来。

她紧紧抓住手中的包，仍然克制不住颤抖，这颤抖几乎引出她的眼泪来。

但是她没有哭。她原以为自己会有一场痛哭给过去做一个祭奠，但是没有。

只是这天夜里，她起来，把那个锦盒扔进了杏庐那静谧的湖中。

无瑕听到静漪说要和陶骧成亲，呆了一呆，握了她的手，说：“你跟我说心里话，你到底是怎么想的？陶骧……陶骧那个人……”

“我知道啊。”静漪说。

“那你还嫁！”无瑕丢开静漪的手，白净的面孔泛红。她不日将随夫婿南下，正忙着收拾行装，总惦记着静漪，好容易抽空来一趟，不想竟听到这个消息，顿时心里乱糟糟的。她摸摸静漪的额头：“你是不是还没醒酒？那晚黄珍妮灌你酒，把你给灌糊涂了？”

静漪笑了，被无瑕一瞪，忙敛了笑容，郑重地说：“我想得很明白了。”

无瑕叹口气，说：“我是怕你，我是怕你……太过勉强。”

“二表姐，你知道的，我早前也答应过父亲会履行婚约。”静漪说。

“知道是知道，可总觉得……”无瑕看着静漪的眼睛。这古井一般的眼睛里，并不是暗淡无光，可也没有活力。

谁都知道是静漪的退让，换得戴孟元的安然无恙，也都知道静漪是迫于无奈，才有后来那惊天动地的逃婚。戴孟元死后，她简直像换了个人。无瑕眼里含着泪，忍了又忍，才说：“再缓一缓，好不好？”

静漪拿起手帕替无瑕拭泪，说："我已经答应他了，而且，他也来见过父亲了。下个月我们就成婚，婚后我随他回兰州。"

这消息一个比一个震撼，无瑕硬是愣了好一会儿，问："怎么这么快，还要去那么远……舅舅也同意了？"

"父亲怎么会不同意？父亲是最重承诺的人。"静漪说。

无瑕沉默下来，她还能说什么呢？这是程家的事，也是静漪决定了的，她除了担心静漪的幸福，其实没有什么立场反对这桩婚事……

"可是，陶家……我怕你应付不来。"她担心地说。

"不说这个了。二表姐，你过得好吗？"静漪问无瑕。

无瑕这个新嫁娘，看上去好极了。簇新的衣着，让她显得和原先素雅的样子有些区别，似乎也看上去有些不同了，更沉静也更稳妥。所以她猜想，无瑕表姐是满意她的婚后生活的。

果不其然无瑕红了脸，半晌才说："还好。"

"二表姐，陶骧也许不是君子，但是他也不屑于做伪君子。"静漪说。

无瑕看着静漪，静漪的清醒，让她吃惊。

"所以你别担心我，此时我嫁过去，各得其所，比什么都好。"静漪说着，把手帕按在无瑕的手心里，"倒是你，从北平去上海，且得适应一阵子呢，何况你还刚成立家庭。"

此时无瑕不但要因静漪的清醒吃惊，还要因她的成熟吃惊。

"静漪。"无瑕低了头，攥着静漪的手，似乎在考虑接下来要怎么说。她思索半晌，才道："陶骧这个人，我的确是信不过的，可既然你已经决定，我不再多说什么。只要你记住，任何时候，你需要我，都可以找我。只要我能做到的，必然为你去做。"

静漪抱住无瑕："我会记得的。"

无瑕点头，拍拍她的背。

姐妹俩面对面坐好，互相擦拭着眼角的泪。

"秋薇呢，让她泡茶怎么去了那么久？"静漪这才意识到，有好半晌没有人进来打扰她们说话。她转了下脸，恰好听到外面有人说话："秋薇？"

秋薇进来，道："小姐，程仪来传老爷的话。老爷让小姐去书房一趟，有话要问小姐。"

无瑕就看静漪："是这话了。"

静漪点点头，和秋薇说："就说我知道了，我换过衣服马上就去。"

秋薇一走，无瑕就说："我来了这半天，也该回了。我同你一起走吧。"

静漪换了衣服，与无瑕一道出来，将她直送到二门外上了车，才绕道往父亲书房去。

林之忓看到她来，替她打起了帘子，静漪向他点点头——自那日同之鸾决裂，她总觉得林之忓这些日子是诚心避开她，这会儿迎面碰上，她不禁看了看他。

林之忓被静漪这样一看，倒觉得局促，脸上禁不住就红了，手一滑，帘子落下来，正碰在静漪头顶，他慌忙将帘子收起来。

"对不住，十小姐。"他讷讷道。

静漪还没说什么，就听有人轻轻哼了一声，她一看，正是之鸾。她从容地叫了声七姐，看到之鸾铁青的面色，叫过这声七姐之后，就不再发声。

之鸾却不理她，经过她身边，还特地扭过头去，啐了一口。

静漪看她走远些，才转身入内。进去见父亲在正屋沙发上坐着，正在装烟丝，她走近些站定道："父亲，我来了。"

"嗯。"程世运应了一声，但没抬头。他慢慢腾腾地掏摸着烟袋，半晌都没见将那一小锅烟装好。

静漪过去将他烟袋取过来，只轻巧的几下，便将烟丝装满烟锅。她按了按烟锅，将翡翠烟嘴朝着程世运递过去，说："好了呢。"

程世运指了指桌案上的火柴盒，静漪划燃火柴，举到他面前。

烟点着了，烟雾袅袅娜娜地飘散着，程世运看着烟雾一般袅袅娜娜的女儿，立在他面前，不声不响的，在等着他发话——他轻咳了一下，说："小十，跟我出去走走吧。"

静漪听父亲叫她"小十"，应了声是。

程世运站起来。他没有往前院走，而是带着静漪穿过三间书房，从后门出去。

后院也是一片梧桐林。父女俩一先一后走着，在林间慢慢踱着步子。今年秋冬新落的梧桐叶子还完好地覆在那些积年累月的陈叶上，踩上去松软极了。

静漪跟在父亲身后，忽然发现距离有些近。她低头看着，总觉得自己一不小心就会踩到父亲的鞋帮——这样的窘事，从前应该是有的。不知道为什么，她对父亲最早的记忆，就是她个子还小小的时候，一抬头看到父亲，好像他是一个很大很大的黑色物体，她很小很小的脚会踩到父亲的鞋子，就把这很大很大的黑色物体弄弯折了——便将她抱了起来……静漪在想，怎么会呢，怎么会，她是那么小，父亲的鞋子是怎么被她踩掉的……她好像，也曾经有过那么喜欢抱住父亲的腿的时候？当时她个子太小了，只能抱住父亲的膝盖处……她转了下脸，树上扑棱棱飞起了什么，仅存的树叶被惊动似的落下来。

静漪一抬手，将树叶抓住了。凉凉的，她捻着叶柄，低了头。

程世运慢悠悠地停下脚步，看着静漪。一锅烟抽得已经只剩下灰烬，他将烟袋杆握在手里，背着手。

静漪抬头，没有看父亲的眼睛——父亲一身褐色的府绸长衫，胸口一串翡翠链子，碧莹莹的，比那翡翠烟嘴的颜色还要匀净……父亲这几年爱上了抽雪茄，烟丝是甚少抽的了。家里倒是有各种各样的好烟，大多都待客了。

她听到父亲问她："这几天头还疼吗？"

她怔了怔，摇头。

"我年轻时候若是酒喝沉了，要头疼好些日子的，这一点你们都不像我。"程世运转身往回走，"也不可大意。你母亲照顾你，最是细心的，不会忘了让你喝点解酒的汤。不过要我说，只要是她炖的，清淡些的汤，不管是什么做的，都好，倒不只是醒酒好。"

静漪看着父亲的背影，站住了。

程世运似乎并不在意静漪是不是跟上了他的脚步，只是慢慢踱着步子。

"父亲，这里寒气重，还是回去吧。"静漪说。

程世运点了点头。

静漪看着父亲手上，翡翠烟嘴碰上翡翠扳指。她记得这是祖父的扳指。从前祖父抱她，她会抓着祖父的手，那扳指甚至比祖父的手还要热乎……祖父说这个扳指是老辈儿传下来的，到他手上还是因为殿试中了榜眼，他的老祖父一高兴，赏了好多东西。

她说旁的都不要，单要祖父手上的这个扳指。祖父见她喜欢，便摘下来给她玩了半晌，同父亲说这东西以后给漪儿。

因是祖父的心爱之物，父亲忙代她辞了。祖父倒说这并不值什么，漪儿虽然小，我却觉得她有些意思。如今时代不同以往，程家出个把有出息的女孩子，也并不是不能之事……祖父是开明的，此番话语却多出于疼爱之心，未必对她有什么大的期望。此事一去多年，祖父也已过世多时，睹物思人，倒真想起祖父当日是怎么疼爱她的来。

静漪抬手揉了揉眼。

“你祖父在时，常说这扳指有灵气。您一生大起大落，数度遇险，又数度脱险，始终性命无虞。晚年提起这些来，常当笑话讲，又说是这扳指的功劳。”程世运说着，将扳指从拇指上褪下来。他看着扳指，说：“您走后，扳指跟着我也有些年数了。老人家说过这个留给你，现在我就把它交到你手上，让它也佑你平安。”

程世运将扳指放在静漪手中。

静漪托着扳指，看了好一会儿，又把扳指重新戴回父亲手上。父亲的手丰厚温润，只是感觉很陌生。她有点局促地挪开手，轻声道：“还是您戴着更合适。父亲，我会平安的。”

风吹来，穿过梧桐林，带着枝叶的声响，吹起她的刘海儿。

“去你母亲那里吧。”程世运说。

“是。”静漪行了礼，转身走开。

梧桐林深远，走出来颇需要点工夫，她总觉得父亲是在看她离开的，但是她没有回头去确认。她并不知道陶骧见父亲都会说些什么，但是来见父亲之前，她准备了好多说辞，以备父亲询问，然而到她离开，竟然一句都没有用上……也许父亲自始至终，都没有想过要听听她是怎么想的。

回到杏庐，乔妈见到她就说太太等了她好一会儿了，还说大太太也来了。见静漪这就要往里走，乔妈却拦了她一下，低声说：“小姐慢着些，大太太在和太太说事情。”

她说着比了两下。静漪一看，是七和八。

“听说老爷要把七小姐许给保定刘家，把八小姐许给天津孟家。八小姐应得痛快，七小姐却不答应，说要把书读完……”乔妈声音压得极低。

静漪知道这事。这两桩亲事都是趁姐姐们这次回来提的。保定刘家和五姐的婆家是姻亲，天津孟家与大姐的婆家是世交，都是朱门高第。她想起刚刚在父亲书房见过之鸾，或许之鸾当时就是在同父亲谈这件事……

她轻声道："这我有什么听不得的？"

乔妈噘了下嘴，道："倒也没什么听不得，就是刚刚大太太和太太说，三太太今儿晌午还在她那儿一头哭、一头抱怨，说程家的小姐们从来没有哪个胆敢抗婚，就从十小姐起了头，竟然临到了七小姐，都是十小姐给七小姐鼓了劲儿。"

静漪皱眉，本想说乔妈也长了嚼舌根的毛病，一寻思乔妈学的这语气，活脱脱是三太太的口吻，就没出声。她略站了站，听到里面杜氏的笑声，也不等人去通报，自己挑门帘进了屋，笑着问安。

杜氏看她来了就更欢喜，先对宛帔说："我说什么来着，小十气色都好多了呢。"

宛帔看看静漪，点了下头，道："漪儿坐下，听太太说。"

静漪猜到杜氏此来必有缘故，老老实实坐下来。

杜氏拉着静漪的手让她坐近些，看了她一会儿，说："已经听你父亲说了。照原先的打算，明年开春才操办你的婚事，眼下是仓促了些，不过好歹刚办了你三哥的婚事，什么也都是现成的，并不费事。"

静漪轻声道："凭母亲做主。"

"好好好，我呀，这回心可要放下大半了。不是我说，从你三哥到你，都给我出幺蛾子，一个是没预备他的事愣要抢先，一个是预备了明年的却要挪在今年。"杜氏佯装生气，瞪了静漪一眼，"是不是，宛帔，你说呢？让咱们从从容容地准备准备多好！"

宛帔早已经得到消息了，可到现在还是没有醒过神来似的，总觉得这事不太像真的。杜氏说她是事到临头舍不得女儿了，也确实有这层缘故。

她看看静漪，静漪倒沉着得很。

杜氏笑着说："陶老爷今日来过电报了，意思是婚礼要去那边举行，说是下个月颇有几个宜嫁娶的好日子，待列几个出来让咱们选一选。眼下咱们家也得预备预备，娶媳妇是大事，嫁女儿也是大事。这话说着容易，恐怕十天半月的也还是预备不齐的，可这个月还剩下几天？眨眼就过去了。还有，漪儿，顶重要的一件事，要不是刚刚看到报上你三嫂的相片我还想不起来嘱咐你几句，你们到时候要选一张最好看的登在报上。"

静漪并没有想到这一层，脱口问道："我这……还要登报？"

三哥之忱的婚事，登报广而告之是理所当然的，她以为轮到她则不必。

“当然要！你们不在北平举行婚礼，却是要先在这里注册的。陶老爷和你父亲商议过，陶家在京里的亲戚朋友不少，咱们家更不消说，理当宴请一下。他们合计好了，就由你父亲出面操办。”杜氏说着便笑了，指着静漪对宛帔道，“这一说话就露出孩子气来了——你当成亲是过家家吗？这可不是桩简单的事。你看看咱们家里怎么给你三哥操办的婚事，就知道回头你到了兰州，得是个什么样子了。”

静漪发了一会儿呆，往下也没听杜氏和宛帔商量什么。

杜氏在杏庐用了晚饭才回去，走之前想起来，说：“无瑕夫妻俩南下，顺道带慧安回去。这两日你和慧安多走动走动，看她还有哪里想去逛逛的没有？你正好去散散心，再往下你也没有空了……只是别耽误了事。”

静漪一一答应。

待杜氏的轿子走远了，她陪着母亲回去。

宛帔走了几步就有些气喘，站下来定了定神。

“娘？”静漪扶着她，担心地问，“可是累了？”

乔妈就说：“太太这些日子哪儿得着空歇着了呢？阖府上下为了三少爷的婚事简直人仰马翻，偏生大太太旁人也不太倚重，太太跟着操多少心呢……太太快些回房歇息，大太太都发话了，您就只管歇两日，谁又能说什么？小姐的事且等着忙活呢，不养好了身子怎么嫁女儿？”

乔妈原是要劝宛帔的话，不想说完了，宛帔和静漪正各怀心事，竟都有些怔了。

宛帔看看静漪，好一会儿才说：“那婴戏图，倒还有一点没绣好，不知道赶不赶得及？”

“娘，”静漪握了宛帔的手，笑着说，“还早着呢。再说，也不急在这一时的。往后天气越来越冷，就别动针线了。等天暖和了，身体也好了，有多少做不得？”

“天暖和了，太太该有别的要做了。”乔妈笑着说。

她这么一说，屋子里的翠喜翡宝都掩嘴一笑，只有秋薇傻乎乎地问：“天暖和了，太太还要做什么？”

“什么小枕头哇，小肚兜哇，小棉袄小马褂……要做的多着呢！”乔妈笑嘻嘻的，粉白的面孔上皱纹细密。

静漪听了，笑是笑不出来，但是也没有恼。

宛帔看看静漪，说："你乔妈妈今天晚上好像吃了酒，这些话都说出来了。"她说着挥挥手，让下人们出去。

乔妈知道母女俩要说私房话了，笑着带翠喜她们下去了。

"别怪乔妈说些疯话，她奶大你的，自个儿的闺女都没能像你这么见天儿的亲。你要嫁人，她比我舍不得你，也是真心高兴。"宛帔说。

静漪点了下头。

"要把你嫁到那么远的地方去，也是没办法的事……只是有几句话要和你说一说。你嫁过去，就是陶家的人了，不能像在家里这样，由着性子来。纵然有委屈，也要多忍耐些。娘知道你的，家里管教虽不能说不严，你却也是个任性的，凡事你认准了的，九牛拉不回。还有一样，这次虽是你自己决定的，娘还是有些不放心。"宛帔担忧地看着静漪。见静漪无话，她又说："娘生平也就只有你是一大段心事，总盼着你好好的，你懂娘的意思吗？"

静漪望着母亲的眼，灯光投在母亲眼中，眸子里全是期盼。她点点头。

宛帔道："若是方便跟着你去，娘也就跟你去了，只是不能够。乔妈也很不放心你，想跟你过去。我想这样也好，难为她有这份儿心，起码让她跟你过去一两年，照应照应你。"

"不用。娘，谁都不用。"静漪说。

"到了那边，什么都是生的，身边没有一两个人怎么行？用生人到底不顺手。"宛帔道。

"乔妈年纪大了，哪能让她背井离乡？跟着我去了，万一想她的凌丫头哭鼻子，我可受不住。"静漪见母亲担心，说着笑话开解她。

"那翠喜或者翡宝你中意哪一个？"宛帔又问。

静漪道："娘也真是的，翠喜和翡宝眼见着也到了出嫁的年纪。娘您还说不忍心我嫁到那么远的地方去，还能把她们俩也嫁到那边吗？"

"我问过了，她们愿意的。"宛帔说。

"娘，她们当然不会不愿意，而是我不能这么办。"静漪微笑着说。她低了头，将母亲的手合在自己的手中："有我一个，也就够了。"

"漪儿，"宛帔的声音有些发颤，但见静漪望着她，大大的眼睛里含着温柔的光，她又说，"总要带上秋薇吧？不然连个陪嫁丫头都不带，太不像样，也不合礼数。”

静漪转头看看房门，隔着花罩，外面几个女孩子的身影重重叠叠，不知在说什么，低低地笑着，大的十七八岁，小的十五六岁，无忧无虑、天真烂漫。她轻声说：“倒是要这些虚浮的荣光做什么呢？”

“漪儿？”宛帔没有听清她说什么，问道。

静漪转回脸来，笑着说：“那就带秋薇走。过一两年我依旧送她回来，娘给她定一门好婚事。”

“若是有好人家，不必等我，你做主就好。”宛帔道。

“也好。不过到时候，若她自己有主意就更好。”静漪站起来，要翠喜送热水进来预备宛帔沐浴安寝。

宛帔听静漪说这话，兀自出了一会儿神。

静漪出去摇电话给慧安，约她明日出去见面。

“慧安姐姐对九哥真好。”静漪回来，让翠喜和翡宝打下手，亲自伺候母亲沐浴。一边替母亲擦着背，一边说着闲话。因见母亲精神不是太好，她就愈加和缓从容些说：“只是九哥的脾气，将来恐怕有她的苦头吃呢。”

“这将近半年老九受了些历练，性情见沉稳，他是知道好赖的。话说回来，老九的性子，也亏得慧安和他磨。老爷和太太看人，大约是不会看错的。”宛帔含笑道。

“嗯……”静漪应着，心想之慎这段时间全副心思都放在做事上，要用心也是太用心了些，慧安在这里，倒是她见得多些，“远遥和远达下个月也要出洋了，九哥心里不痛快也是有的。”

宛帔沉默了一会儿，觉得水有些凉，示意翠喜加点热水。

浴室里热气腾腾的，静漪脸上也都是水珠。

秋薇敲门，在外面说：“小姐，无瑕小姐来电话说，定了明儿个晚上的，让您到时候早点去。江小姐那里她会打电话说的。”

“知道了。”静漪高声道。

“怎么？”宛帔问。

“临走前要和我们吃顿饭。”静漪说得含糊，被宛帔留意到，才不得不解释道，“他和姐夫是很亲密的朋友，临行是要辞一辞的。”

“也好。只是无瑕将起程，必有很多琐事要操心，吃过晚饭就早些回来吧。”宛帔说着，从静漪手中接过毛巾来。

静漪点头，又听外面秋薇大声叫她：“小姐！小姐！”

宛帔笑道：“快出去看看吧。”

静漪答应，出来刚掩好门，没等秋薇开口，团起手指敲了下她的额头，嗔怪道：“一点规矩都没有，嚷嚷什么？这会儿工夫都等不得？”

秋薇揉着额头，转头委屈地看着乔妈。乔妈笑眯眯地说：“小姐，是我让秋薇快点来回禀。陶家送东西来了。”

静漪将挽起的袖子放下来，看了眼座钟，已经八点半了，会是什么重要的东西，得这会儿送来？她走出来一看，外面厅里放了两大一小三个白色盒子，系着漂亮的丝带。她过去抽开丝带，把盒盖掀开，见里头覆着象牙白色的丝绸，掀开，才看到里面的东西。不用展开，她也知道这定是一件结婚礼服，同样的象牙白色，堆着繁复的蕾丝，款式尚不知晓，已经觉得该是满目的奢华。她又打开了旁边那个盒子，黑色丝绸覆着，她提起来展开，是件白狐狸皮的斗篷——这应是特为婚礼准备的，往下天气寒冷，结婚礼服单薄，是需要这么一件斗篷御寒。

“小姐不试试这个吗？”秋薇要伸手摸那象牙白色的婚纱，被乔妈拍了下手，笑着吐吐舌。

静漪没出声。见最后一个盒子上有个小信封插在丝带里，她把信封拿在手里，打开盒子。里面是一双白色缎面珍珠钉缀的高跟鞋……她看了好一会儿，打开信封拿出卡片来，是许雅媚留的便条。

她查了电话本子，打电话去陕甘宁会馆。

电话响了好一会儿才有人接，低沉的一声：“喂。”

“请问是不是陶公馆？”静漪问。

对方沉默片刻，说：“这里不是陶公馆，是陕甘宁会馆。”

静漪听到第一声的时候只觉得耳熟，待听清这句话，便确定了。如此刻板到刻薄的语调，除了陶骧不作第二人想。

静漪顿了顿，问：“我是程静漪。请问陶太太在吗？”

“稍等。”陶骧把听筒放在了一边。

静漪等着雅媚来接电话，听筒里沙沙作响，能听到那边的笑声叫声，小女孩尖细的童音很容易辨别出来，应该是那个可爱的小瑟瑟，还有男人粗犷豪放的大笑，不知是陶驷，还是陶骧……应该是陶驷，陶骧不会这么笑。

“喂，静漪吗？”许雅媚拿起听筒来就问。

“是我，陶太太。”静漪回答。

“我刚刚让人把礼服送过去，是收到了吧？”雅媚笑着问。等静漪说是，她又说：“按说再着急也得明儿送过去，可是我看了实在是忍不住要赶紧办了这事，怕回头赶不及你们拍照。先同你讲，这件结婚礼服是我们家大小姐从巴黎寄过来的，只是礼服是照着先前的尺寸定制的，如今穿着未必合适。你先试试看，尺寸不合适可以拿去修改，若样式不合你心意，就另外选。那件斗篷是我们俩送你的，但愿你喜欢。”

静漪谢过雅媚，答应马上就试。

“那赶明儿我再打电话来问……你等等，我问问老七有没有话同你讲了。”雅媚笑着说。她问了句“还有事吗”，没有听到回音，她的笑声清脆：“我们暂时没有别的事了。晚安，静漪。”

“晚安。”静漪等雅媚挂了电话，才将听筒挂回电话机上。

转头看到秋薇和乔妈跃跃欲试要将那件结婚礼服拿出来，连母亲都出来坐到了沙发上等着，静漪见状只好进去换礼服。

她一走，宛帔伸手，乔妈过来给她递上水和丸药。

在内屋里，静漪在秋薇和翠喜的帮助下花了好长的工夫才把礼服穿好。等她走出房门来到厅里，宛帔等人都静默无声地看着她。

静漪让翡宝把拖纱取过来戴上，长长的拖纱垂到身后，她扯了扯，覆着肩膀。礼服是长袖的，既不露肩，也不露胸，领口高高的，裹着她纤细挺直的颈子，细密的蕾丝一层一层地叠上去，好像存心要让人被这奢华勒得再也挣脱不开似的。

静漪戴着丝绸短手套，整了整领口，就这么一会儿工夫，雪白的颈子上已经有一圈浅红的印子。她摸了摸，有点痒。想想大概只是拍相片的时候要摆摆样子，幸好不用穿很久。

“真像观音菩萨的扮相儿。”乔妈冷不丁冒出一句来。

静漪转转身，望着宛帔问道：“您觉得怎样？”

宛帔看了她好久，才说：“很好。”

“真的好吗？”静漪问。

“真的好。”宛帔回答。

静漪说："娘说好，一定是好的。"

宛帔走到静漪跟前。静漪和她身形相仿，母女俩静静相对，照镜子似的。宛帔替静漪整理了一下拖纱，说："在娘的眼里，没有旁人比你更好看了。"

静漪微笑着说："娘也真是的。"

母女俩仔细地查看着礼服的细部，没有不好的，除了腰间宽松许多，只需要找别针收一下腰即可，并不需要再修改。

秋薇把斗篷也取出来给静漪试。

毛茸茸的斗篷穿在身上十分合体，帽子扶上来，静漪的脸藏在里面，俏皮可爱。这一下连宛帔也忍不住笑了，说："真像是哪儿跑出来的小狐狸了。"

屋子里本来就暖，静漪又穿了这么多，折腾得浑身发热，忙把斗篷礼服都换下来，依旧穿了原来的衣服。一回身看到那双高跟鞋，她脚上的伤处还未痊愈，瞧着这鞋子未免犯怵。翠喜拿过来给她试，她踏上去走了走，倒是出乎意料的舒适轻巧，忍不住跷起脚来一看再看。

宛帔让静漪站好了，看她一对玉足并在一处，鞋上一簇珠花映着洁白的肌肤，纤巧而美好。

"合脚吗？"她问。

"合脚。"静漪动了动脚趾。真是恰到好处的一双鞋，试了这些，唯有这双鞋让她愉悦。

"真好看。陶少爷那么高，小姐真得穿跟这么高的鞋子才不会被比下去……"翠喜说着，听乔妈咳了一声，抿嘴一笑。

静漪把鞋脱了交给她。

宛帔听到外面有说话声，问了句："谁在外面？"

"太太，九少爷让阿僖送夜宵来了。"董妈进来回道，说着便将一个大食盒放在桌案上。静漪一看，是春庆堂的，便说："九哥凡是去春庆堂必让人预备点心和杏仁露带回来。"

宛帔对静漪说："老九让人来，你出去看看。"

静漪一出去，等在外面的程僖忙给她请安。

她问："九哥刚去瞧戏了吗？"

"是，九少爷今儿晚上陪客人瞧戏，之后在春庆堂宴请。"程僖回答。

"喝多了没有？"静漪问。之慎近日每每深夜才回家，通常都是酩酊大醉。

程僖摇摇头，道："九少爷说，十小姐想必是没有这么早就歇着的。若是十小姐没什么事，就来书房和他小坐片刻。"

静漪心一动，说："你先回去，说我过会儿就来的。"

程僖答应着离开了，静漪回去跟宛帔解释了下。宛帔嘱咐她早些回来，她就带着秋薇往之慎书房来，身后还跟着四宝。

之慎此时正在书房里不知同谁通电话，静漪进去只见他脸沉着，自己悄悄找了个位置坐下。只一会儿之慎就挂断电话，半晌没言声。桌子上一个打开的香烟筒，之慎抽了一根在手上，没摸到火柴，抬眼看静漪。

静漪正站在他的书桌边聚精会神地不知看什么，发觉他在看她，静漪摇了摇手上的火柴。

"我竟不知道九哥是什么时候开始抽烟的。喝了酒又抽烟，太伤身，回头该多难受？"她说着走过来，将之慎嘴角的烟卷拿了扔到一边，盛了碗杏仁露给他。

之慎没接，静漪便自己吃起来。

之慎见静漪用小银匙舀着杏仁露，一点点送到口中去，也不言声。

他问："退学，没关系吗？"

静漪点了下头，说："没关系。"杏仁露有一点清苦。

之慎静默良久，才说："以后，还有机会的。"

静漪笑了笑，说："嗯。"

她叫程僖进来，问九哥这里有没有白砂糖。程僖忙找了来，她加了两勺进去，再吃，还是觉得苦。

"你就是捧着糖罐子吃，恐怕还是嫌苦的。"之慎说。

静漪看他一眼，问："明天我和慧安姐姐一起去金家。你同我们一道走吗？"

之慎到底找了火柴点烟，看了眼桌上放的信，说："我还有些事，恐怕会晚到。"

静漪放下碗，说："九哥，要是你另有打算，还是早些让慧安姐姐知道为好。"

"我没有另外的打算。"之慎丢了火柴，把桌上的信叠起来放回信封里，"偷看和偷听都是坏毛病，不可。"

静漪皱眉，问："那么堂而皇之地放在桌子上，为的不是让我看到，才好说一说这个事？"

之慎笑了笑，道："我同你可没有这样的心机要耍。"

"算我小人之心，度你这君子之腹。"静漪不禁有些气。

之慎沉默片刻，道："我并没有节外生枝的意思。"

静漪轻轻叹了口气，道："我也并不知道你们……"

"我们没什么的。"之慎说。

"其实是远遥要出洋，我寻思着请她一请，算为她践行。她再三推脱，只说亲朋好友的宴请一概都辞了的。我想着我们从小的交情，一点表示总该有的。"静漪说着，看看之慎，"那天我就亲自上门去送礼物，恰好她又不在家。我起初也没有在意，反正顺便可以见见三表姐，哪知道在三表姐那里得知远遥根本没出门，我明白过来，她是不想见我，这才知道她的心思。这几年我不在家，好多事情并不清楚，若是早知道如此，无论如何也要帮帮忙的。"

之慎听得出神。

"九哥该早些拿主意。慧安姐姐那么好，若不是她，总觉得有些可惜。不过我的意思也不是说，远遥就不好……"静漪话说得很慢。这么说，她自觉有些对不住自小一起长大的远遥，可心里那个模糊的认识，觉得敦厚温柔的慧安更适合做之慎的妻子。

"我懂的。"之慎说。

"我该回了，明天还有好些事呢。"静漪说。

"还没定下日子吗？"之慎问。

"这两日也就定了。"说到婚期，静漪也很淡然。

之慎送她出来，半晌无话，看看跟着静漪来的秋薇和四宝，说："跟着你的人换成了四宝，让人瞧着都松快了。"

静漪笑笑，望着憨厚的四宝，说："也许过不几日，又换回去了呢？"

之慎道："那倒也好，起码不愁没人和你下棋了不是？凡事往好处想。"

静漪瞅了之慎片刻，说："那我回去了。"

"去吧。"之慎将静漪送到院门口，又说，"小十，我现在才真体会到，你当初的决定得有多么大的勇气。"

静漪已经下了台阶，她似没有听到这句话，走得更快了。

看她的身影迅速消失在夜色中，之慎倚在门边，将香烟抽完。

他仰头望望黑幕似的天空，一颗星子都不见，压得人心里也沉沉的。

“少爷，老爷的电话。”程僖从里面出来，大声喊着。

之慎转身向里，问道：“知道什么事吗？”

“老爷没说，只让快些。”程僖回答。

之慎甩开步子往书房走去。

“父亲，我是之慎。”他深吸一口气，才拿起听筒来。

等到停了有两秒钟，听筒里才有话音传出来，是父亲那听得出来已经很克制的怒喝。

他等着父亲把话说完，才说：“父亲，如果这笔交易成功了，请给我更大的权力。我绝不会犯相同的错误。”

不出所料，听筒里又是片刻的沉默。

他等到父亲说了句“好”，说：“父亲，明天我会跟您详细汇报。晚安。”

他把听筒放下，坐下来，双手在脸上使劲搓揉两下，坐着不动了。

“少爷，明儿一早就要出门，喝碗解酒汤，早点歇息。”程僖小声说。

“哪儿来的解酒汤？”之慎看看程僖端来的那碗热汤。

“从杏庐回来的时候，十小姐吩咐人去预备的，小厨房刚送来。十小姐还问，这些日子，少爷您是不是常喝醉，我就照实说的。十小姐就说，日后在您身边伺候，时常提点着些，酒大伤身。”程僖说。

“再没问别的？”之慎将一碗汤喝了，问。

“没问别的……哦，倒还说了句，没什么大不了的事，值当借酒浇愁。”程僖将碗收了，问之慎要不要再来一碗，之慎摆手。

之慎闭目养神。坐久了，程僖怕他着凉，拨动着炉子里的煤。炉火很旺，烧得炉子红彤彤的。

“有一次小十说，上海的冬天太冷，她的美国同学家里很暖和，是装了暖气的缘故。只提了一次，父亲就让她们搬到有暖气的静安别墅里去了……父亲是极疼爱小十的。”之慎围紧了程僖给他盖在肩头的薄毯，酒意上来了，他索性歪在沙发上，炉火烤得他额头滋滋冒汗，“我只有小十这一个妹妹，可是临了……”

“少爷？”程僖见之慎似乎是睡着了，过去叫他，“少爷回房去睡，当心在这儿睡觉着凉。”

之慎咕哝了句什么。

程僖听清后，呆了片刻，把之慎身上盖的薄毯拉一拉，回身将炉火再拨旺些。

静漪让宽叔把车子停在燕大正门外，拉着慧安走进校园去。

“我只在九哥入学的第一年来过燕大，其实带你参观很不够资格的。”静漪笑着说。

慧安温和地笑道：“不拘哪里，走走便是了。”

静漪笑了，说：“昨儿晚上我还在九哥那里和他说了好一会儿话，就应该问问九哥，他最喜欢坐在哪个位置，我们也好体验体验。”

她本想逗慧安一笑，不想慧安听了这话，转过脸去，半晌不出声。她觉得不对劲儿，停下脚步：“慧安姐姐？”

慧安眼圈红红的，望着静漪，道：“以后这笑话还是别说了。”

静漪立即明白过来，一时却也不知该说什么，只握着慧安的手。

慧安勉强笑着，指指近在眼前的建筑，说：“图书馆到了。”

“你怎么知道这是图书馆？”静漪问。灰色的建筑，被高大的柳树遮着，也看不到图书馆的标志，连字也没有一个。

“燕大是我的第一志愿。”慧安说。

她望着图书馆的方向，发了会儿呆。

静漪看着她的侧脸，轻声道：“我九哥，他只是不会像其他人，说好听的话，做些讨人喜欢的事，其实他是喜欢你的。”

慧安摇头，说：“他是喜欢我。但是一个男子，若要喜欢一个女子，是怎么样的，我也是知道的。”

静漪不由得心里一慌，问：“那你是……”

慧安低了头，说：“我只知道，这次我来北平，认得了你，不虚此行。”

“你我早就认得了。”静漪说。

“不是那个认得，是这个认得。”慧安指指眼睛，又指指心口。

“可是，你要嫁的又不是我！”静漪着急，出口的话便很不像样。说完了，自己也发觉不对，双手握着慧安的手：“我不知道该怎么和你说，总之，我九哥不是你想的那样……”

慧安刮了下静漪的鼻梁，温柔地说："不提这个了。我在北平住得也够久了，该回家了。如果可能的话，婚礼时我会再来北平。"

"到时候你还住我的房间。"静漪说。

"是啊，那时候你就得去住新家了，你的房间倒是空出来了。"慧安开起静漪的玩笑来。

静漪被她说得呆了呆，松开她的手就来呵她的痒，慧安急忙躲闪。两个妙龄少女走在校园里本来就惹人注目，这样一笑起来，就更引来很多观望。静漪发觉，忙拉了慧安闪入图书馆旁的小路上，这里人少了很多，她们俩相视一笑，慢慢走着。

"你一定会是我九嫂的。"静漪笃定地说。

慧安没有回答，只是看了静漪一会儿。静漪摇着她的手，并没有说其他的。

"以后隔得远了，我们写信。"慧安抚抚静漪的鬓发，"有什么事，记得告诉我一声。"

"好。"静漪此时颇觉得有些心酸，仿佛相隔千里、鸿雁传书就是今日的事。

她把四宝叫来，说："跟宽叔说去后门等我们吧。"

四宝一走，静漪和慧安说："我仿佛看到旧同学了。你等我一等，若是四宝回来，你喊我一声。"

慧安点头。

静漪转身朝距离她们俩不远的一男一女两个青年学生走去。看他们早已站定，她左右看了看，确定除了慧安，附近再没有旁人。

"好久不见，密斯特顾。"静漪走到他们面前，说。

"好久不见，密斯程。"戴着藏青色鸭舌帽的顾鹤见她过来，将帽檐向上扶了扶。

静漪单刀直入地问："密斯特顾有什么理由一再地跟踪我？"

顾鹤抬头，望着她，问："密斯程何出此言？"

"要我一一列举吗？我已经与你们毫无瓜葛。你这么做，为了什么？"静漪问，语气平常，却仍有股咄咄逼人的意思。

顾鹤看看身边的女伴，女伴立即走到一边去。

"我只是想找机会和你见面谈一谈。"顾鹤说。

“你和我有什么好谈的？”静漪眼神更冷。看到顾鹤，她已经受不了，顾鹤若是再说下去，她恐怕不得不面对自己“已经”忘记的那些东西。

“密斯程，请你镇静些，不然我不能把我要说的都说出来。”顾鹤见静漪脸色已变，忙说。

“那就别说了，我根本就不想听。我只是来警告你，以后不要以任何方式出现在我面前，我随时可以叫巡警抓你。”静漪说完，转身就要走。

“你真的不想知道我要和你说什么吗？”顾鹤见静漪要离开，四顾无人，抬高些声音道，“密斯程，关于戴君的真正死因……”

静漪站住了。

顾鹤继续道：“戴君过世，密斯程当然是异常悲痛的，但是他因密斯程而亡故这也是不争的事实。”

静漪攥着手中的袋子，回身看着顾鹤的眼睛，道：“顾鹤，孟元已死，你休想打着他的旗号达到什么目的。”

她的脸涨红了，顾鹤的话像毒蛇一样张口咬住了她。

顾鹤静了片刻，说：“好的，密斯程，实不相瞒，顾某冒险见密斯程的确有事相求。”

静漪见他转了语气，强抑着心头的不适，道：“我已经没有义务帮助你们了。”

“密斯程，我现在从事的是戴君生前从事并且为之付出相当大努力的事业。概言之，今日我之为难处，恰是他之为难。戴君之死，不只是密斯程的损失，更是我们的巨大损失。所以今日，我们当尽一切所能，将他未能完成的心愿完成、未来得及从事的事业发扬光大，有朝一日让他为我们……”

“到底什么事？”静漪不想听顾鹤说这些，直截了当地问。

顾鹤沉默片刻，似是在想怎么开口。

“我只有几分钟的时间。”静漪说。

“密斯程将与西北王陶盛川的七公子陶骧完婚，不日便启程赴西北重镇兰州……我们想请密斯程帮个忙。”顾鹤试探着说。

静漪听到“陶骧”两个字，冷笑道：“我说呢，今日我还有什么价值，原来又是因为他。”

顾鹤见她如此，仍继续说：“这几年，陶系镇守西北，各个要塞都有重兵把守，重要物资进出西北都要经过陶系。这既是陶系积累财富的方式之一，也是陶系把持西北命脉的重要手段。眼下我们需要将一批物资输送进去，但是各个关口盘查极严，我们的同志数次无功而返，还有一次连人带物资全部折进了陶系手中。万般无奈之下，我才想到了密斯程。我是特地从上海来到北平见密斯程的，望密斯程……”

“什么物资？”静漪再次打断顾鹤。

顾鹤略一犹豫，说：“药品。”

“一级禁运物资，不特是西北五省难以私自运入……条件呢？”

“我说过了，这是戴君生前未来得及完成的事。如果他还在，我今日的工作就是他的工作。”顾鹤看着静漪，缓缓地说，“密斯程也曾经多次帮助过戴君、帮助过我们，这些我们都记得。日后密斯程有用得着我们的地方，尽管开口。”

“你刚才说到孟元真正的死因，什么意思？”静漪转过身去，望着烟雾缥缈中的柳树枝。

“密斯程难道就那么相信戴君是遭遇到意外？”顾鹤问。

“不是意外，又是什么？”

“如果非说是意外，那也是人为制造的‘意外’。密斯程，我们手上有确切的证据证明是谁操纵了这一切，害死戴君，以达到不可告人的目的。我想密斯程不会没有过怀疑，也一定想知道到底谁才是幕后黑手。”顾鹤说。

静漪转脸看了顾鹤一眼，问：“你们若确实有证据，何不公开？”

“这证据在我们手上，只是证据。目前公开了，除了制造一点舆论，指证一些人的残忍虚伪，毫无益处……但若它对密斯程来说有价值，我们或许就能办成一件很大的事。两者相权，我必取后者。或许是……密斯程对此事已经有判定，只是不想用证据去证实？”

静漪无声地笑了笑，道：“你说得也在理。所以你就拿着这所谓的证据来和我做交易——如果说威胁是难听了些，那我们姑且称之为交易——要说有不可告人的目的，你也算一个。”

“事情紧急，实属无奈，密斯程请谅解我不择手段。”顾鹤道。

静漪又笑了下，她细细看着顾鹤。必须承认，在今天之前，无论是条件不允许，还是戴孟元有意无意的掩饰，或者是她本人对顾鹤毫无好感，她都不曾真正地看清楚过这个人——还是短小而壮实的身材，一对小眼睛精光四射，此时看着她，目光中有种胸有成竹的自信。这些，都是她未曾见过，或者说是他未曾表露出来的。同时，他身上有一种气息，让她觉得熟悉，尤其说话时那种很有说服力和煽动力的方式，更是熟悉。

“说说别的条件，这个条件并不足以令我动心。你们做不到的，我去做，也不只赔上自己的身家性命，到时我知道真相又如何呢？”静漪说。

“人活一世，总要活个明白，有些事还是要心中有数的。”顾鹤说。

静漪微微一笑，道：“从前不知道密斯特顾口才这么好，你不怕我做局反让你鸡飞蛋打？”

“药品的禁运，会导致大量非战斗伤亡，这是不人道的。戴君生前曾说过，密斯程是心地善良的人。我想，密斯程也不是不顾大局的人，否则，我也没有机会来和密斯程做这个交易。”顾鹤说得委婉，静漪却也听得出他意有所指。

她只是沉默。

顾鹤见静漪仍冷着脸，说：“戴君曾经设想过，若密斯程有朝一日符合我们的条件，或许可以吸收密斯程成为我们的一员。即便不成，戴君也想帮助密斯程借由苏联去往欧洲深造。虽然目前我们正处于困难阶段，但是将密斯程送到苏联还是完全可以做到的。我想，或许有朝一日，密斯程会想要这份帮助。”

“陶系既掌握西北，你们送一批物资进去尚且困难，在陶系严密控制下的区域内，送一个人出国，谈何容易？”静漪问道。

顾鹤显然料到静漪必然有此一问，立即回答道：“密斯程顾虑的是。我们确实也没有十成的把握，但是，陶系也并不是固若金汤。密斯程，我言尽于此。此事成与不成，全在密斯程一念之间。顾某可以保证的是，成，则顾某必然向密斯程兑现承诺；败，则顾某人一力承担后果，绝不连累密斯程。”

静漪望着顾鹤，思索片刻，问：“你所谓的证据呢，从何而来？”

“顾某眼下不能对密斯程说明证据是从何而来，但可以向密斯程保证，证据一定是原本原件。此次行动我是总负责人，所以密斯程不必担心。事成之后，我会让人以合适的方式将证据交给密斯程。”顾鹤说。

“给我时间考虑。”静漪说着，就已经听到慧安叫她，回头一看，果然四宝回来了。

顾鹤也发现了四宝，他对静漪点点头，指着那个在树下读书的女子说：“我出现不是很方便，就由她和密斯程联络。她自有办法找到密斯程。”

静漪点头，看了眼那个女子，匆匆转身离开。她手里紧紧地攥着手袋的圆柄，毛线手套磨着圆柄，咯吱咯吱响……

她走到慧安身边，说："我们走吧。"

慧安看了一眼往相反方向去的那对青年男女，再看看静漪的面色，说："去茶楼喝杯茶吧，暖暖身子。"

静漪说："出了后门有间春明茶社，九哥常去，燕大的教授们也喜欢在那里聚会呢！"

"好，我也听说过春明茶社。"慧安笑着说。

静漪和慧安聊着教授们的茶馆逸事，一路说说笑笑地穿过燕大校园。

…………

傍晚，之慎从商行赶到位于落英胡同金家大宅去的路上，特地停下来去六国饭店买了一盒蛋糕和一小把晚香玉。他出入商行，遵守父亲定下的规矩，是不准专车接送的，故此从商行来表姐夫家，还是雇了人力车。

他刚把钱给车夫，就见一辆黑色的梅赛德斯开进了胡同来。他认出是陶家的车子，于是站定等车停了。下车的正是陶骧。

"之慎兄。"陶骧通身的黑，黑色的大衣合体板正，黑色的礼帽戴着，越发显得他身高出众。

"牧之兄。"之慎从容地打招呼。

两人只有数面之缘，远谈不上熟识，此刻虽彼此知道马上就要成为亲戚，却无论如何也不是能马上热络得起来的，只客气地寒暄一番。

这时金碧全走出来，老远看到二人就问好。

陶骧见他正经八百地穿着长袍马褂一副迎客的模样，道："这怎么还隆重起来了？"

他一边说，一边将皮手套摘下来，同金碧全握手，金碧全却非要同他拱手作揖。陶骧和之慎甚少看到金碧全如此，顿时觉得有种说不出的滑稽感，都忍不住一笑。

金碧全笑道："老九你还别笑，你和牧之都是今日座上客，我如何不该隆重起来？"

"看惯了姐夫西装革履，这么一扮，倒觉得新鲜。"之慎笑着说。

“都是你姐姐，硬是说长袍马褂才是咱们国家的国服，非要我穿。既然夫人高兴，那我就不如从夫人之命了。”碧全笑。

陶骧看金碧全一眼，问：“你这是提倡新的‘三从四德’吗？”

“在家从夫人，有何不可？”碧全笑着反问。

陶骧似笑非笑，不予置评。之慎则笑得跌足，一捧花在手中乱颤。

陶骧问起金家上人们，要去问安。金碧全告之金老爷和夫人携慧全去六国饭店同美国公使夫妇会面了，说：“表舅昨日才到。现任公使曾经在南洋做过一段时间参赞，与表舅交好，早早说好这次来要会一会面的。”

陶骧听了，点头。

金碧全就带他们往自己居住的院落去。

这是紧靠上房的一个偏院，进门便看到一排精舍。

之慎进了门，将蛋糕交给仆从，花却仍拿在手上，问：“怎么不见表姐？”

“她在后面和静漪、慧安说话。”金碧全笑着请陶骧、之慎坐下先喝茶，摇电话给无瑕，不想摇了三四通也没接到无瑕手上，回来笑道，“竟然找不到本人。我带你们过去吧，晚宴设在后面的花园水榭。”

“大冷的天，偏设在水榭，亏表姐有这个雅兴。难不成是小十建议的？她就喜欢临水的地方。”之慎笑着说。

“倒不是，她说这几天冷下来，说不准会下雪。又可观雪，又可饮宴，何乐不为？”金碧全言辞之间全是对爱妻的维护，听得之慎和陶骧都莞尔。金碧全兀自不觉。

一时出了院门，有家仆来找金碧全，说有访客到，金碧全忙让家仆带陶骧之慎先去。

之慎走在陶骧身后，两人都沉默着，只有偶尔金家家仆提醒两人一句留意脚下。

天色渐暗，园子里电灯尚未点亮，脚下石径确需留神些。

沿着院墙走在廊下，之慎就听见隐隐约约有女子的声音，想来不远处就是他们要去的水榭了。他抬头看陶骧，陶骧却仿佛没有听到，步子反而越走越慢。

此时陶骧边走边想事情，未免有些入神，待回过神来，金家家仆早带着他们穿过院墙走进了后花园。他抬头一望，已可见湖边的水榭明灯高悬，水榭中人影幢幢，却都是准备晚宴的仆从，并不见无瑕等人。他不禁纳闷儿，明明刚才听到过有女子在说话的，正要问，就听见一阵叮叮咚咚的钢琴声。琴声有些凌乱，还夹杂着笑声……他转了下头，隔岸有一排精舍，同样明灯高悬，几个女子的身影清晰地印在玻璃窗上，谈笑间，若风动花影一般。

他视力极好，一眼就辨出了哪个是她。她背对着窗子，穿的是件蜜合色的锦袍。

"陶少爷，九少爷，请稍等，二小姐马上就来。"一个伶俐的丫头过来，请他们移步水榭，就要去请无瑕来。

之慎见是无瑕的丫头丹桂，便说："时候还早，让她们多玩一会儿吧。"

丹桂闻言笑道："是，九少爷。"

陶骧和之慎在水榭里先坐了，片刻，热茶上来。水榭中燃着火炉，暖和得很。两人饮着茶，隔着一池碧水，听对面精舍中的弹唱——起初钢琴声凌乱，丝竹亦乱，渐渐纹路清晰起来，原来是一曲《凤求凰》："有美人兮，见之不忘。一日不见兮，思之如狂。凤飞翩翩兮，四海求凰。无奈佳人兮，不在东墙。张弦代语兮，欲诉衷肠。何时见许兮，慰我彷徨？愿言配德兮，携手将相。不得于飞兮，使我沦亡。"

丝竹断断续续的伴奏，奏的是古曲；钢琴弹弹停停，却也给缠绵悱恻的古曲中加入不少强烈的节奏，听起来两者各有所长。

一曲停歇，笑语重现，稍稍一顿，又一个婉转多情的歌喉，清唱几句，带着氤氲的水汽飘过来，久久不散……陶骧和之慎不约而同端起茶碗来。

之慎想，清唱的是慧安，弹钢琴的应该是静漪了。

"小十的钢琴弹得实在糟糕，不知道怎么及格的。"之慎开口道。

陶骧只是听，茶碗都没掀开。

之慎却像是完全不经意地微笑着说："小十是我们兄弟姊妹里排行最小的，从小父母疼爱、兄姊谦让，没让她受过什么委屈的……"

之慎说到这儿，见对面精舍中人影一晃，是无瑕走到窗前，开窗一望，对着这边挥了挥手，他忙抬手回应，就把话给收住了。

那边无瑕关了窗子，陶骧本预备听之慎把先前的话接着说下去，金碧全却带着两个人说笑着从外面进来了。

"大表哥，大表嫂。"之慎见走在前面的是赵宗卿，忙站起来。

赵宗卿微笑着点头，说："老九来了？牧之也在？"他伸手，与陶骧相握。

“你们两个就在这里枯坐？也太老实了些。”金碧全笑着招呼他们坐下，吩咐家仆去请少奶奶出来，“客人都来了，让她也快些过来吧。”

“我们哪是什么客呢！”赵宗卿哈哈一笑，道。

“来了来了。”无瑕的声音从外面传进来，不一会儿她就进了水榭，“先前左等右等，偏都不来，我们才不过离开一会儿工夫，你们就都到了。”

无瑕笑着把慧安和静漪拉过来。慧安跟着静漪叫人。

赵宗卿太太转眼看看程之慎，微微一笑。

程之慎只当没有会意，也笑一笑。

“我仿佛听着刚刚谁在弹琴唱歌？琴弹得真糟糕，歌却唱得妙。”赵宗卿太太笑着，目光在静漪和慧安脸上转一转，点着静漪道，“乱弹琴的一定是小十，再没有比你皮的了。”

“怎见得就是我？”静漪抵赖。

陶骧看她，一双眼睛闪闪发光，许是刚刚真玩得高兴了……他依着次序坐了。

无瑕安排的座位，是让他恰好坐在静漪身旁。

静漪坐下时略低了头，鬓边一弯小卷发垂下来，她抬手钩了依旧送回耳后，并没有看他。

“听她撒赖了没有？好端端的曲子给她弹成那样，真胡闹。”无瑕笑着揭穿静漪，“咱们总说她乖，比起慧安来，没边的！”

静漪看向慧安，慧安腼腆一笑。

“怎么想起这曲子来了？还是那日在孔家瞧了整出的《西厢记》，有一段这个。”宗卿太太说。

“正是说起这出戏来，早知道慧安爱这个，那日叫上慧安、静漪一起去。无垢就嫌闷，只是如今她是主人家，总不好躲着走。”无瑕把大家都安排好，吩咐上菜。

静漪看着在座各位，多是至亲，不久之后，也会与她隔山隔水……此时，正与金碧全交谈的陶骧不期然向她望过来，两人四目相对，片刻，还是静漪先转开脸。

不久外面有人进来，对陶骧耳语几句。陶骧说了声“失陪”，起身离席。

待到宴罢，他都没有回来。金碧全提议到自己那边坐坐去，一行人就往他们夫妇的居所走去。

慧安与赵宗卿太太言谈间甚是相得，渐渐放开静漪。静漪走在了最后头。

“小十？”之慎发现她落得远了，在门口叫她一声。

静漪摆摆手。

无瑕过来问：“怎么了？”

“许是过晌喝了口冷茶，这会儿不舒服了。”静漪揉着肚子说。

“我瞧着你脸色不好，还以为你怎么了。丹桂，带十小姐去我房里。这边的是冷屋子，我怕你再着凉。”无瑕让丹桂带静漪如厕去。

丹桂领着静漪去了无瑕的卧房。到了门口，静漪反而踌躇。

丹桂见状笑道：“十小姐知道我们小姐的，她专用的，姑爷都不许来用。十小姐尽管去就是。”

她说着推着静漪进了门，替她开了盥洗室门。静漪这才走进去，就见抽水马桶、洗脸盆和浴缸都崭新，水喉更是镀金的。只不知这是金家一贯的做派，还是特为无瑕这个新娘子准备的。

静漪安下心来倒觉得没有方才那么不舒服了。在盥洗室内待了一会儿，身上暖和些，她洗了洗手出来，也不便仔细看无瑕的卧房，匆忙开门出去。

等在正房里的丹桂见她脸色好了很多，笑着说：“十小姐喝杯姜茶暖一暖吧。小姐说十小姐只管在这里休息一会儿。”

静漪点点头。

这正房里的布置完全是西式的，见东墙还有个巨大的壁炉，正燃着炉火，她不知不觉就走了过去。

壁炉上摆着很多相片架子，内里镶嵌的相片有单人的也有合影，其中最多的是无瑕和金碧全的礼服照，还有金碧全的毕业照，戴着方帽子，穿着大袍子……她拿下相架，看着相片里的博士帽。

原来也想过，她会有这么一天的。有人说过她资质不够高，也许要比同学们多用那么一两年时间才能够从医科毕业，到那时她都要成为世人眼中的老姑娘了。因为成了老姑娘，再加上是个拿手术刀的，听起来更是怕人，可能会没人要，这么一来，某人就只好勉为其难了——静漪把相架放回去，擦了下眼睛。

她没有继续追寻这段记忆，因此也想不起说这话的人到底是谁。是谁仿佛此时也并不重要，重要的是她曾经也有过这样的梦想，如今却随着时间的流逝、情势的变化，不再确定……外头欢快的音声和笑语传过来，越发让她心里酸楚。无论怎样否认和掩饰，今日与顾鹤的相遇，在她心中激起的波澜，远比她想的剧烈。

她又喝口姜茶，定定神，看到台子的角上有两个相册。她拿了一个，打开发现是金碧全的旧照。看日期，都是两三年前拍的了。很多都是合影，绝大多数是洋人。翻到后面两页，她看到了孔远遒，也有陶骧。三个人似乎是在什么地方旅行，风景十分的美丽。其中一张陶骧的单人相片，他骑在高头大马上，对着镜头，没有笑……那时候他倒比现在要稍稍胖一些，面孔虽说棱角分明，冷峻之色却也比现在要浅得多。

静漪将相册合上，放回原位，发了一会儿呆，才想起自己该出去了。

走出房门时一抬头恰看到陶骧从院门外进来，身后跟着的是他的近侍图虎翼。两人如出一辙的脚步有力且干脆，寒冷的冬夜里，似乎踏出来都能抖下冰屑。

“十小姐。”图虎翼在阶前站立，和静漪打招呼。

静漪只点点头。

陶骧看她一副心不在焉的样子，走到门边都没有发现，来不及开口提醒她，她已经撞了上去，发出砰的一声巨响。

“十小姐小心！”丹桂惊叫。

静漪就觉得一股力量将她硬是拉了回去，她歪歪斜斜了一会儿才站住。陶骧松了手，丹桂忙问静漪撞痛没有。静漪摆摆手说没关系，小心地摸了下额头。

她看陶骧一眼——不知道他怎么行动那么快，明明刚刚还有那么远的距离……

屋子里无瑕等人被惊动，一起出来。

门一推，眼看着又要撞到静漪，陶骧手疾眼快地将静漪往自己身边一拉，丹桂也急忙扶住门，方才让她躲过去这一下。

丹桂忍不住笑了，说：“十小姐真是的……多亏七少手疾眼快。”

“怎么了？”无瑕看陶骧还抓着静漪的手臂，问。

陶骧松开手，见大家都莫名其妙地看着他们，说：“没什么。”

大家禁不住又看看他和静漪，不过谁都没再问什么，只有碧全笑着问陶骧：“你怎么才回来？还以为你不辞而别了。”

“怎么会。不过我确是回来告辞的。”陶骧说。

金碧全原本想留他，见他确有急事的样子，也知道他近来事务繁忙，便说：“那好。静漪啊，替我们送送牧之。”

无瑕见静漪怔住，暗暗从后面掐了金碧全一下。

金碧全忍着痛，笑道：“我们这会儿牌正打在兴头上，不送啦！”他说着招呼之慎等人回去。无瑕转过身来瞪他一眼，他嘻嘻笑着，在无瑕耳边说了句什么。无瑕无可奈何地说了句“你呀”，也就没了话。

倒是赵宗卿夫妇特为多停了一会儿，目送静漪和陶骧往外走。

静漪仍不时揉着额头，这一下撞得狠，火辣辣地疼。

“回去吧。”陶骧走到院门处站住，对静漪说。

静漪抬头看他，他身上的灯光暖暖的，好像明媚的日间，从大树枝杈间洒下的阳光似的。可不知为何，她看着衣着板正、面目严肃的他，就算是他被阳光笼罩着，仍然觉得冷意森森。看她的大眼睛眨来眨去，也不知她是不是看得清自己，陶骧说：“下个星期在奥克斯照相馆拍照。”

静漪点了点头。

两人之间忽然就出现了星星点点的白色，是雪花飘飘摇摇地落了下来。

静漪伸手去接。雪花落在她掌心，瞬间便化了。

今冬的第一场雪，就这么降临了。

她忘了陶骧还没有走，静静地看着雪花往手心里扑来、化去……

“七少。”图虎翼低声唤道。

陶骧手一抬，转身便走。

静漪回过神来，陶骧已经不见踪影了。

她又在外面站了好一会儿，雪下得大了，柳絮般飞舞着，安安稳稳地落在地上……

“小十？”赵宗卿见静漪站在院门内似是发了呆，叫她一声。

“大表哥。”静漪见赵宗卿在她身后不远处，手中撑了一把油纸伞，不禁一怔，忙走过来，“你怎么出来了？”

“听说下雪了，出来看看。”赵宗卿说。

“是呢。”静漪见大表哥脚步缓慢，少不得放缓步子，“今年的雪来得早些。”

她缩了下手，看看大表哥。他今天没有穿制服，但她仍然记得他穿着那套黑色制服时的样子。他如今又升了级，北平警察署，他是头号人物了。她心内轻轻叹了口气，极力不让自己想到他那间办公室，想到地牢里那发霉的味道。

赵宗卿笑笑，说："我记得你小时候，年年都要宝爷给你堆个大雪人，到开春还化不完。有一年生了病，不过几天没出房门，雪人不见了，还以为是谁偷了去。挨个儿问，都问不出什么来，等问到我这里，跟拿住了贼赃似的没完了——不就是我有那颗珊瑚珠吗？那是姥爷朝珠上的，你有一颗，我也有一颗。"

被赵宗卿说着小时候的事，静漪本该笑的，却不太笑得出。

红艳艳的珊瑚珠做了雪人的嘴巴，漂亮得很，她也记得的。

赵宗卿收了伞，抖一抖，说："西北酷寒，去了多加保重。兰州我也去过一回，冬天雪一下，静而无风，撒盐似的，你会喜欢的。"

静漪点头。

"多写家信。若没有工夫单独给你姑母大人写，就记得在家信里提几句，也好让她放心。这些日子她总是念叨你，十分地舍不得你出嫁。"赵宗卿说着也有些伤感起来似的，忍不住唏嘘，"眼看着你就要走，想要什么尽管跟我说。"

"什么都有了。"静漪说。

赵宗卿看着小表妹，一时有些话不忍就说出来，静漪却发觉了。

"大表哥，有什么要嘱咐我的，就说吧。"她以为赵宗卿是有什么话要嘱咐她，到了说不出来。像之慎，明明有很多话要说，只是不能说。她也不想让之慎说，但是大表哥又不同些。

"从此安稳度日吧，也就是对父母最大的孝敬了。遇到事情多想想舅舅、舅母和帔姨。"赵宗卿说。

他眼神中有一丝凛然的冷意，静漪察觉了。这丝冷意在她心底逐步扩大，冬日里的窗子撕开了一角窗户纸似的，寒风钻进来肆虐……

"大表哥，当初若是我上了船，会怎么样？"她问。

赵宗卿望着静漪，笑了笑，说："你上不了船。"

一声尖啸在静漪心底腾起，她握紧了手。

忽然屋子里一阵人声传出来，门开了，之慎先出来，急匆匆地跑过来道："快，小十，我们回家。帔姨昏倒了。"

静漪脑中轰的一下，被之慎一拉，脚下趔趄。

雪地湿滑，雪花还在不住地往下落，此时无风，也真跟撒盐似的，簌簌地，落在脸上，落在肩上……静漪扑通一下摔倒在地，手撑在地上，留下两个融化的五指印。

她盯着这对五指印，须臾，拉着之慎的手，挣扎着站起来。

雪下得愈发大了……

捌

如玉如晶的雪

入冬以来第一场雪下得如此之大，出乎所有人的意料。随之而来的罕见严寒更是把人冻得似乎骨肉都缩了三分，恨不得日日猫在屋里不出门。

静漪这天照例守在母亲床边伺候她饮食用药。她看了眼窗外的积雪，等下要出门照相，可这么冷的天气……

“去准备出门吧，别让七少爷等。”宛帔说。她的气息有些弱，比往常更让人觉得她弱不禁风。

静漪踌躇，上午医生会来复诊，比起照相她更看重这事，就想着如何能把时间错开些。

宛帔晓得静漪的心思，嗔怪地看着她道：“我不过犯了一次晕，如今都好了。七少爷忙，事情安排在哪一日做都是有定数的。你不要临时改时间，让他为难。”

静漪也知道不去是不行的，可仍坐着没动。

“你听娘的话，去换衣服准备出门。娘也听你的话好好歇着。如何？”宛帔微笑道。

静漪只好去换了衣服，才出来就有人来报，说陶家的车已经到了。她辞别母亲，又到上房去见杜氏。杜氏免不了又一番叮嘱，让跟着的人小心伺候。

静漪从上房出来正遇到四太太。

四太太看看她神色，轻声道：“十小姐，去照相嘛，高兴些，照出来才好看。”

静漪点了点头，转身却低了头往外走。

四太太轻轻叹了口气，正好杜氏也走了出来。两人对视一眼，四太太给杜氏行了礼，“十小姐放心不下二太太吧。”

杜氏点了点头，道："我也不太放心。话说着，过一会儿大夫就该来了。"

"那我陪太太去看看二太太吧。"四太太道。

"也好。"杜氏说着，又看了眼静漪的背影……

"来了。"站在车边的马行健看见静漪出现在大门内，立即说。

陶骧在车内，这时候转了下脸。

先从大门里出来的是总跟着静漪的四宝和秋薇。四宝抱着一个巨大的箱子，秋薇也挽着一个大包袱。图虎翼在后面军用吉普上坐着，见状下车去帮秋薇拿了包袱。

过了好一会儿，静漪才从里面出来。马行健开了车门。静漪看看停在后面的军用吉普，出去拍个相片，倒有两辆车跟着，本不觉得是件郑重的事，也显得郑重起来。她上车坐到陶骧身边，没有解释自己为什么迟来，陶骧也没有问。

奥克斯照相馆在东长安街上，是北平最好的照相馆之一，摄影师是一对来自美国的父女。静漪曾经去照过几次相，奥克斯先生也曾上门来照相，彼此不算不熟悉。

静漪下车就看到左右橱窗里都摆着大幅相片。因认出了相片里的人，她站在那里看了一会儿——橱窗里分别展示着无瑕无垢同各自夫婿的相片，他们本就是漂亮的人物，身着白纱礼服和黑色燕尾礼服，更多几分风姿绰约、器宇轩昂。

从玻璃橱窗的倒影里，她看见了陶骧。两人的影子印在一处，她转头看他——还是有些不能相信，自己竟然是跟他来照相……她拢了拢黑狐大衣，雪后的清寒真让人难以忍受。

奥克斯小姐出来迎接，见他们留意相片，笑道："两位密斯赵的相片恰好是我们拍摄的，很荣幸也能为密斯程拍照。密斯程里面请。"

到了照相馆楼上，秋薇已经在更衣间将待换的服装都挂了起来。奥克斯小姐是今日的总协调。她不厌其烦地用她那生硬的中国话和秋薇沟通，让秋薇按着她的要求把服装排好顺序。

静漪惦记着早些拍完回去侍奉母亲，很快就换了第一件衣服出来。不想陶骧比她还快，早换好象牙白的礼服，站在他的位子上等了。她走过去，估摸了下合适的距离，站在他旁边。奥克斯父女一看二人之间的距离就笑了，奥克斯小姐干脆走过来把静漪往陶骧身前一推，说："亲密、亲密。"

"笑一笑！密斯程，笑一下好吗？"老奥拍了几张照片，觉得不满意，从幕布后抬起头来，“密斯特陶，吻一下你的新娘好吗？让她甜笑，拍出来的相片才会好。”

静漪闻言一呆，见陶骧已将礼帽取下，仿佛真要吻了，她抬手一扶，扶在陶骧身侧。陶骧垂下目光看了看她的手，一伸手揽住她的腰，将她往身边一带。

静漪咬住嘴唇，瞪眼看他。

他一侧脸，低声在她耳边道：“要是你不想我真照着奥克斯先生说的做，笑。”

静漪略低低头，顿了顿，再抬脸，已经露出笑容，他的手才松开些。

“好……好多了！再笑一笑。”老奥不住地重复他的要求，一会儿让两人并排站，一会儿是一前一后。奥克斯小姐也不住地指挥人换布景。

旗袍、裙褂、洋装……终于换到白纱，静漪已经又冷又累。她心里惦着母亲，却不能不咬紧牙关坚持，这么烦琐又无趣的拍摄，两个人像牵线木偶一样被指挥着这样那样……她的心思又完全不在这上头，因此就更觉得累上几分。她原想着陶骧也未必愿意参与这无聊的活动，可陶骧竟始终表现得不急不躁，极有耐心，甚至还有几分乐在其中的意思，这真让她纳罕。

静漪换好礼服，深吸了口气。这是最后一套服装了，拍好就可以走。

她轻轻抚摸着礼服上的蕾丝，看看镜中那个精致美丽的洋娃娃一样的人儿……换了这么多套服装，她也没有仔细看过自己的样子。

这样子有点陌生。美得陌生。

秋薇给静漪戴好头纱，挽纱时发现她在发抖，忙问：“小姐，是不是很冷？”

静漪摇头，说：“就是心慌。秋薇，你去跟奥克斯小姐借电话，问问太太怎么样了。”

秋薇答应着出去了。静漪拿了唇刷在嘴上涂抹两下，拖着礼服走出更衣间。礼服太长，她须放慢脚步免得踩到裙摆。

陶骧正低头踱步，见静漪出来，停下看向她。

奥克斯小姐不住声地称赞这礼服有多美，静漪笑笑。奥克斯父女问他新娘美不美，他只礼貌地应了一声。静漪听见，抬眼迅速看了他一眼，慢慢挪到他身边去站定。转身时裙摆扫到他腿上，他特地低头看了看……静漪轻轻拢了下裙摆。

自她从更衣室出来，陶骧的目光始终落在她身上，但她总觉得他的眼神有点怪，并不像其他人，此刻恨不得搜肠刮肚将自己会用的词汇全拿出来赞美她。大概他并不觉得她这样真的好看吧……他自己深灰色的军装礼服上挂着绶带和勋章，黑色皮靴齐膝，油光铮亮，白色的手套一戴，浑身上下倒是无懈可击的漂亮。

她心里轻轻叹了口气，无论如何这是最后一关，过了就可以走了……她站稳了，向奥克斯父女点头示意，准备露出完美的笑容来。

老奥正准备拍摄，陶骧说了句“等等”，抬手将静漪的下巴扳过来。

静漪立时脸色一变，抬手握住了他的衣袖。陶骧不出声，掏出手帕替她擦了下唇角。静漪待看到手帕上一线深红，才明白过来，可脸上还是呼的一下热了。陶骧放开手，又看她一眼。

“谢谢！”她轻声说。

他将手帕依旧放回口袋里，垂下手来握了她的手。

他的手大而有力，将她的手牢牢裹在手心里。静漪知道这时候抽手回来是不合适的，况且应该也就只有那么一会儿罢了。这么想着，竟又忘了微笑，老奥只好一再提醒她……好容易他拍得满意了，她的脸已经僵了。

还好这回轮到陶骧去换礼服，她可以休息一会儿，于是就在那张华丽的描金椅子上坐了下来。秋薇瞅准空当跑过去，轻声跟静漪说太太都好。静漪看看秋薇，只点了点头，没出声。秋薇退到一旁，她轻轻靠在了椅背上。照相机的闪光灯隔一会儿一亮，同时也能听到胶片那悦耳的声响，她知道老奥又在拍了，然而她此时完全笑不出来，幸好老奥并没有额外提要求。

随后摄影棚里变得鸦雀无声，静漪坐在那里一动不动，已经出了神……陶骧回来时，就见她像尊雕塑一样靠在椅子上，看见他，她才活动了下僵硬的四肢，准备站起来。他走过去，把手放在她的肩头。

静漪愣了下，手一抬要拂开，被陶骧即刻攥住，说：“看镜头。”

静漪不得不转过脸去，老奥像是捡到宝贝，笑着说这样很好，再来几张……待老奥从照相机前抬起头来，冲他们微笑点头，说好了，静漪完全松了口气，紧接着就要起身离开。

陶骧按住她肩膀，说：“等等。”

“我真的赶时间。”静漪道。

“我知道，五分钟。四宝，秋薇，来。阿图，叫小马进来。”陶骧一手指着自己身边的位子，招呼他们过来合影。

静漪愣了一下。

秋薇他们被叫到名字，也愣住，见陶骧不是开玩笑的样子，才依次过来，竟不知要站在哪里合适。静漪让秋薇站到自己身边，其他人分两边站了。

只是这张照片，不是这个闭了眼，就是那个没有笑，足足拍了一盏茶的工夫才了事。这一次静漪倒没不耐烦。陶骧等老奥点头说好，示意大家可以散了，看了静漪，说："去吧。"

静漪这才走开。

老奥还想要给陶骧再多拍几张单人照，奥克斯小姐也说还有几套礼服没有换，不拍非常可惜。陶骧说后面还有事情，不能再耽搁了，况且已经拍了好些，足够用了。静漪在里面听到他们说的，静默片刻，问秋薇："刚才是太太亲自接的电话吗？"

秋薇摇头，道："董妈接的。"

静漪系上最后一颗纽子，微微皱了下眉。

秋薇把衣服都收好，小声说："七少爷可真细心。小姐记得多洗一张相片，我要留着……哦对了小姐，我刚刚下去打电话，那个阿图听见了，问我什么事，我嫌他多事，没有告诉他。"

静漪点了点头，图虎翼虽然是陶骧身边的人，但是人却不讨厌。静漪边想着，边拿着手帕把嘴唇擦了又擦。下巴被陶骧碰过的位置留下了印子似的，真是想擦也没办法擦……她烦躁地将发辫甩了一下，走出更衣间，发现外面已经空无一人。

回去照旧是她和陶骧一辆车子，却比来时更让她觉得不舒服。

正午太阳正好，雪化了些，路上有些泥泞，车子开得快，前挡风玻璃上都溅了泥点子。

静漪想拨开密闭的窗帘看看外面，哪知道手刚刚伸出去，就被陶骧一把拉住。她恼怒地抽手，转脸却看到陶骧冷峻的表情，愣了愣，才道："这是北平。"

"但你姓了陶。"他说。

"还没有。"静漪纠正他，"就算是，也远远没到会时刻处于危险中的地步。"

陶骧丢开她的手，说：“去医院。”

静漪皱眉道：“麻烦先送我回家。”

陶骧说：“帔姨在医院。”

静漪呆了呆，没有再出声。

抵达医院，陶骧陪着静漪去了宛帔的病房。

恰好护士出来，静漪悄声问：“是哪位医生看的？”家里聘着的中医西医各有一位，母亲平常多数时候却是用中药，这一次还是她坚持，才肯用西医。她十分后悔没有早些将母亲送医院。

“是这里的施耐德医生。”护士极耐心地跟她解释宛帔的病情。静漪听护士说宛帔目前病情稳定，并无大碍，余下的便也就都不在意了。

她送走护士，长出一口气，才意识到陶骧一直站在她身边。

“谢谢你送我来……”她踌躇着开口。

“我也该来的。”陶骧说。

“小姐，太太请七少爷进来。”翠喜从病房里出来，轻声说。

静漪本想请陶骧先回去，母亲既然有话，少不得遵从。只是她看着陶骧，欲言又止。陶骧倒从容，让她先走两步，自己紧随其后。

他们进了病房，发现宛帔并没有像平常病人那样在病床上，而是穿戴整齐坐在下面沙发上。看起来虽然有些憔悴，妆容仍素雅大方，气度丝毫不减。陶骧微怔，立刻明白宛帔是因为他在才特地如此，立即道：“帔姨，您该卧床休息的。”

静漪过去，蹲下来扶着宛帔的膝头，话还没说，眼里已经起了雾。宛帔拍拍静漪的手，却是对着陶骧说：“哪里有那么要紧呢，不过是太太看重，施耐德医生仔细，非要我来做个详细检查……相片拍得顺利吗？什么时候能取？”

听她巧妙地转了话题，陶骧便知道她不欲多谈病情，道：“很顺利。马上安排了冲印，应该赶得及下周中给报社排版发稿。”

宛帔微笑点头，道：“那就好，真想早点看到你们的相片。”

陶骧少坐片刻，告辞出来，宛帔忙让静漪送送陶骧。

“留步。”陶骧一出病房门就拦住了静漪。图虎翼上前来把一个锦盒交给他，他接了转手递给静漪：“这个你拿着，到时候要用的。”

静漪接过来，点头。

“我让阿图带几个人留下，有什么事你尽管吩咐他。”陶骧戴上手套。

“不必了，这儿是医院。”静漪拒绝。这样的安排，比父亲给她身边安插保镖还让她觉得不舒坦。

陶骧却也不等静漪再说什么，转身走了。留下静漪站在原地，看看图虎翼，又不好发脾气，也只得罢了。

马行健在楼前等着，见陶骧这么快下来，急忙给他开车门。

陶骧上了车，说：“去怡园。”

他闭上眼睛，准备休息一会儿，忽觉脚下踩到了什么，低头一看，是个小巧的怀表。他拿起来按下弹簧，表盖弹开了——怀表里镶嵌了一张相片，粗粗一看极像程静漪，但他直觉不是。拿近些细看，果然不是她，而是她的母亲。看起来相片中帔姨的年纪应比她略大一些，也比她更有一种怯弱的美。陶骧将怀表拿远些。

她们母女，怯弱大约都只是表面。程家二太太看着他的时候，他总觉得她的目光尽管柔亮似清泉，却有股能将他看穿的力量。就算他自觉没有什么足以令他在她面前俯首，也不能不在这样的目光中收敛些……他合上表，挑起表链一看，原来是搭扣松了。

车停了下来，马行健问：“七少，十小姐的东西还在后面车上，是不是给送回庆园？”

陶骧点头。

“把这个拿到亨得利紧一紧搭扣。”他将怀表交给马行健。

“是。”马行健接了怀表，“七少，今晚段家的舞会，金小姐说她会去。”

陶骧却问：“二少奶奶昨晚上是不是说明晚她要在家设宴招待远遒和碧全夫妇？”

“是说过，还说要让您请十小姐一起。”马行健说。

陶骧沉吟片刻，道：“知道了，你去吧。”

他这才想起来，原本今天他是要问静漪明天晚上有没有空的。看这样子，起码这些日子她是完全没有心思的了。他下了车。

“姑爷。”正在门内让人擦拭门上铜钉的怡园总管事程大安见陶骧回来了，恭敬地问候。

陶骧点点头。

怡园此时是他在京中的新落脚处，打他进来那日，自程大安往下，一概称呼他“姑爷”，他起初听不惯，这几日下来，竟然也顺耳多了，并不觉得太别扭。

他一路往里走，想着事情，程大安陪着他，到正房坐下之后，上了茶，给他交代着这两日的安排。

无非是婚礼筹备的各项事宜。在北平不过是举行简单的仪式和宴客，住在怡园充其量也不过两三个晚上而已，程大安却安排得样样细致。从程大安做事，就知道程家的规矩有多严。而且程大安对他甚为尊重，并不因他年轻而小视。

只是他此时听着心里却难免添几分烦躁，幸好他的机要秘书岑高英这时候进来禀报道：“七少，司令电报到了。”

陶骧接过电报来一看，原来父亲是通知他，和程家商定的婚礼会在下个月初九办。回去之后婚礼再办，时间就是二十六。

紧靠年根了，想西北此时已是冰天雪地，北平虽冷，毕竟是两个样子的。

电报被他放在桌案上，他静默地坐了片刻，见程大安仍侍立在侧，说：“日子定在腊月初九。”

程大安一听，道：“眼瞅着就到了，我得紧着把事都安排好。姑爷要是没有别的事，我就先下去了。”

“有劳。”陶骧说。

程大安鞠个躬，退下去了。他一走，陶骧看岑高英一眼，料着他还有电报要呈上，果然又有两份密电递到他手上。

陶骧看着，眯起眼，啪的一下拍在桌案上，站起来，说：“给我要城防司令部电话。”

岑秘书见他脸沉得跟什么似的，急忙去要电话了。

陶骧又拿起电报来，反复看了两遍。

…………

静漪等陶骧走了，站在走廊上，把手里这个沉甸甸的锦盒打开——里面原来是一枚半月形的田黄印章。她取出来一看，阴刻的小篆是“程静漪印”四字。三点水的漪字似会流动，立意布局和刀工都甚好。她想这应该是婚礼上签章要用的了，他提前给她带了过来，倒是真没想到居然连这个都准备了新的。静漪摸着印章，有点涩涩的，天冷，养印的蜡都化不开。

“这是我们大少爷亲手篆刻的，和七少那枚拼起来是个圆。”图虎翼见静漪看得仔细，解释道。

静漪慢慢点了点头，把印章收好，对图虎翼点点头，让他只管休息一下，便转身回了病房。

宛帔刚回到病床上歇了，没有外人在，她不再强撑着，脸色就见了灰。静漪心疼她，过来守在她身旁，说：“娘，歇歇吧。”

宛帔问：“照相的时候，闹别扭了吧？”

静漪一呆，不知哪儿被母亲看出了毛病，转眼就看向秋薇。秋薇慌忙摇头。

“你看秋薇做什么？还用人说，我只要看你的眼神态度还不知道吗？”宛帔叹口气，看着静漪，“七少爷听说我病了，马上就赶过来了，就冲着这一点你也该和和气气的。眼看就要嫁过去了，你还是这么着，倒叫我怎么放心？”

“娘还说不放心我，现在是娘让我不放心。”静漪听得心里难受，脸上却浮了笑意，“娘一天不好，我就一天不嫁……”

“娘要一直不好呢？”宛帔问。

静漪脱口而出：“那我就一直不嫁。”

“傻话。别说我的身子骨没那么弱，即便是，也没有这个道理。迟早是人家的人，别那么任性。”宛帔声音柔柔的，总似有几分疲惫。

静漪小声说：“就任性。”

宛帔杵了一下静漪的额角，道：“把那个拿来我瞧瞧，是什么好东西。”

静漪依言将锦盒给她，宛帔接过来打开看。

“刀锋犀利，功底深厚，这是谁的手笔？”宛帔问。

“听说是陶家大少爷。”静漪回答。

宛帔点头，道：“能有这样的才情心气，不易。听老爷说，陶家大少爷前几年遇到点事，一病不起，是缠绵病榻多年的人。看这印鉴，用刀自如，想必已大愈了。你到了陶家，这些事情自然慢慢会知道首尾，只是千万记得，不该知道的别问。”

静漪答应，见母亲累了，扶她躺下，说：“娘，我出去一下。”

“去吧。你不用总守着我，等会儿我想想还有什么没带来的，你回家去给我取，明早再来。有乔妈翠喜在这里伺候，你该放心。”宛帔道。

静漪只好先答应。

她出去了，宛帔才深深地吸了口气。翠喜见她憋闷，忙给她抚着胸口。

乔妈倒了水给她，低声道："太太少费些神，有些事，总要慢慢来的。小姐只不过一时半会儿拧不过来罢了，嫁过去，时候一长，心思也就都在姑爷身上了。"

宛帔轻轻摇了摇头，乔妈说的就是她最担心的。静漪的性子执拗，那陶驤看得出来也是个掷地作金石声的，两强相遇，还不知会怎样呢……她叹口气，让乔妈给静漪把锦盒收好。说完，已经累得不想再多说一个字，合上眼。

午后的医院渐渐安静下来。

下午静漪就陪宛帔做各种检查。待送宛帔回了病房，她到施耐德医生的诊室里谈了一个钟头的话。从施医生的诊室出来，她在外面花园里走了很久。寒风卷着清雪，吹拂在脸上，刀割般的疼，她都不怎么在意。秋薇和图虎翼见她神色凝重，也不敢打扰，只得远远看着。等她回到病房去，已经神色如常。只是宛帔做完检查后很累，早在病床上睡沉了。

静漪在床边坐了一会儿，问了乔妈太太都需要些什么，她回家去取。

出了病房，图虎翼跟上来。静漪见识过陶驤的令出如山，知道自己说话是不管用的，也就随他去了。

待回到家中，她先去上房向杜氏禀报宛帔的病情。杜氏听说并不严重，松了口气，让静漪在家歇着，明日一早再和她一同去医院。

静漪到底不放心，回房将母亲的东西一一找出来，仍预备回医院陪床。她在找母亲需要的一副梳篦时，发现了她收藏在文具匣里的文件，是两张婚书。

一张陈旧些，一张是新的。

旧的那张是绢制的，在灯光下呈淡黄色，有着细密的花纹，上面有父亲的名字，紧挨着还有母亲的名字：于某年某月某日，程世运娶冯氏宛帔为妾侍，愿从此永敦和好，云云。婚书是由父亲书写，母亲的名字则是她亲笔。签章在名字下方，两枚血红的印子，经久弥艳。静漪还是头一次在同一处见到父亲和母亲的笔迹，心里不禁有点异样。

她轻轻摸了摸那婚书，放在一旁，将另一张也打开来看。这是她和陶驤的订婚文书。文书上依次写着"陶驤，甘肃兰州人，生于光绪二十七年九月十六日；程静漪，北平人，生于光绪三十四年四月二十日……"，也整整齐齐叠着。随着光线的移动，纸上显出淡淡的银色花卉图案，是吉庆的牡丹花，干净得让人不忍碰触。

静漪将两张相隔了二十年的婚书摆在一处。

“老爷。”

静漪听到外面董妈的声音，忙将婚书塞回匣子里。还没来得及出去迎接，程世运已经进门了。

他见静漪在家，有点意外，问：“去医院见过你娘了吗？”

静漪点头。

程世运在南炕上坐下来。

他一身的清寒，还没有退去，问：“情况怎么样？”

静漪从董妈那里接过茶来奉上，说：“医生替娘检查过了，有几样化验结果要明天才能取出来。”

程世运将茶碗放在手上，歇了一歇，说：“我明日去医院，同医生谈一谈。”

静漪听了，心里竟一酸又一暖，点了点头。

“不要太担心。”程世运说着，目光落在炕桌上。

静漪想上前去把文具匣收起来，程世运摆手制止她。他打开文具匣，见是这两张婚书，半晌无言。

静漪轻声说：“父亲，我得回医院去，太晚了病房就落锁了。”

程世运点了点头，说：“去吧。”

静漪走了两步，回头看，父亲还是那么坐着，目光并没有离开那张陈旧的婚书。他仿佛被这张久违的婚书带回了那遥远的时光，就连他的目光，也透出了她从未见过的令人为之动容的东西。

程世运抬起头来，见静漪还没走，道：“若是你娘问起，就同她讲，明天我去看她，让她好好养着……不问起就罢了。”

“是。”静漪说。她仍没有走出房门去。

“时候不早了，让之忓送你去。”程世运温和地说。静漪一对剪水双瞳，极似宛帔；就这样望着他，也似宛帔，虽时常不语不言，却像是有千语万言。

“有四宝呢，父亲，我走了。”静漪说。她低了头，双膝一屈。

程世运说：“去西北，就让之忓带人护送你。”

静漪没有想到父亲会在这个时候跟她交代这么一件事，就像被绊住了脚，她又站下了，回身问道：“父亲是让之忏护送我，还是押送我？您就这么不放心？”

“有个自己人在身边，凡事方便一些。”程世运道。

静漪默然地立了好久，才道：“父亲，有件事静漪放在心里很久了，想问问父亲。”

“有什么话尽管说。”程世运说。

“孟元的死，到底跟父亲有没有关系？”静漪问。

程世运道：“没有。”

静漪点了点头，说：“那我信您。我走了，父亲。”

程世运看着女儿毅然决然地离去，将手中的婚书放下，喊道：“之忏。”

林之忏进来。

“你也收拾一下，过些日子随静漪去兰州。”程世运踱着步子，脚下的厚地毯踏上去柔软甚至有些黏腻，让他脚步显得迟疑。

“是。”林之忏回答。

程世运站定，看着这间卧房墙壁上的画，是宛帔笔下的山水，山水间的悠远淡然气息，正像她那清心寡欲的心境——正是不俗的宛帔，才养得出静漪这样的女儿。他不知不觉站在那里看了很久。

“看着她，别让她出事。”他说。

“是。”林之忏的回答，仍然只有一个字。

…………

静漪一路跑着出了家门，跟在她身后的图虎翼和四宝秋薇都没见她慢下来半分。

当她来到病房门口，本应立即推门而入，却握着门柄停下了。路上她甚至想见到母亲就哭一场，满鼻腔的药水味却提醒着她不能这么做。

她最终缓慢地推开了病房门。

病房里只有床头亮着一盏灯，乔妈和翠喜分守两边，宛帔是睡着了。翠喜见她进来，忙接了包袱。

静漪过去，看看宛帔安详的睡容，渐渐平静下来。

这些日子她看着母亲，心就会不自觉绞痛起来。她轻轻握住母亲的手。

乔妈轻声说："太太睡着了。小姐奔波一天也累了，去躺一躺吧。"

"乔妈，我是不是太不懂事了？"静漪低声问。

乔妈怔了怔，将静漪的手拉过来，看着她，问："小姐是有什么心事吗？"

静漪低了头，靠在奶妈身上，半晌才说："若是当初能和他一起死了，大概……"

"小姐你这是说什么？"乔妈压低声音。静漪的话让她心惊肉跳。

"乔妈，你放心。"静漪说着，竟笑了笑。

乔妈看她笑得古怪，忙说："小姐别胡思乱想，有什么话，跟乔妈说说，哪怕什么也帮不上，你心里舒坦些也好……小姐，千万想开些……"

"乔妈，我明白的。万事都看着我娘。"静漪轻声说。

她看着母亲，乔妈絮絮地继续说着什么，大抵还是劝她的话……母亲的脸和那两张婚书交替出现在她眼前，让她的心一阵冷、一阵热，头脑一阵明白、一阵糊涂……也不知过了多久，她听见鼾声，回头见乔妈和秋薇都已经歪在沙发上睡沉了。

她看了眼墙上的挂钟，忽然她意识到什么，摸了一下身上，发现怀表不见了。

她眉头皱了皱，想起来应该是白天换衣服的时候摘下来了，想必秋薇收着了吧。她松了口气，毕竟累了，天快亮了的时候，她也趴在床边睡着了……

走廊上响起脚步声，静漪睁开了眼。

她先看了看母亲，见她安然，拿了面盆出去洗漱。出来就见四宝躺在长椅上鼾声如雷，图虎翼则站姿如松——看到她，图虎翼道声早安。

静漪顿时有些歉然，悄声说道："你也休息一下吧，我这里好得很呢。"

"七少会让人来跟我换班的，您别担心。"图虎翼忙解释。

静漪无奈，端着面盆去洗漱间。图虎翼目送她进去，在远处等着。

静漪用冷水洗过脸，才恢复了些精神。

洗漱间里空荡荡的，玻璃窗有一扇碎了，风吹进来，她后背冷冰冰的。

一个穿白色护士袍的女子走进来，站在她身旁。静漪往旁边让了让，正要离开，那护士轻声问道："密斯程，我是丁晓玲，您还记得我吗？"

静漪打量她一会儿，确定她就是那日同顾鹤在一起的那个女子。

"你是怎么进来的？"静漪问。

丁晓玲一身护士袍，像模像样，不像是装扮的。

“我是这里的住院部护士。”丁晓玲指了指自己胸前绣的字，“今天排班，由我负责护理程太太。这完全是巧合，密斯程若是觉得不便，我可以同护士长说换班。”

“那就最好。”静漪说。

丁晓玲说：“万分理解密斯程的心情。”

“你真的理解倒也好。”静漪并不同她客气。

丁晓玲自然明白程静漪并不乐于在这里见到她。她看静漪并没有立即走，反而拿起骨梳，打开了发辫，便耐心地说：“密斯程是学医的人，道理一定是懂的，一批药物能救多少人哪！他们，也首先是人。对人的怜悯，不是从医者最起码的道德吗？”

静漪慢慢梳着头发，骨梳顺着发丝滑动，丁晓玲的话字字入耳。

如在往日，要是力所能及，她会不假思索、不计后果地去做，但是今时的她已然不同。

她不动声色地说：“告诉顾鹤，我的条件是：第一，我必须确定他的手上的确有证据，才能决定是否要帮助你们；第二，事成之后，我保留随时要求送我去苏联的权利；第三，不准你们以任何方式再用同样的理由对我的家人造成困扰。如果答应，我就履行我的承诺——但是记住，决不允许你们的人直接参与这次行动。我有权随机应变，临时改变或者取消行动计划。请丁小姐将我的话原原本本转告顾鹤。”

“我会转告。谢谢你，密斯程。”丁晓玲说。

静漪已将头发编成一个斜辫，丁晓玲的激动她看在眼中。

“不用谢我，我自保而已。”她说。

“不，他说你善良，没有说错。”丁晓玲低声道。

静漪将辫梢儿拈在指间。

“我是圣约翰护理系毕业的，密斯程。在学校的时候我就认得你们了，我曾经参加过密斯程家的花园餐聚。只不过，密斯程是不会记得我的，那时候……你不太会留意到其他人。”丁晓玲拧开水喉，哗哗的水冲刷着她的手，也冲刷着静漪的记忆。

她的确不记得丁晓玲这么一个人了。她甚至连那些花园餐聚因何、因谁而起，也已经快完全忘记并且打算不再记起，更何况那些无关痛痒的“其他人”。她伸手将水喉关了，仿佛哗哗的水声一停，有些东西也就停下了。

“最晚到明天早上给我答复。”静漪将面盆端起来，“我不善良，只是不能让我的过去，影响我和家族的未来。”静漪走出洗漱间。

对丁晓玲说的最后几句话，几近咬牙切齿。那种被毒蛇咬啮住皮肉的感觉再次抓住了她，只是这次，是她亲自放出来的毒蛇……

图虎翼随静漪回了病房，照旧在外守着。里面宛帔也已经醒了，静漪伺候她洗漱。她将母亲黑而亮的绸缎般的长发放下来，又亲手给她绾起。忽然一丝白发翘了出来，静漪挑起来。

宛帔从镜子里看到，问：“是白头发吗？”

“娘以前是没有白头发的。”静漪说着就想给拔了，被宛帔阻止了。

“有白头发怕什么，你以为娘是不会老的吗？你再不听话些，娘的白头发会一丛一丛地生出来的。”宛帔笑道。

静漪看着母亲，轻声说：“娘，父亲今天会来看您的。”

宛帔怔了怔，轻轻“哦”了一声，苍白的脸上竟慢慢泛起红晕来。被静漪瞅着，她转过脸去，拂了下鬓角。

稍后护士进来派药，又有家仆奉命送来早点，病房里人多了起来。

静漪正吩咐人拿早点去给阿图和四宝，秋薇却进来传话——陶骧让程大安亲自送来了怡园的自制早点——静漪忙出来，见了程大安，叫声“安叔”。

程大安见了她，忙解释说姑爷有急事，一早同陶家二爷乘飞机去南京了，归期未定，留下话说他不在，这边婚礼前的筹备事宜就来请示十小姐。

静漪答应着说好。

程大安说怡园已经准备就绪，姑爷不在家，请小姐拨冗先去查看一番，有没有什么不满意的地方。

静漪点头，程大安已经改口称呼陶骧为姑爷，她听在耳中虽不自在，却也无可奈何。

程大安又将陶骧让他带给静漪的东西奉上。

静漪打开来一看，是她的怀表。

程大安见她没有别的吩咐，就带着人告辞了。

静漪攥着怀表，转眼看到图虎翼还在这里。陶骧外出，还把亲随留下来，她一时也说不出是什么感触，看看怀表，搭扣紧过了——这搭扣已经松了有一段时间了，她只是懒得让人拿去修——她将怀表戴上。

"凯瑟琳，早安。"

她回身，原来是施耐德医生。

她脸上堆起微笑，说："早，施医生。"

陶骧比预计的时间晚了两天才从南京返回北平。

起飞前他恰巧遇到孔家的包机降落，孔远遒和赵无垢没有来得及在北平和他话别，在南京相遇，彼此少不了一番亲近交谈。他从孔远遒口中得知金碧全夫妇已经于前一日抵沪，孔远遒和金碧全都是立即就要走马上任的人，很可能无法抽身参加他和静漪的婚礼，无垢却说她无论如何都会赶回去。孔远遒开玩笑说无垢是要给静漪增加点声势，免得日后静漪受气……彼此都一笑。

无垢临走前塞了一沓报纸给他，说让他在飞机上解闷儿的，里面有份三天前的《大公报》。报上登了陶程两家联姻的大幅文章。无垢说你们的婚礼声势不让索程联姻。其实他当天就读了这份报纸。除了《大公报》这几家有影响力的报纸，有两家英文报纸也登了同样的文章。于是这两天他在南京，逢人便被问及他的婚礼。对于这场联姻，各方的反应自是不同，他也不去细究。

在返程的飞机上他将这几份报纸翻了个遍，唯独没有看关于婚礼的文章。

等飞机降落在北平机场，来接他们的是怡园的司机，开着崭新的罗尔斯罗伊斯轿车。图虎翼跟着车来了。

多日不见，虎翼看到他很是兴奋，说："七少，这些日子可想死我了。"

陶骧瞪他一眼，照例是该骂一句的，这么不像样，真不像他的亲随了。难道已经给她纵容得不像话了？

"七少，回怡园吗？"图虎翼上车就问。马行健给他使了个眼色，他这才安静下来。

耳根一清净，陶骧闭目养神。接近一周的时间，在南京不眠不休地忙碌着，他一直没有好好休息过，竟很是想念他在北平的这个清清静静的落脚处。

新车的皮革味充斥着鼻腔。车子是新配备的，和怡园里的一切一样，都是他的未婚妻程静漪从程家带来的嫁妆。程世运夫妇待这个庶出的女儿的确不薄。

此时天还阴着，刚刚下过一场大雪，怡园门前的巷子只清理出一条窄窄的通道，仅够轿车通过。

陶骧下车，抬眼一望正门。

尽管在他走之前，怡园的布置已经大为不同，现在一看则完全是一派办喜事的样子了。正院上房已经被布置成新房。他看了一眼，正在忙着扫雪的家仆忙说程管家吩咐了，红绸封门，谁也不准冲撞了喜神。他并没有要去看的想法，就问了句程管家呢，家仆回话说是去程府回事了。

他点了点头。

在银装素裹的怡园里一走，他忽然想逛逛园子了。自从他成了这里的主人，倒是来办公事的时候居多，还从未好好看一眼。

跟着他逛园子，图虎翼也没耽误工夫，一样样汇报这一周来的大小事情，大多数都跟静漪有关，陶骧只是听着。

等从三进院踏进后花园，图虎翼才把要回禀的都回禀完毕，陶骧仍是一句回话没有，也不知道他到底有没有在听。图虎翼也不敢问，只好看了眼马行健，马行健摇了下头。

见陶骧竟是安心欣赏雪景的架势，两人刻意放慢脚步。

图虎翼低声问："在南京时出了什么事吗？司令还好吗？二爷呢，为什么没一起回来？"

"没出什么事，要办的事情办得都很顺利。司令只待了一天，和索长官会晤之后，开过最高军事委员会的会议，名单一确定，没等公布，就返回兰州了，二爷随司令一同回去的。剩下的事，全是七少斡旋的。"马行健说。

"程家那位到底是上去了？"图虎翼问。

马行健道："三少爷嘛，自然的。"

两人沉默了片刻。

冷风吹着，竹叶上积着的清雪都吹下来，纷纷落在石板小径上。

他们一味跟着陶骧走，不知不觉就走进了一个幽静的院落。图虎翼忽然拉了马行健一把，指了指地上。马行健低头一看地上的脚印，又看看走远了的陶骧，笑了下，摸了摸身上，问："有烟吗？"

"没有。"图虎翼苦着脸道，"在医院被十小姐天天念，快要戒掉了。"

马行健笑问："你说，十小姐能让七少戒了烟吗？"

图虎翼仰着头，看看这阴着的天，说："难讲，跟你说，这烟不能戒。我昨儿回来，瞅着刚送来的那两箱七少的定制烟，连偷两筒的心都淡了。再这么下去，我怕我连找姑娘的心也没了。”

马行健听了，钩着他的脖子往旁边就一甩。

陶骧走在竹林间窄窄的石板路上，听到后面马图二人的笑声，停了停脚步。再往前，小路延伸到水边，接了一座弯了两弯跨到对岸去的精致小桥。桥中央也是湖心，有一座凉亭。此时节湖水结了厚厚的冰，原先一塘荷花，只剩了被冰冻住的枯叶，冰上的枯叶被寒风一吹，摇摆着，更显得凄冷。走上小桥，这才发现地上有脚印。看印子是新留下的，大小该是女子的，并且是两个人。

他想或许是园内女仆经过留下的，并没在意，站在湖心亭，抬眼看向对岸。那房舍精美华丽，一块匾额上题着两个字：影荷。“荷”字是变体，做盛开的荷花状，仿佛一阵风吹过，那荷花就会摇摆起来似的。他颇欣赏了一会儿匾额和对联。自进怡园以来，他只在前面那几处活动，从未踏足后院。单书房一处他就十分喜欢，日常偶尔空闲了，就爱推窗欣赏小院风景。此时才知怡园的精妙不限于前头那一处两处。难怪都说程公养园有独到之处……只是不知这个小院落是做什么用途的？若能于炎炎夏日，读书窗前，可谓幸事。他走上岸边，回身望了望，正要原路返回，忽听见房内有声响。

他往廊柱边一跨步，手立即摸到腰间的枪上。只见那窗子开了一扇，一只白皙纤细的手伸了出来——燕青色的一截衣袖，滚了猞猁皮的边，那双小手还拍了拍，似乎是要拍掉手上沾的灰，细白的手腕上，镯子随着手腕的抖动而晃着，煞是好看……陶骧的手垂下去，看了眼在阶前消失的脚印。原来在房中的是她啊……他轻轻“嗯”了一声。

“谁？”静漪探出身子来，眯着眼睛问道。

“我。”陶骧从廊柱后走出来。

静漪一怔，将窗子关好，过来开了门。

陶骧打量她——燕青色的锦袍外面罩着一件白色的长围兜，长长的发辫图方便而盘在头顶，用一支金钗簪着，钗头的牡丹花蕊颤巍巍地抖着，鼻尖上有几颗汗珠，额头上蹭了灰尘——看这样子，她正在收拾屋子。

陶骧往里看了一眼——虽然都蒙上了白布防灰，仍看得出来这里的陈设多为女儿家的用处设想，想必，这里是她从前的住处了……陶骧不料自己误打误撞竟来了这儿。

他看了看静漪的神色，见那一脸别扭的样子，心知她是不想让他发现这个所在的，于是他也不待征得她同意，就迈步走进去。

“哎！”静漪叫道。

陶骧听到，回头看她一眼。静漪住了声。

“七少爷。”脆生生的一声。

陶骧抬头一看，她的贴身丫头秋薇正站在架子上擦书架，看到他进来，忙下来给他行礼。

“这是我的房间。”静漪说。逐客的意思很明白了。

陶骧似没听到她的话，自顾自打量屋内陈设。比起怡园的其他地方，这里并不显得豪华和阔大，虽然横七竖八的到处堆着书箱和书籍，显得杂乱，仍有着浓浓的书卷气，不难想象原先是什么样子的。

静漪见他留心，忙跑去将东边那间房门关上。

陶骧就知道那是她的闺房了，他回头看看静漪，问：“这个时候怎么顾得上收拾这些？”

还有两天就要举行婚礼，按说她要忙，也不该忙着整理书房。

“我想带点书走。”静漪说。

陶骧拿起手边的一本《中华医学》，翻了下，页边密密麻麻地写着字，应该是读书随笔，钢笔字迹有些地方都淡了，可见时间也过去很久了。

“何不将书单列了，过去让人重新买。”他说。

“太浪费了，况且留在家里也是没人看的……我整理出来，这次带不了就下次。”静漪说。

陶骧看她一眼。

静漪走过来。秋薇将两张椅子上的书都移开之后就出去了。

“帔姨哪天出院的？”陶骧坐下来，问。

静漪看看他——他今天是戎装，深灰色的呢子大衣有些硬，下摆垂下去，却一点也不显得随意。除了照相那日她见过他着戎装礼服，还是第一次看他这么正式的着装——她低了头，看着他铮亮的靴子尖，说：“好几天了。”

“身体好些了？”陶骧边问，边将小羊皮手套摘下来。

静漪点头，说：“我想跟你商量一件事情。”

陶骧说：“说来听听。”

“过去举行完婚礼之后，我能不能……先回北平住上一段时间？我娘的身体不太好，我想多陪陪她。”静漪说。

“听你的意思，这是还没有进陶家门，就已经想好了逃跑？”陶骧语气平平的，听不出他是认真的，还是说笑。

静漪心头一跳：“我知道我的要求有些过分，可是……”

“可是新婚蜜月，我的太太还是跟我在一起的好。”陶骧似笑非笑地说。看静漪脸色变了，他似乎心情愉快了些，慢慢地戴上手套：“这些事我们日后商议。相片已经送来了，哪张要登在报上，还没有定，你来和我一起选选看。我在外面等你。”

他说完就走了，静漪在原地站了片刻，才解开围兜，抓起她的裘皮大衣，走出了房间。秋薇忙关了房门跟上去……

图虎翼和马行健两人看到陶骧和静漪一先一后从竹林里走出来，戎装的陶骧高大，裹着裘皮大衣的静漪跟在他身后，则显得娇小玲珑，圆滚滚的像只白色的小狐狸，很是妩媚可爱。两人正要笑，就看到陶骧那表情，赶忙往旁边一闪。等陶骧走过去，他们齐声跟静漪打了个招呼。静漪点点头，跟上陶骧的脚步，快步走开。

图虎翼跟秋薇熟悉些，等秋薇追上来，悄声问她：“怎么了？”

秋薇白了他一眼，不吭声。

马行健见图虎翼碰了一鼻子灰悻悻的样子，忍着笑示意他们再走慢些。

“憩苑”是陶骧在怡园的住处。来到这里他径自进了书房，也不管静漪，自己将大衣一脱，叫图虎翼进来，吩咐他拿相片去。

图虎翼跑去将一个小皮箱抱来，放在书桌上。

静漪已经收到了个同样的小皮箱，知道里面都有些什么。她坐在陶骧对面，陶骧看相片，她四下看了看——“憩苑”从前是三哥之忱的住处，三哥的东西虽然都搬走了，家具摆设却是没变。她伸手摸了下书桌底部，那里有一条能伸进小手指去的裂痕，也还在。

陶骧抽出一张来，放在桌上，示意她看。静漪歪头一看，立刻说：“这张不行。”

他选哪张不好，选了这张她穿着结婚礼服坐在椅子上，两人手叠着手搁在她肩头的……那日相片送回家中，三太太四太太还有七姐八姐都去嫡母房里一起看，翻到这张照片她们就吃惊得很。三太太嘴快，说这种相片都死板毫无趣味，无垢小姐的已经算活泼，可还没见过这样的呢……这已经让她很尴尬，更别说七姐那鄙夷的眼神了，仿佛她相片里的举动是多么不合适似的，真让她如坐针毡。嫡母倒说张张都好，四太太就夸般配，母亲也说好，并没有因为这张相片怪她举止轻浮。

可若是登上报纸……她不敢想象，日后她的风评会到什么程度。

要说也奇怪，她明明记得自己那个时候没有笑，拍出来却像是在笑，且他也是在笑的……奥克斯父女还分别抓拍了些相片，也都在内。有些拍得真好，她也不得不承认，留作私密相片无可厚非，但拿出去给人看……就是此刻让陶骧看，她也觉得窘。

陶骧看着她，点了支烟。

她打开皮箱，从里面重新拣出一张来，放在那张相片旁边，说："这张。"

陶骧斜了那相片一眼，虽然也是她身着白色结婚礼服、他身着戎装礼服的，可她捧着花束站在他身边，距离他简直有二尺远。如果不是镜头够宽，她躲他都要躲出镜头去了。

静漪见陶骧不说话，自作主张把他挑选的那张相片拿起来，就要放回小皮箱去。陶骧伸出一根手指，把那张相片钉在了桌上。

"阿图。"陶骧沉声叫道。

"在。"图虎翼急忙答应。

陶骧把相片抽出来递给图虎翼，盯着静漪的眼睛，说："把相片交给岑高英，让他连同婚礼新闻稿一起发给报社。"

"慢着。"静漪说。

图虎翼接相片的手停在半空，看看陶骧，垂手退了一步。

"等下，我再看看其他的。"静漪说着，重新打开小皮箱，在里面扒拉了好一会儿，抽出另外一张相片来，拿在手里让陶骧看，"这一张怎么样？"

陶骧眯了眯眼——相片里他和她并肩而立，他的手垂下来，握着她的。

她当时应该是踩在木板上，所以她的发顶齐着他的耳垂处，白玫瑰拿在手里，位置也刚刚好。相片里的两个人，不算亲昵，也不疏离，脸上都有恰如其分的庄重。

他吸了口烟，拿着他手里那张相片，对图虎翼一亮。

图虎翼取过相片，问：“七少，还有什么吩咐？”

静漪看了眼图虎翼手里那张相片，脸已经红透了。

陶骧指了指静漪手上，示意图虎翼，道：“就用那张吧。”

“是。”图虎翼小心地过去，从静漪手中换走了相片，“七少没有别的吩咐，我就先出去了。”

“去吧。”陶骧说。

图虎翼赶紧离开，回手将门关了。

秋薇和马行健等在外面，看他拿了相片，都要看。图虎翼想起刚刚秋薇那一出，也翻了个白眼，说句“偏不给你看”，迅速向马行健一亮，就揣起来找岑高英去了。

秋薇嘟着嘴说：“小气。”

马行健一笑，道：“是七少和十小姐握着手并排站着的那张。”

秋薇想了想，“哦”了一声，说：“那张……我们大太太和太太都说应该选那张的。”

马行健点头。

这时候里屋的门哗的一下开了，静漪从里面出来。秋薇急忙跟上去，给她披上大衣。

“小马！”陶骧在里面叫马行健。

马行健急忙进去，指着外面，问：“七少，十小姐她……不用我们送吗？”

“让她去吧。”陶骧站在桌案前，继续抽着烟。

他一张张翻着相片，有中意的，就抽出来，放在桌上。小皮箱还没翻到底，桌子上已经摆满了。

马行健站在一边看着，不出声。

这时图虎翼回来禀报，说岑秘书刚刚起草好了两个版本的新闻稿，请七少过目之后再发给报社。

“放着吧。”陶骧说，目光没离开桌上的相片。

图虎翼笑着问：“您刚刚真想把那张发给报社呀？那张好是好，就是有点……太好了，哪能给外人看呢！”

陶骧嘴角微微一牵，手指在桌上画了个范围，说：“小马，跑一趟照相馆，告诉奥克斯先生，把这些相片放大，再让人照着尺寸打相架，懂吗？”

马行健点头，将相片一张张收起来。

“这张呢，放多大？”马行健指着最上面的那张，问道。这张相片依他的看法也的确是好，不过正如图虎翼说的，不太适合给外人看。

“能放多大，放多大。”陶骧又点了一支烟。

图虎翼嘿嘿笑，陶骧瞪他。

图虎翼看着他：“我这才回过味来。爷，您要是不拿这张相片吓唬十小姐，刚刚十小姐才不会主动选那张呢，是这么回事吧？”

陶骧微微一笑。

马行健也笑了，桌上电话响，他接起来，片刻握着听筒低声道：“金小姐。”

陶骧示意马行健把听筒转过来，他清了清喉咙，说：“八点，六国饭店法国餐厅，我会来接你。”

他说完挂了电话。

马行健已经收好了相片，问：“要用哪辆车？”

“用我的。”陶骧交代着。

马行健和图虎翼一起出去了。

陶骧站起来解开枪套，衣领的扣子也松开两颗，顿时觉得松快好些。

他看着刚刚静漪坐过的位置——她坐在那里静静等着他挑相片，心不在焉，手指轻轻拨弄着胸前一条细细的金链子……那应该是怀表链子，表看来已经物归原主了。

她走的时候很懊恼，脸上红得跟什么似的。他想着她那个样子，不由得又一笑。

民国十六年腊月初九，陶骧与程静漪在北平举行了简单的结婚仪式。当日两人在市政厅登记注册后，宴请亲友，出席婚宴的是陶程两家在北平的至交亲朋，遍及政商军界的名流。远在南京的政府首脑，自索幼安往下，不能亲自来道贺的，或派员，或发贺电，皆用不同方式表示了祝贺。

仪式虽简单，夜晚静漪终于坐到新房里时，还是觉得累得快散了架。

她换了大红的裙褂，蒙着盖头坐在火红的洞房里，等着新郎陶骧——已经不早了，他还没有进来。晚上在怡园设宴招待的都是亲近的朋友，看样子这些人也是不肯轻易放过他的。比如段奉孝，早就说过一定要来好好地闹闹洞房。

静漪双手扣在一起，置于膝上，裙上金线绣的凤穿牡丹，凤头似乎会啄她的手，让她心里阵阵发慌。

新房里外有许多女眷：程家的太太小姐们，程方云和无忧无垢姐妹，许雅媚，特地与无垢一道从上海赶过来的慧安，还有一些女眷，都在外面正房厅堂里闲聊着，欢声笑语不断。

杜氏看看时候差不多，示意其他人都出去，她和宛帔一边一个坐在静漪身边，低声地嘱咐了静漪几句。

静漪知道她们要走，一把拉住母亲的手。

杜氏一看，忍住笑，让宛帔单独留下，自己先出去了。宛帔陪静漪坐了一会儿也该走了，却仍被静漪握着手。她知道静漪紧张，低声在静漪耳边交代着，待要起身，静漪手还是握得那么紧，她想掰都掰不开，不禁有点发急。

这时候乔妈道："来了。"

宛帔果然听见外头嘈杂起来，看了看静漪。静漪的手这时候松开了，她也松了口气，默默起身，准备离去。

静漪抬起头来，隔着红盖头，她还是能隐约看到母亲的轮廓的。她没有说话。

早就被叮嘱，在盖头被掀起来之前，她是不能开口说话的。此时沉甸甸的满头金饰也没有这块红绸布重，她的颈子被压得都要动弹不得了。

她伸手出去，左手上戴着一枚金戒指，是白天陶骧给她套在无名指上的，有点松，才不到一日，她已经甩脱了两回。

宛帔轻轻握了握静漪的手，说："漪儿，娘先回了。"

静漪点了点头，她似乎是恢复了镇静，双手再次交握着置于膝上。

宛帔对乔妈和秋薇眼神示意，开门出去了。

此时女眷们已经走了大半，剩下的都是自家人，见宛帔出来，都望着她微笑。

陪着陶骧过来的除了他的亲随还有两个朋友，见不少女眷在此，没有进来，只是在新房外站了站，也就告辞走了，留陶骧独自在这里，被众女眷调侃。他今日是新姑爷，调侃他的多数是长辈，他始终微笑应对，并不见恼。

杜氏看了一会儿，笑着对陶骧道："照理今儿晚上我们这些娘家人是不该在这儿的，可是你们新婚夜，热闹些好。”

陶骧点头称是。

宛帔同程方云站得远些。程方云低声道：“单看这会子，倒真称得上是一名乘龙快婿，模样涵养都好得很。连我们家的女婿们在内，并程家这些个，都退了一射之地。”

“姑妈您可真是偏心眼儿了，从前您是疼小十多些，如今又要疼十姑爷多些了？”程之畋在一旁听了，笑道。

程方云笑着说：“大姑爷呢，怎么都不过来？有人闹闹洞房就好了。”

“他那个人，向来反对闹洞房的。”程之畋笑了。她看看外面，笑问：“牧之，怎么段二爷都没来？他可嚷嚷了一天要闹洞房。”

陶骧微笑道：“段二哥高了，旁人都说乏了，道今儿晚上就免了，横竖我们回去还有一场。”

大家见他如此说，也就罢了，独三太太听了笑道：“想必是新姑爷心疼新娘子，不让人来闹腾了吧？太太，二太太，咱们还是别打扰新人了。时候不早，他们也该歇着了。明儿后儿还有两天的事，都够他们辛苦的。”

杜氏点头，让宛帔她们走在前面，等出了房门，对送她们出来的陶骧摆手示意。

陶骧一定要远送，她笑道：“哎，听大人话，快回去。”

雅媚见状也笑道：“回去吧，静漪自己在房里呢，送客有我。”

陶骧这才止步，交代图虎翼和马行健随二少奶奶送客。杜氏也说不必，倒又嘱咐了陶骧几句才走。

马图二人遵命将女眷们一直送出去了，陶骧在房门外站定。笑语声渐渐远了，他仍站着没动。外面极冷，哈气成冰，今天真是入冬以来最冷的一天。

“哎呀，老七，你在这儿站着干吗，还不快进去？”送客回来的雅媚一进院门见小叔子仍站在外面，忙催促道。

“二嫂也回去吧。”陶骧说。

雅媚却快步穿过院子来到近前，笑道：“连我都要打发了？那可不成！我得进去看着你们喝了交杯酒再走。”

陶骧无奈转身。

雅媚在他身后把门一关，交握着手，道：“今儿晚上可真冷得狠了。”

里面乔妈开了房门，叫了声“姑爷”“二少奶奶”。

雅媚看看陶骧，先走进去，笑道：“乔妈妈，让新郎官给新娘子掀了盖头吧？”

乔妈等陶骧进来，把摆着秤杆的托盘送到他跟前，说：“姑爷请。”

陶骧拿起秤杆，向静漪走去。他看看静漪——她穿着红色裙褂端坐着纹丝不动，红色的盖头盖着，就像尊塑像似的。

“一挑挑得吉祥富贵，二挑挑得称心如意……”乔妈站在他身后念念有词。

陶骧明知道这挑盖头是有讲究的，却还是不等着乔妈念完，就一下子将盖头挑开了——

红盖头飘飘然落在床上，静漪的面容呈现在他面前。

虽然不是第一次见她，这时候看到盛装的她，他还是定定地瞅了。

雅媚也愣愣地看了一会儿，才回过神来，说：“哟，瞧这新郎官性急的！”

她说着自己都笑了，又怕静漪不好意思，就不欲在这里多耽搁，说了几句吉祥话赶紧退了出去。

她一走，也把乔妈和秋薇带走了，洞房里就只剩下了陶骧和静漪两个人。

陶骧走到门边，将门闩闩好，回身来到屋子中央的小圆桌边先坐下来。桌子上摆着四样小菜，四样果子，还有四样东西，是少不了的花生、桂圆、红枣和莲子。他看了一眼寓意“早生贵子”的这些干果，又看看静漪。

静漪仍端坐在床边，只是望着他。

陶骧拿起那把郎红小酒壶来斟了两杯酒。酒是淡淡的桂花酿，只有花香，没有酒气。酒杯小巧玲珑，两朵金桂花似的散着香气。

他抬手示意静漪过来。

静漪起身。她走得很慢，马面裙子下摆几乎不摆动，于是裙摆上那串金铃铛一丝声响也无，倒是能听到火炉中“毕剥”作响。她在他身边的绣墩上坐了下来。

陶骧拿起一只小酒杯给她。静漪接了。

陶骧的手臂伸过来，一圈，静漪见自己不得不配合，才小心翼翼拿着酒杯，手绕过他的手臂，再小心，也还是洒了几滴在他衣服上。

“对……”她刚吐出这一个字，陶骧头一歪，迅速在她唇边一吻。她不动了，陶骧已经将酒杯里的酒喝光了，她的姿势仍保持原样。

陶骧将酒杯轻轻往她面前一推，等她喝了酒，把酒杯从她手里拿出来，放在一边，看着她。

静漪的脸红了，心里更是慌得像有千军万马在狂奔，看陶骧端坐在她面前，手都半握成拳，一手置于膝上，一手置于桌上，他手上也有明晃晃的戒指。她舔了下唇，视线避开那点点金光，伸手去拿那酒壶。

陶骧等着静漪斟酒。酒杯甚小，片刻便能斟满，她把控不住，酒便溢了出来。陶骧伸手按住了她的手，只是虚虚地一碰，静漪却也没有躲开，转眼望着他。

就在这会儿工夫，陶骧的唇再次印在了她唇上。

这一次，他没有点到即止，他将她抱起来，放到婚床上，空出手来解她颈间的扣襻。

那扣襻出奇地紧，他一时解不开。她按在他胸前的小手捉住他的手腕想阻止可阻止不了，当他成功地解开第一颗扣襻，她的呼吸明显停滞了一下。

他的嘴唇离开她的，看着她绯红的面颊。她摇了下头。

陶骧松开她，挥手将床帐放下，两个人被隔在这狭小而私密的空间里。他缓慢地解着马褂上的扣襻，好像要让她看清楚似的。

他的黑色马褂上有团团的双喜字，在静漪眼中那团团的双喜字仿佛会动，旋转着往她眼睛里钻来，马褂边缘的水貂皮毛茸茸的也仿佛会动。马褂一脱，里面是正红色的长袍，和她身上的袍子同一色，红得不分彼此。

他的手臂撑在她身侧，低下身来，几乎将她完全覆盖住。

他的呼吸并不沉，甚至有些凉，桂花香下，终于有浓浓的酒意散出来。静漪极怕酒气，她胸口憋闷，恨不得将他一把推开。

推是推不动的，她不敢想下一刻会怎么样。她紧张地盯着他，手慢慢地移动着。

陶骧眯了一下眼。静漪还没有来得及看清他的表情，就觉得陶骧的手神不知鬼不觉地探进了她的衣襟。她慌忙去抓他的手腕，却被他狡猾地鱼儿似的躲开。他的手继续在她腰间游走，让她滑腻的肌肤起了栗。她开始挣扎，满心里只有一个念头，那就是：不行！突然笼罩她的那张密不透风的网消失了，她刚要松口气，他的手突然扯住了她的腰带。她心一慌，还来不及反应，就听他沉声道：“睁开眼。”

她紧咬牙关，慢慢睁开眼，看到了一把漂亮的小刀，只有两寸长，金质刀鞘，镶嵌八宝。她知道这小刀极为锋利，发丝吹过去，即刻便断。

她伸手要夺，被他轻易钳住了手。

陶骧将刀抽出来，刀刃贴着静漪的面颊，一停，轻轻地走下去，顺着她的下巴，到颈部……刀刃并不凉，似乎和他的手同样的温度，灼热到烫人。噗的一下，他将刀扎到了床上，距离她的脸不到半分。

陶骧将静漪拎了起来，他从上到下重新看她，大手在她背上一揉，让她紧贴着他的身子，半晌，她的身子终于微微颤抖起来，他才问："告诉我，一个新娘子身上藏着刀进洞房，是为了什么？"

"是……防身辟邪的。"她说。

"你这个解释倒也合理，想必在你眼里，我既是邪魅，又是鬼怪。可你防得住吗？"他说着，手臂一紧，两人身子就像黏在了一处。隔着衣衫，静漪也能感受到他身体的热度。

比他的身体热度更强的是她的面孔。

"防是未必防得住。不过，你是绅士，该懂得如何尊重女性。我不愿意，你不该勉强。"她微笑着说。

不知怎的，陶骧看了这微笑，一怔。微笑明明是装出来的，可是雪白粉嫩的脸上忽然漾起微红，看上去就是含羞而绽的玫瑰也似，之前的慌乱惊惧全然不见，偏偏是这个样子……他手一松。

静漪险些跌回去，她忙扶住床，刚一站稳，一管乌溜溜的枪筒便对准了她的眉心。

她甚至连陶骧怎么把枪掏出来的都没有看到，更别说看出之前他把枪藏在哪儿了……她紧咬了牙关，盯着陶骧的眼睛。

陶骧一伸手臂将她揽过来，让她背靠着自己的胸怀。他嘴唇贴着她的耳垂儿，低声道："一个身藏凶器的新娘，要她的新郎在洞房里有绅士风度？"

静漪扭了一下，没能移开半分。他的手并不老实，滑到她腰际，掌心紧贴着她的肌肤，钳着她，让她发疼。

"陶骧！"

"嘘……你该学会用更有效的手段。"陶骧带着淡淡酒气的呼吸，从静漪耳廓边扫过。他抓着她的手，让她握住了手中这把枪，缓缓抬起手臂来："来，手臂伸直，右手握枪，左手托住，两脚分开，与肩同宽，瞄准你的目标……”

静漪的心急跳起来，太阳穴里仿佛有什么东西要钻出来。

枪口对准的是欢喜佛，供在床头的欢喜佛。陶骧这个人，他似是微醺，语气里也微有笑意，玩笑一般给她一步一步地讲解，但她觉得他绝不是在开玩笑。

她说不出话来，手开始颤抖。

“你也会怕冲撞神灵？”陶骧的声音里带着戏谑，“那就换个目标。”

他带着她突然转身从地平上三两步跨了出去，红绸床帐被卷起抛开，血色风浪似的让人血脉偾张。卧室里华丽奢侈的摆设在红罩电灯和红烛的映照下极富光泽，耀着他们的眼睛。陶骧握着她的手，将枪口不住地抬高压低，似乎在寻找着合适的目标……他忽然站定了。

静漪也稳下来。

面前正对着的是一对联珠瓶，瓶子上的彩蝶栩栩如生。她眼睛一眨不眨地盯着瓶子，陶骧就按着她的手扣动了扳机。

子弹从枪膛冲了出去，巨大的后坐力让静漪身不由己地往陶骧身上一撞，联珠瓶随之爆开，瓷片哗啦啦落了一地。

枪响惊动了外面的人，几乎瞬间院子里脚步声齐刷刷响了起来，立即有人过来急促地拍着正房门叫道：“七少？七少？”秋薇和乔妈也被惊动，隔着卧室门叫“小姐”，问出了什么事。

“走火！”陶骧高声道。

就这两个字，里外两层门的拍打声瞬间消失，但并没有响起脚步声。静漪知道外面的人都还在，此时院子里怕是重兵布阵。

她笑了下，低声道：“段二哥为了我们的婚事，真没少出力。”她耳边依然有嗡嗡的回声，被他紧握住的拿枪的手也在发抖。

“那明天，我们该多敬他一杯酒。”陶骧说着，突然将她推了一把，让她手中的枪口对准了自己。

他托着她的手，让枪口稳定。

“我陶骧的女人，有胆子与我刀枪相见，也就应该有胆子毫不犹豫地朝我开枪，懂吗？”他说着，指了下自己的眉心。

森森的冷意钻进静漪的心里，她果然伸直了手臂，枪口贴上了陶骧的眉心。

枪很沉，她比他又矮了太多，这样举着枪很是吃力。

“开。”陶骧说。

枪口沉了一下，又被她提上来。

“开了这一枪，你，和程家，可就全都跟着我，灰飞烟灭。”陶骧慢慢地说。随着一个字一个字吐出来，他嘴角的纹路忽浅忽深，那一丝的笑意也忽短忽长，仿佛他说的是笑话，还等着静漪笑一笑呢。

“这笔账划算不划算，你自己算算。”

他解着长袍的葫芦扣襻。葫芦扣寓意福禄，正合了这吉祥如意的洞房花烛夜。

洞房里花烛高举，灯火通明，外间都以为必是春意盎然，谁想到这里面本应颠鸾倒凤、只嫌春宵苦短的一对，正剑拔弩张？

静漪只是用枪指着他。

陶骧将袍子脱了，丢在地上，见她还不动，抬手就下了她的枪。

“既然还没胆子对我动手，就先乖乖地做我的太太。今晚在这张床上，我绝不碰你。除非……”陶骧伸手将静漪的手腕拉住，低低地道，“你主动宽衣解怀。要是得借着酒劲儿，外面有的是。”

“陶骧！”静漪恼羞成怒。她夺手，却被陶骧拉得更近。

“别动怒，陶太太。”陶骧略弯了身，同静漪眼对着眼、鼻尖对着鼻尖。他红润饱满的唇，轻啄了下她的：“记着从今天开始，你已是我太太。做戏也好，真心也罢，陶家门内门外，你都必须做好你的本分。有半分差池，我可不管你是谁的女儿。‘陶骧’两个字，从来都是翻脸不认六亲的意思。懂了？”

他的面颊蹭着她的脸，他腮边已经有新生的胡茬儿，扎得她痛痒交加。

而他的手渐渐用上了力气。

“你放开……放心，我一定做好陶太太……”静漪觉得手被陶骧捏得更疼了，说话就开始断断续续起来，她抬眼看着陶骧黑沉沉的眸子，“你说什么，就是什么，我好好配合你演好戏给人看就是了。只是你也不能硬是……硬是勉强我，做我不想做的事，包括……包括……”

她咬牙切齿，还是难以把那句“包括同房”宣之于口。

陶骧那黑沉沉的眸子在他们彼此的沉默中变得更黑。

“你自诩新女性，观念新颖，做派新颖，就该无话不可说出口，看来也不过如此。你同那守着贞节牌坊过日子的旧女性又有什么区别？”陶骧也知道她的意思，他不打算和她啰唆下去，猛地打横将她抱起抛上床，“闭嘴。睡觉。”

静漪头晕目眩间，手臂一动，碰到那柄刀。陶骧看见，抽手将刀拔了出来。刀一入鞘，同那把勃朗宁手枪一道放在两个枕头中间。

他利落地上了床，拉开锦被躺下就睡。

静漪小心地往旁边挪了一下，不一会儿，就听到了他匀净而沉着的呼吸声。

她终于可以松口气，小心地摘着头上的金钗绒花。

屋子里静得出奇，只有外面座钟嘀嘀嗒嗒地走着，发出些微声响。

过了好久，她才和衣躺下。

烛火仍亮着，透过帐子投进来淡淡暖暖的红光。她盯着床尾橱顶摆着的那尊欢喜佛，许久，她拉起被子蒙住了头……

静漪这一宿都没有合眼，虽然身旁的陶骧一点动静都没有，根本打扰不到她。

天蒙蒙亮，陶骧就起身了。

静漪闭着眼听他下床、穿衣、出门……她本想等他走了自己就起床，只是这一宿撑到现在已是倦极，一放松下来，意识就开始模糊。混沌间仿佛听得座钟敲响，也不知几下，她翻了个身继续睡……座钟再响，她猛然惊醒，急忙从床上爬起来。

床头嵌了一只小巧的钟表，她凑近一看，已经过了八点。

“秋薇！乔妈！”静漪叫起来。

外面立即有回应。门一开，鬓边簪着一朵红绒花的乔妈先进来。静漪指着座钟上的时刻：“你们怎么也不叫我起床啊？”

“姑爷吩咐不让我们叫你的。”乔妈和秋薇进来。两人都看到地上的碎瓷片，都没作声。

秋薇也不去叫人，默默寻了扫帚来清扫。乔妈过来打点静漪净面，说：“姑爷说赶得及午宴就可以了，家里没有要问安的长辈，二少奶奶那里又不用去。”

静漪拿了毛巾擦脸，乔妈见秋薇在外面，等静漪坐下来，悄悄问了她几句话。

静漪摇头。

乔妈沉默片刻，道：“想必是昨儿晚上姑爷酒喝多了，不然也不会走火。夜里听到枪响，把我吓得一哆嗦，心里七上八下的一晚也没能睡。今儿一早瞧见姑爷，说是他一时兴起教小姐用枪。”

乔妈眼睛瞅着静漪。

静漪不出声，乔妈也不再问，屋子里只有秋薇收拾碎瓷片的声响，静漪听着觉得有点刺耳。等乔妈给她梳好了头，她看着镜子中那个梳起发髻的少妇，不禁怔了半晌，起身走出了卧室。

秋薇已经将碎瓷片全收拾了去。联珠瓶只剩下一个，孤零零的在那里，静漪看见，略皱了皱眉。秋薇和乔妈见静漪脸色不佳，也不敢打扰她。这时外面送来两盅参汤，秋薇出去接了，回来端了一盅放在静漪面前，说厨房问小姐什么时候用早点，已经预备好了。

静漪摆摆手让撤了参汤，说：“早点先等等。”

看样子陶骧没有交代他去了哪儿，少不得等他一起的。

“小姐，还是喝口参汤吧，夜里没睡好，中午宴席上又未必能吃好。”乔妈在提醒她。

静漪摇摇头，想起什么来，回到卧房里去。秋薇早已将床铺收拾停当。她走到床边，伸手一摸，枪在，刀却不在了……她眉一皱，待要喊秋薇，就听见乔妈说：“姑爷回来了，小姐。”

她忙把枕头整理好，回身的工夫陶骧就进来了。她见他一身运动衣，额上有汗，想来一早是出去运动了。他进来就奔了后面的盥洗室，丢下一句话：“给我准备好今天的衣服，谢谢。”

乔妈正端着那盅参汤进来，听到这话才放下了什么心事似的，对着静漪笑笑，指了指瓷盅，又指指里面，悄然退出去了。

静漪呆了片刻，才过去打开专门放着陶骧衣服的大衣橱。

她敞开橱门一看，里面整齐地挂着一套套的礼服，中式西式都有，大礼服常礼服具备，鞋子也整整齐齐地摆在下面的格子里。她扫了一眼，再打开一个大衣橱，里头是各色的大衣，从毛呢到裘皮一字排开，蔚为壮观。静漪从未见过男人的衣橱，更别说这种比起女人的来也毫不逊色的。她用眼睛清点着这些衣服，最终她踮起脚，拿下挂在最左边的那套黑色西装来，回身挂到衣架上，又去挑了件黑色的大衣，领结围巾帽子都选好，想一想，又去挑出一双合适的靴子来。

陶骧从盥洗室出来，扫了一眼衣架上准备好的衣服，又看看她——静漪早起便换了一套裙褂。见他打量，她忽然意识到自己可能犯了错。果然陶骧自己打开衣橱取出一套长袍马褂来，当着她的面就换起衣服来。

静漪一见他脱衣，立即想避出去，偏偏外面马行健又来禀报，说段参谋长请七少上午去一趟司令部，有要事相商。她不便此时出去，只得就近坐了下来。

陶骧行动甚为迅速，很快就将长袍换好。他看了眼坐到床沿上的静漪，略微高声道："知道了。"说着话，他进来站在床前，伸手从枕头下把那把勃朗宁手枪摸出来，放到静漪手中。

静漪抬头看他。

"子弹随时同阿图要。"他转身走开，去拿了那碗参汤喝了一口放下，"出去吃早饭吧。早上不吃，很可能今天一天都吃不上东西。"

静漪将手枪重新放在了枕下。

临出门，陶骧抬起手臂来，示意她挽上。静漪抬手，手腕虚虚地搭在他手臂上，被陶骧拉了一下，牢牢地贴在手臂上，说："笑一笑，咱们是新婚夫妇。"

静漪看着两人若连环扣一样扣在一起的手臂，同昨晚喝那杯合卺酒时的姿势相仿，他此时是和颜悦色的，一旦走出去，大约谁都会觉得，这位新婚的陶七爷是意气风发的。她得好好配合，方不会落了下风。

陶骧很满意地看到静漪在走出房门的一瞬，脸上也堆了笑。

三朝回门，和陶骧回程家小住两日，回来后静漪开始给亲朋好友写回信。

她的朋友虽不多，婚礼又仓促，看到报上登载的启事，写信来道贺的却也颇有几位。首先就有和她最要好的朱东宁。东宁还在信里跟她谈起学校里的事，这让她甚至有种错觉，她们俩还同在学校里念书，这不过是寒假里不能相见，鸿雁传书以表示惦念……她将东宁的信读了又读。

朱东宁计划在明年赴美留学，她说圣约翰没有了程静漪，吸引力也大为减少。

静漪当然知道这是玩笑话。

"小姐，图副官过来说姑爷请您回房。"秋薇进来说。

"就来。"静漪应声。从程家回来，她就没有见过陶骧，连日来他不知在忙些什么，连卧室都没进，凡事交代马图二人来说一声，有时就只是拿要换的衣服。倒是雅媚这两日晚间总是带着瑟瑟来陪她。

她舒口气，将写好的信叠整齐，放进信封里，起身戴了观音兜和袖筒出了书房。回到房里一看陶骧果然已经在等她。见她进来，他起身进了里间。她犹豫了一下，也跟着进去。

“我得提前回兰州。”陶骧说着将外衣脱了下来。

静漪意外，收了他的大衣，问道：“哪天？”

他们原定下个礼拜五先乘火车至太原，再乘飞机去兰州的。

“明天。”陶骧在南炕上坐下来。静漪将他的衣服拿进去挂好，回来见他只是坐着，没叫人进来伺候，过去给他倒了一杯热茶。

他接了茶，道：“你和二嫂带瑟瑟按原定计划返回，我让阿图和小马留下来护送你们。”

静漪点头。

“有什么事，和二嫂商议。”陶骧说。

静漪又点头。

这一点，她倒是没有异议。雅媚待她好，瑟瑟也挺喜欢她，这一路，应该是不愁寂寞了。虽然想到这就要去一个陌生的地方，心中不免忐忑，不过不用和陶骧一起走，倒也好，免了许多尴尬。

两个人一时都无话，几乎是同时端了茶杯，又同时望向窗外——窗外一株老蜡梅才冒了小小的花骨朵儿，这会儿又下起了雪，枝头嫩黄的花骨朵儿随着风和雪轻轻舞动，煞是好看——静漪见陶骧杯中的茶喝了一多半，又给他续了一杯。

陶骧清了清喉咙，伸手拿了烟盒和火柴，起身走了出去。

静漪坐着没动，透过窗子看着陶骧沿着廊子慢慢地踱着步子，边走，边划了火柴，遮了风点烟……她刚要转头，就见院门口进来了几个人。走在头里的是程大安，看到陶骧先站住了，说了颇有一会儿话才带人往里走。

静漪示意秋薇出去看看，又看了眼窗外，见陶骧还在院子里抽烟，转身收了茶杯。

秋薇进来回禀：“程管家说有事跟小姐姑爷回。他刚在外面先见过姑爷了，姑爷说这些事由小姐裁度着办，不用回他。跟着程管家来的还有南纸铺的先生带着伙计。小姐前些日子说要带点好纸，没空去店里选，他们就让先生送来样纸请小姐过目。就是店里没有小姐要的样子，这几日也能备齐了。程管家讨小姐示下，是不是让他们进来回话？”

“让他们进来，我仔细问问。”静漪穿上一件珍珠皮坎肩，走出去。

程大安带着人请了安，把他要回的几样事和静漪说了个清楚。

静漪在椅子上坐了，边听边点头。看陶骧进来，她略偏了偏身子。

“前儿才刚把收的贺礼清点完毕入了库，细账都在这里了，请小姐和姑爷过目。”程大安把几本账簿放在了桌上。

陶骧点点头坐下来，并不看账簿。倒是静漪似模似样地拿起来看了看，依旧放回去，说：“回头我再看吧。还有别的事？”

“再就是外面炳记南纸铺的陈先生带了纸张样品来给小姐和姑爷过目。”程大安开了门让陈先生进来。

陈先生低着头打了个千儿，程大安说：“这是我们小姐、姑爷，快把你带来的东西拿出来给小姐姑爷看看，还有什么话你自个儿说。”

“陈先生请坐。秋薇，看座。”静漪说。

陈先生忙说：“不敢不敢。还是请小姐看看店里的东西，预备得有限，不知道能不能入了小姐的眼……”他让身后的伙计上前。

那伙计背了一个大包袱，放在地上解开，双手将厚厚的纸样送上来。

静漪让他摆到桌上。

陈先生趁着她翻看样板，逐一解释纸品的特点和长处。他是南边的口音，说起话来很柔和，又快，静漪顾了看纸顾不了听他说，倒是觉得纸是样样都好，就说：“只挑这几样各送几刀来，总是用得着的。”

她细巧的手指捻了前面几种纸，陈先生急忙让伙计记了下来，说：“小姐是用纸的行家，这几样可是小号看家的宝贝……”

这时陶骧拿起一本纸样来翻了翻，问道：“有信纸的样子吗？”

“有的，七爷。”陈先生见陶骧开口，忙朝他哈腰，挥着手让伙计赶紧取出来样本，“不知道府上需要什么样的，凡小号有的就都带来了。七爷要是都瞧不上，小号也可以专门为您制作。”

伙计从随身的布包里又拿出了两叠同样的信纸样本，一本呈给陶骧，一本呈给静漪。

陶骧指着里面的一种，说：“这个，做个样子来给我看。”

“成！七爷您瞧好儿吧。炳记的纸在京城里是首屈一指的，从前皇上家都用呢。就上个月，还从天津来了个公公，说……”他说到这儿，见陶骧似笑非笑地看着他，心里一凛，收了话头，“七爷您要什么样的，我们没有不尽力办的。”

陶骧将样本放下，见静漪望着他，点头表示随她的意思。

“那就这些，烦陈先生费心。用得好了，日后我再让人来拿。至于信纸，过两日我让人送样子去店里。”静漪温和地说。

“是，小姐。这些样例就搁在您这里，您随用随吩咐。”陈先生忙说，不知不觉他额头上已是一层细密的汗珠。

静漪看他紧张，有些不忍，又说了几句话，便让程大安带他们出去了。

她起身将这些都归拢在一处，听到陶骧闲闲地问：“从前你在家里，用的也是这家的纸吗？”

静漪顿了顿，回头看他一眼，说：“不是。”

“这家的纸倒说得过去，就是这先生也有意思得很。”陶骧说着，也站起来。静漪没有出声。他又道：“晚上我不在家吃饭，不用等我。”

静漪正在看着手上的信纸，点了点头，说：“知道了。”

屋子里静得只听到炉子里毕毕剥剥的声音。

“这上面……要印什么字？”静漪问。

她把一款信纸拿给他看——象牙色的柔韧轻薄的纸张，丝绸似的，印着银色的梅花——陶骧就着她的手，看了看，却说：“不要花样。”

她收了纸，另选了一款浅灰色的给他看，他却已经走开了，留下一句话说：“这些小事，你看着办。”

她将信纸样本翻到底，还是觉得浅灰色的这款适合他用。

想起他定制的香烟筒上，印着简单的几个字：牧之定制……她拿起自来水笔来，在信纸上写下来这几个字。看了看，又觉得不够好，却也不能划掉，就拿着笔，在左下角画了几笔竹叶。自来水笔画出来的，另有几分硬朗的风骨，她看看，将信纸收了，和她选的那银色梅花的款式放在一处。

陶骧换过衣服出来，静漪还在收拾纸样。

她见他要走，起身送他，说：“晚些我去赵家看看三表姐，她似乎有些不舒服。明儿她就回南了，我想和她多说会儿话。你既不回来用晚饭，要是姑姑留饭，我就在那边用了。”

陶骧点了下头，说了句“替我问候姑母”。

他穿着黑色的燕尾礼服，浆得硬挺的白色衬衫领子紧贴着他的颈子，领结打得极端正……静漪看着，她还是第一次看到自己就能把领结打得如此端正的男人。

马行健将大衣举起来，陶骧穿上，转身出了门。

静漪站在门边，看着他走远了，说：“咱们也走吧。”

“小姐，九少爷说他同太太晚上会过来的。”秋薇提醒静漪。

“我知道。”静漪关了房门，进卧室就开始换衣服，“到时候我就回来了。”

晚上程之慎陪母亲来到怡园时，静漪却还没从赵家返回。看上房冷冷清清的，又听说静漪和陶骧都不在家，杜氏就皱了皱眉，让程大安吩咐人把她带来的东西抬进门。

乔妈听说太太来了，赶忙来请安。杜氏没进静漪的住处，到大厅坐下来。程大安吩咐人一趟一趟地把东西都送到静漪屋里去，又吩咐人一趟一趟地把火盆送进来……好一会儿过去，大厅里才有点暖意。

杜氏看看垂手侍立的乔妈等人，说：“老九，你去看看小十是不是该回来了。”

程之慎愣了一下，立即明白过来母亲可能要私下问乔妈话。他不便说什么，只是出去的时候看了乔妈一眼。

他一出来，程大安紧随其后，回手将门关了，陪着他走到庭院里，轻声道：“九少爷，外面冷，屋里坐吧。”

程之慎看看他，慢条斯理地问：“还过得惯吗？”

“过得惯。”程大安也慢条斯理地回答。

程之慎眉一扬，清秀的脸上有一丝不易察觉的笑意。他问得含糊，程大安答得也含糊，不过彼此都知道对方没有误会自己的意思。他想难怪母亲把程大安拨到怡园来伺候这对小夫妻……看他把怡园打理得井井有条，大管家做得像模像样，就知道从前在程家真是埋没了他。

“那就好。”之慎点了点头。

正说着，外面有汽车声，程大安说：“十小姐回来了。”

程之慎一看，那辆崭新的在灯下闪闪发着晶光的罗尔斯罗伊斯停在了门外。须臾，静漪快步走了进来，看到他，叫了声“九哥”，跟在她身后的秋薇忙喊九少爷。

“嗯。”程之慎打量静漪——她身上那件雪白的裘皮大衣几乎垂到脚面，行走间火红的旗袍则已经贴着地。她来到他跟前，因为走得急，帽子上的鸵鸟毛颤巍巍抖得凶——实在是有些说不出来的变化。

“怎么这么晚？母亲等你好久了。”程之慎说。

“姑姑留饭，又和三表姐多说了会儿话，就晚了。”静漪看看上房大厅紧闭着门，“母亲在里面？我这就去跟她请罪。”

“请罪倒还不至于，就是你得留神等下母亲问你话。”之慎压低声音提醒静漪，“母亲把乔妈单独叫进去了。”

静漪一听，吐了吐舌尖，说：“哎呀，幸好是乔妈，要是秋薇准被问个底儿掉。”

之慎笑了。这样又像她了，虽然已经是少妇的打扮，却还是小姑娘的心性……

静漪挽了他的手臂：“九哥，你好过些了吗？”

之慎看看她，点头。

静漪靠在他肩膀上，说：“那就好。”

今日是十六，月亮又圆又大，月色极好，白纱似的铺在地上，让人看了心里一派清明之色。

“真冷。”静漪说。

“西北更冷。你记得去了那边要多吃饭，尤其多吃肉。”之慎说。

“九哥真不送我去吗？”静漪笑问。她知道父亲有意让之慎送亲，之慎却回绝了。

“三哥会去的。”之慎说。

静漪说：“若依我的想法，你们都不必去的……”

大厅门一开，杜氏出来了。

“母亲！”静漪松开之慎的手臂。

杜氏走下来，看了静漪一眼，问：“回来了？”

“是，母亲。原想着母亲和九哥不会这么早过来，在姑姑那里多坐了一会儿。母亲生我气啦？我让母亲久等了，该打。”静漪握住杜氏的手，撒娇道。

杜氏瞪她一眼，胖胖的手被静漪双手握着，皱眉道：“作！回来不快些回房暖和，只管站在这里和你的呆子九哥说话，瞧这手冰的！都嫁给人家做太太了，再这么不知道保养，可怎么好哦……还不快来？”

“母亲您怎么不去我房里呀，这儿多冷。”静漪忙挽着她往自己房里去，回头对之慎做了个鬼脸。

之慎心头百般滋味，又忍不住笑了笑。想着静漪刚刚和他说的话，他胸口发闷，跟着进了院子，却没立即进房去，又点了支烟。

过了一会儿，乔妈出来请他：“九少爷，外头冷。”

“我透口气就来。”之慎叫住乔妈，踌躇片刻，说，“……乔妈，要紧看着点小十。”

乔妈点头，道：“是，九少爷。就是……我们小姐其实还是小孩子呢。这些天看姑爷倒是很肯谦让的，九少爷就放心吧。”

之慎抬手按了按眉头，听到远处有说话声，接着就看到垂花门处先进来一个身形高大的人，他身后还跟着几个人，正是陶骧和他的亲随。

“之慎兄，怎么不进去？”陶骧显然是早已知道他们来了。

之慎同他握手。

寒气将陶骧身上的酒气盖住了些，可还是看得出来他喝了不少酒，只是没走样。

之慎是知道陶骧乃海量的，笑道：“母亲和静漪在说私房话，不准我听。”

陶骧也笑道：“可见是挺重要的话了，我陪之慎兄在这里等等吧。”

“这么说你要先一步回西北？”之慎问。

“正是用人之际，必须早些回去。”陶骧说。

之慎给陶骧点了一支烟，说：“先祝你一路平安，马到成功。”

陶骧点头致谢。

两人沉默着没有接下去谈这个话题。

外面冷得似乎连他们指间的烟都要冻熄了，他俩谁也没有主动说进屋去，而房里也没有动静。

“静漪小时候喜欢秋千。”之慎说，他指指庭院中那对被茅草围子裹了一层又一层的大缸。

陶骧心一动，看向他。

“在后花园的紫藤架上，宝爷给她做了个秋千，前儿我瞧还有呢，就是旧了些。她很喜欢，时常去玩。有一次七姐八姐见她上了秋千，故意把她推得很高。秋薇那时候更小，看静漪像要飞到天上去了，吓得直哭，又被七姐八姐的丫头看着，帮不了忙，只好跑到书房去扯着我喊着快去救命。我去的时候，看她在秋千上，脸都白了，换了旁人，不知会是什么样，她是一声不吭的。秋千荡得太高，一众人望着，谁也不知该从哪儿下手。我母亲让人去叫宝爷带人来，就在那当口，小十摔了下来，头就正磕在养荷花的大缸上，当时就昏了过去……养了半个月才能下床。"之慎说着，摇头，"后来我问她，你怎么早不跳下来呢？她说我不知道怎么跳。后来我想想，可不是吗？她呢，是知道怎么往高处去，不知道该怎么下来。那是我记得的她第二次死里逃生。静漪命很大的。"

陶骧没说话。

"不过后来她就没再上过秋千。"之慎说着又笑了笑，"因为那次受伤，额头上留了好大一块疤。母亲说这么大的疤，陶家知道了要退亲的。母亲和帔姨想了好多法子去疤，都不见效，可后来长着长着就不见了，母亲才说幸好。"

陶骧笑笑。

上房门开了，两人同时回头。

静漪开的门，看到他们俩在一处，停了片刻才说："怎么都站在这里呀！"

"今晚的月色好。"之慎说。

静漪抬头看了看天，招手让他们进屋，说："九哥可真是的……"她迅速看了眼陶骧。

陶骧也看她一眼，她已脱了外袍，只穿了件一斗珠的褂子，兴许是还觉得热，脸红得跟什么似的。

"母亲。"陶骧进去喊道。

杜氏见了他十分欢喜，问这问那。

陶骧把大衣给静漪，坐到杜氏身边去。

静漪把他的大衣收了。他的大衣上，沾了香气和酒气，还不止一种，被屋子里的暖意一烘，那味道重新活过来似的，直往人鼻子里钻。她让秋薇把大衣拿去挂起来。过一会儿，借着去拿东西给杜氏，她进去拿湿手巾擦了擦手。

"小十，我们要走了。"之慎在外面喊。

静漪出来，果然杜氏已经穿好了外衣，看着她笑道："早点歇着。这几日哪儿都不要去了，在家好好养养精神。这一去路程遥远，有你们的苦头吃。"

“是，母亲。”静漪答应。

杜氏伸手推她，说：“外面冷。”

“送送嘛，要好些时日见不到母亲，会想的。”静漪说。

杜氏捏捏她脸蛋儿，到底由着她和陶骧一同送出来。

车开了，杜氏半晌不言语，似乎陷入深思。

之慎道：“您是有多不放心小十啊……这几天吃睡都不安稳，比帔姨还操心。三表姐那样，姑姑也没像您。”

“你懂什么！”杜氏皱眉道，“到家跟我去看看二太太。”

“是。”之慎答应。

“别多嘴。”杜氏又道。

“帔姨身子不好，静漪马上远行，我再不知轻重，也不会挑这时候胡乱说话。”之慎说。

“二太太素来疼你，日后小十不在家，你进内宅虽不方便，也别忘了时常遣人问候。”杜氏嘱咐之慎。

“是。”之慎答应。

杜氏不自觉地叹了口气，她想着刚刚就在怡园门口，站在一处送别他们的陶骧和静漪。一整晚晴空万里，月色极好，却在那时有玉屑般的细雪纷纷落下。车子渐渐远了，越远，那小夫妻俩的身影看上去越近，在细雪纷飞中，尤其美好……

云胡不喜

尼卡 作品

下

中国出版集团有限公司
China Publishing Group Co., Ltd.
现代出版社

目录

玖

无影无形的光

西去的火车上，静漪和雅媚在包厢里陪瑟瑟玩过家家。

“小婶婶，妹妹要喝咖啡。”瑟瑟忽然抬头，眨着大眼睛望着静漪。她把洋囡囡当成她的小妹妹，她看看静漪，强调：“要清咖啡。”

静漪点头，洋囡囡的“家当”就堆在她身旁，其中就有全套的微型茶具。

“这是瑟瑟最喜欢的玩具，老七从法国给她寄回来的。”雅媚说。

静漪刚才就夸过这些玩具精美别致，她从中找了咖啡杯出来，假装咖啡壶里是有咖啡的，倒了一杯递过去。

“不对，妹妹要清咖啡。”瑟瑟把咖啡杯推回去。

静漪只好重新倒一杯。

瑟瑟接过去一本正经地看看、闻闻，才拿给她的洋囡囡，口中念念有词。

“清咖啡太苦了，瑟瑟，妹妹喜欢喝吗？”许雅媚望着女儿笑。

“喜欢的。”瑟瑟头都不抬。

“平日听她七叔这么说，有样学样。她爸爸常说，模样呢是像了我们俩，还算过得去。脾气要照着她七叔去了，将来可是难嫁。”雅媚笑道。

静漪笑了，想起金润祺说过，他只喝清咖啡，又一笑。

瑟瑟听到在说她和她的七叔，仰起脸来问：“妈咪，在说我吗？”

“是，在说你。你只顾了玩，七叔走的时候怎么说来着？回去可要给他背什么？”雅媚让瑟瑟喝口橘子水，问道。

“字母表！小婶婶，七叔让你背字母表吗？”瑟瑟嘴唇上沾着橘子水，着急说话，口水滴下来。

静漪忙拿了手帕给她擦下巴，说：“这个……没有。”

瑟瑟嘟嘴，说：“七叔坏。”

雅媚笑得厉害，说："还在生她七叔的气呢……那日老七要走，她扯着不撒手。我们怎么说都不听，哭得眼都肿了，老七没办法，答应她这次回去，带她和麒麟儿一起去骑马，才算脱身。"

静漪伸手摸摸瑟瑟红苹果似的小胖脸儿，瑟瑟歪头在她腮上啪的一下亲了一口，带着口水的。

"小婶婶也香瑟瑟一个。"瑟瑟把她的胖脸蛋儿凑过来。

静漪果真亲了她一下。

瑟瑟高兴地爬到静漪膝上，笑得咯咯响。

"看你是喜欢孩子的样子。"雅媚微笑着招手，让瑟瑟过去给她抱。瑟瑟不肯。

静漪摸着瑟瑟的额发，说："喜欢的。"瑟瑟总让她想起阿蛮，阿蛮也喜欢这样缠着她，她许是有点孩子缘的。

瑟瑟出汗了，静漪给瑟瑟擦擦汗，戴好小帽子。

"医者父母心。静漪你真适合做医生。"雅媚忍不住说。

静漪顿了顿，微笑道："哪有？"

"看得出来的。喜欢孩子，日后多养育几个。咱们家什么都不缺，唯独缺孩子。你还没进门，奶奶就已经给你派好了——女孩不算数，男孩起码要两名。奶奶看相片，别的还没说，就讲你有宜男相，将来错不了的。"雅媚微笑着说。

静漪低头。

"你可别怕呀，我不过说说笑话。"雅媚笑着给静漪也倒了杯橘子水，"对了，三小姐是不是有喜了？"

静漪的脸先红了一下。

"这有什么，不过是日子对不太上。"雅媚见她脸红，笑了，低声道，"亏你还是学医的，有什么没见过嘛！你们成婚那天，太太小姐们都在一处，我看她难受又不好说，也就猜到几分。"

静漪点头道："若是早知道都不会让她走这一趟。"

无垢害喜害得厉害，回南去，飞机是不能坐的，还得乘火车。这一路的辛苦，不难想象。

"你们一向亲厚，你出门子她若不来送送，日后想起来不免遗憾。"雅媚宽慰静漪。

火车经过之处，冰雪覆盖，风景倒没有什么特别，只是越往西走越见了荒凉。好在雅媚是最好的旅伴，她路上和静漪说这说那，西北的风土人情，陶家的大事小事，凡她知道的，都和静漪聊一点，点到即止。

两人说着话，时间不知不觉就过去了……

等到了太原，自有人来接站。

一行人前呼后拥地出了火车站，乘上汽车往城外的军用机场而去。因为人员行李都多，上飞机又颇花了点时间。机场空旷，等待的时间一长尤其冷得刺骨。大人还都罢了，瑟瑟就有些受不住。飞机起飞了，瑟瑟窝在雅媚怀里哼哼唧唧的，直说不舒服。

静漪见瑟瑟是感冒的症状，赶忙给她量了下体温，已经101°F（38.3℃）。雅媚见女儿高烧，不禁有些慌张。她们随身带的药里，合用的药只有阿司匹林。雅媚想给瑟瑟服用，静漪却担心瑟瑟太小，阿司匹林的副作用会给她带来伤害，建议先物理降温。飞机上条件有限，静漪只能先用温水擦拭，给瑟瑟降温，避免病情继续加重。好在飞行时间并不很长，等机长广播已经抵达兰州上空准备降落，静漪再给瑟瑟测量体温，发现有所降低，稍松一口气。她这才从舷窗里看着外面——灰蒙蒙的一片大地苍茫无际……比她想象中还要空旷荒凉。

飞机降落在机场时，天光黯淡。

她看看时间，晚上八点，和北平有一点时差。

在机场等着接她们的是陶驷。舱门打开，陶驷上来了。看到瑟瑟被雅媚抱在怀里，他忙过来接了。

“发烧呢，已经退了些。”雅媚简短地说。

“爹地。”瑟瑟叫他，声音细细的。

“乖。”陶驷心疼地摸摸瑟瑟的脸，看看疲惫的雅媚，“一路辛苦，到了家好好歇歇。”

“老七呢？”雅媚给瑟瑟裹上毯子，问。

“老七去凉州已经两天了，事情顺利的话也还得两天才能回来。”陶驷解释道。他抱歉地对静漪笑笑。

静漪微笑点头，扶着雅媚跟在陶驷身后下了飞机。

出来舱门，一丝风都没有，静漪还是被这里的干燥寒冷猛然抓牢，打了个喷嚏。雅媚见状催着她快些上车。静漪看看瑟瑟，轻声跟雅媚说：“赶快去医院吧，给医生看看更放心。”

她说着请他们先上车，自己带着秋薇和林之忏准备乘后面那辆车子。图虎翼过来道：“少奶奶您先走，只有几件行李了，我们马上就跟上。”

静漪点头，上了车，陶家司机恭敬地称呼她“七少奶奶”，说还有大约一小时才能到家。

秋薇晕机又晕车，一听还有一小时，早就软在了座椅上。静漪安慰她两句，又看了眼坐在前头的林之忏——林之忏的情况也不比秋薇好多少。他知道她并不乐意他护送，这两天绝不肯多说一句话。

车前灯明亮，照着前方，白昼似的，四周却已经暗下来。

忽然前导车停了下来，司机用本地话说了句什么，静漪和林之忏都没听懂，不过往前一看，原来是遇到了一群卷毛羊。那羊倌赶着被车队冲散的羊往一处归拢，左一下右一下地抽着鞭子。

见羊群过得太慢，司机有些不耐烦，就要摇车窗下来催促，坐在他旁边一直没出声的林之忏忽然在这时说：“别动。”

他声音虽低但绝不含糊，司机吓了一跳，转头道：“就一群羊呢……”

“不对。”之忏马上回过头去看了静漪，“小姐，这有点怪。”

他话音未落，就听轰的一声巨响。

“都趴下！”林之忏大喊一声。

接连而至的巨响若雷声轰鸣，由远及近。在震耳欲聋的爆炸声中，火光冲天。静漪只觉得整辆车子都被抛了起来，她被甩得离开车座，头顶撞在车厢顶部。乱中她一手抓着车门把手，一手抓住身边的秋薇。

爆炸声中混杂了密集的枪声，双方已经交了火。林之忏镇定，在火光中小心辨明方位，发现东边是个空隙，喊道：“快开车，往东！加速冲出去！”

司机忽然将手搭在他肩上，他一转头，就见司机头一歪，不动了。他果断将车门打开，把没了气息的司机推下去。他刚跨到驾驶位上，车前忽然出现了几个人，同时将黑洞洞的枪管对准了车里。眨眼之间，这几杆枪鬼影子一样分散开，包围了车子。

“别动，动就打死你们。”其中一人紧贴这一侧车身，枪口对准林之忏，“举起手来。”

林之忏慢慢将手举了起来，低声说：“小姐，见机行事。”

“你别轻举妄动。”静漪立即说。

外面的人突然拿枪托砸向车窗，嘭嘭两声之后玻璃被砸碎，枪口瞬间贴在林之忏的太阳穴上。“下车！”

之忏慢吞吞开了车门，一脚踏下去，正踩在司机的尸体上。他身子还没有出去，外面守着的人一枪托砸过来，他下意识要反抗，那人更敏捷，枪托一摆，枪口便顶在了他的下巴颏上，说：“别耍花样，耍花样我先打死车里的那个。”

林之忏不动了。

那人举起枪托狠狠给了他两下，林之忏痛苦地倒下去，身子伏在司机还有余温的尸体上。立刻有两个人过来将他绑了。

“都老实点，我手里的枪可没长眼，不认人的。”那人蒙着面，亮晶晶的眼睛从那两个洞里露出来，盯着静漪。

静漪一手抓着秋薇，一手握紧了手袋。

那枪口摆了一摆，示意她也下车。

突然车子忽然晃了晃，往下一沉，又一沉。静漪判断这是轮胎被射爆了，精神一振，马上意识到密集的枪声已消失。果然马行健的声音响了起来：“都不准动！”

就在这时车门突然被拉开，静漪被人一把拖出了车厢，没等她站稳，枪口便抵在了太阳穴上，那人喊道：“马副官，让你们的人放下枪，后退，不然我一枪打死她！”

静漪听到这人近在耳边的声音，一怔。

“你也别耍花样，七少奶奶。我只求财，你好好配合，我不会伤你半分。”他在静漪身后低声道。他说着就将静漪的手袋抓过去随手丢给身后的同伙：“帮七少奶奶拿好了东西！马副官，我说最后一遍，放下枪，后退！”

马行健和图虎翼一字排开，同身后的士兵各据其位，并没有立即照他的话做。

“少奶奶，你有没有受伤？”马行健大声问道。

“没有！”静漪回答。

“听着，不管你们是哪边的，要知道敢动陶家的人……”

“少废话，马副官，这些话留着给你主子拍马屁说去，今儿晚上爷没空听你啰唆。”

“逄敦煌！你敢动我们七少奶奶一根毫毛，让你死无全尸！”图虎翼突然喝道。

静漪就听到身后的人扑哧一笑。

“四哥，十三哥已经妥了。八哥让你快点。”有人跑来报告。

“好！马副官听着，你替我转告陶骧，让他等我的话。人在我手上，人命都在他手上，让他想清楚再回复我。”

“逄敦煌你敢！”图虎翼叫道，枪口抬高一寸。

马行健伸手一挡：“别冲动！”

“你现在就可以开枪，看我敢不敢杀了她。”逄敦煌说。

静漪被他扯住头发，整个人往后倒，她忍住疼痛不肯出声。

“都放下枪！后退……再后退！十四，缴了他们的家伙。”逄敦煌命令他们。他顺手将静漪一推交给同伙：“上前面那辆车。”

静漪立即被缚住双手双眼，有人拖着她往前走，很快将她一脚踹进了车厢，随后车子便启动了……车开得很快，冷风灌进来，冻得她身子都要僵了。她动一动，靠在一个温暖柔软的身体上，闻到熟悉的香气，知道是秋薇，才松了口气。又不知过了多久，她手脚都麻痹了，才感觉到车停了下来。

带路的人在同别人讲话，只是那些话，她都听不懂。不是方言，而是暗语。

她又被人拖下车，因为手脚麻痹，下车时差点跪在地上。有人用枪托磕着她的后背，催她快些走……走了好久，才听到有人说就在这儿，把他们分开关着。

她被猛推了一把，只听到一阵吱吱扭扭的响声，随着杂乱的脚步声离去、消失，四周终于安静下来。她慢慢地后退，待后背靠上墙，才倚着墙往下滑，锦袍蹭着墙壁，发出哧哧的声响。她坐下来，缓了口气，听到一点声音，觉得是有人在靠近她。果然不一会儿，听到扑通一声，有个人压在了她腿上，挣扎了半天，靠在那里不动了。她知道是秋薇。

不一会儿，她听到了啜泣声。这啜泣声倒叫她安心些。她低下身，将额头贴在秋薇身上，轻轻蹭了蹭以示安慰。过了一会儿，她竟觉得疲倦，不知不觉就闭上了眼睛。想来单是在路途中已经有两日，何况从新婚夜以来，她根本就没有睡过一个好觉。虽是不知被关在了什么地方，可她想的竟是这里毕竟比家里的地牢要干燥些，并不让人觉得太难受。这一放松，她很快就睡了过去。

不知睡了多久，一阵窸窸窣窣的响声吵醒了她。她闻到食物的香味，肚子马上叽里咕噜叫起来，立即觉得饿了。

有人在她面前不远处停下来，带来一股强烈的气息，那是烟草、皮革、马粪、枪硝和汗气混合的味道。她呼吸一滞。

但这味道很快退了下去，他走开了。

静漪一动不动。这屋子里还有人，她知道。

果不其然马上有人走过来，一边说着“七少奶奶，得罪了”，一边就解开了蒙在她眼睛和嘴巴上的布条。

被马嚼子似的布条勒了这么久，她嘴唇都青紫了。她舔了下嘴角，有血腥味。

她的眼睛适应了屋内暗淡的光，看到距离她两尺远的地方有个穿着翻毛羊皮袄，腰上别着枪、挂着洋刀和旱烟袋的年轻汉子。她转过脸去，马上看到了秋薇。

见秋薇暂时无恙，她心安定些，转回脸来望着这年轻汉子，问：“怎么称呼？”

他笑道：“劳七少奶奶动问，敝人姓郎。这郎是新郎官的郎，不是西北狼的狼。我在这里排行十三。外头人称呼我一声十三郎，这里弟兄们喊我十三哥。七少奶奶就叫我十三吧。这我们老十四。”他指了指自己身后抱着手臂、叼着长烟杆的瘦高青年。

十四冷冰冰地扫了静漪一眼，说：“十三哥，四哥就让你我来送饭，没让你跟娘儿们调情。”

“我的随从呢？”静漪装作没听到十四那极难听的话，只望着十三问道。

“他好着呢，就是得严加看管，他和少奶奶您毕竟不一样。这样，您吃点面，我们老大说了，不管怎样您远来是客。我们这儿讲究的是出门的饺子回家的面，落地为安，总要来碗面吃。不过我们这里比不得城里，更比不得陶家，山珍海味是没有的，还请七少奶奶多多包涵。”郎十三笑着说。他那细细的眯缝眼其实是桃花眼，一笑，弯弯的。他从进来就只顾盯着静漪，就差流口水了。

十四咳了一声，说：“十三哥，别忘了她是谁的老婆。陶骧可是两手沾了咱们弟兄鲜血的人，冲这，杀了这娘儿们也不多。”

“陶骧是陶骧，她是她嘛……”郎十三笑嘻嘻的，似没把十四的话放心上，“四哥都说了，她可是块肥肉。虽说被陶骧这狼崽子先叼走了，也不能就让他独吞了。”

静漪举了下被绑着的双手，郎十三一伸手不知从何处抽了匕首出来，一挑，绳子就断了。

“给她也解开。”静漪指了指秋薇。

郎十三哈哈一笑，说：“当然，大美人松了绑，小美人也不会落下。”

他亲自去给秋薇解开绳索。秋薇立刻跑过来护在静漪身前。

“还挺忠心。”郎十三大笑。

“呸！”秋薇照着他脸啐了一口。

郎十三反而笑得更厉害。

静漪拉了秋薇一把，让她坐下，看了看托盘里的两碗面，先拿了一碗给秋薇。

“小姐，别吃他们的东西。”秋薇说。她一开口，嘴角裂开，顿时血珠子冒出来。

静漪忙摸出手帕给她按在嘴角，说：“别说话，慢慢喝点汤，吃点面。这会儿他们还不至于害咱们。”

秋薇眨着眼，强忍着眼泪。

郎十三大笑出声，道：“七少奶奶好胆色。”

静漪不理他，把大碗面捧在手里，用筷子一挑面，先吃了一小口。她转过脸去对秋薇点点头，好像从来没有吃过这样美味的东西似的，露出惊喜的神色。

“味道很好，你试试。”她说。

秋薇目瞪口呆地看着静漪——她的小姐，吃东西精细得简直恨不得要爆炒蚊子肝，稍稍不洁净的东西一吃就会闹肚子……吃这碗漂着一层红油、看着脏兮兮的东西？还吃得这么香？！

静漪示意她：“不哄你。”

秋薇还没动手，郎十三笑得都快岔气儿了。他抹着笑出来的眼泪走出牢房，还回头看泰然自若地吃面的静漪和那个目瞪口呆的小丫头，道：“你这丫头倒像是娇小姐。”

静漪轻轻吹了吹汤上漂着的浮萍似的蒜苗，看着秋薇：“这倒是不错，我们家的丫头向来也是娇贵些的。”

秋薇气结。

郎十三嘻嘻笑着，见十四还站在那里，冷眼瞧着静漪，示意他出来。

十四恶狠狠地将牢门一带，交代看守道："给我把她们看好了。陶骧今天来就算了，如果不来，我一枪结果了她！给我们死去的弟兄报仇！"

静漪充耳不闻，继续吃碗里的面。

头领走了，留下的看守也撤到外面去了。

静漪吃好了，又催秋薇吃面："快吃。吃了这顿，下顿不一定什么时候有。"

秋薇忧心忡忡地望着静漪，问："小姐，您是一点都不担心？听见刚刚那人说什么了吗？他们是不是姑爷的仇人？是土匪吗？"

"听见了。这面你不吃，我可吃了。"静漪作势要拿碗。秋薇看着她，目光有点呆滞，刚刚奋不顾身要护着她的那个小姑娘似乎不知道跑到哪儿去了。静漪看着心疼，伸手扯扯她的长辫子："你不吃饭，怎么有力气保护我呀？"

秋薇这才端起面碗来，尝了一口汤，马上就扒拉了好几口面。

静漪摸摸她的头，起身走到牢房门口。

木栏杆的缝隙大约有拳头宽，她眯眼望着对面的牢房。光线很暗，只隐约看得到牢房里关着的人，从身上衣服的颜色判断，那很可能是林之忏，可他动都不动。

"之忏？"静漪试探着叫道。

看到那条腿动了动，她悬着的心安定了些。

"干什么？"看守立即过来，拿枪托敲了敲牢门，"回去坐下，不准乱动，敢乱来就一枪崩了你。"

那人的嗓音粗糙且话语难懂，静漪就算听不明白，那拉枪栓比画着要枪毙的动作也看得懂。她顿了顿，指着对面的林之忏说："总得让他吃口饭吧。"

看守黑乎乎的脸上似堆了一层又一层的沙土，瞪着眼睛看了静漪一会儿，转身走了，看样子也不打算再回转，于是土牢里又安静下来。

静漪说："委屈你了，之忏。"

林之忏又恢复了一动不动的姿态。

秋薇把碗筷收拾好，也看看林之忏，说："小姐，我吃得好饱，可是之忏大哥……"

"我不饿。"林之忏低低的声音突然传了过来。

秋薇和静漪都吓了一跳。

静漪探身一看，林之忓靠在牢门栏杆处。看他脸上青肿，受伤的地方还流着血，她小声说："这回连累你和秋薇了。"

"保护十小姐是我的责任，现在是之忓对不起小姐。"林之忓说。

"同在难中，不如我们别说这些了。"静漪顿了顿，"不知道这些究竟是什么人？"

"从他们行动的速度、下手的狠劲儿来看，我先是以为归属马系。但他们的水准又参差不齐，枪支也很杂，再看这里的样子，应该不会是马系的人。况且若是马系下手，恐怕一个活口都不会留的。我猜或许是前阵子被剿灭的土匪郭云虎残部。"

静漪点头，问："那你听过逄敦煌这个名字吗？"

林之忓摇头，道："我只知道郭云虎已经被陶七爷俘虏了，是否已经处决尚不知晓。如果是他的残部，或许是要拿二爷一家和您换他们老大。"

静漪不能不觉得林之忓的分析有道理。

"我算过时间，车子大概开了有一个半钟头，我们现在可能在山里。兰州的地貌，从机场附近往北往南都是山，东西沿黄河一马平川，藏不下这么多兵。"林之忓低声道。

"之忓，你歇息下。好歹他们还给我和秋薇一碗面，你连面都没得吃。"静漪说。

林之忓答应一声，退回牢房里头去，又将自己隐藏在黑影中了。

静漪将自己的裘皮大衣脱下来盖在秋薇腿上。

秋薇从身上摸摸索索地掏出一个小荷包来，抖抖，从里面往外掏针线。

静漪正好奇，秋薇纫了针，说："小姐你别动。"

银针上一缕白线，秋薇让静漪伸直了腿，从她袍子的下摆处开始缝，将前襟缝在一处……静漪明白过来，本想阻止她，但见她无比认真，仿佛是在做一件极其重要的事，便沉默了。

秋薇的针线活儿极好，在这个时候，仍然走着细密的针脚。静漪不知不觉又睡了过去……

连续几日，除了看守每日定时来送饭，没有人来打扰他们。在静漪的抗议下，他们终于也给林之忓送了饭，可也给他换了沉重的手铐脚镣。

表上的时刻成了虚设，他们只能从入口处那一点的光亮，判断什么时候天亮了，什么时候天黑了。

“小姐，我们会不会死？”秋薇忽然问道。

“怕吗？”静漪看了她。秋薇这么问不是没有理由，几天过去了，匪首再没出现，而给他们送饭的人，脸色越来越难看，那眼神更恨不得把她凌迟了……她知道情况越来越糟糕了。

“怕什么，戏词儿里说的，十八年后又是一条好汉。十六年后，我又是一个好姑娘！”秋薇嘻嘻笑着。

连林之忓都被逗笑了。

静漪笑够了，给秋薇打开头发，用她随身带的小篦子，给她篦头发。

这两天秋薇总说头痒，土牢里脏兮兮的，可能是生了虱子。她抚摸着秋薇的头发，这头发深棕带黄，发梢简直就是金黄色，十分好看。

“和小姐在一起，什么都不怕。”秋薇攥了攥静漪的衣袖。

静漪笑笑。

“姑爷会想办法救我们吧？”秋薇又问。

静漪不语。陶骧吗？或许会吧……她不能确定。这伙人拼了命从严兵布阵中炸开一条血路把人劫走，开的条件不会是简单就能达成的。撇开陶驷一家三口不提，西北王的新儿媳妇在自家地盘上被劫走，传出去，好说不好听。说到底，陶家丢不起这个人，陶骧丢不起这个人。倒真不是她程静漪有多么重要。

“哎哟。”秋薇喊疼，静漪不知不觉间把她的头发揪狠了。

静漪抱歉地揉着秋薇的发顶，忽然听见外面有嘈杂的声音，便从容地收了篦子。

杂乱的脚步声由远及近，来人不由分说地开了牢门，进来一把拉起静漪来就往外拖。秋薇扑过来抱住静漪的腿，喊道：“你们干什么？你们放开我家小姐！”

静漪认出拖着她出来的是陈十四。她怕秋薇挨打，匆促间说：“秋薇，松开手，他们不会对我怎么样的。”

十四一脚踹开秋薇，将静漪拖出去一把掼在地上，抬脚就踩在了她脸上。地面上腾起的黄土呛到口鼻内，静漪顿时有些窒息，秋薇的哭喊声很凄厉，她却没法理会。

这个十四对她怀着极大的仇恨似的，恨不得像踩死蚂蚁那样把她踹得粉身碎骨。她听到十四恶狠狠地说：“还以为你这婆娘是张好牌，谁知道陶家根本不在乎你的死活。”

她心中一凛。

十四照着她腰间狠狠踢了两脚，蹲下来捏着她的下巴，说：“听明白我的话了吗？嗯？嗯？！”

“你们到底想要什么？”静漪问。

十四啪的一个耳光抽在她脸上，阴狠地说：“要你的命。”

静漪耳边一阵轰鸣，鼻子里一股温热的液体往下流。

她闭了下眼，说：“那你杀了我好了。”

“你倒是不怕死。”十四又一个耳光抽上来。随着一声脆响，秋薇疯了一样喊了起来。

他说：“反正留着你也没什么用了，就不如给我十三哥先逍遥逍遥。回头让所有人都知道知道，陶七爷的老婆，睡起来是个什么滋味。”

静漪紧咬牙关。

“十三哥，你先来。你用完了，再给其他弟兄们用。”十四站起来。

听到这话，秋薇哭得声嘶力竭。十四一怒，掏枪就抵在静漪头上，警告秋薇：“你再敢出半点动静儿，我现在就打死她！”

秋薇的哭声戛然而止。

“你这是干什么啊，十四？你把她打成这样，我还有什么心思玩儿啊？”郎十三嘴角上挂着笑，依旧是色眯眯地望着静漪，啧啧出声，“可怜的，怎么陶骧就不懂怜香惜玉呢？舍得把你留在这儿，便宜了我们。等会儿我可得好好儿疼疼你。”

他说着伸手就要过来摸静漪的脸。静漪躲开。

他笑着说：“哟，还不乐意呢？实话和你说，陶老二逃走了。有他那一家子在手上，陶骧都没松口，就剩你一条贱命，陶骧是不会冒损兵折将的险了。看来，他也是这个主意——你落在土匪窝子里，救回去倒不如死在这里干净。”

他以为会在静漪脸上看到惊恐，却不想静漪听到这个消息，竟像是松了口气。

“这胆色倒是合我的口味！”他很意外，目光在静漪脸上身上瞄着，

“十四，我瞅着这娘儿们会是个在床上很骚的，你怎么看？”

十四冷笑了下，说：“那你就先尝尝。”

郎十三将静漪拎起来，推到牢门上。

“那说好了，十四，这可是你让给我的，过会儿你可不准眼馋。”郎十三笑嘻嘻地抽下腰间的东洋刀挥过来，带着冷冽的风声，堪堪地，贴在了静漪的腮边。锋利的刀尖顺着她的脸颊，一路向下，定在了她颌下的领口处，噗的一下，挑开了她的一颗扣襻，向两边拨了拨，洁白无瑕的肌肤露了出来。

郎十三似是愣了一下，接着便笑起来，说：“的确是……尤物，难怪闹了那么多风流韵事，陶骧还要你。”

东洋刀继续向下，扣襻又被挑开一颗。

他笑着，阴冷的眼睛里闪着寒光，发红。

秋薇根本什么都顾不上了，扒着牢房的栏杆哭叫谩骂。

郎十三充耳不闻。

静漪咬着牙，这样一点一点地折磨，比排山倒海来的殴打和羞辱更难以忍受。

郎十三再靠近静漪一些，低低地，在她耳边低声说了几句话。

“畜生。”静漪骂道。

郎十三笑着，说：“连骂人都很够味。别着急，有你叫的时候。你在陶骧床上怎么叫的，等会儿就怎么叫。我保管让你叫得更大声！”

“你想怎么样，便怎么样好了。皱一下眉头，我就不叫程静漪。”静漪说。

郎十三将手里的东洋刀旋了一下，扣襻再开一颗，说：“哟，是吗？”

“你们可别忘了，除了陶骧，我还有个哥哥，叫程之忱。”静漪说。

“程……之……忱！”郎十三重复着这三个字，东洋刀横空劈了一下，呼啸着在静漪头顶划过，“山高皇帝远，我们连近在咫尺的陶骧都不怕，怕你那个索老儿的姑爷三哥？笑话！等他来了，你早被我吃干抹净了，说不准，他还得低声下气地认我做妹夫呢！是不是，小美人儿？到时候，我开什么条件，大舅子不得给到我满意？”他邪笑着，人几乎要贴在了静漪身上，眼睛盯着静漪的领口。

静漪领口已经散开大半，雪白的肌肤露出来，看上去是无尽的诱惑。

她一动不动，紧靠着栏杆，山洞里的火把燃烧的是动物油脂，令她有种眩晕和呕吐的感觉。土牢的入口处有憧憧的人影，在黑暗中重重叠叠的，鬼魅似的，仿佛随时会拥进来，想到接下去可能发生的事，她控制不住自己，身子在发抖。

“用这种下三烂的手段，猪狗不如。不管你们是冲着谁来的，真刀真枪跟他拼就是了。”静漪说。

“拼什么拼，我们是土匪。七少奶奶见多识广，上流社会什么没见过，唯独土匪你没见过吧？我们就是猪狗不如。比猪狗过得好，做土匪？七少奶奶千里迢迢来兰州，为的不就是入洞房嘛！这就让你入洞房。”郎十三压低了声音。

山洞里静得怕人。

他的东洋刀忽然间斜插进了静漪的衣襟儿里，隔着内衫，那冰冷直钻进她心里去，只要他轻轻一用力……静漪眼睛不由自主地一闭。

就在这时，郎十三的笑声像被掐断了一般，变成嘶嘶的吸气声，扶在她腰间的手瞬间移开了，紧贴她身子的刀哧啦一下掉在地上。

“十三哥！”十四惊叫。

“别过来，你往前一步，我就弄死他。”林之忓阴沉沉地说。

静漪睁开眼，就见郎十三的颈子上缠了一条极细的皮鞭，而林之忓的手从栏杆里伸出来，稍稍一收手，他的脸就变成了紫茄子色。郎十三双手把着自己的颈子，不敢挣扎。

这一下，就连隔了几步远的十四脸色都变了。他擎着手枪原本是对着林之忓，不想林之忓却让郎十三挪动脚步，利用他的身体挡住了子弹射来的角度。

“放开他。”十四说。

林之忓也不回应，只是勒紧了手上的皮鞭，郎十三胡乱踢蹬着脚，一双眼睛都要凸出眼眶了。

静漪蹲下身，将东洋刀抄在了手里。

“从这里滚出去。”林之忓说。他迅速下了郎十三的枪，盯着十四，朝静漪摆了下手，示意她不要动。

“快出……去！”郎十三艰难地吐出这几个字来。

“十三哥，”十四顿了顿，说，“兄弟只好对不住你了。”

他话音未落，一声枪响，郎十三立即脑袋开花。

静漪顿时被溅了一脸一身的脑浆。那液体热乎乎的，顺着她的脸往下滴。

林之忓正要举枪还击，不料十四的枪更快，一枪打在他手腕上，枪掉在地上。林之忓想将枪捡起来再还击时，膝盖却又中了一枪，终于跪地不起。

不到一分钟，土牢已经一死一伤。

“十四哥，四哥有话，留活口！”有人冲进来，慌张地喊道。他发现地上的郎十三，又惊又怒，“谁杀了十三哥？”

十四看都不看他，拿枪指着静漪，说：“十五，你来晚一步。十三哥老毛病犯了，被这娘儿们整得五迷三道的。没想到这娘儿们手下厉害得很，对他下了手……”

“陈十四！”随着一声暴喝，外面又进来了一队人。

“四哥。”十四转身的同时后退两步，将静漪拖到了身前。

逄敦煌看到倒在地上的郎十三，上前去摸了下他的鼻息。他合了十三的眼睛，问道：“到底是怎么回事？”

他没看陈十四，而是看着十五。十五摇了摇头。

“十三哥是想在这儿就办了这娘儿们，偷鸡不成蚀把米。”陈十四说。

逄敦煌站起来，看着他，问：“真的吗？”

“四哥不信，大可问问在场的弟兄。”

“我不用问他们，就问你。今天，是十三要对程小姐不轨，还是你意图不轨？”逄敦煌边问，边往前走。

陈十四随之后退，始终将静漪推在身前。静漪立即明白过来，自己已经成了十四的人肉盾牌。她握紧手中的东洋刀，看着逄敦煌。

逄敦煌一双眼睛紧盯着陈十四。

“四哥这么问，我就不懂是什么意思了。”陈十四说。

“你是真不懂，还是假不懂？你明知道眼下她是交换大哥二哥唯一的筹码了，她出了事，别说大哥二哥回不来，就是这个山寨也危在旦夕，还鼓动弟兄们这么干？还有，陶驷怎么会逃掉，你以为我不知道？”逄敦煌说着，已经来到近前，“陈十四，你其心可诛！”

“这么说，四哥一早就不信我了？”陈十四低声道。

“我是很想信你。大哥二哥被抓，伏龙山上多是老弱病残，剩下我们几个，更要齐心协力。没想到你早生了二心，竟想投靠马东魁。你把陶驷一家拱手让给马东魁，这样一来，既可达到借陶骧之手除掉我的目的，又可收了伏龙山大权……十四，你算盘打得好精。可惜你螳螂捕蝉黄雀在后，陶骧半路把陶驷劫走了，没想到吧？”逄敦煌说着竟露出微笑。

“你！”陈十四脸色大变。

“你太小看陶骧，也太小看我们……十四，哥哥们待你不薄。大哥和马东魁之间有不共戴天之仇，你不是不清楚。你竟然背叛大哥、背叛山寨！兄弟们冒死虎口拔牙，从马东魁手中夺来筹码，你却做着这等黄粱美梦。若不是我计划周全，险些让你全盘得逞！我今天就替大哥清理门户了！”逄敦煌看了一眼站在一边的十五。

“你们别过来，过来我就结果了她。她死了，陶骧的大炮会把你们都轰上西天！”陈十四枪指着静漪，“逄敦煌，我就是不服你！自从你来了，山寨是一天不如一天。你欺上瞒下，哄得哥哥们都信你……啊！”

他忽地觉得膝盖剧痛，腿一打弯，手就松开了静漪。

“我打你这个不仁不义吃里爬外的东西！”逄敦煌和十五见状毫不犹豫地同时开枪。

陈十四应声倒地。

逄敦煌急忙上前，将静漪挡在身后，令十五上前查看。

“死了。”十五说。

静漪转开脸，土牢里的血腥味更加浓重了。

“受惊了。”逄敦煌让十五安排人把两具尸体抬走，对静漪说。他看了看在土牢里的林之忓：“兄弟，好身手。”

刚刚如果不是林之忓偷袭陈十四，他还得费些周折。而且，对付十四或许容易，同时保全静漪就难了。

林之忓不理会他。

“他受伤了，让我给他包扎伤口。”静漪说。

“我让大夫来，现在得麻烦七少奶奶先跟我去见个人。”逄敦煌客气地说，“见过这个人，回头我们就给七少奶奶换个舒服点的地方。”

“如果只有我自己换地方，那就不必了。”静漪抬起袖子，擦了擦脸上半干的血和脑浆。

逄敦煌看着她，点头道：“自然是几位一起。”

静漪说：“那就走吧。”

“小姐！”秋薇拖着哭腔，“我要跟你一起去！”

“别担心，我马上就回来的。”静漪说完看了一眼逄敦煌。

“当然。”逄敦煌点头。

静漪将手中的东洋刀扔给逄敦煌，将衣衫整了整。

逄敦煌接了刀，交给身边的随从，默不作声地走在她身后，并不看她。

静漪走出土牢，立时冷得直打哆嗦。逄敦煌看见，回头吩咐了随从几句。

静漪没发觉逄敦煌的小动作，十五在前面带路，她只管跟着走。先是平地，后是台阶，又是平地……最后是高高的台阶，仿佛总也爬不到尽头似的，她爬得很吃力。凌厉的寒风，带着土味，吹到脸上，刀子似的切割着伤口，分外疼痛。

终于她被命令站住。

她眯着眼，眼前是灰黄的一片——这是个位于高处的古老的防御工事，看上去倒是很坚固。她扶着土墙向外俯视，外面是一个山谷，两面的高山陡峭，山谷的出处在两山合拢处，这个地势易守难攻。

一件斗篷递到她手边，她见是逄敦煌，道过谢，接过来系好，说：“带我来这里参观，是想告诉我什么？”

“那边，两点钟方向，还有那边，九点钟方向，都架了炮，看得到吗？陶少帅偏爱德国武器，那山顶布置的就有几门最新式的德国造迫击炮，许是克虏伯，或者起码不比这个次的。只要他一声令下，大炮齐开，咱俩站的这个位置就会被夷为平地。”逄敦煌将一台望远镜从十五手上拿过来，交给静漪。

静漪没接，她只望着远处的山峦。

忽然间山谷里传来枪声，在连绵不断的回声中，十五也拔枪朝空中一放。

静漪便知道这是双方在用这种方式交换讯息了。

高处风大，吹得她本已凌乱的头发更乱些。土腥味遮住了血腥味，这让她觉得舒服了点。

“逄先生，”静漪依旧对着山谷的方向，“可以了吧？”

逄敦煌说是带她见个人，看这样子，其实是安排她给人看。

逄敦煌沉默片刻，说：“程小姐，里面请吧。”

静漪转身之际，又瞥了一眼空荡荡的山谷。

山谷一马平川，什么都没有。

“不过先要委屈你一下，在这里还是要按我们的规矩来。”逄敦煌从十五手里拿过来另一样东西，是一条黑布。

静漪抽过来，自己系了。

逄敦煌伸手过来，想让她搭着自己的手臂。静漪的手触到他的手臂，立即缩回来，硬是摸索着慢慢走下烽火台。

逄敦煌极有耐心地陪着她走，也不管其他人如何诧异。

静漪眼睛看不到，耳朵就格外灵敏，不时听见有人经过她身边，叫一声“四哥”，有男有女，有老有少，听得出来，逄敦煌在这里是极受尊重的。

等耳边的声音都消失了，她知道他们已经回到室内，她站住了。

“程小姐，烦你在这里稍等片刻。”逄敦煌温和地说，“我先失陪。”

逄敦煌出去了，静漪解下来布条，看看四周。

这是个山洞，壁上挂着油灯，光线昏暗，不过桌椅床铺都齐全，案上笔墨纸砚和书籍也垒得满满的。她看了两眼，并没有动那些东西。

不一会儿，有个四五十岁的婆子送进来热水，说是四爷吩咐请程小姐洗洗脸的，同时拿进来的还有一套半旧不新的干净棉衣棉裤。静漪正嫌自己身上血迹斑斑，毫不犹豫就将衣服换了。棉衣棉裤都肥大，她拿了条腰带系好。

那婆子并不同她说话，看她一盆水没洗干净面孔，又换了一盆清水才出去。

静漪拿着粗布巾擦干脸，正要坐下休息，就听到有人在说话。她愣了愣，仔细一看，才发现这里同隔壁只隔了一道薄薄的隔扇。

她走过去。这隔扇是日式的，可能山里条件不够，做得不甚精细，只取个意思。

静漪犹豫了下，透过缝隙往那边看看，人影攒动，看得并不真切，但对话听得非常清楚。

“没想到七少会亲自来。”逄敦煌的声音里含着笑意。

静漪心一顿，手扶在隔扇上，耳朵里嗡嗡作响——“七少”两个字，仿佛是从逄敦煌嘴里飞出的蜜蜂，偏这蜜蜂还蜇了她一下。

“不亲自来一趟，怎么对得起伏龙山上上下下摆出这么大的阵仗？”隔壁房里，陶骧打量够了这间被逄敦煌用来待客的厅堂，挑了张太师椅坐下。

照进山的规矩，他和跟他进来的图虎翼早将武器放在了寨门口。

“人呢？总得让我先见一见。”陶骧说。

逄敦煌笑了笑，看着稳稳坐在太师椅上的陶骧，问：“怎么，刚才看得还不够清楚？还是不信我逄敦煌，非得一见真容才肯交易？”

“交易？”陶骧气定神闲，“眼下，你除了手上有这张牌，还有什么可和我讨价还价的？”

逄敦煌哈哈大笑，道：“您不就是看着这张底牌才肯来的吗？”

“逄老四，你好像忘了，这次是我帮了你一个大忙。”

“七爷是算准了我不敢撕票？”逄敦煌笑着问。

“又不是只有你手上有肉票。看你逄老四是想忠义两全，还是身败名裂。”陶骧说。

两厢里针锋相对，气氛陡然紧张。

“十五！请七少奶奶来一趟。”逄敦煌大声说。

“是，四哥。”十五应声而去。

静漪急忙后退几步，转身走到屋子中央。

果然不一会儿，十五敲门进来，做了个请的手势。这一次没给她蒙眼睛。

静漪走出来，发现这山洞里布局颇复杂，左一个洞穴右一个洞穴，若是乱走，很容易迷路，更别提逃跑了。

十五似乎看出她的心思，道：“想逃出去那是做梦。”

静漪淡淡地说：“若是有内贼引路就不是做梦。”

十五冷冷地哼了一声，说：“这边走。”

说话间他们已经走到议事厅门口，十五在外面禀报一声，厚重的木门被推开。静漪在门前停了停，才迈步进门。

和她刚刚所处的那间小巧的山洞又不同，这个广阔深邃的山洞里两边陈列着整齐的座椅，正中一架高大的大理石山水屏风，前面一把蒙着虎皮的太师椅……空旷阔大，让人觉得又冷又渺小，只有墙壁上悬挂的油灯照出一丝的暖意。

静漪把这议事厅打量完毕，才看向面对面坐着的陶骧和逄敦煌。

这两人身后各自站着一人，也都注视着她。

和逄敦煌笑眯眯的眼神不同，陶骧看向她的目光更沉静也更模糊，倒是他身后的图虎翼不等她站定，就叫了声“少奶奶”——图虎翼有些激动，也让她有些感动——静漪点了点头。

“逄敦煌，你是怎么保证的？谁把七少奶奶伤成这样，把他交出来！”图虎翼转身质问逄敦煌。

“已经处置了。”逄敦煌道。

陶骧眯了下眼，对图虎翼一摆手。

“七少！”图虎翼不服气。

“我们大哥二哥在牢里也不会一点儿委屈都不受的。”逄敦煌垂了眼帘，手上摆弄着匕首，“伏龙山多少弟兄跟陶家有血海深仇，七少奶奶在这儿多待一天，就多一天的危险。七少不会不知道这点吧？那还拖这么久才来，七少真舍得。”

“逄敦煌你给我听着，我们七少奶奶再出一点毛病，你就甭想见到活着的郭云虎！”图虎翼说。

逄敦煌一笑，翻了下眼皮，说：“小毛孩，威胁我？你不知道我逄敦煌是被吓大的吗？”

“逄老四，”陶骧的目光停在静漪脸上，静漪被他看得若芒刺在背。他停了好一会儿，才说：“你的条件我都答应了。”

逄敦煌笑道：“七少早这么痛快不就好了嘛！”

陶骧站起来，说：“她要多掉一根头发，你掂量着。”

“那么我要的东西，七少也须得给我保证半点不差。”逄敦煌紧跟着说。

陶骧离开了，脚下的马刺贴着地面铮铮作响。图虎翼跟上他。

经过静漪身边，陶骧没有停，图虎翼敬了个礼。

两人很快便走出了山洞。

逄敦煌跟着走出去，站在洞口，往下一望，正看着陶骧飞身上马，跟在他身边的老八问：“四哥，真放他走？”

恰在这时，陶骧抬了下头，举目回望。逄敦煌拔出了枪，瞄准了陶骧冷若寒星的眸子。

两厢里相对，陶骧毫无惧色，策马而去……

逄敦煌做了个扣动扳机的动作，收了枪。

老八叹口气，道：“四哥，咱真能一枪崩了他就好了。”

逄敦煌笑道：“这会儿崩了他倒是最容易，山里这些靠咱们吃饭的弟兄百姓呢？咱们的大事呢？这次能清理了门户，换回大哥二哥和武器弹药，已经够本。老八，做事须得从长计议。”

“四哥深谋远略，兄弟佩服。”老八低声道。

逄敦煌看着那缓缓闭合的山门，轻轻摇了摇头。

“不过依我看，四哥其实还可以做得更大些。”老八说。他见逄敦煌沉默，继续道："其实老大在不在，伏龙山也是四哥你说了算的，倒不如……"

"伏龙山是老大二十年的心血，日后要怎么走，还是听老大的。"逄敦煌说。

"是，四哥做事明白。我唯四哥马首是瞻。"老八说。

逄敦煌没出声。

他们走回山洞里，逄敦煌见静漪仍站在厅里没挪动地方，他坐下来说："你们出去一下，我和程小姐有话说。啊，让七姑娘送茶水来。要好一点的，程小姐是喝不惯咱们这粗茶的。"

"四哥你跟她客气什么？"十五听着，五官都皱到了一起。

"啧，少废话。"逄敦煌瞪了十五一眼，"回头程小姐由你亲自看守。你刚刚也听见了，程小姐再受半点伤，陶骧的炸弹可不认人。"

"那除非是他这媳妇不想要了。"十五嘟哝着，可逄敦煌的话他倒是也不敢不听从。老八拉了拉他，一起退出去了。

"程小姐请坐。"逄敦煌说。

静漪正在看墙上挂着的一幅画，听到他说话，问道："请问这画是谁的手笔？"

"我的一位故人。"逄敦煌走到她身后，问道，"画得怎样？"

"说实话吗？"静漪反问。

"要说当然就说实话喽。"逄敦煌微笑着看她。静漪仰头赏画，半晌不出声，有那么一会儿，他都有点错觉，似乎刚刚这里并没有进行过一场剑拔弩张甚至硝烟弥漫的对峙。

"四哥，茶来了。"一个个子很高、皮肤黝黑、壮实得像男子汉的姑娘进来，把两碗茶放在桌子上，"四哥还有什么吩咐？"

逄敦煌示意她陪在这里，请静漪坐。

"逄先生这位故人……"静漪坐下来，端起茶碗小口地啜着，嘴角和脸上的伤口被这样的小动作一扯，到处都疼……她发觉逄敦煌在看她，道："画功虽寻常，气势却盛，但终不是福寿双全的气象。"

"这话若被他老人家听到，是要暴跳如雷的。他生平最不喜欢听的就是别人批评他画功差，可以批评他不会打仗，但不能说他不会画画。"逄敦煌微笑着说，"程小姐见笑了。"

“抱歉，我不该信口开河。”静漪说。

逄敦煌看着静漪是坐在刚刚陶骧坐过的那把太师椅上。陶骧高大，身子沉实，坐下去是泰山压顶的气势，几乎没把椅子压塌；静漪一坐，太师椅竟显得宽大起来。此时七姑娘将火把挑得高一些，洞内明亮多了。他目不转睛地看了静漪一会儿，笑道：“画如其人。程小姐说的不是外行话。不过我是粗人，不懂这个，只觉得他的画放在这里，我安心。”

静漪口渴得厉害，不知不觉就把茶喝光了，七姑娘又给她续了一碗。

“程小姐，这两日多有得罪，万望海涵。”逄敦煌说。

静漪默默看着逄敦煌。到此时，她才看清楚逄敦煌的样子——粗而黝黑，精壮至极，头顶的狐皮帽子随意耷拉着，显得人有点儿吊儿郎当，但胸口挂着的怀表、口袋插着的钢笔，又给他添了几分文气。一个土匪身上，不但有匪气，还有侠气，更有文气，端的是奇怪。

静漪一双美目望着逄敦煌，半晌不言，逄敦煌也坦然地任她打量。

“要是我没料错的话，今天之内，程小姐就可以走了。程小姐喝完茶就去歇着吧，我逄某人说话算话，说不让人再伤着你，一定做到。之前是我的失误，同样的事绝不会再发生。”

静漪端起来茶碗慢慢地饮了一口。这茶甘甜中微带苦涩，茶香、菊香、枣香混在一处，口味奇特。

“若你们真杀了我，倒是痛快了。”她说着，见逄敦煌看了一眼桌案上一盘杀到了一半的围棋。看得出来已经很久没有人动过棋子了，上面浮了一层薄薄的尘土，她想起上次下棋还是在家里，和林之忏一道……她问：“段大哥怎样了？后来可脱险？”

逄敦煌这才知道静漪早就认出了他。

他沉默片刻，道：“他已痊愈，现在在一个安全的地方。恕我不便向程小姐透露。”

“不必，知他平安就好。”静漪说。

“看来程小姐一早心里有数，我还以为程小姐天生胆大。”逄敦煌笑着说。

静漪也笑笑，道：“倒不是有数，我并不指望逄先生记得这桩小事。”

逄敦煌微笑：“受人滴水之恩，当涌泉相报，程小姐的人情，我迟早会还。”

“那点小事就别放在心上了。若说有恩，陶家二哥对你们才是有恩。那日他分明是让人护你们出城。”静漪淡淡地说，“你没伤了他们一家，就算是有良心。”

逄敦煌默然。

静漪站起来，道：“我还是回牢房去，在这里待久了不自在。谢谢逄先生的茶。”

她去开了门，见外面飘起了雪花，不禁停下脚步。

“胡天飞雪，第一次见。”她说。

逄敦煌走出来，道：“那就在这儿赏一会儿雪吧。”

静漪正待说什么，有人禀报，说陶骧已经让人把第一批军火送到了。

“程小姐，你看，你是不是这就走？”逄敦煌问。

静漪道：“把我的丫头和随从先换出去吧，我不着急。”

“依你。”这个回答在逄敦煌意料之中。他微微一笑，吩咐十五去照办，见静漪望着雪花出神，问道：“程小姐，有没有兴趣下一盘棋？看样子还得等上一阵子。”他做了个请的手势。

“也好。”静漪移步洞内，看棋盘已经清理干净，她坐下来。

“逄先生可曾留学东洋？”静漪问。

逄敦煌微笑颔首：“正是。”

静漪落子。

逄敦煌手指上的茧子很明显。

“你好像知道我是什么人。”逄敦煌看一眼静漪。

她的脸已经洗得干干净净，这就越发显得脸上那重叠的掌印和嘴角的瘀痕触目惊心。

“只对名字有所耳闻，但不知彼逄敦煌，是否就是此逄敦煌？”静漪捏着棋子，“逄敦煌其人有点传奇色彩，他早年从保定陆军士官学校毕业后，南下参军，为廖致远将军赏识。后廖致远将军事败，逄敦煌随他东渡扶桑。廖将军回国遭政府军围剿身亡后，作为追随他的死士，逄敦煌销声匿迹数年，之后在西北荒蛮之地崛起，是西北匪患中的佼佼者，说是杀富济贫的好汉也可，令人闻风丧胆的匪类也不为过。只是提到这个人，其他的倒也罢了，有个传闻颇有损其名誉。”

“什么传闻？”逄敦煌问。

“廖将军身亡是因逄敦煌出卖。”

逄敦煌手里的棋子缓缓地按在棋盘上：“你相信？”

程静漪再落一子：“我信不信，有什么关系？这辈子，我们还见得了第三面？”

逄敦煌笑了，他此时心情似乎格外愉快，边说边轻拍着桌案，棋子都在乱晃：“程静漪，你记住。”逄敦煌大眼一睁，十分的神采流露出有十二分。

“什么？”静漪微皱眉头。

“记住逄敦煌三个字。”他说着，敛了笑容，“我们定然后会有期。”

“还是罢了，每回见你都没好事。”静漪说。遇见他，难免想起从前，可她并不愿意回想起那段经历来。

“看这样子，后来你还是屈服了家庭。”逄敦煌看出静漪有些避忌，也猜得到她在想什么，“也是，谁能真的抛下骨肉亲情？你的选择也在情理之中。”

“别以为你什么都知道。”静漪轻声说。

“别的我可能不知道，你嫁得不情不愿，可都写在脸上——而且陶骧也知道。”逄敦煌本想板起面孔，但说着又忍不住笑起来。

静漪看逄敦煌这笑脸，突然就想把棋盘掀了砸他脸上。

逄敦煌果然伸手护着棋盘，说：“别别别……别拿这棋盘撒气。老爷子就留给我这几样好东西，您把那画贬得不值钱就罢了，再把这给我交待了，回头我再拿什么蒙人去呀？”

七姑娘在一边一乐，给他们续了水。

看他们这样说话，倒有点像是朋友……七姑娘挠挠头，不禁又看了看四哥。

“不过有件事，不知道该不该开口跟程小姐提。”逄敦煌看着静漪。

“我是阶下囚呢，你还什么该不该说？”静漪没好气地说。

“这个……程小姐那位随从，可是个人才，不知道……”

“甭打他的主意了。”静漪听逄敦煌说的是这个，很肯定地说，“你自个儿都还被人惦记着呢，就别算计我们程家的家将了。我父亲一时也离不了他的。”

“糟践了一身好武艺。”逄敦煌遗憾地说。

“你落草为寇自得其乐，都不稀罕招安，何苦替人操这闲心。”静漪示意他落子。

逄敦煌大笑。

不久，有人进来禀报陶少帅的人押了最后一批弹药来。

逄敦煌应声，看看静漪，道："看来这盘棋，我们只好另找机会下完了。"

静漪起身，看一眼棋盘，伸手要拂了，却被手疾眼快的逄敦煌挡住。

她想想，道："也成，或许真的后会有期。"

"当然。"逄敦煌微笑，"我在陶家的地盘上钉下一枚钉，日后交手的时候恐怕还有……不过我会记得当日程小姐的恩情。程小姐请。"

静漪随逄敦煌来到山门之上，看见下面空地上摞着一只只木箱，明白这就是陶骧让人送来的军火。

"陶骧言而有信，送来的除了德国货，还有陶家的军工厂制造的最新式武器，火力十足。"逄敦煌说。

静漪道："这些军火你若用到不该用的地方，我便是助纣为虐。你好自为之。"

逄敦煌道："陶骧不对伏龙山赶尽杀绝，我也不会出此下策。今日，伏龙山上不尽是草寇，有我在，草寇不尽是奸淫掳掠之辈。"

"但愿如此。"静漪拂了下被风吹到耳边的发丝。

"四哥。"七姑娘提醒逄敦煌。

逄敦煌从她手里接过来一个手袋递给静漪，道："除了子弹，其他原样奉还。对不住，不是出于怕你袭击我们的考虑，而是伏龙山上，每一枚子弹都珍贵。这笔账程小姐也可以记着。"

静漪看看他，无可奈何。

"我让七妹送你。"逄敦煌说。

"程小姐请这边走。"七姑娘在前面给静漪引路。

这泥石路宽阔平缓，能容得马匹跑上跑下，积了雪却也不好走。静漪没走几步，就听到逄敦煌在身后高声道："程小姐，如果你不想出去，也是可以的，反正这些弹药够我们跟陶骧干一架的。不如砂锅捣蒜，来这一锤子买卖？"

静漪头也不回地走出了山门。

逄敦煌哈哈大笑，挥手示意放下闸门。他站在那里，看着那个单薄的身影离开自己的阵营，往山谷里走去。

雪下得更大了些，整个山谷都已经白茫茫一片。

逄敦煌拿起望远镜望出去——此时山谷中重兵压境，对面山顶布有兵力，枪炮都对着山门，随时可以炮火攻寨。从山口出来的骑兵形成几列，最前面的那匹高头大马驮着一个披着黑色大氅的男人，不用亮旗号也知道那一定是陶骧。

逄敦煌眯起眼睛，时间一点点过去，那个单薄的身影距离山门越来越远了……他摆弄手中的匕首，搅动着风雪。

"四哥，就这么看着陶骧把人带走，不干点啥？"七姑娘回来，站在逄敦煌身后。

逄敦煌收住匕首，转回身含笑对七姑娘道："让陶骧把这么个大麻烦带走，还不够吗？"

七姑娘一愣，跟着笑起来，明亮的眸子望着逄敦煌，道："四哥，程小姐虽然麻烦，但是也挺招人爱的。"

"招人爱呀嘛招人爱……"逄敦煌拢了拢他有点歪斜的皮帽子，笑眯眯地看着七姑娘，"前儿十五也和我说，七姑娘很招人爱，怎么着？"

七姑娘笑道："我把他捉起来扔青龙峡喂狼去！"

逄敦煌笑着，再回头看看程静漪——她还没有走出步枪射程，对面山谷中的一队骑兵突然向这边跑来，那是收到命令来接应她的。

"七妹，你还有几发子弹？"逄敦煌从望远镜中看着那匹跑在最前面的白马。

"四发。"七姑娘立即回答。

"那咱就听个响儿？"逄敦煌对七姑娘眨眨眼，"反正陶骧也没少给咱送礼。"

"听四哥的！"七姑娘笑着走出去，把枪架在炮台上，瞄准了静漪……

此时静漪正在没过脚踝的雪地里跋涉。

山谷中静得只听得到风声，她站住，喘了口气，雪花落到睫毛上，融了，眼里雾蒙蒙的。山谷中马蹄声骤然响起，雾气中那点点黑影形成一线，迅速向她移动过来，很快一匹雪白的高头大马来到她面前。

忽然间一声枪响，子弹被射落在她脚边，飞雪溅起。战马受到惊扰，纷纷扬起前蹄来，山谷中战马嘶鸣，回音缭绕，喧闹无比。

静漪被围在战马和骑兵中，马蹄声细细碎碎，绕着她打转，让她眩晕。正眼花缭乱间，一条马鞭伸到她面前，她本能地伸出已经冻僵了的手想要握住马鞭，手指却怎么也打不了弯。陶骧俯身，拉住静漪的手腕向上一带，趁她腾空的一刻，搂住她的腰便将她提了起来，一下子甩在身前。

静漪只觉得那条健壮的手臂紧紧扣着她的腰身，战马跑起来，颠簸得令她头晕目眩。枪声贴着身，密密地响着，一枪接一枪。

“七少，下令还击吧！这群王八羔子……”图虎翼的吼声被风雪吞没。

静漪只觉得腰间的手臂收紧了，她心里一阵发急，却也不敢乱动，满眼只看到雪白……

“撤！”陶骧的马跑得飞快。

跟随他出动的骑兵迅速集结成三队，沿着狭长的山谷一队开路，一队保护他们，一队善后。留下弹药箱在山谷中央，三队骑兵风驰电掣，转瞬便撤得无影无踪……

逄敦煌单手举着望远镜，手中的匕首被他摆弄得飞快。

对面崖顶上的伏兵似乎被大雪掩埋了，没有丝毫松动的迹象。

“还按兵不动，陶骧沉得住气。”七姑娘低声道。

逄敦煌点点头。

“四哥！四哥四哥！”十五气喘吁吁地跑上来，“咱炸死陶骧那王八犊子吧！”

“你别瞎出主意，听四哥的。”七姑娘瞪十五。

逄敦煌却笑起来，说：“炸他？拿什么炸？”

“他不是送来弹药了吗？点着了山下那些箱子，对面那些人就连锅端了。”十五指着山谷里。

“陶骧是什么人，能给你现成的弹药？你自个儿去看看，不然问问老八，他开箱验货的，一定清楚。送来的弹药若不是弹壳是弹壳、弹头是弹头、发射药另放，我这颗脑袋，切下来给你当板凳坐！”逄敦煌笑着，收起望远镜。空旷的山谷中，只见大雪纷飞，山顶陶骧的部队还没有撤去的意思，看样子是打算再耗上一阵子了。

他看十五和七姑娘都目瞪口呆，道：“性子这么急，能缠得过陶骧？这会儿咱们是弹尽粮绝，人家兵强马壮，送死去吗？何况大哥二哥还在路上，这当口出个岔子，我们前功尽弃。”

十五跺着脚道：“太不甘心！陶骧这个王八犊子！我真他妈的真该弄了他那

个老婆！让他尝尝后悔药去！”

逄敦煌看了十五一眼，十五被他眼神里的冷意冻住，话到舌尖又咽下去。

逄敦煌转身离开。十五呆了一呆，低着头跟逄敦煌他们走回山洞。

七姑娘看看逄敦煌说：“四哥别搭理十五，满嘴喷粪的家伙。老八说今晚上打牙祭，有酒有肉呢！”

“等大哥他们回来，再喝酒。”逄敦煌看着棋盘上零落的棋子，说。

“好！”七姑娘话音刚落，就听到轰然炮响，议事厅里的土纷纷往下落。

几个人下意识地往安全位置躲避了一下，片刻之后，逄敦煌带头冲了出去。

炮声隆隆中，烟尘四起，逄敦煌眼看着山石自上而下滚落，将山门堵了个严严实实，禁不住骂了句娘。

“四哥！”老八灰头土脸地跑上来。

“有伤亡没有？”逄敦煌问。

“没有，喀喀……”老八咳嗽着，跟逄敦煌报告弹药已经全部运回来了，“我前脚进山门，后脚炮就打上门来了，慢半步，我猪尾巴棍儿准给炸断了……”

“人没事就好。”逄敦煌拍拍老八的肩膀，“去！让人做晚饭，今儿晚上吃饱喝足，开工！”

老八招呼着十五和七姑娘走了。

逄敦煌望着依旧浓烟滚滚的山门和更远处白雾茫茫的峡谷。

十五要叫他，被七姑娘拦住了。

…………

炮声停歇时，陶骧的马已穿过山谷回到己方营中，他勒住缰绳。

静漪在马背上被颠得两眼直冒金星，胃都要从喉咙里出来了。待马立住了，她才发觉自己两手死死地揪住的是陶骧的马裤。她一惊，急忙松手，人险些跌下去，幸好陶骧及时揽紧了她的腰。陶骧将她慢慢放下地，随后甩镫下马，站在了她面前。

雪扑扑扬扬地往下落，静漪的头发已经被雪打湿了，刘海儿贴在额上。

陶骧看看静漪——她身上的衣服，大概只有脚上那双靴子还是她自己的。黑色的皮靴，踩在雪地里，黑白分明的，就像她的眼睛……她眨着眼看他，一副惊魂未定的样子。奇怪，刚刚在伏龙山，又不见她胆怯。

静漪拍了拍身上的雪，看看沉默的陶骧，他没开口，她也不知道该说什么。

陶骧解下斗篷来给她披上，迈步向临时搭建的军用帐篷走去，说："来吧。"

紧靠着山崖的避风处搭了一溜儿青灰色的帐篷，帐篷上已经积了厚厚的一层雪。

静漪看了看，没有立刻跟上去。

"少奶奶，秋薇在帐篷里等您呢。"图虎翼低声道。

静漪点点头。雪中行走本就步履维艰，偏陶骧的斗篷又沉又长，拖在地上像拖了一条沉重的尾巴，让她每走一步都显得狼狈。

"小姐！小姐！"秋薇飞一样从帐篷里跑出来，扑过来就把静漪抱住了，"小姐，让我看看，他们没把你怎么样吧？"

"没有。"静漪差点被秋薇扑倒，只得扶着她站稳，"你这丫头，别哭了，回头又嚷嚷脸皴了怪疼的。之忓呢？"

"姑爷见他伤重，已经派人先把他送回城里了。"秋微回头看看，搀了静漪，"小姐，快点进去暖暖。"

陶骧正在吩咐下属，见她们进来，说："休息一下，天黑前要赶回去。"

静漪想问他瑟瑟怎么样了，但看看他的脸色，话到嘴边又咽了下去。

陶骧却像知道她在想什么，道："二哥他们已经平安到家。瑟瑟受了惊吓，还在医院观察，听说也有好转。"

静漪点点头，没再追问。

陶骧也不多话，稍事休息，安排静漪先行离开。

静漪想到她的东西，问道："我的行李……"

陶骧扬了扬眉，说："我已让人同逄敦煌谈，不过你不要抱太大希望。"

静漪想想也是，逄敦煌如今毕竟是土匪，落入他手中的东西，那应该是肉包子打狗，有去无回的。她倒并不是心疼那些金银细软，只是其中有不少都是母亲亲手制作的……她想着，脸色就有些黯然，道："也罢。"

陶骧看在眼里。

待车子走了，他转脸问图虎翼道："犯人安排好了？"

"已经送到指定地点。"图虎翼回答。

陶骧看看时间，说："部队全部安全撤离后再通知逄敦煌的人。"

"是。"图虎翼答应着，看看陶骧，"少奶奶的行李，是不是……"

陶骧嘴角一牵，说："逄敦煌要求不过分的话，你看着办。"

"是。"图虎翼又答应。

陶骧从岑高英手里接了一件棉大衣来穿上，这比他那件斗篷轻多了。他皱了下眉："刚刚怎么不拿这个来？"

岑高英愣了一下，说："我是看您没有大衣，才刚从卫兵那里拿来的，不知道您要这个。"

陶骧系着钮子，问："有没有跟小马再交代一下先别回大宅？"

"他明白的。"图虎翼说。原本老夫人是要他们解救了少奶奶之后立刻送回老宅，七少却说让她在铜狮子巷歇两日再进去。铜狮子巷的宅子是七少图方便在外面自己置下的，让少奶奶在那里先落脚的确更方便些。

陶骧这才坐下来，闭目养神。

图虎翼见他没有别的话，也不打扰他休息，悄悄地退出去办他的事了。

此时秋薇在车上早就睡得东倒西歪。静漪虽已累极，一路上却连眼都没有合一下。距离兰州城越近，她越觉得心慌意乱，她在伏龙山的土牢里都没有这么心慌。

雪一直下，路上滑，车子开得慢，再加上重重关卡，通关也颇费了点时间，等进了城，天已经快黑了。

雪夜的兰州城里还是热闹的，静漪透过窗帘的缝隙望着这个烟火气十足的城市……车子缓缓地开进一条小巷，停下来。

她下了车，抬眼一望，是座不大的宅邸，没有匾额，黑漆大门也不算阔气，不过门口站岗的士兵肃立着，一望便知这里戒备森严。

马行健请静漪进门去，解释说这是七少的私邸，已经有医生在里面候着，请七少奶奶暂时在这里压压惊，再去老宅拜见。静漪虽觉得不妥，但想想自己一身邋遢，头发都沾着血，实在是不便就这么进陶家大门，就没有反对。

进门时她瞥了一眼门边的铜牌，上书：铜狮子巷7号陶寓。

不知为何她看着这一行字，心里竟有些异样。进得大门，向内一望，即知这宅子绝不像外面门脸看起来那么低调。她暗忖：私邸尚且如此，陶家大宅又该如何呢？

“七少朋友多，事情也多，时常在外聚会不方便也不安全。这里原是陶家四姑奶奶夫家的产业，四姑奶奶做主转给了七少。”马行健低声解释。

静漪和颜悦色地说：“知道了。”

马行健是他身边的人，这样替他解释，不着痕迹也着了痕迹。无非是怕她多心，其实，她有什么好多心的呢？

“马副官！”门上听差追进来，叫住了马行健。

马行健看向静漪。

“去吧。”静漪慢慢地走着。

虽然在雪中，还是能看出这宅子和她习惯的京式四合院气派布局有不小的差异，似乎一不小心便会迷了路，她得处处留神些。

不一会儿，马行健急匆匆地赶回来对静漪报告：“少奶奶，老宅罗二总管奉太太之命来接少奶奶回府。”

静漪听马行健这么说，心里未免一惊。她看看马行健，显然这也在他意料之外。

马行健说：“这会儿七少应该到司令部了。少奶奶，我这就摇电话给七少，请七少和太太交代。”

静漪沉吟片刻，道：“不必了吧，既然是太太有命，我过去也好，原也该如此。只是这副打扮见太太很失礼，好在事出有因，想必太太不会见怪。”

“见怪当然是不……”马行健犹豫，可又不便硬是拦阻。

这会儿工夫，静漪已经转身往外走，马行健也只好跟上。她出来一看外面果然候着一众人，为首的一个穿着黑袍子戴着水貂帽子的五十上下的瘦高男子见了她忙上前躬身施礼，说：“义正给七少奶奶请安。七少奶奶一路辛苦了。”

“罗总管不必多礼，是老太太让总管来的吗？”静漪问。

“是，太太听说七少奶奶到了，让我赶紧将七少奶奶接回去。”罗义正说。

“那就烦罗总管前头带路吧。”静漪说着，走下台阶。

罗义正亲自给她开了车门。

静漪与秋薇上了她们来时乘坐的那辆车，马行健相陪。

“之忏有专人照顾是吗？”静漪想起来，问道。

马行健道：“是，现正在省立医院。瑟瑟小姐也在那里，医院里安排了专人照顾看护，非常安全，少奶奶不必过于担心。”

静漪点了点头，马行健做事稳妥，她总该是放心的。

下车时，马行健说："少奶奶，内宅我无命不得入内，有什么事让人来告诉我一声，我就在二门外的差房随时候命。您放心，七少马上就回来的。"

静漪觉得他这话说得有些蹊跷，可罗义正等在前方要带她进去见陶夫人，她也只好点头。

马行健目送静漪主仆二人被奴仆簇拥着随着罗义正往宅院深处走去。簌簌落下的雪花仿佛一层薄纱帘，让她们的身影有些辨不分明……他跟着往里走了几步，忽见罗义正并不是带着她们往陶老夫人的居所延禧堂去，而是往东转了个弯，心里就咯噔一下——这才意识到，内宅里并没有人迎候出来。

他定定神，看到一个听差从里面出来，急忙叫住他："冬哥儿，冬哥儿，刚刚看到罗总管进去了？他那是要去哪儿？"

"马副官？"冬哥看清楚是他，过来说，"看样子好像是去萝蕤堂，马副官有什么事吗？"

马行健一听"萝蕤堂"三个字，顿时拍额头，低声叫道："糟了。"

冬哥儿莫名其妙地看着他，问："什么糟了？"

马行健又问："太太在家吗？"

"太太晚饭后就去医院探视孙小姐了，还没回来呢。刚八小姐还说，今儿家里汽车十辆出去九辆，还剩下一辆得随时待命不能随便支使的，害得她想出去给老太太买夜宵都不成呢！"冬哥儿笑嘻嘻地说，"马副官，您问这个干啥？"

"冬哥儿，你快进去一趟，替我跟八小姐说，前儿她要的东西，七少让我给买回来了。问她是这会儿要，还是改天？"马行健边说边从上装口袋里掏出一个小本子来，抽了自来水笔在上面写了几行字，叠好了交给冬哥，"这个交给八小姐。"

"好嘞。"冬哥跑进去了。

马行健等冬哥的身影消失在门内，一转身急匆匆地往外走去……

那边静漪随着罗义正已经穿过了几道门。陶家的宅子层层叠进，院墙都极高，行走其间，只觉得风贴着地面旋起来。罗义正虽然不时地说一两句话提示她们前面到了哪里，事实上她们根本毫无概念，只知道是从一进院子到了另一进院子，院与院之间连环扣似的以一条条巷子连接得十分紧密。可静漪越走，越觉得不对劲。

罗义正说是带她们去见陶夫人的，从她们进了陶家门，就没有内宅妇人出来迎候，这不合规矩不说，此时她们所处的位置，显然甚为偏僻——陶夫人的居所怎么会在这么偏僻的位置？

秋薇看看静漪，忍不住问道：“罗总管，这是到哪儿了？还有多远？”

罗义正见秋薇问，忙说：“马上就到了，姑娘不要着急……七少奶奶，就是这里了。”

静漪抬头一望，在他们面前的是一个高大的门楼。她刚想看清楚门楼上的匾额，门一开，两个婆子提着灯笼出来，问：“罗总管，是不是七少奶奶来了？”

罗义正应声称是，站在一边恭敬地请静漪往里走，那两个婆子在前面引路。院子里积了厚厚的雪不便行走，婆子引着静漪顺着抄手游廊往上房去。廊下挂着灯笼，灯影昏黄，只照见脚下的一截路。静漪跟着走，并不开口问。

罗义正将她送到这里，施礼告退。静漪回了下头，恰见大门吱吱扭扭地被关上。整个院子都黑洞洞的，远远望去只看到廊上的灯笼和正房屋檐下悬挂的两串羊角灯。

“七少奶奶，留神脚下。”走到阶前，一个婆子站下来打着灯，另一个婆子在前面引路。

正房门口站着两个丫头，见她们来了，忙将帘子打了起来。

静漪站在阶前望了望——台阶很高，房门亦高，没来由地让人有种压抑感——她提了斗篷拾阶而上。

“七少奶奶来了。”门前的丫头高声道。

静漪走进屋子，顿时一愣——正房像黑洞似的，只亮了一盏灯，不过房中有只暖炉，还放着一个巨大的炭盆，燃着红红的炭火，因此还算暖和……她站定，左右看看，问：“太太呢？”

婆子丫头都默不作声，只过来站在静漪面前，施礼道：“七少奶奶，我们也是奉命行事，请七少奶奶不要见怪。”

“你们要干什么？”秋薇见她们举动奇怪，厉声喝问。

“替七少奶奶验身。”那婆子声音虽低，却也说清楚。

静漪怔了怔，问：“什么？”

于是那个婆子又重复了一遍刚才的话。

静漪眉一皱，问道：“怎么验？”

只三个字，声如裂帛。

“怎么验？”她不待婆子回答，又问。此时她浑身发热，鼻腔里充满血腥味，这让她想起郎十三脑袋开花时喷溅的脑浆还残留在她头发里，因此顺着鬓角往下流的可不只是汗水……她低声追问：“验我身上有几个人的血还是有几个人的脑浆子？”

她脸涨得通红，面颊上的掌印更是红到发紫，皮下的毛细血管似乎会随时被逼到迸裂，这使她看起来表情恐怖。

这两个婆子看着她的样子，道：“七少奶奶不要为难我们这些下人……”

“你们也知道，你们是下人。”秋薇已经气得浑身哆嗦起来，眼泪就在眼眶里打转，“你们办的是人事吗？我们小姐……是怎么出生入死的，你们还……”

“姑娘，不管主子还是奴才，在陶家都是要守规矩的。”高瘦的婆子不敢对静漪怎么样，对秋薇可是毫不客气。

“哪门子规矩这么没人味？我们小姐差点死在土匪窝子里，陶家最先想的是立不立得住贞节牌坊？！早知道这样，谁进陶家门？都给我滚开！”秋薇抬手指着那婆子的鼻尖，“谁敢动我们小姐一个手指头，我就和她拼了！”

“秋薇。”静漪叫她。

秋薇一回头看她，眼泪就滚下来了。

静漪轻声问那两个婆子：“这是谁的意思？”

那两个婆子见她声音虽柔，脸上竟有着十二分的不可侵犯的颜色，碍着身份毕竟不敢造次：“七少奶奶，您老别为难我们。”

静漪点了点头，道：“我当然没有为难你们的意思。”

她环顾四周，突然紧走两步去到东间门口。秋薇忙跟上去。

“七少奶奶！七少奶奶您别……”守在东间门口的丫头意外地见静漪冲着这边就来了，忙挡在门口，但门还是被静漪一把推开了。

门一开，屋子里的灯瞬间亮了起来，静漪又怔了怔——房里明灯高悬，烟雾缭绕，围着中央的大火炉，坐了一圈的女人，齐刷刷地望着她。

静漪料到这边厢有人，但没想到是这么多的人——她们姿势各异，有坐有站甚至还有半卧的，唯一共同之处就是她们都在用极其复杂的眼神打量着她；她也打量着她们——她们穿着各异，通体珠光宝气，在红彤彤的炉火映照下，被一群如花似玉的丫头簇拥着，真有一派逼人的富贵气。不过看得出来，她们当中最年轻的也应该年过五旬了，其中一位年岁最长的老妇人瘦小枯干，像盘在一处的老树藤似的，端着一管水烟袋，用她细而长的眼睛瞅着静漪。

半晌，那老妇人咳了一声。就这一声，其余的女人们都看向她。

其中一个穿翠色裙褂的女子笑嘻嘻地说："老姑太太，这就是咱们新少奶奶了。您瞅瞅，如何呀？"

"只看一两眼，我老太婆还说不上……就说这模样，也不知是谁把牛吹得天来大，说什么绝色佳人，我瞧着可配不上咱们老七。"那老太太皱着脸，上下打量静漪，"听说这位新少奶奶还三番五次地逃婚，怎么，嫌咱们陶家门第低矮了，不肯将就？"

静漪被夹枪带棒地挖苦着，也不回嘴。

秋薇听着却不服，她迈步出去挡在静漪身前，微笑着深深福了两福，抬头对着那位被人称作"老姑太太"的老妇人说："这位老太太请恕罪。我们小姐才刚踏进陶家大门没有一炷香的工夫，陶家有几进院子还没弄清呢，更不知道各位奶奶太太还是姨太太姨奶奶谁是谁、是哪房的又住哪院，还请各位太太奶奶姨太太姨奶奶多多原谅，我们小姐自然有一一见礼的时候。"她说着也不等上面几位回答，转头看着引她们进来的那两个婆子，这一会儿就不是刚刚那颜色了，"两位老妈妈，我要派你们的不是了。你们刚才在外面口口声声说是陶家的规矩——别说陶家，不论哪儿的规矩，也都该你们先通报给主子。不然座上都有谁，又是谁，该怎么排座行礼，我们小姐初来乍到当然一概不知，这么一来，坏了府上的规矩事小，让人说我们程家没有家教事大。我们小姐是娇客，可受不了这个。"

那两个婆子没想到秋薇小小年纪嘴这么厉害，一时臊得脸通红，看看自己的主子没有发话维护，忙说："是我们的错，是我们的错……"说着便躬身向静漪行礼。

"还不快些引见？"秋薇这才往后一退。

静漪望向那位最年长的老姑奶奶——路上雅媚和她说过，陶家眼下扶养了好几位老太太，除了姓陶的姑奶奶，还有祖父留下来的姨太太。其中大姑奶奶陶因泽终身未嫁的，另外两位姑奶奶老三陶因润、老四陶因清则是青年守寡，前几年才回陶家来和姐姐相伴度日的。看这样子，这几位就是了。还有另外两位，包括刚刚开口说话的那位身着翠色裙褂的妇人，不知是不是老姨太太。

婆子并不敢抬头直视静漪，赶忙依次引见："这是府上的三位老姑太太，这是两位老姨太太，这是……”

“罢了！”陶因泽听完秋薇那顿抢白和婆子含混不清的介绍，抽了口烟，喷到旁边，“听听这小嘴儿，叭叭的。身边的人都这么厉害，老太太亲自选的孙媳妇也错不了。”

“大姐，她还做不做得成陶家的孙媳妇，现在可两说呢。”她身旁穿铁锈红色裙褂的女子说着懒洋洋地站起来，走到静漪面前来。

静漪看她比陶夫人年纪略大些，是姑奶奶里看着较年轻的一位，猜就是四姑奶奶陶因清了。

陶因清盯着静漪的面孔，道：“在土匪窝子里睡了几个晚上，没个说法就进陶家门——这是想让陶家闹笑话吗？”

“你说什么？我们小姐清清白白的，不准你含血喷人！”秋薇怒道。

静漪一把拉住秋薇，她进来时一身的寒气，此刻已被突如其来的怒火逼得踪影全无，但她强忍着没有出声。

“来人哪，带七少奶奶去里面歇一歇，换换衣裳，再看看七少奶奶究竟哪儿不舒坦。”陶因清夹着烟卷、涂着鲜红蔻丹的手指挥了挥，在静漪的面前画出两道青色的烟痕，“记得看仔细些。”

她把“仔细”二字说得极重。

静漪轻声说：“静漪好得很，不劳各位费心。时候不早，不打扰了，静漪告退。”

陶因清见她要走，喝道：“没听见我的话吗？宋妈、李妈，还等什么呢？请七少奶奶后面去更衣！”

“是！”那两个婆子应声。

静漪看向就要靠近她的两个婆子，轻斥道：“我看你们谁敢动我一下！”

“不敢吗？宋妈，照规矩来！”陶因清道。

两个婆子这才又上前一步。

“不准你们动我们小姐！”秋薇挡在静漪身前。

“秋薇让开。我倒要见识见识陶家的规矩。”静漪冷冷道，“可既然是规矩，请给我明明白白列一列，让我知道知道凭哪一条哪一款，我得受这个？”

“程小姐，奴才们要是没这资格，不知道我们有没有？我是骧哥儿的三姑奶奶，我也姓陶。”又一个清冷尖细的声音飘过来，“你要知道，我们怕的是万一……陶家是不能要一个不够格的女子当少奶奶的。”

静漪的目光扫向她，冷冷地道：“陶家可以不要，但今天除非我死，谁也别想这样侮辱我！”

“哈哈……”陶因润笑着站了起来，挥着她的手帕，往陶因清身边一站，“四妹，瞧瞧她。”

“瞧什么？瞧这脾气横的……你在土匪窝子里那几天也是这么着的吗？”陶因清望着静漪，冷冰冰地问。

“要不也不至于挨打了。”陶因润凑近些看着静漪，手中的帕子挥了下，拂过静漪的脸，“瞧这模样，也不知道成亲那天能不能消肿。”

静漪看着她刁钻的笑脸，一副恶作剧似的样子，忍着没有后退。

见她如此，陶因润脸上笑意更深，回头在陶因清耳边低语两句。陶因清哼了一声，看着静漪道：“开弓可没有回头箭，验验身又不会少块肉，矫情个什么劲儿呀？”

“十小姐真名不虚传。”东侧位子上，一个沉稳温厚的女声响起来，“大姑，程家家声在外，小姐必是贞洁烈女。这一道，还是省了吧。您意下如何？”

“二姐，话虽这么说，总不能因了程十小姐出身名门就改了规矩吧？今日省了这一道容易，日后万一有点什么传言，可就没有说嘴的去处了。”旁边那个穿着翠绿裙褂的妇人说。

“究竟外面怎么说，不过是外面，总不能家里人先作践起来。”那沉稳温厚的女声慢条斯理地说，“真有什么人捕风捉影，三妹妹你也是个明事理的，咱们头一个不听那些别有用心的人乱嚼舌根就是了。”

“二姐你这话说的，好像我是那别有用心的了。得了，我不多嘴就是。”

“本来嘛，大姑，你就别吓唬七少奶奶了，瞧把新媳妇儿吓成什么样了，回头七少爷一心疼，还不得来抱怨你呀？得嘞！”

“得嘞什么得嘞，二姨太你就是和稀泥的。验一验怎么了？身子不能验，伤还不能验吗？再怎么着……”陶因清说着，又瞟了静漪一眼。许是看着静漪脸色已经极差，话当然也就没有说完。

“四姑你是长辈，刚还说不过是跟新媳妇开个玩笑，这开玩笑也得有个度，你说是吧？”老二姨太苏秀芬笑道。

陶因清听着，眉一挑。

陶因润对妹妹一努嘴，让她看大姐。

偏陶因泽没说话，擎着水烟袋，让丫头替她捏着腿，眼皮都没抬……

“芬姨说的是，大姑，三姑四姑，我母亲可是最惦记着骧哥儿媳妇呢。要知道先被大姑请到这儿来了，保不准得生会子气呢。我母亲的脾气姑姑们又不是不知道。”上方正中坐在陶因泽身旁那位一直没开口的女子说着站了起来。静漪看清楚，那是个身形高大的女人，容貌端正而秀丽，抹额上双龙戏珠，一颗拇指大的东珠在光线下莹莹泛光，身上是黑色的裙褂，挑着金线绣。看她的面目，倒有几分眼熟。

静漪猜想这位又是谁，叫陶因泽姐妹姑姑，那么就是陶夫人的同辈……是姑母吗？

“我是老七的姑姑。”陶盛春见静漪看着自己，先说。

静漪不出声。这一堂的女人，除了两位老姨太太，剩下的就是陶家两代姑奶奶，个个派头十足。

陶盛春看着静漪紧绷的小脸儿上那擦伤的痕迹，正待要开口说什么，门外忽然响起了急促的脚步声。随着一层叠一层的通报，那脚步声来到门边停了下来，宋妈进来道：“老姑太太，哈总管来了。”

屋子里瞬时安静了下来。

陶因泽咂了两下烟嘴，说：“有耳报神吗？这么快就来了。让他进来。”

陶盛春对大姑道：“看吧。”

“看什么看？不这么着，行吗？”陶因泽冷冰冰地说。

陶盛春不说话了。

门帘一挑，一个黑衣汉子进来，趋前略一躬身，道：“给老姑太太、各位太太请安。”

“看样子这是老太太有话交代了？”陶因泽问。

“是。老太太说，七少奶奶远道而来，这几日又受惊了，让我带人来接七少奶奶到她那边歇息。老太太还说，今儿后堂炖了百合甜汤，单她自个儿吃嫌闷得慌，各位老姑太太、老姨太太若是有空，不如都过去吃一碗。另外姑太太您不是说今儿晚上在老太太那边歇息吗？老太太问怎么还不去？她那里还留着门呢！”

陶盛春微笑道：“这下正好，咱们都过老太太那边去，吃夜宵、打牌去吧——大姑？”

“也罢了，如今夜正长，正愁今晚上如何打发呢。既是这么着，成。我正好也有话跟嫂子说去。不过，容我们添添衣裳。德广，你先带她去吧。”陶因泽说着，瞅了瞅静漪。

“是。”哈德广应声，转身恭敬地对程静漪说，“七少奶奶，请。”

静漪未动。

哈德广说：“老太太亲自指示小的来接七少奶奶，还请七少奶奶即刻动身。”

静漪这才点头。

但等哈德广一出门，她忽然停下脚步，将门关了。她手扶在门上片刻，似是下了决心，转身向内。屋内的人不知这举动是何用意，一时间动作都定格在那里。

静漪三两下将斗篷解开，重重地抛在地上，露出身上半旧不新的青灰色棉布袄裤。

“小姐！”秋薇过来。

静漪摆手，将腰上系着的带子解开，同样抛在地上。

棉袄棉裤被她迅速地脱下来扔在一边，露出里面的红绸子贴身小衣。领口处扣襻早已被利刃齐齐挑断，露出一小片肌肤来。灯下，雪白的肌肤泛着珠光……一众盯着她看的女人不约而同吸了口气。她接着甩脱脚上的靴子，红色的棉布袜子，勒口处有细密的针脚，将小衣和袜口紧紧地缝在一起……她扯了下衣襟，小衣下摆和裤腰处缝得粗些，线也五颜六色的，那是因为在土牢里不便脱了外衣，全靠秋薇摸索着来，将荷包里所有的线都用上了……她的手掩在领口，目光在众人脸上扫过，定在陶因泽脸上。陶因泽吧嗒着嘴抽烟。两人目光交会，谁也没有退让。

“春儿。”陶因泽看了一眼陶盛春。

“是，大姑。”陶盛春答应一声，赶紧吩咐人来，“拿我的斗篷来给七少奶奶披上……你这孩子气性也大，姑奶奶不过是试试你罢了。”

“谢谢姑姑，不必了。”静漪回身就走，“秋薇，我们走。”

“小姐，把棉衣穿上再出去，外面冷……”秋薇赶紧捧起被静漪丢在地上的斗篷和棉衣。

静漪毫不犹豫地开门出去，秋薇忙把斗篷给她披上。

“陈妈，快来伺候七少奶奶。”哈德广一见静漪出门就低声道。

“是。”门外阴影里走出一位身着黑衣的沉静妇人。

“七少奶奶，这是老夫人房里的陈妈。”黑衣汉子说。

陈妈过来给静漪见礼。

静漪看她，比起那两位凶神恶煞似的婆子，这位陈妈显得干净利落而温文有礼。她敛声屏息立在静漪身侧。

静漪迈步走出了这间黑洞般的大屋。

外面雪下得很大，静漪贴身小衣外就是陶骧给她的那件斗篷，一出门冷得就像光着身子在雪地里走。陶盛春带人追出来，就见静漪已经下了台阶，一脚就踏进了雪地里去。她叹口气，忙吩咐人撑伞，又将手中的灰鼠斗篷送过去。她转头一看，连大姑都出来了，众人齐齐站在廊下望着那位七少奶奶往外走……

“真不知道是谁治了谁一下子。”陶因清笑笑，道。

“外面传得可难听了。”郑静娴皱眉道，她掸了掸翠绿袄子，伸手一搭她丫头的肩膀。

“人没事就好。”苏秀芬说着，转脸看看陶因泽。

这老太太就吸着烟不出声，吧嗒吧嗒的。

“大姑，不满意？”苏秀芬笑着问。

“满意什么？倔死了。骧哥儿有罪受了。”陶因润曼声道。

“又瘦，那小身板儿风一吹就要倒的样，生得出儿子来？”陶因清说。

“生不出来也得行！”陶因泽这时候冒出一句来，“这脾气，我单看看骧哥儿能降得住她不？”

“这人都怕是要给你们撵跑了，还儿子呢。”陶盛春听姑姑们这么说，哭笑不得，“话说着，我母亲那边儿还等着呢。”

“我不去，”陶因润头一个打哈欠，“去了肯定要挨骂的，大姐你自个儿去。你出的主意，我才不去垫背呢。”

陶因泽骂了一句，让人备轿。

“今儿虽是我起的事，你们可也没少添柴，一个都不许跑。”她说。

“哪个要跑呢？我可惦记着老太太那碗甜汤呢。老太太小厨房的甜汤最好了。”苏秀芬笑着说。

“你房里那小厨房差在哪儿了？也不见你请我们一请。”陶因润笑道，“不开玩笑，程家这丫头先是给土匪吓了个魂飞魄散，回来又给咱们这一出闹得怒火中烧，怕是今儿晚上没骧哥儿的好哇！”说着扑哧一笑。

“老姑太太，七少爷来了。”一个丫头眼尖，小声道。

陶盛春抬眼远望，果然看见陶骧来了。他只是站在院门口，远远地行了个礼，并没有过来。

陶骧望着静漪——黑色的大氅被她拖在身后，陈妈又给她罩上件斗篷，显得她愈加单薄。走到他身前，她看都没看他一眼，绕过他下了台阶。

阶下正候着一顶四人暖轿，静漪视而不见，她凭着记忆，找着来时的路。其实心里正乱着，根本不知道先前她是从哪里进来的，只看到往东去的小路上有新踩出来的脚印，她就只管冲着东边走。

陶骧迈开大步，几步就追上来，拉住她的手，说：“上轿。”

“我不！”静漪说，两排牙齿禁不住地上下磕碰。

陶骧手上用力，她挣不脱。

哈德广悄悄地让轿夫跟上去，在他们身后站下来等着。

“上轿。”陶骧重复了一遍。

暖轿边跟着一名撑着伞的少女，回身把轿帘掀开，说：“请七少奶奶上轿。”

静漪不动，盯着陶骧道：“逄敦煌是个土匪，都知道给我留点体面。别说我还没给人糟蹋了，就是有，今晚也算是再来了一回……”

陶骧的手握得很紧，此时他身上已经落了一层雪，让他显得愈加像个雪人。

静漪的目光定在他身上，问：“你要不要也验一验，我给没给陶家抹黑、给没给程家丢脸？”

他皱眉，回头看了眼萝蕤堂大院门口，一盏盏灯笼鱼贯而出，随后是一顶顶暖轿，伴着仆从如云，却安静肃穆得没有一点声响。他们出门向西走了，往更深的黑暗里走去，伴着一点点橘色的灯光……他一时没有开口。

他短暂的沉默让静漪胸口那团火烧得更旺。

“我明白告诉你，就算是……就算是我在土匪窝子里被人……那也不是我的错！陶家，还有你，觉得我这个摆设脏了，可以不要我进这个门！可我也不觉得我哪里就不配了……”静漪哽住。

陶骧看着她。这女人，气狠了，是什么都敢说。

他挥了下手，让轿子过来。

“陶骧！”静漪喉咙都哑了，叫也叫不大声。

“给我听着，”陶骧说，他挺直的身子挡在了风吹来的方向，而此刻他从语气到目光，都露出凶狠来，“只要你命还在就行。那些没用的，我一个字都不想听。”

他说着手臂一收，静漪不由自主靠过去，刚刚说那些狠话，好像拼尽了仅有的一点力气，她有点虚软。

“现在留着你这点劲儿跟我回去吃饭。”陶骧扶住她，说。

“我不去！”静漪嘴硬，脚却软了一下。

“小姐，有什么话，回去和姑爷说，这么多人都瞧着呢……”秋薇赶紧过来。她生怕静漪再这么下去冻出个好歹来，也担心静漪当众和陶骧闹翻。她看看陶骧：“姑爷，小姐在气头上。刚才在里面，姑奶奶们……实在是……吓坏我们了。姑爷您要给小姐做主，可不能跟她们似的欺负小姐，要不……要不……”秋薇的声音越来越低，人又冻得瑟瑟发抖，还眼泪汪汪的，一副楚楚可怜的样子。

掀着轿帘的金萱禁不住看向她。

“住口。”静漪瞪了一眼秋薇，抬眼望着陶骧。

他好像屏住了呼吸，她只看到自己呼出的白气，一朵一朵地消散在寒冷的夜里……

“金萱，跟老太太说，我同少奶奶先回去，明儿一早我们再去给她请安。”陶骧说。

“是，七少爷。老太太也正是这意思。”金萱忙说。

陶骧托起静漪的手臂，拉了一下她没动，干脆将她抱起来，几步走过去将她放进轿子里，回身道：“秋薇上轿。”

“是，姑爷。”秋薇答应着，转身退进去，坐在静漪身旁，放下隔板来。

轿帘一放，外头哈德广吩咐起轿。轿夫们脚踩着雪地，全是咯吱咯吱的声响，静漪俯身趴在了隔板上。

不知过了多久，轿子终于停了。

轿帘重又被打起，秋薇扶着静漪下来。静漪抬眼就发现轿子已被抬进了室内，脚一落地就踩上了柔软的地毯。屋子是西式陈设，只有客厅里那架十二扇的紫檀百宝嵌巨大屏风有些中国味。静漪是从暗沉肃穆的萝蕤堂来的，此时站在灯火通明的阔朗空间里，两者之间巨大的落差让她有些发怔。

陶骧也是头回进来，打量了几眼，问："这都什么时候预备下的？"

这栋西班牙式小楼，进得院中来他只草草一看，已经觉得惊艳，室内的陈设比京中怡园的奢华，有过之而无不及。只不过眼下他也没有心绪欣赏新居，他看了眼静漪——客厅里摆着的那架三角钢琴，她慢慢地走了过去。秋薇替她解下罩在外面的那件灰鼠斗篷，她里面披的还是他的黑斗篷。他的斗篷她穿着的确太长了，拖在地上有一尺，难为她刚刚又拖着在雪地里走了那么久……

他听着哈德广解释道："屋子是早建好了的。原是那年七少您回国来度假，留下几本画册，大少爷看了喜欢，和老爷商议说不如试试改建，若是合用就把隔壁老宅子里那几处闲地都利用起来。这回老太太说，家里谁也过不惯这西洋式样的日子，就让把新房布置在这里了。"

陶骧道："我回来还是日子短了，竟不知道这些。"

"七少爷您忙，在家吃顿饭都跟打仗似的，哪儿有工夫理会这些呢？七少爷，七少奶奶，这院里伺候的人都在这里了。"哈德广说。

静漪回身看去，果然门边的走廊里，衣着干净的男女仆人站了两排。

站在最前面的是个干净的年长妇人，哈德广说这是张妈。张妈见静漪看她，忙行礼，叫声"七少奶奶"。

静漪点头。

陶骧说："张妈留下，其他人都先下去吧。"

哈德广等着陶骧的吩咐。陶骧看看静漪，问："还有什么事吗？"

静漪摇头。

"广叔也去吧，辛苦你了。"陶骧说。

"应该的。七少爷，七少奶奶，早些安歇。"哈德广也退出去了。

陈妈和金萱是陶老夫人身边的人，陶骧特别交代了两句也让她们走了。

门一关，他看看静漪，吩咐张妈道："带少奶奶去换衣服吧。"

"是。"张妈答应着，过来同静漪说，"少奶奶，您卧室在楼上。"

静漪早就看到了那栗色的木楼梯，此刻要她走上去，真有些艰难。她转眼见陶骧正默默地看着她，不得不打起精神来跟着张妈走。

陶骧就见随着她脚步的移动，黑斗篷不时敞开的缝隙里，被灯光耀着的刺目的红若隐若现……

他解开大衣扣子，在沙发上坐下来。图虎翼问他要喝什么茶，他说：“白兰地。”

张妈带静漪上了楼。静漪顾不上看什么，听张妈说这里就是了，跟着进去发现这是一间不小的起居室，先问：“洗澡间在哪里？”

“这边这间就是。少奶奶这就沐浴？空着肚子怕是不好……少爷还等您用饭呢。老太太刚刚让人送了晚饭来。”张妈个子矮，跟静漪说话，要仰着脸。

静漪看着她不由得就想起自己的乳母乔妈来，和颜悦色地说：“我实在没胃口，想先洗澡。”

张妈见她这么说，也就答应着去预备了，只是走之前还轻声说：“少奶奶多少吃口点心，省得空着肚子洗澡犯晕。”

秋薇帮静漪解下斗篷来，说：“我去帮帮张妈。小姐你真的不吃东西？”

静漪摇头，坐在了离她最近的一张沙发上。秋薇走开，她独自坐在那里发了好一会儿呆。

这里的一切都是崭新的，从未启封的样子，可奇怪的是，这个完全陌生的所在，却并没有什么地方让她觉得不便。她摸着金丝绒靠垫上金色的流苏……一阵犬吠声突兀地传进来，她一惊。

“是大少爷的狗，大少爷院子和这边紧邻着。”张妈出来，见静漪被狗叫惊扰，忙解释道。

静漪点头，见秋薇也出来了，吩咐道：“你先跟张妈去吃饭吧，我自己来。”

“我伺候小姐的。”秋薇说。

张妈见状忙说：“少奶奶，让秋薇姑娘留下吧。我这就下去给她把吃食拿上来，可以吗？”

“谢谢张妈，不用麻烦了，我晚点吃一样的。”秋薇说。

“不麻烦，我们是生手，少奶奶怕用着不便。那我这就去，少奶奶请沐浴。”张妈说着告退了。

“你也下去就是了。”静漪只穿着贴身的绸子小衣往洗澡间走去，听见秋薇说了句“把小姐交给别人我不放心”，她就说，“还有什么不放心的？”

她站在门边，望着水汽氤氲的洗澡间——干净舒适得让她有种一坐下去就立刻能睡着的感觉——雪白的地砖，雪白的墙壁，巨大的有着四只金足的雪白的浴缸里，盛着微绿的热气腾腾的洗澡水……她走过去，摸了摸水温，觉得正合适。

“出去吧。”她说。

“小姐，至少让我帮你把这衣服弄开呀！”秋薇好笑地看着静漪身的小衣，她应急的措施，没想到关键的时候，还真用得着。

静漪也看看，道：“拿剪刀来吧。”

秋薇出去找了剪刀给她，她拿过来，从衣襟处剪开一个小口子，伸手便扯了下。绸子极薄，瞬间一扯到底，她缩着手臂，将上衣脱了下来。

“可惜了。”秋薇将剪碎的小衣挂在手臂上，看静漪脱得只剩下胸衣和内裤，正瞪着眼睛看她。她“哦”了一声，笑着说：“小姐你可真是的……我出去等着啦。”

静漪等她关好门，才进了浴缸，片刻，沉入水中。

被热乎乎的水包围着，她听不见也看不到什么，眼睛受到压迫，酸酸胀胀的，一睁眼，只看到变了形的天花板，雪白的底子，描着金色的花卉，欧式宫殿样的金碧辉煌……也许眼睛里是有什么流出来，和热乎乎的水混在一处了。她坐起来，抹了把脸上的水，拿起香皂来，狠狠地在自己身上搓着。

一块香皂被她用掉一半，她仍觉得身上还是有血腥味，直泡到手指已经起了皱才肯罢休。

她出了浴缸，穿上浴袍坐在榻上，本来想叫秋薇给她拿衣服换上，却连嘴都懒得张开，不知不觉地，眼皮就发沉。

陶骧上楼来，楼上客厅里空荡荡的。

他踱了会儿步子，才去推起居室的门，进来先看到了坐在高背椅上打盹儿的秋薇。

他走过去，看看这个小姑娘——团团的脸上还有些稚气，也有青瘀，因为哭过，眼泡红肿。他轻咳了下。

秋薇抬头，一看陶骧站在面前，张着嘴巴半晌才叫“姑爷”。

陶骧想，这声喊得极大，怕是楼下都听见了。

他问：“小姐呢？”

秋薇立刻说：“小姐还没洗完澡！糟了！怎么还没洗完……小姐，小姐！”

陶骧看着秋薇跑过去照着浴室门又是拍又是推，半晌也没捣鼓开，急得简直要哭出来了，转脸问他：“姑爷，怎么办？”

他过去查看了一下，说："去叫张妈拿钥匙来开门。"

秋薇急忙跑出去，不一会儿喊了张妈上来。打开浴室门，秋薇先闯进去，刚想要喊"小姐"，就见静漪在榻上睡沉了——她只穿了件浴袍，光着小腿缩在那里，一头长发垂到了地上，还湿着。秋薇眼睛又湿了，说："怎么就这么睡着了？"

"怕是会着凉。"张妈担心地说。

陶骧走过去，看了静漪一会儿，才将她抱了起来。

静漪先是缩了一下，靠在他胸口，还蹭了蹭，仿佛找到了更舒服的姿势，便不动了。陶骧收了收手臂，抬脚走出去。

张妈先去挂起帐子来，将床上的被子拉开。陶骧过去把静漪放下，给她盖好被子。张妈看他照顾静漪还算得法，便不出声，悄悄退了下去。

陶骧站在床边，看看静漪脸上，正要张口让人拿水来备着，发觉屋内无人。他去取了水放在床头柜上，然后坐了下来。过一会儿，他伸手摸了摸她的额头，并没有发热。

静漪似乎意识到什么，突然睁开了眼——她呼的一下坐起来，浴袍松散，她底下又什么都没穿。她慌忙将浴袍拉好，觉得不够，又将被子拉起来："你怎么在这儿？"

刚刚明明是在浴室里的……她懊恼地咬了下嘴唇。

眼前的陶骧只穿了件白衬衫，袖子卷起来，虽还身着马裤长靴，却怎么看怎么是随意的样子，坐在床沿上，看着她，也不出声。

她越发慌乱，幸好这时秋薇进来了，说："姑爷，张妈送姜汤上来了。"

"先把姜汤喝了。"陶骧这才起身。

秋薇过来拿了毛巾给静漪擦头发。静漪见张妈进来把姜汤和粥碗放在床头柜上，说："我过会儿再吃吧。"

张妈微笑道："少奶奶，可别等粥冷了再吃，回头胃疼。七少爷就是饥饱不定的，落了胃疼的毛病……"

陶骧正往沙发上坐，听张妈说，皱眉道："不是小马，一定是阿图多嘴。"

"还用谁说吗？马副官时常下半夜去厨房要东西，那会儿多半是你晚饭又没顾得吃。"张妈笑着，把盛姜汤的小碗给静漪端过来，"这下好了，以后有少奶奶看着了。"

静漪只得接了碗，看着陶骧，低声问张妈："家里有给我准备衣服吧？"

"瞧我这记性。少奶奶，太太还嘱咐过我，让我先跟少奶奶说，四季的衣服都有，就在那间小屋子里。"张妈说着，转身指着浴室旁边的一扇小门给静漪看。

静漪和秋薇说："去给我拿件衣服来换上。"

秋薇点点头去了。

静漪喝了姜汤，张妈到底又看着她吃了半碗粥才肯下去。静漪想想，这张妈比起她的乔妈妈来，话只多不少就罢了，连这不动声色黏着主子不达目的誓不罢休的劲儿竟然也像足了……她琢磨着，沉默不语。

陶骧也沉默，过一会儿，点燃了烟。

屋子里有了这点烟草气，好像就没有那么尴尬了似的。

静漪等了等，见秋薇还不回来，偷眼看看陶骧正在翻看一份不知哪儿来的画报，就悄悄地掀开被子下了地。低头一看，竟连拖鞋都没有，只好赤脚下地，小步疾走，恰好见秋薇抱着一摞的衣服刚出了衣帽间的门，忍不住皱眉道："怎么啰唆这半日？"

静漪挥手让秋薇后退，进来一看明白过来为什么秋薇耽搁半晌："这也太多了些。"

"我估摸着一天换三套也得一阵子不重样儿呢！挑来挑去就挑花了眼。"秋薇老实地把衣服又都放下，搁在长椅上。

静漪随手指了指那套葱绿的："就这件吧。"

她坐下来，先从内衣穿起，匆匆忙忙地往身上一层层地套。秋薇絮絮叨叨地逐扇橱门打开，不知在说些什么，她满心里都想的是怎么将陶骧从这卧室里请出去且不会再回来……假如他坚持不出去，那么她……想着这些，手就怎么也系不上扣子，一急，脸都憋红了。

秋薇过来，替她把纽扣一一系好。

"小姐，你怕姑爷呀？"秋薇低声问道。

"胡说，我怕他什么？"静漪不耐烦，要推开秋薇的手自己系，秋薇却拨开她的手，说："小姐就别乱动了，不是自个儿系不好吗？"静漪瞪着她："你要造反吗？"

秋薇吐吐舌尖，说："好啦，我错了，小姐！"

"你今晚怎么老向着他说话？"静漪抬高下巴，从穿衣镜中看着自己。头顶的水晶灯投下来的光明亮璀璨，她白皙面孔上的瘀痕就像是光芒中埋伏的阴影。

“我明明是向着小姐。临来前呢，乔妈妈嘱咐我，时常提点着小姐……”秋薇迅速地看了静漪一眼，“姑爷是小姐在这个家里最亲的人，也是最靠得住的依傍……你看这回咱们被土匪劫走，不是姑爷咱们哪能这么快平安回来呀？”

“你怎么不说，要不是他，咱们根本就不会被劫走？”静漪皱眉。

“那不就是太太说的，嫁鸡随鸡……”秋薇噘嘴。

静漪坐下来穿鞋袜，说：“你去看看，他还在吗？”

“姑爷不在这儿，要在哪儿呀？”秋薇咕哝着，被静漪抬头一瞪，忙过去开了门，匆匆瞄一眼回头道，“在呢。”

静漪叹了口气。

“少爷，太太和二少奶奶来了。”外面张妈在禀报。

静漪一怔，看了眼小座钟，已经很晚了，没想到陶夫人这会儿会来。

她示意秋薇赶快过来给她将头发绾起来，听陶骧说“知道了，这就来”。秋薇手快，几下给她绾好发髻，她自己按着发髻推门出来，见陶骧已经起身，看见她就说：“母亲和二嫂来了。”

静漪点点头，在梳妆台前坐了，擎着两支发簪给秋薇：“我马上就好。”

她以为陶骧这就要下楼去，不想他走过来，站在她身后。她意识到陶骧是有话要说，从镜子里看着陶骧。

“三哥已经到了。”陶骧说。

静漪手里已经空了，却还擎在那里，问：“什么时候到的？”

“今晚稍早些时候。”陶骧说，“三哥是和三嫂一起来的。安全起见，他们就住在司令部大院里。三嫂本想马上来看你，三哥说你需要休息，明日他们要登门拜访，再见也不迟。”

“好。”静漪站起来，“我们下去吧，别让母亲等。”

两人一道出了房门，没走几步就听见楼下有轻声细语隐隐传来，静漪心里一阵发慌。陶骧似觉察，回头看了她。他目光沉沉的，虽未发一语，静漪却觉得他好像是有话要讲。但陶骧也只是看了她一眼，脚步稳稳当当地走在了她身前。静漪看他手抄在裤袋里，脚步虽动，宽宽的肩膀却像一道水平线，纹丝不动。他自自在在地走下去了，她定定神才跟上。

当她远远地看到一个穿着红色锦袍的小姑娘坐在沙发上，忍不住低低地

“哦”了一声——瑟瑟竟然也来了。

“小婶婶！”瑟瑟抬眼一看静漪，大声叫着跑过来。

“静漪！”许雅媚原本坐在陶夫人身边，此时起身快步走过来。她看看静漪的脸，没等说话，泪已经流下来了。

“二嫂，快别这样。”静漪握住她的手，见陶夫人也站了起来，忙叫道，“母亲！”

雅媚只管拭泪，说不出话来。

陶夫人看看雅媚，同静漪道：“雅媚这几日最惦着你，加上瑟瑟住院，真寝食难安。好了，快抱抱瑟瑟，听说你回来了，小家伙怎么也不肯在医院住了。”

“小婶婶抱！”瑟瑟清楚地说。

“小婶婶累了，瑟瑟乖。”雅媚说。

陶骧笑笑，将瑟瑟抱了起来，说：“还是七叔抱抱吧。”

“不，瑟瑟要小婶婶抱。”瑟瑟摇头。

“咦！”陶骧作势拍了她一下。

静漪将瑟瑟接了过来，瑟瑟马上箍住她的颈子不撒手了。她摸摸瑟瑟的额头，见她已经没有什么不妥之处，心里略安。

雅媚知道她担心瑟瑟，道：“就是受了点惊吓，这几日离不了人，其他的还好……你呢？”

静漪笑着摇头。瑟瑟偎在她怀里，全心全意地依赖着她。这让她心里又暖又酸。

陶夫人让他们都坐了，看向静漪，说：“受委屈了，静漪。”

“没有。”静漪低了头。

陶夫人拍拍她的手背，道：“原是和老七说好的，让你在外面清清静静地歇几天，等办酒席再进来。既是这么着……也好，省得多折腾一回，你就多辛苦一回。”

静漪点头。

“我说让大夫来瞧瞧，老七说你自己就是大夫。”陶夫人说着微微瞪了陶骧一眼。

陶骧正喝茶，见母亲瞪他，他也不出声。

“我想也是。不过有什么不舒坦的地方，千万别忍着。”

“是，母亲。”静漪松口气。

“本来应该让你们安生歇着的，可我不来看看你，到底不放心。老七这几日别去衙门了，在家陪陪静漪。”陶夫人说。

“我可不能不去，不然二哥要累坏了。”陶骧说。

“那还不是他应该的呀？”雅媚说。她看看座钟，提醒婆婆她们该走了。

“是该走了，我还得去老太太那里，老太太正惦记着呢！”陶夫人又嘱咐了静漪几句才走。

她不让静漪送，倒是把陶骧叫出去了。

静漪站在门口，看陶骧抱着瑟瑟，一直将陶夫人她们送到院门口。她望着这寂静的院落。外面冷得哈气成冰，可陶骧没回来，陶夫人和雅媚也没走远，她是不能就这么转身先离开的。

她捧着张妈塞给她的手炉，仿佛这是寒夜里唯一的一点暖意……

陶骧回过身来，看到静漪还站在楼前。

淡淡的一个青葱的影子，印在那里，就像她的面容，此时也淡到了极处。他走到她面前，她才仰头看他，并没有说话。

他进了门，她也跟着进来。他上楼，她也跟着上楼……

静漪站在起居室里，见陶骧拿起了他的外衣，定定地瞅了她，她一瞬间想起了刚刚那些老妇人的眼神。她握住手臂，强制自己不要发抖。

陶骧又过了一会儿才说：“我明早回来。”

静漪点头，一颗心仿佛是从悬着的半空往下落，她简直听得到那一声响。

看她松了口气的样子，陶骧沉默转身，只走了两步，他又回过身来，略一停，看她脸上有一丝紧张的神色掠过。他毫不犹豫地走回来，托了她的下巴，低头亲在她唇上。静漪想挣脱，他却牢牢箍住她的腰，猛地将她抱了起来，进房将她放在柔软的床上，他的手扶在她身侧，看着她。

静漪咬着牙。身下是柔软的床，软到他每一下轻轻的碰触都会引发一连串的共振，这是她难以控制的。更难控制的是心里的恐惧。虽然她眼中是他，可是这火红一片中，却有一团团的黑暗，黑暗中又隐隐约约有狰狞的面孔在不停地旋转……她不由自主地开始发抖。闭上眼睛，以为看不到什么了，就不会那么恐惧了，可还是在抖。

“睁开眼，看着我。”陶骧温暖的手覆在她的耳垂处。

她柔软微凉的耳垂在他指间，慢慢地变得和他的手一样温暖。

她睁开眼睛。

他温热的呼吸中有淡淡的酒气，像柔滑的丝绸一般绕在她颈上，渐渐缠紧些……她开始呼吸困难，试图躲开这紧密的纠缠，或许躲开了，也就躲开了恐惧。

“是我。”他的声音里有一种让人平静的力量似的，他极慢极慢地说下去，“这是在家里，静漪。”

她眼里起了雾。

陶骧的嘴唇印在她唇上。这一吻温柔而沉稳，缓慢而绵长。静漪在亲吻中慢慢地闭上了眼睛，深深的倦意潮水般涌来，几乎立即将她淹没。

她已经再没有力气支撑下去了。

“陶骧……”她柔声细气地叫着他的名字。

陶骧撑着手臂，仔细地看着她。

她梦呓似的说：“三哥那里，还有家里，这次的事，我不会说……也不希望他们知道……你放心。”

陶骧放开她，她深陷在柔软的床里，翻身都嫌无力，一团锦袍被他揉搓得皱了。他起身取了大衣往外走。

一路走，一路随手关灯，只留了床头的那盏。

他回头望了望，才关好了房门。

下了楼，图虎翼见他铁青着脸，大衣都没穿好，低声提醒他：“山里冷，七少。”

陶骧不言语，径自走进餐厅去，从酒柜里拿出那剩下的半瓶白兰地，倒了满满一杯，一口气喝了下去。

图虎翼被吓了一跳，他知道七少的习惯，若是去巡营，该是滴酒不沾的。

陶骧从图虎翼手中拿了枪套来，边走边系。

出了门，扑面而来的清寒几乎立即浇灭了那杯白兰地带来的温热，他快步穿过庭院，没有回头……

当所有的声音都消弭在夜里，静漪终于翻了个身。

屋子里仅剩的这盏灯，暖暖的光，让她觉得安定而稳妥。

至少在这一晚，她终于能安睡至天明。

拾

自淡自清的梅

晨曦初露，陶府总管哈德广走出大门。

府前街道宽敞整洁，黑漆大门开着，望进去，影壁上的堆花牡丹图和大大的“福”字，煊赫极了。

“哈总管。”门口扫雪的家仆见了哈德广忙行礼。

大雪下了一夜，刚停。

“雪别积下，马上要办喜事的，门脸一定要漂亮。”哈德广说话间就听到一阵急促的马蹄声，他侧身一望，见几匹高头大马从青玉桥上闪电般俯冲下来。

待领头的那匹白骏马来到近前，他亲自上前抬手挽了缰绳：“七爷早。”

“广叔早。”陶骧飞身下马。他身后的随从也如飞燕般轻巧地从马上跃下。

“您怎么打外边儿回来呢？”哈德广问。

“去栖云营看了看。”陶骧说。

“哟，那可是连夜来回的？七爷辛苦。”哈德广说。

图虎翼从他手里接过马缰绳，陶骧伸手拍了拍赛雪的脖子，交代图虎翼喂它一盒方糖。赛雪打了个响鼻儿，他板着的面孔有一丝松动，说了声：“淘气。”

“赛雪越来越精神了。”哈德广赞道。七少爷的这匹马实在是漂亮，只是脾气暴，除了七少爷，也就是他的两名近侍能靠近。“听说七爷又新得了匹好马？”

图虎翼笑道：“快别提爷的那匹好马了。那是马呢，还是祖宗呢？才来了几日，家里的马倌没有一个没被踢了的。二爷前次试了试，被摔得直说想杀了它吃马肉呢！七少，回头您还是自个儿驯吧。”

哈德广也笑起来：“七爷快进去吧。今儿好多事情等着您呢。”

“嗯。”陶骧应了一声，语气里一丝慵懒。

别的事情倒罢了，今晚父亲在家中设宴招待程之忱，这很重要。虽说是家宴，一些本地的头面人物也会来，他少不得要作陪。他想到这里皱了下眉，同哈德广点点头，示意图虎翼牵马进去，将马鞭扔给随扈，噔噔噔上了台阶。靴子上的马刺，钉在台阶上，发出细微而清脆的声响……

回到住处，他进了院门便抬手解着领下的钮子，一路急行，贴身的衣服都湿透了。

院子里的雪已经扫了，里外却一个人影都没有。进了房门仍是安静，他回来都没有人来答应。他等了片刻，喊声张妈。

“少爷回来了！”张妈跑出来，看看他神色，轻声说，“我这就给少爷摆早餐，少奶奶还没起。太太昨晚特地嘱咐别叫少奶奶早起。”

陶骧看了眼楼上，略皱了皱眉。

再怎么累，这个时间也该醒了。

张妈说：“太太昨晚让给少奶奶喝了安神的茶。太太还说这两日让少奶奶好好歇歇，往后侍奉长辈的日子长着呢，不急在这一时。”

陶骧在楼下立了片刻，说：“那就别吵她了。”

“少爷您不用了早点再走？”张妈见他是要走的样子，忙问。

“不了，我先去老太太那里。”陶骧说着，重穿了大衣出来。他命随扈都去休息。马行健便让人都撤了，自己跟了出来。

陶老夫人的院子距离他们的住处颇远，陶骧是步行去的，边走边想着事情，不知不觉也就到了。

此时节祖母院中就只有蜡梅一枝独秀，走进院子就有暗香袭来。他忍不住站定看看这几棵粗壮的蜡梅……忽然想到昨日他将她带回，她在马背上紧紧抓着他的马裤。赛雪跑得极快，她下马时脸色苍白，他险些以为她要昏倒，可她倔强地坚持住了。那会儿她的样子便让他想到凌寒盛开的梅花，在最危险的时候，独自坚持到最后。他原本以为娇生惯养的程家小姐该是最先被交换出来的人质，没想到先出来的倒是林之忓。

军医替林之忓检查伤口时解下来些用来包扎伤口的布条，其中有条精致的手帕，淡青色的，一角绣了一枝梅花，一望即知是谁的东西。

她像是特别喜欢梅花，信笺上也用梅。

他站住，伸手往口袋里一摸。

马行健以为他想要什么，忙问："七少找什么？"

他这才想起来，制服是早换过了的。

"七少爷！七少爷来了！"从陶老夫人上房里出来的几个丫头看到陶骧一行人进了院子，领头的金萱先叫了起来，"快去告诉老太太，七少爷来了！"

陶骧上台阶，见上房里帘子一打，一个蓬着一头秀发的少女钻了出来，喊了声"七哥"，正是他的妹子陶尔宜。

尔宜三下两下跳过来，攀住他的胳膊："七哥你可来了，奶奶念叨你好几日了。"

他看着尔宜皱眉，道："没个样子。"

"七哥你有时候比爹爹还像老头子。"尔宜嘻嘻笑着，根本不怕他。

陶骧走了进去，正间的青玉香炉里燃着檀香，给屋子里添了几分额外的暖意。他立了立，叫声奶奶，回手将帽子手套摘下来递给马行健。

"是骧哥儿来了？"里面传来低沉沙哑的一声呼唤，含着笑意。

"奶奶见了七哥你，就是老戏词里说的，叫作龙颜大悦。"尔宜对陶骧做个鬼脸，说着声音抬高了些，"奶奶，昨晚睡得好吗？"

"好得很。你还不快去洗漱更衣，当心迟到。"陶老夫人在里面说，"骧哥儿你来。"

银萱从里间出来，问七少爷好，给他打起帘子来。陶骧往里一走，尔宜故意跺脚道："七哥一来，奶奶就立马不待见我了！哼，回头您可别找我给您暖脚！"

银萱笑而不语，随陶骧进去了，金萱则笑道："老太太跟七爷有事要谈，您在跟前儿不合适。"

"再没别的事，准是说丑八怪……"尔宜笑道。

"八小姐。"金萱急忙摆手，指指里面，"当着七爷呢。"

尔宜笑着低语："又不是我说的，大姑奶奶就这么形容的呀！"

里面陶骧自然是听到了尔宜说"丑八怪"，眉头略皱。银萱带着他往里走，他抬眼见祖母正在禅椅上打坐，站下来道："奶奶，我回来了。"

陶老夫人闭着眼睛，调匀呼吸，慢慢抬起眼来。

陶骧看到奶奶那细长的眼睛，眸子在灯影下微光闪烁，微笑了。

陶老夫人微笑点头，道："先洗把脸吧。银萱，你们伺候七少爷洗脸——瞧那埋汰样。”

陶骧这才除了外衣，就手在铜盆里洗着，银萱给他连换了三盆水，他才从容地洗干净。

陶老夫人抬眼看着穿着白衬衫站在自己跟前的孙子，这干净清爽的模样，真让人心头一阵畅快。她让陶骧坐下，吩咐金萱：“去拿点好吃的酸奶子，还有骧哥儿爱吃的点心，让他先垫垫。”

金萱答应着出去，银萱捧了新泡的热茶上来，给陶骧斟茶。

陶老夫人静静地抽着水烟。咕咕作响的烟袋，袅袅地从她一张一翕的嘴角冒出的烟，都让陶骧觉得安宁。

不一会儿金萱进来，把刚刚陶老夫人说的那些吃食给一样一样放在小桌上。陶老夫人示意陶骧用一些，因看见点心里有一样牡丹饼，道：“还有这个呢，我仿佛记得先前谁爱吃……春天吃才当令。”

“厨房说春天存的牡丹花酱还有好多，寻思牡丹饼意头好，就预备了些。”金萱忙说。

陶老夫人听了，这才不说什么。

陶骧也看了看——白色小瓷碟里，牡丹饼摆成梅花状，摞了两层。他拿起一个来掰开，有牡丹花香，味道也甜，倒不觉得腻。他吃了两块，也就饱了。

陶老夫人将手里的串珠挂在水烟袋上，往小桌上一放，说：“我还没见着七少奶奶，只是听说，甚好。”

陶骧的目光定在小桌上，桌案下方那繁复的图案……甚好。

“成了亲，好好待她。”陶老夫人说，“我知道这门亲事也未必如你的意。”

“奶奶，没有的事。”陶骧想说什么，又不知该如何往下说。

陶老夫人微笑，道：“往后日子还长着呢，不急一时……谁来了？”

站在门边的金萱忙回话：“是姑太太来了。”

“她倒这会儿才来！你问问她去，难道在骆家她也这会儿起来侍奉她公婆吗？”陶老夫人皱着眉。

陶骧已经站了起来，听姑母还没进门先就笑了。

“母亲，我好不容易回趟娘家，为的不就是能偷懒个两三日吗？从前我祖母就说，当一天姑娘做一天官，我回娘家摆摆官威不行吗？”陶盛春笑嘻嘻地进来，看到陶骧，摆手让他快坐下。她上下打量了陶骧一会儿，道："果然娶了亲又是一个样子了。从前大哥就说他老成。老七，你笑一笑成吗？"

"你们昨天那么治他媳妇，他笑得出来吗？"陶老夫人眯着眼。银萱装好烟丝将水烟袋递了过来，替她点上。

陶盛春笑道："昨晚我事先的确不知，若知道无论如何都得拦着……老七，要不姑姑去给你媳妇赔个不是？"

陶骧说："好。"

他一本正经地一说，陶盛春倒一愣，连陶老夫人都停了吸烟的动作，瞅了他一眼。

"真的？"陶盛春又问。

陶骧说："就知道姑姑不是真心的。"

陶盛春咬牙道："你这个小子！"

陶老夫人笑道："时候差不多了，骧哥儿前面用早点去吧。"

"是。"陶骧起身，"姑姑一起去吧？"

"我在老太太这里不拘什么吃些就罢了。"陶盛春挥着手撵陶骧，"你快去。老太太有话，天冷得很，又快过年了，家里各处都忙，就甭一天三顿都聚在一处用饭了，太折腾。"

陶骧答应着先走了。

陶盛春站起来看他走远，回头笑道："母亲，您是怕老七媳妇就这么着见人，难堪吧？可您这一开口，不怕人说您偏疼老七呀？"

"我偏疼老七也不是打今儿开始。他亲娘刚走的那阵儿，他弱得跟小病猫没两样，不偏疼能成人吗？"陶老夫人也站起来，同女儿站在一处，从窗子里一看，陶骧已经出了院门。想想这些年她看着孙子长起来，从一个孱弱婴儿，到高大健壮的汉子，个中种种，感触极深，不由得轻轻叹了口气。

陶盛春轻声道："母亲您还记得吗？那时候连父亲都说这孩子怕是活不了。有阵子大哥一进门就问——小猫还喘气吗？怪吓人的。"

"你大哥现在不留神还叫他小猫。"陶老夫人笑道。

"大嫂不易，老七是一落草就交到她手上的，这些孩子里就属老七耗费她心血最多。"陶盛春说着，看看母亲，"老七这个媳妇，我看大嫂的态度有些保留。"

“这也难怪她。不过进了陶家门，就是陶家的人，怎么调教媳妇，你不用替你大嫂操心。你看看大少奶奶和二少奶奶就知道了。”

“那能一样嘛！”陶盛春看着母亲，皱眉道，“七少奶奶这开头太不顺利。”

陶老夫人道：“要是这点是非都担不住，她难过的日子还在后头呢！”

陶盛春一笑。

“奶奶，姑姑，我前头吃饭就去上学了。”陶尔宜已经换了学生装，青色的棉袍子外面罩着一件厚厚的大衣。

“去吧。”陶老夫人说。

尔宜待要走，又想起来，笑道：“姑姑，我七嫂真是姑奶奶说的那样丑吗？我先前看相片可不是呢。难道拿了假相片糊弄我们？”

“怎么会！姑奶奶正话反说呢。这么说吧，你七嫂若是丑，这家里就没有好看的了。”陶盛春笑道。

“那倒也不至于吧！哎呀我得走了，不然会迟到。”尔宜笑着跑掉了，“我今儿最后一天上课，回来就去七哥院里看嫂子去……”边跑边说，陶盛春正要提醒她一句仔细脚下，就见她一脚踩在雪上，滑出老远去，啪叽一下摔在地上。她倒也不怕疼，爬起来依旧蹦蹦跳跳地出了院门。

“这个老八！”陶盛春笑道。见房里就剩了她们母女俩，她低声道：“母亲，我有点疑心……”

陶老夫人坐下来，看她一眼。陶盛春笑笑，也坐下。

“卖关子？”陶老夫人细长的眼睛眯成了一条线。

陶盛春拿过母亲的烟匣子，细细地整理着里面的烟丝。老太太的烟丝味道好闻，花瓣果品搭配着，是干燥的花香和果香。

她笑笑，对母亲耳语几句。

陶老夫人那眯成一条线的眼弯了弯，问：“是吗？”

“等见了人，母亲自己看。”陶盛春笑笑，过一会儿，才又说，“大姑眼也毒着呢。她要不是看出什么来了，才不肯就那么过去。”

“你这个大姑哇……”陶老夫人说着也不知想到了什么，竟笑了，“去，给我去找几样东西来……看我做什么？新人进门，不得送样见面礼？”

陶盛春笑着起身，走两步，回头看看老太太——歪在榻上，优哉游哉地抽着烟……

陶骧往前面来，进了父母居所延禧堂，看见前方厅里微黄的灯光，才意识到自己有很久没有跟家里人一起吃过饭了。难得今天人也齐整，陶驷夫妇在，不一会儿，尔宜也来了。

陶夫人很高兴，不住地让他吃这吃那，尔宜就在一旁笑着说奶奶这样母亲也这样。

陶盛川抬眼看陶骧，拿起帕子拭了下嘴角，却跟陶夫人道："婚礼宴席都准备得差不多了吧？"

陶夫人说："都妥当了。"

陶盛川点头道："长官与各国公使届时也会派特别代表来观礼，这几日陆续到了。外面要应酬这些，家里的事你就操心吧。尤其三少爷是静漪娘家的兄长，更不可慢待……老七？"

陶骧坐在父亲下手，听父母议论婚礼，他默默用着早点，忽闻父亲叫他，他抬起头。

"是，父亲。"陶骧放下银匙。

陶盛川目注陶骧，片刻，道："这几日，你且顾得这些吧。旁的都先搁一搁，有你二哥在。"

"是。"陶骧应声。

陶夫人含笑看着陶骧，说："老七呀，露个笑模样如何？你老皱着眉，你的眉毛不累，我的眼睛都累。"

听了这话，陶盛川倒先笑起来，说："你母亲难得说个笑话。"他起身，一众人都跟着站起来。陶驷和陶骧一起送父亲出门上车。

陶盛川戴上手套，轻点着陶骧，说："我听闻昨日你在栖云营大发作。"

"两次突袭检查，没有一次让我满意。"陶骧说。他看不出父亲到底是赞成还是不赞成他的做法，不过他辖下的事情，父亲难得过问的。

陶盛川看了陶骧一会儿，又看看陶驷，转身上车，道："弦绷得太紧了，不是好事情，凡事张弛有度才好。趁着这段时间，你也休息一下。"

"是，父亲。"陶骧给父亲关了车门。看着车子上了青玉桥，他回头看看二哥陶驷正站在那里似若有所思，问道："不去司令部？"

若是陶驷去司令部，就应该和父亲一同乘车走了。

陶驷道："晚些时候再去，卫戍那边得过去看看。你歇着，我可不能歇着。"

"交给下面去办吧，卫戍部队能出什么差错。"陶骧看了二哥，道。这次遇袭，陶驷身上也有几处轻伤，本该休息，只是未得闲，他觉得抱歉，嘴上却不说。

陶驷知道他的脾气，一笑，道："栖云大营都是悍将，你要发作也真会挑地方。"

陶骧没吭声。

陶驷说："这些天的事，我知道你憋着一肚子火。要说憋火，没人比我窝囊。你到底远在凉州，我可是硬生生地在现场中了埋伏，丢脸丢到姥姥家去了！"

陶骧看了二哥一眼，说："丢什么脸？换了我不见得能全身而退。没有你的善因，今日一定是恶果。"

"那也是丢脸……可我都忍了，你也再忍忍。马上就要办喜事，别找不痛快，过后要怎么样不行？"陶驷说。

陶骧看看二哥，说："这事你别管。"

"父亲的意思你还没听出来？"陶驷皱眉，站定。

陶骧却头也不回地往里走，说："没有。"

"你等等！"陶驷叫道。

陶骧只好转回身来，看着他。

陶驷走上来，问："这逄敦煌……你打的什么主意？伏龙山坐头两把交椅的你都放回去，可不只是为了有商有量地把弟妹的嫁妆要回来吧？"

陶骧没出声。

"我琢磨着，他们俩回去，逄敦煌的好日子也该过到头了，功高震主可不是什么好事。"陶驷说着，斜了一眼陶骧，"你成心的吧？留神哪，诸葛亮七擒孟获，玩儿的可不是一般的火。"

陶骧一耸肩，陶驷也不问了。

兄弟俩并肩走进二门，陶骧要回房去，才跟陶驷分了手。马行健这才上来，问："七少，今儿还去衙门不去？"

“不去了，让高英有事打电话回来。”陶骧交代道。

正说着，就看见陶夫人身边的大丫头珂儿急匆匆地追上来了，老远就行礼：“七爷！七爷！”

“什么事？”陶骧站下。

“太太让七爷务必头晌试了礼服。”

“嗯。”陶骧答应着转身。

“七爷……”珂儿还要再说。

“知道了。”陶骧快快走着。

珂儿跺脚，小声说：“真是的。马副官，您要紧提醒七爷，那礼服再不试，回头行礼穿着不合适，可怎么好哦……”

马行健比了个噤声的动作，示意自己有数，珂儿无可奈何地先走了。

陶骧倒没用马行健再特意提醒，回去在楼下洗了个澡出来，就试穿了仪式上预备穿的礼服。礼服十分合适，他也就进了书房。

一整个上午他都在书房里没有出来，仆从杂役也仿佛集体失了声，进进出出都没有声响，若不是座钟会按时敲响，这里的时间似乎也已经停滞了。

午饭之后，楼上才渐渐有点声响。随后楼梯有响声，就听到秋薇小声叫张妈。

陶骧正在擦枪，看看表，一点钟了。

院子里有脚步声，不久他听见马行健在外面叫“八小姐”，知道是尔宜来了。果然不一会儿书房门被敲响，他就说了声“进来”。

门只开了一点，尔宜露了个脸，叫了声“七哥”。

陶骧用麂皮把枪包好，放回匣子里，问：“放假了？”

“嗯。”尔宜答应着。

“怎么不进来？”陶骧问。

尔宜笑笑，这才把门推开。陶骧一看，一个粉妆玉琢、戴着小瓜皮帽、穿着宝蓝色小袍子的小男孩正在尔宜身边看着他呢！是大哥的儿子麒麟。

“我刚去大哥那边跟麒麟玩了一会儿。大哥前儿晚上着凉了，这会儿大嫂正伺候大哥吃药呢。麒麟说好久没见你了，我就带他过来了。”尔宜牵着麒麟的手，晃晃。

“麟儿过来。”陶骧招手。

麒麟跑到陶骧身边，叫道：“七叔。”

陶骧把他抱起来，说：“长高了。”

麒麟身材细瘦，脸圆圆的，虽然是极漂亮，但就五六岁的孩子来说，未免过于苍白，像株久不见阳光的小树苗。

“哪有长高……”尔宜见哥哥看了自己一眼，一笑，坐在陶骧身边的沙发扶手上。

陶骧从马靴边抽出一把刀来，让麒麟靠着墙站好了，在他头顶做了个标记，然后转过身来，在自己头顶所到的位置，也划了一下，说：“来，麟儿看。”

他指着墙上的那道划痕，麒麟点头。

“你现在到这里，记着了？下次来，七叔再给你量。”

“我什么时候能和七叔一样高？”麒麟儿指着那道高高的划痕问。

“你听爹爹和娘的话，好好吃饭，好好读书，很快就会和七叔一样高了。”

“那就能娶媳妇了？”麒麟忽然问。

尔宜大笑起来。

陶骧点头道：“嗯，等你长到七叔这么高，就可以了。”

尔宜过来亲了下麒麟，说：“哎哟，你这个小鬼！”

陶骧也不自觉微笑起来，问：“麟儿想吃什么吗？”

“朱古力。”麒麟说，“在家里，娘不让我吃。”

“朱古力倒是很好办。”陶骧慢条斯理地说。

“就是大嫂那里不好办。”尔宜接着笑道，“七哥，七嫂还没醒？睡这么久没关系吗？”

陶骧还没出声，外面就有人叫少奶奶，尔宜回头看了看书房外，起身道：“我去见见七嫂，麟儿来，我带你见七婶去。”

“等等。”陶骧说。

尔宜站住了，笑问：“怎么七哥还怕我们吓着七嫂不成？”她说着就走出书房，果然看到一个身穿嫩黄色裙褂、年纪与她相仿的女子刚好走下楼梯，看见她，她愣了愣。

“七嫂。”尔宜走过去，轻声叫道。

静漪望着这个喊她七嫂的少女——她稚气未脱、眉目如画，看得出来眉眼之间和陶骧有些相似，只是更像陶夫人些。她料想这应该就是陶骧的妹妹尔宜了，于是微微一笑，问："是八小姐吗？"

陶尔宜没想到静漪一开口声音是这么的柔和，且一口京腔，和他们说话的语调很不一样，虽然他们家讲的也是官话，她仍不免觉得新奇又可爱。

"哎，七嫂叫我尔宜好了。"尔宜微笑道。

静漪点头，向尔宜身后一望。尔宜随她的目光也回望，就见陶骧从书房走了出来，笑道："七哥，我已经见过七嫂了。"

陶骧点了点头，看了眼静漪。她身上那嫩黄色的裙褂，和屋外的阳光一道，简直能让屋子里亮了起来。

静漪又看向紧紧抓着陶骧手的麒麟。麒麟腼腆，被静漪一看，立即躲到陶骧身后去，陶骧回手摸摸他的头。静漪见状走了过去，蹲下身看着麒麟，微笑道："我知道你。你一定是麒麟，对不对？"

"是。"麒麟靠在陶骧腿边，答应一声，看看静漪，又要躲回去，却被陶骧拦住了。陶骧也蹲下身，将他抱在身前，问他该叫什么。麒麟看看他，小声道："小婶婶。"

陶骧说："来，和小婶婶握个手，这就算认识了。"

麒麟的小手伸出来，像要触摸什么贵重东西一样，放到静漪的手上。那柔软而温暖的小手轻轻一搁，又迅速抽了回去，背在身后。

静漪微笑着摸摸麒麟帽顶的红璎珞，说："麟儿你好。"

"小婶婶好。"麒麟说。

"乖。"静漪也不知怎么了，瑟瑟那样叫她小婶婶，她只觉得温柔而且自然，麒麟这样叫她，她不自觉地跟着脸红起来。她伸手想握着麒麟的手，麒麟一转身，又躲到陶骧身后去了。

尔宜笑着看这两个蹲在地上的大人和和气气地哄着一个小孩子，过了一会儿，她问："七嫂还没吃午饭吧？"

静漪点头，不好意思地说："不知怎的就睡到了这会儿……"

尔宜笑道："怕是安神茶的功劳。七嫂原该好好歇一歇的。"

"少奶奶，饭已经准备好了。"张妈这时候才说。

"八妹和麟儿一起用一点吧！"静漪说。

"我还是不打扰你们了，过来就是想见见七嫂，这会儿也该带麟儿回去了。"尔宜忙说。

“给麟儿带上朱古力。”陶骧示意马行健。

尔宜好笑地说：“七哥你想害我被大嫂骂吗？麟儿都说了大嫂不许他吃。”

陶骧想了想，说：“那麟儿来七叔这里吃。要是七叔不在，就让小婶婶拿给你，好不好？”

麒麟看看微笑的静漪，点头。

“麒麟？”尔宜摇着麒麟的手，提醒他。

麒麟跟静漪和陶骧鞠躬，道：“七叔，小婶婶，麟儿走了。”

“慢些走。”静漪走到门边，送他们出去。

“你带着麒麟，不准蹦蹦跳跳的。”陶骧大声说。

尔宜回头，瞪了他一眼，趁着静漪不注意，她无声地说了句“七嫂美死了”。

陶骧只当作没看见，说：“小马，送八小姐和麟儿过去。见了大少爷和大少奶奶就说晚些我们会过去问安的。”

“是。”马行健去了。

尔宜笑着，看马行健把麒麟背起来，一起高高兴兴地走了。

“麟儿是大哥大嫂的独子，大嫂极疼爱，对他要耐心些。”陶骧见静漪站在他身后，和他一起望着他们，就说。

静漪点头。其实不用他特别交代，她也得看出来。麒麟娇弱得像个小姑娘，若不是先天身弱，就该是娇养的缘故。相比较，瑟瑟显然更皮实……她胡思乱想的工夫，陶骧先已一步走开，她也就转身回去了。

秋薇又来请静漪和陶骧去用饭。

陶骧虽然已经用过午饭了，还是坐下来。张妈在一边轻声地说：“不知道少奶奶的口味，问过少爷，说准备清淡的就好了。少奶奶想吃什么，尽管吩咐。”

静漪说：“都可以的。”

秋薇笑着给她盛了碗汤，小声说：“小姐好久没吃顿安生饭了，多吃点。”

这时候电话响了，马行健在外接了起来，不一会儿进来向陶骧禀报。陶骧听了，简单地说了句：“送进来吧。”然后，他一眼扫过来，说，“逢敦煌让人把你的东西都送过来了。”

静漪一愣，问：“全部吗？”

陶骧说：“全部。”

他看着静漪，她眼睛里光彩斐然。

静漪忽然觉得自己反应有些过了，也许陶驤会觉得她把那些东西看得过重，沉默片刻她才说："那就好。"

不一会儿马行健和图虎翼一起进来。

陶驤问："怎么样？"

图虎翼道："都抬进来了。以防万一，在外面让人检验了下，怕有危险物品。"

陶驤站起来，说："出去看看吧。"

静漪跟着出来，看到门前平台上，整齐地摆放着她丢失的那些行李——已经搬进来的大约有二十只箱子。其中一半是紫檀的一半是楠木的，还有几只红色皮箱夹杂在内，皮箱上有明显的划痕。静漪皱了皱眉。那是崭新的水牛皮箱，铜锁扣做了旧的样式，很好看。丢的时候，秋薇还心疼地说那是三少奶奶特地选了送给小姐的。她想要走近些，陶驤却说："慢着，让人打开查看下吧。"

静漪说："不是都查过了？"

图虎翼看看陶驤，马行健便挥了挥手，让抬箱子进来的士兵都退下了。

秋薇过来给静漪披上斗篷，看了她的脸色，轻声说："……东西虽没什么贵重，但大多数都是小姐的衣物，不好这么……再说，哪儿有新娘子这么开箱的？"

马行健和图虎翼听到这话，几乎是同时往后退了一步，尴尬地望着静漪。

静漪说："这也倒无妨，若是真有必要的话。"

图虎翼就望着马行健，还是马行健开口解释道："少奶奶，我们是怕里面有危险物品。逄敦煌此人诡计多端，实在是不能不防。"

陶驤慢慢地走过去，在箱笼之间左右看看。

静漪的目光跟随着他的脚步移动——黑色的马靴齐着膝，铮亮，如铁皮似的硬朗，每一脚的移动，似乎都能听见铮铮然的响声。他停下，看她。

静漪手藏在斗篷的口袋里，此时已握成了拳。

陶驤看了她一会儿，又看着眼前的箱笼。他弯身靠近了其中一个紫檀大箱，刚要伸手，马行健急忙喊道："七少，别用手碰。"他上前去递了手套。

陶驤接了："慌什么？"

"七少忘了，上次陆长官就是被化学药品伤到了的。"马行健说。

“老马，抬都抬进来了，真有什么，我和外面那些早就倒了。”图虎翼皱眉道，“这些箱子怪可惜的，这在咱们手上仔仔细细地护着，看看去了一趟伏龙山回来都成了什么样了。”

马行健差点翻个白眼给图虎翼——这小子，见风使舵的本事真是见长。

图虎翼也不管，冲他抬抬眉毛。

静漪思忖片刻，说：“秋薇，你上去拿钥匙，开箱子。”

秋薇不情愿，可见静漪是冷着脸说的，知道不去不行，刚要走，就听陶骧说：“不用那么麻烦。”

静漪还没反应过来，就见陶骧拍了一下离他最近的那个皮箱，说：“阿图？”

图虎翼对静漪一哈腰，说：“对不住，少奶奶，七少又逼我使绝招了。”

静漪点头，就见他从马靴里抽出匕首来，过去在皮箱的锁扣上转了两转，见这样不奏效，又掏摸出个什么小物件儿来，说：“这洋货就是不好对付。换了木箱上那些铜锁，稍稍一拨弄，也就开了……好了！”他说着，皮箱上的锁扣已经开了。他抬手松了松箱子上的皮带，往后退了两步，说：“少奶奶请。”

静漪看着那个皮箱子，不禁手心冒汗。

陶骧站在一旁从容地等着，并不催促。

马行健照样递过来一副手套，静漪接了却没戴，她上前一把将箱子掀开来，就愣住了——箱子里码得整整齐齐的，并不是什么特别的东西——也许对别人来说不是特别的东西，但是对她来说，这些东西，她以为是永远都失去了的……她探手进去，拿起放在最上面的一本书来，扉页上写着她的名字的。

再看看，还有她的小药箱、自来水笔……

“这些……”秋薇蹲下来，查看着，转头看静漪，“还好都没有丢。”

静漪没有再翻看下面的东西，而是将皮箱合拢，抬头对陶骧说：“那些也都打开吧。都看看，也好放心。”

陶骧正在点烟，淡淡地说：“我看不用了。”

静漪望着他。

他说：“阿图，小马，让人把这些箱子都抬上去。”

“是。”图虎翼答应着。

“可是，七少……”马行健还想说什么，被图虎翼碰了下，也就住了口。

静漪点了点头，说声“辛苦了”，回身上楼。

外面等候的士兵又鱼贯而入，跑上跑下地一会儿就将箱笼全部都抬上了二楼。静漪看着铺摆得老大阵仗的箱笼，听张妈问她要怎么收拾，才说：“先这么放着吧，不急。”

“是，少奶奶。少爷在楼下等您，说是等您一起去老太太那里。”张妈提醒静漪。

“知道了。”静漪说。

张妈先出去，秋薇将一串钥匙取出来交给静漪。静漪找出一把钥匙来，开了其中一个皮箱。秋薇“呀”了一声，说：“这都是什么呀！”

静漪看着，愣了一下。箱子里头装得都是些玩意儿，九连环、布老虎……连皮影戏都有。再开一个箱子，仍然是这些东西。

秋薇皱眉道：“可惜了那些老宣，小姐挑了那么久。土匪里也有人懂老宣？卖钱？”

静漪说：“罢了，秋薇，去给我倒杯茶来。”

秋薇应声去了，她赶紧开了之前那个皮箱。可翻到最底下，也没再发现什么异常之处。她想了想，重又拿起那本书来，果然里面夹着一个薄薄的信封。她打开一看，信纸上只有简单的一句话：“原物奉还，后会有期。逄敦煌。”

静漪把信重新放回书里，依旧放在箱子里锁好。

秋薇上来，见静漪站在箱子前发呆，以为她心疼那些东西，只说：“太太给小姐的东西都还在就万幸了，其他的小姐别放心上了。”

静漪点了点头，茶也不喝，带着秋薇下楼去。这一回，她下楼的脚步都轻了些。

陶骧已经换好衣服在等她了。

她耽搁了好一会儿，以为会看到陶骧不耐烦的样子，不想并没有。出了门他也只是简单地跟她交代一句“先去见见大哥大嫂”，就走在了前面。

陶骧走得很快，静漪要加快脚步才能跟上他，秋薇就简直是要一路小跑了。

大少爷陶骏夫妇的居所谭园距离他们的住处琅园相邻，走了大约一盏茶的工夫就看到了院门。大门并没有什么装点，白影壁前几竿疏竹，素淡得仿佛写意画似的。静漪一看，先就觉得舒服，不知不觉脚步就慢了些。陶骧站住等她的工夫，谭园的老仆人已经看到他们来，先给他们请了安，忙让人往里通报。

静漪走在陶骧身侧，穿过这素净的院落，更觉得这一处居所优雅中有股说不出的书卷气。墙角一株老梅，疏影横斜，想必梅花盛开的时候，院中定是暗香阵阵。

突然一阵犬吠传来，静漪没提防，心猛地一跳。

陶骧看了眼上房的屋檐下，说："是白狮。有铁链子拴着呢，别怕。"

她也往那边看了看，先前张妈只说是狗，没想到是条体型巨大的白色长毛大狗。她小声问："那是什么狗？"

"雪獒。那年去青海，活佛送的。"陶骧说。

"七弟来了！"随着一声轻声细气的招呼，一个穿着雪青色素淡裙褂的高挑纤细女子从房中出来。

"是，大嫂。"陶骧答应着，"我们来看看大哥和大嫂。"

"快请进来。"大少奶奶符黎贞走下来。她清亮的目光在静漪周身一转，微笑道："这是七少奶奶吧？"

陶骧看看静漪，道："这是大嫂。"

"大嫂。"静漪过来给符黎贞行礼，被她扶住。静漪立即闻到她身上淡淡的药味。

"快别多礼了，外面冷，七弟，七妹，里面请。"符黎贞声音低沉而细柔，与她瘦弱纤长的外表正相称。

"大哥好些了没？听八妹说大哥着凉了。"陶骧走在前头，问道。

"已经好多了，让七弟记挂了。"符黎贞说。

静漪心想那难怪她身上有药味。被拴在屋檐下的雪獒突然一阵狂吠，静漪转眼去看，那体格壮大的雪獒看见她，张着血盆大口不住地吠叫。

符黎贞见静漪留意，说："白狮平时倒不怎么叫，不知道是不是七弟过来的缘故。"

陶骧站下来，看着白狮，伸出一根手指，点了点它。静漪就见白狮叫着叫着就安静下来，开始在原地急切地转着圈子，对着陶骧呜呜出声，那神态竟像个小孩，她不禁惊奇。

"它大概还认七弟是主人呢。"符黎贞微笑道。

陶骧停了停，走过去。

白狮见陶骧走近竟然翻了个身，四爪朝天，望着他。陶骧抬脚踢了踢它的后腿，说了句什么。白狮翻身趴在地上，不出声了，陶骧这才弯身摸摸它的大头。

“白狮原是七弟的。麟儿喜欢，七弟又时常不在家，就把白狮放在这里了。”符黎贞轻声说。静漪点了点头。符黎贞见陶骧走过来，说：“麟儿一天也不肯说几句话的，对着白狮却不知哪里来的那么多话讲。”

陶骧微笑。静漪看他，他仍是在看白狮。

“七叔，爹爹要你进来呢。”麒麟从符黎贞身后钻出来。

“快叫婶婶。”符黎贞拉过儿子，又催促陶骧和静漪，“快些进去吧，天真冷。”

麒麟黏着静漪叫小婶婶，拉起她的手带她进屋，陶骧和符黎贞反落了后。符黎贞不禁有些惊奇，陶骧却又一笑。静漪走到门前等了等，到底跟在陶骧身后进门。

屋子里虽然暖和，药味却更浓些，且有些暗，静漪立即觉得憋闷。符黎贞将他们往里让，轻声道：“午睡刚起，这几日正用着药，我们这屋里越发像个药铺了。七妹，对不住，药味这么重，熏着了吧？”

静漪忙摇头。

符黎贞先进了东间房门，静漪和陶骧站在外间，屏声敛气的。

静漪看看南炕上的小桌子，一只瓷瓶里插着新折的蜡梅，桌上纸笔俱在，想必他们刚刚进来的时候，符氏正在这里写字或作画的。

“大哥。”陶骧叫了一声。

“进来吧。”里面的人说完便咳嗽起来。

静漪看看陶骧，陶骧示意她走在前面，她看一眼里间敞开的门，倒比正间要明亮些似的，但一眼看着，没有看到人。只见到侍女退到一旁去，符黎贞那雪青色的裙子也是一闪。她低着头迈步进门，站定了，听到一个温和的声音在说“七弟和七妹快坐，这几日身子不好，只好这样见客了”……她才抬头看。

窗边的榻上半卧着一个面色灰白的青年男子，看上去身形面貌与陶骧相似，只是面庞更丰满些，所以并不显得那样棱角分明。

静漪知道这就是陶骧的大哥陶骏了，她跟着陶骧行礼。

“这就是七妹吧！远道而来，辛苦了，快坐。”陶骏说。

陶骧带着静漪坐了。

等着上茶的工夫，陶骏便和陶骧闲话起来。

静漪不出声，只听着他们兄弟说话。那麒麟倚靠在他父亲怀里，有点羞涩地看着静漪，静漪便对他微笑。

符黎贞亲手给静漪端了茶来，小声说："麟儿向来认生，看来和七妹很有缘分。刚刚尔宜带他去七妹那里玩了一会儿，回来可高兴了。原本今早是想过去看看你的，又觉得该让你多休息，不便打扰。"

"本就应该是我来拜见大嫂的。"静漪忙说。

符黎贞看着她，微笑道："咱们住得近，日后闲了就来坐坐。"

"是。"静漪答应。她发觉陶氏兄弟都在留意她们的对话，便停了下来。果然陶骏微笑着点点头。

"因了我，她整日被困在这院子里。七妹不嫌弃，日后多来我们院里。"陶骏说。

"是，大哥。"静漪又答应。

"你们必定有不少事情，今日就别在我这耽搁了。"陶骏说。

"那大哥好好养病。"陶骧说着站起来。

静漪跟着起身。

"我一日除了养病，也没有别的用处。听你的，好好养着。"陶骏微笑着说。

陶骧沉默片刻，点头。

"我下来送送你们。"陶骏说。陶骧想要阻止，但陶骏的亲随已经过来，掀开他的被子。

静漪侧脸。

陶骧想上去帮忙，陶骏摆手。

他的亲随是个健壮沉默的汉子，说了声"七爷，我来"，就麻利地将陶骏抱下来放在了轮椅上。符黎贞亲手帮陶骏盖好了。

静漪这才知道，陶骏是没有腿的。这一惊真是非同小可，还好她从来镇定，并没露出颜色来。

"自家兄弟，大哥何必如此多礼。"陶骧说，亲手来推陶骏的轮椅。

"若只有你就罢了，七妹是第一次来。何况我也该出去透口气。"这么一折腾，陶骏气喘吁吁的，仍是微笑道。

"外面冷，大哥还是多保重。"陶骧说完，将轮椅交给陶骏的亲随，"好好伺候大少爷。”

陶骏笑眯眯地说：“走吧。”

陶骧和静漪刚出了房门，白狮又开始叫，那吠声震耳欲聋……忽然，白狮住了声，发出呜呜的声响，秋薇回头看了看，小声说：“大少爷拿拐棍打白狮……”

静漪心一沉，抬头看陶骧。陶骧握了她的手，拉着她一起回头，朝大哥大嫂和麒麟微笑了一下，才转身出了谭园的门。静漪仿佛还能听到白狮的呜咽声。

陶骧并没有将她的手握得很紧，她想抽手是很容易的，但是不知为何她并没有这么做。

“大少爷是……怎么了？”静漪问。

“大概六年前，麟儿出生那天，大哥从栖云大营赶回来的路上遭到伏击。那一仗打得惨烈，跟着他的人无一生还。”陶骧说得很平静。

静漪听着，却觉得字字惊心。

“对不住。”她说。

陶骧看看她，说：“早年间没有这么太平，这家里，这样的险情每个人都遇到过，问谁，都能说出一两件来，并不很当回事，但唯独大哥这事是不能提的。”

“明白了。”静漪说。

“二哥带人赶到的时候以为大哥也死了。他把大哥的尸体运回来，却发现还有口气。送到医院里抢救了几天，总算是留了条命。只是腿没了，且脑部受到重创，时不时地会发作。这些年就苦了大嫂。”陶骧说。

静漪想到符黎贞那纤柔却自有一分强韧的样子，点点头。

“在奶奶和母亲面前，尤其不要提大哥的病。”陶骧再次提醒静漪。

静漪抽手回来，点头。

他们已经走到了陶老夫人居住的萱瑞堂院门口。

静漪进门见院子里停了几顶小轿，就知道这会儿老夫人屋里必然有旁人。

“应该是母亲和姑姑在。”陶骧说。

静漪抿了抿唇。陶家的宅子很深，且除了他们的住处，陶家别处都昏暗深邃，很容易就令她想起昨晚不愉快的经历来……见她低了头，陶骧扶了下她的手臂，两人一起走上去。

一个穿着鸭蛋青袄子的年轻姑娘笑嘻嘻地等在门口，看见他们就福了一福，眉目含笑地叫着“七少爷、七少奶奶”。

静漪认出来，是老夫人房里的大丫头，叫金萱的。昨晚她没顾上瞧仔细，白天见了，这丫头竟是个极漂亮的。

“老太太有话，请七少奶奶。”金萱说话侧过身，将帘子打得高高的。

静漪稍稍一停，低头迈步。进了门，秋薇跟上来替她除了斗篷。她还没站定，就见从里间跑出两个小姑娘来。

“七哥好！”她们先叫了陶骧。

“好。姑姑也在？”陶骧问。

“在呢。七哥，这就是七嫂吗？”这声音柔美至极，听着却有些稚气。

“这是姑姑家的文佩和仁佩表妹。”陶骧和静漪说。

静漪微笑点头，任她们打量——她们看到她脸上时那掩饰不了的吃惊让她尴尬，然而也只能装作不在意。陶骧挥挥手，说：“好啦，等下你们再看七嫂，这会儿我们得进去见老太太。”

两个小姑娘吐吐舌，急忙闪开，低声说：“七哥真凶。”

这时尔宜出来，笑着一边攀了一个，说：“七哥七嫂，你们快进去吧，都等着呢。”

“姑娘们小声些吧，老太太才刚还嘱咐呢。”陈妈出来，轻声道。尔宜忍住笑，拉住文佩和仁佩。

陈妈引着静漪陶骧往里走，越过两道门槛，才说到了。

里屋静悄悄的，静漪低头迈步跟在陈妈身后走进去，无暇留意陶骧。

“老太太，七少爷和七少奶奶来了。”陈妈禀告。

依然是静悄悄的，静漪并不敢立即就抬头。她站定了，在有限的视野范围内，只看到金石砖地上有着漂亮的金线花纹。陶骧就站在她身边，也不出声。片刻，有个伶俐的侍女拿来两个蒲团放在地上。静漪照着规矩和陶骧一起给陶老夫人磕了头，并没有立即起来，跪在蒲团上，这才抬头看着上方——长榻上，端坐着一个满头珠翠、身着绫罗的白发老太太，此时手里拿着一杆水烟袋，正微笑着看她——这一定就是陶家的老夫人、陶骧的祖母了。

两旁椅子上坐着的，分别是陶夫人胡祖芬和陶盛春。

“来，快把七少奶奶搀起来。”陶老夫人伸手示意。

陈妈和金萱过来扶了静漪。

蒲团没有收，秋薇也过来磕了头。

“秋薇给老太太请安，祝老太太福寿安康。”秋薇说。

陶老夫人且不管站在一旁的静漪，先打量了一番秋薇，笑问：“这个小女娃就是你的贴身丫头？”

“是，老太太。”静漪忙说。

“叫什么？”陶老夫人又问。

“老太太我叫秋薇。”秋薇回答。

静漪看了秋薇一眼，说：“老太太，秋薇年纪小，不太懂事，请您别见怪。”陶老夫人对秋薇的打量，让她有些不安。

“哪里，哪里……这小女娃儿眉清目秀的，好得很！叫秋薇是吗？难为你小小年纪，跟着你主子不远千里地来。从今往后这就是你的家，好好伺候你主子。起来吧。”陶老夫人笑眯眯地望着秋薇。

“是，老太太。”秋薇又磕了一个头才起来，站到静漪身后去。

陶老夫人笑道：“这孩子年纪小，也别十分拘束了她。你们看看我屋子里的这些丫头们，一个个的活泼得很。”

陶盛春听着笑道：“母亲，且让七少奶奶坐下来您再发表演说，好不好？”

陶老夫人这才笑道：“好好好，瞧我，老糊涂了。骧哥儿也不说提着我一句，让你媳妇站这么久。”

“站一会儿没什么要紧。”陶骧说。

陶夫人笑笑，说：“静漪去老太太身边坐。”

“来，近前来，守着我坐。”陶老夫人笑着招手。

静漪走过去，坐在陶老夫人身旁。

陶老夫人从头到脚看看静漪，转头和媳妇、女儿说：“真是个好孩子呢。”

陶夫人和陶盛春都笑了。尔宜文佩几个小姐妹进来站在陶夫人身后，也都笑嘻嘻地望着静漪。陶骧素来知道她们调皮的，坐下来时特地看了看她们。文佩眨了眨眼，抿嘴一笑。陶骧就皱了皱眉，转脸看向静漪。

陶老夫人微笑着和静漪说：“来，再坐近些。”

“是。”静漪轻声说着，往陶老夫人身边又挪了挪。

老夫人身上一股淡淡的果香和花香，伸手握住她的手。她忽然觉得脚下有什么东西在动，侧脸看了看，并没发现异常。陶老夫人慢声细语地问她话，她一一作答。过了一会儿，她看到裙摆动了一下，果然有东西……她一惊。当着老夫人，又不好流露出来，只得忍耐着，身上就出了汗。她偷眼看陶骧，可他正在同陶夫人和姑母说话，并没有注意这边，她心里越发着急。

秋薇发现她神色不对，不住地看着她，却不得要领。

“爱吃什么，只管和厨房说。”陶老夫人叮嘱静漪。

“是。”静漪忽觉得有个毛茸茸的东西一下子搭在了她的小腿上，她终于忍不住道，“奶奶，对不住……”

她话没说完就站了起来。陶老夫人见她脸色大变，愣了一下。屋子里瞬间静下来。她低头看脚下，还是什么也没有，不禁汗出如浆。

陶骧看她不知所措的样子，问道：“怎么了？”

静漪看他，微张着嘴说不出话来——陶骧在这里，除了小姑子们，还有长辈，她实在不便将裙子提起来，可是小腿上明明是有东西，还在动，她怕是老鼠。

扑哧一声，文佩笑出来，尔宜捣了她一下，仁佩忙捂住嘴。

陶骧瞅了一眼拼命忍笑的三个小姑娘，走过来。他看静漪抓着裙子，忽然明白了，刚要弯腰，也觉得不便，一时竟愣住。

“这是怎么了？”陶夫人莫名其妙地看着陶骧和静漪。

就在这时候，静漪觉得腿上的那个东西抓了一下她的膝盖，又痛又痒，她低低地“啊”了一声，也顾不上什么，一把抓住陶骧的手臂，说：“……有东西。”硬生生地把“裙子里”三个字吞回去。

可也奇怪了，她才刚说出这句话，那阵痛痒立即消失了。她正要放松些，就见裙摆动了动，一个棕色的小东西从裙下跑了出去。她的腿险些一软，就看那小东西在地上一停，还回头看了她一眼，一溜烟儿跑到脚踏上，攀着陶老夫人的裙摆就爬上了她的膝头，坐下来——好漂亮的一只小猴子！

“原来是它作怪！这是谁把它放出来了？”陶老夫人喝道。

“别怕，它不咬人的。”陶骧声音里含着笑，见静漪看他，仍握紧他手臂，又道，“是奶奶养的袖猴。”

陶老夫人宠溺地拍了下袖猴的头，对静漪说：“我就怕它闯祸，嘱咐她们要紧看好了它……一准儿是你们几个淘气鬼把它放出来捉弄你们七嫂，是不是？”

尔宜、文佩和仁佩低着头，锦袍不住地颤抖，闪闪发光。

“你们是一点规矩都没有了，淘气也得有个样子。”陶老夫人板起脸来。

“我们不就是同七嫂开个玩笑嘛！也没什么大不了的……”尔宜低声说。

“尔宜！”陶夫人开口。

“还有文佩仁佩。”陶盛春皱眉，“头回跟七嫂见面，玩笑开得太过了。去，跟你们七嫂道歉。”

“姑姑，不用，没什么的。”静漪轻声说。

“尔宜是太淘气了些。”陶骧扶着静漪坐下，淡淡地说了一句。

尔宜被祖母和母亲说过，脸上已经有些挂不住，不想向来疼爱她的七哥又开口责备，顿时脸一红，忍了忍，到底没忍住，一转身就跑出了门。文佩和仁佩也追了出去。

“孩子气！说都说不得了。”陶盛春转回身来，看着静漪，“都是我们文佩仁佩不懂事，我替她们跟你道歉了。”

静漪更觉得尴尬：“没有，姑姑。是我大惊小怪了。”

“尔宜有时候顽皮起来是很没分寸的。这要怪我，平常总跟在我身边，娇惯了些，就未免纵得她无法无天的。”陶老夫人安慰静漪，说着拍拍袖猴，伸过手臂来，袖猴顺着她的手臂溜到手背上，歪着头看静漪。

静漪是头一次见这样灵巧的动物。从前只听父亲说过，西域喇嘛爱豢养这样的小猴子，因体形娇小，能藏在袖子里随身带着，故称作袖猴，不料陶老夫人就有这么个爱宠，也算见了稀罕物。

陶骧从果盒里拿了一小把松子递给静漪，说：“它喜欢吃松子。拿这个喂它，喂熟了以后就不会欺负你了。”

静漪接过来，不想袖猴依旧歪头看她，并不肯就吃。

还是陶骧先剥了一颗松子给它，它抓去吃了。陶骧把剥好的松子放在静漪手上，指着松子给它看，看它还犹豫着要不要拿，静漪笑了。

陶老夫人笑道：“吃吧，这是骧哥儿的媳妇，咱们家的人。”

陶骧摸摸袖猴的头。

袖猴果然从静漪手里拿了松子吃，只是吃完了又溜回陶老夫人肩上，照旧歪着头看静漪。

陶老夫人似乎心情很愉快，看看静漪，又看看陶骧，对陶夫人说：“时候也不早了，你前面有事就尽管去，骧哥儿也去吧。静漪留下来，再陪我们坐坐。”

“是，母亲，今晚程家三少爷和三少奶奶过府晚宴。稍晚他们到了，会先来拜会母亲的。”陶夫人站起来。

陶老夫人点头。

静漪起身送了婆婆和陶骧出去。她见尔宜文佩她们还不回来，不禁有些记挂，轻声问陶盛春：“姑姑，八妹和表妹她们呢？”

“刚刚让丫头来说一起去二少奶奶那里看瑟瑟了。她们风一阵雨一阵的，随她们去，在这里倒闹腾得咱们说不成话。”陶盛春微笑着说，“看了你呢，我就更羡慕文静的姑娘家。我们仁佩还好些，文佩完全像个假小子。”

静漪想，其实她倒喜欢尔宜文佩的率真恣意，就是这个年纪该被宠爱着甚至宠坏的女孩子。她从一个对女儿的教育严苛到极致的家庭里出来的，虽知道譬如从前旗人家里，姑奶奶地位尊贵，简直是说一不二的，待看到陶家姑奶奶们的架势，才能领会到十之一二的气派。

也许是从她的笑容里看出些什么，陶老夫人问：“静漪会骑马吗？”

静漪摇头。她看着老夫人手臂上，那只袖猴吃饱了正在打盹儿，小身子软绵绵的，甚是可爱。

“那怎么行！”陶老夫人扬起眉，“陶家呢，就算是女人，也个个善骑射，如今不但是要上得马，还要打得枪。只可惜我上了年纪，不然一定要亲自教导你。尔安尔宜姐妹从幼时便学起，你大嫂二嫂虽然不精于此道，也是会的。日后闲了，让尔宜陪你上课。”

“是，奶奶，我一定学会骑术。”静漪答应。

“让老七教你。”陶盛春笑着说，“母亲，我去一下。”

“去吧。骧哥儿骑术是祖父亲自传授，原是很好的，你也不能比他差了。”陶老夫人笑着说，“他在家的时候少，还经常泡在马场。听说新近有人送他一匹好马，还没驯服呢。”

静漪微笑。原来陶骧是这样喜欢马……她记得那天也是一个黄昏，在马场只有他们俩和一匹精灵似的马，他和她就把一切都说定了。

陶老夫人见静漪低头不语，轻声问：“还疼吗？”

静漪抬起头来，说：“奶奶，我不怎么疼了。”

陶老夫人戴上花镜，手触到她的面颊，说：“我让人给你送过去的药，你按时涂抹。这药用来消肿化瘀最好。你且好好养着，汤药记得按时服用……这些你婆婆自然会安排，我不过白嘱咐你。”陶老夫人摘了花镜，依旧靠在靠枕上，望着静漪。

仿佛一幅安静的画卷，这孩子看着就让人心里熨帖。她微笑了一下，端起茶碗来，又想起来，说她真是健忘，竟然忘了给见面礼，这才让金萱把一个锦囊取了来给静漪——是一对翡翠镯子，通体嫣红，晶莹剔透。她亲手给静漪戴上，说：“听姑姑说你肤色白，我就想着这个你戴着准好看——怎样？”她见女儿回来了，托着静漪的手，有些得意地让她看。

陶盛春故意道：“是，母亲的眼光还有差吗？静漪好好戴着，奶奶一早支使我找了好久呢。”

“谢谢奶奶！谢谢姑姑！”静漪拢了镯子，并不忸怩作态地推辞。她虽不喜华丽装饰，这对翡镯却颇让她心生喜悦。

陶老夫人笑着点头，又让金萱把另外两样东西给打开，是一个竹雕笔筒和一对青铜镇纸，皆出自名家之手，且又是用得着的，静漪就真心高兴起来。

“老八又该吃醋了。”陶盛春打趣道。

“这些小玩意儿还有一些的，老八用得上，也拿去用。只是你看她，虽是喊着想去读中国文学系，我倒觉得若是大学堂里有中国武术系，她更能胜任些。”陶老夫人说。

陶盛春正拿起一碗茶来，听到母亲这么说，忍不住笑了起来，手一歪，一碗热茶险些浇在了静漪的裙子上。

这笑声把袖猴都惊动了，它一跃而起，蹲在小炕桌上四处张望。

“哎哟，你看看你！”陶老夫人责怪女儿。

静漪也觉得好笑，拿了两颗松子，剥了去喂给袖猴。袖猴仍有些认生，并不立即就取食。陶老夫人和陶盛春望着这一幕，都微微一笑。

这时隐约听到外面似是一层一层地往里传话，陶盛春说句“是不是来了”，待要叫人来问。

陈妈就进来说：“程家三少爷和三少奶奶来看老太太了。”

静漪就见陶老夫人坐直了，将袖猴交给身边的侍女。片刻之后，她再抬头，便完全没有了刚刚那舒适悠闲的态度。

金萱过去扶着她站起来。

静漪跟在陶盛春之后随陶老夫人出了卧房门来到正屋。

陶老夫人刚坐下，陶盛川就先进了门。

静漪一眼便看到了跟在公公身后的三哥程之忱，紧随其后的是三嫂索雁临。

进门时之忱明明没有看她，她却觉得三哥进门的第一眼，那如电如炬的目光首先就锁定了她，让她不得不提起精神来。

待屋子里拥进来的这些人终于在一番礼让之后，逐一落座，静漪才上前去见过了她的兄嫂。虽然三哥只同她点了点头，她心里仍是一安又一暖——其实不过数日而已，她却像是数年未见家人了。

程之忱还罢了，索雁临握了静漪的手就将她拉到身边，近前看了看她，再没松开手。静漪只好在她身旁的位子上坐了，听陶老夫人和三哥说话——三哥措辞得体，言谈间亲切又不失分寸。她有些出神，被索雁临摇了摇手，才对她微笑。

随后之忱告辞，同陶盛川父子去外面参加晚宴。陶老夫人留索雁临在内堂用晚饭，索雁临也就留了下来。

晚宴上索雁临风度极佳，陶老夫人和蔼可亲，陶夫人和陶家姑姑、几位少奶奶和小姐也都极得体，这顿晚饭便其乐融融。

静漪心想单只看这时候，真是再也没有更加和乐亲近的亲家了。

宴罢稍坐了会儿，陶老夫人就提议让静漪带三嫂去看看她和陶骧的住处。静漪从心里感激老夫人的体贴……哪怕明白老夫人是刻意这么安排，让她和娘家嫂子有单独相处的时间，她也觉得感激。

索雁临同静漪坐上轻便马车往琅园来，路上并没有多交谈。她透过玻璃窗子看着华灯照耀下的陶家大宅中或宽或窄的巷子，直到在琅园门口下了车，望了望这座崭新的小洋楼，才说："为让你们婚后住得舒服，很是花了些心思。"

静漪请她进门，吩咐张妈去煮咖啡。

索雁临脱了大衣交给秋薇，张开双臂将静漪拥进怀里，好久，她都没有开口。

张妈端了咖啡上来，静漪轻声说："三嫂，喝杯咖啡。我这里有很不错的咖啡。"

索雁临低了头，取出手帕来擦了下眼角鼻翼。静漪等了片刻，端了咖啡给她。雁临拿起咖啡杯来，啜了一口，问："方便带我上去参观下吗？"

静漪点了点头。她并没有让秋薇跟着上来，于是上了楼，就只有她和雁临两个人了。她带着雁临四处参观。雁临甚至又爬了两层楼梯上去，来到空荡荡的阁楼里。静漪看她在阁楼窗前站定了，也走了过去，站在她身边。两人从窗子里望着黑黢黢的陶家大宅，星星点点的灯光，和这深远的黑暗之外的，更深的黑……再远处，沿着城墙布就的电灯，照亮着城市的轮廓。

“咖啡好极了。”雁临举举杯子示意。

静漪微笑。

“收到你遇险的报告时，很替你担心。虽然知道陶伯父和牧之一定会处置得当，也免不了提心吊胆。”索雁临说。

静漪沉默，她仿佛是一直在等着索雁临开口的。

“是你三哥的意思，要陶家不要把消息告诉家里。”雁临望着静漪，“千万别怪家里至今没有问及此事。”

“我也是这么想的。这事索性就不要再提了。”静漪说。

索雁临伸手过来，触到静漪的面颊，说：“委屈你了。”

静漪低着头，说：“三嫂，我真的没事。别说这些了，多谢三嫂这么远来。”

“应该的。旁的不说，我总要亲眼看你平安无事的。”索雁临说。

静漪的隐忍和沉着，实在是超乎她的预想。

她从在陶老夫人房里看到静漪，看到她脸上的瘀痕，那些惊心动魄的场面就在眼前了。若此时静漪和她哭诉，可能她心里还会好受些，但她偏偏就那么一语带过了……她内心有说不出的伤感。

“和牧之相处得还好吗？”她问。

“好。”静漪回答，她挽着雁临，说，“三嫂，我们下去坐着说话吧，站久了腿酸。”

雁临跟着静漪走下阁楼。静漪脸上浮着浅浅的笑意，可在电灯光芒照耀下，她脸上的瘀痕看上去更加触目惊心……雁临拉住静漪，问：“真的好吗？你可以和我说实话。”

静漪微笑道：“我知道三嫂担心什么。加上这次，他救过我两次了。若要算得清楚些，我起码欠他两条命呢……”

索雁临微皱眉头，刚要说什么，就听下面秋薇叫了声“小姐”，道：“小姐，姑爷和三少爷回来了。”

静漪一转头，就看到了陶骧和程之忱。她微笑着下来走到陶骧身边去，抽了抽鼻子。

“喝了很多酒吗？幸亏是三哥来了，要是九哥在这里，恐怕这会儿早就抱桌子腿了。”她说着，挽起陶骧的胳膊。

陶骧看看她细白的手腕上那只翡镯，道：“看来在奶奶那里骗了好东西了？”

静漪闻言，褪了一下衣袖，露出一小截纤细白嫩的腕子来，那翡镯通体嫣红，在灯光下红得逼人眼。她微笑着给之忱和雁临看，语气却是向着陶骧的，说：“嗯。还有稀罕物呢……秋薇，把镇纸和笔筒都带回来了吗？”

秋薇笑道：“都带回来了。小姐什么时候变得这么小气了？难道还怕老太太把给了的东西要回去？”

静漪说：“我是想显摆一下嘛！快，拿来给三哥和三嫂瞧瞧。”

秋薇笑着上楼去取，静漪请之忱夫妇坐，分别给他们倒了红茶和咖啡。她看了看陶骧，问雁临道：“三哥三嫂今晚留下来吧？”

“怎么好打搅你们？”雁临也看看陶骧。

“这有什么打扰不打扰的？以后恐怕想要这样的机会也难得了。”陶骧接着说。

雁临微笑着看看之忱，见他没有表示反对，点头道：“幸亏我早有准备。等下让人去车上把我们的箱子拿来，换洗衣服都在里面。”

之忱道：“难怪出门前啰唆那么久，下车又不带那箱子，原来一早有打算在这里住下？”

“是呀，可是我又担心万一小十不留咱们过夜呢？所以我在等她开口，省得面子上过不去不是吗？”索雁临微笑。

“三嫂真是。”静漪笑着，果真吩咐图虎翼，“虎翼，去帮忙把东西拿进来好吗？”

陶骧转头跟上一句：“顺便让小马再拎两坛酒来。”

“呀。”静漪一伸手把着他的手臂，“很晚了，让三哥三嫂休息不好吗？”

陶骧就觉得她手心热乎乎的，嗓音也甜软得很，仿佛被融化的朱古力，从舌尖上一点点地漫上来。

他顿了顿，说：“我知道三哥的酒量，同着父亲，三哥没放量的。家里有好酒，我陪三哥再喝一点。你放心，不会喝醉的。”

静漪又要说，索雁临却说：“就让他们再喝一点吧。我看你三哥也是想喝酒的样子，难得的。”

程之忱慢吞吞地说：“家酿的陈酒，比起外面的那些来不知道好了多少倍。”

“就是这话。”陶骧转头交代着等在一边的小马，就听外面有人问“之忱没走吧”，道：“我就说，无论如何有热闹，也不会落了二哥二嫂。”

张妈去开了门，陶驷夫妇站在门口，脚下摆了两只坛子。

陶驷的脸已经红了，笑道：“我去酒窖挑了两坛三十年的。我琢磨着之忱今晚肯定走不了，这回不让他喝痛快了行吗？好不容易来一趟西北，酒都没管够，那多不合适啊。”

雅媚趁他说话的工夫，已经进了门，跟着静漪叫了声“三哥三嫂”，笑道：“我刚把瑟瑟哄睡了，这人就闹着要来喝酒。我怕他闹得大发了，让你们休息不好，才跟着来了。”

“不会。”索雁临笑着说，“难得聚在一处。瑟瑟还好吗？”

“还好，只是一时也离不了我。趁她睡了我才出来。”雅媚坐下来。

静漪又交代张妈让厨房准备些小菜。

谁都不肯到餐厅里正经八百地坐下来喝酒，只好就着客厅里这点地方聚在一处。静漪是女主人，却不会喝酒；雅媚虽能喝酒却又不便喝，因喜欢那壁炉，让人添了柴点起炉子来，干脆席地而坐；雁临倒痛快，拿了跟男人们一样的大酒盅——静漪坐在雅媚身旁，当那酒坛子一启封，她就觉得香气简直要连她都征服了……是极浓极酽的味道，说是酒香，又仿佛不单单是，尚有其他什么说不出的气息也掺在里面，在一层一层地挥发出来，让人闻着就要沉醉了。

陶骧也拿了一个大酒盅递给静漪。

静漪接过来，一看，里面只有浅浅的一点。

雁临看了看，故意道：“牧之小气，多给她些又怎样？”

陶骧继续斟酒，也不还口。

雁临尝了一点点，就说：“难怪之忱连矜持客气都忘了，这酒的确香。”

雅媚道：“嗯，家里的酒窖，也不知多少年了，听奶奶说是有这老宅就有酒窖了。酒窖的钥匙在母亲手上，他今晚要酒，还是母亲让珂儿拿钥匙去开的。”

“母亲原先也不这么管束我们的，家里酒窖敞开着，年年都有新酒酿了存进去，老酒可以随时拎出来喝……后来都是因为这个家伙，母亲就立了新规矩了。”陶驷笑道，他看了陶骧一眼，忍不住揭他的底，“这家伙那年才多大？我记得是去留洋前的事。那日他跟着祖父去酒窖。祖父看得美了，又喝了几盅，出来时下人们就只顾了老太爷，愣把他给忘了。回头天都黑了，一家子预备吃饭了单少了他。那时候他淘气，父亲还说又不知道哪儿淘去了。谁知道等到定更还不见影子，这才慌了。祖母以为出事了，让人四处去找。人都撒出去了，几乎要把兰州城翻过来的架势，还是找不到，祖父才一拍大腿说我知道娃在哪儿！”

陶驷说得极有趣，连陶骧都仔细地听，更不要说头一回听这故事的其他人了。

“在哪儿？”索雁临问。

“酒窖里呢！父亲亲自带着人挨个儿酒窖下去找，终于把醉得不省人事的老七给找着了。他倒好，外面一家子人仰马翻，他在里面呼呼大睡。不过那样子可也挺吓人，也不知道他偷喝了多少酒，睡了两天还不睁眼。换了好几个大夫都说喂了药来解酒，大概是不要紧的。可是奶奶和母亲害怕呀，这宝贝疙瘩要是出点事，那还得了？后来他醒过来，奶奶那通念佛！知道醒过来第一句话是什么吗？好酒！”陶驷哈哈笑着，拿着酒盅碰了一下几乎忍俊不禁的程之忱手中的盅子，指着陶骧道，“祖父说老七要是真在酒窖里醉出个好歹来，陶家这几辈子的英名算是不保了，立刻要换上‘酒囊饭袋’的字号。”

“七弟到底喝了多少酒，还记得吗？”雅媚笑着问道。

“那怎么可能记得。”陶骧也微笑。

“静漪以后要看着点，这可不得了。”雅媚碰碰静漪。

静漪正低头握着杯子，被雅媚一碰，杯中酒波荡漾，香气更浓。

“嗯。”她应着，抬眼看看正在喝酒的陶骧——他也曾经是那么顽劣的孩童，会闯出让人预想不到的祸来……听他们继续聊着各自因为喝酒闹出的笑话，她想想，因为她几乎没怎么碰过酒，要是闹笑话，大概也只有那一回。

她想着，就望着陶骧，他没有转过脸来看她——他的鬓角很长，侧面看他的下巴就更加棱角分明，总是那么不妥协的样子。

“从前酒量最好的是大哥。今天是晚了，若是早些，把大哥一起请过来就更好。”陶驷说着，声音低低的。

陶骧沉默。

之忱说："今日一见锵之兄，确实变化很大。"

静漪心想，那么今晚陶骏应该也在晚宴上的。

陶驷将酒盅里的酒喝了个精光，猛地倒扣在茶几上，发出巨大的声响。

程之忱看着自己酒盅里被震出来的酒液落在茶几上，不动声色。

陶骧说："二哥。"

"为了大哥，也跟马家不共戴天。"陶驷说，语气比酒气要淡了不知多少倍，但是没有人拿他的话当酒话。他扶着膝盖，抬起头来，说："雅媚，咱们该回了。"

雅媚顺从地起身，也不说什么，过来站到他身后去。

"之忱你得把这盅酒喝了。"陶驷又笑了。

程之忱默不作声地将酒喝光。

陶驷点头，说："你们好好休息。明儿咱继续喝！"

陶骧和之忱要搀他起身，陶驷却说也不用，雅媚也示意他们不必。

陶骧了解二哥，也不太担心，就只看着陶驷和雅媚携手离开了。

他们走后，剩下的四个人很久没人开口说话。陶骧和之忱慢慢地喝着酒，一盅接一盅。静漪见茶几上的小菜他们都不动，就给他俩布菜。

"我与锵之兄有同门之谊。锵之兄儒雅斯文，人品高洁，遭此横祸，师友同侪皆为之扼腕，所幸锵之兄顽强，复原到如今地步，已是不幸中的大幸。"之忱说。

陶骧沉默半晌，似咂摸够了这几句话，才说："此地久历征战，近年虽太平些，大小纷争仍时有发生。往后若风平浪静固然好；若有人起事，我们陶家也是从不怕事的。"

之忱举杯，两人将酒喝了。

索雁临看看时间，说："时候不早了，明日还有好多事情要准备，不如早些休息。"

"好，休息。"之忱站起来。

索雁临想起来，对陶骧说："后日便是正日子，明早我们带静漪先过去好不好？"

"我还想顺便去医院探望下之忏。"静漪说。

“大喜的日子去医院，被上人们知道恐怕要说的。我同之忱白天已经去探望过了，他恢复得很快，你放心吧。”索雁临说。

“去看一下也是应该。”陶骧说着，看看静漪，“我和你一起去。”

雁临这才不说什么了。

静漪早让张妈将楼下客房收拾妥当了，她送哥嫂过去，回来看陶骧仍坐在沙发上。她走过来，陶骧发觉了，歪着头看她。

他的脸色并没有变，只是眼睛有些发红，望着她，过一会儿才说：“奶奶把她喜欢的东西都给你了。”

静漪点头，将茶几上那笔筒和镇纸收在怀里。秋薇把东西拿下来的时候，他们品评了半晌，他却没有出声，她以为他不怎么在意，原来都看在眼里。

“上去休息吧。”她说着就要先走。

陶骧长腿一伸，搭在前面的脚凳上。静漪猝不及防，险些被绊倒，怀里的东西便落了一地。她气恼地回头瞪他——他故意将两条长腿叠起，铮亮的靴尖在她面前一晃……她绕过去将笔筒和镇纸捡起来，还好落在地毯上，并没受损。

她转头又瞪了他一眼。

陶骧微抬着下巴，发红的眼望着她，目光将她锁得定定的。

静漪站起来，见他似乎出了神，说：“上去休息吧。”

她将笔筒挽在臂弯间，笔筒上的赏梅仕女圆润秀美的面孔上微带笑意，细微的裂痕就像是她的笑纹……真是很美的东西，古老，典雅，妙不可言。忽然一片阴影罩在仕女脸上——她不用抬头也知道是陶骧起身了，她收好了笔筒，侧身让他。

陶骧站在静漪身前，别的什么都看不到，只见她两排长睫毛整整齐齐的，向外卷着，翘得像孔雀开屏似的，时不时地一颤一抖。他转开眼，先上楼去。

静漪走得慢些，一会儿也跟上了。

她见陶骧满身的酒气，只道他的确是有些醉了的，便下意识地伸手过去搀扶他，他却将她的手推开了。

“小心些。”静漪轻声说。

陶骧看了她一会儿，静漪被他看得心突突一跳。她看着他转回身去，一级一级的台阶踩上去，慢得时间都像是要定格了。

静漪只是小心提防着他摔倒，并不是硬要上前去扶他，心里也还是有点气，这个人，不知道好歹……虽是这样，她还是回身低声叫张妈。

声音压得很低，生怕惊动了人。

她扶着栏杆等着，觉得张妈伶俐，不会让她喊第二声。果然张妈片刻便麻利地出现在楼梯下方，顺手开了一盏灯，仰头问她有什么吩咐。

“去给少爷准备碗解酒汤。”静漪说。

张妈点头去了。

静漪转头看陶驤依旧不紧不慢地上着楼，她倒也不着急，只随着他缓慢的步子往楼上挪。两人似乎在比着谁能走得更慢些……待走到楼梯尽头，静漪一额的细密汗珠。

她叫秋薇来，把笔筒和镇纸都给她收了，去放水预备让陶驤洗澡。

秋薇答应着去了。就这会儿工夫，静漪一抬头，就见陶驤走到了那些堆放在厅里的箱笼中间——他手扶着一个紫檀大箱，伸手轻轻敲了敲，发出铮铮然的响声……他嘴角有一丝笑，抬眼看着她，问：“这里头都是些什么？”

静漪没出声。

“有些什么，但愿你清楚。”陶驤轻轻拍了拍箱子，转身往卧室走去。

静漪怔了片刻，急忙跟上去，见他进了卧室，似乎是到了个陌生的地方，四下里看了看，才照着床去了。

静漪想要喊他换衣服，哪知他一转身就像沙袋一般沉重地倒下去，柔软的床榻顿时陷下去一大块。

静漪看他衣服鞋子都没脱，不禁有些气闷。

秋薇放好了洗澡水出来，见状悄声提醒她：“姑爷醉了，怕是不敢让他就这么着去洗澡。”

静漪点头。一时张妈送来解酒汤，她叫他起来喝汤，他也没有任何反应。

她叹口气，打发张妈秋薇去了，呆坐了一会儿，换过衣服回来一看，见他还是那样躺着，她便拿了毛巾和热水过来给他擦脸，他动都不动。她从来都没有照顾过醉酒的人，也不知道他这样子昏睡到底对不对劲儿，伸手去探他的鼻息，髭须刺到她的指尖，一阵酥麻。她刚要收手，被他一把抓住了手。

静漪吓怔了，正不知他要如何，他很不耐烦地又推开了她的手，翻了个身。

静漪受这一通惊吓，不敢再碰他。见他不像会有事的，就把他扔在卧房，出来在起居室里站了半晌，心还是在狂跳。她看着自己这些箱笼，忽然想到刚刚他问的话，不禁怔住。

他醉后的话，是有意的，还是无意的？他看她的目光里总有些复杂的东西，也许他是有些怀疑的。

她走到箱笼旁，也轻轻敲了敲——那几箱名为宣纸的药物就这么被偷梁换柱了。南纸铺送来的时候就传过话，说过这边接应的人自有办法取货，让她不必担心，果然。那么，明天她无论如何都要去一趟省立医院了。如果他们像这样言而有信，那里就该有她想要的东西。

她去找了钥匙来，重开了箱子。

原本四周都是淡淡的木器香，开了箱子，香气又浓郁了些。离家前，母亲非常仔细地把东西分门别类放置在不同的箱子里，还将清单列明，写在小账本上交给她——哪一箱是冬衣，哪一箱是夏衣，哪一箱是春秋的……都列得清清楚楚，箱内还特地放了香料包防蛀。这些闺房里的细软，母亲也不知花了多长的时间，替她准备得样样齐全。还有些贵重的物品也都做了特别记录，尤其嫡母给她挑的几样古董，说是可以放在房里摆一摆，看到了就想着娘家人也在身边的意思，或可一解思乡之苦……她把其中一样拿了出来。

一尊白玉观音。

嫡母让这尊她供奉了十多年的观音像随她出嫁，是想让观音保佑她的意思……

静漪抱着观音像回到房间里去，四处看了看，这么大的卧房，却一时也找不到合适的位置。忽又见陶骧依旧那样躺在床上，连被子都没有盖，她只好先放下观音像走了过去，给他脱靴子。

他的靴子很紧，她费了好大劲才给他脱下来，看他还穿着衬衫马裤，又给他解开了衣领下的纽扣。腰带系得很紧，她看了看，却下不了手，索性随他去吧。

她从柜子里另取了被子出来，给他盖上。

忙完这些，她长出一口气。到这会儿，她也困极了，强撑着去洗了把脸，回来匆匆地往床上一躺，几乎是在关掉床头灯的一瞬，她就跌进了黑甜乡……只是也许是错觉，她好像在这之前是听到了一声很惬意的咕哝。

…………

陶骧睁眼，闻到甜香。他过了一会儿才意识到自己在哪儿，转头看了一眼——静漪缩成一小团，睡在床的另一侧，是他伸直手臂也触不到的距离。

他看了眼腕表，早已经过了他每日晨练的时间。头有点沉，昨晚的酒还是喝过量了，他只能记得自己是怎么走上来的，后来的事，印象模糊。

他动了动身子，发觉衣服完好，又看了静漪一眼，才起身进了浴室。

洗好了出来，他见静漪仍是那个姿势，不禁走过去，拧亮了她这一侧的床头灯——灯光下她的睡容依旧是端庄的，只是有些过于端庄，好像连睡梦中都紧绷着神经——他看了好一会儿，才关灯离开。

陶骧下楼出门，图虎翼已经守在这里等他，一旁还有岑高英。

他边走边听着岑高英的汇报，走到大门边，岑高英也已汇报完毕，等着他的示下。

“让栖云大营负责明日内卫。”陶骧说。

“七少！”图虎翼叫道，“内卫这么重要的岗，不能交给栖云营的人。二爷早就已经安排好了人手。”

陶骧看着岑高英。

“我同意虎翼的看法。二爷已经安排好了人手是一方面，再说栖云营，向来是不见大少的话不挪窝，恐怕……”岑高英也说出他的担心。

陶骧说：“照我的意思传令下去。二爷问起就说是我说的，他明白的。”

“是。”岑高英见陶骧心意已决，领命而去。

图虎翼还是不甘心，愤愤然道：“七少，栖云营的人我是信不过的。明明是七少你辖下，他们还只听大少的，从来没把咱们放眼里。要我说前日七少发作得还是轻了，栖云营办差办砸了不是一两回，崩他一两个，管保老实一阵子。看谁还敢拿……”

陶骧却拍了拍他的肩膀，说：“少安毋躁。”

“七少，话是这么说，明天可不是一般的日子，内卫太重要。而且万一出了状况，调动不利……”

“我调他们不动，我看谁还敢调动。”陶骧说着，戴上手套，低头撣了撣上衣，“好了，跟我去骑几圈，这些事，自有人操心。”

图虎翼这才发现他穿的是骑马装。

他仍不死心，说：“还是让我带侍卫排的人负责内卫吧？咱的人一个顶一百个……啊？七少？”

陶骧就是不回话。

图虎翼还是一边走一边在陶骧耳边不住嘴地啰唆。

陶骧被他缠磨不过，喝道："再多啰唆一句，在这里罚站。"

图虎翼委屈地闭着嘴哼了两声。

陶骧这才觉得耳根清净些，奔马场的方向而去。

图虎翼亦步亦趋地跟着他。

时间还早，陶家大院还没有完全醒来，只有零星几个仆人在巷子里洒水清扫。

陶骧走得极快，到达马厩才慢下脚步。

陶家马厩里多的是骏马。陶骧走两步，停一停，看一看，偶尔问马夫几句。清早马夫们都忙着伺候马匹，见陶骧来了，不得不暂停下手上的事。陶骧挥手示意他们不要管他。

专门负责他的马的马夫老李正在收拾赛雪的栏。

陶骧见赛雪栏里空荡荡的，大声问道："把赛雪放出去了？"老李耳背，同他讲话要抬高声量。

老李放下铁锹，见是他，忙放下铲了一半的马粪，笑道："是，七爷。赛雪在场里跑着呢！"

陶骧点头。

隔壁栅栏里静悄悄的，他看看，问："那匹怎么样？"

老李叹口气，说："这几天又闹脾气。我怕被它咬，每天放下草料就跑，都不敢进去收拾马粪。七爷就先在外头看看吧——好家伙，吃得有赛雪三个还多，瘦得就只剩下赛雪一半大了，都快给马粪埋了。这马厩里就是它那里最臭。"

图虎翼听着，忍不住笑了。

老李看他，说："图副官还别笑，你陪七爷去看看，就没见过吃这么多还这么瘦的马。我伺候马伺候了大半辈子，从来没见过，从来没见过……"

"瘦驴拉硬屎，瘦马拉什么屎？我倒要看看。"图虎翼笑着先往前走，去看看那匹烈马。

陶骧还没开口提醒他不要贸然靠近，就听嘭的一声巨响，图虎翼喊了一声"哎哟可吓死我了"便退了回来，瞪着小窗口里那露着白牙的黑马嘴，说："这幸亏是踢到栅栏，踢着我可得躺半拉月。"

陶骧示意他后退。

黑马打着响鼻儿，呼哧呼哧喷着热气，过一会儿就挪开了。

“没拴吗？”陶骧走近，从小窗口里看着里面。里头黑乎乎的，什么也看不见，只有一股热烘烘的腥臊味道扑鼻而来。忽然间栅栏门又一声巨响，图虎翼和老李都提醒他躲开些，他却站着没动。

那黑嘴又伸出小窗口，喷了一口气，淘气的顽童似的。

陶骧摘了手套，朝它的鼻孔捅了一下。中了招的黑马迅速缩回去，不住地在里面打着响鼻儿，跳腾着发出各种声响……他嘴角一牵，露出一丝笑容来。

“伤了我多少人了，这账等着我跟你慢慢算。”他说。

“这不知道的还以为科拉亲王故意跟您找碴儿呢，送这么个活宝来，这不是害人嘛！”图虎翼笑道。

陶骧让老李把围栏外的棚子升起来一截，他要看看这个闯了无数祸的家伙。

老李虽犹豫了一下，但也知道陶骧的脾气，是言出必行的，只得过去把沉重的棚子拉上去，图虎翼一起帮忙。

老李提了一只大马灯来照着，陶骧走近些，看到踩着厚厚的一层马粪当草垫的黑马，被光一打，立即站住不动，低了头抬眼瞅着他们——真是一双好眼睛，亮晶晶的，苹果般大小。只是身上不但是瘦，还脏，肚皮上更蹭了一层马粪，原本黑缎子似的毛都快看不出本色来了……虽瘦到露肋条，可骨骼壮大，养肥了就是匹骏马——陶骧走近了，和黑马对视着。

突然间黑马一阵嘶鸣，扬起前蹄来奔着栅栏就蹬上去，硕大的蹄子扣在栅栏上，吓得老李和图虎翼急忙松了手。棚子落下来，还听得到黑马在里面嘭嘭嘭地踹着栅栏。

“幸亏这间马厩最牢固。自从上回它咬断绳索，踹折了栅栏，就在外面加固了一圈铁条。可这下倒好，它跑是跑不出来的，也没人敢进去了。”老李经这一通忙，满头是汗，拿了羊皮帽子下来，扇着风。

陶骧点点头，说：“辛苦了。”

“七爷这是哪里话来。就是照顾不好它，对不起七爷。”老李脸上有些赧然，看看外面天色亮了些，“七爷去看看赛雪？”

陶骧点点头，走出去。

空空的马场里，他的坐骑赛雪正在独自散步，踏着马场草皮上的积雪，步幅优雅欢快。

他扶杆远望，微蓝的天幕上晨星闪烁，一丝风也无，今天的天气应该好极了。不知明天又将如何……

“七少，下去跑两圈？”图虎翼问。

陶骧还没说什么，就听麒麟在背后叫他：“七叔！”

他回身一望，麒麟正从马厩大门跑进来，一踮一踮地跷着脚挥着手，跟在他身后的老仆喊着“小少爷慢些”，生怕他摔了跤。再往后看，符黎贞扶着丫头小柏也跟来了。

粉妆玉琢的麒麟很惹人怜，陶骧看着侄子，一直板着的脸不由得也柔和了些。他抱起麒麟，转向符黎贞道：“大嫂早。”

符黎贞点头微笑，和麒麟说：“又缠着七叔了。”

“不妨事。”陶骧微笑道。

麒麟箍着他的脖子，说：“七叔，骑大马。”

符黎贞笑道：“这孩子一睁眼就想来看马，只好带他来。”

陶骧看看麒麟，说：“大嫂，麟儿这么喜欢骑马，是不是该让他学骑术了？当年大哥是四岁上马，我愚钝些，满五岁也上马了。”

“再等等吧。麟儿身弱，况且论聪明，他哪儿能跟你们当年比。”符黎贞淡淡地说。

陶骧顿了顿，道：“那，我带麟儿跑几圈吧。”

符黎贞面露难色。

“娘……”麒麟撒娇。

符黎贞看着儿子的眼神，没表示反对。

陶骧将麒麟举起来扛在肩头，图虎翼替他们开了栅栏门。陶骧打了个呼哨，赛雪就踏着小碎步子跑了过来。他等马夫将鞍子放上，让麒麟先坐了，自己才纵身上马，说：“麟儿，坐稳了。”他的声音低沉有力，麒麟回头看看英武的七叔，“嗯”了一声，紧抓着缰绳，叫着“七叔快”！

符黎贞看着陶骧扶稳麒麟，让赛雪小跑起来，很快麒麟欢快的笑声随着赛雪小碎步嗒嗒的声响，在马场上空回旋起来……她慢慢移动脚步，沿着栅栏走着。

陶骧穿着黑色的骑马装，在赛雪的映衬下，黑白分明，耀目生辉。麒麟穿着火红的小袍子，简直像雪地里一颗珊瑚珠，随时会滚落下来似的可怜可爱。

符黎贞似乎是产生了一点点的幻觉……她怔怔地看着赛雪跑近了，陶骧怀里的麒麟兴奋得小脸儿通红，又笑又叫。

她微笑，手里拿着帕子，对着儿子挥挥手。帕子飞扬起来，一角搔到她的眼，她揉了下眼睛。

“娘！”麒麟站在马鞍上，几乎要跳起来。

符黎贞看得心惊肉跳，想张口喊一声，却见陶骧一手控着缰绳，一手牢牢地抱着跳动的麒麟，就忍住没有出声。

她目不转睛地看着这对叔侄，直到他们来到近前，才松了口气。

陶骧把麒麟交给图虎翼，下马来。

符黎贞拉过蹦蹦跳跳的麒麟，说：“还不谢谢七叔？”

“谢谢七叔。”麒麟大声说。

符黎贞给他擦着脸，说：“麟儿好久没这么高兴了。”

“还是得多多运动。”陶骧微笑道，“等到天暖和了，麟儿去七叔那里游水，七叔教你。”

麒麟抬头看看母亲。

符黎贞攥着他的小手，说：“麟儿七岁前要过水关，不能近水的。”

陶骧看着麒麟脸上的神色，显然这孩子还不知道什么是“过水关”，但已经明白他母亲不让他跟着七叔学游水了，眼里有一丝失望。

陶骧说：“我倒忘了这个。”

“等明年生辰过了，再让他跟你学游水吧。”符黎贞轻声道。她看看时候不早了，道：“我们得回去了。”

“大嫂请。”

“我要和七叔再玩一会儿。”麒麟对他母亲说。

符黎贞却没有理会麒麟，示意老仆将麒麟背起来，转而对陶骧道：“那么我们先走了。”

陶骧见大嫂又是清冷淡漠的样子了，知她平常多是如此的，也不觉得怎样，倒是看见麒麟舍不得走，他笑了笑。

符黎贞走了几步，似才想起来，侧身看看陶骧，问：“七妹还好吗？”

她问起静漪，陶骧点头道：“还好。多谢大嫂关心。”

符黎贞转身，说：“那就好。七妹伶俐，只是这陶家的媳妇，并不是那么容易做的呢，七叔要多看顾她些。”

陶骧见她淡然的面孔上有浅浅的、稍纵即逝的笑意，仿佛只是被蝴蝶扇了一下翅膀那样的微风掠过。

他沉默间，符黎贞已迈着轻缓的步子走远了。

符黎贞走着，跟在她身后的小柏小声说：“小姐，您是不是想跟七爷说……千万别说呀，七爷刚娶了亲呢！”

符黎贞微笑了下，说：“我什么也没打算说呀。大喜的日子，我这会子说了，不是给他们添堵，也是给他们找不痛快。”

小柏看看她脸色，说：“也是。我看姑爷和小姐都挺喜欢这个新来的少奶奶的。七少奶奶那日说，多谢姑爷替她和七爷篆刻的印鉴，说喜欢得很，姑爷难得笑了。小少爷也喜欢她。从来没见小少爷跟人见了一两面就那么亲近的。”

符黎贞听着小柏说话，望着被老仆背在背上的儿子。

小柏不提，她几乎忘了这件小事。七少奶奶同辔之道谢，他笑着说不值什么，只是多时不曾动手，生疏了些。他那天说了好些话，她在一旁听着，只觉他难得那么平和温存。

可七少奶奶他们走的时候白狮不知为何突然狂吠，许是见着了七少爷，想着七少爷带它走的吧。一只狗嘛，总归不明白人间的事，只想着它认的人。他就发狠打白狮，下手那么狠，吓得她急忙把麒麟眼睛捂了起来。

想到这里，符黎贞忍不住一哆嗦。

“姑爷说七少奶奶不知哪儿像咱们家二小姐，我怎么看不出来？”小柏说。

符黎贞冷淡地说：“要说哪儿像，大概就是命不好这点像。”

小柏被她说的话吓得一呆，再不敢出声了。符黎贞却觉得痛快了似的，步子也迈得快了……

他们走了，陶骧站了一会儿，牵了赛雪回马厩里，亲手给它刷毛、清洗，又喂了胡萝卜。

图虎翼过来小声地提醒他该回去了，说：“三少爷还在呢，回去晚了少奶奶该着急了。”

陶骧这才点了点头，拎上外衣走出马厩。待要走，看到老李在收拾那匹灰色的马，站下看了看。老李见他留意，忙说这马很快下崽了……陶骧走过去，看了看，说：“照顾好它。”

“是，七爷。”老李答应。

陶骧又看了一眼这灰马，似乎想到了什么，竟愣了一会儿，才想起来该走了。

静漪梳洗罢换好衣装，秋薇才来敲门。

秋薇不想静漪竟起得这么早，拿了软毛刷子给静漪扫了下身后，悄声问：“小姐昨晚睡得好吗？姑爷醉成那样……有没有闹酒？”

静漪摇头。他昨晚还算是老实，虽然中间有些举动颇吓人。

“三哥三嫂起了？”她问。

“还没有。三少奶奶是西洋式的习惯，您忘了？在咱们家的时候，她有两日也是要近午才起床的。张妈已经照您的吩咐，要厨房准备了早点，随时可以送进来。”秋薇给她收拾利索了衣服，见她发髻上只有一管金花点翠发簪，问，“怎么这样简单？”

“要出门，还是别太招摇的好。”静漪说着去换鞋子，“他回来了没？”

“也还没有呢。马副官说姑爷的习惯是这样，早起总要运动一两个钟头。对了，马副官说，姑爷习惯洗冷水澡。”秋薇跟着静漪出来，说到这里，几乎打了个冷战，“多冷啊，冷水澡……小姐？”

静漪指着堆在起居室的这些箱笼，说：“等下告诉张妈这些箱子都抬到里面去……你刚说什么？”

“我说听马副官说，姑爷习惯洗冷水澡，说是从前在军校读书时就这样了，这些年没改过。大冷的天，还要洗冷水澡吗？我连热水澡都不想洗呢。”秋薇缩着手。

“脏丫头。”静漪说着下楼去。

洗冷水澡，还坚持多年，她也觉得有些不可思议。不过陶骧那个人，好像任何不可思议的事，放在他身上，都不必太过惊奇。

她下了楼，见张妈正在餐厅里忙碌，她过去帮忙摆餐具。张妈拦着，她只是笑笑，没停手。

她留神看着张妈做事，不禁感叹。张妈在家务上可谓“中西贯通”，就连餐具的摆设，张妈比她这个受过洋学堂专门训练的都不差，这就难怪咖啡煮得也那么好了。

索雁临进来，见静漪在仔细地摆放着餐具，微笑。静漪看她容光焕发，显然昨晚休息得不错，说："三嫂早安。怎么不多睡会儿？"

"早安。"索雁临回头看看，程之忱的身影出现在餐厅门口。静漪也问了三哥早安。之忱点点头，去院子里散步了。

索雁临笑道："还不是你三哥。现在，只要他起床，是绝不准我睡懒觉的……他有时真是古板得很。不过看在他每个礼拜肯陪我去做弥撒的分儿上，我就不计较那么多了。"

静漪笑了，索雁临看她摆好餐具，说："优等生就是优等生，就算是从来没有做过主妇，一上手还是交A类作业。"

静漪笑道："尚需努力。"

索雁临听见外面有人说话，看了眼窗外，说："咦，牧之回来了。"

静漪走出去，恰好陶骧和之忱进了门，微笑着和陶骧说："快去洗洗，下来用早点。"

陶骧见她笑语嫣然，片刻才道："好。"他说着便走开了。

索雁临看着他上了楼，才说："牧之的生活习惯很好呀。"

之忱道："那我们都以牧之为榜样吧。"

两人相视一笑。

静漪问："三哥是这就过来坐，还是先喝杯茶？"

"等等牧之吧。"之忱在沙发上坐了下来，随手拿了份报纸来看。

索雁临和静漪走开，不一会儿，听见外面之忱的侍从官来了。索雁临皱皱眉道："这早饭怕是吃不清静了。"

静漪刚泡好茶，就见之忱进来，道："我得马上回去。"

"三哥不吃过早饭再走？"静漪问。

"什么事要这样急着办？妹妹费心准备了早点。"索雁临看了看他，有些不满。

"确实等不得。这样吧，你留下，晚些带静漪回来。"之忱温和地说着，看看静漪。静漪要让人上去告诉陶骧，他摆手不让："等下牧之下来再替我跟他说吧。上人们那里，雁临替我致歉。"

"知道了。"索雁临点头。

静漪见他是有公事要忙的样子，只好和三嫂一起送他出门。

之忱出门就被车子接走了。静漪认出接他的并不是陶家的车，想了想，也没有多问。

“是陆长官的车，昨天我见过。”索雁临看出来，解释道，“陆大同仿佛是有什么事要求你三哥，我想不过是替他儿子求官求贵。陆大同是陶伯父麾下，陶伯父昨日也提了提，详情我就不知道了。”

静漪还闹不清这上下的关联，只是听着。

回来时陶骧已经换好衣服下楼来了，听说之忱被陆大同的车子接走倒并不意外，只是说：“至少该吃了早点。”

他待两位女士坐下，才落座。

静漪坐在他右手边，听着他和三嫂和缓地边吃边聊，多是他们在美国时的趣事。其他的倒罢了，她唯独对三嫂说起阿斯彭滑雪季节里，在下榻的旅馆里与棕熊狭路相逢的事情有兴趣，不禁露出笑容来，但她始终没插嘴。

“以后你们度假可以去那里。”索雁临见静漪一味地将黄油涂在吐司上，抹了厚厚的一层，还在继续抹，忍着笑说，“牧之是滑雪高手，我们一众人加起来都不如他滑得好——牧之，你有什么运动是不拿手的吗？”

静漪回过神来，发现自己手里拿着块几乎要被黄油淹没的吐司，正要丢开，就听陶骧说着“橄榄球算一样”，伸手从她手中拿过了那块吐司去。

静漪看向他。他仿佛做了件极自然不过的事，咬了一口吐司，细嚼慢咽。

索雁临微笑，道：“我看你们后院有一个好大的游泳池。小十，你夏天可以游泳。要保持身段，不可以嫁了人就不管理自己了。”

静漪想，游泳？在这家里？她说：“好是好，可是我没准备泳衣。”

她忽然就想到，若是穿着露胳膊露腿的泳衣去游泳，若是被姑奶奶们知道了，不知道会怎么样？只是想着，她嘴角的笑意就加深了。

陶骧看到了。

“那有什么，回头我给你寄来。”索雁临爽快地说，“牧之，你不会有意见吧？你可不要学那些古板腐朽的做派。前阵子在南京的空军圈子里，就有人因为太太去公共游泳池穿泳装游泳，引发了轩然大波。报纸上报道，还分成几派在辩论。我倒不知道，都已经这年代了，泳装还是被一部分人看成伤风败俗的奇装异服。从来空军以开放著称，这一次才知道，原来观念开放是对不是自己太太的人而言的。”

陶骧笑道："有泳池当然最好用起来，闲着难道养鹅吗？自然也要穿专门的服装，不然可不方便。"

"你这个态度我很欣赏。"索雁临微笑。

静漪笑笑，没有说什么。

用完早点，索雁临收拾行装准备回去。等她的工夫，静漪跟陶骧说："医院那边，我还是自己去吧，知道你忙。"

陶骧却看着她说："之忓为保护你负伤，我也该去探望。"

"不要麻烦了，我替你转达。"静漪说。

陶骧低声道："我正好要去司令部，顺道的。"

他这么说，静漪不想麻烦他的理由也就不成立了，待要再推辞，正好索雁临从房里出来，也就不再说什么，陪同三嫂一起去萱瑞堂向陶老夫人告辞。

到了萱瑞堂，知道她们见面还有话要聊，陶骧先出去等候。

索雁临看看静漪，悄悄说："我看牧之的态度还好的。"

"嗯。"静漪含糊地应着，也看了眼往外走的陶骧，心想他人前的表现当然是好的，难道她的表现不好吗？

陶家三位姑奶奶、陶夫人与两个儿媳符黎贞、许雅媚此时都在陶老夫人处。索雁临除了在程家，还是头回见到这么多有亲缘关系的女子聚在一处，更不要提她们个个儿都目光如炬，还有几位简直来者不善。她忍不住看向静漪——静漪从进了门就保持着恬淡的笑容，不过分地笑，也不过分地说话，虽然时时处处有人注意她，但是她好像也并不因此有格外的压力——她不禁有点佩服静漪。

索雁临坐了一会儿就告辞，陶老夫人吩咐陶夫人替她送客。

"静漪过去好好歇一歇，这两三日必定劳累了。"陶夫人嘱咐静漪，"只是累三少奶奶多费心了。"

"这是应该的，陶伯母不要客气。日后多劳伯母照顾小妹。"索雁临边走边说。她见陶夫人微笑，想是懂了她的意思，索性道："小妹若有什么不是，还请伯母在祖母和各位姑祖母面前多多担待。"

静漪挽着三嫂的手臂，心想三嫂说这话，婆婆不要多心才好。心里虽是这么想，并不想让婆婆看出来，再让三嫂尴尬。

陶夫人看了眼静漪，微笑道："三少奶奶请放心，若说到如何在上人们面前尽孝，恐怕我那顽劣的小女儿，都要向静漪学着点呢！"

索雁临听了这话，笑道："我还真就是担心我们小妹孩子气得很，又刚过门，什么都不熟悉，在上人们面前有不周到之处。"

"三嫂。"静漪微笑着。

索雁临这才向陶夫人告辞，和静漪走了好远出来，才说："陶伯母厉害着呢，你日后可要留神些。"

静漪没吭声。

三嫂刚刚说的话，俨然家长，然而婆婆的回应，也确实机带双敲，她又不便把这两日的事对三嫂和盘托出，只好听着，盼三嫂这话头快些过去。

索雁临当然没那么容易被她蒙混过关，说："大宅门里的日子，自然是要步步为营、处处留神。"

静漪见陶骧已经在车边等她们，轻声笑道："又不是家家如此，难道三嫂进我们家之后也是这样小心？"

索雁临瞪她，说："人家和你说的是心里话，你却拿我的话来堵我的嘴。是呀，在你们家里也要这样！"

"瞧三嫂急的，你们我们的。谁不知道程家复杂，大姑子小姑子最多，真辛苦三嫂了。"静漪打趣索雁临。

索雁临笑了，看看距离她们只有十来步远的陶骧，想她们姑嫂独处的时候还有的，不急在一时，就没有继续这个话题。

静漪巴不得索雁临别再追问，赶忙上了车。

陶骧亲自驾车，让马行健带着人后面跟着。连同着跟静漪过去的人一起，车队就开出了陶家大院。

静漪坐在陶骧身边，看了眼张灯结彩的大门，心想再回来时这里不知该如何热闹。陶骧见她转过脸来只顾看着这边，也往外看了一眼，说："奶奶和姑奶奶昨天特地出来看了看，不太满意，广叔又让人再布置了一番。"

静漪本想说铺张太过了，听他这么说，明白是陶老夫人她们的意思，这本也不是他们能决定的，也就不出声了。

到了西北军司令部，索雁临下了车，静漪见陶骧根本没有要下车的意思，忍不住问道："你不是要来司令部办事？"

陶骧看她一眼，探身出去，对索雁临说："三嫂，我们去医院了。"

静漪皱眉，这才明白过来陶骧所谓的"顺便"是什么意思，他根本就是打算陪她一起去医院探望之忏的。索雁临倒是一副意料之中的神态，留下秋薇帮忙，挥挥手，说了句“快去快回，中午过来用午饭”，转身先带人往司令部大院内走去了。

陶骧发动了车子。省立医院距离司令部并不远，陶骧车开得慢，一刻钟也就到了。

下车时陶骧让马行健带人留在楼下，自己带静漪去林之忏的病房。他从小马手里接过水果和糕点，见静漪空着手，给了她一个盒子拎着。

楼梯转角处有一个巨大的镜子，静漪上楼时特地又看了一眼——粗粗一望，她脸上的瘀痕淡多了。昨晚她困成那样，只是将陶老夫人给的药膏草草地往面颊上涂了一点，今早起来便觉得见效了。若不留心看，只当是她肤色暗沉了些，多敷一点粉也就很看得过去了……陶骧站在一旁等着她。

两人一起上了楼，陶骧说：“是最里面那间病房。”

静漪举目一望，果然走廊尽头那间病房门口的白色长椅上坐着两个便衣。一看到他们，两人立即起身。

“七少，少奶奶。”两人打招呼。

“怎么样？”陶骧问。

“早上护士来换过药，说是恢复得很好。这会儿在休息，等医生巡房。”其中一人回答。

陶骧示意他们让开。

那人敲门后推开病房门，陶骧让静漪先进。

病床上的林之忏没有料到来看他的会是静漪和陶骧，挣着要起身，被静漪上前阻止了。

“快别起来了。”静漪将糕点盒子放在床头，“好些没有？”

她问林之忏一些常规的问题，就像平常医生都会问到的那样。林之忏起初有些局促，渐渐也自然了些，脸色也没有那么难看了。

陶骧在一旁听着，并不插言。她同林之忏讲话十分有耐心，语调轻柔得仿佛是和风细雨一般……他往后退了两步，这样就能更加看清楚林之忏——林之忏并不像普通的保镖，他身上没有江湖气。可能是从小在程世运身边长大的缘故，倒是沾染了一点深藏不露的精明强干。

他记得自己头一回注意到林之忏是在科拉亲王府上。科拉亲王有个老毛病，就是谁若是有事相求，他就算是想要答应帮忙，也要百般刁难一番的。亲王和程世运相交多年，从来都是互惠互利，这一回事情显然难办，亲王就端着架子了。亲王喝了点酒，高兴起来，说想要看摔跤。府上养了不少摔跤手，召之即来，表演助兴。亲王看过几场摔跤之后，亲自下场。他老当益壮，摔跤的本事不减当年，回头看到在程老爷身后坐着的林之忏，就打上了他的主意，说听说程老爷这个养子身手极好。

程世运替林之忏婉言谢绝，亲王便不高兴了。

林之忏向程老爷请命，主动要求去向亲王请教。程老爷嘱咐了一句当心。

他当时与父亲坐在一旁，以为程世运是对看上去有些木讷的林之忏不放心，要他小心些。但他父亲看着林之忏，微微一笑。他有些奇怪为什么父亲会笑。等双方一交手，他才知道程老爷说的“当心”是要林之忏下手有些分寸的意思。

林之忏的身手高出科拉亲王可不是一点，只是他听了程老爷的话，动手就给亲王留了几分面子。可也只是留了几分面子而已，这几分面子不到三个回合就消耗光了，科拉亲王被林之忏摔了个狠的。看得出来林之忏对科拉亲王为难程老爷是不满意的，下手稳狠准，力气实打实地用上了。

亲王输了，却还很高兴，与林之忏喝酒。蒙古人就是这点好，豪爽，实在，敬服有真本事的英雄。林之忏起初拒绝了，说还有职责在身，是程老爷发了话，林之忏才连干了三碗，亲王险些就要和他拜把子了。

程老爷那一程走得算是马到成功，虽说中间少不了他父亲的斡旋，但他总觉得最后关头是有了林之忏才事半功倍的。

林之忏貌不惊人，身上却有着军人般的忠诚和英武，这让他分外留意。

此后林之忏也随程老爷到过兰州，仍然像个影子似的隐在程老爷身后，但他却不能不一再地注意到他……

陶骧听到静漪说：“你好好养伤，不用担心我的安全，行动都有警卫跟着呢。等医生准许你出院，再回家去。”

正说着有人敲门，是医生来巡视病房了。

静漪和陶骧站在一旁，等医生替林之忏检查过后，静漪又询问了伤情和恢复方面的问题。她问得细致，医生答得认真。她听了之后更放心些，再三谢过医生。

送医生出门时，其中一位女医生走在最后，叫了她声“凯瑟琳程”。

静漪怔了怔，问道："您认得我？"

她细看女医生容貌，确定自己并不认得她……她看到女医生白袍上绣的名字，是叫作任秀芳的。

任医生微笑道："我是圣约翰医科毕业。你念预科的时候，我已经要毕业。毕业前有一次去看剧团演出，谢幕加演的是你和戴孟元君的诗朗诵。那一天你可真美，给我的印象太过深刻，总也忘不了。"

"对不起，我不记得见过您。"静漪轻声说。

"那时你在舞台上是众所瞩目的明星，我只是其中一名观众，你当然不会记得我。这里难得见到校友，我一时高兴，冒昧了，还请见谅。"任秀芳笑着说，"日后有什么需要我帮忙的，尽管说。我还有事，先走了。"

静漪客气地送她出门，略站了一会儿才回去。陶骧和林之忓正说着话，看了她一眼，说："让之忓休息吧，我们该走了。"

她点头。

林之忓要下床送他们，她不许，林之忓果然就不敢下来。陶骧见状先退了出来，嘱咐了门口的守卫一番，等静漪带上门，两人一道离开。

到了楼下，马行健跟上来要替他去取车，他摆手表示不用，和静漪说："在这儿等我。"

静漪站在原地，好一会儿一动不动。有穿白袍的女医生从身边经过，她看了一眼，想起刚刚和她交谈过的那位任医生来……突然间一阵车声，她一省，以为是陶骧来了，抬眼一看才发现有辆陌生车子停在了不远处。

静漪见司机是个女子，未免留意。那女子往这边一望，似乎是愣住了，定定地瞅了她一会儿，才下车来。静漪见她如此，索性大方地看她两眼——女子个子很高，小小一张脸，尖尖的下巴，因此越发显得眼睛大；眉浓而黑，眼窝深凹，睫毛密而翘，鼻梁也高高的，嘴唇鲜红，皮肤则若白瓷一般洁净……穿着英气十足：一身墨绿的英式猎装，脚上马靴齐着膝，踢踏在砖地上，铿锵有力。

静漪只怕自己盯着人看太不礼貌，不想对方那双美目却始终不错神地看着她，倒让她觉得有些不自在。这时小马低声道："少奶奶，请这边走。"

静漪这才发现忽然间身边警卫多了起来，她正要嗔怪他们也太过小心，就见马行健挡在了她身前，对那女子说："马小姐，请。"

静漪见马行健是认得这位"马小姐"的，微微一怔。

被称为马小姐的猎装女子眼里冒着火星，瞪了马行健一会儿，才看向静漪，问：“你就是陶牧之的新娘？”

“少奶奶，七少在等您。”马行健说。

静漪却不打算就此走掉，说：“是。请问您是哪位？”她微笑着，不卑不亢。

这位马小姐比她高出一头，站在她面前，她就得抬眼望着她。

马行健见静漪如此，也就沉默着守候一旁，只是很警惕地望着猎装女子。

“我是马家瑜。”猎装女子说。似乎“马家瑜”三个字是什么金字招牌，她念得掷地有声。

“原来是马小姐。”静漪说。

鉴于陶氏和本地马氏的恩怨纠葛，马这个姓的确应该引起她足够的警惕。她明白为什么陶骧的随扈对马家瑜出现在她身边这么紧张了。不过她再看看马家瑜的神气，又觉得这位马小姐的脸上有些微妙的情绪……难道，她是另一位黄珍妮或金润祺？

这个念头突然出现在脑海中，让她不由得同马家瑜对视。两个女子就这么静静地望着对方。一道刹车声打破了沉寂，静漪料着是陶骧的车，往那边看了一眼，正看到他下了车往这边走来。

马家瑜也同时看向陶骧，微笑道：“七少，好久不见了。”

陶骧点了点头，过来站在静漪身边，说：“对不起，等久了吧？”

“没关系。”静漪微笑，她看了下手袋，“我得离开下。”

陶骧说：“我陪你去。”

“不用，我去去就回，你们聊一会儿。”静漪说着便走开了。

陶骧看着她走开。

小马很自觉地跟上，静漪摆了摆手，他脚步便慢了下来，只遥遥跟随。静漪走进医院大厅，有位女医生走了过来，说了几句话，往这边看了眼，回手给她指了个方向。

陶骧收回目光，望着面前的马家瑜。

“七少怎么也不正式替我们介绍一下呢？”马家瑜微笑着问。

陶骧微微皱眉，道：“我想没有这个必要。”

马家瑜笑了，说：“果然像是七少能说出来的话。”

陶骧看了眼她。看上去马家瑜是单独来的医院，对于马家大小姐来说，这样轻装简从地出现在兰州城里可极不寻常。

“七少别紧张，我是来医院探病，不是来打架的。”马家瑜道。她本想微笑着说，眼下只有他们二人单独相对，她有些强装不下去，笑容就带了些许酸涩。

“以大小姐的身手，出入兰州城还是不在话下的。”陶骧说。他也望着马家瑜，不是看不到马家瑜的表情的，酸涩之下，似有难言之事。他心里一动。

“那在这先谢过七少手下留情。”马家瑜示意自己身上也并没有带武器。

“祸不及妇孺，这个道理姓陶的还是都懂的。不过大小姐现有军职，当然不可同日而语，还望你好自为之。”陶骧说。

马家瑜怔了怔。陶骧的样子虽然冷峻漠然，但是端正地立在面前，怎么看，怎么有种独特的魅力。马家瑜的脸慢慢泛了红，再开口，她语气柔和了些，道：“明天七少大婚，可惜不能到场恭喜。”

“大小姐心意，陶骧领了。陶家和马家，如今可没有互相道贺这一说。”陶骧说。

马家瑜的脸色眼看着就是一变。她转身欲走，却又站下，问：“七少，这次凉州一战，陶马两家都受重创。如此下去，冤冤相报，何时能了？七少有没有想过有一日化干戈为玉帛？”

陶骧看到静漪正往这边走来。看到他在望着她，她微微一笑，那笑容简直是春风中摇曳花朵的娇蕊。他嘴角一牵，对她点了点头。

“七少？”马家瑜回身，也看到了静漪。

“若马家继续生事，往下可就不只是重创。远的不提，我大哥的双腿，是不能白白没了的。”陶骧的目光始终锁定在静漪身上，她走得越近，他的声音越沉。

“你大哥没了双腿，我大哥可也丢了性命。”马家瑜眼神也透出冷酷来。

“那么干戈玉帛，就是镜花水月。”陶骧淡淡地说。

“你拿我大哥一条命祭你大哥两条腿，还不够？”马家瑜问。

陶骧没有回答她。等静漪走到他身边来，他才又看了看马家瑜，说：“大小姐，失陪。”

静漪也对马家瑜微微颔首，准备随陶骧离开。

“七少留步。”马家瑜说。

“大小姐还有事？”陶骧问。

马家瑜看着静漪，说：“还没恭喜七少奶奶。”

“多谢马小姐。”静漪说。

马家瑜点头，又望着陶骧，说：“七少有空，不妨想想我的建议。再会。”

陶骧转身同静漪离开。

静漪走在陶骧身侧，只觉得他身上穿的这件大衣似乎呢子颇硬，毛糙地刺着她的手腕子。她仔细看看他的手臂，是人字纹的厚呢子大衣，不知哪里沾来的细软毛发，仿佛是白狮的绒毛，她伸手拂了下。毛糙的呢料仍是有些刺手，不过这样在外人看起来，两人的确是和谐而又亲密的样子。

陶骧看了眼她的小动作，停下来替她开了车门。

车子转弯的时候，静漪看到马家瑜仍站在那里目送着他们离开，转过头去看了看陶骧。

“马家瑜，是马家的大小姐。仇家之女，不必在意。”他说。

静漪听着，这算不上解释的解释，究竟还是给她了个解释。只是这仇家之女，看上去却并不想与他为敌。

“我没打算问你。”她半晌才说。

陶骧没有接着说下去，开着车就出了医院大门。

他并没有马上返回司令部，静漪只顾想心事，过了好一会儿才发觉。她虽不知他的意图，但见他车开得越来越快，在马路上简直要飞起来，渐渐地竟有要甩下随从车辆的意思，她不由得抓牢了车边的扶手。

陶骧终于将车停在了河边。

静漪摇下车窗，冰封的河面上风飒飒然起来，在耳边铮铮地响。两岸的积雪和封冻下一绺清澈一绺金黄交织起来的河，在春暖花开的时候流动起来，想必会有种不可思议的美，和此时的满目苍凉大为不同。

河面上有人在玩爬犁，拉着爬犁的骡子小跑着，孩子们在欢笑……

静漪看着，叹口气。安稳平常的日子，得来并不易。

河对岸灰蒙蒙、光秃秃的山上有座白塔，孤零零的，让人看了无端伤感。

她望着，听到陶骧说：“那是‘九曲安澜’的白塔山。”

闻到一丝烟气，她转回头，看到他点了支烟。她回手便将他手中的烟抽了出来。

“三嫂中午等咱们吃午饭呢。”她说。

陶骧烟被夺，倒也没有恼怒的颜色，却来跟她讨还。

静漪伸手掐灭了烟，陶骧眯了眼。

“走吧。”她说着打开手袋。手因为长时间把着扶手又没戴手套，几乎冻僵了，可手套早不知被她扔到哪里去了。她等了一会儿，见陶骧还没有反应，便微皱眉头，不耐烦地问：“还不开车吗？”

他却是在专注地望着她。她怔了怔。

这老爷车的发动机似乎也在闹脾气，整部车都在发颤，坐久了，她觉得从头到脚都被震得酥麻起来，再这么下去，她腿脚都要被冻僵了……她终于忍不住开了口：“陶……”

他忽然欺身过来，嘴唇准确地贴在她唇上……她身上有些清凉的气息，口鼻都因为在外面长时间被风吹着，冻得结了冰似的麻木，随着他亲吻的加深，他灼热的气息一点点地灌入她身体中。她喘息间微微张了口，他的亲吻更加深入下去。她脑中忽然间空白，所有的反应都在这一瞬停止了。当酥麻和疼痛伴着温暖几乎席卷了她，她不自觉地松开了紧握的手，然而他的亲吻也停了下来。

就在他停止的一刻，酥麻和疼痛渐渐集中到她心头。她闭上眼睛，头脑完全清醒了。

她还靠在他身上，她的肩膀正抵着他的心口，他心跳得那么剧烈，她的肩膀都感受得到。然而刚刚还被他的灼热温暖了的嘴唇却在迅速地恢复冰冷。

他完全放开了她。

静漪迅速整理着被他弄得凌乱的衣服，发髻被他揉得松散不成样子，她干脆将发髻解开，灵巧的手挽起长长的黑发，拿枚簪子别着，乌黑中一点金黄。小粉扑在鼻翼和唇角按了按，似是要抹去他留下的痕迹。

陶骧应该是知道的，但是他并没有像以往那样做出了然于心并且有些嘲笑她的样子来，只是在沉默中发动了车子，沿着黄河边飞驰起来。这大约是因为，今天他的心情并不能算好。他那么凶狠地亲吻她，其实不过是因为他心情不好。他脸上有种特别执拗的表情，这执拗她觉得应该理解为烦恼和愤怒，也许是因为她，也许并不是。

她紧攥着的手揣在大衣口袋里，捏的口袋里几页纸都要湿透了。

他们到达司令部时恰好之忱也回来了，陶骧和他说着话，一起往里走。索雁临接到通报，忙出来招呼他们用午餐。这里虽然只是司令部用作公务接待的处所，却处处布置得舒适。他们谈笑用餐，倒显得比在陶家还自在些似的。

陶骧用过午饭后便离开了司令部，静漪并没有出来送他。从医院回来之后，她一直沉默着，心事重重的样子，到坐下来用午饭的时候，连索雁临都觉察了。

陶骧用手指轻轻敲了敲膝盖。

“七少，是不是去铜狮子巷休息下再回去？”马行健问。

陶骧沉吟片刻，说：“直接回家。”

这两三日陶家简直门庭若市，若按他的想法，自然是能躲就躲的，许多事他纵然有心帮忙也插不上手。可连父母都忙得不可开交，他哪能躲清静呢？何况晚上还有宴席，远道而来的亲戚朋友，几日前就陆续上门了。陶骧揉着眉心，他的那帮朋友，今晚大约也不会放过他。

“小马，让人查一下马家瑜最近的行踪。”他没忘了这个。

回到家，果不其然就忙到了晚上。待到将客人们都送走，已是深夜。领头闹他的陆家公子陆岐走的时候醺然大醉，还不忘说明晚闹洞房的事。他也喝了不少，看着高悬的红灯笼，无风也摇晃了。

往回走却又遇上祖母也送客人出来。他候在一边，听祖母同客人讲：“程家这个孩子，瞧着就是个有福有寿的模样……”他禁不住笑出来。

把祖母送回去，他才往自己的住处来。

今晚没有月，夜黑得深沉。他的酒意上来了，却睡不着，忽地想起奶奶说的那句话，“瞧着就是个有福有寿的模样”，这话并不是第一次说。

当日程家十小姐的相片，混在几张大家闺秀中间，尔宜拿给他看。他很随意地一挑，就挑对了。

母亲说，最漂亮的是程家这个，可也太漂亮了些。

大约是哪位姑奶奶，说了句：“庶出嘛，庶出的总是格外漂亮些。”

倒是祖母拿过去，一张一张地相看，就说了那句话。

漂亮嘛，他倒没有特别的感觉。

他听到外面在打更，四更天了。

他这一处并没有蜡梅，但也不知为何，今晚他无论身处何处，睁眼闭眼，总觉得有股暗香……半梦半醒之间，看到蜡梅开得正盛，而梅花间一个清淡窈窕的影子，对着他在笑。

拾壹

似真似幻的沙

陶府七公子婚礼在民国十七年初的兰州城里要算得上一件大事。大婚前夜，陶府上下还在为婚礼通宵达旦地忙碌，及至天明，就仿佛始终在添柴的一口热锅，终于等来了沸腾的一刻。

陶骧昨夜休息得并不好，早起听见外面稍稍有点动静就醒了。他看时辰还早，众人就已开始忙碌，索性也起了床。出来就见院子里扎起了彩棚，从院门口一路搭到眼前，鲜花喜幛或摆或挂，密密麻麻的，让人目不暇接。待走出院门，见谭园门口也高悬宫灯、彩灯鲜花围绕，他倒站着看了一会儿。等到了父母跟前，他先请父母上座，恭敬地磕了三个头。

陶盛川夫妇受了礼，陶盛川倒罢了，陶夫人拭了泪，引得在一旁的陶驷夫妇都有些动容。陶骧跟父母和哥嫂说笑了一会儿，直将母亲哄得露出笑容才作罢。

一时用罢早餐，陶盛川夫妇又忙着换礼服去。陶骧见此处自己也插不上手，不如早点回去专门等着他的差事，也就告退出来。不料刚出院门，就遇到了一伙特为来找他的人——由今日的两个男傧相陆岐和白文谟领头，这一行十来人，除了远道而来的白文谟，都是他自小的玩伴。陶骧笑着，招呼他们一起回琅园去。

跟在后面出来的陶驷见他们在一处嘻嘻哈哈笑闹着，喊道："文谟、阿岐，今儿别饶了这小子啊……你们段二哥说了，让把他那份儿也算上呢！"

雅媚拽了他一下，笑道："你不这么说，他们今儿也不会轻饶了老七的，还火上浇油？"

那边陆岐听了，大声道："二哥放心，今儿晚上瞧好！"

陶骧斜了他一眼。

陆岐被他这一看，摸着胸口道："文谟，七哥瞪眼了，怎么办？"

白文谟正走在陶骧身旁，他虽姓白，人却黑，跟陶骧一比就更黑，此时他眼珠子一转，眼白又比瞳仁多，像是极认真地在想，慢条斯理地说："这个好办，七哥瞪咱们一眼，咱们回头洞房里约着一齐瞪七嫂一眼，看谁先着急。怎么样啊，七哥？"

他官话讲得虽好，南方口音还带一些的，加上说得又慢，听起来就格外有趣。

陶骧心知今日是落在他们手里了，逃是无论如何逃不过的，索性就由着他们说。陆岐等人见他只管不出声，都大笑起来，簇拥着他往琅园来。

等进了门，陶骧自上去换礼服，他们聚在楼下说笑。

陶骧昨晚是在楼下休息的，此时回到新房里来，见房里连床上帐子又都换了簇新的，目光在这屋子里一转，屋内的一切像火红的潮水似的朝他涌来，他不得不定了定神。

他换好礼服，接过图虎翼递上的礼帽戴上，转过身来。

图虎翼替他系好了大红花，退后两步看看——陶骧黑色长袍马褂，皮鞋礼帽，红花挂身，高高的身材这么一披挂，就愈加英武，只是一脸的严肃，有些不搭。

"七少，这样。"图虎翼在嘴角处指了指。

陶骧瞪他，他无奈地伸出双手，跷了大拇指，道："再好不过了。"

陶骧立即开门下楼去。

下来就见西装革履的白文谟正斜靠在栏杆处抽烟，听见脚步声，他回头看一眼，吹了声口哨，说："七哥，人样子。"

陶骧走到他身旁站下，看一眼楼下和白文谟穿着一模一样的黑色西装的陆岐。陆岐和白文谟是一般年纪的英俊青年，性子就南辕北辙。陆岐活泼像高山飞瀑，白文谟沉稳似山涧静水。有这样一对男傧相，婚礼自然又增色不少。

"不着急回南方吧？"陶骧问。

"看老爷子的意思。"白文谟微笑，他是陪同父亲白焕章前来观礼的，"还得看他和陶伯父什么时候把酒喝美了。"

陶骧笑一笑，问道："你的婚事呢？我听说在议。可有中意的？"他望望白文谟，不久前坊间还传着他们追求索雁临的韵事，如今当事人别嫁的别嫁、另娶的另娶，婚礼都轰动一时，白文谟的归属就更受人瞩目。

"七哥，哪儿能人人都有你这福气，定了亲的那位是绝代佳人，又有个心怀天下的岳父，还恰好有个力争上游的内兄？”白文谟低声笑道，眼角飞起，笑意浸入深深的鬓角去。

陶骧笑吟吟的，一个出其不意扭了他的肩膀将他按在楼梯上：“让你小子胡说。”

白文谟大笑：“七哥好身手！”

笑声把陆岐他们引过来，都道：“怎么我们还没闹上新郎官，新郎官倒把傧相先撂倒了？”

“文谟你也太不济了。”陆岐说着就撸袖子要过来帮忙，被陶骧一巴掌拍在脑门上，噔噔噔往后退了几步还没刹住，大叫道，“哎呀，不怪文谟，是七哥下手太狠……”

白文谟笑着手一撑地，刚要起来，却不知被谁伸手又推了一把，他就势扯住了陶骧。偏偏陶骧没提防脚下，紧跟着也倒在地上。这么一来，一群人纷纷使坏，你拉我，我扯你，一会儿工夫就滚作一团分不清彼此了。

图虎翼和马行健想拨开这些少爷们，把他们主子救出来，可此时人叠着人，根本找不到陶骧，两人忍不住也笑了，就连外面忙碌的听差都被惊动，纷纷围过来，一见平时正经八百的少爷们玩得跟孩童一样，也都偷笑。

这时候哈德广陪同陶夫人过来，还在院子里就听见里头笑声不断，待看到听差们端着盘子、拎着东西都聚门外笑歪了，忙呵斥。

陶夫人上来一看门内这情形，也忍俊不禁，笑道：“这离天黑还早着呢，少爷们，先饶了老七吧。”

陆岐反应最快，一边将陶骧扶起来，替他整理着衣冠，一边说：“陶伯母这可是发了话？那我们晚上可是要放开了闹的。”

陶夫人见陶骧帽子也歪了，红花也斜了，一脸的无奈，笑着过来亲手给他整理，再仔细看看儿子。

陆岐和她最熟悉，凑在她身旁，笑道：“陶伯母是不是今儿心里最美了？真是谁家儿郎也比不得咱们七哥呢！”

陶夫人被他说中心事，含笑道：“你这个小东西！还不快去站到你七哥身边去？让我看看……差不多就该过去了。”

“是，太太。车子已经备好，老爷已经在祠堂了，七少爷此时过去，时辰正好。”哈德广在一旁提点。

陶夫人看看陶骧，本还想嘱咐几句，想着他一贯沉稳，是不要过于担心的，就只微笑着点头道："那就去吧。"

陶骧这才走出了门……

静漪把手帕塞到袖口的玉环扣上，抬起头来，说："好了。"

索雁临本是等着她准备停当，好送她走出这临时闺房的，可等静漪从容说出这句好了，她看着静漪盛装的面容，反倒不想那么快把她送出去了。她握住静漪的手，看了看外面——此时外面有不少女眷，其中作为女傧相的就有陶家的八小姐陶尔宜和陆家的大小姐陆嵘。难得这么多女眷聚在一处，却安静得很，仿佛都在屏住呼吸等着什么似的。

索雁临悄声道："我看陆大小姐很是稳妥，有她在一旁提点，不会有错的。"

静漪点头。

雁临见她很是镇定，略放心些，伸手拨了拨她头上凤冠的遮面珠穗，露出饱满圆润的额头来，几乎是泛着珠光的细致皮肤，让人忍不住想要揉搓一下。她果真揉搓了下静漪的脸。

静漪脸红了，索雁临看着她羞涩的模样，轻声说："都知道你们是洞房过的了，没那么多顾忌，闹得凶了也是有的。你只管镇定些，他们怎么闹都别急。晚间时候差不多，我跟陶伯母商议，央她去给你解围。"

静漪点了点头。

索雁临看看还有几分钟时间，忍不住问道："我看你从昨天开始就闷闷不乐的，是不是有什么心事？难道之忓的伤情不好？"

静漪怔了怔，转过身去。索雁临越发觉得不对劲儿，她走过去，拉了静漪一把。静漪被她拉转回身，人是站稳了，裙摆下一溜儿小金铃还在晃，发出细微的声响。

索雁临见静漪满眼的泪光，顿时一惊。

"你这是怎么了，为何突然又这样起来？"雁临握住静漪的手，"你是怕了吗？"

"三嫂，我不是怕，只是……"静漪于泪光中望着索雁临，轻轻地吸着气，胸口像被装了刀片，每吸一口气，都撕心裂肺似的疼。

索雁临只觉得心惊肉跳，心知是有什么地方不对劲儿，可一时又想不出来，只得道："妹妹，你知道现在是个什么情形、外面是什么样子，无论如何今天你都得撑下来。"

静漪看着雁临，说："我当然知道。我心里不明白，今天就不会站在这里了。我已经对不起一个人了……陶骧，哪怕就是因为他救过我，我也不能再对他不起的。"

门被敲响，陶尔宜在外面叫"三嫂"。

"好了，马上就来！"索雁临扬声道。她盯着静漪的眼睛，迅速地说："小十，你千万别胡思乱想，有什么事我们过后再说。有你三哥在，有我在，任何事情都可以和我们商量，懂吗？"

静漪抬手将红盖头放了下来。

索雁临瞬间仿佛被一道红墙阻在了外面。她让秋薇过来搀着静漪，还是说："我们再谈。"

"不必了，三嫂，总有一天你会明白的。"静漪抬头，红盖头四面垂角的玉坠子连着金色的流苏，颤巍巍地妖娆摆动。

索雁临听着静漪几乎是咬着牙说出来的话，心里越发不安。她给秋薇使着眼色，让她小心照顾静漪，自己过去开了房门。

陶尔宜和陆嵘正等在门外。门一开，陆嵘说："七哥已经到门外了。"

索雁临微笑点头。

这时候就有人笑道："还想看看新娘子呢，没想到这么快遮了盖头。"

尔宜过来搀扶她的七嫂，也笑道："盖头只能是我七哥来掀的。你们要想看，等着！"

女眷们纷纷笑起来，往两边让开。

盖头绸子极细密，静漪是看不到外面的。在右手边搀扶着她的秋薇，小声地提醒她慢走。过一会儿，陆嵘过来换了秋薇。陆嵘不像尔宜那样高声，而是温和地说："七嫂，三哥等在外面送你上车。"

静漪点头，她看着脚下。她们走得不慢，她的裙摆却几乎不动，因此那金铃纹丝不动，她就听到啧啧称赞声。从屋内走出来，门外崭新的红色地毯铺着，陆嵘轻轻握一握她的手示意她站定，她便看到一双锃亮的黑色靴尖。

陆嵘轻声说："三哥请。"

静漪便挽上了之忱的手臂。

之忱并没有马上就走，而是略站了站，打量了静漪一下——静漪挽着他的手臂的手，金钏玉镯累累缀缀，火红锦袍，绣得密密匝匝的金线，她的手腕被这些简直要逼得更加纤细了似的，且她的手攥着，仿佛紧抓着什么东西，竟在微微发颤。

乐队的音乐在此时稍微停了下，他知道换下一个曲子的时候，他就要将静漪带着走下去了，陶骧已经等在楼下——于是他拍了拍静漪的手。

静漪的手攥得更紧了，忽然，她听到一阵鞭炮的声响，密集地由远及近。

鞭炮声中鼓乐齐鸣，还有众人的欢笑和掌声。她小心地移动着脚步，只觉得三哥站了好一会儿，才托着她的手交出去——

三哥是戴着手套的，陶骧却没有——她的手触到他的，天气这么冷，又在室外站了这么久，他的手竟然还热乎乎的，这暖意竟让她的心神稍稍安定了些。

她听不清他和三哥都说了什么，不必听清，大概也还是那些场面话，所以她觉得此时响亮的鞭炮声倒是鸣得恰到好处。

陶骧带着她走在红毯上，走向花车。

她从盖头的下沿看到满地飘落的花瓣，嫣红的金黄的粉红的，满鼻芬芳。

尔宜过来坐在她身旁，低声问她闷不闷，她摇头。

车厢宽敞，可加上男女傧相，也坐满了人，虽不憋闷，也并不舒服。

就在此时听陶骧说了句："绕城一周，不如早些回去省事。"

静漪真想出声赞同，可她不能说话。

陆岐一笑，说："七哥，绕城一周就算很俭省了。想当年马家瑞成亲，绕兰州城三圈！那是什么……"

"哥，"陆嵘叫他，"把帽子给我。"她说着，微微瞪了兄长一眼。

车厢里静默下来，唯有坐在前排的白文谟接着说："老陆，这就看出来了吧？咱们总觉得七哥最沉得住气，合着也是个急性子。"

陆岐嘿嘿一笑，看看陶骧，低声道："是呢。"

陶骧沉默地望着车窗外。花车队伍正穿过城区，前后护卫的车子颇多，外面街道上看热闹的人群很密集，可谓万人空巷……也正是因为如此，警署和城防部队都增加了人手，街上三步一岗，五步一哨，虽人头攒动，可井然有序。他微皱了眉头。

“先前大哥和二哥成亲的时候还全城戒严呢，你这也不算什么。从你回来，局势已经稳定多了。”陆岐看出来些，说。

陶骧面色稍霁，他转头看看静漪——她竟端坐着，连车座椅背都不靠，看上去硬邦邦的……好在虽说绕城一圈麻烦得很，倒也并不真的费时太久。即便如此，看静漪仍然纹丝不动地保持了端庄的坐姿，车内的几位虽没出声，都露出了又惊奇又赞叹的神气来，谁也不好意思太放肆了。陶骧看在眼里，未免觉得有点好笑。

等到了陶府外大街，车还没上青玉桥，鞭炮、礼炮齐鸣。

陶骧扶着静漪走下车来，踏着红毯一路往府内走去。

宾客从大门站到内宅设的礼堂内，陶骧只得边走边向宾客致意，待好不容易走到礼堂门口，鞭炮声歇，又听宾客喧哗声中，空中传来阵阵轰鸣。

“飞机！”宾客们纷纷仰头观看。

今天的天气极好，碧空如洗。

蔚蓝的天空里，随着巨大的轰鸣声，第一组机群低空飞过——长机领头，每架飞机都带有一个红色布条，上面的大字分别是“白头偕老”“举案齐眉”“新婚快乐”……最后一个是“三年两抱”。

看到最后一个条幅出现，几乎所有人都笑出了声。

陶骧也不禁莞尔，他看看身边仍盖着盖头的静漪，抬手将她的盖头掀起一面来。

静漪眼前忽然一亮，陶骧的手指在她眼前一晃，引她看向空中——恰好看到那个“三年两抱”，静漪呆了一下，问：“这是什么？”

“意思是三年生两个娃娃嘛，七嫂。”尔宜微笑着说。

静漪被尔宜这一解释弄得面红耳赤，可轰炸机带着条幅低空飞行，还真是头一次见，她目不转睛地望着空中——当他们在空中飞出百合花造型的时候，忽然从机翼下抛出“红色炸弹”，在空中形成红色的雨似的纷纷扬扬地落下来，蔚为壮观……静漪不自觉地发出叹息。

“真美。”她说。

“他们特意从北平来到这里，就为了给婚礼助兴的。”陶骧说。他看看静漪闪亮的眼睛，嘴角有一丝笑：“你应该见过他们。他们都是我请回来的飞行教员和飞行学校的优秀学员。”

静漪望着低空掠过的战机，点了点头，道："是的，我记得。"

她当然记得那些年轻英俊的飞行员们，不过她只知道他们舞艺超群，却不知道他们驾驶着飞机，也能在空中跳舞。如果这是结婚礼物……

"这个礼物有点过于隆重，但我非常喜欢，谢谢你。"她说。

陶骧微微一笑。

"七嫂。"陆嵘这时候探身过来，比画了一下盖头。

静漪这才意识到，她只顾着和陶骧说话，竟忘了把盖头放下来。而此时看过了飞行表演的宾客们，目光几乎全都集中在她身上。与刚刚的热闹喧哗不同，这时大家倒都不出声了。静漪窘起来，刚要抬手将盖头落下，陶骧阻止了她。他索性将盖头就在礼堂外掀下来，随手交给陆嵘，拉着静漪向宾客挥手致意过，才和她一同走进礼堂去。

这虽然不合礼数，但陶骧本就是这样说一不二的人，谁也拿他没办法，再加上新娘子美得让人挪不开眼，大家也就都乐得看到这一幕。

接下来的仪式倒简单，一对新人进了礼堂，司仪按部就班地唱着项目，在新人向父母、来宾和对方鞠躬行礼之后，作为家长的陶盛川致谢词。

陶盛川是典型的军人做派，讲话内容简短而有力，三两句祝福了新人，三两句谢过了来宾，三两句便是请来宾入席——他笑着大手一挥，仪式便告一段落。

静漪松了口气。待陶夫人发了话，她终于可以从满堂宾客中退出去了。

尔宜和陆嵘陪着她回到位于琅园的新房。照着规矩，她坐到了婚床上。这一安床，便是要一整天的。

静漪倒是坐得住，有女眷来探看，她只需微笑应答……只是时间长了未免劳累，却也不得不撑着，直到夜幕降临。

此时新房中除了陶家的两位少奶奶，还有几位女宾，都体谅静漪已经累了一日，不过是陪坐说笑。

她们正说着话，就听到外面一阵吵嚷，雅媚道："哟，是不是七弟回来了？"

符黎贞低声道："七叔的朋友们都是爱闹的，咱们在这里恐怕不太好吧？"

许雅媚见她是要走的意思，忙拉着她，笑道："就是因了他们爱闹，要是没咱们在这里，他们真不知道要闹成什么样子呢。七妹是新人，真闹狠了，她该不好意思了。"

符黎贞听她护着静漪，便说："奶奶和母亲不都说了嘛，闹喜闹喜，不闹不喜，没关系的。"

她虽这么说着，倒也没立时就走，就听见有人一路敲锣打鼓、高声张扬着上来了，很快就呼啦啦拥到洞房门口，高声嚷着"闹新娘啦"，又一阵锣鼓齐响，"请新娘子出来啦！"静漪原本心里多少是有些怕这闹洞房一事的，不想听到这开场锣鼓似的一出，先忍不住笑了。

雅媚去开了房门，听陆岐"咦"了一声说"怎么是二嫂这老新娘呀"，她笑骂道："小陆你这个小猴崽子倒先拿我开涮了！我给你记着这一笔的……可说好了，闹是闹，不准单闹新娘。成亲是两个人的事，新郎也不能饶了。"

"二嫂说的很是，我们不会饶过七哥的。"陆岐一本正经地说。

"新郎官儿呢？"雅媚往外看一眼，没看见陶骧一起来，"快去把老七找来。"

符黎贞笑着站在门内看雅媚对付这些人，回头见静漪走了出来，就往后退了退。雅媚见众人目光都投到自己身后，晓得静漪出来了，笑着把她拉到身边，挥手让众人退后些。

陆岐手里拿着一大捧红玫瑰，头一个先叫了声"新嫂子"，道："七哥倒是要上来，可是我们在下面摆了十八道酒阵，他也得一关关闯了来，才能做黑骑士救公主呢！"

雅媚"哟"了一声，说："原来是这样啊！来，七妹，来了这么多客人，你先给大家鞠个躬吧，谢谢大家关照。"

静漪就站在起居室当间儿，同客人们行了个礼问好。

虽说白天大伙儿在礼堂里也都见识过新娘子的美貌了，这会儿近距离地看，尤其新娘子还和颜悦色的，就像画中仕女忽然间走了出来对着人微笑似的，打定主意上来便要开玩笑的人，竟然都在这时候不约而同地在她淡定从容的目光中安静了下来。

静漪请大家坐，轻声道："我初来乍到，还请各位多指教。"说着她示意秋薇拿果盒子过来，亲手端了一一地送到客人面前。她轻声细语地同人说话，客人们也都不好意思这就闹起来，只得笑嘻嘻地说恭喜的话，先拿了糖果来吃。

雅媚起初还有些担心静漪，此时见她应对得法，便退在一边，欣赏着静漪的婉约姿态，满心欢喜地对身旁的符黎贞说："我们也就不算不大方的了，这般也做不到。”

符黎贞低声道：“你还没听说吗，初入府那晚，她敢当面顶撞姑奶奶……姑奶奶那是何等样人？由此可见这位弟妹我们真不能小瞧。”

雅媚轻笑了一下，道：“不是我派老人家的不是，总归是太过了些。静漪就算不错了，换了我，这亲我还不成了呢！”

符黎贞抬手遮了一下下巴，笑一笑，道：“换了你，她们才不会……毕竟土匪窝子里住了几日的不是你嘛！”

雅媚听着这话眉头一皱，脸沉下来。符黎贞猛醒，轻轻碰了碰她肩膀，抱歉地说：“哟，你可别多心。我话说错了，这就跟你赔罪。”

雅媚原是有些生气，但想想符氏向来如此，于是只笑了笑，没言语。她站的地方靠近楼梯，果然听着下面在高声喧哗，仿佛有陶驷的声音。她往下看看，道：“我下去看看，还等着老七救驾呢。”

符黎贞见她走了，由小柏搀扶着在角落里的一个绣墩上坐了，瞧静漪怎么应对众人——

这里头最难对付的要数领头的陆岐和白文谟，两人中又要算陆岐更难缠。那陆岐手里抱着玫瑰花，静漪走到哪儿，他亦步亦趋地跟到哪儿，既不把花送给她，也不说话，只是笑着看她给大家派完糖果又派烟。

静漪回过头来微笑问道：“陆大哥不坐吗？”

陆岐见她柔声细气地叫自己“陆大哥”，也学着她的声气，道：“七嫂不坐，我不敢坐的。”

白文谟看着他觍着脸这么说话，忍住笑喊了声：“老陆，七嫂让坐就坐。”

陆岐听了点头，转着眼珠子，把花举到静漪面前来，问：“七嫂，这玫瑰花可好看？”

静漪仔细看了看，茶杯大的花朵，新鲜得很，是很正宗的大马士革红玫瑰，在这个时节能有，很金贵的了。她照实说：“很好看。”

陆岐微笑道：“这是送给七嫂的。”

“既是送给我的，那就先谢谢陆大哥了。”静漪说。陆岐虽说这花是送她的，却仍紧紧地抱在怀里，她料着他必然还有话说。

“七嫂先别着急谢我，这花可不能白给。”陆岐说着，四下里看看。众人都知道他在憋坏呢，纷纷问他“怎么个不白给呀”，他笑着说：“等下你们就知道了！”

静漪也微笑。

白文谟回头看看，问：“七哥也该上来了吧？”

“来了来了！”楼梯一阵响动，先上来的却是陶驷。

“陆岐你这小子，摆上这十八阵也拦不住新郎官，白瞎了你那帮兄弟。”陶驷上来就指着陆岐道。雅媚搀着他，他哈哈大笑：“以老七的酒量，这么着就想让他趴下，难了。”

陆岐撇了下嘴，招手让陶骧过来，说：“七哥你来。”

静漪见陶骧平素总板着的脸，此时因为也喝了些酒，又是这样的气氛，倒也有些和颜悦色的意思。他过来站在了她身旁，先把礼帽脱了。静漪想他在楼下半晌，许是被闹腾出一身汗了，看他一眼，果然发际线边沿有细细的汗珠。她下意识地想拿手帕给他擦汗，忽然想到众目睽睽之下这么做怕是要被他们笑的，就转回身来笑微微地看着陆岐文谟和众人。

陆岐啧啧两声，说：“七哥，七嫂也太善于周旋了。闹了这么多年洞房，就没见七嫂这么厉害的新娘子。”

“是吗？”陶骧转过脸来，看了眼静漪。静漪微笑的面孔上，粉光潋滟，真是名副其实的明艳动人……他也微笑道：“那敢情好哇！”

“哟……哟……哟！”陆岐怪叫起来，白文谟配合地“嗯”了一声，“大伙儿瞧见没，瞧见七哥七嫂这样子没？”

“岐哥哥，到底这花给不给七嫂哇？”尔宜清脆的声音传过来，她和文佩姐妹趴在阳台窗子边，已经耐不住性子了。

陆岐挥着手，让白文谟去把窗关上，说：“小姑娘家家的，去去去，不准捣乱。”

白文谟还没走过去，几个小女孩笑着跑了。

陆岐道：“我们哪，并不想耽误七哥七嫂休息。这样，七哥七嫂满足我们一个要求，我们就走，成不成？”

静漪看了看陶骧，没吭声。陶骧慢条斯理地道：“你先说是什么要求。”

陆岐清了清喉咙，说：“听说七嫂是上海圣约翰大学医学院的高才生，此事可属实？”

“属实。”静漪回答。

“那想必七嫂对西洋医术知识见解甚深了？”陆岐又问。

“学业未成，见解是不敢说有的。”静漪道。

“七嫂别谦虚，就算没完成学业，最基本的急救术总会吧？”陆岐很认真地问。

静漪点了点头。

“那人工呼吸这一招，七嫂可愿意教我们一教？”陆岐说完不待静漪回答，就指了指陶骧，“就让七哥配合七嫂。我们有一个人学不会，今儿我们就全体不走了。”

别说静漪没想到，其他人也没想到陆岐这看似很雅却又刁又狠的招数。

陆岐笑嘻嘻地将手里的鲜花往前一送，眼望着陶骧说：“鲜花送给七嫂。”

陶骧则看了静漪，说：“阿岐，我看你是皮痒了。”

“七哥，现在不都提倡文明生活嘛。我们来闹个洞房，都这么文明，七嫂是学西洋医学的，更应该开风气之先。”白文谟一本正经地说。

“对哦对哦，老白说得对。”陆岐点头。

陶骧看着这两个人一唱一和，众人笑成一片，都是一副等着看好戏的架势，正琢磨着该如何应对，就听静漪轻声说：“那好嘛。”

她这一声虽轻，连远在角落里的符黎贞都听到了，不禁轻轻地“呀”了一声，雅媚则目瞪口呆，陶驷更是一口热茶险些喷出来。其他人就都不必提了，连陆岐都顿了顿，睁大眼睛看着静漪：“七嫂，不开玩笑，说了教，就要认真教我们。”

“那当然是要认真教的。我想教会了大家这个技能，紧急情况下，也可以救人一命，何乐不为？”静漪微笑道，她看看陶骧，伸手拉了他，“请你配合我一下。”

陶骧这才确定她绝没有开玩笑，点了点头。

静漪吩咐秋薇和张妈进去拿垫子，陆岐说：“别拿垫子那么麻烦了，里面不是有床吗……”

陶骧看了他一眼，他躲到白文谟身后，小声说：“好，听七嫂的。”

白文谟笑得全身发抖。

张妈和秋薇把垫子拿来铺好，静漪就要陶骧躺下来。陶骧见静漪一脸认真，也不说什么，撩起袍子往上面一躺。静漪在他身边跪了下来，看着大家说：“我来示范一下。若需要施救时，病人心脏已经停止跳动，配合人工呼吸，还可以进行心肺复苏术。心脏的位置，是在两乳之间……”她低着头，双手在陶骧胸口一比画，再抬起头来，把自己双手叠放的样子亮给大家看，随后她按上陶骧的胸口，用力一压，“做人工呼吸时，将病人的下巴这样抬高，”她一手托着陶骧的后脑勺，一手将他下巴抬起，“然后，要捏住他的鼻子，像这样，深吸一口气，向病人口中吹气时，嘴唇要完全包裹住病人嘴唇……”

突然，她听到笑声、叫声、脚步声和楼梯响声，抬起头来看，先忍不住笑了——原来从女客开始，纷纷地站起来，忙不迭地赶着往楼下走，陆岐和白文谟都笑着连连给她作揖，道：“七嫂，得罪，得罪！”几乎是落荒而逃的。

至此，她这个示范还没有做完，别说闹洞房的客人，就连下人们都一齐跑了个精光。

静漪手还托着陶骧的下巴，见状还说：“我还没有讲解完呢，别跑哇！”依旧柔声细气的。

那陆岐一脚踩空，直扑在白文谟背上，和白文谟一起，又拐带上好几位，从楼梯上滚了下去，好一会儿工夫，就只听着咣当咣当不住地响……下面众人见了更是笑得不成样子，嚷嚷着看戏去了，一哄而散。

静漪松了口气，听见陆岐在楼下嚷道：“七嫂，我不是不想听完讲解，我是怕听完之后，七哥把我踢出去喂狗哇！”

她一笑，低头见陶骧正看着她，忙收了手。

陶骧却拉住了她的手腕一拽，她半个身子扑在他身上。

“你真是胆大。”他说。

“不然他们怎么肯走。”她说。陶骧微微眯了眼，他睫毛很长，眼睛这么一眯，一小片阴影就投下来，遮住了他的眼。

“要是不走呢？”他问。

“不会的。”她回答。

陶骧看着她的眼睛，她回答得信心十足。

“并不是每次都算得准的。”他又眯了眯眼，这才松了手。这样躺在柔软的垫子上，他几乎不想动。

“老七，前面还有几位客人等你招呼呢！”陶驷的声音从楼下传上来，带着笑意的。

静漪忙拢了下头发，回头看看，并没有人上来，她伸手推了推他。

陶驤看了看她，说："知道啦！"

他起身，整理了下衣服，转身下楼去。

静漪等他走了，看了看这空荡荡的屋子，长出了一口气……楼下的声响渐渐消失，秋薇才上来，笑嘻嘻地看着静漪。

静漪微微有点头痛，在沙发上坐下来，抬手揉着太阳穴。忽听得有人敲窗子，她和秋薇对视一眼。秋薇去开了阳台的窗子，三张花儿样娇嫩的少女面孔立即出现——是尔宜和文佩姐妹。

"七嫂，我们能进来吗？"仁佩开口问。她已经冻得小脸儿通红了。

静漪忙让秋薇去给她们开了门，说："快进来暖和下的。"她说着看了眼阳台的门窗——彩色的磨砂玻璃，不知从外面看得到什么……她脸红的工夫，三个姑娘已经争先恐后地跑进来，搓手跺脚地嚷着外面真是冷。仁佩年纪最小，干脆跑到静漪身边来，把手放在那个大暖炉上方烤着，说："还是七嫂屋里暖和哇！都是八表姐出的主意，冻得我都快成木头人了。七嫂看我的手……"

静漪揉着仁佩冻得冰凉的手。

仁佩胖乎乎的，憨态可掬，被静漪这样温柔地安慰，忍不住说："八表姐说我们躲那儿就可以的，谁知道她耐不住性子，看不得他们欺负你和七哥，暴露了。"

静漪看着尔宜，尔宜正跺着脚。她早换下了白天穿的傧相礼服，这会儿是一身枣红色的平绒三镶三滚棉袍，十分俏丽。听到仁佩揭穿她，她嘟了下嘴，过来说："那也不知道谁，非要做小尾巴来凑热闹。"

静漪微笑着听她们斗嘴。

表姐妹三个坐在静漪周围，说笑着，互相抖着刚刚在阳台偷听时的糗事，说得高兴了，手舞足蹈起来……尔宜见静漪只是望着她们微笑，说："七嫂以后教给我们那个急救术吧？"

静漪点点头，说："好。"

尔宜看着她，静漪觉得她是有什么话要说，她黑沉沉的眸子和陶驤真像……她换了个姿势，仍旧靠在沙发上。

秋薇和张妈已经带人把起居室里收拾停当，问她还有没有什么吩咐。

"没什么了。"她说着看了眼张妈身后的那个秀气的侍女，"这也是在我这里当差的？”

张妈答道：“少奶奶，这是草珠。原先派过来的有两个，偏巧另一个病了，不能马上进来，就剩下一个她了。前两日都在下面干活，少奶奶没吩咐，她不便上来的。”

静漪微笑着看看这个叫草珠的姑娘。红润润的面颊，黑黑的皮肤，有种质朴的健康美。

她点点头，道：“辛苦了，都下去早些歇着吧。”

张妈说：“七爷还没回来呢。前头客人太多，七爷一时半会儿还走不开。老太太担心七爷在前头拖得太久，误了吉时，说二爷帮着支应就成，让陈妈去请了。”

静漪听着她说，看了尔宜她们一眼，张妈就住了嘴。

“我等他的。这里不用你们，下去吧。”她说着，看看秋薇，示意她跟着张妈一道。

尔宜见状忙拉着文佩姐妹起来要走。静漪挽留，尔宜却说时候不早了，她只好起身送她们出来。尔宜倒先撵了文佩姐妹下楼，自己站定了，回身看了静漪。

静漪轻声问：“有话要和我说吧？”

“七嫂，你肯跟我七哥，就因为他救过你呀？”尔宜问。

静漪怔了怔。

尔宜望着她的眼，黑沉沉的渐渐若两潭深水。

尔宜见他沉默，道：“我听见你和程家三嫂说的话了，我倒不知道七哥是救过你两次的。”

静漪缓了缓，才说：“听过就忘了吧。”

尔宜点点头，说：“是应该忘了。七嫂，那天捉弄你是我不对。从小我就和七哥感情最好，老早知道你看不上我七哥，我对你是有些不满意……以后你待我七哥若是不好，我待你也不会好。”

“这我懂。”静漪说。

尔宜叹了口气，说：“那些话别让七哥知道。七哥脾气并不好，别惹恼了他。”

“他不会知道的。”静漪说。

尔宜笑了笑，转身边走边说：“七哥嘛，有什么是他不知道的？七嫂，晚安。”

“晚安。”静漪见她走了，也转身准备回房。

尔宜一下楼梯，险些撞在了来人身上：“七哥！”

静漪心头突突一跳，就听陶骧“嗯”了一声，跟着脚步声沉沉地响起，人便走了上来，身后还跟着陈妈和张妈。

他只是看了她一眼，听尔宜说了声“七哥晚安”，他也说了句晚安。

陈妈先走来，说：“七少奶奶请。”

静漪低了低头，进了卧室。

陶骧同她一先一后坐上了婚床。

静漪的目光落得有些低，只看到陶骧黑色的马褂上挂着的金表链，缓慢地晃了晃，便停住不动了，婚床却像水面轻浮的小船随着柔风慢慢地往一个方向旋转……她舌尖抵着齿间，轻轻地咬了下，细细的疼痛让她清醒一点点。也只是一点点而已，随即又觉得这婚床开始旋转，让人头晕目眩。

陈妈和张妈分别拿着红漆托盘站在床边。

陶骧伸手拿了什么东西，往她身上撒了点。

她闻着是谷物的香气，微微有点呛，就忍不住打了个喷嚏。手帕递上来，她擦着鼻尖，接了他手中的小酒杯——五彩斑斓的绸子将两人手中的粉彩小酒杯拴得牢牢的。她被提醒着不用全都喝……酒甘醇浓郁，她有些糊里糊涂的，还是一口喝光了。分明看到陈妈和张妈都有些忍俊不禁，陶骧将他那只杯子换过来给她，这小半杯又不得不喝下去，瞬间脸便烧了起来。

她把杯子交还出去，陈妈端着将酒杯置于婚床下，一伏一仰。张妈已经将床帐放下来，轻手轻脚地把两幅床帐合拢，在合上最后一点缝隙时，静漪听到她们口中念念有词……随着火红的床帐完全合拢，那诵经似的祝祷也渐渐远去。

她视线渐渐上移，同样盘腿坐在她面前的这个男人，纹丝不动。脸上烧得厉害，她忍不住抬手按了按面颊，手背倒是凉的……摸摸额头，也烫得很。她闭了下眼，再看他，他还是不动。于是她伸出手去，轻轻地触到了他胸口的金链。金链旁边就是扣襻，手指爬台阶似的一颗一颗扣襻往上挪动，终于是找到了最上面那一颗。

他的衣领整齐挺括，黑色的织锦缎马褂上被周围密不透风的床帐映出了一层薄薄的红光，也许是她的眼睛，或者是她的面孔，也是这样的红。她已经不觉得自己害怕，或者慌张，还有其他的什么。喝下去的合卺酒大概都化成了镇定药，她的呼吸在放缓，而她的手从来没有这般有力——他马褂上的扣襻一颗颗被她解开……这个过程异常缓慢而且艰难，终于她指尖疼痛起来，这疼痛从指尖游走到心脏，她的手还是停住了。

她抬眼看着陶骧，雾蒙蒙的眼湿气如此深重。

她的手不由自主地往下沉，被陶骧伸手托住。

他托着她的手，目光沉沉地望着她。

静漪抽回手来，将脑后的固定凤冠的发钗一一除下，凤冠被她举起，放置于身旁。她打开了发髻，油光水滑的乌发垂下去。接着，她开始解颌下的扣子，珠羔里子的龙凤袄褪了下去，里面的红小褂紧贴着身子。她解开两颗扣襻，露出雪白的肌肤，若蚌壳里新剖出的浑圆鲜嫩的珠，争先恐后地滚出来，涌到人眼前来……只是腋下那颗扣子，仿佛是焊住了，她怎么解也解不开，手就有些发颤，不得不再次停下来。

陶骧见她散开的衣襟下，隐约露着细细的红色肚兜带子，随着她呼吸的加重，胸口起伏间，细带便仿佛一条极细的小蛇，在她雪白的肌肤和红艳逼人的小褂之间扭动。他伸手过来，覆在她手背上。她的手在发颤，且下意识地想要抽手躲开，却又停住了，硬生生地逼着自己不要退让似的。

他望着她簌簌发抖的睫毛，大手轻而易举地便将她半晌解不开的扣襻解开了。那颗金扣子已经被她和他的手握得简直要发烫了。他的动作原本应比她麻利得多，但此刻也慢得很。他看得到她绯红的面颊，那柔嫩的肌肤下，热血想必正在慢慢聚集，再红下去，不知会不会冲破肌肤的束缚。袄褂都已经被褪下，她就只穿了肚兜和裙子。

他的目光若水一般从她头顶滑下来，随后很轻巧地一个转身，将她带得横躺下来。

他的手顺着她的膝向上，裙浪翻滚间，她内里的贴身绸裤散开了裤脚，裙带和裤带被他不费吹灰之力解开，在撕扯揉搓间褪了个干净……有些太过迅速，她根本来不及有所反应，只知道自己竟似在他掌间腾挪翻转的木偶，颈落在柔软的枕上，抬眼就是圆圆的床顶，红底绣着五彩凤凰穿牡丹的吉祥图案，那凤凰似乎真的在飞舞，要扑下来啄了她去……她忽觉得有什么扑进眼中来——

原来婚床上撒的谷物被扬起，她被迷了眼。异物在眼中硌着，眼睛疼痛难忍，她的手被他压住，这一痛让她泪水不停地涌出来。她抽手，掩着眼睛。她没动手揉，知道眼泪会冲刷掉让她疼痛的异物，可好一会儿，眼里的疼痛并没有随着泪水的涌出而减弱，反而愈加疼痛。到此时心里是有了些恐惧，总觉得这样的痛苦，才刚刚开始。她并不是因为这个哭泣，眼泪却不停地、凶猛地涌出来。

陶骧拉开了她的手，动作有些粗暴。

她没办法睁开眼睛看他，下意识地向床内缩了一下。这样的弹簧床，柔软而又有弹性，反而将她向他送过去，两人的身子就紧紧地贴着。她只觉得他俯身下来，身子就不由自主地绷紧了，也几乎忘了她眼睛正疼得剧烈。

陶骧的手扶住静漪的面庞，轻轻地拨开她的眼皮，吹了一下；另一只眼睛，他如法炮制。他蕴着酒气的呼吸喷在她眉心，若一只温柔的手在按摩着，只一会儿，那手便消失了。

静漪只听到窸窸窣窣的响声，知道陶骧下床去了。她还是动也不动，眼睛还在疼，她也不睁眼，直到一块冷毛巾蹭到她腮边，她准确地伸手拿过来，一边覆在眼睛上，一边就坐了起来。

疼痛就那么渐渐地消退了……

湿冷的毛巾吸了她面上的热，渐渐变得温暖。她拿下毛巾，眨着眼，抖落睫毛上的泪珠，看到坐在一边的陶骧——他虽只穿着贴身的衫裤，却依旧整齐得很，与她的凌乱和狼狈恰恰成了最鲜明的对照——她隐隐觉得不妥时，他倾身过来，同她脸对着脸，看了她一会儿，才说：“你身上藏着匕首时候的样子，倒也不错。”

静漪望着他，不由自主地咬紧了牙关。

“早说过救你的事不用放在心上。到现在，就更加不用。”陶骧站起来。

静漪投向他的目光，在此刻移开了。她呆了一会儿，扯了床单将自己的身子裹住，从床上三步两步下来。陶骧看着她匆促地将自己裹住，那床单宽大，她脚下拖了很长的一段，像晚礼服那长长的裙裾。从床边到她脚下，散落的发钗、凤冠、袄褂，还有那一溜儿五谷杂粮，在她细白的脚周围，聚了一小圈……他将毛巾丢在了床头柜上。

就在此时，外面忽然传来一声清晰的枪响。仿佛是一个信号，紧接着枪声密集起来，潮水般涌起的枪声简直是近在耳畔。

静漪呆了呆。眨眼间，头顶的水晶灯便熄了，烛火却留着。她还在发怔，就觉得一股很大的力量将她整个人带着往更暗的角落里去似的，她听见清晰的拉枪栓的声音。而外面的枪声由远及近，又由近而远……陶骧坚实的身子将她紧逼在一边，她的后背靠上了墙壁。贴着羊毛毡的墙壁保暖又隔音，靠得久了更渐渐觉得暖，而他的下巴不时蹭到她的发顶，呼吸也清晰可闻。她慌乱间便觉得缠在身上的床单在往下滑，双手急忙向上提，却被他逼得更紧些，根本动弹不得。

“别乱动。”他低声道。

她果真不动了。

外面的枪声演变成四面八方，甚至有炮响，大概是距离远，听起来更像是夏日里的隆隆雷声。静漪的心怦怦直跳。

外面楼梯响起急促而又有规律的脚步声，隔得不远，有人在做口令交接，应该是陶骧的近卫。

她微微抬头，下巴碰在陶骧的胸口。

他放松了她一些，但仍没放她自由行动。

“七少。”是图虎翼在外面。

“在这儿别动。”陶骧转了身，开门出去。

静漪松了口气，凝神细听外面的动静。

“摸清怎么回事了？”陶骧的声音低沉浑厚。

“是。果然咱们这里有点风吹草动，他们都不会放过兴风作浪的机会。今晚城内城外戒备森严，这是来送死的吗？”

“我更有兴趣知道的是，这次行动是谁指挥的。”陶骧低沉浑厚的声音里含着微微的笑意。他拉下了保险栓，枪仍在手中掂着，却有了把玩的意思：“外围既然二爷早有安排，我们就什么都别操心了，其他的照原先的安排来。”

“是。今儿晚上是钓鱼的大日子，恐怕钓上来的大鱼，要比您预计的多。”图虎翼低声道。

陶骧点了下头。

“可是七少，还有……”图虎翼还想提醒他什么。

外面连零星的枪响也已消失。

陶骧说：“还不去？别的可以放放，这会儿人送我这么一份大礼，我也得意思一下回个礼。其他的，明儿再说。”

“是，七少。”图虎翼也笑了。

陶骧等图虎翼走了，还在起居室里踱了几步。再回到卧房来，屋内电灯已经亮了，静漪披了件羔羊绒睡衣在剪着烛花，见他进来，她倒了杯热茶给他。

他把枪放在小圆桌上，茶杯拿在手里，不喝，只管看着她——她给自己也倒了一杯，同样捧在手中。

他说：“来。”说着，便往窗边走。

静漪犹豫了下，还是跟着他过去。

陶骧将窗子推开一扇，静漪望出去——随着一声尖啸，一个火球从远处腾空，在半空中爆炸，绽放出巨大的彩色花朵来，并且迅速消失在夜空这黑幕上。

是烟花。

静漪目不转睛地望着一簇簇的烟花由盛开至陨落，空余了淡淡的烟影在天际……其实距离很远，应是闻不到那硝烟弥漫的味道，她却觉得硝味浓重。

“这就是你说的回礼吗？”她抿了口茶，问道。

陶骧浓眉一扬，并不作答。他也好整以暇地喝着茶，看空中那持续绽放的烟花……他听到她在问：“你到底有多少敌人呢？”

这话倒也听不出是不是担忧，说话间她哈出的白气也只有浅浅几寸的距离。

他说：“绝不会比朋友更多。”

静漪裹了裹身上的睡衣。焰火密集地被送上半空，爆炸声密得让人喘不过气来，七彩的光映亮了大半个城池。她望着陶家大宅内层层叠进的屋顶，海面的浪花似的简直会向人涌过来。烟花的绽放已至高潮，满天都是绚烂至极的火之花，热烈，而又清冷。

陶骧回身将茶杯顺手放在小圆桌上，出房门的时候说：“晚安。”他说罢将房门合拢了。

静漪依旧靠在窗边，终于当所有的烟花都消失在天际，静寂无声的屋顶上只剩下银色的月光，她才将窗子关好。

桌案上摆放的手臂粗的红蜡烛燃得正好，烛身上竟没有一点烛泪，干净而端庄。她走过去，拿了小剪刀，将烛芯又修剪了下，此时另一支红烛爆出了火花，她倒看着灯芯发了会儿呆，才去将电灯关了，屋子里暗了些。落在地上的那些七零八碎的东西，她一一收好。

宽大的婚床上就剩下她一个人。她安稳地躺在床上，迷迷糊糊地睡了过去。一翻身，头颈落在了两只大枕头中间，下面有什么东西硬硬的，硌了她一下。

混沌间她伸手过去推了推，再翻个身继续睡觉。

这一晚她睡得并不很好，不住地做着梦。

梦里一会儿是母亲，一会儿是父亲，一会儿又是陶骧，他们交替出现在梦中，说着一些她完全听不懂的话，让她焦躁……她睁开眼睛，仍觉酸涩。

清晨听到门响，是秋薇在叫她起床。

她去开门前，摸了一把枕下。触到便知道是冰凉的铁器，拿出来一看是把崭新的左轮手枪。她拿在手中掂了一会儿，拉开床头柜的抽屉，放了进去。

秋薇进来说姑爷刚进门："张妈说这边天亮晚，合家不到八点钟是不会起床的。只是小姐是新娘子，不能不早起……"

静漪换了衣服下楼去，陶骧已经在餐厅里坐着看报纸了。

不过早上七点钟，天还暗着，餐厅里的灯光明亮。他抬头看了她一眼，目光依旧落在报纸上，说："等下一起去奶奶和母亲那里。"

"好。"她自然是知道这个的。陶家听起来是规矩多，可是也不比程家更多。

"三哥三嫂明日一早飞南京。"陶骧提醒静漪。

静漪看着他，一时没有说话。

陶骧继续道："此地多的是想给他设宴送行的人。三哥说此行并不为此而来，那些人他一概不见，倒是想临走前同咱们单独聚聚。如果你没有别的意见，我们今晚在铜狮子胡同一起用晚饭。"

静漪低了头。

张妈已经把早餐摆好，提醒她把参汤先喝了，说是老太太的吩咐："另外老太太说要少奶奶每日早晚各服一丸自家配制的丸药。老太太每半个月会让人送来一次，要少奶奶记得吃。"

静漪听着说要她吃药，心里就已经在打鼓，但不得不向张妈点了点头。

她只要了一碗白粥，见陶骧在看着她，似乎等她答复，说："你看着安排吧。"

"另外明晚在司令部小礼堂有个舞会，是特别为赶来参加婚礼的飞行员举行的，希望你能出席。"陶骧说。

静漪点头。

陶骧将报纸放在一边，一份早点吃得不紧不慢，到他喝咖啡的工夫，她那碗白粥也只吃了一半。

“这些天我不常在家，有事找我就打电话去司令部，3线找我。”陶骧交代完，小口啜着咖啡。

静漪看他一眼，点头，并没有问他去哪里。他也没有解释。

“好。”她回答。应该也不会有什么特别紧急的事情，还非要打电话去扰他的。

她以为他的安排是很正当的，不想去了萱瑞堂，老夫人听说了立时阻止。

“你们是新婚，头一个月不能空房。”陶老夫人笑眯眯地说着，语气却是不容置疑的。

“没几天就过年，又是新婚，有什么事不能往后拖拖，非要在营房过夜吗？从前新娘子就算是回娘家，也都要在天黑前赶回来的。”陶盛春也说。她看看文静地站在陶骧身边的静漪，瞪了陶骧一眼。

陶骧笑了笑，说：“姑姑，这老规矩还是不必守了吧，再说我们两个其实也不算是……”

“别说那些，就从昨晚上开始算。”正在逗弄袖猴的陶因清头都不抬地说，“怎么老人们守得礼数，到你们这儿就不管用了吗？”

“老七，你到底有什么了不起的事，非得这阵子办？”陶因润忽然插嘴问道。

陶骧仍是笑了笑，就说：“既然是这么着，大不了我每天多跑一趟就是。”

似是就等着他这句话，陶老夫人微笑点头，道：“得了，别在这立规矩了，快带你媳妇去你母亲那里吧，她正等着你们呢……静漪，老七不在家的时候，你跟着我吃饭吧。”

“是，奶奶。”静漪答应着。

陶骧看了她一眼，才跟她一起出去。

等他们走了，陶盛春笑着对母亲说：“母亲您可真是疼老七媳妇了。”

“还不是盼着能快些再抱个重孙子，安什么好心了呢？”陶因泽哼了一声道。

陶老夫人抽着水烟，谁的话也不理。

陶因润哈哈一笑，说：“看见老七媳妇那脸了没有？不准他们空房，她脸都快黑了。真亏得我们老七的人才，那么难为她吗？”

陶老夫人“啧”的一声，嗔怪地看着。

陶因润笑着摆手，说起了别的。无非是年节将至，算计着如何过年。一屋子的女人们从陶老夫人到尔宜文佩，旁的不说，提起年下的新衣服、压岁钱、在家打牌和出门瞧戏，都是兴致盎然的……

那边静漪跟陶骧去延禧堂请安，得知陶盛川和陶驷一早就出门了。

静漪见陶夫人还没有用早点，便去同雅媚一道帮忙摆桌子。瑟瑟离了看妈，在母亲和婶母身前转来转去，笑着叫着，这间大屋子立时热闹起来。陶夫人看着满堂欢笑，新儿新妇，打心眼儿里高兴，只是面上倒淡淡的。

陶骧便问父亲和二哥去哪里了。

“还不是昨天晚上的事吗？”陶夫人说着，牵了瑟瑟的手，让他们都入席。

陶骧没有再问，待母亲用完早点，他便先告辞出门，留下静漪和雅媚在陶夫人跟前。

陶夫人看着给她斟茶的静漪，说：“这两日原本客人也多，只是靠近年根儿了，都要忙年，需咱们应酬的也就少了很多。这样倒也好，彼此都省俭些。静漪，我特为嘱咐你一下，近几日就不要出门了。你是新人，外面到底往来人多杂乱，不留神冲撞了什么倒不好。”

静漪给她奉了茶，想了想，把早上陶骧交代的两桩事都回禀了，说：“他是这么安排的。若是母亲觉得不妥，我同他说去。”

陶夫人端了茶杯，看看她，说：“既然老七已经安排好了就去吧，三少爷夫妇也不是外人。况且原也该如此的。再三两日就是春节了，上下的事情多得很，我也顾不上你。想着你是新来的，让你一个人吃饭未免孤单些。老七不在家的时候，你就去老太太那里用饭。我同老太太商议过，老太太是同意了的。”

雅媚笑道：“母亲，奶奶可是除了八妹，难得带着哪个在身边的，我跟瑟瑟也要去。”她故意做出吃醋的模样来，对静漪笑。

陶夫人先笑道：“你这孩子话多得很，我平日里听着都时常头痛。老太太爱清净，有个老八在那里已经不得了，再加上个你，那还得了？还是让你在这里烦我吧。”

静漪轻声道：“不然我回了奶奶，去二嫂那边吃吧。”

“好，给你和瑟瑟吃一样的。”雅媚笑道。

“雅媚说的也没错，老太太是难得把谁带在身边的。静漪凡事仔细些，老太太到底有岁数了。”陶夫人说着，炯炯有神的眼睛望着静漪。

“是。”静漪忙答应。

不久大少奶奶也来请安，随后哈德广等人来陶夫人这里回事，陶夫人让大少奶奶在身边听着。雅媚拉着静漪退下来，在隔壁喂瑟瑟吃饭。

两人能听到正间里他们的说话声，除了连日来筹备婚礼的开销事项，就是预备过春节的事务，很是烦琐。

静漪留神听着，陶夫人话很少，回禀事情的也都言简意赅，大概是她平日作风便是如此，偶尔有一两个人回得啰唆了，她也耐着性子听完……静漪想这比起嫡母杜氏来，又是另一个样子的管事人了。

她抬头看看外面，人影幢幢的，一批回完了话，又一批进来，仿佛源源不断。

“平时母亲只有初二、十六两日是这么忙的，其他时候多半就广叔来回话。母亲原是想让大嫂早点接手家里的事情，她也好松散些。”雅媚悄声说。

静漪点头。

“眼下是不行了，不过母亲还是很倚重大嫂的，有什么事，都同大嫂商议。”雅媚把小碗递给瑟瑟，要她自己吃鸡蛋羹。她看看静漪红红的眼睛，忽然笑起来：“昨晚没睡好吧？看你眼睛都红了。”

“没有的事，睡得好极了。”静漪忙说。

雅媚轻笑道：“得了，你自己去照照镜子，眼红得什么似的。你刚一进门，母亲就皱了下眉。以后呀，你可……”

“二嫂！”静漪不由自主就脸红了。

雅媚见她这样反而越发觉得她有趣，忍不住伸手过来捏捏她的脸蛋儿，道：“这有什么！你们新婚燕尔，这会儿不正该是好得蜜里调油吗？”

瑟瑟满口含着鸡蛋羹，见妈妈捏小婶婶的脸蛋儿，好奇地眨眼看着。雅媚看女儿可爱的样子，忍不住又去捏她的脸，压低声音跟静漪说：“都说新婚一月不空房，就趁着这个时候，快点怀上一个。生个儿子也好，女儿也好，像瑟瑟或者麟儿，要你亲也亲不够。”

静漪看着瑟瑟，不知怎的就想起昨晚陶骧离开时那张冷脸。

“被母亲和大嫂听见我这么和你说话，一定又要说我没有个样子了。”雅媚抬眼看了看外面，微笑着说，声音低低的。

“二嫂这么喜欢孩子，就给瑟瑟添个弟弟嘛。”静漪低了头，抚弄着瑟瑟柔软的额发。

雅媚沉默片刻，才说：“你当我不想瑟瑟有个伴儿吗？当初生瑟瑟时发生意外，没有一尸两命已是侥幸。大夫亲口讲的，再有孩子的机会，菩萨不会给我了。”

静漪过了好一会儿，才能抬头看雅媚，轻声说：“二嫂，我不是……”

“有什么关系。”雅媚微笑着说，并不见难过，“奶奶也说，儿女都是缘分，强求不得。有瑟瑟我就很知足。”

“当时很险吗？”静漪问道。

雅媚想了想，说：“女人生孩子，还不是鬼门关过吗？”

静漪手臂环着瑟瑟，点了点头，说：“四家姐便是这样亡故的。”

“我记得四姐姐的，比我大两岁。”雅媚说着，拍拍静漪的手，“四姐姐的婚礼上，你这个小丫头不知从哪儿冒出来，抱着她的腿不准她出门子，哭得惊天动地的，惹得程伯母那通心酸。”

静漪擦了下眼角，没想到雅媚还记得这件旧事。她轻声道：“那年我才不过八九岁，只晓得从此以后，家里再看不到四姐了。四姐在家时最疼我，她哄我说很快回来的……四姐嫁得也远。”

而且，嫡母哄她四姐来年春天会抱着娃娃回来让她看的话，永远成了假话。

雅媚看着她，说：“是不是因为这个，你才想学医的？”

“嗯。”静漪垂下眼帘。也因为母亲身体总是不好，不过她没有同雅媚讲。

只是她的事雅媚是知道一些的，安慰她道：“真也难为你了！过了年，同老七商议商议，父亲母亲通情达理，会准你回去探望帔姨的。”

静漪点头。

雅媚又笑一笑，说：“说不定，反倒是老七那关难过呢。”

“在说什么悄悄话？”符黎贞敲了下门，望着坐在一处亲热地说着话的两个妯娌，微笑着问。

瑟瑟起身问大伯母好，雅媚静漪也站了起来。

静漪看符黎贞那淡淡的面容、淡雅的气质，心里赞了个好。若不是符氏眉宇间总似有一团青气，未免有些悲楚之色，会更美的。饶是这样，她仍觉得符氏有种从骨子里散发出来的柔弱贞静之美，纵同为女子，也难免产生些我见犹怜之感……符黎贞见静漪只管看着自己，对她微微一笑，温柔地往静漪肩膀上轻轻一按，使她坐下，道："七妹不必多礼。日常见着都是这样，反见着生分了。"

雅媚却笑道："大嫂，七妹头一年来，压岁钱都是双份儿的。不如回头让她请客，咱们瞧戏去吧？"

"你又出馊主意。母亲不是说了，不让七妹随便出门吗？"符氏过来坐下，手中的两摞账本放在桌上，空出手来逗弄瑟瑟。

"到时候请奶奶、姑奶奶和母亲都去，母亲就没话说了。"雅媚笑嘻嘻的，对静漪眨眼，"先就这么定了，反正你是逃不掉这个东道的。我今儿在报纸上看了几个大戏院的戏单子，年下都请了京城沪上的名角儿来压阵，难得的。大嫂不是很爱瞧戏吗？"

静漪问："大嫂最爱谁的戏？"

符黎贞先瞪了雅媚一眼，仿佛不太高兴她提起自己的这个爱好来。雅媚倒不以为意，照旧笑着。符黎贞轻声对静漪道："也都是胡乱听的。倒是程老板的戏，听来最有滋味。扮相也好，身段也好，难得的是戏词都和旁人有些个不一样的地方。还有啊，《游龙戏凤》《贺后骂殿》什么的固然也是好，我还是最爱程老板那一出《思凡》，太见功力。"

静漪一听就知符氏是个听戏的行家，可惜她于此一道是颇为不通的，于是便笑笑，道："秋天里倒是在京里听过程老板的《游龙戏凤》，若是程老板能来这里登台就好了。"

"听母亲回来提过，可是孔家夫人堂会？"符氏微笑着问。

"是。"静漪想起来那晚在孔家，陶夫人和雅媚也在，她看了眼雅媚。

雅媚会意，笑笑，道："只可惜那晚临时有事，我们走得早了些。更可惜程老板轻易不出京的，不然咱们兴许也能请了来。"

符黎贞笑道："程老板的戏是难得听到，这阵子倒是有个号称是他女弟子的来了，在城里颇得追捧。我看了看，戏码子直排到过了十五，都是程派名段。"

雅媚听了，眉微微一皱。静漪问："女弟子？难道是那个？"

"七妹在北平也听说了？我想，她一来，大家不看戏，也想看看这位心机极深的风流戏子，到底是个什么样子。"符黎贞道。

"罢了，又有什么了不得的？什么样的戏没听过呀。"雅媚淡淡地说，她转而微微一笑，"咱们且记上一笔，回头敲七妹这笔小竹杠。瞧过戏，去用了宵夜再回家不迟。”

符黎贞看着雅媚，笑而不语。

“只要母亲同意，就依二嫂。”静漪先答应了雅媚。

符黎贞见她大大方方地答应了，道：“母亲若是不同意，咱们再想别的法子找乐子吧。”

正巧陶夫人进来，就问起来究竟是何事。雅媚是个爱张罗的，忙把刚刚的话说给陶夫人听，竟勾得陶夫人也笑着说凭她去闹吧，只是不兴张扬太过。事就这么定下来了。

陶夫人看看时候不早，要带着雅媚和瑟瑟去萱瑞堂，静漪和符氏一道往回走。她来时同陶骧一道步行的，符氏却是行动都乘轿。她觉得不能挤乘符氏这一顶小轿，使得符氏不便。符氏就让轿子跟着，同静漪一起走回去。

延禧堂位于陶府中轴上，从这里去谭园要穿过延禧堂后花园。静漪见这后花园也扎上彩绸和松柏枝条，五彩缤纷的煞是好看，庄严肃穆的宅邸因此添了些喜气，没有那么令人生畏了。

符黎贞说：“本来年下家里也都这样装饰，这回为了你们大婚，提早装饰好了，这两天再添置些，倒省了些事。”

她个子比静漪高出一截，只是人纤弱，行动真个是弱柳扶风一般。静漪低头看时，见符黎贞裙下鞋尖微露，看出她是半大脚的，听着说话间已经有些气喘，忙搀扶了她，请她上轿。

“再走两步也就到了呢。”符黎贞扶了静漪，轻声说，“七妹人温柔善良，和七弟真相配。”

静漪微笑不语。

“我娘家妹子也和七妹这样的好性情。将来有机会，让你们也认得认得，或者谈得来也不一定。”符氏说着，同静漪穿过半月门。

静漪举目一望，已经看到谭园大门。

符氏有一阵子不说话，她正想找个话题，就见前面急匆匆奔来了一个使女，老远看到她们，便喊了声“大少奶奶”！

转眼她已经来到近前，上气不接下气地说：“大少奶奶，快……”

“有话慢慢说。”符氏从容地道。

“大少爷，大少爷要打死白狮……白狮……”使女跑得太急，在符氏清冷的目光下又有些惧怕，越说越不成句。

符氏一听，起脚便走，问：“为什么？”

“大少爷说是要出来透口气，让福顺推他出来。天晓得白狮怎么发了疯似的要咬福顺，铁链子都咬断了两条……”使女断断续续地说着。

符黎贞秀眉一蹙，脚下不停地匆匆往谭园赶，已经顾不得身旁还有个静漪。

静漪跟着走到谭园门口处，犹豫了下，还是进了门。

一进门她便呆了下，白狮已经被吊了起来，就挂在院中的紫藤架上。

她心一提，看清楚白狮四肢还在颤动，知道还活着，只是毛上沾了大片的血，白狗险些成了红的，血不住地从伤口滴下来，其惨状让人不忍卒睹。白狮身子下方摆了一只大桶，此时只要绳子一断，白狮就会栽进水中。她知道这是杀狗的方法之一，但没有亲眼见过。

符黎贞穿过院落向在檐下轮椅上坐着的陶骏走去，道：“大清早的何苦来发这么大的火？”她上前握了陶骏搁在轮椅扶手上的手，被陶骏一把推开。

她站直了，手收进袖筒里，看着他道：“你身子才刚好些又这样起来，我原想和七妹一起喝杯茶呢！”

她说着回头看了眼静漪，静漪叫了声“大哥”。

陶骏森冷的目光在看到静漪的时候变的得稍微温和了些，略点了点头。

“这个畜生今天竟要伤人了，再留着难免是祸害。”陶骏语气极淡，却杀气腾腾。

符黎贞也淡淡地说：“就是杀了也没什么，只是别动气，让父亲知道，倒说你不知保养。”

陶骏沉默着，忽然喊了一声：“福顺！”

静漪就看到廊下阴影中站出来一个青衣汉子，正是上回见过的陶骏的亲随。此时他裤脚处被撕开了一个很大的口子，露着棉花，沾着血迹……她想看一下他身上的伤口，可从这个角度看不清。

“去吧。”陶骏轻轻吐出这两个字来。

静漪便觉得他此时已经怒极，她心里着急，想劝又不知该如何是好，眼看着福顺领命下去要去处置白狮，她急得手攥着衣袖。被吊着的白狮似乎也知道自己马上就要被处决了，徒劳地挣扎着，身子在空中旋转。

“药吃了吗？药不吃，倒先要跟个畜生过不去？自个儿的身子和一个畜生，哪头儿要紧呢，你且分辨分辨……”符黎贞说。

她话音未落，陶骏手中不知何时多了一支马鞭，拿起来就照她挥过去……静漪一惊，下意识要阻拦，就见马鞭转了个弯，一下子抽在了廊柱上。

“滚！”陶骏说。

符黎贞勉强一笑，道：“你说，我能滚去哪里呢？”

陶骏不答。两人就在廊下这样对峙着，没人敢出声。

屋内突然传出哭声来，符黎贞说着“你发这么大脾气，吓着麟儿可怎么办”，转身就进屋去了……静漪见状晓得他们夫妻间这样的争吵大概很常见，她惦记白狮，只一时想不出合适的话来劝解。

这时陶骏看看她，道：“这狗是老七带回来的，七妹在这儿，我就不专门打发人去告诉了。”

“大哥消消气……”静漪小心措辞，想试着劝说陶骏改变主意，眼前毕竟是条性命……她转向陶骏，待要再开口，突然发现陶骏嘴角抽搐了下。

静漪一怔，起初以为自己看错了，紧接着陶骏嘴角又抽搐了下，眼珠定住了似的，盯着她只是不动。她立时觉得不好。

“大哥？”静漪提着裙子上台阶，“大嫂快来！福顺、小柏，快叫大少奶奶来！”

此时陶骏全身抽搐着，发出可怕的怪声，没有腿的身躯像个沉重扭曲着的包袱似的从轮椅上滚落下去，在地上仍扭动着，仿佛被截断了尾巴的蟒蛇一般。看他口吐白沫，静漪知他是癫痫发作，已经来不及再等其他人过来帮忙，立即将他的头扶稳，一摸身上也没有手帕，索性将衣袖一拉，伸手让陶骏咬住。

“辔之！”符黎贞跑出来，将陶骏扶住。

福顺也过来，见静漪处理得当，他们都不便再插手。

静漪只觉得手上像被铁钳镊住，皮肉都要被撕扯下来了。她强忍着疼痛，挥手让人让开一些，使空气保持畅通……过了好一会儿，见陶骏狰狞的面孔松弛下来，紧咬着她衣袖的嘴巴也松了些力气，她才抽回手，招呼福顺：“快些，把大少爷送进去。”

符黎贞显然经常应对这个场面，她在福顺将陶骏抱起回屋时镇定地和静漪轻声说了句“辛苦你了，七妹”。静漪点头，不再上前帮忙。

好一会儿她仍跪在廊下冰凉的砖地上没动，待要起身发现缩在门边的麒麟，正望着她抹眼泪。

她招手示意，麒麟挪过来。看他一脸的泪，她只好用那只干净的袖子给他拭泪：“不哭，爹爹没事。”

“小婶婶，”麒麟抽噎着抬手一指，“小婶婶救救白狮，爹爹要打死它了。”

静漪这才想起还有个白狮。她看了抽噎的麒麟，说：“别哭哦，小婶想想办法。”

她站起来往紫藤架下走去，麒麟跟上来拉住了她的裙子。他们走到近前，见白狮张着嘴，嘴边的白毛上沾着血迹。她既觉得白狮可怜，又忍不住生气它闯祸。她回头看了看，看四下无人，使出力气来将那只大木桶推到一旁去，把活扣一拉，白狮便重重地落在地上。

麒麟抱住白狮又抽噎起来：“小婶婶，我们把白狮放了吧……小婶婶救救白狮……”

静漪无奈地看着这只半死不活的大狗和这个抽抽噎噎的小少爷，咬咬牙拉着麒麟的小手，牵起左摇右摆的白狮回琅园去。

他们一进门先把在院子里贴窗花的草珠给吓得从小板凳上滚了下来。张妈和秋薇还有琅园里其他的丫头婆子也都小心翼翼地从门里出来，看着她们的女主人牵着一獒一娃站在她们面前。

还是张妈先开口，问：“少奶奶，这不是……”

“嗯。”静漪低头看看白狮，拽了下铁链子，“张妈，你给打盆水来。秋薇，你上去拿我药箱。”

“小姐，这怎么行！”秋薇见静漪拖着白狮往屋里走，跟上来叫道。

张妈倒是微笑着去打水了。

静漪带白狮进门，就往陶骧书房走——他书房里有一个一人多高的铜像，拴白狮正合适。她进门把铁链子挂在铜像上，白狮张大嘴巴喘着粗气趴在地上，被她抚摸，一动也不动。

静漪蹲下来，从它头部开始往下一寸一寸地检查，当她按到它的肋骨处时，它惊恐地弹跳起来，回头舔着那里的毛，她就知道它身上除了外伤还有内伤。秋薇和张妈送来了药和水，她开始清理伤口。

“白狮不会死了？”麒麟从她肩头探过去，细声细气地问。

静漪看了麒麟泪汪汪的眼睛，说："大概是不会的了。去摸摸它，今天多亏了你。"

麒麟果然过去，趴在白狮身上，说："我爹爹不是真心的。"

静漪没出声。

"白狮不听福顺的话，福顺踢了白狮一脚，白狮就咬他。"麒麟坐起来，摸着白狮，背对着静漪，"爹爹才要杀了它。"

静漪摸摸麒麟的后脑勺，起身去洗了手。陶骧书房里的这一张沙发极宽大舒适，她回来坐下，听麒麟和白狮喁喁私语，一笑，叫秋薇进来带麒麟去洗了手，给他拿糖果饼干吃。

电话忽然响了，她接起来，听出是符黎贞，忙说麒麟在这里。符氏沉默片刻才问："让麟儿在你那里多待一会儿行吗？"

静漪答应了。

近午符黎贞才亲自来接麒麟，她换过了衣服，仍是一身的药味。静漪告诉她麒麟在隔壁客房睡了，请她坐一会儿。符黎贞没拒绝，她应该是很累了，一盏茶喝光才说要走。

"谢谢七妹，今天累了你。"符黎贞看了眼缩在一角的白狮，"既是你把它带来了，也好。"

静漪直把他们送出了门外才回来。她进书房去，发现白狮正在喝水，嘱咐秋薇回头弄点肉来。

"小姐，你真要养着这大白狗？"秋薇问。

张妈和草珠继续贴着窗花，此时回头说："少奶奶心真好。"

静漪望着玻璃窗上那团复杂的花样，说："就先养着吧。"

"不跟姑爷商议一下？"秋薇又问。

静漪没出声。她料着陶骧不会没有话说，可哪里来得及商议呢？这时她才觉得手上隐隐作痛，撸起袖子来一看，手掌下沿清晰地印了青紫的两块瘀斑，她看看伤处，依旧放下袖子来。

果然傍晚陶骧回来，听说这事就道："送回去。"

静漪望着陶骧——他一身的尘土，眉梢额角上都挂着汗珠子，面容是有些疲累，看上去心情也并不好……这个时候跟他争论怕是不会有好结果，可她还是问："送回去？你的意思是，送回去给大哥打死吗？"

陶骧并不打算跟静漪争论，叫人进来。

“等等！”静漪拦着他，“听我说，今儿大哥当着麟儿就让人把白狮呛死，麟儿都被吓坏了。这会儿送回去，万一大哥还气着，不照样被处置了？”

陶骧抬手解了领口一颗纽扣，看了眼白狮。白狮缩在铜像后头，把脑袋藏在窗帘里，只露了个屁股在外头。刚刚看到他进门白狮还很高兴地晃着尾巴，这会儿不知是不是察觉气氛不对，一头扎进那里了。他往前走了两步，发现它在发抖。

“送回去。”他还是说，“大哥要怎么处置，是大哥的事。”

“不行。狗是我带回来的，我也答应了麟儿，就得负责任。”静漪走过去，站在铜像前，“白狮还是你带回家的……不如你亲手把它杀了送过去，岂不更省事？”

“也好。”陶骧说。

静漪顿住，瞧着陶骧这面冷心冷的样子，她真不怀疑他做得出来。

陶骧脸上平平板板的，边解着枪套边打量她一眼，问：“过会儿要见三哥三嫂去，不预备出门吗？”

静漪咬咬牙，她几乎都忘了这个事了。陶骧眉一挑，道：“去准备下，白狮的事回来再说。”

静漪转身就走。

一出来，迎面碰上正好进门来的马行健，见她气色不对，忙往旁边闪避。待她上楼了，才去问道：“七少，车备好了，这就走吗？”

图虎翼忙对他做了个手势，他站住，往书房内看了一眼。陶骧走到铜像边，弯身把白狮拖了出来。

马行健吃了一惊，问：“这家伙怎么在这里？”

陶骧看着白狮使劲儿往地上趴，怎么都不抬头，就把它的大脑袋拎了起来。白狮眼神里有种胆怯，陶骧看了它好一会儿，伸出手来给它擦了擦眼角。湿乎乎的，白狮流泪了……他又给它擦了擦眼角。

马图二人看了这情形，不约而同地退出去，将书房门掩好。

“怎么回事？”马行健悄声问。

“大少爷今儿早上差一步就把白狮做了，赶巧少奶奶在那儿，把白狮带回来了。”图虎翼低声道。

马行健眉一皱，没出声。图虎翼看他一眼，也不响。

好久书房里没有动静，楼梯却响了起来。

“少奶奶。”马图二人忙行礼。

静漪已经换过衣服且上了薄妆，她走下来，说：“阿图，去请七少更衣。时候不早了，迟到了不好。”

没等图虎翼去叫，陶骧已经开门出来，一言不发径自上楼去了。

张妈端了茶来，静漪拿了一杯，听了听，书房里一丝动静也没有。她想进去看看又有点犹豫……陶骧随时会下楼来的。

“七少没再说把白狮送走。”图虎翼小声说。

马行健轻轻一碰图虎翼，阿图回眼偷看，果然见陶骧出现在楼梯转角处。

“他要再说送走，要紧先给我递个信儿。”静漪说着将茶杯放回张妈的托盘里。看到张妈含笑的眼，她嘴角一弯，人就转了身。出门前扫了眼陶骧——脱了军装，人看上去温和了些。

她默默将红丝绒手套整理了下。

两个人刚刚起过争执，谁也不主动开口说话。从家里到铜狮子胡同7号，一路上两人都沉默。车子直开进7号的后院，管事丛东升早在那里等候了。给他们请了安，丛东升说三少爷和三少奶奶早到了，此刻在后花园藏书楼呢。

陶骧想想后花园距这里不过几步路，对静漪说：“你也是第一次回来，走走看看吧。”

静漪本意不想参观这里，因知道这里是陶骧私邸，就好像这里是他不为人知的一面，闯进来总觉得有些别扭，但见陶骧已经走在了前头，她也只好跟上去。

7号的宅邸并不算大，只是院落套院落，很有些意趣。静漪看着这里的确有些地方同北平很大的差异，大约是因为此地干燥少雨，房屋的滴水檐往往造成独特的导水设施，顺着管道流下来，在墙角有一处专门蓄水的设施，蓄水又巧妙又便宜，可谓匠心独具。

陶骧走路向来快，静漪得跟上他，也只能是将目之所及处草草一观。来到藏书楼前，举目一望就发现了之忱夫妇。此时天色已经有些暗，他们在楼上围栏边站着说话，一对漂亮的人物，看上去和谐美好……静漪仰头望着楼上。

陶骧见她站下，也停了脚步。他看看藏书楼上那对璧人，再看静漪——她看得也太入神了些。

索雁临先发现他们，挥挥手拉着程之忱下楼。

静漪捏着手袋，仍望着楼上。陶骧轻轻咳了一声，她回过神来，才发现楼上人已经不见了。她转向陶骧，见他定定地瞅着自己，想想刚刚自己发呆的样子已经被他发现了，不禁抿了抿唇。

之忱夫妇一行人从藏书楼出来，见了陶骧和静漪就笑着夸赞这里藏书丰富，花园精巧别致。陶骧微笑，和之忱说着话走到了前头。索雁临把静漪拉到身边，问长问短，才不过一日不见，仿佛已经过了许久似的。

静漪被索雁临握住手，恰好碰在伤处，顿时疼得紧。为免他们发觉，她只好忍着。等进了屋，她摘了手套，整理下袖口的蕾丝，遮了半个手掌。

晚宴是早预备好了的，单等着他们入席。席间陶骧和之忱相谈甚欢，两人从法兰西葡萄酒聊到西北风土人情，边吃边聊，津津有味。

静漪的右手渐渐疼得厉害，拿勺还是用筷都不太灵便，她只好做了耐心听他们讲话的样子出来。

索雁临见静漪始终不参言，笑问："小十今晚惜字如金，难不成昨晚上被闹新房的吓到了？"

索雁临提到这个，陶骧倒先笑了，看看静漪，把昨晚形容了一下，道："我一想，准是三嫂支的招儿。听他们讲，当日闹三嫂的洞房，三嫂比她可厉害多了。"

之忱笑道："不用她三嫂支招儿，这丫头也应付得来。"

静漪笑了笑。

之忱举杯，望望静漪，又看看陶骧，目光最终落在妹妹的脸上，道："今日一别，不知何时能再相见。好在现如今毕竟不同以往，见面的机会还是很多的。但愿从今往后我们时常见面，总像今日一般相聚。牧之，小十，我和你们三嫂一道祝你们举案齐眉，白头偕老，前程似锦。来，我们干了这一杯！"

"多谢三哥。"陶骧说着，将酒杯举起。

"我没有旁的话——牧之，十妹就托付给你了。"索雁临一手举杯，一手拉了静漪，"牧之，我可同十妹约好，一个月必然通一封信的。若十妹跟我告状，你可知道我从南京飞过来，也用不了多久。"

"三嫂的话我记下了。"陶骧微笑道，他转眼看着静漪，"静漪，多少喝一点？"

静漪点头，她慢慢拿起酒杯，轻声道："三哥放心。三嫂也放心。"

她看了眼前那三只光华灿烂的酒杯，将酒杯举了过去，随着叮的一声脆响，她手中的酒杯碎了。

看玻璃碎片和酒液四溅开来，她怔了怔，说："抱歉。"

"碎碎平安。"索雁临反应最快，微笑着说。

陶骧吩咐人快些撤了桌子，索雁临则拿了手帕来给静漪擦着手。

静漪丢了手中仅剩的那个杯柄，微笑道："我自己来吧。"

静漪接过手帕拭着手上的酒液，索雁临忽然发觉不对，扯了静漪的手过来，撸起衣袖立时便发现她手上的瘀青——一反一正，狭长的两道青紫，她抬眼盯了静漪。

"被门挤到的。"静漪从容地说。

陶骧和之忱同时皱了下眉，索雁临的眉头皱得更紧，显然谁都没信她的话，可一时间谁也没有马上出声。

从管家指挥人迅速换了席面，一切都恢复到原状，静漪见他们都有些不自在的样子，反而笑道："这回得是我这个最不会喝酒的祝酒了呢。"

面前的酒杯已经斟了葡萄酒，静漪拿起酒杯，轻轻握了握，才说："我既不会喝酒，也不会说话……这杯酒，我同牧之敬三哥三嫂。"

她一手搭在陶骧手臂上，对他笑笑，不等他举杯就很痛快地将酒喝了，示意人再斟一杯。

"静漪，慢一点。"索雁临轻声提醒。

静漪看着她笑，道："慢一点，三哥三嫂就该走了，哪里还来得及说话？三嫂，这杯我敬你，谢谢三嫂能来送我。"

索雁临看看陶骧和之忱，见两人的神情都有些变幻莫测，心内叹息一声，笑着点头，道："来日方长，能跟你做姑嫂是我的好运气。我希望能常常见到你。"

静漪笑了，将酒一饮而尽。

陶骧是见识过她的酒量的，适时提醒她三哥和三嫂是明天上午的飞机，最好让他们早些回去休息。静漪看了看他，顺从地点头答应。

她知道除了她，在座的其余三人怕是都暗暗松了一口气。她随在陶骧身边，送了之忱夫妇出来。

之忱在索雁临上车后，停下来看着妹妹。陶骧明白他们兄妹需要单独说几句话，走开了一些。

之忱问道："手上的伤到底是怎么回事？我倒想知道什么样的门能把手挤成这样。"

静漪抬眼，道："瞒不过三哥。只是个中缘由，不便对三哥细说。三哥不必多虑，只是小事。"

之忱说："有什么事需要我，随时都可以和我讲，我总是会帮你的。"

"暂时想不出会有什么事得麻烦三哥，只有一样……三哥，我与牧之如今是一体的，他有事，我才有事。恳请三哥记得我今天的话。"静漪看到之忱的眉皱了起来，伸出手臂拥抱他，"三哥，保重。"

她不等之忱再说什么，一步撤后，人就已经站到了陶骧身前，弯身对车内的雁临挥挥手。

之忱看着静漪，他一手拿了礼帽，这时轻轻碰了碰掌心，停了下，这才戴上，和陶骧握了握手，扶了下他的手臂，上车离去。

静漪待车一走也转了身，陶骧并没有跟着就进来。她听到有人喊七少，回头看了一眼，发现陶骧身边站了两个人，那身影暗而黑，她不认得，也不想认得。

陶骧进去时，看见静漪正将酒瓶中仅剩的一点酒倒出来。她手抖，撒了一些在外头，也不在意，一仰脖子，又喝了一杯。

她今晚其实没吃什么东西，酒喝得倒急，此时握着空酒杯，脸已经红透了。他伸手将她手中的酒杯拿下，恰在这时电话响了，丛东升接了请他去听。

是陆岐问他明晚舞会的事，陶骧看了静漪一眼，晃了晃手中的空酒杯——她依旧是背对着他的，他说："当然去，说好了的……可以，当然可以。"

他说完挂断了电话。

静漪回了身，戴上手套。手掌又肿了些，这手套戴得有些费力。她说："你恐怕得另选舞伴了，母亲说这些日子我不方便出门见杂人。"语气又急又有点发狠，不知是跟手套，还是跟什么人在较劲。

陶骧未置可否。

丛东升进来问七爷和少奶奶今晚是留下还是回府，陶骧还没有回答，静漪就说："回府。"

她答得太快，丛东升看了看陶骧的脸色，才应声。

陶骧挥了挥手，女佣取来静漪的裘皮大衣，他先接过来，亲自给她打开。静漪看看他，转过身去抬起手臂穿了，说了声“谢谢”，先一步走出了房门。

从东升说着“送七少爷七少奶奶”，她只听到身后跟着的凌乱的脚步声，许是喝了酒的原因，心里格外烦乱……

回到家中，静漪直接上了楼。她洗过澡出来，就见张妈和秋薇在说话。

张妈忙过来替她倒了一杯水，说：“少奶奶，老太太那边来电话问少爷和少奶奶回来了没有。那边正打牌，有夜宵，说要是少爷和少奶奶不过去吃就让人送来。”

“七少呢？”她问。

“刚刚岑参谋带着几个人来了，和少爷在书房谈事情，我没敢打扰。”张妈说。

静漪想了想，才意识到岑参谋是岑高英。这才几日，岑高英身份就发生变化了。她问张妈，老太太那里的夜宵都有什么。她估摸着人数要了几样，吩咐张妈夜宵到了就给七少送到书房去。

张妈去了，静漪呆坐了片刻，上楼进了小书房。

她翻了翻整整齐齐码在桌上的信笺，这都是在北平时定制的，有她用的，也有陶骧的。纸张纹路细密，印花精致，她试着写了几个字，下笔流畅，毫无滞涩感，心情都好了些。

秋薇敲门进来，见她展开纸笔，问：“小姐手伤成那样还写信？不疼吗？”

她闻到汤药的味道，说：“我不吃这个。”

秋薇小声道：“都是大补的……”

她抬眼一瞅秋薇，秋薇吐吐舌尖，说：“张妈厉害着呢。”

静漪不出声，拿起笔来开始写信。

秋薇在一旁等了一会儿，说：“以前太太总说小姐写家信就是那几件事——说自己很好，汇报在学校的成绩，然后就会问她有没有按时吃药。”

静漪瞅着信纸上的内容，可不还是这些嘛……她提笔又加了几句，说这里虽然天气寒冷，却并没有北平冬天那样大的风，雪下起来都是静静地往下落，极美，难怪李白的诗里会有“大漠孤烟直”的句子。她盼着有一日母亲能来这里看看这样奇特的景色……写到落款“不孝女静漪叩首”时，她莫名鼻子酸了下。

秋薇见她伤心，反而不敢劝。

“刚刚在下面忙什么？”静漪问。

“派给各房的年货又送过来一些。张妈她们忙不过来，我去帮忙了。”秋薇说。

静漪点头。

“还有花灯呢。张妈说这是春节的，等上元节，灯更多更好看。城里的上元灯会也好得很。”秋薇说着说着高兴起来，眨眨眼望着静漪。

静漪慢慢地说：“你当这是在咱们家呢，会专门让你们休工去看花灯？”

“张妈说陶家是没这规矩。”秋薇叹口气，扭着手指。

“若是出门瞧戏，倒是顺道可以看看花灯的。”静漪说。

“真的？”秋薇听说能出门玩，立刻就高兴了，“什么时候呢？”

“瞧你急的。还没定，不过大少奶奶她们出门要是都不带丫头，我可也不能带着你。”静漪逗着秋薇。见秋薇噘了嘴，她笑了。眼见着手边这碗补药已经凉透了，她略皱了下眉。

秋薇机灵地说：“我拿下去吧。”

静漪说：“小心些。”

秋薇出去了。

静漪继续写她的家信，秋薇要怎么处理那碗药，她不想过问。

她把写好的几封信都放进信匣子，看见搁在一边的那摞给陶骧预备的信笺信封，想了想，决定继续搁在那里。她起身预备下去休息，经过窗边时却发现外面下雪了。

窗沿上已经落了有一指来厚的雪。她推开窗，捧了一把雪在手中。手又疼起来，她皱皱眉——奇怪，也不至于伤筋动骨，怎么就这样疼呢？

听见楼下的说话声，她探身看了看，有几个穿着灰色军大衣的英武男子正从院中穿过，走在最后的就是岑高英。他们走了，还有几个人影慢慢地在楼下晃着，看不到全部……她冷得一哆嗦，缩回身来，将窗子关了。

忽听到有人问：“在看什么？”

她忙转过身来，发现陶骧站在书房门口。他手里拿着一个小瓷瓶走过来，还没站定就将瓷瓶打开了。一股刺鼻的药油味道冲进鼻子里，她打了个喷嚏。

陶骧也不说什么，将她的右手拉过来，拿起药油来就给她倒在伤处，给她搓着手。

药油沾在皮肤上本来就有种灼热感，陶骧手劲儿又大，静漪终于疼得忍不住抽回手，一看，整个手背都红了。

陶骧说："最好还是让医生来看看。"

静漪说："不用。让医生来，就都知道今儿出了什么事了。"

"医生不来，就都不知道了？"陶骧将瓷瓶放在桌上，"记得每天让人帮你擦药。"

静漪没吭声。

"下去用夜宵吧。"说着他把手里的一样东西放在了信匣上。静漪看到那明晃晃金灿灿的小物件，这才看了下自己空空的左手——戒指什么时候脱落的她完全没发现。她看了眼陶骧的手，其实也没见他戴戒指。

陶骧等了等她，两人一道下楼。

"新年的规矩张妈都懂，有什么不明白的就问她。"他说。

话音未落，就听张妈在楼下喊了一声："少爷，胡医生来了。"

陶骧说了声"知道了"，回头和静漪说："下去让医生瞧瞧。"

静漪明白过来陶骧刚才说的那句请医生来瞧瞧，完全不是在和她商量的意思。她看了看自己身上，正预备回去换衣服，陶骧就说："这样就行。"

他扫了静漪一眼，长裙曳地，虽是寻常起居的衣服，却也不是见不了客。静漪还是叫秋薇给她拿了件外袍来罩上才肯下去。

陶骧正同那位胡医生坐着聊天，看到她，胡医生先站起来，叫了声"七少奶奶"。

"这是胡医生，家里大小生病，都是他照顾的。"陶骧示意静漪。

静漪微笑点头，说："这么晚了，还辛苦胡医生来一趟，实在抱歉得很。"

胡医生年纪看上去并不大，三十左右的样子，身材颀长，面目清秀，黑边圆框眼镜架在鼻梁上，显得人斯文极了。

"应该的。"胡医生微笑道。他请静漪坐了，待静漪伸手出来，他一看便笑了，转脸对陶骧道："老太太的药油又派上用场了。"

陶骧一点头。

胡医生仔细检查了下静漪的手，之后就说："不要紧的。我给你开几片止痛片，若是痛得难忍，就吃一粒。只是我想，大约是用不着的。"

"好。"静漪说着将衣袖整理好。

胡医生看看她，微笑道："听说七少奶奶也是学医的？"

"是。皮毛都没有学到，名头唬人就是了。"静漪说。

胡医生道："当着七爷的面说这话恐怕七爷要嫌难听了。圣约翰医科岂是人人都能上的，半途而废实在可惜。不然这世上又多一位宅心仁厚的女医生，是多好的事情。不怕七少奶奶笑话，七爷说府上上下生病都由我来照顾是客气了，府上多半是死马当活马医时才肯让我来照顾一下的。"

静漪听他语气，同陶骧说这话时不但熟稔，也并不太顾忌。

陶骧也不恼，笑道："那是因为暂时舍下信西医的不生病，生病的不信西医。"他见静漪看他，解释说，"胡医生是德国留学回来的，北平上海西安的大医院高薪请他去都不肯，回来开了个小诊所。"

"家有高堂，不得不归。好在医院里还有份差事，糊口足够。"胡医生微笑，给静漪将药包好，交给秋薇收了，就要告辞。

陶骧留他用夜宵，他婉言谢绝，拎了药箱，道："七爷别费心，我还得去大爷那边瞧瞧小少爷。"

"麟儿生病了？"静漪问。

"最近反复发烧，吃了许多药总不见好，说是今儿晚上又不大好，大爷让来瞧瞧的。"胡医生温和地说。

"被奶奶知道不得了。"陶骧说。

"被府上那两位御用国手知道也不得了的。"胡医生轻声说。

陶骧一笑，让图虎翼送了胡医生走。

"大哥的病，是不是西医看更好？"静漪和陶骧站在外面看着胡医生走了，悄声问。陶骧说这家里信西医的不生病，生病的不信西医，应该不包括陶骏。

陶骧看胡医生走出院门，才说："这个我倒不懂。"他说完便回书房了。

静漪倒在外面又站了好一会儿。她想陶骧或许不是不懂，更可能是不便多事吧。

秋薇提醒她快些回来，说："听张妈说，这位胡医生是太太的远方侄子，当年留洋也是老爷太太资助的，可是回来也几年了，至今没成家，总说家贫、老娘病弱，不想拖累人。哎呀，小姐快点进去……外面可真冷。对了，张妈说白狮刚刚吃了一大碗牛肉，姑爷喂的。姑爷真好脾气！"

静漪任秋薇絮絮叨叨地说着，听到最后不禁微微一笑——看来白狮暂时性命无忧了。

她经过餐厅时，瞥了眼摆得满满当当的餐桌。秋薇问她要吃什么，她摇头正要走开，忽觉得哪儿不对劲儿，又瞧了一眼，才发现壁炉上方原先挂的壁画不知何时被换成了她和陶骧的合影——是经过放大和彩绘的相片，尺寸应该和真人不相上下，相片中她一身裙褂、满头珠翠，看上去喜庆极了，还真与这年下的气氛相称。

书房里电话响了，她看看时间已接近午夜，看来陶骧一时是不能休息的了。她慢慢走着，穿过客厅，上楼前把各处都巡视了一遍。除了客厅壁炉上和钢琴上各放了几只嵌了他们相片的银质小相框，她再没发现尺寸惊人的大幅相片。

电话挂断，不一会儿又响了，客厅里回响着丁零零清脆的声音……

转眼除夕就到了。这是静漪在陶家过的头一个春节，因这里的规矩和家中多有不同，她虽早已仔细问过张妈，到了这日还是跟在雅媚身后，看她如何行事，深恐自己行差踏错，落人笑柄，反意外冲淡了她思乡之情。

雅媚笑她太过谨慎，也暗暗有些心疼，她时时将静漪带在身边，两人更觉亲近了些。

用过午饭，看天气还好，雅媚就起意带静漪在宅内走走看看。静漪牵着瑟瑟的手走在雅媚身边，听她讲些陶家的旧事。有些张妈已经讲过的，雅媚来讲，却更丰富更有趣，静漪再听一次，仍觉得很有滋味。

她们走着走着来到正堂，与前些日子举行结婚典礼时的布置已经大大的变了样，从外到内都铺上红毡。静漪走在红毡上，随着红毡的延展一直走到正堂深处，抬头便望见摆祭品的黄花梨大案，上面钟鼎俱全，都是古物。香炉中冒着袅袅烟气，氤氲环绕在堂内。静漪在这薄烟蒙蒙中，举目而望，堂上悬着一幅幅巨大的陶氏先人的画像，密密地排列着，画像中先人的面目都或严肃或慈和，目光都仿佛自上而下俯视着……静漪看着，愈加屏声静气。连一向爱说笑的雅媚和活泼的瑟瑟，也不知不觉渐渐安静多了。

“先祖是洪武二十八年随肃王迁来此地的。明清两朝，尤其清以来，陶家在西北，可说是一时无两。从前有个说法，撼西北易，撼陶氏难。谁想动这里，也得问问陶家答不答应。”雅媚说。

静漪点头。看服色，武官不提，文官具二品往上，可见陶氏家族之显赫。

“马家呢？”静漪问。

雅媚笑笑，说：“比陶家还是要差一些的。”

静漪看她，这应是标准的陶家媳妇的样子，提到对头，不见倨傲，但是骄傲。不止雅媚，大少奶奶不言声时，也气度不俗。

“哦，对了，听母亲说，大小姐很快回来。”雅媚说。

“是吗？”静漪想想，仿佛是听到那么一两句大小姐尔安同夫婿即将回国的话，只不记得是在哪里听到的了。

雅媚笑道：“咱们家大小姐可不普通，在家时就能独当一面，嫁过去也是好样的。傅家在山西也是大家族，家大业大，人丁兴旺，家里的复杂又不是咱们家能比的了。大姐夫的母亲是当家主母，大小姐很受婆婆器重。后来大姐夫出国，她随着赴任也有几年了。当初说是帮着把商号开到国外去，其实大姐夫没花多少时间在傅家的事业上，反倒是她一把抓起来。傅家在欧洲华洋社交圈里人脉都广，姐夫为人处世又好，前两年在那边明里暗中都没少替政府做事。前政府一倒，他的公职自然没了，人也就闲下来。这次说是回来度假，倒是先去南京的。绕那么大一个圈子才回来，也不知道有什么新计划。”

静漪听雅媚说着，忽然想起来，应是那日晚上，三嫂提过，看来这位大姐夫日后还要再入仕途的。

“大小姐很疼老七。”雅媚笑着说。

此时瑟瑟拽了静漪的手，要桌案上摆着的佛手。静漪心想着供桌上的供品，总不好真的拿给小孩子玩，就把瑟瑟抱起来哄着，答应回去再给她。

“不过话说回来，我是不敢招惹大小姐的。我同御之结婚时，她还在国内。正巧她诞育三儿子，在家住了几个月。人倒是极好的，只是脾气实在让人受不了。”雅媚说着就从那只巨大的描金黄底粉彩大碗里拿了一个佛手出来给瑟瑟。

“哎呀，二嫂，我才哄好了瑟瑟。”静漪哭笑不得。

“还有这么多呢，先人不会怪罪的。”雅媚双手合十，对此处上悬的画像拜了拜，把碗中的佛手又摆了摆，“我们走吧。”

她拉起静漪，两人像联手做了恶作剧的小孩似的，急急忙忙地绕过后堂出去。静漪抱着瑟瑟走在前面，忽然听到雅媚“哎哟”一声，回头一看就见雅媚坐在了地上，忙回身搀扶。

“呀，二嫂这就开始抢元宝了？”尔宜笑着也从后堂出来，过来将雅媚拉起来。

静漪把瑟瑟放下，来看雅媚摔得怎样。

雅媚揉着膝盖，小声说："好疼。"

"让二嫂去动供品。"尔宜帮她搓揉着膝盖，笑嘻嘻地说，"我本来要去跟母亲告状，让她罚你，你自个儿先摔了这一大跤，就算罚过了，我就不去多这个嘴了。"

雅媚笑着说："那压岁红包多给你封一个吧。"

"谢谢二嫂。"尔宜笑道。

静漪被雅媚这一提醒，才想起来她也得准备红包的——这个事，似乎该跟陶骧商议一下，只是她今天早上同他一起在祖母那里用过早饭之后，就没再见他……昨晚舞会散得晚，他回来时天都亮了。

"七嫂，想什么呢？"尔宜扶着雅媚已经走出去了，见静漪仍站在原地不动，回过头来叫她。

"她一神不守舍，准是跟你七哥有关。"雅媚打趣静漪。

"我刚在外面遇见七哥，他说要回去补觉。"尔宜说着，眨眨眼，"七嫂你回去看看七哥？"

静漪正想要回去找陶骧，被尔宜这么一说反而踌躇，说："既是回去补觉，我去看他做什么？"

雅媚扑哧一乐，但见尔宜在身边，不好将玩笑开得过分，只道："我看你还是回去看看吧。他们昨晚舞会闹得实在凶，御之回来时说因为你没能去，七弟被罚代你跳舞，八妹怎么不帮着你七哥呢？只顾自己玩了。"

尔宜笑，望着静漪道："都是冲着七嫂去的，我在没有用的。哎哟，对了，我还有别的事呢……二嫂、七嫂，我走了。"她说着就要跑。

"八姑我也去！"瑟瑟叫她。

尔宜过来捏了捏瑟瑟的脸蛋，说："不能带你去。"

"什么事啊，你别跑，慢点走。"雅媚喊道。

"老李叔早起就让人来告诉，说我的玛丽女王要下崽了，我去看看……"尔宜说着已经进了后堂大门，转眼就不见了。

"风风火火的。"雅媚说。

"玛丽女王？"静漪问。

“八妹的爱马。这家里最爱马的就是老七和八妹了。你还不回去看看老七？”雅媚说。

“都说了他要休息，我回去做什么？”静漪依旧拉着瑟瑟。

“离晚上祭祀还早着呢。一家人还要守岁，到时候打瞌睡可不成。你回去歇一歇，到了时辰换过衣服再来。我也得回去换衣服的。”雅媚说着将瑟瑟拉过来，“瑟瑟跟小婶婶再见。”

“我不，我要跟小婶婶去。”瑟瑟说。

“你这孩子！”

“那就让她跟着我吧。”静漪说着，低头看瑟瑟。

雅媚只好说：“那我回去收拾一下，过一会儿让虎妞儿来接她——瑟瑟，你过去不准吵着七叔，知道吗？”

瑟瑟点头，憋着不说话，等雅媚走了，她才小声说：“瑟瑟才不会吵着七叔呢，瑟瑟和七叔最好了。”

静漪听她奶声奶气地嘟哝着，不知为何觉得特别好笑，忍不住一路笑着回到琅园。她们还没有进门就听见里面陶驤在喊“回来”，她脚步一顿。

“七叔！”瑟瑟把佛手塞到她手中，先跑进去了。

“瑟瑟慢点。”静漪忙喊。

静漪追上来一看，院子里只有陶驤和白狮——那白狮叼了一条皮带朝陶驤跑去，显然刚刚陶驤是在喊它。瑟瑟张着手臂去捉白狮，白狮却叼着皮带钻进棉帘子里消失得无影无踪……她喊着：“瑟瑟，等等。”

陶驤笑着抓住瑟瑟，说：“等下我带你去跟白狮玩。”

静漪和叔侄俩进了屋，马上让秋薇拿湿毛巾来给瑟瑟擦手。

她正忙着，听到陶驤说：“年下要用的东西我让秋薇放到你房里了。”她点点头。

趁着陶驤带瑟瑟进书房和白狮玩去了，她回房来，就见床头柜子上放了一个七彩锦匣，打开来看看，里面有两卷钞票，一本空白支票簿子，还有一大摞红包。红包里钱数有多有少，还有一张红色信笺，上面抄了些定例……她看那字迹，知道是他写的。

原来他有这样细心的时候……她忖度着，给下人的红包可以回来再说，给尔宜和瑟瑟、麒麟的就得带着了，于是便拿了几个红包出来，将锦匣收好。

她换了身裙褂，将红包揣在兜里，想起陶驤晚上要穿的该准备好，打开更衣间的门一看，他的衣服却都不在原位，不禁一惊，叫了秋薇来。

秋薇进来道："姑爷的衣服都拿到隔壁房间去了，马副官上来传的话。"

静漪略皱下眉。

"这样的话，姑爷可就真不用进这间房了，小姐。"秋薇低声道。

静漪半晌没说话，起身要出门的时候却说了句："也好。"省得来来去去，彼此都尴尬。

"那怎么行！你们不在同一间房里睡的话……"秋薇咕哝着。

"你这是操的哪份儿心哪？"静漪随口说着。

"谁让你们在北平时就没合房……"秋薇声音极细地说。

静漪听了这话，啪的一下把门又合上，回头瞪着秋薇喝道："住嘴！"

秋薇咬了嘴唇。

"这都谁教给你的这些话？"静漪薄怒，脸上通红，既是因为恼，也是因为羞，哪怕秋薇是她的贴身丫头。

秋薇见静漪恼怒，不声不响地就跪了下来。

静漪同她明是主仆，情同姐妹。她还不至于为了这个责罚秋薇。只是她忽然间心烦意乱，也不知该怎么发作，只好瞪着秋薇，半晌才说："合着你是在身边看着我的？外面有一个之忓还不够，屋里还有个你？说，到底怎么回事。"

"我怎么可能看着小姐？是乔妈不放心小姐，临走嘱咐我，说要是小姐和姑爷……那个……"秋薇也不敢直视静漪，"就让我写信给她，她也好放心。"

"你会写信？"静漪嗤之以鼻。

"我不会，之忓大哥会呀！"秋薇立即说。

静漪一拍桌子，说："胡说！"

"不是啦，我就让之忓大哥替我写句话，乔妈就知道了。"秋薇说。

"什么话？"静漪问。

"那不能告诉小姐。"秋薇撒赖。

静漪见她又露出调皮相来，可见是并不怕她的，只好咬牙说："今儿晚上就留在这儿看屋子，哪儿也不准去。"

"小姐我不敢了……带我去吧！屋里有草珠和张妈……张妈说前面晚上放爆竹烟花好看的……"秋薇嚷道。

静漪瞪她，说：“要不是大过年的，看我能饶了你。”

“就知道小姐最好了。”秋薇乐颠颠儿地跟着静漪下去。

“我的事我自有主张，不准你跟家里多嘴。”静漪皱眉道。

秋薇吐吐舌，不吭声了。

静漪看时间差不多，瞪了秋薇一眼，准备下去提醒陶骧换衣服。不料下来就看到陶骧衣服都换好了，正抱着瑟瑟来回踱着步子。

她过去看看，见瑟瑟睡着了，轻声问：“这怎么办？让她在这里睡吗？”

“醒过来怕是要闹的，还是送回去吧。”陶骧让张妈去取了条毯子来，抱着瑟瑟往外走。静漪见他大衣也没穿，帽子也没戴，只好拿了这些跟他出门。

陶驷夫妇住的恪园在陶宅的另一侧，紧邻延禧堂。这一程路途颇有些远，陶宅内此时电灯已经全部亮起，途经之处不乏彩灯缭绕，比白天又另是一个样子，很是好看。不过静漪要跟上陶骧，还要留意瑟瑟，顾不得欣赏。

陶骧刚走进恪园大门就站住了。静漪不明所以地看他一眼，就听到一声脆响，是什么摔碎了，接着便是陶驷高声几句。她没听清楚说的是什么，但显然陶驷在发火，难怪这院子里人影都不见一个……她掀开毯子一角，瑟瑟在陶骧肩头睡得正香。

她小声说：“你等等。”

陶骧看着她，往前走了两步，向内高声叫道：“二哥，二嫂！”

屋子里霎时安静了。片刻陶驷出了房门，高声道：“七妹来了？快请进。”

静漪见陶驷连衣服都还没换，笑道：“是，二哥。瑟瑟在我们那里睡着了，想着醒了一定是要找二嫂的，所以赶快把她送回来。”

陶驷招呼他们进门。

静漪等着陶骧。两人互相看了一眼，陶骧声色不动地进了屋子。见屋子里也是一个人都没有，他看了陶驷一眼，问：“看妈呢？”

陶驷还没说话，里间门帘一挑，雅媚出来了，微笑着说：“哟，瞧我这当妈的，一忙把闺女都忘了。辛苦七弟和七妹了。”

她说着将瑟瑟接了过去。静漪跟进去，帮她把瑟瑟安置好。她看雅媚是哭过的模样，道：“二嫂，我们先走了。”

雅媚没回头，只说：“那等下见的。”

静漪站了站，悄悄走出房门。出来见陶驷兄弟都板着脸，她看看陶骧。陶骧也不说什么，跟二哥点点头，带她出了门。

两人从恪园出来，正好遇到一队人走进去。除了前后打着灯笼的，便是捧着正冒着袅袅白气的瓦盆的。静漪闻到一股浓烈的醋味，问："这就是'打醋盆'了？"

她听说这里除夕夜有"打醋盆"的规矩，应是将石头在灶里烧红，浸入醋盆中，再端着醋盆在宅内四处走动，要让醋味都散在宅内各处，保证来年百病不生。

"是。"陶骧抽了抽鼻子，小巷子里醋味真重。

"挺好闻的，咱们那边也有吗？"静漪问。

"有。要把醋盆放在花园子里，张妈会看着办的。"陶骧道。

"哦。"静漪点着头。

她看看陶骧，回身让跟在后面的图虎翼把大衣和帽子拿过来。陶骧挥手表示不用，带静漪往延禧堂走去。

此时陶盛川夫妇刚刚换好衣服，陶骧和静漪进来，齐齐地站在他们面前行礼。陶盛川原本年下心情就很畅快，看着温柔美丽的静漪站在英俊帅气的幼子身旁，不由得大为满意，笑着点了点头。陶夫人知道丈夫的心思，本想劝他不要轻易表露出来，但她自己看看，也不得不承认他高兴得有理，于是说："倒是你们两个小的先来了，雅媚还说来帮我梳头呢，这会儿都不见人。"

"二哥二嫂要出门了，偏瑟瑟犯困，我们就先来了。"静漪说着，就觉得陶骧是瞅了她一眼，她只看着婆婆，问，"母亲，要我帮您梳头吗？"

陶夫人笑道："罢了罢了，我不过说说。老爷，咱们早些过去吧，别误了时辰。"

"老太太呢？"陶盛川问。

"已经让人去接了。"陶夫人说着，替陶盛川整理下貂褂。

陶盛川一向对晚辈话不多，对静漪已经算是格外宽和，出门时倒对陶骧说："老七，顾着些静漪，不然她该想家了。"

陶骧听了笑道："父亲若不说还好，这么一说她倒真要想家了。"

"谢谢父亲。"静漪笑道。

她走在最后，跟着去了前院。

此时前庭停了多顶小轿，陶老夫人和老姑太太们都已经到了。正堂内电灯烛火交相辉映，亮如白昼，花团锦簇中自有一股富贵逼人的气象。先来的已经分男左女右站好了。大少爷陶骏乘着轮椅，由福顺伺候着坐在陶盛川身后，看上去已经全无异状。静漪找到大少奶奶符黎贞，走过去站到她身后。不一会儿，雅媚悄悄走了进来。静漪看看雅媚，见她气色已定，也就安下心来。紧接着听到钟磬三鸣，外面鞭炮声响起来，陶盛川立于供案之前，焚香祷告一番之后，将香插进香炉。

静漪在家时，这些礼仪中磕头早已简化成鞠躬了，此时见公公领头行叩拜之礼，她也就跟着三跪九叩。

待仪式结束，陶盛川请陶老夫人上座，携妻子给母亲磕头，说："祝母亲新年如意，福寿安康。"

陶老夫人坐了受礼，让金萱给他们一人一只荷包，说："你们也新年如意。"

陶盛川夫妇起了身，往下从老姨太太开始，到陶骧和静漪，依次给老夫人磕头。

轮到静漪时，陶老夫人笑着说："新媳妇头一年给双份。"

"谢谢奶奶。"静漪笑着接了，又磕了个头。

"荷包拿双份，来年儿子也抱一对吧。"陶因泽在一旁笑着说。

大家都忍不住笑起来，只有静漪红了脸……陶骧轻轻拉了她一把，去给姑奶奶磕头。她只记得自己和陶骧一道，跪下去站起来也不知多少回，待到膝盖都酸了，手中的荷包红包也拿了一大堆，才到后堂去用年夜饭。

她身旁的位子原本应是陶骧的，不想雅媚却径自过来坐了。陶骧过来一看就笑道："二嫂坐了我的位子了。"

雅媚却望着他一笑，道："你和你二哥感情那么好，去同他坐。我同七妹坐，好说话。"

陶骧见雅媚虽是笑着，言语眼神却有些不对，心想不知哪里得罪了二嫂，令她有意为难，此时不便当着人问，也就一笑，过去同二哥坐了。

"雅媚怎么成心不让人小夫妻坐一处？"陶因清在一旁都看在眼里，笑道。

雅媚笑着给陶因清布菜，说："是呢，姑奶奶，我就是成心的。"

静漪见她不等吃东西，先就喝了两杯酒，不由得有些担心。

这时不知谁问了一句"谁看到老八了"？

“老八刚刚说有什么事，饭也不吃就去了。”陶因润说。

陶老夫人皱眉道：“这孩子……漪儿先把那红枣鸡蛋吃了，吃了百病不生。”

“是，奶奶。”静漪微笑答应。

年夜饭用的时候颇久，因为身旁有个不住地给她布菜的雅媚，静漪几乎没住嘴。当撤了饭桌上了牌桌，一家人要在这里打牌玩乐、一同守岁时，静漪就说想出去走走，消消食。

陶因清拉住静漪不让走，道：“这桌三缺一，来，打牌消食。”

静漪只好坐下。她牌上有限，一把没打完，站在她身后的陶骧就皱了眉。

雅媚一看他那神情，道：“老七不准支招。”

陶骧笑笑，“行，知道你们好不容易逮个送财童子，我不拦着你们发财。”

他的话惹来哄堂大笑，静漪气得咬牙，回头要瞪他一眼，发现他已经走开了。她胡乱打出一张牌，雅媚就喊“和了”，牌桌上算钱的算钱，洗牌的洗牌，说笑的说笑……静漪一转眼看见尔宜神色慌张地从外面进来，跑到陶骧身边往外拉他。

“静漪？”雅媚叫她一声，也回过头去看了看。转回脸来看她要摸牌，雅媚拦了一下：“去看看吧，这边打着牌，那边牵肠挂肚的。”

“哪有。”静漪说着又看一眼那边。此时陶骧被尔宜扯着走到后堂门口，正在等着他的衣服过去，她还没来得及收回目光，陶骧已经发觉，眉一挑，她忙看回牌桌：“到我了？”

“还没有。”陶因清似笑非笑地说，“这是要去哪儿？今儿晚上一大家子都在这儿守岁的，你可没跑儿。”

静漪笑笑，说：“姑奶奶，我不跑的。”

“你不跑，可有人惦着拉你跑——老七你又过来做什么？”陶因清故意板起脸，“一会儿工夫过来看了你媳妇好几趟了。”

静漪一转头，陶骧果然已经来到身边，不由得有点窘。

陶骧说：“姑奶奶，让人替她吧，我有事让她帮忙。”

“你有什么事还非她去不行啊！”陶因清白了陶骧一眼。

雅媚也笑着转头看看陶骧。陶骧也不解释，看见正在一旁伺候祖母茶水的金萱，叫她过来。

金萱赶忙过来问："七爷叫我？"

陶骧将静漪搁在牌桌一角的钱袋提起来抖了抖，又放回原处，说："来，替七少奶奶打几圈。记住了，让老姑太太和二少奶奶赢。"他说着伸手拉了静漪让她离席。

静漪看得出来他确实有事，就起身跟陶因清等人道了个歉，跟着他往外走。

尔宜正等在外面，见陶骧把静漪带出来，愣了下问："七哥，叫七嫂来做什么？"

"说不定能帮上忙。"陶骧说着话，人就噔噔噔地下了台阶。

图虎翼要跟上，陶骧没让。静漪从秋薇那里接了大衣，也让她回去了。

他们一行三人走在人迹稀少的大宅内，好在灯火通明，并不让人觉得害怕。

"我就说让骑兵团的马医来瞧瞧……七哥你就下个令嘛！"尔宜追上陶骧，着急地说，"性命攸关的时候，公私分那么清做什么！陶家的兵还不是陶家的？"

陶骧忽然站住，尔宜和静漪也刹住脚步。

"这种话别让我听见第二遍。"陶骧的语气冷冰冰的，"家里有马医，放着家里的人不用，调用骑兵团的吗？"

"那还不是怕救不下？玛丽要出点事，谁会比我心疼？七哥你把玛丽给我的时候……"

"既是心疼就该早想辙，到这会儿别说废话，要说废话这就给我回去。"陶骧说。

"七哥！"尔宜瞪大眼睛看着陶骧大声叫，"谁料得到会难产哪？"

静漪本不想插话，到这会儿却不得不开口轻声道："都说性命攸关了，还不赶紧去……"

尔宜转头瞪她一眼。

"好了，你就不要过来添乱了，不然我不管了。"陶骧带着静漪就走。

"七哥！"尔宜虽然生气，可也没敢跟上来。

"何苦来的让她不高兴，本来就够着急的了。"静漪跟着穿过一道黑洞洞的小门，见尔宜果然没跟上来，说。

陶骧沉默着，走过去又回头看她小心地迈过门槛下的台阶。他脚步快，静漪跟得吃力。他倒是走一会儿，稍等她一下，待她拉近距离，他脚步又加快了……

静漪是头一回来陶家的马厩，打眼一看马厩里甚是干净，每间单独的马舍门上都贴着“福”字，宽敞的道路上铺了黄沙，顶棚上有电灯，即便在夜晚这阔大深广的马厩里也很明亮。她看看前面，有一间马舍门前聚了几个人，看见他们来忙请安。

静漪在陶骧身后，听身旁的人跟陶骧解释说已经用过很多办法了，小马也只是露了个小蹄子在外面，现在玛丽已经没有力气，小马可能也胎死腹中了。再拖下去，大小都保不住了。

她看陶骧皱了皱眉，沉吟片刻问：“我能进去看看吗？”

陶骧看看她，说：“也好。你给陈伯打个下手。给人接生过，马也差不到哪儿去。”

静漪心想这是什么话，这人也太不尊重医生的专业知识了，哪有给人接生过就一定能给马接生的道理？况且这还是匹难产的马……她这辈子还没见过蛮起来这么不讲理的人。不过她没出声，把裘皮大衣脱下来一扔，走进马舍，蹲下身看着这匹奄奄一息的灰色母马。她伸手去摸玛丽的肚子。肚子里的小马一动也不动，就像是包了个硬块。她听到陈大夫和陶骧说想冒险剖腹的，一来是没有做过，二来没有七爷的话，他们不敢动手。

陶骧过来，伸手摸着玛丽的脉搏。

“剖腹的话，没有麻醉剂吧？”静漪轻声问。

陈大夫说：“只有我用草药配的麻药，不能保证安全。”

陶骧轻拍着玛丽的脖子，他转向静漪，问道：“你看呢？”

“我觉得很冒险。”静漪老实地说，“陈伯，不如我们试试别的办法？”

陈大夫问：“少奶奶有什么好主意？”

“药熏。”静漪说。

陈大夫一怔，问道：“难道是葱须煮水吗？”

静漪点头道：“这个是个古方，药理陈伯知道，我不多说。陈伯想想能不能一试？玛丽如果恢复些力气，或许能将马崽产下。”

陈大夫看看奄奄一息的玛丽，沉吟片刻，说：“七爷，不如我们先试试这个办法吧。”

陶骧就说：“就这么办吧。”

陈大夫赶紧交代外面候着的人去准备药熏，又让人拿来燕麦粥。静漪干脆跪下来，给玛丽往口中灌放了糖的燕麦粥。随后过来人将玛丽的四肢绑起来，将它吊高些，放置于木排之上。木排下面摆了两只巨大的木盆，葱须水在木盆里还滚着气泡……陈大夫让人拿了被子来给玛丽盖上，过了一会儿，玛丽抬了下头，挣扎着想起来。

“有好转。”陈大夫惊喜大叫。

马舍里热得很，陈大夫的汗珠子顺着脸颊往下滚，虽然紧张，握住小马驹腿的双手还是尽力地稳住。静漪安抚着玛丽，玛丽血红的双眼瞪着她，她看得心惊。好在众人合力，恢复了些元气的玛丽这时候也许是知道自己将是最后一搏，就听着哗啦一声巨响，随着玛丽四肢的剧烈挣扎颤动，木排被它掀翻……玛丽打了个滚儿前腿弯折跪在草垫子上，扑通一下歪倒。

“出来了！”陈大夫大喊一声，倒提着湿淋淋的小马驹给众人看。

见那小马驹一动不动，众人难免失望，赶紧转而照顾玛丽。陈大夫把小马驹放在玛丽身旁，遗憾地说：“憋得太久了。”

“扔出去吧。”旁边有人说。

静漪看看地上这一坨死肉似的小东西，同玛丽一样是灰色的毛，不知为何它看上去并不像真的已经死了。静漪伸手过来摸摸小马驹，湿乎乎的，似乎是有一点脉搏的，她就想要再试探一下。这时候陶骧过来，也将手探向小马驹的脖子。

静漪看到他的手停顿了一下，两人几乎同时“咦”了一声。陶骧果断地弯下身去，将小马驹的嘴巴掰开了。不只静漪被他的举动吓了一跳，就连陈伯他们也呆住了。只是静漪反应更快，她趁着陶骧给小马驹做人工呼吸，便协助他给小马驹做着肺部按摩……时间过去了好久，小马驹没有苏醒的迹象，陶骧却还没有放弃。

陶骧额头上渐渐地凝了豆大的汗珠子，就在他觉得自己的肺都要炸了的时候，听到静漪说“它动了”，他动作顿了顿，一看果然小马驹的肚子一鼓一鼓，四肢一颤一颤，像是攒足了力气似的，颤巍巍地翻了个身，从口中吐出黏糊糊的东西。它一口接一口地吐，玛丽发出低低的嘶鸣……终于小东西慢慢地爬到玛丽身边去了。

静漪一把抓住陶骧的胳膊，使劲儿箍了箍。

“救活了！竟然救活了！”陈大夫兴奋地大叫起来。老头子手舞足蹈，也顾不得上下尊卑，竟过来抱着陶骧的肩膀摇晃着：“七爷了不起呀！真了不起！”

马舍里一派欢呼。

陶骧仰头，大叫一声，说："拿酒来！"

静漪看着玛丽温柔地舔着小马驹，也笑出来，要起身才发觉自己的腿已经僵了。陶骧一伸手将她拉起来，静漪还站不稳，他索性揽住她的腰让她靠在自己身上。她一慌，轻轻推开他，扶住了栅栏。幸而大家此时都在忙着照顾玛丽和小马驹，没人留意他们俩，可静漪的脸还是不由自主地热了起来。

一时拿了酒来，陈大夫让满上。陶骧若无其事地接过酒碗，顺手就给了静漪。静漪犹豫了一下还是接了。刚刚的惊险万分和绝处逢生，实在是非一碗烈酒不能压住心头的激动。七八只粗瓷碗碰在一处，除了静漪，其他人都干了。

陶骧单手拎着酒坛，将陈大夫的酒碗斟满，说："陈伯，辛苦。"又在周遭的碗中倒了一圈，"各位都辛苦了。大年三十，新生命降临，这也是个绝好的兆头。来，干了这一碗，都回去歇着，赶明儿额外有份赏钱。"

"七爷有句话就好，不在赏钱的。"陈大夫笑道。

"要给。"陶骧豪爽地将酒喝了，瓷碗放下。他瞥一眼静漪，见她仍端着那只碗不动，伸手拿过来，把剩下的酒替她喝了："陈伯，我们得先走，前头还守岁呢。"

"送七爷七少奶奶。"陈伯说。

静漪披上大衣。

走到一间马舍门前，陶骧站住，指了指密封着的铁门，挥了下手，仿佛把马厩里的所有马匹都点了一遍，说："今天你也辛苦了，回头你自己来挑一匹合心意的马。"

静漪说："这算赏我？算了，我不太会骑马，也不喜欢。"

陶骧看看她，眯了眼。

"那你想要什么？"他问。

"白狮。"静漪回答。

陶骧转身就走，静漪分明听他鼻子里出了点气的……

出了马厩，她把大衣递给他，他也不穿。

"陶……"她张口叫他，忽然一旁有两个人影掠过，前头那个是尔宜，急着对她摆手。她知道尔宜的用意，不言声地去追陶骧了。

陶骧出来被冷风一吹，也忍不住打了个哆嗦。静漪拉了他一下，他这才看了她一眼，接过大衣来穿上，慢慢地系着扣子。

时间已近午夜，此时却有种极致的安宁似的。他没照来时的路往回走，带着静漪绕了远路，越走，四周越见静谧，偶尔有提灯的下人经过，不是巡夜的，便是办差的。

静漪跟在陶驤身后，低头看着脚下的路。陶驤离她两三步远，并且始终是这么个距离。她踩着地上的六角石块，一步一块青石……走了好久，再抬头时发现他们俩在一处花园中。她看看，白天来过的，是正堂后院的花园，走过去就回到正堂了。她松了口气，忽然听见有人在争执。几乎同时陶驤脚步也停了下来，两人不约而同地隔着花木往声音传来的方向一望。

发现是陶驷和雅媚，静漪怔了怔。

“别跟着我来！”雅媚原本清亮的嗓音有些沙哑，脚步也有点凌乱。

“我不跟着你，倒跟着谁去？”陶驷问。他压低着声音，是百般俯就了。

雅媚完全不领情的样子，冷笑道：“你少拿甜言蜜语来哄我。你敢再跟着我，我就敢同父亲和母亲说去……”

“雅媚！”陶驷高声。

“陶御之，我同你十载夫妻，从决定嫁你那日起，就想这辈子多少惊涛骇浪，都陪着你过。荣华富贵我有，锦衣玉食我有，若说我还缺什么，缺的就是一个你。可你让我从此以后，如何自处？”雅媚字字句句清晰无比。

陶驷没有说话，他的沉默似乎给了雅媚更大的刺激。

“你晓得我是什么样人，这事你不给我一个交代，我给。我为什么嫁进陶家，就为什么离开陶家。我离开，瑟瑟是一定要随我走的。你敢同我争瑟瑟，我就敢和你同归于尽。”雅媚冷冷地说。

“你醉了，雅媚，回房休息。这些话我当没听过。”陶驷说着，过去拉雅媚的手。

雅媚后退，躲开陶驷的手。

陶驷说：“你是碰都不想再让我碰了吗？我告诉过你……”

“我不相信。陶御之，你别忘了陶家不成文的规矩也是规矩。你是真想让她进门，门在哪儿？”雅媚打断陶驷，仿佛已经气狠了，不知到底要说什么才解气。

“回去休息。等你清醒再说，你现在不成样子。”陶驷耐着性子。

“我还要什么样子？是要静漪那样，等老七给她娶一堆姨奶奶回来围着她转，她也不会吭声，是吧？可我姓许，不姓程，我没那么好性儿，由着你欺负。况且我许家嫁女儿，也不过是因为女儿中意陶家的儿子，不涉其他。”

“雅媚，非把话说得这么难听？让人听见了什么意思。”陶驷薄怒。

“我哪里说错了？”雅媚反问，然而她瞪了陶驷好久，再开口声调就降了下来，“你向我求婚的时候是怎么说的？”

陶驷不语。

“这些你都忘了，我还指望你念着什么？我一再忍耐，人前人后都护着你，你当我是为了什么？”雅媚颤着声，转身就走。

“我爱你，直到我双目闭合。祈求你肯成为我的妻，让我的心能得到安慰。我会一生爱你，永不言弃。”陶驷轻声地说，短短的句子，仿佛在夜里吟诵一首诗。

雅媚脚步迟滞了片刻，还是狠着心没有回头。

她说：“我有多傻，竟会信你，信这些话会成真。”

陶驷追上去，拉住了她。

雅媚挥手便是一巴掌。这一巴掌响亮地打在陶驷脸上，雅媚呆了片刻，还没有反应过来，陶驷低头，一个吻迫着雅媚后退，直退到一旁的阴影中去了……

静漪完全呆住了。

陶骧的手来到她面前，遮住了她的视线，低声道：“跟我来。”

他说完放下手，拉了静漪悄悄转身。两人从另一条隐蔽的小路穿过花园回到后堂。进门前静漪匆促间回头看了眼花园里，只有花灯树影而已……

他们俩一去许久，回来又都有些不齐整，尤其静漪，神色中难免有些仓皇，堂上的众人都看在眼里，却没有人问。

陶骧自然觉得犯不着跟谁解释，静漪到此时也不好主动开口去说，反而显得此地无银起来。她坐回牌桌前，从金萱手中接了麻将牌过来，见身旁原先雅媚坐的位子上如今坐的是符氏，又想起花园中那对人儿，不禁一呆。

符氏轻声道：“二妹晚间多喝了两杯，就上了头，说是出去透口气。怎么你们没遇到？”

“她今儿晚上也是心不在焉。”陶因清说着，瞟了静漪一眼，“合家一年一度守岁，倒都迫不及待地躲出去。”

符氏抿嘴一笑。

静漪只盯着手上的牌，装作没听到这话。她搓着骨牌，雅媚那怒中的言辞，别的都没有什么，唯独提到她的那几句，简直字字句句跟钢针一样扎人，而且越到后来越疼……

等到时至子时，院子里鞭炮齐鸣。

两位年轻些的姑奶奶拿了线香让丫头们陪着出去点花炮玩了，陶老夫人兴致也来了，招呼一众人出来观看。陶尔宜带着丫头从外面跑进来，高高兴兴地去跟姑奶奶们一起放花炮。

她们都喜欢那种叫作“五鼠闹东京”的花炮，点燃了会有五只小老鼠从花盒子里钻出来满地乱窜，非惹得人跳跃躲避起来不可，院子里就更热闹了……尔宜笑着又点了一只，哪知这只嗖的一下就直奔檐下围观的人来了。

静漪见一团耀眼的小火球眨眼间就到了她裙下，急忙跳起来躲避，裙摆仍被火焰迸出的星子沾上，身旁一众人等都惊呼，眼见就要出危险，陶骧一个箭步跨过来，扯过金萱手中的大氅便往静漪裙子上扑打——火星子被及时扑灭，静漪的裙子上还是被烧了几个大洞。

陶夫人见静漪惊魂未定，一边安慰，一边说：“呀，老太太的大氅！”

陶骧提起手里这件狐皮大氅一看，果然底下的毛梢糟践了。

静漪“呀”了一声，马上说：“我赔给奶奶。”

陶老夫人佯装生气，说：“让骧哥儿赔，要两件新的。”

陶骧抖了抖大氅，笑着给祖母披在身上，还亲手将那小狐狸嘴巴捏了，咬住领口，说：“是，奶奶。可再要这样好的，就难了。”

陶夫人说：“都是老八。尔宜！”

尔宜正玩得高兴，没听到母亲喊她。

“好啦，今儿就算了，让她玩吧。夜深了，我也该歇着了。”陶老夫人微笑着说。

陶夫人答应着，说：“老七，你们送老太太回去。”

“不用，都回吧。”陶老夫人一开口，众人依次也就散了。

尔宜和姑奶奶们却约着去萝蕤堂再玩一会儿。她等着陶骧夫妇走过来，趁陶骧不备，去扯着静漪小声说：“谢谢七嫂。”

静漪微微一笑，说：“该谢你七哥的。”

“谁要去谢他！”尔宜撇嘴。

“还不快走？”陶骧在前头催促。

尔宜一跺脚，转身跑了。

“说什么呢？”陶骧问。

“没什么。”静漪低了头。

陶骧见她唇边分明有一丝笑意，大概也猜得到，说：“这个老八。”

他们回去是乘了车。

回来刚下车，大门口遇到岑高英与马行健两人。静漪不想这会儿这两人还在这里等陶骧，料着必然是有事的，忙回避了。

鞭炮声渐渐消弭，她在盥洗室卸妆的时候忽听得外面有树枝断裂的声响。

她怔了片刻，起身去把后窗开了半扇——后院里空荡荡的，她刚要合上窗，却看到那林中有黑影掠过。她再想仔细看，那影子却也不见了。

“小姐？”秋薇见她往窗外看，“看什么，今晚又没有月。”

“红包可都给了？”静漪合上窗，问。

“嗯，都给了。”秋薇笑着说，“草珠和月儿的张妈替领了。”

静漪净面，想起月儿还在养病，年后才能回来当差。她问：“草珠呢？”

“张妈说她今儿晚上吃坏了肚子，一个劲儿地跑茅厕呢。”秋薇答道。

“嗯。”静漪接过毛巾，“回房休息去吧，这里不用你了。”

秋薇笑嘻嘻地出去了。

静漪搓搓手，出去从床头柜抽屉里拿了样东西出来，戴上眼镜悄悄地下了楼。

楼下就只有陶骧书房里还亮着灯，里面还有人在说话。静漪不想再听到些不该听的，忙转了弯往后走。廊子的尽头有一个小门，是直通往后院的，她推门走出去。

后院里积雪都没有清扫，雪地里有脚印，她顺着脚印往前走。

眼前倒没有别的什么，只有一棵棵梅树，再往里走，就是假山石洞。洞口被密密的梅枝遮住了，看不太清楚，但的确有个黑影。她忽然停了脚步，仿佛只有一层窗户纸就要捅开时，她反而觉得不妥……她刚要转身，那黑影哆哆嗦嗦地从假山石洞处移出来。

“少奶奶……”是个极细的声音。

静漪一听就知道是草珠，问道：“你怎么在这里？”

“我是出来上茅厕的。”草珠说。

“为何不用里面的卫生间？”静漪皱了眉。

“用外头的方便些，我一向用外头这个的。”草珠说。

静漪打量了下她身上，问：“听说是闹肚子了，好些了没？”

草珠说：“还没有……多谢少奶奶关心。”

“我那里有常备的药，张妈知道药放在哪里，让她拿给你。夜里出来上茅厕也找人陪着，黑灯瞎火的不要再跌了跤。去吧。”静漪说。

“是，少奶奶。”草珠往梅林深处跑去。

静漪略站了片刻，才转身回去。

她的手刚触到门柄，就听里面有粗重的呼吸声。她果断将门拉开，就见陶骧牵着白狮站在门内。

陶骧看她散着头发，不住发抖，也不知是冷的还是受惊，问：“你就这么出去的？怎么？”

“在楼上听到点动静，下来看看。”静漪知道陶骧目光如炬，况且也没什么可隐瞒的，就照实说了。

“这么多人呢，何必亲自去。”陶骧说着将白狮的绳子递给静漪。

静漪看着他。

“不是要白狮吗？”他说完，把绳子丢给静漪，走了。

静漪看着白狮，白狮也歪头看她。片刻，白狮发现陶骧走远，急忙去追，静漪冷不丁被白狮拖得一个趔趄，扑通一下就摔在了地上，这下连眼镜都掉下来了，白狮却追着陶骧的脚步头也不回地去了。

“真没良心啊。”她捶了下地板，偏偏手又疼。她坐起来，揉着手掌，听着一人一狗上楼的脚步声，发了一会儿呆。

等她上了楼，陶骧房间的灯已经熄了。

她将手枪塞回枕下，一翻身的工夫，也就睡着了。

她在陶家的第一个除夕，就这样过去了。

拾贰

一舒一卷的画

因陶夫人早有吩咐，静漪这些日子始终没踏出陶家大门，陶驤却几乎不着家。静漪过了两日方知原来是匪患再起。

因为公务在身，陶老夫人也不提新婚不准空房的话了，倒还要静漪体谅些。静漪当然不会不体谅。她每日除了到各处晨昏定省，就随在老祖母身边。雅媚除夕伤了风，这几天闭门不出，她早晚也去探望。若有客来，大少奶奶不得脱身、二少奶奶病中不便，她就陪同陶夫人会会女客……她做这些都有板有眼，不久上上下下、里里外外就都夸她进退有度了。

初七这日，她正在陶老夫人房里，雅媚来了。

雅媚小病初愈，消瘦许多，眼神中飞扬的神采竟也减了几分。静漪明白这并不只是生病的缘故，她同雅媚虽说真正相处不过一月，感情却是极好的，她又清楚内情，虽不便言说，未免担忧。

雅媚挨着静漪坐下，不久就提起年前提过出门看戏的事来。

“让七嫂请客？”尔宜正让金萱给她打络子，忍不住问道。

雅媚回头笑笑，道：“正是呢。”

静漪觉得借机让雅媚出门散散心也好，就笑道：“还以为二嫂能饶我这一遭，可怜我的压岁钱，自个儿还没焐热呢！”

雅媚捏着她的脸，说：“奶奶您瞧她！数你得的压岁钱多，不行，你得请客。”

陶老夫人微笑道：“想听谁的戏，请回家来唱就是了。家里那戏台子，如今一年也用不上一两回。”

“奶奶，请回家来唱，麻烦还不说，也怕父亲责备。我们出去瞧戏，就是父亲知道了，托奶奶您的福，父亲也不好说我们什么呢。”雅媚笑道。

陶老夫人笑着点了点头，摸着怀里袖猴的脑袋，道："好，那咱们就占漪儿这个大便宜。"

"是。那我就去安排了？"雅媚笑着问。

陶老夫人看她眉开眼笑，说："倒是先说说，去瞧谁的戏好哇！我瞧着报上的剧目，能挑花了眼。"

静漪看向雅媚，雅媚笑道："吉祥戏楼是杨老板的戏，连上七日；四喜戏楼是筱老板的戏……"

"去听杨老板的吧。咿咿呀呀的青衣，我不爱听。"陶老夫人说。

"是，我也是这么想的。"雅媚笑着说。

她又略坐了坐，就先走了。

静漪送她出去，回来陶老夫人却悄悄同她说："看戏吃茶让你二嫂去操办，花了多少，回头都告诉我。"

静漪笑道："奶奶，除了您和父亲母亲给的压岁钱，他也给我的，我又没什么花钱的地方，这回让我尽尽心吧。"

陶老夫人一笑，点头道："既是这么着，也好。让你二嫂索性大大铺张一回，乐一下，她这几日心里不痛快。"

静漪抬眼看看老祖母，陶老夫人抱着袖猴，靠着绣枕，神色安怡，眉目慈和，真是一派安闲自在的老妇人的模样……

静漪也没说什么，再坐一坐，也就去了。

自这日说定了，雅媚就着手去操办。可合家上下不是这个不能出来，就是那个不舒坦，合计到了正月十二，赶上陶因泽的生辰，又耽搁了两日，左右再不出门就要元宵节了，正月十四这一晚用过晚饭，陶府女眷才浩浩荡荡地直奔了戏园子。

陶家上下出门都尽量轻车简从，像这样举家的女眷出动来戏园子看戏是多少年都没有一回的，未免引人注目。到了戏园子里，女眷们分别进了包厢，静漪同陶因泽和符氏在一处。

静漪晓得这是雅媚特为让她同姑奶奶多些机会相处才这么安排。这位姑奶奶怪癖多，她必得处处小心才是。进了包厢，让陶因泽先坐了首位，等符氏带麒麟入了座，她才坐下。

陶因泽出门排场也大，不但独占一辆汽车，还带了三四个丫头婆子。坐下来就有丫头专门替她捶腿。此时戏没开场，她抽着烟，望了麒麟皱眉道："大少奶奶，麒麟要给你养成哈巴狗儿了。他爷爷和父亲在他这个年纪早就上得马、开得弓，他还吃奶呢？"

符氏微笑道："他还小呢。"

陶因泽轻轻"哼"了一声，望着戏台子，说："武戏文唱，戏台上行，养儿子这么样，可是要出怪的。"

符氏只是微笑。

静漪就问："戏单子呢？怎么不拿来给老姑太太瞧？"

陶因泽瞅她一眼，吐了口烟。

秋薇取了戏单子来，静漪马上将戏单子给了姑奶奶。

陶因泽拿远些瞅瞅，说："左右都是那些戏，还能唱出什么花样来？容我慢慢瞧瞧。"

"姑奶奶，杨老板的戏，连父亲都在北平连看三场呢。"符黎贞笑道。

静漪给姑奶奶递上花镜，陶因泽翻着戏单子，忽然道："叫经理进来，我问问这是怎么个事。"她的手指着单子上的一行字，静漪离她近些，看到她指的是《霸王别姬》，下面缀着"筱玉仙"三个字。符氏也"咦"了一声。

不一会儿，戏园子的经理来了。隔着竹帘，陶因泽问："怎么今晚是和筱老板搭戏？"

"回您话，杨老板原定就是请了筱老板搭戏的。筱老板前些日子偶感风寒，临时换了杜老板。今晚上筱老板说是都好了，我们就忙着换了戏单子，外面的牌子还没挂上呢……"经理解释道。

陶因泽笑了笑，说："我说呢。戏单子都送出去了？还没送就快送去，省得耽误事。"

"是。您老点哪出戏呢，还是《钓金龟》吗？"经理熟悉陶因泽的喜好，问道。

陶因泽把戏单子一放，笑道："不用了，随她们点吧。有这出《霸王别姬》，也就够我瞧的了。你去吧。"

经理答应着退下了。

包厢里安静下来，一时谁都没有再出声。待戏台上锣鼓声阵阵传来，静漪不知怎的忽然觉得有些不安。

“这筱玉仙还真有点意思。”陶因泽道。

“姑奶奶可是听说了什么？”符黎贞替她斟茶，柔声细语地问。

陶因泽瞅了她一眼，反问：“你们戏剧社里人不都在议论？难道你没听说？”

“听是听说了一点……说是二叔的人。总归没过明路，当然不能算的。我的愚见，若是当真的，慢说她自个儿不该在此地登台，就是二叔也不会让她登台的嘛！”符黎贞道。

“就是这话了。这样的货色，哪儿容得她过明路。”陶因泽点头。

“是，陶家男人纳妾，有三不可：戏子长三者不可，来历不明者不可，德行有亏者不可。筱老板三样占全了，戏子只是其一；育婴堂出身，可谓来历不明；学戏偷师已是不当，后又欺师盗名，可谓德行有亏……只是一张面孔实在是称得上娇美，有一把好嗓子，人又极聪明，懂钻营，有力争上游的心，难怪会有今日。”符黎贞低声地说着，“幸好二叔今晚不来。”

“他不来也好，不过老七不该不来。整治了栖云大营，又从伏龙山那一伙子手上缴获了烟土——听说那烟土堆了栖云大营半个操练场，且击毙了好几个头目，他总可以松快松快了吧？”陶因泽笑着说。提起陶骧来，她心情总是好得很。

静漪只觉得越来越心惊，雅媚就在隔壁，她知不知道筱玉仙今晚要登台呢……陶因泽见她只管发愣，又皱了下眉。

“姑奶奶，大嫂。”雅媚带着瑟瑟从外面进来，脸上笑微微的，“瑟瑟吵着要跟麟儿一起玩呢。”

静漪想要收起桌上的戏单子，转眼一看，却已经被符氏悄悄收了起来。

雅媚和老姑奶奶说笑，也就坐了下来。

静漪想筱玉仙的出场在下半场，欲想个办法让雅媚避开，却一时之间没什么好主意。雅媚看她神色奇怪，正要问她怎么了，不经意地眼睛一瞟，在东侧的包厢里看到了一个人，说：“咦，那不是胡医生吗？”

“是呢。他身边那女子是谁？”陶因泽问道，举了眼镜朝那边一望，胡少波正巧也望过来，忙欠身。陶因泽微笑点头。

静漪戴着眼镜，胡少波身旁的那位女子她也认出来，正是那日在医院里见过的任秀芳。

“看样子胡医生好日子要到了。”陶因泽微笑道，“要我说，他们这些整日价惦记着给人开肠破肚的大夫，到底有什么好。”

“姑奶奶瞧您说的。”雅媚笑道，对静漪眨眨眼，“西医有西医的长处。”

“我赞成姑奶奶。若不是辔之的意思，我才不肯让麟儿生病看胡医生。吃西药还好些，可不能让他们的药针碰麟儿的。”符黎贞皱着眉。

“好疼。”麒麟忽然说。

“嗯。”瑟瑟也急忙说道。

静漪摸摸瑟瑟柔滑的头发，笑了出来。

陶因泽笑了笑，说：“只是胡医生这留洋的竟也爱瞧戏，难得……大少奶奶，听说他也参加了戏剧社？”

“是。”符黎贞笑着点头，“只是并不常去。”

这时头一出《大闹天宫》开台了，陶因泽将眼镜移到面前，只顾看戏去了……

杨家班到底是京城有名的班子，杨老板亲自挂帅出阵，拿出压箱底的功夫卖力表演，自然看得底下众多戏迷如痴如醉。静漪存了心事，正算计着自己该如何见机行事，忽见斜对着的包厢里出现了几个灰色的身影，定睛一瞧，认出是陆大同、陆岐父子。她刚要松口气，就见陆岐回头招呼人，后面依次坐下来的竟是陶驷和陶骧！

“爹地！”瑟瑟叫道。

“爹地不在这里呢。”雅媚目不转睛地瞅着戏台，头也没回地和女儿说。

静漪抱紧了瑟瑟。杨老板一出《战太平》唱罢正退场，下面就是《霸王别姬》。

“爹地，七叔。”瑟瑟指着西边包厢，又说。

雅媚这才顺着瑟瑟指的方向看去。看到陶驷，她一怔。那边包厢里，陆大同等人也发现了她们，立即站起来。

静漪看看雅媚，此时她脸上并不见异色。不一会儿听见外面有说话声，知道陆大同带人拜见陶老夫人来了。

戏台上静场的铜锣一响，报幕的就说下面是杨老板和筱老板的《霸王别姬》。

包厢里静下来，陆大同父子进来问候陶因泽。彼此原就熟悉，陆大同也跟着陶盛川称呼陶因泽一声大姑的。陶因泽性格豪爽，说着话，便请陆大同父子坐。静漪等人借机退了出去，符黎贞更是一早就带着儿子悄悄去了一旁陶夫人的包厢。

戏台上霸王与虞姬的亮相引来雷鸣般的欢呼与掌声，廊子里这两对夫妇静默相对，气氛骤然尴尬。

静漪抱着瑟瑟，站在雅媚身边，看她一对清凌凌却又显得深不可测的眸子盯紧了陶驷，不禁暗暗叫苦。

“二嫂……”她甫一开口，一旁的陶骧正巧伸手过来从她怀里接过瑟瑟。她看向陶骧。

陶骧笑着说：“二嫂，陆叔是杨老板的拥趸，今晚是杨老板在兰州的最后一场，陆叔特为包厢捧场，非拉我们一起来，我们就从司令部直接过来了。父亲要不是另外有事也来的。”

雅媚没出声，仍盯着陶驷。

陶驷说：“七妹，请你和老七带瑟瑟回避下，我和你们二嫂有话说。”

“慢着。”雅媚开了口，“既是来了，好好看戏就是。难道别人演得，我们看不得吗？”她说着，先朝西楼包厢走去，陶驷就跟了上去。

陶骧抱着瑟瑟，示意静漪也跟上。静漪看看陶骧怀里的瑟瑟，只好随着进了包厢。雅媚与陶驷已经并排坐在了前面，并不理会他们。她见陶骧坦然自若，似是事不关己、己不担忧，越发心绪不宁，哪里还听得进戏。几个大人各怀心事，唯有瑟瑟一派天真，只晓得她的爸爸妈妈和最爱的小叔小婶都在一处，简直是开心极了。

雅媚听女儿笑声不断，回过头来温柔地教训她要懂得听戏的规矩。她说完照旧回过头去看戏，戏台上虞姬与霸王项羽一段戏词正婉转缠绵……那筱玉仙的虞姬扮相柔美，身段优雅，字正腔圆，自有一股风流，不仅台上霸王，台下观众亦为之倾倒。

陶骧看看静漪，霸王唱到“十数载恩情爱相亲相依，到如今一旦间就要分离”时，静漪秀眉一蹙，显然是受到了震动——虞姬缓缓倒在台上，那双眼睛竟不是望着西楚霸王，而是朝着这边来！

戏园子里一派寂静，所有的人似都被虞姬这一“死”摄住了魂魄——忽听得啪啪啪三声鼓掌，台下观众被惊醒一般掌声雷动，叫好声不断。

静漪看着带头鼓掌的雅媚，雅媚定定地望着台上的虞姬——那虞姬自台上缓缓起身，竟不是唱罢“别姬”，而是唱上了“醉酒”，只见她步态蹒跚、摇摇欲坠，向楼下大堂和楼上包厢左右勉强施礼答谢，随后匆促间将霸王留在台上谢幕，独个儿返回后台……雅媚这才站起来：“御之，既然这样，那就怪不得我了。”

“你非要赶尽杀绝？”陶驷沉声问。

“你呢，不是该信守承诺吗？”雅媚同样声音沉重。

“雅媚！”陶驷喝道。

雅媚转身从陶骧膝上抱了瑟瑟，立即往包厢外走去。

静漪想追上去，被陶骧拦住。他硬将静漪按回位子上，问：“你现在跟去能做什么？”

静漪发了怔，望着陶骧的侧脸。他的目光深沉悠远，望着戏台上谢幕的杨老板。见台上的杨老板仰头对楼上包厢拱手答谢，他起身鼓掌。

杨老板加演了一个段子。是清唱的。满园子的人听得如痴如醉。

“多好的戏。”陶骧自语一般。

静漪从这边可以看到陶家那四个包厢——所有人的注意力似乎都在戏台上那个唱戏的人身上，没有人发现陶驷夫妇已经离开……她转开脸。

秋薇给她倒了茶，她也没喝。倒是陶骧拿起杯子来喝了两口，看看她，说：“劝劝二嫂。二哥同那位早已经断了。”

“我不劝。”静漪望着戏台上，她心里乱，陶驷夫妇气头上说的话，也让她心生疑窦……“这事外人说的都算不得准，我相信二哥能给二嫂一个交代，但也该受点惩罚。”

陶骧就没再出声。

为避开散场的人流，陶家女眷提前退了场。出了戏园子，回家又是一番忙碌。

陆大同父子周到地请陶家女眷车辆先行。静漪来时是与雅媚一道，此时陶驷雅媚不知所踪，她和秋薇便落了空。偏偏陶骧在，旁人也就不顾念着她。等陆家父子也走了，陶骧让卫兵收队，招呼静漪上他的车。

静漪在后排坐了，往旁边挪了挪。

吉普车旧了，缝隙里钻进来冷风。风里有一点呛人的味道，熏得她眼睛要流泪似的，忙拿了手帕擦一擦，才意识到自己戴了眼镜的。就这么戴了一晚上，忘了摘下来，难怪看什么都那么清楚。

她抬眼望着前方，街市上满是出门看灯的人。

“七少，前面不好走了，绕过去吧？”图虎翼看着前面十字大街南北东西都是行进的舞龙舞狮和太平鼓队，车子要开过去有困难，冲散了人家的鼓队也不好。

“秋薇没有看过太平鼓吧？”陶骧问。

秋薇看看静漪，猛点头。

“阿图，把车子停在巷口，我们下去逛逛灯会。”陶骧说。

“是。”图虎翼答道。

静漪根本没心思去逛什么灯会，但看秋薇高兴，也就没反对陶骧的提议。

图虎翼就在前面巷口找了个合适的位置停了车。

此地靠近寺庙，白天香火便旺，临近佳节，夜晚来上香的人也多。路旁店铺都张灯结彩的，门前燃着火盆，檐下挂着花灯，沿途路边的灯棚更是一个接着一个，街上舞龙的争奇斗艳，火球在空中高低飞舞，加上喧闹的锣鼓声，路人摩肩接踵、人声鼎沸，这份热闹繁华真不是一言能道尽的。

“这两年，年景都好，也算太平，老百姓过年过节就舍得花钱些。你不要小瞧这些花灯，仔细看那上面的花样，跟别的地方是不一样的……等会儿近了看，告诉你武威的花灯和凉州的有什么区别……”图虎翼走在陶骧和静漪身后，絮絮地和秋薇说着。

秋薇活泼，阿图风趣，两人不住声地你问我答，静漪走在陶骧身边，竟不知不觉也听了个满耳。忽然远远地听见鼓声震天，她不觉往那边看去。

“小姐，这就是太平鼓！”秋薇踮着脚，笑着叫静漪看，“太平鼓又怎么个来历来着？”

“问我你算问对人了。”图虎翼好得意，“据说是明初徐达攻陷兰州的时候，正好是元宵节，他让部下扮成社火队，把武器藏在鼓里进城，里应外合才把元朝守军王保保给击败的。往后太平鼓就传下来了，打太平鼓，‘江山一统，天下太平’……你听，每段鼓都有不一样的意思。‘咚、咚、咚’叫三点水，‘咚、咚’叫单条，三点水就是……”

静漪微笑了下，从拥挤的人群中寻找空隙往里看。陶骧将静漪往后拉了拉，免得挤挤挨挨的人将她蹭到。她顺势跟着陶骧上了两级台阶，站到高处，这下就看清楚了——打头阵的是风婆雨师，这应是乞求来年风调雨顺、五谷丰登的意思，后面紧跟着的是舞狮、跑旱船、踩高跷……舞龙的队伍也极为壮观，龙首喷着火焰，上下翻飞，引得围观者惊叹。

舞龙刚过，先有装扮如牛头马面一般的神怪走来，虽是凶神恶煞，手舞足蹈的，却也有趣。在他们经过之后，就是太平鼓了。领队在最前面，手里擎着的一把丈许的“压鼓竿”，缠着红绿绣球，指挥着数百人的太平鼓队行进，蔚为壮观。鼓手们穿得也精神，下着黑色灯笼裤上穿白色褂子外罩黑色坎肩，腰间是大红的腰带，那垂下长长的穗子和帽子上的红缨缨随着鼓手颤动不止……

静漪是没有看过太平鼓的人，不免格外留意。她见那打鼓之人手里拿的并不是寻常的鼓槌，而是麻绳拧成的鼓鞭，鼓也好看，或黑或红，不是绘着“二龙戏珠”就是“狮子滚绣球”这样的热闹图样，鼓面则绘制了太极图。鼓鞭在鼓手手上飞舞着，鼓点齐整又有韵律，粗犷豪放里自有一种雄浑之美。她不觉就看得入了神，待鼓队经过，还意犹未尽。

陶骧伸手拉了拉她，扶她下了台阶。

她以为这就该回了，没想到陶骧根本没有这个意思，反而顺着街道溜达起来，似乎是很享受这样难得的闲暇——真亏他有这个兴致——静漪虽惦记着雅媚，想早些回去，此时也只好跟在他身旁。

她踮脚寻找着秋薇和阿图，陶骧给她一指，她就看到那两人在卖花灯的摊子前仰头观望，于是也朝那边走去。

“少奶奶买盏花灯吧？”一盏漂亮的莲花灯忽然举到静漪面前，静漪被吓了一跳，随即微笑着摇头。擎着花灯的老汉仍笑眯眯地望着她：“买个花灯好过节……莲花灯吉祥，吉祥如意，连年有余……”

静漪看这莲花灯的确精巧可爱，正要摸手袋，才想起她的东西都由秋薇拿着呢，她不禁看了眼陶骧。

陶骧还没出声，那老汉就笑眯眯地又拎起来一盏金鱼灯，说：“这位军爷，连年有余呀，连年有余！”

静漪看陶骧的样子，就猜他大概此时身上也没有钱。她也不知为何，突然想笑，但想起自己还跟他生着气呢，就说：“老伯，我们不买的。”

“要不……五子登科？”卖花灯的老汉变戏法似的手中又多了一盏大花灯，

果然是五子登科的图案，描画精美，煞是好看。

静漪刚要告诉他不买是因为没有带钱，就听陶骧问："老伯，我看你这里还能赢花灯？"

老汉笑眯眯地说："能。可军爷，射箭可不是火枪，而且说射哪个就是哪个，射中旁的不算。"

陶骧说："这个自然。"

"那请吧。"老汉把手里的花灯交给一旁的小子，手一摆，颇有一种豪气。

地上有一道彩绸拉的界线，里面地上摆了好多花式各异的花灯。静漪在一旁看着，莲花灯、虎头灯、五子登科、鲤鱼跃龙门……应有尽有，只是这弓箭嘛……她看一眼老汉拿给陶骧的弓箭——她虽然不懂兵器，也知道这东西已经有些年头了。箭羽簇新，弓则古老得简直像一段朽木。她想着陶骧那把子大力气，怕不是会一把将这段朽木掰折了吧。

陶骧摸着弓箭，却道："这个弓好得很。"

老汉哈哈一笑，说："军爷识货。您请！"

陶骧试着开弓，弓却纹丝不动。

老汉这铺子不小，灯棚也大，客人众多，陶骧人物又出众，打他站在这儿预备开弓射箭就有不少人好奇围观，此时见他一出手便失利，齐声叹息，又吸引来不少人观望，于是里三层外三层，这会儿倒不是他们看花灯，是看花灯的看他们了。

陶骧倒也不理会这些，只是将弓拿在手中又琢磨了下，摸着下巴说："还真是我轻敌了。"

静漪见老汉依旧笑眯眯地望着他们，心想原来如此，一把旧弓只是钓饵，也对，哪有那么轻松就讨来的便宜呢？她看着陶骧，不禁有点好笑。

陶骧索性将大衣脱下来交给静漪，好好伸展了下手臂，再去开那弓。弓很硬，他一点点开——如此一开一合有三个回合，他方才拿起箭，问静漪："要哪一个？"

静漪看莲花灯精巧，且距离适中，指了指，说："就那个。"

陶骧说："就它了。"

他瞄准着莲花灯，嗖的一下将箭射出去。不想没射准莲花灯，倒把旁边一个五子登科给打中了，身后的人群里一片笑声，听得出来是女子居多。

静漪也笑了，看了陶骧一眼。他歪了下头，看那老汉。

老汉摆手笑道：“不能算，不能算。再来，再来。”

陶骧无奈地又连射两箭，竟没有再射中一盏。他有些不服气，正要再来几支箭，静漪看一旁有几个姑娘在拿着竹圈套花灯，就问：“那个是一毛钱一个？”

“是。”老汉都没有再问，就把十个竹圈给了静漪。

静漪接着，陶骧在一旁看。哪知静漪套圈儿的技术比陶骧射箭还差劲，十个竹圈扔出去，连碰都没有碰到。

陶骧看她噘嘴，忍不住笑道：“干脆让阿图来救驾吧，这儿的灯你要全都买下来也成。”

“不要，我才不信我们一个都赢不到。再要十个圈，咱俩一人一半。都是你，你怎么那么笨啊！射箭射不中，掷圈总掷得中吧？”静漪好胜心一起，马上支使起陶骧来。

她刚要让老汉再给她拿竹圈，忽然听到身旁有人笑道：“这位姑娘可真好胜，只可惜手上没准头。”

静漪转头一看，一旁站着几个人，人人都戴着面具，一身打扮像是从戏台上下来的。

“这位姑娘要是不好胜，老爷子挣谁的钱呢？”其中有个女子笑吟吟地说。静漪看她手拿了三个竹圈，说话间甩手便是一抛，竹圈在空中划出一个漂亮的弧线，准确地套在了那个莲花灯上。又一连两个圈掷出去，圈圈不落空。老汉把一把花灯拿在手上给那女子，做出哭丧脸的样子来说：“都跟你手头这么准，我做生意要赔大了。”

“老爷子您当然盼着还是像这位手上没准头的姑娘多些就好啦！”那女子说笑。她戴着面具，说话有些不便，嗓音就见了沙哑。

静漪一笑，此时她心情见好，看阿图和秋薇过来了，回手搭在陶骧手臂上，说：“咱们去那边猜灯谜吧？”

陶骧看看她，吩咐阿图把账结了。

老爷子一算钱，图虎翼边掏钱边把嘴张得老大合不拢。陶骧瞪他，他才咬着牙忍笑把账付了。过一会儿他跟上来，到底没忍住说了句：“爷，这怎么可能……”

静漪故意叹口气。

“姑娘留步。”那女子过来，将手上的莲花灯给静漪，“看你喜欢，这个送你吧。”

“谢谢。”静漪大方地把莲花灯接过来，对她笑笑。

一转身，她把花灯举高些看看莲花灯的构造。真精巧，竹子做成的支架，细若发丝；纱灯细密得很，绘制的图案也不是寻常的手法，更见用心，可见传承日久。

“不怕这东西有毛病？”陶骧问。他回头，那几个人还在原地，倒像是目送他们离开。他略一颔首，其中一位举了举手上的三节棍致意。

静漪瞅他一眼，说：“在你眼皮子底下，他们不会。”

“不是不敢，是不会？”陶骧又问。

“逄氏世代以扎花灯竹马为生，若在这里生事，不但毁了逄家的生意，他还出不了城。就算做了伏龙山的头把交椅不也得拱手让人？他有那么没心眼吗？”她把花灯的横杆拿在手里，横杆的尾部有小小的一个“逄”字，是炙在上头的。此地花灯多是秸秆制作，用竹子当材料的极少，可见逄家的花灯为保自家传统不失，不惜成本。

陶骧脚步慢下来，问：“这都谁跟你说的？”

“什么？”静漪反问。

“伏龙山的事。”陶骧说。

“就那天大姑奶奶提了一嘴，其他的都是我瞎猜的……这又不是什么秘密。不过对你来说，只会贩卖烟土的伏龙山倒不足为惧，清洗掉了这些的逄敦煌才值得重视吧？”静漪手腕翻转，莲花灯在横杆上旋转起来，仿佛漂在水上的莲花，美极了。

陶骧微微一笑，问：“你怎么认出他来的？”

“给我莲花灯的是他的结义妹子。我记得她手上有道疤，很深，脸遮住了，疤没遮住，焦不离孟，一猜就着。”静漪说，但她没承认，其实她最先认出来的是逄敦煌——就算是戴着面具，他那如电的目光也好认得很，她在转头的一刹那就认出他来了。要说紧张也有一些，可不知为何她并不怕。

“我倒不知道，你还和土匪有交情了。”陶骧说。

静漪顿了顿，才说：“谁和土匪有交情了……我还挺佩服他这胆色的，明知道城里城外天罗地网，还回来探亲、逛灯会。都说孝顺的人，坏不到哪里去的。

你不是打算今晚活捉他们吧？”

陶骧看看她手中的莲花灯，道：“看在这莲花灯的分儿上，让人护送他们出城就行了。”他语气里竟有几分戏谑。

静漪放开陶骧的手臂，转过身去，倒退着走，说：“你缴获的那些烟土，值不少钱吧？算他送你的一份年礼好了。”

陶骧眉一挑。

静漪这样一步一步退着，顽童似的，也不看路。陶骧扫了一眼她脚下，没回答她。

“这个好玩！”静漪指着一家酒楼在门前搭的灯棚，许多精美的花灯挂在棚中，灯下垂着布条上写着谜面。她拿着莲花灯就走进去了。

陶骧看着她，温暖朦胧的灯影下，她的面庞看上去线条格外柔和些，又一扫刚刚那天真无邪的孩子气了……

灯棚挨着灯棚，静漪一家家逛过去，看的多，猜的少。紧跟着她的秋薇不时问她谜面上的字怎么念，她就教给秋薇。

陶骧跟在他们主仆身后溜达着。

图虎翼问：“爷，要不要买几个葫芦？少奶奶没见过这个，准喜欢，这家的好……等会儿再去买点烤面筋哪、甜醅子、灰豆子什么的好不好？还有糖油糕！咱先买葫芦去……”

陶骧点了点头，看了眼静漪——她正在仰头望着一盏美人灯上的谜面。

“使小生……目……视东墙，恨不得……什么什么于汝台左右……小姐，那两个字怎么读？”秋薇指着一盏美人灯下书着谜面的布条，问静漪。

“腋翅。使小生目视东墙，恨不得腋翅于汝台左右……这句是出自《西厢》，你知道的，就是崔莺莺和张生……”静漪说着，仔细看着谜面，“这个有点意思，是什么呢？目视东墙……”

秋薇摇头。

静漪手触到布条，说：“是‘面壁思过’！”

“面壁思过！”有一个柔美的声音几乎同时响起。

隔着美人灯，那声音的主人握着的是灯下的穗子。

“哟，这可巧了，二位同时猜对了谜底。”看灯棚的伙计笑呵呵地说着，回头喊道，“掌柜的，这两位同时猜中灯谜该怎么算？”

静漪略偏了下头，手松开布条，那女子也松开了灯穗，微笑颔首。

静漪打量着这位少妇：一身素服，高挑飘逸，面上不施粉黛，暖光下仍显苍白，可容颜秀美，气度不俗。

那少妇也打量着静漪，身旁的使女低声提醒，她愣了愣，往静漪身后一望，轻声问道："这位是陶家七少奶奶吧？"

"正是。"静漪正觉得她风姿品貌似曾相识，见她一口道出自己名号，微微一笑，问道，"请问您是？"

"我家大小姐是府上的大少奶奶。这是我们二小姐。"使女代答。

静漪这才明白自己刚刚并不是错觉，这位符二小姐通身的气派，与符黎贞可不是一个模子刻出来的？眉梢眼角满满都是书卷气，只是更年轻也更美丽些，也就更加风采夺人，让她看了便喜欢。她最爱的就是有才情的女子。

"原来是符姐姐，失礼了。我初来此处，许多亲戚不曾见过，请符姐姐看在大嫂的面子上多多包涵。"静漪说。符家二小姐衣着素净，连头上的钗簪都不见华丽，显然是在服丧，她又如此年轻貌美，令人难免产生几分恻隐之心。

那符二小姐望着她，含笑道："早知道是七少奶奶，方才不该一时口快。"

静漪微笑道："这既是你我各凭才艺，也是缘分。难道这家就只有一盏美人灯？若只有一盏，符姐姐再谦让不迟。"

符二小姐见静漪言谈爽利，也不禁一笑，并没有再谦让。这时她看陶骧走过来，点头向他微笑道："七爷。"她身边的随从急忙向陶骧行礼问好，极为恭敬。

静漪微笑着转头看陶骧，陶骧垂手握了她的手。

静漪不想他当着人又这样，而且面前是如此文静娴雅的符二小姐、大少奶奶的妹子，顿时有点发窘。

陶骧却很自然地问道："你们这是见过了？"

符二小姐微笑道："见过了的。七少奶奶人品出众，很好认。"她说着将面前这两人一并瞅着。

静漪窘得很，她看看陶骧，陶骧也看着她微笑，她愣了一下。

陶骧转而问符二小姐："二小姐是自己来的？"

符二小姐说："同我哥嫂带侄儿们一起的。我爱看看这灯谜，他们别处逛去了……不来看灯谜，也遇不到七少奶奶了。"

静漪微笑道：“大嫂前些日子还说您在家养病，不知如今是否痊愈了？”

“谢谢七少奶奶，已经痊愈了。一场小病，倒惊动了很多人。”符二小姐说着，对陶骧微笑，“家瑜说她在医院见过你们。”

静漪怔了怔，符二小姐提到家瑜，又是在医院里，那定是马大小姐无疑……她忍着不看陶骧。也许是她的情绪他感觉到了，手握得越发紧了。

“她那日倒没提住院的人是你。”陶骧从容地说。

“是我让她别声张的。家瑜的性子虽然急躁，我说话她还是肯听的。我听说了，那日她有些言语不当，我替她讨个人情。”符二小姐轻声道。

静漪略低了头。

陶骧握着她的手动也不动，始终保持着那样一个姿势，但她好像觉得陶骧的人瞬间就冷了下来似的。

果不其然听他淡淡地说：“二小姐如今还管这些闲事。”

静漪抬头看着他的侧脸，帽檐下压着的一圈碎发，被灯光染成了金色……有点刺眼，就像他说话，随时准备刺人心。她摇了下他的手。

陶骧皱皱眉，看她。

符二小姐也看向静漪，说：“不打扰七爷和七少奶奶了，我们还要别处逛逛去。改日再去府上拜见老太太和太太，看望家姐。”

陶骧点点头，说：“欢迎至极。”

“七少奶奶，再会。”符二小姐道。

“符姐姐拿了灯再走。”静漪微笑着提醒她。

“我竟忘了还有这个。”符二小姐停下脚步。

这时候掌柜的挑了一盏美人灯来，又把挂着的这盏取下来，给静漪和符二小姐一人送了一盏，笑道：“多谢二位捧场。”

符二小姐让使女拿了灯，翩然离去。

静漪站在原地看她走入人群中，看了陶骧一眼——他也正望着她，比起刚才看符二小姐，他看她的目光温和许多。

“难道她得罪过你？”静漪手动了动，还是没能摆脱他的掌握。他的手掌心有一处硬硬的厚茧，应是时常拿枪磨出来的。

陶骧抬手拉了下帽檐，没出声。

“真没风度，当面给人没脸……到底是大嫂的妹子，亲戚呢……”她声音细细的。

陶骧只听着。

静漪手里的莲花灯换成了美人灯，灯也大了，也亮了，还美了，又是赢回来的，她却不知为何看了并不觉得高兴……也许是因为符二小姐离去时那一瞬间脸上出现的淡淡的忧伤？她不太确定。

秋薇小声说："比大少奶奶又是另一个样子了。"

一晚上话说个不停的图虎翼听了，却不作声。

静漪指着虎翼手里的小玩意儿，问："这都是给秋薇的？"

"不是！"图虎翼急忙说，"有秋薇的，也有给少奶奶的。还有这些，都是七少挑的……您看这葫芦，雕得多好看……"

静漪接过来一挂雕刻精美的小葫芦，笑道："这还差不多。"

秋薇要替静漪拿这美人灯，静漪却不让。不过走着走着，静漪手里的东西就都移到陶骧手上去了……

"符家在本地也是大户人家吧？"回到家，静漪似不经意地问起。

此时张妈正在和秋薇摆弄着从外头带回来的玩意儿，听静漪问，张妈想了想，点头道："是呢，书香门第，在兰州在天水都是大户。少奶奶怎么想起来问这个？"她说着，看看静漪面色。

"哦，刚刚在外头遇到了符二小姐。"静漪微笑着说。她拿了一只小葫芦，看那上面雕的纹样，是麒麟送子，很吉祥。

张妈一愣，说："这位符二小姐呀，说起来也可怜……从前大少奶奶刚进咱们家门的时候，她年纪也还小，时常来的。人和大少奶奶一般的俊俏，又懂道理，教养也好，上下都喜欢她。后来……后来不知为何就同马家议了婚。嫁到马家去，自然咱们家的门就登不得了，不过大少奶奶和娘家还是有往来的，偶尔也能听见一两句话，说是嫁过去不怎么得意的……男人一死，她守了寡。马家退守河西，她有一阵子又病得重，才许她回了娘家。不过有一回听大少奶奶跟前的奶妈透了两句，说马家嫌她丧门星，并不怎么待见。符家太太还在，只是做不得主，哥嫂又刻薄，让她去了天水守着……寡妇失业的，身子还不好，这不是让她去等死是什么？到底大少奶奶念着亲妹子，时常接济。可怜啊……当年求娶她的少爷们可是要踢破符家门槛儿的……这是符家接她回来过年吧？"

静漪虽然有些猜测，倒真没想到这符家二小姐竟是马家的媳妇……那就难怪她住院，马家瑜会去探望。这么说来，她们姑嫂间感情似乎还不错。

静漪手中拿着葫芦好一会儿不言语，张妈见状还以为自己是哪句话说得不合适了，敛了声等她再度开口。

秋薇抬头看张妈惴惴的，轻声问："小姐，那葫芦有那么好看？"

静漪发觉，微笑道："可能……她说是同家里人一道出来看灯的。"

"那就是了。"张妈点头，看她脸色已经如常，才放下心来，"今儿晚上的戏可好？"

静漪想到戏园子里的那连串事件，想说句"好"简直出不了口，笑道："好是好，就是瞧着累。"她说着把葫芦一丢。

"那少奶奶快歇着吧，我下去给少奶奶把补汤拿上来。"张妈忙说。

"等会儿让秋薇下去拿吧。"等张妈出门，静漪让秋薇把这些小东西收了。她看看时间，想想这时候给雅媚打电话会不会太晚了……这一晚在外头逛得也太久了些，委实没想到。

秋薇过来给她铺好了床，又把自己的被褥拿下来，如今她晚上就睡在静漪床边。听见外面电话铃响，她去接了电话，回来说："小姐，是虎妞，请您接电话。"

静漪一听忙去接电话。

话筒里虎妞上气不接下气地说："七少奶奶，我们小姐……这就要走。"

"走？"静漪一惊，"姑爷呢？"

"小姐和姑爷吵得好凶……七少奶奶，我得赶紧挂了。"

"妞儿，你千万拦着些，我就来的。"静漪重新穿了衣服。

"小姐，要不要叫上姑爷？"秋薇提醒静漪，"姑爷没睡，还在书房办公。"

静漪抓起电话来，刚要拨号，就发现电话是通着的，电话里陶骧在说："就这么办吧。"他的声音极沉。

静漪抓着话筒愣在那里，想要立即放下听筒，已经发觉有人在线的通话双方都静默下来。

"静漪？"陶骧问。

"是我。对不住。"静漪匆忙挂断电话。

她略定了定神，穿好外衣赶快下楼。下来正好看见陶骧从书房里出来，问她这是要去哪儿。

“二嫂要走。”静漪急促地说，“我得去看看。”

“你不是不管吗？”陶骧不紧不慢地问。

静漪被他气得说不出话来，叫上秋薇跟着她就走。等她走出院门，才听见身后的脚步声，陶骧也带人跟上来了。她头也不回地往前走，走着走着，便觉得肩头一暖。

陶骧将手里她的斗篷给她披上，不声不响走到前面带路。他带着静漪抄近路，走到恪园大门口恰好遇到珂儿。珂儿看到他们俩仿佛是见了救星似的，赶紧过来行礼，刚要开口，陶骧就说：“太晚了，你先回去吧。跟太太说这里有七少奶奶，让她放心。”

珂儿立即松了口气，说：“是，七少奶奶来了就妥了。七爷，少奶奶，我这就回去跟太太复命。”

她一走，静漪才瞪了陶骧一眼——这人乱打什么包票啊……陶骧却示意她快点进去，说：“晚了二嫂真走了。”

静漪只得加快脚步迈进了门，正看到雅媚抱着瑟瑟从上房出来。陶驷追出来，挡住了她的去路。瑟瑟抽抽噎噎地哭着。

静漪听见瑟瑟哭，也顾不得什么，大声道：“二嫂，大晚上的这是要去哪儿？”

“小婶婶！”瑟瑟叫道。

这一声不仅叫得静漪心头发酸，连雅媚也忍不住手颤。她知道静漪来意，说：“静漪，你别拦着我。”

“你就不能冷静下来把我的话都想一想？”陶驷说。

静漪把瑟瑟抱过来，拉着雅媚往回走：“二嫂，外面太冷了，有什么话屋里说。你吓着瑟瑟了，二嫂！”

雅媚不肯。

静漪不便用强，转头对陶驷说：“二哥，不如这样吧，我请二嫂去我那边坐坐可好？”

“还是我走。”陶驷见雅媚仍不见丝毫软化，便说。

静漪只管拉着雅媚，吩咐虎妞道：“还不快点扶一扶？”

虎妞赶紧放下行李箱跑过来。雅媚此时好像忽然间没了力气似的，被虎妞和静漪一边一个搀扶着回屋去了。

静漪把瑟瑟交给奶妈，回身看到陶骧和陶驷就站在廊下，犹豫了一下，把门关上了。

门一合，陶骧看向陶驷。陶驷铁青着脸，迈步下台阶。

陶骧听了听里面的动静，连瑟瑟都不哭了。他见二哥在院子里踱着步子，过去给他点了支烟，半晌才说：“有她照顾二嫂，放心吧。我们喝酒去。”

陶驷将信将疑地，问：“静漪？她才十八九岁……”

“小瞧她？”陶骧说话间已经往外走，“那就拭目以待吧。我去拿酒，等会儿在我那里见。我还有事和你商议——话说回来，二哥，家务事都要十八九岁的人替你处理，我还敢和你商议什么？”

陶驷心里正烦乱，一时没听出来陶骧话里的意思，待回过味来，陶骧人已经不见了。他便起脚追出去，骂道：“你这个浑蛋小子，你给我回来！”

等他出了院门，恪园值夜的老婆子就把大门关了。他回头一看紧闭的大门，愣在那里，左志成过来递上大衣，他却摆了摆手。

屋里静漪听见大门落锁的声音，从虎妞手里拿了毛巾递给雅媚，说：“大门都锁了，这下今晚我只能在这儿陪着你了……二嫂就疼我一疼，别让我这会儿了还捞不着坐一坐，成不成？”

雅媚正坐在桌边拭泪，听静漪这么说，她忍不住丢了手帕，接过毛巾来按在脸上，说：“你这个丫头，原先看你还老实，谁知道竟被你骗了，最有心眼的就是你。”

静漪说：“二嫂，我不老实是谁教的？还不是二嫂？”

她看雅媚镇定了些，在她身边坐下来。

雅媚经过这些日子的折腾，此时尤其面上毫无修饰，已经见了憔悴。静漪看着她，一时也说不出话来劝解。

这时秋薇进来，小声说：“瑟瑟已经睡下了，二少奶奶别担心。”

“去吧。”静漪打发了秋薇，看看雅媚仍在发怔，说，“二嫂，好歹看在瑟瑟……”

“要不是看在瑟瑟的分儿上，我掐死他的心都有。”雅媚说。

静漪顿住：“二嫂你舍得啊？”

雅媚转开脸。

静漪看着她颈上挂的那串珍珠，因她身子震颤，珠光就跟着流转起来……她轻声细气地说：“二嫂，十年，不短，可要跟一辈子比起来，又不长，是不是？”

雅媚没出声，流转的珠光慢下来。

“他开口就说我要赶尽杀绝……若我赶尽杀绝，还留她到今日？”雅媚说。

静漪见她又激动起来，抿了抿唇，待她冷静些。

“没错，她在京中无法立足，我是有暗中推波助澜。在京中她有多少对头人，还用我一一数说？她怎么红起来的，就该怎么倒下。没想到她不知进退，竟然来了这里。如果在京里我还能暂且容她一容，静漪，此番已经杀到面前来了，是你，你会怎么做？”雅媚问静漪。

静漪轻声说：“二嫂，我但愿永远没有这样的机会。”

雅媚愣了下，说：“对不住。”

“雅媚姐姐。”静漪低了头，忽然换了称呼。

雅媚心头一颤，眼中再度含泪。

“我呢，既把你当嫂子，更把你当姐姐待……不管姐姐怎么做，我都尊重。二哥有错，应该受罚。怎么惩罚都随姐姐，只要姐姐解恨。可是我也问姐姐一问：二哥要是无情无义的男人，姐姐是不是就放心了？”静漪看着她手中雅媚的手，细细的手指上还戴着一个不大不小的钻石戒指。雅媚的首饰常换常新，只有这个永远在手上，想必是结婚时候的礼物。

“我相信二哥会说到做到，断了就是断了。非要让他用手段处理了一个女人他也不是不能，要真那样二哥成了什么人？”

“可是……”

“二嫂，按理不该我说这些。可是今晚的事，我请二嫂再细想想。陶家女眷举家出行，再低调也不会没人知道。牧之说话，二嫂可以不信，但是今晚不只是他在场。再说，娶妾在陶家不是小事，二哥绝不会忤逆父亲母亲的意思的。”静漪说。到现在为止，陶家上人统统睁一只眼闭一只眼，无非是不希望闹开，否则陶驷雅媚这样要面子的人，更不好转圜。

“可是你看他的态度！”

“二嫂，这里面必有机关。”静漪握着雅媚的手，“我也是才寻思过来。二嫂是聪明人，再细想想，也就通了。只不过事情牵涉二哥，二嫂看不清。”

雅媚静默不语，静漪起身给她拢了拢头发。

雅媚看着静漪，说：“小十。”

“哎。”静漪答应，含着笑。

“你知道那时候我带瑟瑟去医院看你，有多希望你能嫁进陶家来吗？”雅媚问。

静漪摇头。

“你真嫁进来，我又觉得我那个念头自私。”雅媚脸上没有笑容，眼睛里也没有，可是声音却温柔得仿佛和风细雨一般。

静漪没去细想雅媚话里的意思，只看着她。

雅媚伸手刮了下她的鼻梁，见她嘴唇发干，叹口气道：“倒连累你跟着吃这些苦头……一个老七已经够你对付的了，还要操心不懂事的哥哥嫂子。”

雅媚说着起身，给静漪倒了一杯热茶，说：“元宵节一过，我带瑟瑟回北平。”

静漪不想自己劝了这半晌，还是这么个结果，握着茶杯愣在那里。转念一想，雅媚肯留下来把元宵节的场面应付过去，已经是给陶驷机会。往后如何，不是她能帮得上忙的了……她顿时放松下来，脸上也有了一丝笑容。

雅媚回身将床铺铺好，看到静漪的样子，遥遥点了她一点，说：“鬼丫头，快去洗把脸，咱们躺着说话。”

静漪放了茶杯，果真去洗了把脸，过来换了雅媚给她准备的睡衣。躺下来，她满脑子都是这晚见过的人和事，一会儿是陶驷雅媚，一会儿是筱玉仙，一会儿又是符家二小姐……她睁圆了眼睛，问道：“二嫂，符家二小姐，怎么会嫁进马家？”

雅媚过了一会儿才轻描淡写地说：“这有什么稀奇的，有人娶自然有人嫁……你怎么想起来问这个？”

“哦，”静漪抬起手臂枕着，“我今天在灯市上见到她了，她人有种……说不上来。”

“样子嘛，其实远非国色，不过和大嫂似的，骨子里有种摄人魂魄的气质，是吧？”雅媚问。

“嗯。”静漪一想，确实是雅媚形容的这样。她翻了个身，撑着头看闭目养神的雅媚：“她叫什么名字？”

“符弥贞。”雅媚睁开眼，皱眉问道，“我说，好好的打听这不相干的人做什么？你很喜欢她吗？”

静漪点头，又摇头，说：“就是有点好奇。”

“才见了一面的人，好奇什么？西谚有云，好奇害死猫，不知道吗？”雅媚笑着说。

静漪倒在枕上，也笑道：“我不过一问嘛！”

她不出声了，雅媚却又来看她，问：“还那么好看吗？”

“谁？”静漪反问。

“符弥贞嘛。当年金城符氏双姝，可名不虚传，你看大嫂也就知道。”雅媚轻轻哼了一声。

静漪笑。

“你笑什么？”雅媚碰了碰静漪。

“二嫂，你语气好酸……难道二哥还追求过符姐姐？”静漪笑着问。

“那倒不至于。不过他们兄弟……说起来，也算多情。”雅媚说。不带褒贬的一句话，静漪听了出神。

“有些事别往心里去，没什么大不了的。”雅媚小声说，“在陶家你就只管小心些，落不是的时候也不用在意。你想步步为营，还有人时时拆台呢。老话说的，只有千年做贼的，没有千年防贼的，不如见招拆招。这话你记着就好了，我是懒得理那些的……睡吧。怎么了，身旁是我睡不着吗？”

静漪伸手就过来掐雅媚，雅媚直告饶。

“哎哟，你手劲儿还不小……记得别这么掐老七，会掐出毛病来的。真的，不是吓你，我有一次这么掐御之……”雅媚倏然住口，“哼”了一声，不再说下去。

静漪笑笑。雅媚再生气，那些不经意便会被触及的曾经的旖旎时光，也会提醒她和陶驷是多么恩爱的一对。

“二嫂，多不容易才能遇到，多不容易才能在一处啊……”静漪闭上眼睛。

她也是累极，总觉得这会儿仿佛是在海面上。虽然无风无浪，然而微小的浪涌起来，还是有点水滴会呛进鼻子里，不能大口呼吸的，不然心肺都会跟着一起发疼……

恍惚间她听见细细碎碎的声响，觉得燥热，一时却也不想动弹。翻了个身，听见有人叫她："漪儿……漪儿？"

"我今天不上课的，娘。"她卷了卷被子。

"漪儿……你醒醒……漪儿？"温柔的声音，就在耳边，似乎是有些焦虑，想要把她叫起来，"让我看看你……"

"娘！"静漪忽然睁开了眼。面前是翠绿的帐子，交颈鸳鸯隐在荷叶下……这不是她的床。

她猛地坐起来。

雅媚被她惊醒，问她："几点了？"

静漪摸出她的怀表来一看："七点半了。"她说。看着怀表里母亲的相片，她的心也不知怎么就揪了起来，仿佛相片中的母亲眼睛会眨，看着她也是在笑的。她啪的一下合上怀表。

"你怎么了？"雅媚起身，"做噩梦了？我听见你喊娘。"

"梦见我娘了。"静漪把怀表放在一边，穿衣下床。

她们一有动静，外面丫头就忙起来了。

静漪洗过脸出来，就看到陶驷正在正屋里和瑟瑟玩，可爱的瑟瑟伏在陶驷的膝上，笑得很甜美。

"二哥早。"静漪打了个招呼。

陶驷转头看她，点点头。

静漪看陶驷两眼也发红，虽然收拾得干净，总也脱不了几分颓废，比起里面憔悴的雅媚，也真好不到哪儿去。可是她也不想开口劝解陶驷，她总是要站在雅媚这边的。

瑟瑟缠着她玩，陶驷就趁机进房去了。静漪和瑟瑟玩了一会儿，见房内没有再争吵，她把瑟瑟交给看妈，让虎妞跟雅媚说一声，便悄悄离开了。

静漪出来就觉得心慌气闷，秋薇忙搀扶她，还好陶驷早就安排了轿子送她。

好容易进了门，就见陶骧正在院子里训练白狮。白狮看到她就要扑过来玩耍，陶骧喝止它。

待静漪走近，陶骧看她脸上一点血色也没了，说："上去歇着吧，我跟奶奶说过不去吃饭了。晌午去母亲那边点个卯就行。"

静漪很明白今日元宵节，安排比除夕日只多不少，她这样说不出去就不出去，是不行的。可她刚要跟陶骧说"不必"，转身间就眼冒金星，一步提不上来，扑通一声坐在了台阶上。

“小姐！”秋薇急忙过来。

静漪摆手：“别大惊小怪的。”

陶骧趋前，等她气息定了定，才问她：“头晕吗？”

他也没等她回答，就将她抱了起来。

她许是这会儿头晕得厉害，只是老实地看着他，目光定定地停在他脸上，好像他的样子还很陌生。

陶骧倒不是头一次在她眼里看到这种目光。他直将她送进卧室，吩咐秋薇去拿吃的来，说：“肚子里没东西，不晕才怪。”

她也不说话，就望着他。

“有心事？”他问。

“能不能帮我发个电报回家？我……”她想说昨晚她梦见了母亲，原本没有什么特别的，可就是心绪不宁，但想想这又是什么理由，“没什么，我有点恍惚。”

“好。”陶骧答应，“怎么措辞？”

“就……问问我娘是不是好些了。”静漪说。

“我交代高英去办。”陶骧看着她，“另外有件事要和你说。”

静漪抬眼看他。

“短期之内你是不能回北平的了。”陶骧说。

静漪没吭声，她好像每次刚刚想要拨开杂草走出一点路来，就会给他封死。进，进不得；退，退不得。

“你应该知道，像从前北平政府要派驻中央的代表一样，如今南京也要求派驻那边的代表。”陶骧看着静漪的眼睛。

静漪明白过来，问：“还让二哥去？”

“父亲是这个意思。我同二哥商议，二哥也觉得他去更合适。且论人脉，讲交际，动手腕，二哥都强于我。况且……”陶骧顿住了。

“二嫂？那我知道了。”静漪说，她安静地望了陶骧一会儿，“我也没指望过别的。”

陶骧见张妈进来送早点，也就起了身。

他出去之前看到静漪呆呆地坐在床上，张妈给她摆餐桌，她也只是点点头，一点胃口也没有的样子。

静漪虽心神不定，元宵节陶家的仪式她还是都得体地应付过去了。

夜晚家人相聚饮宴，陶盛川宣布陶驷将派驻南京。陶老夫人虽说舍不得陶驷再度离家，此之谓公务，既已决定，谁也不便阻拦。

静漪见雅媚静静地坐在陶驷身边，低垂着眼帘，脸上一丝情绪都不露。

宴罢府里开始放烟花，众人都出来观看，静漪也挽了雅媚一道出来。

满院子的烟花盛放如春景，静漪和雅媚并立廊下，看陶驷和陶骧两人，一人肩上扛着瑟瑟，一人肩上扛着麒麟，正玩着滴滴金。璀璨的焰火围绕着他们，手中的滴滴金宛若从天而降的串串流火，这场景美得真像是幻影一般。

“我和御之商议过了，他同意我带瑟瑟先回北平住一阵子。”雅媚说。

静漪吃了一惊，问：“那……二嫂，南京呢，你还去不去？”

雅媚攀了静漪的肩膀，说：“容我想一想。不管我去还是不去，我都会先告诉你。”

静漪半晌才说：“二嫂，或许带瑟瑟出去旅行一段时间也好。”

“我倒是想带瑟瑟去趟欧洲，让她看看我从前读书的地方。我父亲也有这个意思。”雅媚微笑，言谈间免不了有几分怅然，“回北平，我就去探望程伯母和帔姨。有什么要带的话，尽管告诉我，我都替你转达。”

静漪点点头。

“我走后，你在这里，处处小心些。”雅媚提醒静漪。她望了望东边廊下的陶骏夫妇：“其实也没什么，你也是大宅门里出来的，有什么不知道的……不过家务事，男人自然不方便插手。老七纵有心也帮不了你的。”

静漪笑笑。雅媚是有话没有说尽，她也不想知道那么多，眼下看着雅媚刚刚度过一道小小的关口，她已经心惊，轮到自己身上，往后有多少关口她不能预计，但她其实也没什么好怕的。

…………

不久陶驷启程赴任，绕道先送雅媚母女回北平探亲。

他们走后，陶宅颇为安宁。过了惊蛰，天气更一日暖似一日，眼看着宅内次第花开，春光就更一日胜似一日了。

静漪这日在房中百无聊赖，竟又拿出大姐之畋送她的毛线编织法来研究。只是女红上她素来天赋有限，这毛线编织法研究了有些日子，连秋薇都学会了，她还是没法上手。

“七嫂，你真的是读过医科的高才生吗？可真够……”尔宜过来看了有半晌，终于没办法忍受，夺了绒线竹针扔到一边，“不如跟我去看看小灰吧。”

尔宜给那匹除夕夜降生的小马取名小灰。

静漪除夕之后再没去过马厩，见尔宜提议，她就答应了。她们到了就在马舍外看着玛丽和小灰这对母子亲昵。小灰马的名字起得很敷衍，长得却很有精神，静漪看了心里很欢喜。

尔宜逗弄小灰，说：“我每天来了就舍不得走，恨不得在这儿安张床。七哥说我要发疯，他可忘了当年他是怎么照顾玛丽的了？七嫂，要不我教你骑马吧！七哥那么多好马，你喜欢哪一匹，就跟他要去。”

“他倒是说过一次，我没要。”静漪摸摸过来跟她亲近的小灰。

“什么？”尔宜惊讶道，见静漪点头，她不禁跺跺脚，“七哥可是守财奴，想要他的马，难着呢！他自个儿开口说让给你，你还不要？我向你举手投降。”

静漪看尔宜果然做了个举手的动作，笑了，道：“我确实没有兴趣。”

“可是七嫂，你们学堂里该有马术课的吧？”尔宜笑问，“那时候母亲也想让我跟大姐似的去上海读书，可是我去了看看，不喜欢，受不了那拘束。”

静漪说：“马术课上过一学期。其实那些课程，习惯了倒也好。”

她和尔宜细聊下去，才知道尔安是之鸾的校友。别说尔宜不喜欢，她也不能适应那完全贵族化的课程。

身后的马舍里忽然发出巨响，小灰正吃着胡萝卜，被这一声巨响吓得蹦跳着逃到玛丽身边去了。

尔宜和静漪也被吓了一跳，忙回头去看。尔宜一指那间被封闭起来的马舍，笑道：“又在耍脾气了。”她说着过去打开门上那个小小的出气口。不一会儿，两只呼哧呼哧出着热气的鼻孔从那出气口露出来……静漪好奇地凑近些看看，问：“这匹马是怎么回事？”

出气孔周围都包着铁皮。铁皮上有齿痕，显见是这家伙啃的。

“它呀，可神了。七哥这阵子天天早上都跟它斗心眼，我看七哥把驯服它当一乐儿，一点都不着急。”尔宜笑着给静漪讲这匹马的来历。

静漪看看出气孔里露出来的洁白的马齿，整齐，新鲜，应该是匹刚刚长成的马。

“走啦，七嫂，咱们出去跑跑吧。”尔宜亲自去挑了两匹马，要静漪和她一起遛弯儿。

静漪没有换骑马装，是怎么也不肯上马的。

尔宜想起家中有预备侧骑马鞍，一定让人去找了来。静漪已经有太久没有练习过，幸好尔宜给她选的这匹马很温顺。尔宜替她牵着缰绳，带着静漪慢慢溜达了几圈才放手。

静漪把缰绳攥在手中，控马而行。

“很像样嘛，七嫂。”尔宜退远些，笑道。

静漪笑笑。她还是有点紧张，攥着缰绳的手不知不觉就特别用力。等到她可以小跑起来，天色已经暗了，她这才发现马场里只剩她一个人，忙回头找尔宜。

尔宜坐在围栏上，扬了扬马鞭。她使马头掉转，向尔宜跑来。

尔宜笑着拿马鞭一指，说：“看。”

静漪望过去，紧邻的小马场里，一匹瘦得露出宽大骨骼的黑马正在奔跑，陶骧站在马场中央，手中拿着绳索。

尔宜笑道：“这马，马舍的后门直通这小马场，每天把它赶出来、赶回去都是个力气活，七哥驯马还是有一手的，就是这回遇到这硬茬子了。怎么伺候都不成，洗澡、刷毛、喂食，样样都亲自动手，还是动不动跟他尥蹶子。”

静漪听尔宜语气里颇有点幸灾乐祸，不禁微笑。

“七哥以前也有过一匹这样的宝马，和玛丽是一对。后来死了，玛丽归了我。七哥难受了好一阵子呢……”尔宜叹口气。

“呀。”静漪见陶骧出其不意地将绳圈套到马脖子上，紧跟着黑马的步子跑了十几步之后便翻身上马。黑马狂奔起来，试图将他摔下来。他压低身子，紧贴在马背上，手牢牢地抓着马鬃。黑马见甩不掉它，就开始翻腾跳跃……

静漪不由得攥住手，尔宜更是大喊：“七哥当心！”

黑马突然前蹄腾空，疯狂地踢蹬跳跃，把陶骧重重地甩了出去。它扬起前蹄，眼看着就要踏到陶骧身上，陶骧灵活地翻身躲过，黑马踏空，刹住脚步，地上的沙尘被掀起老高。陶骧迅速翻身起立，往后退了两步，谨慎地挪动脚步。黑马一动不动，昂着头看他，鼻孔里不住出着粗气。

陶骧突然冲黑马跑过去，黑马似乎没有料到他会这样正面攻击，愣了一下，这会儿工夫他已经翻身上马，将套在它脖子上的绳圈勒紧。黑马疯了似的，在小马场里跳跃得如同一只青蛙。

陶骧被它又甩下来两次。然而他在马背上的时间，也一次比一次长……

静漪和尔宜已经忘了时间，马夫们早早将马灯挑起来，聚在一旁看这难得一见的场景。

黑马也许是累了，再一次被勒紧绳圈之后，它不再那么激烈地反抗了。陶骧也不敢大意，控着绳索，让它慢慢走了几圈，才停了下来。

“七哥好样的！”尔宜笑着叫起来。

陶骧回过头来，看了这边一眼，正要指挥黑马往这边来时，黑马突然一个甩身，他整个被甩落在地……眼看着四周的尘土扬了起来，他抬手一挥，以为这家伙又要攻击他了，正想翻身躲避，黑马靠近了他，那大鼻孔动了动，喷出热气来，对着他的脸，使劲儿一拱。

陶骧愣了一下，好一会儿，手掌才落在马鼻子上，摸了摸。黑马立时打了个喷嚏，陶骧就被喷了一脸口水鼻涕。他抬起手臂来蹭了蹭脸，忍不住低声骂了一句。围栏边的人都大笑起来。

“还不过来帮忙？”他挥了下手，眼前的烟尘散去，那么多人在笑，静漪也在笑。

马行健跳进围栏，把他拉起来。他这一走动，才觉得身上又脏又臭，简直没有一处不疼。他看了看身后的黑马——被马夫牵着，还很不服气地甩着头咆哮。于是他过去，拍了拍它的背，交代着：“以后不管谁伺候，都小心些。它可不是赛雪，犯了性，不认人的。”

“七爷您的马，没有哪个是好脾气的，赛雪也不好伺候哇！”那马夫一脸的泥汗，笑道。

陶骧一笑，挥了挥手。

他走到马场边，静漪还在那里。谁也没说什么，很自然地，她走在他身边。

尔宜高高兴兴地牵着她的玛丽和小灰回马舍了。等着她的工夫，陶骧问：“不是说不会骑马吗？”

他来的时候，看着她正玩得高兴，虽然技巧生疏，可看得出来曾经受过很好的骑术训练。

“只会侧骑，不算。”静漪说。

陶骧想说什么，忽觉得浑身湿冷黏腻，他取了外衣穿上，早将刚刚想说的话抛在了一旁。

“以后驯马还是小心些吧。”静漪轻声说。

陶骧没吭声。静漪以为他嫌自己多事，也不再说什么。

回去张妈看到两人都是一身尘土，忙张罗着让人给他们放水洗浴。

静漪去骑马是毫无准备的，帽子都没戴一顶，此时头发里都是尘土，这一洗颇费了点时辰。等她出来，陶骧已经收拾停当，在起居室里踱着步子。

陶骧看静漪换了件衣裳，这几天天气见了暖和，她穿得没那么臃肿了。想想时间过得也快，院子里的梅花开了又落了，过不久，桃花都该含苞待放了……

静漪见他出神，轻声问：“还不走吗？”

他说了今晚有事要出门，并没有说什么事。此时见他穿的是寻常出门的衣裳，可见不是公务了……她略觉不自在，瞥见桌上的一摞报纸，顺手拿起来翻着。

陶骧看到静漪打开报纸就跟被定在了那里似的，心一动。这时她抬头看了他一眼，将报纸叠好，整整齐齐地放回茶几上，看看时间，说：“你该出门了……我得去奶奶那里。”

陶骧反而坐下来，静漪下楼去，脚步快极了，逃也似的……他嘴角一牵，把那份沪上的英文报纸拿在手里，稍稍一翻，马上找到那则消息，虽然不在头版，文章配上相片，还是很显眼：《当红名伶，香消玉殒》——筱玉仙同琴师一行，搭乘自北平往济南去的飞机，因大雾坠落山崖。连机组成员在内共计十七人，无一生还。筱玉仙的遗照，巧笑倩兮；飞机坠落现场，一派狼藉。这等程度的坠机，恐怕是尸骨难寻。

“七少？”马行健上来催他，“时候不早了。”

陶骧将报纸丢下，恰好张妈上来送茶水，他问：“报纸都是按时送上来的？”

张妈忙答道：“是。当日到了，就送上来给少奶奶的，同少爷书房里的一样。”

马行健看看陶骧，问：“是不是……”

陶骧想到静漪那样子，站起来系着颌下的扣子。马行健看看他脸色，没敢再出声。

陶骧款步下楼。

…………

静漪在陶老夫人那里坐了不久就被陶夫人派人来叫过去。她以为婆婆是有什么事要交代她，自雅媚走后，婆婆对她的态度有些微妙的变化，她能感觉出来。不想她到了，陶夫人就说是有从南方来的水果，让她顺便带回去。白家让空运过来了菠萝和芭乐，还都新鲜着。

水果当然只是借口，陶夫人倒和她说了些话。

“夏天的时候会送荔枝来。白家太太知道咱们每年都让人采买，亲自过问这一桩事。那东西家里只有老太太和老七爱吃，年年都要费劲弄一些回来……不知道你喜欢什么水果？”陶夫人笑着问静漪。

“葡萄。”静漪老实地回答。

陶夫人看着她笑，说：“这个倒容易。像骧哥儿，不单水果，吃什么都挑嘴，麻烦。”

静漪想想，可不是嘛！就笑了。

陶夫人又让珂儿拿了两个锦盒来，让她回去再看。她领了赏赐，也就告辞了。

陶夫人在她走之前偏又问了句：“你们定亲的那对镯子还是不错的，怎么没见你戴？”

静漪心一跳，心想那对镯子，早就被她弄丢的弄丢、送人的送人了，哪还有得戴？她有心和婆婆说实话，一时倒说不出口，脸上便有些不自在。

还好陶夫人只是顺口一问，没等她说什么，让珂儿送她出来。

静漪走出来了还在琢磨那对镯子的事。

珂儿笑道：“七少奶奶真老实，太太问什么说什么。”

静漪笑问：“可是哪里说的不对了？”

珂儿抿嘴笑，说：“倒没有。悄悄跟少奶奶说，太太今早还同七爷讲呢，少奶奶真有些憨气……少奶奶慢走，珂儿不送了。”

静漪嘱咐珂儿回去慢些走。

秋薇拎着一大篮水果，等珂儿走远了才悄声问：“小姐，那镯子……”

静漪不作声，看来蒙混过关是不可能的了，可她得找个合适的时机说明。

回去后她打开陶夫人给她的两个锦盒，竟是一对镯子和一对发簪。

秋薇咋舌："无缘无故怎么赏得这么重？"

静漪让她把东西收了。当然不会无缘无故。她刚刚去老夫人那里，一进门，就听大姑奶奶说雅媚带瑟瑟今早抵达南京。此一番风波暂时尘埃落定，当中她没有功劳也有苦劳，婆婆从始至终看得清楚明白。恐怕这赏，就是这么来的。

秋薇看静漪没有丝毫高兴的样子，只是出神，也不敢多话，又见她摸摸手臂，似觉得冷，道："热水汀已经很热了，要不再把壁炉生起来？"

静漪点了点头，秋薇就去把壁炉生了火。

她刚收拾好，静漪便过来，拿起桌上的那份报纸一张张地往壁炉里丢，壁炉里一股纸张燃烧的焦煳味。

"以后这些报纸不用特地拿上来给我了，我想看自然会下去找。"静漪说。

"那还不是……好。"秋薇见静漪脸色不对了，忙答应。她还不是想让小姐多知道点外面的事吗？北平、上海、南京……那里的繁华才是小姐熟悉的。在这里，大门不出二门不迈的，每日闷在家里，真怕她闷出毛病来。

静漪将手中最后一张报纸也扔进壁炉，看它化为乌有，才转身离开。

整栋楼里的钟表此起彼伏地敲打着，十一点了。

静漪拥着被，靠在床头看书。听到外面有脚步声，她坐起来。此时秋薇已经睡沉了，正打着鼾。

那脚步声沉重，是陶骧。他今晚的宴会设在铜狮子胡同，最近他常会留宿在外，她以为今晚他也不会回来。

听那脚步声消失了，她等了一会儿，还是下去开门看了看。

起居室里空荡荡的，只看到陶骧的卧室房门半开着。静漪走过去，向门内一看，屋里黑漆漆的。她犹豫了下，抬手推了推房门，灯就在此时忽然亮了，陶骧坐在床边，正捶着额头，含含糊糊地说："给我杯水。"

静漪心想他大约此时已经不知道自己身处何地了，她有心不管他，又觉得不妥当，回身自暖壶里给他倒了杯水送进来。

他低着头坐在那里，没接水杯。她将水杯放在床头柜上，还没直起身来，手腕突然被他拉住了……她被吓得几乎呆了，看着面前的陶骧——他当然是醉了的，可是醉了的时候竟然比清醒的时候还要可怕……静漪忍不住发抖。

他将她拉到身边，她要往后退，却被他箍紧了，动弹不得。他却也没有进一步的举动，只是盯着她。好一会儿，他问：“你怕我？”

静漪避开他的目光，说：“谁怕你……你喝了水，快去睡……”

陶骧捏住她的下巴，使她不得不对上他的目光。

“你……”他的手从她的下巴滑下去，沿着她曲线优美的颈子往下，指尖停在她的心口处，点了点那里，问：“怕我什么呢？”

静漪猛地推开他的手，转身便跑。

回到房间关好了门，还觉得陶骧的气息紧紧地跟着她。而她胸口，他的手指明明只是轻轻一点，心脏好像被穿透了似的，到这会儿才发觉疼，渐渐疼得浑身发颤，似乎门都跟着战栗起来，颤音在空气里传得好远。

“小姐？”秋薇从地铺上坐起来，揉着眼睛问，“你不睡觉？在干什么？”

静漪一声不吭地迅速掩着睡衣爬上床去，拉起被子蒙住头……

第二天早上，她收拾好了，却迟迟不肯出房门。秋薇莫名其妙地看着她，问：“小姐，姑爷要去衙门了，不下去送？”

静漪咬咬牙，硬着头皮下楼去，陶骧果然正要出门。

“南边的水果来了？”他系着皮带扣，问。

静漪看到茶几上摆着两只水晶碗，盛着切好的菠萝和芭乐，颜色形状都极漂亮，她点头，道：“昨晚上去母亲那里拿的。母亲还赏了我两样首饰，我交代秋薇先收起来了，回头拿给你看。”

“给你的，你就收着吧。”陶骧说着像想起什么，看了她一眼，“你进来一下。”

静漪犹豫。他此时神色如常，也许完全不记得昨晚的事，她可心有余悸……

陶骧进了书房，发现她没跟上来，眉头一皱，看了看她，她这才跟进去。

陶骧从博古架上拿下一个盒子来，等静漪走到他面前，说：“你把这个拿去。问起来，你想好了怎么说。”

静漪接过盒子来，沉甸甸的。陶骧这话说的颇有些莫名其妙，她一边寻思着这不知是什么东西，一边打开了盒子上的搭扣——盒子里是一对镯子。却不是旁的，而是他们定亲时的信物。此刻一只完好无损，另一只因为断裂成不均匀的几节，却被能工巧匠用黄金将每节两端包裹了，再以精细绝伦的金链串联在一起，竟像是原先就那么打造的，是一串式样特别的金镶玉手链了。她抬起头来，看着陶骧。

陶骧说："刚刚送回来的。二嫂让人找了最好的工匠，也只能补救到这个地步，再好可就不能了。"

静漪拿起链子来，觉得比原先更沉了几分。极薄的金叶子贴着玉镯，连断裂处的痕迹都纤毫毕现，毫不回避那伤痕。

她轻声道："怎么想来……好看极了。"

陶骧看她此刻手腕上什么都没有，从她手里拿过来链子给她戴上。她滑腻若凝脂的手在他的手心里，搭上这凉凉的金镶玉链子，说不出的好看。他将搭扣拧紧了，放下她的手，说："别再弄丢了。"

"嗯，不会。"静漪说。

说出这句话来，她自己都一惊，目光落在面前陶骧的身上，他军装上的扣子闪闪发光，她只觉得心口那一处又开始疼……

"二嫂有信给你。另外高英连续三日拍了电报过去，昨日九哥才回电，说一切安好。"陶骧说。

静漪点头。一切安好，那她担心果然是多余了。

"走吧。刚外面有信儿来，大姐回来了，我和你一起去见见再出门。"陶骧说。

静漪点头，抬手掠了下鬓角的散发。

那金镶玉链子顺势滑下去，藏在了宽大的袖子里……很快，这凉凉的东西，就跟她的体温一样了。

陶家大小姐陶尔安已经几年没有回国探亲，这次回来家里人自然格外欢迎。

静漪初见尔安，倒觉得她并不像雅媚形容的脾气有那么坏，不过尔安的确像极了陶夫人，不说话、不笑时，会给人非常严肃刻板的印象。尔安的丈夫傅连炤则与她恰恰相反，儒雅倜傥，似乎永远不会发火。

傅连炤将妻子送回陶家省亲后只在这里住了数日就返回山西老家，过阵子他会来接她一同去南京赴任。他刚被委以重任，正春风得意，尔安也心情大好。不出几日，她就撺掇祖母出城游玩。她正热衷摆弄新近置办的那台照相机，打定主意要趁春暖花开好好照些相片。静漪私心也希望能够离开这深宅出去透透气，其他人也是这样的想法，毕竟憋闷了整整一个寒冬，出门踏青赏花还是很有诱惑力的。

陶老夫人与诸人商议过后决定去什川镇上住几日。镇上有陶家的庄园，每年家中女眷总要去镇上的寺庙进进香，住几日，赏一赏什川万亩梨园里赛雪似的梨花。

静漪等陶驤回来，同他说要跟祖母去赏花。陶驤让她在张妈秋薇之外，再带上已经伤愈的林之忓。静漪虽觉得如此一来她的随从就有点多，但看陶驤那一副完全没商量的架势，也就免开尊口，从命就是。

不日陶府女眷就齐赴什川。

往什川去的路很不好走，土路狭窄，且盘山绕岭。汽车行驶在路上如风浪中颠簸的小舟，偶尔从车窗里看出去，一臂之遥便是悬崖峭壁，陡然令人胆寒。

好容易到了平地，车子沿着一条宽阔的河流行驶很久才停下来。下车就见一排状甚古老的梨树，梨花盛开，像是一朵朵白云从天而降。古镇湮没在白云似的梨花当中，连绵的宅邸在白云覆盖下，黑白分明，远处的山倒成了淡淡的影子。

陶老夫人心情正好，见静漪落在后头，招手让她过去。静漪陪在她身旁，慢慢走着，陶老夫人念着她初次来，将这古镇的历史、与陶家的渊源细细讲给她听……静漪扶着陶老夫人的手臂，抬眼望去，心想这古镇得有大半是陶家的。在荒凉的山谷中有这么一个世外桃源般的所在，可也真够美气的，难怪在家中时，提起来古镇赏花，每个人都显得很向往。

越往镇子里去，路渐渐地平缓。小巷窄窄的、弯弯曲曲的，行走其间别有意趣。镇上居民不多，安宁平静。倒是陶家女眷聚在一处，仆从甚多，浩浩荡荡。待到了庄园，更觉得幽静。因每年梨花开放的时节，不时有陶家人来赏花，老夫人更时常一住就十天半月，看守庄园的仆人早就将里外收拾好了。哈德广也早一步带人在庄园迎接。陶老夫人见一切都安排妥当，满意地笑着，拉了静漪的手进门，道："今年添了新媳妇，赏花更觉与往年不同。"

苏秀芬凑趣笑道："可不是嘛，新人新气象。"

陶因泽笑了笑，道："老七能一道来就更好了。"

静漪待她们都落了座，等着奉茶。一堂的女眷经过这一路颠簸，谈兴却不减半分。

"老七不来？"陶盛春也问，她看向静漪，"那几位都有不来的道理，他在忙什么？”

静漪语塞，陶骧到底在忙些什么，她一时还真说不出个子丑寅卯来。

陶盛春就笑了。

“骧哥儿不爱花儿草儿的，骏哥儿和尔宜说是礼拜天来。先不理他们，咱们先来先乐。”陶老夫人笑道。

静漪从金萱手中接了茶给她奉上。

陶老夫人看看她，喝了口茶，微笑道：“要我说也罢了，静漪你就自个儿去愚园住，也别同我们这些老婆子混了。年轻小媳妇，和我们这些气浊貌丑的老太婆在一处，倒不如自己清净些。”

“大嫂，这话我不爱听。你是气浊貌丑，我可年轻着呢。”陶因润拿了把羽毛扇摇着，笑道。

静漪微笑着过来给陶因泽姐妹奉了茶。

陶因清笑着说：“老七虽说忙，可我们把他媳妇带出来了，我看，不出一两日，他准追过来。什么忙不忙的，顾不得了！”

“就是，大嫂还别忙着说他不爱花草，那得看什么时候。”陶因润却笑道。

静漪被这些姑奶奶们说得脸上发热。不过她知道陶骧最近忙得不可开交，确实脱不了身过来赏花的。

果然没两日陶骏一家就带尔宜一同到了镇上，陶骧也没能来。陶骏夫妇给她带来了几封家信，有北平来的，也有上海南京来的。

她一看有母亲的亲笔信，脸上就露出了喜色。

“七妹接了家信这么高兴？”符黎贞见静漪心情很好的样子，当着众人问道。

陶骏也看了静漪，果然见她笑容满面，不禁微微一笑。

“静漪是想家了吧，还是家信里有什么喜事？”陶老夫人含着笑问。

静漪笑道：“说出来，奶奶真要笑我了。”

满屋子里的人除了傅家那活泼好动的小少爷还在自顾自地玩、大小姐尔安还在摇着那新鲜玩意儿摄影机，都住了声来看她。

“上封家信里，我同我娘讲，西北风光如何的好，竟不知李白笔下的‘大漠孤烟直，长河落日圆’是真的……我以为这里的冬天，大约也跟北平似的，风大得能把人吹跑，天冷得能把人冻哭。”静漪笑着说。

大家都在听，唯有陶骏嘴角一牵，符氏看到，给他的杯中添了点茶水。

“咦？”陶因泽先忍不住开口了，“哪儿不对劲儿。”

“嗯。”麒麟接了一声。

陶骏笑起来，摸了摸麒麟的头。

“我娘回信，别的先没有说，就说，小十，收了信，记得《千家诗》从头抄起，每日抄几篇，下回寄信一道寄来，算是你给我交的功课。以及，日后无论同人闲谈或是往来书信，若引用诗句，或可先查证一番……”静漪说到这儿，终于忍不住笑出来，对麒麟眨眨眼。

麒麟大声说：“‘大漠孤烟直’是王维的诗！”

“是呢！”静漪笑着，脸红得什么似的，“其实我倒是知道的，只是不晓得为什么下笔竟闹了这么大的笑话。”

满屋子都笑起来，倒不全因为她犯的这一小错，而是看着她笑靥如花，都禁不住被她的欢颜打动。

“一时马虎了也是有的。”陶老夫人笑着说，“可见你母亲教导你实在严格。不过一时笔误罢了，难不成真的交功课？”

静漪笑着，揉着眼睛。她总算能体会什么是家书抵万金，近日往来书信都是母亲亲笔所写，母亲字里行间透着的精气神，也让她多日来的不安一扫而空。

…………

入夜，静漪坐在屋子里，托着腮发呆，秋薇正给她梳头。

秋薇把那柄雕着梅花的象牙梳子放在发间，等梳子顺着发丝滑下来，就蹲下身去接住，再放上去……玩得乐此不疲。

“秋薇。”静漪无奈地看着孩子气的秋薇，她已经这么玩了有一盏茶的工夫了。

“小姐，新换的法兰西洗头膏好用极了。你看，头发多顺滑。”秋薇开心地说，“还香。”

“都说了，你喜欢，只管拿去用。”静漪低头看看，她的头发很长，又厚，缎子似的披散在背后，身子一动，这绸缎就飘飘洒洒地滑动起来，“有什么好，反而不好梳拢，倒又费些发蜡。”

秋薇扑哧一笑，说：“我看您就顶不喜欢发蜡。”

“嗯。”静漪也笑了。她从梳妆台上拿起那瓶香水来，味道跟洗头膏是一样的，她不怎么用。有一天三老姨太太来她这里串门，看见了，说是自己那瓶被丫头失手跌了，正心疼呢，她便让她拿走一瓶。

在这些东西上，她从来不花心思。单记得这是那日阿图进来，放下两个箱子，里面的东西琳琅满目，全是法兰西货。阿图只说是七少让送回来的，也不知是从哪儿得的……香水瓶子从手里滑下去，滚在妆台上，她忽然有些恹恹的。

“小姐？”秋薇不玩了，“刚刚不是还好好的？怎么突然又不高兴了？家信里那么多好事，小姐就多想想好事嘛！您看，九少爷要成亲、八小姐也要成亲……说不定，下封信，该听着无瑕小姐和三少奶奶的喜信儿了呢！”

“你这丫头……我心里闷，想出去走走。”静漪站起来。

秋薇叹口气，不声不响地拿了一件披风跟出来。静漪走出来就觉得冷，她回身从秋薇手里拿过披风来：“你不用跟着我。”

“就在园子里走走吧，别走远。”秋薇说。

静漪点了点头。秋薇进去了，她在廊下站了一会儿，下阶走进园子。

园里遍植梨树，梨花开的绚烂，如云似雪……与白天看上去，又不同了。

矮矮的枝丫扫在她的发际，梨花拂在面上，有一丝温柔的清凉。她慢慢走在松软的土地上，不知不觉间出了愚园的侧门。出去就是一个小巧的天井，令人惊奇的是天井里只铺了一片青草。她见青草修葺得整齐，不忍踩踏，只轻轻移着步子。她走了好一会儿，才抬头看，前面一排宽檐大屋，屋子里亮着灯，檐下挂着成串的羊角大灯，天井里这片青草地在灯光的照射下，就如同绿茸茸的毯子。静漪听到身后有声音，并没有在意，仍小心翼翼地提着裙子在草地上走着。

“七妹这么晚还没有休息吗？”

静漪回头一看，陶骏坐在轮椅上，正望着她。灯光下他的面容平和宁静，他身后的房门大开着。她发现这里并不像平常的屋子是有门槛的，显然是特别为他考虑。

“打搅大哥休息了，对不住。”静漪抱歉地说。

“没什么，我乍换了环境，一时倒也睡不着，出来透口气罢了。”陶骏温和地说。他顿了顿，看了眼地上，又道：“这草还是那年七弟提议种的。”

静漪原想马上告辞，听他说起草坪的来历，倒站住了。

“西北干旱，花草树木成活都不易。原来是说，若是养成了，山庄里其他的院落也植上些。他是嫌这里只有梨花，总归太单调。”陶骏说着，滚动着轮椅。轮子压到草坪边缘，停住了。

静漪低头看看脚下。

“就是估计七弟自个儿都不记得这事了，如今他可不大来了。”符黎贞也从屋子里出来，轻声笑道。

静漪叫声大嫂，道：“都怪我鲁莽乱闯，把大嫂大哥都惊动了。”

符黎贞扶着陶骏的轮椅，笑道：“七妹也太见外了，又不是深夜，哪里算得上惊动。只是我刚刚从窗子里看到你，倒真吓了一跳呢！辔之，你说是不是？七妹刚刚站在草地上，样子像不像弥贞？”

陶骏听了，看了静漪，微笑道：“夜里寒冷，七妹还是早些回去。贪看花草，感染风寒，可得不偿失。”

“是。”静漪向他们道了晚安，照原路返回。

她知道陶骏夫妇还站在那里，不禁越走越快，心跳因为疾行而加速……穿过月洞门，她才站下来，按着胸口让自己平静些。待要回房去，就看不远处梨树下忽然出现了一个深重的影子，她刚平静些的心跳骤然加速，幸而随即便认出那是陶骧。

她不禁呆了呆，等他来到近处，问道：“你怎么来了？”

陶骧看她一副吃惊的样子，说：“来接你回去。”

静漪怔住了。陶骧往她身后看了看，拉着她的手便往回走，说：“进屋说吧。”

静漪心里忽然发慌，她脚下是一双绣花鞋，踩在软软的土地上，走快了难免吃力。陶骧却没有丝毫要放慢脚步的意思。

进了屋，他将一个信封交给她，说：“家里来的电报。”

静漪没来由地心头猛颤一下，忙把信封打开，抽出电报纸来。

“静漪贤妹：母病危，速归。兄之慎。”静漪手颤着，这一行字短短不到二十个，她看了又看：“这……这什么意思……我今天才收到我娘的信，怎么可能病危！绝不可能！”

陶骧沉默片刻，说：“让秋薇收拾东西吧，天一亮我们就动身。我陪你回去。”

静漪颓然地坐在椅子上。

“先飞西安，再到北平。夜间飞行毕竟不太安全，但这取决于你的意思。”陶骧说。

“那等天亮再走。奶奶那里，还是不要惊动的好。”静漪说着，将手中的电报纸展开，放在桌子上。

陶骧走近了些，静漪抬头看他。

“我娘……”她只说了这两个字，就说不下去了。

陶骧没有出声。

回去的路途却远不如想象的顺利。

因为雷暴天气，飞机在机场等待了两个钟头才起飞。待飞抵北平上空，又因大雾无法降落，盘旋良久，只好飞往天津。等飞机降落在天津，已经是深夜。

静漪一路被颠簸得，到此时吐的都是苦胆水了。

陶骧提议在机场休息一小时，她却不愿意。他只好要段奉孝从天津城防部队调车子来，将他们送回北平。当视野中出现了城墙的轮廓，他发觉静漪身子颤了颤。拂晓的晨光中，灰色的城墙都有一层淡淡的橘色的光。

此时在程家的大门口，程之慎正在那里等着他们。

之慎过来开了车门，看静漪脸色苍白、神情仓皇，说：“你定定神再进去。”

静漪点了点头。

虽说已春暖花开，可走进程家大院却丝毫没有给她生机盎然的感觉，她只觉得比她走的时候，更像隆冬。她瞬间眼圈红了，问：“九哥，是不是我走的时候，就已经……不好了？”

之慎怔了怔。

“到现在了，就别骗我了，行吗九哥？”静漪喉咙已经哑了。

“是你走之后，病情加剧恶化的。”之慎回答。

“静漪。”陶骧开了口。

静漪不看他，只盯着之慎。

之慎说：“帔姨坚持不让告诉你……”

“她都那个样子了，不让告诉我，就不告诉我？有什么了不起的事情必须瞒着我才行？我只有这一个亲娘……”静漪激动起来。

“静漪！”陶骧再次开口，“快进去看看吧。”

静漪吸着气：“我……她要今天就过去了，我不会原谅你们的。”

她说完，转身往里走。

之慎看看陶骧，说：“一路辛苦，里面请吧。”

“怎么样了？”陶骧问。

之慎沉默片刻，摇了摇头。

陶骧看着静漪的背影。

静漪已经慌得什么都顾不上了，只觉得心好像有什么在炙烤着，简直不知道该如何是好……她踏进杏庐，看到从房里出来、正在拭泪的乔妈，立刻叫道：“乔妈！”

“小姐！”乔妈一看是她，失声叫道。待静漪走过去，乔妈哭得红肿的一双眼睛上下打量着她，说：“小姐，回来就好了，快，快去……”

静漪咬着牙关，迈步进门。

翠喜和翡宝都守在床边，除了她们，此时竟没有旁人。这冷清的场景让静漪顿生一股悲凉之感。

见到她，两个大丫头忙起身行礼。

“太太见不得人多。大太太这些日子总在这里的，这会儿前面有事刚走。”乔妈轻声说。

静漪仿佛没有听见，她朝着床上的母亲走过去。

躺在床上的宛帔，被底的身子薄的简直成了一张纸……静漪跪到床前的地上，颤着手去碰触母亲的面庞。她想抓住母亲的手，可是又不敢用力，俯身想要晃醒她，也不敢乱动，在这样的战战兢兢和不知所措间，她慌乱得不能自已。

“小姐，太太刚刚打过针，好不容易睡下，让她睡一会儿吧。”乔妈落泪，想把静漪拉起来，“太太很清醒，她是在等你回来的……小姐别这样……”

静漪不动，只看着宛帔。苍白脆弱的、生命只在一线之间的宛帔，蜡像一般端庄美丽。

静漪死咬着嘴唇，俯身将面颊贴在母亲脸上……从未有过的凉。

外面传来杂乱的脚步声。

静漪头也不回地对乔妈说：“把门关上，谁也不准进来。”

“小姐，是大太太，你该出去见一见再……”乔妈说。

静漪沉默地望着母亲，说："就说我等下就会出去磕头。现在，让我在这儿陪我娘一会儿……"

"小姐，"乔妈搀着她，让她坐下来，"小姐千万保重，太太唯一挂心的就是小姐，千万别让太太不安心……"

"你胡说什么？"静漪转眼望着乔妈，"我娘要死了吗？"

乔妈白着脸。

静漪死攥着手，指甲都裂了，浑然不觉。

翠喜和翡宝强忍着，到这时候却忍不住啜泣。

"不准哭。"静漪转开脸，"都给我记着，太太从来不哭。她最不喜人没事哭哭啼啼的，谁要哭，就从这里出去。"

乔妈见她这样，带着翠喜和翡宝退了出来，迎面看到陶骧站在外头，急忙行礼。

陶骧此时正同杜氏说话，示意乔妈她们不必多礼。杜氏听乔妈说了里面的情形，点点头道："陶姑爷先去歇息一下吧。漪儿倔脾气一犯，这火不让她发出来是不成的，就让她冷静冷静……二太太，总算等到你们回来。"她说着眼圈就红了。

此时三太太和四太太以及之鸾之凤也赶过来了。杏庐里除了之慎都是女眷，陶骧觉得不便，既然杜氏有话，他也就出来了。之慎陪着陶骧去了静漪从前的闺房。

三太太和四太太陪杜氏坐了好久，见里面一直没有动静，就看向杜氏。杜氏心里焦躁不安，一把手串转得急，想到里面已在弥留之际的宛帔，看看三太太她们，心里更有些不是味道。

她轻声说："你们先回去吧。横竖刚打过针，此时是不要紧的，有什么事，自然有人去告诉你们。都在这儿，对病人也不好。"

三太太母女本来也没有一定要在这里的意思，只是二太太病重，杜氏又衣不解带地陪在这里，她们不好不来，杜氏一发话，她们正巴不得。倒是四太太待三太太母女走了，又默默陪着杜氏坐了些时候才走。

杜氏看看里面紧闭的房门，叹了口气。

"老爷还没信？"她问青黛。

青黛说："没有。"

杜氏点点头，示意乔妈去看看里头。乔妈回来摇头，她又等了一会儿，刚要起身，门开了，一身藏青长袍的静漪从里面出来。

杜氏一看，失声道："漪儿，你……"

乔妈等人看着静漪，也大惊失色。不过半个时辰，静漪的脸颊都凹下去了。她抬眼看看杜氏，扑通一声跪下去，给她磕头。

杜氏忙过来扶她，静漪强压着不起来，说："母亲，怎么不早告诉我啊……"她声音嘶哑干裂，字字都像刀子扎在人心上。

杜氏心如刀搅一般，撑着静漪，说："起来说话。"

"小姐，太太醒了！"翠喜跑了出来。

静漪几乎是连滚带爬地进了房，扑在床边，果然看到宛帔睁开了眼睛："娘！"

这一声分明是强压着不敢大声呼喊，却比呼喊更加撕心裂肺，听得杜氏等人纷纷掩面。宛帔好半天才看清楚面前的是静漪，又怔了半晌，才抬起手来，摸着静漪的脸："……漪儿？"

"是我……是漪儿……"静漪俯身，脸埋在宛帔的肩窝处，"是漪儿，是我回来了……"

宛帔抬手，艰难地抚摸着静漪的背，说："回来……就好。"

静漪抬起头来，看着母亲。

宛帔直直地望着静漪，目光中满满的都是贪婪，仿佛要把女儿的容貌印在心里。她轻声问："你怎么……就回来了？"

静漪勉强笑着，说："我想娘了，天天做梦都梦到，想得不得了，陶姑爷嫌我烦，把我撵回来了……"

"胡说。"宛帔竟笑了。

静漪呆住，母亲竟笑了……这一笑，她那瓷一般净白的肤色，原本透着青，此刻竟焕发出光彩。她呆呆地望着母亲。

"是真的，他也来了。"静漪跟宛帔撒着娇。

宛帔看着她，说："不信。"

静漪抬眼望着外头，她恨不得陶骧此刻就在这里，然而并没有看到，旁人也听不到她和宛帔说的话。她心里一急，脸上紫涨起来，正要喊人，手却被母亲拉住。

“等会儿让他来，我看看的。”宛帔静静地说。

静漪使劲儿点头，说：“娘，您歇一歇。”

“扶我起来坐一会儿。”宛帔说。

静漪要阻止，宛帔看着她，她只得让乔妈和翠喜过来帮忙。几人合力将宛帔扶起来，杜氏也进来，亲手端了参汤给她。

“太太……”宛帔刚开口，被杜氏阻止。

杜氏把参汤交给静漪，说：“让你娘喝两口参汤。”

静漪强抑着心头的难过，拿了勺子喂给宛帔。杜氏在一旁紧张地看着，宛帔已经好几日都没有吃下什么东西了，就凭参汤和营养针吊着一口气。也许是见了静漪之后，宛帔精神好些，一口参汤喝下去，没有吐；又一口，仍是没有吐……杜氏眼里充泪，忙背转身子走开了。

小半碗参汤喝下去，宛帔摇头，静漪才停下来。翠喜擦着眼睛，守在宛帔身旁。

宛帔看翠喜，说：“你这丫头，好好的又哭什么？都说好了，谁也不许哭……”

翠喜忍着泪点头。

宛帔歇了歇，看看屋子里的人，让她们先出去，说：“漪儿给我梳梳头吧。”

翡宝给她把梳妆匣拿过来，静漪开始给母亲梳头。

“漪儿，有些话……娘想现在说给你听。”宛帔说。

“娘，等您好了，有多少话不能说？”静漪说。

宛帔笑了笑，说：“这个，你收好了……”她拉开梳妆匣最下面的小抽屉，从里面取出一枚晶莹剔透的玉佩来。

静漪见她连合上抽屉的力气都没有了，急忙伸手接住。

“娘没什么能留给你的，这个……是我从娘家带出来的……”宛帔靠在静漪身上，“如果将来……你有女儿，给她。”

“娘，您将来亲手给她不好吗？巴巴儿的现在拿出来做什么？”静漪让母亲靠着，她能感受到母亲此时情绪非常激动，她伸手给她拍抚着胸口，“娘，别想那些。好不好？”

“我知道你怨我。”宛帔抬手，摸着静漪的脸，“当年我一步走错，步步都错。若不是遇到太太，遇到老爷……我是不想你重走我的老路。”

“娘……”

“漪儿，娘是冯家的后人，虽然二十多年来没有脸面承认，也没有脸面见父母双亲……最后还是希望你知道，你是从哪里来的……这些年……你从前见过外祖父的，还记得吗？”宛帔瘦得皮包骨的手，放在静漪的手上。

此时外头春光明媚，然屋宇深邃，春光是照不到这里的。暗淡的光线中，静漪看着母亲白里透青的手上，清晰的蓝色血管，她哽咽，勉强道：“嗯，我记得……”

“这样也好……免得他们白发人送黑发人……索性当我早就死了……”宛帔含着笑，言语有些颠倒。她的手凉，静漪想要合起两手来给她暖一下，却因为要搂着她，没有办法。

“傻孩子，总有这一天……别难过。”

静漪吸气。

“活着也是痛……丢不下的也只有你……若是你好，我也没什么可牵挂的了。”宛帔轻轻地转过头来，静漪却转开脸。她含着笑说：“让陶姑爷进来，我有话和你们说。”

“娘，歇一歇吧。”静漪抬手擦了一下下巴，泪痕犹在。

宛帔不出声。静漪不得不轻声叫秋薇，却是翠喜先进来了。静漪低声说：“去请姑爷来一下。就说太太要见他，让他快些。”

翠喜一出去，宛帔叹口气，道：“私底下无论和姑爷怎么样，当着人千万要维护他。你这样的口气，不妥当。”

静漪怔了怔，看着母亲。母亲的目光里有种了然，她没吭声。

宛帔也不说话，闭了一会儿眼睛。

静漪知她此时说话是很费神的事，若能阻拦得了，她真不想母亲再多说一个字……

“太太，姑爷来了。”翠喜在外面禀报，声音轻得像落花掉在水面上，唯恐惊着了谁。

静漪看到母亲睁开眼。一瞬间，她眼中神采斐然，一对眸子宝光流溢，似乎根本没生病。然而越是这样，她胸口越紧。

“请姑爷进来吧。”宛帔低声说。

静漪站了起来，见陶骧踏进屋内，还隔着帘幕和屏风，她就觉得心一沉。听他在屏风后站定，叫了声“娘”。她眼眶酸胀，看向母亲。

宛帔也怔了下，轻声说：“把帘子打起来……我已经是不中用的人，不用讲究这些……”

静漪和翠喜把帘幕升起来。

宛帔示意静漪：“请姑爷近些说话。”

静漪绕过屏风，看着陶骧，说：“娘请你近前说话。”

陶骧刚要往里走，静漪扶住他的手臂，目光里有恳求。陶骧把她的手拉了下来，攥着她的手，一起走到宛帔床前，轻声问：“娘，好些了没有？”

宛帔温和地望着他们两个，目光终于是落在他们紧握在一起的手上。她嘴角一牵，伸手过来，覆在静漪手上，拍了拍，却看着陶骧道：“姑爷，还是叫我帔姨……别跟着漪儿混叫，礼数上说不过去。”

静漪死咬着嘴唇，被陶骧握着的手，加上母亲那冰凉的手，压得她要喘不过气来了。

“应该的，娘。”陶骧稳稳地说。

“漪儿，你出去看看。我仿佛听人说，院子里的杏花开得正好……去剪一枝回来，插在瓶子里，我看看的。”宛帔望着静漪。

静漪看着母亲，母亲在想什么她马上就知道。母亲从来不让人去动正在开着的花……但她还是起了身，禁不住又看了眼陶骧。

陶骧却不看她。待她离开，他换了个位置，坐得离宛帔稍微近了些。

静漪绕过屏风前，回头看了一眼，翠喜恰好站在她身前，挡住了陶骧一大半的身影……她咬了咬牙，出了房门。

外间静悄悄的，杜氏带着青黛等人正守在外面。看到她出来，杜氏停止了数念珠，看她脸色极差，问：“怎么样了？可是要什么？”

“我娘说，她想要一枝杏花。”静漪低声道。

杜氏一怔，她与宛帔多年姐妹，知道她的习惯。她望了一眼窗外，池塘边的青柳红杏，交相辉映，实在是美不胜收。然而多日来众人都被宛帔的病情牵动，谁也没有心思去看这景致。

静漪不声不响地走了出去。

阳光刺目，她眼睛酸痛，不知不觉就流了泪。她慌忙擦了去，沿着池塘边的小径往杏花开处去……秋薇跟着她，递给她一把剪刀。她拿了，却不知如何是好。

好容易一剪下去，竟是怎么也剪不断那枝杈，原来是手上没有力气。她不自觉地蹲了下去，剪刀扔在一边……

陶骧不知何时也出来了，远远看着她，随风摇摆的树枝在她头顶晃来晃去。

他过去，伸手把那枝花折下来，将静漪搀了，说："进去吧，外面风大。"

静漪点头，看他。

"医生刚来打了针。母亲说这样可以让她痛苦轻一些。"陶骧解释道，就见静漪刚刚还有些呆滞的目光中，瞬间冒了火星。

然而她还是忍耐着，只说："谢谢你！"

他将杏花放到静漪手中，说："进去守着吧。"

她走开了，藏青色的袍子，在满目春光中仿佛是清水中的一点墨。分明是很小很薄的一点，却不知怎的硬是有着把所有的明媚都给遮蔽的力量，让这满目春光都暗淡下去。

…………

"小十一直不吃东西？"之慎问道。

过了晚饭时间，之慎过来探视。杜氏到隔壁房间休息去了，外间只剩下陶骧和他。

陶骧点点头。

"这么下去，她会先垮了。"之慎着急。

"晚上医生会再来，也给她打一针。"陶骧说。

他有些担心静漪，早前医生在，她与医生有过一场对话，不知他们究竟都谈了些什么，此后医生再来，她没再询问任何问题，只守在床边，寸步不离，就像对着一个幻影，生怕呼吸重了，幻影都会破灭。

陶骧看看之慎，问道："父亲呢？"

之慎沉吟，低声道："晚一点一定会过来。"

屋子里沉寂下来，只听得到外面轻微的风声。

突然里屋传来杯碟坠地的清脆声响，打破了这沉寂。陶骧和之慎同时一怔，就连刚刚从隔壁房间出来的杜氏也是心头一紧，忙问了句："怎么？"

里屋房门一开，翠喜慌乱地跑出来，说：“太太不好了，快叫大夫……”

杜氏忙吩咐人去，自己定了定神，走了进去。

这些日子来她几乎是衣不解带地守在这里，原本已是极为熟悉的房间，此时却有种说不出的陌生感。屋里所有能开的灯都开着，亮如白昼。静漪跪在床边，僵直着身子，听到有人进来也没有反应，只握着宛帔的手。宛帔紧闭着眼。

杜氏眼里一热，泪滚下来，伸手扶着静漪的肩膀，说：“漪儿……”

细碎的脚步声接踵而至，两名医生赶到了。

静漪却伸了手臂拦着，说：“不用了，别让她受罪了，求你们了……”

杜氏叫道：“漪儿，你父亲还没回来……”

“此时不来，也就不必来了。”静漪站起来，回身说道。

“小十！”杜氏脸色一变，喝道。

“母亲。”之慎低声道，示意医生快些上前。

静漪僵着身子不动，陶骧硬是将她拉过来。

静漪没有再反对，她看着德国大夫手中那晶亮的针扎进母亲细瘦的手臂，那只手刚刚还被她握在手中，艰难却温柔地摸着她发际的胭脂痣……她忍不住浑身颤抖起来。陶骧轻轻地将她拉近，让她靠在身前。

杜氏见状悄悄地屏退左右。

“老爷来了！”

伏在陶骧胸口的静漪听到这一声通报，猛地抬头，正看到父亲走进来。

杜氏站在门口，对程世运摇了摇头。

陶骧见程世运一身黑衣，原本就瘦削冷峻的面孔，此时看来越发的瘦削冷峻。他显然是刚刚换过衣服，黑衣纤尘不染，除了手上拿着一本册页，再无他物。他进了门，除了与杜氏交换过一个眼神，并没有再看屋子里的其他人，包括静漪。

静漪看着父亲，那眼神冷得简直要冻住人。杜氏发觉了，陶骧也发觉了。

程世运挥了下手，医生们首先退了出去。

陶骧硬是将静漪带出了房间。静漪眼看着房门在他身后被合上，清醒过来，立即就要回去。

陶骧拉住她，低声说：“你给父亲一点时间。”

静漪水汪汪的眼，眼白似是被染红了，而且越来越红，呼吸急促，显见气息是在被她强制性地压住，才没有在这个时候爆发。她没有动。

陶骧说："还有很多事要做，你冷静下。"

"我没法冷静……我娘……"她转身对着房门。她看不到里面是什么情形，越是看不到，心里越痛苦："这个时候，还有什么用？"

"他们毕竟是夫妻，静漪。"陶骧终于说。

静漪的肩头松了一下，只有一瞬。陶骧就见她藏青的袍子闪着光……

静漪终于忍不住闯了进去，看到父亲端坐在母亲床边，握着她的手，似乎在跟她说着什么，她松了口气。

真的松了口气，她甚至拿着手帕擦了下额头的虚汗，要后悔自己沉不住气了……然而她走近了，走到父亲身后，看到静静躺在床上的母亲——安详的、面带微笑的、美得不可思议的母亲……

"娘？"她扑过去，抓着母亲的手，"娘！"

那手已经冷了，再不会回应她了。

她哽住，回头看了木雕泥塑一般的父亲，猛地抓住他的手摇着，说："叫她……父亲……叫她起来，叫她起来，我有话说……娘，娘我有话和你说，我有话说……我后悔了，后悔死了。我不该答应你……你凭什么就那么把我交代给他，凭什么就放心了，不管我了……"

她已经混乱了，就想着怎么把母亲摇醒。

看上去她就是睡着了……睡着了，还是能叫醒的……

"给她打针！给她打针！让她醒过来……"她喊着。

"静漪！静漪！"有人在叫她。

她就想推开他，甩开他，只是眼前忽然就黑了……

静漪一直觉得有只温暖的手在牵着她走出黑暗，可是她不想走出去，她宁可从今往后都在这黑暗里。她生命里曾经有过的光，都消失了……

她翻了个身，蒙眬中只看到一个侧影，心头的震颤让她在这一刻几乎无法呼吸……好久，她才挣扎着起来。

秋薇肿着眼睛，悄悄地把她要穿的衣服拿过来。黑的，全是黑的。

她穿了，下床来，穿上那粗麻覆着的鞋。不用秋薇伺候她，她安静地将粗麻孝服穿上。发簪也全都换成了银的，闪着银白的光，亮得刺目。

她转身时看到陶骧，一身素服的陶骧，沉默地站在那里，看着她。

她没有说别的，只道："拜托你了。"

陶骧点了点头。

静漪走出房间的时候，他并没有立即跟上去。他觉得她需要自己单独走这么一段路。深沉的夜色中她的身影惨白，却越发显得坚强而有韧性。

她正专注于做好一个孝女，事实证明也没有人能比此刻的她做得更好。只是她并不哭。

反而是同样作为孝女守灵的其他姐妹，该哭的时候，都比她哭得更动情。而她跪在灵堂上，就像一个雕像。

停灵三天，她夜以继日地守在那里，没有离开半步，谁劝也没有用，整个人迅速地憔悴和消瘦下去了。

一切都按部就班地进行。程家给二太太冯宛帔在丧礼上的规格虽然没有正房太太的礼遇，却也不同于寻常侧室。唯独在对遗体的安置上，程家人产生了分歧。按照程家的传统是要土葬的，但宛帔生前要求火化，并且不留骨灰。静漪坚持遵照宛帔生前的意愿，程世运却仅仅同意火化。

静漪又没有拗过父亲。

当静漪捧着母亲的骨灰回到程家时，被提醒不能从正门进入。她站在阶前，抱着似乎是余温犹存的骨灰坛，一言不发地站了好久。这朱漆大门的府邸，她母亲耗尽一生的地方……却生前死后，永远是侧门出入。

她死死抱住骨灰坛。

"十小姐，快些进去吧。里面都已经预备好了，别误了时辰……"说话的是程大福。

静漪没有看他。

"难不成你还想让你娘从大门里进去？你把母亲摆在什么位置？"忽然间一个尖细的声音在一旁道，"就算什么都依着你了，这一条可也不能。帔姨生前也没这么教导你吧……"

静漪听着，也不去理会到底是谁说的这些话。

"还不住口！"之慎怒道。他声音沙哑，脸色也并不好："帔姨刚过世，父亲母亲都在悲痛当中，谁也不准生事！"

陶骧站在静漪身后。静漪立于程府门前的身影，此时倔强得如沙漠中的一株仙人掌，悲伤，且孤立。

忽然，静漪一转身，抱着骨灰坛转身离去。之慎愣了一下。

在众人错愕的目光中，静漪上了车。

“去怡园。”静漪吩咐道。

程之慎追上去，喝道：“小十，里面正等着呢！你这是要做什么？”

静漪说：“我要去怡园。怡园的正门，我娘可以进。”

之慎脸唰的一下就红了，额上青筋跳起。他刚要发火，被陶骧伸手拦住，说：“九哥，先别动怒。麻烦九哥进去禀报父亲和母亲，说我们晚上过来请罪。”

“这怎么能行！”之慎说。他万万想不到一向懂事的静漪，在按部就班地配合着将帔姨的后事办到这个地步时，居然会因进门一事横生枝节：“进去上香，明日就……牧之！”

陶骧摆手上车。车门一关，司机立即开了车。

之慎脸上由红转黑，狠狠地瞪了身旁的之鸾一眼。之鸾却毫无惧色，一回身先走进大门。

程大福见事情已然这样，在一旁提醒之慎道：“此事非同小可，还是快些进去禀报老爷和夫人，请他们示下。”

之慎怒火中烧，积压了好久的愤懑统统涌上来。他将袍子一提，甩开大步上了台阶。

此时车上，静漪木然地坐在那里。

“对不住。”她说。明知道自己这样意气用事，后患无穷，她就是控制不住。

“你没对不住我的地方。可是静漪，你想过没有，你伤心，父亲可能更伤心？”陶骧问。

车子忽然猛地刹住，静漪猝不及防，整个人往前方的座椅上撞去，还好陶骧反应够快，急忙把她环住，护好了才抬眼瞧前面。

司机见险些闯祸，回过头来说：“对不住，七少。”

陶骧看他脸都白了，皱眉。

“不怪他。七少，看。”坐在前面的马行健说着，一指前方。

车前几个日本浪人，其中一个正一手拿着酒坛子，一手捶着车前盖，骂骂咧咧的。马行健是懂日语的，听那浪人骂得难听，看了看陶骧，等他的指示。

陶骧冷着脸，说：“开过去。”

“是。”司机听了这话，重新发动车子。

这些日本浪人平日在这一带也恣肆惯了，见这辆车子没有被吓到，反而后退一程之后，加速冲他们开过来，急忙四散躲闪。

陶骧看了看静漪，静漪点点头表示自己没关系。

“真不知道这北平市长是怎么当的，难道连段司令也变得好脾气起来了吗？街上流氓横行，还让警察署长稳坐其位？”陶骧说。

“日本人在东北横行不是一日两日。在北平还算收敛，并没有惹出什么大事来。”司机小声说。

“惹出大事来就晚了。”陶骧看了看这北平城内宽阔的街道，沉声道。

静漪虽在悲痛中，仍能体会陶骧此时的心。当日街头的示威游行，正是因了这一岛国强盗行径而起，他们是亲身经历过的。

下车时陶骧主动从她手中将骨灰坛接了过去。

她起初不肯，陶骧一句话，让她松了手。

他说：“你心神不定，别让娘摔了。”

她眼中蓄了泪，看着陶骧稳稳地走在前面，走进了怡园的大门。她仰头望着怡园高高的门楼……其实，母亲当年嫁给父亲，进的应该是这里的门吧？她眼前有些模糊。

进去看到母亲被端正地供奉在堂上，陶骧正在上香。她过去站在陶骧身旁，跪下去一同磕头，伏在蒲团上长跪不起……

好容易才劝得静漪去休息，陶骧吩咐秋薇好好照顾，他出去给程世运打了一个电话。

静漪听得到他在讲电话，声音不高不低，他也并没有回避她的意思。她缩着身子靠在床头，隔了很远的距离，看陶骧的侧脸……他放下电话时回了下头，似乎是在看她。只停了一会儿，外面有人进来，低语一阵，他也就走了。

“小姐，睡一会儿吧。”秋薇从外面进来，拧了把热毛巾给她擦脸。静漪沉默的样子，看上去很吓人，她有些胆战心惊：“姑爷让告诉你，他有事出门，顶多半个钟头就回来的。”

静漪接了毛巾把脸盖上。

秋薇守在床边坐下来，她又担心静漪，又念着宛帔的好处，不禁抽抽噎噎地哭起来……好久，一只手伸过来，放在她肩膀上。秋薇急忙抹着眼泪，回头看静漪人虽然躺着，却望着她，伸手过来给她擦着眼泪，眼泪又涌出来：“小姐，我难受……”

静漪的手背蹭着秋薇的下巴，说：“有人来了，你出去看看是谁。”

话音未落，果然就听外面有人敲门，说：“十小姐，九少爷来了，请十小姐前面去。”

静漪强撑着起来，说：“知道了。”

她没有丝毫的犹豫，也没有刻意去把自己收拾利落，只将鞋子穿好，款步走出了卧房。

她出门前还回头看了看这卧房——还是新婚洞房的样子，火红的一片，连那联珠瓶，只剩下一个，孤零零地还在那里，似乎新婚之夜的枪声都未远去……短短的几个月，沧海桑田。她终于还是失去了最重要的人。

静漪来到正堂，已看到之慎立于灵前，正在上香，她走进去站定。

之慎行过礼，转身望她，目光是前所未有的复杂。静漪没有像往日一样，叫他一声九哥。他也并不想和静漪在这里多说话。他来的目的就是将宛帔的骨灰带回程家大宅。

静漪知道之慎的来意，说：“不行。”

之慎大声说：“你不要让帔姨不得安宁！”

“我是她的女儿，跟着我，她不会不安宁。”静漪说。

之慎气极，当下也不啰唆，喊了句：“来人！”

跟着他来这儿的，有宝爷和许多程家的家丁。

静漪转身挡在门前，说：“难不成要动枪？”

“十小姐，我们是奉命请二太太回家的。说句不该说的话，二太太一生为程家鞠躬尽瘁，小姐这么一来，二太太泉下有知，该伤心了。”宝爷说。

静漪不动了，宝爷是老家人，她一向对他有份尊重，他这么说，有他的道理，但是她也有她的坚持，不能听从这样的劝告。

“十小姐，别让老爷和太太伤心。”宝爷又说。

静漪仍不肯后退一步。后退，也后退过很多回了；伤心，还有谁伤心得过她？

“小十，你是要让人看程家的笑话？”之慎怒道，“我不知道你为什么就这样起来，但我不能让你一意孤行。跟我回去，你亲自跟父亲解释。”

“慢着！”陶骧从外面进来了。平时不离他左右的亲随此时一个不见，但他单独进来，却是谁也不敢忽视。他站到静漪身边，说：“九哥，自己家人，还是不要这样。”

之慎看看他，说：“静漪今天这么做，足以令程家蒙羞。”

“九哥言重了。静漪只是舍不得帔姨，她从不会做令程家蒙羞的事。”陶骧有意无意地，挡在了静漪身前。

之慎沉默。

陶骧转过身来，看看静漪，说：“我陪你回去见父亲和母亲。你舍不得娘，也得征得他们同意。”

他没有等静漪回答他，示意秋薇把静漪的大衣拿过来。

“九哥，我同静漪跟你回去，要打要罚由父亲做主。帔姨在这里，不要惊扰先人，如何？”他望着之慎。

之慎原本也不欲难为静漪，见陶骧如此说，也就带上宝爷先走了。

“我自己回去就可以了。”静漪说。迟早都要面对，她也不想逃避，可她不知为何，不想陶骧和她一起去。

陶骧看看她，道：“我送你过去。”

她的嘴唇都被咬得青紫一片，分明是在极力克制着自己，这样下去，不知道会闹到哪般田地……

程家大宅门前仍挂着灵幡，雪白的灯飘在风中。

陶骧亲自开车，随着前方之慎的车拐进了宅内，绕了好久才停下，从桐荫书屋的后门走进去。之慎在前面等着，静漪跟上去，陶骧走在她身后。

当她在书屋门前站下，发现陶骧已经不在她身边……她后来才知道，陶骧应是被要求回避了，况且他确实也不便在场。

“父亲在里面。”之慎低声道。

静漪抬眼一望，说：“知道。”

“小十，别让父亲伤心了……”之慎说。

静漪绕过他，推门而入。

程世运背对着他们。

静漪是从小看惯了父亲这样冷漠的如同悬崖峭壁的背影，可从没有哪一刻，比此时更让她觉得透骨寒凉、距离遥远。

程世运缓缓地转过身来，说："你好大的胆子！"

静漪昂着头。

"你可知道，她除了是你的母亲，还是我的太太，是程家的二太太？"程世运问。

"现在，她就只是我母亲了。以后她和我在一起，就没人敢不尊重她，用她的身份羞辱她，也没人再利用她。"

"利用她？"程世运看向静漪的目光，散淡中有几分冷酷。

若在往日，静漪必然心生畏惧，可此时，她竟视若无睹。

之慎在一旁却看得心惊，他隐隐觉得今晚应该有些什么事情，已不能避免。

"父亲敢说，从未利用过她对您的心意？她从来不会违背您的意志，就像我不会真的违背她的意志……我离开北平前，你们明知她病重，就不该瞒着我。的确我学医不精，且我万万没有想到你们竟忍心一再骗我，骗得这么苦。父亲，她是生下我的人……照您说的，她是程家的二太太，是您的太太……可是父亲，她是不是首先是程家的二太太，此后才是您太太，最后才是我娘？"静漪说着，心口剧痛，"父亲，我娘一生也许做过许多错事，她最错的，就是嫁进程家，嫁给您……她害了自己，也害了我……"

"小十！"之慎大喝一声，"不准你这么跟父亲说话！你知不知道父亲……"

程世运一抬手，之慎只得闭嘴，可他看向静漪的眼神更加复杂。

静漪却没看他，只望着程世运，道："父亲，您可有那么一点点的人情味？妻妾、儿女……都是什么？随时都可以挪动的棋子吗？"

之慎一把扯过静漪："小十！"

"你别拦着我！"静漪推开之慎。

"让她说。"程世运道。

"小十，住口！"之慎也大声道。

静漪转脸冲着之慎道："为什么不让我说？我为什么这么说难道你不知道？如果不是父亲，我何苦到今天？我怎么会嫁给我不爱的人，我怎么会对我娘都不能尽孝……他毁了我娘，也毁了我，我恨他……"

啪的一声，静漪脸上中了一记耳光——

之慎的手还停在半空中，他脑中一片空白。

这一巴掌打得够狠，好一会儿静漪耳中还嗡嗡直响。之慎想过来扶她，被她狠狠推开。鼻中有股液体流下来，她抬手抹了下，可无济于事，那液体还是顺着上唇往下流。很快就流进唇间，又腥又甜……她又抹了一下，血在脸上抹开，让她脸上有种恐怖和狰狞。

之慎心里顿时又悔又急，咬着牙说："你不该这么跟父亲说话。"

静漪说："这些话我也忍了太久了……父亲，如果您还念着一点我娘的好，她的骨灰，便让我带走。日后……程家就算是搬进紫禁城，也跟我们母女无关。"

"小十，你神志不清了吗？！"之慎不认识似的看着妹妹。

静漪抬手擦了下脸上的血，好半晌，她从衣襟下掏出一个信封来，看了看，才说："九哥要是不明白我为什么会这样，不妨看看这个……"

之慎一把抽过去，打开信封，只看了一眼，脸上立即变了色。

他的样子，静漪看在眼里。

之慎立即将信封双手呈给父亲，程世运却没有接。

"父亲，是孟元的事。"之慎脸色并不好看，但很冷静。

静漪点了点头，说："果然父亲和九哥都心中有数，三哥那就更不用说了。那么当日我问父亲，父亲就该坦然相告。我当时对父亲说过的话，今天兑现。父亲就不要怪我。"

之慎听到这里，立即转脸问静漪："这些文件，你哪里来的？你跟他们还有联系？小十，你听我说，这不是不能解释的事情……"

"人都死了，要解释何用？至于哪儿来的，九哥就别问了。"静漪摸了下脸，"九哥以后还是别轻易动手打我。我现在可遂了你们的心愿，是陶家的媳妇了，打狗还要看主人的，是不是？"

之慎原本已难看的脸色更难看了些。

静漪转向父亲。

"之慎。"程世运转身。静漪看到他身影移开，母亲的骨灰坛赫然在他书桌上安放，顿时大惊。她想要过去，被之慎拉住。

"是，父亲。"之慎拦着静漪。

“这会儿没你的事，你先出去。”程世运说。

“父亲……”之慎显然是担心接下来发生的事。

“出去。”程世运说。

之慎只得退出去。书房里只剩父女二人。

静漪看着父亲，他的手落在骨灰坛边，不动，然而一旁那盏台灯，仿佛是聚集了世间最温暖的光，不但他的手，就连那洁净如玉的瓷坛，也莹润温和起来……她怔住，只有一瞬，心尖儿像被掐掉一样，转瞬便更加疼痛。

程世运说：“我程世运的太太，没有不进程家祖坟的道理。”

静漪呆住。

程世运看都没有看女儿一眼，说：“如你所说，既然你已是陶家的儿媳妇，既然你还知道，还认为你是陶家的儿媳妇，回去做好你的本分。至于我程世运的女儿你还要不要做，随你。但你敢让我的太太九泉之下不得安宁，试试！之忓！”黑影子一样的林之忓不知从何处冒出来，无声无息地出现在静漪身后。

“带她出去。”程世运说。

“是。”林之忓答应着，将静漪强行带出书房。

之慎一见，本想阻止林之忓，却被程世运召唤，急忙进去了。

“你放开我！我要带走她！林之忓，你就是……”她嘴唇哆嗦着，盯着林之忓。一回到程家，林之忓也就不是曾经与她出生入死过的之忓大哥了。

“我就是老爷养的狗。小姐，我得记得谁给我这口饭吃。”林之忓看到静漪脸上那悲哀的颜色，“小姐也该记得，是谁给了小姐这条命。”

静漪定定地瞅着书房窗里那个影子，说：“给了我命，就可以拿我去换东西？就可以拿我去实现抱负？我到底是人，还是物件？”

林之忓不语。

静漪声音压得极低，这是她早已明白，但耻于承认、又不得不面对的事实。

她仰头望着黑暗的天空，只觉得天旋地转。她想都没想要扶住什么来做依靠，仿佛到了此时，她的确是没有什么可以再失去，也没有什么要特别留恋的了。

她退了几步，跌坐在地上。

林之忓想要扶她，听到身后有人说：“让我来。”

是杜氏。她亲自过来，将静漪一扶。

静漪见到嫡母，忍着眩晕，张口却说不出话来，只是望着她。

“漪儿。”杜氏柔声唤她。

她却往杜氏身旁看看，就好像这还是她母亲在世的时候，看到嫡母，身旁总会有她母亲的身影，然而这回是真的再也没有了。

她忍不住想要放声痛哭，可是喉咙却被什么堵住了似的，无法发声。

杜氏将静漪搀起来，扶进屋内，说：“漪儿，你坐下。我有话和你说。”静漪却摇头。

杜氏看看身后的之鸾，说：“之鸾先出去吧。”

之鸾狠狠瞪了静漪一眼才出去。

杜氏转向静漪：“往常你们姐妹不管怎样，面上总是和睦的。之鸾虽说的没错，却也不该，我已经说过她了，这倒是我素日持家无方的缘故……你替你娘抱屈，也是应当的。你娘无论才貌，都当得起一家主母之位，这自不待言。”

静漪见杜氏面容暗淡，可见是真伤了心的。她跪了下来，说：“静漪今天伤了母亲的心，向母亲请罪。母亲知道，静漪不是这个意思。”

“你是这个意思，我也不怪罪你；不是这个意思，我反倒担心。”杜氏细细地看着静漪。

静漪抬头。

“漪儿，你同你父亲说的话，我也听了些。旁的我不便插言，但你那样揣测他待你娘的心，太不该。”杜氏慢慢地数着珠子。静漪原先还有些团团的脸，瘦下去就更像宛帔，尤其眉宇间一团悲色，憔悴不堪的样子……杜氏一把捏住珠串。

“母亲，我得走了。”静漪说。

“至少过了头七再走。”杜氏说。

“人都不在了，这些虚礼我还要守着做什么。”静漪低声道。

杜氏看静漪眼下一片深重的阴影，叹口气，道：“我也乏了。漪儿，就先由着你吧！只别忘了你娘说过什么，你又答应了她什么。你要和陶姑爷好好地过日子。陶姑爷是你夫婿，将来你是要和他过一辈子的。还有，你须记着，你娘不在了，我依旧是你的母亲。”

静漪郑重地给杜氏磕了三个头，有好一会儿，她伏在地上不动，再仰起脸来，已经满脸泪痕。

杜氏知道她有话要说，静等她开口。

静漪说："母亲，恕静漪不孝了。静漪还是想带娘走，还望母亲……"

杜氏狠狠地将手串向静漪身上掷去，毫不犹豫地骂道："糊涂东西！这岂是你一个女孩家该有的主意？你这是非要走到不可转圜的地步吗？"

静漪抿着唇，俯身再拜。

"你娘是程家的二太太，她的骨灰要入祖坟，牌位是要进祠堂的，哪有跟着你这个出嫁女到外姓人家里去的道理？你这是要造反，还是你另有主意？"杜氏目光如电，望着静漪，像要照进她心底去。

"母亲……"静漪抬头，心钝钝地疼着。

"漪儿，你可不只是你娘的女儿，你是程家的女儿，是你父亲的女儿，也是我的女儿。"杜氏说。她不看静漪，此时她头疼欲裂。宛帔过世令她悲痛，连日来她也是强撑着不要露出疲态："我的话，你好好琢磨下。虽说程家养女儿，不是为了有朝一日用得到，可是程家若是用得到那个女儿，也该是她的荣耀，不是耻辱。当日你也不是不明白，履行婚约势在必行，不然以你的性子，如何肯呢？彼一时，此一时，情势不同，道理一样。到如今不管这里面有什么，你都要咽下去。"

静漪听着，止不住浑身颤抖。曾经心心念念的情人、最亲爱的母亲、纷乱复杂的过往、惦记牵挂的亲人……统统在这一刻来到她面前。在那个绝望纷扰的时刻，她背上的包袱，也给过她继续活下去的支撑——的确是她自己选的，选的时候也知道，是再也不能轻言放下……她牙都要咬碎了。

杜氏轻声说："程家是你娘的容身之所，你要带走她，是不可能的。就算你与程家决裂，也不会容许你这样做。"

静漪望着嫡母，昏黄的灯影中，嫡母慈祥的样貌渐渐开始模糊，仿佛有什么东西正在或已经离她远去……她哽咽，将杜氏扔到地上的手串捡起来，交到她手上去。

杜氏胖胖的手，握了手串，也握了静漪的手，说："漪儿，你娘不在了，还有我。"

静漪低头，额头触到嫡母温暖的手上……她仿佛触到的是母亲宛帔的手，从前她这样撒娇，母亲戳戳她的额角，镯子滑下来，在眼前晃，那是多么暖的时光……

杜氏摸着她的头，说：“早些回去也好。在这里，我们倒彼此伤心。等缓一缓，你也想通了，也都静了心，我叫人接你回来住些日子……”

她一贯温和的声音，说到这儿也失去了常态。

静漪低着头，一滴两滴的热乎乎的泪落在她脸颊。她已不敢抬头，生怕触到了什么，自己也就溃不成军。

“母亲，还有一事……从前跟随我娘的人，还请母亲看在与我娘的情分上，善待她们。”静漪轻声说。

杜氏看了她，点头道：“程家没有苛待下人的规矩，更不是养不起这几个闲人。况且，杏庐的人，老爷日后自有安排，这个你不必担心。你……去吧。”

“请母亲多保重。”静漪磕了三个头，站起来。

在出门的一刹，她回头看了眼杜氏。杜氏挥了挥手。她硬着心肠出了门。

“你站住。”

她听见一声轻斥，是之鸾。一回身，被之鸾照着脸上来了一巴掌。

“七小姐自重。”林之忓赶忙过来，没等之鸾第二个巴掌扇过来，果断将静漪推开。

之鸾恨恨地瞪着他，转而对静漪道：“说你狐媚子霸道都轻了！怎么还仗着自个儿嫁进什么陶家去，连娘家都一体地轻贱了？你也不想想，没了你娘，在程家你算什么东西？没了程家给你撑腰，在陶家你可挪得动一步？不稀罕这个家，从此以后就别回来！”

静漪冷漠地看了看之鸾，说：“七姐骂了解恨，就骂，反正这也是最后一次。”

之鸾盯着她，冷笑道：“你还咒上我了？”

“七姐保重。”静漪说完，疾步离开。

“小姐！”林之忓追上来。

静漪抬手一挥。林之忓看了，不由得脚下一滞——静漪做出的这个手势，他是再熟悉不过的……深重夜色中的程家大宅里，宽阔的石板路被电灯照着，在这最明亮的路上，十小姐程静漪的衣袂被寒气压着，她的身影，渐渐远去……他还是跟上去，只是远远的，仿佛隔着山、隔着水，看一只受了伤却仍然倔强地扇动着翅膀飞翔的蝴蝶。

当他看到十小姐的夫婿等在前面，终于停下了脚步……

陶骧把手套摘了，一手探到静漪的面颊上。

静漪已经疼到麻木的脸，完全感受不到他的轻触。

陶骧看到她鼻子还在流着血，让她仰了头，拿起手帕便按上去。她明明是想推开他的，最终却只扶着他的手腕，僵直地站住了。

他一声不出，手腕间的力量却充满了怒气似的。

她就这样站着，满眼是天幕上缀着的细细碎碎的星，鼻端充溢着浓之又浓的血腥味，喉咙里那些想要吐出来的细细碎碎的字，更是连不成句。

“陶骧……”她按着手帕，把他的名字叫得含混不清。

他突然靠近了她，单手扶了她的颈子，让她贴近他，低声说：“陶太太，当着人，最好还是别连名带姓地称呼你的先生。”

她愣住了。

宛帔头七过后，静漪随陶骧离开北平。

程家来火车站送行的是程之慎。

之慎看着静漪脸上的伤，说：“那日我是急了，不该动手打你的。”

“九哥，”静漪沉默良久，终于还是开了口，“九哥从来都是护着我的。我有委屈，九哥又何尝没有委屈呢？”

她声音太轻，之慎听了却又觉得太重。

“那晚九哥若是一巴掌打死我，我还得谢谢你，从此我也是一了百了。九哥听我说完……七姐厌烦我，但有一句话她总没说错。在程家，没了我娘，我什么都不是；没了程家，我在陶家，也什么都不行——起码在外人眼里，是这样的。至于到底是不是这样，九哥，内情没有谁比你更清楚了。”她停了停，转脸望着呆了脸的之慎，“九哥，往后做事千万稳健些。若再出差错，可没有妹妹可以嫁了……”

“小十！”之慎叫住她。

“九哥，保重。”静漪向在前方等着她上车的陶骧走去。

“你等等。”之慎叫住静漪。

静漪还是停了脚步：“九哥不必多言。当时是我自己做的决定嫁人，让我重新回去选择一次，我还是会那么选。其实我也是无路可走……所谓不得已，为了程家，为了九哥，不过是借口。可这并不是说，你们把我当个物件就是对的。我不是物件，我是人。”

之慎叹了口气。

静漪没回头，之慎的叹息在嘈杂的环境里，清晰可辨。

“小十，九哥谢谢你。另外有些事，不该我来说，但是有一样，我一定要告诉你。父亲差点没有能够赶上同帔姨见最后一面，是因为他赶着去了天津。帔姨病危，父亲一周内三赴天津，都是为了能够见到冯老先生，也就是你的外祖父……”之慎说。

没等他说完，静漪迈步便走。

陶骧等她走到身边，扶了她一下，让她先上车。他对之慎点头致意。

之慎向他走过来。

离开车时间还早，两人站在月台上，静默了半晌，之慎将手中的一个织锦盒交给陶骧，说：“这个交给静漪。她明白这是什么。”

陶骧将织锦盒接了。

“上车吧。到兰州之后，记得报平安。”之慎说。

“好。”陶骧没有说别的，只是伸出手来，和之慎握在一处。

“拜托你了。”之慎又说，他望着陶骧，补充道，“照顾好小十。你要让她受委屈，我这个做哥哥的，可不答应。”

陶骧戴上手套。之慎后退了两步，看着陶骧上了车。

火车鸣笛，呜呜出声，列车员将车门关好，陶骧对着月台上的之慎挥挥手。

待火车起动，缓缓驶出站台，之慎跟着火车，走到了站台尽头。软包车厢紧闭着门，只看到窗前有几个身影，那是陶骧和他身边的人，并没有静漪在内。

火车渐渐远去……

火车一开，静漪就闭上了眼。车厢里有轻风，吹在脸上，渐渐觉得凉。身上覆上了暖又轻的裘皮毯子，绸缎里子极顺滑，贴着她的手背，像温柔的抚触……她过了一会儿才睁开眼。

陶骧坐在对面，一边喝着咖啡，一边运笔如风，桌子上一堆书报文件……被她这样看，他眼皮也不抬一下。稍后他敲了敲包厢门，将手上的一摞文件都交给了岑高英，回来依旧坐下，才望了她一眼。

静漪侧转了脸，望着窗外。她那留着青紫掌印的半边脸，正对了陶骧。

陶骧把身边那个织锦盒放到她面前，说：“这是之慎让转交给你的。”

长方形的一个织锦盒，姜黄色底子，浅浅的纹路，是盛开的菊花纹样。有些老旧，象牙扣襻上已经生了细纹。她打开那象牙扣襻，掀开来，盒子里是两本薄薄的画册，装帧一模一样。其中一本多了两篇台阁体书写的诗词，字迹丰润端庄、雍容有度。她看着落款，手止不住地颤抖……她将册页放回织锦盒中，一双手按在锦盒上，仿佛把什么一并封在了里头。

呆坐良久，她忽然伏在枕上，将毯子拉高些，蒙住了头脸。

天色暗下来，陶骧起身将窗帘拉好，拧亮了灯。他看了看她，将裘皮的一角掀开。

静漪抬手遮眼，陶骧拨开她的手，看了她泪湿的面孔一会儿，沉声问道：“你要这样作践自己到什么时候？是不是岥姨走了，你要跟着走才算尽了孝？”

静漪仿佛心口被猛地扎了一刀，她盯着他的眼睛。陶骧看清那她几乎想要把自己撕碎了似的的眼神，说：“谁也替不了你伤心，我倒也不想管你。可你一味这样下去，也于事无补。”

静漪冷得发抖，这车厢里简直一丝暖气也没有。

陶骧深沉的目光落在了她的脸上，象牙白色的光洁的额头上，潮湿了的刘海纷乱着。他替她将刘海儿拂到一旁，发际的胭脂痣跃入眼中，他的手指在那里一顿。片刻，他收回手，正要起身走开，却被她握住了手。

他看看她，说：“我出去抽支烟。”

他待要起身，静漪死死拉住他。就在他发愣的一瞬，她干裂的嘴唇印在了他的唇上……她清凉的呼吸和冰冷的唇同时袭来，让他猛然间意识到，她这是要做什么。

陶骧将她推开了。推得有点狠，静漪跌回去，撞在座椅上。背上剧痛，可她咬着唇，不让自己出声。

陶骧看她忍痛，眯了眼。他看着她发际的红痣，忽然倾身向前，手扶在她颈间，滚烫的唇碰触了下那点嫣红。他能感受到她身体在他掌下的战栗，心也就紧了紧。

“这实在不是个好时候。”他嗓音已经低哑到他自己都听不清了。

她闭上眼睛，仰了脸去亲他，知道他总是热乎乎的一个人，仿佛就这么紧紧地靠着他，这暖意便会给她一丝力气……陶骧被她缠得燥了，打横将她抱起，一转身便把她放在长椅展开的裘皮毯上。

她睁开雾蒙蒙的眼睛，望着他。然后在他俯身再也没有丝毫犹豫地亲吻她的时候，她喘息着，伸手去扯着他的毛衣……当她的手触到他灼热的身体时，仿佛被烫到似的，停了片刻，缩手回来，不知所措了。但她的手一旦离开那灼热，又好像更加不知所措……他的亲吻也停下来。

她吸着气，缓过来，心跳得更加迅疾，眼里就充了泪。

陶骧看着她，将她的手捉住。

静漪咬着嘴唇，咬得有些狠。

他低头，轻啄她的唇，低声在她耳边说："放松一点……"

她闷闷地应了一声，紧绷的身子却依旧没有一点松弛的迹象。随着他的亲吻再次加深，扶在她颈间的手，灵活地解开了她颌下的纽扣。

火车轮子压过铁轨，咔嚓咔嚓的响声中，纽扣被解开的节奏，与那响声相合，也仿佛同她的心跳相合……他的手覆在她胸前，轻轻一握，她忍不住咬住了他的唇。

陶骧僵了一下，他稍稍抬起身子，看着静漪。

她紧闭着双眼，不住地试图靠近他，她的样子是有些糊里糊涂的……分明已经情热，他是不能在这个时候停下来的。可是他原先并没有打算这样要她。

身体和头脑似乎在往两个方向去，他就在此时清醒了片刻。

他撑着手臂，就那么看着她。银白色的裘皮上，是静漪的身体，曲线毕现。她洁净如玉，她皎皎如月……柔的软的弱得很，这就更给他一种想即刻便把她揉碎了的冲动，揉得细细碎碎的，甚至毁掉她，毁得彻底。他甚至能觉察出自己那从脚底到头顶每一个毛孔都有跳动的火焰。

他缓慢而轻柔地亲吻着她，在她身上游走的双手，试图让她渐渐地放松、柔软，他耐心地等着她……只是这个过程有些过于漫长，但他不得不等待。他终于等到她，果然稍稍放松、柔软……他挺身，立即感到她紧绷了起来，抓在他腰间的手，指甲简直要嵌进他的皮肉之中。比起焦躁的痛苦，这点小伤简直微不足道。他额上满是汗珠，轻声安抚着她，道："一会儿就好，一会儿就好……"

这句话仿佛是麻醉剂，从他的嘴唇间，注射进她的耳蜗中……然而疼痛却始终没有缓解。

她起先是强忍着，后来便开始哭泣，哭得难以遏制，哭得让人揪心。

他知道这些日子其实她都没有真正痛快地哭过，她需要一场彻底的疼痛和彻底的哭泣。

静漪也不知道这没完没了的痛是什么时候过去的，只知道自己紧紧抱着他的身子，像是溺水的人抱住了浮木，昏沉沉地在水上漂着，虽不知下一步会漂到哪里，可她太累了，根本不要去想。

她想着如果就这么睡一觉也好，他好不容易肯放她睡觉了。或者，也许睡着了再也醒不过来也好。

很快，陶骧发觉静漪不对劲儿了，紧贴着他的这具身子越来越烫。

他起身穿衣，从她随身带的药盒里找了阿司匹林。

她摇头不肯吃，他硬是逼着她吃了下去。她轻声和他说谢谢，不知说了多少回，终于不说了，那是她已经烧得糊涂了。

陶骧开门出去。没有人守在近前，他高声喊人。

匆促的脚步声响起来，他看清先跑过来的是阿图。

陶骧告诉阿图，传他的命令，原定计划有变，到达太原后，立刻去医院。

拾叁

易聚易散的云

静漪这一病缠绵病榻又有月余。待她渐渐好起来，已至初夏。其间她就在琅园静养。刚返家时她病得凶，连陶骧也被陶夫人嘱咐不要打扰她。后来陶骧军务繁忙，连家都顾不上回了。静漪人在病中，颇有段日子晨昏不辨，有时连守在身边的人都认不清，他在不在家、来没来看她，这些她都不放在心上，倒是看不见他的时候，她心内轻松些。

开始胡医生每日会带着看护来给她打针派药。待她病情稳定些，就停了西药，遵陶老夫人之命服汤药调理。那汤药极苦，她初时很喝不惯，要忍耐着才不会吐出来，后来竟也渐渐适应了。

陶骧一日回来亲眼看到了静漪喝药的苦状。静漪原本就白皙，病得久了，又难得晒太阳，更显苍白，喝了药简直面目发青。偏偏她又不叫苦，汤药总喝得一滴不剩……他看得都直皱眉。秋薇心疼静漪，等她喝了药就给她一颗话梅，她不吃。陶骧倒有些纳闷儿，秋薇悄悄拭泪，背了静漪，跟他解释了缘故。秋薇说从前小姐就怕苦不爱喝药，太太每次都拿话梅哄她的……后来小姐大了，喝药讨话梅，倒是哄太太开心了。

陶骧深知静漪这一病不起，大半是心里来的，靠吃药是治不好的，这天再看到张妈和秋薇端着药上楼去，就让拿走。

“倒日日拿药培着，没有病也生出病来了。”

他说这话时恰好符黎贞陪着陶老夫人来了。符黎贞先一笑，陶老夫人却皱眉。

陶骧见祖母不乐意了，笑道：“我看她都好得差不多了嘛。”

陶老夫人瞅着他叹气，说：“你懂什么。”

陶骧过来搀扶奶奶，说：“是药三分毒，奶奶。”

“我说你不懂，你还不服气。先时刚进门，我就看她像是病后失于调养。别的不说，不到一年两场大病，不下工夫调养身子，日后有她吃苦的时候呢。”陶老夫人竟有些动气。

符黎贞忙劝道：“奶奶，七弟是心疼七妹呢，汤药确实苦。”

她这么一说，陶老夫人倒看了陶骧：“是吗？”

陶骧趁机道：“药是真不能一直吃，奶奶。”

陶老夫人就说：“既是这样，罢了。”

“奶奶英明。”陶骧说。

“不让她吃，你替她吃。”陶老夫人说。

这下连跟在后面的金萱银萱都笑出来。陈妈拎着一个食盒，也险些端不稳，笑道：“老太太要吓着七少爷了。”

陶骧笑道：“我倒是不怕吃苦，就是怕奶奶的好东西被糟践了。”

“你这不也知道是好东西？”陶老夫人说着便要上楼。陶骧请她先坐，看了秋薇一眼。

秋薇机灵，忙说：“老太太您请坐，我去请小姐下来。小姐说今儿身上觉得松快，正要下来走动走动呢。”她说完一溜烟儿跑上楼去了。

须臾，静漪从楼上下来了。

陶老夫人抬眼看看她，天已经热了，她还穿着夹袄，月白色的袄子，银线挑绣的花样，素素的，衬得她脸色极白。陶老夫人道：“老七你还说，你看看你媳妇儿瘦得可怜样儿！静漪过来，让奶奶看看。”

静漪并不知道她下来之前他们祖孙都说了什么，看了陶骧一眼，陶骧却不言语。

符黎贞看看这二人，笑道：“七妹，七弟心疼你整日吃药难受，跟奶奶说停了药呢。”

静漪又看陶骧一眼。

符氏又道：“奶奶，也难怪七弟说，我瞧着七妹喝那苦巴巴的药汁子也不忍的。”

麒麟抿着嘴看看他母亲，道：“我爹爹也不喜欢喝药汁子，早起还把药汁子泼了。太奶奶，要不也给我爹爹停了药吧！”

大人们听了都是一顿，一时谁都没出声。

静漪看着麒麟，招手道："麟儿好像长高了些。"她自从病着，符黎贞每日来都不曾带儿子，她有好久没见到这个可爱的小男孩了。

陶骧看了眼她的手——原本手腕就细，这下简直细得更要担不住腕上那条金镶玉链了……他一转眼，见祖母似无意间也望了一眼静漪的手腕。这时张妈过来说岑参谋来有事禀报，陶老夫人抬抬手示意陶骧只管去。

麒麟却还在看他母亲，似是在得到许可。符氏这才笑着推了推儿子，说："过去让小婶看看的……真高了吗？这孩子真让我发愁，只是不长个儿。"

"小机灵鬼儿。"陶老夫人宠爱地抚了抚麒麟的额头，"我看也是长高了些……往下天气该热了，不如趁着这时候让麟儿出去多跑跑。静漪也可以酌情出门走动走动，只是别累着。"

"是。这两日身上略觉得有些力气，我是想下来走走的。奶奶别担心。"静漪说。

陶老夫人微笑，道："瞧你这会儿连走出这个院子都不能，不知到哪天才能走出大门呢。"

"病久了腿脚是没有力气，七妹也不要着急。"符黎贞轻声说着，让麒麟回到她身边去，"奶奶，过几日我就想带麟儿出趟门。"

陶老夫人问："可是要回娘家？"

静漪习惯了陶老夫人不动声色中的洞若观火，倒没有多想。符黎贞却微微一怔，才说："是。还是正月里回过一次家。我母亲惦着麟儿，可总脱不得身来看望。"

静漪低了头，把衣袖拢了拢，秋薇给她拿了条披肩来。

麒麟回头看静漪，问："我姨妈生辰，小婶婶能不能来？"

静漪还没说话，陶老夫人先笑了。

符黎贞拍了下儿子的小脸蛋儿，道："小婶婶怎么能去呢？"

陶老夫人看着符氏，道："我倒忘了，弥贞是四月的生辰。多时不见了，她还好吗？"

符黎贞忙说："奶奶记挂。弥贞还好。总说要来给老太太请安，一来咱们家里这阵子事多，二来她也有些不便登门，就没能来。我想着这几年姐妹们都没能相聚，如今难得的，替她做做生日也好。奶奶知道，她也确实……"

"让她闲了来坐坐。她是你亲妹子，女人们不管男人们那些事，不必觉得不便。”陶老夫人说着，见静漪在一旁默不作声，便笑了笑，“看样子静漪是想出门逛逛？你若有这个力气，不妨跟你大嫂走一趟。只是你可不能小气，空着手去吃人寿酒。”

静漪知道老太太是逗她一笑，笑着摇头道：“大嫂一家相聚，我去打扰不好。”

符黎贞笑着说：“又不是不认得，不怕的。”

陶老夫人听说，问：“怎么见过吗？”

静漪看了符氏，道：“元宵节那晚在灯市遇见过二小姐。二小姐生辰，我虽然不能去，贺一贺总是应该。不知道二小姐都喜欢什么，我也好备一份寿礼。”

符黎贞微笑道：“她和你一样，也是个爱读书的。我一旁瞧着，倒是你爱的，她也都爱。”

“那就好说了。”静漪微笑道。

“我说笑的，你果真客气起来，赶明儿我替她收了你的礼，回头我也该落不是了。”符黎贞笑微微的，“弥贞回去说七少奶奶果真绝代佳人，样子好倒在其次，性子气度实在难得。”

“弥贞向来识人，这话不算过分了。只是不知原来你们还有这一段渊源。”陶老夫人道。

又坐了一会儿，福顺来请大少奶奶。符黎贞就说到了吃药的时候了，带着麒麟先走了。

静漪见时候不早，以为陶老夫人也要走的。不想老太太在符氏离开之后，倒问起静漪话来。从饮食起居开始，事无巨细。见她笑着老老实实地答话，陶老夫人忍不住又叹气，说：“真是个傻孩子。”

陶骧正巧回来，听祖母这么说，看了静漪一眼。

静漪被他看得有些局促，还好他并没有什么表示，这就坐下来，陪着陶老夫人说话。她在一旁看着祖孙俩乐呵呵地聊着一些无关紧要的事。他在祖母跟前，总是这样的温和，莫名会让人觉得像只晒太阳的猫。

“静漪，热吗？”陶老夫人问。

静漪忙摇头。

“瞧你脸红的。”陶老夫人微笑，看看秋薇，“天热了，也上心看着你主子些，别让她吃冰的东西。”

她说着就要走，静漪和陶骧送她出门。

院子里的树亭亭如盖，遮挡着烈日，静漪很久没有出来了，忽然间看到绿树阳光竟有些不适。陶老夫人让她赶紧回去。

“天儿好的话，我日日都来的。见天儿地立规矩，还立不过来呢。秋薇，快扶你主子去。”陶老夫人看看静漪听话地站住了，才满意地转身，倒又瞅了眼还跟在身边的陶骧。

陶骧问：“奶奶，我可是哪儿又做得不好了？”

陶老夫人走到阶下，待陈妈收了伞和金萱银萱先迈步出门，在轿边等候了，才说：“你倒也会问。”

陶骧晓得祖母这话不是没有来头，就笑笑，等着下文。

陶老夫人一转身，看了看琅园门内。和别处院落不同，琅园是没有影壁的——静漪还在廊下，并没有回房。看着她窄窄的月白色身影，陶老夫人说：“确实是个傻孩子……也罢了，这世上独不缺的就是聪明人，傻一点倒是更有福气。”她说着，特意看了看陶骧。

陶骧亲手打了轿帘，请祖母坐上去。将要放帘子，陶老夫人抬手一遮，说：“这些日子就别让静漪出门了。往下天气也热了，她这身子好不容易有点起色。”

“真把她当傻孩子待了？她可长着脚呢，奶奶。再说，她哪有那么娇气。”陶骧见祖母这么说，有些啼笑皆非，倒也不敢放肆地笑，明知祖母今日总有些机带双敲。

“没了娘的孩子，能娇气到哪儿去？你就是粗心大意。这一样，比起你大哥和二哥来，差得远了。就是他们也有限，何况你。”陶老夫人皱着眉，挥手让他放了帘子。

陶骧吩咐轿夫慢些走。

看祖母的小轿远去了，他回身进门。见静漪还在廊下，正想着她就算一步三寸也该挪进屋了，就见静漪身边多了个白乎乎的影子，原来是白狮。

静漪摸着白狮的大头，见秋薇拿了洋伞来，说：“出来就是要晒晒太阳，不要麻烦了。再这样蝎蝎螫螫的，我怕没几日这府里上下都要看不惯我了。”

“这有什么看不惯？难不成除了嚼舌根儿，就没旁的事做？闲来无事就知道说这个命不好，说那个不吉利……”秋薇说着便沉了脸。

“你就是爱往心里去不是？”静漪看她紧绷着小脸，缓缓地说，“咱们岂是说不得的人？”

秋薇就觉得更委屈，道：“小姐病着，我就不想跟小姐说这个。可若是别的，我也不理，凭什么说咱们不吉利？”

静漪皱皱眉。

“说小姐一来，连累二少爷一家子被劫……过门没几日，家里就不安宁。里里外外事情一样样冒出来，就没消停过……亲娘走了，自个儿还一病不起，也不知道是不是肺痨……小姐，你要再不好起来出去露露面，怕是她们给姑爷讨小的话都要说出来了。”秋薇气不平，洋伞上垂下来的珠穗蕾丝晃晃悠悠的。

静漪说：“原来是这些话。”

秋薇没说“她们”都是谁，她也不想问。她深吸了口气，户外新鲜的空气，混着泥土和花树的味道，让她觉得舒服。

“这有什么。”她说。

秋薇呆了片刻，又笑了，说：“小姐心宽就好，倒是我看不开。我就觉得怪，怎么小姐病了这些日子，咱们院里就这么冷清。大少奶奶今儿要不是跟着老太太来，是再不许孙少爷靠近咱们院子的……草珠悄悄地和我说的。张妈也知道，还警告草珠不许乱说。”

静漪笑笑，点头，她早料到了。

“小姐，累不累？”秋薇问静漪，看她脸色虽然雪白，倒是并不难看，“难得下来，要不要去后院坐一会儿？那里清静，也不晒。前儿姑爷回来，让图副官给露台上安了一套桌椅，可好看了！小姐去看看？”

静漪看她说得热闹，就没反对。

此时后院的花草树木已经长开了，西府海棠开得正盛，粉嘟嘟的好看极了。

这些倒罢了，静漪看到廊下新摆放的桌椅就很喜欢。这套桌椅十分漂亮，坐上去更是舒服。她拣了那张三人长椅坐下，看着院子里生机盎然的花草树木，轻轻舒了口气。

这一病，不止辜负了春光，眼见着夏日都来了。上一个夏天，自己还是无忧无虑、闲愁万种的少女，看得天大的事，也不过是茶杯里的风暴。母亲在，什么都在。

“小姐，又伤心。”秋薇看她眼中有泪光，忍不住低声道。

静漪拭了拭眼角，道："哪有。"

"小姐，要不要吃点什么？老太太今儿带来的点心是牡丹饼，陈妈做的。张妈说，陈妈做点心可有一手了，尤其是牡丹饼。陈妈说今年新鲜的花朵做的也就这些了，牡丹花开得不好呢，采不到多少合用的，也不知道怎么了，许是时气不济。"秋薇说着，笑嘻嘻地指着自己圆圆的脸腮，"小姐你也不怎么吃这些，每回都便宜了我。你看，你是瘦得不成样子，我要胖成小肥猪了。"

静漪笑起来，说："你去给我拿信匣子来吧。"

这一个多月来，来往信件她只让秋薇收着，一封都没有开过。

"要看信吗？那么费神做什么？"秋薇说。

"去吧，反正闲着也没有什么事情。"静漪说。

秋薇离开了。

静漪闭上眼睛，轻轻晃了晃腿。四周静静的，一丝风也没有，坐久了，空气却见了干燥热烈……

"少奶奶，茶来了。"

静漪被惊动，看一眼上茶的侍女，珠圆玉润的一个姑娘，问："你是月儿？"

"是。"月儿被她看着，腼腆地抿嘴微笑，稍稍有点局促，"秋薇姐姐说少奶奶在这儿，让我把茶点送过来。"

静漪看一眼，就是牡丹饼，淡淡的姜黄色，香气也淡淡的，是甜蜜的牡丹花香。

"身子都好了？"静漪问月儿。

"谢少奶奶，都好了。"月儿忙回答，"少奶奶有什么事尽管吩咐我做。"

"眼下没什么，去吧。"静漪温和地说。

月儿要退下，她想起来，问："怎么不见草珠？"

"草珠这两日身上不大好。"月儿说着，脸又红了下。

静漪想着，大概是女孩家的毛病，也没有细问，只让月儿去了。她就这么坐着，歪在椅子上就想睡。白狮趴在她脚下，见她不动，也老老实实的……忽然听得啪嗒一声轻响，静漪睁眼，发现陶骧将信匣放在了桌上。她愣了一下，想动，没有动，看着他坐了下来。

陶骧就看她一副被吓住的模样，说："日头下去了，外面会凉，坐一会儿就回去吧。”

微风拂面，暖得像携着火，静漪心想这怎么会凉呢……

陶骧见她垂下眼帘，并不看他，只伸手去拿了一枚牡丹饼，金镶玉链子就在腕上晃着，暗暗的一点金光，一闪，一闪的……她抬眼，望着他，问：“符二小姐生辰，我送点什么合适？”

陶骧还没回答，她就觉得脚上一轻，原来是白狮从地上爬了起来，把大脑袋搁在她膝上，一双小眼睛紧盯着她手里的牡丹饼。她明白过来，手上的饼稍稍往它面前一凑，它吧唧吧唧两口便吞了下去。那贪吃的样子，简直要连她的手都吞掉的。吃完了，小眼睛亮闪闪的，眼巴巴地还只管盯着她的手。

静漪摸摸它的头，说：“一次只可以吃一块。”

白狮耍赖，往地上一滚，身子扭来扭去，活脱脱就是个毛茸茸的大球。静漪笑了，伸手点点白狮的圆鼻头，说：“贪吃鬼。”

她意识到什么，抬眼看陶骧。

陶骧就看着她这样跟白狮玩耍，将他撂在一旁忘记了，似乎也并不恼。

“那个……”她再开口，偏又忘了刚刚他们俩是在说什么。

陶骧抬手抹了下发顶，说：“别人的生日，你倒是往心里去。”

静漪看他有了不耐烦的样子，索性不出声。一时气氛有些尴尬。

“姑爷，图副官说老爷回来了，让姑爷等下过去呢。”秋薇推门出来，说。

静漪知道公公前段时间便启程入川，一路往西南去，在广西短暂停留后，到南京盘桓将近一周，本来以为要下个礼拜才能回来，不想这就到了。她看陶骧显然也有些意外，便说：“父亲回来了，我跟你一起过去吧？”前头没有传话，她虽说该过去，但是不知道他们父子是不是另有要事。

陶骧站起来说：“我先替你问安吧。父亲刚到家，母亲那边也添些事情，晚一点等父亲空了再说。至于说礼物送什么……”

静漪望着他。

“不拘送什么，你喜欢就好。”陶骧说。

静漪跟着站起来，拂了下裙摆，道：“轻了重了都怕失礼。大嫂倒也说了，大约我爱的，二小姐也不会不喜欢。”

裙子被她敛了，露出鞋尖来。崭新的月白色缎子鞋面，被白狮踩了半个爪印在上头。她弯身轻捶了下白狮的大头。

“你这个家伙。”她说。

“七嫂，你跟白狮说话呢？”尔宜清脆的声音含着笑。

静漪抬头，只看到一身学生装的尔宜站在面前，墨黑裙子、天蓝衫子，背着书包，笑眯眯地望着她。至于陶骧，连影子都不见了。

见她发怔，尔宜道：“七哥进屋了。我是不是打扰你们俩了？”

“没有的事。你今儿下学早？”静漪问。

“嗯，特地早些回来求七嫂帮忙的。”尔宜过来拉了她的手，“七嫂你快进来，我还带了同学来……要你给我们指点指点。”

静漪听说她带了同学来，忙吩咐秋薇把白狮带下去，别吓到人。

尔宜拖着静漪走，嫌弃地看了白狮一眼，说：“样子傻笨傻笨的，还越来越肥。七嫂，亏你还宠着它。”

“嘘！”静漪拍拍白狮，“它听得懂的，会生气。”

“七嫂，你真要宠它成宝了。好吧，我不说它。七嫂，我让她们进来好不好？”尔宜笑着问，指了指门外。

静漪就看到外面梅树下站着几个与尔宜年岁相仿、也穿着学生装的女孩子，倒是安安静静的。

“倒让人在外面等着，多失礼。张妈，快请那几位小姐进来。”静漪微笑着说。

“七嫂，先别跟母亲说哦。她说我打扰你休息，不让我们来呢。我看父亲刚回来，她那儿一团乱，悄没声就来了。”尔宜悄声说，吐吐舌尖，瞄了眼书房里，“一来了七哥也瞪我。我想着前儿来看你就好很多了呢，又着急……只是让你看看，我们就走的。”

“没关系的。父亲好吗？”静漪也看了眼书房。陶骧还没走，书房里还有别人在。

“看着还好，就不知道为什么进门就喊七哥去，不会是有什么事要发作七哥吧？”尔宜见静漪上心细听，又笑道，“我瞎猜的。七哥这阵子忙成这样，没功劳也有苦劳，父亲应该不会真怎么着他的。”

这时候张妈带那几个女孩子进来，尔宜给她们介绍。静漪看她们都正当妙龄，清秀可人，和尔宜一般活泼泼的，很是喜欢，忙请她们坐了，让张妈上茶点来。

“你们别一个劲儿地盯着我七嫂看哪，要把人看化了。不是早告诉你们是美人了？偏不信。”尔宜笑道。

“八妹。”静漪微笑示意尔宜。

“陶尔宜你说话一向是有些夸张的，我们哪里知道这一回并没有言过其实，而是词不达意……”只有一个女孩开了口，轻声道。

“原来你们真的不信我！”尔宜佯装生气，可谁都看得出来她的得意，都笑起来。

张妈和月儿过来上茶点，静漪忙让同学们，尔宜则把包打开拿出一件黑色袍子来给静漪看。静漪见是毕业礼服，点了点头。

尔宜将手中那顶方帽戴在她头上，说：“我们约好要穿上一起照相，可怎么穿都觉得不好看。七嫂，这袍子里面要穿什么才合适呢？”

静漪扶了扶方帽，前面的穗子落下来，她抬手挑开。

尔宜望着她，将袍子也给她披上，退后左看右看的，才说：“七嫂，你穿上这个，好像比我们还要小一两岁，真好看。”

“可见不是袍子的事了，七嫂随意一穿都好。”刚刚那个说话的女生又轻声道。

“七嫂，那时候追求你的人是不是很多？”女孩们小声笑着，都跟着尔宜叫静漪七嫂。

静漪说：“没有的事，我在女校念书的。”

“我们也是女校呢。陶尔宜是我们的校花，追求她的就有很多，可是她眼高于顶。”一个叫明皎皎的女学生说。

“他们那么幼稚！”尔宜笑道，“秋薇，七嫂不说，你说说听听？上海的学校，比我们这里开化多了。”

秋薇此时正和月儿一道托着腮看着她的小姐，仿佛她也跟着回到了那个毕业季，小姐穿着宽大黑袍，走在中西漂亮的校园里……被尔宜问到，她吃吃一笑。

“看吧，我就知道七嫂一定很多人追求的，秋薇哦？”尔宜追问秋薇。

秋薇笑而不语。

“七嫂，你就说说嘛……你那时候是什么样的？”尔宜笑着。

静漪还没说话，就看书房门开，陶骧先走了出来，身后跟着岑高英等人。女学生们见状立即变得安静。陶骧看了静漪，还没说什么，岑高英他们见这里都是女子恐怕不便，叫声“七少奶奶”，先快步走了出去。

静漪分明看到这些平时英气逼人、不拘小节的青年军官，瞬间便显得斯文起来，一定是由于这些漂亮可爱的女学生们在场的缘故，不禁微微一笑。她见陶骧也若有所思，两人目光一碰，她先转开了脸。

“七哥快走吧，别让父亲等着。你在这里，我们都不敢说话了。”尔宜催着陶骧走。

陶骧皱皱眉，也就出了门。

他一走，女孩们又说笑起来。静漪让她们都穿上袍子，逐个给她们整理着袍子，说着里面要穿什么才能显得人更修长秀气。

“对了，我这儿还有大姐给我的照相机，七嫂给我们照相好不好？”尔宜问。

静漪就见尔宜那个口袋百宝囊似的又变出一架照相机来。这是尔安这次回来送给妹妹的礼物。尔安在家时倒喜欢让人帮她扛着那架惠尔达木质相机四处走动，兴致勃勃地拍了好多相片。她接过相机来，问：“你们不去相馆拍吗？”

“去相馆太拘束，被人一指使，手脚倒先不知道该怎么放了。不如咱们自己照，又便宜又有趣。七嫂，哦？”尔宜央求静漪，“家里除了大哥七哥也就只有七嫂会用照相机了……”

静漪不忍扫了她的兴，少不得答应。

张妈见她们要出去照相，有些担心她身体吃不消，就说：“八小姐，让少奶奶歇会儿再去吧。”

尔宜立即拍了下额头，说：“糟糕，你看我。七嫂，我们改天吧，到时候我们换好了衣裳来，到花园里去照相。”

静漪也已觉得累，就点头答应。

尔宜送走了同学，又回来陪着静漪坐了一会儿才离开。

静漪很久不活动，这大半个下午没歇着，故此往床上一躺就昏睡过去，醒来时天都黑了。晚饭时胃口倒是很好，竟吃了有一碗米饭。不只秋薇，月儿来收拾碗筷都高兴起来，还在楼梯口就喊张妈草珠，说少奶奶吃了有一碗米饭呢！

秋薇正给静漪拿水净手，听着也笑，水溅了静漪一怀，手忙脚乱地擦着，笑得更厉害了。

“你是越来越不像样了。”静漪看着秋薇，指了指白狮，“就快和它似的，撒娇撒赖、没脸没皮的了。”

“嘘！”秋薇压低声音，看了眼睡大觉的白狮，“它会听到的。”

静漪听着这话耳熟，看秋薇促狭地笑着，顺手拿起一沓信来就照着她的头顶敲过来。

“哎呀！小姐饶命！我在小姐这儿，本来就惯会撒娇撒赖、没脸没皮的嘛！”秋薇笑着。

静漪瞪她。

“小姐，我又不是总这样。看下午当着八小姐和她的同学，我不是没说什么嘛！要是她们知道某公子天天开着汽车围追堵截的……”秋薇笑道。

“你还说！”静漪作势又要打。

“不敢了！”秋薇真的告饶了，只是还笑着，她看了静漪，轻声说，“我是想着小姐那时候多么无忧无虑啊……”

静漪看了秋薇。秋薇说的那些无忧无虑的日子其实并不远，可如今竟像隔着雾，早已看不清——那豪华轿车上的惨绿少年，轮廓都已模糊，何况姓甚名谁、哪般面貌呢……她那时倒真不曾留意他们。

“小姐是怕姑爷知道吗？”秋薇见静漪半晌不出声，又忍不住嘴痒。说罢怕静漪恼，赶紧跑开。

静漪却只瞅了她一眼，只管抽了一封信出来看。

她倒没想到怕他知道这些，他就是知道也不会往心里去的吧。

秋薇见她安静地看信，便抱了针线笸箩来陪着她。静漪看了几封信就觉得眼疼，积压了这些日子的信，一口气读下来，不只是头脑发胀……终于只剩下最近的几封，都是索雁临和表姐们的。北平家中发生的事她们应该听说了一些，才会一封紧接着一封地写信来，又多是劝导宽慰。不过所有人的来信，提起她同父亲的决裂及决裂的缘由都很隐晦，甚至只字不提……静漪看着信匣子发了半天的呆，仿佛一段灰蒙蒙的日子，硬是要被擦了去。

信纸散落在床上，她拨了半晌，决心把信都看完。

静漪打开无瑕的来信，果然和前几封一样，还是劝她的那些话。因没收到她的回信，又不知她是病着的，只当她要跟她们全体都断了联系，威胁她若是再不回信，就要拉着无垢来兰州的。静漪想想，无垢如何能来，怕是就要临盆了……无瑕的信很短。她素来讲话不啰唆，只是写到最后几行字，字里行间才透露出小儿女的样态。

静漪拿着无瑕的信又呆了好一会儿，才说："眼见着二表姐也要当娘了。"

秋薇正在编毛线，听她这么讲，问道："二小姐也怀娃娃了？"

"你小点声。"静漪瞪秋薇。

秋薇吐吐舌，转而高兴地说："他们同一日成亲的，现在就差三少奶奶了……小姐你也快些……"

静漪还没有说秋薇放肆，就听到这句，怔了下便在沙发上摸着什么。秋薇见势不妙，爬起来就跑。主仆二人在起居室里追着，一时之间屋子里竟充满笑声……连楼下的人都惊动了，张妈和草珠、月儿停下手里的活，仰头望望楼上。

"还是头回听到少奶奶这样笑。"月儿低声说。

张妈叹口气，说："干活吧。"

"少奶奶好多了，少爷还不搬上去？"月儿瞅瞅书房门。

张妈瞪月儿一眼，说："主子的事，要你操心。"

"前儿老姑太太跟前的人还悄悄问我，七少爷和少奶奶……"月儿见张妈眼神严厉，吓得住了嘴。

"你怎么说的？"张妈问。

"我什么也没说。本来我又不是近身伺候的，能知道什么。就是知道也不敢乱说话。"月儿急忙分辩。

张妈紧皱眉头，说："往后不管谁问，就说他们好着呢。谁敢出去乱说，仔细我告诉少奶奶，把他从这院撵出去。"她说着看了眼草珠，草珠忙低了头。

月儿脸色都变了，说："不敢的。"

"少奶奶厚道，待下宽和，可并不是纵容生事。"张妈低声道，擦花瓶的手又使上了几分力气，仿佛跟那花瓶有什么过不去的地方。

草珠和月儿赶忙做着手上的活，不敢再惹张妈不痛快了。

楼上笑声歇了，张妈打发月儿和草珠去睡，见书房里还亮着灯，过去问："少爷，还要什么不要？"

陶骧一本书已经翻到了底，看看表，说："不用了，你歇着吧。"

他扔了书，待要起身，桌上电话铃响，拿起来听了听，竟然是机要室打来的。他以为有什么急事，不想竟只是报告了一个消息。

他放下听筒点了支烟，出了书房。楼上似乎还有说话声，低低的，也有音乐。仔细一听，是舒缓的小提琴。沉寂的夜色里，小提琴的曲调低回，像在低低诉说着忧伤……他将烟掐灭，上楼来了。

秋薇看见他，忙叫声“姑爷”。

静漪觉得意外，瞄了眼座钟。秋薇看看她，悄悄地退下去了。

陶骧看着静漪越来越红的脸，说：“刚刚机要室来了个电话，他们接到一封南京来的电报。”

静漪以为他要说公事，本不打算出声，不料他接下来说：“是远遒借情报局的机密电码办私事，为的是快点把好消息报告给我们。”

“好消息？”静漪一怔，旋即问道，“可是……”

“是儿子。”陶骧说，看到静漪脸更红了，“八斤半的大胖小子。母子平安。”他倒没说，这大胖小子一得，孔远遒连发电报都颠三倒四了，亏得情报局的人都是人精，这边机要室秘书们也都是惯于此事，速速译来呈送给他。

静漪险些跳起来：“真的吗？八斤呢……三表姐那么瘦，真了不起呢！哎呀，我要给他们写信……发电报？要不我们也发电报？”

“好，就发电报。”陶骧说。

“嗯，现在就发好不好？”静漪看着他，有些着急。

陶骧低头，看着她握住他手臂的手，“嗯”了一声。

静漪见他神色有异，忽地发觉自己正抓着他的手臂，急忙收回来，局促地说：“太晚了，明天吧。”

“晚，倒是不怕。”陶骧说着看她，手扶着她细软的腰肢，“只是这一折腾，让奶奶知道了，又是一通教训，底下人跟着受罪。”

他沉而灼热的呼吸喷在她发顶，她的脸都要烧起来了。

她扭着身子，心里是有些慌，刚刚那兴奋激动的劲儿突然间像被赶走了，瞬间的反应便是想逃开他。可陶骧拥着她，她压根就逃不开。她一着急，脸上便更热，不用看也知道自己一张面孔应该是红透了……

留声机近在身边，小提琴的低回依然动人心弦。陶骧的脚步踏着节拍，每一拍，都恰到好处。

静漪慢慢抬头，他并不看她，但他一定是知道她在看他的……她怔怔地望着他方方的下巴，想要伸手，手却被他握紧。她又看了他一会儿，才轻声问：“我们是不是……”

陶骧低头，看着她的眼，问："什么？"

他低沉的声音与小提琴的轻柔缠绕在一处，恰在此时他轻轻带着她转了一个身，转得太快了，她有一点眩晕，牢牢抓着他的手臂，眼睛还是盯着他。就是这样的缓慢而又娴熟的舞步，似乎也不是舞步……她望着他，四周全是温柔的光，不是也不会是那样狭小而黑暗的一个空间，舞步永远是局促而施展不开的。可是……可是……低低的、低低的一声"静漪"。

"什么？"陶骧又问。

她呆呆地看着他，若不是他舞步够慢，怕是不知踩了多少回他的脚了。

她晃了下头，说："没什么。"

"静漪。"陶骧看她。她说了没什么，脸上却不是没什么的样子。

被他这样叫，她还不习惯。

"什么？"她清醒了些，就把他的眼、他的脸重新看清楚。

"再跳一支舞吧。"他说。

"很晚了，"静漪避开他的目光。他的目光深沉极了，这让她有些害怕，"很晚了，该休息了……"

她抽手，他却攥得更紧。

曲子在这时停住了，她心跳仿佛也在同时停跳了一拍。

陶骧低头，吻在她额上，继而是眉心……静漪微皱的眉心被他的唇熨着，片刻舒展……然后是鼻尖、嘴唇……他的手掌扶住她的后脑勺，这一吻便怎么也躲不开了……陶骧有力的唇舌轻而易举地开启她的……她已经人事，知道这样的亲吻意味着接下来是什么，她推拒着，想要往后退。

陶骧倒是容她退，她退他就进。

静漪把握不准方向，一味地退着，不知不觉间就已经退进房内。他把房门一关，屋子里霎时暗下来，四周围仿佛只剩下了他的味道，她顿时全身紧绷，莫名地也不知哪里就开始疼，且一点点地要扩散开来。她被他牢牢地箍着，双脚踩在他的脚面上，行动间，他像是仍在带着她舞蹈，暗暗的卧室内，彼此的呼吸和心跳声就是节拍。

她心跳是越来越急，忽然间被他抱起来，只看到他眼中的亮光，尽管转瞬即逝，却热烈得仿佛流星……她呆了下，忘了推拒。

陶骧将她放下。她慌乱间借着微弱的光，看清楚自己是坐在了一架巨大的三角钢琴上。她惊讶间微微张了嘴，他趁机又吻住了她，她被他倾身紧逼，缓缓倒在琴上。

“不……”她趁着他喘息，闷闷地吐出一个字来。已经想不起来上次是什么样的感觉，只记得疼得不可思议，胸口也憋闷得厉害，她忍不住要哭出来。他吻得霸道，几乎容不得她有半点自己的呼吸，仿佛连呼吸和心跳都要他来说了算，这更让她恐惧起来。

稍稍不那么霸道和蛮横的时候，是他将她的衣裙轻手轻脚地解开。他似乎并不着急，也知道她的恐惧，于是战线就拉得特别长……

陶骧弯着手臂，将她搂紧，轻声在她耳边问了句什么。

她没听清，也没出声。

他也不出声了。

窗外的月光投进来，他看着月光下她如玉的面庞。他将她轻轻抱起来，放到床上，慢慢地，一点一点地进入……

静漪抬手覆住自己的眼睛。陶骧忽然停了下来，拉开她的手。

他没有出声，看了她一会儿，将她的手攥在手中，亲她。

她哽咽着，眼泪涌出来，模糊了眼睛。原本就看不清楚的浓重的影子，更加模糊起来，唯一清晰是就是从身体到心脏的痛楚，还在慢慢加重……她的手不知何时被松开了。

她像是被赦免一样，缩到被子里面。

陶骧想要将她拉回来，却看到她薄薄的背，肩头在微微地颤动，不知是不是还在哭。他伸手将薄被拉上来些，覆住她的肩。

他闭上眼睛，原本以为会很快入睡，却花了比平时多得多的时间。

天还没有亮，她就起来了。他一向警醒，很快发觉。

他抬起手来，都要触到她的手臂了，只要稍稍快一点就能把她拉回来，手却落了下来……她走了。他没有听到门响，想必她是极小心不愿惊醒他了。

他也是累了，有她在身旁，他睡得并不踏实。

这一觉便睡到天大亮，若不是雨点密集地打在玻璃窗上，他还醒不了。

外面窸窸窣窣有声响，也有人压低声音在说话。他猜得到，若不是图虎翼，便是马行健。今天得早些回司令部，会有重要部署，他记得的，可他竟有些懒得动，这在他是极罕见的。到底又躺了一会儿。他起身时看到那架钢琴——屋子里丝毫不见凌乱，钢琴静静地立在那里，简直让他怀疑昨晚上是不是做了场梦——他走过去，发现钢琴上落了一朵珠花。

很小巧的米粒珠攒成的玫瑰样饰物，薄薄的光，并不夺目。应是她发间的点缀。他想起来，后来她的长发也被他打开，瀑布样的发在身下，柔滑的丝绸似的铺着……

他转身走进盥洗室去，香皂沫涂了半张脸，拿起刮刀来，忽地想他昨晚胡楂儿磨得她难耐……他摸了摸下巴，才动手刮脸。

出来看一眼隔壁卧房，房门紧闭，没有动静。他停了停，下楼来，就见图虎翼正等在楼梯口，一看见他顿时喜上眉梢，显然早就等急了。

他抬眼看到秋薇，问："还没起来吗？"

秋薇过来问安，说："早起来了呢，正等姑爷一道用早点。"

陶骧见秋薇小心地端着一只托盘，未免留意。静漪对待物品的性子向来散淡，从不因损坏什么责下，不管多贵重。

"这是小姐给符二小姐预备的寿礼。让我拿出来，给她过了目，好送过去。"秋薇说着便给陶骧一看。

陶骧看了一眼，见盘中是一对铜镇纸，两匣细致的信笺，还有两个盒子里不知装的是什么。他点点头，走进餐厅里，果然静漪已经坐在餐桌边了。

静漪先开了口，说声"早"。

"早。"陶骧坐下时看了她一眼。她的脸色今早看起来格外苍白。

被他看着，静漪有些不自在，幸好张妈要给他们上早点，说着话，也就分散了他的注意力。

草珠端着盘子过来站到张妈身后，一不小心竟将盘子失手跌了，咖啡吐司顿时倾了一地。张妈强压着怒意瞪了一眼草珠，一回身红着脸说："少爷，少奶奶，我马上另煮一壶咖啡来。"

陶骧看草珠吓得脸都灰了，说："不要紧，下去吧。"

静漪没出声，只示意草珠下去。

张妈要赶紧去另准备咖啡，陶骧说："算了，给我也来碗粥吧。"

"是，少爷。"张妈忙给他也盛了碗清粥。

静漪眼看着张妈这个陶家的老下人都如此，心想陶骧这人，就算不发脾气，板着脸的时候也够让人生畏的。她这么想着，又看了他一眼——陶骧平时倒有看报的习惯，今天手边一摞报纸却动也没动……她只顾想着心事，面前这碗粥不知不觉被搅了个一塌糊涂。

陶骧就只吃了碗粥。他一起身，静漪也起来。

陶骧出来见秋薇把拿下来的东西放在架子上，他从阿图手中接了枪套，扫了眼那铜镇纸，淡声问道："这个你也舍得送人？"

"这有什么舍不得？"静漪轻声道。

陶骧看阿图已经撑了伞在外面等，顿了顿，也就走了。

静漪出来，站在门边看着他，深灰色的军服在阴雨天里像在纸上洇了点烟色的墨。她觉得哪里不太对劲，回身细看了看架子上放的东西。

当她拿起那对镇纸，就叫了声"秋薇，你来"。

"小姐，什么事？"秋薇问。

静漪将镇纸拿在手里，看秋薇那一脸迷糊样，又看了看手上这样东西，心里一动……回头看看，陶骧已经走远了。

"小姐？"秋薇又叫她。

"没事了。"静漪将镇纸放下来，把法兰西香水盒子上的蝴蝶结又整理了下，"让张妈找来红绸子封了，头晌送过去给大少奶奶，就说我说的，请她转交二小姐。"

"是。"秋薇答应，"小姐，不再吃点了？"

静漪摇摇头。

"小姐，给表小姐发电报的事，可别忘了。"秋薇提醒道。

静漪心想，大概陶骧是不会忘的吧。

"我去书房写几封信。"静漪转身。

秋薇知道她这是不让人打扰的意思了，忙点头。

静漪却又站下，说："张妈，让草珠来一下。"

张妈听她吩咐正在收拾桌子，听说要见草珠，忙应声。

下了几天雨，天一放晴，尔宜便带着同学来找静漪一起拍照。

陶骧去了嘉峪关。他不在家，静漪总算静静养了几日，也觉得身上轻快很多。尔宜一来，她就同她们一道，端着相机照相去了。起先是在琅园内各处转，后来尔宜就起了去后花园逛逛的心思。尔宜酷爱蔷薇，念着后花园有几架，正逢花期，甚是壮观。静漪没有反对。

后花园位置偏僻些，静漪从来了陶家，从未涉足，尔宜自告奋勇地做了向导。静漪到了才知这后花园占地颇广，此时正是遍地花开的时节，花香扑鼻，浓郁芬芳。只是不知为何，花草树木长得很随意张扬，不像其他几处小花园那样有人精心维护。静漪走在其间，未免纳罕。

尔宜进来就玩兴大发，竟顾不得照相，带着同学到这园子里四处参观。静漪大病初愈，行走略久些额上就冒了虚汗。尔宜她们一走远，她就落了单，索性在石凳上坐了一会儿，才渐渐恢复了些气力，再抬头看看，哪里还有尔宜的影子？

她担心自己乱走会迷路，干脆坐在那里等，倒还听得到女孩子们的笑语，可见她们走得并不算很远。

她把玩着手上的相机，从镜头里看着花园子里的花草树木，别有一番意趣。

好久尔宜都没回来，她张目一望，起身去找她。穿过眼前的小树林，遥遥听见说话声，似是女子的声音，她就往那边去，再穿过一道长廊，以为过去就能见着人，却不想面前出现大片碧水，半边有长廊围绕，半边依傍着假山石林，那说话声反而远了。她无奈，只好沿着廊子一直走，只是好久也没见人影，四周愈见静寂。

她看着水中莲叶下仿若静止一般的火红锦鲤，想起那日雅媚说过祖母养了一池锦鲤，在别处似乎未见。她默默记下，预备改日问一问。

她警觉自己走得远了，待原路返回，忽地有些好奇，往廊子另一边看了看——一丛丛的竹子遮着廊上的窗，院中景致影影绰绰的，看不真切，只能看见近处的一口水井，井口被磴死了。忽然一阵风过，竹叶沙沙作响，静漪便觉得凉风扑面而来，背上都凉了一下，就听有人问：“七妹也喜欢锦鲤吗？”

静漪急忙转身，就见福顺推着陶骏的轮椅，已经到了她身后。她心怦怦跳着，忙问候陶骏。

陶骏微笑点头：“萱瑞堂后花园的锦鲤才是家里最好的。奶奶很喜爱它们，有专人负责喂养，轻易不许我们投食。”

静漪点头。

陶骏看她，一身银灰的衣裙，像淡淡的一个影子，在这翠绿的树下、清凌的池塘边，真是翩若惊鸿，可此时她脸色雪白，恐怕不只是大病初愈，也有被吓到的缘故，于是他微笑道：“是我惊扰七妹了。”

静漪的确是有些受惊，倒不仅是因为陶骏主仆的突然出现，而是刚刚那一阵阴凉的风，让她有种阴森森的感觉。

“细想想，每次遇见七妹，都让七妹受惊，倒是我真应该郑重地同七妹道个歉。”陶骏见她不语，微笑道。

静漪看他气色很好，许是因天气热了，他换了夏装，没有那么臃肿，面庞也瘦下去些。这么一看，真不难想象陶骏当年的英姿，恐怕绝不让他那两位兄弟。就是如今，风度也是极好的。

“大哥言重了。大哥常来这园子里逛逛吗？”静漪轻声问道。

“偶尔过来看看。这里僻静，倒能盘桓半日，无人打扰。”陶骏说着，示意福顺。福顺推起他的轮椅。

静漪往一旁闪避，福顺将陶骏的轮椅推进凉亭后就站到一旁。

“的确僻静了些，今日是八妹兴起，才跟着她进来逛逛。”静漪距离陶骏两三步远，轻声说。

她有心问问这园子这么好，怎么会没人来逛，陶家又不缺花匠和仆役，还让园子荒成了这样？一想起刚刚那口井，阴暗的竹林，她便没问出口。

“原来如此……七妹若是自己逛，还是不要往园子深处走的好。这园子有好多年没人经营，很有些荒废的意思了。”陶骏提醒道。

“是。”静漪点头。

“原本倒也不是这么个样子。从这里过去还有三四处庭院，从前都住着人的时候，这处花园人气很旺。我近日常来，看园子里的猫反而比人多，这倒成了它们的天下。”陶骏微笑道。

他语气慢悠悠的，告诉了静漪想知道的答案，静漪莞尔。

“看七妹的样子，也是爱花爱草的。园子里旁的没有，奇花异草最不缺。早些年祖父在世时，也颇花了些精神养护。他老人家很有些闲情逸趣的，我们兄弟，数老七最像祖父，对一花一木的见解，也是他最独到。若七妹想逛逛，让他来给你做向导就好了。只是如今他忙，顾不上这些了。”陶骏道。

静漪想起陶骏夫妇在什川山庄的住处，那一方天井里养得好好的如茵碧草，据说也是陶骧的主意……可他看着真不像是会在花花草草上用心的人。她看看四周的树木——如此干旱缺水的地方，养草比养些花木也不见得容易，他怎么会想到的呢？

她见陶骏望着她微笑，知道他们想到同一件事上，点头道："我还惦着那草地。"

"从前文人墨客，爱这一枝秀草的也不在少数。七妹若是喜欢，琅园的院子里是留着不少空地的，不妨寻些好草种，试着种一种。"陶骏说。

静漪知道琅园是陶骏负责建造的，对琅园内外当然是了如指掌："大哥对建筑和园艺知之颇深。"

"说起来，也不过是闲来无事，打发时间罢了。七弟喜欢西洋的建筑，留洋时，他学习之余，就爱写写画画。像画册、笔记、书籍，他带回来好些。如今他丢开了，反是我捡了起来。"陶骏微笑着说。

静漪听他如此轻描淡写地说着自己受伤之后的日子，不知这云淡风轻中藏了多少不为人知的痛楚，一念至此，她忽然有些难过。

陶骏见静漪只是站着，距离他老远，便示意她，哪怕是远一些，也坐坐。

"是觉得不便吗？"他问。

被他直截了当地说出来，静漪有点窘。

相比另一位兄长陶驷甚至公公陶盛川，陶骏给她的压力更大一些。这不止是因为他是丈夫的兄长、她的大伯，她得尊敬，还因为他这个人，总给她一种说不出的感觉……但他分明又是温和有礼的。

"若不是，就请坐一会儿。"陶骏低头，看到膝头薄毯上落了几片叶子，笑一笑，拈了，顺手扔出凉亭去。

"这里待久了毕竟凉一些……"静漪说着，也便坐在了围栏木凳上，仍是距离他远远的，"大嫂和麟儿呢？"

"明日是麟儿姨母生辰，母子俩正在房里商议送什么东西好呢。"陶骏淡淡地笑着，望着水上浮着的密密匝匝的莲叶。

"大嫂明日可要带着麟儿回娘家了，麟儿该多高兴。"静漪轻声说。仿佛那样的家人团聚就在眼前，高堂老母有外孙承欢膝下。而对于她来说，是再也不会实现的了。

她转开脸，水面一点阳光刺了目，她来不及忍住，眼睛里就闪了泪光。她急忙掩饰，还在微笑，却也不敢就面对陶骏。

"往后会好的。"陶骏自己转动着轮椅，似是要去看水中锦鲤，"不要老闷在屋子里，或者像我这样，出来看看花草也好，哪怕就是走走。我不能走，还想要出来多看看、多听听。七妹是要多健康就有多健康的，何况还是女医生，该更懂得这些让自己健康的道理，不是吗？”

“哪里是女医生？”静漪立即说。

“哦，不是吗？可是连马都能救活呢。陈伯对你的胆识和见识都赞不绝口。”陶骏含笑道。

“那是……那不算。”静漪说。陶骏连这个都知道，可见在这家里，他虽足不出户，却没有什么能瞒过他的。

“都是性命。在看重的人眼里，动物性命的价值不见得低于人。”陶骏微笑。

“是呢。”静漪也微笑。

陶骏点着头，道：“这不就结了？还是该宽慰自己些。你这个年纪，自怨自艾起来，倒不好了。就比如尔宜，虽说粗鲁些，可你看她，多么快活。”

静漪笑了。

陶骏望着远处，唇边的笑纹都深了些。

静漪手中正握着相机，看着他微笑的样子，举起相机来，对着他按了下快门。

相片子转换的声音不大不小，陶骏听见了，不过静漪抓拍的时候，他并没有打扰她。

静漪把相机放好，再继续聊天，她的态度渐渐地自然多了……

女孩子们的笑声隔着水传过来，静漪转头去看，几个墨色的身影出现在对岸假山上。

“七嫂，可找到你了！”尔宜站得最高，在山顶冲这边叫起来。

静漪挥挥手，站起来拍了几张相片：“也许照不到她们。”

“没有问题的。这小相机虽说不能像惠尔达大相机那样，能拍个至少八层楼，这点距离还不在话下。”陶骏看她担心，微笑道，“当年我们兄弟几个有了第一架相机时，还搞了个暗房，自己冲印。相片拍得一塌糊涂，冲印更是一塌糊涂，不过想起来还是很有趣的。”

“大哥，七嫂。”尔宜走近了，很有些惊讶地看着陶骏，“大哥怎么会在这里？”

陶骏微笑道：“难道在你心里，大哥是要在屋子里朽烂的木头吗？真岂有此理。”

福顺过来推起他的轮椅。

“不是难得看到大哥出来吗？”尔宜说着让福顺闪到一旁去，自己推了陶骏。她对静漪眨眼，听静漪说她“明明是闹着要来照相的，倒丢下照相这回事，只管去玩了”，笑个不停，道：“我带皎皎她们去看西洋景了，哪知道把七嫂给漏了呢！才想起来找你，不想你竟来了这边。”

“糊涂。”陶骏轻声呵斥尔宜。

尔宜低了身子，说：“我是糊涂嘛，七嫂别怪我。我要知道七嫂往这边走，是无论如何都要看紧了你的……”

“尔宜。”陶骏开口打断尔宜，“让福顺来吧。”

尔宜被陶骏冷冰冰的语气弄得一怔，连一旁的静漪也觉得不太对劲儿了。

陶骏很快脸上浮起笑容来，道：“好了，我们该出去了。”

尔宜见陶骏有些不悦，不敢造次，说：“好嘛，我们也走。七嫂，和我们一同过去吧，母亲要我们照完相过去用茶点。”

听说要去延禧堂，静漪只算下路程就已经觉得累，于是将相机交与尔宜，让她带女孩子们快些先过去。

出了花园，尔宜带着同学们与静漪和陶骏分道扬镳。静漪看尔宜高高兴兴地走了，也觉得这大半天没有白费。

福顺推着陶骏走得并不快，静漪同他们一道走了没多远，就看到张妈和秋薇拿着伞出现在前面。

陶骏微笑道：“我正想着你院里的人也该来接了。张妈牢靠，真不愧是从前跟着二太太的人。”

静漪怔了怔，二太太……

张妈和秋薇来到近前，先给陶骏请安。

秋薇看静漪额上有汗意，忙给她擦汗，张妈就打了伞。静漪被她们这样伺候着，倒觉得不好意思，说：“快不用这样，难道你们当我是去林子里打猎了吗？”

陶骏哈哈大笑。他这一笑，颇为畅快，站在他身后的福顺未免露出点惊奇之色。

“七妹原来是这么幽默的。”陶骏笑着说。

静漪微笑，她本是无意中说了句话，倒不想惹陶骏如此痛快地大笑。

前面就是谭园，符黎贞的轿子停在门前。静漪料着符氏是要出门，果然见她从门内出来。她抬头一望，就朝着他们走来。

“大嫂。”静漪先上前去打招呼。

符黎贞看到她，道：“来得好，我正要让人去你那里。”

静漪看她脸上的颜色有些不同寻常，道：“大嫂找我何事？我刚同八妹去后花园照相，不在屋子里。”

“姑奶奶派人来叫你我过去。”符黎贞转眼望着丈夫，声音便柔和了些，“辔之，我得同七妹去趟萝蕤堂。我已经让曹妈把药备好了，你回去先吃了，别耽误了时辰。”

陶骏目光凉凉的，看了眼那顶小轿，吩咐道：“福顺，让人套车。从这到萝蕤堂远得很，难道让七少奶奶走着去吗？”

静漪不想陶骏是吩咐这个。符黎贞也有些意外，不过她极轻快地道：“还是坐车去快些。”

静漪见陶骏夫妇已经如此安排，拒绝也不合适，干脆等在那里。

福顺做事极麻利，不一会儿便让车夫将马车备好了。符黎贞和静漪上了车，各自带了一个丫头，朝萝蕤堂去了……

静漪已经有很久没有来过萝蕤堂了。下了车她跟在符黎贞身后走着，一路向内堂去，听着下人在报告说大少奶奶和七少奶奶到了。初夏的萝蕤堂在充足的阳光下，倒是没有了印象中的阴冷灰暗。

符黎贞看静漪略走几步便有些气喘，伸手扶了她，说：“也不知有什么急事，我回话说你身子不爽快，只我一人来就是了，竟是不许……”

“我没关系。今儿天有点热。”静漪说。想到她们齐齐地坐在那里看着她，她心里就打鼓。

符黎贞含笑道：“姑奶奶们都是讲道理的。”

“少奶奶们里面请。”萝蕤堂正房门外，那个高瘦的婆子李妈朗声道。

静漪忽地觉得李妈特为瞅了她这边一眼，不禁心一顿，转头看了眼身后的秋薇。果然秋薇也皱了眉头，低声道：“小姐，我看……”

这时李妈说老姑太太只请少奶奶们进去，符氏就吩咐小柏在外等着，静漪也对秋薇摆摆手。秋薇皱着眉看静漪走开——她倒不是担心别的，只担心静漪的身体吃不消。

因是进深很深的屋子，堂内比起外面来凉爽得多。静漪乍从花团锦簇的花园子里来到这寸草不生的萝蕤堂已经很不适应，进了屋子又是肃杀的气氛，不由得打了个寒战。

堂上端坐的只有陶因泽，李妈也只站在门边。

符黎贞和静漪上前给陶因泽问了安，等她发话。

陶因泽点着烟，扫了她们俩一眼。

静漪只觉得陶因泽虽是看着两人的，目光最终却只落在她身上，她顿时意会到今日的事，恐怕她才是主角。

“有事情找你们来说说，大少奶奶倒是好找，七少奶奶你不是该在房里养病吗，怎么半晌找不见你？”陶因泽问。

“回姑奶奶话，八妹和同学要照相，我同她们一道去了后花园，因此耽搁了。”静漪见问，忙回答。

符黎贞在她一旁，此时看了看她。静漪全副精神都在应对姑奶奶，并没留意她的神色。

陶因泽听说她去了后花园，道：“原来是玩去了，这是身子好得差不多了？”

“是，好多了。”静漪说。

陶因泽“嗯”了一声，说：“身子好得差不多了，怎么精神倒见了短。你屋里的人做了什么事，你这个当主子的，都不知道吗？”

静漪见陶因泽这话蹊跷，心一动，温和地说：“前阵子静漪在病中，自顾不暇，处事或许有不当之处。不管是静漪还是下人们哪里做得不合适了，请姑奶奶明示。”

陶因泽这才示意符黎贞和静漪坐，说：“叫你们来，自然有事说事。难道还要和你们打哑谜吗？李妈，把人带进来。”

李妈答应着出去，不一会儿，便从外面带了一个人进来。静漪定睛一瞧，竟是草珠。草珠进门就跪在地上，给陶因泽和静漪、符氏磕了头。静漪看她缩在地上，不禁微微皱了眉。

陶因泽问：“七少奶奶，这是你屋里的人吧？”

“是，姑奶奶。这是我屋里的草珠。”静漪回答。见草珠的身子好像又塌下去一截，她说：“姑奶奶，草珠一向有些笨手笨脚的，若有什么冲撞了姑奶奶……”

“她笨手笨脚的？”陶因泽一听静漪的话，冷笑两声，“做事笨手笨脚的，偷人可是利落得很。青天白日的就敢私会，还有规矩没有？”

静漪一怔。

“草珠，你自个儿跟你主子说。”陶因泽说。

草珠伏在地上一动不动。

“抬起头来！”陶因泽厉声喝道。

草珠还是不动。一旁的李妈上前一把将她头发扯住，草珠不得不直起身来。

静漪便看到她那涨红的脸上有伤痕，显见是被打过，不禁眉头一皱。

“说！”陶因泽又喝道。

“姑奶奶，”静漪压住心头蹿起来的火苗，轻声道，“姑奶奶别动怒……”

“不动怒？这是家生子，虽然她老子、娘都没了，可是一落草就在陶家门内长大的。吃着陶家的、喝着陶家的、用着陶家的，怎么连陶家的规矩都不守了？丫头小子混勾搭起来，内宅如何安宁？这种脏事，我不知道就算了，知道，眼里断然揉不得沙子。”陶因泽震怒。

静漪站了起来。

陶因泽过于生气，让李妈代她来说。原来陶因泽也爱蔷薇，这时节从萝蕤堂后院出去，一路往陶府侧门去的小路都满布着蔷薇，她今日高兴，就一路赏花而去，偏偏就在蔷薇架下，撞到了与人私会的草珠——只是那男人跑得快，草珠又死命地拦在前面，几位老婆子哪里追得上，只好眼睁睁看着人跑得不见踪影。原想着把草珠逮住，自然问得出来，不料几个婆子轮番拷问，她半个字不吐，直气得陶因泽火冒三丈，下令把她主子给叫来。

陶因泽听着底下人叙述经过，留心看着静漪和符氏的反应。静漪固然是凝神细听，那符氏却也不错神。她见李妈说完，静漪和符氏都没有立即发声，曼声道：“大少奶奶，我怎么想着，底下人犯了这种事，是有个什么法子整治的？太太这两年忙，内宅好多事都是大少奶奶你处置。你看呢？”

符黎贞想了想，道：“这几年原也没有出什么大事。可我想，草珠虽说是家生子，父亲早废了奴才们的死契，都是拿月钱的……”

“这个先不论。拿月钱的用人，也是得守规矩的。在人家里当差就有当差的法纪，乱纪偷人养私孩子，这可不是能容的事。传出去，可不是要说陶家内宅脏了臭了吗？”陶因泽声色俱厉道。

符黎贞说：“姑奶奶说的是，是不能容得这样的事情。从前的规矩嘛……”她似是有些不忍心说，顿了顿，“孩子当然是留不得的。不单孩子留不得，大人也得撵出去。当然，姑奶奶，如今民国了，这处置嘛，就不知该不该用府里的老法子。”

草珠这时猛地抬起头来，泪流满面地看着静漪，说：“少奶奶，我不离开陶家……”

“离不离开陶家，可不是你说了算的。”符黎贞声音很轻，她看着草珠，“老姑太太问你话，你可要把话说清楚。那人是谁，什么来历，怎么就胆子这么大，居然敢在陶家兴风作浪？”

“陶家从来容不得这些脏事。大少奶奶也说，民国了，民国了又怎样？民国也还是国有国法、家有家规。陶家坎院是干什么的？关人的！主子犯了错都有惩有戒，何况奴才？我倒不信你这个小贱人，在这里不开口，进了坎院你还不开口。”陶因泽说。

静漪还是没有出声。姑奶奶这话，别说草珠听了浑身颤抖，就是她听着也心惊。孩子不给留，那就是要逼着堕胎了……她看向陶因泽。

她没有急着开口，陶因泽也没出声。

屋子里静极了，仿佛吹口气，羽毛飞起来的声音都听得到，更别说外面那急促的脚步声了。

“老姑太太，宋妈回来了。”守在门边的李妈说。

“让她进来。”陶因泽说。

矮胖的宋妈进了门，给主子们行礼之后说：“回老姑太太话，从草珠那里搜到些东西。”

静漪脸上一下子便烧起来。

“打开吧，也让少奶奶们看看都是些什么。”陶因泽说。

宋妈上前，把手里一个包袱放在地上打开。静漪看着，东西不少——做了一半的贴身小衫，没纳完的大鞋底子……几封银圆，上面有字，还有几样小首饰，都用小绸子包装着。静漪平时真没见这朴素的下女戴过什么首饰。除此之外是几包药——细纹纸层层地包着，打开了，那药丸子，正是她每日让秋薇拿去丢了的。她看看草珠，草珠抿了唇。

宋妈抖着那男人的衫子和大鞋底子，又一把捞起来那小红绸子包，都放到陶因泽手边的方桌上。陶因泽戴上眼镜，看看那绸子包上绣的字。

“还是金凤花首饰楼的首饰。姑娘家有这么点子首饰倒也寻常，只是搁在你身上怕是也不寻常。是自个儿买的，还是谁给的？”她把绸子包仍旧丢回包袱上去，指着那药包，“那个拿来给我瞧瞧。”

宋妈把药捧上来。陶因泽看了看，示意她给符黎贞。

“这仿佛是咱们家自制的丸药呢……还真是，这里戳着字迹。七妹，这就是特为给你配制的丸药吧？草珠怎么会有这么多？”符黎贞问着话，将丸药放在她和静漪之间的小几上。

静漪见草珠要说话，看了她一眼。草珠闭嘴了。

陶因泽道：“这是不只偷人，还偷东西了？怎么容得你这样！”

符黎贞见她发怒，立即道：“姑奶奶息怒。这里面的内情，还是得细细地问一问，免得纵了哪个、枉了哪个，倒也不好。若果然是勾搭成奸，坏了府里的规矩，也断不能轻饶的。还有这药也蹊跷得很，总要问出究竟。这两样都不是小事呢！不过，草珠到底是七妹房里的人，该怎么处置要问问七妹的意思……七妹，你怎么看？”

草珠泪落如雨，转过身来对静漪猛磕头，也不说话。

静漪看她，往日藏得好，倒真也看不出她腰身粗了好些。此刻她脸上有伤，一双手许是被扭过，也有青瘀。静漪两道眉皱了皱，草珠在她屋里虽是下女，可从来没有苛待过。她脸上倒不动声色，说：“草珠坏了规矩，当然要受罚的。”

草珠呆住，失声叫道：“少奶奶！”

陶因泽点头，道：“七少奶奶果然是个明事理的。”

符氏似笑非笑地望着静漪，静漪不看她，转过身来对着陶因泽道：“做错了事，的确该受罚。不过姑奶奶，这事情，我是知道的。就是这药，也并不是她偷，是我给她的。这一程我吃着那些药，补药就用不上，白留着也怕失效，就给了她几丸，谁知道这丫头还都留着呢！”

符黎贞轻笑出声，道：“七妹好大方。这丸药，我怀麟儿的那阵子，奶奶看我身弱，给我配过。用的都是珍贵的药材，七妹随手就赏给下人？”

静漪见她如此说，也不急着去辩，只是看着陶因泽。

陶因泽眯了下眼，水烟抽得咕咕作响，两片薄薄的嘴唇间冒出来几个字：“你知道？”

“是，姑奶奶。都是我，病中神短，还没来得及同老太太和太太回禀，讨个示下，这是我的不对。草珠有错在先，这自不待言。打也不是打不得，撵也不是撵不得，只是就这么打出去到底不好，或者……姑奶奶，这是有损阴德的事，老太太那里，恐怕轻易也是不许的。”

陶因泽抽了两口水烟，望着她半晌没有出声。

静漪等着她发话。

“你的意思，说我阴损喽？”陶因泽问。

“不敢。”静漪立即道，“姑奶奶，草珠是我屋里的人，出了这样的丑事，是我失察，我先领罪。虽说这种事，哪个宅门里都难免，可毕竟不好看。没约束好下人，我固然没脸，可真要传出去，陶家声誉也受损。姑奶奶没把人交到母亲和老太太那里，而是把我和大嫂叫了来商议，自然是给我留点脸面的意思，静漪在这儿谢谢姑奶奶。”

陶因泽轻轻“哼”了一声。

静漪见她没再动怒，又道：“姑奶奶能不能开恩，让我把草珠先带回去？这事我会妥善处置，定不让上人为难。”

陶因泽那水烟自然是抽着的，静漪只见她微微合了眼。她年事已高，瘦小枯干，坐在宽大的椅子上简直显得微不足道，可是再睁开眼，目光锐利起来，直瞅着静漪，端的让人胆寒。

静漪站着不动，跪在她脚边的草珠更像是在等着宣判的囚徒。

“论起来这事本不该我管，只是我撞上了，也不能不过问。你既是事先知道就该早早处置，方不致出乖露丑。不过你有主意，也好。人你先带走，过后你亲自向老太太、太太去交代——这事绕不过去，别打马虎眼。”陶因泽说完，一挥手。

“多谢姑奶奶！”静漪说。

“大少奶奶也一起去吧，难为你跟着跑一趟。”陶因泽望着符黎贞，倒微笑了。

“这有什么，本也是我分内事。”符黎贞也微笑。

不等她们走，陶因泽已经起身，一甩袍袖进内房去了，行动间身体灵活得又不像是七八十岁的老妇人了。

符黎贞一转身，就见静漪已经叫了秋薇进来搀起草珠。她走出房门的时候，轻声说了句：“七妹真是心善。”

静漪请她走在前头。

符黎贞说：“七妹心里有数才好，陶家处置这样的事，可从来不留情面。”

静漪听着，看了眼面如死灰的草珠，说：“谢谢大嫂提醒，我会斟酌的。有拿捏不准的地方，还请大嫂指点一二。”

“七妹这么聪明，哪还用我指点？”符黎贞说着也看了草珠一眼，说，“摊上这么个主子，是你的福分，但愿你惜福。我不耽误七妹，先走一步。”

她说完跟静漪点头示意，先离开了。

静漪回头看看草珠。

“少奶奶……”草珠哽咽。

静漪说：“回去再说。”

她示意秋薇搀好了草珠，主仆三人一同离开了萝薤堂。

此时萝薤堂后院的安斯阁内，陶因润姐妹和两位老姨太太正在打牌。等到陶因泽进来，她们一齐停下。

陶因泽说：“老七媳妇把人带回去了。”

陶因润立即一拍手掌，伸着手对其他几位说：“给钱！”

陶因清笑着说：“咦，你怎么知道我们一定输？老七媳妇不过才刚把人带走罢了。”

“你们这是在做什么？”陶因泽脸上依旧是不痛快的。

“我们在打赌，看老七媳妇会不会把事情揽上身。我说会，四妹妹和二姨太、三姨太说不会。你们看，我料得如何？”陶因润笑道，“这事换了大少奶奶，你们倒贴我钱，我也不来打赌。”

“大少奶奶嘛。”苏氏含笑摸了几块银圆交给陶因润。

几个人同时笑起来，陶因润丁零当啷地数着钱，一把丢进钱袋子里，伸手叫宋妈过来，说：“拿着，让人去八喜斋叫两桌席面、打两坛酒，回头都送到老太太那里去，咱们晚上去那儿吃饭，然后瞧热闹。”

宋妈答应着去了。

陶因泽喷着烟，其他人都笑了，独她没笑。

陶因润见大姐这样，微笑道：“大姐又在想什么？推一把就推一把，没什么大不了的。这事也就是你撞破了，不然也指不定哪天就爆出来，恐怕动静更大，难不成热闹就不看了？”

“心慈手软。”陶因泽突然冒出四个字来。

陶因润听了就笑道：“大姐，老七媳妇这点倒不差的。”

陶因泽哼了一声，没再说话。

倒是苏氏过了一会儿才说：“大姑是想起来当初老七亲娘了吧？也是个心慈手软的。”

在她右手边坐着的郑静娴听了接道：“那可是真正难得的……”

“好好的别提那个了，洗牌了。”陶因清赶紧提醒苏秀芬，“晚上不就知道下文了嘛！你们这会儿就着急起来了……打牌啦，打牌啦！”

牌桌上的牌哗啦啦响起来，杂乱无章的，令人多少有些心烦……

静漪回到琅园已近午，进门就看到张妈站在廊下等着。

张妈回来正撞上萝蕤堂的宋妈带人来搜草珠的屋子，少奶奶又不见回来，正急得不行。此时她看静漪安然无恙地回来了，这才放心些。可三人脸色都不甚好，她也不敢开口问，只在一旁小心伺候着，张罗午饭。

静漪坐下来，看了看桌上的饭菜，让张妈留了一碟鹅油莴苣，其余的全都撤了去，说：“张妈你带草珠她们几个吃饭去吧，让我静一静。”

张妈听她的吩咐，撤了桌子带着几个女孩子下去了。

静漪清静地吃了顿午饭，坐在餐厅里好半晌没挪动，待觉得自己精力恢复如常，她想起那件待办的事，便起了身。

走出去就听到啜泣声，她叹口气，叫了声草珠。草珠从廊柱边挪出来。

静漪看了她半晌，才说：“先去给我倒杯茶来。”

她吩咐完了就在廊下坐了，拍拍手。不一会儿，原先不知藏身在何处的白狮懒洋洋地晃着出现在她面前。她又拍拍手，让白狮过来，抚摸了下它的大头。

草珠过来，静漪接了茶，并不看她，问道：“还是不想说吗？”

草珠沉默着，两只手垂着，手指绞在一处，脸红得发紫。

静漪逗弄了下白狮，说：“咱这院子，虽说门户紧，那也是从外边来说的。若有人里应外合，多紧的门户都不在话下。”

静漪说着松开手，白狮起来走到草珠身旁蹲下，嗅了嗅她的裤脚。

草珠一向怕这个庞然大物，见它过来，不由自主地想躲避开，可静漪没有发话，她就不敢动。

“不成我就让白狮出去遛遛？让白狮叼出那个人来，真不难。”静漪从袖子里掏出那个红绸子包来。

草珠低了头，说：“少奶奶……”

“这事，你知道你错在哪儿？”静漪握了绸子包，问。

草珠不语。

“错在私相授受。”静漪说着，对白狮挥了下手，“我那日点化你，本想让你明白过来，好早点过了明路，哪知道你竟仍不走正道，一错再错。”

“少奶奶……”草珠一跪，眼泪滚滚地落下来，“少奶奶，不是我不想，是……是眼下没有办法……”

静漪皱皱眉。

“就是……那日少奶奶撞见我们，隔两日他娘就过世了，到前些日子才回来当差。眼下不能……跟主子张不开口……也没这个规矩。哪有在孝里就娶亲的？”草珠回答。

静漪问：“是冬哥儿？”

冬哥儿是大总管哈德广手下得力的小头目，府里各处的花卉采买回来后都是他在经手安置。最近因办这差事进来过这院子一两回。小伙子机灵、知进退，她印象里还是不错的，不想他竟还如此“移花接木”。

草珠没否认。

静漪半晌不说话，看草珠还跪着，皱眉道：“起来吧。”

“我不起来。少奶奶，我想过打了胎，可是狠不下心来……”草珠抽抽噎噎地抹着泪，“好歹少奶奶别撵我走，我还在这里伺候少奶奶。出了这儿，我也没地方可去。他家里又不能收留我，我就只有死路一条了。”

“我若再留着你，你就得舍了这孩子。你可舍得？”静漪看着草珠。

草珠不语。

静漪叹口气。她深知今日的事，迟早要在陶夫人那里公布的，她能想个什么法子把这事周全过去呢？偏偏陶骧还没回来……想要他的主意急切间也要不到。她心念未已，就见珂儿从外面进来，老远看到她就福了一福。静漪看看草珠，拿定主意，说：“你这就去跟张妈说，让她往司令部打个电话，问问七少爷回来没有，若是回来了，再问晚上回来吃饭吗？”

草珠愣愣的，抹着脸上的泪站起来。

静漪将红绸子包还给她，说：“下去吧。这两日不用你出来做活，只是没我的话，不准你离开这院子半步。”

草珠走了，静漪看珂儿也走近了，笑着起身道：“珂儿姐姐来了，快里面请。”

“少奶奶您每回都这么客气。”珂儿看到白狮，做出害怕的神气来，“少奶奶，我可怕白狮。”

“珂儿姐姐。”秋薇从屋里蹦跳着出来，笑嘻嘻地叫珂儿。

其实珂儿岁数快有秋薇两倍了，只是没出嫁。她比秋薇大上这么多，听她甜甜地叫自己姐姐，眼睛早笑得眯成了线，指着白狮对秋薇说：“秋薇快把白狮拉住，我好跟少奶奶回话。”

静漪让秋薇把白狮牵走：“去给白狮梳梳毛，瞧这毛褪的，跟下雪似的。”

珂儿跟静漪进屋，把带来的点心匣子放好了，才说：“太太说八小姐扰攘少奶奶一头晌，想必少奶奶累坏了，要我过来看看。另外老姑太太说了，今儿打牌赢了钱，打外面叫了两桌席面，让晚上都到老太太那边去呢。太太说老姑太太有话，您若是身上觉得还爽快，也一起过去。七少爷今儿早上从嘉峪关回来的，晚上到家，要他也肯去，那就最好。”

珂儿边说，边给静漪盛了一碗红枣银耳百合汤。静漪虽是刚用过午饭，这是婆婆让人送来的，她也接了，吃了两口倒觉得味道挺好。珂儿回完了话，笑眯眯地望着她。

“我都知道了。同太太讲，晚上我过去老太太那边。”静漪微笑着说。珂儿转达陶夫人的话，虽说草珠的事情是一字未提的，却仿佛字字都相关。晚饭大家都聚在萱瑞堂，不是鸿门宴是什么？

珂儿走后，静漪坐在那里把一碗甜汤都吃了，见张妈过来，问：“找着七少了？”

“是马副官接了电话。说七少早上回来的，马上又去了趟栖云山，这会儿刚到司令部，正在休息。他要等七少醒了再问问，问了马上来电话的。”张妈说。

静漪点了点头。看来他这几天在外是没有休息好……她愣了一会儿神，说：

“那我先歇会儿去。”

张妈看她，嘴里答应着。

静漪也看看她，说：“我虽然年轻，该我处置的事，也是躲不过的。以后遇到事，张妈多提点提点我，这才是帮着我呢。”

张妈红了脸，说：“是，少奶奶。少奶奶不是病着嘛，我也想着这事能不惊扰到您最好。哪想到这么快……”

“我不是怪你。只不过早些准备，总比事来了措手不及好。今儿可累坏我了，有什么事都等着我睡起来再说。”她说着也就走开了。

张妈一转身赶忙让秋薇过来：“快跟少奶奶上去看看吧。少奶奶才刚好些，这么劳心劳力的。”

秋薇看看静漪自个儿上楼去了，小声说“不去了，小姐累的时候就爱自个儿待着”。

张妈听秋薇这么说，叹口气道：“这回可真是难为少奶奶了，这档子事……”她想起秋薇还是个姑娘，也不好继续往下说。

秋薇见她如此，笑笑，跑去继续给白狮梳毛了。

傍晚陶骧回到家时静漪还没起床。

他看看时间，都快晚饭时候了。她既然没起，他就先去洗澡换了衣服。等他一身长衫出现在她面前，她刚刚睡起来，在喝张妈给她端过来的药。许是药汤烫口，不一会儿就使她脸上红馥馥的，一层薄汗。他甩了下长衫坐在沙发上。

“不是说不用喝药了吗？”他皱眉。

“还有几服药吃完了就不开方子了。”张妈忙回答。

“到底是开了多少。”他到底抱怨了一句。

张妈笑笑，端着空碗下去了。静漪拭着汗，看陶骧拿了一只打火机在手里。银色的打火机上有一只飞鹰的标识，弹出来的火苗却像灵蛇吐芯……她因有话想跟他说，慢慢走了过去。

陶骧隐约闻到一股淡淡的香气，也说不出来是什么味道，也许是衣裳上沾了什么，总之极淡。他看看她，她脸色还是红馥馥的，脸上微微有笑意，目光中也有试探，稍纵即逝，还是被他看出来了。

“急着找我有什么事？”陶骧点了支烟。

静漪听他这么问，看看时间，道：“要不我们边走边说？让奶奶等不好。”

陶骧看了她，道：“先说吧。”刚洗过澡，身上松快清爽，他动都不想动。

静漪坐下，把事情的经过一一道来。

“我想着，事已至此，不如就让他们成了亲吧。”她末了说。

陶骧看了她一眼，她就顿住了。

“广叔手下的那个冬哥？”陶骧问。

静漪点头道：“是。偏是哈总管直属手下，就有点……哈总管刚正耿直，知道手底下得力的人犯这样的错，处罚必定更严厉。要说冬哥也该惩戒，可家里培养一个两个用得上的人也不易。况且要不是他母亲过世，这时候实在犯难，也不至于拖成这样，瞒不住了才……能不能拜托你在哈总管跟前求个情？”

陶骧一抬手，静漪住了声。

他喊了一声“小马”，马行健在下面答应着立即跑上来，问道：“七少，什么事？”

陶骧阴着脸，说：“带人去把冬哥儿给我绑了来。”

“是！”马行健也不问什么事，二话不说就要走。

“这……陶……”静漪一着急，差点又连名带姓地叫陶骧，被他扫一眼，她急忙收了口，“早知道不和你说了！”

“小马回来。”陶骧看着静漪。

“是，七少。”马行健又回来。

静漪刚要松口气，就听陶骧说：“先抽五十马鞭。扔那里，等着发落。”

“遵命，七少。”啪一声，马行健脚后跟磕得利落清响，噔噔噔下楼去了。

陶骧对瞪眼瞅着他的静漪说：“走吧。”

他刚站起来，静漪一把抓住他的衣袖。他顺手就牵了她的手拉她起来。

“你怎么能……”静漪心里一急，原本计划好要说的那些话都忘了，只看着陶骧阴沉的脸色，道，“我这不是和你商量，想办法给他们俩条活路吗？你这么……那要怎么办，等下奶奶或者母亲问起来，我得回话。”

“那就回话。”陶骧说着，松手先走，“但是这顿打，他逃不过去。”

静漪呆了一下，追上去问：“那你是答应帮他说情了？他们两个，总得保住一个有养家糊口的差事啊……”

“出了这大门连差事都找不着，那还是陶家出去的人吗？”陶骧头都没回。

“话是这么说……喂你等等……”静漪喊着，跟不上陶骧的步子。

陶骧脚步一停，回了身。静漪正下着楼呢，没留神他站住，整个人就撞在他怀里。陶骧被她撞得胸口一闷，看她还一脸迷糊样，皱着眉说：“‘喂’这个字也不行。”

静漪赔着笑，说：“好。那你是答应了？”

陶骧没说话，他下了楼出了院子，静漪跟着他出去上了汽车。

眼见着都到了萱瑞堂门口了，静漪看他仍板着脸，也不给她个准话，就问：“你到底答应不答应啊？”

陶骧迈步进门，已经听到萱瑞堂内的笑语，可见大伙儿都已经聚在一处了。她跟在他身旁，湖蓝色的裙子飘过来，云朵似的。此时她有点急了，脸红得很。他想了想，好像已经好久没看到她脸色是这样好看了。

“他们俩就该被撵出去。”他说。

静漪站住了。陶骧瞬间已经离她两三步远了，那月白色的长衫随着他的脚步轻舞，将他的身形饰得潇洒利落极了。她的目光追着他走，想着他虽然语气淡淡的，这句话却说得毫无商量的余地，真让人心灰。

陶骧当然知道静漪没跟上来。

萱瑞堂里外电灯挂着、灯笼悬着，跟过新年似的另有种喜庆。院子里一架紫藤花也开了，淡紫的花莹莹透亮，十分好看。此时陈妈带着外头饭庄来送席面的伙计出来，让听差送他们出门，看到陶骧就叫了声七爷，随后又叫声少奶奶。陶骧随着陈妈这一叫，回头看静漪——她因为避人避到紫藤架下去，只看到她半个人影，隔了一会儿，才俏生生地闪出来。他问了句：“陈妈，哈总管进来了吗？”

陈妈说：“还在里面回事，老太太好像有什么事要交代。七爷您找他？我进去看看，要是他回完了话，我让他等等。”

陶骧点点头。陈妈便进去了。

片刻，哈德广从屋里出来。静漪刚巧上来，哈德广向她问了句安。

陶骧让静漪先进去，说：“我马上来。”

静漪没走两步，听陶骧说：“七号缺人手，我老早想跟广叔要两个用得上的人使……”

她只听到他说了这几句话，也没来得及听到哈德广回什么话，就进了屋——她自从元宵节之后，就没见过家人聚得这么齐了。此时看到她来了，人人都笑脸相迎、软语慰问，让她心头一热，赶忙笑着一一回应、问候。

尔宜推着她坐到陶老夫人身边去，说：“七嫂这边坐。奶奶说她身边这个座位留给你……奶奶，那我坐哪儿？”

“你呀，爱坐哪儿坐哪儿。”陶老夫人笑道。

尔宜故意做出吃醋的样子来，笑了一通，不小心碰到了陶因泽的肩膀。陶因泽皱眉道：“老八简直是猫打爪，毛手毛脚的。”

“姑奶奶，我守着您坐，给您夹菜……八喜斋是鲁菜馆，最拿手的是葱烧海参，姑奶奶，我知道您爱吃，我那个海参也给您，这还不成吗？”尔宜嘴甜，说着就真的在陶因泽身边坐下来。

陶因泽看着她，道：“要你无事献殷勤。这回书念完了，该在家里等着嫁人了吧？”

“我还要念大学堂呢。”尔宜笑道。

“女孩子念那么多书做什么？找人家要紧。”陶因泽不客气地说。

尔宜也不恼，笑嘻嘻的：“除非找个七哥这样的，我就不念书，嫁了。”

“又说我什么？”陶骧正好进来听见，微笑着问。

他正站在水晶吊灯下，月白色的长衫在灯下更显得亮，不单把他这个人、简直要把屋子都映得光亮起来了。一屋子人齐齐叹了一声，只听陶夫人笑道：“说到你还真没什么好话——快坐了吧，偏你脚头好，这么些日子不着家，姑奶奶请客吃饭你都能赶上。”

“这也怨我吗？”陶骧笑了。他看了看，在外面那桌的下手坐了。金萱要给他倒酒，他不让：“晚上得去巡营，不能喝酒。”

“凭你的酒量，这点算什么，不等走出这门去就消解了。金萱，给七爷来两杯。”陶因清笑道。

陶骧抬眼看了看静漪，他忽然想起刚刚她那眼神儿，便咳了一声，喝酒。

偏被东张西望的尔宜看到，她看看静漪，说：“七嫂，七哥是不是叫你？”

静漪抬头，却并没有见陶骧看向她，一看尔宜促狭地笑着，无奈地叫道：“八妹！”

尔宜哧哧地笑。

陶因泽伸手捏着她的腮帮子，说：“你这个丫头，真是长不大了。你也学学你七嫂和大嫂，就是你不在跟前儿的二嫂，比你都不止稳重上两三个台阶呢。”

符黎贞在一旁一笑。

静漪也笑了。她又觉得脚边有什么在动，这回她没惊慌，低头一看果然是袖猴。她一伸手，袖猴立即抓着了她的手指，她就将袖猴抱起来放在膝上。陶老夫人和陶因泽看到，一同说：“咦！”

陶因泽笑道：“这东西势利得很，轻易可不让人碰。”说着用手点着袖猴，就见那袖猴伸出爪子来对着她就挠。陶因泽熟知这小东西脾气，当然不会让它得逞，反而笑着骂：“这喂不熟的小白眼狼，偷了我多少点心吃，还是这么着。”

陶老夫人笑着说：“这小白眼儿狼信不过的，根本不靠前儿，更不偷吃。”

袖猴吱吱叫着，在静漪膝上转了一圈之后坐下来，小爪子搭在桌沿上，试试够不到静漪的盘子，又着急得吱吱叫起来。

“给你这个吃。”麒麟拿着松子过来。抬头看看静漪，“小婶婶，这个给你吃。”

他手里捏着两颗奶糖。

静漪接了，说：“谢谢麟儿想着小婶婶。”

“哟，我都不知道他怎么还留着这个。”符黎贞看到，笑着说。

静漪刚拿在手上糖，袖猴一把就捞走了一颗，迅速从静漪膝上跳下去，一会儿便不见踪影了。

“怎么办，只有一颗了……”麒麟看看静漪，有点沮丧，“是小婶婶和七叔一人一颗的。”

静漪忍不住笑了，说：“这回小婶和七叔分着吃这颗糖好了，下回麟儿再多给小婶一颗糖好不好？”

陶老夫人摸摸曾孙的头，说：“这孩子还知道想着七叔，好。麟儿来，太奶奶奖麟儿好东西吃。麟儿不是喜欢朱古力？你八姑姑那里有好几盒都没吃。”

“奶奶拿我的东西做人情！”尔宜叫道。

“不是你说的吃朱古力会胖起来，你大姐给你带回来的，都没有动？”陶老夫人笑道。

“太奶奶，我不要八姑的朱古力。”麒麟忽然说。

“为什么不要？”连尔宜都奇怪地问。

“八姑胖了不好看，麟儿胖了也不好看。”麒麟很认真地说。

静漪先笑起来，忍不住就亲了麒麟一下，说：“麟儿怎么都好看的。”

“姨妈也这么说……糖是姨妈给的。我说要给小婶婶，她说小婶婶不稀罕的……娘，我说什么来着？”麒麟对符黎贞笑。

“你说的对……还没见着我们麒麟跟谁这么亲呢！前儿我带他回娘家，竟时不时地就提起七妹来。麒麟，你快去给小婶婶做儿子吧，好不好？”符黎贞笑着说。

一时众人也都笑，可爱的麒麟在这个怀里那个怀里转着圈。

饭桌上其乐融融，静漪在这样的气氛里也就先安下心来。等吃罢晚饭，要走的都走了，静漪和陶骧被祖母留下来。陶夫人送了老姑太太她们出了萱瑞堂大门也折回来，看陶骧和静漪陪老夫人坐着，内堂里一派宁谧温馨，笑着过来坐下。

金萱刚泡好了茶来，静漪接了，给婆婆倒茶。陶骧坐得远些，她也给倒了一杯，回头望了望。陶夫人看见，说：“老七不喝这个的。金萱，另给七少爷上碗凝碧。”

“就这个吧。”陶骧过来从静漪手里接了杯子，金萱便笑着出去了。

陶骧拿了茶杯，却没坐回去，在屋子里踱了会儿步子，也出去了。

“奶奶，母亲。”静漪把茶壶放下，轻声开口，“正有件为难的事情，还请奶奶和母亲听我说一说。”

陶夫人啜口茶，看看婆婆。

老夫人正低头抚弄袖猴，头都没抬地说：“什么事至于为难了？说吧。”

静漪便将白天发生的事情讲了。与跟陶骧重复的那遍不同，她略去了在萝蕤堂里的绝大部分环节，于是过程就显得简洁多了。

“事情错先在我，先是我失察，知道了又没有及时处置，才到了这个地步。奶奶和母亲要责罚我，我绝不辩解。我屋里的奴才坏了家里的规矩，我先领罚，只是还有几句话想说，若是说得不对，是我年轻不晓事，奶奶和母亲不要生气。我总想着，家规可严，家规必严，可是这样的事，哪里是一个‘严’字就能禁得住的？都在少年，移干柴近烈火，没有不燃的道理。奶奶，母亲，我这样看着，家里正当年的听差、女仆不在少数，就是有规矩管着，百密难免一疏，此类事恐怕也不见得不再出来。不如从此以后将规矩说明了，若是再有谁看上了谁，及早禀明主子，外面另辟出一处地界来，专门给他们成了亲的用。进来伺候还是男在外、女在内，各是各的。这样成不成？我是这样想，也请奶奶和母亲考虑。这是往后的，眼下至于草珠……”静漪说着，看看陶老夫人和陶夫人的脸色，都还没有动怒的意思，就大着胆子说，“我今儿也悄悄审过了，她愿意打了胎，依旧留在我屋里伺候的。倒是我心里不落忍，总想着无论如何是个性命，这时候都挺大了，万一一个不好……我倒也记得奶奶不久前还说过一句话，‘数百年旧家无非积德’。就不如成全了她，等孩子生下来，冬哥守孝期满，让他们成了亲，好好过日子去也就是了。他们若是有良心，自然还念着这些年在陶家的好处……”

陶夫人一杯茶总算喝完，看看老夫人。

陶老夫人微笑了下，说：“你倒是会拿我的话来跟我说道理。”

静漪见陶老夫人这么说，脸就忍不住发热，轻声道：“奶奶，我这不是记得您的教诲嘛，一日不敢忘。”

陶老夫人忍着笑，看看儿媳妇，说：“你听听，分明是拿我的话来堵我的嘴，还说得这么可怜，你说我该怎么答复她？”

陶夫人微笑着，见这是婆母大人要她发表意见的意思，就说：“谁让老太太一向待下宽和，静漪自然也有样学样。”

静漪听陶夫人又是这个态度，忙道：“母亲，以后我会盯紧了下人，再也不犯这样的错了，母亲要怎么罚我都成。”

陶夫人看她眼睛都亮起来，说：“罚也是得罚，容我想想的。这事就照你的意思吧……只一样，这两个，府里都不能留。”

“是。多谢母亲，多谢奶奶！”静漪始终站着说话，到此刻赶忙又认真地给二位行了礼。

陶夫人故意皱了眉，说：“虽说有年头没出这个事了，却又不是什么大事，我还当怎么着了。前头还有事呢，倒在这里听你啰唆半天。”

“盛川也该回来了，你去预备吧。我看他新近心绪也不是很好的样子。”陶老夫人提到儿子，微微皱了下眉。

“是。”陶夫人起身，辞了婆母。

静漪送陶夫人出来。看见陶骧，陶夫人说：“晚上还出去巡营，就加件衣裳，一早一晚的凉。”

陶骧说：“母亲，这我知道。”

“真同你父亲一个脾气，从来不在意自己的身子。你如今也是有家室的，将来还要为人父亲，不要任性。”陶夫人说着，看看站在陶骧身旁的静漪。

陶骧答应。

陶夫人由陶骧搀着上轿，临走却对静漪说："回去早些歇着。刚好些，别累着。老七忙，就让他忙去，你只管先保养好了。"

静漪点头称是。当下珂儿扶着轿，陶夫人走了。

静漪和陶骧进去辞了祖母，一同回房。她到大门外才想起来陶骧让马行健早把冬哥给绑了来的……进门一看果然冬哥跪在院子当中，身上布满血痕。马行健拽着白狮站在一旁，冬哥跪着就一动不敢动。

静漪心一沉，就看陶骧不紧不慢地走到冬哥面前去了，没等站下，冷不丁起来一脚踹在冬哥胸口上。

静漪被这突起的一脚吓了一跳。白狮也猛然间狂吠起来，震耳欲聋。

陶骧说："顾头不顾尾的，你也算男人。"他点了下白狮，白狮又吼了两声才停。

冬哥爬起来给陶骧磕了个头，说："谢七少爷饶命。"

"滚。"陶骧骂道。

冬哥转身又朝静漪磕了个头，却没立即滚。

静漪说："七爷让你走，还不走？"

"多谢七少奶奶。"冬哥这才瘸着走了。

静漪忍着不去拍胸口给自己压惊，却还是站在原地看着陶骧。

陶骧见就这么一会儿工夫，院子里人就全走光了，唯独静漪还在，也只是瞅着他，似是发了愣，便皱了皱眉，掏出烟来点上。

"少奶奶，八小姐电话找您。"月儿从屋子里出来，对静漪说道。

静漪看看陶骧，先进了屋。想一想，上楼去接的电话，原来是尔宜请她和陶骧陪着她出席毕业典礼。静漪闻到一丝烟气，发现陶骧也上了楼，指间夹着燃了一半的烟卷。他走近些，她觉得呛，便轻轻咳嗽了一下。

"什么时候呢？"她轻声问。

陶骧走得更近了，她抬眼看他。她轻咳着，他就把烟掐了，顺手丢在琉璃碗中。

尔宜说这个月底，其实也不过还有半个月。尔宜说的是若她身体都好了，就抽半天时间去。父亲若是去了，会惊动太多人；只好求着七哥七嫂。

"七嫂，你问问七哥，能不能来？"尔宜声音清脆。

静漪望着站在她面前的陶骧，想着他耳朵尖，应该能听到尔宜在问什么，但还是扣了一下话筒，问道：“尔宜的毕业式，想请咱们代表家人参加。父亲和母亲的意思也是如此。你……”

她吸了口气，因为陶骧不但紧靠她站着，更揽着了她的腰。

她身子贴在他身上，话筒就在两人之间。

尔宜还在电话里叽叽喳喳地说着，陶骧低头已经吻上了静漪的唇……静漪手中攥着话筒，被陶骧吻得措手不及。他喝了一点点酒，唇边有淡淡的酒气，舌尖有力地开启了她的唇，逗弄着她的舌……静漪含混地“嗯”了一声，听着尔宜不住地叫着“七嫂七嫂你说话呀”，她哪里能说话呢，在这样从容不迫却毫不放松的侵占当中？她就想哪怕能咬陶骧一下也好，可以暂时摆脱他，能去答应尔宜一声。

陶骧察觉她的意图，吮了下她柔软的唇，从她手中抽了话筒过来，说了句：“到时候我们去。”他说着将话筒扣在了一边。

静漪看着他，月白衫子上一挂金色的链子，明晃晃地闪着光。她靠在他身上，在他低头再要来亲她的时候，她微抬了下巴，印在他唇上。

陶骧的唇滚烫，有烟草的苦味。被她柔软的唇黏上，他反倒有片刻的停顿，才继续亲她。

静漪觉得唇上像被放了火种，渐渐烧疼痛。在他似火一般热烈的攻势当中，她是想要闪避，却没有闪避。渐渐地，她雪白的肌肤都染上了樱花色，她似乎能看到如雪一般簌簌急落的花瓣，她则是花瓣雨中被他噙着的……

房门是怎么进的，她也不清楚。趁着他放松一会儿，她急忙说：“我去洗一下……”

他手上的力气又加了几分，她几乎担不住那疼，眼里就起了雾，顿时觉得委屈起来……她咬紧牙关。

陶骧将她的下巴托住，看她……黑黑的瞳里，映着他的影子，长而弯的蝶翼似的睫毛，微颤。他的手指贴着她的面庞，柔腻的肌肤贴着他的手，似乎是停在那里越久，越让人离不开。脸是红馥馥的，今晚她的脸始终红馥馥的……

静漪本是在等着接下来的暴风骤雨，不想陶骧就这么看着她，竟像是在看着什么让他捉摸不定的东西。她忍不住抬手，还没够到他的手，陶骧便低声说：“我走了。”

他行动极快，说着走，立即就起了身，就像刚刚那暴风骤雨的前奏，瞬间便揭了过去，了无踪影。

“这就走吗？”静漪愣了一下，问道。

他看了她一眼，她轻按了下领口，细巧的手指在衫子上一印，手指白皙到透明。

“什么时候回来？”她问。

陶骧问：“你真想我回来？”

静漪被他问得怔了片刻，微笑道：“你这是什么话……”

陶骧也微笑了下，说：“今晚不回来了。你睡个好觉吧。”

静漪站起来，裙摆向下一垂，齐着脚面，裙摆还在抖抖索索的。她听到陶骧说：“你这么曲意逢迎，我倒不习惯了。好了，我已经和广叔说了，广叔会安排冬哥去7号。你不用再费心思了。”

静漪被陶骧的话说得脸上一阵红一阵白，咬着牙关没有吭声。

陶骧沉默片刻才说：“我倒也有一事，不过得等父亲的决定下来，才好和你说。不用怕，是你作为我太太分内的，应该也不算太为难你。”他说完，也不看静漪的反应，回房去换了衣服。

静漪发了半天的呆，分明是意会到了哪里不对劲儿，看他重换上军制服要走，却将话都咽了回去。明知道此时他应该不太想看着她，她还是下去送他走。

看着他带人快步离开，她忽然有点意识到，他下次回来，不一定是什么时候了……

白狮叫了两声，她忙牵住它。

陶骧回了下头，看到牵着白狮站在院中的她，皎皎月色下，身子纤长而又柔弱……他走着，靴子发出沉闷的轻响。

整栋宅子在这时都已经开始进入睡眠，这样的响声未免有些突兀。

静漪直到听不见任何声响，才拍了拍白狮的颈子，说：“我们回去吧。”

她仰头望了下天空，天很晴，不像陶骧那忽然间阴云密布的脸，阴得像是马上就会打雷下雨一般。

草珠隔了两天便离开了陶家。静漪听闻冬哥暂时将她安置在他姑妈家中，到底还是让张妈出府去看了看草珠。张妈回来说草珠被照顾得很好，静漪才放心。

草珠这一离开，静漪倒觉得这园子里比先前更加安静了些。秋薇说其实这只是由于姑爷总不回来的缘故。秋薇这么一说，张妈就立即附和，月儿似懂非懂的，也跟着点头。她瞧着她们这样子，难免有点心烦，只是说不出。

最近一段时间，她的身体恢复得很快，没多少日子，去老夫人那里请安就不用乘轿了。

这日在陶老夫人房里，尔宜拿出毕业式上要穿的礼服来，挨件试给静漪看。姑嫂二人正在挑选，银萱进来禀告陶老夫人，说大少奶奶带符太太来给老夫人请安了。

陶老夫人说着请。金萱来搀她，她摆手，拿了一把团扇就走出去。静漪要随着去，尔宜拉着她比了个噤声的手势。

静漪见她似是意欲回避，便轻声说："大嫂娘家妈妈来呢。"何况大少奶奶不会不知道这时候她们定然是在此处的，怎好避而不见？

静漪看尔宜嘟了嘟嘴，忍不住想笑，冲祖母的背影努努嘴，又摇摇头。果然陶老夫人回头瞪了尔宜一眼，迈步出去，这会儿工夫，符太太母女也就进了门。

尔宜笑嘻嘻的，拉一把静漪，问她自己身上的衣服怎样。

"这件也很好。"静漪说。她已经看她换了一头晌的衣服，的确没有一件她穿着不好看的，一句"很好"委实不算敷衍了。尔宜高高兴兴地跟她一道出来见客，静漪就看到陶老夫人下手坐了一位妇人，衣着朴实无华，就是首饰也并不浮夸，一望即知符氏双姝是如何得来如今模样的了。她和尔宜过去给符太太见了礼。

符太太是见过尔宜多次的，倒不怎样，看了静漪，一时竟无话。符黎贞轻轻扶了下母亲的手肘，符太太这才回神，不禁赧然。

静漪倒笑了，问道："难道伯母也觉得我有些像二小姐？"

符太太文雅一笑，摇头道："哪里。弥贞与七少奶奶怎么能比……漫说不像，就是像，也是不能比的。还是那日婚礼上远远见了七少奶奶一面，这一近了看，太真切，我都有些不知道说什么好了。"

符黎贞微笑道："七妹别见怪。母亲是见了真人喜欢得不知如何是好了吧？"

符太太点头，对陶老夫人道："老太太瞧着也得意得很吧？"

陶老夫人看看静漪，微笑道："亲家太太别一味地夸她。她年纪小，经不得这么夸。"

静漪对老祖母微笑。

听起来老祖母虽是说着不让符太太夸她，语气反而像是在鼓励。符太太很识趣，当真是又赞了她一番，才同老夫人闲话家常。

静漪在一旁听着，符太太言谈十分有分寸。虽说都是家常话，在她说来竟没有一样不生趣的，符黎贞又在一旁帮着母亲提点，陶老夫人越发高兴起来，不住地笑。

尔宜虽然也陪坐一旁，却并不像静漪那样耐心，但见静漪分明满眼的羡慕，便扯她的袖子，让静漪拿点心给她吃。静漪被她一闹才分了心。

尔宜趁她拿点心，低声在她耳边说："七嫂你快点怀个娃娃吧，自己做娘，不用羡慕人家娘儿们感情好。"

静漪皱眉道："你又乱讲话。"

"我哪儿有乱讲？你问问奶奶，你问问母亲，要不你问问七哥……"尔宜说得越来越大声。这姑嫂俩的对话惊动了那几位，陶老夫人就问她们俩说什么呢，尔宜刚张开嘴，静漪便将一块绿豆糕送到尔宜唇边，笑道："奶奶，八妹让我给她拿点心吃呢。"

尔宜也知道这话不便当着符太太说，当下就着静漪的手咬了一口绿豆糕，笑而不语。

符太太笑问："八小姐也要毕业了吧？"

尔宜点头说是的，然后对祖母道："奶奶，我真怕让七嫂去我毕业式，大家都只看七嫂了。"

"怕你七嫂抢风头？那正好。天气热了，我们还舍不得你七嫂出去晒太阳呢！"陶老夫人便说，"好了，静漪这趟差事可免了。"

静漪笑着看尔宜，尔宜故意嘟了嘴。

符黎贞笑道："尔宜淘气，这么美的嫂嫂去给你助阵，该多得意呀！"

"大嫂也取笑我。"静漪笑道。

"哪里是取笑你。我们文娟和八妹同级，也说了要我们去观礼呢。我不能出门，文娟硬是要弥贞去，她和弥贞感情向来好。只是不知弥贞肯不肯去。"符黎贞笑道。

"我知道符文娟，也是有名的漂亮小姐。"尔宜笑着说。符文娟是符黎贞哥哥的长女，比她小一岁，上学却早一年。

“连文娟都这样大了……”陶老夫人感慨一番，又说了会儿话，留符太太用饭。

符太太只说家中还有事，借机告辞。

静漪因要去陶夫人那里，便同尔宜一道送符太太出来。早有车子在外等候，符黎贞送母亲上车之后，和静漪她们一道往延禧堂去，她像是忽然间想起来，说：“对了，七妹，有件事，我险些忘了呢。”

静漪看她。

“七妹送弥贞的寿礼，她都喜欢，要我替她谢谢你。只有一样，她觉得贵重了些，嘱我千万拿回来交还给你。说别的东西她都留下用了，只这样无论如何都不成。”符黎贞说。

静漪还没说话，尔宜先说：“这个姐姐真不大方，七嫂送的什么还至于要退回来？”

符黎贞便说：“是对铜镇纸。起先我也没看仔细呢，倒是弥贞细心，说这东西原是老太太的。想必是老太太给了七少奶奶，若是老太太知道七少奶奶转送了她，怕是要怪罪的。”

尔宜不以为然地道：“不就是对铜镇纸嘛，又不是金的玉的，大嫂你也真有意思。”

符黎贞看看尔宜，微笑。尔宜固然心直口快，这番说辞也未必不是因为护着静漪。

“铜镇纸？啊，我送二小姐的并不是奶奶给我的那对，是另一对。”静漪初听有些愕然，到这会儿镇定下来，才道，“这一定是秋薇那个丫头弄错了。我也有一对宋风手制的铜镇纸，图样纹路都与奶奶赏赐的那对很相似。因得了奶奶赏赐，才想着……真对不住二小姐了。”

“七嫂你要粗心起来，也真是太粗心了。”尔宜听到这里，忍不住抱怨她，“果然是奶奶给的东西，你就该收好了嘛！”

“也是我糊涂。”静漪轻声说，“还请大嫂代我向二小姐道歉。东西只是弄错了，我仍旧送她一对铜镇纸的。”

“七嫂你好大方。”尔宜又笑了，似乎对憨气的静漪颇有些无奈，“二小姐都送回来了呢。”

“八妹说得对，我也是这个意思。弥贞觉得礼物贵重了些。八妹刚说又不是金的玉的，这对铜镇纸比金玉不差呢，弥贞无功，不受如此重禄。”符黎贞微笑着望了静漪。

静漪边迈步进门，边笑道：“贵重是贵重，难得二小姐识货，又真喜欢，岂不是比都在我手上留着要好？二小姐从前见过这对铜镇纸？”

“见没见过，我却也不知。”符黎贞回答，她看了静漪，“她对这些小东西很上心的。”

静漪微笑，点了点头。

“奶奶这些零碎的小东西也多了去了，她还真会上心呢！”尔宜笑嘻嘻地说着走在前头。符黎贞和静漪都没有说话。

“咦，父亲在家。”

静漪一看，的确陶盛川的随扈在。

符黎贞走在前面，带着她们顺着另一边抄手游廊过去。

珂儿从上房出来，轻声说：“少奶奶和八小姐先等等吧。老爷这会儿在发火。”

“怎么？又有谁惹他不痛快了？”尔宜问道。她很有些怕父亲，此时听说父亲在发火，虽不知道缘由，莫名有些担心：“是公事？哪儿打了败仗了？那挨骂的也该是陆老头和七哥他们嘛！干吗回来家里乱发脾气？”

“八妹。”符黎贞阻止尔宜。她看了珂儿，问：“谁在里头呢？”

“太太在。不过书房里就只有七少爷在老爷跟前。”珂儿说着看看静漪。

静漪因并没有看到陶骧的随扈，听说他在，略觉意外。

“七弟是被父亲叫回来的吧？不知道出了什么事。听说这阵子西边不太平。南京那边，中央军又有些动作。”符黎贞轻声说。见静漪不语，她又说：“老七怕是更要不着家了。”

“被母亲听见咱们议论这个，是要骂的。”尔宜也轻声道。她转了下身，想起来，拍手道：“七哥不就没空去我的毕业式了？这怎么办，七嫂？”

静漪被尔宜一碰胳膊，忙问：“你说什么？”

“七嫂！算了，七哥答应的事一定会办到的。实在不能去也没有办法，七嫂你去就好了。”尔宜看着静漪发愣，无奈地笑道。

听不到屋内的动静，不知里头如何了，静漪有些忐忑。尔宜在同她说什么，她只是点头。很快她们都不出声了。静漪望着院中空地上，起起落落的麻雀，一忽儿这边，一忽儿那边，地上不知有什么，能引得它们这般追逐……她出了好久的神。

尔宜又碰了碰她的胳膊，提醒她道："七哥出来了。"

静漪一回头，果然看到陶骧。

陶骧看了她一眼，先同符黎贞打招呼："大嫂。"

符黎贞笑笑，与尔宜先进了屋。

静漪看陶骧眉头锁着，问："这就走吗？要不要回去歇一歇？"她能看出他脸上有疲色。

"要。"陶骧很简单地只答了一个字。

"那你先回去，我去去就来。"静漪很快进了屋子。

陶夫人见她进来，问道："老七走了吗？"

"是，他好像很累。母亲，我也回去吧。父亲……"静漪说着，就见陶盛川从内堂出来，符黎贞和尔宜也急忙起身问好。

陶盛川面上平和，丝毫看不出刚刚发过火。只是他威严惯了，和颜悦色的时候也并不让人觉得轻松。尤其是尔宜，简直要躲到静漪身后去了。越是这样，陶盛川反而盯她一眼。陶夫人知道陶盛川对这个骄纵惯了的小女儿一向是有些看不惯的，怕他再动怒，忙打发她们先走了。

静漪出来已经不见了陶骧踪影。她同符氏尔宜分开，回了琅园。

图虎翼正在门前帮司机擦车，见静漪回来忙行礼。

静漪点点头，正要往里走，图虎翼悄声说："少奶奶，七少这些日子烦心事多。您劝劝吧，好歹先顾着自个儿的身子骨。"

静漪又点了点头。她进门看到马行健守在书房门口，张妈端了一个盘子正在说什么。见她回来了，张妈过来，小声说："要进去给七少爷送茶，马副官说少爷睡着了……"

"两天没睡觉了。"马行健把声音压得极低，"要不是被大帅叫回来……飞行部队那边刚组建，事情也多。"

张妈一个劲儿地吸着气，心疼她的七少爷。

静漪从她手中接过盘子，看看马图二人的眼睛也熬得通红，说："他歇着，你们俩也去歇歇。醒了自然叫你们的。"

"少奶奶，我们还没吃饭呢。"图虎翼忽然说。

静漪一听又忍不住想笑，叹口气，道：“快跟张妈去吃饭吧，真是……”她说着摇头，轻推书房门进去。

陶骧斜躺在沙发上，已经睡沉了。鞋子脱了，整齐地摆在沙发旁；枪套就放在身边，仿佛预备随时拿起来。静漪把盘子放在茶几上，在书房里看了看，只有他的一件毛衣挂在衣架上，她拿过来给他盖上。

她原本想进来看看他就走的，却不知不觉就站下了，还站了好一会儿。他只穿了军制服衬衫，连颌下的纽扣都不曾解开一粒，看上去整齐得让人替他难受。她忍不住想给他解开一粒扣子，让他睡得松快一点，又担心自己笨手笨脚的再把他弄醒，犹豫了又犹豫，只得罢了。

她待要退出去，发现他的外衣滑落在地，过去捡起来，正要挂到衣架上，发现衣服上一颗铜扣松了。随身带的荷包里有针线，翻开看看恰好有灰色的丝线，她坐下来，纫了针线，仔细地把那颗纽扣重新钉一钉……钉完了这颗，又把其他几颗也都补了几针，自己看着满意了，才将制服挂起来。

她听到一丝响动，回头看看，他仍是那个姿势没变。

她顺手从架子上取了一本书下来，坐到他对面的单人沙发上去。翻着书，听着他匀称而和缓的呼吸声，偶尔落在窗前枝头上的鸟儿，清脆鸣叫声……如此宁谧而又安闲，让她有种一切都凝固下来的错觉。

午饭她也没出去吃，就拿着给陶骧备的点心吃了一点。等吃完了才发现，是一碟子牡丹饼。她平时是不吃这个的。这已经不是时令点心，不知道为什么还会有。

她怕糕饼渣弄脏了他的书，起来擦了手。这时候他翻了个身，她停在那里，看他继续睡，才舒了口气，想着她在这里，或许不知怎么着就打扰他了，她轻手轻脚地开门出去了……

快到晚饭的时候，陶夫人那边来电话问他们过不过去用晚饭，静漪照实说陶骧还在休息，陶夫人便命人将晚饭送了来。静漪看陶骧丝毫没有要睡醒的意思，又等了等。张妈催她先吃些，她说不饿，再等等的。张妈就叹气。

入夜有些凉意，静漪围了条披肩，忽然听见外头嘈嘈杂杂的有些响动，她略皱了皱眉。陶家宅内总嫌沉寂，稍有声响也会被迅速吞噬殆尽，却不知此时为了什么？

静漪正觉得奇怪，小丫头月儿早跑出去打听了。回来就说，糟了糟了，大少爷那边乱成一团，听说是三老姑太太为了救孙少爷，跌进湖里去了。孙少爷刚被送回来，大少奶奶失心疯似的……

“我过去看看吧，能帮上忙不能。”静漪说着看看张妈，“七少醒了让他先吃饭，告诉他我去谭园看看就回的。”

张妈见她如此，就交代秋薇和月儿道：“你们在家照顾着，留神里外，我跟少奶奶走一趟。”

静漪想着张妈是府里的老人，有她跟着她心里是踏实些，便带着张妈去了谭园。

一进门果然谭园里乱成一团，完全不见平日里的井然有序。

符黎贞的贴身丫头小柏看到静漪，叫了声“七少奶奶”。

“麒麟脱险了？大少奶奶呢？”静漪问。

“刚送回来，还昏着。大少奶奶守着小少爷，不让我们近身。”小柏眼睛通红。

静漪顿觉不妥，忙问：“大少爷不在吗？”

“大少爷被老爷叫过去了，现正赶回来。”小柏说。

“小少爷怎么样？”静漪又问。看不到里面究竟如何，刚刚闹得沸反盈天，此时竟半点动静也没有，静得令人生疑。

“小少爷昏着，直打哆嗦，大少奶奶说要等大夫来……大少爷命我们请胡大夫，可是胡大夫偏偏不在家。府里常用的大夫也已经派车去请了，应该快到了的……要不七少奶奶您进去看看？”小柏也是心急了，望着静漪急切地道。平日她话语甚少，也不同静漪说话的。

静漪要她小声些，自己悄悄地走进去。从玻璃窗里一看，隔着薄纱，就看到符黎贞独个儿守在麒麟床前，只能看到符黎贞的背影，看不到床上的麒麟。静漪更觉得不好，也顾不得什么，推门就进去。

“谁让你们进来的？！”符黎贞被惊动，怒喝一声。

“大嫂，是我。”静漪忙说。

符黎贞回头看是她，顿了顿才问：“大夫来了？”

静漪摇头道：“马上就到的。大嫂，我能看看麟儿吗？”

符黎贞似乎是在辨认她，仿佛她是个陌生人似的。

静漪看着符黎贞的样子，心头一震，也不再言语，越过她去查看麒麟。麒麟的确在昏迷中，此时他鼻息微弱，身上光溜溜的，还在不住地抽搐。静漪一摸，滚烫。她弯下身，检查下麒麟还有没有别的伤——除了小腿上有擦伤，看样子是摔倒时候不慎导致，其他的伤倒没什么。她皱着眉，刚要问符黎贞，就听着外面人声再次嘈杂起来，有说大少爷回来了，有说大夫来了……静漪闪到一旁去，但站得并不远。

先进来的是府里常用的老中医吴振昌。静漪看他号脉，回头轻声问小柏："有胡大夫的电话吗？请胡大夫来一下吧。烧得这么厉害，打针会好得更快些。"

小柏忙摇头，看向符黎贞。

也许是因为大夫来了，符黎贞镇定多了。她也听到静漪说的，就说："麟儿是受了寒，吃汤药驱寒退热也就好。大晚上的不要惊动太多人。"

静漪心想麒麟出点事，再不惊动人，阖府上下也马上都知道的，只是她一看符黎贞的面色，立刻意识到自己还是不要多话的好。她心念未已，就听外面有人进来，在同陶骏说话。静漪分辨出是珂儿。她见符黎贞那脸色越发难看，就悄悄地退出来，恰好听见陶骏说："小孩子一时不慎落水，救得及时，不碍事的，让父亲和母亲不要担心。请母亲照顾好姑奶奶，这边有事我会让人去告知的，另外不要惊动老太太。"

陶骏说到最后一句，声音抬高了些，显然这句话是说给在场所有人听的。他把珂儿打发走了，看到静漪，温和地说："七妹也在。麟儿出事，让你担心了。"

静漪看他斜靠在轮椅扶手上，手上攥着的折扇，扇坠在不住地晃着，想起他上回发火犯病的事来。

陶骏看出来了，就说："我还好。"

静漪便没有出声。

这时候吴大夫出来，跟陶骏详细地解释麒麟的状况。陶骏仔细地听着，末了，将大夫拟的方子拿来扫了一眼，让人快些去抓药。

静漪看这里的情况都已经稳定下来，带着张妈告辞出来。才走到院中，正遇上赶过来的胡少波。静漪本想跟胡少波打个招呼，意识到他是被陶骏派人紧急召来的，此时第一要务是去照看病人，并不敢耽搁他的时间，只往一旁避了避，让开通道。但见胡医生满脸是汗，头发梢都湿漉漉的，神情也大异于常，竟像是完全没看见她，很快从她身边走了过去。

静漪出来，往回走着，半晌没出声。

忽然想到跟在她身后的张妈，从始至终跟个影子似的，就没出过一声，不由得看了看她，说："好好的怎么就掉水里去了……平常大嫂护着麟儿跟护眼珠子似的，这回当真是被吓坏了。"

她眉头皱着，想着麒麟那可怜的小模样，心就揪起来。

"大少奶奶当时可没在身边，竟然是老姑太太凑巧经过发现的。"张妈说。

静漪眉头一皱。

"少奶奶，这府里的水边，您也少去吧，是有那么些个古怪的。"张妈一边说，一边提醒静漪留意脚下。

静漪立刻想到那日在花园里看到的竹林古井，心里未免有点怕。她看看张妈，说："哪个府里没有点水啊，说得怪吓人的。"

两人低声说着话，就看到秋薇和月儿挽着手，在门边等着了。

静漪问秋薇陶骧醒了没有。

秋薇就说，不但姑爷没醒，阿图和马副官也还在休息室里呼噜打得山响，她和月儿听了都觉得心烦："合着他们是每人都赶着五百只猪进城呢！"

静漪被她的形容逗笑了，看时间，陶骧这一觉也睡得很久了……她在书房门口听了听，轻手轻脚地推开门，就看到陶骧正坐在沙发上摸着白狮的大脑袋，立时站住了。

陶骧看静漪一脚在门内，一脚在门外，就那么盯着自己，问："外面出什么事了吗？"

静漪这才迈步进门，跟他讲了讲前面发生的事。

陶骧皱眉道："怎么会这样。"

静漪说："大夫看了说没有大碍，应是着凉，又受了惊吓。不知道姑奶奶怎么样了，要不去看看吧？"

陶骧看了眼她，她这份儿担心倒真实在。

"吃过饭去吧。"他说。

静漪想起来，自己原是进来叫醒他吃饭的，被他吓了一跳，竟然都忘了。她点点头，先出去，吩咐张妈把饭菜热了摆上。等晚饭的工夫，陶骧从书房里出来，他踱着步子，脚步虽四平八稳，脸却一直板着，不知在想什么。静漪望着他，也不出声。

“下个月初，陪我去趟南京。”陶骧终于在餐桌边坐下来，说。

静漪听到“南京”二字愣了下，意会到这大概就是陶骧之前说的要她去做的事。但是去南京……她喝了口汤，说：“下月初，南京该入梅了吧。”

“差不多。”陶骧平静地说，“我有事在身，你去了倒可以四处走走。”

“那需要我做什么，你事前告诉我。”静漪说。陶驷夫妇在南京，他要去还要带上她，想必是有重要的社交活动。她看看陶骧，陶骧不紧不慢地吃着饭，只是略点了点头。

“到时候我会让高英通知你的。”他说。

静漪从本心来说并不想去南京，虽然能见到无垢和新生儿是件高兴事，南京却也有她不想见的人……可是不去显然是不行的。

晚饭后，两人起身去萝蕤堂探望陶因润。静漪见时候已经不早，担心姑奶奶们会不会已经休息了，陶骧却说：“她们是日日打牌至深夜，没有凌晨一两点钟绝不肯去休息的。”

静漪想想也是。萝蕤堂大约是陶家宅门内唯一在宵禁后还常常通宵达旦打牌听戏的处所了，连陶老夫人那里也不曾如此。老太太们这么做，多半是因为孤寂……静漪想到这里不由得轻叹。

陶骧听见，看了她一眼。

到了萝蕤堂，果然进门就看到明灯高悬。

陶因润的住处在萝蕤堂后院的安斯阁，走过去要经过半个花园。等走到了，只见花木掩映下的安斯阁门外清清静静的，并没有想象中的乱哄，静漪猜想陶因润身体必没有大碍。果然让守在外头的宋妈进去一通报，就听到里面传出来笑声。

静漪看了眼陶骧，陶骧嘴角一牵。

等进去一看，这里倒也没有很多人，只有陶因泽姐妹和陶夫人。

看他们来了，坐在床上的陶因润便笑道：“还是小猫和静漪懂事。那些家伙，算上老八，都是白疼他们了。”

“老太太那边没敢惊动，老八不知道。”陶夫人解释道，“三姑又叫老七小名，他都多大了，媳妇都娶了，您还这么着。”

“你不说我倒还没觉得，如今我也都忘了老七原先的小名是什么了，后来小猫小猫地叫着，顺口得很。”陶因润笑得厉害，仿佛是逮住了个能让她高兴的事，“娶了媳妇了，不还是个小毛头吗？怎么了，还不让叫小名了？”

“姑奶奶您就随意吧。”陶骧微笑。

静漪闻到酒气，仔细一看，果然陶因润手边有一个酒碗，她的丫头更守着一个酒坛在旁边随时伺候。陶因泽等人也都围坐在桌边，桌上摆着下酒的小菜——这竟是凑在一处趁机喝酒呢！

“来，小猫和静漪也坐下来。今儿我一英勇，居然还就让你娘破例多给我一坛子好酒——不过侄媳妇，我倒要挑理了。这酒好歹也是我们老爷子留下来的，我姓陶呢，不是该有我一份儿，怎么就不让我们敞开了喝？”陶因润喝一口酒，说。

静漪坐在末席，看陶因润身上穿着薄薄的绸衫，也不管陶骧是个男晚辈，他来了，她照旧是那样的，不遮不掩，坦然相对，豪放也是豪放到了极点的。

陶夫人笑道：“三姑，您也不是不知道，祖父不是立了规矩了嘛，防的就是陶家后人纵情声色、玩物丧志，才让管家媳妇把着酒窖钥匙的。再说，三姑您也没少喝酒。咱们家里逢年过节，酒可从来不亏着各位。”

陶因润哼了一声，说：“我不过说两句，你就这么多等着。小猫，给我倒酒。你娘太不像话了，管家媳妇了不起吗？这么抠门儿。”

陶骧拿了酒坛子过去，边倒酒边问：“那姑奶奶，您说管家媳妇该怎么着？我母亲不过是不让您多喝酒，又没少着您的。”

“管家媳妇啊，”陶因润笑眯眯的，拿着酒碗的手指向静漪，“最好是这样的，会和稀泥，人好欺负，还瞅着就是个能把家里的余钱花个底儿掉的。”

陶骧跟着看了静漪一眼，见静漪微笑不恼，说：“姑奶奶又要管闲事了。”

“你这个小鬼，又跟你那个老妖精奶奶似的，惯会拐着弯地说我们是外姓人，滚一边去。”陶因润佯装生气。

“我可没拐弯说。”陶骧在陶因润床前一坐，说。

陶因润撇了下嘴，看着静漪道：“你可是要和他过一辈子的，真替你发愁，怎么摊上这么个主儿，分明无赖。”

“三姑，瞧您说的，小猫怎么无赖了？”陶夫人不乐意了。

“得，你儿子千好万好，没不好的地儿……不过小猫，姑奶奶还是要恭喜你的。”陶因润正色道。

屋子里突然一静。

陶因泽水烟袋咕噜咕噜响着，她咳了一咳。

陶骧淡淡地说：“姑奶奶也这么着？还没颁布晋升令呢，算不得。”

“这还不是板上钉钉的事嘛！”陶因润笑着，“你别闹别扭，别人盼都盼不来的。能替你父亲多多分忧，不好吗？”

陶骧转身拿了一只碗，也给自己倒了一碗，说：“姑奶奶，虽说酒能驱寒，也别多喝，不然明儿早起头疼。”

“要你这个小鬼提醒。”陶因润虽然嘴上这么说，脸上却是笑着的。

静漪望着陶因润，只见她在朦胧的灯光下，虽是喝了酒有些醉意，然而那种快意和爽朗，真是遮也遮不住。

陶老夫人时常叹一句：这些姑奶奶们哪！此时看来，她也唯有这句方能表达自己看着她们时的心情了。

静漪手边的酒碗也被倒满了。

陶因清见静漪只是坐着，便拍着桌子叫她喝酒，说：“来看三姑奶奶，总要表示一下的。做陶家的媳妇，不会喝点酒，怎么行？”

静漪本想着陶夫人会替她说两句情，不想胡氏只是望着她笑。静漪见婆婆都是如此，陶骧又是不会帮腔的，看了那碗酒一会儿，拿起来凑到唇边。

是很浓烈的酒香，她闻到过，但是上回没敢喝，她今天倒真有点想喝酒的冲动。她小口地啜着，喝下去的酒若流火舔着喉咙，一路暖着……一会儿，这碗酒就喝光了。

她把酒碗放下，连陶骧都在看她。

她笑笑，说：“挺好喝的。”

陶夫人忍不住拿帕子给她擦了嘴角，笑着摇头。

“看着傻乎乎的，还挺会品。这可不是好喝嘛！这酒没有百年也有八十年，可是上两辈子留下来的东西了。”陶因泽让人给她再斟一碗。

静漪也喝了。她有点奇怪，今天晚上的酒，只觉得香，并不会让她马上犯晕。可想要再喝，陶夫人就拦着了，笑道：“这是太不知厉害了。”

静漪只是笑，大家也笑。

陶夫人还惦记着麒麟，要去看看他。静漪跟出来送她，陶夫人嘱咐静漪等会儿出门记得披上衣服，喝了酒发汗，回头再着凉了。静漪答应着，陪着她走了一段路，陶夫人问她："老七和你说了吗？你得陪他去一趟南京。老爷最近身体不太好，长途奔波恐怕劳累，更不好了，就让老七走一趟。"

静漪答应着。

陶夫人看了她一会儿，说："我听说你把奶奶给的东西送人了？"

"是不小心弄错了，母亲。两样东西太像，秋薇又不识几个字。"静漪解释道。

"我就说，这里面必定有点缘故。倒也不是小气，小事上还约束你，就是听着不太像话，少不得要问问。既是这样也就罢了。"陶夫人说。

"我会跟奶奶分辩的。"静漪说。

陶夫人点点头，让她回去。

静漪回到安斯阁，就静静坐着。他们聊天，她喝酒……也不知过了多久，陶骧过来，要带她走。

她挨个儿地跟姑奶奶们道别。

陶因润特地送他们出来，给静漪整理着衣服，说："回去好好睡一觉。"

静漪说："姑奶奶倒嘱咐我了。"

她看着陶因润——妆容一褪，又在高悬的电灯下，比平时显得苍老，可是眼神却较之平日慈祥得多。她忍不住张开手臂，搂住了姑奶奶，说："您去睡觉啦……别老是这样喝酒，不好。"

"小猫，快把你老婆弄走。她酒品不好，这是要撒酒疯。"陶因润忙叫陶骧，似乎被静漪这样拖累着要黏腻起来的样子，让她很不舒服。只是陶骧将静漪拉开了，她还看着静漪。

陶骧看三姑奶奶烟状的目光里，掺杂进去一点雾气，忙不迭挥手赶他们快走。再看看静漪，倒是微笑着，并不太在意自己刚刚的举动给姑奶奶带来的困扰。

陶骧拉着静漪走出好远去，看陶因润还站在那里，他挥了挥手，陶因润也挥挥手。

"三姐，进来吧！"陶因清出来叫她。

陶因润不动。

陶因清看她，问："好好的怎么要哭了？姐夫又托梦给你了？"

"呸！"陶因润啐了一口。

“那你悲风愁月个什么劲儿？”陶因清说着，见三姐仍是出神，“到底怎么了？喝多了是不是？”

“老四，这宅门怕是太深了。”陶因润说。

陶因清皱着眉，不明所以。陶因润见她愣怔了，拍拍她的肩膀。

“这宅门深，你是头回见呢，还是头回知道？”陶因清问三姐。

陶因润叹口气，说：“进去吧。”

…………

出了安斯阁，陶骧放开手，走在静漪身后。静漪走得慢，浅色的裙子，花朵一样飘摇着……他就这么跟着她走。一路上，她头都没有回一下。他不知她在想什么，但是看她的背影，是那样的心事重重。

他以为她的酒量见长，喝了两碗陈年的酒，居然还能保持常态。待到她回到琅园，一上楼便趴在了沙发上，他才知道她不但是醉了，还醉得挺厉害。果然那陈年的酒后劲儿太大。

他坐下，看着她只管抱着沙发上的靠垫，嘴里念念有词。

她念得含含糊糊的，他要很费力才听得出来是什么。

原来是一首英文诗。

本应铿锵有力的韵，被她念得七零八落，怎么听怎么不是味道。

拾肆

愈浓愈烈的雨

麒麟经过了这场意外，精神总有些萎靡不振。静漪每天过去探望都想法子给他带些新奇东西，好让他病中多些乐趣。过了数日，几乎无法可想时，她终于想起还有逄敦煌还给她箱子时那些玩意儿，于是翻箱倒柜找出来，挑了两样自己留着，余下的全拿去送给麒麟。

她和秋薇月儿去时，麒麟正由陶骏陪着在外屋看相簿。麒麟靠在绣枕上，陶骏的轮椅紧靠着榻沿，父子俩偎在一处，并没见符黎贞。

静漪问过，知道符黎贞去萝蕤堂了。她让月儿和秋薇把给麒麟的玩意儿都拿出来。东西太多，麒麟又着急看，陶骏干脆让她们把东西都放到了榻上。麒麟在一堆玩意儿里东摸摸、西摸摸，看着喜欢的就搂进怀里。木头娃娃、小竹马、灯笼哨子……待看到那整套的“唐僧取经”的皮影戏道具，他马上拿起来舞着。

陶骏看他高兴，说：“好几天没见他笑了。谢谢七妹。这些东西是哪儿来的？我倒没想到还能找些这个来给麟儿玩一玩。”

“大多是元宵节晚上在街上买的。”静漪面不改色地说。

陶骏微笑点头，提醒儿子：“麟儿，谢谢小婶婶吧。”

“谢谢小婶婶！”麒麟拎着大把的皮影从榻上站起来。

“不谢。”静漪微笑着说。

麒麟的奶妈守在一旁，看他在榻上跳跃，忙过去想抱他下地。麒麟绕过她，扑过来抱了静漪，小脸儿贴在静漪脸上。

静漪摸摸他额头，问：“打过针了？”

“没有。”麒麟小声说，“娘这几天给我喝好苦的药，不好喝呢。爹爹也帮着娘，非让我喝药……”

“等你病好了就不用喝了。”静漪笑道。陶骏让福顺给她搬来了椅子，她坐下来。麒麟又跟过来腻在她身边，手里身上那一串串的玩意儿被他耍得丁零当啷响个不住……难得见麒麟这么高兴，她说："这下好了，麟儿有东西玩，也不嫌闷了。"

"嗯……小婶婶，我给你看相片里的七叔。"麒麟忽然想起来，披挂着一身玩意儿跑到陶骏身边去。

陶骏一把没拉住儿子，见他从榻上抓了一本相簿跑回静漪身边，只好笑道："麟儿慢一点。"

奶妈帮麒麟把身上披挂的小玩意儿拿走一些，剩下彩色的葫芦他不让动，他过来趴在静漪膝上。

静漪微笑着问："七叔在哪儿？"

"在介在介。"麒麟见静漪有兴趣，越发着急献宝。

陶骏有些无奈地说："麟儿慢些说话，吐字要清晰。"

"几道几道。"麒麟头都不抬地应付着父亲，翻了几页，才指给静漪看，"爹爹说，介是七叔。"

静漪看着，相片里是陶家兄弟姐妹五个。看起来尔安也就是尔宜现在的年纪，或者还不到，最中央站着的那个个子小小的男孩子，穿着洋服，皱着眉头……的确是陶骧。眉眼清楚极了，且大约是从那么小开始，他就不太喜欢笑了。

"老七当时应该是七岁或八岁，比麟儿略大。"陶骏说。

静漪点头。

这本相簿的跨度在三年之间，相片都照着时间顺序整理好存放在一起。静漪从头翻到尾，发现陶骏和陶驷身量在不断拉长，可陶骧的个子就没怎么长……最后一张是陶家三兄弟的合影。陶骏和陶驷在后面，陶骧站在方凳上，还只到陶骏的耳朵处……静漪多看了一会儿，听见麒麟说："小婶婶，我再给你拿别的去，还有姨妈和七叔一起的……"

静漪合上相簿，看麒麟跑去爬到榻上，在一堆相簿里翻找着。

陶骏说："麟儿，你是记错了。"

"没有！"麒麟回头瞪了父亲一眼，眼神竟像极了符黎贞发火时的样子。

陶骏眉微微一皱。静漪见他就要训斥，忙说："麟儿别急，找不到也没关系。"

“明明就有！”麒麟儿找到相片，在陶骏眼前一晃。

“都多少年前的相片了，麟儿你真是淘气。”陶骏淡淡地说。

“小婶婶，看。”麒麟的小手指按着相片，静漪看过去——相片里的少男少女坐在草地上，微笑着看向镜头。从他们那矜持、含蓄而美好的笑容中，她能感受到那天的温暖乃至热烈的阳光……这是跨越多少时间之桥都不会改变的。

她没待麒麟帮忙就往后翻了一页，又有两张他们的合影，在开得喧闹无比的梨花下。

麒麟嘟嘟囔囔地和静漪说着话，不住地翻着相簿。相簿里所有的相片都看过了，再没有陶骧和符弥贞单独的合影，静漪不知不觉松了口气。

“那时候年纪都还小。”陶骏说。

静漪笑了笑，将手中的相簿合上，摸摸麒麟的头。怕他在地上玩累了，她软硬兼施地让奶妈抱他上了榻。

“听父亲说过几日你要同老七一道出远门。”陶骏看麒麟揉眼睛，拍着他的身子哄他入睡，一派慈父的模样，“江浙一带很快进入黄梅天，好在你是在那边念过书的，不难接受。只是老七极讨厌潮湿的气候，怕是要抱怨了。”

静漪听着，点点头。看麒麟几乎入睡，她示意自己该走了。陶骏让福顺送她们出去。

福顺只把人送到了正房门口便折回来，低声道：“大少爷，是不是跟七少奶奶说太多了？”

陶骏摆了摆手，抬眼看了看窗外——两个丫头撑着伞，静漪正快步走出谭园——他看着榻上堆积的东西，吩咐人仔细收了，好留着给麒麟玩。

“七少爷还跟司令扛着呢。”福顺说。

“他能扛多久？父亲决定了的事。再说，”陶骏转了下轮椅，往正间来，“比起老二，老七才是紧要关头狠得下心来的。别说我今日是个废人，即便不是，我也不敢说一定比他强。”

“大少爷何必自谦。”福顺说，语气自然是不服的。

陶骏倒笑了。他转过轮椅，正看到妻子进门，说：“回来了。”

符黎贞见他心情很好的样子，有些意外。

陶骏对福顺说：“推我出去透口气。”

“我来吧。”符黎贞说。

陶骏示意福顺等一等，问道：“姑奶奶都好了？”

“好了的。”符黎贞回答。

陶骏看了她一会儿，才说：“这次的事，你也别太放心上。麟儿虽小，也是个会跑会跳的。平时看他已经很紧，毕竟是儿子，约束得太过，怕不是好事。以后他的管教，我会多承担一些，也免得你辛苦。”

符黎贞脸色白了下来。

“去看看麟儿吧。”说完，陶骏示意福顺出门。

符黎贞看着他被福顺推出了门，她扶住了额头。

“小姐。”小柏扶着她。

符黎贞推开她，进房看麒麟。

她坐在一旁，看着熟睡的儿子……良久，她擦了下眼角，这才发现儿子身边堆了好些不知哪里来的玩意儿，一旁还叠放着两本相片簿子。她怔了下，问道：“这个怎么会在这儿？”

“不知道小少爷怎么翻出来了，大少爷和他分解了好一阵子，也没撂开手，像是很喜欢的样子。七少奶奶来，小少爷还拿给她看了。”奶妈小声说。

符黎贞转眼看向熟睡的儿子，麒麟瘦瘦的小脸儿上有恬静的笑容。她摸了摸相片簿子，叹了口气。

…………

“小姐，多带几套礼服吧？”秋薇问静漪。

静漪正拿了一柄细齿的牛角梳子给白狮梳毛，曼声应道：“够穿也就可以了。”

过了好一会儿，她拍拍白狮让它离开，抬头发现张妈正在擦着小方几上的电话机，却好像出了神。

“张妈？”静漪叫她，“抹布都掉地上了。”

张妈低头，果然抹布落在了地上，自己是空着手在擦电话机，顿时觉得尴尬，脸上微红。

“张妈这几天是有什么心事吗？”静漪坐下来，离张妈近一些。

“没有。”张妈捡起抹布来。抹布极干净，雪白雪白的。她看看静漪，这位少主子，越是轻声细语看上去漫不经心的时候，越让人觉得不容小觑。她摇头道："昨儿晚上没睡好呢，有点恍惚。"

静漪就说："那你去歇会儿吧。七少爷今天晚上不回来吃饭，晚饭也可以简单些。"

张妈说："不用的，少奶奶。少奶奶自个儿吃饭也不能将就。"

"那要不你陪我说会儿话吧。"静漪说。她倒了杯清水，见张妈有点犹豫的神色，笑笑，"你放心，我明白的，不该知道的不问。"

静漪让张妈坐下，见她不肯，也就罢了。

"这阵子我们不在，你别太拘束月儿。隔两天去看看草珠，谁要问，就说我吩咐的。我同老太太和太太都提过的。"静漪轻声说。

张妈答应着。隔一会儿，她好像下了什么决心，说："少奶奶，那天晚上跟您去谭园看小少爷，我捡到点东西……"

静漪看着她从衣襟下方摸出了一个布包，怔了下，才接过来。

张妈有点忐忑，说："这事藏在心里好几天，总觉得哪里不对劲。还是跟少奶奶说一说，万一……"

静漪接过布包来打开，拿在手里看了看，照旧将那小物件包起来收好，说："这事……等我从南京回来，再细细查问。"

"少奶奶，这若是真的，恐怕少奶奶也不得不防备。"张妈说。

静漪点头。张妈不是搬弄是非的人，若不是想要维护她……确切地说是维护她的七少爷，恐怕也不会下决心说出来。

"我有分寸。"静漪说。

张妈松口气。很奇怪，七少奶奶很年轻，年轻得仿佛柔弱而不堪一击，但她说"有分寸"三个字的时候，却让她觉得她一定是有把握的。

尔宜毕业式这天早晨，陶骧从外面回来接她和静漪一道去参加仪式。到了萱瑞堂，见那两人还在房里准备，他陪祖母在院子里先散散步打发时间。

萱瑞堂前院阔大，此时树荫浓密，清早的空气又洁净，陶骧觉得心旷神怡起来。

"你这是昨晚又没回来？"陶老夫人问。

陶骧坦然答道："太晚了，回来还要兴师动众的。在那边方便些。"

"太晚了就睡司令部，你父亲自来如此。"陶老夫人说着，看看陶骧，"养着外宅、宿在外宅，别说你两个哥哥没敢，就是你父亲，也是没有的事。”

陶骧沉默。

“我看你近来有些要远着静漪的意思，她有哪里不好？”陶老夫人问。

屋子里笑声响起来，陶骧瞥了一眼，看到房门口人影一闪——是尔宜穿着黑袍子站在那里，还没见静漪。

“把你那些花花肠子收着些，有静漪在，旁人休想。”陶老夫人说。她语气淡淡的，不见严厉，却不啻严重的警告。

陶骧不响，他看着尔宜蹦跳着从屋里出来，叫着奶奶、七哥，手中拿着顶方帽子，高高兴兴地跑来……跟在尔宜身后的是静漪，她一身浅得近乎白的淡绿色洋装，戴着一顶同色的帽子，手中拿着两把洋伞。看到他在，她脚步顿了顿才下台阶来。

尔宜挽着祖母和哥哥的胳膊，说：“我说什么来着？你们看七嫂，今天岂不是要成全场焦点？真可恨这身僧袍！”

陶老夫人微笑着，也看着朝他们走来的静漪。静漪听到尔宜说的话，微笑着将帽子上的网眼薄纱放下来，面孔便被遮住了大半。

尔宜道：“七嫂难道不知道，犹抱琵琶半遮面，更让人想一探究竟吗？”

静漪叹气道：“你这样，我真不知如何是好了。”

尔宜扑哧一乐，看了陶骧一眼，说：“我同你开玩笑的。”

“走吧。”陶骧看了下表，说，“只顾玩笑，要迟到了。”

“哪里就迟到了！奶奶，我们走了。”尔宜跟着陶骧先走，一边催促着静漪。

静漪忙应了一声，说：“奶奶，我们很快回来的。”

“难得出门，你们几个逛逛再回来也好。”陶老夫人微笑着说。她看静漪望着自己，停了一会儿才走，又微微一笑——她知道静漪的心思。早起过来，静漪先告罪。日前因丫头不慎拿混了，将她送的礼物送去给了符二小姐，幸好被符二小姐及时认出，退了回来……她当然不觉得这是什么大事。她告诉静漪，不如就把东西送了符二小姐。这样的小物件，以后她若是喜欢，自己这里还有好些，尽着她挑了拿去玩的……她看静漪跟在老七和老八身后，清清爽爽的一个身影，看在眼里，眸子都莫名舒服起来，更别提心里有多熨帖了。

“大嫂，大清早的又自鸣得意了吧？”

忽见大门口那几个影子已换作陶因泽姐妹，陶老夫人忍不住笑道："哎呀，是你们几位……快来快来，他们今儿都不在家，我正想让人请你们来。三妹好了吧？"

陶因润笑道："让大嫂惦记，死罪死罪。大嫂嘴上惦记不算，到底给我点好处才是。我可是冒死救了陶家的独苗苗呢！大嫂问两句就算了？"

她说着人已经来到近前，陶老夫人笑问："随你说，要什么好处？"

这话说出来，陶因润先笑了。等进了屋子都坐下，她才说："大嫂，我想去什川住段时间。往下天气也热了，去那边过夏，清净些。"

陶老夫人有点意外，转眼看看陶因泽。

跟大姑不一样，三姑四姑回来长住多半是因为惦着姐姐年老寂寞。在大姑和她面前，这两个小姑子其实更像是女儿。她们吵架拌嘴、惹是生非是有的，可到底自家姐妹，不起外心。

"怎么突然想去什川了？"陶老夫人问。金萱给她装了水烟，她拿过来，让了让陶因泽。

"去赏花的那阵，她就有这心思了。"陶因泽摆手表示不抽烟，"我倒觉得这主意不错的。就让她去住些日子吧。"

陶因泽说着话，陶因清在一旁帮腔。

陶老夫人只是不语，陶因润见她这样，便问："大嫂？"

"等过了这阵子，你们若还是想去，再去，住多久都无妨。"陶老夫人说。

陶因泽微笑道："真当我们是足不出户的？难道不知道外头什么情形？"

"当然不是。只是这个时候，最好还是留在家里。"陶老夫人轻声道，"再说，咱们在一处，尽可说说话、打打牌、听听戏，也可以随时叫戏班子来家里唱戏嘛！"

"盛川该皱眉头了。"陶因润被驳了提议，虽在意料之中，还是有点惆怅，"他最见不得家里开戏。"

"你是他三姑，我是他亲娘，我们做什么还要看他脸色？不但要开戏，他还得来陪着听呢。"陶老夫人笑道，"如今就想把挑子甩给儿子，专享清福了？哪儿有那么便宜的事！"

几个老太太笑起来。

陶因泽笑道："下面来了老七的苦日子了，听说最近回家都少了。"

“他的苦日子何止这个哦！”陶因清拿了碗茶，笑道。

…………

陶骧鼻子一痒，忙掏了手帕掩着，连打了几个喷嚏。

“七少是不是昨晚着凉了？”岑高英小声问马行健。

马行健没吭声，图虎翼却说：“看连着打喷嚏，指不定谁背后骂七少呢……哎呀，你戳我干吗？”

岑高英无奈地说：“你收敛些成不成？跟着七少出来，不能添彩就算了，别丢份儿呀。你瞧你这身儿！”

图虎翼看看岑高英和马行健，还有另外几位侍从，衣着甚是考究，一色的浅色亚麻三件套西服加上三接头皮鞋还戴着礼帽，不像他，随随便便地穿着衬衫西裤就来了，就说：“你也会说，跟七少出来……跟七少出来是执行任务的，打扮这么漂亮做什么。我没你们那点小心思。你们是那日看了八小姐的同学，知道这儿漂亮小姐多，专门来相看的吧？我同你们讲，你们绕这么大的圈子，都不如去跟七少讨个情，就说你们看上谁了……”

马行健只是笑，岑高英却狠狠地连瞪了图虎翼几眼。他戴着眼镜，仿佛嫌这样隔着镜片瞪眼睛是有些不够气势，于是摘下眼镜来，特地又瞪了一眼。

图虎翼先是没反应过来，回过味来跺脚大乐。马行健忙把他拉住，小声说：“再这样七少要生气了。”

“七少才不会为了这个生气呢。”图虎翼虽这么说着，还是看了看前面走着的陶骧。

陶骧似完全没有听到他们说的话，静漪却转回头去看了看——比起平时身着戎装的英武，他们便装更潇洒，都是风度翩翩的青年。只有那图虎翼嬉皮笑脸的，不太把这个场合当回事，倒也挺可爱。

她微笑了下，轻声说：“不知道八妹的同学喜不喜欢跳舞？我记得岑参谋舞跳得很好。”

她这么说着，陶骧就看了她一眼，帽上垂下的面纱遮着她的脸，只露出白皙娇嫩的下巴，也看得出她这会儿是在笑着的。他跟着回头看看那几个侍从。

刚被静漪回头一望的图虎翼等人早安静了下来，再被陶骧一看，更觉得紧张起来。

陶骧没出声，往前走了不远，就有校方的招待员等在那里。

岑高英见陶骧夫妇去和那位担任招待员的副校长交谈了，才想起来戴上眼镜。图虎翼看了轻声对马行健说：“读书人就是读书人，瞪眼也瞪得和人不一样。”这回连马行健都忍不住了，他平时是极内敛的人，本来憋笑已憋得很辛苦，图虎翼板着面孔说这两句话，不知为何更让人想笑。图虎翼怕他笑得太厉害再招来陶骧注意，忙拉着他往一边去，说：“走，跟我去茅房吧。”

“这个时候去茅房？”马行健笑着说。

“反正咱俩一样，今天既不相看人，也不被人相看嘛。”图虎翼笑道。

“你倒明白。”马行健说着看了眼岑高英，恰好岑高英回头，他指了指茅厕的方向，岑高英点了下头。他又说：“还非说出来？老岑他们该不好意思了。”

图虎翼笑道：“有什么不好意思的？老岑那样的酸秀才就惯会扭扭捏捏。要我说，看上哪个，绑了回来……”

马行健笑着说：“绑了来，你说得容易。逄敦煌看上谁，也不是说绑了去就绑了去。”

“那是他。早前他那几个把兄弟，哪个不是这样？”

图虎翼急着往茅厕跑，马行健走得慢些。身旁有人经过，撞了他一下，说声“对不住”就急匆匆地走开了。马行健走了两步，发觉不对，一回身，那人却早消失在人群里了。他顿时眉头一皱。

图虎翼出来见马行健还在门口站着，问：“不进去？你看什么呢？”

“你刚进茅房时看见什么人没有？”马行健问。他的目光远远近近地搜索着，此处是女一中的操场一角，人并不多。

“有。陆少爷在。”图虎翼说。他看出马行健神色不对，刚要细问，陆岐从茅厕出来了。

陆岐是同他们厮混惯了的，指着图虎翼说：“你这个混球，竟然敢在茅厕里耍弄长官！”

图虎翼笑着躲开他的老拳，陆岐到底揍了他两拳才罢休。

因陆岐在，马行健只和图虎翼交换了个眼神。图虎翼心下明白，和陆岐说笑着，一路走，一路留神四周。不一会儿，马行健悄悄地离开了。

陆岐的小妹陆峥也是这一届的毕业生，他一看陶骧夫妇坐在普通来宾席上，笑道：“七哥这么低调，我父亲还要坐到台上去，多不好意思。我得快点去跟父亲说……”

图虎翼微笑道：“七少不是低调，是台上真坐不下了。刚刚副校长请七少上主席台，不知怎么弄的，竟然还要加位子。七少就说不必，他今天毕竟不是主角。”

陆岐哈哈一笑，说：“得，我过去看看。七嫂来了吗？”

“来了。”图虎翼道。

“七哥身边那位不是七嫂吧？啊……”陆岐忽然压低了声音，“那不是马家大少奶奶？”

图虎翼一看坐在陶骧左手边的还真是符弥贞，立即看看陶骧右手边——那位子空着。他目光一转，找到岑高英他们几个的座位。为便于保护陶骧夫妇，他们分别占据了坐席上有利的位置。

“这有意思了。”陆岐微笑道。

图虎翼见他笑得颇有些玩味，顿时心里不舒服。碍于陆岐的身份，他没出声。

陆岐似没发觉图虎翼的不快，叹口气，道：“世事也真难说……那日飞行员授旗之后庆功，我还同七哥说起，问他还记不记得当年在欧洲第一次见到战机的时候？那时年纪小，看到战机和飞行员制服，想的竟然是有一天自己若是能穿上制服、开上飞机，一定要带着自己最心爱的姑娘在天上飞一次。转眼这么多年过去了哦，飞机也有了，制服也换了好几身了……七嫂！”

图虎翼忽听陆岐叫了声“七嫂”，忙闪身避让。

静漪对陆岐点点头。隔着面纱，他们都能感觉到她是在对他们微笑的。

陆岐当下收了那副随意劲儿，同她一起来到座席处。陆岐只同陶骧打了个招呼，待静漪坐下，彼此又说了一会儿话才离开。

“陆将军家人今天几乎都到了。”静漪看了眼位于西侧的陆家亲属席。陆大同在主席台就座，家属席上坐的是陆夫人、携陆嵘出现的陆岐及几位亲友。入场后，他们还特地去那边寒暄过。

“陆峥和老八一样是小女儿，很得宠爱。何况陆峥成绩好，这次是一级荣誉毕业。”陶骧低声说。他看到陆大同在主席台上正向他望过来，略一欠身。

静漪点头。她听尔宜说过，陆峥成绩好极了，这次不但获得了政府留英奖学金，连公公陶盛川以祖父母名义设立的安荣奖学金也有她一个。于是也不难理解，为什么公婆不来。低调固然是一方面，公公也是爱面子的人，虽嘴上说自己是一介武夫，骨子里却是极为看重读书人的。尔宜若取得陆峥这样的成绩，他也未必不来。

静漪倒不觉得尔宜是个失败的学生，尔宜有她自己的长处。她忽地想起来，看了看一旁端坐的符弥贞——甫一入席就见着了她，因被尔宜拉着去见同学了，没能同她说几句话。她心念一转，立即示意陶骧换一下位子。陶骧看她，眉一皱。静漪见他只是不动，又示意了下。陶骧终于还是起身让了座。

符弥贞不料静漪主动坐过来，怔了片刻才微笑道："还是这样近些说话方便。"

静漪微笑点头，看了她，道："前儿的事，是我疏忽，还望二小姐见谅。"

符弥贞见她言语极认真，道："七少奶奶也太过客气了，我没有往心里去呢……好些年前在老太太那里看她画画写字，有缘见过。我这个人，旁的没有什么，只是记性有些太好。那也是老太太的心爱之物，轻易不会给人的了。从这一样，看得出来老太太对七少奶奶真好。"

静漪说："偏是我糊里糊涂的，险些辜负奶奶的心意。回头我再送你，一定不出错了。"

见她客气，符弥贞微笑点头，道："七少奶奶的礼物贵重，一样已经当不得了。且七少奶奶很会挑东西，送我的东西我都很爱。这法兰西香水恐怕是最新的？还是先夫在世时，送过我这样一瓶。多年不见，瓶子也换了样，味道跟从前也大不相同了。"

"二小姐喜欢就好。我有了好的仍然送你。"静漪微笑道。

符弥贞微笑，脸上是个淡淡的笑影……

静漪余光扫见副校长向他们这边小跑过来，转回脸来，正对上陶骧黑沉沉的眸子。她轻轻碰了碰陶骧，小声道："你好歹笑一笑，别让人家太下不来台了……"

副校长刚刚因为座席安排错误极是尴尬，陶骧虽说半点生气的意思都没有，可他不太会和颜悦色，弄得人很是紧张。

陶骧微微瞪了她一眼，静漪一笑，转脸看了副校长，等她说明来意。原来她是来确认陶骧上台颁发陶氏安荣奖学金一事的。

静漪含笑看向陶骧——上台领奖的都是女学生，连主席台上坐着的也多半是女性，以陶骧的性子，未必情愿……她忽然问道："不如我上去颁奖吧？"

果然陶骧看了她，说："那不如就这样吧。"

"陶太太若肯颁奖再好不过了。"副校长正巴不得呢，忙说。

她向静漪确认一下流程，如释重负地离开了。

"等下我可得正经一点。"静漪微笑道。她刚把帽子拿起来，陶骧却说："还是不戴帽子的好。"静漪想想，也就罢了，从手袋里掏出眼镜来。这回陶骧倒没发表意见，显然也是知道她没有眼镜是"正经"不起来的，她这么想着，不禁一笑。

不一会儿，副校长宣布毕业典礼正式开始。简短的仪式过后，先是校长讲话，再是毕业生代表发言。静漪见代表是陆家的陆峥，不禁回头朝学生席方向望去——尔宜坐在同学中间，见静漪往自己这边看，挥挥手做了个鬼脸儿。

静漪笑了，悄声跟陶骧说："八妹可真活泼。"

陶骧坐着没动，只是嘴角牵了牵。

仪式进行到颁奖阶段，一批又一批的毕业生陆续上台领奖，名单里始终没有尔宜，静漪发现陶骧的眉头越皱越紧，也不由得有点着急——直到最后一个荣誉奖项"体育之星"，她心想这下糟糕了，尔宜果真一个奖都没拿到嘛……却不料这个名单里仅有一人的奖，获奖者就是陶尔宜。

静漪和陶骧都大感意外。

尔宜开心地跑上台去领奖，哪知她没两步就在台上摔了个大马趴……幸好她活泼，爬起来顺势向台下的同学们和来宾先鞠了一躬，才从校长手中拿过奖状，笑着对台下陶骧夫妇的位置打开展示。

静漪笑着给她鼓掌，陶骧也绷不住脸，终于笑了。静漪看他敷衍地慢慢拍着手，抬起手肘来碰了碰他。陶骧看她——她鼓掌的开心劲儿，像是比她自己拿了奖还高兴。

这会儿工夫，就听副校长微笑道："我们会想念陶尔宜同学三年来为女一中带来的无数欢笑……下面开始颁发奖学金。"

静漪握住手，随后扶了下眼镜。

奖学金分好几种，安荣奖学金最为丰厚，放在最后颁出。

副校长特地介绍了安荣奖学金的历史，静漪听得很认真。陶老夫人和雅媚都曾给她讲过一点先人逸事，这一样却都未提及。陶太夫人年少时便以文章名动一时。陶太爷中举荣归故里，向太夫人家中求婚。太夫人父母甚为开明，陶太爷虽然取得功名、富贵荣华唾手可得，两家又门当户对，却也并不以此就为女儿定下这门亲事。陶太爷随父亲登门拜访，更被太夫人考文章，通过了方才联姻。百十年前，这样才貌双全的女子少有；就算此时，也堪为女生典范……静漪听着听着就入了神，竟有好一会儿一动未动。

副校长开始宣读获奖名单，陶骧轻轻敲了下静漪手背。静漪回神，朝他微微一笑。

副校长缓慢而清晰地念出获奖的十名女学生的名字，请她们上台去。

静漪听完名单，除了陆峥，她认得的还有符文娟和明皎皎。

一排出色的女学生们站在台上，静漪看在眼中，心里有点激动又有点感动。当副校长说有请陶太太上台颁奖，陶骧先起身，将静漪扶了起来。静漪把手边的东西一放，款步向主席台走去。

台上台下的掌声渐渐落下去，静漪因看到尔宜摔跤的前车之鉴，未免走得格外经心。她本就是娴静的人，这样慢下来，款款移步，尤其令人观之大有赏心悦目之感。

她先一一同获奖学生握手。到陆峥，她笑着说："祝贺你毕业。"

陆峥微笑道："谢谢七嫂。"

明皎皎排在陆峥之后，看到静漪也很高兴，握手之后，还忍不住还想要拥抱。

静漪见她高兴，就说："过些日子让尔宜请你来家里做客，我替你们庆祝毕业。"她是临时起意，明皎皎听了开心地答应了。

符文娟排在皎皎身旁。她和两位姑姑的长相并不相似，静漪粗粗一望，只觉得这少女虽清秀，竟看不出她有符氏双姝的风华。

符文娟被她打量，脸却不自觉地红起来。

静漪握着她的手也说："祝贺你毕业。"

她随后走向位列最末的那位女学生——她个子中等，肤色黝黑，一双大眼睛望着她，神情有些严肃。静漪拿过装有奖金支票的信封，看到上面的名字，逄敦炆。她将信封交给逄敦炆，说："祝贺你毕业，逄同学。"

逄敦炆向她鞠躬致谢。

待合过影，静漪特地慢了一慢，让女孩们先走下主席台。她看着这群活泼的女孩兴高采烈地陆续从面前经过，专门留意了逄敦炆。

逄敦炆目不斜视地回她的座位去了，静漪边走边扫视座席——今日单单来宾加上毕业生，少说也有四五百人，这一眼扫过去，其实看不到什么，但她心里莫名有点不安。

就在这时，突然有人尖叫起来："有炸弹！"

静漪还没有判断出来究竟这句话是真是假，随着巨大的爆炸声，身后一股力道猛烈的巨浪将她推了出去。在这千钧一发的时刻，有双手将她一拉，随即把她按在地上护于身下。

猛烈的爆炸声接连响起，地面都在震动。她的脸贴在了地面上，尘土瞬间呛进了她的口鼻中。爆炸带来的冲击让她短暂失去意识，紧接着枪声和哭喊声又唤醒了她……等按在她头顶的手松开了，她抬起头，尘土扑簌簌落下。

护住他的人看看她没什么损伤，低声道："自己当心。"

静漪看着逄敦煌被尘土完全盖住的头和脸，点了点头。

逄敦煌往四周看了看，也不将静漪拉起来，趁乱猫着腰转身就跑，很快混进了惊慌失措的人群中。

静漪还伏在地上，可视范围内已经一片混乱。她摸到掉落的眼镜，用手胡乱擦了下土戴上，在这些人经过的缝隙中，焦急地寻找着熟悉的身影……她终于看到了陶骧——此时他将几乎瘫软的符弥贞护在身边，正朝这边看来。四目相对，他的目光定了定，只是一瞬，便转开了脸。四周嘈杂，她是听不清陶骧在说什么的，但看口型，应该是在叫弥贞，说"弥贞你醒醒"。符弥贞像藤萝似的柔软，也像藤萝似的紧紧攀着陶骧，面无人色。

静漪手臂一软，险些撑不住身子。她咬了咬牙，正想挣着爬起来，就见图虎翼和马行健已经冲到了她面前。图虎翼拨开挡在身前的人，急忙过来将她扶住。

静漪耳中还在轰鸣，听清图虎翼问她受伤没有，说："没有呢。你们呢？"

"我们也没事。"图虎翼和马行健就要护送她撤退。

"八小姐在哪儿？快去找八小姐，确定她没事……"她说着回头看爆炸发生的位置。

当她看到主席台已经完全坍塌，眼前已是一片废墟，顿时呆住。

"八小姐有人保护。七少让我们护送您离开，少奶奶快跟我们走。"马行健急促地说道。

静漪看有人在废墟上疯狂地喊叫着扒土，说："可能还有人活着……"

马行健一把拉住她，说："少奶奶，这里不能久留。自有人负责救人。"

他说完不待静漪再说什么，与图虎翼架住她，在硝烟弥漫中，穿过人群向外跑去，一路将她护送出校门。

军警的行动很快，大批的学生和来宾被疏散后，他们已经将现场包围，继而向场内层层推进，不断有人高声喊着"别让他跑了"，混乱中又响起了枪声。

静漪的心揪了起来——如果这个时候有人被抓，那最可能的就是逄敦煌了。她额头上沁出一层汗珠，张口想问，马行健说："少奶奶，您和八小姐安全离开，七少才没有后顾之忧。"

马行健说着将车门打开。静漪上了车，马图二人就守在车边。不一会儿等来了尔宜，马行健跟车离开，图虎翼却折回去了，静漪晓得他是回去找陶骧了……她没有回头去看。

尔宜虽然惊魂未定，想到静漪刚刚离爆炸地点那么近，便握住她的手，道："七嫂你真是死里逃生，吓坏了吧？"

静漪摇头。炸弹袭击虽然恐怖，她也是见识过一次的。

尔宜掏出手帕来给静漪。静漪攥着手帕，手不住地哆嗦。

尔宜说："还说没吓到，手都在发抖。"

静漪也不去分辩，跟司机说："车子从后门走吧，我和八小姐得先收拾一下再去见上人。"

尔宜没有意见。

静漪靠在座椅上，满脑子都是刚刚爆炸发生前后的画面。硝烟弥漫中逄敦煌那一身的烟味，竟然会给她熟悉和镇定的感觉，还有……

汽车停住了。尔宜看静漪脸色越来越不好，下车时忙搀扶她。静漪握了尔宜的手，对想送她们进去的马行健说："马副官就送到这儿吧，你是七少的近卫，这个时候还是在他身边的好。"

"就是。你去帮七哥吧。也不知道这是哪路的畜生，下这样的黑手。我看不是马家，就是伏龙山的土匪。你们一定要帮七哥把他们除掉！"尔宜气愤地说。

静漪拍拍她手。

马行健给静漪敬了个礼，回身让司机下车，他跳上车子，来不及掉头，便猛地退了出去，那速度快得简直不像是在内院中，可见他心里有多焦灼。

静漪舒口气，握了尔宜的手一起往回走。

秋薇先跑出来，见到她们的狼狈样惊得瞠目结舌。

静漪顾不得理会她们，赶快同尔宜上去洗脸换衣服。还在盥洗室里，她们便听张妈说，延禧堂那边打电话过来询问七少奶奶回来没有，太太说马上就过来。静漪和尔宜赶紧洗干净换了衣服出来，月儿已经跑上来禀报太太来了……

陶夫人见静漪和尔宜毫发无损，这才放心。她命静漪好好休息，带走了尔宜。

她们走后，静漪在楼下客厅里坐了很久。白狮趴在她脚下，懒洋洋睡得四仰八叉。静漪伸手摸摸它的肚皮……电话铃响，她头也没抬，示意张妈去接。等到听张妈告诉她是老太太那边来的电话，她才伸手接了。

张妈看静漪接了话筒过去，随着一声软糯糯的“奶奶”叫出口，她脸上那温柔的表情便完全掩盖了已经挂了好久的冷漠和呆滞……

静漪晚饭如常去萱瑞堂用。陶老夫人见她安然无恙，放下心来，看着她多吃了半碗饭。

饭后陶夫人带着尔宜、陶因泽姐妹都来了。静漪过去给姑奶奶们见礼。她们打量她一番，见她神情如常、言谈自若，似对她的镇定很是赞赏。

待众人都坐下来说话，静漪才得知陆大同在爆炸中不幸遇难，此时陆家上下正在悲痛之中。陶盛川下令全城戒严，缉拿凶手。陶骧不但立即调了栖云大营的几乎全部兵力上来，还临时将陆大同的参谋长位置接了过来。陶盛川坐镇，陶骧作为代参谋长，全权指挥这次行动。陶家的老姑太太们都是见过大风浪的，面对这样的变故，虽震惊却不失常态，席间言谈，仿佛隔岸观火、台下观戏，戏里那两位手握大权的陶姓男子，仿佛都和她们没有血缘关系。

静漪坐在一边，默不作声。尔宜与她一同历劫，也心有余悸。陶夫人见状，引着尔宜说起了别的——尔宜正考虑进哪所大学读书，在北平、上海和南京的几所大学之间挑选，已经选了有一段时间了。

“只听你天天聒噪，还没有定下学校吗？”陶因润问。

“还没有呢。我想去燕大，二嫂让我读金陵女大，母亲让我进法政学堂，七嫂最讨厌，她说哪个都好。”尔宜笑道。

“的确是哪个都好。不过若选金陵女大，二哥二嫂方便照顾你。”静漪说。尔宜先收到了燕大和法政学堂的录取通知，金陵女大还在等消息。她提议道：

“不如你先去参观下学校。”

“这个主意好。不然七哥七嫂这次去南京，我也跟着去？”尔宜兴奋起来。

陶夫人看她，皱眉道：“他们去是有正事，你跟着捣什么乱？再说这么一来，他们能不能成行还不一定。”

“我上学也是正经事呀！”尔宜说着，拉了静漪，“七嫂，你出的主意，要不你帮我跟父亲说去，父亲同意，母亲就没意见了。奶奶，哦？”

“别缠你七嫂了。”陶老夫人笑道。她看看陶夫人，又道：“依我看让老八去看看学校也不是不行。”

陶夫人正要说话，外面有人来禀报说老爷回来了，她急匆匆赶回去了。

她一走，姑奶奶们就提议散了，嘱静漪和尔宜好好歇一歇，晚些再给她们压惊。静漪留下来又和陶老夫人、尔宜说了会儿话。

“反正七哥也不在家，要不七嫂今晚和我做伴吧。”尔宜拉住静漪不让她走。

陶老夫人瞪了她一眼，说：“别没事就烦你七嫂。过些日子把文佩姐妹接来和你玩几天吧。她们也正好放假了。”

尔宜还想黏着静漪，被祖母这一通说得也有点不好意思。静漪原本对留在这里过夜是无可无不可，此时见老祖母这么说，也就微笑着起身准备离去。

尔宜送她出来，悄悄地说：“七嫂，今天袭击的疑凶被抓住了。听说是伏龙山的匪首，今晚怕是要连夜审问了。七哥没空回来的话……你怕不怕？要是怕，我去给你做伴也好的。”

静漪听到“匪首”二字，呆了呆。不知为何，她直觉这次的主谋不是逄敦煌。可就算不是他，他也是个被通缉的对象，一旦被拿住，凶多吉少……她轻轻摇摇头。

尔宜见她摇头，以为她不怕，道：“不怕就好。七嫂，看不出来你文文弱弱的，胆子还不小哩，真不愧是我七哥的太太！”

“你今儿也受惊了，早点歇着。”静漪握握尔宜的手。两人相视一笑。

尔宜回去了，静漪边往回走边想着心事。

“小姐，那个逄敦煌被抓，会被杀头吗？”秋薇悄声问。

静漪想了想，说：“也许会。”

但……假如逄敦煌不是炸弹袭击的主谋的话，不知陶骧会否网开一面？她总觉得陶骧提到逄敦煌，是有些爱惜的意思在里头的。

她原本是有些累，回来洗过澡之后反倒清醒了。待关灯上床，秋薇很快就打了鼾。她被吵得越发睡不着，索性坐了起来。白狮趴在床底，此时抬起头来。

她看看时间已经凌晨两点半，决定下楼去找酒喝。

为了不惊动人，她摸着黑一路小心翼翼地挪动脚步。好容易进了餐厅，才松了口气。她想起桌上有蜡烛和洋火，摸索着找来点亮，看到桌上放了几个水晶酒瓶，分别盛着不同的酒。她打开一瓶闻一闻，是白兰地。她倒了一杯酒，坐下来，先喝了一小口。烛台放在餐桌上，微微的一团暖光，酒杯的边缘被烛火映着，亮晶晶的。她喝着酒，视线稍稍一抬，就看到了壁炉上方悬着的相片……黑影中，相片中两人的脸都看不清楚。

她很快喝光一杯，马上又倒满，看看剩下也不多了，干脆都喝了。

她渐渐觉得自己是有点醉意了。耳边似有隆隆雷声，且越来越响。她心里明白那不是雷声，只是不愿去细想那到底是什么，然而手中握着的酒杯，在烛光映照下反射出的那亮晶晶的光，不住地闪动，也渐渐刺得她眼痛——她不得不闭上了眼睛。她以为自己不害怕的……

陶骧进门便看到静漪伏在餐桌上。走近些，才看清她只穿了薄薄的绸衫，黑色的、衣襟上绣着的金凤凰在微光下竟有些妖娆……她面前有空了的酒瓶和翻倒的酒杯，白狮卧在桌下，看到他，不住地摇着尾巴。他过来，把酒杯扶起来。

“少爷。”张妈披着外衣从里面跑出来，看到陶骧在这儿吃了一惊，再看见伏在桌上的静漪，就更吃惊，“哟，这是怎么着了？我可真是该死了……”

陶骧把外衣和军帽都放在一边，说：“张妈你下去吧。”

张妈看看他，应了声是。

陶骧另去拿了一瓶酒，回来就在桌边坐了下来。

他将一杯威士忌一口喝光，默默地坐了一会儿。附近的声响都在身边，唯独她的呼吸声细不可闻。他伸手过去，探一下她的鼻息，很浅。

许是他动作重了些，她动了一下。他收回了手，她却忽地坐直了，散着的长发瀑布似的从肩头垂下去，几乎垂到地面上。

她立即站了起来，默默地看了他片刻，抬脚就走。

陶骧跟着起了身，将她的小臂抄在手中。

“静漪。”他叫她的名字。

静漪怔了一下，他极少在他们俩单独相处的时候，叫她的名字，他总不会无缘无故地这么叫她吧？

她轻轻抽了下手臂，没有能够抽回来，他的手握得很紧。她微微皱眉，看着他。

"我们得晚点出发了。"他说。

静漪好一会儿才领会到他说的应该是去南京的事。这是她预料之中的，出了这么大的事，局势稳定下来都要一阵子，他怎么能说离开就离开？她说了句"我知道"，但她总觉得他刚刚想说的不是这个，于是她问："还有别的事吗？"

他看看她，松了下手，说："没事了。"

"那我先上去了。"她说。

她走的时候，看了眼他放在桌上的衣服。照往日的习惯，她可能会替他收起来，可是今天她没这么干，她一点都不想碰他的那件衣服……她那冷漠的带着厌恶的目光扫过去，恰好被陶骧看到。

"你等等。"他说。

静漪站定，看着他。

"有什么话就说。"他说。

静漪皱了眉，他冷冰冰的样子，覆着冰的火山似的。

"听说人抓到了？"静漪索性走回来。她裹了下身上的睡袍，金色的凤凰马上敛了翅膀，被她压制住了。

陶骧眉头微微一耸，反问："怎样？"

"逄敦煌的妹妹今天毕业，拿的是安荣奖学金第三等。他不像是会拿妹妹的命冒险的人。要不然他也不会大过年的冒险回来探亲了。所以，应该不会是他。"静漪轻声说。

她看他嘴角微微颤动，似乎是弯了弯的："看来，你也是知道的……"

她又往他身前走了两步，陶骧眼看着那金凤凰翅膀轻轻扇动起来。

"不然这大半天我都干什么去了呢？我不知道的是……"陶骧眯了下眼，"你竟然对他的事这么上心。"

"那我可不可以认为，他暂时是性命无虞的？"静漪盯住陶骧的眸子。

陶骧嘴角弯上去的弧度越来越大，他似乎很满意地听到了他想听的。

"不管怎么说，你都达到了你想要达到的目的，是不是也该网开一面？"静漪轻声问。

她离陶骧很近，陶骧望着她白瓷似的面孔上柔软而一张一翕的唇，低声道：“我说过，无论如何，你得做好了我太太。可是有一样，你恐怕还是得学一学……”隔着衣袖，他将静漪的手腕一扯，静漪就坐在了他腿上。

柔滑的丝绸睡衣薄水似的覆在她身上，似乎他一口气就能吹得那水漾开……他眸子里有这水样的影子，深深的，似能把她淹没。

“有些事，不该你过问的，就不要过问。”他声音低沉而沙哑，在她耳边响着。

静漪笑出来，她身子微微后仰，就这样看着他，说：“我当然知道什么该我过问，什么不该我过问。只不过眼下，逄敦煌对你来说是公事，对我来说是私事，冒险问问也无妨。”

“看来那半局棋下得颇有成效。”陶骧说。

静漪慢慢地点着头，问：“这个你都知道？”

“我知道的还有很多……”陶骧低声道。

陶骧的目光从静漪脸上慢慢下移，手指抽了下她腰间的带子，睡衣向两边散开。静漪想起来，却被陶骧的小臂压着腿，不得不保持着那个坐姿……她尽量让自己呼吸平稳些，这样心跳就没有那么急了。

她忽然转开眼，脸上现出复杂的神色来。这神色也让陶骧微微眯了眼，他听到她问：“符二小姐呢，她平安吗？”

“平安。已经让人送去医院。”陶骧清楚地回答，“还想知道什么吗？”

“我不想知道得太多。”静漪回答。

陶骧盯着她。

“我眼神不好，经常看不清人。一个人眼神不好的时候，鼻子和耳朵就更灵敏……”她轻声说。

“你到底想说什么？”陶骧问。

“陶骧。”静漪趁他不备，站起来退到两步外，似乎这就是个安全的距离。她迅速地将衣裙掩好，也似乎必须这样，她说话时才更有尊严：“你身上沾着别人味道的时候，别来碰我。一下都不行。”

陶骧的眸色越来越深，静漪看得出来，他连呼吸都重了。她也不是不紧张，这些话她原没有想过要对他说，可是完全不受控制地说了出来：“你要求我的我都能做到，你在外面的事我绝不过问，可是在这里，你休想欺负……”

那个“我”字还没有说出来，就已经被忽然起身过来的陶骧硬生生用亲吻给堵了回来。她用力推拒，却被他更用力地拥住。两个人说不出来的怒气顿时搅在了一处。

她渐渐觉得无力，在他的臂弯间，耳边的轰鸣和脑海中混乱的画面交战着。他抱起她走过了很长的一段路，有那么一会儿她似乎能体会到和他一起穿越炮火的感觉……她觉得呼吸困难。他压在她身上时仿佛山一样，让她透不过气来。更让她透不过气来的是他强悍的无处不在的气息。她起初是咬着牙，后来便狠狠地咬着他的肩膀，咬得狠了些，口中都有血腥味了，这好像给了他更深的刺激，他就越来越无所顾忌了……

她疼得几乎昏过去，只听他粗声粗气地在她耳畔说：“你的规矩，我记下了。我和你说的，你也别忘了。”

她哽咽，咬牙切齿地说：“浑蛋！”

他将她拥得更紧些，吻着她，含含混混的，“浑蛋”这样的字眼终于还是给他硬是挡了回去。即便如此，他这个浑蛋恐怕已经坐实了……

但他终于还是静静地将她拥抱在怀里。他胸口滚烫，她的额头贴在他胸口处，额前火热一片。她闻着他身上的气息，温热的湿润的混着烟草味和枪硝味，一丝丝地渗透着钻进她的鼻腔里来。这味道带着极强的侵略性，会把她全体侵占，这让她觉得危险。一念至此，她禁不住浑身发颤。

陶骧将她横抱起来，说：“我送你上去。”

“不用！”她手握成拳。

陶骧看到她的手僵硬地保持着那个姿势，低声道：“你再大声些，看看会惊动多少人？”

她攥拳的手都在颤抖：“放我下来，我自己可以走。”

片刻之后，陶骧将她放了下来。

双脚一着地，她就发现自己的鞋子早不知哪里去了。她正想光脚走出去，忽地被他拉了一把，她心猛地一跳，正待甩脱，就见他蹲下身去，将鞋子摆在她脚下。她愣了下，不待他起身，迅速穿上鞋子，推开书房门走了出去……

陶骧停了一会儿才直起身，慢慢走了出去。她的身影已经消失。

他看了看表，距离他出发还有一个钟头。他坐下来，靠在沙发背上，闭目养神。肩膀处有点灼痛感，刚刚她下力气咬他，那一瞬他简直以为会被扯下一片皮肉来……

他扶着额头，轻轻敲打着。

…………

天一亮，静漪刚起床，尔宜就来喊她去骑马。

整栋屋子都安静得不得了，陶骧离开时像是将屋子里的声音也都一起带走了……他出发时已经尽量不弄出响，可她始终没有睡着，一点点动静就醒了。睁眼等待天光大亮的滋味并不好受，尤其经历过那样一个漫长的昼夜之后。

她的精神不太好，不过尔宜说要去骑马，她马上就答应了。

突然就想去跑跑马，也许呼吸一下新鲜的空气，能让她舒服一点吧。

等她换了骑马装出来，尔宜看到她头发就那么简单地编成长长的一条辫子垂在身后，绕了一个圈，辫梢用攒珠扣子扣住，长度还几乎垂到腰间，不由得羡慕。她伸手摸了摸那光可鉴人的发辫，说："七嫂你的头发可真好。"

静漪被她手触着，下意识地一躲。

"咦？"尔宜被她的反应吓了一跳，缩手问道，"怎么了？"

静漪忙摇头，她手臂上突然起了一层栗，也不知怎么就这样了。

尔宜忽然凑近了看她，鼻子抽了抽，说："不对。"

"有什么对不对的。"静漪甩了下马鞭。

尔宜看她踢踏着靴子就走在了前头，笑嘻嘻地追上来……她们一出门，正好遇上符黎贞从谭园出来，静漪和尔宜忙停下来问候。

符黎贞看到她们，问："昨晚睡得可好？昨日受惊吓了，难为你们这么镇定。"

静漪看她脸色比平日里要差些，想到昨日她遣小柏来问候时说麒麟又不太舒坦，她走不开，便道："谢谢大嫂关心，昨儿还特地让小柏姑娘来探望。麟儿好些了？"

"好些了。辔之带他呢，我得去医院一趟。"符黎贞说着走到车边。小柏跟着她，手里提着些东西。

静漪心一动，就听尔宜问道："是谁住院了吗？"

"是弥贞呢。她原就有心悸的毛病，受不了惊吓……昨日那情形你们也知道，还好送医及时。这真多亏了老七。”符黎贞叹着气，看了眼静漪。

静漪点头道：“是呢，我也惦记着二小姐。昨儿夜里我问他二小姐怎么样，他说平安，我才放心。”

“七哥昨晚上回来过？”尔宜惊讶道。

静漪笑道：“八妹你真是……是，回来过。大嫂快去医院吧，看我们耽误了这么半天。请大嫂替我们问候伯母和二小姐。”

静漪拉着尔宜站在一边，符黎贞上了车。

等车开走了，尔宜轻声说：“大嫂那家里，也亏得她这些年……”她说着也就住了声，似乎是觉得跟静漪说这些并不妥当。

静漪看着尔宜。尔宜道：“我也只是偶尔听一耳朵……总之咱们家里待大嫂是不薄的，什么事，母亲也都睁一眼闭一眼的，知道她艰难。”

静漪轻声说：“大嫂这么着急，符二小姐的病怕是不轻。”

尔宜叹气。

“多时不来走动了吧？”静漪问。

“她若只姓符也罢了，偏偏前面还缀了个‘马’。奶奶那日同符太太说要她来做客……我想她也没有那么不懂事吧，真来。从前她就是很懂事的人。”尔宜挽着静漪的手，走得也不快，“我是说，她没出嫁前。”

静漪心想，尔宜看着不拘小节，其实该有的心思也都有。

“我不喜欢她。”尔宜忽然说。

静漪皱皱眉。尔宜没说为什么，但是脸就憋红了，放开静漪的手臂，竟有些气哼哼似的走到前面去了。静漪加快脚步，看着尔宜拎着手中的小马鞭甩呀甩的……尔宜跑到玛丽那间马舍前，伏在栅栏上看看，回头时已经笑了，说：“小灰又长大了些。”

静漪过去，站在她身旁。小灰和玛丽一起过来了，尔宜摸着玛丽的鼻子，拿了方糖给它吃。静漪却弯下身，摸摸小灰。

“小婶婶，八姑！”麒麟在叫她们。

静漪回头看时，麒麟正朝她跑来。她拉了麒麟的手，忙问：“不是说不舒坦，怎样又出来了？”

“哪里是不舒坦，闹脾气而已。这不他母亲前脚走，他后脚就要出来玩。”陶骏微笑着说。

静漪站起来，叫了声“大哥”。尔宜笑嘻嘻地过来拎着麒麟，说：“淘气鬼，你娘不在家，你就要造反了……走啦，跟我玩去。”

尔宜说着，就带着麒麟进场骑马去了。静漪与陶骏一道也进了马场，忽然听到一阵嘶鸣，她转头看去，见那个独立的小马场内，一匹俊美的黑马正在扬蹄撒欢儿，马鬃随着它跳跃奔腾，波浪似的翻滚着，身上更像绸缎般油光锃亮。她“咦”了一声，不由得问道：“这可是那……”

“换了个样子吧？”陶骏笑问。

静漪却不想多日不见，黑骏马竟像是脱胎换骨。她往那边走了两步，距离它稍近些看着，叹道：“也难怪，这都多久了……”

“以后会更好的。”陶骏说。

静漪听他说，转脸看他。他看着黑骏马的眼神很悠远。倒不太像是在看一匹马。

“大少爷。”福顺站在陶骏身后，这时候出声了。

陶骏手一抬，说：“去把老陈给我叫来，我有事要问他。”

静漪见福顺面有豫色，显然他不情愿去，却也不敢不遵从陶骏的命令。

她等福顺离开，才问：“陈伯在陶家很多年了吧？”

“祖父在的时候，他就在府里了。家里三代都是马医，也三代都是陶家的奴才。”陶骏在说起这个的时候，语气里有种冷漠。

静漪想想，也许就是他这种冷漠，上下尊卑分得清楚，所以无论他变成什么样，下人在他面前，总有些畏惧的……她不禁想起除夕夜在马厩里为玛丽接生之后，陶骧与马医们喝酒的情形，他们兄弟毕竟很不一样。她忽然听到麒麟的笑声，回头就见尔宜让麒麟站在马背上，不禁心惊，忍不住喊了声：“尔宜，小心些！”

“没关系，让他们去。”陶骏微笑着说。

“万一摔着了呢？”静漪不假思索地说。且不说符黎贞拿这儿子当眼珠子似的，即便不是，摔下来也不是闹着玩的。

“哪个男孩子不从马背上摔下来几次，才学得会骑马？”陶骏笑道，“学习骑术，麟儿的年纪已经不小，他总要学的。第一课就得知道，人想要有朝一日不跌跤，就得先跌个鼻青脸肿。尔宜，再跑快些！”

静漪看着尔宜的马已经骑得很快，若再快些，恐怕真的会有危险。

“大少爷，”陈伯先过来给陶骏请了安，看到静漪在，又叫了声“七少奶奶”。

“陈伯。”静漪微笑道。

须发皆白的陈伯将身上脏掉的围裙解下来，鞋和扎着的裤腿上都有草屑和泥点。

陶骏问：“土怎么还在？”

陈伯看看他，说：“七爷说……”

陶骏微笑着，问道：“你们如今是只听七爷的吗？土是我的马，我当初说的是什么？”

陈伯听了，也微笑着说：“大少爷，您当时说的是治不了就打死……后来毕竟治好了。我们去问，大少奶奶说您有话，还是不要了。可那样血统纯正的马，也难得第二匹。我们就问七爷，还留着土不留。七爷说万一大少爷哪天想起来土呢？我们便斗胆把土留着了。大少爷，土现在也是老马了，别看老，哪儿也都还挺好……”

“我看见了。”陶骏半晌才说，语气倒没有刚才那么冷了，“牵出来给我瞧瞧。”

陈伯松口气，忙回头挥手让人牵马去。

静漪始终听着，不插一言。待看到尔宜把麒麟送回来，她才道：“快来歇会儿，瞧这一头汗。”

麒麟跑过来，小脸儿通红。静漪拿手帕给他擦着汗，他转脸问父亲：“爹爹，我什么时候能和七叔八姑那样有一匹自己的马？”

陶骏微笑，看到马夫把他那匹土色的老马牵了出来，说：“这是跟着爹爹当年出生入死的老马，你要是答应爹爹，以后会好好待它，它就是你的了。”

麒麟尖叫着向陶骏扑过去，口齿不清且语无伦次地对他父亲表达着他的喜悦，然后就朝着土跑过去。福顺怕他出危险，把他抱起来，让他抱着土的脖子亲了半晌。

“高兴成这样，当心这老马欺负你这幼崽。”尔宜笑着，甩着她手里的马鞭子。

陶骏微笑道：“麟儿日后不要跟着八姑学，要跟着七叔学——只可惜老七恐怕会越来越不着家，顾不得教麟儿了。”

尔宜却说："再忙，这也是咱们麒麟的大事，一个月一次两次的都挑不出时间？七嫂，哦？"

"哦。"静漪拍了拍身上并不存在的灰，"这要问他了。"

陶骏和尔宜同时望着她——有点灰蒙蒙的天气里，出现在她面上的那几乎稍纵即逝的微笑，可以算得上是明媚。只是太短暂，让人还没看清楚，便消失了。

起程往南京去这日，下了点小雨。兰州的气候，即便是在夏季，一下雨便有一层沁骨的凉意。

静漪在猎装外又加了一条厚厚的披肩。她裹得严严实实的，戴着一副墨镜从车上下来，等在舷梯下的陶骧看看她，又看看跟在她身后的尔宜，未免皱眉——尔宜跟静漪恰恰相反，穿得少，且衣料轻薄。停机坪风大，她刚下车就喊冷，跑上来抢走了静漪的披肩，上舷梯时跟在一旁扶了她一把的陶骧嚷着"好冷"，一溜烟儿似的跑进机舱去了——陶骧的眉皱得更紧了。

上了飞机，静漪从随身的包里拿出来另一条围巾和她随身带的一本小册子。

"中西和圣约翰的英文底子就是强，七嫂读诗都是英文诗。这个我看了都要头痛的。"尔宜伸头看了看，道。她说着看向随后上来的陶骧，在静漪对面坐下来："七哥的英文也好，法文也不错……有一次父亲说七哥不知道在国外是不是四处游历根本无心向学，他就用英文法文德文日文都讲了一段话。我是根本听不懂啦，大哥就翻译给父亲听，父亲才没什么话说……"

静漪听尔宜絮絮地说着，轻轻点了点头。她在北平时就见过他同美国来的飞行员走在一处，还有他那些洋派的朋友们，在一起时多数都是讲英文或法文的……她将小册子翻了翻，快要翻烂了的一本诗集，书签也旧了。

这时陶骧走来，刚要坐下，图虎翼过来传机长的话，说是要延迟几分钟起飞。他点点头表示同意。

图虎翼一走，他恰好听到尔宜说"其实父亲也不通洋文。不过他都知道，我英文最差了"，他坐下来，目光一扫静漪手里的小册子，道："你还有脸说。"

"我就是笨嘛！"尔宜裹紧了静漪那条披肩，冻得有点鼻红脸青，可依旧笑笑的。

陶骧顺手把自己的风衣丢了过去，说："等下让人拿毯子给你。"

尔宜嘿嘿笑着，缩到风衣下，说："有七哥的衣服就行，我是懒得让人找行李箱子了。”

“怕是根本没有带厚衣服吧？”陶骧问。

尔宜又嘿嘿笑着。

静漪觉得陶骧对尔宜还是有些过于严厉，她不禁看了陶骧一眼，尔宜却在问她：“七嫂，你的英文名是什么？”

“哦，凯瑟琳。”静漪回答。好像已经很久远的东西被翻了出来，她也觉得这三个字有点陌生，默默地在心里又念了一遍，Catherine……

“凯瑟琳……拿破仑的王后？”尔宜笑着问。

陶骧伸手便给尔宜脑门上弹了个榧子，话都懒得说。

尔宜捂着额头，叫道：“难道不对？不是凯瑟琳是谁？”

“约瑟芬。”静漪忍不住笑起来。

“哦对哦，是约瑟芬……七哥，我改名叫约瑟芬陶怎样？讨个好口彩，日后也能嫁个中国的拿破仑。”尔宜笑着问道。

陶骧说：“中国人嘛，就叫中国名字。”

“那七嫂有英文名字，又不见你有意见！”尔宜拍着小桌子。

“她起名字之前，又没问我。”陶骧慢条斯理地说。

尔宜看看静漪，笑道：“七嫂幸亏没有这么坏的哥哥，连起个洋名都要被管……七嫂你跟哥哥们感情好得很吧？”

静漪笑一笑，没有作声。

飞机几分钟后便起飞了。尔宜叽叽喳喳地说着话，静漪觉得还好，陶骧却有些受不住人话这么多。还好尔宜没多久就困了，缩在椅子上呼呼大睡起来。没有她说话捣乱，机舱里顿时安静多了。陶骧看看前后，侍从和仆从大都东倒西歪地睡着，醒着的唯有马行健和岑高英。见他看过来，马行健以为他有什么事，就要起身，他摆了摆手表示不用过来。

空乘过来给他送饮料，不知道是侍从交代过，还是空乘已经记住了他的习惯，送来的是清咖。一起送来还有两杯橘子水，是给静漪和尔宜预备的。他说了声谢谢，问静漪另外要点什么不要。

空乘对他微笑，做了个睡眠的手势。

他转头一看，静漪也已经睡着了。

空乘给送来了毯子，一条给尔宜盖上，一条递给了陶骧。

陶骧把毯子放在膝上半晌，才展开，还没等他给静漪盖上，她就歪过来，靠在了他身上。她睡着了，身子很软，像一只糯米团子……恰好穿了卡其色千鸟格的猎装，像糯米团子沾了层芝麻。哦，他们北平人爱吃的驴打滚儿就是这个了。他牵了牵嘴角，抖开毛毯给她盖好。

不过一会儿工夫，她睡得很沉了，手里还握着那本薄薄的小册子。

他把小册子抽出来，她也没有发觉，反而向他这边又靠了靠，脸贴着他的膊头，大概是觉得这样还比较舒服。他也就保持那个姿势不动，打开小册子看起来……

静漪不知睡了多久，一睁眼是机舱顶部那乳白色的皮面，颈下温乎而有弹性，身上也觉得很温暖……原来是盖着毯子。虽然有点新鲜毛料的味道，到底是很舒服的，难怪她刚刚还在做梦，梦里竟是睡在自家炕上，暖和得很呢。她忽然意识到不对，一转头，看到了白色的衬衫……衬衫？她抬手覆在眼上，想要坐起来，偏偏飞机一阵颠簸，她又倒回去。

有一只有力的手臂阻止了她从座椅上滚落。

过了好一会儿，飞机平稳下来，那手臂移开了，她才从座椅上爬起来。对面的尔宜仍在呼呼大睡，身旁的陶骧则若无其事地看着文件。他手边放着她那本英文诗的小册子，还有点心和橘子水。

“吃点什么吗？”他脸都没有转过来，问道，“还有一个钟头才能到。”

她摇头。想到他看不到，她就说：“不吃了。八妹一直睡？”

“醒过一次，吃了好些东西。”陶骧说。

静漪顿时有点发窘，本来说不想吃什么，这会儿忍不住拿了橘子水来喝……还好陶骧一直在专心地做他的事，过了一会儿还起身在机舱里溜达了两圈，之后便和他的随从们开小会去了。

她看了眼身旁陶骧坐过的位子——其实这位子足够宽敞，而她睡着时明明靠着的是那边，不知怎么睡着睡着竟然……

…………

飞机降落时，南京正下着瓢泼大雨，停机坪上白茫茫一片。

静漪已经有很久没有看过这么大的雨势，不禁站在舷窗边看了好一会儿。

来接他们的车子就停在舷梯下，他们走下舷梯立即上了车。见是陶驷亲自开车，尔宜高兴地喊着“二哥”，静漪也忙问候。

陶驷笑道：“雅媚和瑟瑟要一起来接你们，雨太大了，我就没让她们来。她们在家里等着你们吃晚饭呢！”

“二嫂和瑟瑟也好吗？”静漪问。

“等下你见了就知道。”陶驷笑着说。

静漪看看他，天色暗了，倒看不清他的面容，但是听声音总是觉得他心情还是不错的。她拿着毛巾擦腿上溅到的雨水，车灯打在跑道上反射回来的光将车厢内照亮，她留意到陶骧也在看陶驷。被她发现，他从她手中抽出毛巾来，擦了擦肩膀处沾上的雨水。

他额上也有几滴雨水，静漪见尔宜手边还有一条干毛巾，拿来给他擦了下额头。很迅速地，他还没有意识到，她已经将毛巾收好了。

陶驷夫妇的住处在梅花巷，是栋小巧而又别致的宅邸。车子进大门不一会儿就到了内宅门口，雅媚带着瑟瑟等在那里，见他们车子到了，瑟瑟在雅媚身边跳起来直摆手。

车一停，静漪也不等人开车门，打开车门就下去。瑟瑟一看到她，立即扑上来，静漪便把她抱起来了。

“小婶婶！”瑟瑟娇嫩的声音里竟有些哭音。她攀着静漪的颈子，看到尔宜和陶骧相继下车，又叫：“八姑，七叔。”马上又要陶骧抱。

陶骧见了瑟瑟倒露出笑容来，把瑟瑟抱过来才跟雅媚打招呼，叫了声“二嫂”，就先跟着陶驷进屋去了。

雅媚一手拉了尔宜，一手拉了静漪，左看右看，笑问：“老八这么有精神，静漪脸色倒不大好……路上没睡？”

尔宜笑出来，刚想要说什么，看看静漪的表情，忍了忍，到底没忍住，说：“七嫂还没睡……二嫂你该问七嫂怎么睡的才是。”

雅媚笑着看静漪：“飞机上是睡不好的。”

“嗯嗯，对！”尔宜忙点头。

静漪脸都红了，瞪她。

尔宜只管笑，雅媚笑着拉她们进门，看瑟瑟和陶驷陶骧玩得正好，便先带她们上去换换衣服。尔宜自己住一头，静漪和陶骧的房间在二楼的另一头。

雅媚带静漪进了房，静漪换衣服，她就在一旁看着，并不出声。

“二嫂？”静漪见她看着自己有些出神，“才几天不见我，不认得了呀？”

雅媚看静漪换上的仍是素色的衣裙，想必在陶家，静漪因为老祖母在，并不方便穿得过于素净，出来就没有那么多顾忌，果然看秋薇将衣服一件件挂起来，几乎全是黑白两色。静漪穿这两色本来是极好看的，只是看在她眼里，未免觉得心疼。

她说：“你写信总是说好，我也不知你是不是哄我。这回说老七要来我就盼着你能一起来。”

“这不是来了吗？”静漪过来坐下，黑绸子洋装长裙贴在她的腿上，柔美极了。

雅媚说：“看到你人在我面前好好的，我就放心好些。”

“二嫂，”静漪笑着，“你好像我娘一样，才一见面，就啰唆得不得了。”

雅媚叹口气，说：“你倒来嫌弃我啰唆了。对了，先和你说件事情。”

静漪点头。

雅媚说：“这些日子各方首脑都在南京，老七又是替父亲来的，要你陪他出席的场合很多。我想老七未必都去，不过索长官府上的晚宴是一定要参加的。另外我上个礼拜见过三少奶奶，她说想单独请我们的，不知道先和你们商量过没有？我想着你们姑嫂兄妹很久不见一次，见面聊聊家常，我同御之就不去了。”

静漪道：“我联络三嫂吧。”

她也知道索雁临的意思，既然是到了这里，必是要同他们都见面的。而且便是雅媚说的索长官府上的晚宴，那场合不用说都会遇到，她倒不如大大方方地去见人。陶骧要她来，也不过是如此，有些时候，他必得她在身旁相伴的。

外面虎妞敲门请她们下去用晚餐，雅媚拍手，道：“瞧我，有多少话不能边吃边说呢！快来。我新近请了个好厨子，做的地道的淮扬菜。对了，别人那里倒先不着急去，明日我先陪你去无垢那里看看她的大胖小子。你今儿还没到，她电话来了好几遍。若不是远遒拦着，她早就顾不得什么先来了……哈哈，你不知道她如今胖成了什么样子……”

雅媚一边说，一边笑，形容无垢胖起来的模样，用了“脸似南瓜，身似冬瓜”，静漪忍不住笑起来。这些消息总是令人愉快的，于是她下楼的时候，脸上就笑意浓浓的。

一整晚，她静听着陶驷和雅媚讲着各种消息或是笑话，中间去接过两个电话，分别是赵无垢和索雁临打来的：无垢告诉静漪，无瑕听说她来了南京，这两日就从上海过来看望她；索雁临在电话中虽语气尽量温柔，却不容她有丝毫犹豫似的，定下来明日见面。静漪握着听筒半晌才放下，回来见陶骧看她，她说：“我明天去见见三嫂。”陶骧点点头。

夜晚休息，静漪先洗过澡上了床。陶骧洗好出来，见她床头的灯还亮着，人却已经缩到了被单下。他坐下来看了她一眼，关了灯。过一会儿，他伸手过去，把她那一侧的灯也关了。碰到她的手臂，她缩了一下。非常快，几乎不容察觉。他在灯光熄灭之前看到她的脸，细腻的牙雕般的色泽，随着光线的消失，在眼前就只成了一个浓重的黑影，好一会儿，他才能分辨出她面部的轮廓，贴近他的身子在细细发抖。他就那么一个姿势保持了好久，重重地翻身躺回去。

静漪心跳得几乎失控，要好久才把胸中的那口气给吐出来。

陶骧没有睡着，她知道。他没睡，她也不敢睡，尽管她已经很疲倦。

床头的马蹄钟嘀嗒地走着，不知走了多久，陶骧起来了。他的动作非常轻，几乎没弄出声响。随着卧室门一开一合，走廊上柔和的灯光漏进来，她微微睁眼，看到陶骧披上睡袍，走了出去。她闭上眼睛，轻轻舒了口气。

陶骧记得陶驷这处宅子里，这一层是有一个小酒吧的，果然出了房间转了没几步就找到了。值夜的仆人看到他，过来问七爷需要什么，被他两句话打发了。他进到小酒吧里搜寻着，酒的种类太多，一时竟无从下手。

“半夜不睡觉，找酒喝是为什么？”

陶骧拿只酒杯下来，顺手取了一大瓶威士忌，回头一看，他的二哥正抱着手臂，笑吟吟地靠在廊柱上。他也不说话，站在吧台内，又拿了个酒杯放在台上，看了二哥一眼。

陶驷过来，从吧台内的小冰箱里取了一盒冰出来，丢进酒杯里。

陶骧看看，说：“还挺齐全，经常自斟自饮？”

陶驷坐下，说：“不是我，是她。”

陶骧正呷了口酒含在口中，咽下去：“还没过去吗？”

“需要点时间。”

“其实你可以跟二嫂说实话。”

“在她听来无非都是借口，多说无益。”陶驷说。

陶骧无话。

“外面都在说父亲身体很不好了。”陶驷换了话题，看陶骧皱眉，他继续说，“这次你替父亲来，恐怕还是有很多人会试探你。别的我倒是不担心，只是你这个脾气，总不肯同人周旋。但愿静漪在你身边，帮你补足一些。”

陶骧呷口酒。

“我知道你来，还是想见见我和你二嫂。那些话就不用说了，非得说出来，就不是自家兄弟了。”陶驷轻笑。看看陶骧那一脸不自在，竟很有些满足感，不由得边喝酒，边跷着二郎腿，晃来晃去的……

陶骧看他这样子，忍不住说：“要被外人看见你私底下是这副德行，还不知道要说出什么好话来呢。”

陶驷虽是西北军在南京的代表，原本只是在中央军兼任个闲职，不料如今任三军总参谋长的石敬昌上将十分欣赏他，闲职之外，又让他兼了两个职位。若说忙，陶驷也是很忙的。

陶骧“哼”了一声，他这二哥，是放在哪里都能变废为宝的奇人。

“我知道你嫉妒我闲散似神仙。”陶驷笑着说。

他笑得有些太过得意，陶骧看了就更觉得窝囊。

陶驷笑出声来，道：“都是为了陶家，你我各居其位而已，你到底窝囊个什么劲儿呢？我原先还有些担心，可经过这回的事，恐怕那些老人也未必再敢轻易动你。再说父亲又没有全退，有他在，给你几年时间总可以了吧？”

陶骧抚了抚头顶。

陶驷看他的眼神，说：“记住了，下手还是要稳准狠。你给他们喘息之机，回头就是你丧命之时。”

“我知道。”陶骧给陶驷倒酒，“我本不想这么快下手的。”

“你不想，有人等不及。”陶驷转着酒杯。

陶骧揉了揉眉心，说：“这下倒好，真省了我一大把力气。”

“顺水推舟除了内贼，再反过手来拔掉外患，还省得人说你上位太快，又有话说。”陶驷说着，顿了顿，哈哈一笑。见陶骧瞪他，他压低声音道：“难怪奶奶说，静漪旺夫益子。有道理。”

陶骧又“哼”了一声，陶驷只管笑。

“能扫净了吗？”陶驷终于笑够了，才问。

“差不多吧。”陶骧回答。

“那下一步呢？”陶驷又问。

“先不想。容我缓两天，轻松轻松的。”

兄弟俩言谈间都是语气淡淡的，云淡风轻遮蔽了腥风血雨……

第二天，静漪和雅媚去孔家看望无垢母子，恰好孔远遒也在家里。

无垢果然如雅媚所说的，和她的胖儿子一般的珠圆玉润。静漪看着这个跟婚前那个苗条纤瘦的无垢相比几乎有两倍宽和厚的女人，简直要不相信她就是自己的三表姐了。

见她看呆了，无垢悻悻地说：“你要是再这么盯着我看，我就不给你看小贝贝。”

静漪忍不住笑，伸手要抱小外甥。这白胖可爱的婴孩模样像极了无垢，竟一点孔远遒的印子都没有，不过个把月大，不哭不闹，更胖得不得了，小弥勒佛似的。

无垢把儿子交到她手上，她抱着婴孩看一会儿，不太敢动，怕自己稍稍劲儿大了些，都会伤了他……她看看坐在无垢身旁只管笑的孔远遒，笑道：“看得出来姐夫从心里高兴。”

“若是儿子像他多些，还会更高兴的。”无垢斜了孔远遒一眼。

雅媚笑着说：“那就再追生一个。这样可爱的宝贝，生足十二生肖都不嫌多呢。”

孔远遒笑道：“我倒是乐意……”

无垢狠狠地捶他，说：“合着不是你受苦？”

“可是你看，小贝贝一出生，你得了多少礼物？若生足十二生肖，你我二人将来养老无虞。”孔远遒开着玩笑。

“你也不怕羞。从前是靠父亲，如今动了老来靠儿子的心思了？”无垢笑着问。

孔远遒还没回答，用人来叫他去接电话，他忙道歉，起身离开。

静漪逗弄着小贝贝。那婴儿抓着她的手指不放手，竟还非常的有劲儿。

“孔家就是重男轻女。远达远遥在国外求学，眼前就他一个，添了个孙子，老爷子一高兴，什么都允了，单是给小贝贝的东西就有好些……再这么下去，孔远遒真是要丧失斗志了。”无垢道。

雅媚笑着把小贝贝抱过去，道：“无垢，你也太上进了，远遒就很不错了，你还要他有什么斗志？难不成要比孔伯父当年还要位高权重你才知足？”

无垢笑笑，道：“我只是想他趁年轻能多做些事情。钱财权势身外物，能做点事最要紧。等小贝贝大一些，我也要去做事的。”

静漪看着表姐，点了点头，与她相视一笑。雅媚也点了点头。

无垢说：“二姐大概这两天也就到了。”

“她身子不方便，怎么好跑过来？”静漪皱眉。

“二姐说，她吃睡都好得不得了，想要借机拿一下孕妇的款都没有机会。”无垢笑道。

静漪也笑了。她有些感慨，从前，不论何时她和表姐们聚到一处，谈天说地，总不会说上这些的……

静漪和雅媚在孔府用过午餐之后又盘桓一阵子，辞过无垢后，去了程之忱和索雁临的宅邸。

这原本是索幼安的一处私宅。静漪在家时听嫡母说过，程家也在南京替他们置办了房产，不知为何他们没有选择那里作为居所。

索雁临见了静漪倒主动解释，因她是住惯了这里的，又觉得这里小巧，更适合他们这样的小家庭，才同之忱在此安居。

“平日里你三哥偶尔去那里会会朋友、同僚。我原想着你和牧之来了可以住过去，提前好些日子让人预备下了。”雁临笑着看看雅媚，“你们过来，一下添了不少人，在雅媚那里很打扰了。”

雅媚微笑着说没有打扰，静漪也婉言谢绝，索雁临倒也不勉强，马上又说起了别的。

静漪进门时遇见有人冒着雨来送花，此时坐在客厅里，新煮的咖啡香气浓郁，也还是能闻到那香气。

“是为今晚的宴会准备的玫瑰花。”雁临见静漪留意，解释道。她看看静漪，问：“明晚有没有空？我想同你们小宴一场，之忱也是这个意思。我们久未相见，一同聚一聚好不好？”

静漪想了想，说：“我回去问问牧之。他的行程安排得太紧，未必有空。”

雅媚正在倒咖啡，听静漪这么一说，未免看她一眼，再看看索雁临——她端的是好气度，静漪这样一再拒绝她，她仍是微笑着。

雅媚笑道："我们七弟来了也是马不停蹄地在忙，不像我们，说去哪里就是一句话的事。"

索雁临微笑道："那我们等等再议。"她看着静漪，听到门外车响，下女进来说七小姐回来了，她见静漪一愣神，忙说："正要跟你讲——之鸾前两日从北平来的。"

待之鸾进来之后，静漪同她互相问候过，彼此态度都有些冷淡。索雁临想让气氛热络些，也没能够。

雅媚机灵，看时间差不多，笑着说女儿在家呢，不能出来一整日。静漪原本就想要离开了，正等这句话，便借机向索雁临告辞。

因晚间家中还有宴请，索雁临就没有强留她们。她让人给静漪带了许多吃的用的，还有一大捧玫瑰花。

静漪捧着玫瑰花坐在车上，看着索雁临亲自撑着伞送她们出来，心里又着实不忍，再三地催她快些回去。索雁临不肯，她只好催促司机快些走。

车一开，雅媚看看她的面色，轻声问："你们七小姐倒罢了，可你怎么同你三嫂也这么生分起来？"

静漪没回答。

雅媚轻声说："八方来使都应对得来的索雁临，那是什么样的交际手腕？这半日对着你，如老虎啃天无处下嘴，倒也有趣。我不知这里面有什么事情……你呀，无论如何，得看着你三哥吧？说句玩笑话，你给她没脸，回头还是你三哥受气呢。"

静漪看看她，倒把那一大捧玫瑰花全都塞到她怀里去，说："你喜欢的，收好了。"

"你这个坏脾气的丫头。"雅媚无可奈何地说。

雨还在下着，静漪看那雨刷刮了一层水去，大颗的雨滴又迅速地落满了挡风玻璃，于是又被雨刷刮去一层……雅媚见她失神，越发显得心事重重，不禁暗暗叹息。

静漪觉察了，抱歉地对她笑笑。她看着雅媚手中的玫瑰，抬手轻轻触了触。

车子停在屋前，雅媚见尔宜牵着瑟瑟跑出来迎接她们，笑着拉了静漪下车。

尔宜和瑟瑟好容易等到她们回家，又见她们带回了很多东西，吃的喝的玩的还有穿的用的一应俱全，更高兴起来。这些物品陆续搬进来都放在客厅里，琳琅满目，其中大半都是索雁临让人塞到车里的……静漪的脸微微皱了皱。

雅媚笑着对静漪说："你就看看你这三嫂，竟连手帕丝袜都替你准备了这许多，心细到这份儿上，也该念着她的好处。"

尔宜正掰了一块鸭酥火烧和瑟瑟分着吃，听着这话笑着望望静漪道："三少奶奶可是我的偶像。她要请吃饭，千万算上我。"

雅媚笑，看了看静漪，道："恐怕你要等等再见你的偶像了，你七嫂可不肯轻易去吃这顿饭呢。"

她开着玩笑，尔宜却当了真，一手的油也顾不得，过来腻着静漪，问："为什么呢？七嫂还是去吧！"静漪起身躲闪着，尔宜追上去，瑟瑟看着小姑和小婶在一处笑着，也咯咯地笑。雅媚正张罗着让人收拾这些带回来的东西，看着她们这么笑作一团，也乐不可支……陶驷和陶骧进门时正好看见这一幕。他们停了脚步，谁也没出声。

"二哥，七哥。"尔宜忽然间发现他们俩，急忙刹住脚步。她一看七哥板着脸，便笑着躲到了静漪身后。

静漪也忙叫了声："二哥。"

她拉着尔宜的手，理了下落下来的散发，本来跑得红了的脸就更红了……

"爹地，七叔！"瑟瑟张着小手跑过去。

陶驷抱了抱女儿，回头看陶骧，笑着说："瑟瑟去跟七叔要礼物吧，你七叔今天得了宝贝。"

陶骧把沾了潮气的外衣脱了，瑟瑟过来抱住他的腿，他摸摸瑟瑟的头，露出笑容来。

雅媚听陶驷这话的意思就知道今天的事情很顺利，便笑道："那我们晚饭开瓶好酒吧。还有什么事吗？"

"就是长官在会议期间还特地提了，要我们到官邸去做客，指明了你们都要去。这可不是那样的官方晚宴，是特别为我们的。"陶驷微笑着说。

雅媚看看静漪，笑道："那我们恭敬不如从命？"

"这顿饭且不管它，早点开晚饭好不好？今天只顾了忙，我和老七都没吃好。"陶驷问雅媚。

雅媚听说，亲自去厨房安排去了。

陶骧和瑟瑟玩了一会儿，上楼去换衣服。静漪跟他一同上来，给他找出来要换的衣服。

陶骧看看她，问："去远遒和三哥那里了？"

静漪点头，说："他们都好。"

她看看他脱了衬衫，正要背转身去，陶骧却先转过身去了。她看了他裸着的线条刚劲的背，呆了下，才转了脸，听到他说："七星桥的晚宴定在明天，如何？"

静漪忽然松了口气，尽管去长官官邸赴宴不是一件轻松的差事，但能合理避过之忱和雁临的邀约，令她十分感激。

她毫不犹豫地说："好。"

她答应得过于迅速，陶骧系着扣子，看看她——她脸上的轻松和笑意不是能装出来的，只是较之刚刚和尔宜她们在一处时那笑的恣意轻松，又不可相提并论了。

"下去吧，晚饭快好了，别让二哥他们等。"静漪说着已经到了门口，开门见陶骧没出来，她回头一看，他正弯身将落在地上的一样东西捡起来。

他看了看，过来拿起她的手来，把那东西放在她手心里，先走了出去。

静漪低头一看，又是她的婚戒。

总是不经意就滑落了，她也想了办法，甚至缠上了红线，可是不知道为什么，还是会掉，且掉了就好久都不会发觉……

她见陶骧已经走远了，匆忙将戒指戴回手上。

第二天晚上，陶骧一行准时抵达了七星桥官邸。

细雨微微落着，官邸笼罩在烟雨朦胧之中。

今晚当真是索幼安所说的家宴，除了陶家的包括年幼的瑟瑟在内的六口人，就只有三军总参谋长石敬昌将军夫妇。

静漪和尔宜是真正的新面孔，索幼安夫妇和石敬昌夫妇都未免多留意。

索幼安是不苟言笑的人，索夫人却很慈祥。见了静漪和尔宜，索夫人就笑着招呼她们到自己身旁去坐，还对丈夫说："难怪雁临对十小姐赞不绝口，本人比相片上还美呢，难得人又极和气。"

索幼安微笑点头。

石夫人离尔宜更近些，先问尔宜多大了，听说还没许人家，就笑着说要做媒。

尔宜被她们说得脸红，静漪替她解围，说：“八妹还小，尚在求学。”

“十小姐还不是在求学中，就被牧之娶回家去了？可见只要合心意，是否求学中，倒也并非标准。”石夫人笑道。

众人听了都一笑，静漪也只好笑了。

“我倒是有个好人选。这个大媒，只是不知道做不做得成。”索夫人似是被石夫人提醒了，像煞有介事道。

“我倒也能猜出你说的是谁。”索幼安也不禁微笑起来，“我看这个大媒你不妨做一做。”

石敬昌故意道：“难不成长官和夫人都在琢磨小犬？他今年可只有十二岁。”

一句话说得大家都笑了。索夫人见管家来提醒，她领着众人入席。

静漪的座位在程之忱的右手边。从进了官邸，她只跟之忱打了一个照面。她始终微笑着，在场的人除了知情的陶骧和索雁临，以及大约能猜出究竟的许雅媚，倒都以为之忱是沉默寡言、而她是温柔娴静的缘故，故此兄妹二人在人前不显得十分亲热，并不觉察这对久未见面的兄妹之间，暗潮汹涌。

晚餐时的话题很多，都围绕着新近发生的新鲜事情聊开来。静漪听着，女人们之间的话题，无非是哪家的店里又有了什么新样式的衣裳、哪个电影明星最近又有什么消息；男人之间的话题不同一些，却也不过是谁写了一篇好文章、谁又得了什么字画古玩……她听石将军忽问起陶骧是不是养了几匹好马、有一匹性子格外烈的可驯服没有，正暗忖怎么他的消息是这么的灵通，看到陶驷在一旁，想到他们私交甚笃，才放下心来。陶骧跟同样极喜爱马的石将军和索长官聊起这一样来自然话就多了些。她刚收回心神，就听索夫人在讲新得的火油钻首饰，不知道配什么穿合适，想了想，轻声建议：“这个季节也就好穿香云纱了，索伯母不如试试。”

石夫人就先看着静漪笑，说：“果然这个建议好。香云纱配火油钻，各得其所。”

“小十自己不好穿衣打扮，给人建议倒是一语中的。”雁临笑着说。

静漪微笑。

这些嘛，有什么难……从前无垢对这个研究极多，她耳朵里简直听出老茧来，十句里留心一句，也就够用了。就是不留心，她母亲是最趣味雅致的人，年年岁岁的，看得多了，自然早有印子印在心里了。她看看四周人都只顾了聊天，没人注意她，悄悄拿了酒杯，抿了一口。

之忱不经意似的瞥了静漪一眼，静漪发觉，索性又喝了一大口……待到晚餐用毕，她不知不觉间已经喝了三大杯葡萄酒。区区三杯酒，对可豪饮的石夫人甚至酒量一般的雅媚来说都微不足道，可在她就算过量了，不过她尚能保持常态。

离席时她走在最后，陶骧停下来等她。她的手搭上他手臂，她的手很凉，陶骧看她。

她说："有点冷。"

胸口倒是觉得热乎乎的，只是不太舒服。

陶骧看了看身后，七星桥官邸有冷气机，可是今天下雨，并不算热，应该没有开。静漪看到他的表情，嘴角牵一牵，说："你先过去吧……我没事，别因为我耽误了正事。"

陶骧听到石敬昌将军在叫他，说："你在这儿等等的。"

他边说，边离开了。

静漪也没多想，陶骧要让她在这里等什么。不过既然他说了，她在这里站一站也无妨。便是跟着进去了，也仍然是那些人、那些话题、那样沉闷压抑的气氛……她转了下身。廊上的窗子，百叶窗开了半扇，她推了开来，清凉的雨气扑进来，她打了个喷嚏。

"要着凉了。"

静漪关了窗，回头看到程之忱。

之忱打量着静漪。她安娴端庄，穿着深绿色的旗袍，在这么庄重的环境里，这样的颜色更使她显得比实际年龄要大上几岁。算一算此时离他送嫁还不到半年，这个小妹妹像是经历了许多沧桑，在迅速成熟。

他说："我听你三嫂说了，本来今天是你……"

"三哥，"静漪看着之忱。她大概从未当面打断过三哥的话，因此之忱的面容看上去略显阴沉，但他随即恢复了平静。静漪轻声问道："三哥还记得上次分别，我跟三哥说的什么？"

之忱看着静漪的眼。窗外飞雨如瀑，这雨下得太大了些，吵得让人心烦。

"我相信三哥不会忘的。"静漪望着之忱微笑，她看到索雁临向他们走来。

“刚吃完饭，你们两兄妹就在这里说悄悄话了？”雁临看看这对兄妹，微笑道。她将一条长长的素色披肩递给静漪：“牧之巴巴儿地来跟我说你觉得冷，我让人找了这个给你。快披上吧，小心着凉。”

静漪接过来，说：“谢谢三嫂。”

之忱看索雁临，她说：“父亲在问你哪里去了，说是要让你看看什么东西。不知他又想到什么事来。你去看看？”

之忱点头，对静漪道：“需要什么，和你三嫂说。”

静漪和索雁临望着他离开的背影，瘦高峭拔，精神抖擞。静漪咬着牙关。

索雁临看了静漪，说：“小十，之忱是很爱护你这个妹妹的。”

“三嫂也很爱护我这个妹妹。”静漪转头望着索雁临，眼神和语气都有点冷。她其实不想对三嫂怎样，但是她再清楚不过，三嫂是站在三哥那边无条件支持三哥的人，她是替三哥来做说客安抚她的。

索雁临微笑，说：“哪里值得一提。你呀，就是太懂事，我都不忍再说什么了……既是这样，你就别跟你三哥怄气了。一家人有什么好怄气的？”

静漪看着索雁临，索雁临的微笑可不是装出来的，这令她更觉得心底发冷。她轻声地说：“三嫂……我不知三嫂知道多少。可能三嫂看来，我虽然称得上懂事，有时也难免执拗倔强，又可以说是很不明事理。有些事，三哥职责所在，未必是出于私心才那么做，这我懂。可我这是怄气吗？不是怄气，三嫂……是从心里不能接受。那是活生生的一条命……还不止……为达目的不择手段，殃及无辜都在所不惜……三嫂，这让我害怕。我也不能想象，这些果真能接受得了，我会成什么样子！”

索雁临望着静漪，她知道静漪说的不是假话：“但你得学会接受现实。”

“如果这是现实，我永远都不想接受。”静漪说。

“可是小十，牧之呢？他肩上担子日重，需要你辅佐。”

“不瞒三嫂说，我很怕他身上的担子越来越重。”静漪说着，远远地望着屋里的陶骧。

坐在索幼安和石将军中间的陶骧，不知听到他们说了什么，露出微笑来——在旁人眼里，渐渐风生水起的陶骧该是多么的意气风发……她摇了摇头，继续说：“三哥跟三嫂琴瑟和谐，也必能体会我爱护牧之的心情。”

“当然。”索雁临说。

“那我谢谢三嫂。”静漪转过脸来，望着索雁临。

“小十，对我你可以不用一个谢字。”索雁临微笑着说。

静漪看着她，忽觉得三嫂的眼神，都像极了三哥，她不禁一愣。

“我能体会你的心情。对我来说之忱的需要是第一位的，想必你也是如此。”索雁临挽着静漪。

静漪的手越来越凉。

…………

官邸晚宴结束得有些晚，从七星桥离开时，陶骧和静漪乘坐了最后一辆轿车。

在这样天气里，身上滚烫手却冰凉的静漪，自己都觉得很奇怪。陶骧并不说话，不知道他在想什么。他从官邸出来后，脸上就没有笑容了，静漪想他可能是累了。就像三嫂同她说了几句话，就已让她觉得疲累；他可是一整晚都在应付几个比三嫂又不知高招多少倍的人。虽然他同她比较，也是个不知高招多少倍的人。

到了家，尔宜下车就嚷着马上要洗个热水澡去睡觉，瑟瑟更是揉着眼睛趴在了陶驷的肩头。静漪和陶骧走在最后，不声不响地看着他们先进门。

里面黑漆漆的，尔宜打个哈欠说：“竟然没有人来应门。二嫂，你平时对他们是不是太宽松了？”

“她听厨娘报账可是差两毛钱都能马上算出来，你说她即便管得再宽松，谁敢糊弄她？”陶驷笑着接口，“出门前她给下人放了半天假，横竖咱们都不在家。”

雅媚“哼”了一声，说：“还不进去开电灯？”

静漪笑出来，说：“我们这就上楼去好了……电灯开关在哪里？”

“就你那眼神？老老实实地等着吧。”雅媚笑着。

陶骧早就停了下来，他握着静漪的手，静漪就算要走也走不动。

黑暗中，她只听到周围几重呼吸声，很细微……这屋子里可真的是安静极了。可是陶驷也去了有一会儿了，灯还没亮。她刚想开口，就见里屋门后闪起一团光来，正愣着，门开了，小瑟瑟捧着一个插了蜡烛的生日蛋糕走出来。

陶骧松开了静漪的手。

瑟瑟走到静漪面前来，仰着小脸儿，说：“小婶婶，生辰快乐。”

静漪蹲下来，隔着蛋糕和蜡烛，亲了亲瑟瑟，转眼看看站在瑟瑟身后微笑的陶驷、他身旁的雅媚、笑得一点不见困倦之意的尔宜，还有陶骧。

“长官设宴，我们总不好硬是推脱，就商议好了回来给你庆生。”雅媚微笑着说，“来，许个愿。”

“小婶婶许愿。”瑟瑟也说。

“瑟瑟和小婶婶一起嘛！”静漪说。

雾气蒙蒙中，烛火、蛋糕和瑟瑟的脸，都有点模糊。

“好呀……”瑟瑟笑嘻嘻的。果然她数着一二三，帮静漪吹灭了蜡烛，电灯亮了起来。

“小婶婶切蛋糕给瑟瑟吃！”

静漪从她手里接了蛋糕过来，看着陶驷拍了拍瑟瑟说：“你这个小贪吃鬼哦！”她微笑着接了餐刀，把蛋糕切成均匀的小块。

她只吃了一口蛋糕，倒是看着瑟瑟和尔宜两个抢着吃蛋糕，一直在笑。

“谢谢二嫂。”静漪轻声对雅媚说。这么细心的安排，除了雅媚还能有谁。

“是无垢提醒我的。”雅媚微笑着说。她没说，远遒夫妇本想再替她办个舞会，可是都顾虑静漪母亲毕竟过世不久，铺张开来庆生并不妥当，静漪必不同意，只好作罢。这是大家商量后的结果，她也觉得这样更好。

静漪看看她，竟也懂了她的意思，说：“这样我是很喜欢的。”

“之忱和雁临就有些吃味儿了。”雅媚笑着说。

静漪想到三哥的样子，点点头。三哥还是想着的，所以三嫂才那么说……

她有些怔怔的，他们都以为她是累了些，吃完蛋糕，纷纷表示要早点休息。

静漪和陶骧回了房，看到床上堆着好些礼物，她轻轻一叹。陶骧先去洗澡了，她就坐在床上拆礼物。

每件礼物上都有一张卡片，她把卡片一张张放在手中，攒了厚厚的一沓子。她拆开最后一件礼物，坐在那里好一会儿没动。这是雁临送给她的——是精心挑选的一件蕾丝长睡袍。浅浅的水绿色，也像水一样柔滑。

陶骧从洗澡间出来，看静漪一手握着一沓子卡片，一手握着件睡袍，他悄无声息地擦着头发，也在床边坐下来。

静漪翻着卡片，轻声跟他细说都是谁送了什么东西，多是珠宝首饰，也有衣服……无垢和远遒干脆送了支票给她。

“真是实惠。”她低声咕哝着。

陶骧听她的语气是有点抱怨，但就像是在晒着太阳打呼噜的小猫，被这么宠爱着，有点满足。

静漪翻完卡片，这里面并没有陶骧的。她刚刚察觉，呆了片刻，想想这也正常，他这么忙，怎会有空给她准备礼物呢，也许，实际上他根本就不记得她的生日吧……她理了下耳边的碎发，拿过瑟瑟送她的绒毛小熊来，看那挂着的吊牌上歪歪扭扭写着的字。

陶骧见她忽然沉默，问：“怎么了？”

她把卡片放在床头上，说：“没什么……我都收拾了吧，你该休息了。”

东西有点多，她抱了这样就丢了那样。陶骧忍不住站起来，帮她搬了几个盒子放到床尾的长凳上，再一看她，却是站在床边发了呆。

他替她把东西都好，掀开被单上了床，说：“去洗洗吧，舒服一点。”

这黄梅天潮湿得很，他最厌弃这样的气候。看她拿着要换的衣服走开，他靠着床头发了一会儿呆，才顺手拿了一本书翻开……不久，他发觉自她进了浴室，几乎没有听到水声。他皱了下眉，看看时间，腕表上的指针已经指向十一点钟，很晚了。

他下床去，站在浴室门口，听了听，里头还是没有动静。不知道是他刚刚看书太入神没有听到，还是她根本就没有洗澡，他忽然想到今晚其实她也喝了不少酒。

他眉头皱紧，刚要拧门柄进去，门就开了。

静漪湿着头发站在门口，正拿了毛巾擦头发。见他立在门前，她被吓了一跳，瞪大了眼睛看他——他似乎也被吓了一跳，脸上有点木木的，虽是皱着眉的样子，倒真没有平时那板着面孔的凶样。

“要用卫生间？”她先问。

陶骧有些懊恼，他打量了她一下，长发湿着，一缕一缕地垂下来，擦是在擦，还是湿漉漉的。换了长睡袍，宽大且长至脚面，简直能装进两个她，只露出几只花苞样的脚趾……他眉头皱得更紧。

静漪见他只管低了头看，也低了头，缩了下光着的脚，让睡袍完全遮住了。

“拖鞋湿了……”她低声说。

长发垂下来，滴着水。

陶骧不耐烦地从她手里抽过毛巾来，让她出来坐在床边，给她擦着。

湿发已经将她的睡袍从上到下湿了好大一片。这薄薄的泡泡棉纱一湿，立即隐约透出内里的肉粉色来；她坐着，刚刚洗浴过的新鲜而饱满的味道，简直像朵雨后的玫瑰花般，浓郁而清香，而且暖暖的。陶骧看着她略略低了头，颈后一层细细的柔软的金色的绒毛。她恰在此时转了下头，从她宽大的衣领处的缝隙中，可以看到更多……

静漪觉得陶骧替她擦头发的动作慢了下来，她意识到什么，不敢动了。过一会儿，她悄悄扯了下衣领。

他沉声道："换条毛巾吧。"

他将这条半湿了的毛巾抽掉，她的头发便垂了下去，散开覆在她的肩上和背上……黑白分明，却让原先鲜明的更加鲜明。

他伸手绕到她颈后，将湿乎乎的头发挑起来，轻轻抖了抖，长长的头发随着他的手，波浪翻起。静漪立即觉得背后是起了一阵沁凉的微风……她就抚了下手臂。

身上有点热，心也有点慌。

不过她也不知为什么，手像是忽然不属于她自己了，很容易地探进他的衣袋，拉了拉，他就更靠近了些。

陶骧静默地看着她的小动作。她手腕上金镶玉的链子游蛇似的随着她的手滑下去，和她的手一样，钻进他的衣袋中去了。衣服被她扯得下沉，他略低了头，嘴唇在她鼻尖上碰了下。

她没躲，而且不动了。

陶骧扶着她的颈子，唇便印在她唇上。她也没有躲，但也没有回应。

他轻吻着她，她柔软馨香的身体在他怀里，是越来越热的。他想大概她喝下去的那些酒，正等着被点燃……他便将她推倒在床上。

他将她的睡袍一点点卷了上来，一双玉一般洁白柔腻的腿完美呈现在他面前……他很轻地让自己的手指在她的腿上滑过，如同在弹钢琴的手指，敲出一个一个的音符，时快时慢、时轻时重。她闭上了眼睛，睫毛的颤抖，与那音符是同一旋律的。她的眼角有晶莹的泪珠滑下来……他的手真若在弹琴，不管到哪里，都能呼应出一串美妙的音符似的，她终于将他的手拉住，抬起身来钩住他的颈子，噙着他的唇，亲吻他……

静漪知道这大概是她今晚喝过的酒在身体里作祟，还有他身上的暖意，总撩拨着她的心弦。她有点明白这样不好，可是好不好有什么关系？她一点也不想在今天晚上清醒着，独自好着，难过着……

她也知道陶骧不好惹……的确不好惹，这一晚他几乎就没让她歇着。不知道他哪里来的那么多的精力，又哪里来的那么多的花样，直到她哭，他还在控制着自己想要再来……比起他激烈的索取，这样细细碎碎、断断续续的给予让她更加难以承受，她终于昏昏然，迫不及待地睡过去时，天已经蒙蒙亮。

陶骧却没睡着。她黑色丝绸一般的长发，他挑起一缕来，缠绕在手指上，绕满了，松开，再绕满……他就这么机械地重复着这个动作，直到听到了六下钟声。他还没睡，就已经要起床了。

侧着脸看看她，完全没有要醒的意思，且看样子，她还有得睡呢。

他要撤出手臂，胳膊有点酸麻。她被惊动，迷迷糊糊地向外挪着身子，又缩成了一个半圆。

他起身，将被单替她盖好，走到窗边，撩了纱帘看看，朝霞满天——今天应该是个晴朗的日子。他一回身，踩到地上的东西——是那叠卡片。

他捡起来，一张张地翻看。毛绒小熊也丢在地上，瑟瑟歪扭的字就像她的样子一样，调皮中带着憨气。

他看了一会儿，把小熊放到她枕边。她还在沉睡中，微微蹙着眉头，眼角似还有泪意。

他回身将密实的厚布窗帘拉上，屋子里的光线像是瞬间便被全部吸走了，他这才转身拿了他的军装出去。

“七叔早！”瑟瑟正迈着她的小胖腿儿上楼来，嗓门儿亮堂堂的。

陶骧关好门，微笑着对她拍拍手。等她跑过来，他把她拎起来在走廊上跑起来，瑟瑟开心得大叫。洗脸时他就让瑟瑟站在台子上给他拿着牙粉盒子，弄了一嘴的泡沫故意地喷在瑟瑟脸上。

瑟瑟不停地笑，叽叽咕咕地说着话。

他很有耐心地听着，问道：“瑟瑟，背个字母表吧？”

听着瑟瑟奶声奶气地背起字母表来，他微笑了。

…………

静漪醒过来时，屋子里还是黑漆漆的。

她以为时候还早，人仍在困倦中，正想再睡，忽然觉得不对劲，忙向枕下去摸怀表，但是没有在预想的地方摸到。她脑中一片混沌，忽然想起昨晚洗澡的时候，放在了台子上，她原是想回去拿出来的，还有颈子上挂的玉佩……可是后来就没能回去。

她不由得脸上发烧，要起来，可感觉身子酸软，又跌了回去，躺了一会儿才伸手拉开灯绳。床头灯一亮，她看到床的另一侧整整齐齐的，好像没有人睡过一样，这让她有点恍惚。她呆了片刻，扯了被单裹住身子下床去，果然她的玉和表都在洗脸台上。她靠在门边，把表摸过来，打开，先看到的是母亲那张小相片。她的手指轻轻触着相片，拿到近前来，看着相片中母亲那温柔的面庞。

昨天是她生辰，一整天被各式各样的事情排得满满的，她很是庆幸，不必特意回避这个日子，也有意不想念母亲，但想念还是突如其来……瑟瑟那歪歪扭扭的字，很容易就勾起她的回忆来。

在瑟瑟的年纪，她也写不好自己的名字。那么多笔画……被七姐八姐取笑，说她名字都不像是程家的女儿，她们都是程家“之”字辈的。名字写不好，要被母亲罚。怎么也写不完，就哭；哭着说不要叫“静漪”了，太多笔画了……母亲还不准她哭。

九哥见她哭得可怜，拖三哥一起来给她求情。彼时三哥已是十四五岁的少年，无事甚少进内宅走动了。母亲虽然教她严厉，三哥讲情，还是饶她一回。

改名字的事，当然是赌气。她年纪小，可也知道看母亲的脸色，有些事不准提就是不准提。后来长大些，心里到底过不去。嫡母知道她心事，同她提过一次，父亲给她起了和兄弟姐妹一样的名字，倒和哥哥们似的，用了个“愫”字，是她母亲觉得不妥，父亲才另起了这个名字。

其实，她本名该是之愫，程之愫。

她始终没胆量去问母亲，为什么宁可让她与众不同？

而现在，又到她的生辰，因为她降生最痛的那个人已经去了，再也不会给她来一碗生日面，更别提解答她心中的疑惑了……

静漪吸着气，泪眼蒙眬中，看清表上的时刻。她擦了下眼睛——已经中午了！

“天！”她哀哀地叫了一声，慌忙冲出浴室，拉开窗帘一看，外面的阳光投进来，竟是个艳阳高照的日子。

她匆忙换好衣服，轻手轻脚地下楼，宅子里静悄悄的……似乎是故意让她不受打扰好好休息的。她走下楼梯来了，还是一个人都没见到……连秋薇也不出现。她正纳罕，有个小女佣出来见到她，忙叫七少奶奶。

“二少奶奶呢？”静漪问。

“二少奶奶带八小姐和瑟瑟小姐出门了，说今儿天气好，和八小姐去逛逛、看看学校呢。”小女佣伶俐地回答。

静漪这时候觉得肚饿，却也不好意思马上说，只好问：“秋薇呢？”

“一早就在厨房里忙呢，我去找她。”小女佣说。

“不用了，我自己去。”静漪说。

秋薇在厨房忙什么？她有些不解，边走，边放轻了脚步。穿过餐厅的侧门走下去，是段窄窄的楼梯，拐下去再走一段楼梯，才是下面错综复杂的厨房区域。看到她下来，厨娘、厨师和厨房里的帮佣们都有些惊讶，随即料到她是来找秋薇的，忙给她指路。静漪走到操作间外，看看里面——秋薇和一个胖胖的老妈子还有图虎翼在——秋薇正拿着刀在切什么，图虎翼在一旁笑着，忽地抬头看到静漪。

静漪摇摇头，指了指上面，悄悄走开了。

她上来，吩咐人说：“下去跟秋薇说我找她。”

她在起居室坐下，翻看当日的报纸。等了大约半个钟头，才听见脚步声。她放下报纸，就见秋薇端着托盘走在前面，图虎翼拎了一把暖瓶跟在后头。

秋薇有点怯，放下托盘小声说：“小姐，吃碗面吧？”

静漪“嗯”了一声，拿了筷子，挑了下碗里的面。面切得实在是不像样，宽的宽、窄的窄；虽有个荷包蛋，样子也丑丑的。静漪默不作声地喝了口汤，开始吃面。

“好吃吗？”秋薇忍不住问。

静漪看她一眼，反问：“你说呢？”

“必定好吃的。”秋薇笑嘻嘻地说着，回头看一眼图虎翼。

图虎翼咧了下嘴，没吭声，说着“少奶奶我下去了”，先走掉了。

“好吃。”静漪说。

秋薇笑着说："是我做的！"

静漪看她，惊讶地问："你做的？"

"嗯，本来昨天就想……可是没人提起小姐的生日，我又怕大伙儿都忘了，就我提起来，不但大伙儿尴尬，小姐也伤心，就没说。还好后来二少奶奶和我说了怎么预备给小姐庆生，我才安心呢。我今天老早就起来了，做了这个面。二少奶奶说这面也挺好吃的。"秋薇有些得意。

静漪看着面碗里剩下的汤，问："他们早上都吃的这个？"

"嗯，姑爷和二少爷还说第一回做就这么好吃太难得了。"秋薇笑着说。

静漪"哦"了一声，本想问秋薇她自己就没尝一口吗，听秋薇说："对了小姐，姑爷说让小姐今天别出门，晚些要小姐陪他去个地方。"

静漪正在喝汤，含着那口汤含混地应着。

秋薇因为给她做了这碗面很高兴，她看着秋薇高兴，心里也暖暖的。

秋薇收拾了碗筷下去了，静漪去洗了把脸，回来依旧没有什么事好做，仍翻着报纸。

除了《中央日报》《金陵晚报》这样的大报，雅媚还订了英文报纸，也有两张满是坊间小道消息的小报，内容五花八门，无奇不有，连谁家的姨太太生了孩子、哪家的小姐订了婚这样的事都在报上。静漪翻看着，这些不知真假的消息，因为总会看到熟悉的人名，竟也觉得有趣。小报图文并茂，她后来便只看相片。倒有一则订婚消息，版面登得很大，是杜琠先生和黄珍妮小姐——她仔细看着，确定无疑是黄珍妮。不知无垢是刻意的还是不知道，前日见面倒没有听她提起过呢。

她正想着，电话来了，说是孔公馆来的，正是无垢。

无垢问她能不能过去吃下午茶，那里有几位太太小姐，听说她来了南京，想要一睹芳容呢。

静漪想到陶骧说过要她在家里等等他，便照实和无垢说了。无垢当然觉得有点扫兴，不过取笑了她一番，说那就改在明天。

静漪答应着放了话筒。

她原想再确认下报上黄珍妮订婚的消息，不想再翻报纸，又看到另一则：金润祺小姐寓所夜宴，高朋满座……她皱了下眉。金润祺竟然也在南京。

她细细读着这则消息。从消息里可以看出来，金润祺在这里已经住了一段时间了，和她的日本籍养母一处，俨然是混迹于此处上层茶会中的名媛。她看看新闻下缀的名字——记者梅开，显然是个笔名。此记者虽是写小报花边新闻的，但笔力惊人，金润祺其人其貌，寥寥数语间已经跃然纸上。

静漪将报纸叠好，放在一旁，渐渐睡意又袭来，她懒得去卧室里，就歪在沙发上睡了……不知过了多久，她听着有响声，睁眼看到陶骧坐在对面沙发上。她揉揉眼，问："什么时候回来的？怎么不叫醒我？"

"刚刚。"陶骧说。其实回来已经有一会儿了，本来想好回来叫上她就走的，可上来见她睡得那么香，有点不忍心惊醒她，于是坐在这里一再地拖延时间。

"不是要我等你？什么事？"静漪被他看得不自在，她睡得头发都乱了，忙抬手整理着。

"换上方便行动的衣服，带你去个地方。"陶骧说。

静漪点头，起身回房了。

陶骧等了她一会儿，看她出来就已经换上了简单的衬衫长裤，戴了一顶俏皮的遮阳帽，看上去活泼泼的，脸色也娇嫩红润。

"走吧。"他说。

下楼去，一辆敞篷吉普车停在下面。陶骧没让人跟着，自己开车载了静漪出门。

"不让阿图跟着？"静漪问。

陶骧转头看了看憋着坏笑的图虎翼和沉默如常的马行健，说："不用跟着，在这儿能出什么事？"

静漪这才不出声了。她戴上墨镜，看看陶骧，他也将墨镜戴上了。

天气有些热，车子开起来才凉爽些。穿过安静的街巷，陶骧开车出城。经过明陵时他把车速放慢了些，这个时间在这里游玩的人极少，安静的园林几乎完全不受打扰。车子穿过树底，凉风阵阵，很让人觉得舒适。

静漪并不知道陶骧要带她去哪里，只想着当成出来兜兜风也很不错。

只是他车子开得太快了些，在一个转弯过桥时，风掀起了她的遮阳帽。她来不及按住帽子，眼睁睁看着帽子飞落桥下，她就瞪了陶骧一眼。

两人都戴着墨镜，她这一眼瞪得再凶，他也看不到。可她分明看到他嘴角有笑，气得她真想伸手打他，一想到他还在开车，这可不是开玩笑的，少不得忍着。

“可惜了那顶帽子，二嫂刚刚送给我的。”她低声说。

陶骧停了车，才说：“那问问二嫂在哪儿买的。”

“是二嫂的大姐从西班牙带回来的，没有第二顶的。”静漪没好气地说。倒不是帽子有多珍贵，是送礼物的人。

她正说着，才抬头看到他们是停在了一个哨卡前。陶骧手臂搭在车门上，摘下墨镜，转头同哨兵说：“陶骧。”

静漪不出声，被放行之后，她才问：“这是哪里？”

这段路穿山越岭，树木茂密，路边不时闪过的路牌上有大写的英文字母和数字，她看不懂，只隐隐觉得这或许是哪个军事禁区了。

陶骧看她一眼，一手握着方向盘，一手探过来。

静漪一躲，没躲过去，陶骧将她肩上落的一截枝叶拿起来扔掉。见她紧张，他似笑非笑的，穿过树叶的阳光在他脸上迅速掠过。静漪有点尴尬地转开脸。

“军用机场。”陶骧说。

静漪怔了下，就见吉普车已穿过树林，上了一片开阔的平地。出现在他们面前的是一个小型的停机坪。停机坪上只停了一架灰绿色的战机，不远处还有辆军用吉普车。等他们的车子开过去，车上下来一个穿着空军制服的男人。

陶骧将车停下，同那人握手，给他介绍道：“这是内子。”

“陶太太，您好。”那人对静漪敬了个礼。他没有报上军阶姓名，陶骧也没有介绍。等他将预备好的东西交给陶骧离开后，静漪看看陶骧，问：“你这是要……”

她看清楚陶骧拿的东西，头盔、飞行服……她有些紧张。

陶骧检查了下，见是两套头盔和飞行服没错，就拿了那套小号的给静漪，说：“穿上。”

静漪被他掷在怀里的东西撞到胸口，不由得往后退了一步，看着迅速将飞行服和头盔穿戴好的陶骧，一时不知如何是好。陶骧紧了紧头盔下的带子，看着她，问：“我帮你穿？”

他摘了墨镜，她可以看到他眼里的认真，这才确定他并没有说笑，虽然说的很不像话。

她慢吞吞地抖开飞行服。终于知道自己临行前，他交代的那句穿的方便行动些是什么意思，还好这飞行服穿起来并不复杂。陶骧替她拿了头盔，等她穿好飞行服，把头盔给她戴好。见她扣子扣得不标准，又给她整理了下领口，打量一下，才说："走吧。"

"等等。"静漪见他拔腿就走，跟上去扯住他问道，"这是……要上飞机吗？你得到允许了吗？"

她虽不懂空军的管理制度，总知道一架飞机要飞上天，不是随随便便就行的。再说，这里可不是西北军的辖地，他怎么还是想什么就是什么的做派。

"你还要检验我的派司吗？"陶骧不禁有些好笑，反握住她的手，拉着她一路走到舷梯边。看她一着急脸都红了，他笑问："你到底瞎担心什么？难道还怕我把你带上天，不管带下来？"

静漪见他轻松地开着玩笑，不禁有些恼。陶骧不管，硬是将她扶上了舷梯。

静漪上了两步，回身盯着他的眼睛，问："你确实拿到许可了？"

她背靠着梯子，此时不上不下的，心里尽管有些慌乱和紧张，却也不得不承认，也有那么一两分兴奋和期待。这可是战机，战机在空中飞翔的感觉，一定和在客机上不同……

陶骧"嗯"了一声，点头。

静漪认真起来，还真是不好糊弄。

"这是架教练机。我在这里是有教练资格证的，需要使用飞机，申请就可以。"他说。

静漪望着他。这么近地看着他的眼睛，碧蓝的天空和洁白的云彩似乎在这一瞬投进了他的眸中。她身子晃了下，不得不扶住他的肩膀。

越过他的肩头，她看看远方的塔台。

停机坪内只有这架战机，除此之外人影不见，可塔台里一定是有人在看着的。

她轻声说："那好，我信你。"

她轻手轻脚地转身，大概是知道他就在她身后，无论如何都不必担心自己会摔下去，也没有多害怕。机舱罩是掀开的，陶骧让她坐到后面，他站在外面，帮着她系好安全带，戴好风镜和氧气罩。他仔细地检查了一番，确定她没有什么地方不妥，才钻到前面驾驶位上去。

静漪趁着他检查仪表盘上的数据，拍了拍前座椅，问："你真的会开飞机吧？”

陶骧头都没回，说：“反正你也下不去了，老老实实给我待在这里，看看我到底会不会。”

静漪隔了一会儿，才轻轻哼了一声。

穿得厚，有点闷热，还好停机坪上空旷，又已近傍晚，起了清凉的风，倒也不难受。

陶骧对着笔记本一样样核对完毕，将机舱罩合拢。

静漪此时才又觉得紧张起来，不由自主地就握紧了身上的安全带。

飞机在跑道上缓缓滑动，原本静止的树木和塔台仿佛也动起来，成了流动的碧绿的深水似的。静漪的手越握越紧。

她看到陶骧在做着手势，不知他的手势是对她、对地面指挥还是对塔台。她的心跳越来越快，还有点口干舌燥，那句“我要下去”简直就要冲口而出了。就在这时，陶骧回头看了她一眼。她被这一眼定住了似的，瞬间就失了神，以为自己看到他在笑。

“我们就起飞了。”陶骧说完，转回头去。

飞机在跑道上加速，她只听到轮胎摩擦跑道时刺耳的声音和发动机那巨大的轰鸣声。飞机起飞时巨大的力量让她倾在后座上，她牢牢地抓着安全带，隔了顶罩，她看到碧蓝的天。从未离天空如此之近，仿佛触手可及，她轻声叹息。陶骧仿佛听到了，飞机又升高了些。

她看得到雾流……他故意似的，让机翼左右摇摆，战机就像飞翔的鸟儿，瞬间向下俯冲，下面是郁郁葱葱的山林，向下俯冲的速度如此之快，她简直能看到雾气在流动，就在她忍不住要闭上眼睛尖叫起来时，他迅速将操纵杆拉起，飞机几乎贴着树梢被拉升起来，重回蓝天……静漪惊出一身冷汗来，心脏都跳停了。

陶骧自在地架着飞机在空中盘旋飞行。静漪见他没有再故意吓她，也渐渐放下心来。

他们飞得并不高，平稳地在紫金山上空盘旋。静漪可以看到下面的山川河流。夕阳下的这些景致，蒙上一层淡红的金光。

她靠在座椅上，忍不住摘下面罩来，对着陶骧喊：“真美！”

陶骧回头，狠敲了一下她的头盔，指着面罩让她戴上，她却笑了。不过她也没敢再惹陶骧，急忙把面罩戴好，知道如果她再耽搁，陶骧恐怕真会揍她……她笑着。大概是头一回，她并不觉得陶骧这样子很可怕。

降落时她竟有些舍不得下去。陶骧都站起来了，她还坐在座位上不动。

陶骧站在舷梯上，把头盔拎在手里，看着静漪，说：“还不下来？”

他扶着机舱，倒也不着急。他发梢上滴着汗，这一趟低空飞行，很考验他的实力。也许是他很久没有上天了，总觉得今天飞得有点紧。

静漪慢慢地将面罩掀下来，刚要起身，又跌回座位，才知道自己腿都软了。可她不愿意承认自己是这么胆小，硬是撑着从机舱里爬出来。

陶骧却早就发现了，伸手揽着她的腰。

“喂！”静漪下意识地要推他。

陶骧身子一晃，连带着她都倾身滑向一边。静漪吓得都出不了声了，他站稳。

静漪看着他牢牢握着舷梯的手，咬牙。

“在这儿还是别乱动的好。”陶骧说。

他差不多是半抱着将她带下舷梯。

机械师早在下面等着，陶骧与他做了交接，带静漪离开。

上了车静漪的心跳仍很快，耳朵也有些疼。飞行的时间并不算很长，她还真有点难受。

陶骧等了一会儿才开车。回去的路上他比来时开得慢了些，天色也暗了，风越来越凉……他看看在一旁已经很久没出声的静漪——她的头发都有些散了。

被他看着，她意识到，忙从袋子里拿了梳子出来整理着头发。

他忽然看了眼路旁，将车停在了路边，说：“在车上等我。”

静漪怔了下，问：“你又要干吗？”她忙跟着下去。

陶骧见她也下了车，边走边说：“上车去……我不回来你不准下车，小心有狼。”

静漪站下，说：“这儿怎么会有狼？”

可他人已经翻过一道藩篱，不见了。

静漪想着或许他人有三急？又不好意思追着问他，只好先转过身去等着。只是好一会儿他也没回来，山间的风起来，她真觉得有些冷了。

“陶骧？”她往藩篱边走了走，“你好了没？”

没有回应。

她伏在藩篱边，发现他们停车的位置，不远处就是一座桥。桥下是深沟，有流水声。她喊“陶骧”的时候，山谷间便有回声。往前走两步看看，还是不见陶骧。天色暗得很，她已经看不清楚桥下究竟都是些什么，她额上沁了一层汗。

忽然看到有光柱移动，似乎看到希望，她叫道：“陶骧！”

那光柱又消失了。

她一着急，也想翻过那藩篱去，就看到一个黑影从下面爬上来，光柱打过来，她心陡然一颤，叫道：“陶骧？”

“来了。”是陶骧沉稳的声音。

静漪看着他轻巧地从藩篱上翻过来，两步走到她跟前，忍不住大问道：“你干什么去了？”

“我不是让你在车上等吗？”他不在意地说。

静漪瞪他。这个人，今天真的把她吓了个够……她赌气转身上车。

陶骧跟着上了车，发动了下车子，顺手将一样东西扣到她头上，说：“系紧些。再飞了，可不知道捡不捡得回来了。”

静漪按着头顶，是那顶帽子……

他发动了车子，刚要开，就听静漪一声大喝：“陶骧！”

这么静的地方，亏得她这么大嗓门儿。

陶骧借着车前灯，看着她柔静娴雅的静漪，一脸的怒容，他说：“你小点声，我听得见。”

“谁让你捡个帽子……去……去……”她气得说不下去了。山谷这么深，又是水又是石头，万一哪里出一点差错，他就……“你知不知道轻重？”

“知道。”陶骧说着开了车，“这帽子太轻了。”

静漪气得噎住。

“你给我停车！”她大声。

陶骧说了声“回家了”，车子就飞驰起来……

进门时陶驷夫妇和尔宜瑟瑟正在用晚餐，静漪连招呼都没打就往楼上跑去。

“怎么了？”雅媚惊讶地问，从来没见过静漪是这样的。

“没事，二嫂。你们吃饭。”陶骧微笑。他倒不慌不忙的。

雅媚从餐厅出来，看陶骧那表情，皱着眉问道：“吵架了，还是你欺负静漪了？”

“没有的事。”陶骧笑着说，转了身往上走，“二嫂先吃饭，我上去看看她。”

雅媚想跟上去看看，陶驷急忙喊她，悄声道：“吃饭。”

“静漪……”雅媚指着楼上。

“聪明一世，糊涂一时。”陶驷笑着指着雅媚的位置，“就是吵架，就让他们俩吵呗……小夫妻俩，你还怕他们俩和好不了？你让老七去吧。吃饭，吃饭。”

雅媚想想也是，道：“这个老七啊。”

“二嫂，七哥哄女人最有招儿了，甭担心。”尔宜笑嘻嘻地说。

雅媚笑一笑，说：“他要是拿哄那些女人的招数来哄你七嫂，我看他还是别用的好。”

“又来了……喝汤。”陶驷轻声说。

雅媚看下时间，已经八点多了：“不知道他们这是去的哪儿，回来得挺晚……”

陶驷笑着说：“反正你想不到。”

雅媚见他笑得越来越厉害，忍不住白了他一眼，说：“不管怎么样，老七肯用心思就好。”

“七哥肯用心思出招，也得七嫂乐意接招啊。”尔宜见哥嫂看她，嘿嘿一笑，不出声了。

雅媚又看了眼楼梯方向，没有动静……

静漪进房便关了门。

她定了神，才觉得自己刚刚失态，起身去洗了把脸。出来看到被她丢在床上的那顶帽子，正发怔，就听见门响。陶骧开门进来了，他抖了下手里的钥匙，放在门边。

静漪抿抿唇，就要出门。陶骧把她拦住了，低头看她：“还在生气？”

静漪沉默片刻，抬眼看他：“谁让你为了顶帽子去冒险的？”

他沉默。

“你知不知道……你命有多金贵？你要是为了捡回帽子，出点什么事儿……你让我怎么跟父亲母亲奶奶他们交代？”她有些歇斯底里，虽然是极力克制着，声音还是尖细起来。

陶骧看着她，眼看着她眼里要滚下来泪珠，她忍住了。

他将她抱在怀里，她想挣脱，他没放，他的下巴抵在她头顶，说：“好了我知道了。”

“陶骧……”静漪吸着鼻子。他身上有青草味，想到他在树林里把自己置于危险之中，她的心忍不住发抖：“陶骧你不能随便就……”

陶骧没出声，只是将她拥抱得紧紧的。

静漪紧贴着他的身子，他身体的温度如实地传过来给她……可是她莫名觉得即便是这样，仍不能驱散她心头萦绕的阴霾。

她推开陶骧。

“下去吃饭？”陶骧问。

静漪摇头。

陶骧看她闷得脸上一层汗，就说：“我先出去，一会儿让秋薇过来。”

静漪没出声，他轻轻摸了摸她的脸，被她转脸避开，也不恼，笑一笑，就出门了。静漪抬手蹭了下发烫的脸，紧紧抿了抿唇。

不一会儿秋薇果然来敲门，问她要吃什么不吃：“小姐和姑爷去哪儿了？怎么姑爷身上还沾了树叶草根，绿不拉几的……手上还擦伤了。”

静漪听了树叶草根，正想着陶驷雅媚看了不知该作何感想，再听他手上有伤，心里一顿，说：“那地方我也不知道。”

不过半天工夫，上天入地，一颗心跟着大起大落，到此时仍然揪着。她发了会儿愣，见秋薇一直瞅着自己，示意她出去，说：“过会儿我下楼吃。”

秋薇听话地退了出来，转身见陶骧回来了，叫了声姑爷。陶骧问她静漪说要吃什么不吃，她摇头。陶骧就皱了下眉，秋薇忙说：“小姐说她等会儿下楼吃饭。”

陶骧敲门进去了，秋薇待要走，看到图虎翼跟上来，问她七少呢，她指指房里，说：“我劝你且等一等。”

“行。”图虎翼看看表，“你干吗去？”

“我去给小姐准备吃的。”

“不会又是面吧？”图虎翼追问一句。

“不是……是什么要你管？”秋薇说。

图虎翼笑着看她甩了甩发辫，长长的辫子在身后晃着，跟她的人似的有点灵气。他笑笑。

陶骧进了屋，静漪还是不理他。

他进去换了衣服出来，就看到静漪坐在那里，摆弄着面前一个小药箱。他闻到药水味，皱了眉。

静漪看着他，也不出声。

他抬手挠了下眉，静漪便看到他手上的擦伤。她冷着脸过来，扯了他的手看看——不长，但是挺深的一道伤口。

“不用管它。”他说。

静漪不理会他的话，只管仔细地给他上了药，然后拿着一卷绷带，在他手上缠着。

“洗澡的时候别沾水。”静漪收拾着用过的药棉和纱布，“刚刚阿图给你送东西来了。”

她把放在桌上的一个信封递给他。看他右手被包扎的结实，并不方便拆信封，她拿了开信刀替他拆了，转身去洗手了。

她从浴室出来，陶骧已经不在房里，屋子里有淡淡的药水味。她舒了口气，正准备往外走，门忽然开了，陶骧走进来，说：“我得出门。晚上你先睡，别等我。”

她点头。他没说要去哪儿，她也没问。

他穿得很正式，应该去的也是很正式的场合，而且，是不用她陪同的。

陶骧见她面色已经比先前好了很多，说了声“晚安”，关上了房门。

静漪呆站了好一会儿，才在床边坐下来。

她闭上眼睛，眼前似乎是那蔚蓝的天空，白云和雾流飘过，山川河流……飞机的轰鸣……心就随着这景象在忽高忽低地飞着，飞着……

她睁开眼，心也就落了地。

她几乎听得见那咕咚一声轻响。

“昨天晚宴，你又艳压全场。”雅媚笑着说。她替静漪将珍珠耳环夹在耳垂上，拨了拨：“连三少奶奶都要被比下去了。”

静漪微笑。将近一个礼拜，几乎天天有晚宴和舞会。昨晚七星桥官邸晚宴，云集名流权贵。整晚她跟在陶骧身边几乎一步都没离开过，陪他同形形色色的人周旋。能去七星桥官邸晚宴的人自然都不是等闲人物，应对起来不仅费心，到后来更是有些费力了。还好她早有准备，虽然辛苦，总没有想过打退堂鼓。只不过回到家中，她也就不想再说话。她草草地洗过脸就上床了，陶骧却又出了门。今早她醒来，他的枕头仍像是没有碰过似的。因睡得太沉，他昨晚回来过没有，她并不知道，不过她照例也没有问……那么辛苦，赢得交口称赞也不足以抵偿。

她揉着肩膀，想到今晚石敬昌将军府上的舞会，不免有些头皮发麻，说："但愿今晚请我跳舞的人少上几位。"

"只少上几位？那还不是一样要从头跳到尾？"雅媚笑道。看静漪随陶骧出入七星桥官邸，那份进退有度，实在是显得比她年纪要成熟很多，让她再一次赞叹："你和七弟呀，完全是焦点。"

静漪今晚依旧是一袭黑色的晚装长裙，樽领，中袖，裙长及脚面。最华丽的装饰似乎就是裙上从头至脚的蕾丝，和颈间一挂三重的珍珠项链。

雅媚笑问："可是今晚怎么裹得这么密实？难道是老七的意思？"

静漪笑了笑。

雅媚没猜错，昨晚那袭晚礼服实在是精彩，也实在有些暴露。雅媚和无垢替她做参考，虽然在向来开放的无垢和有些保守的雅媚眼中，那件礼服领口落到锁骨下实在是算不上什么，她却也犹豫了一番才将那件礼服穿出去的。没想到等在楼下的陶骧一抬头看到她眼神顿时就有些不对，要不是他们赶时间必须准时到场，恐怕他让她上去再换一件衣服的话都说得出来吧？

静漪抚弄着颈间的珍珠，说："我们走吧，二嫂。"

雅媚微笑着，和她一同出门。静漪特地走在雅媚身后，欣赏着她成熟优雅的风韵。雅媚发觉了，回手杵了下她的额头，说："调皮。看我做什么？"

静漪轻叹，说："我若是男儿身，必娶二嫂这样的女子为妻。"

雅媚愣了一下，笑起来。她一身紫红色长裙，随着她笑得身上轻颤，衣裙上缀着的同色细碎水晶闪闪发光，让她整个人也在闪光。

陶驷正在楼梯下徘徊等待，听到笑声抬头观望。雅媚和静漪都笑得面上光彩四溢，他的目光只在静漪身上稍稍一停，便转向了妻子。

静漪故意走慢了两步，看雅媚走下去，陶驷伸手过来，等着她、等她对他那一笑。静漪有些感慨——二哥二嫂看向对方的目光，完全是欣赏。

"老七呢？"雅媚没见到陶骧，问。

“他有事，等下直接到石将军府上。”陶驷看看表，“这会儿想必已经到了。”

雅媚看看静漪，笑道：“他也真放心。不亲自带进场去，不怕媳妇被人抢走？”

陶驷哈哈大笑，道：“那咱们就有热闹可瞧了。他和文谟一处呢……老八呢？”

“来了来了。”尔宜从外面进来。

“你去外面了？”静漪看她手中拿着伞，问。尔宜早就装扮好了，不耐烦等她和雅媚换装，早早就下楼来了，此时手上拿着几颗黄澄澄的果子。她笑道：“果然还是惦记那几棵枇杷树。”

尔宜把手里的枇杷拿给他们看，笑着说：“我等你们等得闷嘛。看，枇杷熟了呢！”

“老八你真是和瑟瑟一般儿大小，瑟瑟就整日盯着那几树枇杷。”雅媚笑着将手套戴上，看看尔宜，“还好没弄湿了裙子，不然等下怎么见文谟？”

她只是随口一说，尔宜将枇杷放下，道：“哎呀，他要是嫌弃我配不得他那人才最好，我还怕他花花公子的名声带累我呢……你们做什么非要给我找个舞伴？我自个儿去不成吗？再说我又不怎么会跳舞，那白文谟同我走在一处也是别扭。”

“话这么多。”陶驷开口，声调不高，尔宜却住了声。

他虽然平时常常显得随和可亲，稍稍一板脸，还是有些吓人。雅媚见状忙过来挽了他先走，道：“好啦，该走了。”

尔宜等他们上了车，才拉着静漪到后面车上去坐，小声抱怨道：“顶不爱这样被送做堆呢。白文谟是什么人，旁人不知道，二哥和七哥不知道吗？索夫人也不会不知道吧？”

静漪安慰她道：“知道，都知道。今晚让你去，就是去跳舞的，没有旁的意思。”

“那是最好的。他这个人……他也不会看中我啊！七嫂，你看他那些女朋友，都是什么样子的？再看看他追求的，譬如三少奶奶，那是什么样的人？”尔宜皱眉道。

静漪道：“别这么说，各人有各人的好处，你比她可也不差什么的。”

尔宜露出笑容来，问："七嫂没哄我高兴？"

"我哄你高兴，一次两次或者可以，还能哄你一辈子吗？"静漪微笑。

"那你就哄我一辈子吧。"尔宜笑着，靠在静漪身上，又叹了口气，"我呀，可不要听他们的安排，要我嫁谁，我就嫁谁！看看七嫂，我就知道这条路决不能走。何况我也没有那样的运气，能遇到七哥这样的人啊……"

前方的车子忽然刹了下，司机急忙踩刹车。尔宜赶紧抓住把手，可静漪听了尔宜的话正发愣，匆忙间撑住座椅，手腕被生生地撴了一下，顿时疼得钻心。

"没事吧，七嫂？"尔宜见静漪按着手腕，忙问道。

静漪看尔宜就要开口责怪司机，忙示意她不要这样，问："前面怎么了？"

司机说刚刚是因为前面的车突然刹住，好像撞上了什么东西，不知道是猫还是狗……静漪因有些心烦意乱，听到这个就更觉得不舒服。尔宜看她脸色不好，并没有意识到是自己说的那些话惹的，倒以为她是吓着了，要司机开车慢些。

此时石公馆灯火通明，静漪还没下车便看见了站在一处的陶骧、白文谟和先她们一步来了的陶驷夫妇。见她俩的车到了跟前，白文谟亲自过来开了车门，很礼貌地对尔宜点点头叫了声"八小姐"，转而伸手让静漪扶了，微笑着叫七嫂，说："晚上好。"

静漪留了心，特意打量白文谟一番。白文谟一身白色西服笔挺熨帖，文雅地同她讲话，完全是个风度翩翩的贵公子模样，真不像领兵打仗的武夫。他与尔宜站在一处，不能说不般配，可毕竟比尔宜年岁大不少，成熟太多。且白文谟那一双眸子，一笑便眼带桃花，也太撩人了些。

白文谟见静漪只管看着他微笑，饶是他惯于同女人打交道的一个人，也有些不自在，还好静漪轻声开口问道："等了很久吗？刚刚门外有点堵车呢，不然我们早就到了。"

白文谟让尔宜和她一左一右扶了手臂，笑道："是我们早到了。我和七哥办完了事，怕让你们等，一路上催着司机。在前头路口还险些撞上巡警的巡逻车，倒被巡警骂了一通。我就说，合该着今日没开辆特牌车来，不然也不至于……"

"车子开慢些，晚了又有什么要紧？"静漪略皱眉头。

陶骧刚同人寒暄完了，过来正听到她的话，看了眼白文谟。

白文谟笑道："是，七嫂教训的是。"

"快进去吧。要说晚，我看今儿就咱们晚了。"雅媚笑着说，先同陶驷走在前头，白文谟带着尔宜紧随其后……静漪挽着陶骧，看白文谟转脸微笑着同尔宜说着什么，尔宜这会儿倒显得大方礼貌起来，并没露出不高兴的样子。

石公馆的听差候在一边，替他们收了随身的衣物。

陶骧给静漪拿了披肩交给听差，见她不出声，只顾看向远处，也往那边看了看——她的目光在跟随尔宜和白文谟——不过待她发现石夫人亲自过来招呼他们，脸上已经浮起微笑……又是那副标准的程静漪式的典雅贵气而不骄矜的笑容了。

静漪转了下脸，看陶骧正注视着她，愣了下。不过她这会儿正同石夫人攀谈，也就没有去管他那有些探究意味的目光了。

不一会儿，陶驷兄弟与白文谟被石将军叫走了，石夫人拉了静漪过去，给她介绍几位在场的高级将领夫人。静漪立即发现她们对她都格外注意。这些天她倒是习惯了这样的打量，完全可以从容以对。她与这几位夫人虽是初次见面，也懂得只要安守本分，总不会出错。不久尔宜也过来找她。静漪携着尔宜，同新认识的朋友聊天。今晚无垢和无瑕都会随夫婿前来，她这边认识新朋友，等着他们，时间一点也不难过。

雅媚见静漪如鱼得水，索性在一旁欣赏。石公馆的舞会向来有口碑，她并不担心静漪会遇到什么麻烦。她拿了杯香槟，正要坐下，就听见一阵清脆顺利的笑声，有人喊她“许家姐姐”，向她走来。她朝那边看了看，又看了眼静漪——静漪正凝神与人交谈，并没有注意到黄珍妮和未婚夫杜玙的到来——她微笑了下，也招了招手。

黄珍妮依旧一身亮黄色的长裙，雪白肌肤暴露着，藕似的手臂上箍了一匝匝的金丝镯子，看上去竟像是印度人。

雅媚笑道：“你是从印度回来的吗？”她微笑着向杜玙略一点头。

“好看吗？”黄珍妮在雅媚面前转转圈，笑着问。

“你任何时候都那么与众不同。”雅媚微笑道。

黄珍妮从未婚夫手上拿过酒来，让他只管去找朋友聊天。杜玙笑着离开，她喝着酒，目光左右地一扫，笑了。雅媚看出来，故意说道：“又要找谁？杜先生已经用戒指把你套牢了，你安分些会怎样？”

黄珍妮“哼”了两声，斜着眼睛含笑望了雅媚，问：“我如何不安分了？”

雅媚知道她是什么都说得出来的性子，便道：“我不招你这张利嘴。只是我们静漪人斯文，等下你别乱同她开玩笑，不然我可不饶你。”

黄珍妮大笑。

“我就说呢，还没怎么着，先想封住我的嘴——姐姐，你可真是尽心尽力地爱护那程小十。”她说着，望向程静漪。恰好静漪朝这边看，大约是没有看清楚她的样子，很自然地又转回去。她笑着问：“你听说了没？”

“听说什么？”雅媚反问道。这黄珍妮一贯语不惊人死不休，一见她就有点心惊肉跳。

黄珍妮又斜她一眼，问：“是跟我故意装糊涂的吗？”

“我同你何用如此。到底什么事？”雅媚奇怪。

“你是真的不知道？”黄珍妮反有些诧异，“这两天都在议论，陶牧之究竟是带着哪个女人上天的。”

“上什么天？”雅媚皱眉。

黄珍妮见她真的不知道，摇着手道：“真服了你！亏你还是……哦，我知道了，一定是陶二哥怕跟你说了，回头再跟程小十传话，惹出是非来。”

雅媚听了笑道：“哪儿至于！御之一定不知道。他若是知道，不会瞒着我的。”

黄珍妮笑着说：“那可难讲，他可不定是为了瞒着你，而是得帮着他兄弟不是？不过我也是听空军的人说的，并不确切。你知道紫金山基地的那个3号军用机场，新建的？虽说是给飞行学校训练用的，但这阵子一直关闭着。平常紫金山基地都轻易不许人进的嘛。牧之在空军的人脉真是深且广，不但拿到了飞行许可，还真安排了一架飞机。据说带着一个女人在天上飞到油料耗尽才落地呢！你想想，这么疯的事，果然是他做得出来的吧？”

雅媚听得出神，此时她先不去判断这事疯还是不疯，而是陶骧在这个敏感的时期，居然就在众人眼皮子底下玩了这么惊天动地的一把……她看了眼静漪，见她正带着尔宜朝她们走来，不禁清了清喉咙，说：“其实也没什么。”

“这还没什么？姐姐，你心可真宽。”黄珍妮摇了下头，“本来嘛，他这事该是安排得密不透风的，可也不知道怎么就传开了。我听着这两天的话，上下的都说他是少年得志，最近又春风得意，未免有些做事孟浪……总之说什么的都有，有些就很不好听了。据说还有人告到索长官那里去了，幸好索长官没追究，只是说他本来就是个飞行员出身，飞一飞也没什么大不了的，把这事压下来了。

大概是石参谋长说了情，也可能是程之忱，谁知道呢？”

黄珍妮耸耸肩，看静漪走过来，微微一笑。她和雅媚说话，声音压得极低，倒不用担心旁人会听到。可雅媚见静漪走近，还是看了她一眼。珍妮晓得这是警告的意思，不禁大笑。

雅媚向静漪招招手，说：“你是真的到了哪儿都脱不了身。”

静漪笑着拿了杯香槟，过来跟黄珍妮点头问好，随即给尔宜介绍道：“尔宜，这是密斯黄珍妮。密斯黄，这是牧之小妹，尔宜。”

黄珍妮见了尔宜，未免来些洋派的夸张。她特地放了酒杯，过来扶了尔宜的手臂贴面拥抱，还说：“陶家就是出美人哪！八小姐同令姐令兄都很像，当真是十二分的漂亮人物……大小姐今晚来不来？我有阵子没见她了。听说这些日子不在南京？”

“大姐夫去平津两地考察，大姐随着一同去了，这两日就回的。”雅媚解释道。

静漪看黄珍妮比之前在北平见时略见丰腴，倒觉得她没有那么盛气凌人、浑身带刺了似的。她静静地喝着酒，看一眼陶骧所在的位置——奇怪的是，他并不在那里，倒是白文谟发觉，往这边看了看——她收回目光，就看到黄珍妮似笑非笑地望着她，也微笑回应。

“十小姐，瘦多了。”黄珍妮望着静漪，意味深长地说。瘦多了，仿佛脱胎换骨一般，有种凌厉夺目的美正在显露出来……她补充道：“也更美了。”

“密斯黄过誉。”静漪道。黄珍妮夸奖她，绝不像夸奖尔宜那样真挚，有着爱屋及乌的意思在里面，她理所当然回应得也更客气。

雅媚深觉她们再在这里和黄珍妮一直聊下去，不晓得口无遮拦的珍妮会说出什么来，就想找个由头去别处。她正好看到索雁临陪着程之忱刚刚步入场内，紧随其后的是孔远遒夫妇、金碧全夫妇和傅连炤夫妇，以及程家七小姐之鸾同男伴。她低低地“呀”了一声，刚要开口，就听黄珍妮问道：“前几日和牧之去紫金山的是十小姐吧？我听那形容，再想不出别人来。”

雅媚险些要喝止珍妮，黄珍妮故意对她眨眨眼，一脸的顽皮。

雅媚心里暗叹这个黄珍妮，太鬼了！她索性也瞪着大眼睛微笑。

静漪看看她们，啜了口香槟。

“听说上天飞了好久。”黄珍妮眼瞅着安之若素的静漪，笑道。

“啊，七哥有那闲工夫？再说，他疯了吗？”尔宜看看静漪，忍住下面的话。

“尔宜。”雅媚笑着，“瞧你说的，他再没闲工夫，不也和你七嫂出去，一散心，也就散了大半天吗？”

黄珍妮笑着看雅媚。雅媚因生她的气，狠狠瞪了她一眼。

静漪轻声说：“可不是疯了嘛。”

雅媚和尔宜同时“哎”了一声，转向静漪，唯有黄珍妮似乎真不出所料，反而大笑起来。

“难怪！”雅媚猛地想到丈夫那晚笑得另有深意的模样，也笑了起来，“你们呀，也太会玩了。”

静漪不想这事竟然被黄珍妮当着雅媚和尔宜的面问起来，她也并非有意隐瞒，只是隐约觉得不便张扬，可事先没有对雅媚她们说明，竟让她们由外人口中听说，实在是更有些难为情……听到黄珍妮接下来说，城里已经传遍了，她脸上就微微有些泛红。这才明白过来，为什么那些夫人们看她的眼神是那样的复杂，还有些窃窃私语……想来照他们的推测，未必知道陶骧带着出游的是她，或者正把这当成陶骧的风流韵事口耳相传呢。

她把杯中的香槟酒喝光。

“这就难怪人家猜疑了。”雅媚又是好气，又是好笑。她看看珍妮，珍妮一笑，说了句“我过去同那边的朋友打个招呼”，向静漪尔宜点点头，翩然离去。

尔宜轻声说：“这位密斯黄竟像是特地来找七嫂麻烦的。”

静漪也一笑。雅媚拍拍尔宜的肩膀，看到无瑕他们走过来，提醒静漪道：“看看谁来了。”

“小十！”无瑕隔了老远叫静漪。

静漪猛然间听到熟悉的声音，回头看见无瑕，就把空杯往尔宜手里一塞，快步往无瑕身边走去。

尔宜看她这个端庄稳重惯了的七嫂，忽然间提起裙子跑过去抱住一个美少妇，那样子简直就像小孩子在撒娇，她不禁直了眼。等他们过来，雅媚在一旁给尔宜介绍，这位是赵家二小姐无瑕，那位是三小姐无垢，还有她们赫赫有名的丈夫。尔宜平常是听惯了这些名字的，可忽然都出现在眼前，未免有眼花缭乱之感，再看七嫂被他们围在中间嘘寒问暖，完全是个被宠爱的小孩子的样子，又不禁想笑。

雅媚拉了拉尔宜，退后些让她们姐妹说话。

过了一会儿，陶尔安和傅连炤也过来了。此时静漪已经平静多了，尔安夫妇比她大上许多，见他们，她不免郑重些。

“老七呢？”尔安没见到陶骧，问道。

“刚刚石将军叫他过去，有几位东洋来的朋友要见见。”陶驷正同孔远遒金碧全说话，听见长姐问，忙说。雅媚看他一眼，见他微笑，她立即觉得他是有话跟她说。果然尔安他们一听便不再追问。等大家各自散开、静漪陪无瑕去一旁坐下说话了，看陶驷站在原地，雅媚才问道：“东洋朋友？是石将军认识的吗？”

石敬昌因早年留学东洋，在东洋有很多故交，他有从东洋来的朋友并不奇怪。

陶驷低声道：“他的老朋友。带了几个年轻人来，有几个还是老七的同学。”

雅媚便说：“那你鬼鬼祟祟又为什么？”

“金润祺也在。”

雅媚略皱了下眉，道：“她呀……这个老七，女朋友成群结队地出现。”

“何出此言？”陶驷问道。

雅媚瞪他一眼，低声道：“你倒来问我！”

陶驷看看她，道：“这话又从哪儿说起来呢？金润祺也是同朋友走在一处，好像其中一位叫中川俊雄正预备与她订婚呢。中川君的父亲跟石将军是老相识。”

“订婚？没那么容易吧？”雅媚轻声道。她看静漪正同无瑕说话、一副无忧无虑的娇态，顿时心里有些不是味道。金润祺来这里也有一阵子了，她一向觉得这女人身份可疑，名媛不是名媛、交际花不是交际花的，总有点非我族类之感，因此金润祺的客厅名流淑女云集，她从来不在其中，尽管金润祺认真下过几回帖子邀请她去。金润祺不像黄珍妮，珍妮毕竟有些真性情。

陶驷见她如此说，笑一笑，道：“你未免太敏感了些。”

“但愿只是我敏感。老七这会儿同他们在一起呢？”她问。看到静漪抬头望他们这边一望，她微笑着摆摆手，继续说道：“凭空来了这么个定时炸弹，他还真沉得住气，我都要佩服他了。”

陶驷无奈，又不好一味替兄弟辩解，恰好有朋友招呼他，他忙拉了雅媚一道过去。

静漪看雅媚和陶驷被朋友叫走了，继续跟无瑕说着话，低头看无瑕的身形——无瑕穿的裙子宽大些，腰身还看不出变化来。被静漪这样瞅着，她有点难为情，道："你别这么看我，没的引人留意我……他们都不知道呢。"

静漪笑着看看一旁的无垢。原本一般苗条美丽的两位表姐，倒是无瑕之前还更圆润些，此时无垢摆在无瑕身旁，险些要有无瑕两倍宽……她不禁笑出来。

无垢悻悻地说："有本领你到时候不要胖。"

静漪笑着倒在无瑕怀里。

无垢从孔远遒手中夺了扇子来，瞪着眼睛道："你不会去别处转转？杵在这儿干吗？"

孔远遒哭笑不得地说："那刚刚是谁嫌热，要我在这里打扇？左右都是我的不是。好，我先远着你。"

他说着作势要走开，无垢喝道："先别走，去给我们拿汽水来。"

"夫人，不是你自己讲的不喝汽水了？汽水喝下去又要胖一圈的。"孔远遒低声道。

静漪终于撑不住笑出声来……

她的笑容极美，在一旁看到的人都忍不住再看一眼。

陶骧过来时，她就是这样在笑着，笑得大眼睛里波光潋滟，美艳至极……待看到他过来，才渐渐敛了笑。

陶骧和无瑕无垢寒暄，被无垢"逼问"刚刚是去了哪里，居然把小十丢在这里，他微笑道："恰好有几位老同学过来，过去叙一叙。"

静漪站在他身旁，看他衣袖上沾了点水珠，问道："外面下雨了？"

"是。刚刚我们在露台说话，忽然下了一阵子大雨，把我们赶进来了。"陶骧说。

静漪点头，难怪他身上有点湿气，湿气中还有种说不出的味道。她抽了抽鼻子。

此时舞会开场，石将军同夫人领了第一支舞。

陶骧带着静漪下去。她想起尔宜来，马上去找她的身影。

尔宜正同白文谟在一处，看上去倒也还好。

见她只管望了文谟尔宜，陶骧也看了那边两眼。他收了下手臂，静漪发觉，马上说了句“对不住”。

“你今晚好像特别注意文谟？”陶骧问。

“我那是……”静漪转回脸来，看陶骧幽深的眸子，问道，“你觉得把他们两个牵在一处，合适吗？”

陶骧反问道：“怎么？”

“尔宜年纪还小，婚事或许再过两年，等她大学毕业再议不迟。”静漪轻声说着，目光仍追着尔宜。

“又不是马上成婚。”陶骧说。

静漪一脚踩在他脚上，陶骧皱眉。

“这么说是真的？”她问。

“是真的又怎么样？”陶骧又反问。

静漪沉默片刻，说：“是真的的话……也轮不到我发表意见。”她想他大概是这个意思。

西北的陶家和西南的白家，若是联合起来，则形成对索系的中央军控制地盘的半包围之势，如果再加上北边的段系，那么势力范围就将更加庞大。她同陶骧的婚礼，白焕章白文谟父子亲自出席，而近期陶盛川也曾远赴广西……两家联姻，看来早有迹象。这些当然不适合在这儿同陶骧讨论，若果然如此，也不是她方便参与意见的。一念至此，她索性闭嘴不谈了。

陶骧也不再说话。

一曲结束，静漪挽起陶骧走了两步，才发现他们没有回到刚刚那里，而是来了个相对僻静的角落——她愣了一下，面前的这些人她都不认识，除了一个穿着雪白旗袍的女子。

金润祺坐在那一众男青年中间，微笑地望着她，仿佛深碧色的一丛叶子中，开出的一朵洁白的栀子花。

静漪忽然明白过来，为什么陶骧刚刚出现时，她嗅到了暧昧不明的味道。

拾伍

如火如荼的殇

静漪挽了陶骧，与他并立在一处，就像是柔美的月光，温和地照亮了这里，光彩夺目。

“各位，这是内子。”陶骧先开口，他说着抬手扶了下静漪的手背，“我来给你介绍几位老同学。”

静漪微笑着点头，目光在面前这些人面上扫过，最后才停在金润祺身上，道：“好……密斯金就不用介绍了，我们见过的。”

金润祺站起来，道：“七少奶奶，久违了。”

“你们认识？”金润祺身旁的一丛绿叶，自静漪同陶骧过来，就在目不转睛地望着她，此时终于有人忍不住先开口问。那人的汉语口音有些硬，并不像金润祺说得那样好。

静漪微笑道：“在北平同密斯金有数面之缘。”

陶骧让她坐下。

“不用的。”她转头看他，笑着说。但在陶骧坚持的目光下，她还是顺从地坐了。

陶骧给她拿了杯橘子水，她对他笑笑，转脸问金润祺道：“密斯金这一向可好？”

金润祺坐在对面的沙发上，轻声笑答：“劳七少奶奶问，还好。就是这大半年往返两国之间，又南下北上，实在是辛苦。”

“你这叫什么辛苦？权当旅行。”刚刚开口说话的那位青年又笑着说。

静漪看金润祺嗔怪地望了他一眼，立即猜到这或许就是八卦小报上说的那位新近与她走得很近的青年了——他面目清秀，身材中等，看上去精明强干。他此时笑着告饶，催促陶骧道：“陶桑，快些将我们介绍给你美丽的太太，也好让她认得我们。陶太太，我是中川俊雄。初次见面，请多多关照。”

静漪微笑点头，同他握手。

陶骧一一给静漪介绍：中川俊雄，阿部春马，和田英二……都曾经是他的同窗。只是有的是在欧洲便认识的，有的是在美国受训时结识的。等陶骧介绍完毕，她也就能将他们分别开来。他们言谈举止间虽都有着彼国人共同的特质，毕竟各有各的特点。而那中川俊雄在金润祺身边，显然以亲近的男性朋友自居了，只是金润祺的态度看上去还有些捉摸不定。

静漪微笑。她看着陶骧，忽然觉得他在这样一群人中间，虽大家一色洋装，若不开口讲话还以为这是欧美同学会的活动，可他仍显得是那样卓尔不群……

“我们在美国受训时，陶桑的飞行成绩就是最好的。如果有谁能和他一较高下，那还得是中川君。”阿部春马笑着说。他已知静漪的英文不弱，改用英文讲。

静漪看向陶骧。

许是她目光中虽显露出些骄傲但同时又有些不信的样子，让他们觉得很开心，纷纷笑起来。

阿部春马捶了下陶骧的肩头，陶骧顺势歪了歪头，问道：“不是说找我有事？”

阿部看着他，说：“是有件事，比较为难。不过……”他说着，语速慢下来。也许觉得在场的人都是自己人，他顿了顿，问：“逄敦煌这个人，你一定听说过吧？”

静漪先怔了一下。陶骧却哈哈一笑，说：“当然。请讲。”

阿部春马随后换了日语，且语速越来越快。陶骧仍是面带微笑地听着，偶尔啜一口香槟。静漪完全听不懂，却觉得他虽是在笑的，则完全是出于礼貌而并非愿意同阿部谈到逄敦煌。而阿部说的事情，其他几位不但不意外，还都很严肃地看着他们，似在等着看陶骧的态度……她转了下脸，见金润祺却是看着自己的，她微微一笑。

金润祺也微笑，下巴抬了抬，问：“那是七小姐和她的朋友吧？”

静漪看了看，果然是之鸾。之鸾的男伴是个高挑的青年，看到她，腼腆微笑，点头致意。静漪见他客气，也点了点头。

之鸾发觉身边少年的动向，马上留意到了静漪。

静漪被她清冷的目光扫到，心中一凛，转回脸来。此时陶骧仍在同阿部和中川等人交谈，言语间似有些争论。陶骧还好，那几位的表情却越来越严肃，阿部春马的语调都高了些。金润祺此时凝神细听，显然也无意再与她攀谈。而她纵然想知道逄敦煌为什么会成为他们的谈话内容，既听不懂，也不便在此时表现出太多的兴趣来。何况她也不是不知道陶骧脾气的，他岂是容得人干涉他公事的……于是她稍稍欠身，说声："抱歉各位，我离开一会儿。"

陶骧扶了下她的手臂，说："别走远。"

她看了他，说："我同七姐说几句话就回来的。"

陶骧略皱了下眉，点头。等她离开，他才转向阿部，静漪听到他几乎是斩钉截铁地在说着什么……他的态度如此强硬。

她端着酒杯朝着之鸾和那少年走去，分明看到少年眼中闪过的惊喜之色。她微笑着叫了声"七姐"，目光一转，才望了那少年——近了看，更觉得清秀，年纪应与之鸾相仿。

他马上介绍自己："陶太太您好。敝姓芮，芮乃奎。"

静漪恍然，问道："芮里仁将军是您的？"

"正是家父。"芮乃奎点头道。

静漪心想，陆军上将芮里仁，从前索系如今中央军的中流砥柱，他的儿子——静漪打量着芮乃奎，倒没想到是如此文质彬彬。芮乃奎见她注意自己，未免有些心神荡漾，只管看了静漪，早把身边的之鸾忘了。

之鸾看出来，冷哼了一声。

静漪笑问："七姐，这里闷热，要不要出去透口气？"

"我陪你们去吧。"芮乃奎忙说。

"好啊，一起来吧。"之鸾特地瞅了瞅芮乃奎，似笑非笑的。

芮乃奎面上一红，有些讪讪的。

静漪轻声说："麻烦密斯特芮给我们拿两杯香槟来，好吗？"

分明是托辞，芮乃奎却也巴不得这一句话。

静漪望着之鸾。此处紧靠着露台，之鸾甩手先走两步，推开门走了出去。露台很大，因下着雨，已经拉上了遮雨棚。只是里面舞会正到酣畅处，这里并没有其他人。

地面上有一点积水，静漪小心地走着。之鸾走在她身后，看她提着裙子，脚上一双亮晶晶的黑色舞鞋，鞋跟又高又细，走起来，自然而然就婀娜多姿了。黑沉沉的夜晚，此时的静漪像《天鹅湖》里的黑天鹅在舞蹈，就是有种邪魅的蛊惑力。

她忍不住又冷哼了一声，静漪转身看她。

“你一时不狐媚子勾引人，是不是就不舒坦呢？”之鸾悠悠地问。她虽是在笑，嘴巴却刻毒：“你可是同你丈夫一道来的，这样公然招蜂引蝶，不怕伤他颜面？”

“七姐若觉得密斯特芮好，就不要总给人脸色瞧。”静漪避其锋芒，轻声道。

之鸾说：“我的事我自己做主。你当我是你？让嫁给谁，就嫁给谁。”

“七姐，临了嫁不嫁，到底是我自己说了算的。”静漪声音更轻。露台顶上的雨棚，因雨点急落，噗噗作响，伴着室内的音乐，听起来让人心里有种说不出的感觉。她转眼望着之鸾，之鸾在喝着酒。

“七姐少喝点酒吧。”

“要你管我？”之鸾恶狠狠地说。

静漪沉默。之鸾来南京，想是因为婚事与父母闹翻了，寻求三哥三嫂支持的。她也没少听无垢念叨，之凤正欢欢喜喜地准备出嫁，不久之慎也会与慧安完婚，独她，决不肯嫁入刘家。三太太是无论如何不会许她跟林之忓，何况林之忓自己也不愿意。可之鸾如此执拗地违抗父命，倒没有听说父亲因此事为难她……

“见了我，你都不问问家里是不是都好？”之鸾鄙夷地看着静漪，问道。

“七姐当时打我，不就是因为知道，我如今已经有好去处、根本不管家里人如何的？”静漪轻声道。

倒把之鸾给噎得一时说不出话来，半晌才骂道：“没良心的东西，亏母亲还总惦记你。”

静漪不语。

“偏就同你做了姐妹，难道真的不是冤家不聚头？我娘一生争不过帔姨，我还一生争不过你？”之鸾问。

“我娘何曾争过什么？”静漪反问之鸾。

“尤其是她不争，却什么都得到；别人争得头破血流的，她弃若敝屣……格外令人嫉恨。这些年我看到的都是我娘上蹿下跳、费力钻营，到头来落的什么？

几十年心血，不如帔姨一个眼神、一句话，哪怕是翠姨那样，年轻貌美、手腕高超，父亲要她在身边，无非就是因为这些。”

“七姐，这跟我娘有什么关系？你恨也该恨父亲。”静漪声音极轻。

之鸾转脸盯着静漪，与帔姨极其相似的这张脸上，有帔姨的美丽，有帔姨的修养，却比帔姨冷酷无情得多。帔姨是何等优雅柔婉的女子，她再不喜欢帔姨，却也得承认，那样的女子，她这一生都不会再有机会遇到……她真想再抽静漪一记耳光。这个妹妹，她怎么打都不能解恨。

“至于我，又同你争过什么？你要的，从来不是我需要的。”静漪转身，看到芮乃奎果然端了酒来。他走得竟特别慢，看上去似乎是怕手中的酒漾出来。在姐妹俩的注视下，他腼腆微笑。静漪低声道：“得遇良人，自当珍惜。”

“这话你倒也会说，只是仔细你也有瞎了眼的时候。”之鸾语气冷冷的，“戴孟元不是良人，陶骧就更不是。得意太过，有你好看的那一日。”

静漪倒笑出来。

之鸾见她笑了，也不管她到底笑什么，道：“我劝你把心思还是收一收。与其故意同我作对，不如看紧了陶骧些，不然都不用等以后，眼下就有你难堪的。”

她说着转身对芮乃奎绽出笑容来，从他手中拿了杯香槟给静漪，自己挽了芮乃奎的手臂，道：“怎么办，密斯特芮，我想跳舞了呢？”

芮乃奎看看静漪。

静漪做了个请便的手势，芮乃奎道歉，带着之鸾离开。之鸾离去时对静漪微笑，说：“刚刚看着你和七少舞在一处，真令人惊艳。不似我们，简直是把跳舞当体育运动。休息一会儿，再进来跳舞吧？”

静漪笑着点头，并不回话。

之鸾同芮乃奎走了，她独立良久，才把这杯香槟喝了，正准备回去，就看到了一个白色的身影出现在门口。面目一时是看不清楚的，却也知道那是金润祺。

金润祺远远望着她，微笑道：“七少奶奶怎么自个儿悄悄在这儿喝酒？外面有点凉呢。”

“我倒觉得还好。”静漪说。没觉得冷，反而有些热。

金润祺望了静漪——早不是从前她见过的那位珠光宝气、富贵逼人的少女，她身上不过一件式样简单的黑色长裙，却也被她穿得极好看……她细白的手指被水晶杯上的精光耀着，几乎看得到指骨，玉一样的，有点凉，如这雨丝般。她看静漪将水晶杯放在一旁，抬手触了下探进露台来的树枝。

是枇杷树。累累的果实将枝丫压弯了，还未熟透的果实，橙黄中略带青色。

“在京都，一般人家中是不喜种枇杷的。”金润祺走过来，轻声说。

“是吗？”静漪曼声应着。

“据说在下雨的晚上，枇杷树下会听到人的悲声。”金润祺声音低沉，伴着雨声，静漪几乎听不清。要琢磨一会儿，才明白她的意思。

静漪点头道：“那是有些不吉。”

“那是东瀛的传说，牧之就不信。”金润祺微笑着说。

静漪的手指触到枇杷果子，雨滴噗噜噜地往下落，顺着她的手腕和洋装的缝隙滑进去，凉凉的。她轻轻地拢了下衣袖。

“听说牧之几日前一时兴起，带了个女人飞行。”金润祺走得近些，也仰了头看枇杷果，“对有些飞行员来说，带女人上天，这可是大忌。可能危险高的职业，就有些特别的迷信……不过牧之从不管这些的，他飞行技术可好得很，什么都难不到他。”

静漪问：“密斯金到底想说什么呢？”

“飞行员常做疯狂的事，有时是因为他们知道自己的危险。别说是在打仗的时候，就算是平时，也可能上得去，下不来，及时行乐，是寻常事。中川君说，所以他们更浪漫。我倒觉得未必如此。不是每个人都浪漫，也不是每个人都用这种方式追女人的。”金润祺微笑着回头看静漪。静漪黑黑的眸子看不出波澜，此时她整个人像是一尊墨玉雕成的观音像，在淡淡的光泽下沉默地美丽着……“七少奶奶，同牧之成婚也有大半年了，总该了解些他的为人了吧？”

静漪微笑道：“密斯金这么问，当然不是真的关心我。”

“不，我关心你，也有点好奇。”金润祺也微笑。

静漪无声地笑着，从容问道：“好奇些什么呢？”

“他带上天的是你？”金润祺问。

静漪看她神色倒也平静，显然是很确定，也不像黄珍妮，多是试探，对答案也相当释怀。她真没有想到有一日要同形形色色的女人打交道，还都拜她丈夫所赐，但她不打算退避。

“我在这里，他怎么会带别人去？”静漪反问。

“也是。太太在这里，若带别人去，这不是打太太的脸吗？”金润祺声音响脆，听起来却有些刺耳。她笑了笑：“我曾经以为，以你的性子，不会真的嫁给他。就算嫁给了他，也不会真心对他好，真心同他相守一生的。”

静漪轻声说：“密斯金，身为陶骧的太太应该怎么做，你已经给过我建议。我可以告诉你的是，到目前为止，做他的太太，我还算合格。以后也打算继续做下去。”

“听上去，你仿佛很满意现在的日子。”金润祺说。

“我没有道理不满意。”静漪接道。

“即便他娶你，是因为你像另一个女人？”金润祺问。

“至少我还像另一个女人。”静漪说。

金润祺眯了下眼。

“不过，我想密斯金不会把事情想得如此简单，也不该当我是那么不知轻重的人。”静漪声音虽轻，一句也不含糊，“他有所爱，有所好，不管是过去，还是现在，即便是将来，本都是寻常事，我不会连这点都容不得。密斯金有空和我在这儿磨牙，倒不如把这些手段用在别处。有朝一日密斯金进得了陶家门，向我磕头敬茶的那一日，我们再聊聊，究竟是谁了解他更多。”

她说着，始终面带微笑。

金润祺看着她，也微笑。

此时若身旁有人，必定会以为这两个美人，正聊得投机。

静漪看那金润祺的笑容，忽然觉得有些恶心，身上也不知哪处，隐隐作痛。

“密斯金如果没有别的事，恕我不奉陪。”静漪说完，转身欲走。

金润祺看着她一转身，握着空酒杯的手就有些微颤抖，轻笑着道：“那么，我最后再给七少奶奶几句忠告。藏好了你的秘密，掩好了你的狐狸尾巴。你或许觉得自己死不足惜，根本不顾祸延牧之。”

静漪站定，回过头来，望向金润祺的眼神，比之方才犀利了起来。

金润祺等着她开口，果然她道：“请密斯金先把自己择干净了，再来同我说这些。千万别一边警告着我不要祸延牧之，一边做着伤害他的事。另外恕我直言，密斯金一再向我施压，该不是因为牧之已决心与你划清界限了吧？否则你何必剑走偏锋。密斯金，再会。”

她说完，对金润祺略一颔首，转了身。

金润祺脸色极白，在她那样修养的女子来说，也已经算失态。静漪却不想管她到底如何，与她进行这样的对话，绝非她所欲为之的。她走到了露台门前，一双手哗啦一下扯开垂着的帘幕。米白色的薄纱雾一般向两边飘去，她重新出现在舞场内，若一个黑色的精灵从云端飘落……她仍似被白雾遮了双眸，隐隐约约只见到陶骧的身影，他身旁是几位高级将领，白文谟父子、芮里仁、她三哥，还有今晚的主人石敬昌，他应该没有看到她。

她只看他的背影，就能看到他那份从容不迫，那是在任何人面前，都不落下风的气度。

她正出神，忽然面前出现一人，郑重而潇洒地向她鞠躬。她看看这人，深蓝色的空军制服，中校军衔，心里默默地说了句“哦，是飞行员呢”。

“陶太太，是否有这个荣幸请您跳支舞？”他望着她的眼睛，三月春水一般，“我们在七星桥官邸见过一面，不知道陶太太是否记得我？”

静漪微笑点头，将手搭在他的手上。她当然不记得他，但是她没有表露出来。

他的舞步华丽而又娴熟，身上正有飞行员那浪漫的气质。

她望着他，问道：“你驾驶的飞机，是什么型号？”

他怎么回答的，又说了些什么，她并不在意，即便在意，其实也听不太懂，但是他说，她就微笑倾听……她知道自己的舞姿，算不上美妙，最多中规中矩，可陶骧太太的身份，无疑给她加分不少，她只要尽量保持优雅和端庄即可。

她想起陶骧说过让她不要走远的话来……不过应该没关系，他也没有在原地等她。

静漪渐渐数不清自己到底跳了多少支舞了。她始终在微笑，温和而亲切，不拒绝友好的邀舞，即便拒绝也尽量礼貌……她自己都要对今晚的表现打上优加的分数。她知道无论以何种眼光看她，她的确都是今晚石公馆舞会上最耀眼的那一个。

最先发觉她不对劲的是无瑕。静漪几乎每跳完一支舞回到他们这里，都要喝杯香槟酒。面上绯红，笑容满面。无瑕开始以为她是心情大好，但是越看越不对劲。她叫住静漪，让她休息下，她充耳不闻。终于连金碧全和孔远遒都察觉异样，陶尔安望着静漪的眼神就更有些严厉在里头了。

只有无垢不以为意，笑道：“不过是多跳了两支舞，傅太太至于眼睛瞪那么大吗？牧之这个丈夫还没表示什么呢！”

“他之所以没说什么，是顾不上。”孔远遒一笑，道。

“咦，顾得上又怎样？难道许他和那些太太小姐跳舞，不许小十跟人跳？”无垢皱眉。

“你这就不讲道理了。这怎么一样？”孔远遒哈哈大笑。

“有什么不一样？”

话虽如此，无垢还是在静漪被舞伴送回来时，拉住了她的手。这一拉手，她发觉静漪手心滚烫，摸一摸她的颈后，道：“怎么出了这么多汗，累不累？”

静漪又要将酒杯拿起，被无瑕不动声色地换了杯汽水。静漪拿过来就皱了眉，当看到他们望着她的眼神都不太对，她回身微笑着谢绝了下一支舞。

这个转身极为优雅，拒绝的姿态恰到好处，无瑕等人看着，忽然没了话。

看上去，此刻的静漪是如此的活泼而又快乐，她仿佛正沉浸在最美妙的音乐中，度过这样一个难忘的夜晚……静漪见他们不说话，打开一把小扇子，急急扇着风。

还是无瑕说：“才多久不见，竟要变成小酒鬼了。”

她语气中有些嗔怪，金碧全听了先笑了，说：“难得小十这么高兴，你又要说教。”

无瑕皱眉，正要说金碧全，听静漪笑道：“二表姐，我把你的那份儿舞都一起跳了，不好哇？”

她脸上泛着红，正是明艳照人的模样，加上同无瑕说这话，未免又有些撒娇的意味。无瑕就捏了她的脸，低声同她说：“你这个鬼丫头，说你是小酒鬼还是轻的，怎么就这么……”她下手真的使了力气，将静漪的脸捏得发酸。

静漪便觉得脸上那点酸软直接就钻进了她心里来似的，笑着望了无瑕，叫道：“二表姐！”

无瑕正在孕初期，母性大发的时候，连这个小表妹都要当成孩子怜爱起来了，便又捏了捏她的脸，轻声道：“嫁了人还是这么淘气。”

静漪笑了。

无瑕见她笑容有点勉强，怔了怔，道：“瞧你，快坐着和我们说会儿话歇一歇。一整晚也没能坐下来。”

静漪想起她特地来看望自己，不觉鼻子发酸，眼里就浮上一层水来。无瑕看了皱眉，待要问，看到程倍从人群中穿过来，她便先问道：“有什么事？”

“表小姐，十小姐，三少奶奶请十小姐过去一下。”程倍行礼，恭敬地道。

静漪已经有许久不见程倍。三哥成婚，父亲为他成家立业的缘故，特为拨了得力的人随他南下，程倍是三哥在家的时候就用惯了的人，自然跟着来了。此时看程倍一身黑色的制服，和从前穿衫裤时大不一样了。她说句“知道了”，坐着没动。

“十小姐。”程倍也没动，大有她不过去，他就在这里一直等的架势。

静漪看着他。奴才们跟着主子久了，都有点随主子的脾气。程倍身上有三哥的沉稳，程僖身上有九哥的俏皮……她将扇子一收。

“过去看看吧，不知三嫂找你有什么事。”无瑕说。

静漪这才起身。

她随程倍走到一间休息室门口，看他敲了敲门，说：“少奶奶，十小姐来了。”

他说完把门推开，静漪走进去，果见索雁临坐在里面。看到她进来，索雁临微笑着说：“来，静漪，坐下休息休息。”

静漪看到小茶几上的葡萄酒，走过去拿了起来。雁临伸手过来轻轻一拦，道：“你今晚喝了不少酒了，静漪。”

静漪望着被两人的手相碰，撞得波涛汹涌的暗红酒浪，说：“我又没醉。”

索雁临将酒杯从她手中拿出来，放回桌上，拉住她的手，笑道：“来。”

“怕我失态？”静漪轻笑，“我是那么没分寸的人吗？”

“当然不是。”雁临说。她目光中是一丝担忧，她整晚都在留意静漪，看她笑、看她跳舞、看她与人周旋……“我只是有点担心你，你脸色不太好。”

静漪笑笑，道：“谢谢三嫂。若怕我失态，大可不必，此时我丢也是牧之的脸，不是你们的。”

索雁临道：“并不是谁丢脸的事，只是担心你有什么不舒坦。”

“我这不是好好的吗？”静漪微笑。听见门响，她一回头，看到之忱进来。

“你真是不像话。”之忱面上平常，语气却严厉。

“之忱，”索雁临扶了之忱的手臂，轻轻一拍，看看静漪，“没什么大不了的，让小十在这休息下就好了。”

程之忱便说：“时候也不早，休息好了，让牧之来带她回去。”

“不必。”静漪听着，眉微微上挑，“我自己可以照顾自己。”

之忱仿佛是压了火气，静漪就非要把这股火气给拨出来。索雁临看着这对兄妹，说：“坐下来好不好？小十，你三哥今晚也喝了不少酒呢……”

静漪心知雁临是极力想要避免他们兄妹的正面冲突，她不禁微笑道：“三嫂，我跟三哥说几句话可以吗？”

雁临看了之忱一眼，见他沉默点头，她也就走了出去。

门没关，只有帘子低垂，静漪知道三嫂不会走远，而三哥，静静地站在她面前，像座怎么也推不倒的山。他那与父亲极似的面孔上，冷得像敷了层冰雪。

“三哥，我做错什么了？”静漪问之忱。

程之忱转身倒了杯酒，静漪过来，一把将酒杯夺过来，大口喝下去。

之忱没拦她，给自己也倒了一杯，冷着脸说：“想喝多少，尽管喝。在这里喝不够，回去喝到够为止。”

静漪一手拿着酒瓶，一手拿着酒杯，倒酒的手发颤，酒泼了出来。

“但是你在这里，必须做得像个样子。”之忱坐下来。

静漪看着洒在台布上的酒，忽然将酒瓶掼了出去：“我做得还不像样子？有比我更像样子的吗？”

她看着她这三哥，他那考究的衬衫马裤长靴，将他的人衬得像雕塑一般，连坐下来的姿势，也那么标准和端正。

“三哥，人怎么可以那么狠的？”静漪眼里全是泪。她没有忍，可眼泪也不往下落，这让她更加看不清这个近在咫尺的亲人：“三哥在让我去戴家的时候，就已经知道，他是必死无疑了吧？你还让我去……”

冷冷的风雨中飘动的灵幡，雪白的，在那么长的一段时间里，简直就是会把她勒死的绳索。

是要让她死过一次，才能重生？

她如果就那么死过去了呢，有谁会真的想要拉她一把？

“我还得谢谢三哥，亏三哥推我这一把，让我下决心嫁了个好人家。”她微笑着，将杯子里的酒都喝了。

酒杯稳稳地放回桌子上，重重地一印。

“谢谢三哥。”静漪转身，微笑摇头，“真是……要谢谢三哥。”

“静漪。”之忱叫住静漪。

静漪站定。

“牧之不简单，稳妥应对。”他说。

静漪笑起来，她笑到浑身发颤，说：“三哥，他是我丈夫，我要应对什么？对他来说，我只要还有能够利用的价值，就算我捅破了天，他也不会抛弃我的——就算没有什么用了，他去哪里找我这么听话的太太，从来不会找他麻烦？还顶着程之忱十妹的名字，如今有谁不说能跟程之忱扯上点裙带关系，是明智之举？他且得先把我搁在个稳妥的地方呢。三哥说，是不是？”

“是也好，不是也好，在陶家，你要小心谨慎，也要懂得保护你自己。”之忱说。

“如果我没在那家里闷死，迟早是要离开的。”静漪忽然说。

她说完这句话，扶住了桌子，有一点头晕。

之忱看到，叫了声雁临。

“不用！”静漪粗声说，非常烦躁的样子。

她不去看之忱的脸色究竟如何，也来不及，只听得外面有人在交谈，索雁临在问：“是不是来找小十？”

静漪知道是陶骧来了，她立即撩帘子出去，果不其然，陶骧正在面前。她微笑着看他，说：“怎么这就找我来了？我跟三哥三嫂说会儿话，倒忘了你说不要我走远。”

陶骧看着她，“嗯”了一声。

静漪挽了陶骧，等之忱出来，笑着说：“我们去跳舞。我今天就想跳舞……”

索雁临笑道：“可见今儿是真高兴了。去吧，只是别累着。”

“不会累。”静漪只一手拉了陶骧，倾身过来，扶了索雁临的肩膀，在她面上贴了贴，又依样抱了抱之忱，“你们也来呀……快些，不然舞会要散了。”

陶骧牵着她的手，将她带走了。

雁临转脸看看之忱，说：“不如我们也去跳一支舞？也差不多结束了。”

“好啊。”之忱微笑。

雁临看着他，问：“担心了？”

“她什么都不说，我才该担心。”之忱整理了下衣袖，身上被静漪那孟浪的倒酒方式溅了些葡萄酒。看他略显狼狈，索雁临倒笑了起来。之忱倒也不在意，托起雁临的手："我真要想不起有多久没有同你好好跳一支舞了。"

"你也知道？"索雁临嗔怪地问。

之忱看着她，边走边低声在她耳边说了句什么，雁临顿时脸上绯红，但看着之忱微笑起来，她也微笑，陪着他走出休息区……今晚石公馆的舞会的确热闹，奢侈浮华的表象下，就像入海口处，各路洪流奔腾而来。这暗潮汹涌间，之忱的感受大约只有她能体会。她转头寻找着静漪和陶骧——很容易就看得到陶骧，倒是静漪被陶骧挡住了，她看不到那纤薄的身影……

陶骧将静漪的腰托着，像托着枝叶柔软的兰花一样。他能感觉出来，离开那休息室，她就没有那么精气神十足了。她此时就像是一缕烟似的纤柔，仿佛随时都会飘走。他看着她的笑脸，这堪称完美的表情，不仅在他眼里，恐怕在所有人眼里，都会觉得她此刻是心情极好的，好到有些忘乎所以，也吸引到好些忘乎所以的目光。

他的手抬起来，在她头顶处，她柔软的手在他手心，她旋转的裙摆扫着他的小腿，她身上淡淡的酒气都在不住地碰触着他，痒痒的。

他收了下手臂，她舞动的身子便离他更近些。

弦乐激烈地演奏到高潮部分，她的舞步丝毫不错，他就只看着她微笑的面孔在眼前快速旋转，简直成了一个虚幻的彩色的影子。当舞曲戛然而止，她站住，整个人靠在他身前，紧贴着他。他能看到她发间的胭脂痣，看到她闭上眼睛，长而卷的睫毛微微颤动……

好一会儿，当四周成对的舞者渐渐散开，欢声笑语再次响起，他们仍站在那里。

她缓缓地睁开眼睛，静静地望了他。隔着人群，他看到二嫂在向他们招手。终场舞已经结束，他们该告辞了。他正要提醒静漪，她已经推开他，转身朝雅媚那边走去。他跟上去，不住地有人同他们说再会，七少奶奶再会或者陶太太再会……静漪一一地微笑回应，偶尔回头看他，那是有要同他一起道别的对象。她记性真好，都记得那是谁。哪位将军夫人、哪位总长太太、哪位参赞姨太太，她都叫得出姓，喊得出头衔。她拖着他的手，落落大方中不失亲昵。有人就开玩笑说七少夫妇真是恩爱，就像在蜜月中。她微笑，笑中带着羞涩，非常自然的羞涩。

陶骧不由得看向她——她的应对是如此之好，但是这么好，也让他觉得有些不同寻常……

“上车吧，”陶骧最后说。她已经笑了整个晚上，连最后离去的无垢夫妇都在劝她回去得好好休息了。“可以不用笑了。”

她仍笑着，仿佛一时还收不住笑容，问道：“尔宜呢？还和文谟在一处？”

“他们跟二哥一起先走的。”陶骧说着，扣着她的手腕子，将她往身边带了带。白文谟和尔宜走之前还和她说话呢，她都不记得了，可见她的心思完全不在这里……他留神看她的眼睛。

“哦。”她应声，四下里望了望，也避开了他的目光。

石公馆庭院里已经安静下来，还有些宾客尚未离去，但也只剩一些寥落的影子，很难想象刚刚这里还人声鼎沸……静漪不觉心内有悲凉之意。她抽回手来，拢了下肩上的纱。

“那我们也回家吧。”她说完，朝车子走去。

陶骧迟了两步才跟过去。静漪走路已经有些摇摆，细细的鞋跟似乎不太能承担她的重量……陶骧抄了她的手臂，带她上了车。

“开车。”他吩咐着，看她。

她靠在座椅上，闭上了眼睛……看上去有点难受，但是在忍着。他没有出声，果然等车子一进大门口，她不得不让车子立即停下来，赶紧下了车。陶骧也跟着下车。

静漪疾走两步，在路边扶住了树干，弯身便吐起来……她晚上都没吃什么东西，现在吐的几乎全是酒。

陶骧撑着伞，轻拍着她的背。

那树干湿冷，她被冻到了似的，身上发抖，明明吐得已经没有什么可吐的了，还是觉得恶心，冷。

她看着落下来的雨滴，溅到他的鞋子和裤脚上。宅子里的路灯昏暗，他手里的油纸伞几乎是透明的……她擦着下巴，仰头看着油纸伞上的图案。

清秀的菊花，枝叶纤细，本是很好看的。

陶骧看着她望住伞发怔，伸手要扶她，她却躲开了。陶骧眉头一皱。

“我没醉，这是在家里，不用做给别人看。”她说着，转身就走。

“站住。”陶骧说。

她已经走进了雨中，并不想等他。

站住？谁都有资格命令她，她偏不要。

陶骧几步追上来，拉住了她的手臂。

她看着他，说：“我今晚一直陪你演戏，很累了。我需要休息，让我休息。”

他皱起眉来。

她见他这样的表情，不由得笑了：“怎么又皱眉了……哪里又不满意了？”

“我该满意什么？”陶骧问。

“啊……满意什么……过了今晚，人人都知道，七少爷是春风得意、稳重不足，随便就能带个女人玩空中游戏；七少奶奶轻浮孟浪、端庄不够，一点不像大家闺秀……这样的一对，远不足以担大事呢。这样的闲言碎语，应该是在你的计划之中吧？怎么，觉得被我说出来，不好听？”

陶骧不出声。

她笑笑，说：“可是有什么用呢，西北军不迟早是你的？迟来的韬光养晦，便是欲盖弥彰。”

她摇着手，往屋内走去，步履蹒跚。好一会儿，她叹了口气，道：“这样的日子，什么时候是个尽头？这才刚刚开始……”

她没有回头看他，所以也就看不到他阴沉下来的脸……

陶骧走了几步，又听她问：“我究竟是有多像她？”

“谁？”他问。

“谁……”静漪重复着这个字。

他们站在了枇杷树下，她触手便可摘到青涩的枇杷果。

空气中有一种淡淡的甜香，可也许是她醉意蒙胧，产生了美妙的幻觉。

“她呀……”她抬起手来，摸上他的下巴。温热的皮肤，有一点粗糙。那天下午，他带她去机场，天气真好，有点太好了，晒得他脸上没有被墨镜遮住的地方，这两天成了象牙黄色……他是很白净的。“虽然知道你是做戏的……不过，我还是想知道，你想过要带着去飞一次的人是不是她……是不是因为，她，已经永远不能了？”

陶骧握住了她的手腕。

“我知道，我知道那是什么样的……”她抽回手来，指着自己的胸口，“会疼，很疼很疼……想起来，就疼……但又不会死。我是再也看不见了……索性看不见也好；你比我惨，还要看着……更要看着一个人，分明不是，却整日在眼前。陶骧，陶骧……”她一声声叫着他的名字，痴笑着，歪头看他，头发上的珍珠随着她的动作轻轻摇摆。她长叹一声：“何苦来的，功名利禄，转眼成空，有什么比人更值得？没有的……”

“小姐！”秋薇从屋子里出来，撑着伞向这边走来。

静漪回头看到秋薇，笑了笑。秋薇过来给她披上外衣。

“我不冷。”静漪推开她。她不要穿外衣。

秋薇看她喝了不少酒，正要劝她快些进屋，陶骧说：“秋薇先进去。”

秋薇没动。陶骧的语气与平常虽然一样，但他的神情很吓人，她担心地看着静漪。

静漪说：“你先去。”

秋薇无奈离开。

静漪道：“好了，这里就你和我，有什么话就说吧。”

陶骧沉默着，只是看着她。

“你不说啊，那我来说……我同你举行婚礼前，有个金润祺；初到兰州，我以为会多个马家瑜……结果她们其实都不能算。不过我今天正式同你讲，只要你愿意，我这里，并不成为问题。”她说着，抹了下额头上的水。那也不知是汗水还是雨水，正顺着眉尖往下落，渗进眼中来，让眼睛疼，好像还不止眼睛疼……“我就同你说这些。这件事上，我是不会为难你的。”

“你还真是会替我着想。”陶骧终于开口。

静漪点头，道：“嗯。我当然要替你着想。替你着想，就是替我着想。”

“然后呢？”陶骧问道。

静漪想了想，说：“然后？要我去同母亲说吗？若是奶奶和母亲那里说起来，我们成婚不过半年，恐怕没那么容易就赞同……她们多半是怕我面子上过不去的。可只要我不在意，也就没有什么不能够的。”

“那你告诉我，这之后呢？你在计划什么，能坦白说吗？”陶骧靠近了她些。

静漪后退半步，仰脸看他。他也盯着她的脸，她黑色的蕾丝礼服，密密匝匝的，肩颈处，隐隐约约地透露着肉色……那是能黏住人目光的诱惑。

“难道你以为，多了什么别的女人，你就可以不用履行太太的责任了？”他低声问。

“那倒也不是，”她也低声道，“可是那样的话，我不就可以去做点我想做的事了吗？”

“比如呢？”他问。

“回去读书？”她轻笑着，似乎自己也知道这是个很好笑的笑话，说出来，眉眼也弯了，嘴角也翘了……“这个条件如何？我帮你达成你的愿望，你帮我实现我一个小小的心愿……至于其他的，只要我还是你太太一日，分内该做的，我都会做好的。”

“这想法有趣得很。”他说。

“有趣吗？”静漪笑呵呵的，“你觉得有趣就好……好好考虑一下。”

陶骧往前走了一步。她一身酒气和水汽，可能正在发烧，酒气暖暖的随着水汽蒸腾起来，把她的脸烧得发红。他抬手要摸她额头，被她趁着转身躲开了，说：“我好得很……不用担心我说的是胡话。我也没醉，这不是醉话。我说的每一句，都不会反悔。”

陶骧看着她转身往屋内走去，片刻，才跟在她身后走进去。屋内灯都亮着，却不见人影。他从门边的架子上抽了毛巾下来，递给静漪，她接了，却没动，只是望着他。

过了一会儿，她回身上楼，随手把毛巾搭在扶手上，说：“还有呢，若是哪一个不好进陶家门，其实也不是没有别的办法。段二哥那时候认得了一个交际花，段老太太不让他娶进门，他就对外说，那是他的私人秘书。私人秘书，女儿生了，一个两个的，都抱回大宅去养……只要待你有情有义，不是不好。我只有一个建议，我不是容不得人的，可身份背景特别复杂的女人，还是要谨慎。毕竟陶家，还有你，今日的局面得来不易……你说呢？”

陶骧都不知道自己有这么好的耐性，可以一直听她说这些。

静漪深深地吸了口气：“你别生气，我不是成心招你难过的，我也不想这样。可是我难受……”

“那就先别说了，明天如果你还想说，我们再说。”陶骧说着，就想拉她上楼。

“我自己走……”静漪甩开他的手。

她是醉了，手劲比平常大些，陶骧压着怒意，正要和她的蛮力较劲，忽然听到电话铃响，两人同时怔了怔。听得楼上一阵脚步声，陶骧抬头就看到陶驷正往楼下探身瞧，看到他们，大声说："老七，文谟出事了！"

静漪眼看着陶驷快步下楼梯，紧随其后的是雅媚和尔宜。她们的衣服都还没换，显然刚刚都在楼上……陶骧扶着她，以防她跌倒，嘴上问："怎么？"

"雨天路滑，司机开得快了些，在前面路口翻了车……人现送去了海总。我们过去看看。"陶驷说。

"好，我去通知白伯父。"陶骧答应着。

"我打过电话了。走吧。"陶驷说。

雅媚已经下来，说："你们快去吧，家里有我呢。"

陶骧看看静漪，跟着陶驷下了楼梯……他们都出门了，静漪还站在那儿，目光有些呆滞。

雅媚看看她，叹口气道："我让人给你弄点吃的。"

她说着叫虎妞下去吩咐厨房准备点夜宵，和秋薇一起要扶静漪上楼。

静漪不让，说："我没醉。"

"静漪！"雅媚叫她。

尔宜正往下走，听到雅媚这一声都止住了脚步。

"尔宜，你去拧把热毛巾来。"雅媚说着，硬是将静漪拖着上了楼，将她摁在沙发上，"你要好好的，谁拿你当醉鬼？"

静漪被她一说，心倒反而安定些。

雅媚在一旁坐下来，只看着她。等尔宜过来，她把热毛巾递给静漪，才说："擦把脸，吃点东西就去睡觉。一觉睡醒了，有什么话好好跟老七说。"

尔宜抿着唇，看静漪将热毛巾敷在脸上，便指了指自己的房间，示意她先回房去。雅媚点点头，等尔宜走开了，她看了看秋薇，轻声说："秋薇，去铺床。"

秋薇见她在这里，自己也放心，忙答应着去了。

雅媚揉着静漪的肩膀，说："你呀，真让人担心。"

静漪将毛巾拿下来，脸被热气蒸得微红，倒像是哭过了似的，她带着鼻音说："对不住，二嫂。"

"究竟为了什么？今儿晚上本来好好的，怎么突然就不对了？回来还吵架？"雅媚并不兜圈子，直问静漪。

静漪摇头。

虎妞带人上来送夜宵，雅媚见静漪不想说，也不好再拿话逼问，打发了下人离开，亲自看着她吃点东西。

“这几天看你胃口都不好，今儿晚饭也没吃几口，难道是想变成赵飞燕吗？”雅媚给静漪盛了碗粥。

静漪倒想笑，嘴角一翘。

雅媚看她捧了粥碗在掌中，动一口都很难似的，轻声说：“明天让医生来一趟吧，给你检查检查。我总觉得你这样子，像是有了……别忙着驳我。别看你是学医的，到底年纪小些，也没经验。”

“不会有的。”静漪说着将粥碗放下了。

雅媚看她脸色由红转白，问：“你一直在想办法避孕？”

静漪垂着眼帘，先是闷声不响，但雅媚的沉默，似乎又在逼着她说实话。她轻声道：“这又不难。”

雅媚愣了片刻，叹口气，道：“我可得给你提个醒，若是真不想要孩子，照老七那脾气，你得和他商量。”

“这跟他没关系。”静漪说。

“怎么跟他没关系呢？这难道能是你自个儿的事？”雅媚皱眉，看她脸色苍白，又心疼，“喝了这么多酒，怎么也伤身。把这碗酸汤喝了，解解酒，去歇着吧。”

这碗酸汤闻起来倒有食欲，静漪就把汤喝了，顿时胃里舒服好些。她放下碗，见雅媚还在看她，脸上烧起来，说：“二嫂，真的不是……”

“你这么折腾身子，没有也好。”雅媚说。她不觉有些生气，看看秋薇已经等了好一会儿了，她说：“回房休息去吧。”

静漪到底先等雅媚走了，才扶了秋薇回房去。她头晕得厉害，只洗了把脸就上床去了。许是累狠了，这样一放松下来，竟觉得浑身都疼……小腹隐隐作痛，她轻轻揉了揉。

她忽地心里一动，整个人都僵了，仔细想过，才松了口气。这一来未免惊出一身冷汗，蒙蒙眬眬的睡意和醉意都被赶了个精光，她瞪着眼睛望着天花板。黑影里只看到天花板上垂下来的水晶灯，微微的有一点光闪着……她翻了个身，习惯性地缩在一边，闭上眼睛。可不知为何竟越睡越觉得冷，身子慢慢缩成一团。

睡梦中似乎有人将她搂紧了，让她透不过气来……她使劲儿挣开，好透口气。后来终于是宽松了些，反而暖意融融，她才睡得安稳些……不知睡了多久，就有只很柔软的手在她脸上抚摸着。那手摸着她的眉、睫毛……弄得她痒痒的，但她忍着不睁眼。

有咕咕的吞口水的声音，可很快被粗重的呼吸声打断，紧接着是闷闷的一声笑，终于又安静下来。

静漪睁开眼，一个毛茸茸的小脑袋瓜就贴着她的枕头，圆嘟嘟的娇嫩的小脸儿几乎紧挨着她……她呼吸有短暂的停滞。

她不知道瑟瑟这小丫头在清早的光晕中，面孔是会像天使一般，是发着光的。

“呀！”倒是瑟瑟被她忽然睁眼吓到，尖叫一声，扯着被单便滑了下去。

静漪翻身起来，先看到靠在床头的陶骧，呆了一下。

陶骧伸手拍了一下被底的瑟瑟，说：“小乌龟又缩回壳子了？”

静漪掀了被单，见瑟瑟捂着头顶，忍不住笑着去咯吱瑟瑟。瑟瑟怕痒，在床上打着滚叫“七叔七叔快救我”。

陶骧没动，看着胖乎乎的瑟瑟和静漪滚在一处……都是水绿色的睡衣，在雪白的丝绸床单上，她们俩就像是春水上漾起的水花，柔软而美妙。

静漪喘着气，坐在床边看着仍在打滚和陶骧撒娇的瑟瑟。玩得有点疯了，她头晕目眩，只好坐着缓口气。

雅媚敲门来找瑟瑟，推门进来看到这场景，点着瑟瑟说：“一转眼就不见了，让我好找。怕你们还没起，也不敢来敲门，谁知道这小丫头就真在这儿……你倒是怎么进来的，瑟瑟？”

瑟瑟站起来，在床上蹦了两蹦，说：“开门就进来了。”

“你还说！教过多少次了，只是不听。”雅媚揪着瑟瑟的睡衣将她拎起来，看着静漪和陶骧因她来了，早下来穿了外衣，她笑道，“你们以后不管谁最后进门的，可记得锁门，这淘气包无孔不入。快点洗洗，等你们吃早饭。”

“好。”静漪拢着头发，跟雅媚走到门口。

雅媚看她还是脸色发白，说：“给你炖了汤，快些下来喝。他们俩天亮才回，这一宿我都没睡好。”

静漪问：“文谟怎么样？司机呢？”

雅媚说："他还好。司机重伤，刚刚脱离危险。"

"那就好。"静漪说着，抚了抚胸口。

"我要去看白叔叔。"瑟瑟忽然说。

"好，过几天带你去。"雅媚说着，看了眼静漪身后，对她努努嘴，"跟老七说让他吃过早饭再补觉，你们赶紧下来。"她说着就替静漪关了门。

静漪回身，陶骧已经进了盥洗室。她走到门边，看着他，腮上涂满了肥皂泡，胡子正刮了一半。

她留意到他手背上，那道伤口已经结了痂。他自己也抬手背看了一眼，说："早就好了。"

"嗯。"她应着。

他身上清清爽爽的，一点都不像整宿未睡。反而是她，明明睡了一晚，却像打过一仗那么累。

她抬手摸了摸额头，还没吭声，他的手便伸了过来，按在她额上。

"发烧吗？"他问。

她拉下他的手，说："没有的事。"

陶骧看她脸色难看起来，问道："等下我还要去医院，你跟我一起去吧？"

"我不去。"静漪本能地反应，她抽了自己的毛巾，"好好的去医院做什么？"

陶骧将脸上的泡沫擦净，听她如此声色俱厉，倒有些奇怪。静漪意识到自己把话说岔了，抿了唇。

"那让二嫂带老八去好了。"陶骧倒也好说话。

静漪听了，却愈加觉得烦躁起来，道："你就那么急着把老八嫁去白家？"

她不想和他一起挤在这里，说完就走。陶骧身高臂长，一抬手，从她头顶越过去，门就关上了。

静漪猛地回头，陶骧道："你这究竟是为尔宜抱不平，还是为你自己？"

"我和尔宜情况不同。她是你妹妹，你不心疼，我何苦？"静漪看着他。这句话问得有些咬牙切齿，陶骧眉就不自觉地锁起来。"医院我去。可我是去探望文谟，不是去执行你的命令。"

她眼见着陶骧的目光是越来越冷，看他的样子，似乎是想发火的，却不知为何盯了她好一会儿，都没有开口。他开门先出去，把她一个人留在了盥洗室。

门一关，静漪只觉得心头猛跳，忽觉得有些腹痛，忙后退两步，在抽水马桶上坐下来，竟半晌才能缓过来，抬头看到一旁的镜子里，脸色是白里透青、眼圈乌黑……她扶了下镜子，起身去洗脸。

出来时陶骧已经换好了衣服在等她。

静漪要换衣服，想让陶骧出去，但他不动，似乎也没有想要动的意思。她犹豫了一会儿，转过身去。

陶骧看着她将睡衣脱下来，贴身的内衣有着洁白的色泽……她也许是想把自己藏在影子里，免得让他看见，那洁白的色泽上就总有一层灰暗，所以她的人就显得尤其小了些。

他抽了支烟出来，找打火机的工夫，再抬眼看她，她就已经穿上了件黑色的旗袍，滚着细细的金线牙子，简单美观，细细的小腿上裹了一层几近透明的丝袜，鞋带绕在纤细的脚踝处……她低了头，仔细系着蝴蝶结。

“昨天晚上说的话，你还记得多少？”他问。

静漪听到他问，飞快地看了他一眼——他点了烟，正瞅着她。她直起身，将手帕塞在肋下的玉环中。

她其实不怎么记得自己都说了什么，那总不会是些好话。不过人醉了，大概说什么都是真心话。她难得能说句真心话的，说了，也就说了，她没什么好否认的。

“我记不记得没什么要紧，你记得就行。”她说。

“我记性也没那么好，你那些醉话胡话，说过就算了。”他说着就先往外走，“我也知道你委屈。若你真有那个本领离开陶家，我可以成全你。”

静漪跟在他身后出了门，看他迈着四方步子，那自信而又有些不在意的样子。她轻声道：“你以为我走不了？”

陶骧步调不改。岑高英在楼梯口站着，见他们下来，同他打招呼之后，对他身后说了声“七少奶奶早”。他站住，听岑高英汇报的工夫，静漪从他身边走过去了，他嘴角一沉。

岑高英说着话，看他这样，停了停。

“继续。”他把手上的烟掐灭。

岑高英汇报的事情很重要，其中还有一件，是关于逄敦煌的。想到这个逄敦煌，他笑了一下，朝餐厅里望了一眼——餐桌边，静漪正同瑟瑟坐在一处，瑟瑟拿着叉子叉了块蛋糕给她吃，那一大一小两张漂亮得不得了的面孔凑在一处，都在笑着，也都沾了奶油。他说：“把我的意思，电告司令……等等！石将军的意见，也附上。就说逄敦煌的事，请司令定夺。”

“是，七少。”岑高英做着记录，见陶骧沉吟，又问道，“七少还有什么吩咐？”

“没有了，你去吧。”他说着，挥了下手。

岑高英离开。

他在厅里踱了两步。有个小女佣拎了一只大花篮正在给客厅里的花瓶换上新鲜的花，那香气浓郁，他看过去，果然是栀子花。小女佣给他行礼，他点点头，又点了支烟。

外面又在下雨，快端午了，正是栀子花开的季节，他一向是不喜欢潮湿的天气的。

烟气弥漫开，也遮不住栀子花的香气，这花的香气还真是霸道。

“老七？”雅媚出来，叫道，“把烟灭了，过来吃饭。”

陶骧应声，果然掐灭了半截烟过来坐下，刚打开餐巾，就听雅媚问：“母亲有没有说让你们回去过端午节？这可是你们俩婚后第一个端午，照规矩是要在家过的。”

“你这是要撵人的意思吗？”陶驷正在看报，听雅媚如此说，抬头笑道。

“我巴不得他们整年都在这里呢。你可是忘了，咱们那年，一整年大小节庆都在家里过。奶奶最看重这些，母亲又从来都照着奶奶的规矩一丝儿不错地来……我想着他们也得回去过节的。”雅媚说。

陶驷想想也是，他本就是一句玩笑话，于是继续看他的报纸。

静漪说：“是的，母亲嘱咐过的。事情要是差不多，我们还是早些回去的好。”

陶骧见尔宜没在这里，问二哥老八哪里去了。

陶驷说：“想是还没起。”

雅媚说：“早就起来了，这会儿不知在哪儿，才刚叫虎妞去问了。”

这时虎妞进来，说八小姐一早让车子载她出门了，但是没有说去哪儿。

陶驷说：“真不像话，出门总要有个交代。”

雅媚却说：“她都那么大了……尔宜不知道看不看得中金陵女大？我同她去

参观，她好像无可无不可似的。”

陶驷把报纸叠了两叠，放到陶骧手边，指了指要他看的新闻，看了雅媚道：“随她的意思吧。”

陶骧瞥了眼报纸，拿过来看了，道：“雨天路滑，翻个车，文章也做成这样，也真是有心了。”

陶驷说：“所以你和七妹还是早些回去吧。我看你在这黄梅天里，也快闷得发霉了。”

陶骧没出声，看了静漪，把报纸一放。

静漪低垂着眼帘，道：“一晃我们在这里也好多天了。总觉得累了二哥二嫂多日，可要走了，还真舍不得。”她微笑着，长长的睫毛落下淡淡的影子。

雅媚笑着说：“听她这张嘴——累了我们多日，可要怎么报答我们好？”

静漪抬眼望着她，笑问：“二嫂说呢？”

“咱们几个去吃西餐好不好？”雅媚说道，“好久没有出去吃饭了。这里此时还比不得上海，好的西餐厅还少。不过有一家法国餐厅，三少奶奶也常去的，说很好。”

“费氏吗？”陶驷皱了下眉，“恐怕现在三少奶奶也不去了吧。”

雅媚想想，说：“是不太方便。不过那里的鹅肝很不错。”

陶驷看看她，问静漪道：“七妹觉得怎么样？我对这些向来没有很多研究。”

“我倒是喜欢法餐的。”静漪含笑道。

陶骧问道：“是那个费氏？”

陶驷点头，道：“统派大佬费玉明的侄子开的。起初倒是个吃法国大餐的好地方，现在好多时候他们就选在那里聚会。若去了那儿，难免遇到那些人……差不多的人，也不怎么去了。”

陶骧说：“去吃顿饭有什么要紧。费玉明视我们如眼中钉，难道他的侄子也会嫌我们的钱腥？”

陶驷哈哈一笑，道：“那就去。我让人打电话定位子。不过你看今天费玉明的署名文章，仔细读两遍，能体会出一点意思。”

“还体会什么，他就那么点意思，车轱辘话来回说，你耐烦听呢？他们统派也好，左派也好，右派什么的，都没有要紧。想动我们，也得掂量掂量手上这点劲儿够不够使的。”陶骧将报纸一推。

静漪听着，就觉得陶骧那淡淡的语气，风暴是掀了起来的。只是转眼间，他说起这让他嫌闷的黄梅天和同石将军约好的道场比剑，又轻松得不得了了。

雅媚看她不说话，就说：“今儿我们得去探望下文谟……静漪，你能去吗？”

静漪点头道：“要去的。”

雅媚看看她脸色，比刚刚下来的时候好了些，又看了眼陶骧，正要说他两句，便听到外面车响。

“是尔宜回来了吧？”她话音未落，尔宜便从外头进来了。

静漪看尔宜脸上不成气色，先起身问道：“你这是去哪儿了？”

尔宜被静漪一问，仿佛一肚子的委屈可找着地方倾诉了，断断续续地说：“可气死我了……早起看到报纸我就气炸了肺。报纸上都胡说些什么呢！”

静漪没看报纸，还不知发生了什么，雅媚说：“我当是什么事！你跟那些小报置什么气？照那小报上说的，你二哥私生的闺女都好几个了呢！”

“雅媚！”陶驷叫道。他看了眼低头吃蛋糕的瑟瑟，还好瑟瑟头都没抬，正专心对付盘子里的食物。

“我打个比方，你慌什么？”雅媚笑了。

尔宜原本生气呢，听了这话也不由得一笑，可马上又气红了脸，说：“那也不能乱写。七嫂，报纸上说，是我和白文谟一起……一起……出的事。写得乱七八糟的，这以后还叫我怎么见人？还说我在医院里躺着，人事不省——我就叫他们报馆的人看看，到底是谁人事不省！”

静漪问：“你去报馆了？”

“我若不去，他们当我真的死了！”尔宜绞着毛巾，气愤地说。

静漪张了张口，说：“好啦，看身上都淋湿了，快些上去换了衣服，小心着凉……等下再说。”

“七嫂，我现在全身都是火，才不会着凉呢。”尔宜大声道。

“八姑，喝口水。”瑟瑟悄悄从大人们中间钻过去，手里还真捧着一杯茶。

尔宜就算是再火爆的性子，看到瑟瑟那娇嫩的小脸儿，也不得不暂时收敛。她接了茶，轻声说：“谢谢瑟瑟。”

看她喝着茶，雅媚牵了瑟瑟交给她的看妈，回来又说：“你也是。不是不让你去讨个公道，可哪儿用得着你上门去呢？他们这种小报，卖的就是这种一分真九分假的豆腐块。你闹上门去，反倒又给了他们好材料。等明儿的报纸出来你看，一准儿是陶尔宜报馆撒泼，名门闺秀斯文扫地……你哪头儿划算？都不如同我们一起出去吃顿饭，给记者拍两张相片就算了。”

尔宜翻了个白眼给雅媚，说：“二嫂，我当然知道这才是个好法子。可我等不了，今儿我就要他们好看。”

静漪悄悄让人给她又倒了杯茶，说：“你坐下来慢慢说。”

她站在一旁，听尔宜粗声大气地说着怎么出了门就让司机带着自己去报馆，怎么冲上报馆去，怎么找了主编，又逼得报馆的馆长出来亲自同她解释……在尔宜的叙述中，她自己就像是个英姿飒爽、雷厉风行的女英雄，一来一去之间，就把报馆闹了个天翻地覆。“我就不想看着他们那副嘴脸。这还是报人吗？有本领写时评，写政论，去议论国家大事去，逮住我一个弱女子，胡乱编排些不堪入目的风流韵事，真枉为文人！”尔宜愤愤然道。

静漪开始以为尔宜不过是一时愤慨，头脑一热就冲上去了，听到后来这番话，倒也不是没有见识。

“你自个儿去的？”这时候，陶驷才问。

“嗯。”尔宜点头。

陶驷皱了眉，不相信似的：“没带人，没带枪？”

“没有哇！我哪儿来的枪？”尔宜说。

“阿图！”陶骧喝道。

“在！”图虎翼从外面进来。

“派了几个人跟着八小姐去的？”陶骧问。他坐在那里，闲闲的。

图虎翼没吭声。

尔宜忙说：“七哥，真没有人跟着啦！”

“阿图？”陶骧又问。

“没几个人。连我在内，三个。”图虎翼说。

“阿图？”尔宜惊叫。

“是。八小姐出门，我们怎么可能不让人跟着。不过知道八小姐是去讲道理的，我们也没预备把场面弄大。”图虎翼说。静漪看着他。他咳了咳，说：“就是……在报馆门外，同巡警谈了谈天气。”

尔宜恍然大悟："我说怎么报馆里的人嚷了半天报告巡警，都不见人来。我还预备着被巡警抓走，好把事闹得再大些呢。难怪他们报馆的总负责人都出来安抚我……说真的是一场误会，保证以后再也不会发生类似的事情了。"

"你以为，就凭你？"陶驷说着，瞪了图虎翼，"你也是胆大，怎么就不先报告一声？这是什么地界，万一出点意外，后果不堪设想。"

"报告二少爷，将在外，军令有所不受！"图虎翼说。

陶驷点着他，对陶骧说："这就是你带出来的人，胆大包天。"

陶骧挥挥手让图虎翼下去，说："这算什么胆大包天？不就跟巡警聊聊天，做什么出格的事了吗？"

"七哥说得对。二哥，要我说，那报馆就该吓一吓。若是他们还敢乱写……"尔宜还没说完，就被陶驷瞪得住了口。

"好了好了，尔宜没事就好啦。这个事情，御之，你还是跟博文打个招呼的好。他管新闻的，让他留意下，省得有麻烦。"雅媚提醒着陶驷。看陶驷兄弟两人似是有话要谈的样子，她就趁机推着尔宜出去，陪她上去换衣服了。

静漪也一道退出来。她走在最后，关门的工夫，听到陶骧说："二哥，早几年我还没回来，西北军跋扈的名声也都传遍了。如今就算是收敛，也不能把西北狼的牙磨平了……"

门一关，就听不到他们在说什么了。

"小姐，"秋薇跟过来，"上去歇会儿吧，二少奶奶说，出门还得一会子呢。"

"不用。"静漪说。

秋薇跟在她身后。

客厅里空荡荡的，静漪闻到花香，转头便看到一大瓶栀子花，极新鲜，叶子上都沾着露水。她留意到，客厅里还不止一瓶栀子花呢，难怪处处都有花香……就连钢琴上也放了一瓶。

静漪走过去，坐在琴凳上，看着外面。下着雨，庭院里的一切都湿润润的，满目深深浅浅的绿色，让人眼和心都舒服……

陶骧从餐厅里出来，听到咚咚的琴声，一眼看到静漪坐在偏厅里——她的手指仿佛是无意识地，一个一个地敲着琴键……不成调，倒像是夜半时分落在芭蕉叶上的大颗雨滴，声声分明。

听见尔宜在叫“二嫂”，静漪停了下来。她把琴盖合上，站起来时，恰看到陶骧正在望着她。她的目光与他的有短暂的对视，还是她先转开了脸。虽然隔了这么远，陶骧的目光仍能让她产生轻微的窒息感。

“七少，电报。”岑高英又返回来，手中一叠电报。

陶骧正要点烟，陶驷从他身后一把将烟抽了过来，自个儿点了。陶骧瞪他，他笑笑，说：“我看你烟瘾是越来越大。悠着点儿，留神静漪教训你。”

陶骧“哼”了一声，翻着电报。陶驷见他眉头一蹙，不知是不是电报内容让他心烦了，也不去管他。见静漪过来，他微笑道：“瑟瑟这阵子不喜欢弹琴，雅媚也不动，那琴都快生锈了吧。”

“音有一点不准，该找调音师来调一下了。”静漪微笑道。

“你的耳力这么好？”陶驷惊讶。

雅媚走过来，忍不住笑道：“眼神不好，耳力当然得好。”

静漪笑而不语。

这时尔宜下楼来，他们一行预备出门。静漪往外走时看陶骧还在那里同岑高英说着什么，就问尔宜：“八妹，密斯明也是要继续读书的吗？”

“是的，她是去读高等师范。七嫂怎么想起她来了？”

“哦，那日还说过，想替你们庆祝毕业。”静漪说。

“是办舞会吗？好呢，她们可都是爱玩的。七嫂我们回去就办好不好？”尔宜高兴地挽着静漪，雅媚喊她上车，“我跟七哥七嫂一道的。”

雅媚笑了笑，只管先上了车。

尔宜坐在静漪对面，兴致勃勃地说着这个话题。静漪看她仿佛浑然忘却早间的不快，也莞尔。

随后陶骧上车来，尔宜就高兴地跟他说：“七哥，七嫂说回去要给我们办毕业舞会。七哥到时候也要来，我们同学好多都特别崇拜你……七嫂哦？可以的吧？”

“可以。”静漪轻声说。她拿了怀表，看一眼时间。

“七嫂准了，那七哥有空就来参加吧。”尔宜笑着对陶骧眨眨眼。

陶骧看了眼身边的静漪。

尔宜这时候才觉得气氛不太对，见他们俩沉默，也敛了声气。也只忍了一会儿，她又说：“七哥，我不想出来念大学了。”

静漪看向尔宜。

“南京的气候我不适应；去北平的话，离家也很远……不如去念法政学堂。将来，我想做个报馆记者。”尔宜说着，握了下拳，“有良心的那种。”

“你想清楚了？”陶骧问。

“嗯，刚刚决定的。七哥先别忙着骂我……虽然我念书不够好，可是家里有七嫂在啊，功课上我有什么不懂的，七嫂总会帮我的。七嫂，哦？”尔宜靠着静漪，撒着娇。

“你难道念大学堂，还要带上家庭教师吗？”陶骧问道。

尔宜吐吐舌，说：“七哥你真凶……七嫂你帮我说说话。”

静漪看了尔宜，没说话。她总觉得尔宜的这个决定，并不仅仅因为她说的那些理由……尔宜被她瞅着，不觉转开了眼。

陶骧说：“想好了的话，就这样吧。”

“谢谢七哥。”尔宜说。

陶骧皱皱眉，道：“不管在哪里念书，总要用功才是。再那么混日子，可从哪儿都交代不过去。”

“我懂啦，七哥。”尔宜有点激动，仿佛是从陶骧那里得到了什么保证似的，忍不住拍了拍手。

陶骧却也了解尔宜，想必此时尔宜想的是，既是他这么说了，她这几年就可以安心读书了。他清了清喉咙：“小孩子脾气。”

尔宜笑着，索性过来，攀着陶骧的脖子撒娇。陶骧马上说：“还不快坐好！”

静漪看着他们兄妹这样和乐，虽然陶骧那表情像是被尔宜捉弄了，显得并不怎么愉快，她还是觉得这样很好……这时候一旁有车子超过去，速度之快令马行健有些措手不及，还好他车技娴熟，急忙避让。侥幸避开险情，他也惊出一身冷汗。不想车子才刚稳下来，后面又有车子喇叭长鸣。静漪正被车子晃得眩晕，禁不住这声音，回头看了一眼——在他们的车队后方跟着一辆陌生的吉普车，正试图超车。

“怎么回事？”陶骧问。

马行健说：“看挂着的旗子是海军的车子。”

陶骧说：“司令部的？”

“不是。”马行健立刻说，“七少，让不让？”

“让。”陶骧说。

马行健看看前面陶驷的车，果然也很有默契地慢了下来，往一旁稍稍避让，说：“陆军司令芮长官御下还算严格，这海军的潘长官实在是……”

正说着，这辆车像是贴着他们的车子飞也似的超了过去。

马行健道：“不好，剐到二少的车了！不能让他跑了！七少，我追一追吧？”

“跑不了他。”陶骧说着，念了个车号。

“是，记下了。”马行健答应。

静漪看看陶骧，他还是那么坐着，根本也不知道他什么时候看清楚那车牌号的。突然前方传来汽车碰撞的声响，静漪心突突跳着，手里的包掉下去。她刚要去捡，陶骧先将小包拎了起来。

“别慌。”陶骧将包放到她手上，“不是大事。”

“没有。”她脸上禁不住发红。她没有害怕，但不知为何心跳有些不受控制。

陶骧又看她一眼，转而望着前面，眉皱了起来。

马行健停了车，说：“二少的车停了。”

他们看着前面车上下来人查看车子剐蹭的情况。

尔宜道：“我就说嘛，那小报馆就只会说些风花雪月的事……就说潘长官的小儿子，吃喝嫖赌抽样样精通，穿着制服就敢上花船。且他最近和一个叫费什么的公子为了个女人大打出手，闹得乌烟瘴气的。索长官因为这事，特地训诫潘司令，说他教子不严、御下过宽。”

“你都从哪儿听来的？”陶骧问尔宜。他看着前方，若有所思。

尔宜见哥哥倒不是不快的样子，就说：“咦，那七哥去那些酒会、舞会难道只喝酒跳舞？白文谟就会同人说这些好玩的事，我在一边听一听也就够了。我昨儿还和二哥说，都说咱们西北军这不好那不好，起码西北军没有人敢喝醉了去砸人家妓馆吧？还有，西北军里有哪个敢开了吉普车满大街吓得鸡飞狗跳？”

陶骧沉默，再看尔宜时，目光中便有些笑意。

“我是说真的嘛！就是那潘雄不是和人争风吃醋大打出手吗？听说跟那个姓金的女人有些关系，那就是她的妹妹。昨晚她也在嘛，白文谟指给我看过。那姓金的女人是真不怎样美……七哥你认识的哦？她妹妹好看吗？不过据说不是亲妹妹，可能并不相像。”

尔宜说着，陶骧和静漪只管听，都不出声。

静漪突然觉得心慌得厉害。尔宜看她，问：“七嫂不舒服？”

“有点。”静漪说着，想开车窗，手都触到纱帘了，忽想起陶骧在车上，她就没动。陶骧却倾身过来，替她开了这边的车窗。她往后靠了靠，他身上的烟草味扑了她满鼻，她更觉得不舒服。

后面车上的图虎翼跑过来，同马行健打了个招呼，去前面一看，迅速回来禀告。

“二少的车被剐了一下，不影响驾驶。可是潘雄的车把费法祖的车子逼在路口了，恐怕有点麻烦。”图虎翼说。

“这下热闹了。”尔宜拍手。

“二爷什么意思？”陶骧问，瞪了尔宜一眼。

“二爷说这闲事咱不管，掉头换条路走，不然都不好看。”图虎翼很快地说，看陶骧面上淡淡的，“七少，咱们掉头吗？”

陶骧说：“这儿掉头？可得一路退回去。前面呢？”

“前面也勉强。不过要是小心些，应该是过得去的。”图虎翼说。

“那就直走。”陶骧说。

“可是七少，那个……”图虎翼忽然有点犹豫，他看了看车里。

陶骧皱眉道：“什么事，吞吞吐吐的？”

静漪把车窗摇上，听到图虎翼说：“晴子小姐也在。”

陶骧挥了挥手，让阿图上车。

马行健跟着前方陶驷的车走。等前车通过，他正要加速，不想原本堵在一边的那辆黑色轿车突然退后，他急忙刹车。以为那车子要转弯前行，他忙后退让出空当，可那轿车却加速往前撞去，金属摩擦和碰撞声传过来，极为刺耳。

马行健想趁这会儿硬闯过去，那车子却又退回来，正停在路中央，他忍不住骂了句“浑蛋”，不得不再次停了车。他往后一望，说：“七少，潘雄浑起来可什么都不管，再这么下去，怕要出人命了。”

他话音未落，突然间传来两声枪响。陶骧一手一个将静漪和尔宜按倒在座椅上，俯身过来护住了她们两个：“小马！”

静漪清楚地听到子弹上膛的声响，禁不住一口气提了上来。车外有人影晃动，图虎翼他们以防万一，挡在了子弹最有可能射来的方向。

“费法祖！你给我滚下来！”潘雄从车上下来，举着枪走到那辆被他撞得后屁股都变形了的车子旁边，逼着费法祖下车。

“七少？”马行健托着枪，问道。

“等等。”陶骧脸色阴沉。他将静漪扶起来。

此时费法祖下了车，潘雄一手拿枪一手将他衣领擒住，突然路边跑过去一个穿和服的女子，试图将潘雄拉开。潘雄手一松，费法祖便瘫软在地上。潘雄还要打，那女子就挡在了那两人中间。

静漪怔了下，问道：“她就是晴子？”

陶骧说：“是。”

只说这一个字间，潘雄的枪已经抵到了晴子眉心。

静漪见陶骧就要下车，伸手拦了他一下。陶骧回头，看静漪黑黑的眸子正注视着他。

“我去吧。”她说。

陶骧说：“危险。”马行健和尔宜几乎同时说了句“不行”。

“让阿图去。”小马建议。

“不，那样会把事情搞复杂。”静漪拎着手袋，从另一侧开门下车。

尔宜目瞪口呆地看着她，想伸手拉她已经来不及：“七哥！”

“在车上别动。”陶骧摆了下手，跟着下车，就在静漪身后两步远。静漪知道，但是没回头看。

“七少！”图虎翼更是惊愕。

陶骧摆摆手。

图虎翼见他没有带武器，有些担心。车内的马行健却低声说：“潘雄没这个胆惹七少。”

“万一他红了眼？”图虎翼低声吼道。

“跟谁呢，他敢红眼？咱们是吃素的？”马行健又问。

图虎翼跺脚，尔宜在一旁忽然问道：“七哥也认识这个什么晴子？”

那两人都住了口，嘴巴紧闭地只盯着一前一后走在路上的静漪和陶骧。

静漪朝着那边走去，轻声叫道：“晴子姐姐？”

潘雄背对着这边，听到这清脆的声音，没动。

“密斯特潘吗？”她语调越来越柔和，走到潘雄身后两三步远停下来。潘雄握枪掉了个方向，待看清楚是静漪，怔了下。

“密斯特潘还记得我吗？昨晚石将军府上我们见过一面的。”静漪微笑着。

她不确定潘雄是不是记得她，但是她记得潘雄。昨晚请她跳舞的人里，潘雄是其中一个。虽然整支舞潘雄都没有同她说几句话，印象里却没有这么粗野跋扈。

潘雄看着她，又越过她，看着陶骧。陶骧在他太太身后，沉得仿佛是她的背景。他嘴一撇，转而对静漪道：“我怎么可能忘记陶太太？好巧。”

静漪微笑着，向晴子伸出手去。晴子从发现她，也是看着她的，此时见她向自己伸手，忙握了她的手，点头。静漪眼尖，立即发现晴子手上有伤，不由得眉头一皱。

“密斯特潘，你的车子挡在路中央，我们车过不去，这才来同密斯特潘说一说。晴子姐姐，我们顺路带你一段吧？我正好有事要找你，既然遇见了再好不过。”静漪轻声说着。

潘雄看着她。她握了晴子的手，也看着潘雄。

潘雄看到晴子的手正在流血，他一把拉住晴子空着的那只手。晴子试图挣脱，潘雄却不放手。

“密斯特潘。”静漪微笑。

“让陶太太见笑了。这是我与费少的事，陶太太不要插手。”潘雄说着，脸越来越红。他转向晴子：“费法祖这脓包，不是好东西。你这样的人，和他混在一起，糟践了……”

晴子摇头。

静漪扫一眼被潘雄打倒在地的费法祖，和他的车一样惨不忍睹。费法祖也是名门公子，潘雄竟然丝毫不顾忌他的身份。这潘雄的恣意妄为，也算是到了极处。

见她注意费法祖，潘雄脚步一挪，挡在了前面。

静漪淡淡地说：“密斯特潘有话同人讲，还是该慢慢说。此处即便偏僻些，上下也许多人看着。旁人若不说这是私人恩怨，倒拿密斯特潘这一身制服和车上的军旗说事，到底不好，也让潘长官面上无光。密斯特潘，你说呢？”

她说着，看潘雄怔了怔，趁机将晴子从他身边拉开。

潘雄回过神来待要再伸手，只听陶骧淡声道：“小潘，把你的车子挪开吧？”

远处车响，陶驷的车子也折回来了。

潘雄看看自己的车被陶家兄弟的车子夹在中央，哧的一声，说：“你帮我挪呗，我这会儿正忙呢。”

“那我就不客气了。”陶骧挥了下手，图虎翼会意。

潘雄就见图虎翼往后一撤，对后面的人做了几个手势。他并不知道图虎翼这手势的意思，还以为他是让人上车把车开走，结果图虎翼倒是没动，另外那两位上了后面的军用吉普车，朝前方陶驷的车子打了个招呼，让其避让，旋即向后一退、加速前进，毫不犹豫地撞向他横在路中央那车子。咣的一声巨响之后，车子被撞到一边。司机刹住车，从车上下来，用与他完成任务时同样干净利落的动作，向陶骧敬了个礼——潘雄顿时脸就黑了。

陶骧手扶上静漪的背，对潘雄说：“小潘，车子你自己料理。我们赶时间去医院探病，不耽误你了。”

他手心热乎乎的，静漪便觉得后心处烧起火来了似的，有股力量在那里，推着她往回走。

她拉了晴子的手，向她点点头。晴子受到鼓励，小步跑去将费法祖扶了起来。

费法祖两腿发软，爬上他的车。

潘雄见状冲过去照着车门踢了两脚，骂道：“爷今天就先放过你，让你知道知道厉害！你以为仗着你那个叔叔，再跟她姐姐妈妈献殷勤，就能对她怎样了？做梦呢，趁早把你在法国玩女人的那套收起来。在南京，在我眼皮子底下，你就省省事……告诉你，晴子我就是追不到，也轮不到你。”

在他的咒骂声中，费法祖开着他被撞得屁股完全凹进去了的车子快速逃离。

静漪看了看晴子，示意她上车。潘雄见状也无可奈何，只得看着她离去。

静漪让晴子走在前，她见晴子穿着和服上车不很方便，扶了她一把。待她坐稳，自己才坐上去。陶骧就坐到静漪对面。

静漪转头看着晴子的手，查看了下她的伤口，还好只是擦伤，她轻声说：“同我们一起去医院吧，晚些会让人送你回去，请不要担心。”

晴子说："谢谢。"

静漪听她说话，语气是很柔的，调子却生硬。她看着她手指，指缘粗糙些，有针痕，问道："看样子，是时常动针线的了？"

晴子握了手，静漪的手帕系在她的手掌处，浅黄色的丝绸帕子，染了血迹。

静漪看她点点头，微笑道："晴子小姐真斯文。"

晴子不只是斯文，还有些腼腆。虽说是金润祺的义妹，气质上总有相似之处，但与金润祺不同的是，她不但美丽，且眼神纯净。静漪看着她，只觉得这个和服女子，是如此的文静秀丽。

"过奖，七少奶奶。"晴子这几个字咬得不太清楚，听起来有点怪怪的。

尔宜看着晴子，忍不住笑了起来。静漪看她一眼，问道："晴子小姐来南京多久了？"

"刚刚。"晴子点头，彼国的礼仪，加上她动作有点夸张，尔宜又笑，她的脸就红了，"对不起，不会说。"

尔宜笑道："我不是笑你，只是觉得你可爱。刚才吓坏了吧？"

"谢谢。"晴子看着静漪。

"不谢，晴子小姐着实受惊了。不过你要谢，就谢牧之。没他撑腰，我如何敢？"静漪微笑着说。

"谢谢七少爷。"晴子还是看着静漪。"七少爷"这三个字，念书一样，就更显生硬了。

静漪微笑。

"我叫藤野晴子。"晴子自己的名字，念得倒字正腔圆些。她的面孔涨得通红，比起在潘雄面前的毫无惧色，程静漪这样温婉而和悦地同她说话，仿佛更令她局促不安。

车子到达医院，晴子再次谢过他们，表示自己会去急诊室。静漪看看陶骧，见他点头，吩咐图虎翼陪晴子去看医生，晚点送她回去。晴子深深鞠躬致谢，坚持不肯，说已经麻烦他们太多了，看医生是很简单的事，她可以应付。静漪见陶驷和雅媚都在前面等着，不好太坚持，于是再叮嘱图虎翼，要紧保证晴子安全回家。

"谢谢你们的帮助，我会记住的。"晴子走前，对他们深鞠一躬。

静漪反觉得不好意思，看着她走了，才松了口气。

尔宜轻声说：“彼国人就是多礼。”

“走吧。”陶骧说。

尔宜挽了静漪，跟在他身后，往陶驷夫妇那边走去。

“七嫂，你心可真好。虽然路见不平，帮人应该，可今儿说不准就是惹麻烦上身，再说那晴子可是金润祺的义妹。”尔宜说。

“到底是你七哥的朋友，即便不是也不能看着出事……晴子小姐人很好的样子。”静漪看着走在前面的陶骧。浅灰色的亚麻西装很合体，将他颀长的身材修饰得形状格外好些，就显得他仿佛比平时更加高大，可是也过于棱角分明，似乎伸手一碰就会伤了手。

尔宜笑了笑，看陶骧距离她们有两三步远，应是听不清她们在说什么，小声说：“说真的，七嫂，别只顾对旁人好，花点心思在你自己和七哥身上……你稍稍动点小心思，七哥都会领会的。”

静漪抬手杵杵她脑门儿：“你胡说些什么呀！”

这时雅媚回身走过来，看了眼静漪道：“刚才可真吓人。车子摇来晃去的，有没有犯晕？你看你脸白的。”

静漪笑笑说没事，她确实在车上被晃得有些恶心，但还能忍耐。

雅媚还是说：“这样吧，我和御之先去看看司机，你们就在这儿等一会儿吧。老八，你陪七嫂在这儿休息会儿。”

“我也一起过去。”陶骧说着，回头看了静漪一眼，说，“你们在这儿等等我。”

雅媚本想让他留下照顾静漪，看他神色，就没出声。静漪点点头，看着他们离去。医院消毒水的味道有点大，她忍不住掩了掩鼻子。尔宜见状，伸手拉了她，要她在一旁的长椅上坐下。

一碰到她的手，尔宜惊讶地问：“七嫂，你手怎么这么凉？你哪里不得劲儿吗？”

“就是有点累了。等回家去，我要好好地睡几天觉。”静漪说。她有些心慌，额上一层虚汗。尔宜问她哪里不得劲儿，其实她哪里都不得劲儿。“好累。”

“少见你说累。”尔宜沉默片刻，才说，“也难怪。七嫂，这里太复杂，我也想早点回家去。这些天我看你陪在七哥身边那么辛苦，我呀，就觉得自己还是过几年能清静读书的好日子吧。”

静漪看她的眼睛，点点头。

尔宜舒了口气，却又说：“七嫂你可真讨厌，是不是什么都瞒不过你的眼睛？”

“我吗？”静漪勉强笑笑，“你没见二嫂总是笑我吗？我是近视眼。”

尔宜笑出来，替她搓着手，说：“不，七嫂你太明白了。奶奶常说，有时糊涂一些也不坏。”

静漪听着这话，出了会儿神，轻声道：“奶奶才是真明白，我还是看不开。”

尔宜不语。

陶骧的身影出现在不远处，静漪看见他，忽然觉得有点恍惚。他往这边走来，脚步像带着风声。她坐在那里没有动。他走过来，看了看她，问：“好些没有？”

“七嫂手凉得像冰。”尔宜说。

陶骧看静漪拉了下尔宜的衣袖，顿了顿，说：“进去看看文谟吧。”

尔宜到这时反而有点犹豫，问：“我……在这儿等你们行不行？”

陶骧看了她一眼，说：“随你。”

他说着，拉起静漪的手，走在了前面——静漪的手的确很凉，且被他握住，她似是下意识地要抽手。他没管，拉着她先走进了病房。尔宜也跟了进来。

白文谟正与陶驷夫妇说话，看到他们进来，微微一笑，抬起被石膏固定着的伤手，手指轻轻动了一下，叫了声“七嫂”，说：“还劳动二嫂七嫂来看我。不是说了嘛，我没关系的。”

静漪见白文谟身上多处骨折，所幸伤处均不在要害。虽然头上左一层右一层纱布层层包裹，露出来的部分肿得可怕，但人清醒着，能说能笑。她微笑道：“怎么能不来看你呢？倒是你要安心休养。”

白文谟笑着点头。他让护士把他扶起来，见尔宜在床尾站着，只管看了他发愣，笑问：“八小姐，难道我的脸真肿成了冬瓜，你不认得我了？”

“真见鬼。你怎么伤了哪儿也没伤到嘴？”尔宜“哼”了一声，说。

白文谟哈哈一笑，笑得身上疼痛难忍，脸色煞白，还若无其事地请他们坐下，道：“那可不？鬼门关摸了摸回来的，没成鬼倒要成精了。”

尔宜笑了。白文谟人是很有趣的，尤其看着严肃的七哥和他在一处，一问一答之间，文谟的诙谐、南方式的文雅和七哥的规整、北方式的粗犷凑起来，让人怎么听都想笑……她坐在一旁，看着他。白文谟说着话，偶尔也看她一眼，眼神里透着笑意。

静漪坐得稍远些，白文谟始终笑眯眯地同他们聊天，虽是伤着，心情却极是愉悦的。她存了心，未免要留意他和尔宜——尔宜坐在一边，一反常态。平常活泼泼、越是在人多的场合越是口若悬河的她，此时大家聊得热闹，她却并不插话，可她的目光总不离白文谟左右。

病房里的药水味似是更浓，静漪坐了一会儿便觉得不适，悄悄地同雅媚说了一声。雅媚要起身陪她出去，被她按住了。

走廊上依旧有着浓浓的药水味，静漪走到窗边呼吸了会儿新鲜空气，才觉得略好些，往卫生间方向走去。

医生护士在走廊上穿梭着，脚步匆匆忙忙的。不时地从病房里传出低低的呻吟声，幽暗的长廊里，这样的声音听上去令人毛骨悚然……她加快了脚步。

迎面走来的护士小姐看到她，礼貌地问她需要什么帮助，得知她要用卫生间，亲自带她过去。

静漪微笑致谢。她久已不同从医的人打交道，到此时才知自己仍对他们有着莫大的亲切感。

护士小姐见她同自己客气，不禁脸上有些泛红。静漪有些不解，护士小姐便说："我知道您是陶太太，在报纸上见过您的相片，且早就听说陶太太是大美人。没想到昨天晚上见到了陶先生，今天还能见到陶太太。"护士小姐轻声说着。听到有人叫她的名字，她急忙答应，对静漪说："对不住，陶太太，打扰您了。"

她一溜烟儿地跑掉了。静漪看她白色的衣裙消失在自己视野中，眼前恍若梦境。也许像这样可爱的护士小姐，就是穿白衣的天使吧……

她进去洗了手，衣襟上溅了点水珠，出来时她低头擦着，险些撞上人。

"对不住。"她忙道。

"没关系。"那人轻声说，说完头也没抬就走过去了。他的声音却让静漪站住了。

她呆了似的，看着眼前幽暗狭长的走廊……那漂亮的京片子，低低的带着磁性的嗓音……穿着白大褂走起路来，总是要不时甩一下衣襟，他不喜欢规规矩矩地把白大褂衣扣系好的。

她扶了下墙，猛地转身，就看着一个穿着白色大褂身材高高的男医生，越走越远。

她转身急了，头有些晕，仿佛这半天的心慌气短都找到了缘由。

“孟元……戴孟元！”她声音由低到高，带着颤音。

那人没有停下脚步，反而越来越快，她追上去，也不由得跟着走得更快。身后也有脚步声，似乎是她脚步的回声，紧紧跟随着她。这急促的节奏让她心跳得更急，但是她顾不得那些，只想追上去，追到戴孟元……

“孟元！”她叫着。

她不会看错，那分明是戴孟元。是的，这里是医院……她曾经想过的，和戴孟元一同做医生，做最好的医生。

那医生脚步停了下来，他回头了——真的是戴孟元！

一样的眉眼，一样的清秀。

静漪站在他面前，刚要抓住他，就听他问：“这位太太，您是不是认错人了？”

“没有认错。孟元，我是静漪，程静漪……”她说着，被人拉住了手，她想甩开，“我是程静漪……静漪啊！你不认得我了？”

“静漪！”有人大声叫她，将她身子转了回来——她先看到了浅灰色的西装、白色的衬衫，没有打领带……

陶骧攥着静漪的手臂，看她这双大眼睛里全是茫然的神色。他握紧手，对那位医生说：“对不住，我太太认错人了。”

“没关系。您是陶先生吧？陶太太是不是哪里不舒服？”医生倒也温和有礼，问道。

“我没有不舒服。”静漪盯着陶骧的胸口。

她闭了下眼，不敢回头了。的确是很纯正的京片子，同样低低的带着磁性的嗓音……她终于还是转过脸去，看着这个正在望着她的医生——眉眼间还是有些模糊的相似的影子。但，这又的的确确不是戴孟元。她心口一阵发紧，紧接着便是锐利的疼痛，疼得她眼前几乎黑了。

“你不是孟元。”她说着，手攥了下，也不知是抓住了什么，她甚至听得到自己手指关节间的脆响，或者她是捏碎了什么贵重的东西。

“请问，您说的戴孟元，可是圣约翰大学医学院的那个？”那医生问。面前这双大大的眼睛里，茫然中全是绝望的神色，看着让人心惊，他若有所思地看着她：“我是赵仕民。戴孟元是我的校友，比我低了几届。只是我听说他……不久前亡故了。”

赵仕民打量着这位堪称绝色的少妇——脸色苍白极了，尤其在她听到亡故两个字的时候，几乎要昏厥过去——可是并没有，她只是牢牢地盯了他，嘴唇渐渐失了血色，变得纸一样的白……他看了看她身边高大英武的男人。这位是陶骧，他是知道的……

“陶太太，与戴君是故交？”他温和地问。

静漪吸着鼻子，转了身。

故交？她胸口奇闷。

“不是，不是故交。”她说。走了两步，停下来，又说了一遍：“不是故交。对不住，我认错人了。”

她推开陶骧。

赵仕民看着她的背影，对陶骧点了点头，道：“抱歉，陶先生，我病房还有事，失陪。”

“请便。”陶骧对他点点头，转身追静漪去了。

赵仕民却在原地没有立刻走开。

“静漪，”陶骧追上来，“这边走。”

静漪不管他，径自往走廊那头走去。她记得自己是从那边来的，还是要往那边去。

陶骧拉住了她，她抽手。

她在发抖，说：“你让我自个儿静一静吧！你……让我喘口气……”

陶骧脚步顿了顿。

静漪只看到旁边有亮光，迫不及待地朝着那亮光转身而去，原来是一道门。穿过去，外面就是一个方方的小天井。天井里只有几棵树，孤孤单单的，地上铺着青青的草，就这么一小片绿色的空间，静得仿佛油画一般。她冲进这油画里来，站在廊下，大口地喘着气。可是不管怎么吸气，氧气似乎都不够用，她只觉得天旋地转，所有的东西仿佛都在她眼前旋转……万花筒一样旋转的世界里，有个人影，她使劲儿地盯着、盯着，她想这个人一定是孟元。她忍不住朝着他走过去，喃喃地，她叫着那个名字。她知道自己不能哭的，孟元不喜欢她哭。他爱看她笑，说她笑起来是最美最美的。她于是想要笑，抓了他的衣袖……

“静漪。”他叫她。

就是这一声，平地一声雷般的，足以将她炸醒。

她看清了这个影子，陶骧。她松了手，几乎要倒回去——却被他拉住。

“陶骧……”

陶骧看着她，没有吭声。他也不知哪里来的怒气，紧抓着她的手，丝毫不放松。

她仿佛是有些怕了，咬着牙关，躲避着他的眼神，说：“放开我……你放开我……”

“他不在了，程静漪。”陶骧说。

她不动了。轻风吹着她的发丝，发丝飘然而动，她的人却是静止了的。

戴孟元不在了。戴孟元，她应是没有什么资格再叫这个名字了。如果不是她，他应该也还活得好好的……她心里翻江倒海一般。她用了很大的力气，才把他的影子埋掉了，到头来也只是徒劳。

“他不在了。”她重复了这几个字。

“你还去过他的灵堂。”他说。

静漪仍然不动，只盯着他。猛地，她挣扎了下，爆发出来的力气让陶骧也没料到。他就见静漪苍白的脸红了起来，嘴唇颤抖着，说：“你也知道！你也知道！你也知道，我是去过他的灵堂，我知道他死了，他死了再也不会回来了。所以我就该心死，就该忘了他，就该……被绑在你身边？！”

她虽是断断续续地说着，却因为激动，身子剧烈地颤抖着。她盯着陶骧的脸，却又仿佛没有聚焦在他脸上，只是一味地想要发泄一下堵在胸口的怨……

她听到他冷静地说：“我知道。而且我从来也没逼过你。”

“你……”她喃喃地念着，“你怎么这么……”

她的身子抖得更厉害了，想要挣脱他的掌控，却怎么也使不上力气。她身上哪里在痛，又说不出来。

她听着他在说“跟我回去”，却本能地不想。

“我不回去！不回去……”不回去都时时刻刻可能遇到那些麻烦，迟早让她应付到精疲力竭。戴孟元再不好，也不会让她这么累……“我不想……陶骧！”她几乎是在尖叫。他箍得她疼了。

陶骧只想将她身子固定住，她身子却在往下滑。他想要说什么，就听她的声音细细地在说：“疼……”

她没有说哪儿疼，软软地她就倒向了他怀中。

他急忙将她抱住，问她：“你哪儿疼，静漪？”

她的手护着肚子，额上冷汗已经冒了出来。

她语不成句，说：“我……叫医生……”

他猛然间看到她两膝之间，一条细细的红线，蚯蚓般蠕动着。他顿时心里一凉，将她抱起来就跑。

“医生！”他的声音在走廊里回响，“医生！来人！”

静漪在昏过去之前，耳边就一直是他的声音。她想大约是因为这走廊深邃高阔的缘故，她第一次听到有人的声音，配得上那个形容，叫作声若洪钟……只是这样响亮的声音也无法让她保持清醒，她身上疼得厉害，只想闭上眼睛什么都不管了。随着疼痛的加剧，有什么东西在一点点地流失……她心里明白是什么，于是就越来越觉得冷。

她也不知道等她醒过来，等着她的会是什么，但是至少现在她可以安心地睡一会儿了。

她担心的，终于成了事实，却也在确定的一刻，又消失了……

她听到手术器械在叮叮当当地响着。也有人在说话，有人着急有人镇定，有人说可惜了，有人说没关系……她有些焦躁，又痛苦，还有人抓着她的手，叫她静漪静漪，对她说好了好了……好了好了、别紧张……那声音让她渐渐镇定，可是痛苦却并不因此减轻一分。

可她知道会好的，总归会好起来的……

但她不知道的是，在好长一段时间里，她都会那么疼。

从医院被接回家里，她始终在昏昏沉沉间。她发烧，呕吐，全身疼得厉害，不停地做梦，总听到耳边有人在叫她静漪、静漪，问她你还好吗？

不好。

一会儿又有人在叫她漪儿、漪儿，问她疼不疼。

疼。

她说疼的时候，就有只温暖的手在抚摸她的额头，用极低极低的声音在哄她，说好了好了、好了……

“娘……”她轻声叫着。

在这种时候，母亲会来到她身边，也唯有母亲会来到她身边吧……她在那温柔的抚触中，仿佛婴儿般安稳睡去。疼痛在渐渐减轻，可不那么疼了，她却反而想哭了。只是她有很久不让自己流泪了。身上的疼痛和创口总会愈合的，她不哭。母亲去世之后，她甚至不曾梦到过她。好不容易梦到她，就别哭了，她会伤心的……她从来不想母亲伤心。

“漪儿？”低沉而温柔的声音在叫着她，这声音熟悉无比。

“娘……”她不住声地叫着娘，睁开了眼，看着面前这个抚摸着自己额头的妇人……她呆住了。

“醒了？”杜氏拿了湿润的纱布，给她唇上沾点水。

“母亲？”静漪犹疑地看着杜氏，似乎完全不能相信面前这个胖胖的妇人竟然是嫡母。她浑身无力，想起身都不能够，只能在枕上看着杜氏，一会儿，眼眶便发了酸：“母亲怎么在这里？我以为在做梦。”

“我和你姑姑结伴来的。姑姑是去上海看无瑕，再来探望无垢。我同你父亲是为了老九的婚事，一道去江家拜访……老九和慧安年内就成婚了。我们刚到上海，知道你们都在南京，无瑕也来了，就赶紧过来了，只是你父亲有事情暂且留在上海。”杜氏轻声道。

“姑姑也来了？”静漪惊讶。

“来了，在外面同无瑕姐妹一处说话呢，雁临也在，都很挂心你。”杜氏胖胖的脸上布满忧色。

这时候门开了，程方云进来，见静漪醒了，惊喜地说：“总算是醒了，这两天可把我们吓坏了，不知道给你打了多少支药针呢！”

她说着，人已经来到近前，坐下来摸着静漪的脸。

“姑姑。”静漪眼里充泪。从没想过这时候会见到嫡母和姑母，待见到了，才知道自己有多想她们，简直要马上哭出来。

“傻孩子，千万别哭。小月跟大月一样，要紧保养着，不然落下病，以后可难好。知道？”程方云忙阻止静漪。

静漪点头。

“糊涂孩子，亏你还老说自己是学医的，这个你自己都不知道吗？”程方云还是忍不住，问道。

静漪在被底的手，攥紧了，指尖像被扎进了刺，钻心地疼。

“姑姑啊，”杜氏看了眼程方云，“大夫不是说了嘛，才几天呀，小十身体又不是那么好。小十，别难过。听话，不准哭的……跟陶姑爷我们也说了，虽说有些对不住他，可是也不能怪你，谁乐意出这种事呢？”

静漪胸口发闷，转开脸。

“得了得了不说了。想吃点什么？”程方云拍着静漪，哄小孩似的问。

静漪摇头，脸贴着枕头，枕上绣的花刺着她的脸……她身上止不住地抖，刺痛感就加剧了。

“让陶姑爷进来看看你？”杜氏问道。

静漪又摇头。她一闭上眼睛，就能看到他那清冷的面容，想到要听到他冷酷的声音……她浑身发抖。

杜氏和程方云互相望了一眼，两人都看到静漪往被子里缩了缩。

杜氏皱皱眉，道：“好了我们不说话了，漪儿，睡会儿吧。”

静漪听话地闭上眼睛。

程方云是叹了口气，只道：“这是怎么了？上回家去那趟，那么熬着，小十也没有这么瘦。就这副身子骨，也真难怪……”

杜氏伸手一拦她，指了指外面。

两人起身走出房门，门口立着的秋薇看到她们，马上叫了声太太、姑太太。

杜氏看秋薇那红肿的眼睛，轻声说：“去睡一觉再来，别这样进去，倒招她伤心……等等。”

秋薇望着杜氏，杜氏看了眼门内，低声说：“等会儿到我房里来一趟，我有话问你。”

…………

无瑕给静漪揉着她的手指。过了一会儿，又给她拿来粥。

静漪吃着，尝不出味道来。本来就没有胃口，这几天给她做的东西，口味又太淡。

无瑕问道：“好吃吗？”

“好吃。”静漪微笑着回答，“姑姑给做的？”

“你是嘴刁呢，还是瞎猜的？”无瑕问。

“瞎猜的。”静漪笑了。她还很虚弱，脸色白得很，被周遭大红色的床单被褥衬着，就愈加显得人憔悴不堪。

无瑕看着她的笑容，忍不住心疼，摸摸她的额头，见烧退得差不多了，放心了些，看了看她，说：“舅母和我妈在楼下教训牧之呢……”

静漪一呆，问道：“教训他什么？”

“我也不知道。不过不管说什么，那俩老太太有分寸得很，不会乱说话的。”无瑕轻声说。

静漪呆了好一会儿，才问：“他这几天都在？”

无瑕点头，道：“静漪啊。”

“嗯。”静漪被无瑕握了手。看着无瑕的样子，温柔得不得了，她心里不禁有些发酸，道：“二表姐有什么话只管和我说吧，我都听着。”

无瑕犹豫了片刻，才说：“这几天你病着我就担心，是不是牧之他怎么着你了？你不要瞒着我。”

“没有的事，二表姐你想到哪里去了。”静漪的手心出了汗。她的手指动了动，仍被无瑕握着，她说：“他对我很好的，什么都尽着我……”

无瑕看了她的眼睛，说：“我还以为出了什么事。你发烧的时候，说胡话那样子恨不得把他给撕了……别难过了，孩子嘛……身子调养好了，马上又会有的。”

无瑕说着，眼里竟有泪光。

静漪低了头，说：“二表姐，你别替我难过才是。”

无瑕擦了下眼角，动作停滞在那里，看着静漪。

“我没打算要这个孩子的。”静漪清楚地说。

“什么？”无瑕看静漪。

静漪转开脸。玻璃窗上全是雨水流成的沟壑……弯弯曲曲的，扭着拧着，最终还是落下去，不见踪影了。

她说：“这孩子……我不知道。知道了，也不会要的。”

“静漪！”无瑕脸色微变，“你怎么说这种话。”

“二表姐，你别激动。”静漪忙安抚无瑕。

“你不是说，他对你很好吗？”无瑕哪里还能不激动，“既是好，那你怎么连孩子都不想要？”

“是呢……可是，这是另一回事。”静漪轻声说。

无瑕看着静漪——才几天而已，静漪双眼通红，憔悴瘦弱……她还记得那晚的舞会上，静漪那让人惊叹的美。静漪的美丽她是知道的，只是不知道，有一天会这样的光彩焕发，所以那光彩一旦消失，她的心情就更为复杂。

“我不难过……你们也就别替我难过了，不需要的。”静漪说。她转了脸，不想看无瑕的眼睛。

一只温暖的手握了握她的，很温暖，很温暖，像梦里她母亲的手，所以她一动都不想动，明知道不是母亲，却固执而贪婪地非要当成是她。还好无瑕在、嫡母在，都在……她甚至没有想到过，自己有一天还会能得到她们这样近在咫尺的宠爱，宠到骨子里，腻到心都要化了……虽然这代价也是她从没有想到过的。

“小十，你让我心疼死了，你……当初和你说让你想清楚再……”无瑕哽住。

“二表姐，那时我想得很清楚，只是现在……我是怕。”静漪摸着无瑕的手。她在微笑，只是笑容有点凄凉：“往下，我要是再成了传宗接代的工具……还有什么意思？”

门外，陶尔安退后一步，回头望着陶骧——陶骧的表情倒看不出什么来。她深吸一口气，往一边走了几步，示意陶骧跟过来。

“这是怎么回事？”她低声问。她的脸色已经很阴沉，眼中更有藏不住的火苗，却不得不压低了声音，以免惊动了人。

陶骧没言语。他再明白不过，若依着长姐的脾气，不是看在静漪还在病中，恐怕一脚踹开房门进去质问她都做得出来……但是她没有。

“老七，她是你媳妇，她这么说，自有她的缘由。你做什么过分的事了？”尔安问。

陶骧抬手，按了下眉心。

陶尔安眉皱得更紧，说：“我虽然在国外，往来信件也没少同家里议论此事。这桩婚事，当初除了父亲和奶奶，反对者不在少数。既然娶了嫁了，就要好好的。这回若是因你做了什么不可原谅的事，我也不帮你说话；若不是，她这还是预备同你过下去的意思吗？”

“大姐，您过虑了。”陶骧说。

陶尔安没有听到他的解释，不禁更加来气，转念一想，少不得忍了气，说：“你做事极有分寸，该怎么着，不用我提点你。但是如果继续这么着下去，别怪我不替你兜着。”

姐弟两人在起居室站着，一旁的仆佣屏声敛气。

“大姐，谁没有伤心难过、胡言乱语的时候？”陶骧轻描淡写地问尔安。

“这是能胡言乱语的事？她是会胡言乱语的人？你当我是好骗的？若不是看她在这个时候，你也够烦，我真想问问……”尔安眉头紧锁，非常不满地说。她看了眼陶骧：“被奶奶知道，恐怕要伤心了。”

陶骧只是听着，对姐姐他总是尊重的。

“你要同我一起进去，还是我自己去？”尔安问。

陶骧说：“大姐先去吧。”

陶尔安皱着眉看着弟弟，她一时也摸不准陶骧的态度，陶骧的脸跟被冻过一样……这个弟弟比她小十多岁，从小是她看着他长大的，姐弟俩感情十分好，她再生气，也舍不得骂狠了。

“你还成吗？”她问。

陶骧看上去淡淡的，她总觉得越是这样，越是有些不对劲。他的心思的确有些深沉，她虽然知道，但也没想到这时候他还能忍得住。

“我等会儿。”陶骧说。

陶尔安点头，过去敲了敲门，里面安静了下，才有人说“请进”。她推开门进去前，又看了陶骧一眼——他已经转过身去了……

陶骧打开烟筒的盖子，犹豫了片刻，又盖上了，可站在那里好一会儿，总觉得无事可做，还是重新取出一支烟来点了。

不知道是不是由于这里潮湿的缘故，烟竟然吸起来有些潮气，味道发苦，他把烟拿远些，看了看，似乎也没有什么不妥的。

好容易抽完了这支烟，他也不知道在这里站了多久，听到无瑕叫他。回身见无瑕和长姐一同出来了，他点了点头。无瑕问：“静漪睡了，你要不进去看看她？”

他说好。

无瑕和尔安走开了些。

他进了门，并没有将门关严了。他只是想进来看一眼就走，反正她也在睡着……醒着的话，他进来，可能气氛就僵了。屋子里有淡淡的香气，他嗅了嗅，辨出是栀子花香。倒没看到这屋子里哪里有花瓶，也许是谁洒了香水，留有余香……这几日他没在这里睡，竟然觉得房里的一切都陌生起来。

她躺在床上，把薄被抱在怀里，像是这样才觉得安全似的。

她一动都不动，可不知为何，他觉得她并没有睡着。于是他伸出手，温热的手指贴着她的面颊。她的面颊有点凉意，像那天，在医院的小天井里，她倒在他怀里时，脸就是凉的……她果然僵了身子。片刻，她睁开眼。

他的手紧贴着她的颈子。

静漪拉下他的手来，推开，可他的手仿佛还在那里，并且用了很大的力气在卡住她的喉咙……

陶骧被她这样挡开了手，也没有再动。他的手挨着她的，她的手还是在微微发颤，不知道是因为怕，还是因为激动……也许都有。

“我明天一早就走了。你在这里休养一阵子，过些日子，我会让人来接你。”他说。

她并不意外，不知为何她就是能猜得到，他是要离开了。

她看着他的眼，深深的、黑黑的眸子，目光沉得仿佛能把她给吞了。

“我……”她开口，喉咙有些哑。

他望着她，说：“你不想回去。我知道，但是不行。”

她移开视线，床头灯照不到的地方，都是黑影，黑得深重，心里像压了无数的包袱，沉得直不起腰来……她挣着起来，坐在床上。

陶骧看她将被子拉起来。

“不是。我这就跟你一起回去吧。”她说。

“这是母亲的意思。”陶骧说。

静漪抬眼看他。

“跟家里说的是你生病了。”陶骧说。

静漪停了好一会儿，才慢慢开口道：“好。”

他的话里听不出什么来，连他们当时争执的时候他那阴沉沉的语气也都消失了，仿佛他们在说的，真的只是一场伤风感冒，于她无足轻重，于他更是如此……但他这么平静，还是在她意料之外。

似乎都没有什么好说的了，他还是看着她，她却开始回避他的目光。

“你好好休息吧。”他站起来要走。

拿外衣时，衣服刮了一下椅子，发出刺啦一声。他眉头皱了下，将衣服搭在手臂上，转身要走，却看到静漪正望着他。他立住了，也望着她——她分明在盯着他，却好像又不是，而是看穿了什么似的，那眸子是越来越黑，闪着晶彩，却有种冷得怕人的感觉。

“她不是女友的妹妹那么简单吧。”她说。

陶骧眉尖一蹙。她听似没头没脑地来了这么一句，他却立时明白了。他将衣服丢回椅背上，说：“你是怎么知道的？”

“你不回答我，我其实不知道。”静漪说着，往后靠在床头上，有点支撑才好，“她倒是不讨人厌。”

“别费这个心思了。既然对你来说是麻烦，我会处理好，你不用担心。”陶骧说。

她说：“我不担心她。”

“那么你担心什么呢？”陶骧沉声问。

“我说了我不担心这些！”她反而抬高了声浪。

“静漪。”陶骧隔了一会儿，才开口。

静漪望着他。

“在你心里，我必须是个浑蛋？”他问。

他忽然低了头，靠近了她。他的眸子和她的，也只有几寸远的距离。

静漪有短暂的呼吸停止，她的手被他按住，人也定住了似的。她似乎没有听明白陶骧的问话，只是注视着他的眸子。

“他死了。若你对我动了心，这不算是背叛他。”陶骧轻轻地抚摸着她的手臂。

很轻很轻地，让她战栗。

静漪扬起手来，被他挡住了手腕。迅速地，他将她的手攥在手心里。

陶骧低声，在她耳侧说：“既然是这样，那你就守着吧。不想生孩子，你就不生。不过你把这点小心思放好了……不然日后你在陶家，寸步难行。”

他松开她的手，整理了下衣服，才转身出门。

“好好养着。我保证这段时间绝不打扰你休养。”他说着开了门。

就在他开门的一刹，一只花瓶咣的一下对着门口便砸了过来。

他连脚步都没停，出去便将门关好了。

“老七？”许雅媚正带着虎妞端了夜宵上来，看到这情形站住了。

陶骧却只应了声“二嫂”。

雅媚见陶骧沉着脸从自己身边经过，问道：“老七，下去吃晚饭。你明天什么时候走？”

陶骧这回没有应声了。

雅媚愣了下，发觉不对，急忙敲门进去看静漪。

门内一地碎瓷片，静漪伏在床边。

“静漪！”雅媚愕然，扔了手里的东西跑过去，借着灯光一看她的脸，不知是汗水还是泪水，她脸上湿乎乎一片。

雅媚扶起静漪，看她不好，忙叫秋薇来。

静漪大恸，不等秋薇来，下床跌撞着进了盥洗室，又大吐……雅媚也有些慌，忙着让叫医生来，却被静漪一把抓住了旗袍下摆。

雅媚禁不住落泪，颤着声说：“你们这是怎么了？是不是伤心大发了，都口不择言起来了？静漪，千万别难过，好歹宽心些……”

静漪摇头。

不难过。陶骧不难过，她也不难过。有什么好难过的？他们本就是有名无实的夫妻。她咬着牙，只觉得苦水回灌，心口窝像扎了什么进去。

“要吃点什么？”雅媚问静漪。

难得今天太阳好，她拉静漪出来晒一晒。

静漪想了想，说：“什么都好。”

已经有三个礼拜，她每天最主要的事就是吃和睡，再变着花样给她弄好吃的，胃口也提不起来了。且这段时间下雨的时候多，白天也是阴沉沉的，夜里常常睡得浑身都是汗。

她觉得只是由于天热的缘故，嫡母却执意请了医生来给她看。医生倒说不妨，不给开药，只是让她静养。时间一日日地过去，她虽已经好了，看着嫡母还是为她着急，也不忍心。嫡母要她吃什么，她也就顺从地吃了。不知道是不是错觉，好像多日没有照过镜子，偶尔看一眼，倒觉得自己胖了些。

为了能让她好好养病，家里总是安静的，有时候安静得让她心里发慌。幸亏有尔宜和瑟瑟这一大一小两个孩子制造出来的噪声，不然每天进出这里的人，都生怕触到她什么伤心事似的，小心翼翼地对待她，她还真要受不了了。

雅媚说："老八昨儿带回来的曲奇饼还挺好的。"

"八妹是去探望文谟了？"静漪问，目光向前——瑟瑟正在水池边和她的看妈一同玩着水。水池里的莲花开得正好，瑟瑟水红色的裙子和水红色的莲花交相辉映……她看着看着，不禁微笑。

"说是去买书，顺道的。"雅媚说着，笑了笑。

静漪点点头。雅媚这笑有点深意，她却没往下问。

她原本以为陶骧走，尔宜会先跟着回去，没想到尔宜坚持留下来，每日陪着她。虽然只是早晚和她聊聊天解闷儿，白天照旧出去玩，在她这个年纪也难得了。她总觉得尔宜年纪小，性子活泼些，爱玩爱闹，凡事不放在心上，如今却越发看出来也是个少年老成的。她默默叹口气，毕竟是陶家的女儿。

"程伯母过几天该回北平去了吧？"雅媚问。

静漪点头。

"早就该回的了。"她说。姑母小住一阵，先随无瑕回了上海，母亲留了下来。父母亲和姑母要一同从上海回北平，拖到如今都未定归期，全是因为她。"我都好了，她也没什么挂念了。"

"听说程伯父昨日到了。这阵子程伯父往来宁沪之间，相当之辛苦。"雅媚说着，看尔宜亲自端了咖啡来，笑着点头，"呀，怎么你亲自动手了。"

"原也该动动手的。"尔宜笑着把咖啡和曲奇饼放下。她给雅媚倒了咖啡，她和静漪都是牛奶。

"那就多谢八小姐了！"雅媚看到盘中的曲奇饼，笑了笑，"才刚说你昨儿拿回来的曲奇饼不错。"

尔宜笑笑，点头。看静漪拿了曲奇饼泡牛奶，她笑道："七哥最爱这么吃。我跟文谟说，这两盒曲奇饼都归我了。今儿咱们吃这盒，另一盒拿回去归七哥。不过八成最后还是归了麒麟……"

"老八，牛奶给我。"雅媚打断尔宜。

尔宜边递牛奶给雅媚，边看静漪——曲奇饼泡软了，一半落尽牛奶里，剩下半块在手中。她同那半块曲奇饼一样，都有些不知所措似的。

尔宜给她换了杯牛奶，说：“天气好热。”

静漪点点头，说：“可不是嘛。”

在没有什么好说的时候，天气就是最好的话题。

“二嫂，你做青梅酒了吗？”尔宜问道，“文谟昨天忽然说起青梅酒。他好多了，预备回桂林静养……我仿佛记得二嫂说过今年要做青梅酒的。”

静漪看着尔宜，不知何时开始，尔宜口中“文谟”这两个字，出现的次数多起来了。

“有，不过不多。既然文谟喜欢，都给他吧。”雅媚笑道，“也不知做得好不好呢，头一回在南京长住，什么都想试一试的。这可是试验品，不好喝，回头不要赖我。”

“他嘛，有酒就喜欢的。给二哥留一坛，回头我们也带一坛吧。”尔宜这回说话小心了些。

雅媚会意，她转头看着瑟瑟，拍手叫道：“瑟瑟快过来！”

瑟瑟听话过来，倒不去找雅媚，非要挤到静漪的椅子上来。

“这么热的天，瑟瑟，你要把小婶婶缠磨得难过了。”雅媚要拉瑟瑟。

瑟瑟嘟着嘴。静漪给她擦着小下巴，笑道：“没事的，我不热。”

雅媚看她给瑟瑟喝牛奶——也真是的，这天气，她们行动都要出汗的，静漪却似乎没有这个困扰。此时在阳伞下，静漪的脸色比平时看起来要好很多——雅媚只顾着看静漪，被静漪发觉了，问：“二嫂怎么又看着我出神啦？”

雅媚回神，说：“我琢磨着挑个晚上出去吃西餐、看电影好不好？别整日闷在家里。”

“二嫂忘了，咱们还得选一日去我母亲那边吃饭呢，不是说让你定时间？”静漪提醒雅媚。

她心里明白，父亲昨日到了，按道理她该过去拜见的。前两次父亲都没有住下，她又尚在病中，父女俩没能见面还算情理之中。这次父亲过来是接嫡母去上海的，眼见要分别，嫡母也发了话，再不见无论如何说不过去了。

“哎哟，瞧我这记性，说好的事转眼竟忘了。”雅媚懊恼，想了想，问，“就明天晚上如何？等下程伯母过来，我就同她商量……程伯父也是太客气，昨日一到，便亲自打电话来，还让三哥转告御之，晚上一同用餐。”

静漪笑笑。父亲和三哥，是在这样的小事上，都不会失礼的人。虽然没明说，应该是向陶驷一家照顾她表示谢意的……可她已经是陶家的人了，这么客气，又是为了什么？

“那么今晚咱们就去看电影？我请客好不好？”静漪靠着瑟瑟。

瑟瑟喝着牛奶，嘴边一层白色绒毛似的，看着有趣。

她亲亲瑟瑟的苹果脸，也不知怎的，就觉得心里酸软起来。

雅媚说：“虎妞儿，拿报纸来，我看看今天有什么电影。”

尔宜不等虎妞走，就报了一串电影出来。

雅媚含笑道：“也不知你这些日子，到底是照顾病人呢，还是怎的？先就把这些给摸了个透。”

“每天把报纸看三两遍，不用特地记，也就记住了。”尔宜微笑着说。

雅媚点了点她，分明不信，可也不揭穿，倒来问静漪：“你选一部？”

“去看个外国片子吧，我有很久没看外语片了。”静漪说。

三个人来来去去地商议着究竟看什么，外面来人说程夫人来了，雅媚忙起身去迎接。瑟瑟是极喜欢胖胖的程奶奶的，听说是她来了，跟着母亲就去了。

杜氏是与索雁临母女一道来的。她们这些日子常来常往的，彼此已经有些熟、不拘礼，杜氏进来就嚷嚷热。静漪看嫡母与索夫人都穿着阔袖香云纱的旗袍，可嫡母比以往竟更胖了些，偏索夫人母女都是高个子、好身段，就更加衬得杜氏浑圆……看静漪笑，杜氏说：“你这个丫头，又要取笑我了。”

“没有的事，母亲这样很好看的。”静漪说。她看索夫人戴了火油钻首饰，虽华美但因与香云纱的色泽相衬，并不显俗气，不禁微笑。

索夫人也微笑道：“这样穿戴果然不错，十小姐眼光好，建议很中肯。”

静漪轻声道：“哪里。”

杜氏看看她，说：“好像比昨儿又耐看一些了……你这颈子上的红包是怎么回事儿？雅媚，你家里有蚊子？”

“程伯母，蚊子我可就看不住啦。”雅媚可不同杜氏客气，笑道。

几个人都笑了，杜氏偏要板着脸道：“那我把静漪放在你这里怎么能放心？”

“放我这里这么久了，程伯母，现在反悔可也来不及了。再说您家那姑爷，可也说了，接走的时候缺斤短两万万不行。所以您瞧我这些天急的，只盼着静漪多喝点汤，多长点肉。”雅媚笑道。

“我那姑爷可是忙得不见影子了。”杜氏皱着眉，手上纨扇挥了挥，仿佛蚊子就在眼前，“早早的，太阳还没落山，你就把艾香点上。小十最怕蚊子……这孩子也不知怎么就那么招蚊子。”

“母亲，瞧您说的。”静漪被嫡母说的，忍不住要去抓颈上的红包。

“别抓。抓了留下疤，老七再嫌多了个疤，不接你回去。”雅媚开起玩笑来。

大家都笑了。

静漪脸红着，对她们无可奈何。

索雁临看她窘，笑道：“牧之最近是不能来的了，要不然，恐怕早就亲自来接你回去了。”

“一倒出空来就会来接的了。”雅媚笑道。

静漪不出声。最近她们在她面前议论陶骧，都有些顾忌。今日不知为何，总要提到他。

她隐约地知道陶骧被紧急调回兰州又是跟时局有关。女一中的爆炸案，查明是马家做的。逄敦煌被洗脱了嫌疑的同时，西北军与马家的恩怨也再次被挑了起来。这段时间虽然也议论，却没有人同她说这些，她也有意不去看报纸上的时评。但以她对陶骧的了解，往下必然有一场恶战……

“静漪。”索雁临轻声叫她。

“三嫂。”静漪回神，发现这里只剩下她和索雁临，还有怀里的瑟瑟了，她问，“母亲她们呢？”

“二嫂带她们去参观地下室了。其实母亲是嫌外面热。”索雁临微笑着，也逗弄着瑟瑟。

瑟瑟好性子，本来就不认生的，只不过像索雁临这样时时处处都维持着标准优雅贵妇形象的女子，难得同孩子玩耍的。此时静漪看她一身象牙白色蕾丝洋装，胸前一挂珍珠链子垂下来，因珠链上一枚造型奇特的坠子，做了钻石海豚的形状，倒给瑟瑟拿在手里玩了一会儿……她也忍不住微笑。

“有时候我也想，有女若此，夫复何求？”索雁临轻声叹息。

瑟瑟玩腻了海豚，又开始对索雁临的洋装感兴趣。

这回静漪要瑟瑟别去乱动，索雁临却不介意，索性把瑟瑟揽过去，说：“反正我的衣服，也只穿这一回，洗都不要洗的，不怕。”

静漪素知她婚前生活甚为奢侈，如今受兄长影响已收敛许多，不想穿衣上的习惯仍然不改。她看雁临与瑟瑟亲近，忽觉有些异样，想问，又觉得不便，只得问：“母亲有没有定下回北平的日期？我已经是好利落了。母亲因为我的缘故几次延期，我实在是有些……”

“并不都是你的缘故。”雁临听她这么说，抬眼看看她，微笑道，“父亲也有事情没有办妥当。他前阵子都在上海，这几日才过来见见这边的老朋友。”

静漪听着，半晌无言。上海有不少是从前北平政府的老政客，南京则有不少新贵，父亲在其中的朋友无数……父亲如果想，他总是会左右逢源的。

雁临见她出神，微笑道：“不过姑姑一着急催促父亲和母亲，行程就该马上定了——姑母刚得了大表哥的信儿，说是大表嫂刚刚验出，也有孕在身。”

静漪愣了下，一脸喜色，道：“那可是大喜事，姑姑是要归心似箭了。”

“可不是嘛。”雁临说。

静漪有点激动，大表哥夫妇婚后多年无子嗣，表嫂不知承受多大的压力，如今可要好起来了……

“太好了。”她又说。

索雁临微笑道：“母亲说过两天才告诉你，可我觉得这是喜事，你同表嫂感情又极好，知道了会高兴的。”

“正是呀，为什么不告诉我……”她呆了呆，勉强一笑，“我总是会替表嫂高兴的。”

“我知道，静漪，”雁临握住她的手，看了她一会儿，“你要好好保养。或者你现在还没有体会，可你看看瑟瑟，这是多么令人羡慕的呀！”

静漪伸手摸摸瑟瑟的小手，点了点头。

索雁临说：“二嫂刚刚说，明天你们一同过来晚餐。”

“嗯。”静漪点头，“我知道。明天我们准时去的。”

“母亲很高兴。菜单嘛，说让我瞧着办。我知道你爱吃什么，回头让人做几道你最爱吃的菜。”索雁临显得高兴起来。

静漪看她，觉得这会儿才是索雁临来了这里之后，真正高兴的一刻。

她默不作声地望着雁临，雁临被她看着，终于说：“静漪，你的眼睛，真让人受不了。”

“怎么？”静漪问。

索雁临垂下眼帘，有点惆怅地说：“好像会说话。”

静漪竟笑了，说：“三嫂，难道你在追求我吗？从前那些男生，无论是情书还是谈天，总是要说一句‘你的眼睛仿佛会说话’，我简直要当真了。”

“搁在你身上，这句话就得当真……我下半年可能去美国一趟。”索雁临说。

“旅行？”静漪心一动。

“不是……去做一个彻底的检查。”雁临解释道，“不知道结果究竟怎样。”

“会没事的。”静漪说。索雁临没有说到底是什么样的检查，她却有些明白。

“但愿如此。”雁临没有抬头看她，和瑟瑟手拉手玩着，“静漪，有时候男人难过，碍着面子，并不会说个明白。越是在意，可能越是不会说出来。你懂我的意思吗？”

静漪看着索雁临那盘在脑后的精致高髻上，点点钻石如星如月，耀眼生辉，她没有说话。

“你好好保养。”索雁临抬头，对静漪微笑，“我如今常常会希望，有一日儿女绕膝。虽说在你面前，现在说这些，恐怕是引你难过，有些不该。但是我同你，大可抛了那些客套话。这是我的肺腑之言。孩子，你若是不想生，陶牧之这样的男人，并不愁有人愿意替他生……当然他稀罕不稀罕，则另当别论。”

“三嫂……”静漪开口，笑笑，“这会儿三嫂说话竟活脱脱是母亲的口气。这些话真不像三嫂说出来的。”

索雁临微笑道：“好心同你讲，你倒笑我满脑子封建思想？我这些话，是有一个前提，那就是大家彼此感情好，或者至少抱着要好的心的。果真勉强不来的话，也就罢了。孩子是天使，有爱才会来，有爱才能留住。”

静漪倒真想不出来，自己要怎么应对三嫂这番话。

索雁临看她的样子，伸手拍拍她的手背，说：“母亲她们不在这里，我才敢同你说这些的。母亲这阵子寝食难安，一方面她是真疼你，一方面也是帔姨不在了，她答应了帔姨要照顾好你的缘故……”

静漪吸了吸鼻子，点头。

“三少奶奶、小姐，太太要你们进来吃冰激凌。”秋薇跑出来。

静漪刚说了好，瑟瑟已经叫着说快些快些，小婶婶我要去吃冰激凌……静漪被她拉着，一路几乎脚不沾地地小跑着，进去，果然杜氏她们已在客厅里落座，头顶风扇呼呼地吹着，茶几上摆着冰激凌。瑟瑟乖巧，虽然想吃，还是站在一边等着大人给她分派——她拿了勺子先给在一旁的静漪吃，静漪刚要张口，被杜氏瞪眼睛说："都说了让你忌生冷。"

静漪对瑟瑟眨眼，瑟瑟毫不客气地把一大勺冰激凌塞进嘴里去了。静漪笑着，揉揉她的额发。

"母亲也真是的，不让人吃，还让人进来看着。"她说。

"乖，过阵子身子好了，有多少吃不得？对了，瞧我，还有件事。静漪，慧安明天到。要成婚了，家里本不让她随意出门，可她从姑姑那里听说你病了，就想来看看你的。"杜氏说。

静漪怔了下，才说："倒让她辛苦跑一趟。"

"这也是她一番心意。马上就是一家人，她同你又一向要好。"杜氏微笑。

静漪这才不作声了。

此时是五月里，到八月，慧安和之慎就要成婚了的，这也是转眼间的事。想她那时候在家里，带着慧安四处游玩，恍若昨日……

第二天，陶驷一家三口和静漪、尔宜一道来了程家在南京的宅邸。

除了陶驷，其他人都是第一次来。为了表示对主人的敬意，他们早早下了车。进了大门，倒有半程是走来的。陶驷记性很好，虽有程仪在前头引路，倒也不用程仪指导，就给妻子弟妹做了向导。

静漪跟随在陶驷夫妇身后，别的她并不怎么往眼里去，唯独屋前两株高大的金桂树，看上去已经颇有年头，立即引起她的注意来。

"据说有三百多年了，我看，要成树精了。"陶驷说。

"八月里，桂花香气要飘出很远去呢。"雅媚也喜欢，赞叹道，"静漪，我记得怡园有棵年岁很久的银桂？"

静漪想想，点头。记忆里家中的居所必有桂花。父亲生于桂花飘香的时候，每年庆生，都在桂花开得正盛的时节。那时她小，家里的确是有这样的一棵桂树，母亲抱着她立于树下，父亲走过来，将她接过去……她方有记忆吧，大约三四岁的，可到现在忽然想起来，这模糊的印象里的父亲，身上有种独特的味道，被桂花香气覆着……现在想想，恐怕是酒气。而且，父亲把她举高了，她小手方能够到那桂花，扯一扯，桂花落满襟。她仰头看看眼前这桂树……

她听到陶驷夫妇叫程伯父、瑟瑟喊程爷爷，回过头来，看到父亲和母亲出来了，身后是之忱和雁临，之鸾和慧安，还有之忓……很多人站在那一处，蔚为壮观。父亲还特地弯身同瑟瑟说话，神色颇为和悦。

“父亲。”她终于走过去，叫了声父亲。

程世运看了女儿，点了点头，说：“来了。”他随即请陶驷他们先进去。

其他人倒罢了，慧安先过来同静漪拉了手说话。只是说不了几句，慧安眼里就泪光闪闪。

“九嫂，你什么时候变成了黛玉妹妹？你可是我的宝钗姐姐！”静漪同慧安开玩笑。

“乱喊，谁是你九嫂？”慧安又脸红了。这么久不见，静漪和她依旧是亲密无间，她觉得很高兴，可看静漪如此消瘦，她又心疼。

“今儿晚上是家宴，你可逃不掉是程家人了。”静漪笑着说。

“你倒也会形容。黛玉宝钗，一个薄命少亡，一个孤独终老。”之鸾在一旁冷不丁地说。

慧安一怔，静漪却是笑着说：“七姐总要抓我小辫子！不过是一个形容，七姐偏又挑错了。”

之鸾哼了一声，说：“懒得跟你磨牙。”说罢，追着索雁临的脚步去了。

静漪笑笑，说：“九嫂可别被这大姑子给吓到。她是纸糊的老虎，吓人也是一时。”

慧安倒真有些忐忑，一时也不计较静漪总叫她“九嫂”了，她悄声问：“七姐为什么这么不待见你？”

静漪此时看到不远处的林之忓，道：“她就是那个性子，掐尖儿、好胜，只对有本领的人俯首称臣。你看她在三嫂跟前儿，乖得跟猫似的。”

慧安笑笑。

静漪落座后仍同她在一处。看她们两人相处融洽，一直跟在静漪身旁的尔宜就故意“吃醋”，一会儿要这个，一会儿要那个，把静漪和慧安给打扰得说不了悄悄话，还得意地笑。杜氏看着，趁机道：“静漪今晚留下吧，慧安后日就走的，你们难得见一面，好好叙一叙。”

“程伯母说的是，静漪就留下吧。”雅媚也笑着说。

“不要，我要小婶婶跟我回去。”瑟瑟忽然站起来说。

她个子本来就小，站在地上反而不如坐在椅子上高，这会儿说着话，竟是小人儿都不见了，引得桌上的大人们一通大笑。

“客房很多，这里环境也好，不如都留宿一晚，明早用过早点再走。”杜氏说。

陶驷和雅媚婉拒。

于是这晚，静漪留下来过夜，与慧安睡了一处。只是静漪自小产后，添了失眠的毛病。这晚和慧安说话到天蒙蒙亮才睡着，又是一身汗意地醒来，就再也睡不下了。

看慧安睡得正香，她轻手轻脚地先起了床。出来看到秋薇已经在外面候着。秋薇拿了衣服来，说是二少奶奶让人送来的。这些东西索雁临都已经替她备好，可见昨晚让她留宿，绝不是一时兴起，但雅媚这样的贴心，也让她感慨，于是洗漱后换了雅媚送来的衣服。

离用早点的时间还早，她下楼来，往后面一走，先看到门外站着的人，是三哥，她就想离开。偏偏之忱发觉了，回头一看，叫了她一声：“小十？”

“三哥早。”静漪倒不好拔脚就走，出来房门，才知道原来三哥站在这里是陪着父亲。他身旁还有林之忏。

看到她，林之忏说了声“十小姐早”。

她点头微笑道：“早，之忏大哥。”

程世运一身黑色的绸衫裤，正在院子里打太极。

静漪见这才是“白鹤亮翅”，明白这趟拳还有得打，也不妨一站。

此时天气尚觉凉爽，花木葱茏环绕，空气也清新得很。兄妹俩都沉默，仿佛谁都不想开口说第一句话，也都望着在打拳的父亲。程世运一趟拳打下来，收住了势子，接着又从头开始……静漪的目光跟着父亲的身姿拳路。

之忱说：“父亲见老了。”

静漪看着父亲。她看不太出来父亲哪里见了老——太极拳打得有板有眼，姿态舒展、好看，面容清癯，虽是白发见多，但在他这个年纪来讲，却是难得的英俊潇洒，身形也和年轻时候几乎不差什么。

“我倒看不出。”静漪说，“父亲的雄心，不亚于三哥。恐怕细究起来，三哥也不过是父亲的映射——父亲哪里会老？哪里能老呢？”

之忱转头，看看冷静自持的妹妹。

“父亲他们很快回北平，你也要回兰州，相聚虽有时，但也不易。既然回来住下了，不妨同父亲和母亲好好相聚几日。”他说。

“三哥是做大事的人，这等小事，就别亲自过问了。”静漪话语中含着笑意，倒真不见讽刺。唯其如此，之忱听了，就更加难以同静漪继续谈下去。静漪也知道，三哥的性子虽沉稳，对她每每语带讥刺的行为，已经是忍之再忍。停了会儿，她说：“我来，是看在母亲分儿上的。”

“讲到孝顺父母这一样，我自问不及你，更不及之慎。”程之忱说。

静漪怔了会儿，才说：“伤她的心这一样，你们谁也不及我。我并非不愿，只是不能事事都顺从。父亲母亲，从小也没那么教导。”

“我也乐于看到你有自己的思想……牧之可有电报来？”之忱问。

“三哥的情报机构密如蛛网，若他有电报来，怕是我没收到，三哥想知道，也就先收到了。”静漪也不去看之忱的脸色，继续轻声道，“有的，隔几日便有电报来问候。从他来讲，已经很难得了。”

那些电报交到她手上，她只是粗粗地扫一眼。因为电头是给她的，别人都不会看。她不提，别人也就不问，内容究竟是什么……其实内容大同小异，简简单单十几个字罢了。

他说话从来都简明扼要，三言两语便直中要害，这电报稿也是他的风格。只是不知道这是他的手笔，还是熟知他习惯的岑高英拟的。

“三哥是提醒我该回去了吧？我的确该回去了。六月初六是老太太的八十寿诞，我一定得回去的。”静漪说。

“这是对的。”程之忱见父亲收了势子，林之忓立即拿了毛巾和紫砂壶刚要去，他接了过来，下台阶朝父亲走去。

静漪站在原地，望着三哥和父亲极似的背影。这两个背影迅速地靠拢，简直要重合了。她没等父亲看到自己，已经转身离开……

稍晚些，全家人聚在餐厅里用早点，静漪同杜氏说，她想返回兰州了。

杜氏虽稍觉意外，倒也不拦着静漪提早回去，道：“先给陶姑爷打电报吧，商议好归期。路途太远，若老九在这里，定是让他送你回去的。老爷？要不让之忓去一趟？”杜氏很自然地转向程世运。

静漪先道："不了，母亲。我这是回家呢，不用那么麻烦。再说他忙，打招呼他又得派人来，兴师动众的，倒显得我拿乔。我身边人手足以照应，母亲尽管放心。"静漪说着，见程世运放下筷子，虽没有说什么，显然也不反对她自己的安排。

"我倒也赞成你这么处事。既然是这样，回去仍是好好养着，往下天儿越来越热了。"杜氏嘱咐着。

静漪点头称是。

无论如何是要回去的，不如就早些走的好。

番外

游园，惊梦

听到扑通一声轻响，陶骧睁开眼。

起风了。

他朝窗外一看——窗前那棵老桂树花开得正盛，那密密的桂花恨不得将香气塞进人鼻子里来。风一动，花枝也动，将窗扇竟推落了下来，惊醒了他……据此处的用人讲，这树应是当年治园时就栽下的，算起来至少也有两百年了，难得年年不误花期。此时满屋子都是花香，这就难怪了，他梦里都是桂花。

他原只预备小睡片刻。昨晚的舞会闹到凌晨还未散，一群朋友意犹未尽，硬要拉着他游秦淮河，吃过早点才回来，开了个会，不知不觉就过了午。午后他稍觉倦怠，偷个空转来后院书房歇息，交代人不要打扰。晚上还有安排，他得养一养精神。

自从来了南京，没有一日是闲的。虽说做什么都游刃有余、交际圈里也是如鱼得水，时间一长，却也不是不辛苦的。他睡眠向来算好，通常睡上三四个钟头就足以保证一日精力充沛，也甚少做梦。

这回小睡片刻，竟做了梦。

梦里除了桂花，似乎还有什么人，只是看不清。待要看清楚些，只觉得那绵密的桂花香气将人缠得越发慵懒，眼睛再也睁不开的……

陶骧舒展了下手臂，看看表，起身在房中踱了几步。

晚上石敬昌将军府上有舞会，他约了白文谟和几位朋友一道参加。石府的舞会向来以格调高雅著称，不论在上海还是南京，但凡举行必一帖难求。今晚的舞会原不在他的计划中，可接到请帖，他当即决定参加。此时那张漂亮的请帖就放在他的书桌上，放在一处的还有些信件和电报。

他在书桌前坐下来，翻看了电报，立即摇电话将岑高英叫过来，口述内容，交代回电。待岑高英走了，他拿了拆信刀，一封封拆着信件，需要立即回复的，马上提笔写就……就这样半个下午很快就过去了，日影西斜，他才搁笔。

还有两封是家信，他没有立即写回信。有一封来自二哥陶驷，中间夹着两张信纸，是二嫂写的，上面还有小侄女瑟瑟的口水印……他又看了一遍二嫂的信。

二嫂提及家中对他婚事的议论，虽只有三言两语，极是简洁，看上去却颇为郑重，要他慎重考虑。

他明白二嫂特意写信来提醒的好意。只是慎重考虑什么，二嫂没有明说。他将信收起来。

“七哥在里面吗？”外面有人笑问。

“进来吧，你倒是早。”陶骧笑答。

果然不一会儿，门一推，穿着夜礼服的白文谟走了进来。陶骧看他这身打扮，较之平时更显华丽隆重，不由得一笑。

“石夫人极讲究，不能不郑重。”文谟笑道。见他还没更衣，又道，“怎么还没准备？”

“不急，他们都还没到，我们用一点晚餐再走。”陶骧说着，见时间也不早，转到屏风后去换衣服了。

白文谟在外头坐了，赞道：“好漂亮的小院，难怪七哥在这一待就是大半天。这景色，怎么看都不会腻。我是不耐烦在外头等，想着进来找你，一路上还能看看风景，就来了。七哥不见怪哦？”

“见不见怪，你都闯进来了。”陶骧拿着领结走出来，转身对着镜子，笑吟吟的。

白文谟笑起来，道：“我想你也不过是在书房用功，再不会有什么香艳的勾当。”

陶骧自镜子里瞪了他一眼，白文谟笑得更厉害了。

陶骧专心打着领结。过一会儿，才看了眼白文谟——他正从窗子往外瞧，或许也是在看那棵桂树……这里是他在金陵的一个落脚处，紧邻莫愁湖。城里还有另外的居所，但他喜欢这里的幽静深邃，况且少有人知此处也是陶家产业，有些人在这里见比较方便。不管在哪儿，他都爱有个隐秘自在的处所，为的就是“方便”二字……

说起来，白文谟是少有的几个可以不经通报就进他书房的朋友了。

他笑了笑，听白文谟在说陶伯父神算，怎么就知道有朝一日金陵又会成为都城呢？瞧早早置办的这几处宅邸，价值不知早翻了多少倍，真是大手笔。

他又笑，说父亲老派，带兵打仗是内行，像这样置办产业、低吸高抛之事，通常是做不来的。这都是二哥所为。

房地产在沪上算是新兴的产业，这股风潮也吹向了周边的地区。像杭州宁波、金陵苏州这些地方，不动产都很热门，许多经纪赚得盆满钵满。当然金陵在其中有其独特性质——随着政治经济中心的南移，金陵成为行政中心，在这里置办租用不动产以方便往来，也成为许多新贵的首选，自然地价房价都水涨船高了。买房置产，在别人，或者是为了生计，二哥则不全是。从前他就爱筹谋这些，只要手上有点余钱，就随意挑选风景秀丽的城市买上一两处房产，美其名曰投资，其实多半是考虑到日后若有闲心闲情旅行，到底方便些。上海、杭州、苏州……都在他考察范围内。其实生逢乱世，这些不动产随时也可变作“会动产”，二哥如此任性，很是招来了父亲一些教训。不过二哥之所以眼光独到、下手果断，与他那个极有经济头脑的太太有绝大关系——他的二嫂许雅媚，燕京大学经济系毕业，留法的经济学博士，对政经问题不论大小都相当有见解。许家伯父又是京城有名的治园大家，二嫂家学甚为渊博，在此地能有如此手笔，一点也不出奇。有二嫂参与，二哥所做投资的风险控制自然得当，父亲近来就甚少批评了。

不过，他时常觉得二嫂不出去做事，安心做二哥的贤内助有些屈才，甚为惋惜。

他同白文谟闲聊着，好容易将领结打好，转过身让白文谟看下是否端正。

白文谟看了，两只大拇指都竖起来，说：“完美极了！我还当陶伯父老早料准了索长官会入主金陵，先一步布局。”

陶骧说这个嘛，当然也是料到了的，所以二哥又抢先给经纪下令，做成了几笔好生意。

“二哥真乃奇才也。”白文谟拱拱手。

“是做什么事都会成功的人。”陶骧微笑。他看白文谟实在喜欢这园子，想着自打来了南京白文谟没少过来，可总不过零星参观了园中几处小院落，就提议出去在宅邸内四处转转。白文谟当然很高兴。

说是参观，不过是边走边闲聊而已。提到今晚的舞会，白文谟比他兴趣大些，跟他细数今晚会有哪些宾客——石将军府上贵宾云集，名门闺秀不在少数，有不少是特地从上海来的。索长官的独生女索雁临也会出席，而且势必会成为舞会的焦点。至于他们，则也会因此更受瞩目。新近城中最令人津津乐道的传闻便是索长官择婿会花落谁家——他们这些青年公子，凡家世相当的，似乎无一不在候选之列……尤其白文谟和他，更是众人揣测中的上上之选，正堪与索小姐相配的才俊。他有婚约在身的，即便没有，对此也兴趣缺缺，知道这不过是个姿态。白文谟的心思他没有问过，倒也不难估摸，想来是能成就这门婚事固然不错，不成功也并无损失——那索小姐风华绝代，当然是太太的一等人选，这自然不在话下。白文谟比他还年轻两岁，有这力争上游的心是很可以理解的。

他听白文谟说起前两日和索小姐游湖，问他怎么没去。

“那天好几位小姐都问起你，倒是很念着你的样子。”白文谟笑道。

陶骧想了想，那天他是去机场了。预备接收新飞机可比与那些闺秀饮茶闲谈重要得多，就比如今晚若石将军府上除了美酒佳人和舞蹈，没有他的旧相识，他也不会出席。不出意外的话，这些旧相识都将追随石将军成为中央军里不可小视的力量。他不能不去。

“顾震他们怎么还不来？”白文谟看看表，问道。

“许是有事绊住了。”陶骧不太在意地说，横竖时间还早，他们可以从容些出发，“也差不多该到了。晚饭该备好了，咱们去吧。”

“那是要试试你家新厨子的菜了。可是用过晚饭再去，会不会迟到？”白文谟笑问。

陶骧似笑非笑地看着他，不言语。

白文谟见状，笑道：“我不过是怕失礼。”

陶骧笑了。

白文谟笑道：“我知道你在想什么，并不是你想的那样。我倾慕索小姐固然是事实，可社交场上，男人倾慕一个优秀的女人，并不总是以把她娶回家为目的吧！”

“这是自然。”陶骧点头。

“传闻里你我还是对手呢，那些话听不得。”白文谟笑道。

陶骧看看前面的路，请他这边走。

白文谟笑道：“若是那些人知道索小姐与你是旧相识，索夫人又属意于你，更不知会传成什么样子呢！换了别人，这等好机会自然早就牢牢握在手中绝不肯放过，哪像你，宁肯让人以为你是追求之而不得。可但凡仔细想想，以你的人品才华，做长官的女婿，应是探囊取物。索小姐不选你，岂不是瞎了眼？”

陶骧无声淡笑，道：“你这愣小子，怎么会看不出这其中的奥妙？”

“有何奥妙之处？除了长官看重你我，不过是看重你我代表的姓氏。”

“这是明面上的，长官和夫人对索小姐的意愿还是很尊重的。”

“所以，你的意思是？”

“你再好好想想。”

“七哥，就不能给我个痛快吗？又要我想！”白文谟忍不住瞪起眼睛。他年岁比陶骧小，对这个七哥的信任和依赖甚至超过自家的兄弟，在他面前有时难免显出孩子气来。

“不然呢，你要脑袋是装什么的，豆腐渣吗？”陶骧眉一挑，道。

白文谟大笑，过一会儿，他道：“七哥，知道我倾慕索小姐哪一点吗？要说非关男女私情当然并不准确，可我欣赏她，不仅基于这一点。”

“嗯？”

“其实，如今有点家底的人家，支持女儿受高等教育可以说是很普遍了，因此想遇到个读过书、有修养的名门闺秀并不难，且留洋派的小姐不少，美人也多，要挑个适合做太太的，闭上眼睛指一个都行。可是，据我这几个月的观察，他们当中真正有思想的却屈指可数，索小姐算一个。”白文谟微笑道。

陶骧看了他，沉默片刻，方道：“你有这个心思，我倒不知。”

“后半生的伴侣，要相处几十年的，无话可说，多么可怕！我可没有那个精神娶上三妻四妾，娶妻就是一生了。”白文谟低声道。

陶骧不语。

白文谟平常多以翩翩佳公子的样态示人，向来有风流的名声，时常玩世不恭，所以二十岁出头也只是在父兄身边做些无关紧要的杂事……没想到成家一事，他偏偏考虑得很成熟了。

“七哥不是这么想的？”白文谟见他不言声，问道。想一想，又道：“七哥和我到底还有些不同……你那未婚妻怎样了？”

陶骧想了想，很诚实地说：“不清楚。”

“先前听说陶伯父去了北平，我猜是要商议婚事。不是吗？”白文谟好奇。

陶骧又沉默片刻，才道：“是啊。”

“可又没见有下文。你来了这里，从未见你提及，我就想或许那婚事是不成的了——那人你可见着了？”白文谟看他讳莫如深，好奇心更炽。

陶骧早前便订了婚，只是他向来对这桩婚事并不看重，他们都认定他迟早是要退婚的。像他这样的人才，固然是要有一个足以与之匹配的女子相伴，可单为了婚姻自由一项，也很值得争取，这原本就是极时髦的举动……不过白文谟倒也拿不准陶骧的心思，说到底他们的婚事都牵涉深广，这也没有什么不能明白的。

“既是见着了，想来对方是怎样的人你也大约了解了……不满意吗？比索小姐如何？”白文谟问得直白。

陶骧却没回答，他倒不是不能回答，可是三言两语来判定程家那位与索长官爱女孰高孰低，这对两位固然是有些亵渎之意，在他，也不愿如此。

白文谟却也并不是非要知道答案不可，他看看陶骧的脸色，笑道：“能让你踌躇，想来也是十分出色的人物了。”

前方出现一条岔路，陶骧示意往东走。

此处临水，有泉声，清凌凌的响动十分悦耳，两人都有片时沉默。

白文谟微笑道：“你若恢复自由之身，千万同我先透露一二。”

陶骧眉一挑：“此话怎讲？”

“我好将消息透露给某些人。近水楼台先得月，好朋友这点便利总要给我的。”白文谟微笑。

陶骧无声地笑了笑，道：“真会开玩笑。”

“果然是开玩笑吗？难道你不知道，你这一身，是多少芳心所系？远的不讲，我家的几位……”白文谟说到这里，听见有脚步声，停了停，回头一望，果然见陶骧的副官带了几个人进来，虽然都是便装，从步态来看仍是一派军人气度。他微笑道：“老顾来了。”

“走吧，边吃边聊。”陶骧说。

白文谟和顾震隔得远远的便互相打趣起来。来到近前，那几个人也不客套，省去寒暄的工夫，往餐厅走去。

“你们二位就这么着去？不再好好打扮打扮？”顾震坐下来，特地看了陶骧与白文谟，笑吟吟道，“长官夫人或者会与小姐一道出席舞会，二位是要被相看的，不可不重视。”

白文谟笑着看了陶骧，道："我与七哥共进退。"

"窈窕淑女，君子好逑。这个时候，倒谦让起来了？"顾震笑道。

陶骧微笑："此次来金陵，最重要的任务是把我的飞行员和战机带回去。"

顾震也微笑，似要说什么，然而看了看陶骧和文谟，又止住了话头，道："听说你申请使用机场，看来这几天就要回了吧？"

陶骧点头。

时候差不多了，几个人少用了点东西，一同赴会。

顾震与陶骧同车，路上陶骧才道："方才不方便讲的话，这会儿可以说了吧？"

"长官有选婿之意非一两日，你与文谟都在考察之列。若置之不理，仿佛不捧场似的，到底要应付应付，我想你的这个姿态不过求好看，意不在此，况且以你的志向人品，我敢说这一途径恐怕也非你所愿。但我看文谟未必完全没有这个心思，故方才犹豫了下，还是没有当面提醒。"

"怎么？"

"近日有传言，索小姐已有心上人。"

陶骧微微一笑，道："只是这心上人在传闻里换了不知几个名字了。"

"不，这次是真的。"

"哦？"陶骧心一动。当然这消息并不令他太意外，在来金陵之前，他就收到情报，索小姐与一位军官"来往密切"，到此地这段时间，也从一些途径收到过类似消息……他想难道顾震要说的就是此人吗？

"前日我当值，索小姐与长官和夫人争吵起来，所为的就是这人。"顾震见他若有所思，以为他在权衡此事的真伪，也不以为意。

"认得她这么久，还没有见过她动怒。"陶骧道。

"也许此事非同一般。"顾震又犹豫了片刻，仿佛下了决心，"那人就在长官身边。我委实没有想到他隐藏得如此之深，这么大的事，竟能瞒得密不透风。索小姐是什么样的性格，竟也对他如此迁就。当然对他的才能我是十分之佩服的，可与索小姐闹恋爱，真大大出乎意料。"

陶骧眉一挑，据他所知，有一点风声是这两日出现的，说索小姐与一位军官私下订婚了……如此看来，此消息并非空穴来风，也不同于那些捕风捉影的绯闻。难道是有人有意为之？放出消息来，一方面测试各方面的反应，另一方面造成众所周知的局面，令索长官就范……他皱了皱眉。

其实索小姐心仪何人，于他并无所谓，但索小姐乃索长官独生女，其婿将来势必要掌权或者至少是要在权力中心占据一席之地的。这个人是谁、又是怎样的人，多半会造成很大的影响，这又会牵动许多神经，不能不说是一件大事了。

“这的确是个意外消息，不过我想文谟也不至于太吃惊。”陶骧道。

“纵使不意外，被一个侍从武官赢过，恐怕少有人咽得下这口气吧。”顾震道。

他大有深意地看看陶骧，陶骧坦然一笑，道：“我不在其中。”

“依我看，你不过是不想——你陶七公子眼睛看到哪里，哪里的花都要开放的，不是都这么说吗？”顾震笑起来，“有什么女人能逃得过你的手掌心？”

陶骧不言语。

有，当然还是有的。

“和程少校相比，你不差分毫，以朋友的眼光看，还略胜一筹。若你积极争取，未必没有胜算。”顾震见他不语，以为他在盘算比较，就说。

“这就是那位了吗？”陶骧问。

“是啊。”

“姓程。”陶骧怔了怔，心里莫名一动，“侍从室还有其他姓程的武官吗？”

“仅此一位。怎么，你想结识？”

“可有机会？”陶骧问。这恰恰是个好时机，如果来得及，那么他这一趟来南京，相当不虚此行了。

“晚啦！他已经申请休假——这个节骨眼儿上休假，不知是避风头还是放长线，钓大鱼。”顾震笑了笑，“当然也可能是思乡——他是北平人，多年没有回过家乡了。”

“是吗？那很可惜了，将来总会见到的。”陶骧说。

北平人。

他看着顾震。

“是个怎样的人？”他问道。

既然有可能成为索长官乘龙快婿，总要事先了解些。他等下就交代给岑高英，他需要掌握这人的背景资料，将来才能对症下药。

“深不可测。”顾震道。

“哦？”陶骧笑了。

当然，不提别的，仅这侍从室的出身……能到索长官身边的，都是闾丘主任亲手选拔的精英中的精英，必定不凡。

“共事多时，从未摸透他的底。”顾震摇头。

“不夸张？”陶骧看了顾震。顾震此人他不算不了解，自来也有“小诸葛”的称号。

“毫不夸张。虽说他的履历清清楚楚、做事干干脆脆，明面上清澈透底，可是他这个人，却是真的摸不透根底。从履历上看，他家世普通，似乎也的确如此，起码其他同僚是这么认为的，可我并不这样想。总之，此人绝非池中之物，若有一天他果然当上驸马爷，可是平步青云，将来不可限量。”

陶骧微笑。

顾震的话即便有些夸张，听起来也并不是没有道理。而到此时他基本可以确定，这位姓程的侍从武官究竟是谁……偏就是这么巧。

“……你未来岳家不也姓程？会不会是亲戚？”顾震见他沉默不语，若有所思，开起玩笑来，“哎呀，果然是亲戚的话，那可糟糕了。这门婚事你敢退掉，将来有你的好果子吃了！”

陶骧大笑。

退婚？不，他不会退婚的。

他想起来了，下午的那个梦——满园的桂花，风吹来，花簌簌直落，像雨……雨中有个一身藕荷色裙褂的少女，款步向他走来……

那天，就是她同他讲她要他联手反对这桩包办婚姻的那天，她穿的就是那样一袭衣衫。

她的眼睛很亮，也很有勇气。他们并不熟悉，甚至称得上陌生，可是……她真是个很有意思的小女子啊，他想他应该对她多一点认识。

番外

缓缓归

散会时，天已黑透。

陶骧上了车，一言不发，面沉似水。

路四海看看长官的面色，示意司机快开车。

战区协调会议开了整整一天。战况极不乐观的情况下，本该协同一致对外作战的各方仍在博弈，更有许多人显然是为了保存自己的实力或争取更多的利益不惜提出无理要求，这也就难怪作为四战区司令长官的陶骧极为不快。

路四海了解自家长官的脾气，心情越恶劣就越沉默，好在长官今天剩下的日程安排都属私人范畴，确乎能让他在百忙之中获得一点点放松。

路四海拿出小本子来又瞅了一眼已经确认过无数次的事项，转头轻声提醒司机，说先去凯司令……司机目不斜视，嘴角微微一弯，显然是想笑，路四海马上就发现了。是的，他已经提醒了司机好几遍了，司机一定觉得他这个新手副官是个毛手毛脚不牢靠的家伙吧！他有点懊恼，可这个时候不敢表现出来——他跟长官的时间并不算久，长官的性情和习惯尚需摸索，办事也要多加小心，尤其跟长官的爱女遂心小姐有关的，他可不敢大意。虽然这事也不过是去一趟凯司令，买点遂心小姐爱吃的点心。

陶骧坐在后座上闭目养神，当然不知道他的副官心里绕的这些弯弯道道。

车子开得不快，路上熙熙攘攘的人声和路过的叮叮车的声响，让他不必睁眼看，也不会错过上海此刻的繁华，可他完全无心欣赏。现在，也许没有人比他更了解这繁华景象的脆弱了……

车子停了下来，他坐着没动，过了一会儿，才听见路四海小声问：“司令，要我下去买点什么？”

陶骧睁开眼，道：“我去吧。”

路四海跟着就要下车，被他的眼神制止了。

“都在车上等着。”他说。

“是。”路四海应声，不情不愿的，可也不敢反驳。

陶骧抬手解开了斗篷的领扣，路四海的神情他自然是看见了。跟他出来的人行动都很谨慎，可在他的战区，他这个长官还要这么小心翼翼地出行，实在是说不过去。当然他也知道自己这身打扮出现在商店里是有些令人瞩目的。不过这与他进商店的目的相比，冒一点点微不足道的危险，甚至因此被认出来而可能会惹出的什么麻烦事，都微不足道。

他将斗篷扔在座椅上，开车门下去。见前后车子的卫戍早就下车就位，他挥挥手让他们回到车子上去，看了眼前方的凯司令，脚步利落地走了进去。

离店门还有段距离，点心的香气却早就飘了过来。今天天气很冷，这温暖的奶油香足以抵消一部分湿冷带来的阴郁。他这么想着，推门走了进去。

门上的铜铃丁零零作响，听在耳中也令人愉悦。

一间暖意融融的食品商店，忽然进来了一位个子又高气质又硬朗的高级军官，显得十分突兀。而陶骧从阴郁湿冷的环境里猛地走进香甜又温暖的店中，也有些微不适。两下里似乎都要适应下彼此，于是店里就出现了短暂的宁静。不过也只是片刻，客人们便继续挑选着心仪的糕点，店员也继续忙碌着抓取、称重、包装……

陶骧走到柜台前。

“长官，请问您需要点什么？”一个清脆的女声就在他正前方。

他微笑道：“给我称五斤马蹄酥。另外店里所有的点心，每样都来十斤。”

“啊，这样的话，可能需要占用您多一点时间。”女店员忙说。

“我可以等，麻烦尽快。”他说。

女店员回身与同事低声交谈了几句，亲自去端了红茶和点心过来：“您请喝点茶。”

“谢谢。”陶骧说着，在小桌子旁坐了下来。

这小桌椅非常小巧，他坐下来就显得有点局促。但他已经工作了整整一天，几乎都没有休息过，即便是这样局促，能让他获得片刻的休息，他也想坐下来歇息一下。如果能坐得再随意些，还能更舒服，然而他并没有。身着军装，他行止都需特别注意，太随意有失体统。

他转头看了看盘中的点心——是几片马蹄酥……他忽然想，他亲自买回去的点心，遂心会不会已经不喜欢了？父女俩许久没见，或者遂心的口味又变了呢？小孩子总是善变的……当然他的遂心是个有点固执的孩子。他笑了笑。不管怎样，先这么办吧。

店里专门拨了三个店员来为他服务：一个装点心，一个称重量，一个打包结。漂亮的绳结在四四方方的点心包上看起来得意扬扬的，让人心情不由得随之轻松起来。

他不知不觉拿起那杯茶来，喝了一口，胃里像火烧过一样，才意识到自己今天只有中午的时候吃过一点东西，还被打断了。真是忙到让人连喘气都要抓紧时间的一天。

铜铃叮叮当当响了，一个年轻的洋装女子走了进来。当她看到店员忙碌的阵势，微微咂舌，同相熟的店员打过招呼，问："有空给我称两斤马蹄酥吗？"

"对不起，梅小姐，今天马蹄酥卖得好极了，剩下的不多，这位先生都要了。"店员微笑道。

那位梅小姐轻轻"哦"了一声，迅速看了一眼坐在一旁喝茶的陶骧。正巧陶骧抬起眼来，四目相对，两人都礼貌地点了点头。陶骧正要转开目光，那梅小姐却向他走了过来，很客气地问道："这位长官，请问，方不方便匀两斤马蹄酥给我呢？我有急用。"

陶骧看了她，一时没有出声。

梅小姐见他不语，又道："是这样的，长官，家里的小孩子正在病中，胃口不太好，她平常很喜欢吃这里的马蹄酥的。"

陶骧看着这位眉清目秀的年轻小姐，落落大方地同他打商量。这本是无可无不可的事，但她的理由在他听来，却是难以拒绝的。他点了点头，同店员道："请照这位小姐的吩咐做。"

梅小姐再三感谢，又挑了几样点心，待店员包好，她拎了那一提向外走，还特地同陶骧点头致意，说声多谢。

陶骧以为这是件再小不过的事，并不怎么放在心上，见她客气便又点了点头，倒是店员送梅小姐出去，还在同她攀谈。店员在问她这是替谁跑腿，那梅小姐解释道这是替程先生买给孩子的，程先生难得交代一件私事，无论如何都要想法子办到。他又喝了口茶，想到自己那也还在恢复中的小女儿，此时这位"程先生”的心情大概同他并无二致吧。

啊，姓程……

门上铜铃叮叮又响了一阵，交谈在热络的告别后终止了。店员送走了梅小姐，回来继续招呼客人，有人问是哪位程先生让梅小姐这样上心。

那店员微笑道：“不晓得呢，或者是梅小姐的好友吧。都包好了吗？”

得到肯定的答复，那店员过来同陶骧交代。

陶骧看着那堆成小山似的点心包，结了账，单拿起马蹄酥来，说了声谢谢，走出店门，抬手招呼四海，让他带人把点心装到车上。

“司令，是不是买得太多了些？”路四海睁大了眼。

长官一定是不会买东西，所以买起来根本就没数。这么多，不得吃到长虫子吗？

“我就要这一样。其他的，你分下去，给大家当夜宵。”陶骧说。

“是！”四海答应。

陶骧挥手示意开车。

车厢里一点淡淡的香甜，这让他的心情慢慢地好了起来。想到一会儿就会见到女儿，他忍不住微笑了……

往图公馆去的路上很顺畅，他们很快就到了。路四海先看见图太太沈秋薇带着图家的男孩们已经在门前列队等候，忙指给陶骧看——男孩们个子从高低排成一排，一色的海军衫，可爱极了……

陶骧早早让司机停了车，交代路四海把东西拿进去，下车就将最小的那个男孩子抱起来，在孩子们的簇拥下进了屋。

秋薇这才让人上去告诉福妈带遂心小姐下来用晚饭。等遂心的工夫，她忙安排人摆桌，偶尔看一眼被男孩们围在中间的陶骧——陶司令向来严肃，可跟孩子们在一起时总难得平和，孩子们几乎没怕过他。瞧这会儿老小趴在他膝上搂住他叽叽咕咕说那不成句子的话，他一点都没有不耐烦。她怕孩子们太没大没小，忙过来喝止。

陶骧微笑摆手，纵容他们在他身边玩闹。

“难得的，囡囡也是一样顽皮嘛。”

“他们有囡囡一半懂事，我都要谢天谢地。”秋薇笑道。

他们说话间，遂心从楼上下来了。见了父亲，她显得很乖巧，眼睛里却又掩饰不住的喜悦。

陶骧看她精神好了很多，也放心些，牵着她的手就座。他看看桌上——除了他，全都是孩子——图家四个男孩本来是不被允许与他同桌吃饭的，在他的坚持下，秋薇才让孩子们坐下来，并且叮嘱他们一定要乖一些，不然等下没有点心可吃，以后也再不准跟“司令伯伯”一起吃饭。此时他们看上去的确很乖，只是不知道到底这是他这个“司令伯伯”的魅力还是点心的吸引力……只有最小的那个男孩在椅子上扭来扭去，马上就被他母亲瞪了一眼。

“不过吃顿饭而已，和平常一样，不要拘束他们。”陶骧说。

秋薇笑着答应了，她还照老规矩行事，并不坐下来与陶骧同席用餐，仍忙碌着指挥用人上菜，在一旁照应一切。

陶骧知道秋薇始终守着她心里的那道主仆有别的界限，这么多年从未变过。有时候他想，这果然是她身边的人，在倔强和坚持上并不比她弱半分。不过他向来待孩子们一视同仁，图家的四个男孩，名字都是他取的，偶尔见一面，也和他很亲热……他看着女儿在这四个虎头虎脑、满脸稚气的男娃娃中间，显得格外爱娇，不禁心又柔软了几分。他暗暗叹息。

像这样温馨的家庭生活，满眼都是幼童可爱的模样、满耳都是他们稚气的言语，对他来说总觉得有些陌生，也有些负担。他想其实这样的生活并不是日常也好，不然他该有的从容赴死的心不知还会不会那么坚定。

“爸爸，吃这个。”遂心柔软的小手拉住了陶骧的大手，轻轻晃了晃。

陶骧看着她忽闪忽闪的大眼睛，点点头。

桌上都是他和遂心爱吃的菜，他吃得很少，多半时间都在看着孩子们大口吃饭。

男孩们毕竟不一样，就算是最小的那个，吃起饭来也比遂心要泼辣一些。

陶骧看着图家的那个最大的男孩，忽然心里有点感触，想摸摸他圆乎乎的脑袋瓜儿，可是孩子在吃饭，他还是不要打扰的好——这孩子连吃相都很像他的父亲，那个追随了他很多年的忠心耿耿的下属。

如今图虎翼也可以独当一面了，在不久的将来，这男孩应该也会像他父亲一样，成为一个顶天立地的男子汉吧。是啊，这几乎是确定无疑的，男孩子都追随着父亲的脚步一步步这么成长的。

“司令，给您另盛一碗汤吗？”秋薇见陶骧出了好久的神，终于忍不住问道。

遂心抬眼迅速看了父亲一眼。

陶骧回过神来，道："这样就可以的。"

"怕是冷了。您的胃受不了吧？"秋薇轻声问。

陶骧刚要回答，见女儿乌溜溜的眸子正瞅着自己，微微一笑，道："没关系的。"

秋薇没说什么，她知道等下他还得赶去另一场宴会，可能这会儿工夫已经在算计着时间准备离开。

"囡囡吃饱了吗？"陶骧见女儿只是看着自己，问。

遂心点点头，问："爸爸是不是就要走了？"

"爸爸陪你们吃完晚饭再走。"

"那我再吃半碗粥。"遂心双手捧着碗交给秋薇，"薇姨，我吃完粥，还要米饭。"

"囡囡，不要吃撑了，你才刚好一些。"秋薇轻声说。

"我可以的。"遂心说。

陶骧伸手过来，摸摸遂心的耳垂，笑了。

他一笑，孩子们都看着他。

秋薇也微笑，接了遂心的碗。陶司令如今极少笑，难得他和女儿在一起的时候，这么放松又这么愉快……她看着他耐心地和女儿解释自己可以多待一会儿，让她不要吃撑了，不然肚子会很不舒服。遂心的小心思被父亲看穿，有些发窘，笑着点头答应。她头上的小发卷随之在腮边弹跳着，多么可爱又多么柔软的孩子啊！

她听见遂心高兴地跟她父亲讲着这几天在医院的事……她的心忽地一提，担心遂心说得太多了。可仔细听听，遂心说得都是些细细碎碎的小事，并没有特别提到什么人，她还是有点紧张。还好遂心太久没见她父亲，而想告诉父亲的事又太多，一时无暇提及无关紧要的人和事。她又有些难过，那原本不该是无关紧要的人和事啊……

"太太。"碧玺见秋薇出神，轻声提醒她该上甜点了。

秋薇点点头，发现陶骧趁便看了眼腕表，她也看了眼座钟，走过去轻声道："孩子们，来来来，吃甜点了……说好了，等下都要按时洗脸上床睡觉，不然就不讲故事了。”

“薇姨，今晚还讲《柳林风声》好吗？”遂心听说，眼睛一亮，忙问。

陶骧微笑着抚了抚遂心的小鬈发。

秋薇笑道：“咦，不是昨晚刚讲过吗？”

“我还想听嘛！”

“我也要听！”男孩们也跟着叫起来。

“那……这样吧，囡囡，你都听过好多回了，这次由你来讲好不好？”秋薇笑问。

“好哇！”遂心答应下来，她大眼睛忽闪忽闪的，转头看着陶骧，“爸爸，你也来听好吧？哦……爸爸不能留下来的。那……爸爸你不是还有事？”

“咦，这是要赶爸爸走呀？听故事就没有爸爸的份儿了吗？”陶骧故意做出失望的样子来。

“不会呀……可是……爸爸要是有重要的事就去吧，我也有事要做。”

“哦？”

“准备讲故事呀！”

陶骧笑了：“原来是这么重要的事，那就去吧。”

遂心看着他。福妈过来牵了她的手，她顿了顿，松开福妈的手，过来站在父亲面前。陶骧以为她有话要说，稍稍低了低身子，靠近她些。遂心却只是搂住他的颈子，娇嫩的面颊贴了贴他的脸，然后摆了摆手，说：“爸爸晚安。”

“晚安。”陶骧轻声说。他直起身来，看着遂心和图家的男孩子们被福妈带出去了，过了一会儿，才转头和秋薇说：“我还得去孔先生家，这就走了。辛苦你再照顾囡囡两天。”

“不辛苦。囡囡在这里，您只管放心。”秋薇说。

陶骧点头，随即起了身。

他走到厅里，就见几个孩子正围坐在壁炉前吃着甜点。他的遂心正和图家的老大拿着一本童书在争论什么……他没再打扰他们，悄悄走了出去。

来到门厅处，路四海过来给他披上斗篷。

门厅里的桌子上放着几样包装精美的礼品，其中一提点心盒子上印着凯司令的标记。他忽然意识到什么，站在那里看了那盒子一会儿。路四海开了门等候，门外清冷的风吹进来，他顿觉头脑更加清明……出门前他回身请秋薇留步，他沉默地看了看她，才上了车。

刚刚秋薇的神色有点不自然，他当然看得出来。就在他留意桌上那些礼品的时候，秋薇脸上有一丝慌乱闪过。他微微皱了下眉。

厢里飘着淡淡的香气，路四海今天用这辆车送花去孔公馆了吧，这是牡丹和玉簪的香味。

他忽然想到孔远遒电话里的欲言又止、逄敦煌催促他回沪的急切坚决……这一切太过巧合，只是他没有早些意识到。

碧全的太太无瑕归国，固然是要协助碧全处理国内的产业和事务来的，也未必没有其他缘故。这些年，无瑕照顾她很多，尽管她一早能自力更生了。那么，这样看来，她果然已经回来了，并且很可能已经见过遂心了。

他搁在膝上的手慢慢握成了拳，又慢慢放开……

车子通过孔公馆大门，宅内灯火通明，门前的圣诞树和彩灯尚未移去，五彩缤纷的灯光闪烁着，让人眼花缭乱。在物资短缺的现今，这么办也算是生活奢侈的一种表现。想到孔远遒一贯的做派，这倒也可以想见，只不过像他这样从前线回来的人，看在眼中未免有点心情复杂。

庭院里停了几辆车，他下车时扫了一眼，车牌都是认得的，显见今晚并没有陌生客人。可不知怎的，察觉这一点，他心里有那么一丝丝的惆怅，也许是失望。

孔远遒迎出门，张开双臂向他走来。

他们都笑着说好久不见了。

的确是好久不见了，即便同在国内，他们也难得能见上一面。偶尔有机会处于同一场合，也只匆匆打个招呼，有时甚至连招呼都顾不得打，更别说私下讲两句话了……他看着这位老友，仿佛一同在法国南部旅行，听他说着恋爱的烦恼，参加他的婚礼都是前些日子的事。十数年弹指一挥间，他们都已界中年。

“来来来，快里面请，都在等你。”远遒携着他的手说，“咱们好久没有一同坐下来吃吃饭、说说话了。”

陶骧看着他，有句话几乎要问出来了，但进了门，见今晚来的客人们果然都在等着他，女客笑脸相迎，男客纷纷起身寒暄……他就没有开口。

他一眼看过去，没有她。

当然不会有，这是预料之中的事。想必此时，她还是不愿意见他的。

远遒亲自替他收了军帽和斗篷，执着他的手让他坐在首座，他忙辞谢。远遒执意如此，他又推让一下，方才坐了。

客厅里气氛渐渐热络起来。也许是都体谅他连日奔波，又或者是主人家提前叮嘱过，倒没有人趁此机会同他谈起战况，打听前线实情，反而都说些看似无关紧要的小事，女士们更说起时下流行的发型来。这真仿佛是和平时期最寻常不过的一次家庭聚会了，被香槟和鲜花包围着的人们，无忧无虑。

趁着客人们聊天，陶骧悄悄问远遒："忽然这般抬爱，是否新近做了有负于我的事？"

远遒靠近他些，踌躇片刻，才道："你我相交多年，我却从未像今日担心你安危。"

他看着远遒。方才那话不过是玩笑，远遒这样认真回答，听起来是回应他的玩笑，可他知道这是实情，这玩笑便有些开不下去了，只得微笑道："你知道，我这人并没有什么，只一样，命格大概算得上硬——再硬的仗，我也能打下来的。"

远遒长叹，道："我如何不知道你呢？我仍同先前一样支持你。你要什么支援，只要我能办到的，想尽办法为你办到。"

他没有出声。老友如此动情的一番话，已让他内心澎湃，可最终他也只是点了点头。

"你要上战场，家里的事自然要安排妥当的。"远遒道。

他又点了点头。远遒说到这里，想必要有下文的……

门外传来一阵笑语，远遒听见，说："来了。二姐新近回国的，今晚也来了，碧全有事去了南京，不然早就来看你的。"

"我听说了。"他说。

远遒看看他。这句话可代表他听说碧全去了南京，也可代表他听说无瑕回了国，甚至也可代表更多……究竟是哪一样，此时他却来不及细究。

陶骧见无瑕同无垢一道进来，先起了身。她们来是请大家入席的。见了他，无瑕微笑，点头致意。待入了席，他的位子就在无瑕和无垢中间。她们两位还是那样的亲切大方，同客人们谈笑风生……这让他显得格外沉静。他已经用过些晚餐，可出于礼貌，他不得不对主人家的盛情招待有所表示，每一道菜也都尝一下。

无垢见他吃得少，轻声问：“是否不合胃口？想吃些什么，告诉厨房特别替你预备，可好？”

他忙表示不必，道：“来之前，陪囡囡吃了一点。”

“原来如此。”无垢微笑，“难得你这个大忙人，能抽出空来陪女儿吃顿饭。”

他沉默，只微微一笑。

“这阵子囡囡生病，担心了吧？”无垢问。

他点了点头。

无瑕转过脸来，问道：“那年你因胃病入院，不知如今是否痊愈？病情可有反复？”

“已大好，并无反复。这也托赖碧全兄数次替我从美国带药回来，不胜感激。”陶骧道。

无瑕微笑，顿一顿，才道：“于药物我们是不大通的，好在有明白的人可问……已痊愈就好。这次回来，听说了很多你的事，请多加保重。”

陶骧略感意外，这位赵家二小姐对他的态度向来有所保留，这他很清楚，且看她今晚不但和颜悦色，言语间似另有深意……

“先生，太太，有电话找陶司令。”孔府管家进来，轻声道。

“对不住。”陶骧将餐巾一放，起身离开。

他一走，餐桌上有短暂的静默。

无瑕轻声道：“牧之还是老样子，只是白发未免多了些。”

“在你那一侧，同他讲话要大声些。”无垢也轻声说。

“为何？”无瑕眉微微一蹙。

“由于炮火的缘故，他听力受损。”无垢道。

无瑕看了妹妹的神色，默默转开的脸，低声道：“这些年……”

“他又何曾好过。”

“小十回来的事，他还不知道吧？”

“很快会知道的。他是什么人哪，即便没有人去通风报信……”无垢说着，瞅了远遒一眼，见远遒轻轻摇了摇头，她继续道，“他也很快会发觉的。况且小十的那桩公事，哪里是能瞒得了人的？要不是之慎压着不让见报，恐怕相片履历早就登出来了。”

“我想牧之已经发觉了。”远遒站起身，从仆人手中拿了酒瓶，亲自给客人斟酒，“牧之应该还会逗留两日。为了囡囡，两人迟早要见面谈的……我们倒不如早些促成双方会面。”

“想一想他们会面的后果，我情愿再晚些。”无瑕有点出神，轻轻摇了下手腕。

“小十那个倔脾气……”

“不是有位苏小姐？”无瑕微微皱眉，翡翠镯子从手腕处滑了下去，她轻轻扶住。

“有没有一位苏小姐，对小十的态度有何影响？”远遒很认真地问。

就在此时，外面沉实稳重的脚步声由远及近，在座的人又不约而同静默下来，等着脚步声的主人出现——果然陶骧很快走了进来，他脸上是很抱歉的神色，道：“各位，对不住，我有个紧急会议要参加，只好就此告辞了。”

“好歹吃完这道菜呀！”无垢说。

远遒却说：“公事要紧，我送你出去。”

“各位，告辞。”陶骧郑重道。见众人都起身，他再三请他们留步：“后会有期。”

他随即在远遒陪同下走了出去。

路四海早在外面等着了，车子也已经开了过来。

孔远遒送他到车边，道：“今晚都没好好说上几句话，改日有空我们再聚。”

陶骧戴上手套，点头道：“回去吧。”

“牧之，有件事……”

“我知道了，我会等她准备好了的时候来见我。可我时间不多了，如果她迟迟不来，我先去见她也未为不可。”陶骧从容地道。

远遒看着他，说：“牧之，见了面，好好聊一聊。静漪这次回来也有她必须要处理的公务，一时不能见你也是情有可原。”

陶骧听出他话中的担忧来，却也并没有说什么，只示意他先回去。

远遒到底等着他的车离开，才回转。

陶骧坐在车上，心中却并无波澜。

这则意外的消息带给他的冲击并没有预想中来得大，反而有种尘埃落定的平静——终于，这一天还是来了……街边的灯光透过车窗上的薄纱投进来，阴影在不断地转换着方向，像夜幕降临后才出现的灰色的精灵，从隐秘的所在跑了出来，在他身边舞着……他深深吸了口气。

待他开完会，路四海问他是否还是回战区招待所，他摇了摇头，吩咐送他回沪上的宅邸。车停下，他仍坐在那里好久没有动身下车。

他看着这隐在夜色中的建筑，只有门前两盏昏黄的灯光，像是黑暗中隐约的曙光……此时宅子里空荡荡的。他长年不在家，母亲和遂心此时也不在……如果遂心在，无论如何都会令这宅子有些生气的。

管家闻声赶来，替他开了车门。

他从车上下来，慢慢往宅子里走。

管家在前引路，轻声跟他交代着这两日的事。他知道母亲这几天就要回来了，家里是有些事要提前准备，可他这会儿心思不在这里……明明前方灯光并不强，管家手里的灯也只有小小一团亮，他却似乎觉得自己每走一步，脚下都更明亮些，也像是能听到乐曲声，还有些欢声笑语——他站在门口，暗暗叹了口气。

那一切都只是他的想象。这孤寂、静默的大宅里，此时只有他和零星的几个人而已。但当他走了进来，却又仿佛看到了很久以前，就是在这里，上演的繁华——那一晚，他走进来，这大厅里满满都是等着跳舞的人……他的目光曾扫过那些人的面孔，尽管他们中的绝大多数，都没有能够给他留下任何印象。

那一晚，金碧辉煌的大厅里上演的像是宫廷戏剧，每个人都热切地扮演好自己的角色。时隔多年，他只要一想起来，那场景仍历历在目。

不过，他已经有很久不曾想起来那个晚上了……

他走上楼梯，站在那里，回望大厅。

许久，忽然听到外面整齐的脚步声和卫兵换岗的口令声。

“报告！”

“进来！”

路四海随后出现在门口。

他远远地看着站姿标准、身形挺拔的副官，问：“什么事？”

“刚刚到了两封电报：一封是参谋长打来的，一封是家里的。”

陶骧转身下楼梯：“家里的？”

“是。”路四海小步跑上前，将电报呈上。

陶骧接了电报，先看了参谋长的，点头道："回电告诉参谋长我已知悉。"

"是。"

"传我的命令，让卫兵都去休息，今晚不必站岗了。"

"是！司令还有什么吩咐？"

"没有了。你也去休息吧。明早准时出发。"

"是！"路四海敬礼离开。

陶骧拆开另一封电报，却是长兄陶骏打来的。

他踱着步子，将电报反复看了几遍，紧皱的眉头慢慢舒展开来。

他在留声机前站了下来。片刻之后，他打开了留声机，随手从一旁的架子上抽了一张唱片放上去，搭上唱针。

小提琴的独奏缓缓流出，很快成为这寂静的夜里唯一的声音……

番外

春逝

程之慎抬眼看了看院门，轻轻叩响门环。片刻之后，他听到轻细的脚步声，程仪来开了门。

“九少爷请。”程仪低声道。

之慎进了门，问：“老爷今儿早上胃口如何？”

“仍是不好。”程仪低了头，走在之慎身后。

之慎轻轻叹了口气，不言语了，步子倒迈得快了些。空气里有一丝淡淡的甜香，他仰头一望——桐花要开了。他这阵子常常被父亲召唤到书房里来交代些待办的公事，来去匆匆的，总没大留意这里的变化。这院子里因满植桐树，一年里有一半的时间绿荫密布，遇上阴天，即便是日间，屋子里也要开灯的……他偶尔会觉得这里太静了，光线昏暗，令人精神沉郁，不过父亲却偏爱此处，但凡在家办公，一定在这儿。最近即便不办公，父亲也时常在这里独坐良久。他又叹了口气，这一回，叹得重了些，不仅他自己，连程仪也察觉了。

他脚步略停了停，平复下心绪。

程仪落后两步，也慢下来，陪他站了片刻。

两人都不出声，不约而同地抬眼看看头顶的这片树——桐花一开一落，往下绿荫满地的日子指日可待了。

之慎迈开步子，穿过院子来到书房门前。门敞着，帘子低垂，屋内寂静无声。他转头看了看程仪，摆手示意不用通报，他上前掀开帘子往里一看，见父亲坐在正屋沙发上，先叫了声父亲，迈步走了进去。

“父亲，您找我？”之慎站下，轻声道。

程世运点了点头，看向儿子——之慎一身外出的衣服，恭敬地站在他面前，等着他发话。

之慎见父亲半晌不语，揣摩着他唤自己前来的意思，道："小十他们乘的那列火车，十点整出发，过一会儿我去车站送行，父亲有什么要交代的，我会转告小十。"

程世运示意他等着，站起来向里间走去。

之慎站在原地没动，他看着父亲的背影——青色的长衫下摆随着父亲稳健的步子轻轻摆动，然而长衫自然下垂的褶子似乎大了些。他惊觉父亲的消瘦，不由得心里一阵难过。

这件长衫，是帔姨亲手做的。父亲试新衣的那天，他恰好去请安。父亲穿着新长衫在屋子里踱着步子，帔姨还说很久没有动手裁衣了，尺寸竟没拿捏好，也太可体了些，老爷稍稍再发福一点，就穿不下了。他记得父亲当时淡淡地说了句往后我怕是胖不起来的了……

他低了头，盯着地上的金石砖。

近年来他随在父亲身边做事，对他有了些从前许多年都未曾有过的了解。比如父亲对帔姨，从前他只知道父亲对他的这位二太太似有些心结，然而如今看来，哪里是什么心结啊……他们二位之间那份珍重和懂得，他怕自己这一生也不会遇上。帔姨病情一重，父亲就极少踏出家门，每日都去杏庐探视。然而待到帔姨病危，为免她临终遗憾，他又不惜一周内三下天津卫，险些没有赶得及回来见上她最后一面……这些，他看在眼里，静漪却还不明白。

想到等下去车站送行，他还要面对静漪，他的头就隐隐作痛。

静漪今天随陶骧返回西北。昨日他们来辞行，去见父亲的却只有陶骧。翁婿二人倒在书房谈了好些时候。

之慎忽地想到陶骧那个人，那么沉默寡言，和父亲在一起时偏有好些话讲。从前陶骧和静漪还没成婚，来过家里几次，也是和父亲在这里会面……有时就只有他们两位，谈些什么不得而知。有一次他好奇地问过程仪，他们见面都聊什么？程仪说不过是喝喝茶，说说话，至于说什么，他不在跟前，并不知道。他想依程仪的性子，自然是听到了什么也不会讲的，可仍是忍不住要问。

父亲挺看重陶骧，这一点毋庸置疑。

之慎想了想，自己大概是有点妒忌陶骧的。父亲对他极为严苛，固然他是有些让父亲不入眼之处，可父子间确也很少有那样亲近的独处，不说公事，也不谈私事，就聊聊天气，喝喝茶……他轻轻叹了口气。

这一口气还没收住，他看见父亲从里屋走了出来，忙提气站直。可站得那么直，竟显得有些紧张，又惹得父亲着意看了他一眼，他不由得发起窘来。

程世运倒没太在意之慎的神情，过来将一个锦盒交给他，道："把这个拿去给静漪。"

之慎双手接了，踌躇着问道："这……要跟静漪说什么吗？"

他认出来，这是帔姨过世那日，父亲从天津赶回来时身边带着的东西。父亲三赴天津拜访冯府，末了只拿回了这个……

"不必。"程世运道。

之慎点头。

程仪上前交给他一方绸布，他接过来将锦盒包好，抬眼看着父亲，道："父亲要是没有别的吩咐，我这就出发去车站了。"

程世运点头道："去吧。"

之慎退后两步，鞠了个躬，转身出了房门。程仪随他一同出去。

程世运踱了两步，又坐回了沙发上。

他轻轻掸了掸长衫，青色的茧绸夹衫，正是这个季节穿着的，织物细密，有竹叶暗纹。长衫做好的那日，天气还有些冷，她说等天暖了再穿……那时他比现在要胖一些，夹衫穿在身上刚刚好。她给他做过的衣衫不多，却总是极为合适，好像他的身材会减一分增一分她都了如指掌。就像她一定是知道，等他穿上这件长衫的季节，一定会瘦下来的……

她是懂他的，他知道。她的心，他却不太懂，或者该说，懂得太晚了。

她病得重了，他问她有什么心愿。她想了很久，说没有了，让他不必挂心……他还是去了天津。

冯府门禁森严，等闲的访客进不了大门。冯老爷子除了每日去趟茶楼，根本不常见客，除非至交。他三次拜访，统统被拒之门外。冯家门上连他的拜帖都不收。

冯老爷子对他是有气的。从前他把静漪兄妹送入冯府，是项庄舞剑意在沛公，拜师学书画不过是幌子。静漪从小聪慧过人，他想的是冯老爷子日久或者会看在孩子的分儿上，即便明面上碍着当年的誓言，起码暗中不会拒绝往来，哪怕只见上一两面，也免了宛帔遗憾终生。可没想到冯老爷子绝不食言，识破他的伎俩，将京中的房产一封，携家带口奔了天津卫做了寓公，从此断绝了与程家的一切往来。

虽则如此，他逢年过节仍派宝爷到冯家去送节礼，尽管次次都吃闭门羹。礼是绝对不收的，宝爷和跟着的人倒是能拿到赏钱——冯家的礼数周全，一丝一毫都不乱。

他做这些，是瞒着宛帔的——被她知道了父亲如此决绝，怕是更要伤心了，那本就是压在她心头最沉重的一块石头。

她心头的石头真多，也真沉，压在那里，谁想帮着推开些，都不能够。

太太杜氏常说若是宛帔肯宽心些，日子不知该有多舒坦……太太说得很是。太太也是真心疼宛帔，那份爱惜，时时让他感叹。

杜氏也常说，宛帔是她捡回来的，是她的人，要他待她好些，不然可饶不了他。这话若是说别人，恐怕不见得真，对宛帔，她真心实意地好。

捡回来的……

那几年他旅居欧洲，一方面学习一方面游历，顺便做些生意，撒出去的钱比赚回来的都多，然而他过得如鱼得水，非常惬意。杜氏带着孩子们随他辗转欧洲各国，初时还好，日久便厌倦了。语言不通，生活不惯，她都能尽量适应，可想念起家乡的食物，简直要哭鼻子……那时候他年轻，太多事可做，不止结交了许多各色各样、各行各业的朋友，太太儿女又都在身边，几乎没有一丝空闲可供多愁善感，委实不能理解思乡之苦。然而当杜氏一日日愈加为思乡所苦，竟至茶饭不思，他开始考虑返乡，或者先送妻儿回去。

那时他的家里经常会有旅欧的中国人聚会。他们夫妻二人都大方好客，他们的家曾经成为许多人短暂的落脚处，有时难免像个客栈，更多时候则是个中转站，人们从四面八方来，又往四面八方去……到他这里来寻求帮助的人数不胜数，他从不让人失望而归。

他还记得有一天，在法国学画的一位相熟的朋友带来了几位同学，籍贯除了天津就是北京的，未免格外亲近些。其中有一位京籍的年轻画家，给他的印象十分深刻——那人相貌极漂亮，一双眼睛闪闪发光，很有些阴柔之美，然而稍熟悉了些，就会发现其言谈举止未免过于油滑轻浮……果然看他随身携带的作品，较之他人，技巧不遑多让，画风华丽多变，然而在他看来除此之外却鲜少有可取之处。只是其中有一幅速写，是一位清装仕女，却端的令人惊艳。他多看了几眼，那位相熟的朋友便问他是否有中意的作品。

他笑了。赞助艺术家，这在他是常事，在这方面他向来慷慨。但画作中只有一幅速写能入目，这位画家的前途他实在不太看好……他没有驳朋友的面子，将那幅速写买下，当即签了张支票。哪里想得到，就是这个举动，反而把画家惹恼了——原来他相当自负，除了那幅他拿来充数的速写，几幅他相当得意的画作都未被欣赏，这在他来说是极大的冒犯了。画家当即将速写和支票统统撕毁，扬长而去。

众人愕然。他自是有些尴尬，朋友亦十分抱歉。待众人散去，朋友叹气，说倪君不知又该如何折磨他那女友了。他原想再签一张支票托朋友带去给倪君，却不想听到倪君的私事，心下便有些踌躇，也不知为何在尴尬之外，多少也有点好奇。朋友喝了两杯酒，话多起来，关于倪君和女友的事，就多讲了几句。

那女子是名门闺秀，倪君是其父西洋画师朋友的学生。西洋画师到其府上指点画技，有时会带上学生。没想到学生对小姐有意，小姐也对学生留情，不久便随之私奔。倪君原就打算到法国学画，以为小姐离家必定带不少细软，哪知她深知私奔已是大错，只带了有限的银钱和随身的几样物件。就这些，扣掉到法国的路费、倪君的学费住宿费和公寓租金已所剩无几。两人坐吃山空，倪君的画又卖不出去，就动了别的心思。他以为既然生米煮成熟饭，小姐家里断然不会不管他们，故瞒着那位小姐写信回去索要银钱。钱自然是没要到，得到的回信里只有一张报纸，登的是断绝父女关系的声明，和拐带良家妇女的提告……倪君一气之下将这些扔给小姐看。小姐不知他如此作为，大为生气，两人吵起来，倪君竟动了手。从那之后，动辄打骂。那小姐人本就怯弱，应也有些悔恨，说病也就病了。倪君非但不知体贴，还怪她拖累自己，仿佛自己不得志全都要赖她，更没有好脸色了。

朋友叹道，至此与倪君相交的朋友也都看清了此君并非良人，可没有人赞助他，又怕他再误入歧途，不知会做出什么事来，故此这趟来德国，也约了他一道……

他皱眉，问这人本就在歧途上了，何来再入一说？

朋友犹豫再三，说倪君几日前与旅居法国的某古董商人有来往，那人你我都知道，最是风流且心术不正，怕不是要……

朋友话没有说下去，自然是不便多讲，他却也是明白的了。那古董商人与他有过几次交接，是什么品行他再了解不过了。当下他另写了张支票，交由朋友带去给倪君，许诺将支持他下一学年的费用。后来，他就把这件事忘记了。那位倪姓画家没有再出现，朋友也许久没来往，他便也不把那事放在心上了。

旅欧华人圈子里每日的新鲜事层出不穷，有笑有泪、可悲可叹者众，他以为这不过是其中的一个听过没有下文的故事罢了……然而世事总归难料。

有一天，杜氏带孩子们出门游玩，带回来一个晕倒在街头的中国女子。

他的这位太太一辈子都是个热心的人，看不得人受苦。他很了解她，从不阻拦她助人。杜氏将人带回家，立即叫了医生上门。好在那女子身体并无大碍，只是严重的营养不良。杜氏执意将其留下，每日羹汤伺候，连续多日，悉心照料，竟连思乡病都不药而愈了……他眼看着太太的变化，惊奇之余，也有些欣慰。回国的事，暂且搁下不提了。

一个多月后，待那被捡回来的女子完全康复，他才见了第一面。

杜氏说过那是个绝色倾城的女子，他只道是夸张——杜氏喜欢的小猫都是猫里的绝色呢——但这回真的一点都没有夸张。然而这倒也罢了，他看她第一眼，就知道她是谁了——她就是那幅速写中的清装仕女，不会错的。

后来一问，果然从巴黎来，姓冯。闺名是很久以后才知道的，宛帔。

她是前朝帝师冯孝章的独生爱女。

从前杜氏也不是没有救助过倒在街头的乞丐，通常都待他们休养之后送些银钱就打发走了。这一回杜氏始终不提这茬儿，他也不提醒。

杜氏取笑他是因为家里来了仙女自然不能往外赶，他则很清楚，一旦赶出去，她在这里恐怕很难生存，不如暂时收留，日后一道回国，再做安排——她留下来，因不肯吃白食，做了杜氏的帮手。起初她绝不肯说她是什么来路，可她的官话说的是官家的腔调，尽管她已有意淡化，且无必要绝不开口，还是很难不让人由此判断出她的出身。那段日子，杜氏日常的节目便是和他猜测她的身份和来历。

他不多话。如果她愿意，自然会和杜氏坦白。

这个女子柔得像水，深邃而又充满魅力，但她完全不自知，也不自信，待人接物，总是小心翼翼的。然而她又是那么聪慧，有才华，心地善良。一个女子，甚至是一个人，有这样的质素，都足以令人称羡赞美，她却极其忧郁。她几乎不怎么说话，除了跟杜氏和孩子们在一起的时候。更多的时候，她就像一缕烟，不知何时就散了。

杜氏极爱她，甚至超过爱任何一个孩子，也超过爱他。她渐渐取得了宛帔的信任，知道了她的身世，暗暗哭了好几场，又想了好多天，提议要他娶宛帔，理由是如果不娶，她说不定会死的。

他娶了。

他将她带回故国，带进家门，成了程家的二太太。把她留在自己身边，留了她的半辈子。

她有没有爱过他？

终其一生，他都没有问。

他和她都是老派的人，这些不会挂在嘴上……但老派只是个借口，他知道自己只是不敢问，也不能问。

他知道她心里始终有个阴影，那是他费尽心力都不能完全驱散的。她在他身边并不快乐，她跟了他无非是报恩……可他从来不要她报恩。他一生乐善好施，在这方面从不追求回报。她的人和她的心，他都想要，但不要她是因为报恩。

他总想着，让她就那么静静地在自己身边就罢了，只是不能够，终究还是让她吃了苦头。他深深地后悔，不该让她受委屈，也深深地后悔，不该把她唯一的女儿嫁得那么远，让她担心……可这些都已经来不及了。

除了女儿，她还惦记父母，他知道。

他想着无论如何替她求得一句原谅，让她走得没有遗憾，因此再多的难堪也能忍受。然而冯老爷子始终不肯见他。

若要等，他等再久都没有关系，可是她等不了了……家里的电报催他快回，说她病危。

他在冯家门前长跪不起，最终只等来了管家。

管家送出来一个锦盒，说这是老爷让程先生带回去的，另外老爷有两句话——第一是多谢程先生；第二是告诉帔儿，她将静漪养得很好。

他匆促赶回来，还好来得及见她最后一面。

他紧紧握住她的手，那最后一点两人单独相处的时光，他看着生命的迹象从她身上一点点消退。

那一会儿她身边只有他这个至亲的人，她只静静地望着他，然后她说："伯贤，若有来生，我一定要先遇上你……我还是你的人。这一生，不能再多陪你几年，对不住了。"

他一句话也说不出。他在她面前，总是有很多话，可终究是说不出来的。

那一天，是她唯一一次叫他的字，她从来都尊称他为老爷的。

哪里想到，第一次，也是最后一次了。

春天，随着她去了。

番外

礼物

黄梅天，金陵城被雨浸润着，有了丝丝凉意。

陶骧预备出门，才下楼就被早等在那里的八妹尔宜拉住了。

尔宜手指一比，轻声道：“七哥你来呀，二嫂有重要的事情预备同你商议。”

他赶时间，可二嫂有话要说，他必须等一等。

果然跟着妹妹来到小书房，二嫂正在里头算账，见他进来，微笑道：“容我记完这笔账。”

尔宜笑嘻嘻地过去，坐在了她椅子的扶手上，只管看着她七哥。

陶骧往身后看了看，见尔宜已经将房门掩好，眉头微皱——自从来了这里，尔宜几乎与静漪形影不离。此时静漪还在楼上的房间里，尔宜同二嫂神神秘秘地把他单独叫过来，不知是为了什么事。这时候雅媚放下钢笔，轻声笑道：“知道你是大忙人，不敢耽误你，我的事三两句就说完的。”

“二嫂这是哪儿的话，有什么事您尽管吩咐。”陶骧微笑道。

“不为别的，过两天是静漪生日，我和你二哥商量了一下，预备给静漪庆生。孔太太、三少奶奶不会不张罗的，可她们一出手呀，准得是个不小的阵仗。我们就想着先问问你的意思——这到底是静漪来咱们家里过的头一个生日，不能不看重。这么着，无论旁人怎么给她过，咱们家里都另替她庆祝一番。你说呢？”

“二嫂想得周到。”陶骧说。

雅媚笑道：“我想得到的，想必你也早想到了，这会儿给我顶高帽戴。”

陶骧笑笑。

“二嫂，我前儿悄悄问过七嫂，她说往后过生日，怕会是伤心日，因总是要想起母亲已经不在了的……还有，那日七嫂同孔太太通电话，孔太太要替她办舞会、请宴席，她拒绝了，约她外出吃饭，也说不去。想来七嫂是打定主意想要把生日悄悄混过去，咱们千万不要弄得不巧了，惹她伤心。”尔宜提醒道。

“这一层我也想到了。我们只要想个适当的法子，既尽了心，又不令她难过就是了。”雅媚沉吟片刻，摇了摇头，“像孔太太的提议当然是极好的，热闹是热闹些……这也就罢了，静漪的性子我还是知道一点的，只怕她不喜欢。”

陶骧没出声，他心里倒是赞成二嫂的。静漪从来陪他出席舞会宴席都能做得无可挑剔，可他也知道她并不是喜欢应酬的人。对她来说，在他身边替他将场面撑好，那是责任，而不是从心里享受那些虚荣，哪怕人人恭维奉承她，也不能令她快活。

雅媚看他不语，道：“静漪来了这几日，总也不得闲，往下还要她陪你应酬，总归是辛苦的，过个生日，不如让她省心一些。”

陶骧点了点头。

“七哥，你倒是拿个主意呀，只管点头！”尔宜忍不住叫起来。

陶骧微笑，道：“我也没什么好主意。只一样，二嫂说得很是，与其呼朋唤友，不如让她安安静静地过个生日。”

“你这话一说，倒是省了咱们的力气……不怕静漪抱怨咱们不够看重她？”

“她不是会这样想的人。”陶骧道。

雅媚看着他，过一会儿，微笑道：“我知道该怎么办了，交给我吧。”

“谢谢二嫂，那我出门了。”

“等等！”雅媚叫住他，“可有一样，该我做的我来做，该你做的你可一样儿不准少——头一件，生日礼物不能忘记。”

“知道了。”陶骧将军帽戴上，匆匆出了书房。

走出来恰好看到静漪从楼上下来。见他还在家里，她有些讶异。他看她一身素服，越发显得面孔雪白、身形清瘦，不由得多看了一眼，但也只是点了点头，就出门上了车。她倒是走出来送他了——烟雨形成一层薄纱，让她的身影有些朦胧……他坐在后座上，本想闭目养神，理顺一下等会儿见人要谈的事情，可眼前全是她刚才从楼梯上一步步走下来时的样子——那步态从容而轻盈，纱裙层层叠叠，随着她的步子，那半收的雨伞状的裙子轻轻晃动着……她简直像是飘下来的。

是的，她的步态向来是这样的。

他轻轻敲了敲膝盖。

“七少，到了。”图虎翼轻声提醒他。

陶骧睁开眼，眉眼舒展片刻，等图虎翼将车门打开，起步下车。

雨伞遮在头顶，还是湿气扑面，此时正是他厌烦的梅雨季节。可是厌烦又能怎样呢，难不成要跟老天过不去吗？他往里走着，忽然想起昨晚尔宜和静漪抱怨梅雨天真惹人厌，一时晴一时雨，哪儿哪儿都潮湿得像能拧出水来，静漪就是这么回答她的……他不禁莞尔。

她有时是很有趣的，只不过有趣的一面，极少在他面前显露出来罢了。她似乎打定主意不要惹他喜欢。

“牧之，你可来了。”石将军从里头迎出来，笑着伸手过来，与他相握，引着他进客厅。

他们已有半年多没有相见，再见更觉亲热。

“上次你来，还是孤家寡人，这次携眷而至，当真是名动金陵了——这几日简直无人不在议论贤伉俪，争相结识啊！”石将军笑道。

“哪里哪里。”陶骧微笑道。

石将军大笑，道：“年纪轻轻身居高位，应该得意；娶了那样一位才貌双全的太太，更应该得意。”

陶骧只是笑。

待走进客厅，先到的客人都已经站了起来，同他寒暄。这些人多半是他熟识的，有几位还是他在弗吉尼亚时的同窗，也有他在欧洲受训时的朋友，比如郑梦醒。他们都已经许久不见，坐下来聊天，谈着彼此近期的遭际，一会儿大笑，一会儿又感慨……他有些感动，仿佛在这短暂的时光里，他仍是回到了求学的时代。只是，那时候他比现在要更热血，更浪漫，也更自由。

“牧之，瞧你这意气风发的劲儿，如今还有谁风头盖得过你？怎么来了这儿，同我们在一处，倒规矩起来了。”梦醒笑道。

他也笑。当然，此次由西北来金陵，与前次更加不同。往日他是西北王的七公子，如今他已是名震西北的少将军，未来的实权人物，有谁敢小瞧他呢？

“还记得吗，想当年你我一同受训，日日竞争，你追我赶，何其有趣！我时常想起那段日子，非常感激能有像你这样有实力又肯拼搏的同袍，对彼此都是促进……陆岐最滑头，飞行技术不见得高明，追求女孩子，能耐却数一数二。不训练的时候，大伙儿就听他吹牛皮好了。我还想着有一次我们开玩笑，说将来啊，总有一天要驾着飞机，带心爱的姑娘飞一飞的。”郑梦醒说着，大笑起来。

石将军听见他这般大笑，问他们在聊什么。

陶骧微笑，梦醒抢先说：“想起当年我们留学时候的事了……年少轻狂，年少轻狂啊！”

是啊，年少轻狂……

陶骧笑着，听梦醒又说起了他们曾经闹过的笑话，也惹得在座的各位击掌大笑。

石府宴席不同别处，来的都是同他相识多年、十分投契的同僚和朋友。心情一好，他后来就喝了好多酒。石将军极为慷慨，每每聚会，家里的酒总是敞开供他们喝的。喝着酒，他们又谈了好多事。在这里，倒实在是可以畅所欲言，但他又必须保持几分清醒。有些话不可说尽，说尽必定招致祸事。不管是为自己为石将军还是为今晚一同喝酒的这些人，他都不能不谨慎。

散席之后，他和梦醒走得晚些，石将军又和他们喝了会儿茶，聊了好久。石夫人带着孩子们坐在一旁，他们的长女海伦还为他们弹了几支曲子……石将军说海伦很快就要去英国读书了。梦醒说海伦一个女孩子，比他们当年去欧洲留学时年纪还小上许多，老师和师母怎样舍得？

“我石敬昌的女儿，当然要读书上进，将来报效祖国。为了国家，我们有什么舍不得！”石将军大手一挥，很豪迈地说。

他们都笑了，满脸稚气的海伦样子很是骄傲。

石将军放下豪言壮语，脸上全是慈爱，央求海伦再弹几首拿手曲目，说要有好几年听不着了……

陶骧看着他们一家其乐融融，不禁有些感触。

海伦的钢琴弹得好，好在技巧娴熟，更好在情绪饱满，很能令人感动。看得出来海伦是真心热爱音乐，也热爱演奏的，只是石将军想让女儿学习将来能够报效祖国的专业技能，想来不会支持女儿学习音乐或者艺术，如果不是这样，海伦也许在声乐和演奏上都能有更高的成就……

他常听尔宜说七嫂的琴弹得很好，可他几乎没有听她弹过，也许这是他总不在家的缘故……她的愿望，应该也是读书上进、报效祖国吧？如果不是嫁了他，她的生活会是什么样的呢？如果她的父亲，和石将军一样，那么她此时此刻，是不是应该在大洋彼岸某座高等学府里追逐她的梦想呢？

他沉默不语，只管坐在那里看着那架跟前已经空无一人的钢琴。

郑梦醒看看他，提议早些离开，说："也打扰老师和师母太久了。"

石夫人性情极为豪爽，笑着说并没有，家里向来欢迎大家来做客的。她笑着说："过几天家里办舞会，你们哪，都要来哦，更要紧的是带太太来——陶太太和郑太太都是美人，也都很会跳舞，请来帮帮我，让舍下的舞会更添些光彩。"

梦醒笑着答应，与陶骧一同告辞出来。

上车前，梦醒问道："你怎么了，是真有心事？在老师家里，我也不好问你太多。"

陶骧看了他，说："倒也不是什么大不了的事……"

梦醒上过几天军事学院的短训班，石将军不过给他上过一堂课，梦醒就一直称呼石将军老师。

陶骧心想梦醒真是朴实又长情的人，当年同窗并不算久，可大家的日常小事，点点滴滴都在梦醒心里。

他们都忘了的，梦醒还记得……

梦醒后来叫了石将军一辈子老师，当然这是后话了。

陶骧抽出一支烟来，递给梦醒，点上。

"梦醒，这两天方便替我安排一架飞机吗？我想飞一飞。"

手中的烟吸了一口，他抬眼看一眼郑梦醒。

梦醒看了他，点头。

似乎是没有什么特别想要说的，又一切都在不言中。

梦醒问："要我陪同吗？"

"不，不必。"他说。

梦醒微笑，道："我会给你做好后勤保障的，放心飞吧。"

他伸出手去，与梦醒相握。这是他肝胆相照的同窗、朋友和战友，总时时处处为他着想的。

他抬眼看了看天气……她生日那天，但愿阳光普照。

"希望你飞的那天会是个好天气，起降都顺利。"梦醒看出他的心思来，笑道。

“阴雨天也不怕，更考验我的技术。”

“是啊，你唯恐天气情况不够复杂，好向我们炫耀你的飞行技巧。”梦醒大笑。

他也笑了。

啊，不，这好像不是炫耀飞行技巧的时候……把她平安带上天，再平安带她落地，才是他该做的。

自她母亲过世，她总是心情沉郁，难得展颜一笑。

毕竟是她的生日，能让她快活些，总是好的，不是吗？

图书在版编目（CIP）数据

云胡不喜 ： 全二册 / 尼卡著. -- 北京 ： 现代出版社，2022.1

ISBN 978-7-5143-8994-4

Ⅰ. ①云… Ⅱ. ①尼… Ⅲ. ①言情小说－中国－当代 Ⅳ. ①I247.5

中国版本图书馆CIP数据核字（2022）第005100号

云胡不喜：全二册

YUNHU BUXI QUANERCE

著　　者　尼卡

责任编辑　杨学庆
责任印制　贾子珍
出版发行　现代出版社
地　　址　北京市安定门外安华里504号
邮政编码　100011
电　　话　(010) 64267325
传　　真　(010) 64245264
网　　址　www.1980xd.com
印　　刷　三河市金泰源印务有限公司
开　　本　710mm × 1000mm　1/16
印　　张　57.5
字　　数　966千字
版　　次　2022年 3月第1版　2025年 2月第2次印刷
书　　号　ISBN 978-7-5143-8994-4
定　　价　79.00元（全二册）